RAZÃO E SENSIBILIDADE

JANE

ORGULHO E PRECONCEITO

AUSTEN

PERSUASÃO

RAZÃO E SENSIBILIDADE

JANE

ORGULHO E PRECONCEITO

AUSTEN

PERSUASÃO

TRADUÇÃO E NOTAS
ROBERTO LEAL FERREIRA

MARTIN CLARET

Sumário

Jane Austen: uma romântica contemporânea

Luciana Duenha Dimitrov*

O que o diretor cinematográfico americano Robert Z. Leonard e o diretor televisivo brasileiro Fred Mayrink têm em comum? Além de atores, o que mais conectaria Lawrence Olivier e Thiago Lacerda? A resposta é que todos foram guiados por uma das tantas sugestões da heroína Elizabeth Bennet: "é preciso que aprenda um pouco da minha filosofia. Lembre-se apenas daquilo que lhe causa prazer".

Aos primeiros, o prazer foi o de adaptar, tanto em 1940, para os estúdios MGM, como em 2018, para a maior rede de televisão aberta do Brasil, o clássico da literatura: *Orgulho e preconceito*. Aos dois últimos, o prazer foi o de representar um dos heróis mais emblemáticos da literatura universal – Mr. Darcy! A todos, o prazer de rever as tramas atemporais criadas por Jane Austen, nossa Miss Austen!

UMA ROMÂNTICA INGLESA?

Nascida ainda no século XVIII, em 16 de dezembro de 1775, a inglesa (e sagitariana, será uma coincidência?) Jane Austen foi uma transgressora de seu tempo: romântica por temporalidade – o Romantismo inglês data entre 1798 e 1832 – há muito que se refletir acerca da narrativa da senhorita Austen.

Sim, senhorita mesmo (*forever Miss Austen*), já que Jane jamais se casara. E aqui temos um daqueles controversos dados histórico-biográficos: apesar de ter aceitado o pedido de casamento de um promissor jovem da sociedade inglesa, a autora teria recuado da decisão no dia seguinte. Um detalhe interessante para esse dado é o fato de George Austen, o pai de Jane, ter sido o líder religioso da região onde moravam. Líderes anglicanos casavam suas

* Doutora em Letras pela Universidade Presbiteriana Mackenzie com sólida carreira como professora de Língua Inglesa e de Língua Portuguesa para o Ensino Fundamental e Médio, assim como em cursos de Graduação e Pós-Graduação. Publicou capítulos de livros, artigos em periódicos e em revistas, participou e organizou congressos, ministrou palestras e minicursos. É parecerista de revistas da área de Letras.

filhas, certo? Não foi o caso do Pároco Austen. Como Charlotte Lucas (a melhor amiga de Liz Bennet, que se casaria com Mr. Collins em *Orgulho e preconceito*) afirmara "(...) a felicidade no casamento é apenas uma questão de sorte". Coincidência ou não, Miss Austen não tentara buscar tal sorte.

O não casamento, entretanto, não fora a única ruptura professada por Miss Austen. Partindo da temática das grandes famílias inglesas que ocupavam destaque social nos microcosmos que habitavam, a maneira como retratava a realidade doméstica inglesa estava embebida em doses de críticas implícitas aos preceitos idealistas do movimento estético ao qual se enquadrava. Quão ideal é a situação descrita em *Razão e sensibilidade*, em que "a sagacidade egoísta de Lucy, que primeiro atraíra Robert para a armadilha do casamento, foi o principal instrumento da libertação dele"?

Costumes postos em xeque – revelações não habituais no Romantismo – são parte integrante da obra de Miss Austen. O narrador onisciente de *Persuasão*, por exemplo, nos revela que a protagonista, Anne Elliot, "sentia poder confiar muito mais na sinceridade daqueles que às vezes exibiam alguma expressão ou diziam alguma palavra descuidada ou apressada do que na daqueles cuja presença de espírito jamais variava ou cuja língua nunca escorregava". Ora, esse posicionamento tão explícito na última narrativa escrita por Austen não seria um reflexo de seu próprio *modus operandi*?

É impensável questionar a qualidade literária da autora. Também é impensável excluí-la da Escola Literária em que se tornaria mestre. Indiscutível é a qualidade e a atemporalidade de Miss Austen e de seus enredos altamente envolventes, como em *Orgulho e preconceito*, *Razão e sensibilidade* e *Persuasão*.

OS ROMANCES E SUAS CRÍTICAS

O ano era 1811 quando *Razão e sensibilidade* tornou-se um sucesso de público, com os 750 exemplares esgotados até o ano de 1813. Sei que vivemos no século XXI e que, 750 exemplares não é sequer a tiragem inicial de muitas editoras; entretanto, aos padrões do início do século XIX, o número fora um marco. E não fora só isso: houve o pedido de uma nova edição. Uma observação cabe aqui: esse estrondoso sucesso imediato recebeu a autoria "de uma mulher" – sim, sem a identificação de Miss Austen!

Anônima permaneceria a autoria da segunda edição, datada de outubro de 1813. É interessante sabermos que a alcunha "de uma mulher" fora a mesma que assinaria *Orgulho e preconceito*, publicado em janeiro do mesmo ano.

Em março de 1813, a resenha publicada em "*The Critical Review*" (também anônima), anunciava, já em seu parágrafo inicial que, "ao invés de todo interesse da fábula versar sobre um ou dois personagens, como geralmente é nos romances, a adequada autora dessa obra introduz, de uma só vez, a família completa, cada indivíduo, que provoca interesse de forma muito agradável, divide a atenção do leitor".

No mesmo artigo, ainda se reverencia a qualidade em retratar os sentimentos da autora – indiscutivelmente uma qualidade feminina confirmada com o uso do termo *authoress*[1] – também em sua narrativa anterior, *Razão e sensibilidade*. A linha por ela traçada entre prudência e ambição[2] em questões matrimoniais pode ser útil aos nossos bons leitores – por isso sublinhamos tal trecho", nos revela o autor da resenha.

Alguns anos mais tarde – especificamente em 1818 – duas críticas de impacto profetizariam aquilo que vivemos na atualidade. Em março daquele ano, na *British Critic*, a crítica expôs *Persuasão* como "composto por partes que merecem grande mérito"; na crítica publicada em maio do mesmo ano na *Blackwood's Edinburgh Magazine*,[3] profetiza-se Jane Austen como uma das autoras mais promissoras da Literatura Inglesa. Profecia cumprida, certo?

AS HEROÍNAS ROMÂNTICAS

Engana-se aquele que julga as heroínas românticas mulheres fracas. Engana-se, ainda mais, aquele que julga as personagens femininas criadas por Jane Austen jovens submissas.... Enganam-se todos!

Ponto um: *Razão e sensibilidade*, *Orgulho e preconceito* e *Persuasão* apresentam jovens inglesas do início do século XIX como protagonistas. Moçoilas, sim, mas nada próximo à rigidez inglesa que reinava, durante o Período Regencial. Tratava-se de um momento em que as mulheres da sociedade inglesa, completamente estratificada, viviam ainda distantes de quaisquer direitos exceto o de seguir a vida como lhes foi planejado.

Ponto dois: escritas prévias ao reinado da rainha Vitória, qualidades como a perspicácia, expertise e inteligência não necessariamente eram encaradas como virtudes às moças. Logo, as características dessas heroínas – Elinor Dashwood, de *Razão e sensibilidade*, Elizabeth Bennet, de *Orgulho e preconceito* e Anne Elliot, de *Persuasão* – nem sempre foram encaradas heroicamente.

Ponto três: o sofrimento é praticamente indissociável às narrativas Românticas, certo? Não necessariamente é o que se concretiza nas tramas criadas por

[1] O termo foi usado com ênfase até meados da década de 50 do século XX, tendo sido substituído pelo termo *author*, que pertence ao gênero neutro.

[2] Originalmente o termo usado foi *mercenary* (mercenário), aqui traduzido como "ambição" apenas para melhor contextualização do leitor do século XXI.

[3] No caso dessa crítica, o autor fez referência à publicação dupla de *A abadia de Northanger* e *Persuasão*, sem distingui-las.

Miss Austen. Por mais percalços que sejam vividos, as soluções encontradas pelas bravas moças tendenciam muito mais à razão do que à emoção.

REVIVENDO JANE AUSTEN

Mas, questiona-se o astuto leitor, como narrativas tão antigas não se esgotam? O que torna as palavras de Miss Austen tão atuais na contemporaneidade? Resposta exata não temos, mas temos fatos – ou seriam evidências?

Evidência 1: segundo o site IMDB, intitulado "TODAS as adaptações de Jane Austen", há 31 adaptações das obras de Austen. A novela *Orgulho e Paixão*, de 2018, que teve inspiração livre na obra, por exemplo, não se encontra nessa lista.

Evidência 2: objetos dos mais variados, como almofadas, camisetas, canecas, capas para celulares, laços, e até meias-calças encontram-se listados nos objetos de desejo dos amantes das narrativas de Austen. Para os aficionados, como nós, podemos nos associar às inúmeras associações que levam o nome de nossa Miss Austen. Caso optemos pelo pagamento de uma taxa anual, podemos, inclusive, participar do encontro anual em que se discute sobre nossa *best seller*.

Evidência 3: *best seller*, sim! Nas mais variadas listas de alta vendagem de livros sempre temos Miss Austen citada. Inclusive, a autora tem sido destaque nas prateleiras das livrarias, nos *websites*, nas plataformas digitais... Ou seja, dois séculos após as publicações inéditas de Miss Austen, ainda temos sido agraciados com reedições incríveis de suas narrativas.

Falando em reedições, façamos aquilo que Miss Bingley nos sugere no décimo-primeiro capítulo de *Orgulho e preconceito*: "declaro que não há divertimento melhor do que a leitura.". Então, vamos nos divertir, que tal?

REFERÊNCIAS BIBLIOGRÁFICAS

"21 itens every Jane Austen lover needs to own". Disponível em: https://www.buzzfeed.com/laurenpaul/subtle-ways-to-show-your-love-of-jane-austen. Acesso em 3 de fevereiro de 2019.

"70 facts you might not know about iconic British novelist Jane Austen". Disponível em: https://www.cbc.ca/books/70-facts-you-might-not-know-about-iconic-british-novelist-jane-austen-1.4712284. Acesso em 20 de fevereiro de 2019.

"ART. X.-Pride and Prejudice, a Novel, in Three Vols" from The Critical review, or, Annals of literature; 3.3 (March 1813). Disponível em: https://www.bl.uk/collection-items/1813-review-of-pride-and-prejudice. Acesso em 20 de fevereiro de 2019.

ECO, Umberto. *Ensaios sobre a literatura*. Rio de Janeiro: Best Bolso, 2011.

Little Women: GoodReads Notes. Disponível em: https://www.goodreads.com/book/show/1934.Little_Women. Acesso em 7 de agosto de 2018.

"EVERY Jane Austen's adaptation". Disponível em: https://www.imdb.com/list/ls000175242/. Acesso em: 3 de fevereiro de 2019.

"Jane Austen's facts and figures – in charts". Disponível em: https://www.theguardian.com/books/gallery/2017/jul/18/jane-austens-facts-and-figures--in-charts. Acesso em 20 de fevereiro de 2019.

"Jansa — Jane Austen Society of North America". Disponível em: http://jasna.org/austen/works/persuasion/. Acesso em 20 de fevereiro de 2019.

"The 100 best novels: No 7 – Emma by Jane Austen (1816)". Disponível em: https://www.theguardian.com/books/2013/nov/04/100-best-novels-jane--austen-emma. Acesso em 20 de fevereiro de 2019.

"The Jane Austen Society". Disponível em: http://www.janeaustensoci.freeuk.com/pages/biography.htm. Acesso em 3 de fevereiro de 2019.

"We ranked every Jane Austen's adaptation: from best to worst". Disponível em: http://www.zimbio.com/Jane+Austen+Film+Adaptations+Ranked/articles/4DDYa7RRYtA/intro. Acesso em 3 de fevereiro de 2019.

WOOD, James. *Como funciona a ficção*. São Paulo: Cosac Naify, 2011.

RAZÃO E SENSIBILIDADE

JANE

ORGULHO E PRECONCEITO

AUSTEN

PERSUASÃO

MARTIN CLARET

Razão e Sensibilidade

1811

CAPÍTULO 1

A família Dashwood havia muito se estabelecera em Sussex. Suas terras eram vastas e sua residência ficava em Norland Park, no centro das propriedades, onde, durante muitas gerações, viveram de maneira tão respeitável, que conquistaram a boa opinião geral dos vizinhos. O falecido proprietário dessas terras era um solteirão que viveu até idade muito avançada, e durante muitos anos da sua vida teve a irmã como companheira constante e governanta. Entretanto, a morte dela, ocorrida dez anos antes da dele, provocou uma grande alteração no lar, pois, para preencher a perda, ele convidou e recebeu em casa a família do sobrinho, o sr. Henry Dashwood, herdeiro legal da propriedade de Norland e a pessoa a quem ele pretendia legá-la. Na companhia do sobrinho, da sobrinha e dos filhos, os dias do velho fidalgo passaram-se confortavelmente. Seu apego a todos eles aumentou. A constante atenção do sr. e da sra. Henry Dashwood a seus desejos, que não procedia meramente do interesse mas da bondade do coração, deu-lhe toda espécie de sólido conforto que sua idade lhe permitia receber; e a alegria das crianças acrescentou um novo prazer à sua existência.

Num primeiro casamento, o sr. Henry Dashwood teve um único filho; com a atual esposa, três filhas. O filho, rapaz sério e respeitável, contava com os amplos recursos da fortuna da mãe, que fora grande, e metade da qual ele recebeu ao chegar à maioridade. Também com seu próprio casamento, que ocorreu logo em seguida, ele aumentou sua riqueza. Para ele, portanto, a herança da propriedade de Norland não era tão importante como para suas irmãs, já que os recursos delas, independentemente do que lhes poderia caber pelo fato de o pai herdar essa propriedade, só podiam ser escassos. A mãe nada tinha, e o pai, apenas sete mil libras à disposição, visto que a metade restante da fortuna de sua primeira mulher também estava garantida para o filho e ele tinha apenas o usufruto vitalício dela.

O velho fidalgo morreu e foi lido o testamento, que, como quase todos, provocou tanto decepção quanto prazer. Não foi nem tão injusto nem tão ingrato a ponto de tirar a propriedade do sobrinho, contudo, deixou-a a ele em termos tais que destruiu metade do valor da herança. O sr. Dashwood quisera-a mais pela mulher e pelas filhas do que para si mesmo ou para o filho; mas para o filho e para o filho do filho, um menino de quatro anos, a herança estava de tal forma garantida que não lhe permitia proporcionar aos que lhe eram mais caros e mais necessitados um rendimento por algum eventual gravame sobre a propriedade ou pela venda de sua valiosa madeira. Tudo estava vinculado em proveito da criança, que, nas ocasionais visitas feitas com o pai e a mãe a Norland, conquistara o afeto do tio, já que tais atrações não são de modo algum raras com crianças de dois ou três anos de idade; uma articulação imperfeita, um sério desejo de ter sempre a vontade satisfeita, muitas brincadeiras marotas e uma boa dose de barulho acabaram por superar o valor de toda a atenção que, durante anos, ele recebera da sobrinha e das filhas dela. Não pretendia ser indelicado, porém, e, em sinal de afeto pelas três meninas, deixou mil libras para cada uma.

A decepção do sr. Dashwood foi, no começo, profunda; mas o seu temperamento era alegre e otimista, ele podia razoavelmente esperar viver muitos anos mais e, vivendo com economia, poupar uma soma considerável do produto de uma propriedade já grande e capaz de melhorias quase imediatas. Todavia, a fortuna, que tanto demorara em chegar, foi sua apenas por doze meses. Não sobreviveu ao tio mais do que isso, e dez mil libras, incluídas as heranças do falecido, foi tudo o que sobrou para a viúva e as filhas.

O filho foi chamado tão logo se soube do risco de vida, e o sr. Dashwood lhe recomendou, com a ênfase e a urgência que a doença lhe fazia inspirar, a defesa dos interesses da madrasta e das irmãs.

O sr. John Dashwood não tinha os sentimentos fortes do resto da família; porém, ficou impressionado com uma recomendação de tal natureza em tal hora, e prometeu fazer tudo que estivesse ao seu alcance para ampará-las. Seu pai tranquilizou-se com a promessa, e o sr. John Dashwood teve, então, tempo suficiente para examinar o que poderia prudentemente fazer por elas.

Não era um rapaz de má índole, a menos que ser algo frio e egocêntrico signifique ter má índole, mas era, em geral, respeitado, pois se portava com propriedade no cumprimento dos deveres comuns. Se tivesse casado com uma mulher mais agradável, poderia ter-se tornado ainda mais respeitável do que era; poderia até ter-se tornado ele mesmo agradável, porque se casara muito jovem e muito apaixonado pela esposa. No entanto, a sra. John Dashwood era uma forte caricatura do marido: mais tacanha e egoísta.

Quando fez a promessa ao pai, ele pensara consigo mesmo em aumentar a riqueza das irmãs presenteando-as com mil libras cada uma. Naquele momento, sentiu-se à altura do gesto. A perspectiva de quatro mil libras por ano, além da renda atual, sem contar a metade restante da fortuna da mãe, enterneceu-lhe o coração e o fez sentir-se inclinado à generosidade. "Sim, daria a elas três mil libras: isso seria generoso e bonito, e bastaria para deixá-las em boa situação. Três mil libras! Poderia economizar quantia tão considerável sem grandes inconvenientes." Pensou nisso o dia inteiro e durante vários dias seguidos e não se arrependeu.

Mal acabou o funeral do sogro, a sra. John Dashwood, sem avisar a sogra de sua intenção, chegou com a criança e a criadagem. Ninguém poderia discutir seu direito de vir: a casa era do marido desde que o pai dele falecera, mas isso só agravava a indelicadeza da conduta, e, para uma mulher na situação da sra. Dashwood, não era preciso ter sentimentos especiais para julgar aquilo tudo muito desagradável; entretanto na sua cabeça havia um senso da honra tão aguçado, uma generosidade tão romântica, que qualquer ofensa daquele tipo, fosse quem fosse que a provocasse ou recebesse, era para ela motivo de uma aversão definitiva. A sra. John Dashwood nunca contara com o favor especial de ninguém da família do marido; e não tivera oportunidade, até o presente, de lhes demonstrar com que falta de consideração pelos outros podia agir quando a ocasião o exigisse.

A sra. Dashwood ressentiu-se tão agudamente daquele comportamento grosseiro e sentiu tal desprezo pela nora, que, à chegada desta, teria deixado a casa para sempre se as súplicas da filha mais velha não a tivessem levado primeiro a refletir sobre o acerto de deixar a casa; e depois seu terno amor pelas três filhas determinou-a a ficar e, pelo bem delas, evitar a ruptura com o irmão.

Elinor, a filha mais velha, cujo conselho foi tão eficiente, possuía uma força de entendimento e uma frieza de julgamento que a qualificavam, embora tivesse apenas dezenove anos, para ser a conselheira da mãe, e lhe permitiam com frequência opor-se, para proveito de todos, àquela impaciência de espírito da sra. Dashwood que em geral a levava a cometer imprudências. Tinha um excelente coração, um temperamento afetuoso e sentimentos fortes; mas sabia como governá-los. Isso era algo que a mãe ainda tinha de aprender e que uma de suas irmãs resolvera que jamais lhe seria ensinado.

As habilidades de Marianne eram, em muitos aspectos, bastante semelhantes às de Elinor. Era sensível e inteligente, mas intensa em tudo: suas angústias, suas alegrias não tinham limites. Era generosa, agradável, interessante: era tudo, menos prudente. A semelhança entre ela e a mãe era impressionantíssima.

Elinor via com preocupação a sensibilidade excessiva da irmã; já a sra. Dashwood a apreciava e alimentava. Encorajavam-se uma à outra na violência de suas ansiedades. A agonia e a aflição que no começo as subjugavam eram propositadamente renovadas, procuradas, recriadas sempre. Entregavam-se totalmente à angústia, procurando a maior infelicidade em cada reflexão que a pudesse proporcionar e decidiram-se a nunca aceitar nenhum tipo de consolação no futuro. Também Elinor estava muito angustiada; contudo ainda podia lutar, podia empenhar-se. Podia consultar o irmão, podia receber a cunhada em sua chegada e tratá-la com a devida atenção; podia lutar para fazer que a mãe também se esforçasse e encorajá-la a ter a mesma paciência.

Margaret, a outra irmã, era uma menina alegre e de bom caráter; no entanto, como já adquirira uma boa dose do romantismo de Marianne, sem ter muito da sua inteligência, aos treze anos ela não prometia chegar ao mesmo nível das irmãs num período mais avançado da vida.

CAPÍTULO 2

A sra. John Dashwood agora se estabelecera como a senhora de Norland, e sua sogra e cunhadas foram rebaixadas à condição de visitantes. Enquanto tais, porém, eram tratadas por ela com serena polidez, e pelo marido com toda a gentileza que podia sentir por alguém que não fosse ele mesmo, nem a esposa nem o filho. Instou-as, com alguma seriedade, a considerarem Norland seu lar; e como nenhum plano pareceu à sra. Dashwood tão viável como ali permanecer até que pudesse estabelecer-se numa casa das vizinhanças, o convite foi aceito.

A permanência num lugar em que tudo lhes fazia lembrar a antiga felicidade era exatamente o que convinha à sua alma. Em tempos de alegria, nenhum temperamento podia ser mais alegre do que o dela, ou possuir em maior grau essa otimista expectativa de felicidade que é a própria felicidade. Mas no sofrimento ela era igualmente levada pela imaginação, e para tão além da consolação quanto no prazer estava além de toda moderação.

A sra. John Dashwood de modo algum aprovou o que o marido pretendia fazer pelas irmãs. Tirar três mil libras da fortuna de seu querido filhinho equivalia a empobrecê-lo pavorosamente. Pediu-lhe que reconsiderasse a decisão. Como justificaria perante a sua própria consciência o roubo de tão

alta quantia de seu único filho? E que possível direito à sua generosidade quanto a tão alta soma teriam as srtas. Dashwood, que com ele tinham apenas parentesco de meias-irmãs, o que para ela não era parentesco nenhum? Era notório que não devia existir nenhum afeto entre os filhos de diferentes casamentos de um mesmo homem, e por que deveria ele arruinar-se a si mesmo e ao pobrezinho do Harry, entregando todo o seu dinheiro a suas meias-irmãs?

— Foi o último pedido que papai me fez — respondeu-lhe o marido —, que eu assistisse a viúva e as filhas dela.

— Tenho certeza de que ele não sabia o que estava falando; aposto dez contra um que ele estava mal da cabeça naquela hora. Se estivesse no seu juízo perfeito, não teria pensado em lhe pedir que se desfizesse de metade da fortuna do seu próprio filho.

— Ele não estipulou nenhuma soma em particular, minha cara Fanny; só me pediu, em termos gerais, que as ajudasse e tornasse a situação delas mais satisfatória do que estava ao seu alcance fazê-lo. Talvez houvesse sido igualmente acertado que ele tivesse entregando o problema inteiramente a mim. Ele não poderia imaginar que eu as deixasse de lado. No entanto, como me exigiu a promessa, eu não podia deixar de fazê-la; pelo menos foi o que pensei na hora. A promessa foi feita e deve ser cumprida. Algo deve ser feito por elas quando deixarem Norland e se estabelecerem num novo lar.

— Então, que se faça algo por elas; mas esse algo não precisa ser três mil libras. Veja — acrescentou ela — que quando o dinheiro vai embora nunca mais volta. Suas irmãs vão casar e adeus para sempre. Ah, se ele pudesse ser devolvido ao nosso pobre filhinho...

— Não há dúvida — disse-lhe muito gravemente o marido —, isso faria uma grande diferença. Dia virá, talvez, em que Harry lamente que tão alta soma tenha sido desperdiçada. Se ele tiver uma família numerosa, por exemplo, esse dinheiro seria um reforço muito conveniente.

— Sem dúvida.

— Talvez, então, seja melhor para todos que a soma seja reduzida pela metade. Quinhentas libras seriam para elas um aumento prodigioso das posses!

— Ah, maior que tudo no mundo! Que irmão faria metade disso pelas irmãs, mesmo que fossem *realmente* suas irmãs! E essas são só meias-irmãs! — Você tem uma alma verdadeiramente generosa!

— Não gostaria de fazer nada mesquinho — respondeu ele. — Em ocasiões como esta, é melhor fazer de mais que de menos. Ninguém, enfim, pode pensar que não fiz o bastante por elas; elas mesmas não poderiam esperar mais.

— Não é o caso de saber o que *elas* esperam — disse a dama —, mas não devemos preocupar-nos com as expectativas delas: a questão é o que você pode oferecer.

— Certamente, e acho que posso oferecer quinhentas libras para cada uma. Assim como as coisas estão, sem nenhuma ajuda minha, cada uma delas vai receber cerca de três mil libras quando a mãe falecer, uma quantia muito boa para qualquer jovem.

— Sem dúvida alguma; realmente, acho até que elas não querem ajuda nenhuma. Elas dividirão entre si dez mil libras. Se casarem, com certeza passarão bem, e, se não casarem, podem viver confortavelmente juntas com os juros de dez mil libras.

— Isso é verdade; não sei, afinal, se não seria mais aconselhável fazer algo pela sra. Dashwood enquanto está viva, em vez de fazer por elas — refiro-me a algo como uma pensão anual. Minhas irmãs sentiriam os bons efeitos disso tanto quanto ela. Cem libras por ano seriam o bastante para deixá-las numa situação perfeitamente satisfatória.

Sua mulher hesitou um pouco, porém, em dar seu consentimento a esse plano.

— Certamente — disse ela — é melhor do que desperdiçar mil e quinhentas libras de uma só vez. Entretanto, se a sra. Dashwood viver quinze anos, teremos sido passados para trás.

— Quinze anos, minha cara Fanny! A vida dela não vale metade dessa quantia.

— Com certeza, não; mas, se reparar, as pessoas sempre vivem uma eternidade quando lhes é paga uma pensão anual: e ela é muito robusta e saudável e mal passou dos quarenta. Uma pensão anual é coisa muito séria; ela volta e torna a voltar a cada ano e não há jeito de se livrar dela. Não sabe o que está fazendo. Já tive muita experiência com os problemas que uma pensão anual traz, visto que a minha mãe esteve às voltas com o pagamento de três delas a criadas aposentadas pelo testamento de meu pai, e é espantoso como achava tudo aquilo desagradável. Essas pensões tinham de ser pagas duas vezes por ano e então havia o problema de entregá-las a elas; daí disseram que uma delas morrera e depois ficamos sabendo que não era verdade. Minha mãe ficava doente com aquilo. Sua renda não lhe pertencia, ela dizia, com tais compromissos perpétuos incidindo sobre ela; e aquilo foi indelicado da parte do meu pai, pois, se não fosse por isso, o dinheiro estaria totalmente à disposição da minha mãe, sem nenhuma restrição. Aquilo me deu tal aversão a pensões anuais, que estou certa de que nada neste mundo me faria ficar atada ao pagamento de uma dessas anuidades.

— É, sem dúvida, desagradável — respondeu o sr. Dashwood — ter um desses desfalques anuais na renda. Como a sua mãe disse com muita propriedade, assim a nossa riqueza *não* nos pertence. Ser obrigado ao pagamento regular de uma soma dessas, em datas fixas, não é de modo algum desejável: isso acaba com a independência da pessoa.

— Não há dúvida; e afinal nem ficarão agradecidas a você. Elas se julgam seguras, você não faz mais que o esperado e isso não gera nenhuma gratidão. Se eu fosse você, tudo o que eu fizesse seria inteiramente por minha própria decisão. Não me comprometeria a lhes dar nenhuma quantia anual. Alguns anos poderá ser muito inconveniente deixar de lado cem ou mesmo cinquenta libras de nossas próprias despesas.

— Creio que está certa, meu amor, é melhor que não haja nenhuma anuidade no caso; o que eu lhes der ocasionalmente será de muito maior proveito do que uma quantia anual, porque, se se sentissem seguras de ter uma renda maior, isso só faria que seu estilo de vida se tornasse mais perdulário, e com isso não ficariam um tostão mais ricas no fim do ano. Essa certamente é a melhor solução. Um presente de cinquenta libras, aqui e ali, evitará que elas se angustiem com o dinheiro e será o suficiente para cumprir a promessa que fiz ao meu pai.

— Com toda certeza. Para ser sincera, estou intimamente convencida de que o seu pai não tinha nenhuma intenção de que você desse a elas dinheiro algum. Tenho certeza de que a ajuda que ele tinha em mente era só a que se poderia razoavelmente esperar de você; por exemplo, como procurar uma casinha cômoda para elas, ajudá-las na mudança e enviar-lhes produtos de caça e pesca, quando chegar a estação. Apostaria minha vida que ele não tinha em vista nada mais do que isso; de fato, seria muito estranho e irracional se assim não fosse. Imagine só, meu caro sr. Dashwood, quão excessivamente cômoda pode ser a vida de sua madrasta e de suas irmãs com os juros de sete mil libras, além das mil libras que pertencem a cada uma das meninas, o que vai dar cinquenta libras por ano para cada uma, e, é claro, elas vão tirar o pagamento que farão à mãe pelo alojamento. No total, elas terão quinhentas libras por ano para si, e que diabos podem quatro mulheres querer mais do que isso? Vão gastar tão pouco! As despesas da casa serão zero. Não terão carruagem nem cavalos e dificilmente criados; não receberão convidados e poderão não ter despesas de nenhum tipo! Pense só como estarão bem! Quinhentas libras por ano! Não posso nem imaginar como vão gastar metade disso; e isso de lhes dar mais dinheiro é uma ideia completamente absurda. É mais provável que elas acabem dando algo para *você*.

— Palavra de honra — disse o sr. Dashwood —, acho que está completamente certa. O pedido de meu pai certamente só podia significar o que você disse. Entendo-o claramente agora, e vou cumprir estritamente o meu compromisso com atos de auxílio e cortesia como os que descreveu. Quanto à mudança da minha mãe para outra casa, vou ajudá-la a se acomodar do melhor modo possível. Será aceitável, então, dar alguma mobília de presente.

— Certamente — replicou a sra. John Dashwood. — Porém, não podemos nos esquecer de *uma coisa*. Quando seus pais se mudaram para Norland, embora os móveis de Stanhill tenham sido vendidos, toda a porcelana, a prataria e a roupa de cama e mesa foram preservadas e agora ficaram com a sua mãe. A casa dela, portanto, estará quase completamente equipada assim que ela se mudar.

— Essa é uma observação importante, sem dúvida! No entanto, um pouco dessa prataria seria um reforço agradabilíssimo à que temos aqui.

— Sim, e o conjunto de porcelana para café é duas vezes mais bonito do que o desta casa. Bonito demais, na minha opinião, para qualquer lugar onde *elas* possam morar. Mas as coisas são assim. O seu pai só pensou *nelas*. E eu lhe digo que você não deve a ele nenhuma gratidão especial nem deve preocupar-se com os desejos dele, pois sabemos muito bem que se ele pudesse teria deixado quase tudo no mundo para *elas*.

Esse argumento foi definitivo. Deu às suas intenções toda a firmeza que lhes faltara até então; e ele por fim decidiu que seria absolutamente desnecessário, senão muito indecoroso, fazer mais pela viúva e pelas filhas do seu pai do que aqueles gestos de boa vizinhança sugeridos pela esposa.

CAPÍTULO 3

A sra. Dashwood permaneceu muitos meses em Norland, não por alguma relutância em mudar-se quando a visão de cada lugar bem conhecido cessou de lhe causar a violenta comoção que provocara durante algum tempo; quando seu ânimo começou a se recuperar e sua mente se viu capaz de aplicar-se a algo mais do que a aumentar sua aflição por recordações melancólicas, ela se tornou impaciente para ir embora e infatigável em sua busca de uma residência adequada nas vizinhanças de Norland, porque era impossível mudar-se para longe daquele lugar tão querido. Contudo, não teve notícia de nenhum lugar que satisfizesse às suas noções de conforto e comodidade e, ao mesmo tempo, à prudência da filha mais velha, cujo juízo mais robusto rejeitou várias casas aprovadas pela mãe, por serem grandes demais para a renda de que dispunham.

A sra. Dashwood fora informada pelo marido da promessa solene feita pelo filho em seu favor, que apaziguara suas últimas reflexões na terra. Não duvidava dessa garantia mais do que ele próprio duvidara, e a julgou com satisfação pela proteção que dava às filhas, embora, no que lhe dizia respeito, estivesse convencida de que uma quantia muito menor do que sete mil libras lhe permitiria viver na abundância. Alegrou-se também com o irmão delas, pelo bom coração que demonstrou ter, e se acusou de ter sido injusta com ele ao acreditar que fosse incapaz de qualquer generosidade. Seu comportamento delicado com ela e com as irmãs convenceram-na de que se preocupava com o bem-estar delas, e, durante um bom tempo, confiou firmemente na generosidade de suas intenções.

O desprezo que sentira pela nora logo de saída, quando se conheceram, aumentou muito com o maior conhecimento do seu caráter que a residência por seis meses com a família proporcionou; e talvez, malgrado qualquer consideração de polidez ou de afeto maternal por parte da sra. Dashwood, as duas senhoras teriam considerado impossível uma convivência tão prolongada, se não houvesse ocorrido uma circunstância particular que deu maior aceitabilidade, de acordo com as opiniões da sra. Dashwood, à permanência das filhas em Norland.

Essa circunstância foi um crescente afeto entre sua filha mais velha e o irmão da sra. John Dashwood, um rapaz cavalheiro e simpático que lhes fora apresentado logo depois que sua irmã se estabeleceu em Norland e que desde então ali passara a maior parte do tempo.

Algumas mães teriam incentivado aquela relação por interesse, já que Edward Ferrars era o filho primogênito de um homem que morrera riquíssimo; e algumas a teriam reprimido por prudência, pois, com exceção de uma quantia insignificante, toda a sua fortuna dependia do testamento da mãe. Entretanto, a sra. Dashwood não era influenciada por nenhuma dessas considerações. Para ela bastava que ele parecesse amável, que amasse a filha e que Elinor correspondesse ao afeto dele. Era contra todas as suas ideias que a diferença de riqueza devesse separar todos os casais que fossem atraídos pela semelhança de temperamento; e era para ela algo impossível que o mérito de Elinor não fosse reconhecido por todos que a conhecessem.

Edward Ferrars não se recomendava à sua boa opinião por nenhuma graça especial na aparência ou no trato. Não era bonito e suas maneiras exigiam certa intimidade para se tornarem agradáveis. Era inseguro demais para fazer justiça a si mesmo; apesar disso, quando superava a timidez natural, seu comportamento dava todas as indicações de um coração sincero e afetuoso. Era inteligente, e sua educação dera-lhe um sólido esteio. Ainda assim não tinha as habilidades nem o temperamento que correspondessem aos desejos da mãe e da irmã, que ansiavam por vê-lo distinguir-se como... nem elas sabiam o quê. Queriam que ele fizesse boa figura no mundo, de um modo ou de outro. Sua mãe desejava fazer que se interessasse por política, fazê-lo entrar no Parlamento ou vê-lo ligado a um figurão do momento. A sra. John Dashwood queria o mesmo; mas, nesse ínterim, até que uma dessas bênçãos superiores fosse alcançada, teria apaziguado sua ambição vê-lo conduzir uma caleche. Edward, porém, não tinha queda para figurões ou caleches. Todos os seus desejos giravam em torno do conforto doméstico e da tranquilidade da vida privada. Por sorte, tinha um irmão mais moço e mais promissor.

Edward já passara várias semanas na casa até conquistar a atenção da sra. Dashwood; ela estava tão aflita na época, que pouca atenção dava aos objetos ao seu redor. Viu apenas que ele era calado e discreto, e gostou dele por isso. Não perturbava a desolação de sua alma com conversas intempestivas. Foi pela primeira vez solicitada a observá-lo melhor e aprová-lo mais por uma reflexão que Elinor calhou de fazer um dia a respeito da diferença entre ele e a irmã. Era um contraste que o recomendava enfaticamente à mãe.

— Isso já é o bastante — falou ela —; dizer que ele não é como a Fanny já é o bastante. Isso implica todas as qualidades agradáveis. Eu já o amo.

— Acho que a senhora vai gostar dele — disse Elinor — quando souber mais a seu respeito.

— Gostar dele! — respondeu a mãe com um sorriso. — Não tenho sentimentos de aprovação inferiores ao amor.

— A senhora pode estimá-lo.

— Ainda não sei o que significa separar a estima do amor.

A sra. Dashwood passou a se esforçar para conhecê-lo melhor. As suas maneiras eram afetuosas e logo venceram a reserva do rapaz. Rapidamente compreendeu todos os seus méritos; o fato de ter-se persuadido do interesse dele por Elinor talvez tenha aguçado a sua perspicácia. Ela, no entanto, teve certeza do seu valor, e até aquele jeito calmo, que se opunha a todas as suas ideias de como devia ser o trato de um rapaz, deixou de ser desinteressante, quando soube que o seu coração era ardente e seu temperamento, carinhoso.

Tão logo percebeu algum sintoma de amor em seu comportamento com Elinor, julgou que uma relação séria era coisa certa e que o casamento em breve seria realidade.

— Em alguns meses, minha querida Marianne — disse ela —, Elinor muito provavelmente se terá estabelecido para a vida toda. Vamos sentir saudades; ela, porém, será feliz.

— Ah, mamãe, que faremos sem ela?

— Meu amor, mal será uma separação. Vamos viver a umas poucas milhas uma da outra e nos veremos todos os dias de nossa vida. Você vai ganhar um irmão, um irmão de verdade, carinhoso. Tenho a melhor opinião do mundo sobre o coração de Edward. Mas você parece muito séria, Marianne; desaprova a escolha da sua irmã?

— Talvez — disse Marianne — eu possa considerá-la com certa surpresa. Edward é muito simpático e tenho muito carinho por ele. Mesmo assim... ele não é o tipo de rapaz... falta-lhe alguma coisa... a sua aparência não impressiona; não tem nenhuma das qualidades que eu esperaria do homem que pudesse receber seriamente o afeto da minha irmã. Seus olhos carecem de todo aquele espírito, daquele fogo que anuncia ao mesmo tempo a virtude e a inteligência. Além disso, receio, mamãe, que ele não tenha um verdadeiro bom gosto. A música parece atraí-lo pouco e, embora admire muito os desenhos de Elinor, não é aquela admiração de quem entende o seu valor. É evidente que, apesar de sua frequente atenção a ela enquanto desenha, na verdade ele nada sabe sobre o assunto. Admira como um apaixonado, não como *connoisseur*. Para me satisfazer, essas características têm de vir juntas. Eu não poderia ser feliz com um homem cujo gosto não coincidisse em tudo com o meu. Ele tem de entrar em todos os meus sentimentos; os mesmos livros, a mesma música devem encantar-nos. Ah, mamãe, como era desanimado e insípido o jeito de Edward ao ler para nós a noite passada! Senti muito por minha irmã. Ela, porém, suportou aquilo com tanta compostura, que mal parecia notá-lo. Eu mal conseguia permanecer sentada. Ouvir aquelas belas linhas, que sempre quase me enlouquecem, pronunciadas com aquela calma impassível, com aquela indiferença medonha!

— Ele certamente teria feito justiça a uma prosa simples e elegante. Foi o que pensei na hora; você *devia* ter-lhe dado Cowper.

— Não, mamãe, nem Cowper é capaz de animá-lo! Porém, devemos respeitar a diferença de gostos. Elinor não tem os meus sentimentos e, portanto, pode passar por cima disso e ser feliz com ele. Mas teria partido o *meu* coração, se eu o amasse, vê-lo ler com tão pouca sensibilidade. Mamãe, quanto mais conheço o mundo, mais me convenço de que jamais encontrarei o homem que eu possa realmente amar. Sou tão exigente! Ele precisa ter todas as virtudes do Edward, e a sua pessoa e maneiras devem adornar essas qualidades com todos os encantos possíveis.

— Lembre-se, meu amor, você não tem nem dezessete anos. Ainda é muito cedo na vida para desesperar da felicidade. Por que teria menos sorte do que a sua mãe? Só numa circunstância, querida Marianne, espero que o seu destino seja diferente do dela!

CAPÍTULO 4

— Que pena, Elinor — disse Marianne —, que Edward não tenha gosto pelo desenho.

— Não tenha gosto pelo desenho! — replicou Elinor —, por que acha isso? Ele não desenha, é verdade, mas tem muito prazer em ver outras pessoas desenharem, e eu lhe garanto que não lhe falta certo bom gosto natural, embora não tenha tido oportunidade de desenvolvê-lo. Se tivesse estudado, acho que desenharia muito bem. Ele tem tão pouca confiança em seu próprio julgamento em matérias como essa, que jamais quer dar sua opinião sobre nenhum desenho, contudo tem um bom gosto correto e simples que em geral o orienta perfeitamente bem.

Marianne tinha medo de ofendê-la e não tocou mais no assunto; entretanto, o tipo de aprovação que, segundo Elinor, lhe provocava ver outras pessoas desenharem estava muito longe do prazer arrebatador que, em sua opinião, era a única coisa a merecer o nome de bom gosto. Mesmo assim, se bem que rindo por dentro do equívoco, ela aprovou a irmã pela cega predileção por Edward que o provocara.

— Espero, Marianne — prosseguiu Elinor —, que não ache que ele não tem bom gosto. Na verdade, creio poder dizer que não pode ser assim, pois o seu comportamento com ele é perfeitamente cordial, e se fosse *aquela* a sua opinião, tenho certeza de que jamais seria gentil com ele.

Marianne não sabia o que dizer. Não queria de modo algum magoar a irmã e, no entanto, era-lhe impossível dizer alguma coisa em que não acreditasse. Por fim, respondeu:

— Não se ofenda, Elinor, se a minha estima por ele não for de todo igual à ideia que você faz dos seus méritos. Não tive tantas oportunidades de avaliar minuciosamente as menores inclinações da sua alma, as suas preferências e gostos, como você; mas tenho a mais alta consideração sobre a sua bondade e o seu bom-senso. Penso dele tudo o que é valioso e simpático.

— Estou certa — respondeu Elinor, com um sorriso — de que seus mais caros amigos não ficariam insatisfeitos com um elogio desses. Não vejo como poderia expressar-se em termos mais calorosos.

Marianne ficou feliz por ter contentado a irmã com tanta facilidade.

— De seu bom-senso e de sua bondade — continuou Elinor — acho que ninguém que tenha tido com ele uma conversa franca pode duvidar. A excelência da sua inteligência e dos seus princípios só pode ser ofuscada pela timidez que muitas vezes o faz permanecer calado. Você o conhece o bastante para fazer justiça ao seu grande valor. Porém, sobre as suas menores inclinações, como as chama, algumas circunstâncias especiais mantiveram você mais desconhecedora do que eu. Ele e eu muitas vezes passamos um bom tempo juntos, enquanto você se dedica completamente a mamãe, guiada pelos mais afetuosos princípios. Vi muitas coisas nele, estudei seus sentimentos e ouvi a sua opinião sobre assuntos de literatura e interesses: em resumo, ouso dizer que a mente dele é bem informada; o seu gosto pelos livros, excessivamente grande; sua imaginação, viva; sua observação, justa e correta; e seu gosto, delicado e puro. Seus talentos, em todos os aspectos, ganham com a familiaridade tanto quanto suas maneiras e pessoa. À primeira vista, seu trato certamente não impressiona, e sua pessoa dificilmente pode ser considerada bonita, até se perceber a expressão dos seus olhos, excepcionalmente bondosa, e a doçura geral de suas feições. Agora eu o conheço tão bem que o acho realmente bonito, ou pelo menos quase. O que me diz, Marianne?

— Logo, logo vou achá-lo bonito, Elinor, se é que já não o acho. Quando me diz que o ama como a um irmão, não verei maior imperfeição em seu rosto do que no coração.

Elinor assustou-se com essa declaração, e lamentou o ardor que traiu ao falar sobre ele. Sentiu que Edward ocupava uma alta posição em sua estima. Achava que o afeto era recíproco, mas exigia maior certeza sobre isso para que a certeza de Marianne sobre a atração entre os dois lhe agradasse. Ela sabia que naquilo que Marianne e a mãe conjeturavam por um momento, no momento seguinte elas acreditavam, já que com elas desejar era esperar e esperar era ter a expectativa. Tentou explicar à irmã a real situação.

— Não tento negar — disse ela — que o tenho em altíssima consideração... que o estimo muito, que gosto dele.

Marianne, então, explodiu indignada:

— Estimo-o! Gosto dele! Insensível Elinor! Ah, pior que insensível! Envergonhada de não o ser. Use essas palavras de novo e eu sairei da sala imediatamente.

Elinor não pôde conter o riso.

— Peço desculpas — disse ela — e pode ter certeza de que não quis ofendê-la ao falar tão serenamente dos meus próprios sentimentos. Você pode crer que são mais fortes do que mencionei; pode crer, em suma, que eles são tais como os méritos dele e a suspeita... a esperança de seu afeto por mim podem assegurar, sem imprudência ou loucura. Porém, não creia mais do que isso. Não tenho nenhuma certeza do seu afeto por mim. Há momentos em que parece duvidosa a força desse sentimento; e, até os seus sentimentos se tornarem completamente conhecidos, não é de admirar o meu desejo de evitar qualquer encorajamento à minha própria queda por ele, crendo ou chamando-a de mais do que é. No fundo do coração, sinto pouca... ou quase nenhuma dúvida do interesse dele por mim. Mas há outros pontos a considerar, além da sua inclinação. Ele está longe de ser independente. Não sabemos o que a mãe dele é na realidade; contudo, da menção ocasional por parte da Fanny de seu comportamento e de suas opiniões, nunca estivemos inclinadas a considerá-la simpática; e, ou estou muito enganada, ou o próprio Edward não está consciente de que deve haver muitas dificuldades em seu caminho, se quiser casar-se com uma mulher que não tenha nem uma grande fortuna nem uma alta posição na sociedade.

Marianne ficou pasmada ao descobrir o quanto a imaginação da sua mãe e a dela própria as havia desviado da verdade.

— E não está realmente noiva dele! — disse ela. — Não obstante, isso logo vai acontecer. Esse adiamento vai proporcionar duas vantagens. *Eu* não vou perdê-la tão cedo e Edward terá mais oportunidades de desenvolver um gosto natural pela sua atividade favorita, o que deve ser tão indispensavelmente necessário para a futura felicidade de você. Ah, se ele fosse estimulado pelo seu gênio a aprender a desenhar, que delícia seria!

Elinor dera sua verdadeira opinião à irmã. Não podia encarar sua queda por Edward de uma perspectiva tão favorável quanto Marianne acreditava que fosse. Havia nele, às vezes, uma falta de ânimo que, se não denotava indiferença, indicava algo quase tão pouco promissor. Uma dúvida sobre o afeto dela por ele, se é que a tivesse, provocaria nele apenas inquietação. Provavelmente não provocaria a depressão que com frequência o atingia. Uma causa mais razoável poderia ser a situação de dependência que o impedia de fruir de seu afeto. Ela sabia que o comportamento da mãe dele não lhe permitia uma situação financeira satisfatória no presente nem lhe dava nenhuma garantia de que pudesse formar um lar, sem atender estritamente às ideias dela sobre a sua futura alta condição. Sabendo disso, era impossível para Elinor sentir-se à vontade ao falar sobre o assunto. Estava longe de confiar no bom êxito dessa sua preferência por Edward, que sua mãe e sua irmã ainda consideravam certo. Não, quanto mais os dois ficavam juntos, mais duvidosa parecia a natureza dos sentimentos dele; e às vezes, durante alguns minutos dolorosos, ela acreditava que tudo não passava de amizade.

Mas, fossem quais fossem os limites desse sentimento, ele era suficiente, quando visto pela irmã dele, para inquietá-la e ao mesmo tempo (o que era ainda mais comum) torná-la grosseira. Ela aproveitou, então, a primeira oportunidade para afrontar a madrasta, falando-lhe com tanta expressividade das grandes expectativas do irmão, da decisão da sra. Ferrars de que ambos os filhos deveriam fazer bons casamentos e do perigo que corria qualquer mocinha que tentasse *seduzi-lo*, que a sra. Dashwood não pôde fingir não compreender nem tentar aparentar calma. Deu-lhe uma resposta que externava todo o seu desdém e de imediato deixou a sala, decidida que, fossem quais fossem os inconvenientes ou as despesas de uma mudança súbita, sua querida Elinor não devia expor-se por mais uma semana a tais insinuações.

Nesse estado de espírito, foi-lhe entregue uma carta pelo correio, contendo uma proposta que chegava na hora certa. Era a oferta de uma casinha, em ótimas condições de pagamento, pertencente a um parente seu, um cavalheiro de posses e de boa condição social em Devonshire. A carta era do próprio cavalheiro e estava escrita no autêntico espírito de um acordo amigável. Ele soubera que ela precisava de uma residência e, embora a casa que agora lhe oferecia não passasse de um chalé, garantia-lhe que seria feito tudo que ela julgasse necessário, se o lugar lhe agradasse. Depois de lhe descrever os pormenores da casa e do jardim, instou-a seriamente a virem ela e as filhas a Barton Park, lugar de sua própria residência, de onde poderiam julgar por si mesmas se o Chalé Barton, pois ambas as casas ficavam na mesma paróquia, poderia, com algumas reformas, tornar-se cômodo para elas. Parecia realmente desejoso de abrigá-la, e toda a carta fora escrita num estilo tão simpático que não poderia deixar de agradar à prima, sobretudo num momento em que ela estava sofrendo pelo comportamento frio e hostil de seus parentes mais próximos. Não precisou de muito tempo para deliberar ou pensar. Sua decisão já estava tomada ao terminar a carta. A localização de Barton, num condado tão distante de Sussex como Devonshire, o que, algumas horas antes, teria sido uma objeção suficiente para superar qualquer possível vantagem do lugar, era agora o seu principal atrativo. Deixar as vizinhanças de Norland não era mais um mal, era um objeto de desejo, era uma bênção, em comparação com a desgraça de continuar a ser hóspede da nora; e mudar-se para sempre desse lugar tão querido seria menos doloroso do que o habitar ou visitar enquanto uma mulher como aquela fosse a sua proprietária. Escreveu de imediato a *Sir* John Middleton uma carta agradecendo sua gentileza e aceitando a proposta, e logo se apressou em mostrar as duas cartas às filhas, uma vez que precisava ter a aprovação delas antes de enviar a resposta.

Elinor sempre achara que seria mais prudente para elas estabelecerem-se a alguma distância de Norland do que permanecerem nas proximidades de seus presentes relacionamentos. Sobre esse ponto, portanto, não seria ela a se opor à intenção da mãe de se mudar para Devonshire. A casa, também, tal como a descrevera *Sir* John, era de dimensões tão modestas e o aluguel era tão excepcionalmente módico, que não lhe dava ocasião para objeções sobre esse ponto; portanto, embora não fosse um plano que oferecesse muitos encantos à imaginação e fosse uma mudança para mais longe de Norland do que desejava, não tentou dissuadir a mãe de enviar uma carta de aceitação.

CAPÍTULO 5

Tão logo foi postada a carta, a sra. Dashwood deu-se o prazer de anunciar à nora e ao sr. John Dashwood dela que já providenciara uma casa, e não mais os incomodaria assim que tudo estivesse pronto para habitá-la. Ouviram-na com surpresa. A sra. John Dashwood não falou nada, no entanto, o marido educadamente lhe disse esperar que não se mudariam para longe de Norland. Ela teve a grande satisfação de responder que estavam de partida para

Devonshire. Edward voltou-se abruptamente para ela ao ouvir aquilo e, com um tom de voz surpreso e preocupado, para ela bastante previsível, replicou:

— Devonshire! Estão mesmo indo para lá? É tão longe daqui! E para que lugar de lá?

Ela lhe explicou a localização, quatro milhas ao norte de Exeter.

— Não passa de um chalé — prosseguiu ela —, mas espero poder receber nele muitos dos meus amigos. É possível acrescentar um ou dois quartos com facilidade e, se os meus amigos não tiverem problemas para viajar até tão longe para me ver, eu certamente também não terei nenhum em acomodá-los.

Concluiu ela com um gentilíssimo convite ao sr. e à sra. John Dashwood para uma visita a Barton, e a Edward, convidou-o com afeto ainda maior. Embora a última conversa com a nora a tivesse feito decidir-se a não permanecer em Norland por mais tempo do que o inevitável, ela não provocara na sra. Dashwood o mínimo efeito no que se referia ao ponto que fora especialmente visado. Separar Edward de Elinor estava tão longe de ser o seu objetivo quanto sempre estivera, e ela quis mostrar à sra. John Dashwood, com o enfático convite ao irmão, como desdenhara completamente a sua desaprovação pelo relacionamento entre os dois.

O sr. John Dashwood disse e redisse à mãe como lamentava infinitamente o fato de ela ter alugado uma casa a tal distância de Norland que lhe impedia qualquer ajuda no transporte das mobílias. Sentiu-se então escrupulosamente contrariado, pois a própria aplicação a que limitara o cumprimento da promessa feita ao pai se via impossibilitada por aquele acordo. A mobília foi toda transportada por via fluvial. Compunha-se principalmente de roupa de cama e mesa, prataria, porcelanas e livros, mais um belíssimo pianoforte de Marianne. A sra. John Dashwood assistiu desolada à partida dos pacotes: não conseguia deixar de achar intolerável que, com um rendimento tão insignificante em comparação com o dela própria, a sogra ainda pudesse ter tão belas mobílias.

A sra. Dashwood alugou a casa por doze meses; já estava mobiliada e a posse podia ser imediata. Não houve dificuldade de nenhuma das duas partes para chegarem a um acordo, e ela apenas aguardou que a mudança partisse de Norland e a definição de sua futura criadagem para partir para o oeste, e isso logo foi feito, já que era rapidíssima em fazer tudo que fosse do seu interesse. Os cavalos que o marido lhe deixara foram vendidos logo após a morte dele, e aparecendo então uma oportunidade de vender a carruagem, ela concordou em desfazer-se *dela* a conselho da ajuizadíssima filha mais velha. Para comodidade das filhas, se ela tivesse consultado apenas seus próprios desejos, tê-la-ia conservado; mas prevaleceu o discernimento de Elinor. A sabedoria dela também limitara o número de criados a três: duas criadas e um criado, que rapidamente escolheram entre a criadagem que as servia em Norland.

O criado e uma das criadas foram mandados de imediato a Devonshire para prepararem a casa para a chegada da patroa, visto que, como *Lady* Middleton era completamente desconhecida da sra. Dashwood, preferiu ir diretamente ao chalé a ser hóspede em Barton Park, e confiou tão irrestritamente na descrição que *Sir* John fizera da casa, que não teve curiosidade de examiná-la por si mesma antes de tomar posse dela. A pressa de ir embora de Norland não pôde diminuir, graças à evidente satisfação da nora à perspectiva da sua mudança, uma satisfação que só ligeiramente tentou esconder com um frio convite para que adiasse a partida. Aquela era a hora em que a promessa do filho adotivo ao pai podia ser cumprida com maior propriedade. Desde que ele deixara de cumpri-la ao chegar à casa, a saída delas de seu lar podia ser considerada a melhor ocasião para o seu cumprimento. Entretanto, a sra. Dashwood logo abandonou qualquer esperança com relação a isso e se convenceu, pelo tom geral das palavras dele, de que seu auxílio não iria além de mantê-las por seis meses em Norland. Ele falava com tanta frequência das crescentes despesas da casa e das perpétuas e incalculáveis exigências feitas ao seu bolso, a que um homem de certa posição na sociedade está exposto, que antes parecia estar necessitado de mais dinheiro do que disposto a gastar o que tinha.

Pouquíssimas semanas depois da chegada da primeira carta de *Sir* John Middleton a Norland, tudo já estava tão arrumado em sua futura residência que a sra. Dashwood e as filhas puderam dar início à viagem.

Muitas foram as lágrimas derramadas por elas nas últimas despedidas a um lugar tão querido. "Querida, querida Norland!", disse Marianne, enquanto caminhava sozinha diante da casa, na última noite de sua permanência lá, "quando deixarei de ter saudade de você!... quando aprenderei a ter um lar em outro lugar!... Ah, casa feliz, se pudesse saber como eu sofro ao ver você agora deste lugar, de onde talvez nunca mais possa vê-la!... E vocês, árvores tão amigas!... Mas continuarão as mesmas... Nenhuma folha vai cair por causa da nossa mudança, nenhum galho se imobilizará, ainda que não possamos mais observá-las!... Não. Continuarão as mesmas, inconscientes do prazer ou do sofrimento que provocam e insensíveis a qualquer mudança naqueles que caminham sob a sua sombra!... Mas quem vai ficar para apreciá-las?".

CAPÍTULO 6

A primeira parte da viagem transcorreu num clima melancólico demais para poder não ser tediosa e desagradável. Mas, ao se aproximarem do seu término, o interesse delas pela aparência da região em que iriam habitar superou a tristeza, e a vista que tiveram do Vale de Barton ao entrarem nele tornou-as alegres. Era um lugar ameno e fértil, com muitas árvores e rico em pastagens. Depois de serpentearem por ele durante mais de uma milha, chegaram à casa. Um jardinzinho verde na frente era a totalidade de seus domínios, e um portãozinho simples permitiu-lhes a entrada.

Como casa, o Chalé Barton, apesar de pequeno, era confortável e compacto, todavia como chalé deixava a desejar, pois a construção era regular, o teto era de telhas e as venezianas das janelas não estavam pintadas de verde, nem as paredes eram cobertas de madressilvas. Um corredor estreito levava diretamente através da casa até o jardim da parte de trás. Em cada lado da entrada ficava uma sala de estar de cerca de dezesseis pés quadrados e depois as dependências de serviço e as escadas. Quatro quartos e dois sótãos compunham o resto da casa. Não era muito velha e estava em bom estado. Comparada a Norland, era sem dúvida pobre e pequena, contudo, as lágrimas provocadas pelas lembranças enquanto entravam na casa logo se enxugaram. Ficaram contentes com a alegria dos criados à sua chegada, e cada uma decidiu mostrar-se contente para animar as outras. Era o comecinho de setembro. O dia estava lindo, e, pelo fato de verem o lugar pela primeira vez com a vantagem do bom tempo, tiveram uma boa impressão dele, o que foi de grande importância para que recebesse a aprovação final.

A localização da casa era boa. Havia altas colinas imediatamente atrás dela e a uma distância pequena de cada lado, algumas das quais eram chapadas abertas, outras eram cultivadas e arborizadas. O burgo de Barton ficava sobre uma dessas colinas e formava uma visão agradável quando visto das janelas do chalé. A perspectiva à frente era mais ampla: dominava a totalidade do vale e alcançava os campos além dele. As colinas que rodeavam o chalé limitavam o vale naquela direção; com outro nome e com outro curso, ele se estendia entre duas das mais íngremes dessas elevações.

Com o tamanho e a mobília da casa, a sra. Dashwood estava satisfeita no geral, porque, embora seu antigo estilo de vida tornasse indispensáveis alguns acréscimos à casa, ampliar e reformar eram um prazer para ela, e naquele momento dispunha de dinheiro suficiente para obter tudo que queria para aumentar a elegância dos cômodos. "Quanto à casa em si, não há dúvida", disse ela, "de que é pequena demais para a nossa família, porém estaremos toleravelmente bem por enquanto, pois o ano já vai avançado demais para fazer reformas. Talvez na primavera, se tiver dinheiro suficiente, como tenho certeza de que terei, poderemos pensar em reformas. Estas duas salas são pequenas demais para as festas de nossos amigos, já que pretendo vê-los muitas vezes reunidos aqui, e tenho planos de incluir o corredor numa delas, talvez com parte da outra, e assim deixar o resto da outra como entrada. Isso, com uma nova sala de visitas que pode ser facilmente adicionada e mais um quarto de dormir e um sótão, farão dele um chalezinho muito aconchegante. Eu preferiria que as escadas fossem mais bonitas. Mas não se pode esperar tudo, apesar de achar que não seria difícil alargá-las. Vou ver como estará a minha situação financeira na primavera e faremos nossos planos de reforma de acordo com ela".

Enquanto isso, até que todas essas melhorias pudessem ser feitas com as economias sobre uma renda de quinhentas libras anuais por uma mulher que nunca economizara nada na vida, elas foram sábias o bastante para se contentarem com a casa tal como estava, e cada uma delas tratou de resolver seus problemas particulares e de, arrumando livros e outros objetos à sua volta, fazer para si mesmas um lar. O pianoforte de Marianne foi desembalado e corretamente instalado, e os desenhos de Elinor foram afixados às paredes da sala de estar.

No dia seguinte, enquanto se ocupavam com essas coisas, foram interrompidas logo depois do café da manhã pela chegada do seu senhorio, que veio dar-lhes as boas-vindas a Barton e oferecer-lhes qualquer coisa de sua casa e jardim que lhes faltasse no momento. *Sir* John Middleton era um homem bem-apessoado, de cerca de quarenta anos. Tinha-as visitado anteriormente em Stanhill, mas há tempo demais para que suas jovens primas pudessem lembrar-se dele. Era muito bem-humorado e suas maneiras eram tão simpáticas quanto o estilo da carta. A chegada delas pareceu proporcionar-lhe uma real satisfação, e o conforto delas ser objeto de real preocupação para ele. Falou bastante de seu profundo desejo de que elas vivessem nos melhores termos com a sua família, e instou-as tão cordialmente a jantarem em Barton Park todos os dias até que estivessem bem acomodadas em casa, que, embora suas súplicas fossem levadas a um ponto de insistência além da polidez, elas não podiam ofendê-lo com uma recusa. Sua gentileza não se limitava às palavras, visto que, uma hora depois de sair, uma grande cesta cheia de hortaliças e frutas chegou de Barton Park, seguida antes do fim do dia por outra com carne de caça. Além disso, ele insistiu em levar-lhes e trazer-lhes a correspondência e em ter a satisfação de lhes enviar o jornal todos os dias.

Lady Middleton enviara-lhes por intermédio dele um bilhete muito gentil, que lhes comunicava sua intenção de aguardar a visita da sra. Dashwood para assim que não fosse inconveniente para ela; e como o bilhete foi respondido por um convite igualmente polido, Sua Senhoria lhes foi apresentada no dia seguinte.

Elas estavam, é claro, muito ansiosas por verem uma pessoa de quem boa parte de seu conforto em Barton dependeria, e a elegância de sua aparência foi favorável aos desejos delas. *Lady* Middleton não tinha mais de vinte e seis ou vinte e sete anos, o rosto era lindo, sua figura, alta e imponente, seu modo de falar, gracioso. Suas maneiras tinham toda a elegância que o marido desejava. Estas, porém, teriam sido ainda melhores se ela compartilhasse a franqueza e o calor do marido; e sua visita foi longa o bastante para diminuir um pouco a admiração inicial, mostrando que, se bem que perfeitamente educada, era reservada, fria e nada tinha a dizer por si mesma, além das mais triviais perguntas e observações.

Conversa, porém, era o que não faltava, pois *Sir* John era muito falante e *Lady* Middleton tomara a sábia precaução de trazer consigo seu filho mais velho, um lindo menininho de seis anos, com o que sempre havia um assunto a que as senhoras podiam recorrer em casos de emergência, uma vez que tinham de lhe perguntar o nome e a idade, admirar sua beleza e fazer-lhe perguntas a que a mãe respondia por ele enquanto ele se pendurava a ela e mantinha a cabeça baixa, para grande surpresa de Sua Senhoria, que ficou intrigada com o fato de ele ser tão tímido em sociedade quanto era levado em casa. Em toda visita formal deveria haver uma criança, para dar assunto às conversas. No presente caso, levou mais de dez minutos para se determinar se o menino era mais parecido com o pai ou com a mãe, e em que particular se parecia com cada um deles, porque naturalmente cada um tinha uma opinião diferente e se admirava com a dos outros.

Logo apareceu uma nova oportunidade para as Dashwood conversarem sobre as demais crianças, visto que *Sir* John não deixou a casa sem antes obter delas a promessa de jantarem em Barton Park na noite seguinte.

CAPÍTULO 7

Barton Park ficava a cerca de meia milha do chalé. As Dashwood haviam passado por perto em seu trajeto pelo vale, mas não podiam vê-lo do chalé, pois a visão era obstruída por uma colina. A casa era ampla e bela, e o estilo de vida dos Middleton equilibrava hospitalidade e elegância. A primeira era para satisfação de *Sir* John, a segunda, para a de sua esposa. Raramente passavam sem a presença de alguns amigos na casa, e recebiam mais gente de todos os tipos do que qualquer outra família das redondezas. Isso era necessário para a felicidade de ambos, visto que, apesar de terem temperamentos e comportamentos diferentes, pareciam-se muito um com o outro na total falta de talento e de gosto, o que muito limitava as suas atividades não relacionadas com a vida social. *Sir* John era um esportista; *Lady* Middleton, uma mãe. Ele caçava e atirava, e ela fazia as vontades das crianças, e essas eram suas únicas atividades. *Lady* Middleton tinha a vantagem de poder mimar as crianças o ano inteiro, ao passo que as atividades independentes de *Sir* John existiam só metade do tempo. Compromissos ininterruptos em casa e fora, porém, supriam todas as deficiências de natureza e educação, fortaleciam o bom humor de *Sir* John e punham em prática a boa educação da esposa.

Lady Middleton cuidava pessoalmente da elegância da mesa e de todos os arranjos domésticos, e seu maior prazer em todas as festas vinha desse tipo de vaidade. Mas a satisfação de *Sir* John em sociedade era muito mais real:

ele adorava reunir ao seu redor mais jovens do que caberiam em sua casa, e, quanto mais barulhentos eles fossem, maior era o seu prazer. Ele era uma bênção para toda a parte juvenil da vizinhança, porque no verão dava sempre festas em que se servia ao ar livre presunto frio e frango, e no inverno seus bailes particulares eram numerosos o bastante para qualquer jovem senhorita que já tivesse deixado para trás o insaciável apetite dos quinze anos.

A chegada de uma nova família era sempre motivo de alegria para ele, e de todos os pontos de vista estava encantado com os habitantes que oferecera a seu chalé de Barton. As srtas. Dashwood eram jovens, bonitas e naturais. Isso era o bastante para garantir a sua boa opinião, já que ser natural era tudo o que uma moça bonita podia querer para tornar sua alma tão cativante quanto sua pessoa. A amabilidade de seu caráter fê-lo ficar feliz por hospedar pessoas cuja situação poderia ser considerada infeliz, em comparação com a do passado. Ao demonstrar gentileza pelas primas, portanto, ele sentiu a verdadeira satisfação de um bom coração, e, ao estabelecer uma família composta só de mulheres no chalé, teve toda a satisfação de um esportista, pois um esportista, embora aprecie apenas aqueles do seu sexo que sejam igualmente esportistas, raramente deseja incentivar seu gosto admitindo-os numa residência em seu próprio solar.

A sra. Dashwood e suas filhas foram recebidas à porta da casa por *Sir* John, que lhes deu as boas-vindas a Barton Park com natural sinceridade e, enquanto as acompanhava até a sala de visitas, repetiu às jovens a preocupação que o mesmo tema lhe causara no dia anterior, qual seja, não ter conseguido chamar nenhum jovem elegante para apresentar a elas. Elas veriam, disse ele, apenas um cavalheiro, além dele mesmo; um amigo particular que estava hospedado no parque, mas não era nem muito jovem nem muito alegre. Esperava que todas elas lhe perdoassem a modéstia da festa e lhes garantiu que isso não se repetiria. Visitara diversas famílias aquela manhã, na esperança de aumentar o número de convidados, entretanto, aquela seria uma noite de luar e todos já estavam cheios de compromissos. Por sorte, a mãe de *Lady* Middleton chegara a Barton havia uma hora, e, como era uma mulher muito alegre e agradável, ele esperava que as jovens não achassem tudo aquilo tão aborrecido como imaginavam. As jovens, assim como sua mãe, estavam perfeitamente satisfeitas por terem só dois estranhos na festa, e não queriam mais.

A sra. Jennings, mãe de *Lady* Middleton, era uma mulher bem-humorada, alegre, gorda e idosa, que falava muito, parecia muito feliz e um tanto vulgar. Ria muito, contava muitas anedotas e, antes do fim do jantar, já havia dito muitas coisas divertidas sobre amantes e maridos; disse esperar que elas não tivessem deixado o coração para trás, em Sussex, e fingiu vê-las corar, tenham elas corado ou não. Marianne ficou contrariada com aquilo por causa da irmã e cravou os olhos em Elinor para ver como suportava aqueles ataques, com uma seriedade que perturbou muito mais a Elinor do que as brincadeiras triviais da sra. Jennings.

O coronel Brandon, o amigo de *Sir* John, por semelhança de maneiras parecia tão pouco adequado a ser seu amigo quanto *Lady* Middleton a ser sua esposa, ou a sra. Jennings a ser a mãe de *Lady* Middleton. Era calado e sério. Sua aparência, porém, não era desagradável, apesar de ser, na opinião de Marianne e Margaret, um solteirão completo, por estar do lado errado dos trinta e cinco anos; ainda que seu rosto não fosse bonito, a sua expressão era inteligente e o seu trato, especialmente cavalheiresco.

Nada havia em nenhum dos convivas que os pudesse recomendar como companhia para as Dashwood, contudo, a fria insipidez de *Lady* Middleton era tão especialmente repulsiva, que em comparação a gravidade do coronel Brandon e até a turbulenta alegria de *Sir* John e de sua sogra se tornavam interessantes. *Lady* Middleton só pareceu animar-se com a entrada de seus quatro ruidosos filhos depois do jantar, que a puxaram de um lado para o outro, rasgaram sua roupa e puseram um ponto-final em todo tipo de conversa, exceto as relacionadas a eles.

Ao cair da tarde, quando se descobriu que Marianne tinha talentos musicais, convidaram-na a tocar. O instrumento estava aberto, todos se prepararam para grandes arroubos musicais, e Marianne, que cantava muito bem, a pedidos começou a cantar a primeira das canções que *Lady* Middleton trouxera consigo para a família ao casar e cuja partitura talvez estivesse na mesma posição sobre o piano desde então, pois Sua Senhoria celebrara aquele acontecimento abrindo mão da música, se bem que, segundo a mãe, ela tocasse muitíssimo bem e, segundo ela mesma, gostasse muito de fazê-lo.

O desempenho de Marianne foi muito aplaudido. *Sir* John manifestava sonoramente sua admiração ao fim de cada canção e era igualmente sonoro em suas conversas com os outros enquanto ela cantava. *Lady* Middleton o repreendeu várias vezes, já que não entendia como a atenção de alguém pudesse ser distraída da música por um instante que fosse, e pediu a Marianne que cantasse uma determinada canção que ela acabara de cantar. Só o coronel Brandon, entre todos os convivas, a ouvia sem se extasiar. Fez-lhe apenas a gentileza de prestar atenção, e naquela ocasião ela sentiu respeito por ele, o que os outros, com toda razão, haviam perdido, por absoluta falta de gosto. Seu amor pela música, embora não se elevasse ao prazer extático, o único que poderia afinar-se com o dela, era considerável em comparação com a horrível insensibilidade dos outros, e ela era razoável o bastante para admitir que um homem de trinta e cinco anos podia muito bem ter sobrevivido a toda agudeza de sentimentos e a todo fino poder de deleitar-se. Estava perfeitamente disposta a fazer toda espécie de concessão à idade avançada do coronel exigida pela compaixão.

CAPÍTULO 8

A sra. Jennings era uma viúva que recebera uma rica herança. Tinha só duas filhas, e viveu o bastante para ver ambas respeitavelmente casadas. Assim, não tinha agora mais nada para fazer, a não ser conseguir casamento para todo o resto do mundo. Era dedicadamente ativa na promoção desse objetivo, até onde sua capacidade podia ir, e não perdia nenhuma oportunidade de projetar casamentos entre todos os jovens de seu conhecimento. Era impressionantemente rápida em descobrir inclinações e gozara da vantagem de provocar o rubor e a vaidade de muitas jovens com suas insinuações a respeito do poder delas sobre determinado rapaz; e esse tipo de discernimento permitiu-lhe logo após a sua chegada a Barton anunciar em caráter definitivo que o coronel Brandon estava completamente apaixonado por Marianne Dashwood. Ela até suspeitara disso na primeira noite em que estiveram juntos, por ter ele escutado com tanta atenção enquanto ela cantava para eles; e quando a visita foi retribuída pelos Middleton num jantar no chalé, a suspeita foi confirmada pelo fato de o coronel tê-la escutado de novo. Só podia ser isso. Estava plenamente convencida. Seria um casal perfeito, pois ele era rico e ela era bonita. A sra. Jennings estava ansiosa por ver o coronel Brandon bem casado, desde que a sua relação com *Sir* John o trouxe ao seu conhecimento, e sempre estava à caça de um bom marido para cada moça bonita.

A vantagem imediata que ela ganhava com aquilo não era de modo algum insignificante, porque lhe proporcionava um sem-número de anedotas contra os dois. Em Barton Park ria do coronel; no chalé, de Marianne. Para o primeiro, sua troça era provavelmente, visto que atingia só a ele, completamente indiferente; mas, para a segunda, de início foi incompreensível e, quando Marianne compreendeu o objetivo dela, não sabia se devia rir daquele absurdo ou reprovar a sua impertinência, uma vez que considerava aquilo uma reflexão insensível sobre a idade avançada do coronel e de sua desesperada condição de velho solteirão.

A sra. Dashwood, que não conseguia julgar um homem cinco anos mais jovem do que ela tão enormemente velho como ele aparecia à imaginação da filha, arriscou-se a defender a sra. Jennings da suspeita de querer ridicularizar a idade dele.

— Mas pelo menos, mamãe, a senhora não pode negar o absurdo da acusação, mesmo que não a considere mal-intencionada. O coronel Brandon é, sem dúvida, mais jovem que a sra. Jennings, mas tem idade para ser *meu* pai; e, se alguma vez já foi animado o bastante para se apaixonar, deve ter sobrevivido a toda sensação desse tipo. É ridículo demais! Quando é que um homem se vê livre de gracejos como esse, se nem a idade nem a doença o protegem?

— Doença! — disse Elinor. — Considera o coronel Brandon um homem doente? Posso entender que a idade dele pareça muito maior para você do que para mamãe, contudo, não pode iludir-se quanto ao fato de ele ter o uso de seus membros!

— Não o ouviu queixando-se de reumatismo? E essa não é a doença mais comum da velhice?

— Minha queridíssima filha — disse a mãe, rindo —, nesse ritmo você deve estar em contínuo terror quanto ao *meu* declínio e achar um milagre que a minha vida se tenha prolongado até a avançada idade de quarenta anos!

— Mamãe, a senhora está sendo injusta comigo. Sei muito bem que o coronel Brandon ainda não é velho o bastante para tornar seus amigos apreensivos de perdê-lo no curso natural das coisas. Pode viver ainda mais vinte anos. Entretanto, trinta e cinco anos já não têm nada a ver com casamento!

— Talvez — disse Elinor — seja melhor dizer que trinta e cinco e dezessete não têm nada a ver com um casamento de um com o outro. Mas se por acaso houvesse uma mulher de vinte e sete anos, solteira, não acho que os trinta e cinco anos do coronel Brandon constituiriam obstáculo para que casasse com *ela*.

— Uma mulher de vinte e sete anos — disse Marianne, após uma pausa — não pode mais esperar sentir ou inspirar amor, e se sua casa não for confortável ou se suas posses forem modestas, acho que deva oferecer os serviços de enfermeira, em troca de sustento e da segurança de uma esposa. Casar com uma mulher assim, portanto, nada teria de inadequado. Seria um pacto de conveniência, e a sociedade ficaria satisfeita. A meu ver, não seria absolutamente um casamento, não seria nada. Para mim, seria só uma troca comercial, em que cada um pretende lucrar à custa do outro.

— Seria impossível, eu sei — replicou Elinor —, convencer você de que uma mulher de vinte e sete anos possa sentir por um homem de trinta e cinco algo bastante próximo do amor, para torná-lo uma companhia agradável para ela. Mas discordo de você condenar o coronel Brandon e sua esposa a um confinamento perpétuo num quarto de doentes, só porque ontem (um dia muito frio e úmido) ele se queixou de uma leve dor reumática num dos ombros.

— Mas ele falou de camisetas de flanela — disse Marianne — e, para mim, camisetas de flanela estão sempre ligadas a dores, cãibras, reumatismos e todos os tipos de achaques que possam atingir os velhos e os fracos.

— Se ele estivesse com uma febre violenta, não o teria desprezado tanto. Confesse, Marianne, não há alguma coisa interessante para você no rosto ardente, nos olhos vazios e no pulso rápido de uma febre?

Logo depois disso, quando Elinor deixou a sala, Marianne disse:

— Mamãe, tenho algo a dizer a respeito de doenças, que não posso esconder da senhora. Tenho certeza de que Edward Ferrars não está bem. Já estamos aqui há quase quinze dias e ele ainda não chegou. Só uma grave indisposição poderia provocar esse atraso extraordinário. Que mais pode detê-lo em Norland?

— Achava que ele viria logo? — disse a sra. Dashwood. — Eu, não. Ao contrário, se senti alguma ansiedade sobre esse assunto, foi ao lembrar que às vezes ele mostrava certa falta de prazer e de presteza ao aceitar o meu convite, quando lhe falava em vir a Barton. Elinor já está esperando-o?

— Nunca toquei no assunto com ela, mas é claro que deve estar.

— Acho que está enganada, porque ao falar com ela ontem sobre a compra de uma nova grade para o quarto de hóspedes, ela observou que não havia pressa, pois provavelmente o quarto não seria usado por algum tempo.

— Que estranho! Que pode querer dizer isso? Mas todo o comportamento de um com o outro tem sido inexplicável! Como foram frias e comedidas as despedidas! Como foi lânguida a conversa entre eles na última noite em que ficaram juntos! No adeus de Edward não houve diferença entre Elinor e mim: foram as despedidas de um afetuoso irmão de ambas. Duas vezes eu os deixei juntos de propósito, na última manhã, e nas duas vezes ele inexplicavelmente me seguiu para fora da sala. E Elinor, ao deixar Norland e Edward, não chorou como eu. Ainda agora, o seu autocontrole é o mesmo. Quando será que ela fica desalentada ou melancólica? Quando tenta evitar companhia ou parece agitada e insatisfeita quando não está só?

CAPÍTULO 9

As Dashwood estavam já estabelecidas em Barton com aceitável conforto. A casa e o jardim, com tudo que os circundava, haviam-se tornado familiares, e as ocupações cotidianas que haviam dado a Norland metade dos seus encantos foram retomadas com uma alegria muito maior que Norland fora capaz de proporcionar desde o falecimento do seu pai. *Sir* John Middleton, que as visitara diariamente nos primeiros quinze dias e não estava acostumado a ver muita ocupação em casa, não podia esconder seu espanto por encontrá-las sempre ativas.

As visitas que recebiam, salvo as de Barton Park, não eram muitas, porque, apesar dos pedidos insistentes de *Sir* John para que frequentassem mais a vizinhança, e das reiteradas afirmações de que sua carruagem estava sempre à disposição, a independência de espírito da sra. Dashwood superava o desejo de companhia para as filhas, e ela estava decidida a recusar-se a visitar qualquer família além da distância de uma caminhada. Poucas havia que coubessem nessa categoria e nem todas eram acessíveis. Cerca de uma milha e meia do chalé, ao longo do tortuoso vale do Allenham, que tinha origem no vale de Barton, como foi mencionado, as meninas, numa de suas primeiras caminhadas, descobriram uma velha mansão de aspecto respeitável que, por lhes lembrar um pouco Norland, interessara à imaginação delas e as fizera querer conhecê-la melhor. Entretanto, ficaram sabendo, ao perguntarem, que a sua proprietária, uma velha senhora de muito bom caráter, infelizmente estava demasiado enferma para se relacionar com a sociedade e nunca saía de casa.

Toda a região ao redor delas estava cheia de lindos passeios. As altas colinas que as convidavam em quase todas as janelas do chalé a buscarem o refinado desfrute do ar de seus cumes eram uma alternativa feliz, quando a poeira dos vales abaixo deles aprisionava suas maiores belezas. E foi para uma dessas colinas que, numa manhã memorável, Marianne e Margaret dirigiram seus passos, atraídas pela parte de sol que se mostrava num céu chuvoso, e incapazes de tolerar por mais tempo o confinamento que a chuva contínua dos dois dias anteriores impusera. O tempo não era tentador o bastante para afastar as duas outras do lápis e do livro, apesar da declaração de Marianne de que faria bom tempo até a noite e que todas as nuvens ameaçadoras se retirariam das colinas; e as duas meninas partiram juntas.

Subiram alegremente as colinas, contentes com sua própria perspicácia a cada traço de céu azul e, quando sentiram no rosto as excitantes lufadas de um forte vento sudoeste, tiveram pena dos receios que impediram sua mãe e Elinor de compartilhar aquelas sensações tão deliciosas.

— Haverá felicidade no mundo — disse Marianne — maior do que esta? Margaret, vamos passear por aqui por pelo menos duas horas.

Margaret concordou e elas seguiram caminho contra o vento, resistindo a ele com risadas prazerosas por cerca de vinte minutos, quando de repente as nuvens se reuniram sobre suas cabeças e uma forte chuva atingiu em cheio suas faces. Contrariadas e surpresas, foram obrigadas, ainda que contra a vontade, a dar meia-volta, visto que não havia nenhum abrigo mais próximo que sua própria casa. Restou, porém, um consolo para elas, ao qual as necessidades do momento davam mais do que a conveniência usual: correr a toda a velocidade pelo lado escarpado da colina que levava direto ao portão do jardim.

Começaram a correr. Primeiro, Marianne saiu em vantagem, porém, um passo em falso a levou bruscamente ao chão, e Margaret, não podendo parar para ajudá-la, continuou correndo sem querer e chegou ao pé da colina em segurança.

Um cavalheiro que portava uma arma, com dois *pointers* de caça a brincar ao seu redor, estava passando no topo da colina, a poucas jardas de Marianne, quando ocorreu o acidente. Ele baixou a arma e correu para ajudá-la. Ela se erguera do chão, mas torcera o pé ao cair e mal conseguia ficar de pé. O cavalheiro ofereceu seus serviços e, percebendo que sua modéstia declinava o que a situação tornava necessário, pegou-a nos braços sem mais tardar e carregou-a colina abaixo. Atravessando então o jardim, cujo portão Margaret deixara aberto, carregou-a diretamente para dentro da casa, onde esta acabara de chegar, e não a largou até que a fez sentar-se numa cadeira da sala de estar.

Elinor e a mãe ergueram-se assustadas à entrada deles e, enquanto os olhos das duas se fixaram nele com evidente espanto e uma secreta admiração que também tinha origem na aparência dele, ele se desculpou pela intrusão, citando a sua causa de maneira tão sincera e graciosa que a sua pessoa, que era extraordinariamente bela, ganhou encantos adicionais por sua voz e sua expressão. Ainda que fosse velho, feio e vulgar, teria contado com a gratidão e a gentileza da sra. Dashwood pelo ato de atenção com sua filha, contudo, a influência da juventude, da beleza e da elegância deu um interesse à ação que tocou os sentimentos dela.

Ela lhe agradeceu repetidas vezes e, com o jeito doce que sempre a acompanhava, convidou-o a se sentar. No entanto, ele declinou, porque estava sujo e molhado. A sra. Dashwood, então, rogou-lhe que lhe dissesse a quem estava agradecida. Seu nome, respondeu ele, era Willoughby, e seu atual lar ficava em Allenham, de onde esperava que ela lhe permitisse ter a honra de visitá-la no dia seguinte, para ter notícias da srta. Dashwood. A honra foi prontamente concedida e ele então partiu, para tornar-se ainda mais interessante, no meio de uma pesada chuva.

Sua beleza masculina e sua graça extraordinária tornaram-se de imediato motivo de admiração geral, e o riso que sua galanteria provocou à custa de Marianne recebeu um estímulo particular dos seus atrativos exteriores. A própria Marianne vira menos de sua pessoa do que as demais, pois a confusão que enrubesceu seu rosto quando ele a erguera lhe roubou o poder de olhar para ele depois que entraram em casa. Não obstante, vira o suficiente para juntar-se à admiração das outras, e com uma energia que sempre dava beleza ao seu louvor. A pessoa e o jeito dele eram iguais aos que a sua fantasia sempre atribuíra ao herói de uma história favorita, e, ao carregá-la para casa com tão poucas formalidades prévias, mostrou uma presteza de pensamento que garantiu à sua ação um apreço especial da parte dela. Todas as circunstâncias que o envolviam eram interessantes. O nome era bom, sua residência era no seu burgo favorito e ela logo descobriu que, de todos os trajes masculinos, o casaco de caçador era o mais atraente. Sua imaginação disparara, suas reflexões eram deliciosas, e a dor do tornozelo torcido foi deixada de lado.

Sir John veio visitá-las tão logo o próximo intervalo de bom tempo daquela manhã lhe permitiu sair de casa, e, ao contarem a ele o acidente de Marianne, perguntaram-lhe insistentemente se conhecia algum cavalheiro de nome Willoughby em Allenham.

— Willoughby! — exclamou *Sir* John. — O quê? *Ele* está na região? Eis uma boa notícia. Amanhã vou a cavalo até sua casa convidá-lo para jantar na quinta-feira.

— Conhece-o, então — disse a sra. Dashwood.

— Se o conheço! Claro que sim. Pudera, ele vem para cá todos os anos.

— E que tipo de jovem é ele?

— O melhor sujeito que se pode ser, garanto. Um ótimo tiro, e não há cavaleiro mais ousado que ele na Inglaterra.

— E isso é tudo o que o senhor pode dizer sobre ele? — exclamou Marianne, indignada. — Como é ele quando o conhecemos mais intimamente? Quais são suas ocupações, seus talentos, seu gênio?

Sir John ficou um tanto confuso.

— Palavra de honra — disse ele —, não sei muito sobre ele, no que se refere a essas coisas. Entretanto ele é um sujeito agradável e bem-humorado, e tem a melhor cadelinha *pointer* preta que já vi. Ela estava lá com ele hoje?

Marianne, porém, não pôde satisfazê-lo mais quanto à cor da *pointer* do sr. Willoughby do que ele pôde descrever os matizes da sua alma.

— Mas quem é ele? — disse Elinor. — De onde é? Tem uma casa em Allenham?

Sobre isso, *Sir* John pôde dar informações mais precisas e disse que o sr. Willoughby não tinha nenhuma propriedade na região; residia ali apenas quando estava de visita à velha senhora em Allenham Court, de quem era parente, cujas propriedades deveria herdar; e acrescentou:

— Sim, sim, posso dizer que ele bem merece ser conquistado, sra. Dashwood. Além disso, tem uma linda pequena propriedade em Somersetshire, e, em seu lugar, eu não abriria mão dele para minha filha mais jovem, apesar de todo esse trambolhão colina abaixo. A srta. Marianne não deve esperar ter todos os homens para si. Brandon ficará com ciúmes, se ela não tomar cuidado.

— Não creio — disse a sra. Dashwood, com um sorriso bem-humorado — que o sr. Willoughby fique incomodado com as tentativas de nenhuma de *minhas* filhas para o que o senhor chama *conquistá-lo*. Não é uma atividade para a qual tenham sido educadas. Os homens estão perfeitamente seguros conosco, até mesmo quando são assim tão ricos. Fico feliz, no entanto, ao ouvi-lo dizer que ele é um jovem respeitável, cuja frequentação não será inadmissível.

— Acho que ele é o melhor sujeito que se possa ser — repetiu *Sir* John. — Lembro-me de que no Natal passado, num bailinho no parque, ele dançou das oito às quatro, sem parar para sentar nenhuma vez.

— Ele fez isso? — exclamou Marianne com os olhos brilhantes. — E com elegância, com alma?

— Sim; e estava de pé de novo às oito, pronto para cavalgar.

— É disso que eu gosto, é assim que um rapaz deve ser. Sejam quais forem suas ocupações, sua entrega ao que faz não deve ter limites, nem deixar que tenha o senso do cansaço.

— Ai, ai, estou vendo tudo — disse *Sir* John —, estou vendo tudo. Vai dar em cima dele agora e nunca mais vai pensar no pobre Brandon.

— Essa é uma expressão, *Sir* John — disse Marianne, energicamente —, que eu particularmente detesto. Odeio todos os lugares-comuns com um subentendido picante; e "dar em cima de um homem" ou "fazer uma conquista" são os mais abomináveis de todos. Tendem à grosseria e à vulgaridade, e se a criação de tais expressões pôde alguma vez ser considerada inteligente, o tempo há muito destruiu toda essa engenhosidade.

Sir John não entendeu muito bem aquela admoestação, mas deu uma boa gargalhada, como se tivesse entendido, e então respondeu:

— Ai, tenho certeza de que fará muitas conquistas, de um jeito ou de outro. Coitado do Brandon! Ele já está totalmente apaixonado e vale a pena dar em cima dele, posso dizer, apesar de todo esse trambolhão e dessa torção de tornozelo.

CAPÍTULO 10

No dia seguinte, o protetor de Marianne — como Margaret, com mais elegância do que precisão, intitulou Willoughby — visitou o chalé de manhã cedo, para fazer suas investigações pessoais. Foi recebido pela sra. Dashwood com mais do que polidez, com uma gentileza que a descrição que *Sir* John fizera dele e a sua própria gratidão exigiam. E tudo o que se passou durante a visita tendeu a certificar-lhe a sensatez, a elegância, o afeto mútuo e o conforto doméstico da família à qual o acidente o apresentara. Os encantos pessoais delas, porém, não exigiram uma segunda entrevista para convencê-lo.

A srta. Dashwood tinha tez delicada, feições regulares e uma aparência notavelmente bonita. Marianne era ainda mais bonita. Sua silhueta, embora não tão correta quanto a da irmã, tendo a vantagem da altura impressionava mais, e o seu rosto era tão encantador que, quando lhe dirigiam o elogio batido de chamá-la uma bela menina, a verdade era menos violentamente ultrajada do que sói acontecer. Sua pele era muito morena, mas com a sua transparência tornava-se extraordinariamente brilhante. Suas feições eram belas. O sorriso era doce e atraente, e nos olhos, que eram muito escuros, havia uma vida, um espírito, uma vivacidade que não se podiam ver sem prazer. No começo, ocultou de Willoughby a expressividade deles, pelo embaraço criado pela recordação de sua ajuda. Todavia, quando aquilo passou, quando recuperou o controle dos nervos, quando viu que à perfeita educação do cavalheiro ele unia franqueza e vivacidade e, acima de tudo, quando o ouviu declarar que era apaixonado por música e dança, ela lhe lançou um tal olhar de aprovação que garantiu para si mesma a maior parte da sua conversação pelo resto da visita.

Bastou mencionar a sua diversão predileta para levá-la a falar. Ela não conseguia permanecer calada quando esses assuntos eram mencionados, e não era nem tímida nem reservada quando se tratava de discuti-los. Rapidamente descobriram que o prazer da dança e da música era recíproco e que isso era causado por uma conformidade geral de julgamento em tudo o que se referia a ambos. Incentivados por isso a um exame mais aprofundado de suas opiniões, ela passou a lhe fazer perguntas sobre livros; seus autores favoritos foram mencionados e explicados com prazer tão arrebatador, que qualquer jovem de vinte e cinco anos seria sem dúvida insensível se não se convertesse imediatamente à excelência de tais obras, ainda que antes as desdenhasse. Seus gostos eram impressionantemente parecidos. Os mesmos livros, os mesmos trechos eram idolatrados por ambos... ou pelo menos, se se revelou alguma diferença, se se levantou alguma objeção, elas só duraram até que a força dos argumentos e o brilho dos olhos dela se mostrassem. Ele concordou com todas as decisões dela, compartilhou todo o seu entusiasmo e, muito antes de terminar a visita, conversavam com a familiaridade de velhos conhecidos.

— Bem, Marianne — disse Elinor assim que ele saiu —, para *uma só* manhã acho que foi muito bem. Já averiguou a opinião do sr. Willoughby sobre quase todos os assuntos importantes. Já sabe o que ele acha de Cowper e Scott, tem certeza de que ele aprecia como deveria as belezas de seus textos, e já recebeu todas as garantias de que ele não admira Pope mais do que deve. No entanto, como o seu relacionamento poderá durar muito com essa extraordinária rapidez no trato de todos os assuntos de conversação? Logo terá esgotado todos os seus temas prediletos. Mais um encontro bastará para que ele explique seus sentimentos sobre a beleza pinturesca e segundos casamentos, e então já não terá nada para perguntar.

— Elinor — exclamou Marianne —, isso é justo? Será que as minhas ideias são tão poucas? Contudo, entendo o que quer dizer. Fiquei muito à vontade, fui alegre e franca demais. Pequei contra toda noção corriqueira de decoro; fui aberta e sincera quando devia ter sido reservada, obtusa, estúpida e falsa. Se tivesse falado só do tempo e da condição das estradas e só tivesse aberto a boca uma vez a cada dez minutos, não teria merecido essa censura.

— Meu amor — disse a mãe —, não deve ofender-se com Elinor; era só brincadeira. Eu mesma ralharia com ela, se ela fosse capaz de querer estorvar o prazer da sua conversa com o nosso novo amigo.

Marianne logo se acalmou com isso.

Willoughby, por seu lado, deu todas as mostras de seu prazer em conhecê-las, como provava seu evidente desejo de aprofundá-lo. Passou a visitá-las todos os dias. Ter notícias de Marianne foi no começo o seu pretexto, mas o encorajamento da sua recepção, que crescia em delicadeza a cada dia, tornou desnecessária essa desculpa antes que cessasse de ser possível, com a perfeita recuperação de Marianne. Ela ficou presa em casa durante alguns dias, porém nunca uma prisão foi menos maçante. Willoughby era um jovem de muita capacidade, imaginação rápida, ânimo vivaz e maneiras abertas e carinhosas; exatamente o que era preciso para conquistar o coração de Marianne, pois a tudo isso ele unia não só uma aparência cativante, mas também um fervor natural da alma, que agora despertara e crescera pelo exemplo dela e que o recomendava à sua afeição mais do que tudo.

Sua companhia tornou-se aos poucos a maior alegria dela. Liam, falavam, cantavam juntos; seus talentos musicais eram consideráveis, e ele lia com toda a sensibilidade e o espírito de que Edward infelizmente carecia.

Na opinião da sra. Dashwood, ele era tão impecável quanto na de Marianne, e Elinor nada viu que o desabonasse, senão uma propensão, pela qual ele muito se assemelhava à irmã e a esta particularmente agradava, a dizer tudo o que pensava em cada oportunidade, sem cuidar das pessoas ou das circunstâncias. Ao formar e dar rapidamente sua opinião sobre as outras pessoas, sacrificando a polidez geral ao gozo da atenção integral ao que o coração lhe ditava, e ao desdenhar com demasiada facilidade as formalidades da correção em sociedade, ele exibia uma falta de prudência que Elinor não podia aprovar, apesar de tudo o que ele e Marianne pudessem dizer em seu favor.

Marianne começava agora a perceber que o desespero que tomara conta dela, aos dezesseis anos e meio, de jamais encontrar um homem que pudesse satisfazer suas ideias de perfeição havia sido temeráril e injustificável. Willoughby era tudo o que — naquela hora infeliz e em qualquer época mais brilhante — a sua fantasia imaginara ser capaz de atraí-la, e o comportamento dele mostrava que os desejos dele eram, a esse respeito, tão ardentes quanto eram grandes as suas capacidades.

Sua mãe também, em cuja mente não surgira nenhuma ideia especulativa acerca do casamento entre os dois, por sua perspectiva de riqueza foi levada antes do fim de uma semana a esperar e ter expectativas a respeito disso, e a felicitar-se secretamente por ter ganhado dois genros como Edward e Willoughby.

A queda do coronel Brandon por Marianne, que logo fora descoberta pelos amigos, agora pela primeira vez se tornou perceptível a Elinor, quando deixava de ser observada por eles. A atenção e a finura deles passaram a se concentrar em seu rival mais afortunado, e a troça de que o outro fora objeto antes que surgisse a paixão cessou quando seus sentimentos começaram realmente a merecer o ridículo, que com justiça se vincula à sensibilidade. Elinor foi obrigada, ainda que contra a vontade, a acreditar que os sentimentos que a sra. Jennings, para sua própria diversão, atribuíra ao coronel eram agora realmente provocados pela irmã e que, embora uma semelhança geral de temperamento entre as partes pudesse favorecer o afeto do sr. Willoughby, uma oposição de caráter igualmente violenta não era empecilho aos sentimentos do coronel Brandon. Ela percebeu isso com preocupação, pois o que poderia um homem sisudo, de trinta e cinco anos, contra um de vinte e cinco, cheio de vida? E como nem sequer podia querer que ele fosse bem-sucedido, desejou ardentemente que se tornasse indiferente. Gostava dele, apesar da gravidade e da reserva, e o considerava digno de interesse. Suas maneiras, se bem que sérias, eram meigas, e sua reserva parecia mais o resultado de certa opressão da alma do que de um temperamento melancólico. *Sir* John fez algumas indiretas sobre mágoas e decepções passadas, o que justificava sua opinião de que se tratava de um homem infeliz, e o considerava com respeito e compaixão.

Talvez sentisse mais compaixão e estima por ele porque era desdenhado por Willoughby e Marianne, que, prevenidos contra ele por não ser nem cheio de vida nem jovem, pareciam decididos a menosprezar seus méritos.

— Brandon é o tipo de homem — disse Willoughby um dia, quando estavam conversando sobre ele — de que todos falam bem e no qual ninguém presta atenção, que todos têm prazer em ver e com quem ninguém se lembra de conversar.

— É exatamente isso que acho dele! — exclamou Marianne.

— Não se gabem disso, porém — comentou Elinor —, porque é uma injustiça da parte dos dois. Toda a família de Barton Park o estima muito, e eu mesma nunca o vejo sem que faça todo o possível para conversar com ele.

— Que esteja do lado dele — replicou Willoughby — é com certeza algo que conta em favor dele, mas, quanto à estima dos outros, trata-se de uma censura em si mesma. Quem se sujeitaria à indignidade de ser aprovado por mulheres como *Lady* Middleton e a sra. Jennings, algo que provocaria a indiferença de todos os outros?

— Mas talvez o desapreço de pessoas como o senhor e Marianne equilibre o apreço de *Lady* Middleton e de sua mãe. Se o elogio delas é censura, a censura de vocês pode ser elogio, já que a falta de discernimento delas não é maior do que os preconceitos e as injustiças de vocês.

— Em defesa do seu *protégé* a senhorita pode até ser insolente.

— Meu *protégé*, como o chama, é um homem sensível, e os sentimentos sempre terão seus atrativos para mim. Sim, Marianne, mesmo num homem entre os trinta e os quarenta. Ele viu muita coisa no mundo, esteve no estrangeiro, leu e tem uma mente pensante. Achei-o capaz de dar-me muitas informações sobre diversos assuntos e sempre respondeu às minhas perguntas com a presteza da boa educação e da boa natureza.

— Isso quer dizer — exclamou Marianne, com desdém — que ele lhe disse que nas Índias Orientais o clima é quente e os mosquitos são terríveis.

— Ele me *diria* isso, não tenho dúvida, se eu lhe tivesse perguntado sobre esse assunto, mas acontece que se trata de pontos sobre os quais já me informara anteriormente.

— Talvez — disse Willoughby — suas observações se tenham estendido à existência de nababos, *mohurs*[1] de ouro e palanquins.

---

[1] Moeda de ouro da Índia.

— Posso garantir que as observações *dele* foram muito além da sua franqueza. Mas por que antipatiza com ele?

— Não antipatizo com ele. Considero-o, pelo contrário, um homem muito respeitável, muito estimado por todos, em quem ninguém repara; que tem mais dinheiro do que consegue gastar, mais tempo do que sabe empregar, e dois novos capotes por ano.

— Acrescente-se a isso — exclamou Marianne — que não tem nem gênio nem gosto nem espírito. Que sua inteligência não tem brilho, seus sentimentos não têm ardor e sua voz não tem expressão.

— Decidem sobre as imperfeições dele de um modo tão geral — replicou Elinor — e se baseiam tanto em suas imaginações para isso, que os elogios que posso fazer a ele parecem, em comparação, frios e sem graça. Só posso dizer que ele é um homem sensível, bem-educado, bem informado, de maneiras gentis e, acho, de coração delicado.

— Srta. Dashwood — exclamou Willoughby —, está sendo pouco gentil comigo. Está tentando desarmar-me com a razão e convencer-me contra a minha vontade. Mas não vai conseguir. Pode achar-me tão teimoso quanto a senhorita pode ser astuciosa. Tenho três razões indiscutíveis para não gostar do coronel Brandon: ele me ameaçou com chuva quando eu queria que fizesse bom tempo; achou defeitos na suspensão da minha carruagem e não consigo convencê-lo a comprar a minha égua marrom. Se, porém, lhe servir de consolo que eu lhe diga acreditar que o caráter dele é irrepreensível em outros aspectos, estou pronto para confessá-lo. E, em troca de um reconhecimento que não deixa de ser doloroso para mim, a senhorita não pode negar-me o privilégio de antipatizar mais do que nunca com ele.

CAPÍTULO 11

A sra. Dashwood ou suas filhas mal podiam imaginar, quando chegaram a Devonshire, que logo depois de se apresentarem surgiriam tantos compromissos para ocupar seu tempo, ou que receberiam tantos convites e tantas visitas, que pouco tempo lhes sobrava para as ocupações sérias. No entanto, foi isso que aconteceu. Quando Marianne sarou, foram postos em execução os planos de diversão, em casa e fora, que *Sir* John vinha arquitetando. Tiveram início os bailes particulares em Barton Park, e foram dadas festas à beira d'água com a frequência permitida por um outubro chuvoso. Em cada uma dessas reuniões Willoughby estava presente, e a descontração e a familiaridade que naturalmente reinavam nessas festas foram calculadas exatamente para dar maior intimidade ao seu relacionamento com as Dashwood, para lhe dar oportunidade de testemunhar as excelências de Marianne, de assinalar a sua entusiasmada admiração por ela e de receber, no comportamento dela com ele, a mais clara certeza do seu afeto.

Elinor não podia surpreender-se com o apego de um ao outro. Só preferiria que ele fosse demonstrado menos abertamente, e uma ou duas vezes se arriscou a sugerir a Marianne que tivesse mais autocontrole. Entretanto, Marianne odiava toda dissimulação quando nenhuma desgraça real pudesse advir da franqueza, e visar à moderação de sentimentos que não sejam em si mesmos pouco louváveis parecia-lhe não só um esforço desnecessário, mas uma vergonhosa sujeição da razão a noções vulgares e absurdas. Willoughby era do mesmo parecer, e o comportamento deles era o tempo inteiro uma ilustração das suas opiniões.

Quando ele estava presente, ela não tinha olhos para mais ninguém. Tudo que ele fazia estava certo. Tudo que dizia era inteligente. Se as noites em Barton Park terminavam com carteado, ele trapaceava a si mesmo e a todos os demais convivas para lhe dar uma boa mão. Se a diversão da noite era a dança, eles dançavam um com o outro metade do tempo, e quando eram obrigados a se separar em algumas danças, tratavam de permanecer juntos e pouco falavam com os outros. É claro que tal conduta fez que rissem enormemente deles, ainda assim o ridículo não os envergonhava e pouco parecia irritá-los.

A sra. Dashwood simpatizava com todos os sentimentos deles com tamanha ternura, que lhe tirava toda vontade de controlar aquela excessiva exibição de afeto. Para ela, aquilo era apenas a consequência natural de um forte sentimento numa alma jovem e ardente.

Aquela foi a época da felicidade para Marianne. Seu coração entregou-se a Willoughby, e o profundo apego a Norland, que ela trouxera consigo de Sussex, tinha maior probabilidade de afrouxar-se do que julgaria possível antes, pelos encantos que a companhia dele lhe proporcionava no seu lar atual.

A felicidade de Elinor não era tão grande. Seu coração não estava tão à vontade nem era tão pura a sua satisfação com as diversões de que participavam. Elas não lhe deram um companheiro que estivesse à altura do que ela deixara para trás, nem que pudesse ensiná-la a pensar em Norland com menos saudades. Nem *Lady* Middleton nem a sra. Jennings podiam oferecer-lhe a conversação de que sentia falta, embora a última fosse uma tagarela incorrigível e desde o começo a tratasse com tal simpatia, que a maior parte do que dizia era dirigida a ela. Já repetira a sua história três ou quatro vezes para Elinor, e se a memória de Elinor estivesse à altura dos meios de que a sra. Jennings se valia para aumentá-la, poderia ter conhecido desde o começo de seu relacionamento todos os detalhes da última doença do sr. Jennings e do que ele disse à esposa alguns minutos antes de morrer. *Lady* Middleton só era mais agradável que a mãe por ser mais silenciosa. Elinor não precisava de muita perspicácia para ver que a sua reserva era mera tranquilidade de maneiras, com a qual a sensatez nada tinha a ver. Com o marido e com sua mãe ela era a mesma que com elas, e, portanto, não era de se procurar nem desejar a intimidade com ela. Nada tinha a dizer um dia que não tivesse dito no dia anterior. Sua insipidez era invariável, porque até seu humor era sempre o mesmo, e embora não se opusesse às festas promovidas pelo marido, contanto que tudo fosse arranjado com classe e que seus dois filhos mais velhos a acompanhassem, ela nunca pareceu alegrar-se mais com elas do que se permanecesse sentada em casa, e a sua presença acrescentava tão pouco ao prazer dos outros por alguma participação nas conversas, que às vezes só se davam conta da sua presença entre eles por sua preocupação com as traquinagens dos filhos.

Só no coronel Brandon, de todas as suas novas relações, Elinor encontrou uma pessoa que pudesse de algum modo fazer-se respeitar por sua capacidade, provocar o interesse pela amizade ou proporcionar prazer como companheiro. Willoughby estava fora de questão. Tinha por ele admiração e consideração, e até uma consideração fraterna, mas ele era um namorado; suas atenções iam todas para Marianne, e um homem muito menos agradável poderia ter sido, no total, mais aprazível que ele. O coronel Brandon, infelizmente para ele mesmo, não tinha tal incentivo para pensar só em Marianne, e encontrava nas conversas com Elinor o maior consolo pela indiferença da irmã.

A compaixão que Elinor sentia por ele aumentou, pois tinha razões para suspeitar que a miséria do amor não correspondido já era conhecida por ele. Essa suspeita foi provocada por algumas palavras que acidentalmente lhe escaparam uma noite em Barton Park, quando estavam sentados juntos, por mútuo consentimento, enquanto os outros dançavam. Seus olhos estavam fitos em Marianne e, após um silêncio de alguns minutos, ele disse, com um sorriso fingido:

— Sei que a sua irmã não aprova os segundos amores.

— Não — replicou Elinor —, as opiniões dela são todas românticas.

— Ou antes, como eu creio, ela considera impossível que eles existam.

— Creio que essa seja a opinião dela. Como pode ela ter essas ideias, sem refletir no caráter de seu próprio pai, que teve duas esposas, eu não sei. Mais alguns anos, porém, bastarão para fundamentar suas opiniões numa base razoá-vel de senso comum e observação, e então talvez elas se tornem mais fáceis de definir e justificar do que hoje, para qualquer pessoa exceto ela mesma.

— Provavelmente, é isso que vai acontecer — respondeu ele. — No entanto, há algo tão amável nos preconceitos de uma mente jovem, que lamentamos que eles venham a dar lugar a opiniões mais gerais.

— Não posso concordar com o coronel nesse ponto — disse Elinor. — Sentimentos como os de Marianne têm seus inconvenientes, que nem todos os encantos do entusiasmo e da ignorância do mundo podem redimir. Os sistemas dela têm todos eles a infeliz tendência de ignorar completamente a decência, e creio que uma melhor compreensão do mundo é o que de melhor pode acontecer a ela.

Depois de uma breve pausa, ele retomou a conversação, dizendo:

— Sua irmã não faz distinções em suas objeções contra uma segunda união? Ou elas são igualmente criminosas em todos os casos? Devem aqueles que foram decepcionados em sua primeira escolha, quer pela inconstância do objeto de seu amor, quer pela perversidade das circunstâncias, ser igualmente indiferentes durante o resto da vida?

— Dou-lhe minha palavra de honra, não conheço em pormenor os princípios dela. Só sei que ainda não a ouvi admitir que algum tipo de segunda união seja perdoável.

— Isso — disse ele — não pode durar, mas uma mudança, uma mudança total de sentimentos... Não, não, não desejo isso, porque, quando os refinamentos românticos de uma alma jovem são obrigados a ceder, muitas vezes são sucedidos por opiniões que são ao mesmo tempo comuns e perigosas demais! Falo por experiência. Certa vez conheci uma dama com um temperamento e uma cabeça muito parecidos com os de sua irmã, que pensava e julgava igual a ela, entretanto, por uma mudança forçada... de uma série de circunstâncias infelizes...

Aqui ele parou de repente; parecia achar que tinha falado demais e, pelo semblante, deu origem a conjeturas que, não fosse por isso, talvez nunca ocorressem a Elinor. Aquela dama talvez tivesse passado despercebida se ele não tivesse convencido a srta. Dashwood de que o que a preocupava não devia escapar de seus lábios. Mas, do modo como as coisas se passaram, bastou um ligeiro esforço de imaginação para relacionar a emoção dele com a terna lembrança de um amor passado. Elinor não foi mais adiante. Porém, Marianne, em seu lugar, não se teria contentado com tão pouco. A história inteira logo se teria formado sob a sua ativa imaginação, e tudo assumiria a mais melancólica das ordens, a ordem do amor infeliz.

CAPÍTULO 12

Na manhã seguinte, enquanto Elinor e Marianne caminhavam juntas, a segunda contou algo à irmã que, apesar de tudo que já sabia da imprudência e da irreflexão de Marianne, a surpreendeu por sua extravagante demonstração das duas coisas. Marianne disse-lhe, com o maior prazer, que Willoughby lhe dera um cavalo que ele mesmo criara em sua propriedade de Somersetshire e que fora exatamente calculado para carregar uma mulher. Sem considerar que não fazia parte dos planos da mãe manter nenhum cavalo, que, se ela tivesse de alterar sua decisão em favor do seu presente, teria de comprar outro cavalo para o criado e manter um cavalariço para montá-lo e, afinal, construir um estábulo para os receber, ela aceitara o presente sem hesitar e falou em êxtase sobre isso com as irmãs.

— Ele pretende mandar de imediato seu cavalariço para Somersetshire — acrescentou ela —, e quando ele chegar, cavalgaremos todos os dias. Você vai compartilhar o uso do cavalo comigo. Imagine só, minha querida Elinor, o prazer de um galope por essas colinas!

Não estava nem um pouco disposta a acordar desse sonho de felicidade para compreender todas as tristes verdades que o caso apresentava, e durante algum tempo se recusou a se submeter a elas. Quanto ao criado adicional, a despesa seria mínima; tinha certeza de que mamãe nunca se oporia a isso e qualquer cavalo serviria para ele, que sempre poderia pegar um em Barton Park. Quanto ao estábulo, o mais simples barracão serviria. Elinor, então, arriscou-se a duvidar da conveniência de receber tal presente de um homem que se conhecia tão pouco, ou pelo menos havia tão pouco tempo. Isso foi demais.

— Está enganada, Elinor — disse ela enfaticamente —, ao supor que eu conheço muito pouco sobre Willoughby. Não o conheço há muito tempo, é verdade, mas o conheço melhor que qualquer outra criatura do mundo, com exceção de você e da mamãe. Não é o tempo nem a oportunidade que determinam a intimidade, é só a disposição. Sete anos seriam insuficientes para algumas pessoas se conhecerem, e sete dias são mais que suficientes para outras. Eu seria mais culpada de inconveniência se aceitasse um cavalo do meu irmão do que de Willoughby. De John conheço muito pouco, apesar de termos convivido durante anos, mas sobre Willoughby meu juízo se formou há muito tempo.

Elinor considerou prudente não mais tocar no assunto. Conhecia o temperamento da irmã. A oposição num assunto tão delicado só a faria apegar-se ainda mais à sua opinião. No entanto, com um apelo ao seu afeto pela mãe, apresentando-lhe os inconvenientes que aquela mãe indulgente poderia ter se (como provavelmente seria o caso) consentisse nesse aumento dos gastos, Marianne rapidamente se rendeu e prometeu não tentar a mãe com tal gentileza imprudente, mencionando a oferta, e dizer a Willoughby da próxima vez que o visse que teria de recusá-la.

Ela foi fiel à palavra dada, e quando Willoughby visitou o chalé, naquele mesmo dia, Elinor ouviu-a exprimir-lhe a sua decepção em voz baixa, por ser forçada a não aceitar o presente. Ao mesmo tempo expôs as razões dessa alteração, que eram tais que tornavam qualquer insistência impossível. A preocupação dele, porém, era muito visível, e depois de exprimi-la com veemência, acrescentou também em voz baixa: "Marianne, o cavalo ainda é seu, embora não o possa montar agora. Vou conservá-lo comigo só até que você possa reivindicá-lo. Quando você deixar Barton para se estabelecer num lar mais estável, Queen Mab receberá você".

Tudo aquilo chegou aos ouvidos da srta. Dashwood, e em cada uma das palavras da sentença, na maneira de pronunciá-las e no fato de ele se dirigir à irmã só pelo primeiro nome, ela imediatamente viu uma intimidade tão decidida, uma intenção tão direta, que assinalava um perfeito acordo entre os dois. A partir daquele momento, não teve dúvida de que estavam noivos, e tal crença não lhe provocou nenhuma surpresa, senão a de que personalidades tão francas deixassem que ela ou qualquer um dos seus amigos descobrissem aquilo por acaso.

Margaret contou-lhe algo no dia seguinte, que lançou sobre o caso ainda mais luz. Willoughby passara a noite anterior com elas, e Margaret, tendo sido deixada durante algum tempo na sala de estar só com ele e Marianne, tivera oportunidade de fazer algumas observações que, com a expressão mais séria, comunicou à irmã mais velha, na próxima vez que ficou a sós com ela.

— Ah, Elinor! — exclamou ela — tenho um grande segredo para lhe contar sobre Marianne. Tenho certeza de que logo ela vai casar-se com o sr. Willoughby.

— Vem dizendo-me isso — respondeu Elinor — quase todos os dias desde que eles se encontraram pela primeira vez na colina de High-Church, e ainda não se passara uma semana desde que se conheceram; aliás, quando me disse ter certeza de que ela estava usando um retrato dele no relicário na sua corrente ao redor do pescoço, ficou claro depois que era só uma miniatura do nosso tio-avô.

— Mas agora é uma coisa completamente diferente. Tenho certeza de que vão casar-se logo, porque ele tem um cacho do cabelo dela.

— Cuidado, Margaret. Talvez seja só um cacho do cabelo de alguma tia-avó *dele*.

— Mas, Elinor, é da Marianne mesmo. Tenho quase certeza de que é, pois eu o vi cortá-lo. A noite passada, depois do chá, quando você e a mamãe saíram da sala, eles ficaram suspirando e falando juntos muito rápido e ele parecia estar pedindo algo a ela, e então pegou a tesoura dela e cortou um longo cacho de cabelos, que estavam soltos pelas costas; ele os beijou e os embrulhou num pedaço de papel branco e os guardou na carteira.

Por esses pormenores, ditos com tanta convicção, Elinor não pôde deixar de acreditar nela; nem estava propensa a isso, pois as circunstâncias estavam em perfeito acordo com o que ela própria ouvira e vira.

A sagacidade de Margaret nem sempre se mostrava à irmã de modo tão satisfatório. Quando a sra. Jennings a abordou uma noite, em Barton Park, para que lhe desse o nome do jovem que era o predileto de Elinor, o que fora durante muito tempo objeto de grande curiosidade para ela, Margaret respondeu olhando para a irmã e dizendo: "Não devo contar, não é, Elinor?".

Isso, é claro, fez que todos rissem, e Elinor tentou rir também, mas o esforço era doloroso. Estava convencida de que Margaret pensara numa pessoa que não conseguiria tolerar com compostura que fosse transformada pela sra. Jennings numa constante anedota.

Marianne sentiu muito por ela, com toda sinceridade, porém, mais prejudicou do que ajudou à causa, corando muito e dizendo muito zangada para Margaret:

— Não se esqueça de que, seja qual for o seu palpite, não tem o direito de repeti-lo.

— Nunca tive nenhum palpite sobre isso — respondeu Margaret —, você mesma me contou.

Isso aumentou a risadaria geral, e Margaret foi pressionada a dizer algo mais.

— Ah, por favor, srta. Margaret, conte-nos tudo sobre isso — disse a sra. Jennings. — Qual é o nome do cavalheiro?

— Não devo falar, senhora. Mas sei muito bem quem é. E sei onde ele está, também.

— Sim, sim, podemos adivinhar onde ele está; em sua própria casa, em Norland, com certeza. Tenho certeza de que ele é o vigário da paróquia.

— Não, *isso* ele não é. Ele não tem nenhuma profissão.

— Margaret — disse Marianne com muita irritação — sabe que tudo isso é invenção sua, e que essa pessoa não existe.

— Então ele morreu faz pouco tempo, Marianne, pois tenho certeza de que esse homem existiu e que o seu nome começa com F.

Elinor sentiu-se muito grata a *Lady* Middleton por observar, naquele momento, "que chovia a cântaros", embora acreditasse que a interrupção fosse motivada menos por qualquer atenção por ela, do que por Sua Senhoria detestar os assuntos deselegantes e jocosos que deliciavam seu marido e sua mãe. A ideia, porém, introduzida por ela foi imediatamente retomada pelo coronel Brandon, que sempre se preocupava com os sentimentos dos outros, e os dois falaram muito sobre a chuva. Willoughby abriu o pianoforte e pediu a Marianne que viesse tocar, e assim, entre várias tentativas por parte de diferentes pessoas de mudar de assunto, ele foi esquecido. Entretanto, não foi tão fácil para Elinor recuperar-se da agitação por ele provocada.

Naquela tarde se organizou para o dia seguinte um passeio a um agradabilíssimo lugar a cerca de doze milhas de Barton, de propriedade do cunhado do coronel Brandon, sem o qual o lugar não poderia ser visitado, pois o proprietário, que estava no estrangeiro, deixara ordens estritas a esse respeito. Disseram que o lugar era belíssimo, e *Sir* John, que era particularmente entusiasta em seu elogio, poderia ser considerado um juiz razoável, porque organizara visitas ao lugar pelo menos duas vezes por verão nos últimos dez anos. Havia no lugar uma notável quantidade de água, e velejar constituiria boa parte das diversões da manhã; seriam preparados lanches frios, seriam usadas só carruagens abertas e tudo seria organizado no estilo de sempre para uma completa excursão de prazer.

Para uns poucos do grupo, aquela pareceu uma ideia arriscada, considerando-se a época do ano e a chuva de todos os últimos quinze dias, e a sra. Dashwood, que já estava resfriada, foi convencida por Elinor a ficar em casa.

CAPÍTULO 13

A planejada excursão a Whitwell acabou sendo muito diferente do que Elinor esperara. Estava preparada para molhar-se, cansar-se e assustar-se, contudo o evento foi ainda mais infeliz, já que não foram a lugar nenhum.

Às dez horas o grupo inteiro se reuniu em Barton Park, onde deviam tomar o café da manhã. A manhã estava bastante favorável, embora tivesse chovido a noite inteira, pois as nuvens estavam dispersando-se pelo céu e o Sol aparecia com frequência. Estavam todos animados e de bom humor, ansiosos por se divertirem e decididos a se sujeitarem aos maiores inconvenientes e contratempos para consegui-lo.

Durante o café, trouxeram a correspondência. Entre outras cartas, havia uma para o coronel Brandon; ele a pegou, olhou o sobrescrito, empalideceu e imediatamente deixou a sala.

— Qual é o problema com o Brandon? — disse *Sir* John.

Ninguém sabia dizer.

— Espero que não tenha recebido más notícias — disse *Lady* Middleton. — Deve ter sido algo extraordinário para fazer que o coronel Brandon saísse da mesa do café assim tão bruscamente.

Em cinco minutos ele estava de volta.

— Espero que não tenham sido más notícias, coronel — disse a sra. Jennings, assim que ele entrou na sala.

— De modo algum, minha senhora, obrigado.

— Era de Avignon? Espero que não dizia que a sua irmã piorou.

— Não, senhora. Veio de Londres e é apenas uma carta comercial.

— Mas como tanto o perturbou, se não passava de uma carta comercial? Ora, ora, isso não pode ser, coronel; conte-nos a verdade.

— Cara senhora — disse *Lady* Middleton —, pense mais antes de falar.

— Será que diz que a sua prima Fanny casou? — disse a sra. Jennings, sem prestar atenção na repreensão da filha.

— Não, realmente não.

— Bem, eu sei quem a enviou, coronel. E espero que ela esteja bem.

— A quem se refere, minha senhora? — disse ele, corando um pouco.

— Ah, sabe a quem me refiro.

— Lamento muitíssimo, minha senhora — disse ele, dirigindo-se a *Lady* Middleton —, ter recebido esta carta hoje, pois trata de negócios que exigem a minha imediata presença em Londres.

— Londres! — exclamou a sra. Jennings. — O que pode ter para fazer na cidade nesta época do ano?

— Meu pesar já é grande — prosseguiu ele — por ser obrigado a deixar tão agradável reunião, contudo, é ainda maior porque receio que a minha presença seja necessária para se obter acesso a Whitwell.

Aquele foi um duro golpe para todos!

— Mas se escrever um bilhete para o caseiro, sr. Brandon — disse Marianne, impaciente —, não seria suficiente?

Ele sacudiu negativamente a cabeça.

— Nós temos de ir — disse *Sir* John. — Não vamos adiar quando já estamos tão próximos. Você simplesmente não pode ir a Londres até amanhã, Brandon, isto é tudo.

— Quisera que tudo pudesse ser resolvido assim tão facilmente. Mas não está em meu poder atrasar a minha viagem por um dia sequer!

— Se nos disser de que se trata — disse a sra. Jennings —, veremos se ela pode ou não ser adiada.

— Não se atrasaria nem seis horas — disse Willoughby —, se postergar a viagem até a nossa volta.

— Não posso perder nem sequer *uma* hora.

Elinor, então, ouviu Willoughby dizer a Marianne, em voz baixa: "Há pessoas que não toleram uma excursão de prazer. Brandon é uma delas. Até acho que ele estava receoso de pegar um resfriado e inventou esse truque para escapar. Aposto cinquenta guinéus que ele mesmo escreveu a carta".

— Não tenho dúvida nenhuma — replicou Marianne.

— Não há maneira de persuadi-lo a mudar de ideia, Brandon, sei disso faz tempo — disse *Sir* John — desde que tomou uma decisão. Mas espero que reconsidere, desta vez. Veja, aqui estão as duas srtas. Carey, que vieram de Newton, as três srtas. Dashwood, que subiram do chalé, e o sr. Willoughby, que se levantou duas horas mais cedo do que de costume só para ir a Whitwell.

O coronel Brandon mais uma vez repetiu que sentia muito por ser a causa do desapontamento do grupo, mas ao mesmo tempo declarou que aquilo era inevitável.

— Bem, então quando estará de volta?

— Espero vê-lo em Barton — acrescentou Sua Senhoria — assim que puder convenientemente deixar Londres. E teremos de adiar a visita a Whitwell até a sua volta.

— A senhora é muito gentil. No entanto, é tão incerto quando poderei voltar, que não ouso prometer nada.

— Ah, ele deve e vai voltar! — exclamou *Sir* John. — Se não estiver aqui no fim da semana, vou atrás dele.

— Faça isso, *Sir* John — disse a sra. Jennings — e então talvez possa descobrir do que se trata.

— Não quero me meter nos problemas de outro homem. Suponho que seja algo de que ele se envergonhe.

Anunciaram que os cavalos do coronel Brandon estavam prontos.

— Não vai à cidade a cavalo, vai? — acrescentou *Sir* John.

— Não. Só até Honiton. Ali vou tomar a carruagem dos correios.

— Bem, já que se decidiu a partir, desejo-lhe boa viagem. Mas devia reconsiderar.

— Garanto-lhe que isso não está em meu poder.

Despediu-se, então, de todo o grupo.

— Haverá alguma possibilidade de vê-la e a suas irmãs em Londres este inverno, srta. Dashwood?

— Receio que nenhuma.

— Devo, então, despedir-me da senhorita por mais tempo do que gostaria de fazê-lo.

Para Marianne, ele simplesmente inclinou a cabeça, sem nada dizer.

— Vamos, coronel — disse a sra. Jennings —, antes de partir, diga-nos o que o obriga a ir.

Ele lhe desejou um bom dia e, acompanhado de *Sir* John, deixou a sala.

Os protestos e as queixas, que a polidez contivera até então, agora explodiram em toda parte e todos concordaram que foi muito insultante serem assim decepcionados.

— Posso adivinhar que negócio era — disse a sra. Jennings, exultante.

— É mesmo? — disseram quase todos.

— Sim. Tenho certeza de que é algo com a srta. Williams.

— E quem é a srta. Williams? — perguntou Marianne.

— Quê?! Não sabe quem é a srta. Williams? Tenho certeza de que já ouviu falar dela. É uma conhecida do coronel, minha querida, uma conhecida muito íntima. Não diremos quão íntima, temendo chocar as mocinhas.

Então, abaixando a voz um pouco, disse a Elinor:

— É a sua filha natural.

— É mesmo?

— Ah, sim! E é a cara dele! Tenho certeza de que o coronel deixará para ela toda a sua fortuna.

Quando *Sir* John voltou, ele se uniu veementemente à lamentação geral por um caso tão infeliz, mas concluiu observando que, como estavam todos ali reunidos, deviam fazer alguma coisa para se divertir. Depois de algumas consultas, ficou combinado que, embora só Whitwell pudesse trazer felicidade, poderiam obter uma razoável tranquilidade de espírito passeando pela região. Mandaram preparar as carruagens: a de Willoughby foi a primeira, e Marianne nunca pareceu mais feliz do que quando nela entrou. Ele a conduziu pelo parque em alta velocidade e logo foram perdidos de vista e nada mais foi visto deles até que voltassem, o que só aconteceu depois do retorno de todos os demais. Ambos pareciam deliciados com o passeio, mas só disseram, em linhas gerais, que permaneceram nas estradas, enquanto os outros subiram as colinas.

Ficou combinado que haveria um baile ao fim da tarde e que todos deveriam estar extremamente alegres durante toda a jornada. Mais algumas das Carey vieram jantar e tiveram o prazer de serem quase vinte à mesa, o que *Sir* John viu com grande contentamento. Willoughby ocupou seu lugar habitual, entre as duas srtas. Dashwood mais velhas. A sra. Jennings sentou-se à direita de Elinor, e mal se haviam sentado quando ela se inclinou por trás dela e de Willoughby e disse a Marianne, em voz alta o bastante para que ambos ouvissem:

— Descobri-os apesar de todos os seus truques. Eu sei onde passaram toda a manhã.

Marianne enrubesceu e replicou rapidamente:

— Onde, por gentileza?

— A senhora não sabe — disse Willoughby — que saímos em minha carruagem?

— Sim, sim, sr. Sem-Vergonha, sei disso muito bem e estava decidida a descobrir *onde* haviam estado. Espero que tenha gostado da casa dele, srta. Marianne. Ela é bem grande, eu sei, e quando eu vier vê-la espero que a tenha redecorado, pois estava muito necessitada disso quando estive lá, seis anos atrás.

Marianne voltou-se muito confusa. A sra. Jennings deu uma gargalhada, e Elinor descobriu que, tendo-se decidido a saber onde eles haviam estado, mandara sua criada perguntar ao cavalariço do sr. Willoughby, e assim fora informada de que haviam ido a Allenham e que lá passaram um tempo considerável, passeando pelo jardim e visitando toda a casa.

Elinor mal conseguia acreditar que aquilo fosse verdade, uma vez que parecia muito improvável que Willoughby propusesse, ou Marianne consentisse, entrar na casa enquanto nela estava a sra. Smith, a quem Marianne não havia sido apresentada.

Assim que saíram da sala de jantar, Elinor fez a ela algumas perguntas sobre o caso, e foi grande a sua surpresa quando descobriu que todos os pormenores citados pela sra. Jennings eram perfeitamente verídicos. Marianne ficou muito zangada com ela por duvidar daquilo.

— Por que imaginaria, Elinor, que não fomos lá ou que não vimos a casa? Não era isso que você mesma muitas vezes quis fazer?

— Era, Marianne, porém eu não iria enquanto a sra. Smith estivesse lá e sem nenhuma companhia além do sr. Willoughby.

— Mas o sr. Willoughby é a única pessoa que pode ter o direito de mostrar aquela casa, e como foi até lá em carruagem aberta era impossível levar qualquer outra companhia. Nunca passei uma manhã mais deliciosa em toda a minha vida!

— Receio — replicou Elinor — que a delícia de uma ação nem sempre demonstra a sua conveniência.

— Ao contrário, nada pode ser uma prova maior disso, Elinor, pois, se o que fiz fosse realmente inconveniente, eu teria percebido na hora, já que sempre sabemos quando estamos agindo errado, e com tal convicção eu não teria sentido nenhum prazer.

— Mas, minha querida Marianne, como isso já a expôs a observações muito impertinentes, será que nem agora começou a duvidar da conveniência da sua conduta?

— Se as observações impertinentes da sra. Jennings forem prova da inconveniência de um comportamento, todos nós somos culpados em todos os momentos de nossa vida. Não dou mais valor à sua censura do que ao seu elogio. Não sinto que tenha cometido nada de errado ao passear pela propriedade da sra. Smith ou ao ver a sua casa. Um dia elas serão do sr. Willoughby e...

— Se um dia elas forem suas, Marianne, isso não justificará o que fez.

Ela corou a essa sugestão, que era, porém, visivelmente gratificante para ela, e, depois de um intervalo de dez minutos de profunda reflexão, procurou a irmã de novo e disse com grande bom humor:

— Talvez, Elinor, *tenha sido* irreflexão da minha parte ir a Allenham, mas o sr. Willoughby queria muito mostrar-me o lugar, e é uma casa encantadora, garanto a você. Há uma sala de estar lindíssima no andar de cima, de tamanho confortável para o uso constante, e com mobílias modernas ficaria deliciosa. Fica num ângulo da casa e tem janelas dos dois lados. De um deles, depois de um gramado para jogos, atrás da casa, se vê um belo bosque suspenso, e do outro se tem uma vista da igreja e do burgo e, para além dele, dessas magníficas colinas que tantas vezes admiramos. Não a vi do seu melhor ângulo, pois nada pode ser mais lastimável do que a mobília, mas se fosse redecorada — algumas centenas de libras seriam suficientes, segundo Willoughby — seria uma das mais agradáveis salas de verão da Inglaterra.

Se Elinor a houvesse escutado sem que os outros a interrompessem, ela lhe teria descrito cada aposento da casa com igual prazer.

CAPÍTULO 14

O súbito término da visita do coronel Brandon a Barton Park, com sua obstinação em não revelar a causa, ocupou a mente e aguçou a imaginação da sra. Jennings durante dois ou três dias. Era grande a sua imaginação, como deve ser o caso de todos aqueles que demonstram grande interesse pelas ações de todos os conhecidos. Ela se punha a imaginar, com poucas interrupções, qual poderia ser a razão daquilo; tinha certeza de que deviam ser más notícias, e considerou cada tipo de revés que lhe pudesse ter acontecido, com a firme determinação de nada deixar escapar.

— Algo muito triste deve ter acontecido, tenho certeza — disse ela. — Era visível em seu rosto. Coitado! Receio que sua situação financeira seja má. A propriedade de Delaford nunca rendeu mais de duas mil libras por ano, e seu irmão deixou tudo muito comprometido. Acho que ele foi chamado por problemas de dinheiro, pois o que mais poderia ser? Acho que foi isso. Eu daria tudo para saber a verdade sobre esse caso. Talvez esteja ligado à srta. Williams e, aliás, tenho certeza de que está, uma vez que ele pareceu tão constrangido quando a mencionei! Talvez ela esteja doente em Londres. Não há nada no mundo mais provável, já que tenho notícias de que ela sempre anda um pouco adoentada. Aposto que é algo com a srta. Williams. Não é muito provável que ele tenha tido problemas financeiros *agora*, visto que é um homem muito prudente e decerto já deve ter liquidado as dívidas com a propriedade. Fico pensando o que pode ser! Talvez sua irmã esteja pior em Avignon e o tenha chamado. Sua partida com tanta pressa parece indicar isso. Bem, desejo de coração que ele resolva todos os problemas e ainda, de quebra, consiga uma boa esposa.

Assim divagava e assim falava a sra. Jennings. Sua opinião variava com cada nova ideia, e tudo parecia igualmente provável. Elinor, embora se sentisse realmente interessada no bem-estar do coronel Brandon, não podia intrigar-se tanto com a súbita partida dele quanto a sra. Jennings o desejava, pois além de as circunstâncias não justificarem, na sua opinião, tão persistentes inquirições ou variadas especulações, sua perplexidade tinha outra direção. Ela era alimentada pelo extraordinário silêncio de sua irmã e de Willoughby sobre o assunto, que deviam saber ser de especial interesse a todos. Prolongando-se o silêncio, a cada dia ele parecia mais estranho e mais incompatível com o temperamento de ambos. Elinor não conseguia imaginar por que eles não reconheciam abertamente para a mãe e para ela mesma o que o comportamento constante de um com o outro havia se tornado.

Podia facilmente entender que talvez não pudessem casar-se de imediato, pois, embora Willoughby fosse independente, não havia razão para acreditar que fosse rico. Sua propriedade fora cotada por *Sir* John em cerca de seiscentas ou setecentas libras por ano, mas ele tinha um nível de vida que essa renda dificilmente podia cobrir, e muitas vezes ele se queixara da pobreza. Ela, porém, não sabia como explicar esse estranho tipo de segredo mantido pelos dois em relação ao noivado, do qual, na verdade, não conseguiam esconder absolutamente nada; e era tão completamente contraditório com suas opiniões e práticas em geral, que às vezes ela duvidava se estavam realmente noivos, e essa dúvida bastava para impedi-la de fazer qualquer pergunta a Marianne.

Nada podia exprimir melhor para todos o afeto de um pelo outro que o comportamento de Willoughby. Para Marianne, ele tinha toda aquela ternura típica do coração de quem ama, e para o resto da família dispensava a atenção afetuosa de um filho ou de um irmão. Parecia considerar e amar o chalé como se fosse o seu lar; passava muito mais horas lá do que em Allenham, e se nenhum compromisso geral os reunisse em Barton Park, o exercício que ocupava as suas manhãs quase sempre terminava lá, onde passava o resto do dia sozinho ao lado de Marianne e com seu *pointer* favorito aos pés dela.

Uma tarde em especial, cerca de uma semana depois que o coronel Brandon partiu, seu coração parecia mais que de costume aberto a todo sentimento de apego aos objetos ao seu redor, e quando aconteceu de a sra. Dashwood mencionar seus planos de fazer reformas no chalé durante a primavera, ele se opôs veementemente a qualquer alteração num lugar que seu amor designara como perfeito.

— Como! — exclamou ele. — Melhorar este querido chalé! Não. Com isso eu jamais vou concordar. Não se deve adicionar uma pedra às suas paredes, nem uma polegada ao seu tamanho, se for pelos meus sentimentos.

— Não se preocupe — disse a srta. Dashwood —, não faremos nada desse tipo, pois mamãe jamais terá dinheiro suficiente para tanto.

— Estou muito contente com isso — gritou ele. — Tomara que ela sempre seja pobre, se não puder aplicar melhor o dinheiro.

— Obrigada, Willoughby. Mas pode ter certeza de que eu não sacrificaria um só dos seus sentimentos de apego local, ou de qualquer pessoa que eu ame, por todas as melhorias do mundo. Confie em mim, seja qual for a soma não aplicada que possa sobrar quando fizer as contas na primavera, eu preferiria deixá-la inaplicada a usá-la de um modo tão doloroso para você. Mas gosta tanto deste lugar a ponto de não ver nenhum defeito nele?

— Gosto — disse ele. — Para mim ele é impecável. Não, mais que isso, eu o considero a única forma de casa em que a felicidade pode ser alcançada e, se eu fosse rico o bastante, mandaria imediatamente demolir Combe e reconstruí-lo com o plano exato deste chalé.

— Com escadas estreitas e escuras e uma cozinha enfumaçada, suponho — disse Elinor.

— Isso mesmo — exclamou ele no mesmo tom entusiasmado — com todas as coisas que lhe pertencem; nas comodidades e nas incomodidades não se deve poder perceber nenhuma mudança. Então, e somente então, sob um teto como este, eu talvez pudesse ser tão feliz em Combe como tenho sido em Barton.

— É um orgulho para mim — replicou Elinor — que até mesmo na falta de melhores aposentos e de uma escada mais larga, você venha a achar no futuro a sua própria casa tão impecável como hoje considera esta.

— Há certamente circunstâncias — disse Willoughby — que poderiam torná-la ainda mais querida, mas este lugar sempre terá um direito ao meu afeto que nenhum outro poderia compartilhar.

A sra. Dashwood olhou com prazer para Marianne, cujos belos olhos estavam cravados tão expressivamente em Willoughby, que mostravam claramente como o entendia bem.

— Quantas vezes desejei — acrescentou ele —, quando estava em Allenham um ano atrás, que o chalé de Barton fosse habitado! Eu nunca o via sem admirar sua localização e sem me entristecer porque ninguém morava nele. Não previa, então, que a primeira notícia que ouviria da sra. Smith, a vez seguinte em que viria à região, seria que o chalé de Barton estava ocupado, e eu senti uma satisfação e um interesse imediatos pelo caso, que só uma espécie de presciência da felicidade que com ele experimentaria pode explicar. Só podia ser assim, não é, Marianne? — falando a ela em voz mais baixa. Então, retomando seu primeiro tom de voz, disse: — E mesmo assim a senhora estragaria esta casa, sra. Dashwood? A senhora lhe roubaria sua simplicidade com melhorias imaginárias! E esta querida sala de estar, em que começou o nosso relacionamento e onde passamos juntos tantas horas felizes desde então, a senhora a rebaixaria à condição de uma entrada comum, e todos ficariam impacientes para passar pela sala que até hoje contém em si mais real comodidade e conforto do que qualquer outro recinto do mundo, mesmo com as mais belas dimensões, poderia proporcionar.

A sra. Dashwood mais uma vez lhe garantiu que não se fariam alterações desse tipo.

— A senhora é uma boa mulher — replicou ele, animado. — A sua promessa deixa-me contente. Estenda-a um pouco mais e me faça feliz. Diga-me que não só a sua casa permanecerá a mesma, mas que sempre encontrarei a senhora e sua família tão inalteradas quanto a sua residência, e que sempre me tratará com a mesma gentileza que fez que tudo que lhe pertença seja tão querido para mim.

A promessa foi prontamente feita e o comportamento de Willoughby durante toda a noite demonstrou ao mesmo tempo seu afeto e sua felicidade.

— Vamos tê-lo amanhã para jantar? — perguntou a sra. Dashwood, quando ele estava indo embora. — Não lhe peço que venha de manhã, porque temos de ir até Barton Park para visitar *Lady* Middleton.

Ele prometeu estar com elas às quatro horas.

CAPÍTULO 15

A visita da sra. Dashwood a *Lady* Middleton deu-se no dia seguinte e duas de suas filhas a acompanharam, mas Marianne dispensou-se de participar do grupo, pretextando estar ocupada, e sua mãe, que concluiu que, na noite anterior, Willoughby lhe prometera uma visita durante a ausência delas, estava perfeitamente satisfeita com o fato de ela permanecer em casa.

De volta de Barton Park, deram com a carruagem de Willoughby e seu criado à espera no chalé, e a sra. Dashwood teve certeza de que a sua conjetura fora correta. Até então, tudo ia como havia previsto, mas ao entrar na casa viu o que nenhuma previsão a fizera esperar. Haviam acabado de entrar no corredor quando Marianne saiu às pressas da sala de estar, aparentando extrema aflição, com o lenço nos olhos, e sem notá-las subiu correndo a escada. Surpresas e assustadas, elas entraram diretamente na sala que ela acabara de deixar, onde só encontraram Willoughby, que estava inclinado sobre o consolo da lareira, de costas para elas. Ele se voltou à chegada delas, e sua expressão mostrava que ele compartilhava fortemente a comoção que tomara conta de Marianne.

— Há algum problema com ela? — gritou a sra. Dashwood ao entrar. — Está doente?

— Espero que não — replicou ele, tentando parecer alegre, e com um sorriso forçado logo acrescentou: — Sou eu que devo ficar doente, pois estou sofrendo agora uma pesada decepção!

— Decepção?

— Sim, pois não posso manter meu compromisso. A sra. Smith exerceu esta manhã o privilégio dos ricos sobre um pobre sobrinho dependente, enviando-me a negócios para Londres. Acabo de receber minhas credenciais e de me despedir de Allenham e vim agora despedir-me.

— Para Londres! E está de partida esta manhã?

— Quase neste exato momento.

— Isso é uma desgraça. Mas a sra. Smith deve ser obedecida. E os negócios dela não vão afastá-lo de nós por muito tempo, espero.

Ele corou ao responder:

— A senhora é muito gentil, mas não tenho planos de voltar em breve a Devonshire. Minhas visitas à sra. Smith nunca se repetem no espaço de um ano.

— E será que a sra. Smith é sua única amiga? Allenham é, por acaso, a única casa nas vizinhanças à qual você é bem-vindo? Que vergonha, Willoughby! Não pode esperar por um convite para vir aqui?

Ele corou ainda mais, e, com os olhos fitos no chão, limitou-se a dizer:

— A senhora é muito boa.

A sra. Dashwood olhou surpresa para Elinor. Elinor sentia o mesmo espanto. Por alguns momentos todos ficaram calados. A sra. Dashwood foi a primeira a falar.

— Só tenho de acrescentar, meu querido Willoughby, que será sempre bem-vindo ao chalé de Barton, pois não vou insistir que volte para cá de imediato, já que só você pode julgar até que ponto isso pode ser agradável à sra. Smith, e sobre este ponto não estou mais disposta a questionar o seu discernimento do que a duvidar dos seus desejos.

— A natureza de meus compromissos agora — replicou Willoughby, confuso — não é motivo de orgulho para mim...

Ele parou. A sra. Dashwood estava surpresa demais para falar, e outra pausa se fez. Ela foi quebrada por Willoughby, que disse com um sorriso fingido:

— É loucura perder meu tempo assim. Não vou atormentar-me mais permanecendo entre amigas cuja companhia me é impossível desfrutar no momento.

Despediu-se, então, rapidamente delas e deixou a sala. Elas o viram entrar na carruagem e num minuto o perderam de vista.

A sra. Dashwood estava magoada demais para falar, e de imediato deixou a sala de estar para lidar sozinha com a preocupação e o susto que aquela súbita partida ocasionara.

O constrangimento de Elinor foi pelo menos igual ao da mãe. Pensava no que acabara de se passar, com angústia e desconfiança. O comportamento de Willoughby ao despedir-se delas, seu embaraço e afetação de alegria e, acima de tudo, sua relutância em aceitar o convite da mãe, uma hesitação tão contrária ao caráter de um homem apaixonado, tão contrária a ele mesmo, muito a perturbaram. Por um momento chegou a pensar que nunca houvera da parte dele nenhum plano para um compromisso sério; no momento seguinte, que alguma briga infeliz ocorrera entre ele e a irmã; o desespero em que Marianne deixara a sala era tal que uma briga séria poderia ser a explicação mais razoável, embora, quando considerava o amor de Marianne por ele, tal briga lhe parecesse quase impossível.

Mas, fossem quais fossem os pormenores da separação, a aflição de sua irmã era indubitável, e ela pensou com a mais terna compaixão sobre essa violenta dor que Marianne muito provavelmente não estava apenas experimentando como um modo de aliviar-se, mas alimentando e incentivando como um dever.

Em cerca de meia hora a sua mãe voltou, e embora os olhos estivessem vermelhos, sua expressão não era triste.

— Nosso caro Willoughby está agora a algumas milhas de Barton, Elinor — disse ela, enquanto se sentava para trabalhar —, e com que peso no coração não viaja ele?!

— Tudo é muito estranho. Partir assim tão de repente! Parece uma decisão repentina. E a noite passada ele estava conosco tão feliz, tão animado, tão carinhoso! E agora, só com dez minutos de aviso... Também foi embora sem intenção de voltar!... Algo mais do que ele nos confiou deve ter acontecido. Ele não falava, não se comportava como ele mesmo. A *senhora* deve ter visto a diferença, tanto quanto eu. Que pode ser aquilo? Será que brigaram? Por que outra razão ele mostraria relutância em aceitar o seu convite?

— Não era vontade o que lhe faltava, Elinor! *Isso* eu podia ver claramente. Não estava em seu poder aceitá-lo. Garanto-lhe que refleti sobre tudo aquilo de novo, e posso explicar perfeitamente cada uma das coisas que no começo pareceram estranhas para mim, assim como para você.

— Pode mesmo?

— Sim. Consegui explicá-lo a mim mesma da maneira mais satisfatória. Mas sei que a *você*, Elinor, que sempre adora duvidar de tudo, minha explicação não pode satisfazer; mas não conseguirá tirar de *mim* a confiança que tenho nela. Estou convencida de que a sra. Smith suspeita do interesse dele por Marianne, desaprova-o (talvez porque tenha outros planos para ele), e por isso está impaciente para vê-lo longe daqui. Estou certa também de que o negócio pelo qual ela o afastou daqui foi um pretexto inventado por ela com esse fim. Acho que foi isso que aconteceu. Além do mais, ele está ciente de que ela é *muito* contrária a essa união, e por isso não ousa confessar agora a ela seu noivado com Marianne e se sente obrigado, por sua situação de dependência, a participar dos planos dela e ausentar-se de Devonshire por uns tempos. Sei que me dirá que isso pode ter acontecido ou *não*, mas não darei ouvidos a nenhuma objeção capciosa, a menos que me mostre outra maneira tão satisfatória quanto esta de entender o caso. E então, Elinor, o que tem a me dizer?

— Nada, a senhora antecipou a minha resposta.

— Então me diria que isso pode ter acontecido ou não. Ah, Elinor, como são incompreensíveis os seus sentimentos! Prefere acreditar no mal a crer no bem. Prefere ver a desgraça de Marianne e a culpa do pobre Willoughby a admitir uma desculpa para ele. Está decidida a achar que ele é culpado, porque se despediu de nós com menos carinho do que de costume. E não pode fazer nenhuma concessão à distração e ao espírito deprimido por decepções recentes? Não podemos aceitar probabilidades, simplesmente porque não são certezas? Nada se deve conceder ao homem que tivemos todos os motivos para amar e do qual não tivemos nenhuma razão no mundo para pensar mal? E nenhuma concessão à possibilidade de motivos irrepreensíveis em si mesmos, mas inevitavelmente secretos no momento? E, afinal, que suspeitas tem contra ele?

— Nem eu mesma sei. Mas a suspeita de algo desagradável é a consequência inevitável de uma alteração como a que vimos nele. Há muita verdade, porém, no que a senhora disse a respeito das concessões que devemos fazer-lhe, e quero ser imparcial com todos em meu julgamento. Willoughby sem dúvida pode ter razões suficientes para o seu comportamento, e espero que as tenha. Mas seria mais próprio de Willoughby reconhecê-las de uma vez. O sigilo pode ser recomendável, mas estou intrigada com o fato de ele o praticar.

— Não o culpe, porém, por fazer coisas que não condizem com seu caráter, quando isso é necessário. Mas admite mesmo que o que disse em sua defesa é justo? Fico feliz com isso, e ele sai absolvido.

— Não inteiramente. Pode ser correto esconder o noivado (se é que eles *estão* noivos) da sra. Smith, e se for o caso, deve ser muito conveniente para

Willoughby ficar pouco em Devonshire no momento. Mas isso não é desculpa para escondê-lo de nós.

— Esconder de nós! Minha filha querida, acusa Willoughby e Marianne de esconderem coisas? Isso é muito estranho, quando seus olhos os têm todos os dias acusado de imprudência.

— Não quero provas do amor deles — disse Elinor —, e sim do noivado entre os dois.

— Estou perfeitamente satisfeita com ambos.

— No entanto, nenhuma sílaba foi dita à senhora sobre esse assunto, por nenhum deles.

— Não quis sílabas onde ações falaram com tanta clareza. Será que o comportamento dele com Marianne e todos nós, pelo menos nos últimos quinze dias, não deixou claro que a amava e a considerava como a sua futura esposa, e que sentia por nós o carinho do mais estreito relacionamento? Não nos entendemos perfeitamente uns com os outros? Meu consentimento não era pedido todos os dias, por seus olhares, suas maneiras, seu respeito atencioso e afetuoso? Querida Elinor, é possível duvidar do noivado? Como pôde ocorrer-lhe tal pensamento? Como supor que Willoughby, convencido como deve estar do amor de sua irmã, a deixasse, e talvez por meses, sem lhe falar do seu afeto, que eles se separassem sem uma troca recíproca de confidências?

— Confesso — replicou Elinor — que todas as circunstâncias, salvo *uma*, estão a favor do noivado, mas essa circunstância *única* é o total silêncio dos dois a esse respeito, e para mim ela é mais importante que todas as outras.

— Como isso é estranho! Deve pensar muitíssimo mal de Willoughby, se, depois de tudo que se passou abertamente entre eles, ainda consegue duvidar da natureza dos laços que os unem. Será que durante todo esse tempo ele desempenhou um papel em seu comportamento com sua irmã? Acha mesmo que, para ele, ela seja indiferente?

— Não, não posso achar isso. Ele deve amá-la e a ama, tenho certeza.

— Mas com um tipo esquisito de ternura, se consegue deixá-la com tamanha indiferença, tal desdém pelo futuro, como você lhe atribui.

— A senhora deve lembrar, querida mamãe, que jamais considerei encerrado o assunto. Tive as minhas dúvidas, confesso; mas são mais fracas do que eram, e talvez logo desapareçam. Se descobrir que eles estão trocando correspondência, todos os meus receios acabarão.

— Uma enorme concessão, realmente! Se os visse no altar, acharia que eles iriam casar. Menina ingrata! Mas eu não exijo tal prova. Em minha opinião, nada se passou que justificasse a dúvida; não houve nenhum segredo: tudo foi sempre aberto e franco. Não pode ter dúvida sobre os desejos da sua irmã. Deve, portanto, suspeitar de Willoughby. Mas por quê? Não é ele um homem honrado e de sentimentos? Houve alguma incoerência da parte dele que seja motivo de alarme? Será que ele pode ser mentiroso?

— Espero que não, não creio — exclamou Elinor. — Adoro Willoughby, sinceramente, e a suspeita sobre a sua integridade não pode ser mais dolorosa para a senhora do que para mim. Foi involuntária, e não vou cultivá-la. Confesso que fiquei alarmada com a mudança nas maneiras dele esta manhã. Ele não falou como costuma e não retribuiu a sua gentileza com nenhuma cordialidade. Mas tudo isso pode ser explicado por uma situação como a que a senhora supôs. Ele acabara de se separar da minha irmã, vira-a afastar-se na maior aflição e sentiu-se obrigado, temendo ofender a sra. Smith, a resistir à tentação de voltar para cá em breve. No entanto, estava ciente de que, ao recusar o seu convite, dizendo que ficaria longe por algum tempo, pareceria agir de maneira mesquinha e suspeita com a nossa família, e isso pode muito bem tê-lo constrangido e perturbado. Nesse caso, uma admissão clara e franca das suas dificuldades teria sido mais honrosa, creio eu, bem como mais coerente com seu caráter geral. Contudo não farei objeções contra o comportamento de ninguém sobre bases tão mesquinhas como uma diferença de julgamento ou um desvio do que eu possa julgar correto e coerente.

— Tem razão no que diz. Willoughby certamente não merece que suspeitemos dele. Embora nós não o conheçamos há muito tempo, ele não é um estranho nesta parte do mundo, e quem alguma vez já falou algo contra ele? Se estivesse em condições de agir com independência e casar imediatamente, poderia parecer estranho que ele nos deixasse sem logo me informar de tudo, mas não é esse o caso. Trata-se de um noivado que, em alguns aspectos, não teve um início dos mais felizes, pois o casamento pode acontecer num prazo muito incerto, e mesmo o sigilo, até onde sabemos, talvez seja aconselhável no momento.

Foram interrompidas pela entrada de Margaret, e Elinor teve então a oportunidade de refletir sobre as conjeturas da mãe, de reconhecer a probabilidade de muitas delas e de ter esperanças na justiça de todas.

Não viram Marianne até a hora do jantar, quando ela entrou na sala e ocupou seu lugar à mesa, sem dizer palavra. Seus olhos estavam vermelhos e inchados, e parecia que mesmo naquele momento tivesse dificuldade para conter as lágrimas. Evitou os olhares de todas elas, não conseguiu nem comer nem falar e, depois de algum tempo, quando sua mãe lhe apertou silenciosamente a mão com compaixão, sua frágil compostura não resistiu, começou a chorar copiosamente e deixou a sala.

Essa violenta depressão persistiu durante toda a noite. Estava sem nenhuma força, pois não tinha nenhum desejo de autocontrole. A menor referência a algo ligado a Willoughby imediatamente a derrubava e, embora a família estivesse muitíssimo atenta ao seu bem-estar, era impossível para elas, ao falar, evitar todos os assuntos que seus sentimentos relacionavam a ele.

CAPÍTULO 16

Marianne jamais se perdoaria caso fosse capaz de dormir na primeira noite após se separar de Willoughby. Teria vergonha de olhar no rosto a família na manhã seguinte, se não tivesse levantado da cama precisando de mais repouso do que quando se deitara. Mas os sentimentos que transformavam a calma em desgraça não a deixavam correr nenhum perigo de passar tal vergonha. Não dormiu a noite toda e chorou a maior parte dela. Levantou-se com dor de cabeça, sem conseguir falar e sem nenhum apetite, causando preocupação a cada momento à mãe e às irmãs e proibindo qualquer tentativa de consolo da parte delas. Sua sensibilidade era muito forte!

Ao acabar o café da manhã, saiu sozinha e perambulou pelas cercanias do burgo de Allenham, saboreando as recordações das passadas alegrias e chorando pelo presente durante a maior parte da manhã.

A tarde passou-se em igual entrega aos sentimentos. Tocou de novo cada uma das canções que costumava tocar para Willoughby, cada ária em que a voz deles tantas vezes se uniram e sentou-se na frente do instrumento contemplando cada linha de música que ele escrevera para ela, até que seu coração ficou tão pesado que não podia receber mais nenhuma tristeza, e essa dose de sofrimento alimentava-a todos os dias. Passava horas inteiras ao pianoforte, cantando e chorando alternadamente. Muitas vezes sua voz era totalmente embargada pelas lágrimas. Também nos livros, como na música, cortejava a desgraça que o contraste entre o passado e o presente certamente provocava. Não lia nada, a não ser o que costumavam ler juntos.

Tal violência na aflição sem dúvida não podia ser suportada para sempre. Em poucos dias se transformou numa melancolia mais calma, porém essas atividades que ela praticava todos os dias, os passeios solitários e as meditações silenciosas, ainda produziam ocasionais efusões de dor tão profundas quanto antes.

Não chegou nenhuma carta de Willoughby, nem Marianne parecia aguardá-las. Sua mãe ficou surpresa, e Elinor voltou a se preocupar. Mas a sra. Dashwood conseguia achar explicações sempre que quisesse, as quais pelo menos satisfaziam a ela.

— Lembre-se, Elinor — disse ela —, quantas vezes *Sir* John pega ele mesmo as nossas cartas no correio e as leva para lá. Já concordamos que o sigilo talvez seja necessário e devemos reconhecer que não poderia ser conservado se a correspondência entre eles tivesse de passar pelas mãos de *Sir* John.

Elinor não podia negar que era verdade, e tentou ver naquilo um motivo suficiente para o silêncio dele. Mas havia um método tão direto, tão simples e, na sua opinião, tão fácil de saber a situação real do caso e de acabar instantaneamente com todo o mistério, que ela não pôde deixar de sugeri-lo à mãe.

— Por que a senhora não pergunta a Marianne de uma vez — disse ela — se ela está ou não noiva de Willoughby? Vindo da senhora, que é a mãe dela, e uma mãe tão carinhosa e indulgente, a pergunta não pode ofender. Seria o resultado natural de seu amor por ela. Ela costumava ser completamente franca, principalmente com a senhora.

— Não faria essa pergunta nem por toda a riqueza do mundo. Supondo que seja possível que eles não estejam noivos, que dor uma tal pergunta não provocaria! De qualquer ponto de vista, seria o máximo da mesquinhez. Jamais mereceria a sua confiança de novo, depois de forçá-la a confessar o que no momento deve ser desconhecido de todos. Conheço o coração de Marianne, sei que ela me ama muito e que não serei a última a que o caso será esclarecido, quando as circunstâncias tornarem a revelação exequível. Não tentaria forçar a confissão de ninguém, muito menos de uma filha, pois o senso do dever impediria a negação que seus desejos ordenassem.

Elinor achou exagerada aquela generosidade, levando-se em conta a pouca idade da irmã, e insistiu com a mãe mais uma vez, porém em vão. O senso comum, a atenção comum, a prudência comum, tudo tinha sucumbido na romântica delicadeza da sra. Dashwood.

Passaram-se muitos dias antes que o nome de Willoughby fosse mencionado diante de Marianne por alguém da família. *Sir* John e a sra. Jennings, de fato, não foram tão gentis, suas zombarias acentuaram a dor de muitas horas dolorosas. Mas uma tarde a sra. Dashwood, tomando ao acaso um exemplar de Shakespeare, exclamou:

— Nunca terminamos *Hamlet*, Marianne; nosso querido Willoughby se foi antes que pudéssemos acabá-lo. Vou deixá-lo de lado, para que quando ele volte... Mas podem passar-se meses, talvez, antes que isso aconteça.

— Meses! — gritou Marianne, com grande surpresa. — Não, nem sequer muitas semanas.

A sra. Dashwood lamentou ter dito aquilo, mas Elinor ficou satisfeita, pois provocou uma réplica de Marianne que expressava muita confiança em Willoughby e conhecimento das suas intenções.

Certa manhã, cerca de uma semana depois que ele deixara a região, Marianne foi convencida a juntar-se às irmãs no seu costumeiro passeio, em vez de perambular sozinha. Até então ela evitara rigorosamente toda companhia em suas caminhadas. Se as irmãs pretendiam caminhar pelas colinas, ela se dirigia diretamente para as trilhas; se elas mencionassem o vale, ela corria para as colinas e nunca podia ser encontrada quando as outras partiam. Mas com o tempo foi vencida pelos esforços de Elinor, que desaprovava profundamente aquele isolamento contínuo. Elas caminharam pela estrada através do vale, a maior parte do tempo em silêncio, pois a mente de Marianne não podia ser controlada, e Elinor, satisfeita por ter ganhado um ponto, não se arriscava a querer mais. Para além da entrada do vale onde o campo, embora ainda rico, era menos selvagem e mais aberto, um longo trecho da estrada que elas haviam percorrido ao virem a Barton pela primeira vez estendia-se em frente a elas, e ao chegarem àquele ponto pararam para olhar ao redor e examinar a perspectiva formada pela distância de sua vista do chalé, de um ponto que nunca haviam alcançado antes em nenhuma das caminhadas.

Entre os detalhes à vista, logo descobriram um ser animado. Era um homem a cavalo, que cavalgava na direção delas. Em poucos minutos podiam distinguir que se tratava de um cavalheiro, e um momento depois Marianne exclamou extasiada:

— É ele. É, com certeza. Eu sei que é! — e se apressava a ir em sua direção, quando Elinor exclamou:

— Na verdade, Marianne, acho que está enganada. Não é Willoughby. Não é alto como ele e não tem o jeito dele.

— Tem sim, tem sim — gritou Marianne. — Tenho certeza de que tem. O jeito dele, o sobretudo, o cavalo. Sabia que ele viria logo.

Ela caminhava excitada enquanto falava, e Elinor, para proteger Marianne de suas próprias idiossincrasias, pois tinha quase certeza de que não era Willoughby, apertou o passo e a alcançou. Logo chegaram a trinta jardas do cavalheiro. Marianne olhou de novo; seu coração disparou dentro dela e, dando abruptamente meia-volta, começou a correr, quando a voz de ambas as suas irmãs a detiveram. Uma terceira voz, quase tão conhecida quanto a de Willoughby, juntou-se a elas para pedir que parasse, e ela se voltou com surpresa para ver e dar as boas-vindas a Edward Ferrars.

Ele era a única pessoa no mundo que podia ser perdoada por não ser Willoughby, a única que podia ganhar um sorriso dela; ela, porém, enxugou as lágrimas para sorrir para *ele*, e com a alegria da irmã se esqueceu da sua própria decepção.

Ele apeou e, entregando o cavalo ao criado, caminhou de volta a Barton com elas, aonde se dirigia com o propósito de visitá-las.

Todas as três mulheres lhe deram as boas-vindas com muita cordialidade, mas em especial Marianne, que demonstrou mais animação ao recebê-lo do que a própria Elinor. Para Marianne, de fato, o encontro entre Edward e a irmã não passava da continuação daquela inexplicável frieza que muitas vezes observara em Norland em seu comportamento recíproco. Da parte de Edward, mais particularmente, havia uma ausência de tudo que um homem apaixonado deve parecer e dizer numa ocasião como aquela. Ele estava confuso, parecia pouco sensível ao prazer de vê-las, não parecia nem entusiasmado nem alegre, falou pouco além do que foi extraído pelas perguntas e não distinguiu Elinor com nenhum sinal de afeto. Marianne via e ouvia com surpresa cada vez maior. Quase começou a sentir antipatia por Edward, e acabou, como todo sentimento devia acabar dentro dela, dirigindo seus pensamentos de volta para Willoughby, cujas maneiras formavam um contraste suficientemente marcante com as daquele que ela elegera como irmão.

Depois de um breve silêncio que se seguiu à primeira surpresa e às perguntas iniciais do encontro, Marianne perguntou a Edward se vinha diretamente de Londres. Não, ele estivera em Devonshire por quinze dias.

— Quinze dias! — repetiu ela, surpresa com o fato de ter ele estado no mesmo condado com Elinor sem tê-la procurado antes.

Ele pareceu um tanto constrangido ao acrescentar que estivera com amigos perto de Plymouth.

— Esteve em Sussex ultimamente? — perguntou Elinor.

— Estive em Norland cerca de um mês atrás.

— E como está a nossa querida, querida Norland? — perguntou Marianne.

— A querida, querida Norland — disse Elinor — provavelmente está exatamente como sempre está nesta época do ano. Os bosques e as trilhas cobertos de uma grossa camada de folhas mortas.

— Ah — exclamou Marianne —, com que sensação de êxtase eu as via cair! Como me deliciava, ao caminhar, vê-las cair ao meu redor como uma chuva impelida pelo vento! Que sentimentos elas, mais a estação e o ar me inspiraram! Agora não há mais ninguém para contemplá-las. São vistas só como um estorvo, apressadamente varrido e afastado o máximo possível da visão.

— Nem todos — disse Elinor — têm a sua paixão por folhas mortas.

— Não, meus sentimentos raramente são compartilhados ou compreendidos. Mas às vezes o são — ao dizer isso, ela perdeu-se num devaneio por alguns momentos, mas, caindo em si de novo: — Agora, Edward — disse ela, chamando sua atenção para a perspectiva — aqui está o vale de Barton. Olhe para ele e fique indiferente, se puder. Olhe aquelas colinas! Já viu alguma vez coisa parecida? À esquerda fica Barton Park, entre aqueles bosques e aquelas plantações. É possível ver o fundo da casa. E ali, atrás da colina mais distante, que se ergue com tal grandiosidade, fica o nosso chalé.

— É um belo lugar — replicou ele —, mas essas partes baixas devem ficar sujas no inverno.

— Como consegue pensar em sujeira, com vitas como essas à sua frente?

— Porque — replicou ele, sorrindo — entre as demais vistas à minha frente, vejo uma trilha muito suja.

"Que estranho!", disse Marianne com seus botões enquanto caminhava.

— É agradável a vizinhança aqui? Os Middleton são simpáticos?

— Não, de modo algum — respondeu Marianne —, não poderíamos estar em pior situação.

— Marianne — exclamou a irmã —, como pode dizer uma coisa dessas? Como pode ser tão injusta? Eles são uma família muito respeitável, sr. Ferrars, e sempre se comportaram conosco da maneira mais gentil. Já se esqueceu, Marianne, de quantos dias felizes deve a eles?

— Não — respondeu Marianne, em voz baixa —, nem quantos momentos dolorosos.

Elinor não escutou suas palavras e, dirigindo a atenção para o visitante, tratou de estabelecer algo como uma conversa com ele, falando-lhe de sua residência atual, suas conveniências, etc., conseguindo com isso tirar à força algumas perguntas e observações ocasionais. A frieza e a reserva dele a magoaram muito; estava aborrecida e um pouco irritada, mas, decidida a pautar seu comportamento com ele no passado e não no presente, evitou qualquer aparência de ressentimento ou desagrado e o tratou como devia ser tratado por seus laços de parentesco.

CAPÍTULO 17

A sra. Dashwood ficou surpresa só por um momento ao vê-lo, já que sua vinda a Barton era, na sua opinião, a coisa mais natural do mundo. Sua alegria e sua expressão de afeto superaram em muito seu espanto. Ele recebeu as mais gentis boas-vindas da parte dela, e nem a timidez, nem a frieza nem a reserva resistiram a tal recepção. Começaram a abandoná-lo antes de entrar em casa e foram totalmente superadas pelas maneiras cativantes da sra. Dashwood. De fato, nenhum homem podia apaixonar-se por uma das filhas sem estender a paixão também a ela, e Elinor logo teve a satisfação de vê-lo mais à vontade. Seu afeto por todas pareceu reanimar-se, e ficou visível o seu interesse pelo bem-estar delas. Não estava animado, porém; elogiou a casa, admirou a perspectiva, foi atencioso e gentil, mas mesmo assim não estava animado. Toda a família o percebeu, e a sra. Dashwood, atribuindo aquilo à falta de generosidade da mãe dele, sentou-se à mesa indignada contra todos os pais egoístas.

— Quais são os planos da sra. Ferrars para você atualmente, Edward? — disse ela, quando o jantar acabou e eles se reuniram ao redor da lareira. — Você ainda tem de ser um grande orador, mesmo contra a vontade?

— Não. Espero que minha mãe esteja agora convencida de que não tenho nem talento nem inclinação pela vida pública!

— Mas como obterá a fama? Pois famoso você deve ser para satisfazer à família, e, sem inclinação para altos gastos, sem interesse por desconhecidos, sem profissão e sem um futuro assegurado, pode ser difícil alcançá-la.

— Não vou tentar obtê-la. Não desejo distinguir-me e tenho todos os motivos para esperar que nunca venha a sê-lo. Graças a Deus! Não posso ser obrigado a ter gênio e eloquência.

— Não tem ambição, sei muito bem disso. Todos os seus desejos são comedidos.

— Tão comedidos como os do resto do mundo, acho. Desejo, como todo o mundo, ser muito feliz, entretanto, como todo o mundo, tem de ser do meu jeito. O prestígio não me fará feliz.

— O contrário é que seria estranho! — exclamou Marianne. — Que têm a ver riqueza ou prestígio com felicidade?

— O prestígio, pouco — disse Elinor —, mas a riqueza tem muito a ver com a felicidade.

— Elinor, que vergonha! — disse Marianne — o dinheiro só pode trazer felicidade onde não haja mais nada que a traga. Além da abastança, ele não pode proporcionar uma satisfação real, no que se refere à nossa interioridade.

— Talvez — disse Elinor, sorrindo — possamos chegar a um acordo. A *sua* abastança e a *minha* riqueza são muito parecidas, e sem elas, sendo o mundo como é, nós duas devemos convir que faltará todo tipo de conforto exterior. Suas ideias são só mais nobres do que as minhas. Vamos, o que chama de abastança?

— Cerca de mil e oitocentas ou duas mil libras por ano, não mais do que *isso*.

Elinor riu.

— *Duas mil* libras por ano! A minha riqueza é *mil*! Eu sabia como isso acabaria.

— No entanto duas mil libras é uma renda bastante modesta — disse Marianne. — Uma família não pode manter-se bem com um rendimento menor. Estou certa de não ser extravagante nas minhas exigências. Uma criadagem decente, uma carruagem, talvez duas, e animais de caça não podem ser mantidos com menos.

Elinor sorriu de novo ao ouvir a irmã descrevendo com tanta precisão as futuras despesas em Combe Magna.

— Animais de caça! — repetiu Edward. — Mas por que você haveria de ter animais de caça? Nem todo o mundo caça.

Marianne corou ao responder:

— Mas a maioria das pessoas caça.

— Gostaria tanto — disse Margaret, iniciando um novo tema — que alguém desse uma grande fortuna a cada uma de nós!

— Ah, se isso acontecesse! — exclamou Marianne, com os olhos brilhantes de animação e o rosto radiante pelo prazer daquela felicidade imaginária.

— Acho que somos unânimes nesse desejo — disse Elinor —, apesar de a riqueza sozinha não bastar.

— Ah, querida! — exclamou Margaret — como eu seria feliz! Fico imaginando o que faria com ela!

Marianne parecia não ter dúvida sobre aquilo.

— Eu teria dificuldade em gastar uma grande fortuna — disse a sra. Dashwood —, se as minhas filhas ficassem ricas sem a minha ajuda.

— Começaria a reforma da casa — observou Elinor —, e logo as suas dificuldades desapareceriam.

— Que magníficas encomendas de compras viajariam desta família para Londres — disse Edward — se isso acontecesse! Que dia feliz para livreiros, vendedores de partituras e lojas de gravuras! A senhorita faria uma encomenda geral para que lhe fosse enviada cada nova gravura de qualidade; e quanto a Marianne, conheço a grandeza da sua alma, não haveria música bastante em Londres para satisfazê-la. E livros! Thomson, Cowper, Scott, ela compraria todos eles de novo e de novo; compraria todos os exemplares, para evitar que caíssem em mãos indignas, e teria todos os livros que ensinassem como admirar uma velha árvore retorcida. Não é verdade, Marianne? Perdoe-me se estou sendo insolente, mas queria mostrar-lhe que não esqueci nossas velhas discussões.

— Adoro lembrar o passado, Edward! Seja ele melancólico ou alegre, adoro recordá-lo, e nunca me ofenderá falando-me dos velhos tempos. Tem toda a razão em imaginar como o meu dinheiro seria gasto — parte dele, pelo menos. Meu dinheiro a mais seria com certeza empregado em aumentar a minha coleção de partituras e de livros.

— E o grosso de sua fortuna seria aplicado em pensões anuais para os seus autores ou seus herdeiros.

— Não, Edward, eu teria um emprego diferente para ele.

— Talvez, então, o desse como prêmio à pessoa que escrevesse a melhor defesa de sua máxima favorita, a de que ninguém pode apaixonar-se mais de uma vez na vida. Presumo que a sua opinião a respeito não mudou. Estou certo?

— Sem dúvida nenhuma. Na minha idade, as opiniões são bastante firmes. Não é provável que eu veja ou ouça algo que as modifique.

— Pode ver que Marianne continua constante como sempre — disse Elinor —, ela não mudou nada.

— Só está um pouco mais séria que antes.

— Não, Edward — disse Marianne —, não tem de que me censurar. Você mesmo não é muito alegre.

— Como pode achar isso! — replicou ele, com um suspiro. — A alegria nunca fez parte do *meu* caráter.

— Tampouco do de Marianne — disse Elinor —, eu dificilmente diria que é uma menina alegre. É muito impaciente, muito intensa em tudo que faz. Às vezes fala muito e com muita animação, mas raramente é alegre mesmo.

— Acho que está certa — replicou ele —, no entanto eu sempre a considerei uma menina alegre.

— Com frequência me vejo cometendo esse tipo de erro — disse Elinor —, em total equívoco quanto ao caráter de alguém, num ou noutro ponto, fantasiando que as pessoas são muito mais alegres ou sisudas ou inteligentes ou obtusas do que realmente são. E teria dificuldade em dizer por que e como essa ilusão começou. Às vezes somos guiados pelo que dizemos de nós mesmos e com muita frequência pelo que outras pessoas dizem de nós, sem que paremos para refletir e julgar.

— Mas achava que fosse certo, Elinor — disse Marianne —, ser guiado completamente pela opinião de outras pessoas. Achei que nossos julgamentos nos fossem dados só para sermos subservientes aos de nossos próximos. Esta sempre foi a sua opinião, tenho certeza.

— Não, Marianne, nunca. Minhas opiniões nunca visaram à sujeição da inteligência. Tudo que sempre tentei influenciar foi o comportamento. Não deve confundir as minhas intenções. Sou culpada, confesso, de muitas vezes ter desejado que você tratasse os nossos conhecidos em geral com maior atenção. Mas quando foi que a aconselhei a adotar os sentimentos deles ou conformar-se com as ideias deles em assuntos sérios?

— Não conseguiu fazer sua irmã entrar em seu plano de civilidade? — disse Edward a Elinor. — Não houve nenhum avanço?

— Muito pelo contrário — replicou Elinor, olhando expressivamente para Marianne.

— Estou completamente do seu lado nessa questão — tornou ele — em pensamento, porém receio que na prática esteja muito mais do lado da sua irmã. Não quero ofender, mas sou tão doidamente tímido que muitas vezes pareço desdenhoso, quando apenas me retraio por minha natural falta de jeito. Não raro penso que fui criado por natureza para apreciar as companhias de baixa condição, pois fico tão pouco à vontade entre estranhos de alta extração!

— Marianne não tem nenhuma timidez que possa desculpá-la da sua inatenção com os outros — disse Elinor.

— Ela é muito consciente de seu próprio valor para sentir uma falsa vergonha — replicou Edward. — A timidez é apenas o efeito de um senso de inferioridade, de um modo ou de outro. Se pudesse convencer-me de que as minhas maneiras são desinibidas e graciosas, não seria tímido.

— Mas ainda seria reservado — disse Marianne —, e isso é pior ainda.

Edward fitou os olhos nelas:

— Reservado! Eu sou reservado, Marianne?

— Sim, muito.

— Não entendo você — replicou ele, corando. — Reservado! Como, de que maneira? O que deveria ter-lhe dito? O que supõe a meu respeito?

Elinor pareceu surpresa com aquela reação, mas, tentando tirar a seriedade do assunto, disse a ele:

— Não conhece a minha irmã o bastante para entender o que ela quer dizer? Não sabe que ela chama de reservado a todos que não falam e não admiram o que ela admira tão depressa nem com tanta intensidade quanto ela?

Edward não respondeu. Voltou completamente à sua gravidade e ponderação habituais, e permaneceu calado e melancólico por algum tempo.

CAPÍTULO 18

Elinor viu com grande consternação o desânimo do amigo. Sua visita proporcionou a ela apenas uma satisfação parcial, ao passo que a alegria dele com o encontro se revelou muito imperfeita. Era evidente que ele era infeliz. Ela esperava que fosse igualmente evidente que ele ainda tinha por ela o mesmo afeto que, no passado, não duvidara inspirar-lhe, mas agora a persistência desse amor parecia muito duvidosa, e a reserva das suas maneiras com ela contradizia num momento o que um olhar mais expressivo sugerira no momento anterior.

Ele se juntou a ela e Marianne na sala de café, na manhã seguinte, antes que os outros descessem, e Marianne, que sempre estava impaciente para promover ao máximo a felicidade deles, logo os deixou sozinhos. No entanto, antes de chegar à metade da escada ouviu a porta da sala se abrir e, voltando-se, ficou pasmada ao ver o próprio Edward sair.

— Vou ao burgo ver meus cavalos — disse ele —, uma vez que ainda não está pronta para o café da manhã. Logo estarei de volta.

* * *

Edward voltou para casa muito admirado com os arredores. Em sua caminhada até o burgo, vira diversas partes do vale de um ângulo favorável, e o próprio burgo, em situação muito mais elevada do que o chalé, proporcionava uma vista panorâmica que muito lhe agradara. Aquele era um assunto que prendeu a atenção de Marianne, e ela estava começando a lhe descrever sua própria admiração por aquelas cenas e a questioná-lo mais minuciosamente sobre o que mais o impressionara, quando Edward a interrompeu, dizendo:

— Não faça muitas perguntas, Marianne. Lembre-se de que não tenho conhecimentos de pintura e vou ofendê-la com a minha ignorância e falta de gosto, se descer aos pormenores. Vou chamar as colinas de *altas*, quando devia dizer *escarpadas*; as superfícies, de *estranhas* e *singulares*, quando devia dizer *amorfas* e *ásperas*; e as coisas distantes, de *indistinguíveis*, quando devia dizer *apenas indistintas através de uma delicada atmosfera enevoada*. Devia contentar-se com a admiração que posso honestamente sentir. Para mim, esta é uma ótima região: as colinas são altas, os bosques parecem repletos de excelente madeira e o vale parece agradável e aconchegante, com ricas campinas e diversas bonitas casas de fazenda espalhadas aqui e ali. Ela corresponde exatamente à minha ideia de uma ótima região, pois une beleza e utilidade, e tenho certeza de que é também pitoresca, pois você a admira. Posso facilmente acreditar que esteja repleta de rochedos e promontórios, de pântanos cinzentos e matagais, porém esses eu não consigo entender. Nada sei sobre o pitoresco.

— Receio que seja verdade — disse Marianne —, mas por que se gaba disso?

— Suspeito — disse Elinor — que, para evitar um tipo de afetação, Edward caia aqui em outro. Pois ele acredita que muita gente finja ter mais admiração pelas belezas da natureza do que na verdade sente, e, por ter repulsa a essas pretensões, afeta uma indiferença maior e um menor discernimento ao vê-las do que verdadeiramente sente. Ele tem gostos refinados e quer ter uma afetação que seja só sua.

— É verdade — disse Marianne — que a admiração da paisagem virou um mero jargão. Todos fingem sentir e tentam descrever com o gosto e a elegância daquele que foi o primeiro a definir o que é a beleza pitoresca. Detesto qualquer tipo de jargão e às vezes guardo os meus sentimentos para mim, pois não consigo encontrar uma linguagem para descrevê-los, senão no que há de mais gasto e surrado para ter qualquer sentido ou significado.

— Estou convencido — disse Edward — de que realmente sente toda a delícia de uma bela perspectiva, como diz sentir. Mas em troca sua irmã deve permitir-me sentir apenas o que digo. Gosto de uma bela vista, mas não com base em princípios pitorescos. Não gosto de árvores tortas, retorcidas, ressecadas. Admiro-as muito mais quando são altas, robustas e florescentes. Não gosto de chalés em ruínas. Não admiro urtigas ou cardos ou urzes. Sinto mais prazer com uma casa de fazenda aconchegante do que com campanários, e prefiro um bando de aldeãos ordeiros e felizes aos mais magníficos *banditi* do mundo.

Marianne olhou pasmada para Edward e sentiu pena da irmã. Elinor só ria.

O assunto morreu por aí, e Marianne permaneceu calada e pensativa, até que um novo objeto de repente atraiu sua atenção. Ela estava sentada ao lado de Edward e, ao pegar a taça de chá servida pela sra. Dashwood, a mão dele passou tão perto dela que deixou bem à mostra um anel num dos dedos, com uns cabelos trançados no centro.

— Nunca o vi usar um anel antes, Edward — exclamou ela. — É o cabelo da Fanny? Lembro-me de vê-la prometendo uns cachos a você. Mas achava que os cabelos dela eram mais escuros.

Marianne falou inconsideradamente o que de fato sentia, mas quando viu o quanto afligira Edward, sua irritação com sua própria irreflexão não foi menor do que a dele. Ele corou profundamente e, lançando um rápido olhar a Elinor, replicou:

— Sim, é o cabelo da minha irmã. A iluminação sempre o faz ganhar um tom diferente, você sabe.

O olhar de Elinor cruzou com o dele e também pareceu perturbar-se. Percebeu de imediato que o cabelo era dela própria, com a mesma convicção que Marianne; a única diferença em suas conclusões era que aquilo que Marianne considerava um presente da irmã, Elinor sabia que devia ter sido obtido por alguma artimanha ou roubo que desconhecia. Não estava, porém, com humor para considerar aquilo uma afronta e, enquanto fingia não ter notado o que se passara, mudando imediatamente de assunto, decidiu consigo mesma aproveitar daí para a frente todas as oportunidades de ver os cabelos e se convencer, para além de qualquer dúvida, de que eles tinham exatamente a mesma cor dos seus.

O constrangimento de Edward durou algum tempo, e acabou levando-o a um estado de distração ainda mais acentuado. Permaneceu especialmente sério a manhã inteira. Marianne censurou-se severamente pelo que dissera, mas seu próprio perdão poderia ter sido ainda mais rápido, se tivesse sabido quão pouco sua irmã se ofendera com aquilo.

Antes do meio-dia, receberam a visita de *Sir* John e da sra. Jennings, que, tendo sabido da chegada de um cavalheiro ao chalé, veio investigar o hóspede. Com a assistência da sogra, *Sir* John não demorou em descobrir que o nome de Ferrars começava com F, e isso preparava uma mina de futuras zombarias contra a dedicada Elinor, que nada, a não ser a novidade de sua apresentação a Edward, poderia impedi-los de começar a explorar imediatamente. Contudo, no momento, só por alguns olhares muito significativos ela ficou ciente de como fora longe a perspicácia deles, baseada nas instruções de Margaret.

Sir John nunca veio à casa das Dashwood sem convidá-las ou para jantar em Barton Park no dia seguinte ou para tomar chá com eles na mesma tarde. Na presente ocasião, para maior diversão do hóspede, para a qual ele se sentiu obrigado a contribuir, quis fazer ambos os convites.

— *Tem* de tomar chá conosco esta noite — disse ele —, pois vamos estar muito sós. E amanhã deve absolutamente jantar conosco, pois seremos um grupo grande.

A sra. Jennings reforçou aquela necessidade.

— E quem sabe talvez possa haver dança — disse ela. — E isso lhe será uma tentação, srta. Marianne.

— Dança! — exclamou Marianne. — Impossível! Quem vai dançar?

— Quem?! Vocês, as Carey e com certeza as Whitaker. Como?! Achava que ninguém podia dançar porque certa pessoa que não deve ter o nome revelado foi embora?

— Gostaria de coração — exclamou *Sir* John — que Willoughby estivesse de novo entre nós.

Isso, e o fato de Marianne corar, provocou novas suspeitas em Edward.

— E quem é Willoughby? — disse ele, em voz baixa, à srta. Dashwood, ao lado da qual estava sentado.

Ela lhe deu uma resposta curta. A expressão de Marianne era mais comunicativa. Edward viu o bastante para compreender não só o que os outros diziam, como também algumas expressões de Marianne que o haviam confundido antes. E quando os visitantes partiram, ele de imediato se aproximou dela e disse num sussurro:

— Tenho um palpite. Posso dizer-lhe qual é?

— O que quer dizer?

— Posso dizer qual é?

— Claro.

— Pois bem, acho que o sr. Willoughby caça.

Marianne ficou surpresa e confusa, mas não conseguiu deixar de sorrir ante a malícia calma de suas maneiras, e, após um momento de silêncio, disse:

— Ah, Edward! Como pode fazer isso? Mas a hora vai chegar, não perco a esperança... Tenho certeza de que vai gostar dele.

— Não duvido disso — replicou ele, um tanto espantado com a intensidade e a veemência dela, pois, se não houvesse imaginado que aquilo fosse uma pilhéria para a diversão de todos os conhecidos, baseada apenas em alguma coisinha ou num nada entre o sr. Willoughby e ela, não teria ousado mencioná-lo.

CAPÍTULO 19

Edward permaneceu no chalé por uma semana. A sra. Dashwood insistiu muito para que ele ficasse por mais tempo, mas, como se tivesse queda apenas para a mortificação, parecia decidido a partir quando a sua alegria com os amigos estava no auge. Seu humor nos últimos dois ou três dias, embora ainda muito irregular, melhorara bastante — seu apreço pela casa e seus arredores foi crescendo a cada dia, nunca falava em ir embora sem um suspiro, declarou que não tinha nenhum compromisso no momento e até não sabia para onde ir, mas mesmo assim tinha de partir. Nunca uma semana passou tão rápido; ele mal podia acreditar que ela chegara ao fim. Disse-o muitas vezes, disse outras coisas também, que mostravam o feitio de seus sentimentos e contradiziam suas ações. Norland não lhe dava prazer; detestava permanecer em Londres, mas, ou para Norland ou para Londres, ele tinha de partir. Apreciava a gentileza delas mais do que qualquer coisa, e sua maior alegria era ficar com elas. Mesmo assim, tinha de partir, tinha de deixá-las ao término da semana, apesar dos desejos de ambas as partes, e sem nenhuma obrigação quanto ao tempo.

Elinor atribuiu à mãe dele tudo que havia de incrível na sua maneira de agir; e era bom que ele tivesse uma mãe cujo caráter fosse, para ela, tão imperfeitamente conhecido, já que podia servir de desculpa para tudo que havia de estranho no filho. Decepcionada e irritada como estava, porém, e às vezes descontente com o comportamento duvidoso dele com ela, estava propensa em geral a considerar as ações dele com todas as sinceras concessões e as qualificações generosas que lhe haviam sido arrancadas de modo muito mais trabalhoso, no que se referia a Willoughby, por sua mãe. Sua falta de ânimo, de abertura e de coerência era o mais das vezes atribuída à falta de independência e ao conhecimento dos planos e desígnios da sra. Ferrars. A brevidade da visita, a firmeza do seu propósito de deixá-las tinham origem na mesma inclinação reprimida, na mesma inevitável necessidade de contemporizar com a mãe. O velho e constante conflito do dever contra a vontade, pais contra filhos, era a causa de tudo. Ela gostaria de saber quando esses problemas acabariam, quando essa oposição cederia, quando a sra. Ferrars mudaria de ideia e daria ao filho a liberdade de ser feliz. Mas desses vãos desejos ela era forçada a voltar, para seu conforto, à renovação da sua confiança no afeto de Edward, à recordação de cada sinal de carinho no olhar ou nas palavras que tivesse escapado dele enquanto estava em Barton e, acima de tudo, à lisonjeira prova de amor que ele usava o tempo todo no dedo.

— Acho, Edward — disse a sra. Dashwood na última manhã, durante o café —, que seria um homem mais feliz se tivesse uma profissão com que empregar seu tempo e dar interesse a seus planos e ações. Isso pode provocar alguns inconvenientes para os seus amigos, de fato: você não poderia dedicar-lhes tanto tempo. Mas (com um sorriso) seria materialmente beneficiado em pelo menos um particular: saberia aonde ir quando os deixasse.

— Garanto à senhora — respondeu ele — que há muito venho pensando nisso, como a senhora agora. Foi, é e provavelmente sempre será uma grande desgraça para mim não ter tido nenhuma ocupação obrigatória, nenhuma profissão que me desse emprego ou me garantisse algo parecido com a independência. Mas infelizmente meu próprio refinamento, e o de meus amigos, fez de mim o que sou, um ser desocupado e inútil. Nunca pudemos concordar na escolha da profissão. Sempre preferi a igreja, e ainda a prefiro. Contudo isso não era suficientemente elegante para a minha família, que preferia o exército. Aquilo era elegante demais para mim. Concediam que o direito podia ser uma carreira decente; muitos jovens que têm gabinetes no Templo tiveram uma recepção muito boa nos mais altos círculos e passeiam pela cidade em carruagens muito vistosas. Mas não tenho inclinação para o direito, mesmo nesse estudo menos abstruso que a minha família aprovava. Quanto à marinha, tinha a seu favor a moda, mas eu já havia passado da idade quando se começou a discutir essa possibilidade. E, finalmente, como não havia necessidade de ter nenhuma profissão, pois eu poderia ser tão vistoso e dispendioso com ou sem uma capa vermelha nas costas, decretou-se afinal que o ócio seria mais vantajoso e honroso, e um rapaz de dezoito anos não é, em geral, tão fervorosamente inclinado ao trabalho para resistir às solicitações dos amigos para não fazer nada. Entrei, então, em Oxford e desde então tenho estado completamente ocioso.

— E suponho que a consequência disso será — disse a sra. Dashwood —, uma vez que o ócio não aproveitou à sua própria felicidade, que os seus filhos serão educados em tantas atividades, empregos, profissões e negócios quanto os de Columella.[1]

— Serão educados — disse ele, em tom sério — para serem tão diferentes de mim quanto possível. Em sentimentos, em atos, em condição, em tudo.

— Ora, ora, isso é só um desabafo devido ao desânimo, Edward. Está de humor melancólico e imagina que todos os que são diferentes de você devem ser felizes. Mas lembre-se de que a dor de se separar dos amigos é sentida por todos, às vezes, seja qual for a educação ou a condição social. Conheça a sua própria felicidade. Só precisa de paciência — ou dê-lhe um nome mais fascinante e chame-a de esperança. Sua mãe lhe concederá, no seu devido tempo, essa independência pela qual você tanto anseia; é o dever dela e há de ser também a felicidade dela impedir que a sua juventude se desperdice na insatisfação. O que não podem fazer alguns meses?

— Acho — tornou Edward — que serão precisos muitos meses para que alguma coisa de bom aconteça comigo.

Esse estado de espírito melancólico, embora não pudesse ser comunicado à sra. Dashwood, provocou em todas elas uma dor a mais na despedida, que logo ocorreu, e deixou uma impressão desagradável sobretudo nos sentimentos de Elinor, que exigiu algum esforço e tempo para ser superada. Ela, porém, estava decidida a superar aquilo, e para evitar parecer que sofresse mais do que o que toda a família sofreu com a partida dele, não se valeu do método tão judiciosamente empregado por Marianne, numa ocasião semelhante, para aumentar e fixar a dor, buscando o silêncio, a solidão e a desocupação. Seus meios eram tão diferentes quanto seus objetivos, e igualmente aptos a alcançá-los.

Elinor sentou-se à escrivaninha assim que ele saiu de casa, e entregou-se ao trabalho o dia inteiro, não buscou nem evitou a menção do nome dele, pareceu ter quase o mesmo interesse de sempre nos problemas gerais da família, e se, com aquela conduta, não diminuiu seu sofrimento, pelo menos evitou que ele aumentasse desnecessariamente, e poupou a mãe e as irmãs de muitas preocupações por sua causa.

Esse tipo de comportamento, o exato oposto do seu próprio, não parecia mais meritório para Marianne do que o seu próprio lhe parecia falho. Resolveu com muita facilidade o problema do autocontrole: com sentimentos

[1] Personagem de um romance de Richard Graves, *Columella, or the Distressed Anchoret* (1779), que, depois de levar a vida na farra, encaminha os filhos para diversas profissões.

fortes, era impossível; com sentimentos fracos, não tinha méritos. Que os sentimentos da sua irmã *fossem* fracos, ela não ousava negar, embora corasse em reconhecê-lo; e da força dos seus próprios ela deu uma prova impressionante, continuando a amar e a respeitar tal irmã, apesar dessa desagradável certeza.

Sem se afastar da família ou deixar a casa em busca de solidão, ou passar a noite em claro entregue à meditação, Elinor achou que cada dia lhe proporcionava lazer suficiente para pensar em Edward e no comportamento dele, em cada uma das possíveis variedades que os seus diferentes estados de espírito em diferentes momentos podiam produzir: com ternura, piedade, aprovação, reprovação e dúvida. Havia muitíssimos momentos em que, se não pela ausência da mãe e das irmãs, pelo menos em razão da natureza de suas ocupações, era impossível a conversação entre elas, e se produziam todos os efeitos da solidão. Sua mente ficava inevitavelmente à solta, seus pensamentos não podiam prender-se a nada, e o passado e o futuro, num assunto tão interessante, apresentavam-se a ela, forçavam sua atenção e absorviam memória, a reflexão e a imaginação.

De um devaneio desse tipo, sentada à escrivaninha, ela foi despertada certa manhã, pouco depois da partida de Edward, pela chegada de visitas. Estava absolutamente só. O fechamento da portinhola, na entrada do jardim em frente à casa, atraiu os seus olhos para a janela e ela viu um grupo numeroso caminhando em direção à porta. Entre eles estavam *Sir* John, *Lady* Middleton e a sra. Jennings, mas havia duas outras pessoas, um cavalheiro e uma dama, completamente desconhecidos para ela. Estava sentada junto à janela, e assim que *Sir* John a percebeu afastou-se do resto do grupo para a cerimônia de bater à porta e, caminhando pelo gramado, obrigou-a a abrir a janela para falar com ele, embora o espaço entre a porta e a janela fosse tão exíguo que mal era possível falar numa delas sem ser ouvido na outra.

— Bem — disse ele —, trouxemos-lhe alguns estranhos. Que acha deles?

— Psiu! Eles vão escutar.

— Não se preocupe se ouvirem. São só os Palmer. Charlotte é linda, vou dizer-lhe. Pode vê-la se olhar para lá.

Como Elinor tinha certeza de vê-la em poucos minutos, sem tomar essa liberdade, recusou delicadamente.

— Onde está Marianne? Ela fugiu porque viemos? Vejo que o pianoforte está aberto.

— Saiu para caminhar, creio.

A sra. Jennings agora se juntava a eles, pois não tinha paciência o bastante para esperar abrirem a porta antes de contar a *sua* história. Chegou gritando em direção à janela:

— Como vai, minha querida? Como vai a sra. Dashwood? E onde estão as suas irmãs? Como! Sozinha! Ficará contente com um pouco de companhia. Trouxe meu outro filho e filha para vê-las. Imagine só que chegaram tão de repente! Pensei escutar uma carruagem ontem à noite, enquanto tomávamos chá, mas nunca me passou pela cabeça que pudessem ser eles. Só pensei que podia ser o coronel Brandon de volta. Então eu disse a *Sir* John: Acho que estou ouvindo uma carruagem. Talvez seja o coronel Brandon que esteja de volta.

Elinor foi obrigada a afastar-se dela no meio da história, para receber o resto do grupo. *Lady* Middleton apresentou os dois desconhecidos. A sra. Dashwood e Margaret desceram as escadas ao mesmo tempo, e todos se sentaram para olhar uns aos outros. Enquanto a sra. Jennings continuou a sua história ao mesmo tempo caminhava pelo corredor até a sala, acompanhada por *Sir* John.

A sra. Palmer era vários anos mais moça que *Lady* Middleton, e completamente diferente, em todos os aspectos. Era baixa e gorducha, tinha um rosto muito bonito e nele a melhor expressão possível de bom humor. Suas maneiras não eram de modo algum tão elegantes quanto as da irmã, mas eram muito mais simpáticas. Chegou sorrindo, sorriu durante toda a visita, exceto quando riu, e sorriu quando foi embora. O marido era um jovem de aspecto sério, de vinte e cinco ou vinte e seis anos, com um ar de maior elegância e sensatez que a esposa, mas com menos disposição para agradar ou ser agradado. Entrou na sala com um ar de autossuficiência, inclinou-se ligeiramente para as damas, sem dizer palavra e, depois de rapidamente examinar a elas e ao recinto, pegou um jornal sobre a mesa e ficou lendo durante toda a visita.

A sra. Palmer, ao contrário, que recebera da natureza o dom de ser sempre gentil e alegre, mal se havia sentado e já prorrompia em exclamações de admiração pela sala e tudo que nela havia.

— Ah, que sala deliciosa! Nunca vi nada tão encantador! Veja só, mamãe, como ficou melhor desde a última vez que aqui estive! Sempre achei este um lugar tão doce, minha senhora (voltando-se para a sra. Dashwood), mas a fez ficar tão encantadora! Veja só, irmã, como tudo é delicioso! Como gostaria de ter uma casa assim! O senhor não, sr. Palmer?

O sr. Palmer não lhe respondeu, nem sequer ergueu os olhos do jornal.

— O sr. Palmer não me ouve — disse ela, rindo —, ele nunca me escuta. É tão ridículo!

Era uma ideia nova para a sra. Dashwood. Ela não estava acostumada a achar graça na inatenção de ninguém, e olhou surpresa para os dois.

A sra. Jennings, nesse meio-tempo, continuava a falar o mais alto que podia, e deu sequência à narrativa da sua surpresa, na noite anterior, ao ver os amigos, sem parar até que tivesse contado tudo. A sra. Palmer riu entusiasticamente à lembrança do seu espanto, e todos concordaram, duas ou três vezes, que fora uma surpresa muito agradável.

— Podem imaginar como ficamos todos contentes ao vê-los — acrescentou a sra. Jennings, inclinando-se para a frente na direção de Elinor e falando em voz baixa como se não quisesse ser ouvida por mais ninguém, embora estivessem sentadas em lados opostos da sala —, mas não posso deixar de desejar que eles não tivessem viajado tão rápido, nem feito uma viagem tão longa, pois deram uma volta até Londres por causa de negócios. Sabe (balançando a cabeça significativamente e apontando a irmã), era errado na situação dela. Eu queria que ela ficasse em casa e descansasse pela manhã, mas quis vir conosco; ela queria tanto vê-las!

A sra. Palmer riu, e disse que aquilo não lhe faria nenhum mal.

— Ela espera dar à luz em fevereiro — prosseguiu a sra. Jennings.

Lady Middleton não aguentou mais aquela conversa e então tratou de perguntar ao sr. Palmer se havia alguma notícia importante no jornal.

— Não, nenhuma — respondeu ele, e continuou lendo.

— Aí vem a Marianne — exclamou *Sir* John. — Agora, Palmer, você vai ver uma menina monstruosamente linda.

Ele imediatamente foi para o corredor, abriu a porta da frente e a acompanhou para dentro de casa. A sra. Jennings perguntou a ela, assim que apareceu, se não estivera em Allenham; e a sra. Palmer deu tal gargalhada ante aquela pergunta, que mostrou que a compreendera. O sr. Palmer olhou para ela ao entrar na sala, examinou-a durante alguns minutos e voltou ao jornal. Os olhos da sra. Palmer foram então atraídos pelos desenhos pendurados pela sala. Levantou-se para examiná-los.

— Ah, querida, como são belos! Que delícia! Venha ver, mamãe, que lindos! Afirmo que são encantadores, gostaria de olhar para eles para sempre — e então, sentando-se novamente, logo esqueceu que aqueles quadros estavam na sala.

Quando *Lady* Middleton se ergueu para ir embora, o sr. Palmer também se levantou, largou o jornal, esticou-se e olhou para todas ao seu redor.

— Meu amor, caiu no sono? — disse a esposa, rindo.

Ele não respondeu e se limitou a observar, depois de examinar de novo a sala, que tinha um pé-direito muito baixo e o teto estava torto. Inclinou-se, então, e partiu com os demais.

Sir John insistira muito com todas elas para que fossem passar o dia seguinte em Barton Park. A sra. Dashwood, que não achava adequado jantar com eles mais frequentemente do que eles jantavam no chalé, recusou absolutamente o convite que lhe era feito; as filhas podiam fazer o que quisessem. Elas, porém, não tiveram curiosidade de ver como o sr. e a sra. Palmer comiam seu jantar e não tinham nenhuma esperança de outro tipo de diversão com eles. Tentaram então, igualmente, uma desculpa para não ir: o tempo estava instável e provavelmente não iria melhorar. Entretanto, as desculpas não satisfizeram a *Sir* John: a carruagem passaria para pegá-las e elas teriam de ir. *Lady* Middleton também, embora não insistisse com a mãe, insistiu com as filhas. A sra. Jennings e a sra. Palmer juntaram-se aos pedidos, todos pareciam igualmente ansiosos por evitar uma reunião somente com a família, e as moças foram obrigadas a ceder.

— Por que tinham de nos convidar? — disse Marianne, assim que eles se foram. — Dizem que o aluguel do chalé é muito baixo, mas pagamos por ele um alto preço se tivermos de jantar em Barton Park toda vez que alguém estiver ou com eles ou conosco.

— Eles não querem ser menos educados e gentis conosco agora — disse Elinor —, com esses frequentes convites, do que com os que recebemos deles poucas semanas atrás. A alteração não está neles, se as suas festas se tornaram tediosas e aborrecidas. Temos de procurar o que mudou em outro lugar.

CAPÍTULO 20

No dia seguinte, enquanto as srtas. Dashwood entravam na sala de visitas de Barton Park por uma porta, a sra. Palmer chegou correndo pela outra, parecendo tão bem-humorada e alegre quanto antes. Pegou-as muito calorosamente pelas mãos e exprimiu seu grande prazer em revê-las.

— Estou tão contente em vê-las! — disse ela, sentando-se entre Elinor e Marianne. — O dia está tão feio que pensei que talvez não viessem, o que seria péssimo, pois vamos partir amanhã. Temos de ir, já que os Weston vêm nos visitar na próxima semana, como sabem. Foi uma decisão bem repentina esta nossa vinda, e eu nada sabia a respeito até a carruagem chegar à porta e o sr. Palmer perguntar-me se viria com ele a Barton. Ele é tão engraçado! Nunca me conta nada! Sinto muito por não podermos ficar por mais tempo, mas espero que possamos nos encontrar logo, em Londres.

As duas irmãs foram obrigadas a pôr um ponto-final naquelas expectativas.

— Não vão a Londres! — exclamou a sra. Palmer, rindo. — Ficarei muito decepcionada se não forem. Eu posso conseguir-lhes a melhor casa do mundo, vizinha à nossa, na Hanover Square. Têm de vir, de verdade. Tenho certeza de que ficarei muito feliz em lhes fazer companhia a qualquer hora, até o parto, se a sra. Dashwood não gostar de ir a lugares públicos.

Elas lhe agradeceram, mas foram obrigadas a resistir a todas as suas investidas.

— Ah, meu amor — exclamou a sra. Palmer para o marido, que acabava de entrar na sala —, tem de me ajudar a convencer as srtas. Dashwood a irem a Londres neste inverno.

O seu amor não respondeu e, depois de inclinar-se ligeiramente ante as senhoritas, começou a se queixar do tempo.

— Que medonho é tudo isso! — disse ele. — Um tempo desses torna tudo e todos repugnantes. O aborrecimento instala-se tanto dentro quanto fora de casa, quando chove. Faz que detestemos todos os nossos conhecidos. Por que diabos *Sir* John não tem um bilhar em casa? Como são poucos os que sabem que comodidade é um bilhar! *Sir* John é tão estúpido quanto o tempo.

O resto do grupo logo se uniu a eles.

— Receio, srta. Marianne — disse *Sir* John —, que hoje não tenha podido fazer seu passeio habitual a Allenham.

Marianne parecia muito séria e não disse nada.

— Ah, não seja tão dissimulada conosco — disse a sra. Palmer —, todos estamos a par do que aconteceu, eu lhe garanto. E admiro muito o seu gosto, pois o acho extremamente bonito. Não vivemos muito longe dele no campo, como sabe. Menos de dez milhas, acho.

— Trinta seria mais exato — disse o marido.

— Ah, a diferença não é grande. Nunca estive na casa dele, mas dizem que é um lugar lindo.

— Nunca vi lugar mais horroroso na vida — disse o sr. Palmer.

Marianne permaneceu totalmente calada, embora sua expressão traísse seu interesse pelo que diziam.

— É assim tão feio? — prosseguiu a sra. Palmer. — Então acho que deve ser algum outro lugar que é tão lindo.

Quando se sentaram à mesa, *Sir* John observou com tristeza que eram ao todo apenas oito pessoas.

— Minha querida — disse ela à esposa —, é desolador que sejamos tão poucos. Por que não convidou os Gilbert para virem hoje?

— Não lhe disse, *Sir* John, quando me falou sobre isso antes, que não era possível? A última vez foram eles que jantaram aqui.

— O senhor e eu, *Sir* John — disse a sra. Jennings —, não devemos ter tanta cerimônia.

— Então seria muito mal-educada — exclamou o sr. Palmer.

— Meu amor, você contradiz a todos — disse a sua esposa com sua risada habitual. — Não sabe que está sendo muito grosseiro?

— Não sabia que contradizia a ninguém chamando sua mãe de mal-educada.

— Ah, pode maltratar-me quanto quiser — disse a bondosa velha senhora —, tirou Charlotte das minhas costas e não pode devolvê-la. Por isso desconta em mim.

Charlotte soltou uma gargalhada ao pensar que o marido não podia livrar-se dela e disse, exultante, que não importava o quão irascível ele era com ela, pois tinham de viver juntos. Era impossível ter melhor coração ou estar mais decidida a ser feliz do que a sra. Palmer. A indiferença, a insolência e o descontentamento propositais do marido não a magoavam, e, quando ralhava com ela ou a maltratava, ela parecia divertir-se muito.

— O sr. Palmer é tão engraçado! — disse ela, num sussurro, para Elinor. — Está sempre de mau humor.

Elinor não estava propensa, depois de observá-lo um pouco, a acreditar que ele fosse autêntica e genuinamente tão mesquinho ou desaforado como queria parecer. Seu temperamento podia estar um pouco amargurado por descobrir, como muitos outros do seu sexo, que, por alguma inclinação inexplicável pela beleza, era o marido de uma mulher muito tola, mas sabia que esse tipo de erro era comum demais para perturbar um homem inteligente durante muito tempo. Era antes certo desejo de distinção, achava ela, que produzia o tratamento insolente que ele dava a todos, e o desdém por tudo que estivesse à sua frente. Era o desejo de se mostrar superior aos outros. O intuito era comum demais para dar motivo à reflexão, porém os meios, por bem-sucedidos que fossem, para estabelecer a sua superioridade na falta de educação, provavelmente não deviam torná-lo atraente para ninguém, com exceção da esposa.

— Ah, minha cara srta. Dashwood — disse a sra. Palmer logo em seguida —, tenho de pedir um grande favor à senhorita e à sua irmã. Será que poderiam vir passar um tempo em Cleveland este Natal? Por favor, aceite, e venham enquanto os Weston estiverem conosco. Não pode imaginar como eu ficaria feliz! Será delicioso! — Meu amor — dirigindo-se ao marido —, não adoraria que as srtas. Dashwood viessem a Cleveland?

— Certamente — respondeu ele, com um sorriso sarcástico. — Vim a Devonshire exatamente para isso.

— Muito bem — disse a sua esposa —, como vê, o sr. Palmer as espera, então não podem recusar.

Ambas, pronta e decididamente, declinaram do convite.

— Mas devem e virão. Tenho certeza de que vão gostar muito de tudo. Os Weston estarão conosco, e será muito divertido. Não podem imaginar que lindo lugar é Cleveland, e estamos tão animados agora, pois o sr. Palmer está sempre percorrendo a região por causa da disputa eleitoral e vem tanta gente para jantar como nunca vi, é absolutamente encantador! Mas, pobre companheiro, tudo aquilo é muito cansativo para ele, pois é obrigado a agradar a todos.

Elinor mal conseguiu manter-se séria quando concordou sobre a dificuldade de tal empresa.

— Como será encantador — disse Charlotte — quando ele estiver no Parlamento, não é? Como vou rir! Será tão ridículo ver todas as cartas endereçadas a ele com um M.P.![1] Mas sabe que ele diz que nunca enviará as minhas cartas com as franquias que terá no Parlamento? Diz que não quer. Não é, sr. Palmer?

O sr. Palmer fingiu que não ouviu.

[1] Membro do Parlamento.

— Ele não suporta escrever — prosseguiu ela —, diz que é repulsivo.

— Não — disse ele —, jamais disse algo tão irracional. Não me impinja todos os atentados que comete contra a língua.

— Veja só como ele é engraçado! É sempre assim com ele! Às vezes não fala comigo metade do dia e então vem com algo muito engraçado sobre uma coisa qualquer.

Elinor ficou muito surpresa quando, ao voltarem à sala de visitas, ela lhe perguntou se não gostava muito do sr. Palmer.

— Claro — disse Elinor —, ele parece muito agradável.

— Bem, estou contente em saber disso. Achei que gostava dele, ele é tão simpático. E o sr. Palmer gosta muito da senhorita e de suas irmãs, eu lhe garanto, e não pode imaginar como ele vai ficar decepcionado se não vierem a Cleveland. Não consigo imaginar por que recusariam o convite.

Elinor foi mais uma vez obrigada a declinar do convite e, mudando de assunto, pôs um ponto-final na insistência dela. Achou provável que, por viverem no mesmo condado, a sra. Palmer podia dar uma explicação mais detalhada do caráter geral de Willoughby do que se podia depreender do conhecimento parcial que os Middletons tinham dele, e ela estava ansiosa por receber de alguém uma confirmação dos seus méritos que pudesse acabar com a possibilidade de temer por Marianne. Ela começou perguntando se

viam muito o sr. Willoughby em Cleveland e se o conheciam intimamente.

— Sim, querida, conheço-o muitíssimo bem — respondeu a sra. Palmer. — Não que tenha falado alguma vez com ele, mas sempre o vi na cidade. Por uma ou outra razão, nunca aconteceu de eu estar em Barton enquanto ele estava em Allenham. Mamãe o viu aqui uma vez, antes, porém eu estava com meu tio em Weymouth. Posso, no entanto, dizer que o teria visto muito em Somersetshire, se não calhasse, desgraçadamente, de nunca termos estado ali juntos. Acho que ele fica muito pouco em Combe, mas, se ficasse mais por lá, não creio que o sr. Palmer fosse visitá-lo, pois ele está na oposição, sabe, e além disso fica bem fora de mão. Sei muito bem por que me faz essas perguntas sobre ele. Sua irmã vai casar com ele. Estou enormemente contente com isso, já que vou tê-la como vizinha!

— Dou-lhe minha palavra — tornou Elinor — que sabe muito mais a esse respeito do que eu, se tiver alguma razão para esperar que esse casamento aconteça.

— Não negue, sabe que é o que todos dizem. Garanto-lhe que ouvi falar disso na minha viagem a Londres.

— Minha cara sra. Palmer!

— Palavra de honra que ouvi. Encontrei-me com o coronel Brandon segunda-feira de manhã, na Bond Street, pouco antes de deixarmos a cidade, e ele pessoalmente me falou sobre isso.

— É uma grande surpresa para mim. O coronel Brandon falou-lhe sobre isso! Certamente deve estar enganada. Dar uma informação dessas a alguém que não estaria interessada nela, mesmo se fosse verdade, não é algo que eu espere do coronel Brandon.

— Mas eu lhe garanto que sim, que foi como lhe contei, e vou dizer-lhe como aconteceu. Quando o encontramos, ele deu meia-volta e começou a caminhar conosco. Conversamos, então, sobre o meu cunhado e a minha irmã, e de uma coisa e de outra, e eu disse a ele: Então, coronel, ouvi dizerem que chegou uma nova família ao chalé de Barton, e mamãe me escreveu que elas são muito bonitas e uma delas vai casar com o sr. Willoughby, de Combe Magna. É verdade? Naturalmente deve saber, pois esteve em Devonshire muito recentemente.

— E o que disse o coronel?

— Ah, não disse muita coisa, no entanto pareceu que ele sabia que era verdade; então a partir daquele momento tive aquilo como certo. Posso dizer que será delicioso! Quando vai ser a cerimônia?

— O sr. Brandon estava bem, como espero?

— Ah, sim, muito bem. E cheio de elogios à senhorita. Ele nada mais fez do que dizer coisas boas a seu respeito.

— Fico lisonjeada com o apreço dele. Parece ser um excelente homem, e eu o acho extraordinariamente simpático.

— Eu também. É um homem tão encantador, que é uma pena ser tão sério e sisudo. Mamãe diz que *ele* também estava apaixonado por sua irmã. Garanto-lhe que seria um grande cumprimento, já que ele raramente se apaixona por alguém.

— O sr. Willoughby é muito conhecido na sua região de Somersetshire? — perguntou Elinor.

— Ah, sim, muitíssimo bem. Isto é, não creio que muita gente o conheça, pois Combe Magna fica tão longe! Mas todos o acham simpaticíssimo, isso eu garanto. Ninguém é mais apreciado do que o sr. Willoughby onde quer que ele vá, e isso pode dizer à sua irmã. Ela teve uma sorte monstruosa em conquistá-lo, palavra de honra. E ele teve uma sorte muito maior por conquistá-la, porque ela é tão linda e simpática, que nada pode ser bom demais para ela. Mas não acho de modo nenhum que ela seja mais bonita que a senhorita, garanto. Acho que ambas são lindíssimas, e o mesmo acha o sr. Palmer, tenho certeza, embora ontem à noite não tenhamos conseguido que ele o admitisse.

As informações da sra. Palmer a respeito de Willoughby não eram muito substanciais, entretanto, qualquer testemunho em seu favor, mesmo que pequeno, era-lhe agradável.

— Estou tão contente por finalmente nos termos conhecido — prosseguiu Charlotte. — E agora espero que sejamos sempre grandes amigas. Não pode imaginar como queria vê-la! É tão maravilhoso que more no chalé! Nada se compara a isso, tenho certeza! Estou tão contente em saber que a sua irmã vai ter um bom casamento! Espero que vá sempre a Combe Magna. É um lugar delicioso, em todos os aspectos.

— Conhece o coronel Brandon há tempo, não é?

— Sim, há muito tempo, desde que a minha irmã casou. Ele era um amigo particular de *Sir* John. Creio — acrescentou em voz baixa — que ele teria ficado muito contente em me conquistar, se pudesse. *Sir* John e *Lady* Middleton queriam muito que isso acontecesse. Contudo, mamãe não achou que ele fosse bom para mim, caso contrário *Sir* John teria mencionado isso a ele e teríamos casado imediatamente.

— O coronel Brandon não sabia do pedido de casamento de *Sir* John à sua mãe antes que ele fosse feito? Ele nunca lhe confessou seu amor?

— Ah, não! Mas se mamãe não tivesse sido contra, garanto que ele teria adorado. Na época, ele não me vira mais que duas vezes, e foi antes de eu sair da escola. No entanto, estou muito mais feliz assim como estou. O sr. Palmer é o meu tipo de homem.

CAPÍTULO 21

Os Palmer voltaram a Cleveland no dia seguinte, e as duas famílias de Barton tiveram de se entreter uma com a outra. Porém, isso não durou muito. Elinor mal pudera tirar da cabeça os últimos visitantes, mal deixara de se assombrar com o fato de Charlotte ser tão feliz sem motivos e de o sr. Palmer agir de maneira tão grosseira, tendo boas qualidades, e com a estranha incompatibilidade que muitas vezes existia entre marido e mulher. Já o ativo zelo de *Sir* John e da sra. Jennings pela causa da sociedade lhe oferecia alguns novos conhecidos para ver e observar.

Numa excursão matinal a Exeter, encontraram duas jovens que a sra. Jennings teve a satisfação de descobrir serem suas parentas, e isso bastou para que *Sir* John as convidasse pessoalmente a visitarem Barton Park, assim que terminasse o compromisso que tinham em Exeter. Os compromissos em Exeter foram imediatamente cancelados ante tal convite, e *Lady* Middleton levou um grande susto na volta de *Sir* John, ao ouvir que muito em breve receberia a visita de duas moças que nunca vira na vida e de cuja elegância e tolerável nobreza, até, não tinha prova alguma, pois as garantias apresentadas pelo marido e pela mãe a esse respeito haviam sido nulas. O fato de serem parentas também piorava ainda mais as coisas, e foram infrutíferas as tentativas da sra. Jennings de consolá-la, dizendo que não devia preocupar-se se eram muito elegantes, pois eram primas e deviam tolerar-se umas às outras. Porém, como era impossível evitar que elas viessem, *Lady* Middleton resignou-se com a ideia, com toda a filosofia de uma mulher bem-educada, contentando-se em repreender gentilmente o marido sobre o assunto cinco ou seis vezes por dia.

As jovens chegaram; sua aparência não era de modo algum vulgar ou deselegante. Os trajes eram muito vistosos, as maneiras, muito distintas; ficaram encantadas com a casa e deslumbradas com a mobília, e eram tão loucas por crianças, que conquistaram a simpatia de *Lady* Middleton já na primeira hora que passaram em Barton Park. Afirmou que eram de fato moças muito simpáticas, o que para Sua Senhoria equivalia à admiração entusiástica. A confiança de *Sir* John em seu próprio julgamento cresceu com esse elogio caloroso, e ele partiu diretamente para o chalé, a fim de comunicar às srtas. Dashwood a chegada das srtas. Steele, e garantir-lhes que se tratava das mais adoráveis moças do mundo. Num tal elogio, porém, não havia muito que aprender; Elinor sabia muito bem que as mais adoráveis moças do mundo podiam ser encontradas em qualquer parte da Inglaterra, sob todas as variações possíveis na forma, no rosto, no temperamento e na inteligência. *Sir* John queria que toda a família fosse de imediato a Barton Park para ver suas hóspedes. Que homem benevolente e filantrópico! Para ele, era difícil até deixar de compartilhar suas novas primas!

— Venham já — disse ele —, por favor, venham... precisam vir.... têm de vir... garanto que virão... nem podem imaginar como vão gostar delas. Lucy é infinitamente bonita, tão bem-humorada e simpática! As crianças todas já não largam dela, como se fosse uma velha conhecida. E as duas estão loucas para as conhecer, pois ouviram em Exeter que são as mais lindas criaturas do mundo, e eu lhes disse que era verdade, e mais ainda. Ficarão encantadas com elas, tenho certeza. Elas encheram a carruagem com brinquedos para as crianças. Como podem ser tão más para não virem? Elas são suas primas, sabem, de certa maneira. As senhoritas são minhas primas, elas são primas da minha mulher, logo as senhoritas devem ser parentas.

Entretanto, *Sir* John não as convenceu. Só conseguiu obter uma promessa de visita a Barton Park em dois ou três dias, e então o deixaram, pasmado com a indiferença delas, voltar para casa e de novo elogiar os atrativos perante as srtas. Steele, como já elogiara os das srtas. Steele perante elas.

Quando ocorreu a prometida visita a Barton Park e a consequente apresentação de Elinor e Marianne àquelas jovens, as duas não viram nada de admirável na aparência da mais velha, que tinha quase trinta anos e um rosto muito comum e era pouco inteligente, mas na outra, que não tinha mais de vinte e dois ou vinte e três anos, reconheceram uma beleza considerável. Suas feições eram lindas e ela possuía um olhar agudo e vivo, e um jeito inteligente que, embora não lhe proporcionasse elegância ou graça, dava distinção à sua pessoa. Os modos das irmãs Steele eram particularmente finos, e logo Elinor admitiu que tinham certo bom-senso, ao ver com que constante e judiciosa atenção estavam conquistando a simpatia de *Lady* Middleton. Estavam sempre deslumbradas com os filhos dela, elogiando-lhes a beleza, atraindo--lhes a atenção e fazendo-lhes as vontades; e o tempo que lhes sobrava das importunas exigências de tal polidez era gasto admirando tudo que Sua Senhoria fizesse, se é que fazia alguma coisa, ou tirando moldes de alguma roupa nova, que Sua Senhoria vestira no dia anterior e as fizera entrar em contínuo êxtase. Felizmente para quem bajula uma mãe coruja pela exploração desses pontos fracos, embora ela seja, na busca de elogios para os filhos, o mais ávido dos seres humanos, também é o mais crédulo; suas necessidades são exorbitantes, mas acreditará em qualquer coisa, e o afeto e a tolerância enormes das srtas. Steele com seus filhos eram, portanto, vistos por *Lady* Middleton sem a menor surpresa ou desconfiança. Viu com maternal complacência todas as impertinências e travessuras a que as primas se sujeitavam. Viu seus cintos serem soltos, seus cabelos serem puxados perto das orelhas, suas bolsas reviradas e suas facas e tesouras roubadas, e não teve nenhuma dúvida de que aquilo era uma delícia recíproca. Sua única surpresa foi ver Elinor e Marianne sentadas tão tranquilamente, sem exigirem participar do que estava acontecendo.

— John está tão animado hoje! — disse ela, vendo-o pegar o lenço de bolso da srta. Steele e jogá-lo pela janela. — Não para de fazer travessuras.

E logo em seguida, ao ver seu segundo filho beliscar violentamente um dos dedos da mesma moça, observou enternecida:

— Como William é brincalhão!

— E aqui está Annamaria, o meu docinho — acrescentou ela, acariciando ternamente uma menininha de três anos, que não fizera nenhum barulho nos últimos dois minutos. — E ela é sempre tão meiga e quietinha... Nunca existiu uma coisinha tão boazinha!

Mas infelizmente, ao abraçá-la, um grampo do penteado de Sua Senhoria, tendo arranhado levemente o pescoço da criança, provocou naquele padrão de gentileza berros tão violentos que dificilmente poderiam ser superados por uma criatura reconhecidamente barulhenta. A consternação da mãe foi infinita, mas não conseguiu superar o abalo das srtas. Steele, e, numa emergência tão crítica, as três fizeram tudo o que o afeto podia sugerir para aliviar a agonia da pequena sofredora. Foi colocada no colo da mãe, coberta de beijos, sua ferida foi banhada em água de lavanda por uma das srtas. Steele, que ficou de joelhos para tratar dela, enquanto a outra recheava a boca da menininha de confeitos de ameixa. Com tal prêmio pelas lágrimas, a menina era esperta demais para cessar de chorar. Continuou gritando e soluçando bem alto, deu pontapés nos dois irmãos que tentaram tocar nela, e todos aqueles cuidados unidos não deram resultado até que, lembrando por sorte *Lady* Middleton que numa cena de aflição semelhante na semana anterior fora aplicada com sucesso uma geleia de damasco numa têmpora arranhada, o mesmo remédio foi prontamente proposto para aquele infeliz arranhão, e, ao ouvir aquilo, um breve intervalo entre os gritos da mocinha deu motivos de esperança que não podiam ser desprezados. Foi, assim, carregada para fora da sala nos braços da mãe, em busca do remédio, e como os dois meninos decidiram ir atrás, embora a mãe os mandasse ficar, as quatro jovens foram deixadas num silêncio que a sala não conhecera desde muitas horas.

— Pobrezinha! — disse a srta. Steele, assim que eles saíram. — Poderia ter sido um acidente muito grave.

— Não sei como — exclamou Marianne —, a menos que ocorresse em circunstâncias completamente diferentes. Mas essa é a maneira habitual de se exagerar o susto, quando na realidade não há nada de assustador.

— Que mulher encantadora é *Lady* Middleton! — disse Lucy Steele.

Marianne permaneceu calada. Era impossível para ela dizer o que não sentia, por mais trivial que fosse a ocasião, e portanto sempre cabia a Elinor a tarefa de contar mentiras quando a educação o exigisse. Ela fez o possível quando a isso foi convidada, falando de *Lady* Middleton com mais entusiasmo do que sentia, ainda que muito menos do que a srta. Lucy.

— E *Sir* John também — exclamou a irmã mais velha —; que homem encantador ele é!

Também nesse caso o elogio da srta. Dashwood, por ser apenas simples e justo, não teve nenhum brilho. Limitou-se a observar que ela era muito bem-humorada e afável.

— E que familiazinha adorável eles têm! Nunca vi crianças tão maravilhosas em minha vida. Posso dizer que já estou louca por elas! Sempre fui furiosamente apaixonada por crianças.

— Não é de surpreender — disse Elinor, sorrindo — depois do que vi esta manhã.

— Tenho a impressão — disse Lucy — de que os pequenos Middleton são um pouco mimados demais; talvez possam até ser, mas isso é tão natural em *Lady* Middleton e, quanto a mim, adoro ver crianças cheias de vida e entusiasmo. Não suporto crianças paradas e quietas.

— Confesso — replicou Elinor — que, enquanto estou em Barton Park, nunca penso com ódio nas crianças paradas e quietas.

Um breve silêncio seguiu-se a essas palavras, o qual foi quebrado pela srta. Steele, que parecia muito disposta a conversar e disse um tanto bruscamente:

— E o que acha de Devonshire, srta. Dashwood? Creio que ficaram muito tristes por deixarem Sussex.

Com certa surpresa pela familiaridade da pergunta, ou pelo menos com a maneira como foi dita, Elinor respondeu que sim.

— Norland é um lugar lindo, não é? — acrescentou a srta. Steele.

— Ouvimos dizer que *Sir* John o admira demais — disse Lucy, que pareceu achar ser necessário desculpar-se pela liberdade tomada pela irmã.

— Acho que *devem* admirar Norland — tornou Elinor — todos os que viram alguma vez o lugar, embora não seja de supor que todos possam apreciar suas belezas como deveriam.

— E havia muitos bonitões por lá? Acredito que não haja tantos nesta parte do mundo. Quanto a mim, acho que eles nunca são demais.

— Mas por que acharia — disse Lucy, parecendo envergonhada da irmã — que haja menos bonitões em Devonshire do que em Sussex?

— Não, minha querida, tenho certeza de que não quero dizer que não existam. Tenho certeza de que há muitos bonitões em Exeter, mas, entenda, como poderia saber sobre os de Norland? Eu só tinha medo de que as srtas. Dashwood pudessem achar Barton aborrecido, se não houvesse tantos como costumava haver lá. Mas talvez, mocinhas, não se preocupem muitos com os bonitões, e levem a vida indiferentemente, com ou sem eles. Eu, por meu lado, considero-os muito agradáveis, desde que se vistam com elegância e se comportem com gentileza. Mas não suporto vê-los maltrapilhos e grosseiros. Em Exeter há o sr. Rose, um rapaz elegantíssimo, um bonitão e tanto, empregado do sr. Simpson, sabe, e se o encontrarem de manhã, não podem nem olhar para ele. Acho que o seu irmão devia ser um bonitão daqueles, srta. Dashwood, antes de se casar, já que era tão rico!

— Eu lhe garanto — replicou Elinor — que não tenho resposta para essa pergunta, pois não compreendo muito bem o sentido da palavra. Mas posso dizer que se ele foi um bonitão antes de casar, ainda o é, pois não mudou nem um pouco.

— Ah, querida! Nunca se pensa num homem casado como um bonitão. Eles têm mais o que fazer.

— Meu Deus, Anne — exclamou a irmã —, você só sabe falar de bonitões! A srta. Dashwood vai achar que só pensa nisso.

E então, para mudar de assunto, começou a elogiar a casa e a mobília.

Essa amostra das srtas. Steele foi suficiente. As vulgares liberdades tomadas e a insensatez da mais velha não a recomendavam, e como Elinor não se deixava deslumbrar pela beleza ou pelo jeito esperto da mais jovem e percebera muito bem sua falta de real elegância e espontaneidade, deixou a casa sem nenhuma vontade de conhecê-las melhor.

O mesmo não aconteceu com as srtas. Steele. Vieram de Exeter cheias de admiração por *Sir* John Middleton, sua família e todos os parentes, e uma não mesquinha proporção era agora dedicada às suas belas primas, que declararam ser as moças mais lindas, elegantes, perfeitas e simpáticas que conheciam, e com as quais estavam especialmente desejosas de estreitar relações. E, assim, Elinor logo descobriu que esse estreitamento de relações era seu destino inevitável, pois, como *Sir* John estava inteiramente do lado das srtas. Steele, o partido deles seria forte demais para sofrer oposição, e elas teriam de se sujeitar àquele tipo de intimidade que consiste em ficar sentados juntos por uma ou duas horas na mesma sala quase todos os dias. *Sir* John não podia fazer nada além disso, entretanto não sabia que faltava algo mais. Para ele, estar juntos era serem íntimos, e, enquanto seus contínuos planos para que se reunissem deram certo, não teve dúvida de que elas se haviam tornado amigas.

Para tratar-lhe com justiça, ele fez tudo o que estava em seu poder para promover uma relação sincera entre elas, contando às srtas. Steele tudo que sabia ou imaginava da situação de suas primas quanto aos mais delicados pormenores. E Elinor não as vira mais de duas vezes, quando a mais velha delas lhe expressou sua alegria por sua irmã ter tido a sorte de conquistar um bonitão elegantíssimo depois que veio a Barton.

— Vai ser ótimo ela se casar tão moça, com certeza — disse ela —, e ouvi dizer que ele é um bonitão daqueles, lindíssimo. Eu espero que você também tenha logo a mesma sorte. Mas talvez já tenha um namorado por aí.

Elinor não podia imaginar que *Sir* John fosse mais discreto em proclamar suas suspeitas sobre o seu amor por Edward do que o fora em relação a Marianne. De fato, das duas a sua era a anedota favorita, por ser mais nova e mais conjetural; e, desde a visita de Edward, eles nunca jantaram juntos sem que ele brindasse à saúde das pessoas mais queridas por ela, com tantos subentendidos e tantos meneios de cabeça e piscadelas que atraíam a atenção geral. A letra F também fora invariavelmente mencionada e produzira tantas anedotas, que havia tempos seu caráter de letra mais picante do alfabeto se impusera a Elinor.

As srtas. Steele, como Elinor esperava, passaram a conhecer todas aquelas anedotas, que despertaram na mais velha das duas a curiosidade sobre o nome do cavalheiro a que faziam alusão, curiosidade esta que, embora muitas vezes expressa em termos impertinentes, estava de pleno acordo com a sua bisbilhotice sobre os casos da família. Mas *Sir* John não brincou por muito tempo com a curiosidade que ele adorava despertar, pois sentia um prazer pelo menos tão grande em revelar o nome quanto a srta. Steele em ouvi-lo.

— O nome dele é Ferrars — disse ele, num sussurro muito audível —, mas por favor não conte a ninguém, pois é um grande segredo.

— Ferrars! — repetiu a srta. Steele. — O sr. Ferrars é o felizardo, não é? Como! O irmão da sua cunhada, srta. Dashwood? Um rapaz simpaticíssimo, com certeza! Conheço-o muito bem.

— Como pode dizer isso, Anne? — exclamou Lucy, que geralmente corrigia todas as afirmações da irmã. — Embora o tenhamos visto uma ou duas vezes na casa do nosso tio, é exagero dizer que o conhece muito bem.

Elinor ouviu tudo aquilo com atenção e surpresa. "E quem era esse tio? Onde morava? Como se conheceram?" Queria muito prosseguir no assunto, embora não quisesse ela mesma participar dele. Todavia, nada mais foi dito a respeito, e pela primeira vez na vida achou que faltava à sra. Jennings tanto a curiosidade por fofocas quanto a disposição para passá-las adiante. A maneira como a srta. Steele falara de Edward fez aumentar sua curiosidade, pois a chocou por ser um tanto maldosa, e sugeria a suspeita de que ela sabia, ou imaginava saber, algo negativo sobre ele. Entretanto, a sua curiosidade foi infrutífera, pois a srta. Steele não mais prestou atenção no nome do sr. Ferrars quando se fazia alusão a ele ou mesmo quando era abertamente citado por *Sir* John.

CAPÍTULO 22

Marianne, que nunca tivera muita tolerância com coisas como impertinência, vulgaridade, falta de talento ou mesmo diferença de gosto em relação a ela mesma, estava na época especialmente pouco propensa, pelo estado de espírito, a se dar com as srtas. Steele ou a incentivar suas tentativas de aproximação, e à invariável frieza de seu comportamento com elas, que inibia qualquer intimidade da parte delas, Elinor atribuía sobretudo aquela preferência por ela mesma, que logo se tornou evidente nas maneiras de ambas, principalmente de Lucy, que não perdia nenhuma oportunidade de conversar com ela ou de tentar melhorar seu relacionamento com uma simples e franca comunicação de sentimentos.

Lucy era naturalmente perspicaz, suas observações eram muitas vezes precisas e divertidas e, como companheira por meia hora, Elinor frequentemente a achava agradável. Mas suas potencialidades não receberam ajuda da educação. Era ignorante e analfabeta, e sua carência de qualquer sofisticação intelectual, sua falta de informação sobre os mais corriqueiros particulares não podiam passar despercebidos da srta. Dashwood, apesar de seu constante empenho em se mostrar sob uma boa luz. Elinor viu — e teve pena dela por isso — a negligência de capacidades que a educação poderia ter tornado respeitável; mas viu também, com olhos muito menos condescendentes, a total falta de delicadeza, de retidão e de integridade espiritual que as suas atenções, suas assiduidades, suas adulações haviam mostrado em Barton Park. E não podia sentir uma satisfação duradoura na companhia de uma pessoa que unia a insinceridade à ignorância, cuja falta de instrução impedia de participar da conversa em igualdade de condições e cuja conduta com os outros tirava todo valor de qualquer demonstração de atenção e deferência com ela.

— Sei que vai achar estranha a minha pergunta — disse-lhe Lucy um dia, enquanto caminhavam juntas de Barton Park até o chalé —, mas, por favor, conhece pessoalmente a mãe de sua cunhada, a sra. Ferrars?

Elinor *realmente* achou a pergunta estranhíssima, e sua expressão deixou isso claro, enquanto respondia que jamais vira a sra. Ferrars.

— É mesmo? — tornou Lucy. — É uma surpresa para mim, pois pensei que devia tê-la visto em Norland, às vezes. Então não poderia dizer-me que tipo de mulher ela é?

— Não — respondeu Elinor, cautelosa em dar sua real opinião sobre a mãe de Edward e não muito desejosa de satisfazer ao que parecia ser uma curiosidade impertinente. — Nada sei sobre ela.

— Tenho certeza de que me acha muito estranha, por fazer assim perguntas sobre ela — disse Lucy, encarando atentamente Elinor enquanto falava —; no entanto, talvez haja razões... gostaria de poder atrever-me... Mas espero que me faça a justiça de acreditar que não é minha intenção ser impertinente.

Elinor deu-lhe uma resposta bem-educada e continuaram caminhando alguns minutos, em silêncio. Ele foi quebrado por Lucy, que retomou o assunto, dizendo com alguma hesitação:

— Não suporto que ache que sou impertinentemente curiosa. Tenho certeza de que daria qualquer coisa neste mundo para que a senhorita, cuja opinião me é tão valiosa, não pense isso de mim. E tenho certeza de que não teria nenhum medo de confiar na senhorita. Realmente, ficaria muito contente em ter um conselho seu sobre como me portar numa situação tão difícil quanto esta em que me encontro. Não é o caso, porém, de perturbá-la. Lamento que não conheça a sra. Ferrars.

— Lamento não conhecê-la — disse Elinor, atônita —, se pode ser de alguma utilidade para a *senhorita* saber a minha opinião a respeito dela. Mas na verdade nunca soube que tivesse alguma ligação com aquela família e, portanto, estou um pouco surpresa, confesso, com esse questionamento tão sério sobre o caráter dela.

— Sei que está surpresa, e devo dizer que isso não me espanta. Mas se eu ousasse contar-lhe tudo, não ficaria muito surpresa. A sra. Ferrars certamente não é nada para mim hoje... mas a hora *pode* chegar... quando chegará é algo que dependerá dela... em que talvez estejamos ligadas muito intimamente.

Baixou os olhos ao dizer isso, agradavelmente envergonhada, dando apenas uma olhadela de esguelha para a companheira, para observar o efeito que o que dissera exercera sobre ela.

— Deus do céu! — exclamou Elinor — o que quer dizer com isso? Conhece o sr. Robert Ferrars? Isso é possível? — E não se sentiu muito contente com a ideia de ter uma tal cunhada.

— Não — replicou Lucy —, não o sr. *Robert* Ferrars, nunca o vi na vida, mas — fitando os olhos de Elinor — o seu irmão mais velho.

Que sentiu Elinor naquele momento? Espanto, que teria sido tão doloroso quanto forte, se não fosse acompanhado por uma imediata descrença naquela asserção. Voltou-se para Lucy em silencioso pasmo, incapaz de adivinhar a razão ou o objetivo daquela afirmação, e embora sua expressão variasse permaneceu firme na incredulidade e não sentiu perigo de um ataque histérico ou de uma síncope.

— Pode muito bem estar surpresa — prosseguiu Lucy —, pois com certeza não podia ter nenhuma ideia disso, já que tenho certeza de que ele nunca deu a menor pista a esse respeito à senhorita ou a qualquer pessoa da sua família; porque isso sempre foi um grande segredo, e tenho certeza de que foi fielmente guardado por mim até este momento. Ninguém da minha família o conhece, a não ser Anne, e eu nunca contaria nada à senhorita se não tivesse sentido a maior confiança do mundo em sua reserva; e realmente achei que o meu comportamento ao fazer muitas perguntas sobre a sra. Ferrars devia parecer tão estranho, que devia ser explicado. Não acho que o sr. Ferrars possa ficar contrariado ao saber que confiei na senhorita, pois sei que ele tem toda a sua família na mais alta conta, e a considera e as outras srtas. Dashwood como se fossem irmãs — ela fez uma pausa.

Elinor permaneceu calada por um momento. Seu espanto com o que ouviu foi primeiro grande demais para ser expresso em palavras, contudo, esforçando-se aos poucos por falar, e falar com cautela, disse, de um modo calmo, que escondia razoavelmente a sua surpresa e preocupação:

— Posso saber se o seu compromisso é de longa data?

— Estamos noivos há quatro anos.

— Quatro anos!

— Sim.

Elinor, embora muito abalada, ainda não se sentiu capaz de acreditar naquilo.

— Não sabia — disse ela — que nem sequer se conheciam até outro dia.

— Conhecemo-nos, porém, há muitos anos. Ele esteve aos cuidados do meu tio, a senhorita sabe, por um bom tempo.

— Seu tio?!

— Sim, o sr. Pratt. Nunca ouviu falar do sr. Pratt?

— Acho que sim — respondeu Elinor, fazendo um esforço que se tornava mais intenso com o aumento da emoção.

— Ficou quatro anos com o meu tio, que mora em Longstaple, perto de Plymouth. Foi lá que nos conhecemos, pois a minha irmã e eu estávamos sempre com meu tio, e foi lá que ficamos noivos, embora só um ano depois que ele deixara de ser pupilo; mas depois disso ele ainda estava quase sempre conosco. Eu não estava muito propensa a aceitar aquilo, como pode imaginar, sem o conhecimento e a aprovação da mãe dele. Contudo, eu era jovem demais e gostava demais dele, para ser tão prudente como devia ter sido. Embora não o conheça tão bem quanto eu, srta. Dashwood, deve tê-lo visto o bastante para saber que ele é bem capaz de fazer uma mulher apaixonar-se sinceramente por ele.

— Certamente — respondeu Elinor, sem saber o que dizia. Mas depois de um momento de reflexão, acrescentou, com revigorada confiança na honra e no amor de Edward e na falsidade da companheira: — Noiva do sr. Edward

Ferrars! Confesso estar tão surpresa com o que me contou, que, realmente, peço desculpas. Mas certamente deve estar havendo algum equívoco de pessoa ou nome. Não podemos estar falando do mesmo sr. Ferrars.

— Não podemos estar falando de ninguém mais — exclamou Lucy, sorrindo. — O sr. Edward Ferrars, o primogênito da sra. Ferrars, de Park Street, e irmão da sua cunhada, a sra. John Dashwood, é a pessoa a que me refiro. Há de convir que eu provavelmente não me engane sobre o nome do homem de que depende toda a minha felicidade.

— É estranho — tornou Elinor, na mais dolorosa perplexidade — que eu nunca o tenha ouvido mencionar o seu nome.

— Não. Considerando a nossa situação, não era estranho. Nossa primeira preocupação era manter o caso em segredo. Nada sabia a meu respeito ou a respeito da minha família, portanto, não podia haver *oportunidade* de nem sequer lhe mencionar o meu nome. E, como ele era especialmente temeroso de que sua irmã suspeitasse de alguma coisa, esse era um motivo suficiente para não mencioná-lo.

Ela ficou calada. A confiança de Elinor desapareceu, mas seu autocontrole não desapareceu com ela.

— Estão noivos há quatro anos — disse ela com voz firme.

— Sim, e só Deus sabe quanto tempo mais teremos de esperar. Coitado do Edward! Isso o deixa de coração partido — então, tirando do bolso uma pequena miniatura, acrescentou: — Para não haver possibilidade de erro, tenha a bondade de olhar o rosto dele. Certamente não lhe faz justiça, mas acho que não pode iludir-se sobre a pessoa que foi retratada. Trago-o comigo nestes três últimos anos.

Colocou-o entre as mãos de Elinor enquanto falava e, quando esta viu a pintura, fossem quais fossem as dúvidas que o receio de uma decisão muito apressada ou o desejo de detectar uma falsidade pudessem prolongar em sua mente, não podia ter nenhuma de que se tratava do rosto de Edward. Ela o devolveu quase instantaneamente, reconhecendo a semelhança.

— Nunca pude — prosseguiu Lucy — dar-lhe o meu retrato em troca, o que muito me contraria, pois ele sempre quis tanto ter um retrato meu! Mas estou decidida a resolver o problema o mais rápido possível.

— Está absolutamente certa — tornou Elinor calmamente.

Caminharam, então, alguns passos em silêncio. Lucy falou primeiro.

— Tenho certeza — disse ela —, não tenho nenhuma dúvida de que manterá fielmente o segredo, pois deve saber como é importante para nós que a notícia não chegue à mãe dele, visto que estou certa de que ela jamais aprovaria o nosso noivado. Não sou rica e imagino que ela seja uma mulher excessivamente orgulhosa.

— Certamente não pedi as suas confidências — disse Elinor —, no entanto, não me faz mais do que justiça ao imaginar que sou confiável. Seu segredo está seguro comigo, mas me perdoe se demonstro certa surpresa ante uma comunicação tão desnecessária. Deve pelo menos ter sentido que o fato de eu conhecê-lo não o torna mais seguro.

Quando disse isso, olhou séria para Lucy na esperança de descobrir alguma coisa em sua expressão, talvez a falsidade da maior parte do que dissera, contudo, Lucy permaneceu impassível.

— Temia que pensasse que estou tomando grandes liberdades com a senhorita — disse ela — ao lhe contar tudo isso. Certamente não a conheço há muito tempo, pelo menos pessoalmente, mas conheço faz tempo a senhorita e toda a sua família por descrição, e, logo que a vi, senti como se fosse uma velha conhecida. Além disso, no presente caso, realmente pensei que lhe devia explicações depois de lhe fazer tantas perguntas particulares sobre a mãe de Edward. Sou tão infeliz que nem tenho ninguém para pedir conselhos. Anne é a única pessoa que sabe do caso, entretanto, não tem nenhum juízo. Na verdade, ela me prejudica muito mais do que ajuda, porque estou sempre com medo de que me traia. Ela não sabe ficar de boca fechada, como deve ter percebido, e garanto-lhe que outro dia fiquei mais do que apavorada de que ela contasse tudo quando o nome de Edward foi citado por *Sir* John. Não imagina as coisas por que tenho passado com tudo isso. Fico admirada de ainda estar viva depois do que sofri por Edward estes últimos quatro anos. Tanta dúvida e incerteza, e vê-lo tão raramente... raramente podemos nos ver mais do que duas vezes por ano. Não sei como o meu coração ainda resiste.

Aqui ela tirou o lenço, mas Elinor não sentiu muita pena dela.

— Às vezes — prosseguiu Lucy, depois de enxugar as lágrimas — fico pensando se não seria melhor para nós dois cortarmos relações completamente — ao dizer isso, ela olhou diretamente para a sua companheira. — No entanto, outras vezes não tenho força bastante para isso. Não suporto a ideia de fazê-lo tão infeliz, como sei que a mera menção de uma tal coisa o faria. E também por mim mesma... gosto tanto dele... não acho que conseguiria fazê-lo. Que me aconselharia a fazer num caso como este, srta. Dashwood? O que faria?

— Perdão — respondeu Elinor, abalada com a pergunta — mas não posso dar-lhe nenhum conselho nessas circunstâncias. Deve guiar-se por seu próprio julgamento.

— Certamente — prosseguiu Lucy, depois de alguns minutos de silêncio de ambas — a mãe dele terá de lhe dar meios de subsistência, mais cedo ou mais tarde, contudo, o pobre Edward fica tão abatido com isso! Não achou que ele parecia terrivelmente deprimido quando esteve em Barton? Encontrava-se tão desolado quando nos deixou em Longstaple para visitá-las, que temia que o achassem muito doente.

— Ele vinha da casa do seu tio, quando nos veio visitar?

— Ah, sim. Passara quinze dias conosco. Achava que ele tivesse vindo diretamente de Londres?

— Não — respondeu Elinor, cada vez mais sensível a cada nova circunstância a favor da veracidade de Lucy. — Lembro-me de que ele nos disse que passara quinze dias com amigos perto de Plymouth — lembrava-se também de sua própria surpresa no momento, por ele nada mais dizer a respeito daqueles amigos, por seu total silêncio até de seus nomes.

— Não o achou muito deprimido? — repetiu Lucy.

— Achamos, de fato, principalmente logo que chegou.

— Pedi a ele que se empenhasse, temendo que pudessem descobrir qual era o problema; entretanto, ficou tão arrasado por não poder passar mais de quinze dias conosco e por me ver tão acabrunhada. Coitado! Receio que esteja acontecendo o mesmo com ele agora, pois suas cartas são tão tristes. Tive notícias dele assim que saí de Exeter — e, tirando do bolso uma carta e mostrando despreocupadamente o envelope a Elinor, disse: — Sei que conhece a letra dele, uma letra encantadora, mas esta não foi tão bem escrita como de costume. Sei que estava cansado, porque acabara de preencher toda uma folha, de ponta a ponta, para mim.

Elinor viu que *era* a letra dele e não pôde ter mais nenhuma dúvida. O retrato, ela se permitira acreditar que pudesse ter sido obtido por acaso; poderia não ser um presente de Edward. Contudo, uma correspondência por carta entre eles só poderia acontecer sob um compromisso positivo, não podia ser autorizada por mais nada. Por alguns momentos, quase se deu por vencida. Seu coração disparou, e ela mal conseguiu manter-se em pé; mas era absolutamente necessário não desistir, e lutou com tanta decisão contra a prostração, que logo obteve um sucesso completo, pelo menos naquele momento.

— Escrevermos um para o outro — disse Lucy, tornando a guardar a carta no bolso —, é o único consolo que temos para o fato de estarmos separados há tanto tempo. Sim, o retrato também é um consolo, mas o pobre Edward nem *isso* tem. Diz ele que se pelo menos tivesse o meu retrato, seria fácil suportar. Dei-lhe um cacho do meu cabelo num anel a última vez que esteve em Longstaple, e aquilo lhe serviu um pouco de consolo, segundo ele, mas não é a mesma coisa que um retrato. Talvez tenha notado o anel quando o viu?

— Reparei, sim — disse Elinor, com uma firmeza de voz sob a qual se escondia uma emoção e uma angústia piores do que tudo o que sentira antes. Estava magoada, abalada, confusa.

Felizmente para ela, haviam chegado ao chalé e a conversa não pôde continuar. Após conversarem com elas por alguns minutos, as srtas. Steele voltaram para Barton Park, e Elinor se viu livre para pensar e deprimir-se.

[Aqui, na primeira e na segunda edições, termina o volume I.]

CAPÍTULO 23

Por menor que fosse a confiança geral de Elinor na veracidade de Lucy, era-lhe impossível, pensando seriamente, suspeitar dela no presente caso, onde nenhuma tentação poderia ser responsável pela insensatez de inventar uma falsidade dessa espécie. Elinor não podia, não ousava mais duvidar do que Lucy afirmara, apoiada como ela estava de todos os lados por tantas probabilidades e provas e só contraditada por seus próprios desejos. A oportunidade que tiveram de se conhecer na casa do sr. Pratt servia de fundamento para o resto, ao mesmo tempo indiscutível e alarmante; e a visita de Edward nas proximidades de Plymouth, seu estado de espírito melancólico, sua insatisfação com as suas perspectivas, seu comportamento indeciso com ela, o íntimo conhecimento que as srtas. Steele tinham sobre Norland e suas relações de família, que muitas vezes a surpreendera, o retrato, a carta, o anel formavam juntos um tal corpo de provas capaz de vencer qualquer medo de condená-lo injustamente, e estabelecia como um fato, que nenhum afeto poderia ocultar, a desconsideração para com ela. Seu ressentimento por aquele comportamento, sua indignação por ter sido enganada por ele, por um breve tempo fizeram que só sentisse autopiedade, mas logo surgiram outras ideias, outras considerações. Será que Edward a enganara propositalmente? Fingira um afeto por ela que não sentia? Era o seu noivado com Lucy um compromisso de amor? Não. Fosse o que fosse no passado, ela não podia acreditar que assim o fosse agora. O amor dele era todo seu. Não podia estar enganada sobre isso. Sua mãe, as irmãs, Fanny, todas concordavam com o seu afeto por ela em Norland. Não era uma ilusão da sua vaidade. Ele certamente a amava. Que alívio para o coração essa convicção! E que tentação de perdoar! Ele errara, e errara muito, ao permanecer em Norland depois que sentiu pela primeira vez que a influência dela sobre ele era maior do que deveria. Nisso, ele não tinha defesa. Mas se ele a ferira, ferira muito mais a si mesmo; se o caso dela era deplorável, o dele era desesperado. A imprudência dele tornara-a infeliz por algum tempo, mas parecia ter tirado dele toda possibilidade de algum dia superar aquilo. No seu devido tempo, ela poderia recuperar a tranquilidade, mas ele, o que poderia esperar? Poderia ser algum dia razoavelmente feliz com Lucy Steele? Poderia ele, se o amor por ela estivesse fora de questão, com toda a sua integridade, delicadeza e inteligência bem informada, ficar satisfeito com uma mulher como Lucy, analfabeta, afetada e egocêntrica?

A paixão juvenil dos dezenove anos naturalmente pode tê-lo cegado a tudo que não fosse a sua beleza e o seu bom caráter, mas os quatro anos seguintes — anos que, se passados racionalmente, proporcionam uma grande ampliação do entendimento — devem ter aberto seus olhos para os defeitos de educação, enquanto o mesmo espaço de tempo, gasto por ela em companhia inferior e ocupações mais frívolas, talvez tenha roubado a ela aquela simplicidade que dera antes um caráter interessante à sua beleza.

Se, quando supunha que Edward procurava casar com ela, os problemas dele com a mãe pareciam grandes, quão maiores deveriam provavelmente ser agora, quando o objeto do compromisso era, sem dúvida, inferior em relações e, provavelmente, também em riqueza, a ela! Esses problemas, de fato, com um coração tão distante de Lucy, talvez não exercessem pressão contra a sua paciência, mas a melancolia era o estado normal da pessoa para a qual a expectativa da oposição e da crueldade da família podiam ser vistas como um alívio!

Enquanto essas ideias lhe ocorriam numa dolorosa sucessão, ela chorou por ele, mais do que por ela mesma. Amparada pela convicção de que nada fizera para merecer a sua presente desgraça, e consolada pela crença de que Edward nada fizera para perder a sua estima, ela achou que podia mesmo agora, sob a primeira aflição do rude golpe, controlar-se o bastante para evitar qualquer suspeita da verdade por parte da mãe e das irmãs. E era capaz de responder tão bem às suas próprias expectativas, que, quando se juntou a elas para jantar, só duas horas depois de ter sofrido pela primeira vez o fim das suas mais caras esperanças, ninguém adivinharia pela aparência das irmãs que Elinor estivesse chorando em segredo por obstáculos que deviam separá-la para sempre do objeto do seu amor, e que Marianne estivesse interiormente relembrando sem parar as perfeições de um homem de cujo coração se sentia senhora absoluta, e que esperava ver em cada carruagem que passava perto da casa.

A necessidade de esconder da mãe e de Marianne o que lhe fora confiado em segredo, embora lhe exigisse um esforço contínuo, não agravava a angústia de Elinor. Ao contrário, era um alívio para ela ser poupada da comunicação do que provocaria nelas tal aflição e também de ouvi-las condenarem Edward, o que provavelmente decorreria do excesso de amor que tinham por ela, mas era mais do que ela se sentia em condições de suportar.

Sabia que não podia receber ajuda do conselho ou das conversas com elas, pois a ternura e a aflição delas aumentariam a sua própria angústia, enquanto seu autocontrole não receberia encorajamentos nem do exemplo nem dos elogios delas. Ela era mais forte sozinha, e o seu bom-senso amparava-a tão bem, a sua firmeza era tão inabalável, a sua aparência alegre, tão invariável quanto possível em meio a aflições tão recentes e tão amargas.

Por muito que tenha sofrido com sua primeira conversa com Lucy sobre o assunto, logo sentiu um desejo premente de renová-la, e isso por mais de uma razão. Queria ouvir mais uma vez muitos pormenores do noivado deles e entender com maior clareza o que Lucy realmente sentia por Edward, se havia alguma sinceridade em sua declaração de terno amor por ele. Mas queria em especial convencer Lucy, pela presteza em tocar no assunto de novo e pela calma em conversar sobre ele, que só estava interessada naquilo por amizade, algo que temia que a sua involuntária agitação na conversa da manhã tivesse tornado pelo menos duvidoso. Que Lucy estivesse inclinada a ter ciúmes dela parecia muito provável: era certo que Edward sempre lhe falara sobre ela em termos do mais alto apreço, não somente pela afirmação de Lucy, como também por ter-se arriscado a confiar a Elinor, depois de se conhecerem por tão pouco tempo, um segredo tão reconhecida e evidentemente importante. Até mesmo os comentários irônicos de *Sir* John devem ter pesado um pouco. Mas, enquanto Elinor permanecia interiormente tão segura de ser de fato amada por Edward, não foi necessário outro cálculo de probabilidades para parecer natural que Lucy devesse sentir ciúmes; prova disso era a sua própria confidência. Que outra razão para revelar o caso poderia haver, a não ser para que Elinor fosse informada dos direitos superiores de Lucy em relação a Edward e soubesse que devia evitá-lo no futuro? Ela não teve muita dificuldade para entender aquela parte das intenções da rival e, embora estivesse firmemente decidida a agir por seu lado como mandavam todos os princípios de honra e honestidade, para combater seu próprio afeto por Edward e vê-lo o mínimo possível, não podia negar a si mesma o consolo de tentar convencer Lucy de que seu coração estava intacto. E, como já não podia ouvir nada mais doloroso sobre o assunto do que o que já lhe fora contado, confiou em sua capacidade de suportar com compostura a repetição dos detalhes.

Mas não pôde conseguir imediatamente uma oportunidade de fazer isso, embora Lucy estivesse tão propensa quanto ela a aproveitar-se do que ocorrera, pois nem sempre o tempo estava bom o bastante para permitir que as duas se unissem num passeio em que pudessem facilmente afastar-se das outras, e embora se vissem pelo menos uma tarde sim e outra não em Barton Park ou no chalé, principalmente no primeiro, não se podia supor que se encontrassem para conversar. Tal ideia jamais ocorreria a *Sir* John ou a *Lady* Middleton, portanto, dispunham de muito pouco tempo livre até para um simples bate-papo, e nenhum para uma conversa reservada. Reuniam-se para comer, beber e rir juntas, jogar baralho ou *consequences*[1] ou qualquer outro jogo que fosse suficientemente barulhento.

Um ou dois encontros desse tipo já haviam ocorrido, sem dar a Elinor nenhuma possibilidade de travar uma conversa a sós com Lucy, quando certa manhã *Sir* John visitou o chalé, para implorar, em nome da caridade, que todas fossem jantar com *Lady* Middleton aquele dia, pois ele era obrigado a ir ao clube, em Exeter, e, se elas não pudessem ir, ela ficaria sem nenhuma

[1] Antigo jogo de salão inglês.

companhia, com exceção da mãe e das duas srtas. Steele. Elinor, que previu uma boa ocasião para o que tinha em vista numa reunião como aquela, em que ficariam mais à vontade entre elas sob a tranquila e polida direção de *Lady* Middleton do que quando o marido as reunia para alguma atividade ruidosa, de imediato aceitou o convite. Margaret, com a permissão da mãe, também aceitou, e Marianne, apesar de sempre pouco inclinada a ir àquelas reuniões, foi convencida pela mãe, que não podia tolerar que ela se fechasse a qualquer tipo de diversão, a também ir.

As jovens foram, e *Lady* Middleton felizmente foi preservada da assustadora solidão que a ameaçara. A insipidez da reunião foi exatamente como Elinor esperara. Não produziu nenhuma novidade em termos de pensamento ou de expressão, e nada podia ser menos interessante do que as conversas na sala de jantar e na de visitas: nesta última, as crianças as acompanharam e, enquanto estiveram ali, ela teve absoluta certeza da impossibilidade de atrair a atenção de Lucy para a sua tentativa. Deixaram a sala só quando foram retirados os apetrechos de chá. Foi trazida a mesa de carteado e Elinor começou a pensar com seus botões como podia ter esperado achar uma oportunidade para conversar em Barton Park. Todas se ergueram em preparação para uma partida de baralho.

— Estou contente — disse *Lady* Middleton a Lucy — em saber que não vai terminar a cesta da pobrezinha da Annamaria esta noite, pois tenho certeza de que deve fazer mal para os seus olhos trabalhar com filigranas à luz de vela. Amanhã saberemos como compensar o nosso amorzinho pela decepção, e então acho que ela não se importará muito.

A alusão foi suficiente, Lucy lembrou-se imediatamente e replicou:

— Na verdade, a senhora está muito enganada, *Lady* Middleton. Estava apenas esperando saber se a senhora podia fazer a reunião sem a minha presença ou eu já estaria entregue aos trabalhos de filigrana. Por nada neste mundo eu decepcionaria o anjinho, e se a senhora quer que eu vá à mesa de jogos agora, estou decidida a terminar a cesta depois da ceia.

— É muito gentil, espero que isso não lhe provoque dor nos olhos... poderia tocar a campainha para que lhe tragam as velas? Minha pobre menininha ficaria muito desapontada, eu sei, se a cesta não estivesse pronta amanhã, pois, embora eu lhe tenha dito que com certeza não estaria, certamente ela espera que esteja terminada.

Lucy arrastou pessoalmente a sua mesa de trabalho para perto de si e tornou a sentar-se, com uma alegria e uma animação que pareciam mostrar que não havia maior prazer do que o de fazer cestas filigranadas para uma criança mimada.

Lady Middleton propôs uma partida de *Casino* aos outros. Ninguém fez reclamação alguma, a não ser Marianne, que, com sua habitual desatenção às formas de civilidade comum, exclamou:

— Sua Senhoria há de ter a bondade de desculpar-me, pois sabe que detesto jogar baralho. Vou até o pianoforte; não toco nada nele desde que foi afinado. — E sem mais cerimônias, virou-se e caminhou na direção do instrumento.

Lady Middleton parecia dar graças a Deus por não ter *ela mesma* jamais falado de maneira tão grosseira.

— Marianne não consegue ficar longe daquele instrumento, minha senhora — disse Elinor, tentando pôr panos quentes sobre a ofensa —, e isso não me espanta, pois esse é o pianoforte mais afinado que já ouvi.

As cinco restantes deviam agora tirar suas cartas.

— Talvez — prosseguiu Elinor —, se acontecer de eu sair do jogo, eu possa ser útil à srta. Lucy Steele, enrolando os papéis para ela; e ainda há tanto a fazer na cesta, que acho que seria impossível para ela, trabalhando sozinha, concluir o trabalho esta noite. Eu gostaria demais de fazer esse trabalho, se ela me permitir participar dele.

— Vou ficar muito agradecida pela ajuda — exclamou Lucy —, pois acho que ainda resta a fazer mais do que esperava, e seria chocante decepcionar a querida Annamaria, afinal.

— Ah, seria horrível, mesmo — disse a srta. Steele. — Como eu amo aquela queridinha!

— É muito gentil — disse *Lady* Middleton a Elinor —; então gosta mesmo do trabalho, talvez também queira só entrar no jogo na próxima mão. Ou prefere fazê-lo agora?

Elinor alegremente escolheu a primeira das propostas e então, com um pouco daquela diplomacia que Marianne jamais se dignou a pôr em prática, atingiu o seu objetivo e ao mesmo tempo agradou a *Lady* Middleton. Lucy abriu espaço para ela com pronta atenção, e as duas boas rivais sentaram-se, assim, lado a lado à mesma mesa e, na maior harmonia, se concentraram no mesmo trabalho. O pianoforte em que Marianne, envolvida com a música e com seus próprios pensamentos, já se esquecera de que havia mais alguém na sala além dela mesma, estava por sorte tão perto delas que a srta. Dashwood julgou que já poderia com segurança, protegida pelo som, abordar o interessante assunto, sem nenhum risco de ser ouvida na mesa de carteado.

CAPÍTULO 24

Em tom firme mas cauteloso, Elinor começou assim:

— Eu não mereceria a confiança com que me honrou, se não sentisse nenhum desejo de que continuasse, nem mais curiosidade sobre o assunto. Não vou, portanto, pedir desculpas por trazê-lo de novo à baila.

— Obrigada — exclamou Lucy com entusiasmo — por quebrar o gelo. Com isso tranquilizou o meu coração, pois eu temia que, de um modo ou de outro, a tivesse ofendido com o que lhe disse na segunda-feira.

— Ofender-me! Como pôde supor tal coisa? Acredite em mim — e Elinor disse isso com a mais profunda sinceridade —, nada poderia estar mais longe da minha intenção do que lhe passar semelhante ideia. Poderia ter algum motivo para confiar em mim que não fosse honroso e lisonjeiro para mim?

— E mesmo assim eu lhe garanto — tornou Lucy, com seus olhos perspicazes cheios de intenção — que me pareceu haver uma frieza e um descontentamento em sua maneira que me constrangeram bastante. Senti que com certeza estava zangada comigo, e desde então não me perdoo por ter tomado tais liberdades e incomodá-la com os meus problemas. Mas estou muito contente em saber que foi tudo imaginação minha e que na verdade não me culpa. Se soubesse que consolo foi para mim poder desabafar sobre tudo aquilo em que penso a cada momento da minha vida, a sua compaixão a faria passar por cima de tudo o mais, tenho certeza.

— Realmente, não é difícil acreditar que tenha sido um grande alívio confessar a mim a sua situação, e esteja certa de que jamais terá motivos de se arrepender. O seu caso é muito triste. Parecem-me cheios de problemas e vão precisar de todo o seu afeto mútuo para se protegerem. Acho que o sr. Ferrars depende completamente da mãe.

— De próprio, ele tem apenas duas mil libras. Seria loucura casar contando só com isso, embora, de minha parte, eu possa sem problemas abrir mão de qualquer perspectiva de ter mais. Sempre estive acostumada com uma renda muito pequena, e por ele enfrentaria qualquer pobreza. Mas eu o amo demais para ser o instrumento egoísta que lhe roube, talvez, tudo que a sua mãe lhe poderia dar se fizesse um casamento do agrado dela. Temos de esperar, talvez por muitos anos. Com qualquer outro homem do mundo esta seria uma perspectiva alarmante, mas sei que nada me pode tirar o afeto e a fidelidade de Edward.

— Essa convicção deve ser tudo para a senhorita, e ele, sem dúvida, encontra apoio na mesma confiança na senhorita. Se a força do apego entre ambos tivesse diminuído, como acontece com muita gente, e, em muitas circunstâncias, naturalmente também ocorreria num noivado de quatro anos, a sua situação seria mesmo digna de pena.

Aqui, Lucy ergueu os olhos, mas Elinor tratou de evitar qualquer expressão que pudesse dar às suas palavras um ar suspeito.

— O amor de Edward por mim — exclamou Lucy — já foi posto à prova muitas vezes, por nossa longa, muito longa ausência desde que ficamos noivos, e ele resistiu à prova tão bem, que seria imperdoável que eu duvidasse dele agora. Posso dizer com segurança que ele nunca me deu motivo de alarme sobre esse ponto, desde o começo.

Elinor não sabia se sorria ou suspirava ao ouvir aquilo.

Lucy prosseguiu:

— Eu também sou um pouco ciumenta por natureza, e por nossas diferentes situações na vida, por ele ocupar uma posição muito superior no mundo do que eu e por nossa contínua separação, eu tinha uma tal queda para a suspeita, que teria descoberto a verdade imediatamente, se tivesse havido a menor alteração no comportamento dele comigo desde que nos conhecemos, ou qualquer desânimo que eu não conseguisse explicar, ou se ele tivesse falado mais de uma mulher do que das outras, ou parecesse em qualquer aspecto menos feliz em Longstaple do que costumava ser. Não quero dizer com isso que eu seja particularmente observadora ou perspicaz em geral, mas neste caso tenho certeza de que não poderia estar enganada.

"Tudo isso", pensou Elinor "é muito bonito, mas não pode enganar nenhuma de nós".

— Mas quais — disse ela depois de um curto silêncio — são os seus planos? Ou será que é só o de aguardar a morte da sra. Ferrars, o que é algo melancólico, chocante e extremo? Será que o filho dela está resolvido a submeter-se a isso e ao tédio dos muitos anos de incerteza em que pode envolver a senhorita, em vez de correr o risco de desagradar a ela por algum tempo, confessando a verdade?

— Se pudéssemos ter certeza de que seria só por algum tempo! Mas a sra. Ferrars é uma mulher teimosa e orgulhosa, e, em seu primeiro acesso de raiva ao ouvir a verdade, muito provavelmente passaria tudo para o Robert, e essa ideia, pelo bem de Edward, espanta toda a minha inclinação por medidas apressadas.

— E pelo seu próprio bem também, ou estaria levando o desinteresse para além do razoável.

Lucy olhou de novo para Elinor e ficou calada.

— Conhece o sr. Robert Ferrars? — perguntou Elinor.

— Não, nunca o vi. Mas imagino que seja muito diferente do irmão: tolo e um grande fanfarrão.

— Grande fanfarrão! — repetiu a srta. Steele, que ouvira aquelas palavras por uma brusca pausa na música de Marianne. — Ah, elas estão falando dos seus bonitões preferidos, aposto.

— Não, mana — exclamou Lucy —, está enganada, nossos bonitões favoritos *não* são grandes fanfarrões.

— Quanto a isso, posso garantir que o da srta. Dashwood não o é — disse a sra. Jennings, rindo às gargalhadas — pois é um dos jovens mais modestos e lindos que já vi. Mas quanto a Lucy, ela é uma criaturinha tão matreira que é impossível descobrir de quem *ela* gosta.

— Ah — exclamou a srta. Steele, lançando um olhar expressivo ao seu redor —, posso dizer que o bonitão da Lucy é tão modesto e lindo quanto o da srta. Dashwood.

Elinor corou, contra a própria vontade. Lucy mordeu o lábio e olhou zangada para a irmã. Fez-se um silêncio mútuo por algum tempo. Lucy foi quem deu um ponto-final a ele, dizendo em tom de voz mais baixo, embora Marianne lhe desse a poderosa proteção de um grandioso concerto:

— Vou contar-lhe, sinceramente, um plano que me ocorreu há pouco para lidar com o problema; de fato, sou obrigada a lhe contar o segredo, pois é parte interessada. Tenho certeza de que conhece Edward o bastante para saber que ele preferiria a igreja a qualquer outra profissão. Pois bem, o meu plano é que ele se ordene assim que possível, e então, por meio da sua intercessão, que, tenho certeza, não há de negar, por amizade por ele e também, assim o espero, por certa consideração para comigo, seu irmão poderia ser convencido a dar a ele o benefício de Norland, o qual sei que é muito bom, e não é provável que o titular viva por muito tempo. Isso seria suficiente para casarmos e entregarmos tudo o mais nas mãos do tempo e da fortuna.

— Ficaria muito contente — tornou Elinor — em poder dar mostras de minha estima e amizade pelo sr. Ferrars. Mas não percebe que a minha intercessão no caso seria completamente desnecessária? Ele é irmão da sra. John Dashwood: isso já seria uma recomendação suficiente para o marido dela.

— Mas a sra. John Dashwood não aprovaria que ele se ordenasse.

— Nesse caso, suspeito que a minha intercessão seria de muito pouco proveito.

Permaneceram de novo caladas por muitos minutos. Por fim, Lucy exclamou com um suspiro profundo:

— Creio que o melhor jeito de pôr um ponto-final no caso de uma vez seria romper o noivado. Estamos cercados de problemas por todos os lados, e, embora fôssemos infelizes por algum tempo, talvez no fim fôssemos mais felizes. Mas não poderia dar-me a sua opinião, srta. Dashwood?

— Não — respondeu Elinor, com um sorriso que ocultava todos os seus sentimentos tumultuosos —, sobre esse assunto certamente não. Sabe muito bem que a minha opinião não teria nenhum peso para a senhorita, a menos que fosse a favor dos seus desejos.

— Sem dúvida, está enganada — replicou Lucy, com grande solenidade —; não conheço ninguém cujo julgamento eu tanto preze quanto o seu, e realmente creio que se me dissesse "eu o aconselho a romper mesmo o noivado com Edward Ferrars, assim ambos serão mais felizes", eu de imediato acataria o conselho.

Elinor corou com a insinceridade da futura esposa de Edward e replicou:

— Esse cumprimento me apavoraria e me afugentaria de dar qualquer opinião sobre o assunto, se eu tivesse alguma. Coloca a minha influência alto demais. O poder de separar duas pessoas tão ternamente unidas é excessivo para uma pessoa neutra.

— É justamente porque é uma pessoa neutra — disse Lucy, com certa mágoa, e dando uma ênfase especial às palavras — que o seu julgamento pode ter tanta importância para mim. Se houvesse alguma suspeita de que seus sentimentos a inclinassem para um ou outro lado, a sua opinião de pouco valeria.

Elinor achou melhor não responder, para que aquilo não levasse as duas a falar com liberdade e franqueza cada vez maiores. E até estava decidida a nunca mais tocar no assunto. Outro silêncio de muitos minutos de duração seguiu-se àquelas palavras, e mais uma vez foi Lucy quem o rompeu.

— Irá à cidade este inverno, srta. Dashwood? — disse ela com toda a sua costumeira amabilidade.

— Certamente, não.

— Lamento — tornou a outra, enquanto seus olhos brilhavam com a informação —, eu teria tanto prazer em encontrá-la por lá! Mas aposto que acabará indo, de qualquer jeito. Com certeza, seu irmão e sua cunhada vão pedir-lhe que os visite.

— Não estaria em meu poder aceitar esse convite, se eles o fizessem.

— Que pena! Eu realmente achava que a encontraria por lá. Anne e eu iremos no fim de janeiro visitar alguns parentes que nos vêm convidando há muitos anos! Mas só vou para ver Edward. Ele estará lá em fevereiro. Se não fosse por isso, Londres não teria nenhum encanto para mim e eu não teria nenhum ânimo.

Elinor logo foi chamada à mesa de carteado com o fim da primeira partida, e a conversa confidencial das duas moças chegou, portanto, ao fim, ao que ambas se resignaram sem nenhuma relutância, pois nada fora dito por qualquer uma das duas que fizesse que elas antipatizassem menos do que antes uma com a outra. E Elinor sentou-se à mesa de carteado com a melancólica convicção de que Edward não só não amava a pessoa que viria a ser sua esposa, como também não tinha sequer uma possibilidade de ser razoavelmente feliz no casamento, coisa que o sincero amor que ela lhe dedicava poderia proporcionar, pois só o interesse próprio pode levar uma mulher a fazer que um homem mantenha um compromisso, mesmo tendo plena consciência de que ele já esteja cansado da relação.

A partir de então, nunca mais Elinor tentou retomar o assunto, e, quando Lucy o mencionava, que raramente perdia uma possibilidade de abordá-lo e fazia absoluta questão de informar à confidente de sua alegria toda vez que recebia uma carta de Edward, era tratado pela primeira com calma e cautela e encerrado tão logo a boa educação o permitisse, pois sentiu que aquelas conversas eram uma concessão que Lucy não merecia e que era perigosa para ela própria.

A visita das srtas. Steele a Barton Park prolongou-se muito mais do que o primeiro convite implicava. Seu prestígio aumentou, não podiam deixar de estar presentes, *Sir* John não podia nem ouvir que elas fossem embora, e, apesar de seus numerosos compromissos em Exeter, marcados havia tempo, e da absoluta necessidade de voltar para cumpri-los imediatamente, que se fazia sentir a cada fim de semana, foram convencidas a permanecer por cerca de dois meses em Barton Park e a ajudar na celebração correta daquelas festividades que exigem uma dose mais do que normal de bailes particulares e de grandes jantares para proclamarem a sua importância.

CAPÍTULO 25

Embora a sra. Jennings tivesse o hábito de passar boa parte do ano na casa dos filhos e de amigos, não deixava de ter residência própria. Desde a morte do marido, negociante de sucesso numa parte menos elegante de Londres, residira durante o inverno numa casa de uma das ruas próximas da Portman Square. Com a aproximação de janeiro, ela começou a concentrar os pensamentos nessa casa, e um dia, de repente e de maneira completamente inesperada para elas, pediu às duas mais velhas das srtas. Dashwood que a acompanhassem até lá. Elinor, sem observar a mudança de expressão da irmã e o seu jeito alegre que não indicava indiferença pelo plano, de imediato recusou o convite em nome das duas, de modo agradecido mas definitivo, pensando estar falando em nome dos desejos de ambas. A razão alegada foi a firme decisão de não abandonarem a mãe nessa época do ano. A sra. Jennings recebeu a recusa com certa surpresa, e imediatamente repetiu o convite.

— Meu Deus! Tenho certeza de que a sua mãe pode muito bem passar sem as senhoritas, e eu lhes peço *sim* que me deem o prazer da sua companhia, pois é o que pede o meu coração. Não imaginem que sua ida possa causar algum inconveniente para mim, porque não vou de modo algum mudar o meu roteiro pelas senhoritas. Só terei de enviar Betty pelo coche, e espero que *isso* eu possa fazer. Nós três poderemos ir muito bem na minha *chaise* e quando estivermos na cidade, se não quiserem ir a todos os lugares comigo, muito bem, sempre poderão ir com uma das minhas filhas. Tenho certeza de que sua mãe não se oporá, já que tive uma tal sorte em tirar das costas os meus próprios filhos, que ela vai achar que sou a pessoa mais adequada para me encarregar das senhoritas; e se eu não conseguir casar bem pelo menos uma das senhoritas antes de nos despedirmos, não será por culpa minha. Vou recomendá-las a todos os jovens cavalheiros, podem ter certeza disso.

— Acredito — disse *Sir* John — que a srta. Marianne não se oporá a esse plano, se a irmã não o aceitar. Não é certo que ela deva abrir mão de um prazer porque a srta. Dashwood assim o queira. Aconselho, portanto, às duas que partam para Londres, quando estiverem cansadas de Barton, sem dizerem nada à srta. Dashwood.

— Não — exclamou a sra. Jennings —, tenho certeza de que ficarei contentíssima com a companhia da srta. Marianne, com ou sem a srta. Dashwood, só que quanto mais gente, melhor, e achei que seria melhor para elas irem juntas, pois, se se cansarem de mim, poderão conversar uma com a outra e rir das minhas maneiras antiquadas nas minhas costas. Mas uma ou outra, senão as duas, eu tenho de ter. Que Deus me abençoe! Como acham que posso viver por aí sozinha, eu que até este inverno me acostumei a ter Charlotte sempre comigo? Venha, srta. Marianne, vamos fechar negócio, e, se depois a srta. Dashwood mudar de ideia, melhor ainda.

— Muito obrigada, minha senhora, eu lhe agradeço de coração — disse Marianne, com entusiasmo. — Seu convite garante a minha eterna gratidão, e ele me daria tal felicidade, sim, quase a maior felicidade de que sou capaz, se pudesse aceitá-lo. Mas a minha mãe, minha queridíssima mãe... Sinto que o que Elinor disse é justo, e se for para torná-la menos feliz, sentir-se menos à vontade com a nossa ausência... Ah, não, nada me faria deixá-la! Isso não pode nem deve ser motivo para brigas.

A sra. Jennings tornou a afirmar a sua certeza de que a sra. Dashwood poderia dispensá-las sem nenhum problema, e Elinor, que agora entendia a irmã e via a que indiferença com relação a tudo o mais ela era levada por sua impaciência em estar de novo com Willoughby, não mais se opôs ao plano, e simplesmente o submeteu à decisão da mãe, de quem, porém, não esperava receber apoio em sua tentativa de obstar uma visita que não podia aprovar para Marianne e que, no que se referia a ela própria, tinha razões particulares de evitar. Fosse o que fosse que Marianne desejava, sua mãe estaria pronta a incentivar; não podia esperar induzir a irmã a se comportar com cautela num caso em relação ao qual jamais conseguira inspirar-lhe desconfiança, e não ousava explicar o motivo de sua própria aversão a ir a Londres. Que Marianne, difícil como era, plenamente consciente das maneiras da sra. Jennings e invariavelmente aborrecida com elas, passasse por alto todos os inconvenientes desse tipo, desdenhasse tudo que devia ser mais desagradável à sua sensibilidade irritadiça, na busca de um só objetivo, era uma prova tão forte e tão completa da importância desse objetivo para ela, que Elinor, apesar de tudo que ocorrera, ficou surpresa.

Ao ser informada do convite, a sra. Dashwood, convencida de que a excursão proporcionaria muita diversão para ambas as filhas, e percebendo por toda a carinhosa atenção dispensada a ela o quanto o coração de Marianne estava envolvido no caso, não quis nem ouvir falar que elas pudessem recusar o convite por causa *dela*; insistiu que as duas o aceitassem imediatamente e então começou a prever, com a alegria de sempre, uma série de vantagens que a separação proporcionaria a todas.

— Adorei o plano — exclamou ela —, é exatamente o que eu queria. Margaret e eu vamos ganhar tanto com ele quanto vocês. Quando vocês e os

Middleton tiverem partido, ficaremos tão tranquilas e felizes juntas com os nossos livros e a nossa música! Quando voltarem, verão quantos progressos Margaret terá feito! Tenho planos de fazer umas reforminhas nos seus quartos, que agora poderão ser postos em prática sem inconvenientes para ninguém. Não há dúvida de que devem ir a Londres. Acho que todas as moças de certa condição de vida devem conhecer os costumes e as diversões da cidade. Estarão sob os cuidados de uma mulher maternalmente bondosa, de cujo carinho por vocês não posso ter nenhuma dúvida. E, com toda a certeza, encontrarão seu irmão e, sejam quais forem os defeitos dele ou de sua mulher, quando me lembro de quem ele é filho, não posso suportar que estejam tão distantes uns dos outros.

— Embora com sua costumeira preocupação com a nossa felicidade — disse Elinor — a senhora tenha evitado todo empecilho ao presente esquema, ainda há uma objeção que, na minha opinião, não pode ser vencida com facilidade.

A calma de Marianne desapareceu.

— E o que — disse a sra. Dashwood — é que a minha querida e prudente Elinor vai sugerir? Que formidável obstáculo vai ela apresentar agora? Fale-me um pouco sobre ele.

— Minha objeção é a seguinte: embora tenha o coração da sra. Jennings em alta conta, ela não é uma mulher cuja companhia possa proporcionar-nos prazer ou cuja proteção nos faça ganhar prestígio na sociedade.

— Isso é verdade — replicou a mãe —, mas raramente estarão sozinhas com ela, longe de outras pessoas, e quase sempre sairão com *Lady* Middleton.

— Se Elinor não vai porque não gosta da sra. Jennings — disse Marianne —, pelo menos não deve impedir que eu aceite o convite. Não tenho esses escrúpulos e tenho certeza de que posso suportar com facilidade qualquer problema desse tipo.

Elinor não pôde deixar de sorrir ante essa ostentação de indiferença às maneiras de uma pessoa com a qual ela sempre tivera dificuldade de persuadir Marianne de se comportar com tolerável polidez, e tomou interiormente a decisão de que, se a irmã insistisse em ir, também iria, pois não achava bom que Marianne fosse abandonada à orientação apenas de seu próprio julgamento ou que a sra. Jennings fosse deixada à mercê de Marianne como único apoio nas horas domésticas. Tomou essa decisão com grande facilidade, pois se lembrou de que Edward Ferrars, segundo Lucy, não devia chegar a Londres antes de fevereiro e que a essa altura a sua visita, sem nenhuma volta antecipada que fosse pouco razoável, já teria acabado.

— Quero que vocês *duas* vão — disse a sra. Dashwood —; essas objeções são absurdas. Gostarão muito de Londres e sobretudo de estar juntas. Se Elinor pudesse dignar-se a antever a satisfação, preveria que pode obtê-la de vários modos em Londres: uma delas talvez seja melhorar seu relacionamento com a família da cunhada.

Elinor muitas vezes desejara uma oportunidade de tentar diminuir a confiança da mãe nos laços entre Edward e ela mesma, para que o choque fosse menor quando toda a verdade fosse revelada, e agora, diante desse ataque, embora quase sem esperança de êxito, tratou de dar início à execução do seu plano, dizendo com a maior calma possível:

— Gosto muito de Edward Ferrars e sempre ficarei feliz em vê-lo, mas, quanto ao resto da família, é completamente indiferente para mim se virei a conhecer ou não.

A sra. Dashwood sorriu e não disse nada. Marianne ergueu os olhos espantada, e Elinor calculou que também ela achara melhor permanecer calada.

Conversaram ainda mais um pouco e ficou enfim decidido que o convite seria aceito em sua totalidade. A sra. Jennings recebeu a informação com muita alegria e muitas promessas de gentileza e afeto. E aquilo não causava prazer apenas a ela. *Sir* John estava mais do que contente, pois, para um homem cuja maior preocupação era o pavor de estar sozinho, a soma de mais duas ao número de habitantes de Londres era algo de importância. Até mesmo *Lady* Middleton se deu ao trabalho de ficar contente, o que era algo não muito próprio de sua natureza. Quanto às srtas. Steele, sobretudo Lucy, nunca sentiram tanta alegria na vida quanto a que aquela notícia lhes provocou.

Elinor submeteu-se ao arranjo que contrariava a sua vontade com menos relutância do que esperara sentir. Quanto a ela, era-lhe agora indiferente ir ou não a Londres, e quando viu que a mãe gostara tanto do plano e que a irmã demonstrara seu contentamento pela expressão, pela voz, pelas maneiras e recuperara completamente a animação de sempre e se mostrara mais alegre do que de costume, não pôde permanecer descontente e não se permitiu mostrar-se desconfiada do resultado de tudo aquilo.

A alegria de Marianne estava um patamar acima da felicidade, tão grandes eram sua agitação e a impaciência com a partida. Sua pouca vontade de deixar a mãe era a única coisa que a moderava e lhe devolvia a calma. No momento de partir, sua dor com isso foi enorme. A tristeza da mãe não foi menor, e Elinor foi a única das três que pareceu não considerar que a separação duraria eternamente.

A partida deu-se na primeira semana de janeiro. Os Middleton deviam seguir viagem cerca de uma semana depois. As srtas. Steele deram continuidade à sua estada em Barton Park e só saíram dali com o resto da família.

CAPÍTULO 26

Elinor não podia ver-se na carruagem com a sra. Jennings e iniciar uma viagem a Londres sob a proteção e como convidada dela, sem refletir sobre a sua própria situação, como a conhecia havia pouco tempo, como eram diferentes em idade e temperamento e quantas haviam sido alguns dias atrás as suas objeções contra o que estava fazendo! Mas todas aquelas objeções foram, com aquele alegre ímpeto da juventude que Marianne e sua mãe compartilhavam, superadas e deixadas de lado; e Elinor, apesar de algumas eventuais dúvidas sobre a fidelidade de Willoughby, não podia observar o entusiasmo da alegre expectativa que preenchia a alma inteira e brilhava nos olhos de Marianne, sem sentir como era comparativamente vazia a sua própria perspectiva, quão triste seu próprio estado de alma, e com que alegria viveria uma ansiedade igual à da situação de Marianne para ter em vista o mesmo objetivo e a mesma possibilidade de esperança. Em breve, em brevíssimo tempo, porém, se decidiria quais eram as intenções de Willoughby; muito provavelmente ele já estava em Londres. A impaciência de Marianne para partir demonstrava a sua confiança em encontrá-lo lá; e Elinor estava decidida não só a obter qualquer nova luz a respeito do caráter dele que a sua própria observação ou as informações de outros pudessem dar-lhe, mas também a observar o comportamento dele diante da irmã com muita atenção, para poder dizer quem era ele e o que queria, já nos primeiros encontros. Se o resultado da sua observação fosse negativo, estava decidida a abrir os olhos da irmã; se fosse positivo, seu empenho teria uma natureza diferente — teria, então, de se livrar de toda comparação egoísta e evitar todo desapontamento que pudesse diminuir a sua satisfação com a felicidade de Marianne.

Estavam havia três dias viajando e o comportamento de Marianne durante o trajeto era uma boa amostra do que se poderia esperar no futuro da sua deferência e da sua amabilidade com a sra. Jennings. Permaneceu sentada em silêncio durante quase todo o tempo, imersa em suas próprias meditações e falando muito pouco, salvo quando a visão de algo de pitoresca beleza tirava dela uma exclamação de prazer dirigida exclusivamente à irmã. Para amenizar esse comportamento, portanto, Elinor cumpriu de imediato o dever de civilidade que assumira e comportou-se com a maior atenção com a sra. Jennings, conversou, deu risadas com ela e a ouviu sempre que pôde. A sra. Jennings, por seu lado, tratou a ambas com toda a gentileza possível, mostrou-se sempre solícita quanto ao conforto e ao bem-estar delas, e só se aborreceu por não poder escolher as refeições delas nas estalagens nem extrair uma confissão sobre se preferiam salmão ou bacalhau, frango cozido ou costeleta de vitela. Chegaram a Londres às três horas do terceiro dia, felizes por se verem livres da prisão da carruagem e prontas para desfrutar de todo o luxo de uma boa lareira.

A casa era magnífica e maravilhosamente decorada, e as duas mocinhas ocuparam imediatamente um apartamento muito confortável. Havia sido antes o quarto de Charlotte, e sobre o consolo da lareira ainda estava pendurada uma paisagem de seda colorida de sua autoria, provando que ela passara sete anos numa grande escola da cidade, com alguns resultados.

Como o jantar não seria servido em menos de duas horas após a chegada, Elinor resolveu empregar esse tempo escrevendo para a mãe, e sentou-se com esse objetivo. Poucos minutos depois, Marianne fez o mesmo.

— Estou escrevendo para mamãe, Marianne — disse Elinor —, não pode adiar sua carta por um ou dois dias?

— *Não* vou escrever para a mamãe — tornou Marianne, rapidamente, como se quisesse evitar mais perguntas.

Elinor não disse mais nada. Logo lhe ocorreu que devia estar escrevendo para Willoughby, e a conclusão que se seguiu de imediato foi que, por mais misteriosamente que quisessem conduzir o caso, eles deviam estar noivos. Essa convicção, embora não inteiramente satisfatória, causou-lhe prazer, e continuou escrevendo a sua carta com maior alegria. Marianne acabou de escrever em pouquíssimos minutos; pelo tamanho, não podia ser mais do que um bilhete; foi então dobrado, selado e endereçado com muita rapidez. Elinor julgou ter distinguido um grande W no sobrescrito, e assim que terminou, Marianne, tocando a sineta, pediu ao lacaio que respondera ao chamado que levasse a carta ao correio de dois *pence* para ela. Isso resolveu o problema de uma vez.

Seu humor ainda estava excelente, mas havia nele uma oscilação que o impediu de agradar inteiramente à irmã, e aquela agitação aumentou com o passar da tarde. Ela mal conseguiu jantar, e, quando em seguida voltaram à sala de visitas, parecia escutar ansiosamente o som de cada carruagem.

Foi com grande satisfação que Elinor viu que a sra. Jennings, estando muito ocupada em seu quarto, pouco pôde perceber do que se passava. Foi trazido o aparelho de chá, e já Marianne havia sido desapontada mais de uma vez por pancadas em portas das casas vizinhas, quando de repente se ouviu uma batida sonora, que não podia ter ocorrido em nenhum outra casa. Elinor teve a certeza de que anunciavam a chegada do sr. Willoughby, e Marianne, levantando-se de um salto, correu para a porta. Tudo estava silencioso; aquilo não durou muitos segundos: ela abriu a porta, avançou alguns passos na direção das escadas e, depois de pôr-se à escuta por meio minuto, voltou à sala com toda a agitação que a convicção de tê-lo ouvido naturalmente provocaria. No êxtase dos sentimentos, naquele momento, não pôde deixar de exclamar: "Ah, Elinor, é o Willoughby, tenho certeza!", e já parecia pronta para lançar-se em seus braços quando apareceu o coronel Brandon.

Aquele foi um choque grande demais para ser suportado com calma, e ela imediatamente deixou a sala. Elinor também estava desapontada, mas ao mesmo tempo sua estima pelo coronel Brandon garantiu a ele as boas-vindas da parte dela. Aborreceu-a particularmente que um homem tão apaixonado pela irmã pudesse perceber que ela não sentira senão decepção ao vê-lo. Imediatamente se deu conta de que aquilo não passara despercebido para ele, e que observara Marianne, enquanto ela deixava a sala, com tal espanto e preocupação que mal se lembrou de dar a Elinor os cumprimentos que a boa educação exigia.

— Sua irmã está doente? — perguntou ele.

Elinor respondeu com alguma aflição que sim, e então falou de dores de cabeça, desânimo e excessos de fadiga, e de tudo o mais a que pudesse decentemente atribuir o comportamento da irmã.

Ele a ouviu com a maior atenção, mas, parecendo tranquilizar-se, nada mais disse sobre o assunto e começou de imediato a falar do prazer que sentia em vê-las em Londres, fazendo as costumeiras perguntas sobre a viagem e os amigos que deixaram em Barton.

Dessa maneira calma, com muito pouco interesse de ambos os lados, continuaram conversando, ambos desanimados e com a cabeça em outro lugar. Elinor queria muito perguntar se Willoughby estava na cidade, mas temia magoá-lo fazendo perguntas sobre o rival. Até que finalmente, para dizer alguma coisa, perguntou-lhe se ele estivera em Londres desde que se viram pela última vez.

— Sim — respondeu ele —, com algum constrangimento —, quase sempre desde então; estive uma ou duas vezes em Delaford, por alguns dias, mas nunca pude retornar a Barton.

Isso, mais a maneira como foi dito, de pronto lhe trouxe de volta à memória todas as circunstâncias da partida dele, com o constrangimento e as suspeitas que provocaram na sra. Jennings, e ela temia que sua pergunta sugerisse muito mais curiosidade sobre o assunto do que jamais sentira.

Pouco depois, chegou a sra. Jennings.

— Ah, coronel — disse ela, com sua ruidosa alegria de sempre —, estou infinitamente feliz por vê-lo! Desculpe, não pude vir antes... Perdão, mas tive de cuidar um pouco das coisas daqui e resolver alguns pequenos problemas. Faz tempo que não venho para cá e sabe que sempre temos um monte de coisinhas para fazer quando nos ausentamos por algum tempo, e depois tive de acertar as coisas de Cartwright... Meu Deus, estive ocupada como uma abelha desde o jantar! Mas por favor, coronel, como descobriu que eu estaria na cidade hoje?

— Tive o prazer de ouvi-lo na casa do sr. Palmer, onde jantei.

— Ah, é mesmo? Bem, e como vão todos na casa deles? Como vai Charlotte? Aposto que deve estar de bom tamanho, a esta altura.

— A sra. Palmer estava muito bem, e me encarregou de lhe dizer que a senhora certamente vai vê-la amanhã.

— Ah, com certeza, é o que eu achava. Muito bem, coronel, trouxe-lhe duas mocinhas comigo, como pode ver... isto é, só está vendo uma delas agora, mas há outra em algum lugar. Sua amiga, a srta. Marianne, também veio, e não há de lamentar com a notícia. Não sei o que o senhor e o sr. Willoughby vão resolver a respeito dela. Ah, é tão bom ser jovem e bonita! Muito bem! Eu também já fui jovem, mas nunca fui muito bonita... azar meu. Mas tive um marido muito bom, e não sei se a maior beleza pode fazer mais do que isso. Ah, coitado! Já morreu há mais de oito anos. Mas, coronel, onde esteve desde que foi embora? E como vão os negócios? Vamos, vamos, nada de segredos entre amigos.

Ele respondeu com sua gentileza de sempre a todas as perguntas, entretanto, sem que ela ficasse satisfeita com nenhuma resposta. Elinor, então, começou a preparar o chá, e Marianne foi obrigada a aparecer de novo.

Depois que ela entrou, o coronel Brandon tornou-se mais pensativo e calado do que antes, e a sra. Jennings não conseguiu convencê-lo a permanecer por mais tempo. Nenhum outro visitante apareceu aquela noite, e todas concordaram em ir para a cama mais cedo.

Marianne acordou a manhã seguinte com humor renovado e com um ar alegre. Parecia ter esquecido o desapontamento da noite passada na expectativa do que aconteceria naquele dia. Haviam acabado de tomar café quando a caleche da sra. Palmer estacionou à porta, e em poucos minutos ela entrou rindo na sala, tão contente em vê-las todas, que era difícil dizer se estava mais satisfeita por reencontrar a mãe ou as srtas. Dashwood. Estava tão surpresa por terem vindo a Londres, embora fosse o que esperara o tempo todo; tão zangada por terem aceitado o convite da mãe, depois de terem recusado o seu, mas ao mesmo tempo jamais as teria perdoado se não tivessem vindo!

— O sr. Palmer ficará tão contente em vê-las — disse ela. — Que acham que ele disse quando soube que viriam com mamãe? Esqueci agora, mas foi uma coisa tão engraçada!

Depois de uma ou duas horas passadas no que a mãe chamava de bate-papo agradável ou, em outras palavras, em todo tipo de pergunta acerca de todos os conhecidos, da parte da sra. Jennings, e em risadas sem motivo da parte da sra. Palmer, esta propôs que todas a acompanhassem a algumas lojas aonde deveria ir pela manhã, com o que a sra. Jennings e Elinor prontamente concordaram, pois também tinham algumas compras a fazer. Marianne, embora tivesse inicialmente recusado o convite, logo foi convencida a ir também.

Era evidente que, aonde quer que fossem, ela se mantinha sempre alerta. Sobretudo na Bond Street, onde ficava a maioria das lojas que queriam visitar, os olhos dela seguiam em constante espreita. Em toda loja em que entravam, sua mente estava distante de todas as coisas à sua frente, de tudo que interessava e ocupava as outras. Inquieta e insatisfeita em toda parte, sua irmã não conseguia obter uma opinião sobre nenhum artigo à venda, e embora ele pudesse interessar a ambas, não tinha prazer em nada; estava apenas impaciente de voltar para casa, e só com dificuldade podia conter a irritação com o tédio que lhe causava a sra. Palmer, cujos olhos eram atraídos por todas as coisas bonitas, caras ou novas, e, ávida para comprar tudo, não conseguia fixar-se em nada e passava o tempo todo deslumbrada e indecisa.

Era já o fim da manhã quando voltaram para casa. Assim que entraram, Marianne voou impaciente escada acima, e, quando Elinor a seguiu, viu-a voltando da mesa com expressão amargurada, que mostrava que Willoughby não estivera ali.

— Não deixaram nenhuma carta para mim enquanto estive fora? — perguntou ela ao lacaio que entrava com os embrulhos. A resposta foi negativa. — Tem certeza — replicou ela —, tem certeza de que nenhum criado, nenhum porteiro deixou alguma carta ou bilhete?

O homem respondeu que não.

— Que estranho! — disse ela, em voz baixa e decepcionada, enquanto se afastava em direção à janela.

"Realmente, que estranho!", repetiu Elinor com seus botões, observando a irmã com apreensão. "Se ela não soubesse que ele está na cidade, não lhe teria escrito, como o fez, mas teria escrito para Combe Magna. E se ele está na cidade, é estranho não ter nem vindo nem escrito! Ah, minha querida mãe, a senhora deve estar errada ao permitir que um noivado entre uma filha tão jovem e um homem de que se sabe tão pouco seja feito de maneira tão duvidosa e misteriosa! Estou impaciente para me informar, mas como será recebida a *minha* intromissão?"

Depois de refletir um pouco, ela decidiu que, se as coisas continuassem por muitos dias ainda tão ruins quanto estavam agora, exporia enfaticamente à mãe a necessidade de se fazer uma investigação séria sobre o assunto.

A sra. Palmer e duas senhoras mais velhas, dos círculos mais íntimos da sra. Jennings, que ela encontrara e convidara de manhã, jantaram com elas. A primeira as deixou logo depois do chá, por causa de alguns compromissos vespertinos, e Elinor foi obrigada a ajudar a compor uma mesa de uíste com as outras. Não se podia contar com Marianne nessas ocasiões, pois jamais aprenderia o jogo, mas embora seu tempo estivesse livre, a tarde não proporcionou mais prazer a ela do que a Elinor, visto que passou todo o tempo com toda a ansiedade da expectativa e a dor da decepção. Às vezes, tentava ler por alguns minutos, mas, logo deixava o livro de lado e voltava à ocupação mais interessante de andar para um lado e para outro pela sala, parando por um momento quando chegava à janela, na esperança de ouvir as tão esperadas batidas na porta.

CAPÍTULO 27

— Se o tempo bom se prolongar muito mais — disse a sra. Jennings, ao se encontrarem na manhã seguinte para o café —, *Sir* John não vai querer deixar Barton a semana que vem. É triste para um desportista perder um dia de prazer. Coitados! Sempre tenho pena deles quando isso acontece, pois parecem levar aquilo tudo tão a sério!

— É verdade — exclamou Marianne, numa voz alegre e indo até a janela enquanto falava, para examinar o dia. — Não pensei nisso. Esse tempo vai manter muitos desportistas no campo.

Foi uma feliz lembrança, que a fez recuperar toda a animação.

— São dias lindos para *eles*, é claro — prosseguiu ela, ao sentar-se à mesa para o café com uma expressão alegre. — Como devem gostar disso! Mas — (com um leve repique de ansiedade) — não se pode esperar que dure para sempre. Nesta época do ano, e depois de tanta chuva, certamente só teremos um pouco mais de bom tempo. Logo vão começar as geadas, provavelmente muito fortes. Talvez mais um dia ou dois, esse bom tempo dificilmente vai durar além disso... pode até ser que gele esta noite!

— De qualquer forma — disse Elinor, na tentativa de impedir que a sra. Jennings lesse os pensamentos da irmã com tanta clareza quanto ela —, aposto que teremos *Sir* John e *Lady* Middleton na cidade no fim da próxima semana.

— Ah, minha querida, garanto-lhe que sim. Mary sempre dá um jeito.

"E agora", calculou silenciosamente Elinor, "ela vai escrever para Combe pelo correio de hoje".

Mas, se *fez* isso, a carta foi escrita e remetida tão secretamente que escapou de toda a atenção que a irmã dedicou a certificar-se do fato. Fosse qual fosse a verdade e por mais longe que Elinor estivesse de estar plenamente contente com aquilo, ao ver Marianne novamente animada, não podia ficar muito descontente. E Marianne estava animada, feliz em meio a todo aquele bom tempo e ainda mais feliz na expectativa de uma geada.

A maior parte da manhã foi gasta deixando cartões nas casas das conhecidas da sra. Jennings, para informá-las de que estavam na cidade. Marianne esteve o tempo todo ocupada em observar a direção do vento, prestando atenção nas variações do céu e imaginando uma alteração no ar.

— Não acha que está fazendo mais frio do que de manhã, Elinor? Acho que a diferença é bem clara. Não consigo manter as mãos aquecidas nem no meu regalo. Ontem não foi assim, acho. As nuvens parecem estar dissipando-se também, o sol logo vai sair e teremos uma tarde limpa.

Elinor oscilava entre divertida e consternada, mas Marianne perseverou e viu a cada noite, no brilho do fogo, e a cada manhã, no aspecto da atmosfera, os sintomas certeiros da chegada das geadas.

As srtas. Dashwood não tinham mais motivo para estar insatisfeitas com o estilo de vida e o círculo de amizades da sra. Jennings do que com o seu comportamento diante delas, invariavelmente gentil. Tudo nos arranjos domésticos era feito com as disposições mais generosas e, com exceção de algumas velhas amizades da cidade, com as quais, para infelicidade de *Lady* Middleton, ela nunca cortara relações, não visitava ninguém que pudesse perturbar os sentimentos de suas jovens companheiras. Feliz por se ver, quanto a isso, em melhor situação do que esperara, Elinor estava muito disposta a transigir com a falta de diversão nas reuniões noturnas, as quais, tanto em casa quanto fora, limitando-se apenas ao carteado, pouco tinham que a atraísse.

O coronel Brandon, convidado perpétuo à casa, estava com elas quase todos os dias. Vinha para ver Marianne e conversar com Elinor, que não raro se divertia mais conversando com ele do que em qualquer outra ocupação diária, mas ao mesmo tempo via com muita preocupação seu prolongado interesse pela irmã. Temia que esse interesse estivesse acentuando-se. Desolava-a ver a intensidade do olhar que dirigia a Marianne, e o moral dele certamente estava pior do que em Barton.

Cerca de uma semana depois de chegarem, ficou claro que Willoughby também estava na cidade. Seu cartão achava-se sobre a mesa quando chegaram do passeio matinal.

— Graças a Deus — exclamou Marianne —, ele esteve aqui enquanto estávamos fora.

Elinor, feliz por saber que ele estava em Londres, agora se arriscou a dizer:

— Pode ter certeza de que amanhã ele virá de novo.

Contudo, Marianne mal pareceu ouvi-la, e, quando a sra. Jennings entrou, sumiu com o precioso cartão.

Esse caso, ao mesmo tempo que animou Elinor, trouxe de volta ao espírito da irmã toda a sua antiga agitação, e ainda mais. A partir daí, sua mente jamais esteve calma. A expectativa de vê-lo a cada hora do dia tornava-a incapaz de fazer qualquer coisa. Insistiu em ficar em casa, na manhã seguinte, quando as outras saíram.

Elinor não parou de pensar no que poderia estar acontecendo na Berkeley Street durante a sua ausência, mas uma rápida olhada na irmã ao voltarem foi o bastante para informá-la que Willoughby não fizera uma segunda visita. Apenas entregaram um bilhete, que foi colocado sobre a mesa.

— É para mim! — exclamou Marianne, avançando rapidamente.

— Não, senhora, é para a minha patroa.

Mas Marianne, não convencida, pegou-o imediatamente.

— É mesmo para a sra. Jennings. Que irritante!

— Está esperando uma carta, então? — disse Elinor, não conseguindo manter-se calada.

— Sim, um pouco... não muito.

Depois de uma breve pausa:

— Não confia em mim, Marianne?

— Não, Elinor, essa censura vinda de *você*... justo você, que não confia em ninguém!

— Eu! — tornou Elinor, um tanto confusa. — Oh, Marianne, não tenho nada a dizer.

— Nem eu — replicou Marianne com energia —, nossas situações são, portanto, parecidas. Nenhuma das duas tem nada a dizer. Você, porque não se comunica, e eu, porque não escondo nada.

Elinor, aborrecida com aquela acusação de ser demasiado reservada, que não se sentia capaz de ignorar, não soube como, naquelas circunstâncias, fazer que Marianne se abrisse.

A sra. Jennings logo apareceu e, tendo recebido o bilhete, leu-o em voz alta. Era de *Lady* Middleton, que anunciava a sua chegada à Conduit Street na noite anterior e solicitava a companhia da mãe e das primas na noite seguinte. Os negócios de *Sir* John e um violento resfriado de sua parte impediram que as visitassem na Berkeley Street. O convite foi aceito; mas quando a hora marcada se aproximou, como a boa educação exigia que ambas acompanhassem a sra. Jennings nessa visita, Elinor teve alguma dificuldade para convencer a

irmã a ir, já que ainda nada recebera de Willoughby e, portanto, estava tão pouco disposta para a diversão fora de casa quanto pouco inclinada a correr o risco de que ele viesse de novo na sua ausência.

Elinor descobriu, ao cair da tarde, que a mudança de residência pouco alterara a disposição, pois mal se estabelecera na cidade e já *Sir* John conseguira reunir ao seu redor cerca de vinte jovens para diverti-los com um baile. *Lady* Middleton, porém, não aprovou aquilo. No campo se podia aceitar um baile improvisado, mas em Londres, onde a fama de elegância era mais importante e obtida com menos facilidade, era arriscado demais, para agradar a umas poucas mocinhas, que se soubesse que *Lady* Middleton dera um bailinho de oito ou nove pares, com dois violinos e um simples lanche de bufê.

O sr. e a sra. Palmer estavam presentes. Do primeiro, que não haviam visto desde que chegaram a Londres, porque ele tinha o cuidado de evitar parecer ter qualquer consideração pela sogra e, portanto, nunca chegava perto dela, não receberam nenhum sinal de reconhecimento ao entrarem. Ele pouco olhou para elas, sem parecer saber quem fossem, e simplesmente acenou com a cabeça para a sra. Jennings do outro lado da sala. Marianne fez uma rápida inspeção da sala quando entrou. Era o bastante — ele não estava lá — e se sentou, igualmente pouco disposta a dar ou comunicar prazer. Depois de estarem reunidos por cerca de uma hora, o sr. Palmer dirigiu-se até as srtas. Dashwood para exprimir a sua surpresa por vê-las na cidade, embora o coronel Brandon tenha sabido da chegada delas em sua casa e ele próprio tivesse dito algo muito engraçado ao ouvir que elas haviam chegado.

— Achei que vocês duas estivessem em Devonshire — disse ele.

— É mesmo? — disse Elinor.

— Quando vão voltar para lá?

— Não sei.

E assim se encerrou a conversa entre eles.

Nunca na vida Marianne tivera tão pouca vontade de dançar como naquela noite, e nunca se cansou tanto com o exercício. Ela se queixou disso ao voltarem para a Berkeley Street.

— Ai, ai — disse a sra. Jennings —, nós sabemos muito bem a razão disso tudo; se certa pessoa cujo nome não deve ser pronunciado estivesse lá, você não se teria cansado nem um pouquinho. E, para dizer a verdade, não foi muito bonito da parte dele não vir procurá-las quando foi convidado.

— Convidado! — exclamou Marianne.

— Foi o que a minha filha Middleton me disse, pois parece que *Sir* John o encontrou na rua esta manhã.

Marianne não disse mais nada, contudo, pareceu imensamente magoada. Impaciente, naquela situação, para fazer algo que pudesse consolar a irmã, Elinor resolveu escrever na manhã seguinte para a mãe, e esperou, despertando seus temores sobre a saúde de Marianne, que ela fizesse as investigações que haviam sido postergadas durante tanto tempo. Ficou ainda mais inclinada a isso na manhã seguinte, ao ver, durante o café, que Marianne estava novamente escrevendo para Willoughby, já que não podia imaginar que fosse para alguma outra pessoa.

Por volta do meio-dia, a sra. Jennings saiu sozinha para resolver alguns problemas e Elinor começou imediatamente a escrever a carta, enquanto Marianne, agitada demais para ocupar-se com alguma coisa, ansiosa demais para conversar, caminhava de uma janela para outra ou se sentava junto ao fogo, em melancólica meditação. Elinor foi muito diligente ao escrever para a mãe, relatando tudo que se passara, sua suspeita da infidelidade de Willoughby, e, apelando para o seu afeto e para o dever, instou-a a exigir de Marianne uma explicação de sua real situação com relação a ele.

Mal terminara a carta quando algumas pancadas na porta anunciaram uma visita e o coronel Brandon apareceu. Marianne, que o vira da janela e detestava qualquer tipo de companhia, deixou a sala antes que ele entrasse. Ele parecia ainda mais sério do que de costume, e embora exprimisse satisfação por encontrar a srta. Dashwood sozinha, como se tivesse algo para lhe falar em particular, sentou-se por algum tempo sem dizer palavra. Elinor, convencida de que ele tinha alguma comunicação a fazer relacionada à irmã, impacientemente aguardou que ele começasse. Não era a primeira vez que sentia aquela espécie de convicção, pois, já mais de uma vez, começando com a observação "sua irmã não parece bem hoje" ou "sua irmã parece desanimada", ele dava a impressão de estar a ponto ou de revelar ou de perguntar algo a respeito dela. Depois de uma pausa de vários minutos, o silêncio foi quebrado, quando ele lhe perguntou, com uma voz um pouco nervosa, quando iria dar-lhe os parabéns pela aquisição de um novo irmão. Elinor não estava preparada para essa pergunta e, não tendo nenhuma resposta pronta, foi obrigada a adotar o simples e comum expediente de perguntar o que ele queria dizer com aquilo. Ele tentou sorrir enquanto respondia:

— O noivado da sua irmã com o sr. Willoughby é de conhecimento geral.

— Não pode ser de conhecimento geral — tornou Elinor —, visto que a própria família nada sabe a respeito.

Ele pareceu surpreso e disse:

— Peço-lhe perdão, receio que a minha pergunta tenha sido impertinente, mas não achei que houvesse algum segredo envolvido no caso, já que eles se correspondem abertamente e todos falam sobre o casamento.

— Como é possível? Quem lhe falou sobre esse noivado?

— Muitas pessoas... algumas das quais a senhorita não conhece, de outras é bastante íntima, a sra. Jennings, a sra. Palmer e os Middleton. Mesmo assim não acreditei, porque, quando a mente não quer ser convencida, sempre encontra algo para inspirar-lhe dúvidas, se não tivesse, quando o criado me fez entrar hoje, visto acidentalmente uma carta na mão dele, endereçada ao sr. Willoughby com a letra de sua irmã. Vim informar-me, contudo, tive a certeza antes de poder fazer a pergunta. Está tudo finalmente acertado? É impossível que...? Mas não tenho direito e não tenho possibilidade de ser bem-sucedido. Perdão, srta. Dashwood. Creio estar muito errado em falar tanto, porém nem sei o que fazer, e tenho a maior confiança na sua prudência. Diga-me que tudo já está completamente resolvido, que qualquer tentativa... que, em suma, a dissimulação, se dissimular ainda for possível, é tudo o que me resta.

Essas palavras, que comunicavam a Elinor uma confissão direta do seu amor pela irmã, muito a perturbaram. Por um instante ela não conseguiu dizer nada, e, mesmo quando recuperou a lucidez, refletiu brevemente sobre a melhor resposta a dar. A situação real entre Willoughby e a irmã era tão desconhecida até para ela, que ao tentar explicá-la podia ser acusada de dizer demais ou pouco demais. Mesmo assim, por estar convencida de que o amor de Marianne por Willoughby não podia deixar nenhuma esperança de sucesso ao coronel Brandon, fosse qual fosse o destino daquele amor, e ao mesmo tempo querendo proteger sua conduta das acusações, ela julgou mais prudente e gentil, depois de refletir, dizer mais do que realmente sabia ou em que acreditava. Reconheceu, portanto, que, apesar de jamais ter sido informada pelos dois da situação em que se encontravam, não tinha dúvida de seu afeto recíproco e não estava surpresa de que se correspondessem.

Ele a ouviu com atenção silenciosa e, quando ela parou de falar, ergueu-se rapidamente, depois de dizer com voz emocionada:

— Para a sua irmã, desejo toda a felicidade imaginável; para Willoughby, que possa fazer por merecê-la — despediu-se e foi embora.

Essa conversa não provocou em Elinor sentimentos agradáveis, que ajudassem a aliviar a aflição que ela sentia por outros motivos; deixou-a, pelo contrário, com uma impressão melancólica da infelicidade do coronel Brandon, e não podia sequer desejar que esta desaparecesse, pela ansiedade que sentia para que se desse o fato que devia confirmá-la.

CAPÍTULO 28

Nada aconteceu durante os três ou quatro dias seguintes que fizesse Elinor arrepender-se de ter escrito para a mãe, pois Willoughby nem veio nem escreveu. Elas haviam combinado, então, que acompanhariam *Lady* Middleton a uma festa, à qual a sra. Jennings não poderia comparecer em razão de uma indisposição da filha mais moça. Para essa festa, Marianne, completamente desanimada, descuidada quanto à aparência e demonstrando indiferença a ir ou a ficar, preparou-se sem dar nenhuma mostra de esperança ou expressão de prazer. Sentou-se junto à lareira da sala de visitas depois do chá, até o momento da chegada de *Lady* Middleton, sem levantar-se nenhuma vez ou alterar a expressão, perdida em seus próprios pensamentos e sem notar a presença da irmã. Quando finalmente lhes disseram que *Lady* Middleton estava à espera na porta, assustou-se como se tivesse esquecido que aguardavam alguém.

Chegaram a tempo no lugar de destino, e, assim que a fila de carruagens à sua frente permitiu, apearam, subiram as escadas, ouviram seus nomes anunciados em voz alta de um patamar a outro e entraram num salão esplendidamente iluminado, cheio de gente e insuportavelmente quente. Depois de pagarem seu tributo à polidez, fazendo uma reverência à dona da casa, puderam misturar-se à multidão e ganhar seu lote de calor e desconforto, ao qual sua chegada devia necessariamente contribuir. Depois de algum tempo falando pouco e fazendo ainda menos, *Lady* Middleton foi sentar-se a uma mesa de jogo, e como Marianne não estava com disposição para ficar dando voltas pelo salão, ela e Elinor tiveram a sorte de conseguir algumas cadeiras livres e se colocaram a pouca distância da mesa.

Pouco depois de ali se instalarem, Elinor percebeu Willoughby, de pé a poucas jardas dali, em animada conversa com uma jovem de aparência muito distinta. Seus olhares logo se cruzaram e ele imediatamente a cumprimentou, mas sem tentar falar com ela ou abordar Marianne, embora não pudesse ter deixado de vê-la, e continuou a conversa com a mesma mulher.

Elinor involuntariamente se voltou para Marianne, para ver se ela percebera a cena. Naquele momento, ela o viu pela primeira vez, e, com a expressão subitamente iluminada pela alegria, ela teria de imediato corrido até ele se a irmã não a tivesse segurado.

— Deus do céu! — exclamou. — Ele está ali... ele está ali... Ah, por que não olha para mim? Por que não posso falar com ele?

— Por favor, por favor, controle-se — gritou Elinor — e não demonstre o que sente para todos os presentes. Talvez ele ainda não a tenha visto.

Isso, porém, era mais do que ela podia acreditar; controlar-se num momento como aquele estava fora do alcance de Marianne e além de sua vontade. Permaneceu sentada numa agonia de impaciência que alterava todos os seus traços.

Finalmente ele se voltou de novo e olhou para as duas. Ela se levantou de um salto e, pronunciando seu nome em tom apaixonado, estendeu-lhe a mão. Ele se aproximou e, dirigindo-se mais para Elinor do que para Marianne, como se quisesse evitar seu olhar e decidido a não observar a sua atitude, pediu de maneira apressada notícias da sra. Dashwood e perguntou quanto tempo fazia que estavam em Londres. Elinor perdeu toda presença de espírito diante de tal atitude e não conseguiu dizer palavra. Mas a irmã exprimiu imediatamente os seus sentimentos. Seu rosto inteiro enrubesceu e ela exclamou, com muita emoção na voz:

— Meu Deus, Willoughby! O que quer dizer isso? Recebeu as minhas cartas? Não vai apertar a minha mão?

Ele não pôde evitar dar-lhe a mão, porém o contato com ela parecia-lhe doloroso, e ele segurou a sua mão só por um momento. Durante todo aquele tempo, ele estava evidentemente lutando para manter a compostura. Elinor observou a sua expressão e viu que se tornava mais tranquila. Depois de uma breve pausa, ele falou com calma.

— Tive a honra de ir à Berkeley Street na terça-feira, e lamentei muito não ter tido a boa sorte de encontrar as senhoritas nem a sra. Jennings em casa. Meu cartão não se perdeu, espero.

— Não recebeu os meus bilhetes? — exclamou Marianne com a maior aflição. — Tenho certeza de que está havendo algum engano aqui... algum terrível engano. Qual pode ser o significado disso? Diga-me, Willoughby, pelo amor de Deus, qual é o problema?

Ele não respondeu. Sua expressão mudou e todo o seu constrangimento voltou. Mas como se, cruzando o seu olhar com o da jovem dama com quem estava conversando antes, sentisse a necessidade de uma ação imediata, ele se recuperou de novo e, depois de dizer: "Sim, tive o prazer de receber a informação da sua chegada a Londres, que tiveram a gentileza de me comunicar", voltou-se rapidamente com uma ligeira reverência e dirigiu-se para a sua amiga.

Marianne, agora terrivelmente pálida e incapaz de permanecer em pé, afundou-se na cadeira, e Elinor, esperando a cada momento vê-la desmaiar, tentava protegê-la da observação dos outros, enquanto a reanimava com água de lavanda.

— Vá até ele, Elinor — exclamou ela assim que conseguiu falar — e obrigue-o a vir até aqui. Diga-lhe que preciso vê-lo de novo... preciso falar com ele agora mesmo... Não vou sossegar... Não terei um momento de paz até que isso seja explicado... algum terrível mal-entendido ou outro... Ah, vá até ele agora.

— Como posso fazer isso? Não, minha caríssima Marianne, terá de esperar. Este não é o lugar para explicações. Espere só até amanhã.

Com dificuldade, porém, conseguiu impedi-la de ir ela mesma procurá-lo e foi impossível convencê-la a controlar a agitação e esperar, pelo menos, a volta do autocontrole, até que pudesse falar com ele com mais privacidade e mais efetividade, já que Marianne continuava incessantemente a exprimir em voz baixa a angústia que sentia, com exclamações de dor. Pouco depois, Elinor viu Willoughby deixar o salão, indo em direção às escadas, e, contando a Marianne que ele se fora, valeu-se da impossibilidade de tornar a falar com ele aquela noite como um argumento para acalmá-la. Imediatamente ela pediu à irmã que implorasse a *Lady* Middleton que as levasse para casa, pois estava arrasada demais para permanecer mais um minuto.

Se bem que estivesse no meio de uma partida, *Lady* Middleton, ao ser informada de que Marianne não passava bem, era delicada demais para se opor nem mesmo por um momento a seu desejo de ir embora e, entregando suas cartas a uma amiga, partiram tão logo puderam encontrar a carruagem. Mal se falou uma palavra durante a volta à Berkeley Street. Marianne estava numa agonia silenciosa, arrasada demais até para chorar, mas como a sra. Jennings por sorte ainda não chegara em casa, puderam ir diretamente para o quarto, onde um pouco de amoníaco a fez recuperar-se. Logo já estava despida e na cama e, como se mostrasse desejosa de estar sozinha, sua irmã a deixou, e, enquanto aguardava a volta da sra. Jennings, teve tempo suficiente para refletir sobre o passado.

Não tinha dúvida de que houvera algum tipo de compromisso entre Willoughby e Marianne, e era igualmente claro que Willoughby se cansara dele, visto que, ainda que Marianne pudesse agarrar-se a seus próprios desejos, *ela* não podia atribuir tal comportamento a nenhum engano ou mal-entendido de espécie alguma. Apenas uma completa mudança de sentimentos podia explicar aquilo. Sua indignação teria sido ainda mais forte se não tivesse testemunhado aquele constrangimento que parecia exprimir a consciência da sua própria má conduta, e a impediu de acreditar que ele fosse tão boçal a ponto de brincar com os sentimentos da irmã desde o começo, sem nenhum propósito que resistisse a algum exame. A ausência talvez tivesse diminuído seu afeto e a conveniência podia tê-lo decidido a superá-lo, mas que tal afeto antes tivesse existido era algo de que ela não podia duvidar.

Quanto a Marianne, na angústia que um encontro tão infeliz já lhe proporcionara e na dor ainda mais funda que provavelmente a aguardava no desenrolar do caso, Elionor não conseguia pensar nela sem ficar preocupada. A sua própria situação ganhava na comparação, pois enquanto ela pudesse *estimar* Edward tanto quanto antes, embora tivessem de se separar no futuro, sua mente sempre teria onde se apoiar. Entretanto, todas as circunstâncias que tornavam ainda mais amargo o mal provocado pareciam conspirar para conduzir a infelicidade de Marianne à separação final de Willoughby, a uma imediata e irreconciliável ruptura com ele.

CAPÍTULO 29

Antes que a criada tivesse acendido a lareira no dia seguinte ou o sol tivesse ganhado algum poder sobre uma fria e sombria manhã de janeiro, Marianne, só meio vestida, estava ajoelhada contra um dos poiais da janela por causa do pouco de luz que ainda havia ali, e escrevia o mais rápido que um fluxo contínuo de lágrimas lhe permitia. Foi nessa situação que Elinor, despertada pela agitação e pelos soluços da irmã, a viu, e, depois de observá-la por alguns instantes com silenciosa aflição, disse, num tom da mais atenciosa gentileza:

— Marianne, posso fazer uma pergunta...?

— Não, Elinor — tornou ela —, não pergunte nada. Logo vai saber de tudo.

O calmo desespero com que aquilo foi dito não durou mais que o tempo que as palavras levaram para ser ditas, e foi de imediato seguido pelo retorno da mesma aflição excessiva. Passaram-se alguns minutos antes que ela pudesse prosseguir com a carta, e as frequentes explosões de dor que de quando em quando ainda a obrigavam a largar a pena eram prova suficiente da sua sensação de que aquela era a última vez que escrevia para Willoughby.

Elinor deu-lhe toda a atenção que podia, calma e discretamente, e teria tentado acalmá-la e tranquilizá-la ainda mais, se Marianne não lhe pedisse, com toda a impaciência da mais nervosa irritabilidade, que não falasse com ela por nada neste mundo. Nessas circunstâncias, era melhor para ambas não ficarem mais tempo juntas. A agitação da mente de Marianne não só a impediu de permanecer no quarto por um instante depois de ter-se vestido, como também, exigindo a um só tempo solidão e uma contínua mudança de lugar, fez que ela perambulasse pela casa até o café da manhã, evitando ver a todos.

No café, nem comeu nem tentou comer coisa alguma. A atenção de Elinor concentrou-se então não em instigá-la, nem em compadecer-se dela nem em parecer observá-la com preocupação, mas em tentar atrair todo o interesse da sra. Jennings para si mesma.

Como se tratava da refeição predileta da sra. Jennings, durava um tempo considerável, e estavam instalando-se, depois, ao redor da mesa de trabalho, quando foi entregue uma carta a Marianne, que ela impacientemente pegou das mãos do criado e, com uma palidez mortal no rosto, imediatamente saiu correndo da sala. Elinor, que com isso viu tão claramente como se tivesse lido o sobrescrito que a carta devia vir de Willoughby, sentiu de imediato tal peso no coração que quase não foi capaz de manter a cabeça erguida e sentou-se tremendo tanto, que teve medo de que fosse impossível que a sra. Jennings não o tivesse notado. A boa senhora, porém, só reparou que Marianne havia recebido uma carta de Willoughby, o que lhe pareceu muito divertido, e, reagindo conformemente, expressou, entre risos, seus votos de que a carta fosse do seu gosto. Quanto à aflição de Elinor, estava ocupada demais medindo o estame do tapete para ver alguma coisa. Assim que Marianne saiu, falou calmamente, dando continuidade ao que dizia:

— Palavra de honra, nunca vi uma moça tão desesperadamente apaixonada na minha vida! As *minhas* meninas não eram nada perto dela, e mesmo assim costumavam ser bem desmioladas. Mas a srta. Marianne é uma criatura completamente transtornada. Espero, no fundo do coração, que ele não a faça esperar por muito mais tempo, porque é muito aflitivo vê-la assim tão infeliz e desesperada. Por favor, quando será o casamento?

Elinor, embora não tivesse nenhuma disposição para falar naquele momento, sentiu-se obrigada a responder a um tal ataque e, assim, tentando sorrir, replicou:

— A senhora falou isso por acreditar realmente que a minha irmã esteja noiva do sr. Willoughby? Pensei que tivesse sido só uma anedota, porém uma pergunta tão séria parece implicar mais do que isso, e devo, portanto, pedir-lhe que não mais se iluda. Garanto-lhe que nada me surpreenderia tanto como saber que eles vão casar-se.

— Que vergonha, que vergonha, srta. Dashwood! Como pode falar assim? Então não sabemos todos que o casamento é certo, que ficaram loucamente apaixonados um pelo outro desde que se conheceram? Então eu não os vi juntos em Devonshire todos os dias e o dia inteiro? E será que não sei que a sua irmã veio a Londres comigo para comprar o vestido de casamento? Ora, vamos, assim não pode ser. Só porque é esperta, acha que ninguém mais tem cabeça, entretanto, não é assim, garanto-lhe, pois há tempo toda a cidade sabe disso. Falo com todos sobre isso, e a Charlotte também.

— Realmente — disse Elinor, muito séria —, a senhora está enganada. Na verdade, a senhora está cometendo uma grande indelicadeza ao espalhar o boato, e acabará por dar-se conta disso, apesar de não acreditar em mim agora.

A sra. Jennings tornou a rir, contudo, Elinor não teve ânimo para dizer mais nada e, querendo a todo custo saber o que Willoughby escrevera, correu para o quarto, onde, ao abrir a porta, viu Marianne estirada sobre a cama, quase sufocada pela dor, com uma carta na mão e duas ou três outras jogadas ao seu lado. Elinor aproximou-se sem nada dizer, e, sentando-se na cama, pegou sua mão, beijou-a carinhosamente várias vezes e então começou a chorar copiosamente, num acesso pouco menos violento que o de Marianne. Esta, ainda que incapaz de falar, pareceu sentir toda a ternura daqueles gestos e, depois de passarem algum tempo assim unidas no sofrimento, colocou todas as cartas nas mãos de Elinor. Então, cobrindo o rosto com o lenço, quase gritou em agonia. Elinor, que sabia que aquela dor, por mais chocante que fosse presenciá-la, tinha de seguir o seu curso, observou-a até que aquele excesso de sofrimento se tivesse consumido a si mesmo, e então, voltando-se impacientemente para a carta de Willoughby, leu o que segue:

Bond Street, janeiro.

Minha querida Madame,

Acabo de ter a honra de receber sua carta, pela qual peço que aceite os meus sinceros agradecimentos. Estou consternado por verificar que alguma coisa em meu comportamento de ontem à noite não tenha merecido sua aprovação e, embora não consiga descobrir como possa ter tido a infelicidade de ofendê-la, peço-lhe perdão pelo que lhe garanto foi completamente não intencional. Jamais me lembrarei de meu primeiro relacionamento com a sua família em Devonshire sem o mais grato prazer, e quero crer que ele não será rompido por algum engano ou má interpretação das minhas ações. Minha estima por toda a sua família é muito sincera, mas se tive a infelicidade de fazê-la acreditar que meus sentimentos eram maiores do que são ou do que quis exprimir, não me perdoarei por não ter sido mais comedido em minhas expressões de estima. Que eu alguma vez tenha ido além disso, há de convir que é impossível, ao compreender que meus sentimentos estão há tempo comprometidos com outra pessoa e, segundo creio, não se passarão muitas semanas até que se cumpra esse compromisso. É com profundo pesar que obedeço à sua ordem de lhe devolver as cartas com que me honrou e o cacho de cabelo com que tão gentilmente me presenteou.

Sou, querida madame,

Seu mais obediente e humilde servo,

John Willoughby

É de imaginar com que indignação uma tal carta foi lida pela srta. Dashwood. Embora estivesse consciente, antes de começar a lê-la, de que devia trazer a confissão da sua infidelidade e confirmar a separação definitiva, não sabia que se podia usar tal linguagem para anunciá-lo, nem imaginava que Willoughby fosse capaz de ficar tão longe de qualquer aparência de ter sentimentos distinguidos e delicados, tão longe do decoro comum de um cavalheiro para enviar uma carta tão descaradamente cruel; uma carta que, em vez de fazer o desejo de separação ser acompanhado de alguma expressão de arrependimento, não reconhecia nenhuma falta de palavra, negava todo afeto especial — uma carta de que cada linha era um insulto e que demonstrava que seu autor afundara na mais profunda vileza.

Ela se deteve por algum tempo, com espanto e indignação, e então leu e releu a carta várias vezes; mas a cada nova leitura aumentava sua aversão pelo homem, e seus sentimentos contra ele eram tão violentos, que não ousou permitir-se falar, para não magoar Marianne ainda mais dizendo que, ao romper o noivado, ele não a fizera perder algum bem possível, mas lhe permitira escapar do pior e mais irremediável de todos os males: estar unida para toda a vida com um homem sem princípios, o que era a mais real das libertações, uma grande bênção.

Em suas graves meditações sobre o teor da carta, sobre a depravação da mente que a ditara e, com certeza, sobre a mente muito diferente de uma pessoa muito diferente, que não tinha nenhum vínculo com o caso além do que seu coração lhe dava a cada novo acontecimento, Elinor esqueceu a imediata angústia da irmã, esqueceu que tinha três cartas no colo ainda por ler, e também esqueceu tão completamente por quanto tempo estava no quarto, que, quando ouviu que uma carruagem estacionava diante da porta, foi até a janela para ver quem poderia ser tão cedo e ficou espantadíssima ao perceber a carruagem da sra. Jennings, que nunca era solicitada antes da uma. Decidida a não abandonar Marianne, embora não tivesse esperança de contribuir, no momento, para o seu consolo, correu para se dispensar de acompanhar a sra. Jennings, com a desculpa de que sua irmã estava indisposta. A sra. Jennings, com uma bem-humorada preocupação com o motivo da dispensa, aceitou-a prontamente e Elinor, depois de se despedir, voltou para onde estava Marianne, que encontrou tentando levantar-se da cama, e a alcançou justo a tempo de impedir que caísse no chão, desmaiada e atordoada pela prolongada falta de alimentação e repouso adequados, pois havia muitos dias não tinha nenhum apetite e havia muitas noites não dormia realmente. Agora, quando sua mente não mais se apoiava na febre da expectativa, a consequência de tudo aquilo se fazia sentir na cabeça que doía, no estômago debilitado e num desarranjo geral dos nervos. Um copo de vinho, que Elinor lhe serviu pessoalmente, fortaleceu-a um pouco, e ela foi enfim capaz de exprimir um pouco de sua gentileza, dizendo:

— Pobre Elinor! Como eu a faço infeliz!

— Meu único desejo — tornou a irmã — é que houvesse algo que eu *pudesse* fazer para reconfortá-la.

Isso, como todas as outras coisas também o seriam, era demais para Marianne, que só conseguiu exclamar, na angústia de seu coração:

— Ah, Elinor, sou realmente uma infeliz —, antes de se perder completamente em soluços.

Elinor não conseguiu mais assistir em silêncio àquela torrente desenfreada de dor.

— Controle-se, querida Marianne — exclamou ela —, se não quiser matar-se a si mesma e a todos que a amam. Pense na mamãe; pense na aflição dela enquanto *você* sofre. Pelo bem dela, tem de se controlar.

— Não consigo, não consigo — exclamou Marianne —; deixe-me, deixe-me, se a perturbo. Deixe-me, odeie-me, esqueça-me! Mas não me torture assim. Ah, como é fácil falar em controle para aqueles que não têm seus próprios motivos para sofrer! Feliz, feliz Elinor, você não tem ideia de como estou sofrendo.

— Você me chama de feliz, Marianne? Ah, se soubesse! E como pode acreditar que eu seja feliz, vendo-a tão desesperada!

— Desculpe, desculpe — enlaçando as mãos ao redor do pescoço da irmã —, eu sei que sofre por mim, sei que coração tem. Mas mesmo assim você é... deve ser feliz. Edward a ama... O que, ah, o que pode acabar com uma felicidade como essa?

— Muitas, muitas circunstâncias — disse Elinor, solenemente.

— Não, não, não — exclamou Marianne veementemente —, ele ama você, e só você. Você não *pode* estar triste.

— Não posso estar satisfeita ao vê-la nesse estado.

— E nunca me verá de outro jeito. A minha é uma desgraça que nada

pode apagar.

— Não diga isso, Marianne. Você não tem nenhum consolo? Não tem amigos? Será que a sua perda não deixa margem para nenhum reconforto? Por mais que sofra agora, imagine só o que teria sofrido se só tivesse descoberto o caráter dele muito mais tarde, se o noivado se tivesse prolongado por meses e mais meses, como poderia ter acontecido, antes que ele resolvesse pôr um ponto-final no caso. Cada dia a mais na infeliz confiança, da sua parte, teria piorado ainda mais o desastre.

— Noivado! — exclamou Marianne. — Não houve noivado nenhum.

— Nenhum noivado!

— Não, ele não é tão boçal como você crê. Não quebrou nenhuma promessa feita a mim.

— Mas disse-lhe que a amava.

— Sim... não... absolutamente nunca. Estava sempre implícito, porém nunca foi expressamente declarado. Às vezes achava que tinha sido... mas nunca foi.

— Mesmo assim escreveu a ele?

— Sim... podia estar errada, depois de tudo que se passara?... Mas não consigo falar.

Elinor não disse mais nada e, voltando-se de novo para as três cartas que agora despertavam nela uma curiosidade muito mais forte do que antes, imediatamente passou a lê-las. A primeira, aquela que a irmã enviara a ele ao chegar a Londres, era a seguinte:

Berkeley Street, janeiro.

Como você ficará surpreso, Willoughby, ao receber esta carta! E acho que sentirá algo mais do que surpresa, quando souber que estou em Londres. Uma oportunidade de vir para cá, ainda que fosse com a sra. Jennings, era uma tentação à qual não pudemos resistir. Espero que receba este bilhete a tempo para vir esta noite, mas não vou confiar nisso. De qualquer forma, vou esperar por você amanhã. Por enquanto, *adieu.*

M. D.

O segundo bilhete, escrito na manhã seguinte ao baile na casa dos Middleton, fora assim redigido:

Não posso exprimir a minha decepção por estar ausente anteontem e ter perdido a sua visita, nem meu espanto por não ter recebido nenhuma resposta a um bilhete que lhe enviei há mais de uma semana. Tenho esperado ouvir notícias suas e ainda mais poder vê-lo, a cada hora do dia. Por favor venha visitar-me assim que possível, e explique a razão de eu o ter esperado em vão. Você devia ter vindo mais cedo da outra vez, pois em geral estamos fora à uma. A noite passada estivemos na casa de Lady Middleton, onde havia um baile.

Disseram-me que você fora convidado a ir à festa. Porém, será possível? Deve estar muito diferente desde que partiu, realmente, se podia ter estado conosco, mas não esteve. Contudo, não vou supor que fosse possível, e espero logo receber uma confirmação de sua parte de que estou certa.

M. D.

O teor do último bilhete era este:

Que devo imaginar, Willoughby, do seu comportamento da noite passada? Mais uma vez, peço uma explicação. Estava pronta para encontrar você com o prazer que a nossa separação naturalmente provocara, com a familiaridade que a nossa intimidade em Barton me parecia justificar. Eu fui mesmo rejeitada! Passei uma noite horrenda tentando justificar um comportamento que, no mínimo, deve ser chamado insultante, contudo, embora ainda não tenha podido formar nenhuma desculpa razoável para o seu comportamento, estou perfeitamente pronta para ouvir as suas justificativas. Talvez tenha sido mal-informado ou propositalmente enganado sobre alguma coisa que me diga respeito, o que pode ter piorado a opinião que tem de mim. Diga-me o que é, explique as razões do que fez, e ficarei satisfeita, se puder deixá-lo satisfeito. Eu ficaria arrasada se tivesse de pensar mal de você, mas se tiver de fazer isso, se tiver de saber que você não é o que até agora pensei que fosse, que seu interesse por nós todas era insincero, que a sua conduta comigo tinha apenas a intenção de enganar, diga-me o mais rápido possível. Meus sentimentos estão agora num terrível estado de incerteza. Quero absolver você, porém a certeza, seja ela de que lado for, será melhor do que este meu sofrimento. Se os seus sentimentos não forem mais o que foram, devolva-me os bilhetes e o cacho de cabelos que está em seu poder.

M. D.

Que essas cartas, tão cheias de carinho e confiança, pudessem ser respondidas daquele jeito, Elinor, por tudo o que sabia de Willoughby, mal podia acreditar. No entanto, sua condenação não a tornou cega sobre a inadequação de elas terem sido escritas. Lamentava em silêncio a imprudência que correra o risco de tais provas de ternura não solicitadas, não garantidas por nada que tivesse ocorrido e severissimamente condenadas pelos fatos, quando Marianne, percebendo que ela terminara de ler as cartas, observou-lhe que elas não continham nada além do que qualquer um escreveria na mesma situação.

— Eu me senti — acrescentou — como se tivesse um compromisso tão solene com ele, como se a aliança mais estritamente legal tivesse selado a nossa união.

— Eu acredito — disse Elinor —, mas infelizmente ele não sentiu a mesma coisa.

— Ele sentiu, *sim*, a mesma coisa, Elinor... por semanas e mais semanas ele sentiu. Eu sei que sentiu. Seja o que for que tenha causado essa transformação nele agora (e só mesmo as mais negras artes usadas contra mim podem ter feito isso), eu era tão amada por ele quanto uma alma pode querer. Esse cacho de cabelo, de que agora ele pode abrir mão com tanta facilidade, me foi pedido com a mais profunda súplica. Se tivesse visto a expressão dele, o seu jeito, sua voz àquela hora! Esqueceu-se da última noite em que estivemos juntos em Barton? E a manhã em que ele partiu também! Quando ele me disse que talvez se passassem muitas semanas antes de nos encontrarmos de novo... seu desespero... nunca vou esquecer seu desespero.

Por algum tempo ela não pôde dizer mais nada, mas quando passou a emoção acrescentou num tom mais firme:

— Elinor, fui cruelmente usada, porém não por Willoughby.

— Minha caríssima Marianne, quem pode ser, além dele? Por quem pode ele ter sido instigado?

— Pelo mundo inteiro, contudo não pelo coração. Eu prefiro acreditar que todas as pessoas que conheço se uniram para arruinar a minha reputação perante ele, a acreditar que a sua natureza seja capaz de tamanha crueldade. Essa mulher sobre a qual ele escreveu... seja ela quem for... ou qualquer pessoa, em suma, exceto vocezinha, mamãe e Edward, pode ter sido tão bárbara a ponto de me denegrir. Além de vocês três, existe no mundo uma criatura que eu não suspeitaria mais de tal maldade do que Willoughby, cujo coração tão bem conheço?

Elinor não queria discutir e se limitou a responder:

— Quem quer que tenha sido tão odiosamente cruel, vamos roubar-lhe seu maligno triunfo, querida mana, mostrando-lhe com quanta nobreza a consciência da própria inocência e boas intenções fortalece o seu espírito. É razoável e louvável o orgulho que resiste a essa malevolência.

— Não, não — exclamou Marianne —, uma desgraça como a minha não tem orgulho. Não me importa quem saiba que estou arrasada. O triunfo de me ver assim pode ser distribuído a todo o mundo. Elinor, Elinor, os que sofrem pouco podem ser tão orgulhosos e independentes quanto quiserem, podem resistir ao insulto ou devolver a humilhação... mas eu não posso. Tenho de sentir... tenho de estar arrasada... e sejam eles bem-vindos para apreciar a consciência disso...

— No entanto, pela mamãe e por mim...

— Faria mais do que por mim mesma. Contudo, parecer feliz quando estou tão infeliz... Ah, quem pode exigir isso?

Mais uma vez as duas ficaram em silêncio. Elinor estava ocupada em ir e vir, pensativa, da lareira para a janela e da janela para a lareira, sem saber que recebia calor de uma ou via objetos através da outra. Marianne, sentada ao pé da cama, com a cabeça apoiada contra um dos pilares, pegou de novo a carta de Willoughby e, depois de arrepiar-se com cada sentença, exclamou:

— Isso é demais! Ah, Willoughby, Willoughby, como pôde escrever isto! Cruel, cruel... nada pode desculpá-lo, Elinor, nada. Seja o que for que tenha ouvido de mim... não deveria ter suspendido o julgamento? Não deveria ter falado comigo sobre o problema, para que eu pudesse defender-me? "O cacho de cabelo (repetindo a frase da carta) com que tão gentilmente me presenteou"... Isso é imperdoável. Willoughby, onde estava o seu coração ao escrever estas palavras? Ah, barbaramente insolente!... Elinor, é possível justificar isso?

— Não, Marianne, não é possível.

— E mesmo assim essa mulher... quem sabe quais podem ter sido suas artes?... Por quanto tempo aquilo foi premeditado e maquinado por ela!... Quem é ela?... Quem pode ser?... A qual das suas conhecidas ele se referiu como uma jovem atraente?... Ah, nenhuma, nenhuma... comigo ele só falou de mim.

Seguiu-se uma nova pausa. Marianne estava muito agitada e concluiu assim:

— Elinor, tenho de voltar para casa. Preciso ir e consolar a mamãe. Não podemos partir amanhã?

— Amanhã, Marianne?!

— Sim, por que permaneceria aqui? Só vim para ver Willoughby... e agora quem se importa comigo? Quem se interessa por mim?

— Será impossível ir embora amanhã. Devemos à sra. Jennings muito mais do que consideração, e a mais comum consideração já impede uma partida apressada como essa.

— Bom, mais um ou dois dias, talvez, mas não posso ficar aqui por muito tempo, não posso ficar para aguentar as perguntas e observações de toda essa gente. Os Middleton e os Palmer... como posso suportar a compaixão deles? A compaixão de uma mulher como *Lady* Middleton! Ah, que diria *ele* sobre isso!

Elinor aconselhou-a a deitar-se de novo e por um momento ela obedeceu, mas nenhuma posição era cômoda para ela: numa dor sem trégua de corpo e de alma, ela passava de uma posição para outra, até que, tornando-se completamente histérica, sua irmã teve dificuldade para mantê-la na cama e por alguns momentos temeu ter de chamar ajuda. Algumas gotas de lavanda, porém, que ela enfim conseguiu convencê-la a tomar, deram resultado e daí até a volta da sra. Jennings ela permaneceu na cama, calada e imóvel.

CAPÍTULO 30

Ao voltar, a sra. Jennings veio imediatamente ao quarto delas e, sem esperar resposta para seu pedido de licença, abriu a porta e entrou, com um aspecto de real preocupação.

— Como vai, minha querida? — disse ela com uma voz de grande compaixão por Marianne, que virou o rosto sem tentar responder.

— Como está ela, srta. Dashwood? Coitadinha! Parece muito mal. Não é de admirar. Ah, mas é tudo verdade. Ele logo, logo vai casar-se... um sujeito muito ordinário! Não tenho paciência com ele. A sra. Taylor me contou tudo meia hora atrás, e quem contou a ela foi uma amiga da própria srta. Grey, caso contrário eu nem teria acreditado, e quase desmaiei ao saber. Bem, disse eu, tudo o que posso dizer é que, se for verdade, ele tratou abominavelmente mal uma dama de meu conhecimento, e desejo com toda a minha alma que sua esposa lhe parta o coração. Vou continuar dizendo isso sempre, minha querida, pode ter certeza. Não sei onde vão parar os homens que se comportam assim, e se um dia eu o encontrar de novo vou passar-lhe uma descompostura tal como até hoje ele ainda não viu. Mas há um consolo, minha querida Srta. Marianne. Ele não é o único jovem do mundo que valha a pena... com esse seu rostinho bonito nunca lhe faltarão admiradores. Coitadinha! Não vou incomodá-las mais, pois é melhor que chore agora tudo o que tem para chorar e acabe com isso. Os Parry e os Sanderson felizmente virão hoje à noite, e isso vai distraí-la.

Ela, então, saiu na ponta dos pés, como se achasse que o sofrimento de sua jovem amiga pudesse piorar com o ruído dos passos.

Marianne, para surpresa da irmã, decidiu jantar com elas. Elinor até a aconselhou a não fazê-lo. "Não, iria descer, podia muito bem suportá-lo, e o alvoroço ao seu redor diminuiria." Elinor, feliz por vê-la governada por tal motivo durante algum tempo, embora acreditasse que seria quase impossível que ela pudesse sentar-se para jantar, não disse mais nada e, arrumando o vestido da irmã da melhor maneira que pôde enquanto Marianne ainda permanecia na cama, estava pronta para acompanhá-la até a sala de jantar assim que fossem chamadas.

Lá chegando, se bem que parecesse muito infeliz, comeu melhor e estava mais calma do que a irmã esperara. Se tivesse tentado falar ou se estivesse consciente de metade das bem-intencionadas mas desajeitadas atenções da sra. Jennings com ela, essa calma talvez não persistisse. Porém, nenhuma sílaba escapou de seus lábios e, absorta em seus pensamentos, permaneceu na ignorância do que se passava à sua frente.

Elinor, que estimava a delicadeza da sra. Jennings, mesmo que seus desabafos não raro fossem irritantes e às vezes quase ridículos, manifestou-lhe sua gratidão e retribuiu aquelas gentilezas que a irmã não podia fazer ou retribuir por si mesma. A sua boa amiga viu que Marianne estava infeliz e sentiu que devia fazer tudo que estivesse ao seu alcance para diminuir o sofrimento dela. Assim, tratou-a com toda a carinhosa indulgência de uma mãe com a filha favorita no último dia de férias. Marianne tinha de ficar no melhor lugar junto ao fogo, deveriam oferecer-lhe todas as guloseimas da casa e precisava divertir-se com todas as notícias do dia. Se na expressão triste da irmã não tivesse Elinor um freio a toda alegria, poderia ter-se divertido com as tentativas da sra. Jennings de curar uma decepção amorosa com uma variedade de doces e petiscos e um bom fogo. No entanto, assim que a consciência de tudo aquilo se imprimiu na mente de Marianne por força da contínua repetição, ela não conseguiu permanecer ali. Com uma viva exclamação de dor e um sinal para que a irmã não a seguisse, ergueu-se de um salto e saiu correndo da sala.

— Pobrezinha! — exclamou a sra. Jennings, tão logo ela saiu. — Como me entristece vê-la assim! E olhe que ela saiu sem terminar o vinho! E as cerejas secas também! Meu Deus, nada parece ser bom para ela! Garanto que se soubesse de alguma coisa de que ela fosse gostar, mandaria gente por toda a cidade para consegui-la. Para mim, a coisa mais estranha é que um homem trate tão mal uma moça tão bonita! Contudo, quando há muito dinheiro de um lado e quase nenhum do outro, meu Deus, eles não se preocupam mais com essas coisas!...

— Então a mulher... a srta. Grey, creio que foi assim que a senhora a chamou... é muito rica?

— Cinquenta mil libras, minha querida. Nunca a viu? Dizem que é uma mulher inteligente e elegante, porém não bonita. Lembro-me muito bem da tia dela, Biddy Henshawe. Casou com um homem muito rico. A família inteira é rica. Cinquenta mil libras! E em todos os aspectos, vão chegar em boa hora, porque dizem que ele está falido. Não é de admirar, correndo por aí com a carruagem e os cães de caça! Bem, não é por falar, mas quando um jovem, seja ele quem for, vem e namora uma moça bonita e promete casamento, não deve desonrar a palavra dada só porque ficou mais pobre e uma mulher mais rica está disposta a ficar com ele. Nesse caso, por que não vende os cavalos, aluga a casa, despede os criados e faz uma reforma geral na própria vida? Garanto-lhe, a srta. Marianne estaria disposta a esperar até que os problemas fossem resolvidos. Entretanto, não é assim que se faz hoje em dia; os jovens de hoje não abrem mão de nenhum prazer.

— A senhora sabe que tipo de moça é a srta. Grey? Dizem que é simpática?

— Nunca ouvi nada de mau sobre ela. Na verdade, ouvi falar dela pouquíssimas vezes, exceto que a sra. Taylor disse esta manhã que um dia a srta. Walker lhe insinuou que achava que o sr. e a sra. Ellison gostariam de ver casada a srta. Grey, já que ela e a sra. Ellison jamais concordavam.

— E quem são os Ellison?

— Os tutores dela, minha querida. Contudo, agora ela é maior e pode decidir sozinha. E fez uma bela escolha!... Agora — disse depois de uma breve pausa —, acho que a pobrezinha da sua irmã foi para o quarto para chorar sozinha. Não há nada que possamos trazer para consolá-la? Coitadinha, é muito cruel deixá-la sozinha. Bem, logo chegarão alguns amigos e isso vai distraí-la um pouco. O que podemos jogar? Sei que ela detesta uíste, mas não há nenhum jogo de que ela goste?

— Minha querida senhora, a sua gentileza é desnecessária. Garanto-lhe que Marianne não vai mais sair do quarto hoje. Se conseguir, vou convencê-la a ir cedo para a cama, pois tenho certeza de que ela quer descansar.

— Ah, creio que será o melhor para ela. Que mandem levar a ceia e depois vá dormir. Meu Deus, não é de admirar que ela parecesse tão mal e tão deprimida estas últimas semanas; pois acho que esse problema ficou suspenso sobre a sua cabeça o tempo todo. E então a carta que chegou hoje concluiu o trabalho! Coitadinha! Garanto que, se eu tivesse ideia disso tudo, não teria brincado com ela por nada neste mundo. Porém, sabe, como podia adivinhar uma coisa dessas? Tinha certeza de que nada mais era do que uma carta de amor comum, e a senhorita sabe que os jovens gostam que brinquem com eles sobre essas cartas. Meu Deus, como *Sir* John e a minha irmã vão ficar preocupados ao ouvir isso! Se estivesse com a cabeça no lugar, teria passado pela Conduit Street ao voltar e lhe teria contado tudo. Mas vou vê-los amanhã.

— Estou certa de que não será necessário que a senhora aconselhe a sra. Palmer e *Sir* John a nem sequer pronunciarem o nome do sr. Willoughby ou fazerem a menor alusão ao que se passou diante da minha irmã. A própria boa índole deles lhes fará ver a crueldade que seria demonstrar saber alguma coisa sobre o caso quando ela estiver presente. E quanto menos se tocar no assunto comigo, mais meus sentimentos serão poupados, como a senhora facilmente entenderá.

— Ah, meu Deus! Sim, entendo, com certeza. Deve ser terrível para a senhorita ouvir falar sobre o assunto, e, quanto à sua irmã, garanto-lhe que não lhe direi palavra sobre o caso por nada neste mundo. Viu que não falei nada durante todo o jantar. Nem irão falar nada *Sir* John nem as minhas filhas, uma vez que são ambas muito ponderadas e responsáveis, especialmente se eu lhes sugerir isso, coisa que certamente farei. Com relação a mim, acho que quanto menos se falar sobre essas coisas, melhor, e mais rapidamente elas desaparecem e são esquecidas. E desde quando falar resolve alguma coisa?

— Nesse caso, falar só pode prejudicar, talvez mais do que em muitos casos semelhantes, porque foi acompanhado de circunstâncias que, para o bem de todos os envolvidos, tornam inadequado que se transforme em motivo de comentário público. Devo fazer justiça *nisto* ao sr. Willoughby: ele não rompeu nenhum compromisso positivo com a minha irmã.

— Ora, minha cara! Não pretenda defendê-lo. Nenhum compromisso positivo, realmente! Depois de levá-la para ver toda a casa de Allenham, em especial os próprios quartos onde deveriam viver no futuro!

Elinor, para o bem da irmã, não quis aprofundar mais o assunto e esperava que pelo bem de Willoughby não fosse forçada a fazê-lo, pois, embora Marianne pudesse perder muito, ele podia ganhar muito pouco pela revelação de toda a verdade. Depois de um breve silêncio de ambas as partes, a sra. Jennings, com todo o seu natural bom humor, voltou ao ataque.

— Bem, minha querida, vento que sopra lá, sopra cá, pois quem vai lucrar com isso será o coronel Brandon. Finalmente ele vai conseguir conquistá-la; ah, isso vai. Ouça o que lhe digo, eles vão estar casados em meados do verão. Meu Deus! Como ele vai exultar com essa notícia! Espero que ele venha esta noite. Aposto tudo contra um que será um casamento melhor para a sua irmã. Dois mil por ano, sem dívidas nem descontos, com exceção, é claro, da sua filhinha natural. Ah, tinha-me esquecido dela; ela, porém, pode ser posta como aprendiz, sem muitas despesas, e então que importância terá? Delaford é um belo lugar, eu garanto, exatamente o que chamo de um belo lugar à moda antiga, cheio de confortos e conveniências, rodeado por um enorme jardim com as melhores árvores frutíferas da região. E uma amoreira num dos cantos! Meu Deus, como a Charlotte e eu nos empanturramos a única vez que estivemos lá! Tem também um pombal, uns deliciosos tanques de peixes e um canalzinho lindo; enfim, tudo que se possa desejar. Além disso, fica perto da igreja e a só um quarto de milha da estrada, então nunca é aborrecido, pois de um teixo que fica atrás da casa se podem ver todas as carruagens que passam.

Ah, é um belo lugar! Um açougueiro perto no burgo e a casa paroquial a um lance de pedra. Para mim, mil vezes mais bonito do que Barton Park, onde são obrigados a ir buscar carne a três milhas de distância e não têm nenhum vizinho mais próximo do que a sua mãe. Vou animar o coronel assim que puder. Uma coisa puxa outra. Se *pudermos* tirar Willoughby da cabeça dela!

— Ah, se pudermos fazer *isso*, minha senhora — disse Elinor —, poderemos muito bem dispensar o coronel Brandon. E, levantando-se, saiu para se juntar a Marianne, que encontrou, como esperava, no quarto, triste e silenciosa, debruçada sobre as brasas da lareira, a qual, até a entrada de Elinor, fora a sua única luz.

— É melhor você me deixar — foi tudo o que disse à irmã.

— Eu vou deixá-la — disse Elinor — se for para a cama. — No entanto, isso, com a momentânea maldade do sofrimento impaciente, ela de início se recusou a fazer. Porém, a persuasão séria mas delicada da irmã logo a convenceu e, antes de deixá-la, Elinor a viu recostar a cabeça dolorida sobre o travesseiro e, como esperava, começar a desfrutar de um repouso tranquilo.

Na sala de visitas, para onde então se dirigiu, logo se encontrou com a sra. Jennings, que trazia na mão um copo cheio de vinho.

— Querida — disse ela, ao entrar —, acabei de me lembrar que tenho um pouco do melhor vinho velho de Constantia que jamais fora provado, então eu trouxe um copo para a sua irmã. Meu pobre marido! Como ele gostava deste vinho! Toda vez que tinha um ataque de gota, dizia que ele lhe fazia mais bem do que qualquer outra coisa no mundo. Leve-o para a sua irmã.

— Cara senhora — tornou Elinor, sorrindo à diversidade de problemas que o vinho devia resolver —, como a senhora é boa! Contudo, acabei de deixar Marianne na cama e, ao que espero, quase adormecida. Acho que nada lhe pode ser mais útil agora do que o repouso e, se a senhora me der permissão, beberei o vinho eu mesma.

A sra. Jennings, embora lamentando não ter chegado cinco minutos mais cedo, ficou satisfeita com a combinação. Elinor, enquanto bebia o motivo do acordo, refletia que, se bem que os seus efeitos contra a gota tivessem agora pouca importância para ela, seus poderes curativos sobre um coração magoado poderiam ser razoavelmente testados tanto em si mesma como na irmã.

O coronel Brandon chegou enquanto o grupo estava tomando chá e, por seu jeito de olhar ao redor em busca de Marianne, Elinor logo compreendeu que ele nem esperava nem queria vê-la ali, e, em suma, que já estava ciente do que provocara a sua ausência. Não ocorreu à sra. Jennings o mesmo pensamento, pois, logo que ele entrou, caminhou até a mesa onde estava Elinor e sussurrou: "O coronel parece mais sério do que nunca. Ainda não sabe de nada. Conte a ele, querida".

Logo depois, ele arrastou uma cadeira para perto dela, e, com uma expressão que deu a ela a certeza de já estar bem informado, perguntou pela irmã.

— Marianne não está bem — disse ela. — Esteve indisposta o dia todo e a convencemos a ir para a cama.

— Talvez, então — replicou ele, hesitante —, o que ouvi esta manhã pode ser... pode haver mais verdade naquilo do que acreditei ser possível inicialmente.

— O que ouviu?

— Que um cavalheiro, o qual eu tinha razões para pensar... em suma, que um homem que eu *sabia* estar noivo... mas como direi? Se já souber, como deve ser o caso, sem dúvida, posso ser poupado.

— Refere-se — respondeu Elinor, com calma forçada — ao casamento do sr. Willoughby com a srta. Grey. Sim, nós *sabemos* tudo a respeito. Este parece ter sido um dia de esclarecimento geral, pois hoje mesmo de manhã ele nos foi comunicado pela primeira vez. O sr. Willoughby é inescrutável! Onde ouviu a notícia?

— Numa papelaria em Pall Mall, onde estava a negócios. Duas senhoras estavam aguardando a carruagem e uma delas explicava à outra o futuro casamento, numa voz que tentava tão pouco ser discreta, que me foi impossível deixar de ouvir. O nome de Willoughby, John Willoughby, várias vezes repetido, foi o primeiro a me chamar a atenção. E o que se seguiu foi a afirmação positiva de que tudo finalmente estava acertado a respeito do seu casamento com a srta. Grey... não devia mais ser um segredo... deveria ocorrer dentro de poucas semanas, com muitos pormenores sobre os preparativos e outras coisas. Lembro-me em especial de uma coisa, porque serviu para identificar ainda melhor o homem: assim que terminasse a cerimônia, eles deviam ir a Combe Magna, sua residência em Somersetshire. Qual não foi o meu espanto!... Contudo, seria impossível descrever o que senti. Ao perguntar, já que fiquei na papelaria até elas irem embora, fui informado de que a comunicativa dama era a sra. Ellison, a tutora da srta. Grey.

— De fato, é. Mas também ouviu que a srta. Grey tem cinquenta mil libras? Se é que podemos encontrar uma explicação em algum lugar, creio que é aí.

— Pode ser. Porém, Willoughby é capaz... pelo menos é o que eu acho... — ele parou por um instante e em seguida acrescentou, numa voz que parecia desconfiar de si mesma: — E a sua irmã... como...

— Seu sofrimento foi enorme. Só espero que seja proporcionalmente breve. Foi e ainda é uma aflição cruel. Acho que até ontem ela nunca duvidara do amor dele por ela; e até mesmo agora, talvez... mas estou quase convencida de que ele nunca a amou de verdade. Ele a enganou demais e, em alguns pontos, parece ser um homem sem coração.

— Ah — disse o coronel Brandon —, isso é verdade, sem dúvida! Mas a sua irmã não... acho que a senhorita disse isso... não é da mesma opinião?

— Sabe como é ela e pode imaginar com quanta energia ainda o justificaria, se pudesse.

Ele não respondeu e logo a seguir, quando tiraram os aparelhos de chá e arrumaram as partidas de carteado, o assunto foi necessariamente deixado de lado. A sra. Jennings, que os observara com prazer enquanto falavam e que esperava ver o efeito da comunicação da srta. Dashwood numa imediata explosão de alegria da parte do coronel Brandon, como aconteceria com um homem na flor da juventude, da esperança e da felicidade, espantou-se ao vê-lo permanecer a noite inteira mais sério e pensativo do que nunca.

CAPÍTULO 31

Depois de uma noite em que dormiu mais do que esperava, Marianne acordou na manhã seguinte com a mesma consciência de sua infelicidade de quando fechara os olhos.

Elinor encorajou-a o máximo que pôde a falar como se sentia e, antes de o café estar pronto, trataram do assunto repetidas vezes e com a mesma firme convicção e os afetuosos conselhos da parte de Elinor e os mesmos sentimentos impetuosos e opiniões inconstantes da parte de Marianne. Às vezes acreditava que Willoughby era tão infeliz e tão inocente quanto ela, e em outras perdia todo consolo na impossibilidade de absolvê-lo. Num momento, era absolutamente indiferente à observação do mundo inteiro, noutro momento se retiraria dele para sempre e num terceiro poderia resistir a ele com determinação. Numa só coisa, porém, ela era constante ao tratar desse ponto: em evitar, quando possível, a presença da sra. Jennings, e no obstinado silêncio ao ser obrigada a tolerá-la. Seu coração se recusava a crer que a sra. Jennings tivesse qualquer compaixão pela sua dor. "Não, não, não, não pode ser", exclamou ela, "ela não pode sentir. Sua gentileza não é comiseração; sua bonomia não é ternura. Tudo o que ela quer é matéria para fofoca, só gosta de mim agora porque posso fornecer-lhe o que quer".

Elinor não precisava disso para ter certeza da injustiça que a irmã era muitas vezes levada a cometer em suas opiniões sobre os outros, pelo irritável refinamento de sua mente e pela demasiada importância atribuída por ela às delicadezas de uma forte sensibilidade e à graça das maneiras polidas. Como metade do resto do mundo, se mais da metade fosse inteligente e boa, Marianne, apesar de excelentes capacidades e excelente disposição, não era nem razoável nem imparcial. Esperava que os outros tivessem as mesmas opiniões e sentimentos que ela e julgava os motivos pelo efeito imediato das ações sobre ela. Assim, ocorreu uma cena, enquanto as duas irmãs estavam juntas no quarto depois do café, que fez os sentimentos da sra. Jennings caírem ainda mais em seu conceito, pois, pela sua própria fraqueza, ela permitiu que lhe ocasionassem novos sofrimentos, embora as suas intenções no caso fossem as melhores possíveis.

Com uma carta na mão estendida e o semblante alegremente sorridente, na certeza de trazer consolo ela entrou no quarto, dizendo:

— Minha querida, trago-lhe algo que tenho certeza que lhe fará bem.

Marianne ouviu o suficiente. Num segundo, sua imaginação colocou à sua frente uma carta de Willoughby, cheia de ternura e arrependimento, explicando tudo que acontecera, satisfatória, convincente e imediatamente seguida do próprio Willoughby, entrando às pressas no quarto para reforçar, a seus pés, pela eloquência do olhar, as promessas da carta. O trabalho de um momento foi destruído pelo seguinte. A letra da mãe, que nunca deixara de ser bem-vinda, estava à sua frente e, na vertigem da decepção que se seguiu ao êxtase de algo mais do que esperança, ela se sentiu como se, até aquele instante, nunca houvesse sofrido.

Nenhuma palavra a seu alcance nos momentos de maior eloquência podia exprimir a crueldade da sra. Jennings, e agora só podia repreendê-la pelas lágrimas que jorravam dos seus olhos com apaixonada violência... uma repreensão que, porém, de modo algum atingiu seu objetivo, pois, após muitas expressões de compaixão, ela se retirou, sem deixar de recomendar-lhe a carta de consolo. Mas a carta, quando Marianne ficou calma o bastante para lê-la, trouxe-lhe pouca consolação. Willoughby preenchia todas as páginas. Sua mãe, ainda confiante no noivado e, mais do que nunca, na fidelidade dele, só por insistência de Elinor decidira-se a exigir de Marianne maior franqueza com ambas, e isso com tal ternura por ela, tal afeto por Willoughby e tal certeza da futura felicidade dos dois, que ela chorou em desespero do começo ao fim da carta.

Voltou toda a sua impaciência de retornar à casa; sua mãe lhe era mais querida do que nunca: mais querida pelo próprio excesso de sua errada confiança em Willoughby, e desejava desesperadamente já ter partido. Elinor, incapaz de decidir se era melhor para Marianne estar em Londres ou em Barton, não lhe deu nenhum conselho, exceto o de ter paciência até saber o que sua mãe queria que fizessem; e por fim obteve da irmã o consentimento de aguardar a decisão.

A sra. Jennings despediu-se delas mais cedo do que de costume, pois não podia sossegar enquanto os Middleton e os Palmer pudessem afligir-se tanto quanto ela, e recusando terminantemente a companhia de Elinor, saiu sozinha por todo o resto da manhã. Elinor, com o coração cheio de pesar, consciente da dor que iria causar e percebendo pela carta de Marianne como fracassara em preparar a mãe para aquilo, sentou-se para escrever à mãe um relato do que se passara e pedir orientações sobre o futuro, enquanto Marianne, que entrara na sala de estar quando a sra. Jennings saíra, continuava estática à mesa onde Elinor escrevia, observando o avanço da pena, afligindo-se com a dureza da sua tarefa e, ainda mais profundamente, com o efeito que aquilo produziria em sua mãe.

As coisas continuaram no mesmo pé durante cerca de um quarto de hora, quando Marianne, cujos nervos não podiam suportar nenhum ruído súbito, levou um susto com uma batida na porta.

— Quem pode ser? — exclamou Elinor. — É cedo demais! Achei que *estávamos* a salvo.

Marianne foi até a janela.

— É o coronel Brandon! — disse, irritada. — Nunca estamos a salvo *dele*.

— Ele não vai entrar, já que a sra. Jennings não está.

— Não confio *nisso* — disse ela, voltando para o seu quarto. — Um homem que não tem nada para fazer com o seu tempo não tem consciência de se intrometer no dos outros.

O que se seguiu provou que a sua conjetura estava certa, apesar de se basear numa injustiça e num erro, já que o coronel Brandon *entrou*. E Elinor, que estava convicta de que a preocupação com Marianne o trouxera ali e que viu *aquela* preocupação em sua expressão abatida e melancólica e em suas nervosas porém breves perguntas sobre a irmã, não pôde desculpá-la por julgar o coronel tão levianamente.

— Encontrei a sra. Jennings na Bond Street — disse ele, depois das primeiras saudações — e ela me encorajou a vir. Foi fácil encorajar-me, pois achei provável que pudesse encontrá-la sozinha, algo que eu desejava muito.

Meu objetivo... meu desejo... meu único desejo ao querê-lo... eu espero, eu creio que é... é poder trazer algum consolo... não, não devo dizer consolo... não um consolo presente... mas uma certeza, uma duradoura certeza para a sua irmã. Minha consideração por ela, pela senhorita, por sua mãe... hão de deixar-me prová-la, relatando algumas circunstâncias que nada a não ser uma consideração *muito* sincera... nada a não ser um profundo desejo de ser útil... acho que o justificam.... embora quando tantas horas foram gastas convencendo-me de que estou certo, não haverá razões para temer que eu possa estar errado? — ele parou.

— Eu entendo o senhor — disse Elinor. Tem algo a me dizer sobre o sr. Willoughby, que me ajudará a entender mais o caráter dele. Ao contar-me o que sabe, fará o maior ato de amizade por Marianne que possa demonstrar. Terá de imediato toda a *minha* gratidão por qualquer informação que tenda a esse fim, e a *dela* será obtida no seu devido tempo. Por favor, por favor, conte-me tudo.

— Vou contar: para ser breve, quando deixei Barton em outubro... porém, isso não fará que possa entender... tenho de recuar mais no tempo. Vai me achar um narrador muito desajeitado, srta.Dashwood. Eu nem sei por onde começar. Creio que será necessário falar um pouco sobre mim, e *deve* ser pouco. Num tal assunto — suspirando profundamente —, será pequena a tentação de ser prolixo.

Ele parou um momento para se recompor e em seguida, com outro suspiro, prosseguiu.

— Provavelmente se esqueceu por completo de uma conversa... (não creio que ela possa ter-lhe causado uma grande impressão)... uma conversa entre nós, certa noite, em Barton Park... durante um baile... em que mencionei uma dama que conheci há tempo, dizendo que ela se parecia, de certa forma, com a sua irmã Marianne.

— Realmente — respondeu Elinor —, eu *não* esqueci. — Ele pareceu satisfeito com o fato de ela ter-se lembrado e acrescentou:

— Se a incerteza e a parcialidade de doces lembranças não me enganam, há uma semelhança muito forte entre elas, tanto psicológica quanto fisicamente. A mesma intensidade de sentimentos, a mesma força de imaginação e de gênio. Essa dama era uma das minhas conhecidas mais íntimas, uma órfã desde a infância e sob a tutela do meu pai. Tínhamos mais ou menos a mesma idade, e desde os meus primeiros anos éramos amigos e companheiros de brincadeiras. Não consigo lembrar quando começou meu amor por Eliza; e meu afeto por ela, enquanto crescíamos, era tal, que, talvez, considerando por minha atual gravidade lastimável e triste, julgue-me incapaz de alguma vez ter sentido. O dela por mim era, creio, tão intenso quanto o amor da sua irmã pelo sr. Willoughby, e foi, ainda que por uma causa diferente, não menos infeliz. Aos dezessete anos, eu a perdi para sempre. Ela se casou, contra a vontade, com o meu irmão. Era muito rica, e minha família estava muito endividada. Receio que isso seja tudo o que se possa dizer para explicar a conduta de alguém que era ao mesmo tempo tio e tutor dela. Meu irmão não a merecia nem sequer a amava. Tive esperança de que seu amor por mim a ampararia sob qualquer adversidade, e por algum tempo foi o que aconteceu. Mas por fim a miséria da sua situação, pois ela teve de passar por duras provações, venceu todas as suas resoluções e, embora me houvesse prometido que nada... mas como estou contando tudo às cegas! Nunca lhe contei como isso ocorreu. Estávamos a poucas horas de fugir juntos para a Escócia. A deslealdade ou a insensatez da criada da minha prima nos traiu. Fui mandado para a casa de um parente muito distante, e a ela não foi permitida nenhuma liberdade, nenhuma companhia e nenhuma diversão, até que cedesse ao desejo do meu pai. Eu confiara demais em sua força de resistência, e o golpe foi duro... Entretanto, se o seu casamento tivesse sido feliz, jovem como eu era na época, em poucos meses me resignaria com aquilo ou pelo menos não teria de lamentá-lo agora. Não foi, porém, o que aconteceu. Meu irmão não tinha nenhuma consideração por ela; seus prazeres não eram o que devia ser, e desde o começo a tratou com grosseria. A consequência daquilo sobre uma mente tão jovem, tão vivaz, tão inexperiente como a da sra. Brandon foi muito natural. Ela primeiro se resignou a toda a miséria da sua condição, e isso teria sido bom se ela não tivesse dedicado a vida a superar o pesar que a minha lembrança lhe provocava. Contudo, será de admirar que, com um tal marido arrastando-a à infidelidade e sem um amigo que a aconselhasse ou refreasse (pois meu pai faleceu poucos meses depois do casamento e eu estava com o meu regimento nas Índias Orientais), ela caísse? Se eu tivesse permanecido na Inglaterra, talvez... mas eu quis promover a felicidade de ambos, afastando-me dela durante anos. Por isso pedira transferência. O choque que o seu casamento provocara em mim — prosseguiu ele, com muita agitação na voz —, era coisa pouca... não era nada em comparação com o que senti quando ouvi, cerca de dois anos depois, que ela se divorciara. Foi *isso* que provocou este desalento... até hoje a lembrança do que sofri...

Não conseguiu dizer mais nada e, erguendo-se de um salto, caminhou durante alguns minutos pela sala. Elinor, perturbada com a sua narrativa e ainda mais com sua angústia, não conseguia falar. Ele viu a sua preocupação e, aproximando-se dela, pegou sua mão, apertou-a e a beijou com agradecido respeito. Alguns minutos mais de esforço silencioso permitiram-lhe prosseguir com certa compostura.

— Passaram-se quase três anos dessa triste época até que eu voltasse à Inglaterra. Minha primeira preocupação, ao *chegar*, foi procurar por ela, é claro, mas a busca foi tão estéril quanto melancólica. Não consegui rastreá-la por meio de seu primeiro sedutor e tinha todas as razões para temer que se afastara dele só para cair ainda mais baixo numa vida de pecado. Sua pensão legal não era proporcional à sua riqueza nem suficiente para manter-se confortavelmente, e eu soube por meu irmão que o direito de recebê-la passara alguns meses antes para outra pessoa. Ele imaginava, e o fazia com tranquilidade, que a extravagância dela, com o decorrente infortúnio, a obrigara a desfazer-se dela em troca de algum alívio imediato. Por fim, porém, e depois de seis meses que chegara à Inglaterra, eu a *encontrei*. A preocupação com um ex-criado meu, que caíra na miséria, levou-me a visitá-lo numa casa de detenção onde estava preso por dívida. Ali, no mesmo prédio, sob um confinamento semelhante, estava a minha infeliz cunhada. Tão alterada... tão acabada... carcomida por sofrimentos atrozes de todo tipo! Mal pude acreditar que a figura melancólica e doentia à minha frente eram os restos da menina adorável, florescente e cheia de saúde que eu idolatrara. O que senti ao vê-la... mas não tenho o direito de ferir seus sentimentos tentando descrevê-la... Já lhe causei muito sofrimento. Que ela estivesse no estágio final, ao que tudo indicava, da doença era... sim, naquela situação, foi o meu maior consolo. A vida não podia fazer nada por ela, além de lhe dar tempo para preparar-se melhor para a morte, e isso ela obteve. Vi-a instalar-se comodamente numa casa confortável e sob bons cuidados. Visitei-a todos os dias durante o resto de sua breve vida: eu estava ao seu lado nos seus últimos momentos.

Mais uma vez ele parou para se recompor, e Elinor falou de seus sentimentos numa exclamação de carinhosa preocupação pelo destino de sua infeliz amiga.

— Sua irmã, espero, não pode ofender-se — disse ele — com a semelhança que imaginei entre ela e a minha pobre e desgraçada amiga. Seus destinos, suas fortunas não podem ser os mesmos, e se a natureza meiga de uma tivesse sido protegida por uma mente mais firme ou um casamento mais feliz, ela poderia ter sido tudo o que a outra será, a senhorita vai ver. No entanto, para que tudo isso? Parece que eu a perturbei por nada. Ah, srta. Dashwood... é muito difícil lidar com um assunto como este, deixado em silêncio por catorze anos! *Tenho* de me concentrar... ser mais conciso. Ela deixou ao meu cuidado sua única filha, uma menininha, fruto da sua primeira relação culpada, que na época tinha cerca de três anos de idade. Ela amava a criança e sempre a manteve ao seu lado. Foi um precioso tesouro para mim, e eu com prazer me haveria encarregado dela no sentido mais estrito, cuidando eu mesmo da sua educação, se a natureza das nossas situações o permitisse. Contudo, eu não tinha nem família nem lar, e a minha pequena Eliza foi, portanto, matriculada numa escola. Sempre que podia ia vê-la, e após a morte do meu irmão (que aconteceu cerca de cinco anos atrás, e me deixou a posse da propriedade da família), ela me visitou em Delaford. Eu dizia que ela era uma parenta distante, mas sei muito bem que suspeitavam que meu parentesco fosse muito mais próximo. Faz agora três anos (ela acabara de completar seus catorze anos) que eu a retirei da escola, para colocá-la sob os cuidados de uma mulher muito respeitável, que reside em Dorsetshire e cuidava de outras quatro ou cinco meninas mais ou menos da mesma idade. Por dois anos, tive todos os motivos para estar satisfeito com a sua situação. Entretanto, em fevereiro passado, quase um ano atrás, ela desapareceu de repente. Eu lhe dera autorização (imprudentemente, como ficou claro depois), já que era seu ardente desejo, para ir a Bath com uma de suas jovens amigas, que estava acompanhando o pai que para lá fora tratar da saúde. Eu sabia que ele era um homem muito bom, e tive uma boa opinião de sua filha — melhor do que ela merecia, pois, com o mais teimoso e insensato sigilo, ela se negou a dizer alguma coisa, não deu nenhuma pista, embora certamente estivesse a par de tudo. Ele, o pai, homem de boa índole mas pouco inteligente, não podia realmente dar nenhuma informação, porque geralmente ficava em casa, enquanto as meninas passeavam pela cidade e travavam os conhecimentos que queriam. Ele tentou convencer-me, tão completamente como estava ele próprio convencido, de que a filha não tinha nada a ver com o caso. Em resumo, nada pude saber, a não ser que ela se fora. Todo o resto, por oito longos meses, foi deixado às conjeturas. Pode imaginar o que pensei, o que temi. E o que sofri também.

— Deus do céu! — exclamou Elinor — será possível... será que Willoughby!...

— As primeiras notícias que tive — prosseguiu ele — vieram numa carta dela mesma, outubro passado. Fora remetida de Delaford, e a recebi na mesma manhã de nossa programada excursão a Whitwell. Essa foi a razão de eu partir de Barton tão repentinamente, o que tenho certeza deve, na época, ter parecido estranho a todos e creio ter ofendido a alguns. Nada fazia o sr. Willoughby imaginar, creio, quando parecia repreender-me pela indelicadeza de estragar o passeio, que eu estava sendo chamado em socorro de alguém que ele próprio tornara miserável e infeliz. Mas, se ele tivesse sabido, de que serviria? Teria sido menos alegre ou menos feliz com os sorrisos da sua irmã? Não, ele já fizera aquilo que nenhum homem que possa ter alguma compaixão faria. Ele abandonara a menina, cuja juventude e inocência seduzira, na mais terrível situação, sem um lar honrado, sem ajuda, sem amigos, sem saber o seu endereço! Ele a abandonara prometendo voltar. Não voltou, nem escreveu nem lhe deu nenhuma satisfação.

— Isso é o cúmulo! — exclamou Elinor.

— Eis o caráter dele: perigoso, debochado e pior ainda. Sabendo disso, como eu soube por muitas semanas, adivinhe como me senti ao ver a sua irmã mais apaixonada do que nunca por ele e ao me garantirem que iria casar com ele. Adivinhe como me senti pelo bem de todas. Quando vim visitá-las a semana passada e a encontrei sozinha, vim decidido a saber a verdade, embora ainda não tivesse ideia do que fazer quando a *soubesse*. Deve ter achado esquisito o meu comportamento, então, mas agora pode compreender-me. Suportar vê-las todas tão enganadas; ver a sua irmã... no entanto, que podia eu fazer? Não tinha esperança de interferir com sucesso e às vezes pensava que a influência de sua irmã ainda poderia regenerá-lo. Mas agora, depois de um caso tão desonroso, quem pode dizer quais eram os planos dele para ela? Porém, fossem eles quais fossem, agora ela pode e sem dúvida *tem* de voltar com gratidão à sua própria condição, quando compará-la com a da minha pobre Eliza, quando considerar a terrível e desesperada situação da pobre menina e imaginá-la com um amor por ele tão forte, tão forte quanto o dela mesma e com uma alma atormentada pelo arrependimento, que deve acompanhá-la pelo resto da vida. Com certeza tal comparação será útil para ela. Perceberá que seus próprios sentimentos não são nada. Não foram provocados por nenhum mau comportamento e não podem provocar nenhuma desgraça. Ao contrário, com eles, todos os amigos se tornarão ainda mais amigos. A preocupação com a sua infelicidade e o respeito por sua resistência devem fortalecer todos os laços. Use de sua própria discrição, porém, ao lhe comunicar o que eu disse. Deve saber melhor qual será o efeito, porém, se eu não acreditasse seriamente e do fundo do coração que ela pode ser útil, pode diminuir o sofrimento de Marianne, eu não me haveria permitido perturbá-la com esta narrativa das agruras da minha família, com um relato que pode parecer destinado a me enaltecer à custa dos outros.

Calorosos agradecimentos de Elinor seguiram-se a essas palavras, acompanhados também de sua expectativa de uma sensível melhora em Marianne, com a comunicação do que se passara.

— Para mim, o mais doloroso — disse ela — foi ver as tentativas dela em perdoá-lo, pois isso a perturba mais do que o faria a mais cabal convicção de sua culpa. Agora, ainda que no começo ela vá sofrer muito, tenho certeza de que logo ela vai sentir-se melhor. Alguma vez viu — prosseguiu ela depois de um breve silêncio — o sr. Willoughby depois que partiu de Barton?

— Sim — respondeu ele, muito sério —, uma vez. Um encontro era inevitável.

Elinor, espantada com o jeito dele, olhou para ele nervosa, dizendo:

— Como? Encontrou-o para...

— Não havia outra maneira. Eliza me confessara, depois de muita relutância, o nome do seu amante, e quando ele voltou para a cidade, quinze dias depois de mim, marcamos um duelo, ele para defender e eu para punir a sua conduta. Ninguém se feriu, e o duelo, portanto, nunca se tornou público.

Elinor suspirou pensando na fantasiosa necessidade daquilo, mas, tratando-se de um homem e de um soldado, não pretendeu censurá-lo.

— Essa — disse o coronel Brandon depois de uma pausa — foi a infeliz semelhança entre os destinos da mãe e da filha! E como falhei no que me fora confiado!

— Ela ainda está na cidade?

— Não. Assim que se recuperou do parto, pois a encontrei prestes a dar à luz, levei-a com a criança para o campo, e lá ela permanece até hoje.

Lembrando-se, logo depois, que estava provavelmente separando Elinor de sua irmã, ele encerrou a visita, recebendo dela o mesmo reconhecimento agradecido e deixando-a cheia de compaixão e de estima por ele.

CAPÍTULO 32

Quando os pormenores dessa conversa foram repetidos pela srta. Dashwood para a irmã, como logo aconteceu, o efeito sobre ela não foi exatamente o que a primeira esperara que fosse. Não que Marianne parecesse desconfiar da verdade de alguma parte da história, já que ouviu a toda ela com a mais firme e dócil atenção, não fez nenhuma objeção ou observação, não tentou defender Willoughby e pareceu demonstrar pelas lágrimas que sentia que isso seria impossível. Mas embora esse comportamento assegurasse a Elinor que a certeza da culpa de Willoughby se instalara, *sim*, na mente de Marianne, bem como visse com satisfação o efeito disso no fato de ela não mais evitar o coronel Brandon quando ele as visitava, de falar com ele, por iniciativa própria, com uma espécie de respeito compassivo, e embora a visse menos agitada do que antes, não a viu menos infeliz. Sua mente acalmou-se, mas numa apatia desolada. Sentiu ainda mais a perda do caráter de Willoughby do que sentira a do seu coração. A sedução e o abandono da srta. Williams, a desgraça daquela pobre menina e a dúvida sobre quais podiam ter sido as intenções dele com ela *antes*, tudo aquilo a atormentava tanto que não conseguia falar sobre o que sentia, nem mesmo com Elinor. Remoendo suas dores em silêncio, causava mais preocupação à irmã do que se as confessasse francamente com frequência.

Descrever os sentimentos ou as palavras da sra. Dashwood ao receber e responder a carta de Elinor seria apenas repetir o que suas filhas já haviam sentido e dito, um desapontamento pouco menos doloroso do que o de Marianne e uma indignação ainda maior que a de Elinor. Chegaram longas cartas dela, seguindo-se rapidamente umas às outras, para dizer tudo que sofrera e pensara, para exprimir sua angustiada preocupação com Marianne e pedir que ela suportasse com firmeza aquela desgraça. Devia ser muito ruim a natureza das agruras de Marianne, para que a sua mãe falasse em firmeza! Devia ser torturante e humilhante a origem daqueles sofrimentos, para que *ela* não quisesse ver a filha entregando-se a eles!

Contra o interesse de seu próprio conforto individual, a sra. Dashwood decidira que, naquele momento, seria melhor para Marianne estar em qualquer outro lugar, menos em Barton, onde tudo que visse lhe traria de volta o passado, da maneira mais violenta e aflitiva, colocando continuamente Willoughby à sua frente, tal qual ela sempre o vira ali. Assim, recomendou às filhas que de modo nenhum abreviassem a visita à sra. Jennings, cuja duração, embora nunca exatamente determinada, todos esperavam que fosse de no mínimo cinco ou seis semanas. Uma série de ocupações, de objetos e de companhias, que elas não poderiam encontrar em Barton, seria ali inevitável, e poderia, esperava ela, distrair Marianne, às vezes, com algum interesse além dela mesma e até com alguma diversão, por mais que ela agora rejeitasse ambas as ideias.

Do perigo de ver Willoughby de novo, sua mãe achou que ela estaria igualmente a salvo em Londres e no campo, uma vez que todos os que se considerassem amigos delas deviam romper relações com ele. Ninguém faria de propósito que os dois se cruzassem; por negligência, jamais ficariam expostos a uma surpresa, e o acaso tem menos a seu favor na multidão de Londres do que no isolamento de Barton, onde talvez ele fosse forçado a ir vê-la quando visitasse Allenham para o casamento, o qual a sra. Dashwood, depois de inicialmente considerar algo provável, passara a aguardar como certo.

Tinha ela uma outra razão para querer que suas filhas permanecessem onde estavam: uma carta de seu genro comunicou-lhe que ele e a esposa estariam em Londres antes de meados de fevereiro, e ela achou conveniente que elas pudessem ver o irmão algumas vezes.

Marianne prometera orientar-se pela opinião da mãe e, portanto, a acatou sem oposição, ainda que ela se revelasse totalmente diferente do que desejava e esperava, embora sentisse que era completamente errada, formada por razões equivocadas e, ao exigir uma permanência mais prolongada em Londres, lhe tirasse o único alívio possível para a sua dor, a compaixão pessoal da mãe, e a condenava a uma companhia e a situações que deveriam impedi-la de ter um momento de sossego.

Entretanto, era motivo de grande consolação para ela que o que fosse ruim para si seria bom para a irmã. Elinor, por seu lado, suspeitando que não estaria em seu poder evitar completamente Edward, consolou-se pensando que, embora aquela permanência mais longa militasse contra sua própria felicidade, seria melhor para Marianne do que um retorno imediato a Devonshire.

Seu cuidado em impedir que a irmã nem sequer ouvisse o nome de Willoughby não foi em vão. Marianne, ainda que sem saber, colheu todas as vantagens daquilo, pois nem a sra. Jennings, nem *Sir* John nem mesmo a própria sra. Palmer jamais falaram dele na sua presença. Elinor gostaria que a mesma clemência se estendesse a ela própria, mas era impossível, e se viu obrigada a ouvir dia após dia as manifestações de indignação de todos eles.

Sir John não conseguia acreditar que fosse possível. Um homem do qual sempre tivera tantos motivos para pensar bem! Um ótimo sujeito! Não acreditava que existisse ninguém que montasse melhor que ele na Inglaterra! Era um caso inexplicável. Mandou-o ao diabo, de coração. Jamais lhe dirigiria a palavra por nada neste mundo, se o encontrasse! Não, nem se se topassem no albergue de Barton e tivessem de ficar esperando juntos durante duas horas. Que sujeito canalha! Que cão desleal! A última vez que se encontraram, oferecera-lhe uma das crias de Folly! E acabou por ali!

A sra. Palmer, à sua maneira, estava igualmente louca da vida. Decidida a romper relações imediatamente, sentia-se muito feliz por jamais tê-lo conhecido de fato. Gostaria de coração que Combe Magna não ficasse tão perto de Cleveland, contudo isso não tinha importância, porque estava longe demais para visitas. Passou a odiá-lo tanto, que resolveu nunca mais mencionar o seu nome, e diria a todos com quem se encontrasse que canalha ele era.

O resto da simpatia da sra. Palmer era demonstrado obtendo todos os pormenores que podia sobre o casamento que se aproximava e comunicando-os a Elinor. Logo ela pôde dizer quem era o fabricante da nova carruagem, quem pintara o retrato do sr. Willoughby e em que loja as roupas da srta. Grey podiam ser encontradas.

A calma e polida despreocupação de *Lady* Middleton na ocasião foi um bom alívio para o espírito de Elinor, oprimido como frequentemente estava pela ruidosa gentileza dos outros. Para ela, foi um grande alívio saber que não despertava nenhum interesse pelo menos *numa* pessoa do seu círculo de relações: um grande consolo saber que havia *uma* pessoa que a encontraria sem sentir nenhuma curiosidade pelos detalhes nem preocupação alguma com a saúde da irmã.

As qualidades alcançam às vezes, pelas circunstâncias do momento, um valor maior que o real, e ela se aborrecia tanto com as condolências excessivas, que chegava a considerar a boa educação mais indispensável ao bem-estar do que o bom coração.

Lady Middleton exprimia sua opinião sobre o caso cerca de uma vez por dia, ou duas, quando o assunto era trazido à baila com muita frequência, dizendo: "É muito chocante, de fato!", e com esse contínuo mas delicado desabafo pudera não só ver as srtas. Dashwood desde o começo sem a menor emoção mas logo passar a vê-las sem se lembrar de uma palavra sobre o caso. Tendo assim defendido a dignidade do seu sexo e pronunciado a sua resoluta censura do que estava errado no outro, sentiu-se livre para cuidar dos interesses das suas festas e, portanto, decidiu (embora contra a opinião de *Sir* John), como a sra. Willoughby era ao mesmo tempo uma mulher elegante e rica, entregar-lhe o seu cartão de visitas assim que ela se casasse.

As perguntas delicadas e discretas do coronel Brandon eram sempre bem-vindas à srta. Dashwood. Ele ganhara com folga o privilégio de discutir intimamente a decepção de sua irmã, pelo simpático zelo com que tentara aliviá-la, e eles sempre conversavam com confiança. O principal prêmio que recebeu pelo empenho doloroso em revelar passadas amarguras e humilhações presentes foi dado no olhar de compaixão com que Marianne às vezes o observava, e a gentileza da voz dela toda vez (apesar de que isso não acontecesse com frequência) que era obrigada, ou se obrigava a si mesma, a falar com ele. *Essas coisas* garantiam-lhe que seus esforços haviam produzido um acréscimo de boa vontade com a sua pessoa, e deram a Elinor esperanças de que seriam mais numerosas dali para a frente. A sra. Jennings, porém, que não sabia nada de tudo isso, que sabia apenas que o coronel continuava tão sério como antes, e que não conseguia convencê-lo a fazer o pedido ele mesmo, nem a encarregá-la de o fazer em seu nome, começou, ao cabo de dois dias, a pensar que, em vez de em meados do verão, eles só se casariam no dia de São Miguel, no outono, e, ao fim de uma semana, que não haveria casamento nenhum. O bom entendimento entre o coronel e a srta. Dashwood parecia até indicar que as honras da amoreira, do canal e do teixo passariam para ela, e a sra. Jennings deixara, por algum tempo, de pensar na sra. Ferrars.

No começo de fevereiro, quinze dias depois da chegada da carta de Willoughby, Elinor recebeu a dolorosa missão de informar à irmã que ele se casara. Teve o cuidado de fazer que a notícia lhe chegasse assim que soubessem que a cerimônia terminara, porque não queria que Marianne recebesse a primeira notícia pelos jornais, que a via examinar avidamente todas as manhãs.

Ela recebeu a notícia com firme serenidade. Não fez nenhum comentário e inicialmente não derramou nenhuma lágrima, mas, depois de alguns momentos, elas jorraram abundantes, e pelo resto do dia permaneceu num estado pouco menos lamentável do que quando soube pela primeira vez que o casamento ocorreria.

Os Willoughby deixaram a cidade assim que se casaram, e Elinor esperava agora, pois não haveria perigo de ver nenhum dos dois, convencer a irmã, que não saíra mais de casa desde que sofrera o golpe, a ir saindo aos poucos, como fizera antes.

Mais ou menos nessa época, as duas srtas. Steele, chegadas recentemente à casa da prima em Bartlett's Buildings, Holburn, apresentaram-se de novo a seus parentes mais importantes na Conduit e na Berkeley Streets, e foram recebidas por eles com grande cordialidade.

Elinor só pôde lamentar vê-las. A presença delas sempre lhe era dolorosa, e mal soube como retribuir com delicadeza o enorme prazer de Lucy em encontrá-la *ainda* em Londres.

— Eu teria ficado muito desapontada se não a tivesse encontrado aqui *ainda* — disse ela várias vezes, dando grande ênfase à palavra. — Mas sempre achei que a *encontraria*. Tinha quase certeza de que não devia sair de Londres ainda por algum tempo, se bem que *tivesse dito,* lembra-se, em Barton, que não ficaria mais de um *mês*. Mas na época achei que muito provavelmente mudaria de ideia. Teria sido realmente uma pena ir embora antes da chegada de seu irmão e de sua cunhada. E agora, com certeza, não vai ter pressa de partir. Estou doidamente feliz por não ter mantido a *sua palavra*.

Elinor compreendeu-a perfeitamente, e foi obrigada a usar de todo o seu autocontrole para parecer que *não* a entendera.

— Bem, minha querida — disse a sra. Jennings —, e como foi a sua viagem?

— Não pela diligência, eu lhe garanto — respondeu a srta. Steele, com pronto entusiasmo —; viemos de carruagem o tempo todo, e um bonitão elegante nos acompanhou. O reverendo Davies estava vindo para Londres, e então achamos melhor vir com ele numa carruagem de posta. Comportou-se com muita delicadeza e pagou dez ou doze xelins a mais do que nós.

— Ah, ah — exclamou a sra. Jennings —, muito bonito, realmente! E posso garantir-lhe que o reverendo é solteiro.

— Vejam só — disse a srta. Steele, sorrindo de maneira afetada —, todos riem de mim quando falo do reverendo, e não consigo entender por quê. Meus primos dizem que têm certeza de que fiz uma conquista, mas posso garantir que nunca penso nele, nem por um minuto. "Meu Deus! Aí vem o seu bonitão, Nancy", disse minha prima outro dia, quando o viu atravessar a rua na direção da casa. Meu bonitão, realmente! disse eu... Não sei de quem está falando. O reverendo não é o meu bonitão.

— Ai, ai, bonitas palavras... contudo, não me convencem... o reverendo é o homem, já entendi.

— Não, mesmo! — replicou sua prima, com seriedade afetada — e peço-lhe que desminta se um dia ouvir alguém falar isso.

A sra. Jennings deu-lhe pessoalmente a gratificante garantia de que *não* o faria, e a srta. Steele ficou muito feliz.

— Suponho que vá ficar com seu irmão e sua cunhada, srta. Dashwood, quando eles chegarem à cidade — disse Lucy, voltando à carga, depois de uma trégua nas indiretas ferozes.

— Não, não creio que vamos.

— Ah, vai, tenho certeza de que vai.

Elinor não queria fazer-lhe a vontade, rebatendo novamente o que ela dizia.

— Que bom que a sra. Dashwood possa prescindir de ambas por tanto tempo!

— Muito tempo, de fato! — interrompeu a sra. Jennings. — Ora, a visita delas mal começou!

Lucy calou-se.

— Lamento não poder ver sua irmã, srta. Dashwood — disse a srta. Steele. — Lamento que ela não esteja bem... — pois Marianne deixara a sala à chegada delas.

— É muita bondade sua. Minha irmã também há de lamentar perder o prazer de vê-las, mas tem tido muitas dores de cabeça e se sentido muito nervosa, o que não lhe permite desfrutar da sua companhia e conversação.

— Ah, querida, é uma grande pena! Porém, velhas amigas como Lucy e eu!... Acho que poderia ver-*nos*, e garanto-lhe que não diríamos palavra.

Elinor, com grande delicadeza, recusou a proposta. A irmã provavelmente já estava deitada ou de camisola, e portanto não poderia vir até elas.

— Ah, se é só isso — exclamou a srta. Steele — podemos ir até lá para vê-*la*.

Elinor começou a achar que aquela impertinência estava passando dos limites, no entanto, foi poupada do incômodo de dar um fim a ela pela dura repreensão de Lucy, que agora, como em muitas ocasiões, ainda que não conferisse muita delicadeza às maneiras de uma das irmãs, servia para orientar as da outra.

CAPÍTULO 33

Depois de alguma resistência, Marianne se rendeu aos pedidos da irmã e consentiu em sair com ela e a sra. Jennings uma manhã, por meia hora, sob a condição expressa, porém, de que não fariam nenhuma visita e nada mais faria do que acompanhá-las até a casa Gray, na Sackville Street, onde Elinor estava negociando a troca de umas velhas joias da mãe.

Quando pararam à porta, a sra. Jennings lembrou-se de que havia uma senhora no outro extremo da rua que ela devia visitar e, como nada tinha para fazer na joalheria, ficou resolvido que, enquanto as suas jovens amigas faziam a transação, ela faria a visita e depois se juntaria a elas.

Ao subirem as escadas, as srtas. Dashwood encontraram tanta gente à sua frente na sala, que não havia ninguém para atendê-las, e foram obrigadas a aguardar. Tudo que podiam fazer era sentarem-se na frente do balcão que parecesse prometer o atendimento mais rápido; ali só havia um cavalheiro, e é provável que Elinor tenha tido esperanças de provocar a sua polidez para resolver logo o problema. Mas a correção de seu olhar e a delicadeza do seu gosto foram maiores que a sua polidez. Estava encomendando um estojo de palitos de dentes, e até que decidisse o tamanho, a forma e os ornamentos, depois de examinar e discutir por quinze minutos cada estojo de palitos da loja, e finalmente combinasse tudo aquilo de acordo com sua própria imaginação criativa, não teve o tempo de conceder nenhuma atenção às duas senhoritas, além da que estava implícita em três ou quatro olhares bastante atrevidos; um tipo de interesse que imprimiu na mente de Elinor a lembrança de uma pessoa e de um rosto de forte, natural e autêntica insignificância, embora com ornamentos da última moda.

Marianne foi poupada dos perturbadores sentimentos de desprezo e ressentimento ante aquele impertinente exame de suas feições e ante a presunção das suas maneiras ao analisar cada um dos horrores dos diversos estojos de palitos de dente apresentados à sua inspeção, permanecendo inconsciente de tudo aquilo, pois era ela igualmente capaz de concentrar-se em seus pensamentos e permanecer ignorante do que se passava ao seu redor, tanto na joalheria do sr. Gray quanto em seu próprio quarto.

O negócio foi finalmente acertado. O marfim, o ouro e as pérolas, todos receberam seu lugar, e o cavalheiro, tendo determinado o último dia em que a sua existência poderia prosseguir sem a posse daquele estojo de palitos, calçou as luvas com ocioso esmero e, lançando outro olhar às srtas. Dashwood que parecia mais solicitar do que exprimir admiração, caminhou para fora da loja com um ar feliz de autêntica vaidade e indiferença afetada.

Elinor não perdeu mais tempo para levar adiante o seu negócio, e estava a ponto de concluí-lo quando outro cavalheiro se pôs ao seu lado. Ela voltou os olhos para o seu rosto e descobriu com certa surpresa que era o seu irmão.

O afeto e o prazer que demonstraram em se encontrar foram suficientes para parecerem críveis, na loja do sr. Gray. John Dashwood estava de fato longe de lamentar tornar a ver as irmãs, o que proporcionou satisfação a elas, e as suas perguntas sobre a mãe foram respeitosas e atenciosas.

Elinor descobriu que ele e Fanny já estavam em Londres havia dois dias.

— Gostaria muito de tê-las visitado ontem — disse ele — porém foi impossível, já que fomos obrigados a levar Harry para ver os animais selvagens em Exeter Exchange, e gastamos o resto do dia com a sra. Ferrars. Harry adorou tudo. Esta manhã tinha a intenção de visitá-las, se conseguisse ter meia hora livre, mas sempre se tem tanta coisa para fazer quando se chega a Londres! Estou aqui para encomendar um sinete para Fanny. Mas amanhã creio que poderei visitá-las na Berkeley Street e ser apresentado à sua amiga, a sra. Jennings. Ouvi dizer que é uma mulher de muitas posses. E os Middleton também, você tem de me apresentar a eles. Como parentes da minha madrasta, ficarei feliz em apresentar-lhes meus respeitos. São excelentes vizinhos de vocês em Barton, eu sei.

— Excelentes mesmo. Sua atenção com nosso bem-estar, sua simpatia em cada pormenor vão além do que eu possa exprimir.

— Estou extremamente contente em ouvir isso, palavra de honra. No entanto, tinha de ser assim; eles são pessoas de muitas posses, são seus parentes e é de esperar que façam todas as gentilezas e favores que possam servir para tornar agradável a sua situação. Então, já se encontram confortavelmente instaladas no seu chalezinho e nada lhes falta! Edward nos fez a mais encantadora descrição do lugar: o mais completo do gênero, disse ele, que já existiu, e todos pareciam apreciá-lo mais do que tudo. Foi para nós uma grande satisfação ouvir isso, garanto-lhe.

Elinor sentiu-se um pouco envergonhada do irmão e não lamentou ter sido poupada da necessidade de lhe responder, pela chegada do criado da sra. Jennings, que veio dizer a ela que a sua patroa estava à porta, esperando por elas.

O sr. Dashwood acompanhou-as ao descerem as escadas, foi apresentado

à sra. Jennings à porta da carruagem e, reafirmando a sua esperança de poder visitá-las no dia seguinte, despediu-se.

A visita foi feita, como prometido. Ele chegou trazendo as desculpas da parte da cunhada delas por não ter vindo também, "mas está com tantos compromissos com a mãe que realmente não tem tido tempo para ir a lugar nenhum". A sra. Jennings, porém, garantiu-lhe pessoalmente que não iria fazer cerimônia, pois eram todos primos ou algo parecido, e certamente logo iria visitar a sra. John Dashwood e levaria consigo suas cunhadas. Suas maneiras com *elas*, apesar de calmas, eram perfeitamente gentis; com a sra. Jennings, delicadamente atenciosas, e à chegada do coronel Brandon, logo após a sua, encarou-o com uma curiosidade que parecia dizer que só esperava saber que ele fosse rico para ser igualmente educado com *ele*.

Depois de passar meia hora com elas, pediu a Elinor que o acompanhasse até a Conduit Street e o apresentasse a *Sir* John e *Lady* Middleton. O tempo estava admiravelmente bom e ela logo aceitou. Assim que saíram da casa, começaram as perguntas.

— Quem é o coronel Brandon? É um homem rico?

— Sim. Tem uma belíssima propriedade em Dorsetshire.

— Fico feliz em saber. Ele parece ser um cavalheiro e acho, Elinor, que posso felicitá-la pela perspectiva de um futuro muito respeitável.

— Eu, mano! Que quer dizer com isso?

— Ele gosta de você. Eu o observei atentamente, e estou convencido disso. Qual é o montante da sua fortuna?

— Creio que duas mil libras por ano.

— Duas mil libras por ano — e então, elevando-se ao máximo da generosidade entusiástica, acrescentou: — Elinor, gostaria de coração que fosse *duas* vezes isso, para o seu bem.

— Acredito em você — replicou Elinor —, mas tenho certeza de que o coronel Brandon não tem a menor vontade de casar *comigo*.

— Está enganada, Elinor, muito enganada. Um minúsculo esforço da sua parte pode conquistá-lo. Talvez agora ele esteja um pouco indeciso; a exiguidade das suas posses pode fazê-lo hesitar. Seus amigos podem tê-lo aconselhado a evitar o casamento. Mas algumas dessas pequenas atenções e encorajamentos que as mulheres sabem tão bem fazer vão decidi-lo, mesmo contra a vontade dele. E não há razão para não lhe dar uma oportunidade. Não é de supor que algum outro amor da sua parte... em suma, sabe que um laço desse tipo é totalmente fora de questão, os obstáculos são insuperáveis... você tem muito juízo para não enxergar tudo isso. O coronel Brandon deve ser o escolhido, e não faltará nenhuma gentileza da minha parte para que ele a aprove e à sua família. É um casamento que deve trazer satisfação a todos. Em resumo, esse é o tipo de coisa — baixando a voz até um sussurro audível — que será bem-vinda demais para *todas as partes* — recompondo-se, porém, acrescentou: — Ou seja, quero dizer... seus amigos estão todos muito ansiosos para vê-la bem estabelecida; Fanny em especial, pois se preocupa muitíssimo com você, posso garantir-lhe. E à mãe dela também, a sra. Ferrars, uma mulher de coração muito bom, tenho certeza de que o casamento agradaria muito; ela mesma disse isso outro dia.

Elinor não se dignou responder.

— Seria notável, agora — prosseguiu ele —, seria muito engraçado se Fanny tiver um irmão e uma irmã casando-se ao mesmo tempo. E olhe que não é muito improvável.

— O sr. Edward Ferrars — disse Elinor, com decisão — vai casar?

— Ainda não está acertado, contudo há algo assim no ar. Ele tem uma excelente mãe. A sra. Ferrars, com a maior generosidade, lhe oferecerá mil libras por ano, se o casamento ocorrer. A noiva é a ilustre srta. Morton, filha única do falecido Lorde Morton, com trinta mil libras. Um laço muito desejável de ambas as partes, e não tenho dúvida de que acontecerá em breve. Mil libras por ano é muito para uma mãe gastar, perder para sempre, no entanto a sra. Ferrars tem uma alma nobre. Para lhe dar outro exemplo da sua generosidade: outro dia, assim que chegamos a Londres, ciente de que não podíamos dispor de muito dinheiro no momento, ela entregou a Fanny duzentas libras em cédulas. E foram muito bem-vindos, já que teremos grandes despesas enquanto estivermos aqui.

Fez uma pausa esperando seu assentimento e simpatia, e ela se viu obrigada a dizer:

— Suas despesas, tanto na cidade quanto no campo, devem ser consideráveis, mas suas rendas também são gordas.

— Nem tão gordas, tenho certeza, quanto muita gente supõe. Não quero queixar-me, porém; é sem dúvida uma renda confortável, e espero que em breve seja ainda maior. Estamos pondo cercas em Norland Common, e essa tem sido a nossa maior despesa. E também fiz uma pequena compra nesses últimos seis meses: a fazenda East Kingham, deve lembrar-se do lugar, onde o velho Gibson costumava morar. As terras eram-me tão desejáveis, em todos os aspectos, tão imediatamente pegadas à minha propriedade, que senti que era meu dever comprá-las. Não poderia responder ante o tribunal da minha consciência se caíssem em outras mãos. Um homem deve pagar pelo que lhe convém, e aquilo me custou uma grande soma de dinheiro.

— Mais do que acredita que valham realmente.

— Opa, espero que não. Eu teria podido revendê-las no dia seguinte por mais do que dei, entretanto, com relação ao preço, poderia ter sido muito infeliz, na verdade, porque as ações estavam tão baixas na época, que se não tivesse por acaso a quantia necessária em banco, teria de vender tudo, com grandes perdas.

Elinor limitou-se a sorrir.

— Tivemos outras grandes e inevitáveis despesas ao chegarmos a Norland. Nosso amado pai, como sabe, deixou em herança todos os bens de Stanhill que permaneceram em Norland (e eram muito valiosos) para a sua mãe. Longe de mim queixar-me por ele ter feito isso. Tinha todo direito de dispor de sua propriedade como bem quisesse, mas, em consequência disso, fomos obrigados a fazer grandes gastos com roupa de cama e mesa, porcelana, etc., para substituirmos o que fora levado embora. Pode adivinhar, depois de todas essas despesas, como estamos longe de ser ricos, e como foi bem-vinda a generosidade da sra. Ferrars.

— Certamente — disse Elinor —, e graças à generosidade dela, espero que consigam viver sem grandes apertos.

— Mais um ou dois anos e estaremos perto de ver isso acontecer — respondeu ele, com gravidade —, porém ainda há muita coisa a ser feita. Ainda não se colocou nenhuma pedra para construir a estufa de Fanny, e o jardim de flores ainda está em fase de projeto.

— Onde vai ser a estufa?

— Sobre a colina, atrás da casa. As velhas nogueiras vão todas ser derrubadas para abrir espaço para ela. Terá uma linda vista de muitas partes do parque, e o jardim de flores será em declive bem à frente. Será lindo demais. Arrancamos todos os velhos espinheiros que cresciam em grupos no alto.

Elinor guardou para si a preocupação e a reprovação e ficou feliz por Marianne não estar presente para compartilhar a provocação.

Tendo já dito o suficiente para demonstrar a sua pobreza e evitar a necessidade de comprar um par de brincos para cada uma das irmãs em sua próxima visita à joalheria Gray, seus pensamentos ganharam um ar mais alegre, e ele começou a felicitar Elinor por ter uma amiga como a sra. Jennings.

— Ela parece ser uma mulher de grande valor... A sua casa, o seu estilo de vida, tudo revela uma excelente renda; e trata-se de uma relação que não só tem sido muito proveitosa a você até aqui, como pode enfim se mostrar materialmente vantajosa. O fato de tê-la convidado para vir a Londres é, com certeza, algo importante a favor de você. De fato, demonstra tão grande afeto, que muito provavelmente se ela morrer você não será esquecida. E veja que ela deve ter muita coisa para legar.

— Absolutamente nada, eu diria, pois dispõe apenas do quinhão de viúva, que seus filhos herdarão.

— Mas não se deve imaginar que ela gaste tudo o que receba. Pouca gente com um pouco de prudência faria *isso*. E ela poderá dispor de tudo que economiza.

— Não acha que é mais provável que ela deixe as economias para as filhas do que para nós?

— As duas filhas estão muito bem-casadas, e assim não consigo ver a necessidade de ajudá-las mais. Ao passo que, na minha opinião, ao tratar você com tanta consideração e do jeito que o faz, ela lhe deu uma espécie de direito sobre os seus futuros projetos, o que uma mulher sensata não desdenharia. Nada pode ser mais gentil do que o comportamento dela e é difícil que faça tudo isso sem estar consciente das expectativas que provoca.

— Mas não provocou nenhuma expectativa nas pessoas mais interessadas. Na verdade, mano, a sua preocupação com o nosso bem-estar e prosperidade o leva longe demais.

— Sim, com certeza — disse ele, parecendo recompor-se — as pessoas podem fazer pouco, muito pouco, por si mesmas. Mas, minha querida Elinor, qual é o problema com Marianne? Ela não parece muito bem, está pálida e emagreceu bastante. Será que está doente?

— Ela não está bem, teve um problema nervoso nas últimas semanas.

— Lamento. Na sua idade, qualquer doença destrói o brilho para sempre! O dela foi muito breve! Era a menina mais linda que já vi, setembro passado, e com grande probabilidade de conseguir arrumar marido. Havia algo em seu estilo de beleza que lhes agrada em especial. Lembro-me de que Fanny costumava dizer que ela iria casar mais cedo e melhor do que você. Não que ela não tenha um grande carinho por você, porém o fato é que aquilo a impressionou. Mas estava enganada. Duvido que Marianne consiga agora casar com um homem com mais de quinhentas ou seiscentas libras por ano, no máximo, e estarei muito enganado se você não se sair melhor. Dorsetshire! Sei muito pouco de Dorsetshire, no entanto, minha querida Elinor, ficarei muitíssimo contente se puder saber mais sobre o lugar, e acho que posso garantir-lhe que Fanny e eu estaremos entre os seus primeiros visitantes.

Elinor tentou muito seriamente convencê-lo de que não havia possibilidade de se casar com o coronel Brandon, mas aquela era uma perspectiva agradável demais para que ele renunciasse a ela, e estava realmente decidido a travar amizade com o cavalheiro e promover o casamento por todos os modos possíveis. Sentia remorsos suficientes por nada ter feito pelas irmãs, para estar muitíssimo ansioso de que alguma outra pessoa fizesse muito por elas. Uma proposta de casamento da parte do coronel Brandon ou uma herança da sra. Jennings era o modo mais simples de reparar sua própria negligência.

Tiveram a sorte de encontrar *Lady* Middleton em casa, e *Sir* John chegou antes que a visita terminasse. Houve abundância de gentilezas de todos os lados. *Sir* John estava pronto para gostar de qualquer pessoa, e, embora o sr. Dashwood não parecesse entender muito de cavalos, logo o considerou um ótimo sujeito, ao passo que *Lady* Middleton viu que seu traje estava na moda e, portanto, valia a pena conhecê-lo. O sr. Dashwood despediu-se entusiasmado com ambos.

— Vou ter coisas maravilhosas para contar a Fanny — disse ele, enquanto voltava com a irmã. — *Lady* Middleton é realmente uma mulher elegantíssima! Tenho certeza de que Fanny ficará contente em conhecer uma mulher assim. E a sra. Jennings também, uma senhora imensamente gentil, ainda que não tão elegante quanto a filha. Sua cunhada não precisa ter nenhum escrúpulo em fazer uma visita a ela, o que, para falar a verdade, era um pouco o caso, naturalmente, pois só sabíamos que a sra. Jennings era a viúva de um homem que acumulou todo o seu dinheiro de maneira baixa. Fanny e a sra. Ferrars estavam ambas muito inclinadas a julgar que nem ela nem as filhas eram o tipo de gente com quem Fanny gostaria de se associar. Mas agora eu posso dar a ela a mais satisfatória descrição de ambas.

CAPÍTULO 34

A sra. John Dashwood tinha tamanha confiança no julgamento do marido, que já no dia seguinte foi visitar a sra. Jennings e a filha. Sua confiança foi recompensada pela descoberta de que mesmo a primeira, mesmo a mulher em cuja casa suas cunhadas estavam hospedadas, não era de modo algum indigna de consideração. Quanto a *Lady* Middleton, achou-a a mais encantadora mulher do mundo!

Lady Middleton também gostou da sra. Dashwood. Havia uma espécie de frieza egoísta em ambas, que as atraiu mutuamente. Simpatizaram uma com a outra pela insípida correção do comportamento e pela carência geral de inteligência.

As mesmas maneiras, porém, que recomendavam a sra. John Dashwood ao apreço de *Lady* Middleton não agradaram à imaginação da sra. Jennings, e para *ela* não pareceu mais do que uma mulherzinha orgulhosa, de trato antipático, que se encontrou com as irmãs do marido sem nenhuma cordialidade e quase sem ter nada para lhes dizer, porque, dos quinze minutos passados na Berkeley Street, permaneceu pelo menos sete e meio em silêncio.

Elinor queria muito saber, se bem que não achasse conveniente perguntar, se Edward estava em Londres, mas nada teria levado Fanny a mencionar voluntariamente seu nome na presença dela, até que lhe pudesse dizer que o casamento dele com a senhorita estava acertado ou até que as expectativas do marido com o coronel Brandon fossem confirmadas, visto que acreditava que estivessem ainda tão apegados um ao outro, que nunca era demasiado o cuidado de sempre separá-los por palavras e atos. A informação, porém, que *ela* se negava a dar logo chegou vinda de outra fonte. Lucy logo veio pedir a Elinor sua compaixão por não poder ver Edward, embora tivesse chegado em Londres com o sr. e a sra. Dashwood. Não ousara vir a Bartlett's Buildings temendo ser visto, e, ainda que a mútua impaciência por encontrar-se fosse indizível, nada mais podiam fazer no momento senão escrever.

Pouco depois, o próprio Edward lhes confirmou que estava na cidade, fazendo duas visitas à Berkeley Street. Duas vezes o seu cartão foi encontrado sobre a mesa, quando voltaram de seus compromissos matutinos. Elinor ficou satisfeita com a visita, e ainda mais satisfeita por não estar presente.

Os Dashwood ficaram tão prodigiosamente entusiasmados com os Middleton, que, embora não tivessem o hábito de dar nada, decidiram dar-lhes... um jantar, e, logo depois de seu relacionamento começar, convidaram-nos para jantar na Harley Street, onde alugaram uma ótima casa por três meses. Suas irmãs e a sra. Jennings também foram convidadas, e John Dashwood teve o cuidado de garantir a presença do coronel Brandon, que, sempre contente de estar onde as srtas. Dashwood estivessem, recebeu seu animado convite com alguma surpresa, mas com prazer ainda maior. Iriam encontrar a sra. Ferrars, contudo Elinor não conseguiu saber se seus filhos estariam presentes. A expectativa de vê-la, porém, era suficiente para interessá-la pelo encontro, pois mesmo que agora pudesse conhecer a mãe de Edward sem aquela forte ansiedade que antes ameaçava acompanhar tal apresentação, mesmo que agora pudesse vê-la com total indiferença pela opinião que tivesse dela, seu desejo de estar na companhia da sra. Ferrars, sua curiosidade de saber como era ela estavam tão vivos como antes.

Assim, logo em seguida, o interesse com que esperava a festa aumentou, mais pela intensidade que pelo prazer, quando ouviu que as srtas. Steele também estariam presentes.

Tão boa impressão haviam deixado em *Lady* Middleton, tão agradáveis a ela se tornaram suas atenções, que, embora Lucy certamente não fosse muito elegante e sua irmã não fosse sequer bem-educada, estava tão disposta quanto *Sir* John a lhes pedir que passassem uma ou duas semanas na Conduit Street. Acabou sendo especialmente conveniente às srtas. Steele, assim que souberam do convite dos Dashwood, que sua visita começasse alguns dias antes da data da festa.

Seus direitos à consideração da sra. John Dashwood, como sobrinhas do cavalheiro que durante muitos anos cuidara de seu irmão, não tiveram muito peso, porém, na distribuição dos seus lugares à mesa, mas como hóspedes de *Lady* Middleton tinham de ser bem recebidas. Lucy, que havia muito desejava conhecer pessoalmente a família, para poder avaliar-lhes melhor a personalidade, seus problemas e para ter a oportunidade de lhes ser agradável, poucas vezes na vida ficou mais feliz do que ao receber o cartão da sra. John Dashwood.

Sobre Elinor, o efeito foi muito diferente. Ela começou de imediato a calcular que Edward, que vivia com a mãe, devia ser convidado, como a mãe, para uma festa dada por sua irmã. E mal sabia como suportar vê-lo pela primeira vez, depois de tudo que se passara, na companhia de Lucy!

Essa apreensão talvez não se fundasse inteiramente na razão e certamente de modo algum na verdade. Foi aliviada, porém, não porque ela própria se recompusesse, e sim pela boa vontade de Lucy, que acreditava estar causando uma grave decepção ao dizer a ela que Edward certamente não estaria na Harley Street na terça-feira, e até esperava estar provocando uma dor ainda maior convencendo-a de que o que o afastava era sua extrema paixão por ela, que ele não conseguia esconder quando estavam juntos.

Chegou, enfim, aquela importante terça-feira, que deveria apresentar as duas jovens à formidável sogra.

— Piedade, querida srta. Dashwood! — disse Lucy enquanto subiam as escadas juntas, porque os Middleton chegaram tão imediatamente depois da sra. Jennings, que todos eles seguiram o criado ao mesmo tempo. — Não há ninguém aqui, além da senhorita, que possa ter dó de mim... Eu lhe garanto que mal consigo ficar de pé. Meu Deus! Daqui a pouco vou ver a pessoa de quem depende toda a minha felicidade... que deve ser minha mãe!...

Elinor poderia tê-la reconfortado de imediato, sugerindo-lhe a possibilidade de que estavam para ver a mãe da srta. Morton, e não a dela, mas em vez disso ela lhe assegurou, e com a maior sinceridade, que tinha, sim, pena dela... para grande espanto de Lucy, que, embora realmente numa situação difícil, esperava pelo menos ser objeto de profunda inveja por parte de Elinor.

A sra. Ferrars era uma mulher baixinha e magra, de figura tão ereta a ponto de ser solene e de aspecto tão sério a ponto de ser ácido. A tez era pálida e os traços, miúdos, sem beleza e naturalmente inexpressivos; no entanto, uma feliz contração da sobrancelha salvara a sua expressão da desgraça da insipidez, dando-lhe fortes sinais de orgulho e mau caráter. Não era mulher de falar muito, pois, ao contrário das pessoas em geral, ela proporcionava suas palavras ao número de suas ideias, e, das poucas sílabas que deixou escapar, nenhuma se dirigiu à srta. Dashwood, que encarou com a enérgica determinação de nela nada encontrar de bom, em nenhum aspecto.

Elinor *agora* não podia sentir-se infeliz com o comportamento dela. Poucos meses antes, ele a teria magoado demais, entretanto já não estava ao alcance da sra. Ferrars feri-la com sua conduta, e a diferença do tratamento que deu às srtas. Steele, uma diferença que parecia feita de propósito para humilhá-la ainda mais, apenas a divertiu. Só podia sorrir ao ver a gentileza da mãe e da filha com a própria pessoa — já que com isso distinguiam especialmente Lucy — que de todas as presentes, se soubessem tanto quanto ela sabia, mais gostariam de mortificar; ao passo que ela mesma, que comparativamente não tinha poder de feri-las, recebia acintosamente os desaforos das duas. Mas, enquanto sorria diante de uma delicadeza tão deslocada, não podia refletir na insensatez mesquinha de que se originava, nem observar as fingidas atenções com que as srtas. Steele buscavam seu prolongamento, sem desprezar profundamente todas as quatro.

Lucy era toda alegria por se ver cercada de tantas atenções, e para a srta. Steele sentir-se perfeitamente feliz só faltava ser cortejada pelo reverendo Davies.

O jantar foi magnífico, a criadagem era numerosa e tudo revelava a queda da dona da casa para a ostentação e a capacidade que o dono tinha em respaldá-la. Apesar das reformas e das ampliações que estavam fazendo na propriedade de Norland e apesar de seu dono ter estado havia pouco a alguns milhares de libras de distância de ter de vender tudo com prejuízos, não parecia haver nenhum sintoma daquela indigência que ele tentara inferir do caso: não havia nenhuma pobreza, de nenhum tipo, com exceção das conversas — ali, porém, a miséria era considerável. John Dashwood não tinha muito a dizer que valesse a pena ouvir, e sua mulher, menos ainda. Mas não havia aí nenhuma desgraça especial, pois isso acontecia com a maioria dos visitantes, quase todos vítimas de um ou de outro destes defeitos que os impediam de ser agradáveis: falta de sensatez, quer por natureza, quer por educação, falta de elegância, falta de inteligência ou falta de caráter.

Quando as mulheres se dirigiram para a sala de visitas depois do jantar, essa pobreza ficou especialmente evidente, já que os cavalheiros *haviam* dado às conversas certa variedade, falando de política, de como cercar terrenos e amansar cavalos, o que agora estava acabado e só um assunto foi abordado por elas até chegar o café: a comparação da altura de Harry Dashwood e do segundo filho de *Lady* Middleton, William, que tinham aproximadamente a mesma idade.

Se as duas crianças estivessem lá, o problema teria sido resolvido facilmente, medindo-as, mas como apenas Harry estava presente, só havia afirmações conjeturais de ambas as partes, e todas tinham o direito de ser igualmente categóricas em sua opinião e repeti-la quantas vezes quisessem.

Tomaram-se os seguintes partidos:

As duas mães, embora cada uma estivesse convicta de que seu próprio filho era o mais alto, educadamente opinaram em favor do outro.

As duas avós, não menos parciais, porém mais sinceras, foram igualmente firmes na defesa dos netos.

Lucy, que não estava menos ansiosa de agradar a uma mãe do que a outra, disse que os meninos eram ambos muito altos para a idade e que não conseguia imaginar que houvesse no mundo a menor diferença entre os dois; já a srta. Steele, com delicadeza ainda maior, deu o mais rápido possível o seu voto para os dois.

Elinor, tendo dado a sua opinião a favor de William, com o que ofendera a sra. Ferrars e ainda mais a Fanny, não viu necessidade de reforçá-la com nenhuma afirmação adicional. Marianne, ao lhe pedirem a sua, ofendeu a todos, declarando que não tinha opinião para dar, já que nunca pensara no assunto.

Antes de se mudarem de Norland, Elinor pintara um par de telas muito bonitas para sua cunhada, as quais, recém-emolduradas e trazidas para a casa, ornamentavam a sua atual sala de visitas. E essas telas, tendo chamado a atenção de John Dashwood ao entrar com os outros cavalheiros na sala, foram intrometidamente entregues ao coronel Brandon, para que as admirasse.

— Foram feitas pela minha irmã mais velha — disse ele — e tenho certeza de que o senhor, como um homem de bom gosto, vai apreciá-las. Não sei se já viu algum desenho dela antes, mas em geral ela é tida como uma excelente desenhista.

O coronel, ainda que negando qualquer pretensão a *connoisseur*, admirou com entusiasmo as telas, como teria feito com qualquer coisa pintada pela srta. Dashwood, e, como a curiosidade dos outros fora obviamente despertada, elas foram passadas de mão em mão, para uma inspeção geral. A sra. Ferrars, sem saber que eram de autoria de Elinor, pediu com especial insistência que lhe fossem mostradas, e, depois que receberam o gratificante testemunho da aprovação de *Lady* Middleton, Fanny as apresentou à mãe, informando-a gentilmente, ao mesmo tempo, que haviam sido pintadas pela srta. Dashwood.

— Hmmm — disse a sra. Ferrars —, muito bonitas — e sem olhá-las, devolveu-as à filha.

Talvez tenha passado pela cabeça de Fanny que sua mãe fora muito grosseira, pois, enrubescendo um pouco, tornou imediatamente:

— São muito bonitas, minha senhora, não é mesmo? — mas, temendo talvez ter sido delicada e encorajadora demais, acrescentou:

— Não acha que elas têm algo do estilo de pintar da srta. Morton, minha senhora? Ela, *sim*, pinta maravilhosamente! Como é linda a última paisagem que ela pintou!

— Linda, mesmo! *Ela* faz todas as coisas bem.

Marianne não pôde suportar aquilo. Já estava muito aborrecida com a sra. Ferrars e aquele despropositado elogio de outra pessoa, à custa de Elinor, embora não tivesse a menor ideia da intenção com que fora feito, levou-a a dizer de imediato, com veemência:

— Eis uma admiração muito esquisita! Quem é essa srta. Morton para nós? Quem sabe quem é e quem se importa com ela? É de Elinor que *nós* estamos falando.

E ao dizer isso, tomou as telas das mãos da cunhada, para admirá-las como mereciam ser admiradas.

A sra. Ferrars pareceu zangar-se infinitamente e, empertigando-se mais do que nunca, declamou como réplica esta indignada filípica:

— A srta. Morton é a filha de Lorde Morton.

Fanny também pareceu zangar-se muito, e seu marido estava completamente apavorado com a audácia da irmã. Elinor ficou muito mais magoada pela veemência de Marianne do que pelo que a provocara, mas os olhos do coronel Brandon, cravados em Marianne, mostravam que ele só notara o que havia de amável no que ela fizera: o coração afetuoso que não suportava ver a irmã sendo destratada.

Os sentimentos de Marianne não pararam por ali. A fria insolência do comportamento geral da sra. Ferrars para com sua irmã parecia-lhe predizer problemas e angústias tais para Elinor, como o seu próprio coração magoado lhe ensinara a pensar com horror, e, levada por um forte impulso de sensibilidade afetiva, depois de um momento foi até a cadeira da irmã e, pondo um braço ao redor do seu pescoço e uma face próxima à dela, disse-lhe em voz baixa, porém enérgica:

— Querida, querida Elinor, não ligue para elas. Não as deixe fazerem *você* infeliz.

Não conseguiu dizer mais nada; sentia-se completamente esgotada e, escondendo o rosto no ombro de Elinor, começou a chorar. Aquilo chamou a atenção de todos, e quase todos demonstraram preocupação. O coronel Brandon ergueu-se e foi até elas sem saber o que fazia. A sra. Jennings, com um muito inteligente "Ah! coitadinha" prontamente lhe deu seus sais, e *Sir* John sentiu-se tão desesperadamente furioso contra a autora daquele ataque de nervos, que de imediato mudou de lugar para um mais perto de Lucy Steele, e deu a ela, num sussurro, uma breve explicação de todo aquele caso chocante.

Em poucos minutos, porém, Marianne já se recuperara o suficiente para pôr um ponto-final naquele alvoroço e sentar-se junto às demais pessoas, embora seu espírito guardasse durante toda a noite a impressão do que se passara.

— Pobre Marianne! — disse seu irmão ao coronel Brandon, em voz baixa, assim que conseguiu obter a sua atenção —, não tem tanta saúde quanto a irmã... é muito nervosa... não tem a compleição de Elinor, e deve-se admitir que há algo muito doloroso para uma mocinha que *foi* muito bela perder os seus atrativos pessoais. Talvez não saiba, contudo Marianne *era* lindíssima alguns meses atrás; tão linda quanto Elinor. Agora, como vê, tudo acabou.

CAPÍTULO 35

Foi satisfeita a curiosidade de Elinor em ver a sra. Ferrars. Nela vira tudo o que podia tornar indesejável uma maior ligação entre as famílias. Já vira o bastante de seu orgulho, de sua mesquinhez e do resoluto preconceito contra ela para compreender todos os problemas que teriam atrapalhado o relacionamento e retardado o noivado de Edward com ela, se ele estivesse livre; e vira o bastante para estar agradecida, para seu *próprio* bem, por um obstáculo maior tê-la preservado de sofrer sob algum outro empecilho de criação da sra. Ferrars; de tê-la salvado de toda dependência dos caprichos dela ou de qualquer preocupação com a sua opinião. Ou pelo menos, se não a levou a se alegrar por Edward estar comprometido com Lucy, ela concluiu que, se Lucy fosse mais simpática, *deveria* ter-se alegrado com isso.

Tentou entender como Lucy podia entusiasmar-se tanto com as cortesias da sra. Ferrars, como seu interesse e sua vaidade podiam cegá-la a ponto de fazer que a atenção que lhe era dispensada só por *não ser Elinor* lhe parecesse um cumprimento, ou de permitir-lhe sentir-se encorajada por uma preferência que só lhe era concedida porque a sua situação real não era conhecida. Que era esse o caso ficou claro não só pelo olhar de Lucy naqueles momentos, e se manifestou ainda mais claramente na manhã seguinte, visto que, a seu pedido, *Lady* Middleton a deixou na Berkeley Street, com a esperança de ver Elinor sozinha e lhe contar como estava feliz.

A esperança mostrou-se fundada, pois uma mensagem da sra. Palmer logo depois que chegou fez que a sra. Jennings saísse.

— Minha querida amiga — exclamou Lucy, assim que se viram sozinhas —, vim contar-lhe da minha felicidade. Pode haver algo mais lisonjeiro que a maneira como a sra. Ferrars me tratou ontem? Ela foi tão gentil! Sabe como me apavorava a ideia de vê-la, porém no momento mesmo em que fui apresentada, havia tal amabilidade em seu comportamento, que parecia mostrar que ela realmente gostou de mim. Não foi assim mesmo? Viu tudo; e não ficou impressionada com aquilo?

— Ela certamente foi muito educada com a senhorita.

— Educada! Só viu boa educação naquilo? Eu vi bem mais do que isso. Uma delicadeza que só se dirigia a mim! Nenhum orgulho, nenhuma altivez, e o mesmo se pode dizer da sua cunhada: toda meiga e amável!

Elinor quis mudar de assunto, mas Lucy continuou pressionando-a para que admitisse que tinha razão de sentir-se feliz, e Elinor foi obrigada a prosseguir.

— Sem dúvida, se elas soubessem do seu noivado — disse ela —, nada poderia ser mais lisonjeiro do que o tratamento que lhe dispensaram... entretanto, como não foi esse o caso...

— Sabia que ia dizer isso — replicou rapidamente Lucy —, contudo, não há nenhuma razão no mundo para que a sra. Ferrars finja gostar de mim, se não gostar, e o fato de gostar de mim é o que importa. A senhorita não vai conseguir destruir a minha alegria. Tenho certeza de que tudo àcabará bem e não haverá os problemas que eu pensava que haveria. A sra. Ferrars é uma mulher encantadora, e a sua cunhada também. As duas são mulheres maravilhosas! É para mim uma surpresa que nunca me houvesse dito que encanto a sra. Dashwood é!

A isso Elinor não tinha nenhuma resposta para dar nem tentou fazê-lo.

— Está doente, srta. Dashwood? Parece prostrada... mal fala... não está bem, com certeza.

— Minha saúde nunca esteve melhor.

— Fico muito contente com isso, de coração, todavia, não é o que parece. Lamentaria muito que ficasse doente; a senhorita, que tem sido meu maior consolo no mundo! Só Deus sabe o que teria sido de mim sem a sua amizade.

Elinor tentou dar-lhe uma resposta educada, embora duvidasse que fosse bem-sucedida. Mas Lucy pareceu satisfeita com ela e replicou de imediato:

— É verdade, estou totalmente convencida de seu afeto por mim e, depois do amor de Edward, este é o meu maior consolo. Pobre Edward! Mas agora as coisas vão melhorar, poderemos encontrar-nos, e nos encontrar com frequência, já que *Lady* Middleton gostou muito da sra. Dashwood, e então estaremos sempre na Harley Street, tenho certeza, e Edward passa a metade do tempo com a irmã... além disso, *Lady* Middleton e a sra. Ferrars agora vão visitar-se... e a sra. Ferrars e a sua cunhada foram ambas tão boas comigo, que disseram mais de uma vez que sempre ficariam felizes em me ver. São uns encantos de mulheres! Tenho certeza de que, se algum dia a senhorita disser à sua cunhada o que penso dela, jamais vai poder exagerar.

Mas Elinor não a encorajaria de modo algum a ter esperança de que ela *fosse* dizer algo à cunhada. Lucy prosseguiu:

— Tenho certeza de que eu teria percebido prontamente se a sra. Ferrars antipatizasse comigo. Se tivesse feito um cumprimento apenas formal, por exemplo, sem dizer palavra, e depois nem notasse a minha existência e nunca mais olhasse para mim de um modo simpático... sabe o que quero dizer... se tivesse sido tratada desse modo intimidativo, eu teria desistido de tudo, desesperada. Não teria suportado, visto que sei que as *antipatias* dela são muito violentas.

Elinor foi impedida de responder a esse educado triunfo pelo fato de a porta se abrir, o criado anunciar o sr. Ferrars e Edward entrar imediatamente. Foi um momento muito constrangedor, e a expressão de cada um mostrou que assim era, de fato. Todos tinham um ar muito estúpido, e Edward parecia ter tão pouca inclinação para sair novamente da sala quanto para avançar mais para dentro dela. Tinham caído na exata situação que, em sua forma mais desagradável, cada um deles mais gostaria de evitar. Estavam os três não só juntos, mas juntos sem o amparo de mais ninguém. As moças recuperaram-se primeiro. Não cabia a Lucy tomar a iniciativa, e a aparência de segredo devia ser mantida. Assim, ela só podia fazer *transparecer* a sua ternura e, depois de cumprimentá-lo discretamente, não disse mais nada.

Elinor, porém, tinha mais que fazer, e estava tão ansiosa para fazê-lo direito, pelo bem dele e dela própria, que se obrigou, depois de se recompor por um momento, a dar-lhe as boas-vindas, com uma aparência quase tranquila e sincera; e, depois de lutas e esforços consigo mesma, conseguiu melhorar ainda mais seu jeito. Não queria permitir que a presença de Lucy nem a consciência de alguma injustiça consigo mesma a dissuadissem de dizer a ele que estava contente em vê-lo e que lamentara muitíssimo não estar em casa durante sua visita anterior à Berkeley Street. Tampouco se deixaria intimidar pelos olhares observadores de Lucy, que logo percebeu estarem cravados nela, privando-o das atenções que, como amigo e quase parente, lhe eram devidas.

O comportamento de Elinor devolveu certa segurança a Edward, e ele teve coragem bastante para sentar-se. Seu constrangimento, porém, ainda era maior que o das duas moças, numa proporção que o caso tornava razoável, embora fosse raro pelo sexo; porque seu coração não tinha a indiferença do de Lucy, nem sua consciência podia ter a serenidade da de Elinor.

Lucy, com um ar sério e calmo, parecia decidida a não contribuir para o conforto dos outros, e não abria a boca. Quase tudo o que *era* dito vinha da parte de Elinor, que foi obrigada a oferecer todas as informações sobre a saúde da mãe, sobre a viagem a Londres, etc., coisas sobre as quais Edward deveria ter perguntado, mas não o fez.

Seus esforços não pararam por ali, pois logo em seguida se sentiu tão heroicamente disposta que decidiu, sob pretexto de trazer Marianne, deixar os outros sozinhos. E realmente fez isso da maneira mais elegante, pois passou vários minutos no corredor, com generosa firmeza, antes de ir buscar a irmã. Uma vez feito isso, porém, já era tempo de cessarem os arroubos de Edward, uma vez que a alegria de Marianne imediatamente a fez correr para a sala de visitas. Seu prazer em vê-lo era como todos os seus outros sentimentos, intensos em si mesmos e expressos intensamente. Foi ao encontro dele com a mão estendida e uma voz que exprimia o amor de uma irmã.

— Querido Edward — exclamou ela —, este é um momento de grande felicidade! Serve quase como compensação por todo o resto!

Edward tentou retribuir a gentileza como merecia, no entanto, diante de uma tal testemunha, não ousava dizer metade do que realmente sentia. Novamente todos se sentaram, e por alguns momentos todos permaneceram calados, enquanto Marianne olhava com a mais eloquente ternura, ora para Edward, ora para Elinor, lamentando apenas que o prazer que os dois sentiam um com o outro fosse entravado pela presença inoportuna de Lucy. Edward foi o primeiro a falar, para comentar a aparência abatida de Marianne e para exprimir seu receio de que não se tivesse adaptado a Londres.

— Ah, não se preocupe comigo! — replicou ela com veemência, ainda que seus olhos se enchessem de lágrimas enquanto falava. — Não se preocupe com a *minha* saúde. Elinor está bem, como pode ver. Isso deve ser suficiente para nós dois.

Essa observação não fora calculada para deixar Edward ou Elinor mais à vontade, nem para conquistar a simpatia de Lucy, que olhou para Marianne com uma expressão não muito benévola.

— Gosta de Londres? — perguntou Edward, querendo dizer algo que lhe permitisse mudar de assunto.

— De jeito nenhum. Esperei ter muito prazer aqui, mas não tive nenhum. Vê-lo, Edward, foi o meu único consolo e, graças a Deus, continua sendo o que sempre foi!

Ela fez uma pausa. Ninguém falou.

— Elinor — acrescentou ela então —, acho que devemos pedir a Edward que tome conta de nós ao voltarmos a Barton. Creio que devemos partir em uma ou duas semanas, e tenho certeza de que Edward não estará propenso a recusar o encargo.

O pobre Edward resmungou alguma coisa, mas o que foi ninguém sabia, nem ele mesmo. Marianne, porém, que viu o nervosismo dele e com facilidade podia atribuir-lhe a causa que melhor aprouvesse a ela, ficou perfeitamente satisfeita e logo passou a falar de outra coisa.

— Nós passamos um dia tão enfadonho ontem na Harley Street, Edward! Mas sobre isso tenho muitas coisas para lhe contar que não posso dizer agora.

E com essa admirável discrição ela adiou para quando pudessem falar mais em particular a confissão de que achava suas parentas mútuas mais desagradáveis do que nunca e de estar particularmente aborrecida com a mãe dele.

— Por que não estava lá, Edward? Por que não veio?

— Tinha compromissos em outro lugar.

— Compromissos! Mas que compromissos eram esses, que não o deixavam encontrar suas amigas?

— Talvez, srta. Marianne — exclamou Lucy, ansiosa por vingar-se dela —, ache que os homens jovens nunca honrem seus compromissos, grandes ou pequenos, quando não lhes interessa cumpri-los.

Elinor não gostou nada daquilo, contudo Marianne pareceu completamente insensível à ironia, pois replicou calmamente:

— Não, mesmo, para falar sério, tenho certeza absoluta de que só a consciência não deixou Edward ir à Harley Street. E realmente creio que ele *tenha* a mais delicada e a mais escrupulosa consciência do mundo em cumprir todos os seus compromissos, por menores que sejam e por mais contrários que possam ser ao seu interesse ou prazer. Ele é a pessoa mais temerosa de causar sofrimentos, de frustrar expectativas, e a mais incapaz de ser egoísta que eu já vi. Edward, assim é e quero dizê-lo. Como?! Nunca vai permitir que o elogiem? Então não pode ser meu amigo, porque os que aceitarem o meu amor e a minha estima terão de se submeter aos meus elogios.

No presente caso, porém, a natureza do elogio revelava-se particularmente inadequada aos sentimentos de dois terços dos seus ouvintes, e foi tão desagradável para Edward, que imediatamente ele se levantou para ir embora.

— Ir embora tão cedo! — disse Marianne. — Meu querido Edward, não pode ser.

E chamando-o um pouco de lado, sussurrou-lhe a convicção de que Lucy não devia permanecer muito mais tempo ali. No entanto, até esse encorajamento falhou, já que ele partiu, e Lucy, cuja visita de apenas duas horas durara mais do que a dele, também foi embora logo em seguida.

— O que será que a traz aqui com tanta frequência? — disse Marianne, quando ela partiu. — Será que não viu que ele queria que ela fosse embora?! Que irritante para Edward!

— Por quê? Somos todas suas amigas, e Lucy é a que ele conhece há mais tempo. É mais do que natural que ele goste de vê-la, tanto quanto a nós.

Marianne olhou-a fixamente e disse:

— Você sabe, Elinor, que esse é o tipo de conversa que não consigo suportar. Se quer só ser contestada, como acho que deve ser o caso, há de lembrar que sou a última pessoa no mundo a fazer isso. Não posso rebaixar-me a me fazerem dizer, com truques, coisas que na verdade não quero dizer.

Saiu, então, da sala, e Elinor não ousou segui-la para lhe dizer alguma coisa, pois, presa como estava à promessa de segredo feita a Lucy, não podia dar nenhuma informação que convencesse Marianne e, por mais dolorosas que fossem as consequências de persistir num erro, teve de se conformar com isso. Só lhe restava esperar que Edward não expusesse muitas vezes a si mesmo ou a ela ao desconforto de ouvir Marianne exprimir seu afeto equivocado, nem à repetição de qualquer outra parte do constrangimento provocado por aquele encontro recente — e isso tinha ela todos os motivos para esperar.

CAPÍTULO 36

Poucos dias após esse encontro, os jornais anunciaram ao mundo que a esposa de Thomas Palmer, Esq., dera à luz em segurança um filho e um herdeiro; um artigo muito interessante e satisfatório, pelo menos para todos os conhecidos íntimos que já sabiam de tudo.

Esse acontecimento, importantíssimo para a felicidade da sra. Jennings, produziu uma alteração temporária na sua divisão do tempo e influenciou em igual medida os compromissos de suas jovens amigas, porque ela queria ficar o maior tempo possível com Charlotte, ia até lá a cada manhã assim que se vestia e só voltava quando a noite já ia avançada. As srtas. Dashwood, a um pedido especial dos Middleton, passaram o dia inteiro, todos os dias, na Conduit Street. Para seu próprio conforto, elas teriam preferido permanecer pelo menos as manhãs na casa da sra. Jennings, contudo isso não era algo que pudessem impor contra a vontade de todos. Passaram as horas, então, junto a *Lady* Middleton e às duas srtas. Steele, para quem a companhia delas era, na verdade, tão pouco estimada quanto aparentemente procurada.

Tinham bom-senso demais para serem companhia desejável para a primeira, e pelas segundas eram vistas com ciúmes, por serem intrusas em *seu* território e compartilharem as gentilezas que queriam monopolizar. Embora nada pudesse ser mais gentil do que o comportamento de *Lady* Middleton com Elinor e Marianne, realmente não gostava delas nem um pouco. Uma vez que nenhuma das duas adulava a ela ou aos filhos, não acreditava que pudessem ser boas pessoas e, uma vez que elas gostavam de ler, imaginou que fossem satíricas, talvez sem saber exatamente o sentido da palavra "satírica", mas *isso* não tinha importância. No uso comum significava uma crítica, que era aplicada sem maiores problemas.

A presença das irmãs era um incômodo tanto para ela como para Lucy. Ameaçava o ócio de uma e os negócios da outra. *Lady* Middleton sentia vergonha por não fazer nada diante delas, e Lucy temia que a desprezassem pela adulação que sentia orgulho em conceber e administrar em outras ocasiões. A srta. Steele era a menos incomodada das três com a presença de ambas, e só dependia de que a aceitassem sem reservas. Se alguma delas lhe narrasse completa e minuciosamente o caso inteiro de Marianne com o sr. Willoughby, ela se sentiria amplamente recompensada pelo sacrifício do melhor lugar junto à lareira depois do jantar que a chegada das duas lhe custara. Mas essa oferta não lhe era feita; pois, ainda que ela muitas vezes exprimisse a Elinor a sua pena da irmã e mais de uma vez esboçasse diante de Marianne uma reflexão sobre a inconstância dos bonitões, o único efeito que produzia era um olhar de indiferença da primeira ou de repulsa da segunda. Um esforço ainda menor teria conquistado sua amizade. Se elas tivessem pelo menos rido do que falou a respeito do reverendo! Porém, assim como todos os outros, elas estavam tão pouco propensas a satisfazê-la nesse ponto que, se *Sir* John jantasse fora de casa, ela podia passar um dia inteiro sem ouvir nenhuma outra brincadeira sobre o assunto além da que tinha a gentileza de fazer para si mesma.

A sra. Jennings suspeitava tão pouco desses ciúmes e zangas, porém, que pensou que as moças adorariam ficar juntas, e todas as noites felicitava suas jovens amigas por terem escapado por tanto tempo da companhia de uma velha estúpida quanto ela. Ora as encontrava na casa de *Sir* John, ora em sua própria casa, mas, fosse onde fosse, sempre vinha muito animada, cheia de alegria e de importância, atribuindo a boa disposição de Charlotte aos cuidados que lhe prestava, e pronta para fazer um relato tão exato e minucioso da sua situação, que só a srta. Steele tinha curiosidade suficiente para desejar. Uma coisa a perturbava e dela fazia sua queixa de todos os dias. O sr. Palmer defendia a opinião comum entre os de seu sexo, no entanto pouco paternal, de que todos os bebês são iguais, e, se bem que ela pudesse perceber claramente, em muitos momentos, a mais impressionante semelhança entre aquela criança e a de cada um de seus parentes de ambos os lados, não conseguia convencer o pai a acreditar que ele não era exatamente igual a todos os outros recém-nascidos, nem a reconhecer a mera afirmação de que seu filho era o mais lindo bebê do mundo.

Chego agora ao relato de uma desgraça que naquela época ocorreu à sra. John Dashwood. Aconteceu que, enquanto suas duas cunhadas mais a sra. Jennings estavam fazendo-lhe a primeira visita na Harley Street, outra de suas conhecidas apareceu — uma circunstância que em si mesma aparentemente não poderia causar nenhum mal a ela. Mas, enquanto a imaginação das outras pessoas as levar a fazer julgamentos errados sobre a nossa conduta e a avaliá-la de acordo com aparências superficiais, nossa felicidade estará sempre de algum modo à mercê do acaso. Na presente circunstância, essa mulher que chegou mais tarde deixou que a sua imaginação ultrapassasse de tal forma a verdade e a probabilidade, que bastou ouvir o nome das srtas. Dashwood e compreender que eram irmãs do sr. Dashwood para prontamente concluir que elas estivessem hospedadas na Harley Street. Um ou dois dias depois, esse equívoco fez que elas recebessem, juntamente com seu irmão e cunhada, cartas de convite para uma reunião musical na casa dessa senhora. Como consequência a sra. John Dashwood foi obrigada a resignar-se ao enorme inconveniente de enviar sua carruagem para pegar as srtas. Dashwood, e, o que era ainda pior, teve de sujeitar-se a todo o aborrecimento de parecer tratá-las com consideração: e quem poderia garantir que, depois disso, não fossem esperar sair com ela uma segunda vez? Ela continuava a ter o poder se desapontá-las, é verdade. Mas isso não era o bastante, pois, quando as pessoas se decidem por um modo de conduta que sabem ser errado, sentem-se magoadas quando se espera algo melhor para elas.

Marianne fora levada aos poucos a adquirir de tal forma o hábito de sair todos os dias, que se tornara para ela indiferente ir ou não ir, e se preparava calma e mecanicamente para os compromissos da noite, mesmo não esperando encontrar a menor diversão em nenhum deles e muitas vezes nem sequer soubesse, até o último momento, aonde a levariam.

Às roupas e à aparência ela se tornara tão completamente indiferente, que, durante todo o tempo gasto em se arrumar, dava a elas a metade da atenção que elas recebiam da srta. Steele nos primeiros cinco minutos em que ficavam juntas, depois de estar pronta. Nada escapava à minuciosa observação e à curiosidade geral *dela*. Via tudo e perguntava tudo, não sossegava até saber o preço de cada peça da roupa de Marianne, podia acertar o número total de seus vestidos melhor que a própria Marianne e não perdera a esperança de descobrir, antes que partissem, quanto gastavam por semana na lavagem das roupas e qual o montante anual de suas despesas pessoais. Além disso, a impertinência desse tipo de curiosidade geralmente terminava com um cumprimento que, embora bem-intencionado, era considerado por Marianne como a maior de todas as impertinências, porque, depois de passar por um interrogatório sobre o preço e a fabricação de seu vestido, a cor dos sapatos e o arranjo do penteado, tinha quase certeza de que ouviria que "palavra de honra, está muito elegante e tenho certeza de que fará muitas conquistas".

Com essas palavras encorajadoras ela então se despediu e se dirigiu à carruagem do irmão, na qual puderam entrar cinco minutos depois que estacionara à porta, pontualidade esta não muito agradável à sua cunhada, que as precedera na casa da conhecida, na esperança de que algum atraso da parte delas pudesse ser inconveniente para ela ou para o cocheiro.

Os acontecimentos daquela noite não foram muito notáveis. À festa, como a outras reuniões musicais, estavam presentes muitíssimas pessoas de bom gosto musical e muitíssimas mais com absolutamente nenhum gosto. Os próprios músicos eram, como sempre, a seus próprios olhos e aos de seus amigos mais íntimos, os melhores concertistas independentes da Inglaterra.

Como Elinor não era nem uma pessoa musical nem pretendia sê-lo, não teve escrúpulos de desviar os olhos do magnífico pianoforte sempre que lhe aprouvesse, e sem se constranger com a presença de uma harpa e de um violoncelo, de fitá-los à vontade em qualquer outro objeto da sala. Num desses olhares itinerantes, ela percebeu, em meio a um grupo de rapazes, aquele mesmo sujeito que lhes dera uma aula sobre estojos de palitos dentais na joalheria Gray. Logo em seguida ela percebeu que ele a encarava e falava familiarmente com seu irmão. Elinor acabara de decidir perguntar ao irmão o nome do rapaz, quando ambos caminharam na sua direção e o sr. Dashwood o apresentou a ela como o sr. Robert Ferrars.

Ele se dirigiu a ela com desenvolta cortesia e curvou a cabeça numa reverência que garantiu a ela mais claramente do que as palavras poderiam fazê-lo de que era exatamente o fanfarrão que Lucy lhe descrevera. Teria sido uma sorte para ela se o seu amor por Edward dependesse menos dos próprios méritos dele do que dos de seus parentes mais próximos! Pois então a reverência do irmão teria dado o toque final ao que o mau humor da mãe e da irmã haviam iniciado. Mas enquanto refletia sobre a diferença entre os dois rapazes, não lhe ocorreu que a vaidade vazia de um lhe tirasse toda benevolência pela modéstia e valor do outro. A razão dessa *diferença* foi-lhe explicada por Robert durante uma conversa de quinze minutos, porque, falando do irmão e lamentando a extrema *gaucherie*[1] que, na sua opinião, o impedia de se relacionar com a melhor sociedade, ele sincera e generosamente a atribuiu menos a alguma deficiência natural do que à desventura de uma educação particular, ao passo que ele próprio, ainda que provavelmente sem nenhuma superioridade particular e importante de natureza, simplesmente pela vantagem de ter frequentado uma escola pública, estava tão capacitado para relacionar-se em sociedade quanto qualquer outro homem.

— Palavra de honra — acrescentou ele —, acho que é só. Por isso sempre digo à minha mãe, quando ela se aflige com esse fato: "Minha querida senhora", sempre digo a ela, "a senhora precisa acalmar-se. O mal é agora irremediável e foi todo ele obra sua. Por que a senhora se deixou persuadir por meu tio, *Sir* Robert, contra a sua própria opinião, a colocar Edward aos cuidados de um tutor particular, durante a fase mais crítica da vida dele? Se o tivesse mandado para Westminster como eu, em vez de entregá-lo ao sr. Pratt, nada disso teria acontecido". É assim que sempre vejo o problema, e a minha mãe está plenamente convencida de que errou.

Elinor não quis contestar a opinião dele, pois, fosse qual fosse a sua opinião sobre as vantagens da escola pública, não conseguia pensar com satisfação na estada de Edward com a família do sr. Pratt.

— Acho que a senhorita mora em Devonshire — foi a sua observação seguinte —, num chalé perto de Dawlish.

Elinor corrigiu-o quanto à correta localização do chalé, e ele pareceu um tanto surpreso ao saber que alguém pudesse morar em Devonshire sem viver perto de Dawlish. Exprimiu-lhe, porém, sua calorosa aprovação daquele tipo de casa.

— Quanto a mim — disse ele —, gosto muitíssimo de chalés. São sempre tão confortáveis e elegantes! Garanto que, se pudesse economizar algum dinheiro, eu compraria umas terrinhas e construiria eu mesmo um chalé, a pouca distância de Londres, aonde eu pudesse ir a qualquer momento com alguns amigos para me divertir. A todos que querem construir, eu aconselho que construam chalés. Outro dia, meu amigo Lorde Courtland me procurou

---

[1] Em francês no original: falta de jeito.

justamente para me pedir um conselho e colocou à minha frente três diferentes plantas de Bonomi. Eu devia decidir qual era a melhor. "Meu caro Courtland", disse eu, lançando de imediato todas elas ao fogo, "não use nenhuma delas, mas construa um chalé". E acho que é isso que ele vai fazer.Algumas pessoas imaginam que não pode haver acomodações, não pode haver espaço num chalé, contudo estão muito enganadas. Estive o mês passado na casa do meu amigo Elliott, perto de Dartford. *Lady* Elliott queria dar um baile. "Mas como fazer?", disse ela, "meu caro Ferrars, diga-me como organizar tudo. Não há nenhuma sala neste chalé em que caibam dez casais, e onde se possa servir a ceia?" Logo vi que não havia nenhum problema, e então disse: "Minha querida *Lady* Elliott, não se preocupe. A sala de jantar poderá receber dezoito casais, com folga. As mesas de carteado podem ser colocadas na sala de estar, a biblioteca pode ser aberta para o chá e outros refrescos, e a ceia pode ser servida no salão". *Lady* Elliott adorou a ideia. Medimos a sala de jantar e descobrimos que poderia receber exatamente dezoito casais, e o baile foi organizado exatamente segundo os meus planos. Assim, na verdade, como pode ver, se se souber como organizar as coisas, pode-se gozar num chalé de todas as comodidades da mais espaçosa mansão.

Elinor concordou com tudo, já que não achava que aquilo merecesse o cumprimento da oposição racional.

Como a música não dava a John Dashwood mais prazer do que à sua irmã mais velha, sua mente também estava em liberdade para fixar-se em qualquer outra coisa, e uma ideia o impressionou durante a noite, a qual ele comunicou à mulher, para que a aprovasse, quando voltaram para casa. A reflexão sobre o erro da sra. Dennison ao supor que suas irmãs fossem suas hóspedes sugerira a ideia de convidá-las a ser realmente hóspedes, enquanto os compromissos da sra. Jennings a mantivessem longe de casa. A despesa seria insignificante, os inconvenientes também. Era uma amabilidade que a delicadeza de sua consciência lhe indicava como um requisito do cumprimento completo da promessa feita ao pai. Fanny ficou pasmada com a proposta.

— Não vejo como seja possível — disse ela —, sem fazer uma afronta a *Lady* Middleton, visto que passam o dia inteiro com ela. Se não fosse por isso, eu ficaria felicíssima em recebê-las. Sabe que estou sempre disposta a lhes dar toda a atenção possível, como demonstra o fato de trazê-las à festa esta noite. Elas, porém, são visitantes de *Lady* Middleton. Como posso tirá-las dela?

Seu marido, embora com muita humildade, não viu a força da objeção.

— Elas já passaram uma semana assim na Conduit Street, e *Lady* Middleton não pode ofender-se por elas passarem o mesmo número de dias na casa de parentes tão próximos.

Fanny fez uma breve pausa, e então, revigorada, disse:

— Meu amor, eu as convidaria de coração, se pudesse fazê-lo. No entanto, já me havia decidido a convidar as srtas. Steele para passarem alguns dias conosco. Elas são muito educadas, moças da melhor espécie, e acho que lhes devemos alguma consideração, pelo bem que o tio delas fez por Edward. Podemos convidar as suas irmãs algum outro ano, sabe, mas as srtas. Steele talvez não venham mais a Londres. Tenho certeza de que vai gostar delas; na verdade, *já* gosta muitíssimo delas e a minha mãe também. E são as favoritas do Harry!

O sr. Dashwood foi convencido. Viu prontamente a necessidade de convidar as srtas. Steele, e a sua consciência foi tranquilizada pela decisão de convidar as irmãs um outro ano, mas ao mesmo tempo suspeitando astutamente que em mais um ano o convite seria desnecessário, porque Elinor viria para Londres como esposa do coronel Brandon, e Marianne como hóspede *deles*.

Fanny, feliz por conseguir esquivar-se do convite e orgulhosa da rapidez de raciocínio que possibilitara a façanha, escreveu a Lucy no dia seguinte, para solicitar a sua companhia e a de sua irmã por alguns dias, na Harley Street, assim que *Lady* Middleton pudesse dispensá-las. Foi o suficiente para fazer Lucy realmente feliz, e com razão. A sra. Dashwood parecia estar mesmo trabalhando a seu favor, satisfazendo todas as suas esperanças e incentivando todos os seus planos! Tal oportunidade de estar com Edward e família era, acima de tudo, importantíssima para os seus interesses; e tal convite, mais do que gratificante para os seus sentimentos! Era uma vantagem que nunca poderia agradecer em demasia, nem aproveitar depressa demais, e de imediato se descobriu que a visita a *Lady* Middleton, que antes não tinha nenhum limite preciso, sempre estivera marcada para terminar em dois dias.

Quando o bilhete foi mostrado para Elinor, como o foi dez minutos depois de chegar, ele a fez de certa forma compartilhar, pela primeira vez, as expectativas de Lucy, pois um tal gesto de extraordinária gentileza para uma relação tão recente parecia demonstrar que a boa vontade com ela passara a ser algo mais do que mera malícia contra a própria Elinor, e poderia, com o tempo e com habilidade, permitir a Lucy tudo que quisesse. Sua adulação já conquistara o orgulho de *Lady* Middleton, e se introduzira no duro coração da sra. John Dashwood, e essas eram façanhas que deixavam entrever a possibilidade de outras ainda maiores.

As srtas. Steele mudaram-se para a Harley Street, e tudo que chegou até Elinor sobre a influência delas naquela casa fortaleceu a sua expectativa do acontecimento. *Sir* John, que as visitou mais de uma vez, contou tantas histórias sobre a predileção de que elas gozavam ali, que causou impressão em todos. A sra. Dashwood nunca ficara tão maravilhada com outras jovens; dera a cada uma delas uma almofada de alfinetes feita por emigrantes; chamava Lucy pelo primeiro nome e não sabia se algum dia conseguiria passar sem elas.

CAPÍTULO 37

A sra. Palmer estava tão bem depois de quinze dias, que sua mãe achou não ser mais necessário dedicar-lhe todo o seu tempo e, contentando-se em visitá-la uma ou duas vezes por dia, voltou para casa e para seus hábitos, encontrando as srtas. Dashwood prontas para retomarem o papel que desempenhavam.

Na terceira ou quarta manhã depois que se reinstalaram na Berkeley Street, a sra. Jennings, de volta de uma de suas costumeiras visitas à sra. Palmer, entrou na sala de estar onde Elinor estava sozinha, com um ar de tão imponente importância que ela se preparou para ouvir algo maravilhoso; e, dando-lhe tempo apenas para formar essa ideia, começou imediatamente a justificá-la, dizendo:

— Meu Deus, querida srta. Dashwood! Soube das notícias?

— Não, senhora. Que aconteceu?

— Algo tão estranho! Mas vai ouvir tudo. Quando fui à casa do sr. Palmer, encontrei Charlotte em grande alvoroço pelo bebê. Estava certa de que ele se encontrava muito doente... ele gritava e choramingava, e estava cheio de manchinhas vermelhas na pele. Eu o examinei e, "Santo Deus, minha querida", digo eu, "isso só pode ser picada de inseto...", e a babá disse a mesma coisa. Mas Charlotte não ficou satisfeita e por isso foram chamar o sr. Donavan. Por sorte ele acabava de vir da Harley Street, entrou rapidamente e assim que viu a criança disse a mesmíssima coisa que eu dissera, que só podia ser picada de inseto, e então Charlotte se acalmou. E quando ele já estava prestes a sair passou pela minha cabeça, não sei por que pensei naquilo, passou-me pela cabeça perguntar se tinha alguma novidade para contar. Ao ouvir aquilo, ele sorriu afetadamente, deu uma risadinha, ficou sério, pareceu saber uma coisa ou outra, e finalmente disse num sussurro: "Receio que algum relato desagradável chegue aos ouvidos das srtas. que estão sob os seus cuidados quanto à indisposição da cunhada delas; assim, acho aconselhável dizer que creio não haver grandes motivos para alarme; espero que a sra. Dashwood se restabeleça completamente".

— Como?! Fanny está doente?

— Foi exatamente o que eu disse, minha querida, "a sra. Dashwood está doente?" Então fiquei sabendo de tudo e para resumir a história, pelo que pude saber, o que se passou foi o seguinte. O sr. Edward Ferrars, aquele mesmo rapaz sobre o qual eu costumava brincar com você (no entanto, agora, pelo que aconteceu, estou infinitamente feliz por nada daquilo ser verdade), o sr. Edward Ferrars, ao que parece, estava noivo há um ano da minha prima Lucy!... É isso mesmo, querida!... E ninguém sabia uma sílaba daquilo tudo, só a Nancy!... É possível acreditar numa coisa dessas?... Não é de admirar que gostassem um do outro, porém que as coisas tenham ido tão longe entre eles sem que ninguém suspeitasse!... Isso é que é esquisito!... Eu nunca os vi juntos, pois, se tivesse visto, tenho certeza de que logo teria descoberto tudo. Bem, então aquilo foi mantido em grande segredo, de medo da sra. Ferrars, e nem ela, nem o seu irmão nem a sua cunhada suspeitaram de nada... até esta manhã, quando a pobre Nancy, que, sabe, é uma pessoa bem-intencionada, mas não uma conspiradora, contou tudo. "Santo Deus!", pensou ela consigo mesma, "eles todos gostam tanto da Lucy, com certeza não vão importar-se com isso"; e lá foi ela falar com a sua cunhada, que estava sentada sozinha bordando um tapete, sem suspeitar nadinha do que estava por vir... pois acabara de dizer ao seu irmão, cinco minutos antes, que planejava fazer um casamento entre Edward e a filha de algum lorde, não me lembro qual. Então você pode imaginar que duro golpe aquilo tudo foi para a vaidade e o orgulho dela, que imediatamente teve um violento ataque histérico, com gritos que chegaram aos ouvidos do seu irmão, enquanto ele estava no seu próprio quarto de vestir, no andar de baixo, pensando em escrever uma carta para o seu administrador, no campo. Então, ele subiu as escadas voando e ocorreu uma cena terrível, porque Lucy viera até ela naquele momento, sem a menor suspeita do que estava acontecendo. Coitadinha! Tenho pena *dela*. E devo dizer que acho que ela foi muito maltratada, já que a sua cunhada a repreendeu furiosamente, o que logo fez que Lucy desmaiasse. Nancy caiu de joelhos, e chorou amargamente. Seu irmão ia de um lado para o outro do quarto, dizendo que não sabia o que fazer. A sra. Dashwood declarou que elas não ficariam nem mais um minuto em sua casa, e o seu irmão também foi forçado a cair de *joelhos* para persuadi-la a deixar que ficassem até acabarem de fazer as malas. *Então* ela teve outro ataque histérico, e ele ficou tão assustado que mandou chamar o sr. Donavan, que entrou na casa no meio de todo aquele tumulto. A carruagem estava à porta, pronta para levar embora as minhas pobres primas, e elas iam entrando nela quando ele saiu; a pobre Lucy estava em tal estado que mal podia andar, e Nancy, quase tão mal quanto ela. Posso dizer que não tenho paciência com a sua cunhada e espero, de coração, que o casamento aconteça apesar dela. Santo Deus! Como vai ficar o pobre sr. Edward quando souber! Tratarem com tanto desprezo o seu amor! Porque dizem que ele a ama muitíssimo, com todas as forças. Não me admiraria se ele estivesse profundamente apaixonado!... e o sr. Donavan concorda comigo. Ele e eu conversamos muito a respeito; e o melhor de tudo é que ele voltou à Harley Street, para estar por perto quando contassem tudo à sra. Ferrars, visto que ela foi chamada assim que as minhas primas deixaram a casa, pois a sua cunhada tinha certeza de que *ela* também teria um ataque histérico, e, por mim, podia muito bem tê-lo. Não tenho pena de nenhuma delas. Nunca vi gente fazer um tal rebuliço por dinheiro e por prestígio. Não há razão no mundo pela qual o sr. Edward e Lucy não devam casar-se, pois tenho certeza de que a sra. Ferrars pode muito bem ajudar o filho e, se bem que Lucy não tenha quase nada, sabe como ninguém tirar o máximo de cada coisa. Tenho certeza de que, se a sra. Ferrars lhe desse quinhentas libras por ano, ela faria melhor figura do que qualquer outra pessoa com oitocentas. Meu Deus! Como podem viver bem em outro chalé como o de vocês... ou um pouco maior... com duas criadas e dois criados. Acho que poderia ajudá-los a encontrar uma criada, já que a minha Betty tem uma irmã desempregada que seria perfeita para eles.

Aqui a sra. Jennings se calou, e, como Elinor tivera tempo suficiente para recompor suas ideias, foi capaz de dar as respostas e de fazer as observações que o assunto naturalmente deveria provocar. Feliz por não suspeitarem que tivesse algum interesse extraordinário no caso e porque a sra. Jennings (como muitas vezes esperara que finalmente acontecesse) deixara de imaginar que ela estivesse apaixonada por Edward, e feliz acima de tudo pela ausência de Marianne, ela se sentiu plenamente capaz de falar sobre o caso sem constrangimento e de fazer seu julgamento, como acreditava, com imparcialidade sobre a conduta de todos os envolvidos.

Ela mal podia identificar quais eram realmente as suas próprias expectativas sobre o caso, mesmo que tentasse sinceramente rejeitar a ideia de que fosse possível que ele acabasse de alguma outra forma do que com o casamento de Edward e Lucy. Estava ansiosa por saber o que a sra. Ferrars diria e faria, embora não houvesse nenhuma dúvida sobre a natureza de sua reação, e estava ainda mais ansiosa por saber como Edward se comportaria. Dele ela sentiu muita pena; de Lucy, muito pouca, e mesmo assim lhe custou certo esforço sentir esse pouco; do resto do grupo, não sentiu absolutamente nenhuma.

Como a sra. Jennings não conseguia falar de nenhum outro assunto, Elinor logo percebeu a necessidade de preparar Marianne para discuti-lo. Não tinha tempo a perder para desiludi-la, dar-lhe a conhecer a verdade sobre o caso e tentar fazer que ela ouvisse outros falarem sobre o assunto sem revelar que sentia preocupação pela irmã ou ressentimento contra Edward.

A tarefa de Elinor era dolorosa. Iria acabar com o que realmente acreditava ser o principal consolo da irmã. Temia que lhe revelar alguns pormenores sobre Edward destruísse para sempre a consideração que Marianne tinha por ele e fizesse que ela, pela semelhança de situações, que para a imaginação *dela* seria grande, sentisse novamente toda a sua decepção. Mas, por mais ingrata que fosse a tarefa, era preciso realizá-la, e portanto Elinor apressou-se em executá-la.

Ela estava muito longe de querer deleitar-se em seus próprios sentimentos ou representar-se a si mesma como uma grande sofredora, a menos que o autocontrole que praticara desde que soubera do noivado de Edward lhe sugerisse que seria útil fazê-lo com Marianne. Contou o caso de modo claro e simples e, embora não pudesse fazê-lo sem comoção, sua narrativa não foi acompanhada de nenhuma agitação violenta nem de um pesar impetuoso.

Isso aconteceu com a ouvinte, já que Marianne ouviu tudo horrorizada e desmanchou-se em lágrimas. Elinor tinha de ser a consoladora dos outros em suas próprias desgraças, não menos do que na deles, e logo ofereceu todo o consolo que podia ao garantir estar calma e ao defender Edward de todas as acusações, salvo a de imprudência.

Durante algum tempo, porém, Marianne não deu crédito a nada disso. Edward parecia um segundo Willoughby, e, se Elinor reconhecia que o *havia* amado com toda a sinceridade, como podia sentir menos que ela! Quanto a Lucy Steele, considerava-a tão completamente desprezível, tão absolutamente incapaz de atrair um homem inteligente, que no começo não conseguiu acreditar — e, mais tarde, perdoar — que Edward alguma vez tivesse sentido certo amor por ela. Nem sequer admitiria que aquilo tivesse sido natural, e Elinor não conseguiu convencê-la de que assim fosse, pelo simples fato de que a única coisa que poderia convencê-la era um melhor conhecimento da humanidade.

A primeira comunicação não fora além da afirmação do fato do noivado e do período de tempo em que existira. Irromperam, então, os sentimentos de Marianne e puseram um ponto-final em qualquer regularidade de detalhes. Durante algum tempo, tudo que se pôde fazer foi acalmar a sua aflição, amainar o seu abalo e combater a sua indignação. A primeira pergunta que fez, e que levou a mais detalhes, foi:

— Há quanto tempo sabe disso, Elinor? Ele lhe escreveu?

— Sei disso há quatro meses. Quando Lucy chegou a Barton Park, em novembro, ela me falou confidencialmente sobre o noivado.

A essas palavras, os olhos de Marianne exprimiram o espanto que seus lábios não conseguiam pronunciar. Depois de uma pausa de surpresa, exclamou:

— Quatro meses! Já sabia disso há quatro meses?

Elinor confirmou.

— Como?! Enquanto cuidava de mim em toda a minha desgraça, você trazia isso no coração? E eu que a censurei por ser feliz!

— Não era bom que soubesse na época o quanto eu era o contrário daquilo!

— Quatro meses! — exclamou Marianne de novo. — Tão calma! Tão alegre! Como aguentou?

— Sentindo que estava fazendo o meu dever. Minha promessa a Lucy obrigava-me a guardar segredo. Eu devia a ela, portanto, evitar sugerir a verdade de qualquer jeito; e pela minha família e amigos eu tinha a obrigação de não criar motivos de preocupação por mim, algo que não estaria em meu poder satisfazer.

Marianne parecia muito impressionada.

— Muitas vezes quis contar a verdade a você e à mamãe — acrescentou Elinor —, e uma ou duas vezes tentei fazê-lo, mas, sem trair a palavra dada, eu jamais conseguiria convencê-las.

— Quatro meses! E mesmo assim você ainda o amava!

— Sim. Entretanto, não amava só a ele; o bem-estar dos outros é importante para mim, e por esse motivo queria poupá-los de saber como me sentia. Agora já consigo pensar e falar sobre isso com pouca emoção. Não queria que sofressem por minha culpa, pois lhe garanto que não estou mais sofrendo muito. Tenho muitas coisas que me dão apoio. Que eu saiba, não provoquei decepção em ninguém por nenhuma imprudência, suportei tudo o máximo que pude, sem contar nada a ninguém. Não acuso Edward de ter algum comportamento essencialmente mau. Quero que ele seja muito feliz e tenho certeza de que ele sempre cumprirá com o seu dever e, embora possa sentir algum pesar, ele finalmente será feliz. Não falta sensatez a Lucy, e essa é a base sobre a qual se podem construir todas as coisas boas. E afinal, Marianne, por mais fascinante que seja a ideia de um único e constante amor e apesar de tudo que se possa dizer sobre a felicidade de alguém depender completamente de uma pessoa determinada, as coisas não devem ser assim, nem é adequado ou possível que o sejam. Edward vai casar-se com Lucy, vai casar-se com uma mulher superior como pessoa e inteligência, a média das outras pessoas do seu sexo. O tempo e o hábito hão de ensiná-lo a se esquecer de que um dia julgou outra mulher superior a *ela*.

— Se é assim que pensa — disse Marianne —, se a perda do que é mais valioso é tão facilmente esquecida por alguma outra coisa, talvez a sua firmeza e o seu autocontrole sejam um pouco menos admiráveis. Assim consigo entendê-los melhor.

— Eu entendo você. Não acha que alguma vez eu tenha tido sentimentos. Durante quatro meses, Marianne, carreguei tudo aquilo dentro de mim, sem ter a liberdade de falar com ninguém, sabendo que assim que tudo fosse explicado a você e à mamãe ficariam muito tristes, e mesmo assim não podia prepará-las para a notícia, de maneira nenhuma. Ela me foi contada... de certa forma ela me foi imposta pela própria pessoa cujo noivado destruiu todas as minhas esperanças. E aquilo me foi contado triunfalmente, pelo que entendi... Tive de combater as suspeitas dessa pessoa, portanto, tentando parecer indiferente naquilo que era o meu mais profundo interesse... e não foi só uma vez... tinha de ouvir suas esperanças e alegrias sempre de novo... Vi-me separada de Edward para sempre, sem ouvir nada que me fizesse desejar menos o relacionamento. Nada provou que fosse indigno e nada demonstrava que fosse indiferente a mim. Tive de lutar contra a grosseria da irmã e a insolência da mãe dele, e sofri a punição por um amor, sem gozar de suas vantagens... Tudo isso num momento em que, como bem sabe, aquela não era a minha única tristeza... Se conseguir achar que sou capaz de ter sentimentos... com certeza verá *agora* que sofri. A tranquilidade com que consigo agora lidar com o caso, o consolo que tenho estado disposta a aceitar, foram o resultado de um esforço constante e doloroso. Não vieram do nada.

No começo, eles não vieram aliviar a minha alma... Não, Marianne... *Então*, se não estivesse obrigada a ficar em silêncio, talvez nada me pudesse impedir, nem mesmo o que devia a meus mais queridos amigos, de demonstrar que eu estava *muito* infeliz.

Marianne estava completamente convencida.

— Ah, Elinor — exclamou ela —, fez que me odeie para sempre. Como fui bárbara com você! Você, que tem sido meu único consolo, que esteve ao meu lado durante todo o meu sofrimento, que parecia ser a única que sofria por mim! Foi essa a minha gratidão? Foi essa a única retribuição que lhe pude oferecer? O seu mérito incomodava-me, por isso tentei esquecê-lo.

As mais ternas carícias seguiram essa confissão. No estado de espírito em que agora se encontrava, Elinor não teve dificuldade em obter dela todas as promessas que queria, e, a seu pedido, Marianne se comprometeu a nunca falar do caso aparentando rancor, encontrar-se com Lucy sem demonstrar o menor aumento de sua antipatia por ela e até ver o próprio Edward, se o acaso os reunisse, sem diminuir de modo algum a cordialidade de sempre. Essas foram grandes concessões, mas quando Marianne sentia que havia prejudicado alguém, nenhuma reparação lhe parecia demasiada.

Ela cumpriu admiravelmente a promessa de ser discreta. Prestou atenção em tudo o que a sra. Jennings tinha a dizer sobre o assunto, sem alterar a expressão, não discordou dela em nada e ouviram-na dizer por três vezes "Sim, senhora". Ouviu o elogio que ela fez de Lucy, limitando-se a passar de uma cadeira para outra, e, quando a sra. Jennings falou do amor de Edward, isso lhe custou apenas um espasmo na garganta. Tais lances de heroísmo da parte da irmã fizeram Elinor sentir-se igualmente capaz de enfrentar qualquer situação.

A manhã seguinte colocou-a novamente à prova, numa visita do irmão, que veio com o ar mais grave falar do terrível caso e trazer-lhes notícias da esposa.

— Suponho que ouviram falar — disse ele com grande solenidade, assim que se sentou — da escandalosíssima descoberta que ocorreu sob o nosso teto ontem.

Todos responderam que sim com os olhos; o momento parecia terrível demais para as palavras.

— A sua cunhada — prosseguiu ele — sofreu medonhamente. A sra. Ferrars também... em suma, foi uma cena confusa e dolorosa... no entanto, espero que a tempestade possa ser superada sem que nenhum de nós saia destruído. Pobre Fanny! Esteve histérica ontem o dia inteiro. Todavia, não quero assustá-las demais. Donavan diz que não há nada de importante a temer; sua compleição é boa e a sua firmeza é capaz de enfrentar qualquer situação. Suportou tudo com a força de um anjo! Diz que nunca mais vai pensar bem de ninguém, e isso não é de admirar, depois de ter sido tão enganada!... topar com tanta ingratidão, depois de demonstrar tanta delicadeza e depositar tanta confiança nela! Foi por pura bondade do coração que ela convidara aquelas moças para a nossa casa, simplesmente porque achou que elas mereciam alguma consideração, eram meninas inofensivas e bem-educadas e seriam companheiras agradáveis, pois, se não fosse por esse motivo, nós dois queríamos muito ter convidado você e Marianne para ficarem conosco, enquanto a sua gentil amiga cuidava da filha. E isso para sermos assim recompensados! "Quisera, de todo o coração", disse a pobre Fanny com seu jeito carinhoso, "ter convidado as suas irmãs em vez delas".

Aqui ele fez uma pausa para receber os agradecimentos; depois de recebê-los, prosseguiu.

— Não é possível descrever o que a pobre sra. Ferrars sofreu quando Fanny lhe contou tudo. Enquanto, com o mais autêntico afeto, ela planejava o melhor casamento para ele, como imaginar que o tempo todo ele estivesse secretamente comprometido com outra pessoa! Tal suspeita nunca lhe poderia ter passado pela cabeça! Se ela suspeitou de *alguma* predisposição da parte dele por outra pessoa, não podia ser *naquela* direção. "*Lá*, com certeza", disse ela, "eu poderia ter-me sentido segura". Estava agitadíssima. Deliberamos juntos, porém, o que deveria ser feito, e por fim ela decidiu mandar chamar Edward. Ele veio. Mas lamento contar o que se seguiu. Tudo que a sra. Ferrars podia dizer para que ele pusesse um ponto-final no noivado, secundada, como podem imaginar, pelos meus argumentos e pelas súplicas de Fanny, foi em vão. Dever, afeto, tudo foi desconsiderado. Nunca pensei que Edward fosse tão teimoso, tão insensível. Sua mãe explicou-lhe seus planos generosos, se ele se casasse com a srta. Morton; disse que lhe daria a propriedade de Norfolk, a qual, isenta de impostos territoriais, rende boas mil libras por ano. Chegou até a lhe oferecer, quando as coisas começaram a parecer desesperadas, mil e duzentas libras e, em contraposição a isso, se ele ainda teimasse em realizar aquele mau casamento, descreveu-lhe a penúria que certamente atingiria o casal. Suas duas mil libras seriam tudo o que teria; ela jamais o tornaria a ver; e estaria tão longe de lhe dar a menor assistência, que, se ele viesse a exercer qualquer profissão para sustentar-se, ela faria todo o possível para impedi-lo de ser bem-sucedido.

Aqui, Marianne, num êxtase de indignação, bateu as mãos e exclamou:

— Santo Deus! Será possível?

— Tem razão de estranhar, Marianne — tornou o irmão —, a teimosia que pôde resistir a argumentos como aqueles. Sua exclamação é muito natural.

Marianne ia replicar, contudo lembrou-se da promessa e absteve-se.

— Toda essa insistência, porém — prosseguiu ele —, foi em vão. Edward falou muito pouco, mas o que disse foi dito com a maior determinação. Nada o convenceria a abrir mão do noivado. Seria fiel a ele, a qualquer preço.

— Então — exclamou a sra. Jennings com sua grosseira sinceridade, incapaz de permanecer calada —, ele agiu como um homem honesto! Perdão, sr. Dashwood, mas se ele tivesse agido de outra maneira, eu o consideraria um canalha. Tenho certo interesse no caso, tanto quanto o senhor, pois Lucy Steele é minha prima, e creio que não há no mundo menina melhor nem que mereça mais um bom marido do que ela.

John Dashwood ficou pasmado, todavia era de natureza calma, não aberto à provocação e jamais quis ofender ninguém, e em especial ninguém que possua uma grande fortuna. Assim, respondeu sem nenhum ressentimento:

— Não quis de modo algum faltar com o respeito a nenhuma parenta sua, minha senhora. Posso dizer que a srta. Lucy Steele é uma moça muito digna, no entanto, no presente caso, a senhora sabe, o casamento é impossível. E tornar-se secretamente noiva de um jovem que estava sob a tutela do tio dela, o filho de uma mulher de tão grande fortuna como a sra. Ferrars, é, talvez, algo totalmente extraordinário. Em suma, não pretendo julgar o comportamento de ninguém que mereça a minha consideração, sra. Jennings. Todos nós queremos que ela seja muito feliz, e durante todo o tempo o comportamento da sra. Ferrars foi o que toda boa mãe adotaria em circunstâncias como aquela. Foi digno e generoso. Edward jogou sua própria sorte, e receio que o resultado tenha sido ruim.

Marianne exprimiu num suspiro que receava a mesma coisa, e o coração de Elinor ficou apertado pelos sentimentos de Edward, ao enfrentar as ameaças da mãe, por uma mulher que não poderia recompensá-lo.

— Muito bem, senhor — disse a sra. Jennings —, e como acabou essa história?

— Lamento dizer, minha senhora, que acabou na mais infeliz ruptura: Edward rompeu para sempre com a mãe. Ele saiu de casa ontem, mas não sei para onde foi e se ainda está em Londres, já que *nós*, é claro, não podemos fazer perguntas sobre isso.

— Pobre rapaz! E o que vai ser dele?

— Isso mesmo, minha senhora, que será dele! É melancólico. Nascido com uma tal perspectiva de riqueza! Não consigo imaginar situação mais deplorável. Os juros de duas mil libras... como pode um homem viver disso? E quando penso que, se não fosse a sua insensatez, ele poderia em três meses ganhar uma renda de duas mil e quinhentas libras anuais (pois a srta. Morton tem trinta mil libras), não consigo conceber uma situação mais lamentável. Todos nós devemos sentir muita pena dele, ainda mais porque não temos nenhuma possibilidade de ajudá-lo.

— Pobre rapaz! — exclamou a sra. Jennings. — Garanto-lhe que de muito bom grado lhe daria casa e comida... É o que lhe diria se pudesse vê-lo. Não é certo que ele viva entregue à sua própria sorte agora, em albergues e tavernas.

O coração de Elinor agradeceu-lhe tal gentileza com Edward, embora não pudesse deixar de sorrir pela maneira como fora expressa.

— Se ele tivesse feito por si mesmo — disse John Dashwood — o que todos os seus amigos estavam dispostos a fazer, estaria agora na situação que lhe cabe, e nada lhe faltaria. Entretanto, como as coisas estão ninguém pode ajudá-lo. E está para acontecer mais uma coisa contra ele, que deve ser a pior de todas: sua mãe decidiu, por um estado de espírito muito compreensível, passar prontamente para Robert *aquela* propriedade que seria de Edward, em circunstâncias normais. Esta manhã, deixei-a com o advogado, tratando desses negócios.

— Muito bem — disse a sra. Jennings —, essa é a vingança *dela*! Cada um tem sua maneira de agir, mas não acho que a minha seria tornar independente um filho porque o outro me aborreceu.

Marianne ergueu-se e começou a andar pela sala.

— Pode alguma coisa ser mais exasperante para um homem — prosseguiu John —, do que ver seu irmão mais moço de posse de uma propriedade que poderia ser sua? Coitado do Edward! Tenho pena dele, sinceramente.

Passou mais alguns minutos no mesmo tipo de desabafo e encerrou sua visita. Garantindo repetidas vezes às irmãs que acreditava realmente que não havia grande risco na indisposição de Fanny e que não precisavam, portanto, preocupar-se com isso, partiu, deixando as três unânimes em seus sentimentos sobre a situação atual, pelo menos no que se referia à conduta da sra. Ferrars, dos Dashwood e de Edward.

A indignação de Marianne explodiu assim que ele deixou a sala; e como a sua veemência tornava a reserva impossível para Elinor e desnecessária para a sra. Jennings, todas elas se uniram numa violenta crítica de todo o grupo.

CAPÍTULO 38

A sra. Jennings foi muito calorosa ao elogiar o comportamento de Edward, mas só Elinor e Marianne compreenderam o seu verdadeiro mérito. Só elas sabiam como foram poucos os motivos que o tentaram à desobediência e quão pequeno era o consolo, fora a consciência do bem agir, que lhe poderia restar para a perda de amigos e da riqueza. Elinor orgulhou-se de sua integridade, e Marianne perdoou todas as suas ofensas, de pena da sua punição. Mas se bem que a confiança entre eles tivesse sido recuperada, por aquela revelação pública, aquele não era um assunto em que nenhuma das duas gostava de deleitar-se quando estavam sozinhas. Elinor evitava-o por princípio, por tender a fortalecer ainda mais em seus pensamentos, pelas certezas muito entusiastas e enfáticas de Marianne, a crença no persistente amor de Edward por ela, algo de que gostaria de se livrar; e logo faltou coragem para Marianne tentar conversar sobre um assunto que a deixava cada vez mais insatisfeita consigo mesma, pela comparação que necessariamente produzia entre o comportamento de Elinor e o seu próprio.

Sentiu toda a força daquela comparação, porém, não para forçá-la a se empenhar, como esperara a irmã; sentiu-a com toda a dor do remorso contínuo, lamentou amargamente nunca se ter esforçado na vida, mas aquilo só lhe trouxe a tortura da penitência, sem a esperança de corrigir-se. Seu ânimo estava tão debilitado que ela ainda acreditava ser impossível qualquer esforço, e, assim, aquilo só a desanimava ainda mais.

Não tiveram nenhuma novidade nos dois dias seguintes sobre a situação na Harley Street ou Bartlett's Buildings. Ainda que já soubessem tanto sobre o caso, que a sra. Jennings podia passar adiante aquele conhecimento sem ter de buscar mais, ela resolvera desde o começo fazer uma visita de consolação e informação às primas assim que pudesse; e só o estorvo de ter mais visitas que o normal a impediu de procurá-las naquele momento.

O terceiro dia depois de terem conhecimento dos detalhes foi um domingo tão delicioso, tão lindo, que levou muita gente aos jardins de Kensington, embora fosse apenas a segunda semana de março. A sra. Jennings e Elinor estavam entre elas; mas Marianne, que sabia que os Willoughby estavam de volta a Londres e vivia com o pavor de encontrá-los, preferiu ficar em casa a aventurar-se num lugar tão público.

Uma conhecida íntima da sra. Jennings juntou-se a elas assim que entraram nos Jardins, e Elinor não se aborreceu com o fato de que, permanecendo essa amiga com elas e monopolizando as atenções da sra. Jennings, ela mesma pôde entregar-se tranquilamente à reflexão. Não viu ninguém dos Willoughby, ninguém de Edward e, por algum tempo, ninguém que por algum motivo, alegre ou triste, pudesse interessá-la. Por fim ela se viu, para sua surpresa, abordada pela srta. Steele, que, mesmo parecendo muito tímida, exprimiu sua grande satisfação em encontrá-las e, ao receber os delicados encorajamentos da sra. Jennings, deixou o seu grupo por algum tempo para juntar-se ao delas. A sra. Jennings de imediato sussurrou para Elinor:

— Tire tudo dela, minha querida. Ela lhe contará tudo que lhe pedir. Como vê, não posso deixar a sra. Clarke.

Para a curiosidade da sra. Jennings e também de Elinor, porém, era uma sorte que ela contava qualquer coisa *sem* que lhe perguntassem, porque, se não fosse assim, não aprenderiam nada de novo.

— Estou tão contente por encontrá-las — disse a srta. Steele, pegando-a pelo braço com familiaridade —, pois a coisa que mais queria no mundo era vê-las —; e então, baixando a voz — suponho que a sra. Jennings soube de tudo a respeito do caso. Ela está zangada?

— Com a senhorita, de modo nenhum, acho.

— Isso é ótimo. E *Lady* Middleton, *ela* está zangada?

— Não vejo por que estaria.

— Estou imensamente feliz com isso. Graças a Deus! O que eu passei com isso tudo! Nunca vi Lucy com tanta raiva na vida. Primeiro, prometeu que nunca mais me faria uma touca nova, nem faria mais nada por mim enquanto vivesse, mas agora já se acalmou e somos boas amigas como sempre fomos. Veja só, ela fez este laço para o meu chapéu e pôs a pluma a noite passada. E agora a *senhorita* vai rir de mim também. Mas por que eu não usaria fitas cor-de-rosa? Não me importa se é a cor predileta do reverendo. Eu, por meu lado, garanto que nunca saberia que ele *preferia* essa a todas as outras cores, se ele não tivesse contado. Minhas primas têm-me aborrecido tanto! Confesso que às vezes não sei como me comportar quando estou com elas.

Ela divagara até um assunto em que Elinor nada tinha a dizer e, portanto, logo julgou acertado voltar para o primeiro.

— Muito bem, srta. Dashwood — disse ela em tom triunfal —, por mais que as pessoas falem que o sr. Ferrars abandonou Lucy, posso garantir-lhe que isso não é verdade. É uma pena que tais notícias maldosas sejam espalhadas por aí. Fosse o que fosse que Lucy pudesse pensar sobre o assunto, sabe que ninguém podia dar aquilo como certo.

— Posso garantir que não ouvi nada desse tipo — disse Elinor.

— Ah, não ouviu? No entanto, sei muito bem que aquilo *foi* dito, e por mais de uma pessoa. Pois a srta. Godby disse à srta. Sparks que ninguém no uso das suas faculdades mentais poderia esperar que o sr. Ferrars abandonasse uma mulher como a srta. Morton, com uma fortuna de trinta mil libras, por Lucy Steele, que não tinha absolutamente nada. Ouvi isso da própria srta. Sparks. Além disso, até o meu primo Richard disse temer que, quando chegasse a hora, o sr. Ferrars desistiria de tudo. Quando Edward não nos procurou por três dias, nem eu sabia o que pensar, e acho lá no fundo do coração que Lucy deu tudo por perdido, pois fomos embora da casa do seu irmão na quarta-feira, e não vimos Edward nem na quinta-feira nem na sexta-feira nem no sábado, e não sabíamos que fim ele tinha levado. Lucy até pensou em escrever para ele, mas então seu ânimo se rebelou contra a ideia. Esta manhã, contudo, ele apareceu quando chegamos da igreja, e então tudo se esclareceu: ele disse como fora chamado na quarta-feira à Harley Street e conversara com a mãe e todos eles, e declarara diante de todos que só amava Lucy e só com Lucy se casaria. E como ficara tão arrasado com tudo aquilo, que assim que saiu da casa da mãe montou e cavalgou até algum lugar do campo, e como permaneceu num albergue na quinta-feira e na sexta-feira, para decidir o que fazer. E contou que, depois de pensar e repensar em tudo aquilo, achava que agora, que não tinha mais nenhuma fortuna nem mais nada, seria muito indelicado pedir a Lucy que mantivesse o compromisso, uma vez que não seria bom para ela, já que ele só tinha duas mil libras e nenhuma esperança de conseguir mais alguma coisa. Se se ordenasse, como às vezes pensava, só poderia obter uma paróquia, e como poderiam viver só com isso? Não podia suportar a ideia de nada poder fazer por ela, e então lhe implorou, se tivesse a mínima intenção de fazê-lo, que pusesse prontamente um ponto-final no noivado e o deixasse resolver seus problemas sozinho. Eu o ouvi dizer tudo aquilo; mais claramente, impossível. E era tudo para o bem *dela* e pensando *nela* que ele disse aquilo de ir embora, e não por ele mesmo. Juro solenemente que ele não disse nenhuma sílaba sobre estar cansado dela ou querer casar com a srta. Morton, ou qualquer coisa desse tipo. Mas é claro que Lucy não daria ouvidos a esse tipo de conversa, e então lhe disse imediatamente (com muitas palavras de amor e carinho, sabe, e tudo o mais... Ah, não dá para repetir essas coisas!), disse-lhe imediatamente que não tinha nenhuma intenção de deixá-lo, porque poderia viver com ele por uma ninharia, e por pouco que ele tivesse agora ela ficaria muito contente com isso, ou algo desse tipo. Então ele ficou loucamente feliz e falou durante algum tempo sobre o que iriam fazer, e concordaram que ele devia ordenar-se de imediato e que deveriam esperar para se casarem até que ele conseguisse um meio de vida. Depois disso não consegui ouvir mais nada, pois a minha prima me chamou do andar de baixo para me dizer que a sra. Richardson viera em seu coche para levar uma de nós aos jardins de Kensington. Fui, então, obrigada a entrar na sala e interrompê-los para perguntar a Lucy se ela queria ir. Ela, porém, não quis deixar Edward; então eu subi e pus um par de meias de seda e saí com os Richardson.

— Não entendo o que quer dizer com interrompê-los — disse Elinor. — Os três estavam na mesma sala, não é?

— Não, nós não. Ah, srta. Dashwood, acha que as pessoas namoram quando há mais alguém presente? Ah, que vergonha!... Com certeza, deve saber dessas coisas — (rindo com afetação). — Não, não, eles estavam fechados juntos na sala, e ouvi tudo atrás da porta.

— Como! — exclamou Elinor. — Repetiu para mim o que ouviu atrás da porta? Lamento não ter sabido disso antes, porque certamente não teria permitido que me desse detalhes de uma conversa que a senhorita mesma não devia ter ouvido. Como pôde comportar-se tão mal com sua irmã?

— Ah, *isso* não tem nada de mais. Só fiquei junto à porta e ouvi o que pude. E tenho certeza de que Lucy faria a mesma coisa comigo, já que um ou dois anos atrás, quando Martha Sharpe e eu tínhamos muitos segredos, ela não teve escrúpulos de se esconder num guarda-roupa ou atrás do biombo da chaminé para ouvir o que dizíamos.

Elinor tentou falar de outras coisas, no entanto só conseguiu manter por poucos minutos a srta. Steele afastada do assunto que ocupava sua mente.

— Edward fala de ir logo para Oxford — disse ela —, mas agora está morando em Pall Mall número... Que mulher má é a mãe dele, não é? E o seu irmão e a sua cunhada não foram muito gentis! Mas não vou dizer nada contra eles para a *senhorita* e posso garantir que eles nos mandaram de volta para casa na carruagem deles, o que era mais do que eu esperava. Eu, por meu lado, estava apavorada com a ideia de que sua cunhada pedisse de volta os estojinhos de costura que ela nos dera dois ou três dias antes, contudo, não disse nada a respeito, e tive o cuidado de deixar o meu longe da vista dela. Edward tem alguns negócios para resolver em Oxford, pelo que ele disse, então deve ficar lá por algum tempo, e depois *disso*, assim que topar com algum bispo, ele será ordenado. Imagino que bela paróquia ele vai ter! Deus do céu — (dando uma risadinha boba) —, daria a vida para saber o que meus primos vão dizer quando souberem! Vão me dizer que escreva ao reverendo para lhe pedir que dê a Edward a paróquia de que precisa para se sustentar. Tenho certeza de que vão dizer isso, mas garanto que eu não faria uma coisa dessas por nada neste mundo... "Ah!", vou logo dizer, "Como podem pensar uma coisa dessas? Eu, escrever para o reverendo? Tenham dó...".

— Muito bem — disse Elinor —, é sempre bom estar preparada para o pior. Já tem uma resposta pronta.

A srta. Steele ia responder sobre o mesmo assunto, porém a aproximação do seu próprio grupo tornou mais urgente outro tema.

— Ah, aí vêm os Richardson. Tenho muito mais coisas para lhe contar, no entanto, não posso ficar mais tempo longe deles. Garanto-lhe que eles são pessoas muito distintas. Ele ganha um dinheirão e eles têm seu próprio coche. Não tenho tempo de falar sobre isso com a sra. Jennings, mas por favor diga-lhe que estou muito contente em saber que não está zangada conosco, e *Lady* Middleton também. Se acontecer alguma coisa, e a senhorita e a sua irmã tiverem de ir embora e a sra. Jennings quiser companhia, garanto que ficaríamos muito felizes em ficar com ela o tempo que quiser. Suponho que *Lady* Middleton não vá convidar-nos mais esta temporada. Adeus! É uma pena que a srta. Marianne não esteja aqui. Dê lembranças a ela. Ah, a senhorita está usando o vestido de musselina de bolinhas!... Não tem medo de que ele se rasgue?

Essa foi a sua preocupação de despedida; depois disso só teve tempo para se despedir da sra. Jennings, antes que sua companhia fosse exigida pela sra. Richardson. Elinor tomou posse de conhecimentos que poderiam dar-lhe o que pensar durante algum tempo, ainda que tivesse aprendido poucas coisas que não houvesse previsto ou suposto em suas reflexões. O casamento de Edward com Lucy era algo decidido com firmeza, e a data continuava absolutamente incerta, como concluíra que aconteceria. Tudo dependia, exatamente como esperava, de obter aquela nomeação que, no momento, parecia ser completamente impossível.

Assim que voltaram à carruagem, a sra. Jennings mostrou-se impaciente por saber das novidades, mas como Elinor queria espalhar o mínimo possível das informações que haviam sido obtidas de um modo tão desleal, limitou-se a repetir por alto alguns detalhes simples que tinha certeza de que Lucy, em seu próprio interesse, gostaria que fossem conhecidos. O prosseguimento do noivado e o modo de que se valeriam para chegar a seu objetivo foi tudo que contou, o que provocou na sra. Jennings o seguinte comentário natural:

— Aguardar que ele tenha um meio de subsistência! Ai, todos nós sabemos como *isso* vai acabar: vão esperar um ano para descobrir que tudo não vai dar em nada, vão instalar-se numa paróquia de cinquenta libras por ano, com os juros de suas duas mil libras e mais o pouco que o sr. Steele e o sr. Pratt podem dar a ela. E então vão ter um filho por ano! E que Deus os proteja! Como vão ser pobres! Preciso ver o que posso dar-lhes para mobiliarem a casa. Duas criadas e dois criados, sem dúvida! Como eu disse outro dia. Não, não, eles têm de ter uma mulher bem forte, que seja "pau para toda obra". A irmã de Betty não vai servir para eles *agora*.

Na manhã seguinte, Elinor recebeu uma carta pelo correio, de dois *pence*, da própria Lucy. Dizia ela:

Bartlett's Building, março.

Espero que a minha querida srta. Dashwood me perdoe por tomar a liberdade de lhe escrever, contudo sei que a sua amizade por mim fará que se sinta satisfeita em ouvir boas notícias de mim e do meu querido Edward, depois de todos os problemas que enfrentamos recentemente, portanto não vou pedir mais desculpas e vou logo dizendo que, graças a Deus, apesar de termos sofrido terrivelmente, estamos ambos muito bem agora e tão felizes como sempre deveremos estar em nosso amor recíproco. Passamos por muitas provações e grandes perseguições, mas, ao mesmo tempo, somos muito gratos a muitos amigos e amigas — e a senhorita não é a menor delas — cuja grande delicadeza sempre lembrarei com gratidão, assim como Edward também, com quem falei a respeito. Tenho certeza de que gostará de saber, assim como a minha querida sra. Jennings, que passei duas horas muito felizes com ele ontem à tarde; ele não queria ouvir falar de nos separarmos, apesar de que sinceramente eu tenha, como era meu dever, insistido para que o fizesse, por prudência, e ter-me-ia me separado dele imediatamente, se aceitasse; no entanto, ele disse que isso não ia acontecer nunca, não lhe importava a raiva da mãe, se pudesse ter o meu amor. Nossas perspectivas não são lá muito brilhantes, é verdade, contudo temos de aguardar, na esperança do melhor; logo, logo ele vai ser ordenado e se alguma vez puder recomendá-lo a alguém que lhe possa dar um benefício eclesiástico, estou certa de que não vai nos esquecer, nem a minha querida sra. Jennings, que tenho certeza dirá boas coisas de nós ao Sir John, ao sr. Palmer ou a qualquer amigo que possa ajudar-nos. A pobre Anne agiu muito mal ao fazer o que fez, não obstante, teve a melhor das intenções, então eu não disse nada. Espero que não seja um incômodo muito grande para a sra. Jennings vir visitar-nos, se algum dia passar por estes lados; seria muito gentil da parte dela, e meus primos ficariam muito orgulhosos de poderem conhecê-la. O papel desta carta lembra-me que devo terminar, e, rogando-lhe que apresente a ela e a Sir John e Lady Middleton, e às queridas crianças, quando tiver oportunidade de vê-los, as minhas mais gratas e respeitosas lembranças, e meu afeto pela srta. Marianne,

Sou, etc.

Assim que Elinor acabou de ler a carta, fez o que concluiu ser o verdadeiro objetivo da autora, entregando-a à sra. Jennings, que a leu em voz alta, com muitos comentários de satisfação e elogio.

— Muito bom, realmente! Como escreve bem! Ai, deixá-lo ir embora se quisesse foi um gesto maravilhoso. Essa é a verdadeira Lucy. Coitadinha! Ah, se *pudesse* dar a ele um benefício eclesiástico, eu o faria de coração. Ela me chama de "minha querida sra. Jennings", veja só. Nunca vi nenhuma menina com um coração como o dela. Muito bom, mesmo. Essa sentença está muito bem redigida. Claro, claro, vou visitá-la, com certeza. Como é atenciosa, pensando em todos! Obrigada, minha querida, por mostrar-me esta carta. É a carta mais bonita que já vi, e mostra que Lucy tem muita cabeça e um grande coração.

CAPÍTULO 39

As srtas. Dashwood já estavam em Londres havia mais de dois meses, e a impaciência de Marianne por ir embora aumentava a cada dia. Ansiava pelo ar, pela liberdade, pela tranquilidade do campo, e imaginava que, se algum lugar podia trazer-lhe calma, esse lugar era Barton. Elinor não estava menos ansiosa do que ela para partir, todavia, menos desejosa de que a partida se desse imediatamente, porque tinha consciência das dificuldades de uma viagem tão longa, o que Marianne não era capaz de reconhecer. Começou, porém, a pensar seriamente no assunto, e já mencionara seus desejos à sua gentil anfitriã, que resistiu a eles com toda a eloquência da boa vontade, quando lhe foi sugerido um plano que, embora ainda as mantivesse longe de casa por mais algumas semanas, pareceu a Elinor bem melhor do que todos os outros. Os Palmer deviam voltar a Cleveland no fim de março, para os feriados de Páscoa, e a sra. Jennings, com ambas as amigas, recebera um convite muito caloroso de Charlotte para que fossem com eles. Isso por si só não era o bastante para a sensibilidade da srta. Dashwood, contudo o próprio sr. Palmer insistira com tanta delicadeza no convite, que, juntamente com a sensível melhora de seu comportamento com elas desde que soubera que Marianne se sentia infeliz, ela o aceitou com prazer.

Quando, no entanto, contou a Marianne o que fizera, sua primeira resposta não foi muito auspiciosa.

— Cleveland! — exclamou ela, muito agitada. — Não, não posso ir a Cleveland.

— Você se esquece — disse Elinor educadamente — que Cleveland não fica... não está nas proximidades de...

— Mas é em Somersetshire. Não posso ir a Somersetshire. Lá, para onde esperava tanto ir... Não, Elinor, não pode esperar que eu vá para lá.

Elinor não quis discutir sobre a conveniência de superar esses sentimentos, só tratou de combatê-los recorrendo a outros. Assim, sugeriu a viagem como uma medida que fixaria a data para a volta à sua querida mãe, que ela tanto queria ver, de maneira mais conveniente e mais confortável que qualquer outro plano poderia proporcionar, e talvez sem nenhum atraso maior. De Cleveland, que ficava a poucas milhas de Bristol, a distância até Barton não ia além de um dia, ainda que fosse uma longa viagem. Os criados de sua mãe poderiam facilmente ir até lá para acompanhá-las e, como não ficariam em Cleveland mais do que uma semana, poderiam estar em casa em pouco mais de três semanas. Como o carinho de Marianne pela mãe era sincero, não teria dificuldade em superar os males que imaginara.

A sra. Jennings estava tão pouco cansada de suas hóspedes, que insistiu muito para que voltassem de novo com ela de Cleveland. Elinor era muito grata por sua delicadeza, mesmo assim isso não poderia alterar seus planos; e, uma vez obtida com facilidade aprovação da mãe, todas as coisas relacionadas com o retorno foram acertadas, na medida do possível, e Marianne sentiu certo alívio em iniciar a contagem das horas que ainda faltavam para chegar a Barton.

— Ah, coronel, não sei o que eu e o senhor faríamos sem as srtas. Dashwood — foi o que a sra. Jennings lhe disse quando ele a visitou pela primeira vez depois que ficara decidida a partida delas —, pois estão totalmente decididas a voltar para casa quando deixarem a casa dos Palmer. E como ficaremos desamparados quando eu voltar! Jesus! Ficaremos sentados bocejando um para o outro, estúpidos como dois gatos.

Talvez a sra. Jennings esperasse, com esse esboço vigoroso de seu futuro tédio, provocar o coronel a fazer a oferta que lhe permitiria evitar esse mesmo tédio; e se assim era, teve logo em seguida boas razões para achar que atingira o seu objetivo, porque, quando Elinor foi à janela para medir mais rapidamente as dimensões de uma gravura que ia copiar para seu amigo, ele a seguiu com um olhar de expressão singular e conversou com ela por alguns bons minutos. O efeito das palavras dele sobre a senhorita também não puderam escapar à sua observação, pois embora fosse decente demais para escutar, e até mudara de cadeira justamente para *não* ouvir, para outra perto do pianoforte que Marianne estava tocando, não pôde impedir-se de notar que Elinor enrubescera, acompanhava com agitação e estava atenta demais ao que ele dizia para prosseguir no que estava fazendo. Confirmando ainda mais as suas esperanças, enquanto Marianne passava de uma música para outra, não pôde evitar que algumas palavras do coronel chegassem aos seus ouvidos, nas quais ele parecia desculpar-se pela mediocridade de sua casa. Aquilo resolvia o problema, sem dúvida nenhuma. Na verdade tinha ela dúvidas sobre a necessidade daquelas desculpas, contudo supôs que a etiqueta as exigisse. Não conseguiu ouvir o que Elinor respondeu, no entanto julgou pelo movimento dos lábios que ela não achou que *aquilo* fosse alguma objeção importante, e a sra. Jennings a aplaudiu de coração por ser tão honesta. Os dois continuaram falando por alguns minutos, sem que ela conseguisse captar nenhuma sílaba, quando outra feliz pausa na execução musical de Marianne lhe trouxe estas palavras, proferidas na voz calma do coronel:

— Receio que não possa ocorrer tão cedo.

Admirada e abalada com essas palavras tão pouco apaixonadas, ela quase começou a gritar: "Meu Deus! Qual pode ser o obstáculo?", não obstante, refreando seu desejo, limitou-se àquela silenciosa exclamação. "Que coisa esquisita! Com certeza ele não precisa esperar ficar mais velho!"

Esse adiamento da parte do coronel, porém, não pareceu causar a mínima ofensa ou mortificação em sua bela companheira, porque quando, logo depois, eles encerraram a conversa e cada um foi para o seu lado, a sra. Jennings ouviu claramente Elinor dizer, com uma voz que mostrava sinceridade:

— Sempre me sentirei muito agradecida ao senhor.

A sra. Jennings alegrou-se com a sua gratidão, e só se admirou com o fato de que, após ouvir aquelas palavras, o coronel tenha podido deixá-las, como de imediato o fez, com a maior serenidade, e ir embora sem lhe dar nenhuma resposta! Jamais imaginara que seu velho amigo pudesse transformar-se num pretendente tão frio.

O que realmente se passara entre eles foi o seguinte:

— Soube — disse ele, com grande compaixão — da injustiça que a família do seu amigo, o sr. Ferrars, cometeu contra ele, pois, se entendi corretamente o caso, ele teria sido completamente proscrito por perseverar em seu noivado com uma jovem muito decente. Será que fui bem informado? Foi isso mesmo?

Elinor disse-lhe que sim.

— É terrível a crueldade, a grosseira crueldade — replicou ele, com grande emoção — de separar ou tentar separar dois jovens há muito apegados um ao outro. A sra. Ferrars não sabe o que pode estar fazendo.. a que pode estar levando o filho. Vi o sr. Ferrars duas ou três vezes na Harley Street, e gostei muito dele. Não é um rapaz que se possa conhecer intimamente em pouco tempo, entretanto, vi-o o bastante para querer-lhe bem por ele mesmo e, sendo um amigo seu, desejo-lhe um bem ainda maior. Sei que ele quer ordenar-se. Faria a gentileza de lhe dizer que o benefício eclesiástico de Delaford, que acabou de vagar, como acabo de saber pelo correio de hoje, é dele, se ele achar que valha a pena aceitá-lo? Mas *disso*, talvez, dadas as circunstâncias infelizes em que ele se encontra, seria insensato duvidar. Só gostaria que fosse mais valioso. É uma reitoria, mas pequena. O último titular, creio eu, não recebia mais do que 200 libras spor ano e, se bem que o benefício possa ser melhorado, temo que não o bastante para garantir a ele uma renda razoável. Tal como está, porém, será um grande prazer para mim indicá-lo para o cargo. Peço-lhe que lhe comunique isso.

O espanto de Elinor ante tal incumbência não teria sido maior se o coronel lhe tivesse proposto casamento. A nomeação que permitiria a Edward casar--se e que apenas dois dias atrás ela considerara impossível já fora obtida; e justamente *ela*, de todas as pessoas do mundo, fora escolhida para lhe comunicar o fato! Sua emoção foi tamanha que a sra. Jennings a atribuíra a uma causa muito diferente. Mas, embora certos sentimentos menos puros, menos agradáveis, possam ter entrado na composição dessa emoção, sua estima pela grande benevolência e sua gratidão pela especial amizade, que, juntas, levaram o coronel Brandon a fazer aquele gesto, foram muito sinceras, e ela as exprimiu calorosamente. Agradeceu-lhe sinceramente a oferta, falou dos princípios e da disposição de Edward com o entusiasmo que sabia merecerem, e prometeu executar a incumbência com prazer, se fosse realmente sua vontade conferir encargo tão agradável a alguma pessoa. Mas, ao mesmo tempo, não pôde deixar de pensar que ninguém poderia executá-lo melhor do que

ele próprio. Em resumo, era um encargo do qual Elinor, pouco disposta a proporcionar a Edward o constrangimento de receber um favor *dela*, ficaria muito contente de ser dispensada, no entanto o coronel Brandon, por motivos de igual delicadeza, declinando-o também, ainda parecia tão desejoso de que fosse realizado por Elinor, que ela não gostaria de modo algum de continuar a se opor aos planos dele. Acreditava ela que Edward ainda estivesse em Londres, e por sorte soubera o seu endereço pela srta. Steele. Poderia, portanto, tratar de informá-lo da oferta naquele mesmo dia. Depois que isso ficou acertado, o coronel Brandon começou a falar de seu próprio proveito em garantir um vizinho tão respeitável e agradável, e *então* foi mencionado com pesar que a casa era pequena e modesta, um mal a que Elinor, como a sra. Jennings supusera, não dera muita importância, pelo menos no que se referia ao tamanho.

— Não consigo imaginar que o fato de a casa ser pequena — disse ela — possa ser um problema para eles, já que o tamanho será adequado à família e à renda.

Com isso, o coronel ficou surpreso em descobrir que ela considerava o casamento do sr. Ferrars uma consequência direta da nomeação, porque não julgara possível que o benefício eclesiástico de Delaford pudesse por si só proporcionar uma renda com a qual alguém com o estilo de vida de Edward se arriscasse a se estabelecer, e disse isso.

— O máximo que essa pequena reitoria *pode* fazer é permitir ao sr. Ferrars viver com certo conforto como solteiro; não pode permitir-lhe casar. Lamento dizer que meu patrocínio termina aqui, e o meu interesse não vai muito além. Se, ainda assim, por um acaso esteja em meu poder ajudá-lo em mais alguma coisa, terei de ter mudado muito a minha opinião sobre ele se não estiver pronto para lhe ser útil, como sinceramente gostaria de lhe ser hoje. O que estou fazendo agora parece não ser nada, pois pode fazer que avance muito pouco na direção do que deve ser seu principal, seu único objeto de felicidade. Seu casamento ainda deve ser um bem distante; pelo menos, receio que não possa ocorrer tão cedo...

Foi essa a sentença que, mal interpretada, ofendeu com razão os delicados sentimentos da sra. Jennings, mas depois desse relato do que realmente se passou entre o coronel Brandon e Elinor enquanto estavam à janela, a gratidão expressa pela segunda ao se despedirem talvez possa parecer, afinal, não menos razoavelmente provocada nem adequadamente formulada do que se se houvesse originado de uma oferta de casamento.

CAPÍTULO 40

— Muito bem, srta. Dashwood — disse a sra. Jennings, sorrindo com um ar sagaz, assim que o cavalheiro se retirou —, não vou perguntar-lhe o que o coronel lhe disse, porque embora, palavra de honra, eu *tenha tentado* não ouvir, não pude deixar de captar o bastante para entender o que se passou. E lhe garanto que nunca fiquei mais contente na vida, e desejo à senhorita, de coração, toda a alegria do mundo.

— Muito obrigada, minha senhora — disse Elinor. — É motivo de grande alegria para mim, e sinto com grande emoção a bondade do coronel Brandon. Não há muitos homens que agiriam como ele. Pouca gente tem um coração tão misericordioso! Nunca em minha vida algo me causou maior admiração.

— Jesus! Minha querida, é muito modesta. Não estou nem um pouco admirada, já que ultimamente pensei nisso muitas vezes, não havia nada mais provável.

— A senhora julgou com base no conhecimento que tem da benevolência geral do coronel, no entanto, a senhora não poderia prever que a oportunidade apareceria tão rapidamente.

— Oportunidade! — repetiu a sra. Jennings. — Ah, quanto a isso, quando um homem toma uma decisão num caso como este, de um jeito ou de outro ele logo encontra uma oportunidade. Bem, minha querida, desejo-lhe toda a alegria do mundo, mais uma vez, e se alguma vez houve um casal feliz no mundo, acho que logo saberei onde o procurar.

— Suponho que a senhora pretenda ir a Delaford encontrá-los — disse Elinor, com um sorriso forçado.

— Ai, minha querida, isso eu vou, com certeza. E quanto à casa ser ruim, não sei a qual o coronel se referia, uma vez que é a melhor casa que já vi.

— Estava referindo-se ao fato de precisar de reforma.

— Ora, e de quem é a culpa? Por que não reformá-la? Quem faria isso, senão ele mesmo?

Foram interrompidas pela chegada da criada que anunciava que a carruagem estava à porta, e a sra. Jennings, preparando-se imediatamente para sair, disse:

— Bem, minha querida, tenho de ir embora antes de dizer metade do que queria. Entretanto, teremos toda a noite para conversar à vontade, pois vamos estar sozinhas. Não lhe peço que venha comigo, porque tenho certeza de que a sua cabeça deve estar cheia demais para querer companhia. Além disso, deve estar louca para contar tudo à sua irmã.

Marianne saíra da sala antes que a conversa começasse.

— Certamente, minha senhora, falarei com Marianne sobre o caso, contudo não vou mencioná-lo agora a mais ninguém.

— Ah, muito bem — disse a sra. Jennings, um tanto desapontada. — Então não vai querer que eu conte a Lucy, dado que planejo ir até Holborn hoje.

— Não, minha senhora, nem mesmo para Lucy, por favor. Um atraso de um dia não há de ser importante e, até que eu tenha escrito para o sr. Ferrars, creio que não deva ser mencionado para mais ninguém. Eu devo fazer *isso* pessoalmente. É importante que ele não perca tempo, porque terá, é claro, muito o que fazer com relação à ordenação.

No começo, essas palavras deixaram a sra. Jennings muitíssimo confusa. Por que se deveria escrever ao sr. Ferrars com tanta pressa era algo que ela não pôde entender de imediato. Uma breve reflexão, porém, sugeriu-lhe uma ótima ideia, e exclamou:

— Ah, entendi. O sr. Ferrars tem de ser o homem. Tanto melhor para ele. Com certeza tem de ser ordenado rapidamente, e estou muito contente de ver que entre ambos as coisas estão muito adiantadas. No entanto, minha querida, isso não está um pouco estranho? Não deveria ser o coronel a escrever? Certamente é ele a pessoa indicada.

Elinor não entendeu muito bem o começo da fala da sra. Jennings, nem achou que valesse a pena fazer perguntas sobre isso; portanto, respondeu apenas à conclusão:

— O coronel Brandon é um homem tão delicado, que prefere que qualquer outra pessoa anuncie as suas intenções ao sr. Ferrars.

— E então a *senhorita* é obrigada a fazê-lo. *Eis* um estranho tipo de delicadeza! Todavia, não quero aborrecê-la — (vendo que ela se preparava para escrever). — A senhorita conhece melhor os seus próprios interesses. Então até logo, minha querida. Foi a melhor coisa que ouvi desde que Charlotte deu à luz.

E saiu; mas voltou um instante depois:

— Estive pensando na irmã de Betty, minha querida. Eu ficaria muito contente que ela tivesse uma patroa tão boa. Mas não sei dizer se ela daria uma boa donzela de companhia para uma *lady*. É uma excelente criada e trabalha muito bem com a agulha. Porém, a senhorita tem todo o tempo para pensar no assunto.

— Com certeza, minha senhora — disse Elinor, não dando muita atenção ao que ela disse e mais impaciente em ficar sozinha do que em inteirar-se perfeitamente do caso.

Como começar, como se exprimir em seu bilhete a Edward, era agora toda a sua preocupação. As circunstâncias particulares entre eles tornavam difícil o que para qualquer outra pessoa seria a coisa mais fácil do mundo. Temia, não obstante, dizer coisas de mais ou de menos, e sentou-se pensativa diante do papel com uma pluma na mão, até ser interrompida pela entrada de Edward em pessoa.

Ele encontrara a sra. Jennings à porta quando ela estava a caminho da carruagem, pois vinha entregar seu cartão de despedida. E ela, depois de pedir desculpas por não voltar, obrigara-o a entrar, dizendo que a srta. Dashwood estava lá em cima e queria falar com ele sobre um assunto muito especial.

Elinor, em meio à sua perplexidade, acabava de se felicitar porque, por mais difícil que fosse exprimir-se adequadamente por carta, pelo menos era preferível a dar a informação pessoalmente, quando o visitante entrou, obrigando-a a fazer aquele que era para ela o maior de todos os esforços. Seu espanto e confusão foram muito grandes com aquele súbito aparecimento. Não o tinha visto desde que o noivado se tornara público e, portanto, desde que ele soubera que ela estava ciente do caso, o que, com a consciência do que estivera pensando e do que tinha a lhe dizer, a fez sentir-se especialmente constrangida por alguns minutos. Ele também estava muito angustiado, e se sentaram um ao lado do outro, no que prometia ser uma situação muito embaraçosa. Ele não se lembrava se se desculpara pela intrusão ao entrar na sala, no entanto, para estar seguro de agir corretamente, decidiu pedir-lhe desculpas formais assim que conseguiu dizer alguma coisa, depois de pegar uma cadeira.

— A sra. Jennings me contou — disse ele — que a senhorita queria falar comigo, pelo menos foi o que entendi, ou eu certamente não me haveria intrometido desta maneira, embora ao mesmo tempo lamentasse muito deixar Londres sem ver a senhorita e a sua irmã, sobretudo porque muito provavelmente vai levar algum tempo para ter o prazer de tornar a vê-las. Eu vou para Oxford amanhã.

— Não teria ido, porém — disse Elinor, recompondo-se, e decidida a acabar o mais rápido possível com aquilo que tanto temera —, sem receber nossas boas notícias, mesmo que não conseguíssemos transmiti-las pessoalmente.

A sra. Jennings tinha toda a razão no que lhe disse. Tenho algo importante para lhe informar, que estava a ponto de lhe comunicar por escrito. Fui encarregada de uma missão muito agradável — (respirando bem mais rápido do que o normal enquanto falava) —, o coronel Brandon, que dez minutos atrás ainda estava aqui, pediu-me que lhe dissesse que, sabendo que pretende ordenar-se, tem o grande prazer de lhe oferecer o benefício eclesiástico de Delaford, que acaba de vagar, e só gostaria que ele fosse mais considerável. Gostaria de felicitá-lo por ter um amigo tão respeitável e judicioso, e de me unir aos seus votos de que o benefício — de cerca de duzentas libras anuais — fosse muito mais vultoso e lhe permitisse... algo mais do que um abrigo temporário para o senhor... em suma, permitisse-lhe empreender todos os seus projetos de felicidade.

O que Edward sentiu, não conseguindo ele mesmo exprimi-lo, não se pode esperar que alguma outra pessoa pudesse dizer por ele. *Demonstrou* em suas feições todo o espanto que aquela informação tão inesperada e tão insuspeitada não poderia deixar de provocar. Contudo, disse apenas duas palavras:

— Coronel Brandon!

— Sim — prosseguiu Elinor, ganhando mais firmeza, pois grande parte do pior já havia passado —, o coronel Brandon quer que isso sirva de prova de sua preocupação com o que aconteceu recentemente... pela cruel situação em que a injustificável conduta da sua família colocou o senhor... preocupação que, tenho certeza, Marianne, eu mesma e todos os nossos amigos compartilhamos; e também como prova da alta consideração em que ele tem o seu caráter e da sua especial aprovação do comportamento do senhor na atual situação.

— O coronel Brandon dar *a mim* um benefício eclesiástico! Será possível?

— A indelicadeza de seus parentes faz que se admire de encontrar amizade em algum lugar.

— Não — replicou ele, com súbita consciência —, mas de encontrá-la na *senhorita*. Pois não posso ignorar que devo tudo à senhorita, à sua bondade... Gostaria de poder exprimir o que sinto, no entanto, sabe, não sou um orador.

— O senhor está muito enganado. Eu lhe garanto que deve isso inteiramente, ou pelo menos quase inteiramente, ao seu próprio mérito e ao discernimento do coronel Brandon. Não tive participação no caso. Nem sequer tinha conhecimento, até saber dos planos dele, de que o benefício estava vacante, nem jamais me ocorrera que ele dispusesse desse benefício. Como meu amigo, como amigo da minha família, ele talvez... de fato, eu sei que ele *tem* grande prazer em concedê-lo ao senhor. Não obstante, dou-lhe a minha palavra, nada deve à minha mediação.

A verdade a obrigava a reconhecer ter tido uma pequena parte naquele gesto, ainda assim ao mesmo tempo ela estava tão pouco disposta a aparecer como a benfeitora de Edward, que hesitou em reconhecê-lo, o que é provável que o tenha ajudado a fortalecer a suspeita que havia pouco tempo tomara conta da sua mente. Por alguns momentos ele pareceu refletir muito, depois que Elinor deixou de falar. Por fim, e como se fosse um grande esforço, ele disse:

— O coronel Brandon parece ser um homem de grande valor e digno de todo o respeito. Sempre ouvi falarem dele nesses termos, e sei que o seu irmão o tem em alta estima. Ele é, sem dúvida, um homem sensato, e tem as maneiras de um perfeito cavalheiro.

— Realmente — tornou Elinor —, creio que quando o conhecer melhor vai descobrir que ele é tudo isso que ouviu dizerem dele, e como serão vizinhos muito próximos (pois sei que a residência paroquial é muito próxima da mansão), é muito importante que ele *seja* tudo isso.

Edward não respondeu; contudo, quando ela voltou a cabeça para outro lado, olhou-a de um jeito tão grave, tão sério, tão sisudo, que parecia dizer que gostaria que a distância entre a residência e a mansão fosse muito maior.

— Acho que o coronel Brandon reside na St. James Street — disse ele, logo em seguida, erguendo-se da cadeira.

Elinor deu-lhe o número da casa.

— Devo apressar-me, então, em dar a ele os agradecimentos que a senhorita não vai permitir que eu dê à *senhorita,* e em garantir-lhe que fez de mim um homem muito, muitíssimo feliz.

Elinor não quis retê-lo, e eles se separaram, depois de *ela* lhe dar os seus mais sinceros votos de felicidade em todas as mudanças de situação por que passasse, e, da parte *dele*, mais com uma tentativa de corresponder aos mesmos votos do que com a capacidade de exprimi-los.

"Quando tornar a vê-lo", disse Elinor consigo mesma, quando a porta se fechou, "vou vê-lo como o marido de Lucy".

E com essa agradável antevisão, sentou-se para relembrar o passado, as palavras, e tentar compreender todos os sentimentos de Edward; e, é claro, para refletir sobre si mesma, com insatisfação.

Quando a sra. Jennings voltou para casa, embora acabasse de ver gente que nunca havia visto antes e sobre a qual, portanto, devia ter muito a dizer, sua mente estava tão mais ocupada com a posse do importante segredo do que com qualquer outra coisa, que voltou ao assunto assim que Elinor apareceu.

— Bem, minha querida — exclamou ela —, eu lhe enviei o rapaz. Fiz o que devia fazer, não é? E suponho que não teve muita dificuldade em... não o achou pouco inclinado a aceitar a sua proposta?

— Não, minha senhora. Isso era muito pouco provável.

— E quando ele estará pronto? Pois parece que tudo depende disso.

— Realmente — disse Elinor —, sei tão pouco desse tipo de formalidade que não tenho ideia do tempo ou da preparação necessária, não obstante, suponho que dois ou três meses serão suficientes para completar a ordenação.

— Dois ou três meses! — exclamou a sra. Jennings. — Meu Deus, minha querida, com que calma fala isso! E será que o coronel pode esperar dois ou três meses? Santo Deus! Garanto que isso estaria muito além da *minha* paciência!... E se bem que seja bom fazer uma gentileza com o pobre sr. Ferrars, não acho que valha a pena esperar dois ou três meses por ele. Com certeza é possível encontrar alguma outra pessoa já ordenada que possa servir também.

— Minha querida senhora — disse Elinor — de que está falando? O único objetivo do coronel Brandon é poder ser útil ao sr. Ferrars.

— Santo Deus, minha querida! Espero que não esteja querendo convencer-me de que o coronel só vai casar com a senhorita para poder dar dez guinéus ao sr. Ferrars!

O mal-entendido não podia persistir depois disso, e de imediato foi dada uma explicação, com a qual ambas muito se divertiram no momento, sem nenhuma perda importante de felicidade por parte de nenhuma das duas, já que a sra. Jennings só trocou uma forma de alegria por outra, e ainda não desistiu da esperança da primeira.

— Ai, ai, não passa de uma reitoria pequena — disse ela, passada a primeira onda de surpresa e satisfação — e muito provavelmente *precisa* de reformas. No entanto, ouvir um homem desculpar-se, como pensei ter ouvido, por uma casa que, pelo que sei, tem cinco salas de estar no térreo e, segundo o que a governanta me disse, pode dar lugar a quinze camas! E dizer isso à senhorita, ainda por cima, que está acostumada a viver no chalé de Barton!... Parecia muito ridículo. Mas, minha querida, temos de sugerir ao coronel que faça alguma coisa pela residência paroquial, para torná-la mais confortável antes da chegada de Lucy.

— Mas o coronel Brandon não parece achar que o benefício seja suficiente para que eles se casem.

— O coronel é um bobo, minha querida. Só porque tem uma renda de duas mil libras por ano, acha que ninguém pode casar com menos que isso. Dou-lhe a minha palavra que, se ainda estiver viva, farei uma visita à reitoria de Delaford antes da festa de São Miguel, e lhe garanto que não vou se Lucy não estiver lá.

Elinor concordou plenamente com ela quanto à probabilidade de não esperarem mais nada.

CAPÍTULO 41

Edward, tendo agradecido ao coronel Brandon, seguiu cheio de alegria até a casa de Lucy, e era tal a sua euforia quando chegou a Bartlett's Buildings, que ela garantiu à sra. Jennings, a qual tornou a visitá-la no dia seguinte para dar-lhe os parabéns, que nunca na vida o tinha visto tão feliz.

Não havia dúvida, pelo menos quanto à felicidade e à animação dela. Entusiasmada, fez suas as expectativas da sra. Jennings de que estariam todos confortavelmente juntos na Residência Eclesial de Delaford antes da festa de São Miguel. E ao mesmo tempo estava tão longe de qualquer hesitação em dar a Elinor o crédito que Edward *queria* dar-lhe, que falou da amizade de Elinor por eles dois nos termos mais gratos e calorosos. Estava pronta para reconhecer o quanto lhe devia e declarou abertamente que nenhum empenho pelo bem deles, da parte da srta. Dashwood, no presente ou no futuro, jamais a surpreenderia, visto que acreditava que ela fosse capaz de fazer qualquer coisa por aqueles que apreciasse. Quanto ao coronel Brandon, estava não só pronta para venerá-lo como a um santo, além disso estava desejosa de tratá-lo como tal em todos os problemas mundanos, ansiosa por que os dízimos que ele recebia crescessem ao máximo, e decidida a se valer o mínimo possível, em Delaford, das suas criadas, de sua carruagem, de suas vacas e de suas galinhas.

Já fazia mais de uma semana que John Dashwood estivera na Berkeley Street, e como desde então não receberam nenhuma notícia da indisposição de sua esposa, além de algumas perguntas verbais, Elinor começou a achar necessário fazer-lhes uma visita. Esta, contudo, era uma obrigação que não só contrariava sua própria inclinação, como tampouco recebia encorajamento de suas companheiras. Marianne, não contente em recusar-se absolutamente a ir, tentou de todas as formas impedir que a irmã fosse, e a sra. Jennings, embora sua carruagem estivesse sempre à disposição de Elinor, antipatizava tanto com a sra. John Dashwood, que nem a curiosidade de ver como estava depois da recente descoberta, nem o forte desejo de enfrentá-la, tomando o partido de Edward, puderam vencer sua relutância em estar em sua companhia novamente. A consequência foi que Elinor partiu sozinha para fazer uma visita à qual ninguém podia estar menos inclinado e correr o risco de ter um *tête-à-tête* com uma mulher com quem nenhuma das outras tinha tantas razões de antipatizar.

Disseram-lhe que a sra. Dashwood não estava, entretanto, antes que a carruagem pudesse voltar, o marido, por acaso, apareceu. Exprimiu seu grande prazer em encontrar Elinor, disse-lhe que justamente iria fazer agora uma visita à Berkeley Street e, garantindo a ela que Fanny ficaria muito contente em vê-la, convidou-a a entrar.

Subiram as escadas até a sala de estar. Estava vazia.

— Acho que Fanny está no quarto — disse ele —, vou imediatamente ter com ela, pois tenho certeza de que não fará a menor objeção a vê-la. Longe disso, na verdade. *Agora* especialmente não pode haver... mas, de qualquer forma, a senhorita e Marianne sempre foram as favoritas dela. Por que Marianne não quis vir?

Elinor deu as desculpas que pôde por ela.

— Não lamento vê-la sozinha — replicou ele —, já que tenho muito a lhe dizer. Esse benefício eclesiástico do coronel Brandon... será possível? Ele realmente o concedeu a Edward? Soube disso ontem, por acaso, e ia agora visitá-la para saber mais a esse respeito.

— É a pura verdade. O coronel Brandon concedeu o benefício eclesiástico de Delaford a Edward.

— É mesmo! Isso é espantoso! Nenhum parentesco, nenhuma ligação entre os dois! E hoje em dia esses benefícios alcançam um ótimo preço! Qual é o valor dele?

— Cerca de duzentas libras por ano.

— Muito bem... e para a nomeação seguinte de um benefício desse valor... supondo que o último titular fosse velho e doente e desse mostras de que provavelmente logo o deixaria vacante... tenho certeza de que ele poderia obter mil e quatrocentas libras. E como é que ele não resolveu a questão antes da morte da pessoa?... *Agora*, de fato, seria tarde demais para vendê-lo, mas um homem com a inteligência do coronel Brandon! Admira-me que ele tenha sido tão imprevidente num caso de interesse tão comum, tão natural! Bem, estou convencido de que há uma boa parte de incoerência em quase todos os seres humanos. Suponho, porém... pensando melhor... que provavelmente o caso deve ser *o seguinte*. Edward deve deter o benefício só até que a pessoa para quem o coronel realmente vendeu a nomeação tenha idade suficiente para tomar posse do cargo. Ai, ai, é esse o caso, pode acreditar.

Mas Elinor contradisse-o energicamente e, contando-lhe que ela própria recebera a incumbência de transmitir a oferta do coronel Brandon a Edward, e, portanto, tinha de compreender os termos em que o benefício era concedido, obrigou-o a submeter-se à sua autoridade.

— É realmente incrível! — exclamou ele, depois de ouvir o que ela disse. — Qual podia ser a motivação do coronel?

— Um motivo muito simples: ser útil ao sr. Ferrars.

— Ora, ora... seja o coronel Brandon o que for, Edward é um homem de muita sorte. Mas não conte nada a Fanny, pois, embora eu lhe tenha falado sobre isso e ela tenha suportado muito bem a notícia, não vai querer ouvir mais nada a respeito.

Elinor teve certa dificuldade em conter-se para não dizer que Fanny pudera suportar com calma o aumento da riqueza do irmão porque nem ela nem seus filhos perderiam dinheiro com isso.

— A sra. Ferrars — acrescentou ele, baixando a voz ao tratar de assunto tão importante — ainda não sabe de nada, e acho que será melhor esconder tudo dela pelo maior tempo possível. Quando acontecer o casamento, temo que ela venha a saber de tudo.

— Mas por que tomar tantas precauções? Se bem que não seja de esperar que a sra. Ferrars tenha a menor satisfação em saber que seu filho disponha de dinheiro suficiente para viver, pois *isso* deve estar fora de questão, por que então, pelo seu comportamento recente, ela se importaria? Ela rompeu com o filho, expulsou-o para sempre e fez que todos aqueles sobre os quais tinha alguma influência agissem da mesma forma contra ele. Certamente, depois de fazer isso, não se pode imaginar que tenha sentimentos de dor ou de alegria relacionados com ele... ela não pode ter nenhum interesse pelas coisas do filho. Não pode ser tão fraca a ponto de destruir o bem-estar do filho e ainda conservar as preocupações de uma mãe!

— Ah, Elinor — disse John —, seu raciocínio é muito bom, contudo se baseia na ignorância da natureza humana. Quando o infeliz casamento de Edward acontecer, tenha certeza de que a mãe dele vai importar-se tanto quanto se nunca o tivesse expulsado; assim, toda circunstância que venha a acelerar esse terrível evento deve ser escondida dela pelo máximo de tempo possível. A sra. Ferrars jamais esquecerá que Edward é seu filho.

— Isso me surpreende. Eu diria que *agora* ela já quase perdeu toda memória dele.

— Está muitíssimo enganada sobre ela. A sra. Ferrars é uma das mães mais afetuosas do mundo.

Elinor permaneceu calada.

— Estamos pensando *agora* — disse o sr. Dashwood, depois de uma breve pausa — em casar *Robert* com a srta. Morton.

Elinor, sorrindo diante do tom grave e firme do irmão, respondeu tranquilamente:

— Pelo que vejo, a mulher não tem voz no capítulo.

— Voz no capítulo! Que quer dizer com isso?

— Só quero dizer que me parece, pelo seu jeito de falar, que deve ser indiferente para a srta. Morton casar-se com Edward ou Robert.

— Certamente não pode fazer nenhuma diferença, já que Robert agora passa a ser considerado, para todos os efeitos, o primogênito. No que se refere a tudo o mais, são ambos rapazes muito agradáveis: não acho que um seja superior ao outro.

Elinor não disse mais nada, e John permaneceu calado por alguns instantes. Suas reflexões terminaram assim:

— Posso garantir-lhe *uma* coisa — disse ele num sussurro atroz, tomando-a delicadamente pela mão —, minha querida mana... e *quero* fazer isso porque sei que será gratificante para você. Tenho boas razões para pensar... na verdade, eu o ouvi da fonte mais autorizada, do contrário não o repetiria, porque seria muito errado dizer algo a esse respeito... não obstante, ouvi-o da melhor fonte... não que tenha exatamente ouvido a própria sra. Ferrars dizê-lo... mas sua filha *sim*, e eu o ouvi dela... em resumo, fossem quais fossem as objeções contra certa... certa ligação... você me entende... ela teria sido preferível para ela, e não lhe teria causado metade da irritação que *esta* provocou. Fiquei imensamente feliz em ouvir que a sra. Ferrars via as coisas sob essa luz... você sabe, uma circunstância muito gratificante para todos nós. "Teria sido sem comparação", disse ela, "dos dois males o menor, e ela teria ficado contente *agora* em transigir para que nada pior acontecesse". No entanto, tudo isso está fora de questão... não se deve pensar ou mencionar... no que se refere a qualquer união, você sabe... jamais poderia ser... tudo isso já acabou. Mas achei melhor contar-lhe, porque sabia que gostaria de ouvir isso. Não que você tenha alguma razão para lamentar, minha querida Elinor. Não há dúvida de que você vai muitíssimo bem, quase tão bem ou talvez até melhor, afinal de contas. O coronel Brandon tem estado com você ultimamente?

Elinor já ouvira o bastante, senão para satisfazer à vaidade e aumentar a autoestima, pelo menos para agitar os nervos e ocupar a mente. Ficou, portanto, feliz por ter sido poupada da necessidade de dizer muito em resposta àquilo e do perigo de ouvir alguma coisa mais do irmão, com a chegada do sr. Robert Ferrars. Depois de uma breve conversa, John Dashwood, lembrando--se de que Fanny ainda não fora informada da presença da cunhada, saiu da sala para procurá-la, e deixou que Elinor conhecesse melhor Robert, o qual, pelo jeito alegre e despreocupado, pela feliz autocomplacência de suas maneiras ao desfrutar da tão injusta divisão do amor e da generosidade da mãe, em prejuízo do irmão banido, o que conseguira graças apenas ao seu modo de viver dissoluto e à integridade do irmão, confirmava nela a opinião muito desfavorável que tinha de sua cabeça e de seu coração.

Mal haviam passado dois minutos sozinhos, quando ele começou a falar de Edward, visto que também soubera do benefício, e fez muitas perguntas a respeito. Elinor repetiu-lhe os detalhes, como o fizera com John. O efeito que aquilo teve sobre Robert, embora muito diferente, não foi menos impressionante do que o que tivera sobre ele. Robert riu às gargalhadas. A ideia de que Edward se tornasse um clérigo e vivesse numa pequena residência paroquial divertiu-o imensamente, a isso se acrescentou a imaginacão de Edward a ler orações com uma sobrepeliz branca e publicando os proclamas do casamento de John Smith com Mary Brown, não pôde conceber nada mais ridículo.

Elinor, enquanto aguardava em silêncio e com imperturbável gravidade a conclusão daquela insensatez, não pôde evitar fitar os olhos nele com um olhar que exprimia todo o desprezo que ele lhe provocava. Era, porém, um olhar muito bem dirigido, porque a aliviava de seus próprios sentimentos, sem nada lhe dar a entender. Depois de rir muito, recuperou a compostura não por alguma repreensão da parte dela, e sim por seu próprio julgamento.

— Podemos tratar o caso como anedota — disse finalmente ele, recuperando--se das gargalhadas que prolongaram consideravelmente a genuína alegria do momento —, mas, palavra de honra, trata-se de um assunto muito sério. Coitado do Edward! Está arruinado para sempre. Lamento muitíssimo, pois sei que é uma criatura bem-intencionada e de bom coração, como poucas outras no mundo, talvez. Não deve julgá-lo, srta. Dashwood, com base nos poucos conhecimentos que a senhorita tem sobre ele. Pobre Edward! Suas maneiras certamente não são das mais felizes, contudo, não nascemos todos com as mesmas capacidades, sabe... a mesma habilidade. Coitado! Vê-lo num círculo de estranhos! É com certeza de lastimar! Mas, palavra de honra, acho que ele tem o maior coração deste reino e afirmo e reafirmo à senhorita que nunca fiquei tão chocado em minha vida como quando o escândalo estourou. Não conseguia acreditar... Minha mãe foi a primeira pessoa a me falar do caso, e eu, sentindo que precisava agir com decisão, disse imediatamente a ela: "Minha querida senhora, não sei o que pretende fazer nessa situação, no entanto, devo dizer, de minha parte, que, se Edward casar com essa moça, nunca mais vou querer vê-lo". Foi o que eu disse, de imediato. Eu estava profundamente abalado! Pobre Edward! Ele se destruiu completamente, excluiu-se de toda sociedade decente! Mas como eu disse pessoalmente a minha mãe, não estou nem um pouco surpreso. Com o estilo de educação que ele teve, era de esperar. Minha pobre mãe ficou quase desvairada.

— Viu a moça alguma vez?

— Sim, uma vez em que ela esteve nesta casa, calhou de eu entrar por dez minutos e tive oportunidade de vê-la bem. A mais vulgar e desengonçada caipira, sem estilo ou elegância e quase sem nenhuma beleza. Lembro-me perfeitamente dela. Exatamente o tipo de moça que eu julgava capaz de seduzir o coitado do Edward. Eu logo me ofereci, assim que a minha mãe me contou o caso, para falar com ele e dissuadi-lo do casamento, entretanto, descobri que já era tarde demais para se fazer qualquer coisa, porque infelizmente no começo eu não estava a par de nada, até que a ruptura estivesse consumada, quando já não cabia a mim interferir, sabe. Porém, se eu tivesse sido informado do caso algumas horas antes, acho muito provável que poderia ter feito alguma coisa. Certamente teria pintado as coisas para Edward sob a sua verdadeira luz. "Meu caro", teria dito, "veja bem o que está fazendo. Essa é uma união vergonhosa, que a família é unânime em reprovar". Em suma, nada me convence de que não teria achado um meio de resolver o problema. Mas agora é tarde demais. Ele deve estar passando fome, sabe. Isso é certo. Passando fome.

Ele acabara de esclarecer esse ponto com grande dignidade quando a chegada da sra. John Dashwood pôs um ponto-final no assunto. Mas, embora ela nunca falasse sobre o assunto fora da família, Elinor pôde ver a influência do ocorrido na mente da cunhada, pelo jeito um tanto confuso como entrou na sala e pelo esforço em ser gentil no seu comportamento ante ela. Chegou a ponto de se preocupar com o fato de que Elinor e a irmã logo iriam deixar a cidade, pois esperava vê-las mais vezes; um esforço em que seu marido, que a acompanhava ao entrar na sala e ouvia apaixonado o que ela dizia, parecia discernir tudo que há de mais carinhoso e gracioso no mundo.

CAPÍTULO 42

Outra breve visita à Harley Street, em que Elinor recebeu os cumprimentos do irmão por viajar até Barton sem nenhuma despesa e pelo fato de o coronel Brandon acompanhá-las até Cleveland dentro de um ou dois dias, completou as relações entre irmão e irmã em Londres; e um falso convite de Fanny para que viessem a Norland sempre que estivessem passando por lá, o que era a coisa menos provável de acontecer, seguido de uma mais entusiasta, embora menos pública, promessa de John para Elinor, de logo ir visitá-la em Delaford, foi tudo que pôde anunciar algum encontro no campo.

Ela achou graça ao observar que todos os seus amigos pareciam decididos a mandá-la para Delaford, lugar que, entre todos, era o que agora ela menos queria visitar e o último onde desejaria morar; porque não só era considerado seu futuro lar pelo irmão e pela sra. Jennings, mas até Lucy, quando se despediram, lhe fez um insistente convite para que fosse visitá-la lá.

No comecinho de abril, e mais ou menos cedo de manhã, os dois grupos da Hanover Square e da Berkeley Street partiram de suas casas para se encontrarem no caminho, como haviam combinado. Para a comodidade de Charlotte e do bebê, a viagem levaria mais de dois dias, e o sr. Palmer, viajando a maior velocidade com o coronel Brandon, devia juntar-se a eles em Cleveland assim que chegassem.

Marianne, por poucas que tivessem sido as suas horas de alegria em Londres, e por mais impaciente que estivesse havia tempo para deixar a cidade, quando chegou a hora, não pôde sem grande dor dar adeus à casa em que gozara pela última vez da esperança e da confiança em Willoughby, agora mortas para sempre. Nem pôde deixar o lugar em que Willoughby permaneceu, ocupado com seus novos compromissos e seus novos planos, dos quais ela não podia participar, sem derramar muitas lágrimas.

A satisfação de Elinor, no momento da partida, foi mais positiva. Não tinha nada em que seus pensamentos se fixassem demoradamente, não deixava para trás nenhum amor que lhe desse um momento de pesar por se separar para sempre, estava feliz por se ver livre da perseguição da amizade de Lucy, sentia-se grata por levar de volta a irmã sem que Willoughby a visse desde o casamento e considerava com esperança o que alguns meses de tranquilidade em Barton poderiam fazer pela recuperação da paz de espírito de Marianne e pelo fortalecimento da sua própria.

A viagem transcorreu em segurança. O segundo dia as fez adentrar no querido ou proibido condado de Somerset, pois assim ele se apresentava alternadamente na imaginação de Marianne. Na manhã do terceiro dia, chegaram a Cleveland.

Cleveland era uma casa espaçosa e de construção moderna, situada sobre um gramado em declive. Não tinha parque, contudo os espaços abertos eram razoavelmente amplos e, como todos os outros lugares do mesmo grau de importância, tinha sua plantação de arbustos e sua trilha no bosque: um caminho de cascalho regular que serpenteava pela plantação levava à frente da casa, o gramado era salpicado de árvores, e a própria casa estava sob a guarda do abeto, da sorveira e da acácia, que, unidos numa espessa barreira e entremeados de altos choupos da Lombardia, impediam a vista das suas dependências.

Marianne entrou na casa com o coração batendo de emoção por saber que estava a apenas oitenta milhas de Barton e a menos de trinta de Combe Magna. Menos de cinco minutos depois de ter entrado, enquanto os outros estavam ocupados ajudando Charlotte a mostrar seu filho à governanta, ela já deixava a casa, saindo às escondidas pelos matagais sinuosos, que apenas começavam a florescer, para ganhar uma elevação distante, onde, de um templo grego, seus olhos, passeando por um largo espaço de campo na direção sudeste, podiam amorosamente repousar sobre os mais distantes montes do horizonte, e imaginar que de seus cumes se podia ver Combe Magna.

Nesses momentos de preciosa e inestimável tristeza, ela se alegrou entre lágrimas de agonia por estar em Cleveland, e, ao voltar para casa por outro caminho, sentindo todo o privilégio da liberdade do campo, de passear de um lugar para outro em livre e exuberante solidão, resolveu passar quase todas as horas de todos os dias, enquanto permanecesse com os Palmer, entregue à delícia desses passeios solitários.

Voltou justo a tempo de juntar-se aos outros quando estes saíam de casa, para uma excursão pelas proximidades. O resto da manhã foi passado prazerosamente em passeios pela horta, examinando as trepadeiras em flor sobre as paredes e ouvindo as queixas do jardineiro contra as pragas, flanando pela estufa, onde a perda de suas plantas favoritas, expostas por negligência e destruídas pelo gelo prolongado, provocou gargalhadas em Charlotte, e visitando o galinheiro, pelo fato de as galinhas abandonarem seus ninhos ou serem roubadas por uma raposa, ou na rápida redução de uma promissora ninhada, ela encontrou novos motivos de júbilo.

A manhã estava linda e seca, e Marianne, em seu plano de passar o tempo fora de casa, não calculara nenhuma mudança de clima durante a estada em Cleveland. Para sua grande surpresa, portanto, ela se viu impedida por uma chuva persistente de sair de novo depois do jantar. Planejara fazer uma caminhada crepuscular ao templo grego, e talvez por toda a região, e um fim de tarde simplesmente frio ou úmido não a teria dissuadido disso, mas nem mesmo ela podia fantasiar que uma chuva pesada e persistente fosse um tempo seco ou agradável para uma caminhada.

O grupo era pequeno, e as horas passaram tranquilamente. A sra. Palmer tinha seu filhinho e a sra. Jennings, seus trabalhos de tapeçaria. Falaram dos amigos que haviam deixado, organizaram os compromissos de *Lady*

Middleton e discutiram se o sr. Palmer e o coronel Brandon conseguiriam ir além de Reading aquela noite. Elinor, apesar de pouco interessada, entrou na conversa, e Marianne, que tinha propensão a achar o caminho da biblioteca em todas as casas, por mais que ela fosse evitada pela família, logo estava de posse de um livro.

De tudo o que um bom humor constante e simpático pode oferecer, nada faltava da parte da sra. Palmer para que elas se sentissem bem-vindas. A simpatia e a cordialidade das suas maneiras mais do que compensavam aquela falta de compostura e elegância que muitas vezes a fazia pecar contra as regras da polidez. Sua gentileza, ressaltada por um rosto muito bonito, era cativante; sua insensatez, ainda que evidente, não era repulsiva, porque não era afetada, e Elinor podia perdoar-lhe tudo, menos a risada.

Os dois cavalheiros chegaram no dia seguinte a um jantar bastante atrasado, o que tornou o grupo agradavelmente mais numeroso e proporcionou uma muito bem-vinda variedade de conversações, variedade esta que uma longa manhã da mesma prolongada chuva reduzira consideravelmente.

Elinor havia visto tão pouco o sr. Palmer, e nesse pouco vira tanta variedade no trato da sua irmã e dela mesma, que não sabia o que esperar dele em meio à sua própria família. Pôde observar, no entanto, que ele se comportava como um perfeito cavalheiro com todas as visitas, e só ocasionalmente era grosseiro com a esposa e com a mãe dela. Achou-o bem capaz de ser uma companhia agradável, o que não era sempre o caso por sua propensão a achar-se muito superior às pessoas em geral, como devia sentir-se em relação à sra. Jennings e a Charlotte. Quanto ao resto do seu caráter e de seus hábitos, não se assinalavam, pelo que Elinor podia perceber, por nenhum traço inabitual em seu sexo e idade. Era bom garfo, contudo pouco pontual; adorava o filho, embora fingisse fazer pouco caso dele; e passava ocioso as manhãs nos bilhares, gastando o tempo que devia dedicar aos negócios. Gostava dele, porém, de um modo geral, muito mais do que esperara, e no fundo do coração não lamentava não poder gostar ainda mais; não lamentava ser levada pela observação do seu epicurismo, de seu egocentrismo e de sua afetação a lembrar com saudades o temperamento generoso, os gostos simples e os sentimentos tímidos de Edward.

De Edward, ou pelo menos de algumas coisas que lhe diziam respeito, ela recebera agora algumas informações do coronel Brandon, que estivera havia pouco em Dorsetshire e, tratando-a ao mesmo tempo como a desinteressada amiga do sr. Ferrars e como a sua gentil confidente, falou muito com ela sobre a residência paroquial de Delaford, descreveu seus defeitos e lhe disse o que pretendia fazer para remediá-los. O comportamento ante ela nesse como em todos os outros particulares, o evidente prazer em encontrá-la depois de uma ausência de apenas dez dias, a disposição em falar com ela e a deferência pela opinião dela podiam muito bem justificar a certeza que a sra.

Jennings tinha de seu amor, e isso talvez fosse o suficiente para fazer que a própria Elinor suspeitasse disso, se ela, como no começo, não acreditasse ainda que Marianne era a real favorita dele. Mas, do jeito que as coisas iam, tal ideia mal passara pela cabeça dela, a não ser por sugestão da sra. Jennings, e ela não podia deixar de crer que, das duas, ela própria era a melhor observadora. Ela observava os olhos dele, ao passo que a sra. Jennings só prestava atenção em seu comportamento, e enquanto os olhares lançados por ele, de ansiosa preocupação pelos sentimentos de Marianne, por sua cabeça e por sua garganta, com o começo de um forte resfriado, por não se exprimirem por meio de palavras, escapavam completamente à observação da senhora Jennings. *Ela* podia discernir neles os sentimentos arrebatados e os sustos desnecessários do homem apaixonado.

Dois deliciosos passeios ao crepúsculo na terceira e na quarta tardes da estada em Cleveland, não simplesmente sobre o cascalho seco das plantações de arbustos, mas por todos os espaços abertos e sobretudo pelas suas partes mais distantes, onde havia algo de mais selvagem do que no resto, onde as árvores eram mais velhas e a relva estava mais longa e mais úmida, haviam provocado — com o auxílio da imprudência ainda maior de permanecer o tempo todo com os sapatos e as meias molhados — em Marianne um resfriado tão violento que, apesar de negado ou desdenhado por um ou dois dias, acabaria impondo-se à preocupação de todos e à atenção dela mesma, pelos incômodos cada vez maiores. Choveram receitas de todos os lados e, como sempre, foram todas recusadas. Ainda que se sentindo pesada e febril, com dor nos membros, tosse e garganta irritada, uma boa noite de repouso devia curá-la completamente. Foi com dificuldade que Elinor a convenceu a tomar, ao ir para a cama, um ou dois dos remédios mais simples.

CAPÍTULO 43

Marianne acordou na manhã seguinte na hora de sempre. A todas as perguntas respondeu que estava melhor, e tentou provar para si mesma que era verdade, dedicando-se às ocupações habituais. Entretanto, um dia passado sentada a tremer diante do fogo, com um livro nas mãos que não conseguia ler, ou deitada, exausta e lânguida, num sofá, não representava muito a favor da sua recuperação; e quando, finalmente, foi cedo para a cama, cada vez mais indisposta, o coronel Brandon admirou-se com a calma da irmã, que, embora acompanhando-a e tratando-a o dia inteiro, contra a vontade de Marianne, obrigando-a a tomar os remédios à noite, confiou, como Marianne, na correção e na eficiência do sono e não se sentiu alarmada.

Uma noite muito agitada e febril, não obstante, decepcionou a expectativa de ambas, e quando Marianne, depois de insistir em se levantar, se confessou incapaz de ficar de pé e voltou voluntariamente para a cama, Elinor ficou muito disposta a seguir o conselho da sra. Jennings de mandar chamar o farmacêutico dos Palmer.

Ele veio, examinou a paciente, e se bem que animasse a srta. Dashwood a esperar que em pouquíssimos dias sua irmã recuperasse a saúde, ao afirmar que a doença tinha uma tendência pútrida, e ao permitir que a palavra "infecção" passasse por seus lábios, logo alarmou a sra. Palmer, por causa do bebê. A sra. Jennings, que desde o começo estava propensa a considerar a enfermidade de Marianne mais séria do que Elinor, ouviu muito séria o relatório do sr. Harris e, confirmando os temores e a cautela de Charlotte, defendeu enfaticamente a necessidade de afastá-la sem mais demora, levando consigo a criança; e o sr. Palmer, embora tratasse como ociosas as apreensões delas, julgou o nervosismo e a inconveniência da esposa grandes demais para poder tolerar. Foi, portanto, decidida a sua partida, e uma hora depois da chegada do sr. Harris ela foi embora com o bebê e a babá para a casa de um parente próximo do sr. Palmer, que vivia poucas milhas depois de Bath, onde seu marido prometeu, a seus insistentes pedidos, encontrá-la em um ou dois dias e para onde ela insistia igualmente que a mãe a acompanhasse. A sra. Jennings, porém, com uma gentileza de coração que fez que Elinor a adorasse, declarou a sua decisão de não sair de Cleveland enquanto Marianne estivesse doente, e de empenhar-se, com seus cuidados atentos, em ocupar o lugar da mãe, de quem a afastara. Elinor nela encontrou em todas as ocasiões uma auxiliar disposta e ativa, desejosa de compartilhar em tudo os seus esforços e não raro, por sua maior experiência no trato de doentes, de essencial valia.

A pobre Marianne, abatida e prostrada pela natureza da doença e sentindo-se muito mal, já não podia esperar que no dia seguinte estivesse recuperada, e a ideia do que o amanhã lhe traria se não fosse aquela infeliz doença agravou cada indisposição, já que naquele dia elas deviam começar a viagem de volta para casa e, acompanhadas durante todo o trajeto por uma criada da sra. Jennings, pretendiam fazer uma surpresa para a mãe na manhã seguinte. O pouco que disse foram lamúrias por esse adiamento inevitável, embora Elinor tentasse animá-la e fazê-la acreditar, como *naquele momento* ela própria realmente acreditava, que a protelação seria muito breve.

O dia seguinte trouxe pouca ou nenhuma alteração ao estado da enferma; ela certamente não estava melhor e, exceto pelo fato de não haver nenhuma melhora, não parecia pior. O grupo estava agora muito reduzido, pois o sr. Palmer, apesar de muito pouco disposto a ir, tanto por sua real humanidade e boa índole, como por não querer parecer estar longe da esposa por medo, foi convencido finalmente pelo coronel Brandon a cumprir a promessa de ir juntar-se a ela. Enquanto ele se preparava para partir, o próprio coronel Brandon, fazendo um esforço muito maior, começou a falar em ir com ele. Foi então, porém, que a bondade da sra. Jennings interveio da melhor maneira, porque mandar o coronel embora enquanto seu amor passava por tais dificuldades por causa da irmã seria, segundo ela, privar as duas de todo consolo. Assim, dizendo-lhe ao mesmo tempo que sua permanência em Cleveland era necessária para ela própria, que queria que ele jogasse *piquet* uma noite, enquanto a srta. Dashwood estivesse em cima com a irmã, etc., insistiu tanto para que ficasse, que ele, que por condescendência estava satisfazendo o maior desejo de seu coração, não pôde nem fingir hesitar, sobretudo porque a insistência da sra. Jennings recebia o apoio caloroso do sr. Palmer, que parecia sentir-se aliviado em deixar ali uma pessoa tão capacitada a auxiliar ou aconselhar a srta. Dashwood em qualquer emergência.

Marianne era mantida, é claro, na ignorância de todas essas combinações. Não sabia que fora o motivo da partida dos proprietários de Cleveland, cerca de sete dias depois de ali chegar. Não sentiu nenhuma surpresa em não ver a sra. Palmer, e como aquilo tampouco a preocupasse, nunca mencionou o nome dela.

Passaram-se dois dias desde a partida do sr. Palmer, e a situação permaneceu, com poucas variações, a mesma. O sr. Harris, que a assistia todos os dias, ainda falava ousadamente de uma rápida recuperação, e a srta. Dashwood estava igualmente otimista, mas a expectativa dos outros não era de modo algum tão positiva. A sra. Jennings logo no início da doença concluíra que Marianne não mais se recuperaria, e o estado de espírito do coronel Brandon, cuja ocupação principal era ouvir os prognósticos da sra. Jennings, não lhe permitia resistir à influência deles. Tentou com o raciocínio combater os temores que o julgamento diferente do farmacêutico parecia tornar absurdos, no entanto as muitas horas do dia que passava sozinho eram muito favoráveis à aceitação de ideias melancólicas, e ele não conseguia tirar da cabeça a ideia de que nunca mais veria Marianne.

Na manhã do terceiro dia, porém, as sombrias previsões de ambos quase se dissiparam quando o sr. Harris chegou, porque afirmou que a paciente estava bem melhor. O pulso estava muito mais forte e todos os sintomas eram mais favoráveis que na visita anterior. Elinor, vendo confirmadas suas melhores esperanças, era toda alegria, contente pelo fato de em suas cartas à mãe ter seguido o seu próprio julgamento e não o dos amigos, não dando muita importância à indisposição que as retinha em Cleveland e já quase marcando a data em que Marianne poderia seguir viagem.

Contudo, o dia não se encerrou de maneira tão auspiciosa como começou. Ao anoitecer, Marianne tornou a piorar, com mais prostração, agitação e mal-estar do que antes. Sua irmã, porém, ainda otimista, queria atribuir a mudança apenas ao cansaço de ter de se levantar para que lhe arrumassem a cama, e, administrando cuidadosamente as bebidas revigorantes prescritas, viu-a com satisfação cair finalmente no sono, do qual esperava os mais benéficos efeitos. Seu sono, ainda que não tão calmo como Elinor queria que fosse, durou um tempo considerável e, ansiosa por observar o resultado daquilo, resolveu permanecer ao seu lado o tempo todo. A sra. Jennings, nada sabendo da mudança na paciente, foi dormir mais cedo que de costume; sua criada, que era uma das principais enfermeiras, foi espairecer um pouco no quarto da governanta, e Elinor permaneceu sozinha com Marianne.

O repouso de Marianne tornava-se cada vez mais agitado, e sua irmã, que observava com ininterrupta atenção a sua contínua mudança de posição e ouvia os frequentes mas inarticulados sons de queixa que passavam por seus lábios, estava quase decidida a acordá-la de um sono tão doloroso, quando Marianne, bruscamente despertada por algum ruído acidental na casa, ergueu-se sobressaltada e, com violência febril, exclamou:

— Mamãe está vindo?

— Ainda não — respondeu Elinor, escondendo seu terror e ajudando Marianne a tornar a deitar-se —, mas logo vai estar aqui, espero. É um longo caminho, sabe, daqui até Barton.

— Ela não deve dar a volta por Londres — exclamou Marianne, na mesma forma sobressaltada. — Nunca mais a verei, se ela vier por Londres.

Elinor percebeu com espanto que ela delirava e, tentando acalmá-la, apressou-se em tomar o seu pulso. Estava mais fraco e rápido do que nunca! E como Marianne continuasse falando da mãe aos gritos, sua preocupação cresceu tão rapidamente, que decidiu mandar chamar imediatamente o sr. Harris e enviar um mensageiro a Barton, chamando a mãe. Consultar o coronel Brandon sobre a melhor maneira de fazê-lo foi uma ideia que se seguiu de imediato à decisão de convocar a mãe e, assim que chamou a criada para permanecer em seu lugar ao lado da irmã, desceu correndo até a sala de estar, onde sabia que ele geralmente podia ser encontrado até horas muito mais avançadas.

Não havia tempo para hesitação. Ela prontamente lhe comunicou os seus temores e as suas dificuldades. Ele não teve coragem nem confiança para tentar dissipar os temores: ouviu-os em silencioso abatimento. Mas as dificuldades foram prontamente prevenidas, porque, com uma rapidez que parecia mostrar que a ocasião e a tarefa já estavam previamente organizadas em sua mente, ofereceu-se a ir ele mesmo como o mensageiro que traria a sra. Dashwood. Elinor não opôs nenhuma resistência que não fosse facilmente superada. Agradeceu-lhe com palavras breves, porém calorosas, e enquanto ele enviava às pressas o criado com uma mensagem para o sr. Harris e uma ordem para conseguir imediatamente cavalos de posta, ela escreveu algumas linhas para a mãe.

Com que gratidão ela sentiu o apoio de um amigo como o coronel Brandon naquele momento — ou uma companhia como a dele para a mãe! Uma companhia cujo discernimento podia orientar, cuja presença devia aliviar e cuja amizade iria tranquilizá-la! Na medida em que o choque de um tal chamado *pudesse* ser reduzido ao mínimo, a presença, as maneiras, a assistência do coronel Brandon o fariam.

Enquanto isso, *ele*, fossem quais fossem os seus sentimentos, agia com toda a firmeza de uma mente senhora de si, tomava todas as providências necessárias com a maior presteza e calculava com exatidão, para ela, o tempo que levaria até a sua volta. Não se perdeu sequer um momento com atrasos de nenhuma espécie. Os cavalos chegaram antes até do esperado, e o coronel Brandon se limitou a apertar-lhe a mão com um ar solene e a pronunciar algumas palavras em tom baixo demais para que ela pudesse entendê-las, e correu para a carruagem. Era quase meia-noite, e ela voltou ao quarto da irmã para esperar a chegada do farmacêutico e mantê-la sob observação o resto da noite. Foi uma noite de sofrimento quase igual para as duas. Da parte de Marianne, horas após horas se passaram numa dor e num delírio que não lhe permitiam dormir, e na mais cruel ansiedade da parte de Elinor, antes que o sr. Harris aparecesse. As apreensões de Elinor, uma vez despertas, compensaram por seu excesso toda a sua segurança anterior, e a criada que permanecia com ela, já que elas não permitiu que chamassem a sra. Jennings, só a torturava ainda mais, insinuando-lhe aquilo que a sua patroa pensara desde o começo.

Os pensamentos de Marianne, a intervalos, ainda se fixavam incoerentemente na mãe, e, toda vez que mencionava o nome dela, provocava uma dor no coração da pobre Elinor, que, censurando-se por não ter levado a sério a doença durante tantos dias e ansiando por um alívio imediato, imaginava que logo todo alívio seria em vão, pois tudo fora adiado por tempo demais, e representava para si mesma a imagem da mãe desesperada que chegava tarde demais para ver sua querida filhinha com vida ou ainda lúcida.

Ela estava a ponto de mandar chamar o sr. Harris de novo ou, se *ele* não pudesse vir, solicitar novos conselhos, quando ele chegou, mas não antes das cinco horas. A sua opinião, porém, não compensou muito o atraso, pois se bem que reconhecesse uma alteração muito inesperada e desagradável na paciente, garantiu que não deixaria que o perigo se tornasse grande, e falou da melhora que um novo método terapêutico podia proporcionar com uma confiança que, em menor grau, foi transmitida a Elinor. Prometeu voltar em três ou quatro horas, e deixou tanto a paciente quanto a sua nervosa acompanhante mais calmas do que quando chegou.

Com muita preocupação e muito aborrecida por não ter sido chamada, a sra. Jennings soube pela manhã o que acontecera. Seus primeiros receios, agora com maior razão fortalecidos, não lhe permitiam ter dúvidas sobre o caso, e mesmo tentando reconfortar Elinor, sua certeza do perigo que a irmã corria não lhe permitia oferecer-lhe o consolo da esperança. Seu coração estava realmente aflito. O rápido declínio, a morte prematura de uma moça tão jovem, tão adorável como Marianne teria abalado até mesmo uma pessoa menos envolvida. À compaixão da sra. Jennings tinha ela ainda outros direitos. Durante três meses fora sua companheira, ainda estava sob seus cuidados e todos sabiam que se magoara profundamente e sofria havia tempo. Via também a aflição da irmã, por quem tinha uma predileção especial. Quando a sra. Jennings considerava que Marianne provavelmente podia ser para a sua *própria mãe* o que Charlotte fora para ela, a compaixão pelos sofrimentos dela era muito sincera.

O sr. Harris chegou pontualmente à sua segunda visita, mas foi frustrado em suas esperanças sobre os resultados da anterior. Os remédios falharam, a febre não baixou, e Marianne, apenas mais serena — fora de si — permanecia num pesado estupor. Elinor, capturando todos os seus temores, e mais do que todos, num só momento, propôs que se consultassem outros especialistas. Ele, todavia, considerou desnecessário: ainda tinha algo a tentar, um remédio mais novo, em cujo sucesso estava tão confiante quanto da última vez, e a sua visita terminou com encorajadoras promessas que chegaram aos ouvidos, contudo não entraram no coração da srta. Dashwood. Ela estava calma, exceto quando pensava na mãe, mas quase não tinha mais nenhuma esperança. Permaneceu nesse estado até o meio-dia, mal saindo de perto da cama da irmã, com os pensamentos vagando de uma imagem triste para outra, de um amigo que sofria para outro, e com a alma perturbada ao máximo depois da conversa com a sra. Jennings, que não hesitou em atribuir a severidade e o perigo daquela crise às muitas semanas de indisposição provocada pela decepção. Elinor percebeu toda a sensatez da ideia, o que aumentou ainda mais a tristeza das suas reflexões.

Por volta do meio-dia, no entanto, com cautela, com um medo de decepcionar-se que durante algum tempo a fez ficar em silêncio, mesmo diante da amiga, ela começou a imaginar, a esperar ter percebido uma leve melhora no pulso da irmã. Aguardou, observou e examinou-o muitas vezes e, por fim, com uma agitação mais difícil de esconder sob uma calma exterior do que todas as suas aflições anteriores, arriscou-se a comunicar suas esperanças. A sra. Jennings, embora obrigada pelo exame a reconhecer uma recuperação temporária, tentou evitar que sua jovem amiga acreditasse na persistência da melhora, e Elinor, examinando atentamente cada argumento em favor da desconfiança, disse consigo mesma que não devia ter esperanças. Mas era tarde demais. A esperança já fizera sua entrada e, sentindo toda a sua ansiosa palpitação, inclinou-se sobre a irmã para esperar... mal sabia o quê. Passou-se meia hora, e o sintoma favorável ainda a abençoava. Surgiram outros ainda para confirmá-lo. A respiração, a pele, os lábios, tudo encantava Elinor com sinais de melhora, e Marianne fitou seus olhos nela com um olhar racional, apesar de lânguido. O nervosismo e a esperança agora a oprimiam em igual medida e não lhe deram nenhum momento de tranquilidade até a chegada do sr. Harris, às quatro horas, quando sua convicção, suas felicitações pela recuperação da irmã, que até superara as suas expectativas, deram a ela confiança, consolo e lágrimas de alegria.

Marianne estava muito melhor em todos os aspectos, e ele a declarou inteiramente fora de perigo. A sra. Jennings, satisfeita talvez com a justificação parcial de seus prognósticos dada pelo último alarme, permitiu-se confiar no julgamento do farmacêutico e admitiu, com autêntico prazer e, logo em seguida, com inequívoca alegria, a probabilidade de uma recuperação completa.

Elinor não conseguiu ficar alegre. Sua satisfação era de outro tipo e a levou a algo que não era alegria. Marianne recuperada para a vida, para a saúde, para os amigos e para sua queridíssima mãe, era uma ideia que enchia seu coração de sensações de delicado alívio e o expandia em fervorosa gratidão; todavia, não levou a nenhuma demonstração exterior de alegria, a nenhuma palavra, a nenhum sorriso. Tudo dentro do peito de Elinor era uma silenciosa e forte satisfação.

Ela permaneceu ao lado da irmã a tarde toda, com poucas interrupções, acalmando todos os medos, respondendo a todas as perguntas de seu ânimo enfraquecido, prestando todas as ajudas e observando praticamente cada olhar e cada respiração. A possibilidade de uma recaída, é claro, lhe ocorreria algumas vezes, para que lembrasse o que é a ansiedade. Quando, porém, viu que, sob seu exame frequente e minucioso, persistiam todos os sintomas de recuperação, e viu Marianne, às seis horas, cair num sono calmo, tranquilo e, segundo todas as aparências, reparador, calaram-se todas as suas dúvidas.

Estava chegando a hora em que se poderia esperar o retorno do coronel Brandon. Acreditava ela que às dez horas, ou pelo menos não muito mais tarde que isso, sua mãe estaria aliviada da terrível incerteza com que devia agora estar viajando para Cleveland. O coronel talvez também fosse só um pouco menos merecedor de piedade! Ah, como passava devagar o tempo que ainda os mantinha na ignorância!

Às sete horas, deixando Marianne ainda tranquilamente adormecida, reuniu-se com a sra. Jennings na sala de estar para o chá. Seus temores não lhe haviam permitido tomar o desjejum e a súbita mudança na condição da irmã a impedira de comer bem no jantar. Assim, aquele lanche, com os sentimentos alegres que o acompanhavam, era particularmente bem-vindo. A sra. Jennings quis convencê-la, ao fim do chá, a descansar um pouco antes da chegada da mãe e a permitir que *ela* tomasse o seu lugar ao lado de Marianne, contudo no momento Elinor não sentia nem cansaço nem vontade de dormir, e não queria afastar-se da irmã por um instante sequer, sem necessidade. A sra. Jennings, portanto, acompanhando-a escada acima até o quarto da doente, para verificar se tudo continuava bem, deixou-a mais uma vez ali entregue a seus afazeres e pensamentos e se retirou para o seu quarto, para escrever cartas e dormir.

A noite estava fria e tormentosa. O vento uivava ao redor da casa, e a chuva batia contra as janelas, mas Elinor, com toda a felicidade que sentia, não prestava atenção a ela. Marianne dormia apesar de toda a tormenta, e os viajantes, um grande prêmio os aguardava, em compensação de todos os inconvenientes do momento.

O relógio deu as oito horas. Se fossem dez horas, Elinor ter-se-ia convencido de que naquele momento ouvira uma carruagem que se dirigia para a casa. E tão forte foi a certeza de que realmente a *ouvira*, apesar da *quase* impossibilidade de eles já estarem chegando, que ela foi até o vestiário adjacente e abriu uma janela, para certificar-se da verdade. Imediatamente viu que seus ouvidos não a haviam iludido. Os faróis de uma carruagem estavam bem à vista. Por sua luz incerta, julgou discernir que era puxada por quatro cavalos, e aquilo que demonstrava o excessivo alarme de sua pobre mãe, de certa forma explicava também aquela inesperada rapidez.

Nunca na vida Elinor achara tão difícil manter a calma como naquele momento. Saber o que sua mãe devia estar sentindo enquanto a carruagem parava em frente à porta — a dúvida, o pavor, talvez o desespero, e o que tinha ela para contar! — sabendo disso tudo, era impossível manter-se calma. Tudo que ela precisava fazer agora era ser rápida, e assim, permanecendo só o tempo suficiente para que a criada da sra. Jennings chegasse para ficar junto à irmã, ela voou escada abaixo.

O burburinho no vestíbulo, ao passar pelo corredor interno, indicou-lhe que já estavam dentro da casa. Ela correu para a sala de estar, entrou e viu apenas Willoughby.

CAPÍTULO 44

Elinor, dando um salto para trás com um ar de horror ao vê-lo, obedeceu ao primeiro impulso do coração ao voltar-se imediatamente para sair da sala, e sua mão já estava na maçaneta quando sua ação foi interrompida pelo rápido avanço de Willoughby, enquanto ele dizia, com uma voz mais de comando que de súplica:

— Srta. Dashwood, por meia hora... por dez minutos, eu lhe suplico que fique.

— Não, meu senhor — replicou ela com firmeza —, eu não vou ficar. O que tem a tratar certamente não é comigo. Suponho que as criadas se esqueceram de lhe dizer que o sr. Palmer não está em casa.

— Se elas me dissessem — exclamou ele com veemência — que o sr. Palmer e todos os seus parentes foram para o diabo, isso não me afastaria da porta. O que tenho a tratar é com a senhorita, e só com a senhorita.

— Comigo! — exclamou ela, espantadíssima. — Muito bem, meu senhor, seja rápido e, se possível, menos violento.

— Sente-se, e eu serei as duas coisas.

Ela hesitou; não sabia o que fazer. Ocorreu-lhe a possibilidade de o coronel Brandon chegar e encontrá-la ali. No entanto, prometera ouvi-lo, e a sua curiosidade estava em jogo não menos que a sua palavra. Assim, depois de se recompor por um momento, concluindo que a prudência exigia presteza e que a sua aquiescência seria o melhor modo de consegui-la, caminhou em silêncio até a mesa e se sentou. Ele tomou a cadeira em frente e por meio minuto nenhum dos dois disse palavra.

— Por favor, seja breve, senhor — disse Elinor, com impaciência —, não tenho tempo a perder.

Ele estava sentado numa atitude de profunda meditação, e parecia não ouvi-la.

— A sua irmã — disse ele, abruptamente, um instante depois — está fora de perigo. Soube-o pela criada. Graças a Deus! Mas é verdade? É mesmo verdade?

Elinor permaneceu calada. Ele repetiu a pergunta com impaciência ainda maior.

— Pelo amor de Deus, diga-me, ela está fora de perigo, sim ou não?

— Esperamos que sim.

Ele se ergueu e começou a andar pela sala.

— Se soubesse disso meia hora atrás... Mas já que *estou* aqui — disse ele com forçada vivacidade, enquanto voltava a se sentar —, que significa isso? Uma vez, srta. Dashwood... talvez seja a última vez... alegremo-nos juntos... Estou com ótimo humor... Diga-me sinceramente — e suas faces enrubesceram mais profundamente —, a senhorita acha que eu sou mais um canalha ou um idiota?

Elinor olhou-o mais espantada do que nunca. Começou a achar que talvez ele estivesse bêbado. Sem isso, a estranheza daquela visita e de suas maneiras não parecia inteligível; e com essa impressão ela de imediato se ergueu, dizendo:

— Sr. Willoughby, aconselho-o a voltar agora a Combe. Não tenho mais tempo para permanecer com o senhor. Seja qual for o assunto que queira tratar comigo, será melhor recompor-se e explicá-lo amanhã.

— Compreendo a senhorita — replicou ele, com um sorriso expressivo e uma voz perfeitamente calma —; sim, estou completamente bêbado. Um copo de cerveja preta com meu *cold beef* em Marlborough foi o bastante para me derrubar.

— Em Marlborough! — exclamou Elinor, entendendo cada vez menos aonde ele queria chegar.

— Sim, saí de Londres esta manhã às oito horas, e os únicos dez minutos que gastei fora da minha carruagem eu os passei fazendo um lanche em Marlborough.

A firmeza de suas maneiras e a inteligência dos seus olhos ao falar convenceram Elinor de que, fosse qual fosse a outra imperdoável insensatez que o trazia a Cleveland, não era por embriaguez. Depois de um momento de reflexão, disse ela:

— Sr. Willoughby, o senhor há de entender, e eu certamente assim o *entendo*, que, depois do que se passou, a sua chegada dessa maneira, impondo-se à minha presença, exige desculpas muito especiais. Quais são elas? Que quer aqui?

— Quero — disse ele, com séria determinação —, se possível, fazer que a senhorita me odeie um pouco menos do que me odeia *agora*. Quero oferecer uma espécie de explicação, uma espécie de pedido de desculpas, pelo que passou; quero abrir meu coração e convencê-la de que, embora eu sempre tenha sido um cabeça-dura, nem sempre fui um canalha, para obter algo como o perdão de Ma... de sua irmã.

— É essa a verdadeira razão de sua vinda?

— Dou-lhe a minha palavra de honra — foi a sua resposta, com um entusiasmo que lhe trouxe à memória todo o Willoughby de antes e, contra a vontade dela, a fez acreditar em sua sinceridade.

— Se isso é tudo, o senhor já pode dar-se por satisfeito, pois Marianne *já* o perdoou há *muito tempo*.

— É mesmo? — exclamou ele, no mesmo tom impaciente. — Então ela me perdoou antes de dever fazê-lo. Mas há de me perdoar de novo, por motivos mais razoáveis. *Agora* vai ouvir-me?

Elinor fez que sim.

— Não sei — disse ele, depois de uma pausa de expectativa da parte dela e de reflexão da parte dele — como a *senhorita* pode ter explicado o meu comportamento ante a sua irmã, ou que diabólico motivo atribuiu a mim... Talvez lhe seja difícil pensar melhor de mim... mas vale a pena tentar, e saberá de tudo. Quando comecei a frequentar intimamente a sua família, minha única intenção, minha única ideia naquele relacionamento era passar agradavelmente o meu tempo enquanto fosse obrigado a permanecer em Devonshire, mais agradavelmente do que passara até então. A adorável pessoa e as interessantes maneiras de sua irmã só podiam agradar-me, e seu comportamento comigo quase desde o começo era de um tipo... É espantoso, quando penso em como ele era, e no que *ela* era, que meu coração tenha permanecido tão insensível! Mas devo confessar que no começo só a minha vaidade foi tocada por ela. Despreocupado com a felicidade dela, pensando apenas em divertir-me, permitindo-me sentimentos que sempre tivera o hábito de cultivar, esforcei-me de todas as maneiras por tornar-me agradável a ela, sem nenhum plano de retribuir o seu afeto.

Naquele momento a srta. Dashwood, voltando os olhos para ele com o mais profundo desprezo, o interrompeu, dizendo:

— Não vale a pena, sr. Willoughby, que diga e eu escute mais nada. Tal começo não pode ser o início de nada... Não me estorve fazendo-me ouvir algo mais sobre o assunto.

— Insisto em que ouça tudo até o fim — replicou ele. — Minhas posses nunca foram grandes, e eu sempre fui esbanjador, sempre tive o hábito de andar com gente mais rica do que eu. A cada ano, desde que me tornei adulto, ou até antes, creio, minhas dívidas se tornavam maiores, e embora a morte da minha velha prima, a sra. Smith, devesse livrar-me delas, como esse acontecimento era incerto e possivelmente muito distante, foi durante um tempo minha intenção restabelecer a minha situação casando-me com uma mulher rica. Apegar-me à sua irmã, portanto, nem pensar, e com uma mesquinhez, um egoísmo, uma crueldade... que nenhum olhar de indignação e de desprezo, mesmo da senhorita, jamais poderá reprovar o bastante... Eu estava agindo desta maneira, tentando conquistar seu afeto, sem a menor intenção de corresponder a ele. No entanto, uma coisa pode ser dita em meu favor: mesmo naquele horrendo estado de vaidade egoísta, eu não sabia o tamanho da injúria que planejava, porque *naquela época* eu não sabia o que era amar. Mas será que alguma vez o soube? Pode-se muito bem duvidar disso, pois, se tivesse amado de verdade, poderia ter sacrificado os meus sentimentos pela vaidade, pela avareza? Ou, o que é pior, poderia ter sacrificado os sentimentos dela? Mas fiz isso. Para evitar uma relativa pobreza, que o amor e a companhia dela teriam livrado de todos os seus horrores, eu, ao tornar-me rico, perdi tudo que poderia transformar a riqueza numa bênção.

— Então o senhor — disse Elinor, um pouco menos áspera — acha que durante certo tempo a amou?

— Resistir a tais atrativos, opor-se a tal ternura! Existe algum homem no mundo que o conseguiria? Sim, aos poucos me apaixonei sinceramente por ela, e as horas mais felizes de minha vida foram as que passei com ela, quando senti que as minhas intenções eram estritamente honrosas e meus sentimentos, irrepreensíveis. Mesmo *então*, porém, quando totalmente decidido a declarar-lhe meu amor, permiti-me muito incorretamente adiar, dia após dia, o momento de fazê-lo, por não estar disposto a iniciar um noivado enquanto a minha situação financeira fosse tão ruim. Não vou justificar-me aqui... nem vou impedir a *senhorita* de se alongar no absurdo, e mais do que absurdo, de ter escrúpulos em dar a minha palavra quando a minha honra já estava comprometida. Os fatos demonstraram que fui um espertalhão idiota, trabalhando com afinco para me tornar desprezível e desgraçado para sempre. Finalmente, porém, tomei a minha decisão e resolvi, assim que pudesse falar com ela a sós, justificar as atenções que tão invariavelmente lhe dedicara, e declarar-lhe abertamente um amor que eu já tanto me esforçara por demonstrar. Mas nesse ínterim... nesse ínterim de pouquíssimas horas que deviam passar-se antes que pudesse ter oportunidade de falar com ela a sós... ocorreu um fato... um fato infeliz, que arruinou totalmente a minha decisão e toda a minha tranquilidade. Fiz uma descoberta — aqui ele hesitou e baixou os olhos. — A sra. Smith fora de algum modo informada, imagino que por algum parente distante, cujo interesse era privar-me do seu favor, de um caso, de uma relação... contudo, não preciso explicar-me mais — acrescentou ele, olhando para ela enrubescido e com um olhar inquiridor —, por meio de sua amizade tão íntima, a senhorita provavelmente já conhece toda a história há muito tempo.

— Sim — tornou Elinor, enrubescendo também e tratando de endurecer de novo o coração contra qualquer compaixão por ele —, eu soube de tudo. E, como o senhor pretende explicar a mínima parte de sua culpa nesse caso horrendo, confesso que é algo que ultrapassa a minha compreensão.

— Lembre-se — exclamou Willoughby — de quem foi que lhe contou a história. Será que poderia ser imparcial? Reconheço que a situação e o caráter dela deviam ter sido respeitados por mim. Não pretendo justificar-me, mas ao mesmo tempo não posso deixá-la supor que nada tenho a alegar em minha defesa... que porque ela foi ferida era irrepreensível, e porque eu era um libertino ela devia ser uma santa. Se a violência das paixões e a fraqueza da inteligência dela... não quero, porém, defender-me. Seu afeto por mim merecia melhor tratamento, e muitas vezes eu, com muitos remorsos,

me lembro da ternura que, por muito pouco tempo, teve o poder de criar certa reciprocidade. Quisera... quisera sinceramente que isso nunca tivesse acontecido. Entretanto, não foi apenas a ela que eu feri; feri alguém cujo amor por mim... (posso dizê-lo?) era pouco menor do que o dela, e cuja mente... ah, quão superior!

— Sua indiferença, contudo, por essa infeliz menina... preciso dizê-lo, por mais desagradável que seja para mim a discussão desse assunto... a sua indiferença não é desculpa para a cruel negligência com que a tratou. Não pense que, lhe sirva de desculpa alguma fraqueza, algum defeito natural da inteligência da parte dela, para a devassa crueldade tão evidente de sua parte. O senhor deve saber que, enquanto se divertia em Devonshire com novos planos, sempre alegre, sempre feliz, ela se via reduzida à extrema indigência.

— Mas dou-lhe a minha palavra, eu *não* sabia disso — replicou ele com veemência —, não me lembro de não lhe ter dado o meu endereço, e o senso comum poderia indicar-lhe como descobri-lo.

— Muito bem, senhor, e o que disse a sra. Smith?

— Ela de imediato me censurou pela ofensa que eu cometera, e a senhorita pode adivinhar a minha confusão. A pureza da sua vida, o formalismo das suas ideias, sua ignorância do mundo, tudo estava contra mim. Eu não podia negar os fatos, e foram vãs todas as tentativas de amenizá-los. Creio que ela estava predisposta a duvidar da moralidade da minha conduta em geral, e além disso estava descontente com a pouquíssima atenção, a minúscula parte da minha vida que lhe dediquei na minha presente visita. Em suma, tudo terminou numa ruptura total. Se houvesse tomado uma decisão, eu poderia ter-me salvado. Do alto da sua moralidade — boa mulher! — ela me propôs perdoar o passado se eu casasse com Eliza. Isso não podia ser... perdi formalmente o seu favor e fui expulso de casa. Passei a noite que se seguiu a esse caso — eu deveria partir na manhã seguinte — refletindo sobre qual deveria ser a minha conduta futura. O combate foi duro... mas terminou cedo demais. Meu amor por Marianne, minha plena convicção de seu amor por mim... tudo isso foi insuficiente para superar aquele pavor da pobreza ou para vencer aquelas falsas ideias sobre a necessidade da riqueza que eu estava naturalmente inclinado a ter e que a companhia de amigos ricos fortalecera. Tinha razões para me acreditar seguro da aceitação da minha atual esposa, se optasse por ela, e me convenci de que, segundo a prudência, nada mais me restava a fazer. Uma dura cena, contudo, esperava por mim, antes que pudesse deixar Devonshire: tinha um jantar marcado com sua mãe a as senhoritas naquele mesmo dia. Era, portanto, necessária alguma desculpa para faltar ao compromisso. Se devia escrever essas desculpas ou apresentá-las pessoalmente era um ponto que foi objeto de longo debate. Percebi que ver Marianne seria terrível, e até tive dúvidas sobre se conseguiria vê-la novamente e manter a minha decisão. Nisso, porém, eu subestimei a minha própria magnanimidade, como os fatos demonstraram, pois eu fui, eu a vi infeliz e a deixei infeliz... e fui embora com a esperança de nunca mais tornar a vê-la.

— Por que foi, sr. Willoughby? — disse Elinor, em tom de censura. — Um bilhete teria sido suficiente. Por que ir pessoalmente?

— Era necessário ao meu orgulho. Não podia tolerar ir embora de Devonshire de um modo que pudesse levá-las ou o resto da vizinhança a terem a menor suspeita sobre o que realmente se passara entre a sra. Smith e eu... e assim resolvi passar no chalé a caminho de Honiton. Foi, no entanto, realmente terrível ver a sua querida irmã; e, para piorar as coisas, encontrei-a sozinha. Todas tinham ido não sei aonde. Eu a tinha deixado na noite anterior, tão completamente, tão firmemente decidido dentro de mim a agir com correção! Em poucas horas teria ficado noivo dela para sempre, e me lembro como estava entusiasmado, enquanto caminhava do chalé para Allenham, satisfeito comigo mesmo, contente com todo o mundo! Mas nesse nosso último encontro de amizade, eu a abordei com um sentimento de culpa que quase me tirou a capacidade de dissimular. A dor, a decepção, o pesar dela quando lhe disse que era obrigado a deixar de imediato Devonshire... jamais vou esquecê-los... unidos também com tal confiança em mim!... Ah, meu Deus!... Que canalha desnaturado eu fui!

Permaneceram em silêncio por alguns momentos. Elinor falou primeiro.

— O senhor lhe disse que voltaria logo?

— Não sei o que disse a ela — respondeu ele, com impaciência —; menos do que devia por nosso passado, sem dúvida, e provavelmente muito mais do que o futuro justificava. Não consigo pensar nisso... não quero pensar nisso. Depois veio a sua querida mãe para torturar-me ainda mais, com toda a sua gentileza e confiança. Graças a Deus! Aquilo me torturava *mesmo*. Eu era infeliz. Srta. Dashwood, não tem ideia do consolo que sinto ao me lembrar de minha própria infelicidade. Tenho tal rancor a mim mesmo pelo meu estúpido e boçalmente insensato coração, que todos os passados sofrimentos que devo a ele são agora para mim triunfo e júbilo. Eu fui até lá, abandonei tudo que amava e fui ter com aqueles para os quais, na melhor das hipóteses, era apenas indiferente. Minha viagem a Londres... feita só com meus próprios cavalos e, portanto, tão aborrecida... com ninguém com quem falar... meus pensamentos tão alegres... quando olhava para o futuro, tudo tão promissor! Quando me lembrava de Barton, o quadro era tão confortante! Ah, foi uma viagem abençoada!

Ele parou.

— Muito bem, senhor — disse Elinor, que, embora com pena dele, estava cada vez mais impaciente para que partisse —, e isso é tudo?

— Ah, não!... A senhorita se esqueceu do que aconteceu em Londres? Aquela carta infame... Ela lhe mostrou?

— Sim, eu vi todos os bilhetes trocados.

— Quando recebi o primeiro deles (como imediatamente aconteceu, pois eu estava em Londres o tempo todo), o que senti é... na frase comum, não posso exprimir; numa frase mais simples... talvez simples demais para provocar alguma emoção... meus sentimentos eram de muita, muita dor. Cada linha, cada palavra era... na metáfora gasta que o autor que lhes é caro, se estivesse aqui, rejeitaria... uma punhalada no coração. Saber que Marianne estava na cidade era... na mesma linguagem... um raio na tempestade. Raios na tempestade e punhaladas! Que censura ela me faria! Seu gosto... suas opiniões... acho que as conhecia melhor do que às minhas próprias... e tenho certeza de que me são mais caras.

O coração de Elinor, que passara por diversas mudanças ao longo desta extraordinária conversa, tornou a se abrandar mais uma vez. Mesmo assim, achou que era seu dever refrear em Willoughby ideias como aquela última.

— Isso não está certo, sr. Willoughby. Lembre-se de que é um homem casado. Conte-me apenas o que em sua consciência considere que é necessário que ouça.

— O bilhete de Marianne, ao me garantir que ainda me amava como nos primeiros dias, que apesar das muitas, muitas semanas em que estivemos separados, era ainda tão constante em seus sentimentos e tão confiante na constância dos meus como sempre, despertou todos os meus remorsos. Eu disse "despertou" porque o tempo e Londres, os negócios e a devassidão os tinham de certo modo apaziguado, e eu estava me transformando num grande canalha, imaginando-me indiferente a ela e querendo imaginar que ela também devia ter-se tornado indiferente a mim; considerando dentro de mim o nosso passado amor como um caso ocioso e trivial, dando de ombros como prova de que assim era e silenciando toda censura, vencendo todos os escrúpulos, dizendo secretamente de quando em quando: "Ficarei imensamente contente ao saber que ela fez um bom casamento". Mas aquele bilhete me fez conhecer-me melhor. Senti que eu a amava infinitamente mais do que qualquer outra mulher no mundo e que a estava usando de maneira infame. Não obstante, tudo já estava acertado entre mim e a srta. Grey. Voltar atrás era impossível. Tudo que eu tinha a fazer era evitá-las. Não respondi a Marianne, pretendendo com isso impedir que ela tivesse mais notícias minhas, e por algum tempo estive até decidido a não visitar a Berkeley Street... Mas por fim, julgando mais prudente afetar o ar frio de um conhecido comum do que qualquer outra coisa, certa manhã as vi saindo de casa e deixei meu cartão.

— Viu-nos saindo de casa!

— Até isso. A senhorita ficaria surpresa se soubesse quantas vezes as vi, quantas vezes estive prestes a topar com as senhoritas. Tive de entrar em muitas lojas para evitar que me vissem, enquanto passava a carruagem. Morando como eu morava na Bond Street, raramente passava um dia sem que visse uma ou outra das senhoritas; e só mesmo a mais constante vigilância da minha parte, um desejo invariavelmente imperioso de não ser visto pelas senhoritas, pôde separar-nos por tanto tempo. Evitei os Middleton o máximo possível, bem como a todos que pudessem revelar-se conhecidos comuns. Sem saber que estava em Londres, porém, topei com *Sir* John, creio, no mesmo dia em que chegou, e no dia seguinte à minha visita à casa da sra. Jennings. Ele me convidou para uma festa, um baile em sua casa à noite. Se ele *não* me houvesse dito, para me incentivar, que a senhorita e sua irmã deviam estar lá, eu teria achado que a coisa era certa demais para ousar ir. Na manhã seguinte chegou outro bilhete de Marianne, ainda carinhosa, sincera, franca, confiante, tudo que podia tornar a *minha* conduta mais odiosa. Não pude responder. Tentei, mas não pude acabar uma sentença. Mas pensava nela, acho, a cada momento do dia. Se *puder* ter pena de mim, srta. Dashwood, tenha pena da minha situação *naquela época*. Com a sua irmã a preencher a minha cabeça e o meu coração, fui forçado a desempenhar o papel de amante feliz com outra mulher! Aquelas três ou quatro semanas foram as piores de todas. Bem, finalmente, como nem preciso contar-lhe, as senhoritas forçaram um encontro comigo. E que doce figura repudiei! Que noite de agonia foi aquela! De um lado, Marianne, linda como um anjo, chamando-me de Willoughby com aquele tom! Ah, meu Deus! Estendendo a mão para mim, pedindo-me uma explicação, com aqueles olhos feiticeiros cravados em meu rosto com tão expressiva solicitude! E, do outro lado, Sophia, ciumenta como o diabo, parecendo tudo que... Não importa. Já acabou... Que noite!... Fugi das senhoritas assim que pude, mas não antes de ter visto o doce rosto de Marianne pálido como a morte. *Aquele* foi o último, último olhar que recebi dela; o último jeito como apareceu para mim. Foi uma visão medonha! Mesmo assim, hoje, quando pensei que ela estivesse de fato morrendo, foi para mim uma espécie de consolo imaginar que eu sabia exatamente qual seria a expressão dela para as últimas pessoas que a vissem neste mundo. Ela estava à minha frente, sempre à minha frente, enquanto eu viajava, com a mesma expressão e a mesma cor.

Seguiu-se uma breve pausa para mútua reflexão. Erguendo-se primeiro, Willoughby quebrou o silêncio assim:

— Bem, permita-me que me apresse em ir embora. Sua irmã está certamente melhor, certamente fora de perigo?

— Sim, temos certeza disso.

— Sua pobre mãe, também! Louca por Marianne!

— Mas a carta, sr. Willoughby, sua própria carta... Tem alguma coisa a dizer sobre aquilo?

— Sim, sim, principalmente sobre *aquilo*. Sua irmã escreveu-me de novo, como sabe, já na manhã seguinte. Viu o que ela disse... Eu estava tomando o café da manhã na casa dos Ellison, e levaram da minha casa para lá aquela carta, junto com algumas outras. Ela chamou a atenção de Sophia antes da minha... e o tamanho, a elegância do papel e da letra provocaram de imediato a sua desconfiança. Já chegara a seus ouvidos alguma vaga história sobre o meu amor por uma moça em Devonshire, e o que se passara à sua vista na noite anterior fez que soubesse quem era a moça, e a tornou mais ciumenta do que nunca. Assim, afetando um ar travesso, delicioso na mulher que amamos, abriu ela mesma a carta e a leu. Foi bem recompensada pelo descaramento. Leu o que a faria infeliz. Eu poderia suportar a infelicidade dela, porém a paixão... a malícia... tinha de ser apaziguada de qualquer maneira. Em resumo, o que acha do estilo das cartas da minha mulher? Delicado, carinhoso, realmente feminino, não é mesmo?

— Sua mulher! A carta foi escrita com a sua letra!

— Sim, no entanto, só tive o crédito de copiar servilmente sentenças às quais tive vergonha de associar o meu nome. O original era inteiramente dela, os seus belos pensamentos e a sua feliz dicção. Mas que podia fazer? Éramos noivos, todos os preparativos estavam em andamento, o dia já estava quase marcado... Estou falando como um idiota. Preparativos!... Dia!... Falando honestamente, eu precisava do dinheiro dela e, numa situação como a minha, tinha de fazer tudo para evitar uma ruptura. E, afinal, que importava para a opinião de Marianne e de seus amigos sobre o meu caráter, em que língua estava redigida a minha resposta? Devia servir a um só propósito. Minha tarefa era declarar-me um canalha, e pouco importava se o fazia com uma reverência ou com uma fanfarronada... "A minha reputação perante elas foi arruinada para sempre", pensei comigo, "eu me excluí para sempre da companhia delas; já me consideram um sujeito sem princípios, esta carta só vai fazer que me considerem um boçal completo". Eram esses os meus raciocínios, enquanto, com uma espécie de despreocupação desesperada, copiava as palavras da minha esposa e renunciava às últimas lembranças de Marianne. Seus três bilhetes, infelizmente, estavam todos em minha carteira, ou teria negado a existência deles e os teria guardado para sempre... Tive de incluí-los e nem sequer pude beijá-los. E o cacho de cabelos... ele também eu sempre trazia comigo na mesma carteira, que agora era vasculhada por minha esposa com a mais meiga virulência... o querido cacho... todas, todas as recordações foram arrancadas de mim.

— O senhor está muito errado, sr. Willoughby, muito errado mesmo — disse Elinor, enquanto a sua voz, contra a vontade, traía a compaixão —, não deve falar assim, nem da sra. Willoughby nem da minha irmã. Fez a sua escolha. Ela não lhe foi impingida. Sua mulher tem direito à sua cortesia, ao seu respeito, pelo menos. Deve gostar do senhor ou não se teria casado. Tratá-la com descortesia, falar dela com desdém não é compensação para Marianne... nem posso supor que seja um alívio para a sua própria consciência.

— Não me fale da minha mulher — disse ele com um suspiro profundo. — Ela não merece nenhuma compaixão... Sabia que não a amava quando nos casamos... Bem, estávamos casados, e fomos a Combe Magna para sermos felizes e em seguida voltamos a Londres para nos divertirmos... E agora tem pena de mim, srta. Dashwood? Ou falei tudo isso por falar? Será que sou — mesmo que seja só um pouquinho —, será que, na sua opinião, sou menos culpado do que era antes? Minhas intenções nem sempre eram ruins. Será que consegui justificar alguma parte da minha culpa?

— Sim, certamente conseguiu reduzir um pouco a sua culpa... Provou ser, afinal, menos culpado do que eu acreditava. Provou que tem um coração menos mau, muito menos mau. Entretanto, não sei... a infelicidade que provocou... não sei como poderia ter sido pior.

— Quando sua irmã se recuperar, vai repetir para ela o que lhe contei? Faça que ela também, como a senhorita, tenha uma opinião menos má a meu respeito. Disse-me que ela já me perdoou. Deixe-me poder imaginar que um melhor conhecimento do meu coração e dos meus atuais sentimentos possa levá-la a conceder-me um perdão mais espontâneo, mais natural, mais gentil, menos majestático. Fale-lhe da minha infelicidade e da minha penitência... diga-lhe que o meu coração nunca foi infiel a ela e, se quiser, que agora ela me é mais querida do que nunca.

— Vou contar a ela tudo que é necessário para o que se pode chamar, comparativamente, sua justificação. Mas o senhor não me explicou a razão específica de sua visita agora, nem como soube da sua enfermidade.

— A noite passada, no saguão da Drury Lane, topei com *Sir* John Middleton, e quando ele viu quem eu era... pela primeira vez em dois meses... falou comigo. Que ele tivesse cortado relações comigo depois do meu casamento foi algo que vi sem surpresa ou ressentimento. Agora, porém, sua alma boa, honesta e estúpida, cheia de indignação contra mim e de preocupação por sua irmã, não pôde resistir à tentação de me contar o que ele sabia poder... se bem que provavelmente não achasse que *iria*... abalar-me horrivelmente. Assim, da forma mais grosseira possível, ele me disse que Marianne Dashwood estava morrendo de febre pútrida em Cleveland... uma carta que recebera aquela manhã da sra. Jennings declarava que o perigo era iminentíssimo... os Palmer partiram todos apavorados, etc... Eu fiquei abalado demais para poder fingir-me indiferente até diante do pouco perspicaz *Sir* John. Seu coração abrandou-se ao ver que o meu sofria; e tanto a sua má vontade se dissipou, que, quando nos despedimos, ele quase me apertou as mãos enquanto me lembrava de uma velha promessa sobre um filhote de *pointer*. O que senti quando soube que a sua irmã estava à morte... e estava à morte acreditando que eu seja o pior canalha da terra, desprezando-me, odiando-me em seus últimos momentos... pois como poderia dizer que medonhos projetos não me seriam imputados? *Só uma* pessoa eu tinha certeza de que me imaginaria capaz de qualquer coisa... O que senti foi apavorante!... Logo tomei a decisão

e às oito horas da manhã já estava em minha carruagem. Agora sabe de tudo.

Elinor não respondeu. Seus pensamentos fixaram-se silenciosamente no irreparável dano que uma independência muito precoce e os decorrentes hábitos de ociosidade, dissipação e luxo provocaram na mente, no caráter e na felicidade de um homem que, a todas as vantagens pessoais e de talento, unia uma disposição naturalmente sincera e honesta e um temperamento sensível e afetuoso. O mundo tornara-o extravagante e vaidoso; a extravagância e a vaidade tornaram-no insensível e egoísta. A vaidade, enquanto buscava seu culposo triunfo à custa de outra pessoa, envolvera-o num amor autêntico, que a extravagância, ou pelo menos a sua filha, a necessidade, exigiram fosse sacrificado. Cada uma dessas más inclinações, orientando-o para o mal, levara-o também à punição. O amor que contra toda honra, todo sentimento, todos os seus melhores interesses havia arrancado de si, agora, quando não mais permitido, governava todos os seus pensamentos. A união pela qual ele, com poucos escrúpulos, entregara a sua irmã à desgraça parecia ter-se tornado para ele uma fonte de infelicidade de natureza incurável. De um devaneio desse tipo ela foi despertada depois de alguns minutos por Willoughby, que, despertando ele próprio de um devaneio pelo menos igualmente doloroso, ergueu-se para ir embora e disse:

— Não há motivo para permanecer aqui; tenho de ir.

— Vai voltar para Londres?

— Não... para Combe Magna. Tenho negócios a resolver por lá; de lá voltarei a Londres em um ou dois dias. Adeus.

Estendeu-lhe a mão, ela não pôde recusar-se a lhe dar a sua. Ele a apertou com carinho.

— E tem *mesmo* uma melhor opinião de mim do que antes? — disse ele, deixando cair a mão e inclinando-se contra o consolo da lareira, como se tivesse esquecido que estava para ir embora.

Elinor garantiu-lhe que sim, que o perdoava, lastimava, queria-lhe bem, e até se interessava pela sua felicidade; e acrescentou alguns conselhos gentis quanto ao comportamento mais apto para alcançá-la. A resposta dele não foi das mais encorajadoras.

— Quanto a isso — disse ele —, vou ter de me virar o melhor que possa. A felicidade doméstica está fora de questão. Se, no entanto, me for permitido pensar que a senhorita e a sua família sintam algum interesse em meu destino e em meus atos, pode ser o meio... pode pôr-me em guarda... pelo menos, pode ser algo pelo qual possa viver. Com certeza, perdi Marianne para sempre. Mesmo que, por um abençoado acaso, estivesse livre de novo...

Elinor interrompeu-o com uma repreensão.

— Bem — replicou ele —, mais uma vez, adeus. Vou-me embora agora e viverei no pavor de um único acontecimento.

— Que quer dizer?

— O casamento da sua irmã.

— Está muito enganado. Ela nunca estará mais longe do senhor do que agora.

— Mas terá sido conquistada por um outro. E se esse outro for aquele mesmo que, entre todos, me é mais insuportável... porém, não quero prosseguir, para não perder toda a sua compassiva boa vontade, mostrando que, onde mais feri, menos posso perdoar. Adeus! Deus a abençoe!

E com essas palavras, saiu quase correndo da sala.

CAPÍTULO 45

Elinor, por algum tempo depois que ele a deixou, e mesmo por algum tempo depois que o ruído da sua carruagem se esvaiu, permaneceu perturbada demais por uma multidão de ideias, muito diferentes entre si, mas das quais a tristeza era o resultado final, até para pensar na irmã.

Willoughby, ele, que apenas meia hora atrás ela odiava como o mais desprezível dos homens, Willoughby, apesar de todos os seus erros, provocou certa comiseração pelos sofrimentos produzidos por esses erros, o que a fez pensar nele como separado para sempre da sua família, com uma ternura, uma saudade, mais proporcionais, como logo reconheceu dentro de si mesma, aos desejos do que aos méritos dele. Sentiu que a influência dele sobre o seu espírito era fortalecida por circunstâncias que, racionalmente, não deveriam ter nenhum peso; pela sua figura extraordinariamente atraente, por aquele jeito sincero, afetuoso e vivo que não era mérito possuir, e por aquele amor ainda ardente por Marianne, que não era sequer inocente favorecer. Mas sentiu que assim era, muito, muito tempo antes de sentir diminuir a influência dele.

Quando finalmente voltou para o lado de Marianne inconsciente, encontrou-a acordando, revigorada por um longo e doce sono, como havia esperado. O coração de Elinor estava pesado. O passado, o presente, o futuro, a visita de Willoughby, a segurança de Marianne e a aguardada chegada da mãe lançaram-na, juntos, numa agitação que impediu todo sinal de cansaço e a fez temer trair-se diante da irmã. Foi breve, porém, o tempo em que esse medo pôde atormentá-la, pois meia hora depois de Willoughby deixar a casa, ela foi novamente chamada a descer as escadas pelo ruído de outra carruagem. Ansiosa por poupar à mãe todos os desnecessários momentos daquela horrível incerteza, correu de imediato para o saguão e alcançou a porta de entrada bem a tempo de recebê-la e ampará-la em sua chegada.

A sra. Dashwood, cujo terror enquanto se aproximavam da casa produzira a quase certeza do falecimento de Marianne, não tinha voz para perguntar por ela nem sequer para falar com Elinor. Ela, contudo, sem esperar as saudações nem as perguntas, foi logo dando a boa notícia. A mãe, recebendo-a com o entusiasmo habitual, em um momento foi vencida pela alegria, como antes o fora pelo temor. Foi amparada na sala de visitas entre a filha e o amigo, e ali, derramando lágrimas de júbilo, embora ainda incapaz de falar, abraçou Elinor repetidas vezes, afastando-se dela de quando em quando para apertar a mão do coronel Brandon, com um olhar que exprimia ao mesmo tempo a gratidão e a certeza de que ele compartilhava com ela o entusiasmo do momento. Ele o compartilhou, porém, num silêncio ainda maior que o dela.

Assim que a sra. Dashwood se recuperou, seu primeiro desejo foi ver Marianne, e em dois minutos ela já estava com sua querida filhinha, mais querida do que nunca pela ausência, pela infelicidade e pelo perigo. A satisfação de Elinor ao ver o que cada uma delas sentiu ao se encontrarem só era refreada pela apreensão de estar roubando de Marianne mais tempo de sono. No entanto, a sra. Dashwood podia ser calma, podia até ser prudente, quando a vida de uma filha estava em jogo, e Marianne, contente por saber que a mãe estava a seu lado, e consciente de estar debilitada demais para poder conversar, submeteu-se prontamente ao silêncio e ao repouso prescrito por todas as enfermeiras ao seu redor. A sra. Dashwood *fez questão* de permanecer com ela a noite toda, e Elinor, acatando o pedido da mãe, foi para a cama. Mas o repouso que uma noite inteira passada em claro e muitas horas da mais desgastante ansiedade pareciam exigir não foi possível pela excitação que a agitava. Willoughby, o "pobre Willoughby", como agora se permitia chamá-lo, estava constantemente em seus pensamentos; não podia ter deixado de ouvir sua defesa perante o mundo, e ora se acusava, ora se absolvia por tê-lo antes julgado com tanta dureza. Não obstante, a promessa de contar tudo à irmã era invariavelmente dolorosa. Tinha pavor de fazê-lo, tinha pavor do possível efeito sobre Marianne; tinha dúvida se, depois daquela explicação, ela poderia algum dia ser feliz com outro homem, e por um momento desejou que Willoughby enviuvasse. Então, lembrando-se do coronel Brandon, censurou a si mesma, sentiu que os *seus* sofrimentos e a sua constância, muito mais que os do rival, eram merecedores dos favores da irmã, e a morte da sra. Willoughby passou a ser a última coisa que queria.

O choque causado na sra. Dashwood pela viagem do coronel Brandon a Barton fora muito reduzido pelo alarme que sentira antes, pois era tão grande a sua preocupação com Marianne, que já decidira ir a Cleveland naquele mesmo dia, sem aguardar mais nenhuma informação, e já havia organizado tão bem a viagem antes da chegada dele, que os Carey eram esperados a qualquer momento para levar Margaret, já que a sua mãe não estava disposta a levá-la aonde podia haver risco de infecção.

Marianne continuava recuperando-se a cada dia, e a radiante alegria no semblante e no jeito da sra. Dashwood demonstrava que ela era, tal qual ela mesma declarou repetidas vezes, uma das mulheres mais felizes do mundo. Elinor não podia ouvir essa declaração nem testemunhar suas provas sem às vezes imaginar se sua mãe alguma vez se lembrou de Edward. Contudo, a sra. Dashwood, confiante no relato moderado de sua própria decepção que Elinor lhe enviara, foi levada pela exuberância de sua alegria a só pensar no que poderia aumentá-la. Marianne lhe fora restituída de um perigo em que, como agora começava a perceber, seu próprio julgamento errôneo ao encorajar o infeliz apego a Willoughby ajudara a colocá-la; e na sua recuperação havia para ela ainda outra fonte de alegria, não suspeitada por Elinor. Assim a comunicou tão logo apareceu uma oportunidade de conversarem as duas a sós:

— Finalmente estamos sozinhas. Minha querida Elinor, ainda não conhece toda a minha felicidade. O coronel Brandon ama Marianne. Ele mesmo me contou.

Sua filha, sentindo-se alternadamente alegre e triste, surpresa e não surpresa, era toda uma silenciosa atenção.

— Você nunca é como eu, querida Elinor, ou então me estranharia a sua serenidade agora. Se eu tivesse parado para escolher o maior bem possível para a minha família, teria optado pelo casamento do coronel Brandon com uma de vocês como o objetivo mais desejável. E acho que Marianne seria a mais feliz das duas com ele.

Elinor estava meio inclinada a lhe perguntar por que razão pensava isso, já que estava certa de que não poderia alegar nenhuma razão baseada num exame imparcial de suas idades, personalidades ou sentimentos. Sua mãe, contudo, devia sempre deixar-se levar pela imaginação em todos os assuntos interessantes e, por isso, em vez de fazer uma pergunta, Elinor deixou aquela observação passar com um sorriso.

— Ele abriu totalmente seu coração pára mim ontem, durante a viagem. Aconteceu de um modo bem espontâneo, não planejado. Eu, como pode imaginar, não conseguia falar de nada a não ser de minha menina; ele não conseguia esconder sua aflição; vi que ela era tão grande quanto a minha, e ele, talvez, julgando que a mera amizade, no mundo de hoje, não justificaria uma simpatia tão calorosa — ou antes, não pensando em absolutamente nada, suponho — mas dando vazão a sentimentos irresistíveis, fez-me saber do seu intenso, terno e constante afeto por Marianne. Ele a amou, minha querida Elinor, desde a primeira vez que a viu.

Nesse ponto, entretanto, Elinor percebeu, não a linguagem, não as confissões do coronel Brandon, mas os naturais floreios da ativa imaginação da mãe, que moldava à sua vontade tudo que lhe agradava.

— Seu afeto por ela, infinitamente superior a tudo o que Willoughby jamais sentiu ou fingiu sentir, e muito mais ardente, mais sincero ou constante, seja como for que o chamemos, sobreviveu até ao conhecimento da infeliz predileção de nossa querida Marianne por aquele rapaz boçal! E sem egoísmo, sem uma esperança que o encorajasse! Como pôde vê-la com outro... Que nobre alma! Que franqueza, que sinceridade! Ninguém pode enganar-se com *ele*.

— O caráter do coronel Brandon — disse Elinor — como um excelente homem é algo sobre o que não pairam dúvidas.

— Sei disso — replicou a mãe, com seriedade —, ou depois de tal aviso eu seria a última a encorajar tal amor ou mesmo a ficar contente com ele. Mas o fato de ter vindo a mim como veio, com aquela amizade ativa e disposta, é prova suficiente de que ele é um homem de grande valor.

— Seu caráter, porém — respondeu Elinor —, não se baseia num único gesto delicado, ao qual seu afeto por Marianne, se deixarmos de lado a benevolência, o teria conduzido. Ele é um velho e íntimo conhecido da sra. Jennings e dos Middleton; eles o amam e o respeitam igualmente, e até o conhecimento que eu tenho dele, embora adquirido recentemente, é bastante considerável. Eu o aprecio e o estimo tanto, que se Marianne puder ser feliz com ele, estarei tão disposta quanto a senhora a considerar essa união a nossa maior bênção neste mundo. Que resposta a senhora lhe deu? Deu-lhe alguma esperança?

— Ah, meu amor, eu não podia falar de esperança com ele ou comigo mesma. Marianne podia estar morrendo naquele momento. Apesar disso, ele não pediu esperança ou encorajamento. A sua foi uma confidência involuntária, um desabafo irreprimível a uma amiga carinhosa, não um pedido a uma mãe. Mesmo assim, depois de certo tempo eu *disse*, pois no começo fiquei completamente pasmada, que se ela sobrevivesse, como eu confiava, a minha maior felicidade seria promover o casamento dos dois. E desde a nossa chegada, desde que ganhamos essa deliciosa segurança, tenho repetido isso a ele com maior firmeza, dando-lhe todos os encorajamentos ao meu alcance. O tempo, um tempo muito breve, digo a ele, vai resolver tudo. O coração de Marianne não deve ser desperdiçado para sempre com um homem como Willoughby. Seus próprios méritos hão de lhe garantir o triunfo.

— A julgar pelo humor do coronel, porém, a senhora não conseguiu transmitir-lhe todo esse otimismo.

— Não. Ele acha que o amor de Marianne tem raízes profundas demais para sofrer alguma mudança por um longo tempo, e mesmo supondo seu coração novamente livre, ele é inseguro demais para acreditar que com tal diferença de idade e de jeito de ser possa conquistar o seu amor. Nisso, porém, ele está muito enganado. A diferença de idades é uma vantagem, pois fortalece o seu caráter e os seus princípios; e estou convencida de que o seu jeito de ser é exatamente o que pode fazer feliz a sua irmã. E a sua pessoa, seu jeito também, estão a favor dele. Minha parcialidade não me cega; ele certamente não é tão bonito quanto Willoughby, mas, ao mesmo tempo, há algo muito mais agradável em suas feições. Sempre houve alguma coisa no olhar de Willoughby, se você se lembrar, de que eu não gostava.

Elinor *não* lembrava daquilo, contudo sua mãe, sem esperar seu assentimento, prosseguiu:

— E o jeito dele, o jeito do coronel, não só sempre foi mais agradável para mim do que o de Willoughby, como também é de um tipo que eu sei ser capaz de atrair Marianne com muito mais força. Sua gentileza, sua autêntica atenção com os outros e sua simplicidade masculinamente espontânea afina-se muito mais com o verdadeiro jeito de ser dela, do que a vivacidade muitas vezes artificial e extemporânea do outro. Tenho absoluta certeza de que, se Willoughby se tivesse revelado tão amável como se mostrou o contrário disso, mesmo assim Marianne jamais teria sido tão feliz com ele como será com o coronel Brandon.

Fez uma pausa. Sua filha não concordava plenamente com ela, mas sua discordância não foi ouvida e, portanto, não a ofendeu.

— Em Delaford, ela estará a pouca distância de mim — acrescentou a sra. Dashwood — mesmo se eu permanecer em Barton. E muito provavelmente, já que soube que é um burgo grande, sem dúvida *deve* haver uma casinha ou um chalé por perto que nos possa ser tão adequado quanto a nossa atual acomodação.

Pobre Elinor! Eis um novo esquema para levá-la a Delaford! Seu espírito, entretanto, era teimoso.

— Sua riqueza também! Pois na minha idade, você sabe, todos se preocupam com *isso,* e embora não saiba nem queira saber quanto dinheiro ele possui, tenho certeza de que não deve ser pouco.

Nesse ponto, foram interrompidas pela entrada de uma terceira pessoa, e Elinor se retirou para refletir sozinha sobre tudo aquilo, para desejar sucesso ao amigo e, ainda que o desejando, para sentir uma dor aguda por Willoughby.

CAPÍTULO 46

A doença de Marianne, apesar de debilitante por natureza, não durara o bastante para tornar lenta a recuperação, e, com a ajuda da juventude, da força natural e da presença da mãe, ela progrediu tão bem que foi possível, quatro dias depois da chegada desta, instalá-la no quarto de vestir da sra. Palmer. Ao chegar lá, a seu especial pedido, o coronel Brandon foi convidado a visitá-la, já que ela estava impaciente por lhe agradecer ter ido buscar a mãe.

Sua emoção ao entrar no quarto, ao ver as feições alteradas dela e ao receber a pálida mão que ela imediatamente lhe estendeu, foi tamanha que fez Elinor cogitar que devia ter origem em algo mais do que seu afeto por Marianne ou da consciência de os outros terem ciência do seu amor; e ela logo descobriu em sua expressão melancólica e alterada enquanto olhava para sua irmã, a provável lembrança de muitas cenas passadas de desgraça, trazidas de volta pela semelhança, já reconhecida, entre Marianne e Eliza, agora fortalecida pelos olhos fundos, pela tez doentia, pela postura de prostração e fraqueza e pelo caloroso agradecimento por uma dívida especial com ele.

A sra. Dashwood, não menos atenta ao que se passava do que a filha, mas com um espírito influenciado de modo muito diferente e, portanto, esperando efeitos também muito diferentes, nada viu no comportamento do coronel, a não ser o que vinha das mais simples e evidentes sensações, enquanto pelos atos e palavras de Marianne se convencia de que já nascera algo mais do que simples gratidão.

Ao fim de mais um ou dois dias, com Marianne revigorando-se visivelmente a cada doze horas, a sra. Dashwood, instigada igualmente pelo seu próprio desejo e pelo das filhas, começou a falar em voltar a Barton. Do que ela faria dependia o que seus dois amigos fariam. A sra. Jennings não podia deixar Cleveland enquanto as Dashwood lá estivessem, e o coronel Brandon logo foi levado, por exigência conjunta de todas elas, a considerar a sua própria estada lá como igualmente decidida, se não igualmente indispensável. Em compensação, a pedido dele e da sra. Jennings, a sra. Dashwood foi convencida a aceitar o uso da carruagem do coronel em sua viagem de volta, para maior conforto da filha doente; e o coronel, a convite tanto da sra. Dashwood quanto da sra. Jennings, cujo bom e ativo coração a tornava amigável e hospitaleira em nome de outras pessoas tanto quanto no seu próprio, comprometeu-se com prazer a ir buscar de volta a carruagem numa visita ao chalé, dentro de poucas semanas.

Chegou o dia da separação e da partida. Marianne, após uma despedida especial e longa da sra. Jennings, despedida tão profundamente grata, tão cheia de respeito e de bons votos que parecia dever-se, em seu coração, a um reconhecimento secreto da passada indelicadeza, e dando ao coronel Brandon um adeus com a cordialidade de uma amiga, foi cuidadosamente ajudada por ele a entrar na carruagem, de cujo espaço ele parecia fazer questão que ela ocupasse pelo menos metade. Seguiram-na a sra. Dashwood e Elinor, e os outros foram deixados falando das viajantes e sentindo seu próprio tédio, até que a sra. Jennings foi chamada ao seu coche para se reconfortar pela perda das duas jovens companheiras, com as fofocas da criada; imediatamente em seguida o coronel Brandon partiu solitário para Delaford.

As Dashwood passaram dois dias na estrada, e nos dois Marianne suportou a viagem sem cansaço excessivo. Tudo que o mais devotado afeto, a mais solícita atenção podia fazer para o conforto dela era objeto dos esforços de cada uma de suas vigilantes companheiras, e todas elas se sentiram premiadas com seu bem-estar físico e sua tranquilidade de espírito. Para Elinor, a observação desse último aspecto foi especialmente gratificante. Ela, que a vira, semana após semana, em sofrimento constante, oprimida por uma angústia do coração que não tinha nem a coragem para exprimir nem a força para esconder, agora via, com uma alegria que ninguém mais poderia compartilhar, uma evidente serenidade de espírito que, sendo o resultado, como acreditava, de uma séria reflexão, devia por fim trazer-lhe contentamento e alegria.

Ao se aproximarem de Barton, de fato, e passarem por cenários de que cada campo, cada árvore lhe trazia alguma lembrança singular e dolorosa, ela se tornou silenciosa e pensativa e, voltando o rosto para que não a vissem, pôs-se a olhar atentamente pela janela. Mas com isso Elinor não podia nem se admirar nem se zangar, e quando viu, enquanto ajudava Marianne a descer da carruagem, que ela estivera chorando, viu naquilo apenas uma emoção muito natural, que em si mesma não podia provocar nada menos terno do que a piedade e que, por sua discrição, merecia elogios. Em todo o seu comportamento subsequente, descobriu os indícios de uma mente disposta a um esforço razoável, pois, assim que entraram na sala de estar, Marianne passeou os olhos ao seu redor, com uma expressão de firmeza e decisão, como se estivesse resolvida a acostumar-se de imediato à visão de cada objeto a que pudesse relacionar uma lembrança de Willoughby. Falou pouco, mas cada frase visava à alegria, e, embora às vezes deixasse escapar um suspiro, nunca o fazia sem a compensação de um sorriso. Depois do jantar, quis tocar o pianoforte. Foi até ele, no entanto, a primeira partitura em que seus olhos se fixaram foi uma ópera que Willoughby lhe oferecera, contendo alguns dos seus duetos prediletos e trazendo na capa o nome dela escrito com a letra dele. Aquilo não era possível. Ela balançou a cabeça, pôs a partitura de lado e, depois de brincar com as teclas por um minuto, queixou-se de fraqueza nos dedos e tornou a fechar o instrumento, dizendo, porém, com firmeza que devia estudar mais no futuro.

A manhã seguinte não trouxe pioras para esses bons sintomas. Ao contrário, com a mente e o corpo igualmente revigorados pelo descanso, sua aparência e suas palavras mostravam uma animação mais autêntica, antecipando o prazer da volta de Margaret e falando do querido grupo familiar que se recomporia, de suas ocupações compartilhadas e da alegre companhia como a única felicidade digna de ser buscada.

— Quando o tempo melhorar e eu tiver recuperado o vigor — disse ela —, faremos longas caminhadas juntas todos os dias. Vamos caminhar até a fazenda na beira da colina e ver como vão as crianças; caminharemos até as novas plantações de *Sir* John em Barton Cross e Abbeyland; e iremos muitas vezes às velhas ruínas do Priorado e tentaremos explorar suas fundações tão profundamente quando nos disseram que elas iam. Sei que seremos felizes. Sei que o verão vai passar alegremente. Pretendo nunca me levantar depois das seis, e daí até o jantar dividirei todos os momentos entre a música e a leitura. Estabeleci um plano e estou decidida a seguir um programa sério de estudos. Nossa biblioteca eu já a conheço bem demais para servir para qualquer coisa além da simples diversão. Mas há muitos livros que bem merecem ser lidos em Barton Park, além de outros escritos mais recentemente que sei poder pedir emprestados ao coronel Brandon. Lendo apenas seis horas por dia, em doze meses obterei uma boa instrução, cuja falta sinto hoje.

Elinor elogiou-a por um plano de origem tão nobre como aquele, se bem que sorrindo ao ver a mesma imaginação ardente que a levara ao extremo da indolência lânguida e das lamúrias egoístas, agora a serviço de levar ao excesso um tal esquema de ocupação racional e de virtuoso autocontrole. O sorriso, porém, transformou-se num suspiro quando se lembrou que a promessa feita a Willoughby ainda não fora cumprida, e temia ter de comunicar algo que poderia tornar a perturbar a mente de Marianne e arruinar pelo menos por algum tempo aquela feliz perspectiva de operosa tranquilidade. Desejando, portanto, postergar o mau momento, resolveu aguardar até que a saúde da irmã estivesse mais firme para contar-lhe tudo. Todavia, a decisão foi tomada apenas para ser descumprida.

Marianne permaneceu dois ou três dias em casa, até que o tempo melhorou o suficiente para que uma enferma como ela pudesse arriscar-se a sair. Mas finalmente raiou uma manhã amena e propícia, capaz de tentar os desejos da filha e a confiança da mãe; e Marianne, apoiada no braço de Elinor, recebeu permissão para caminhar até onde pudesse ir sem se cansar, pela alameda em frente à casa.

As irmãs partiram num passo lento, exigido pela fraqueza de Marianne, num exercício até então não empreendido desde que adoece; e haviam avançado para além da casa apenas o suficiente para permitir uma visão completa da colina, a grande colina situada atrás, quando, parando com os olhos voltados para lá, Marianne disse calmamente:

— Ali, exatamente ali — apontando com a mão — sobre aquele montículo saliente, foi onde caí; e foi lá que vi pela primeira vez Willoughby.

Sua voz sumiu quando disse a palavra, mas, logo se recuperando, acrescentou:

— Sinto-me agradecida por saber que posso olhar com tão pouca dor para aquele lugar! Será que um dia conversaremos sobre esse assunto, Elinor? — disse, hesitante. — Ou seria errado? Espero poder falar daquilo agora, como devia.

Elinor convidou-a ternamente a se abrir.

— Já não sinto saudades — disse Marianne — no que diz respeito a *ele*. Não pretendo dizer-lhe quais foram os meus sentimentos por ele, e sim quais são eles *agora*. No momento, se pudesse ser tranquilizada sobre um ponto, se pudesse pensar que ele não esteve *sempre* desempenhando um papel, não esteve *sempre* me iludindo... Mas, acima de tudo, se pudessem garantir-me que ele nunca foi *tão* mau como meus temores às vezes o imaginaram, desde a história daquele infeliz moça...

Ela parou. Elinor guardou com alegria suas palavras na memória, enquanto respondia:

— Se lhe pudessem garantir isso, você acha que se sentiria tranquila?

— Sim. A minha paz de espírito está duplamente envolvida nisso, pois não só é horrível suspeitar de tais planos de uma pessoa que foi o que ele foi para *mim*... contudo, qual a imagem de mim mesma que resulta de tudo isso? Numa situação como a minha, poderia expor-me a que, senão ao amor mais vergonhosamente imprudente...

— Como, então — perguntou-lhe a irmã — explicaria o comportamento dele?

— Eu suponho que ele... Ah, como gostaria de supor que ele foi só volúvel, muito, muito volúvel!

Elinor não disse mais nada. Estava discutindo dentro de si mesma sobre a oportunidade de começar imediatamente a contar a história, ou adiá-la até que a saúde de Marianne estivesse mais forte; e elas prosseguiram lentamente na caminhada por alguns minutos, em silêncio.

— Não estou desejando-lhe um grande bem — disse finalmente Marianne, com um suspiro — quando desejo que suas reflexões secretas possam não ser mais desagradáveis do que as minhas próprias. Ele vai sofrer bastante com elas.

— Compara a sua conduta à dele?

— Não. Comparo-a com o que devia ter sido. Comparo-a com a sua.

— Nossas situações não têm grande semelhança.

— São mais semelhantes do que os nossos comportamentos. Minha querida Elinor, não deixe a sua bondade defender o que sei que o seu julgamento deve censurar. Minha doença me fez refletir. Deu-me tempo e tranquilidade para pensar seriamente. Muito antes de estar recuperada o bastante para falar, já podia perfeitamente refletir. Examinei o passado: vi em meu próprio comportamento, desde o começo do nosso relacionamento com ele no outono passado, nada mais que uma série de imprudências contra mim mesma e falta de bondade com os outros. Vi que meus próprios sentimentos prepararam os meus sofrimentos e que a minha falta de firmeza com eles quase me levou ao túmulo. Minha doença, eu bem sabia, foi inteiramente provocada pela minha negligência com a saúde, de um modo que já na época eu sentia ser errado. Se tivesse morrido, teria sido autodestruição. Não percebi o perigo até que ele fosse extirpado; mas, com os sentimentos que essas reflexões provocaram em mim, admira-me ter-me recuperado, admira-me que a própria força de meu desejo de viver, de ter tempo para fazer penitência ante meu Deus e vocês todos, não me haja matado imediatamente. Se tivesse morrido, em que profunda infelicidade teria deixado você, minha enfermeira, minha amiga, minha irmã! Você, que vira todo o egoísmo irritadiço dos meus últimos dias; que conhecera todos os segredos do meu coração! Como teria eu vivido na sua memória! Minha mãe também! Como você poderia tê-la consolado! Não consigo exprimir todo o ódio que sinto de mim mesma. Toda vez que olhava para o passado, via algum dever negligenciado ou algum defeito tolerado. Todos pareciam magoados por mim. A delicadeza, a incessante delicadeza da sra. Jennings, eu a pagara com um desprezo ingrato. Com os Middleton, com os Palmer, com as Steele, e até com todos os nossos conhecidos, eu tinha sido insolente e injusta; com um coração endurecido contra os méritos deles, e um humor irritado com a própria atenção deles. Com John, com Fanny, sim, até com eles, por menos que mereçam, dei-lhes menos do que devia. Porém, foi com você, principalmente com você, mais do que com a mamãe, que eu fui injusta. Eu, e somente eu, conhecia o seu coração e as suas mágoas; mesmo assim, que influência teve isso sobre mim? Não para me levar a uma compaixão que fizesse bem a você e a mim. O seu exemplo estava à minha frente, no entanto, de que servia? Tinha mais consideração com você e com o seu bem-estar? Será que imitei a sua paciência ou diminuí as suas obrigações, assumindo parte dessas mostras de deferência geral ou de gratidão particular que até então sempre recaíam só sobre você? Não; não menos quando sabia que você era infeliz do que quando acreditava que estava bem, eu deixei de cumprir tudo que o dever ou a amizade exigiam; só admitindo que existisse dor em mim, lamentando apenas *aquele* coração que me abandonara e me maltratara, e deixando-a, por quem tinha um afeto infinito, ser infeliz por minha causa.

Aqui cessou o impetuoso transbordamento de seu espírito de recriminação, e Elinor, impaciente por acalmar, embora honesta demais para lisonjear, deu-lhe instantaneamente os elogios e o apoio que sua franqueza e sua contrição tanto mereciam. Marianne apertou-lhe a mão e respondeu:

— É muito boa. O futuro há de ser a minha prova. Elaborei um plano e, se for capaz de segui-lo, meus sentimentos serão controlados e meu temperamento vai melhorar. Não devem mais aborrecer os outros nem me torturar. Agora vou viver só para a família. Você, minha mãe e Margaret serão daqui para a frente o mundo inteiro para mim; dividirão entre as três toda a minha afeição. De vocês, de meu lar, nunca mais vou ter de novo o menor desejo de me separar; e se frequentar outras companhias será apenas para mostrar que o meu espírito é humilde, meu coração, contrito, e que posso praticar as cortesias e cumprir os deveres da vida com gentileza e paciência. Quanto a Willoughby... seria inútil dizer que logo o esquecerei ou que um dia o farei. Sua lembrança não pode ser apagada por nenhuma mudança de circunstâncias ou de opiniões. Mas será controlada, será reprimida pela religião, pela razão e pelas constantes ocupações.

Fez uma pausa, e acrescentou em voz baixa: "Se eu pudesse conhecer o coração *dele*, tudo ficaria mais fácil".

Elinor, que estava já havia algum tempo refletindo sobre a oportunidade ou inoportunidade de começar imediatamente a contar a sua história, sem de modo algum se sentir mais próxima de uma decisão do que antes, ouviu aquilo; e percebendo que, como a reflexão não levava a nada, a resolução devia fazer tudo, logo se decidiu a agir.

Organizou a narração, como esperava, com habilidade; preparou sua ansiosa ouvinte com cautela; relatou simples e honestamente os principais pontos em que Willoughby baseou sua defesa; fez justiça ao seu arrependimento e amenizou somente as declarações de que ainda amava Marianne. Ela não disse palavra. Tremia, com os olhos fitos no chão e os lábios mais brancos do que a doença os deixara. Mil perguntas brotaram de seu coração, mas não ousou formular nenhuma. Colheu cada sílaba com avidez; sua mão, sem saber o que fazia, apertou forte a de sua irmã, e lágrimas cobriram o seu rosto.

Elinor, temendo que estivesse cansada, levou-a para casa, e até chegarem à porta do chalé, calculando facilmente como a irmã estaria curiosa, ainda que nenhuma pergunta fosse formulada, só falou de Willoughby e da conversa que tiveram. Foi minuciosa em cada pormenor de palavra e de expressão, quando as minúcias podiam ser expostas com segurança. Assim que entraram na casa, Marianne, com um beijo de gratidão e estas três palavras que mal conseguiu articular entre as lágrimas — "Conte à mamãe" —, despediu-se da irmã e subiu devagar as escadas. Elinor não queria perturbar uma solidão tão razoável como aquela agora buscada por ela, e com a mente calculando impacientemente os possíveis resultados e decidida a retomar o assunto se Marianne não o fizesse, voltou à sala de estar para executar o pedido que recebera na despedida.

CAPÍTULO 47

A sra. Dashwood não ouviu impassível a defesa de seu ex-favorito. Ficou satisfeita por ele ter conseguido justificar-se de parte da culpa de que era acusado; lamentava-o; queria que fosse feliz. Contudo, os sentimentos do passado não podiam ser recuperados. Nada podia restituí-lo a Marianne com a palavra intacta e um caráter imaculado. Nada poderia apagar o conhecimento do que ela sofrera por causa dele nem remover a culpa de seu comportamento ante Eliza. Nada podia devolvê-lo, portanto, ao lugar que ocupava em sua antiga estima nem prejudicar os interesses do coronel Brandon.

Se a sra. Dashwood, como a filha, tivesse ouvido a história da boca do próprio Willoughby, se tivesse testemunhado sua aflição e estado sob a influência de sua expressão e de suas maneiras, é provável que a compaixão por ele tivesse sido maior. Mas não estava nem ao alcance de Elinor nem ela desejava provocar tais sentimentos na outra com sua minuciosa explicação, como inicialmente acontecera com ela própria. A reflexão trouxera calma ao seu julgamento e tornara mais sóbria sua opinião sobre os méritos de Willoughby; assim, desejava apenas dizer a verdade e revelar os fatos tais como realmente se podiam atribuir ao seu caráter, sem floreios de ternura que extraviassem a imaginação.

À noite, quando estavam as três juntas, Marianne começou por iniciativa própria a falar novamente dele, no entanto o ensimesmamento agitado e inquieto em que estava antes, assim como o enrubescimento ao falar e a voz pouco firme mostravam claramente que aquilo não se deu sem esforço.

— Quero garantir a ambas — disse ela — que vejo tudo... como podem desejar que eu o veja.

A sra. Dashwood a teria interrompido imediatamente com reconfortante ternura, se Elinor, que realmente queria ouvir a opinião imparcial da irmã, com um sinal de impaciência não lhe tivesse exigido silêncio. Marianne prosseguiu devagar:

— É um grande alívio para mim... o que Elinor me contou esta manhã. Agora já ouvi exatamente o que queria ouvir — por alguns instantes perdeu a voz, porém, recuperando-se, acrescentou, com uma calma ainda maior do que antes: — Estou agora perfeitamente satisfeita, não quero nenhuma mudança. Nunca poderia ter sido feliz com ele, depois de saber de tudo aquilo, como mais cedo ou mais tarde inevitavelmente acabaria sabendo... Teria perdido toda confiança, toda estima. Nada poderia evitar que sentisse isso.

— Sei disso, sei disso — exclamou sua mãe. — Feliz com um homem de práticas libertinas! Com alguém que tanto perturbou a paz do nosso mais querido amigo e o melhor dos homens! Não... minha Marianne não tem um coração que possa ser feliz com tal homem! Sua consciência, sua sensível consciência teria sofrido tudo que a consciência de seu marido deveria ter sofrido.

Marianne suspirou e repetiu:

— Não quero nenhuma mudança.

— Vê o problema — disse Elinor — exatamente como uma boa mente e uma inteligência saudável devem vê-lo. Tenho certeza de que percebe, como eu, não só nessa, mas em muitas outras circunstâncias, algumas razões suficientes para se convencer de que seu casamento teria certamente envolvido você em muitos problemas e decepções, em que conseguiria pouco apoio num afeto da parte dele, com certeza muito pouco. Se se tivesse casado, teria sido sempre pobre. Sua prodigalidade é reconhecida até por ele mesmo e todo o seu comportamento demonstra que abnegação é uma palavra que ele mal compreende. As exigências dele somadas à sua inexperiência, com uma renda pequena, muito pequena, teriam provocado apuros que não seriam *menos* penosos para você por terem sido completamente desconhecidos e insuspeitados antes. O *seu* senso de honra e de honestidade tê-la-ia levado, eu sei, quando ciente de sua situação, a tentar fazer toda economia que lhe parecesse possível: e, talvez, enquanto a sua frugalidade afetasse apenas o seu próprio conforto, ele teria suportado que você a praticasse, mas se fosse além disso... E o que poderia, até o maior dos seus esforços isolados, fazer para deter uma ruína que começara antes do casamento? Mas se você fosse além *disso*, se tivesse tentado, ainda que sensatamente, reduzir as diversões *dele*, não é de temer que em vez de vencer sentimentos egoístas demais para o consentirem, você perdesse a influência que teria sobre o seu coração e o fizesse arrepender-se da união que o teria levado a tantas dificuldades?

Os lábios de Marianne estremeceram, e ela repetiu a palavra "egoísta" num tom que sugeria: "acha mesmo que ele seja egoísta?".

— Todo o comportamento dele — replicou Elinor —, do começo ao fim do caso, baseou-se no egoísmo. Foi o egoísmo que, no começo, o fez brincar com os seus sentimentos; que depois, quando os sentimentos dele mesmo foram envolvidos, fez que adiasse a confissão deles; e que, finalmente, o fizeram afastar-se de Barton. Sua própria diversão ou sua própria tranquilidade foram, em cada pormenor, seu princípio dominante.

— Isso é verdade. A *minha* felicidade nunca foi o seu objetivo.

— Agora — prosseguiu Elinor — ele lamenta o que fez. E por que o lamenta? Porque acha que aquilo não foi bom para ele. Não o fez feliz. Sua situação financeira é hoje satisfatória, não tem problemas desse tipo. Só acha que se casou com uma mulher de temperamento menos agradável que o seu. Mas será que se segue daí que, se se casasse com você, ele teria sido feliz? Os inconvenientes teriam sido outros. Teria sofrido com a penúria financeira, à qual, porque hoje não existe mais, não dá a menor importância. Teria tido uma esposa de cujo temperamento não poderia queixar-se, contudo teria sido sempre necessitado, sempre pobre, e provavelmente logo aprenderia a dar aos inúmeros confortos de uma bela propriedade e de uma boa renda uma importância muito maior, até para a felicidade no lar, do que ao mero temperamento da esposa.

— Não tenho dúvida disso — falou Marianne — e nada tenho a lamentar... nada, a não ser minha própria insensatez.

— Seria melhor citar a imprudência de sua mãe, minha filha — disse a sra. Dashwood —, *ela* é a responsável.

Marianne não queria deixá-la prosseguir, e Elinor, satisfeita em ver que cada uma percebia seu próprio erro, quis evitar qualquer análise do passado que pudesse deprimir a irmã; assim, dando continuidade ao primeiro assunto, prosseguiu imediatamente:

— Creio que se pode razoavelmente tirar uma conclusão da história como um todo: que todos os problemas de Willoughby surgiram da primeira ofensa contra a virtude, em seu comportamento com Eliza Williams. Esse crime foi a origem de todos os outros menores e de toda a sua atual insatisfação.

Marianne concordou do fundo do coração com aquele comentário, e sua mãe foi levada por ela a uma enumeração dos sofrimentos e dos méritos do coronel Brandon, tão calorosa como a amizade e os seus planos podiam ditar conjuntamente. Sua filha, porém, não deu mostras de ter dado ouvidos a boa parte do que ela disse.

Elinor, em conformidade com suas expectativas, viu nos dois ou três dias seguintes que Marianne não continuou a se revigorar como antes, mas, enquanto sua determinação estivesse intacta e ainda tentasse parecer alegre e tranquila, sua irmã podia com segurança confiar na ação do tempo sobre a saúde dela.

Margaret voltou, e a família toda se reuniu de novo e se estabeleceu tranquilamente no chalé; e se não se dedicavam aos estudos habituais com o mesmo vigor dos primeiros dias em Barton, pelo menos planejavam uma profunda dedicação a eles no futuro.

Elinor estava impaciente por receber notícias de Edward. Não soubera nada sobre ele desde que saíra de Londres, nada sobre os seus planos, nada de certo nem mesmo sobre o seu atual paradeiro. Havia trocado algumas cartas com o irmão, em consequência da enfermidade de Marianne, e na primeira de John havia esta sentença: "Nada sabemos do nosso infeliz Edward, e não podemos fazer perguntas sobre um assunto tão proibido, mas concluímos que ele ainda deva estar em Oxford", e essa foi a única informação sobre Edward que aquela correspondência lhe proporcionou, pois seu nome não foi sequer mencionado em nenhuma das cartas seguintes. Seu destino não era, porém, permanecer por muito tempo na ignorância das decisões dele.

Certa manhã, enviaram a Exeter o criado, a negócios. De volta ao chalé, enquanto servia à mesa, ele respondia às perguntas da patroa sobre a viagem, quando disse espontaneamente:

— Suponho que a senhora saiba que o sr. Ferrars se casou.

Marianne deu um violento pulo, fitou os olhos em Elinor, viu que ela empalidecera e tornou a cair na cadeira, histérica. A sra. Dashwood, cujos olhos, enquanto respondia às perguntas do criado, se haviam intuitivamente fixado na mesma direção, ficou chocada ao perceber pelo semblante de Elinor o quanto ela sofria, e um momento depois, também aflita com o estado de Marianne, não sabia a qual das filhas dar mais atenção.

O criado, vendo que a srta. Marianne passava mal, teve o bom-senso de chamar as criadas, que, com a ajuda da sra. Dashwood, a carregaram até outro aposento. Àquela altura, Marianne já estava bem melhor, e sua mãe entregou-a aos cuidados de Margaret e da criada, e voltou para junto de Elinor, que, embora ainda muito abalada, já havia recuperado o uso da razão e da fala a ponto de começar a fazer perguntas a Thomas quanto à fonte daquela informação. A sra. Dashwood imediatamente assumiu para si aquela tarefa, e Elinor obteve a informação sem ter de se dar ao trabalho de procurar por ela.

— Quem lhe disse que o sr. Ferrars se casou, Thomas?

— Eu mesmo vi o sr. Ferrars, minha senhora, esta manhã em Exeter, e sua esposa também, a ex-senhorita Steele. Estavam descendo de um coche diante do albergue New London, quando lá entrei com uma mensagem de Sally, de Barton Park, para o irmão, que é um dos carteiros. Por acaso dei uma olhada no coche e vi que era a mais jovem das srtas. Steele. Tirei, então, o chapéu, e ela me reconheceu, me chamou, e perguntou pela senhora e pelas senhoritas, especialmente pela srta. Marianne, pedindo para transmitir os cumprimentos dela e do sr. Ferrars, suas melhores saudações; e como lamentavam não ter tempo para vir vê-la, pois estavam com muita pressa para seguir viagem, já que ainda tinham muito chão para percorrer, mas, de qualquer forma, quando voltassem tratariam com certeza de vir ver a senhora.

— Mas ela lhe disse que se casara, Thomas?

— Disse, sim, senhora. Ela sorriu e disse que mudara de nome desde que estava por aquelas bandas. Ela sempre foi uma moça muito simpática e sincera, muito comportada. Então eu lhe desejei felicidade.

— O sr. Ferrars estava na carruagem com ela?

— Sim, senhora, eu o vi sentando-se, no entanto não ergueu os olhos. Ele nunca foi um cavalheiro de falar muito.

O coração de Elinor podia facilmente explicar por que ele não se mostrara e a sra. Dashwood provavelmente tinha a mesma explicação.

— Não havia mais ninguém na carruagem?

— Não, senhora, só eles dois.

— Sabe de onde eles vinham?

— Vinham direto de Londres, pelo que a srta. Lucy... sra. Ferrars me disse.

— Estavam indo para oeste?

— Sim, senhora... mas não vão demorar muito. Logo estarão de volta e com certeza vão passar por aqui.

A sra. Dashwood olhou para a filha, contudo Elinor sabia muito bem que não devia esperá-los. Reconheceu Lucy inteira na mensagem, e estava muito confiante em que Edward jamais as procuraria. Observou em voz baixa para a mãe que provavelmente estavam indo para a casa do sr. Pratt, perto de Plymouth.

Essa pareceu ser toda a informação que Thomas podia dar. Elinor parecia querer saber mais.

— Viu-os partir, antes de ir embora?

— Não, senhora... estavam acabando de tirar os cavalos, porém eu não podia ficar mais tempo, tinha medo de me atrasar.

— A sra. Ferrars parecia estar bem?

— Sim, senhora, ela me disse que estava muito bem e para mim ela sempre foi uma moça linda... ela parecia muito contente.

A sra. Dashwood não conseguiu pensar em nenhuma outra pergunta, e Thomas e a toalha de mesa, agora igualmente inúteis, foram logo em seguida dispensados. Marianne já mandara avisar que não comeria mais nada. A sra. Dashwood e Elinor também tinham perdido o apetite, e Margaret podia dar-se por satisfeita, pois, com os muitos problemas enfrentados pelas irmãs ultimamente, com tantas razões para não se preocuparem com as refeições, nunca havia sido obrigada a ficar sem o jantar antes.

Quando levaram a sobremesa e o vinho e a sra. Dashwood e Elinor foram deixadas sozinhas, permaneceram muito tempo juntas, ambas pensativas e caladas. A sra. Dashwood temia aventar alguma observação e não se arriscou a oferecer consolo. Achava agora que errara ao confiar na representação que Elinor fizera de si mesma e concluiu com razão que tudo havia sido deliberadamente amenizado na época, para poupá-la de uma infelicidade maior, por ter sofrido o que sofrera com Marianne. Descobriu que fora induzida pela cuidadosa e obsequiosa atenção da filha a pensar que o apego, que antes tão bem compreendera, fosse na realidade muito mais fraco do que ela se acostumara a acreditar ou do que agora provara ser. Temia que ao persuadir-se daquilo tivesse sido injusta, desatenta ou até indelicada com a sua querida Elinor, que a aflição de Marianne, porque mais reconhecida, mais imediatamente presente a ela, tivesse monopolizado demais a sua ternura e a tivesse induzido a esquecer que em Elinor poderia ter uma filha igualmente sofredora, embora certamente menos autocomplacente e com maior firmeza.

CAPÍTULO 48

Elinor descobriu então a diferença entre a expectativa de um acontecimento desagradável, por mais certo que a razão lho mostrasse ser, e a própria certeza. Descobriu então que, mesmo contra a vontade, sempre tivera uma esperança, enquanto Edward permanecesse solteiro, de que algo aconteceria para impedi-lo de se casar com Lucy; que alguma decisão dele mesmo, alguma mediação dos amigos ou alguma oportunidade mais viável de estabelecer-se surgiria para Lucy, para felicidade de todos. No entanto, agora ele estava casado, e ela condenou seu coração por secretamente entreter esperanças infundadas, o que tanto aumentara a dor causada pela notícia.

No começo, surpreendeu-se de que ele se casasse tão cedo, antes (como imaginava) de poder ordenar-se e, por conseguinte, antes de poder tomar posse do benefício eclesiástico. Mas logo percebeu como era provável que Lucy, em defesa de seus próprios interesses e na pressa de garanti-lo para si, deixasse de lado tudo, menos o risco de adiamento. Casaram-se, casaram-se em Londres e agora corriam para a casa do tio dela. Que sentiu Edward ao estar a quatro milhas de Barton, ao ver o criado de sua mãe, ao ouvir a mensagem de Lucy!

Supôs que logo se estabeleceriam em Delaford... Delaford... o lugar em que tantas coisas conspiravam para interessá-la; que gostaria de conhecer e, no entanto, queria evitar. Viu-os num instante em sua casa paroquial; viu em Lucy a dona de casa ativa e esperta, que une ao mesmo tempo um desejo de boa aparência com a maior frugalidade, e envergonhada de suspeitarem de metade de suas práticas econômicas; em busca de seus próprios interesses em cada pensamento, cortejando os favores do coronel Brandon, da sra. Jennings e de todos os amigos ricos. Em Edward... não sabia o que via, nem o que queria ver... feliz ou infeliz... nada agradava a ela. Afastou do pensamento qualquer imagem dele.

Elinor tinha a ilusão de que algum de seus conhecidos de Londres lhes escreveria para anunciar o casamento e dar mais detalhes, não obstante passaram-se vários dias sem que chegasse nenhuma carta, nenhuma notícia. Ainda que não estivesse certa de que alguém tivesse culpa no caso, ficou magoada com todos os amigos ausentes. Eram todos desatenciosos ou preguiçosos.

— Quando a senhora vai escrever para o coronel Brandon, mamãe? — pergunta que nasceu da sua impaciência, querendo que algo fosse feito.

— Escrevi a ele a semana passada, minha querida, e espero vê-lo antes de ter notícias dele. Eu insisti veementemente que nos viesse visitar, e não me surpreenderia vê-lo chegar hoje ou amanhã, ou algum desses dias.

Isso era ter alguma coisa, alguma coisa em que depositar as esperanças. O coronel Brandon devia ter alguma informação para dar.

Mal tinha ela chegado a essa conclusão e a figura de um homem a cavalo atraiu seus olhos para a janela. Ele parou ao portão. Era um cavalheiro, era o próprio coronel Brandon. Agora ela poderia ter mais informações, e tremeu na expectativa daquilo. Mas... *não* era o coronel Brandon... nem o seu jeito... nem a sua altura. Se fosse possível, ela diria que devia ser Edward. Olhou novamente. Ele acabara de desmontar... não era possível enganar-se... *era*

Edward. Ela se afastou da janela e se sentou. "Ele vem da casa do sr. Pratt especialmente para nos ver. Eu *vou* ficar calma, *vou* controlar-me."

Num momento ela percebeu que as outras também estavam cientes do engano. Viu que sua mãe e Marianne empalideciam; viu que olhavam para ela e sussurravam alguma coisa entre si. Ela teria dado o mundo para poder falar... e para fazê-las compreender que esperava que não demonstrassem nenhuma frieza, nenhuma desconsideração em seu comportamento com ele, mas não conseguiu falar e foi obrigada a entregar tudo ao discernimento das duas.

Nenhuma sílaba foi dita. Todas esperaram em silêncio a entrada do visitante. Ouviram-se seus passos pela trilha de cascalho; num instante ele estava no corredor, e no outro estava diante delas.

Sua expressão, ao entrar na sala, não era muito feliz, nem mesmo para Elinor. Estava pálido e agitado, e parecia temeroso da recepção que teria, e consciente de que não merecia que ela fosse boa. A sra. Dashwood, porém, conformando-se, como acreditava, aos desejos daquela filha por quem desejava no fundo do coração ser guiada em todas as coisas, foi até ele com um ar de complacência forçada, estendeu-lhe a mão e desejou-lhe felicidades.

Ele enrubesceu e gaguejou uma resposta ininteligível. Os lábios de Elinor haviam-se movido com os de sua mãe e, quando o momento de agir já passara, lamentou não lhe ter dado a mão também. Contudo, agora era tarde

demais, e com uma expressão que pretendia parecer franca, ela se sentou e falou do tempo.

Marianne retirara-se o máximo possível para fora de seu campo visual, para esconder sua aflição, e Margaret, compreendendo uma parte, mas não a história inteira, julgou que era seu dever comportar-se dignamente, e assim foi sentar-se o mais longe possível dele e manteve o mais estrito silêncio.

Quando Elinor parou de se alegrar com a aridez da estação, fez-se o mais terrível silêncio. Ele foi quebrado pela sra. Dashwood, que se sentiu obrigada a apresentar-lhe os votos de que a sra. Ferrars estivesse bem. Ele se apressou em responder afirmativamente.

Outro silêncio.

Elinor, resolvendo empenhar-se, embora temendo o som de sua própria voz, disse então:

— A sra. Ferrars está em Longstaple?

— Em Longstaple! — respondeu ele, com um ar surpreso. — Não, minha mãe está em Londres.

— Eu tive a intenção — disse Elinor, pegando um trabalho que estava sobre a mesa — de pedir notícias da sra. *Edward* Ferrars.

Ela não ousou erguer os olhos, mas sua mãe e Marianne voltaram os olhos para ele. Ele corou, pareceu perplexo, olhou com um ar de dúvida e depois de alguma hesitação, disse:

— Talvez se tenha referido... ao meu irmão... tenha querido dizer a senhora... *Robert* Ferrars.

— A sra. Robert Ferrars! — repetiram Marianne e sua mãe, num tom de enorme espanto. E ainda que Elinor não conseguisse falar, até mesmo os olhos *dela* estavam cravados nele com a mesma impaciente estupefação. Ele se ergueu da poltrona e caminhou até a janela, aparentemente por não saber o que fazer; pegou um par de tesouras que ali estavam e, enquanto destruía tanto as tesouras como a bainha que as guardava, cortando esta última em pedaços, falou com voz apressada:

— Talvez não saibam... talvez não tenham sabido que meu irmão se casou recentemente com... a mais moça... com a srta. Lucy Steele.

Suas palavras foram ecoadas com indizível espanto por todas, exceto Elinor, que permaneceu sentada com a cabeça inclinada sobre o seu trabalho, num tal estado de agitação que já mal sabia onde estava.

— Sim — disse ele —, eles se casaram na semana passada, e estão agora em Dawlish.

Elinor não mais conseguiu permanecer ali sentada. Saiu quase correndo da sala, e assim que a porta se fechou, derreteu-se em lágrimas de alegria, que no começo pensou que jamais cessariam. Edward, que havia até então olhado para qualquer lugar, menos para ela, viu-a sair correndo e talvez tenha visto, ou até ouvido, a sua emoção, pois imediatamente depois caiu num devaneio que nenhum comentário, nenhuma pergunta, nenhuma palavra gentil da sra. Dashwood pôde interromper, e finalmente, sem dizer palavra, saiu da sala e foi caminhando até o burgo, deixando as outras em grande espanto e perplexidade pela mudança em sua situação, tão maravilhosa e tão súbita; uma perplexidade que não podiam amenizar senão por meio de hipóteses.

CAPÍTULO 49

Inexplicáveis, porém, como as circunstâncias de sua liberação podiam parecer à família inteira, o certo é que Edward estava livre, e com que propósito essa liberdade seria empregada todas podiam facilmente prever, porque depois de experimentar as bênçãos de *um* noivado imprudente, acertado sem o consentimento da mãe, como fora o caso por mais de quatro anos, nada menos se poderia esperar dele, depois do fracasso *daquele*, do que a imediata contratação de outro.

A missão que fora cumprir em Barton era, na verdade, simples. Viera pedir Elinor em casamento, e, considerando-se que ele não era totalmente inexperiente no assunto, pode parecer estranho que se sentisse tão pouco à vontade no presente caso como de fato se sentiu, tendo precisado de encorajamento e de ar fresco.

Quão rápido, entretanto, ele tomou a decisão correta, quão cedo ocorreu a oportunidade de pô-la em prática, de que maneira se exprimiu e como foi recebido não é preciso contar em detalhe. Só é preciso dizer isto: que quando todos se sentaram à mesa, às quatro horas, cerca de três horas depois de sua chegada, ele conquistara a sua noiva, conseguira o consentimento da mãe e era não só nas extasiadas palavras do homem apaixonado, mas na realidade de razão e verdade, um dos homens mais felizes do mundo. Sua alegria, de fato, era extraordinária. Tinha mais que o triunfo corriqueiro do amor correspondido para envaidecer seu coração e elevar seu moral. Libertou-se, sem nenhuma censura contra si mesmo, de complicações que havia muito o vinham tornando infeliz, de uma mulher que havia muito já deixara de amar; e elevara-se imediatamente àquela segurança com outra mulher que deve ter considerado com desespero, assim que aprendeu a considerá-la com desejo. Foi levado, não da dúvida ou da incerteza, mas da desgraça à felicidade; e a mudança era narrada abertamente com uma alegria tão genuína, tão delicada e tão grata, que seus amigos nunca haviam visto nele antes.

Seu coração estava agora aberto para Elinor, todas as suas fraquezas, todos os seus erros tinham sido confessados e seu primeiro amor infantil por Lucy havia sido tratado com toda a dignidade filosófica dos vinte e quatro anos.

— Foi uma inclinação boba, fútil, de minha parte — disse ele —, consequência da ignorância do mundo... e da falta do que fazer. Se minha mãe me houvesse dado uma profissão ativa aos dezoito anos, quando fui afastado da tutela do sr. Pratt, acho... não, tenho certeza de que aquilo jamais teria acontecido, pois embora tenha deixado Longstaple com o que julgava ser, na época, a mais invencível paixão pela sua sobrinha, se eu tivesse então alguma meta, algum objetivo para ocupar o meu tempo e manter-me afastado dela por alguns meses, logo teria superado aquele amor imaginário, especialmente frequentando mais o mundo, como em tal caso devia ter feito. No entanto, em vez de ter algo para fazer, em vez de ter uma profissão escolhida para mim, ou de ter a permissão de escolhê-la eu mesmo, voltei para casa para permanecer completamente ocioso; e pelos doze meses seguintes não tive sequer o emprego nominal que a matrícula numa universidade me haveria proporcionado; porque só entrei em Oxford aos dezenove anos. Não tinha, portanto, nada para fazer no mundo, a não ser imaginar-me apaixonado; e como minha mãe não tornava de modo algum agradável o meu lar, como meu irmão não era para mim nem um amigo nem um companheiro, e como eu não gostava de fazer novas amizades, era natural que fosse com frequência a Longstaple, onde sempre me sentia em casa e sempre tinha certeza de ser bem recebido; e assim passei ali a maior parte de meu tempo, dos dezoito aos dezenove anos: Lucy parecia-me tudo o que havia de amável e de gentil. E também era linda... pelo menos é o que eu achava na época; e eu havia visto tão poucas outras mulheres, que não podia fazer comparações e não via os defeitos. Tudo bem considerado, portanto, creio que, por mais insensato que fosse o nosso noivado, por mais insensato que se tenha mostrado desde então, não foi, porém, na época um ato antinatural ou indesculpável de loucura.

Era tão grande a mudança que em poucas horas se produzira nas mentes e na felicidade das Dashwood, que proporcionou a todas elas a satisfação de uma noite em claro. A sra. Dashwood, feliz demais para sentir-se tranquila, não sabia como demonstrar seu amor a Edward ou elogiar Elinor o suficiente, como ser grata o bastante pela liberação dele sem ferir a sua delicadeza, nem como lhes dar o lazer para conversarem livremente um com o outro e ao mesmo tempo desfrutar, como queria, da visão e da companhia dos dois.

Marianne só podia exprimir a *sua* felicidade com as lágrimas. Surgiriam comparações, saudades seriam despertadas, e a sua alegria, apesar de sincera como seu amor pela irmã, era de um tipo que não lhe dava nem entusiasmo nem palavras.

Contudo, como descrever os sentimentos de *Elinor*? Do momento em que soube que Lucy se casara com outro e Edward estava livre, até o momento em que ele justificou as esperanças que imediatamente despertaram, ela esteve alternadamente de todo modo, menos tranquila. Mas quando passou o segundo momento, quando viu dissipar-se toda dúvida, desaparecer toda preocupação, ela comparou a sua situação com o que fora até pouquíssimo tempo atrás, viu-o honrosamente liberto de seu antigo compromisso, viu-o aproveitar-se imediatamente da liberdade conquistada para dirigir-se a ela e declarar-lhe um afeto tão terno, tão constante como sempre ela acreditara que fosse, ela se sentiu oprimida e vencida por sua própria felicidade, e, como felizmente a mente humana está sempre disposta a se familiarizar com facilidade a qualquer mudança para melhor, foram necessárias várias horas para acalmar os ânimos ou dar alguma tranquilidade ao seu coração.

Edward permaneceria agora no chalé por pelo menos uma semana, pois, fossem quais fossem os outros compromissos que tivesse, era impossível que lhe fosse concedida menos de uma semana para desfrutar da companhia de Elinor ou para dizer metade do que tinha a dizer sobre o passado, o presente e o futuro; se bem que pouquíssimas horas passadas no duro trabalho de falar sem parar possam esgotar mais assuntos do que os que podem realmente existir em comum entre duas criaturas racionais quaisquer, com os namorados a coisa é diferente. Entre eles, nenhum assunto se esgota, nada se dá por comunicado até que tenha sido repetido pelo menos vinte vezes.

O casamento de Lucy, a contínua e explicável surpresa de todos foram o tema, é claro, de uma das primeiras conversas entre os namorados; e o conhecimento particular que Elinor tinha de cada uma das partes fez que o caso lhe parecesse, de todos os pontos de vista, como uma das situações mais extraordinárias e inexplicáveis de que já ouvira falar. Como puderam eles se unir, e por que atração Robert pôde ser levado a se casar com uma moça de cuja beleza ela própria o ouvira falar sem nenhum entusiasmo, uma moça, ademais, que já estava comprometida com seu irmão e por cuja culpa esse irmão fora expulso da família, era algo que estava além da sua compreensão. Para o seu coração, foi um caso delicioso; para a sua imaginação, um caso ridículo; mas para a sua razão, seu juízo, foi um completo mistério.

A única explicação que ocorria a Edward era supor que, talvez, ao se encontrarem por acaso, a vaidade de um tenha sido tão estimulada pela adulação da outra, que levou gradualmente a todo o resto. Elinor lembrou-se do que Robert lhe dissera na Harley Street, de sua opinião do que a sua interferência poderia ter feito sobre o caso do irmão, se aplicado a tempo. Ela repetiu para Edward aquilo que ouvira.

— *Isso* é a cara do Robert — foi a sua imediata observação. — E *isso* — acrescentou ele depois — talvez estivesse na cabeça *dele* quando os dois se conheceram. Lucy talvez no começo só tenha pensado em obter seus bons serviços em meu favor. Mais tarde, outros planos podem ter sido traçados.

Por quanto tempo aquilo estava acontecendo entre eles, porém, ele, tanto quanto ela, não sabia dizer, já que em Oxford, onde decidira permanecer desde que deixara Londres, não tivera notícias dela, a não ser as que ela mesma lhe comunicava, e as suas cartas, até o fim, não eram nem menos frequentes nem menos afetuosas que de costume. Assim, não lhe ocorrera a menor suspeita que o preparasse para o que se seguiu; e quando, enfim, a verdade lhe foi

bruscamente revelada numa carta da própria Lucy, ele ficou durante algum tempo meio estupefato, entre a surpresa, o horror e a alegria da liberdade recuperada. Entregou a carta a Elinor.

Caro senhor,

Tendo certeza absoluta que já perdi faz tempo o seu amor, tomei a liberdade de dedicar o meu próprio a outro e não tenho dúvidas de que vou ser tão feliz com ele como antigamente achava que ia ser com o senhor. Mas não me digno aceitar a mão de alguém quando o coração era de outra. Lhe desejo sinceramente felicidade em sua escolha, e não vai ser por culpa minha se a gente não continuar bons amigos, como o nosso próximo parentesco recomenda. Eu posso dizer com certeza que eu não guardo nenhum rancor do senhor e eu tenho certeza de que será generoso demais para nos prejudicar. Seu irmão conquistou todo o meu coração e como a gente não podia viver um sem o outro, acabamos de voltar do altar, e estamos agora a caminho de Dawlish por algumas semanas, lugar que o seu querido irmão tem grande curiosidade de ver, mas antes pensei em incomodá-lo com essas poucas linhas, e permanecerei para sempre

Sua sincera amiga e cunhada, que lhe quer bem,

Lucy Ferrars

E.T.: eu pus fogo em todas as suas cartas, e na primeira oportunidade lhe devolvo o seu retrato. Peço-lhe por favor para destruir meus bilhetes, já o anel com o meu cabelo pode conservar, sem problema.

Elinor leu e lhe devolveu sem nenhum comentário.

— Não vou pedir sua opinião a respeito da redação da carta — disse Edward. — Dias atrás, por nada neste mundo gostaria que lesse uma carta dela. Numa irmã, isso já é bastante ruim, mas numa esposa! Como corei diante das páginas escritas por ela! E creio poder dizer que desde os primeiros seis meses do nosso louco... negócio... esta é a primeira carta que dela recebo cujo conteúdo compensa, de certa forma, os defeitos de estilo.

— Seja como for que aconteceu — disse Elinor, após uma pausa — eles estão certamente casados. E a sua mãe recebeu uma punição mais que merecida. A independência financeira concedida a Robert, por ressentimento contra você, deu a ele o poder de escolher por si mesmo. Ela, na verdade, subornou um dos filhos com mil libras por ano para que fizesse a mesma coisa pela qual deserdara o outro filho que a pretendera fazer. Acho que dificilmente ficará menos magoada com o casamento de Robert com Lucy do que teria ficado com o seu casamento com ela.

— A mágoa será maior, porque Robert sempre foi o favorito. Ela ficará mais magoada, contudo, pela mesma razão o perdoará muito mais rapidamente.

Em que pé estava agora o caso entre eles Edward não sabia, pois ainda não tentara nenhuma comunicação com ninguém de sua família. Deixara Oxford vinte e quatro horas depois de receber a carta de Lucy e, tendo um só objetivo à sua frente, a estrada mais próxima para Barton, não teve tempo de conceber nenhum plano de ação com o qual aquela estrada não tivesse a mais estreita ligação. Nada podia fazer até ter certeza de seu destino com a srta. Dashwood, e, por sua presteza em buscar esse destino, é de supor, apesar dos ciúmes com que antes pensava no coronel Brandon, apesar da modéstia com que avaliava seus próprios méritos e da polidez com que falava de suas dúvidas, que não esperasse, afinal, uma recepção muito cruel. Era sua obrigação, porém, dizer que sim, e ele o disse com perfeição. O que ele poderia dizer sobre o assunto um ano mais tarde deve ser deixado à imaginação dos maridos e das esposas.

Que Lucy certamente tentou enganá-la e quis despedir-se com um toque de malícia contra Edward em sua mensagem enviada por intermédio de Thomas, era algo perfeitamente claro para Elinor; e o próprio Edward, agora plenamente esclarecido sobre o caráter dela, não teve escrúpulos em acreditar que ela fosse capaz das maiores baixezas de maldosa leviandade. Embora seus olhos já havia tempo estivessem abertos, mesmo antes de conhecer Elinor, para a ignorância de Lucy e para certa falta de generosidade em algumas de suas opiniões, tais defeitos foram igualmente atribuídos por ele à falta de educação, e até receber a sua última carta sempre acreditara que ela fosse uma moça bem-intencionada e de bom coração, totalmente apaixonada por ele. Só mesmo uma tal convicção pôde impedi-lo de pôr um ponto-final num noivado que, muito antes de ser descoberto e de tê-lo exposto à fúria da mãe, já era uma fonte contínua de inquietações e dissabores para ele.

— Achei que fosse o meu dever — disse ele —, independentemente dos meus sentimentos, dar-lhe a opção de continuar ou não o noivado, quando fui deserdado por mamãe e fiquei aparentemente sem nenhum amigo no mundo para me ajudar. Numa situação como aquela, em que parecia não haver nada para servir de tentação à avareza ou à vaidade de nenhuma criatura viva, como poderia supor, quando ela insistiu com tal veemência, com tal ardor em compartilhar o meu destino, fosse ele qual fosse, que algo além do afeto mais desinteressado fosse o seu estímulo? E mesmo agora não consigo entender qual o motivo do seu comportamento ou que vantagem imaginária podia proporcionar-lhe o fato de prender-se a um homem pelo qual não tinha o menor apego e que só dispunha no mundo de duas mil libras. Ela não podia ter previsto que o coronel Brandon me concederia um benefício eclesiástico.

— Não, mas poderia supor que algo iria acontecer a seu favor, que a sua família poderia em seu devido tempo ceder. De qualquer forma, ela não perdeu nada em dar prosseguimento ao noivado, pois provou que ele não restringia em nada suas inclinações nem suas ações. A união era certamente respeitável, e provavelmente lhe valeu prestígio entre as amigas, e, se nada mais vantajoso aparecesse, seria melhor para ela casar com *você* do que ficar solteira.

Edward convenceu-se imediatamente, é claro, de que nada podia ser mais natural que o comportamento de Lucy, nem mais evidente que o seu motivo.

Elinor repreendeu-o duramente, como as mulheres sempre repreendem a imprudência que lhes serve de cumprimento, por haver gasto tanto tempo com elas em Norland, quando devia ter estado consciente de sua própria inconstância.

— O seu comportamento foi certamente muito errado — disse ela —, porque... sem falar da minha própria convicção, todos os nossos parentes foram levados por ele a imaginar e esperar *aquilo que*, na sua situação *à época*, jamais poderia acontecer.

Ele só pôde alegar uma ignorância de seu próprio coração e uma confiança equivocada na força do seu noivado.

— Eu era ingênuo o bastante para pensar que porque tinha dado a minha *palavra* a outra, não podia haver perigo em estar com você, e que a consciência do meu noivado devia manter o meu coração tão seguro e sagrado como a minha honra. Percebi que a admirava, contudo disse a mim mesmo que era apenas amizade; e, até começar a fazer comparações entre você e Lucy, não sabia até onde podia ir. Depois disso, acho que estava errado em permanecer por tanto tempo em Sussex, e os argumentos com que me reconciliei com a conveniência da minha permanência não eram melhores do que estes: o risco é todo meu; não estou prejudicando ninguém, a não ser a mim mesmo.

Elinor sorriu e balançou a cabeça.

Edward soube com prazer que o coronel Brandon estava sendo esperado no chalé, pois realmente queria não só conhecê-lo melhor, como também ter a oportunidade de convencê-lo de que não estava mais ressentido com ele por ter-lhe oferecido o benefício de Delaford, "pois, hoje", disse ele, "depois de lhe agradecer com tão pouco entusiasmo, deve pensar que nunca o perdoei pela oferta".

Agora ele próprio se sentiu admirado por nunca ter ido a Delaford. Mas se interessara tão pouco pelo assunto, que devia todo o conhecimento que tinha da casa, do jardim e da gleba, do tamanho da paróquia, do estado da terra e do valor do dízimo, à própria Elinor, que ouvira tantas vezes do coronel Brandon e com tanta atenção, que dominava completamente o assunto.

Depois disso, só uma questão permanecia em aberto entre eles, só uma dificuldade devia ser superada. Eles se haviam unido pelo afeto mútuo, com a mais calorosa aprovação de seus verdadeiros amigos; o íntimo conhecimento que tinham um do outro parecia tornar certa a sua felicidade... só lhes faltava de que viver. Edward tinha duas mil libras e Elinor, mil, as quais, com o benefício de Delaford, era tudo que podiam chamar de seu, porque era impossível que a sra. Dashwood antecipasse algo; e nenhum dos dois estava apaixonado o bastante para achar que trezentas e cinquenta libras por ano lhes proporcionariam as comodidades da vida.

Edward não perdera completamente a esperança de alguma mudança favorável nas relações com a mãe; e confiava *nisso* para obter o restante de suas rendas. Mas Elinor não tinha a mesma confiança, pois, uma vez que Edward continuaria sem poder casar-se com a srta. Morton, e como, nas palavras lisonjeiras da sra. Ferrars, escolhê-la seria apenas um mal menor do que a escolha de Lucy Steele, temia que a ofensa de Robert só servisse para enriquecer Fanny.

Cerca de quatro dias depois da chegada de Edward, o coronel Brandon apareceu, para completar a satisfação da sra. Dashwood e para dar-lhe o orgulho de ter, pela primeira vez desde que se estabelecera em Barton, mais convidados do que sua casa podia abrigar. Edward recebeu a permissão de conservar o privilégio do primeiro a chegar, e o coronel Brandon, portanto, teve de caminhar a cada noite para os seus aposentos em Barton Park, de onde costumava voltar de manhã, cedo o bastante para interromper o primeiro *tête-à-tête* dos namorados, antes do café.

Depois de uma permanência de três semanas em Delaford, onde, pelo menos em suas horas noturnas, pouco tinha a fazer além de calcular a desproporção entre trinta e seis e dezessete, chegou a Barton num estado de espírito que precisou de toda a melhora no aspecto de Marianne, de toda a gentileza com que ela o recebeu e de todos os encorajamentos das palavras da sra. Dashwood para alegrá-lo. Em meio a tais amigos, porém, e a tantas lisonjas, ganhou vida nova. Nenhuma notícia do casamento de Lucy chegara ao seu conhecimento; não sabia de nada que havia acontecido; e, assim, as primeiras horas da sua visita foram gastas ouvindo e surpreendendo-se. Tudo lhe era explicado pela sra. Dashwood, e ele descobriu novas razões de satisfação pelo que fizera pelo sr. Ferrars, porque acabara favorecendo os interesses de Elinor.

É escusado dizer que os cavalheiros fortaleceram a boa opinião que tinham um do outro, enquanto aprofundavam o conhecimento entre eles, pois não podia ser de outra forma. A semelhança dos bons princípios e do bom-senso, do humor e da maneira de pensar provavelmente já seria suficiente para uni-los em amizade, sem nenhum outro atrativo, mas o fato de estarem apaixonados pelas duas irmãs, e duas irmãs tão apegadas uma à outra, tornou inevitável e instantânea essa simpatia recíproca, que em outras circunstâncias talvez tivesse de esperar o efeito do tempo e do discernimento.

As cartas de Londres, que poucos dias antes teriam feito tremer de entusiasmo cada nervo do corpo de Elinor, agora chegavam e eram lidas com menos emoção do que hilaridade. A sra. Jennings escreveu para contar a maravilhosa história, para desabafar sua sincera indignação contra a caprichosa moça e exprimir sua compaixão pelo pobre sr. Edward, que, tinha certeza,

estava completamente apaixonado pela imprestável sem-vergonha, e agora, segundo constava, estava em Oxford, com o coração partido.

— Acho — prosseguiu ela — que jamais ninguém agiu com tamanha dissimulação, pois apenas dois dias antes Lucy me fez uma visita de algumas horas. Ninguém suspeitou de nada, nem sequer Nancy, que, coitada, me procurou chorando no dia seguinte, apavorada com a sra. Ferrars e sem saber como ir a Plymouth, pois ao que parece Lucy tomou emprestado todo o seu dinheiro antes de partir para o casamento, talvez para poder exibir-se, e a pobre Nancy ficou só com sete xelins no mundo; então eu fiquei contente em lhe dar cinco guinéus para poder ir a Exeter, onde pensa em passar três ou quatro semanas com a sra. Burgess, na esperança, como eu lhe disse, de topar novamente com o reverendo. E o pior de tudo é a rabugice de Lucy em não levá-las consigo no coche. Coitado do sr. Edward! Não consigo tirá-lo da cabeça, mas deve convidá-lo a ir a Barton, e a srta. Marianne, tentar consolá-lo.

O estilo do sr. Dashwood era mais solene. A sra. Ferrars era a mais infeliz das mulheres, a pobre Fanny passara por sentimentos de agonia e admirava-se de que as duas tivessem resistido a tamanho golpe. A ofensa de Robert era imperdoável, contudo a de Lucy era infinitamente pior. Nunca mais se deveria mencionar nenhum dos dois à sra. Ferrars; e mesmo se mais tarde ela fosse levada a perdoar o filho, sua esposa jamais seria reconhecida como filha nem autorizada a aparecer ante a sua presença. O segredo com que tudo foi feito entre eles foi com razão julgado um enorme agravante do crime, porque, se os outros tivessem tido a menor suspeita daquilo, teriam tomado medidas para impedir o casamento; e convidava Elinor a lamentar junto com ele que o noivado de Lucy com Edward não tivesse chegado a bom termo, para impedir que por ela mais desgraças atingissem a família. E prosseguia assim:

— A sra. Ferrars nunca mais mencionou o nome de Edward, o que não nos surpreende. No entanto, para nosso grande espanto, não recebemos nenhum bilhete dele até agora. Talvez, porém, ele se mantenha calado por medo de ofender, e vou, portanto, dar a ele uma sugestão, por um bilhete que enviarei a Oxford: sua irmã e eu achamos que uma carta que demonstre a submissão adequada, endereçada talvez a Fanny e por ela mostrada à sua mãe, pode não ser levada a mal, já que todos nós conhecemos a ternura do coração da sra. Ferrars e sabemos que o seu maior desejo é estar bem com os filhos.

Esse parágrafo tinha certa importância para os projetos e a conduta de Edward. Ele o decidiu a tentar uma reconciliação, embora não exatamente da maneira indicada pelo sr. Dashwood e pela irmã.

— Uma carta que demonstre a submissão adequada! — repetiu ele. — Será que querem que eu peça perdão à minha mãe pela ingratidão de Robert com *ela* e pela forma como ele ofendeu a *minha* honra? Não vou demonstrar submissão. O que se passou não me tornou mais humilde nem arrependido. Tornou-me muito feliz, mas isso pouco importaria. Não conheço nenhuma submissão que *seja* adequada a mim.

— Pode certamente pedir para ser perdoado — disse Elinor —, pois a ofendeu; e acho que agora pode arriscar-se a exprimir certo arrependimento pelo noivado que fez cair sobre você a ira de sua mãe.

Ele concordou que poderia fazer isso.

— E, quando ela o tiver perdoado, talvez seja conveniente mostrar um pouco de humildade ao admitir um segundo noivado, quase tão imprudente quanto o primeiro aos olhos *dela*.

Ele nada tinha a argumentar contra isso, mas ainda assim resistiu à ideia de uma carta de adequada submissão e, portanto, para facilitar as coisas para ele, visto que demonstrara uma propensão muito maior a fazer concessões da boca para fora do que por escrito, ficou resolvido que, em vez de escrever a Fanny, ele devia ir a Londres e pedir-lhe em pessoa sua mediação a seu favor. "E se eles *realmente* se empenharem", disse Marianne, em seu novo caráter imparcial "em conseguir uma reconciliação, vou achar que até John e Fanny têm lá seus méritos".

Depois de uma visita da parte do coronel Brandon, de apenas três ou quatro dias, os dois cavalheiros deixaram Barton juntos. Deviam ir imediatamente a Delaford, para que Edward pudesse conhecer pessoalmente o seu futuro lar e ajudar o patrão e amigo a decidir que reformas seriam necessárias. Dali, depois de passar lá algumas noites, seguiria viagem para Londres.

CAPÍTULO 50

Depois da resistência adequada da parte da sra. Ferrars, com a medida certa de violência e de firmeza para preservá-la da censura de ser afável demais a que sempre temeu expor-se, Edward foi admitido na sua presença e declarado novamente seu filho.

Sua família flutuara extraordinariamente nos últimos tempos. Durante muitos anos de sua vida, ela tivera dois filhos; contudo o crime e a aniquilação de Edward algumas semanas atrás lhe subtraíram um deles; o aniquilamento semelhante de Robert deixara-a por duas semanas sem nenhum; e agora, com o ressuscitamento de Edward, tinha um, de novo.

Apesar de ter recebido permissão para tornar a viver, ele sentiu que a continuidade de sua existência não estaria assegurada até que revelasse seu noivado atual, porque, ao tornar pública essa situação, temia ele, sua constituição poderia sofrer uma brusca reviravolta e fazê-lo falecer tão prontamente quanto antes. Assim, com apreensiva cautela, o noivado foi revelado e ouvido com inesperada tranquilidade. No começo, a sra. Ferrars tentou muito razoavelmente dissuadi-lo de se casar com a srta. Dashwood, valendo-se de todos os argumentos à mão; disse-lhe que teria na srta. Morton uma mulher de alto nível e grande riqueza; e reforçou a afirmação observando que a srta. Morton era neta de um fidalgo com trinta mil libras, ao passo que a srta. Dashwood era apenas a filha de um cavalheiro particular com não mais que três mil libras; mas quando ela descobriu que, embora admitisse sem restrições a verdade da sua colocação, ele não estava de modo algum inclinado a deixar-se guiar por ela, julgou mais sábio, pela experiência do passado, submeter-se; e assim, depois de um atraso desagradável que deveu à sua própria dignidade e serviu para evitar toda suspeita de boa vontade, ela publicou o seu decreto de consentimento para o casamento de Edward e Elinor.

O que ela faria para aumentar a renda do casal era a próxima coisa a ser considerada; e aqui ficou claro que, se bem que Edward fosse agora o seu único filho, não era de modo algum o herdeiro: pois ao passo que Robert recebia inevitavelmente mil libras por ano, não se fez a menor objeção contra o fato de Edward ordenar-se por duzentas e cinquenta, no máximo; tampouco se prometeu nada para o presente ou para o futuro, além das dez mil libras que Fanny recebera como dote.

Aquilo era, porém, o que desejavam Edward e Elinor, e era mais do que esperavam; e a própria sra. Ferrars, por suas desculpas embaraçadas, parecia a única pessoa surpresa por não dar mais.

Garantida, assim, uma renda inteiramente suficiente às suas necessidades, nada mais tinham a esperar depois que Edward tomou posse do benefício, a não ser que ficasse pronta a casa, na qual o coronel Brandon, com um forte desejo de bem acomodar Elinor, estava fazendo consideráveis reformas; e depois de esperar que terminassem, depois de experimentar, como de hábito, mil decepções e atrasos devidos à inexplicável morosidade dos operários, Elinor, como sempre, voltou atrás em sua antes peremptória decisão de só se casar quando tudo estivesse a postos, e a cerimônia teve lugar na igreja de Barton, no começo do outono.

O primeiro mês depois do casamento foi passado com seu amigo na mansão-sede; de lá podiam supervisionar o progresso das reformas e dirigir tudo como queriam, *in loco*; podiam escolher os papéis de parede, projetar a colocação dos arbustos e inventar novos espaços abertos. As profecias da sra. Jennings, apesar de um tanto embaralhadas, foram cumpridas em sua maioria, já que ela pôde visitar Edward e a esposa na casa paroquial na festa de São Miguel, e descobriu em Elinor e no marido, como realmente acreditava, um dos casais mais felizes do mundo. De fato, eles nada tinham a desejar, a não ser o casamento do coronel Brandon com Marianne e pastos um pouco melhores para suas vacas.

Foram visitados em sua primeira morada por quase todos os parentes e amigos. A sra. Ferrars veio inspecionar a felicidade de que quase se envergonhava de ter autorizado; e até os Dashwood pagaram uma viagem de Sussex para fazer-lhes a honra.

— Não vou dizer que esteja decepcionado, minha querida irmã — disse John certa manhã, enquanto caminhavam juntos diante dos portões da casa de Delaford —, *isso* seria exagero, pois certamente você foi uma das moças de mais sorte no mundo, esta é que é a verdade. Mas confesso que me daria um grande prazer chamar o coronel Brandon de cunhado. Esta sua propriedade, sua posição, sua casa, tudo está em tão respeitável e excelente condição! E os bosques! Não vi em nenhum lugar de Dorsetshire madeiras como as que estão em Delaford Hanger! E embora Marianne talvez não seja exatamente o tipo de pessoa que o atraia... mesmo assim acho que seria aconselhável que as convidasse com frequência para virem ficar com você, pois, como o coronel Brandon parece ficar muito em casa, ninguém sabe o que pode acontecer... porque quando as pessoas ficam muito tempo juntas, sem ver mais ninguém... e você sempre poderá apresentá-la pelo melhor lado, etc., etc., em suma, pode dar-lhe uma oportunidade... sabe como é...

Mas embora a sra. Ferrars *tenha vindo* vê-los, e sempre os tratasse com o faz de conta de um afeto decente, eles nunca foram insultados por um favor e uma preferência reais da parte dela. Isso estava reservado à insensatez de Robert e à esperteza de sua esposa, que os obtiveram em poucos meses. A sagacidade egoísta de Lucy, que a princípio levara Robert àquela enrascada, foi o principal instrumento para tirá-lo de lá; pois a humildade respeitosa, as atenções assíduas e as infinitas adulações, tão logo lhe foi dada a menor brecha para exercê-las, reconciliaram a sra. Ferrars com a sua escolhida e devolveram a Robert a condição de seu predileto.

Todo o comportamento de Lucy no caso e a prosperidade que o coroou podem, portanto, ser apontados como um exemplo dos mais encorajadores do que uma atenção séria e ininterrupta aos próprios interesses, por mais obstruído que o seu progresso possa parecer, pode fazer para obter qualquer vantagem da fortuna, sem nenhum outro sacrifício além do de tempo e da consciência. Quando Robert a procurou pela primeira vez e foi visitá-la em Bartlett's Buildings, sua única intenção era a que seu irmão lhe atribuiu. Queria simplesmente persuadi-la a abrir mão do noivado, e como o único obstáculo a ser superado era o afeto entre ambos, ele naturalmente esperou que uma ou duas conversas resolvessem o problema. Neste ponto, porém, e só neste ponto, ele errou; porque, embora Lucy logo lhe tenha dado esperanças de que a sua eloquência a convenceria a *tempo*, faltava sempre outra visita, outra conversa, para produzir aquele convencimento. Sempre permaneciam algumas dúvidas em sua mente quando se separavam, que só podiam ser sanadas com mais meia hora de conversa com ele. Sua companhia foi assim garantida, e o resto veio naturalmente. Em vez de falarem de Edward, aos poucos passaram a falar só de Robert, um assunto sobre o qual ele tinha mais a dizer do que sobre qualquer outro, e no qual ela logo demonstrou um interesse igual ao dele próprio. Em resumo, logo se tornou evidente para ambos que ele suplantara completamente o irmão. Ele estava orgulhoso de sua conquista, orgulhoso de enganar Edward e orgulhosíssimo de casar-se por conta própria, sem o consentimento da mãe. O que aconteceu depois já se sabe. Passaram alguns meses muito felizes em Dawlish, pois Lucy tinha lá muitos parentes e velhas amizades que podiam hospedá-los — e ele desenhou diversas plantas para magníficos chalés; retornando dali para Londres, obteve o perdão da sra. Ferrars, pelo simples expediente de pedi-lo, o qual, por instigação de Lucy, foi adotado. Inicialmente, o perdão, é claro, como era razoável, beneficiava apenas Robert; e Lucy, que não tinha nenhum dever com a mãe dele e, portanto, não podia ter deixado de cumprir nenhum, mesmo assim permaneceu mais algumas semanas sem perdão. Mas a perseverança na humildade de conduta e as mensagens de autopenitência pela ofensa de Robert, repletas de gratidão pela indelicadeza com que era tratada, proporcionaram-lhe no devido tempo um reconhecimento arrogante de sua existência, que a conquistou por sua graça e logo em seguida a levou rapidamente ao mais alto estado de afeição e influência. Lucy tornou-se tão necessária à sra. Ferrars quanto Robert ou Fanny; e enquanto Edward nunca fora perdoado de coração por ter um dia pretendido casar-se com ela, e Elinor, embora superior a ela por riqueza e berço, fosse tida como uma intrusa, *ela* era em tudo considerada, e sempre abertamente reconhecida, como a filha predileta. Eles se estabeleceram em Londres, receberam uma ajuda muito generosa da sra. Ferrars, tinham o melhor relacionamento possível com os Dashwood e, deixando de lado os ciúmes e a má vontade que persistia entre Fanny e Lucy, de que seus maridos, é claro, participavam, assim como as frequentes brigas domésticas entre Robert e Lucy, nada podia superar a harmonia em que todos eles juntos viviam.

O que Edward fizera para perder o direito de primogenitura pode ter deixado perplexa muita gente, e o que Robert fizera para obtê-lo pode ter deixado essa gente ainda mais perplexa. Foi um acordo, porém, justificado em seus efeitos, senão em sua causa, porque nada no estilo de viver e de falar de Robert jamais provocou a suspeita de que lamentasse o montante de suas rendas, ou por deixar seu irmão com muito pouco, ou por receber demais; e se Edward pudesse ser julgado pelo pronto cumprimento de seus deveres em todos os detalhes, por um crescente apego à esposa e ao lar e pelo constante bom humor, podia-se considerar que estava não menos contente com seu quinhão, não menos livre de qualquer desejo de trocar de condição.

O casamento de Elinor só a separou da família aquele mínimo necessário para não deixar o chalé de Barton completamente inútil, já que sua mãe e suas irmãs passavam muito mais da metade do tempo com ela. A sra. Dashwood agia tanto por prudência como por prazer em suas frequentes visitas a Delaford, pois seu desejo de unir Marianne e o coronel Brandon não era menos forte, se bem que bastante mais generoso, do que o que John exprimira. Essa era agora a menina dos seus olhos. Preciosa como era para ela a companhia de sua filha, não havia nada que desejasse mais do que abrir mão dessa constante alegria em favor do seu querido amigo; e ver Marianne morando na mansão-sede era também o desejo de Edward e Elinor. Os dois percebiam os sofrimentos dele e suas próprias obrigações com ele, e pelo consenso Marianne devia ser o seu prêmio por tudo que fizera.

Com tal conspiração contra si, com um conhecimento tão íntimo da bondade do coronel, com a certeza do seu profundo amor por ela que finalmente brotou dentro de Marianne, apesar de muito depois de ser notado por todos os demais, que poderia ela fazer?

Marianne Dashwood nascera para um destino extraordinário. Nascera para descobrir a falsidade de suas próprias opiniões e para contrariar com sua conduta suas máximas mais queridas. Nascera para superar um amor formado aos dezessete anos de idade e, com um sentimento não superior à forte estima e à intensa amizade, dar voluntariamente a sua mão a outro homem! E que outro, um homem que não sofrera menos do que ela sob um primeiro amor, que, dois anos antes, ela considerara velho demais para se casar e que ainda por cima buscava proteger a saúde com uma camiseta de flanela!

Mas assim foi. Em vez de sacrificar-se a uma paixão irresistível, como, cheia de orgulho, esperara que acontecesse; em vez de permanecer para sempre com a mãe e obter seus únicos prazeres no retiro e no estudo, como mais tarde, com o juízo mais calmo e sóbrio, decidira; viu-se aos dezenove anos entregando-se a novos afetos, assumindo novos deveres, estabelecida num novo lar, como esposa, dona de casa e senhora de um burgo.

O coronel Brandon estava agora tão feliz como todos os que mais o amavam achavam que ele merecia estar; em Marianne ele encontrava consolo para todas as aflições passadas; seu afeto e sua companhia devolveram o entusiasmo ao seu espírito e a alegria à sua alma; e que Marianne encontrasse a sua própria felicidade em formar a dele era também a certeza e a delícia de cada amigo que a via. Marianne jamais podia amar pela metade, e todo o seu coração se tornou, com o tempo, tão devotado ao marido quanto antes o fora a Willoughby.

Willoughby não podia ouvir falar do casamento dela sem se angustiar; e seu castigo completou-se logo em seguida, pelo espontâneo perdão da sra. Smith, que, ao afirmar que o seu casamento com uma mulher de caráter fora a origem de sua clemência, deu-lhe motivos para acreditar que, se se tivesse comportado honrosamente com Marianne, poderia ter sido ao mesmo tempo feliz e rico. Não há razões para se duvidar da sinceridade desse arrependimento pelo seu mau comportamento, que assim produziu seu próprio castigo; nem de que durante muito tempo ele sentisse inveja do coronel Brandon e saudades de Marianne. Mas não devemos acreditar que ele tenha ficado para sempre inconsolável, que tenha fugido de toda sociedade ou adquirido um temperamento sombrio ou morrido pela decepção amorosa... pois nada disso aconteceu. Viveu ativamente, e não raro alegremente. Sua mulher nem sempre estava mal-humorada, nem seu lar era sempre inóspito; e na criação de cavalos e cães e em todo tipo de esporte encontrava um grau não desdenhável de felicidade doméstica.

Por Marianne, no entanto, apesar de sua indelicadeza em sobreviver à perda dela, ele sempre conservou aquele interesse firme que tinha por tudo que dissesse respeito a ela e que fez dela seu padrão secreto de perfeição feminina; e muitas novas beldades seriam desdenhadas por ele em poucos dias por não se compararem à sra. Brandon.

A sra. Dashwood foi prudente o bastante para permanecer no chalé, sem tentar mudar-se para Delaford; e, felizmente para *Sir* John e para a sra. Jennings, quando Marianne lhes foi tirada, Margaret alcançara uma idade muito adequada para a dança e não muito inadequada para ter um namorado.

Entre Barton e Delaford se estabeleceu aquela constante comunicação que o forte apego familiar naturalmente determinaria; e, entre os méritos e as alegrias de Elinor e Marianne, não se deve ter como o menos considerável o de, embora fossem irmãs e vivessem quase à vista uma da outra, poderem conviver sem incompatibilidade entre elas e sem provocar desentendimentos entre os respectivos maridos.

Orgulho e Preconceito

1813

CAPÍTULO 1

É uma verdade universalmente reconhecida que um homem solteiro e muito rico precisa de uma esposa.

Por menos conhecidos que sejam os sentimentos ou as ideias de tal homem ao entrar pela primeira vez em certo lugarejo, tal verdade está tão bem arraigada na mente das famílias que o rodeiam, que ele vem a ser considerado propriedade legítima de uma ou outra de suas filhas.

— Meu caro sr. Bennet — disse-lhe a esposa certo dia —, sabia que Netherfield Park foi enfim alugado?

Respondeu o sr. Bennet que não.

— Mas foi — tornou ela —, pois a sra. Long acaba de vir aqui e me contar tudo sobre o assunto.

O sr. Bennet não deu nenhuma resposta.

— Não quer saber quem o alugou? — exclamou a mulher com impaciência.

— Você quer contar, e eu não tenho nada contra ouvir o que tem a me dizer.

Isso já lhe pareceu um bom convite.

— Ora, meu querido, como você sabe, a sra. Long diz que Netherfield foi alugado por um jovem de amplas posses do norte da Inglaterra; que ele chegou para ver o lugar na segunda-feira, numa *chaise* puxada por quatro cavalos, e ficou tão encantado com o que viu, que de imediato entrou em acordo com o sr. Morris. Ele deve mudar-se antes do dia de São Miguel, e alguns dos seus criados já devem chegar no fim da semana que vem.

— Qual é o nome dele?

— Bingley.

— É casado ou solteiro?

— Ah! Solteiro, meu querido, com toda a certeza! Um rapaz solteiro de muitas posses; quatro ou cinco mil libras por ano. Que maravilha para as nossas meninas!

— Como assim? Que tem isso a ver com elas?

— Meu querido sr. Bennet — tornou a mulher —, como você é aborrecido! Já devia ter entendido que estou pensando em casá-lo com uma delas.

— É essa a intenção da vinda dele para cá?

— Intenção! Bobagem, como pode falar uma coisa dessas! Mas é muito provável que ele *possa* apaixonar-se por uma delas, e por isso você deve visitá-lo assim que ele chegar.

— Não vejo por quê. Você e as meninas podem ir, ou pode mandá-las sozinhas, o que talvez seja ainda melhor, pois, como você é tão bonita quanto qualquer uma delas, talvez o sr. Bingley eleja você como a melhor do grupo.

— Meu querido, fico lisonjeada. Eu certamente *tive* a minha beleza, mas não tenho mais a ilusão de ser nada de extraordinário. A mulher que já tem cinco filhas crescidas deve deixar de se preocupar com a própria beleza.

— Em tais casos, é raro a mulher ainda ter alguma beleza com que se preocupar.

— Mas, querido, você deve mesmo ir ver o sr. Bingley quando ele se mudar para cá.

— Fique sabendo que não vou garantir-lhe isso.

— Mas pense nas suas filhas. Pense na boa situação que seria para uma delas. *Sir* William e *Lady* Lucas estão decididos a ir, simplesmente por esse motivo, pois em geral, você sabe, eles não visitam os recém-chegados. Você tem de ir, pois será impossível que *nós* o visitemos se você não for.

— Isso é excesso de zelo, sem dúvida. Estou certo de que o sr. Bingley ficará muito contente em vê-la; e eu vou mandar a ele um bilhete por seu intermédio, garantindo-lhe o meu caloroso consentimento ao casamento dele com qualquer uma das minhas filhas, à escolha dele; mas devo escrever umas palavrinhas em favor da minha pequena Lizzy.

— Não quero que você faça isso. Lizzy não é nem um pouco melhor do que as outras; e tenho certeza de que não tem a metade da beleza de Jane, nem metade do bom humor de Lydia. Mas você sempre dá a *ela* a preferência.

— Nenhuma delas tem muita coisa que as recomende — replicou ele —; são todas tolas e ignorantes, como as meninas sempre são; mas Lizzy é um pouco mais esperta do que as irmãs.

— Sr. Bennet, como *pode* insultar assim suas próprias filhas? Você adora aborrecer-me. Não tem pena dos meus pobres nervos.

— Engano seu, querida. Tenho muito respeito por seus nervos. São meus velhos amigos. Ouvi você mencioná-los com muita consideração nos últimos vinte anos, pelo menos.

— Ah, você não sabe como eu sofro.

— Mas espero que você supere o problema e viva o bastante para ver muitos jovens de quatro mil libras de renda virem para o nosso lugarejo.

— De nada adiantaria para nós se vinte deles viessem e você não fosse visitá-los.

— Não seja por isso, querida. Quando os vinte tiverem chegado, vou visitar todos eles.

Era o sr. Bennet uma mistura tão estranha de agudeza, de humor sarcástico, de reserva e de capricho, que a experiência de vinte e três anos não fora suficiente para que sua esposa entendesse o seu jeito de ser. A mente *dela* era menos difícil de descrever. Era uma mulher de inteligência medíocre, pouca cultura e temperamento inconstante. Quando se contrariava, imaginava estar doente dos nervos. Seu objetivo na vida era ver as filhas casadas; seu consolo, as visitas e as fofocas.

CAPÍTULO 2

Esteve o sr. Bennet entre os primeiros a visitar o sr. Bingley. Sempre tivera a intenção de visitá-lo, embora até o fim garantisse à mulher que não iria; e até uma noite depois de a visita ter sido feita a sra. Bennet não teve conhecimento dela. Foi informada a respeito da seguinte maneira. Ao observar a segunda filha ocupada em enfeitar um chapéu, o sr. Bennet de repente se dirigiu a ela com estas palavras:

— Espero que o sr. Bingley o aprecie, Lizzy.

— Não temos como saber de *que* o sr. Bingley gosta — disse a mãe, ressentida —, já que não vamos visitá-lo.

— Mas a senhora esquece, mamãe — disse Elizabeth —, que vamos encontrá-lo nas festas e que a sra. Long prometeu apresentar-nos a ele.

— Não creio que a sra. Long faça isso. Ela tem duas sobrinhas, é egoísta e hipócrita. Não tenho boa opinião sobre ela.

— Nem eu — disse o sr. Bennet —, e fico feliz em saber que você não depende dos serviços dela.

A sra. Bennet não se dignou responder, mas, incapaz de se conter, começou a repreender uma das filhas.

— Pare de tossir, Kitty, pelo amor de Deus! Tenha um pouco de pena dos meus nervos. Assim você acaba com eles.

— Kitty não é discreta quando tosse — disse o pai. — Sempre escolhe a hora errada para tossir.

— Não tusso por diversão — replicou Kitty, irritada. — Quando vai ser o seu próximo baile, Lizzy?

— Daqui a quinze dias.

— É isso mesmo — exclamou a mãe —, e a sra. Long só volta na véspera; vai ser impossível que ela o apresente, pois nem ela o conhecerá.

— Então, querida, você estará em vantagem sobre a sua amiga e poderá apresentar o sr. Bingley a *ela*.

— Impossível, sr. Bennet, impossível, se nem eu mesma o conheço. Como você consegue me provocar!

— Louvo a sua prudência. É decerto superficial o conhecimento que se tem por apenas quinze dias. Não podemos saber o que um homem realmente é ao cabo de uma quinzena. Mas se *nós* não arriscarmos, outras pessoas o farão; e, afinal, a sra. Long com as filhas devem arriscar a sorte; e, portanto, já que ela considerará tal ato uma gentileza, se você negar-se a fazê-lo, eu mesmo o farei.

As meninas olharam para o pai, espantadas. A sra. Bennet só disse:

— Bobagens, bobagens!

— Qual será o significado de tão enfática exclamação? — comentou ele. — Você considera bobagem as formalidades de apresentação e a importância que é dada a elas? Não concordo com você *nesse* ponto. Que você me diz,

Mary? Sei que você é uma mocinha profundamente reflexiva, que lê grandes livros e faz resumos deles.

Mary queria dizer algo inteligente, mas não sabia o quê.

— Enquanto Mary concatena as ideias — prosseguiu ele —, voltemos ao sr. Bingley.

— Estou cansada do sr. Bingley — exclamou a mulher.

— Lamento saber *disso*; mas por que não me disse antes? Se o soubesse hoje de manhã, decerto não teria ido visitá-lo. É muito azar. Mas, agora que eu já fiz a visita, não podemos deixar de conhecê-lo.

O espanto das mulheres era exatamente o que ele queria; o da sra. Bennet talvez superasse o das demais; passado o primeiro arroubo de alegria, porém, ela declarou que contara com aquilo desde o começo.

— Quanta bondade a sua, querido sr. Bennet! Mas eu sabia que o convenceria, afinal. Tinha certeza de que você ama demais as filhas para desdenhar tal relação. Estou tão contente! E foi muito engraçado, também, você ter ido de manhã, sem dizer nada até agora.

— Kitty, agora você pode tossir à vontade — disse o sr. Bennet; e, ao dizer isso, saiu da sala, cansado dos arroubos da esposa.

— Que excelente pai vocês têm, meninas! — disse ela, quando a porta se fechou. — Não sei como vocês vão poder retribuir essa gentileza dele; ou eu mesma, aliás. Garanto a vocês que nesta altura da vida não é agradável conhecer novas pessoas a cada dia; mas, por vocês, nós faríamos qualquer coisa. Lydia, meu amor, apesar de ser a mais moça, aposto que o sr. Bingley vai dançar com você no próximo baile.

— Ah! — disse Lydia com decisão. — Não estou com medo; pois, apesar de *ser* a mais moça, sou também a mais alta.

Passaram o resto do tempo a calcular quando ele iria retribuir a visita do sr. Bennet, e a determinar quando poderiam convidá-lo para jantar.

CAPÍTULO 3

Nem as inúmeras perguntas, porém, que a sra. Bennet, com a ajuda das cinco filhas, fez sobre o assunto bastaram para arrancar do marido uma descrição satisfatória do sr. Bingley. Atacaram-no em diversas frentes — com perguntas diretas, hipóteses inteligentes e vagas conjeturas; mas ele se furtou das astúcias de todas elas, e por fim elas tiveram de aceitar o relato de segunda mão feito pela vizinha, *Lady* Lucas. Sua descrição foi muito favorável. *Sir* William ficara encantado com ele. Era muito jovem, de grande beleza, extremamente agradável e, coroando tudo isso, planejava ir à próxima festa com um grupo numeroso de pessoas. Nada podia ser mais delicioso! Gostar de dançar já era um passo certo na direção da paixão; o que fez nascerem as mais vivas esperanças quanto ao amor do sr. Bingley.

— Se eu puder ver uma das minhas filhas bem estabelecida em Netherfield — disse a sra. Bennet ao marido —, e todas as outras igualmente bem-casadas, não vou querer mais nada.

Poucos dias depois, o sr. Bingley retribuiu a visita do sr. Bennet e permaneceu por cerca de dez minutos com ele na biblioteca. Viera na esperança de lhe ser permitido ver as jovens senhoritas, de cuja beleza ouvira muito falar; mas pôde ver apenas o pai. As senhoritas tiveram melhor sorte, pois puderam verificar de uma das janelas de cima que ele vestia um sobretudo azul e montava um cavalo negro.

Pouco depois foi enviado um convite para jantar; e a sra. Bennet já havia planejado os pratos que dariam lustro aos seus dons de boa dona de casa, quando chegou uma resposta que postergou tudo aquilo. O sr. Bingley tinha de ir a Londres no dia seguinte, e, por esse motivo, não podia aceitar a honra do convite, etc. A sra. Bennet ficou muito desconcertada. Não conseguia imaginar que negócios ele podia ter em Londres logo depois da chegada a Hertfordshire; e começou a temer que talvez ele vivesse sempre indo de um lado para outro, e nunca se estabelecesse em Netherfield como devia. *Lady* Lucas acalmou um pouco os seus temores ao aventar a ideia de que ele tivesse ido a Londres só para reunir um numeroso grupo de amigos para o baile; e logo veio a notícia de que o sr. Bingley traria consigo doze senhoritas e sete cavalheiros à festa. As meninas lamentaram a grande quantidade de senhoritas, mas se reconfortaram um dia antes do baile ao saber que, em vez de doze, ele trouxera apenas seis de Londres — suas cinco irmãs e uma prima. E, quando o grupo entrou no salão de baile, compunha-se no total de só cinco pessoas, o sr. Bingley, duas irmãs, o marido da mais velha e outro rapaz.

O sr. Bingley tinha boa aparência e modos de cavalheiro; feições agradáveis e maneiras simples, sem nenhuma afetação. As irmãs eram mulheres lindas, com ar muito elegante. O cunhado, o sr. Hurst, não tinha a aparência de um cavalheiro; mas seu amigo, o sr. Darcy, logo chamou a atenção do salão pela figura elegante e alta, as belas feições, o porte nobre e a notícia, que passou a circular cinco minutos depois da chegada, de que dispunha de uma renda de dez mil libras por ano. Os cavalheiros declararam-no um belo espécime de homem, as moças declararam-no muito mais bonito do que o sr. Bingley, e ele foi observado com grande admiração durante metade da festa, até que seus modos provocaram certo descontentamento, que virou a maré da sua popularidade; pois descobriram todos que ele era orgulhoso, achava-se superior aos presentes, e não podiam agradar-lhe; e nem todas as suas propriedades em Derbyshire podiam evitar que tivesse as mais desagradáveis e insuportáveis feições e fosse indigno de ser comparado ao amigo.

O sr. Bingley logo fez amizade com todas as principais pessoas do salão; era animado e expansivo, dançava todas as danças, zangou-se porque o baile acabou tão cedo e falou em dar ele mesmo um baile em Netherfield. Tais qualidades simpáticas falavam por si mesmas. Que contraste entre ele e o amigo! O sr. Darcy só dançou uma vez com a sra. Hurst e outra com a srta. Bingley, recusou-se a ser apresentado a qualquer mulher e passou o resto da festa a caminhar pelo salão, conversando de quando em quando com alguém de seu próprio grupo. Não havia dúvida sobre seu caráter. Era o mais orgulhoso e desagradável homem do mundo, e todos esperavam que nunca mais aparecesse por ali. Entre os mais violentamente contrários a ele estava a sra. Bennet, cuja repulsa a tal comportamento fora exacerbada por ter ele desdenhado uma de suas filhas.

Elizabeth Bennet fora obrigada pela escassez de homens a tomar chá de cadeira por duas danças; e durante parte desse tempo o sr. Darcy esteve de pé junto a ela, que estava próxima o bastante para ouvir uma conversa entre ele e o sr. Bingley, quando este, descansando da dança por cinco minutos, insistia com o amigo para que também dançasse.

— Vamos, Darcy — disse ele —, tenho de fazer você dançar. Odeio ver você aí, sozinho, como um bobo. Seria muito melhor que viesse dançar.

— Não, mesmo. Você sabe que detesto dançar, a menos que já conheça bem a parceira. Numa festa como esta, seria insuportável. As suas irmãs já estão acompanhadas e não há outra mulher na sala cuja companhia não seria um suplício para mim.

— Eu não seria tão rabugento como você — exclamou o sr. Bingley —, com toda a certeza! Palavra de honra, nunca encontrei tantas meninas divertidas na vida como esta noite; e muitas delas são incrivelmente lindas.

— *Você* está dançando com a única menina linda do salão — disse o sr. Darcy, olhando para a mais velha das srtas. Bennet.

— Ah! Ela é a criatura mais linda que já vi! Mas uma das irmãs dela, sentada logo atrás de você, é muito bonita e parece ser muito divertida também. Deixe-me pedir ao meu par que a apresente a você.

— A quem você se refere? — e, voltando-se, olhou por um momento para Elizabeth, até que, cruzando seu olhar com o dela, o desviou e disse friamente: — É suportável, mas não bonita o bastante para *me* animar; não estou com paciência no momento para dar atenção a mocinhas que foram desdenhadas por outros homens. Vá, volte para junto do seu par e aprecie os sorrisos dela, pois está perdendo tempo comigo.

O sr. Bingley seguiu o conselho. O sr. Darcy afastou-se; e não foram sentimentos cordiais os que Elizabeth sentiu por ele. Ela contou a história, porém, com muito humor para os amigos; pois tinha um temperamento animado e bem-humorado, que se divertia com tudo que fosse ridículo.

A festa passou-se agradavelmente para toda a família. A sra. Bennet viu sua filha mais velha sendo muito admirada pelos convidados de Netherfield. Dançara o sr. Bingley com ela duas vezes, e as irmãs dele deram-lhe muita atenção. Jane ficou tão contente com isso quanto a mãe, mas de um jeito mais discreto. Elizabeth percebeu a satisfação de Jane. Mary soubera que fora descrita à srta. Bingley como a mocinha mais culta da vizinhança; e Catherine e Lydia tiveram a boa sorte de nunca ficarem sem par, o que era a sua única preocupação num baile, segundo o que tinham aprendido. Voltaram todas, portanto, de bom humor para Longbourn, a aldeia onde viviam, e da qual eram os principais habitantes. Encontraram o sr. Bennet ainda acordado. Com um livro nas mãos, perdia a noção do tempo; e no presente caso tinha muita curiosidade em saber as novidades da festa que provocara tão esplêndidas expectativas. Nutrira até a esperança de que os planos da mulher acerca do estranho fossem frustrados; mas logo descobriu que iria ouvir uma história diferente.

— Ah! Meu querido sr. Bennet — disse ela ao entrar na sala —, estivemos numa festa deliciosa, num baile excelente. Você devia ter ido. Jane foi tão festejada, que mais não podia ser. Todos comentaram como estava linda; e o sr. Bingley se encantou com a sua beleza e dançou com ela duas vezes! Pense *nisso*, querido; ele realmente dançou com ela duas vezes! E foi ela a única criatura no salão que ele tirou duas vezes para dançar. Primeiro, ele chamou a srta. Lucas. Fiquei tão irritada em vê-lo com ela! Mas ele não se encantou nem um pouquinho com ela; na verdade, isso não acontece com ninguém. Mas pareceu muito impressionado com Jane ao acabar de dançar. Então ele perguntou quem era ela e lhe foi apresentado e a convidou para as duas danças seguintes. Dançou, então, as duas terceiras com a srta. King, depois as duas quartas com Maria Lucas e mais as duas quintas com Jane de novo, e depois as duas sextas com Lizzy, e o *Boulanger*...

— Se ele tivesse alguma compaixão de *mim* — exclamou seu marido, com impaciência —, não teria dançado nem metade disso tudo! Pelo amor de Deus, não me fale mais nada dos seus pares. Ah! Se ele tivesse torcido o tornozelo na primeira dança!

— Ah! Querido, eu o achei encantador. Ele é bonito até demais! E as irmãs são mulheres maravilhosas. Nunca na vida vi nada mais elegante do que os vestidos delas. Acho até que o laço sobre a saia da sra. Hurst...

Nesse ponto ela foi interrompida mais uma vez. O sr. Bennet protestava contra qualquer descrição dos trajes. Foi, portanto, obrigada a procurar outro assunto, e se referiu, num tom muito amargo e com algum exagero, à chocante grosseria do sr. Darcy.

— Mas posso garantir-lhe — acrescentou ela — que Lizzy não perde muito por não corresponder às fantasias *dele*; pois se trata de um homem desagradabilíssimo, medonho, que não merece consideração. Tão convencido e com tanta empáfia, que ninguém o suportava! Andava para lá e para cá, imaginando-se tão superior! Não bonita o bastante para dançar com ele! Gostaria que você estivesse lá, querido, para lhe aplicar uma de suas tiradas ferozes. Ah, como detesto aquele homem.

CAPÍTULO 4

Quando Jane e Elizabeth ficaram sozinhas, a primeira, que antes fora discreta em seus elogios ao sr. Bingley, confidenciou à irmã o quanto o admirava.

— Ele é exatamente como um jovem deve ser — disse ela —: sensato, bem-humorado, animado; e nunca vi modos tão alegres! Tanta desenvoltura com tanta educação!

— Ele também é lindo — replicou Elizabeth —, o que um jovem também deve ser, se possível. Seu caráter fica assim completo.

— Fiquei muito lisonjeada quando ele me convidou a segunda vez para dançar. Não esperava um tal cumprimento.

— Ficou mesmo, não é? Pois eu fiquei orgulhosa por você. Mas esta é a maior diferença entre nós. Os cumprimentos sempre pegam *você* desprevenida, e nunca a *mim*. O que poderia ser mais natural do que ele tirar você de novo para dançar? Ele não podia deixar de reparar que você era cinco vezes mais bonita do que qualquer outra mulher no salão. Você nada deve à galanteria dele por isso. Ele é mesmo muito simpático, e eu lhe dou minha permissão para gostar dele. Você já gostou de muitas pessoas mais estúpidas.

— Lizzy, querida!

— Ah! Você sabe que tem muita propensão a gostar das pessoas em geral.

Nunca vê defeito em ninguém. Todos são bons e simpáticos aos seus olhos. Nunca vi você falar mal de um ser humano em toda a minha vida.

— Não gostaria de ser precipitada ao censurar alguém; mas sempre digo o que penso.

— Sei disso; e é *isso* que me dá o que pensar. Com o *seu* bom-senso, ser tão sinceramente cega para as loucuras e absurdos dos outros! Afetar candura é uma coisa muito comum (topamos com isso a toda hora). Mas ser cândida sem ostentação ou intenção (pegar o que há de bom no caráter de todos e torná-lo ainda melhor, e nada dizer do que há de mal), só mesmo você. E então, gostou das irmãs do rapaz, não é? O comportamento delas não é igual ao dele.

— Certamente não; no começo. Mas são mulheres muito agradáveis quando conversamos com elas. A srta. Bingley vem morar com o irmão e tomar conta da casa; e ou estou muito enganada, ou teremos nela uma vizinha das mais encantadoras.

Elizabeth ouviu em silêncio, mas não ficou convencida; o comportamento delas na festa não fora calculado para agradar a todos; e com uma observação mais aguda e um temperamento menos dócil do que o da irmã, e com um juízo sem qualquer compromisso com seus interesses pessoais, estava muito pouco disposta a aprová-las. Eram elas, na verdade, mulheres muito finas; não lhes faltava o bom humor quando se divertiam, nem a capacidade de se tornar agradáveis quando o queriam, mas eram orgulhosas e presumidas.

Eram bonitas, haviam sido educadas num dos principais colégios particulares de Londres, tinham um capital de vinte mil libras, o hábito de gastar mais do que deviam e de se associar a pessoas de alta condição, e dispunham, portanto, de todas as razões para pensar bem de si mesmas e mal dos outros. Eram de uma respeitável família do norte da Inglaterra; circunstância mais profundamente gravada em suas memórias do que o fato de a riqueza do irmão e delas mesmas ter sido obtida no comércio.

Herdara o sr. Bingley bens avaliados em cerca de cem mil libras do pai, que tivera a intenção de adquirir um imóvel, mas não viveu o bastante para pôr em prática o plano. O sr. Bingley tinha a mesma intenção e às vezes se punha a escolher um condado; mas, como agora tinha uma boa casa e a liberdade de um proprietário, muitos dos que mais conheciam a desenvoltura de seu caráter não duvidavam que ele iria passar o resto da vida em Netherfield e deixar as aquisições para a próxima geração.

Suas irmãs estavam ansiosas por vê-lo com uma propriedade que lhe fosse própria; mas, embora por enquanto não passasse de um inquilino, a srta. Bingley de modo algum estava menos disposta a presidir a sua mesa — nem a sra. Hurst, que se casara com um homem mais elegante do que rico, estava menos disposta a considerar a casa dele como sua, quando lhe convinha. Ainda não se haviam passado dois anos desde que o sr. Bingley atingira a maioridade, quando se sentiu tentado por uma recomendação acidental a ir ver a casa de Netherfield. Foi, de fato, vê-la e passou meia hora percorrendo-a — gostou da localização e dos cômodos principais, ficou satisfeito com os elogios que o proprietário fez ao imóvel, e fechou o negócio de imediato.

Entre ele e Darcy havia uma amizade muito firme, apesar da grande diferença de personalidades. Bingley havia conquistado a admiração de Darcy pela desenvoltura, pela franqueza e pela docilidade de natureza, embora nenhum temperamento pudesse oferecer maior contraste com o seu e embora nunca se mostrasse insatisfeito com sua própria disposição. Bingley tinha total confiança na energia do olhar de Darcy, e a mais alta opinião sobre o julgamento dele. Quanto à inteligência, Darcy era o mais dotado. A inteligência de Bingley não era de modo algum deficiente, mas a de Darcy era superior. Era ao mesmo tempo arrogante, reservado e exigente, e os seus modos, embora educados, não eram convidativos. Nesse aspecto, o seu amigo levava ampla vantagem. Bingley tinha a certeza de agradar onde quer que aparecesse, e Darcy era sempre desagradável.

O modo como falaram a respeito da festa de Meryton foi bastante característico. Bingley jamais encontrara na vida gente mais divertida nem mocinhas mais bonitas; todos para com ele haviam sido muito gentis e atenciosos; com ele não havia formalidades nem rigorismos; logo se viu em bons termos com todo o salão; e, no que se referia à srta. Bennet, não podia imaginar um anjo mais belo. Darcy, ao contrário, vira um grupo de pessoas em que não havia beleza nem elegância, por nenhuma das quais sentira o mínimo interesse e das quais não recebera nem atenção nem prazer. Reconhecia que a srta. Bennet era bonita, mas excessivamente sorridente.

A sra. Hurst e a irmã concordaram — mas mesmo assim tiveram admiração e apreço por ela e a consideraram uma doce menina, alguém sobre quem não se recusariam a saber mais. Declararam a srta. Bennet, portanto, um amor de menina, e seu irmão se sentiu autorizado por tal elogio a pensar sobre ela o que quisesse.

CAPÍTULO 5

À distância de uma breve caminhada de Longbourn vivia uma família de que os Bennet eram especialmente íntimos. *Sir* William Lucas praticara havia tempo o comércio em Meryton, onde juntara uma riqueza razoável e obtivera a honra de receber o título de cavaleiro por um discurso ao rei pronunciado enquanto era prefeito. A honraria talvez tenha sido demasiada para ele. Levou-o a perder o gosto pela profissão e pela pequena cidade comercial onde vivia; e, abandonando ambas as coisas, mudara-se com a família para uma casa a cerca de uma milha de Meryton, chamada a partir de então de Mansão Lucas, onde podia meditar prazerosamente sobre a própria importância e, livre dos negócios, ocupar-se exclusivamente em ser gentil com todos. Pois, embora orgulhoso de sua nova condição, não se tornou arrogante; ao contrário, era só atenção com todo o mundo. Inofensivo por natureza, afetuoso e atencioso, a apresentação em St. James tornara-o cortês.

Era *Lady* Lucas uma excelente mulher, mas não inteligente demais para ser uma ótima vizinha da sra. Bennet. Tinham muitos filhos. O mais velho deles, uma moça sensata e inteligente de cerca de vinte e sete anos, era amiga íntima de Elizabeth.

Que as srtas. Lucas e as srtas. Bennet se reunissem para conversar sobre o baile era algo absolutamente necessário; e a manhã seguinte à festa trouxe as primeiras a Longbourn para ouvir e falar.

— *Você* começou bem a noite, Charlotte — disse a sra. Bennet com gentil comedimento à srta. Lucas. — *Você* foi a primeira escolha do sr. Bingley.

— Sim, mas ele pareceu preferir a segunda.

— Ah! Você deve estar referindo-se a Jane, pois ele dançou com ela duas vezes. Com certeza *pareceu* que ele a tivesse admirado... de fato, estou propensa a acreditar que *sim*... Ouvi algo a esse respeito... mas não sei bem o quê... alguma coisa sobre o sr. Robinson.

— Talvez você esteja referindo-se ao que escutei sobre ele e o sr. Robinson; eu não lhe contei? Quando o sr. Robinson perguntou a ele o que achara das nossas festas de Meryton, e se não achava que havia muitíssimas mulheres lindas no salão e *qual*, em sua opinião, era a mais bonita, ele respondeu de imediato à última pergunta: "Ah! A mais velha das srtas. Bennet, sem dúvida; não pode haver duas opiniões a esse respeito".

— Meu Deus! Bom, isso é muito enfático... até parece que... mas, afinal, pode não querer dizer nada...

— O que *eu* ouvi foi mais interessante do que o que *você*, Eliza, ouviu — disse Charlotte. — O sr. Darcy não é tão digno de ser ouvido quanto o amigo, não é verdade?... coitada da Eliza!... ser só *suportável*.

— Por favor, não ponha na cabeça de Lizzy que ela deva zangar-se com essa afronta, pois ele é um homem tão desagradável, que seria uma verdadeira desgraça ser apreciada por ele. Disse-me a sra. Long a noite passada que ele se sentou ao seu lado durante meia hora e nem sequer abriu a boca.

— Tem certeza, minha senhora?... Não haverá aí algum pequeno engano? — disse Jane. — Tenho certeza de ter visto o sr. Darcy a conversar com ela.

— Ah... porque ela enfim lhe perguntou se estava gostando de Netherfield, e ele não teve como deixar de responder. A sra. Long me disse que ele ficou irritadíssimo por terem dirigido a palavra a ele.

— Disse-me a srta. Bingley — tornou Jane — que ele não é nunca de falar muito, a não ser com os conhecidos mais íntimos. Com *eles*, ele é muitíssimo agradável.

— Não acredito numa só palavra disso tudo, querida. Se ele fosse assim tão agradável, teria dirigido a palavra à sra. Long. Mas posso imaginar o que se passou; todos dizem que ele tem o rei na barriga, e aposto que ele ouviu falar que a sra. Long não tem carruagem e chegou ao baile numa *chaise* alugada.

— Não me importa que ele não tenha conversado com a sra. Long — disse a srta. Lucas —, mas gostaria que ele tivesse dançado com Eliza.

— Da próxima vez, Lizzy — disse sua mãe —, eu não dançaria com *ele* se eu fosse você.

— Acho, minha senhora, que posso prometer-lhe que *jamais* dançarei com ele.

— O orgulho dele — disse a srta. Lucas — não *me* ofende tanto quanto de costume, pois tem uma desculpa. Não é de admirar que um jovem tão distinto, com família, riqueza, tudo a seu favor, tenha a si mesmo em alta consideração. Ele tem o *direito* de ser orgulhoso, por assim dizer.

— Isso é verdade — replicou Elizabeth —, e eu não teria dificuldade em perdoar o orgulho *dele*, se ele não tivesse ferido o *meu*.

— O orgulho — observou Mary, que se gabava da solidez de suas reflexões — é um defeito muito comum. Por tudo que já li, tenho certeza de que é muitíssimo comum mesmo; a natureza humana tem uma inclinação especial para esse defeito, e muito poucos dentre nós não nutrem um sentimento de complacência para consigo mesmos, sob pretexto de uma ou outra qualidade, real ou imaginária. Vaidade e orgulho são coisas diferentes, embora sejam palavras usadas muitas vezes como sinônimos. A pessoa pode ser orgulhosa sem ser vaidosa. O orgulho está mais ligado à opinião que temos de nós mesmos, e a vaidade, ao que os outros pensam de nós.

— Se eu fosse tão rico quanto o sr. Darcy — exclamou um dos meninos Lucas, que viera com as irmãs —, não ia preocupar-me em ser orgulhoso. Teria uma matilha de cães de caça e beberia uma garrafa de vinho por dia.

— Então você beberia muito mais do que deveria — disse a sra. Bennet — e, se eu pegasse você fazendo isso, tiraria imediatamente a garrafa da sua frente.

O menino protestou que ela não faria isso; e ela continuou a declarar que sim e a discussão só terminou quando a visita acabou.

CAPÍTULO 6

As damas de Longbourn logo foram visitar as de Netherfield. A visita em breve foi devidamente retribuída. Os modos agradáveis da srta. Bennet aumentaram a estima da sra. Hurst e da srta. Bingley; e, embora a mãe fosse considerada insuportável e as jovens irmãs pouco dignas de participar de uma conversa, expressaram o desejo de ter melhores relações com *elas*, no que se referia às duas mais velhas. Jane recebeu essa atenção com o maior prazer, mas Elizabeth ainda viu altivez no tratamento que davam a todos, sem exceção até da irmã, e não conseguiu gostar delas, embora essa gentileza com Jane, tal como era, tivesse valor por ter origem muito provavelmente na admiração do irmão. Era em geral evidente, todas as vezes que se encontravam, que ele a *admirava* e para *ela* era igualmente evidente que crescia em Jane o sentimento que começara a ter por ele desde a primeira vez que o vira, e que tal sentimento caminhava para se transformar num grande amor; mas via com prazer que isso provavelmente não seria descoberto pelas pessoas em geral, uma vez que Jane unia à intensidade de sentimentos um temperamento moderado e um constante bom humor que a protegeriam das suspeitas dos impertinentes. Falou sobre isso com a amiga, a srta. Lucas.

— Talvez seja divertido — replicou Charlotte — poder enganar o público num caso como esse; mas às vezes é uma desvantagem ser tão reservada. Se a mulher esconder o seu afeto do seu objeto com muita habilidade, pode perder a oportunidade de cativá-lo; e não servirá de muito consolo achar que todos igualmente ignorem o que se passa. Há tanta gratidão ou vaidade em quase todos os relacionamentos amorosos, que não é seguro deixar nenhum deles entregue a si mesmo. Todos podemos *começar* espontaneamente (uma ligeira preferência é muito natural); mas muito poucos de nós somos corajosos o suficiente para nos apaixonarmos de verdade sem um incentivo. Em nove de cada dez casos, seria melhor a mulher demonstrar *mais* afeição do que sente. Sem dúvida, Bingley gosta da sua irmã; mas talvez nunca vá além disso, se ela não encorajá-lo de algum modo.

— Mas é o que ela faz, tanto quanto o permite a sua natureza. Se eu consigo perceber seu amor, ele teria de ser muito simplório para não descobri-lo também.

— Lembre-se, Eliza, ele não conhece a Jane tão bem quanto você.

— Mas se uma mulher gosta de um homem, e não se preocupa em esconder isso, ele deve descobrir.

— Talvez ele descubra, se a vir com frequência. Mas, apesar de Bingley e Jane se encontrarem com razoável frequência, nunca passam muitas horas juntos; e, como sempre se veem em festas com muitas pessoas diferentes, é impossível que passem o tempo inteiro juntos a conversar. Jane deve, portanto, tirar o máximo proveito de cada meia hora em que consiga tomar conta de sua atenção. Quando estiver segura dele, terá todo o tempo do mundo para apaixonar-se.

— O seu plano é bom — replicou Elizabeth —, e nele tudo gira ao redor do desejo de conseguir um bom casamento, e, se eu estivesse decidida a conquistar um marido rico, tenho certeza de que o adotaria. Mas os sentimentos de Jane são outros; ela não está planejando o que faz. Por enquanto, ela não tem sequer certeza sobre a intensidade dos próprios sentimentos, nem de sua sensatez. Ela o conheceu há apenas quinze dias. Dançou quatro vezes com ele em Meryton; viu-o uma manhã na casa dele, e desde então jantou quatro vezes com ele, sempre acompanhada. Isso não é o suficiente para que possa conhecer o caráter dele.

— Não como você pinta as coisas. Se ela só tivesse *jantado* com ele, só poderia ter descoberto que ele tem bom apetite; mas você deve lembrar-se de que passaram juntos quatro saraus... e quatro saraus podem significar muita coisa.

— Sim; esses quatro saraus permitiram-lhes descobrir que ambos gostam mais de jogar vinte e um do que *commerce*; mas, no que se refere a qualquer outra característica importante, não me parece que algo se tenha revelado.

— Bom — disse Charlotte —, eu desejo a Jane todo o sucesso do mundo, de coração, e, se ela casasse com ele amanhã, acho que teria boas possibilidades de ser feliz, como se tivesse estudado o caráter dele por um ano. A felicidade no casamento é uma questão de pura sorte. Se os modos de ser de um e de outro forem bem conhecidos com antecedência ou até se forem muito semelhantes, isso pouco importa para a felicidade do casamento. As diferenças vão-se acentuando com o tempo até se tornarem insuportáveis; e é melhor conhecer o mínimo possível dos defeitos da pessoa com que teremos de passar a vida.

— Você me dá vontade de rir, Charlotte; mas não tem razão. Você sabe que não tem razão e que você mesma nunca vai agir assim.

Entretida em observar as atenções do sr. Bingley com sua irmã, Elizabeth estava longe de suspeitar que ela mesma se estava tornando alvo de certo interesse por parte do amigo dele. No começo, o sr. Darcy mal admitia que ela fosse bonita; olhara para ela sem nenhum entusiasmo durante o baile; e, quando voltaram a se encontrar, observou-a apenas para criticá-la. Mas, assim que se convenceu a si mesmo e aos amigos de que seu rosto não tinha nenhum traço belo, começou a descobrir que ele se tornava excepcionalmente inteligente pela bela expressão de seus olhos negros. A tal descoberta se seguiram algumas outras igualmente torturantes. Embora tivesse detectado com seu olho crítico mais de uma falha nas formas dela, em relação à perfeita simetria, foi obrigado a reconhecer que suas feições eram suaves e agradáveis; e, embora afirmasse que os modos dela não eram os da sociedade mais elegante, ficou cativado por sua graça simples. Disso ela não tinha a mínima ideia; para ela, Darcy era apenas o homem sempre desagradável que não a achara bonita o bastante para dançar com ele.

Ele começou a querer conhecê-la melhor e, preparando-se para conversar com ela, passou a prestar atenção no que ela dizia aos outros. Ao fazer isso, chamou sua atenção. Foi na casa de *Sir* William Lucas, onde muita gente estava reunida.

— Quais são as intenções do sr. Darcy — disse ela a Charlotte —, ao ouvir a minha conversa com o coronel Forster?

— Essa é uma pergunta que só o sr. Darcy pode responder.

— Mas, se ele continuar assim, vou dizer a ele que sei muito bem o que está fazendo. Ele tem uma mente muito irônica, e, se eu não começar a ser impertinente também, logo vou ficar com medo dele.

Quando, logo em seguida, o sr. Darcy se aproximou delas, ainda que sem parecer ter nenhuma intenção de falar, a srta. Lucas desafiou a amiga a mencionar o assunto com ele; o que, provocando de imediato Elizabeth, levou-a a voltar-se para ele e dizer:

— O senhor não acha, sr. Darcy, que me expressei excepcionalmente bem há pouco, quando estava provocando o coronel Forster para que ele nos oferecesse um baile em Meryton?

— Com grande energia; mas esse é um assunto que sempre faz as mulheres se entusiasmarem.

— O senhor é severo conosco.

— Agora é a vez *dela* de ser provocada — disse a srta. Lucas. — Eu vou abrir o piano, Eliza, e você sabe o que vem depois.

— Para uma amiga, você é uma criatura muito esquisita!... Sempre querendo que eu toque ou cante na frente de todos! Se a minha vaidade tivesse assumido um aspecto musical, você teria sido inestimável; mas, como as coisas são, eu prefiro não me sentar diante de gente habituada a ouvir os melhores executantes.

Como a srta. Lucas insistisse, porém, ela acrescentou:

— Muito bem; se tem de ser assim, que seja.

E lançando um olhar grave ao sr. Darcy:

— Há um velho ditado muito sábio, que todos aqui com certeza conhecem: "Guarde o ar para esfriar a sopa"; e eu vou guardar o meu para cantar.

Tocou agradavelmente, mas de modo algum com perfeição. Depois de uma ou duas canções, e antes que pudesse responder aos pedidos de muitos que queriam que cantasse de novo, foi avidamente sucedida no instrumento por sua irmã Mary, que, por ser a única da família carente de dotes naturais, tinha dado duro para adquirir conhecimentos e habilidades e estava sempre impaciente para se exibir.

Mary não tinha nem talento nem bom gosto; e, embora a vaidade lhe tivesse dado aplicação, também lhe dera um ar pedante e modos afetados, que já a prejudicariam se ela tivesse obtido um grau de brilhantismo mais alto do que o que alcançara. Elizabeth, simples e sem afetação, fora ouvida com muito mais prazer, embora não tocasse nem a metade do que tocava a irmã; e Mary, ao fim de um longo concerto, ficou feliz por obter elogios e agradecimentos com uma série de árias escocesas e irlandesas, a pedido das irmãs mais novas, que, com algumas das Lucas, e dois ou três oficiais, se reuniram entusiasmadas para dançar num dos cantos do salão.

O sr. Darcy permaneceu perto delas, silenciosamente indignado com tal maneira de passar o tempo, deixando de lado qualquer tipo de conversação, e, tão absorvido estava em seus pensamentos, que não percebeu que *Sir* William Lucas estava a seu lado, até *Sir* William dar início à conversa:

— Que encantadora diversão para os jovens, sr. Darcy! Não há nada como a dança, afinal. Considero-a um dos principais refinamentos das sociedades civilizadas.

— Sem dúvida, meu senhor; e tem a vantagem de também estar em voga entre as menos civilizadas sociedades do mundo. Todo selvagem sabe dançar.

Sir William limitou-se a sorrir.

— Seu amigo dança deliciosamente — prosseguiu ele depois de uma pausa, ao ver Bingley juntar-se ao grupo —, e não tenho dúvida de que você também é versado nessa ciência, sr. Darcy.

— Creio que me viu dançar em Meryton, senhor.

— De fato, e não foi medíocre o prazer que tive ao vê-lo. Você dança com frequência em St. James?

— Nunca.

— Não acha que seria um cumprimento adequado ao lugar?

— É um cumprimento que não faço jamais a nenhum lugar, quando posso evitá-lo.

— Posso deduzir que você tem casa na capital?

O sr. Darcy curvou-se, em sinal afirmativo.

— Durante um tempo eu também pensei em me estabelecer em Londres... pois sou um apreciador da alta sociedade; mas tive receio de que o ar da capital não fizesse bem para *Lady* Lucas.

Fez uma pausa à espera de uma resposta, que, porém, o seu interlocutor não estava disposto a dar; e, como Elizabeth se aproximasse deles naquele momento, ocorreu-lhe a ideia de fazer um elegantíssimo galanteio e a chamou:

— Querida srta. Eliza, por que não está dançando? Sr. Darcy, permita-me apresentá-lo à mais desejável jovem parceira. Você não pode recusar-se a dançar, é claro, quando tem tanta beleza à sua frente. E, tomando a mão dela, fez o gesto de dá-la ao sr. Darcy, que, embora extremamente surpreso, não estava disposto a recusá-la, quando ela bruscamente lhe deu as costas e disse a Sir William em tom alterado:

— Meu senhor, realmente não tenho a menor intenção de dançar. Rogo-lhe que não pense que passei por estes lados em busca de um par.

Com grave elegância, o sr. Darcy pediu que lhe fosse dada a honra de sua mão, mas em vão. Elizabeth estava decidida; nem *Sir* William a abalou em seu propósito com suas tentativas de convencê-la.

— Você dança tão divinamente, srta. Eliza, que é crueldade negar-me a felicidade de vê-la; e, embora este cavalheiro não aprecie as diversões em geral, ele não pode opor-se, tenho certeza, a nos entreter por meia hora.

— O sr. Darcy é a gentileza em pessoa — disse Elizabeth, sorrindo.

— De fato; mas com tal inspiração, minha querida srta. Eliza, não é de admirar tal cortesia... pois quem poderia recusar-se a um tal par?

Elizabeth lançou-lhe um olhar malicioso e se retirou. A resistência dela não a rebaixara aos olhos de Darcy, e ele estava pensando nela com certa complacência quando foi abordado pela srta. Bingley:

— Posso adivinhar o objeto dos seus devaneios.

— Acho que não.

— Está pensando em como seria insuportável passar muitos saraus assim... nesta sociedade; e confesso que estou de pleno acordo. Nunca me aborreci tanto! Essa insipidez, e mais o barulho... a nulidade e a empáfia dessa gente! Que não daria eu para ouvir as suas críticas a eles!

— Garanto-lhe que a sua conjetura está completamente errada. Entretinha-se a minha mente de um jeito bem mais agradável. Estava a meditar sobre o enorme prazer que pode provocar um par de lindos olhos no rosto de uma bela mulher.

De imediato, a srta. Bingley cravou os olhos no rosto dele, e desejou que ele lhe dissesse qual mulher pudera inspirar-lhe tais reflexões. O sr. Darcy replicou com grande intrepidez:

— A srta. Elizabeth Bennet.

— A srta. Elizabeth Bennet! — repetiu a srta. Bingley. — Estou pasma. Desde quando ela vem sendo a favorita?... E, por favor, quando devo dar-lhe os parabéns?

— Era exatamente essa a pergunta que eu esperava que você fizesse. A imaginação das mulheres é muito veloz; salta da admiração para o amor, do amor para o matrimônio num piscar de olhos. Eu sabia que você iria felicitar-me.

— Ora, se você estiver falando sério sobre isso, vou considerar o caso absolutamente encerrado. Você terá uma sogra muito encantadora; e, é claro, ela sempre estará em Pemberley com você.

Ele a ouviu com completa indiferença enquanto ela assim se divertia; e, como a serenidade dele a convenceu de que tudo ia bem, deu livre curso à sua ironia.

CAPÍTULO 7

Consistiam os bens do sr. Bennet quase inteiramente numa propriedade de duas mil libras de rendimento por ano, que, para desgraça das filhas, estava vinculada, na falta de herdeiro varão, a um parente distante; e os bens da mãe, embora consideráveis para a sua condição, mal podiam suprir as deficiências dos dele. O pai dela fora advogado em Meryton e lhe legara quatro mil libras.

Tinha ela uma irmã casada com certo sr. Phillips, que fora empregado de seu pai e sucedera a ele no comando do negócio, e um irmão estabelecido em Londres num respeitável ramo do comércio.

O lugarejo de Longbourn ficava a apenas uma milha de Meryton; uma distância muito conveniente às mocinhas, que costumavam ser tentadas a percorrê-la três ou quatro vezes por semana, em atenção à tia e a uma chapelaria que ficava no caminho. As mais jovens da família, Catherine e Lydia, eram especialmente assíduas a essas visitas; a cabecinha delas era mais vazia do que a das irmãs, e, quando nada melhor ocorria, um passeio até Meryton fazia-se necessário para animar as manhãs e fornecer assunto para as conversas da noite; e, por mais carente de novidades que seja o interior, elas sempre conseguiam saber de alguma pela tia. No momento, de fato, estavam bem supridas tanto de novidades quanto de felicidade pela recente chegada de um regimento da Guarda Nacional às vizinhanças; este deveria permanecer durante todo o inverno, e o quartel-general ficava em Meryton.

Suas visitas à sra. Phillips agora eram férteis em informações do mais alto interesse. A cada dia aumentava o seu conhecimento dos nomes e das relações dos oficiais. Seus alojamentos não permaneceram por muito tempo um segredo, e com o tempo elas passaram a conhecer os próprios oficiais. O sr. Phillips visitou todos eles, e isso abriu para as sobrinhas um estoque de felicidade antes desconhecido. Só falavam de oficiais; e a vasta fortuna do sr. Bingley, cuja menção era a alegria da mãe, tornava-se insignificante aos olhos delas, em comparação com o uniforme de um alferes.

Certa manhã, depois de ouvi-las discutir com veemência o assunto, o sr. Bennet observou friamente:

— Pelo que posso deduzir do modo de falarem, vocês devem ser duas das meninas mais tolas da região. Há algum tempo venho suspeitando disso, mas agora tenho certeza.

Catherine ficou desconcertada e não respondeu; mas Lydia, com total indiferença, continuou a expressar a sua admiração pelo capitão Carter, e a sua esperança de vê-lo aquele dia, pois ele partiria na manhã seguinte para Londres.

— Estou pasma, querido — disse a sra. Bennet —, de ver que você não hesita em chamar de tolas as suas próprias filhas. Se eu quisesse pensar mal dos filhos de alguém, por certo não seria dos meus próprios.

— Se minhas filhas são tolas, espero pelo menos estar sempre ciente do fato.

— Sim... mas acontece que todas elas são muito inteligentes.

— Presumo que esse seja o único ponto sobre o qual não estamos de acordo. Eu tinha esperança de que os nossos sentimentos coincidissem em todos os pormenores, mas tenho de discordar de você nesse ponto, pois acho que as nossas duas filhas mais moças são incrivelmente bobas.

— Meu querido sr. Bennet, não deve esperar que as meninas tenham tanto juízo quanto o pai e a mãe. Quando tiverem a nossa idade, tenho certeza de que não vão pensar mais em oficiais do que nós. Lembro-me de uma época em que eu mesma adorava um uniforme vermelho... e, na verdade, ainda gosto, no fundo do coração; e, se um coronel jovem e valente, com cinco ou seis mil libras por ano, quiser uma das nossas meninas, não vou dizer não a ele; e acho que o coronel Forster parecia muito elegante em seu uniforme a outra noite na casa de *Sir* William.

— Mamãe — exclamou Lydia —, titia diz que o coronel Forster e o capitão Carter não vão com tanta frequência à casa da srta. Watson como quando vieram pela primeira vez para cá; ela os tem visto sempre na biblioteca de Clarke.

A sra. Bennet foi impedida de responder pela chegada de um criado com um bilhete para a srta. Bennet; vinha de Netherfield, e aguardou a resposta. Os olhos da sra. Bennet brilharam de contentamento, e ela implorava ansiosa enquanto a filha lia:

— De quem é, Jane? De que trata? O que diz? Vamos logo, Jane, conte-nos; vamos, querida.

— É da srta. Bingley — disse Jane; e passou a lê-lo em voz alta:

Minha querida amiga,

Se você não tiver a bondade de jantar hoje com Louisa e comigo, correremos o risco de nos detestar uma à outra pelo resto da vida, pois um tête-à-tête de um dia inteiro entre duas mulheres sempre acaba em briga. Venha assim que receber este bilhete. Meu irmão e os demais cavalheiros vão jantar com os oficiais. — Sua amiga,

CAROLINE BINGLEY

— Com os oficiais! — exclamou Lydia. — É de admirar que titia não nos tenha contado *isso*.

— Jantar fora! — disse a sra. Bennet — Isso é muito azar.

— Posso usar a carruagem? — disse Jane.

— Não, querida, é melhor você ir a cavalo, pois é provável que chova; e então você vai ter de passar a noite lá.

— Esse seria um bom plano — disse Elizabeth —, se você tivesse certeza de que eles não se ofereceriam para trazê-la de volta para casa.

— Ah! Mas os cavalheiros usarão a *chaise* do sr. Bingley para ir a Meryton, e os Hurst não possuem cavalos.

— Eu gostaria muito de ir de carruagem.

— Mas, querida, seu pai não pode dispensar os cavalos, estou certa disto. Eles são necessários na fazenda, não é, sr. Bennet?

— São necessários na fazenda com muito maior frequência do que posso dispor deles.

— Mas se você os levasse à fazenda hoje — disse Elizabeth — os objetivos de mamãe seriam alcançados.

Por fim, ela conseguiu fazer que o pai admitisse que os cavalos estariam ocupados. Jane foi, portanto, obrigada a ir a cavalo, e sua mãe a acompanhou até a porta com muitas alegres previsões de mau tempo. Suas esperanças foram satisfeitas; mal partiu Jane e já começou a chover forte. Suas irmãs ficaram preocupadas com ela, mas a mãe estava contente. A chuva prosseguiu por toda a tarde, sem parar; Jane por certo não poderia voltar.

— Tive uma excelente ideia, mesmo! — disse a sra. Bennet mais de uma vez, como se o crédito por chover fosse todo seu. Até a manhã seguinte, porém, ela não teve consciência plena de quão bem-sucedido fora seu plano. O desjejum mal acabara quando um criado de Netherfield trouxe o seguinte bilhete para Elizabeth:

Minha caríssima Lizzy,

Sinto-me muito mal esta manhã. Deve ser por ter-me molhado muito ontem. Meus gentis amigos não querem ouvir falar no meu retorno até eu melhorar. Pedem-me insistentemente também que veja o sr. Jones — portanto, não se assustem se souberem que ele foi chamado por minha causa —, e, com exceção da dor de garganta e de cabeça, não sinto mais nada. Sua amiga, etc.

— Pois bem, minha querida — disse o sr. Bennet quando Elizabeth leu o bilhete em voz alta —, se a doença de sua filha tomar um rumo perigoso... se ela vier a morrer, será um consolo saber que foi tudo pelo sr. Bingley e por ordem sua.

— Ah! Não tenho medo de que ela morra. Ninguém morre de um resfriado à toa. Ela vai ser bem tratada. Enquanto estiver lá, tudo estará muito bem. Eu gostaria de ir vê-la, se pudesse usar a carruagem.

Sentindo-se realmente nervosa, Elizabeth estava decidida a ir até lá, embora a carruagem não estivesse à disposição; e, como não sabia montar, sua única opção era ir a pé. Ela comunicou sua decisão.

— Como você pode ser tão tola — exclamou a mãe — para pensar uma coisa dessas, com toda essa lama! Você não estará em estado de se apresentar ao chegar lá.

— Estarei em ótimo estado para ver Jane... e isso é tudo o que eu quero.

— Será que isso é uma indireta — disse o pai — para que eu mande os cavalos?

— Não, não quero evitar a caminhada. A distância não é nada quando se tem um motivo; são só três milhas. Vou estar de volta para o jantar.

— Admiro a vitalidade da sua bondade — observou Mary —, mas todo impulso sentimental deve ser guiado pela razão; e, na minha opinião, o esforço deve ser proporcional ao objetivo.

— Nós vamos com você até Meryton — disseram Catherine e Lydia.

Elizabeth aceitou a companhia delas e as três moças partiram juntas.

— Se nos apressarmos — disse Lydia enquanto caminhavam —, talvez consigamos ver o capitão Carter antes de ele partir.

Em Meryton, elas se separaram; as duas mais jovens dirigiram-se para os alojamentos da esposa de um dos oficiais, e Elizabeth prosseguiu sua caminhada sozinha, atravessando campos e mais campos com o passo rápido, saltando sobre cercas e pulando poças com impaciente agilidade, e achando-se por fim à vista da casa, com os tornozelos doídos, meias sujas e o rosto brilhante pelo calor do exercício.

Introduziram-na na copa, onde estavam reunidos todos, menos Jane, e onde sua chegada causou grande surpresa. Que ela tivesse caminhado três milhas de manhã tão cedo, com um tempo tão ruim e ainda sozinha, era algo quase inacreditável para a sra. Hurst e para a srta. Bingley; e Elizabeth teve a certeza de que isso fez que a desdenhassem. Foi recebida por elas, porém, com toda a cortesia; e nos gestos do irmão havia algo melhor do que cortesia; havia bom humor e delicadeza. O sr. Darcy pouco falou, e o sr. Hurst, absolutamente nada. O primeiro estava dividido entre a admiração pelo brilho que o exercício dera às feições dela e a dúvida sobre se a ocasião justificava que viesse de tão longe sozinha. O segundo estava pensando só no desjejum.

Suas perguntas sobre a irmã não tiveram respostas animadoras. A srta. Bennet passara a noite doente, e, embora se tivesse levantado, tinha febre e não estava bem o bastante para sair do quarto. Elizabeth ficou satisfeita por ser levada a ela imediatamente; e Jane, que só fora refreada pelo medo de criar alarme ou inconvenientes se mencionasse no bilhete o quanto esperava essa visita, ficou contentíssima ao vê-la entrar. Não estava em condições, porém, de conversar muito, e, quando a srta. Bingley deixou-as sozinhas, só conseguiu exprimir sua gratidão pela extraordinária gentileza com que era tratada. Elizabeth ouviu-a em silêncio.

Terminado o desjejum, as irmãs juntaram-se a elas; e Elizabeth começou a gostar delas, quando viu quanto afeto e solicitude demonstravam por Jane. O farmacêutico chegou e, tendo examinado a paciente, disse, como era de se esperar, que ela havia pegado um violento resfriado, e que deveriam fazer de tudo para curá-la; aconselhou-a a voltar para a cama e lhe receitou alguns remédios. O conselho foi obedecido à risca, pois os sintomas se agravaram e a cabeça passou a doer muito. Elizabeth não deixou o quarto nem por um momento; nem as outras mulheres se ausentavam muito; como os cavalheiros haviam saído, elas não tinham, na verdade, nada para fazer em outro lugar.

Quando o relógio deu as três horas, Elizabeth sentiu que devia ir embora, e muito contra a vontade disse isso. A srta. Bingley ofereceu-lhe a carruagem, e ela só queria um pouco de insistência para aceitá-la, quando Jane mostrou tanto desejo de partir com ela, que a srta. Bingley foi obrigada a converter a oferta da *chaise* num convite para que ela permanecesse por enquanto em Netherfield.

Elizabeth, muito agradecida, aceitou, e foi enviado um criado até Longbourn para comunicar à família a sua estada e trazer alguns agasalhos.

CAPÍTULO 8

Às cinco da tarde, as duas jovens se recolheram para se vestir e às seis e meia Elizabeth foi chamada para o jantar. Às numerosas e educadas perguntas que lhe foram dirigidas, entre as quais teve o prazer de discernir a finíssima solicitude do sr. Bingley, ela não pôde dar uma resposta positiva. Jane não havia melhorado em nada. Ao ouvir isso, as irmãs repetiram três ou quatro vezes como aquilo as afligia, quão desagradável é ter um forte resfriado, e como detestavam ficar doentes; e em seguida não pensaram mais no assunto: e a indiferença delas por Jane quando não estavam na presença dela trouxe de volta a Elizabeth toda a repulsa que antes sentira por elas.

O irmão delas, de fato, era o único por quem sentia simpatia. A preocupação dele com Jane era evidente, e suas atenções com ela, muito gentis, o que a impediu de se sentir uma completa intrusa, como acreditava ser considerada pelos demais. Só ele parecia dar-se conta da sua presença. A srta. Bingley estava absorvida pelo sr. Darcy, e o mesmo se podia dizer de sua irmã; e quanto ao sr. Hurst, ao lado do qual se sentou Elizabeth, era um homem indolente, que vivia só para comer, beber e jogar baralho; que, quando viu que ela preferia um prato simples a um *ragout*, nada mais teve a lhe dizer.

Terminado o jantar, Elizabeth logo voltou para junto de Jane, e a srta. Bingley começou a falar mal dela assim que ela deixou a sala. Suas maneiras foram consideradas péssimas, um misto de orgulho e impertinência; não sabia conversar, não tinha nem estilo nem beleza. Tal era também o parecer da sra. Hurst, que acrescentou:

— Ela nada tem que a recomende, salvo o fato de ser uma excelente andarilha. Nunca me esquecerei de quando ela apareceu, hoje de manhã. Parecia uma selvagem.

— É verdade, Louisa. Mal pude conter-me. Foi um completo absurdo ter vindo! Que tinha ela de percorrer os campos, só porque a irmã estava resfriada? E os cabelos, tão despenteados, tão desgrenhados!

— E as saias? Espero que você tenha visto as saias dela, mergulhadas em seis polegadas de lama, tenho certeza; e o sobretudo que ela usou para escondê-las não fez bem o seu trabalho.

— Seu retrato pode ser exato — disse Bingley —, mas tudo isso me passou despercebido. Achei que a srta. Elizabeth Bennet estava muitíssimo bem quando entrou na sala esta manhã. Realmente não notei as saias sujas.

— *Você* as notou, sr. Darcy, tenho certeza — disse a srta. Bingley —, e tenho certeza de que não gostaria de ver a *sua* irmã dando uma tal exibição.

— Certamente, não.

— Caminhar três ou quatro milhas ou quantas forem, a pé na lama, e sozinha, completamente sozinha! Que será que ela quis com isso? Acho que isso revela um tipo detestável de independência e presunção, uma provincianíssima indiferença ao decoro.

— Mostra uma agradabilíssima afeição pela irmã — disse Bingley.

— Receio, sr. Darcy — observou a srta. Bingley quase sussurrando —, que essa aventura tenha afetado um pouco a sua admiração pelos belos olhos dela.

— Nem um pouco — replicou ele. — Eles estavam brilhando por causa do exercício.

Seguiu-se a essas palavras uma breve pausa, que foi interrompida pela sra. Hurst:

— Tenho grande consideração pela srta. Jane Bennet. Ela é um doce de menina, e desejo de coração que ela logo se estabeleça na vida. Mas com esse pai e essa mãe, e com parentes tão baixos, receio que sejam poucas as suas possibilidades de sucesso.

— Creio ter ouvido você dizer que o tio delas é advogado em Meryton.

— Sim; e elas têm outro, que vive perto de Cheapside.

— Gente muito importante! — acrescentou a irmã, e ambas deram gargalhadas.

— Se elas tivessem uma quantidade de tios suficiente para lotar *todo* o Cheapside — exclamou Bingley —, isso não as tornaria nem um pouquinho menos encantadoras.

— Mas isso deve reduzir substancialmente as suas possibilidades de se casarem com homens respeitáveis da sociedade — replicou Darcy.

A essas palavras, Bingley não deu nenhuma resposta; mas suas irmãs concordaram enfaticamente com elas, e deram rédea solta à sua hilaridade por certo tempo, à custa dos parentescos vulgares da querida amiga.

Com renovada ternura, porém, elas voltaram ao quarto de Jane ao deixarem a sala de jantar, e permaneceram com ela até serem chamadas para o café. Ela ainda estava bem mal, e Elizabeth não quis deixá-la em nenhum momento, até o cair da tarde, quando, satisfeita, a viu adormecer, e lhe pareceu mais correto do que agradável descer ao andar de baixo. Ao entrar na sala de estar, deu com todo o grupo a jogar *loo*, e foi de imediato convidada a juntar-se a eles; mas, desconfiando de que estivessem jogando com apostas caras, recusou o convite e, usando a irmã como desculpa, disse que se divertiria durante o pouco tempo que poderia passar no andar de baixo com a leitura de um livro. O sr. Hurst olhou espantado para ela.

— Você prefere ler a jogar cartas? — disse ele. — Isso é muito curioso.

— A srta. Eliza Bennet — disse a srta. Bingley — tem desprezo pelo baralho. É uma grande leitora e não sente prazer em mais nada.

— Não mereço nem tal elogio nem tal censura — exclamou Elizabeth. — *Não* sou uma grande leitora e sinto prazer em muitas coisas.

— Tenho certeza de que sente prazer em cuidar da irmã — disse Bingley —, e espero que tal prazer logo aumente ao vê-la curada.

Agradeceu-lhe Elizabeth de coração, e se dirigiu para uma mesa sobre a qual havia alguns livros. Ele logo se ofereceu para trazer-lhe outros — todo o acervo da biblioteca.

— E, por você e para meu próprio crédito, eu queria que a minha coleção fosse maior; mas sou um sujeito preguiçoso e, embora não tenha muitos livros, tenho mais do que os que abri em toda a minha vida.

Elizabeth garantiu-lhe que os volumes que estavam na sala lhe eram mais do que suficientes.

— Muito me espanta — disse a srta. Bingley — que meu pai tenha deixado uma coleção de livros tão pequena. Que deliciosa biblioteca você tem em Pemberley, sr. Darcy!

— Ela só podia ser boa — replicou ele. — É fruto do trabalho de muitas gerações.

— E depois você mesmo acrescentou tanta coisa a ela, pois está sempre comprando livros.

— Não consigo compreender o desdém pela biblioteca da família nos dias de hoje.

— Desdém! Tenho certeza de que você não desdenha nada que possa aumentar a beleza daquele nobre lugar. Charles, quando você construir a *sua* casa, queria que ela tivesse metade das delícias de Pemberley.

— Tomara.

— Mas eu o aconselho vivamente a escolher uma casa nesta vizinhança e tomar Pemberley como uma espécie de modelo. Não há na Inglaterra condado mais encantador do que Derbyshire.

— É o que mais quero; eu compraria a própria Pemberley se Darcy a vendesse.

— Estou falando de coisas possíveis, Charles.

— Palavra de honra, Caroline, acho mais possível adquirir Pemberley pela compra do que por imitação.

Elizabeth estava tão preocupada com o que se passara, que dava pouca atenção ao livro; e logo o deixou de lado, dirigiu-se para a mesa de jogo e ficou entre o sr. Bingley e sua irmã mais velha, observando.

— A srta. Darcy cresceu muito desde a primavera? — perguntou a srta. Bingley. — Será que ela vai ser tão alta quanto eu?

— Acho que sim. Ela tem hoje mais ou menos a altura da srta. Elizabeth Bennet ou até mais.

— Que vontade de tornar a vê-la! Nunca encontrei ninguém que me agradasse tanto. Que porte, que modos! E tão prendada para a idade! Toca piano maravilhosamente.

— Muito me espanta — disse Bingley — como todas as mocinhas conseguem ter paciência para serem tão prendadas.

— Todas as mocinhas prendadas! Meu querido Charles, que quer dizer com isso?

— Sim, todas elas, acho eu. Todas elas pintam mesas, forram biombos e fazem bolsas de malha. Conheço pouquíssimas que não façam tudo isso e tenho certeza de que nunca ouvi alguém se referir pela primeira vez a uma jovem senhorita sem mencionar que ela é muito prendada.

— A sua lista das prendas mais comuns — disse Darcy — é muito bem observada. A palavra é aplicada a muitas moças que só a merecem por fazerem bolsinhas de malha ou forrarem biombos. Mas estou muito longe de concordar com você na sua avaliação das mulheres em geral. Não posso gabar-me de conhecer mais do que meia dúzia delas, entre todas as minhas relações, que sejam realmente prendadas.

— Nem eu, com certeza — disse a srta. Bingley.

— Então — observou Elizabeth —, a sua ideia de uma mulher prendada deve ser muito exigente.

— Sim, é muito exigente.

— Ah! Com toda certeza — exclamou seu fiel assistente — nenhuma mulher pode ser considerada prendada se não superar em muito o que se costuma fazer. Deve ter um conhecimento profundo da música, do canto, do desenho, da dança e dos idiomas modernos para merecer a qualificação; e, além de tudo isso, deve possuir algo no modo de ser e na maneira de caminhar, no tom de voz, no trato e nas expressões, para que a palavra não seja merecida senão em parte.

— Tudo isso ela deve ter — acrescentou Darcy —, e a tudo isso ela deve acrescentar algo mais essencial: o cultivo da inteligência pelas amplas leituras.

— Já não estou surpresa por você conhecer *só* seis mulheres prendadas. Meu espanto agora é por você conhecer *tantas*.

— Será que você é tão severa com seu próprio sexo para duvidar da possibilidade de tudo isso?

— Nunca vi uma mulher assim. Nunca vi assim juntos o bom gosto e a capacidade e a aplicação e a elegância, como você os descreve.

A sra. Hurst e a srta. Bingley protestavam contra a injustiça de sua dúvida implícita, alegando ambas conhecerem muitas mulheres que correspondiam à descrição, quando o sr. Hurst chamou a atenção delas, com amargas queixas sobre a desatenção ao jogo. Com isso, a conversa chegou ao fim, e logo em seguida Elizabeth deixou a sala.

— Eliza Bennet — disse a srta. Bingley, quando a porta se fechou atrás dela — é uma dessas mocinhas que procuram chamar para si a atenção do outro sexo menosprezando o seu próprio; e com muitos homens, tenho certeza, isso dá certo. Mas na minha opinião trata-se de um truque baixo, um estratagema sórdido.

— Sem dúvida — replicou Darcy, para quem essa observação se dirigia em especial —, há baixeza em *todos* os truques de que as mulheres por vezes se valem para seduzir. É desprezível tudo o que tenha alguma afinidade com a astúcia.

A srta. Bingley não ficou muito satisfeita com a resposta, nem quis dar continuidade ao assunto.

Juntou-se Elizabeth a elas de novo só para dizer que a irmã havia piorado e que não podia deixá-la. Bingley mandou imediatamente chamar o sr. Jones, enquanto suas irmãs, convictas da inutilidade dos conselhos de um provinciano, recomendaram que mandassem alguém a Londres para trazer algum dos médicos mais eminentes. Disso ela não quis saber; mas estava inclinada a aceitar a proposta de Bingley; e ficou decidido que o sr. Jones seria chamado de manhãzinha, se a srta. Bennet não estivesse claramente melhor. Bingley estava bastante preocupado; suas irmãs afirmaram estar arrasadas. Elas, porém, consolaram-se de sua tristeza cantando duetos após o jantar, enquanto ele não conseguia encontrar melhor expressão aos seus sentimentos do que pelas ordens dadas à governanta para que a doente e sua irmã recebessem toda a atenção possível.

CAPÍTULO 9

Elizabeth passou a maior parte da noite no quarto da irmã, e de manhã teve o prazer de poder dar uma resposta razoável às perguntas que lhe foram dirigidas bem cedo pelo sr. Bingley, por intermédio de uma criada e, algum tempo depois, das duas elegantes damas que serviam as irmãs dele. Apesar das melhoras, pediu que enviassem um bilhete a Longbourn, solicitando à mãe que viesse visitar Jane e tirasse suas próprias conclusões acerca da situação. O bilhete foi enviado de imediato, e seu conteúdo rapidamente aceito. A sra. Bennet, acompanhada das suas duas filhas mais moças, chegou a Netherfield logo depois do desjejum da família.

Se tivesse encontrado Jane numa situação de claro perigo, a sra. Bennet muito se afligiria; mas, ficando satisfeita ao vê-la por constatar que a doença não era alarmante, passou a desejar que não se recuperasse logo, pois sua cura provavelmente a afastaria de Netherfield. Não deu ouvidos, portanto, à proposta da filha de que ela fosse levada para casa; tampouco o farmacêutico, que chegou mais ou menos ao mesmo tempo, julgou aquilo aconselhável. Depois de permanecer por alguns instantes com Jane, por convite feito em pessoa pela srta. Bingley, a mãe e as três filhas a acompanharam à copa. Bingley saudou-as com votos de que a sra. Bennet não tivesse achado a srta. Bennet pior do que esperava.

— Foi o que aconteceu, meu senhor — foi a resposta dela. — Ela está doente demais para fazer a viagem. O sr. Jones diz que levá-la daqui está fora de cogitação. Teremos de abusar um pouco mais da sua gentileza.

— Levá-la daqui! — exclamou Bingley. — Nem pensar. Tenho certeza de que a minha irmã não vai querer nem ouvir falar nisso.

— Pode ter certeza, minha senhora — disse a srta. Bingley, com fria polidez —, de que a srta. Bennet receberá todos os cuidados possíveis enquanto estiver conosco.

A sra. Bennet agradeceu profusamente.

— Posso garantir — acrescentou ela — que, se não fosse por bons amigos como vocês, não sei o que seria dela, pois está muito doente e sofre muito, ainda que com a maior paciência do mundo. Com Jane é sempre assim, pois ela tem, sem exceção, o temperamento mais doce que já encontrei. Sempre digo às minhas outras filhas que, perto *dela*, não são nada. Esta sua sala é deliciosa, sr. Bingley, e tem uma vista linda para o jardim. Não conheço nenhum lugar na região como Netherfield. Espero que o senhor não tenha de sair daqui logo, apesar de ter alugado por pouco tempo.

— Tudo que faço é feito com pressa — replicou ele —, e portanto, se decidisse sair de Netherfield, provavelmente já estaria com as malas prontas em cinco minutos. No momento, porém, considero-me bem instalado aqui.

— Isso é exatamente o que eu esperava do senhor — disse Elizabeth.

— Parece que a senhorita está começando a me entender, não é? — exclamou ele, voltando-se para ela.

— Claro... entendo-o perfeitamente.

— Gostaria de considerar isso um cumprimento; mas temo que seja lamentável ser tão transparente.

— Pois é. Mas isso não significa que um caráter profundo e complexo seja mais ou menos estimável do que um como o seu.

— Lizzy — exclamou a mãe —, não se esqueça de onde está e não seja tão agressiva como lhe permitem ser lá em casa.

— Eu não sabia — prosseguiu Bingley imediatamente — que a senhorita é uma estudiosa dos caracteres. Deve ser um estudo divertido.

— Sim, mas os caracteres complexos são os mais divertidos. Eles têm pelo menos essa vantagem.

— O interior — disse Darcy — em geral só proporciona poucos exemplares para tal estudo. Nos lugarejos do interior, vivemos numa sociedade muito restrita e monótona.

— Mas as pessoas mudam tanto, que sempre há algo de novo a ser observado.

— É verdade — exclamou a sra. Bennet, ofendida pelo modo como ele se referiu aos lugarejos do interior. — Garanto-lhe que há tanto *disso* no interior quanto na capital.

Todos se surpreenderam, e Darcy, depois de considerá-la por um instante, afastou-se calado. A sra. Bennet, que imaginava ter obtido uma grande vitória sobre ele, prosseguiu triunfal.

— Eu, por meu lado, não vejo que Londres tenha alguma grande vantagem sobre o interior, a não ser as lojas e os lugares públicos. O interior é muito mais agradável, não é, sr. Bingley?

— Quando estou no interior — respondeu ele —, não quero nunca sair; e quando estou na capital acontece a mesmíssima coisa. Cada lugar tem as suas vantagens, e eu posso ser igualmente feliz em ambos.

— Ah... isso é porque o senhor tem o temperamento correto. Mas aquele cavalheiro — e olhou para Darcy — parece achar que o interior não vale nada.

— Ora, mamãe, a senhora está enganada — disse Elizabeth, corando pela mãe. — A senhora interpretou mal o sr. Darcy. Ele só quis dizer que no interior não há tanta variedade de pessoas como na capital, o que a senhora há de reconhecer que é verdade.

— Com certeza, querida, ninguém aqui disse que há; mas, quanto à questão de não se encontrarem muitas pessoas nesta aldeia, acho que há poucas aldeias maiores do que esta. Sei que jantamos com vinte e quatro famílias.

Nada, a não ser a consideração por Elizabeth, podia permitir que Bingley conservasse a tranquilidade. Sua irmã era menos delicada e cravou os olhos no sr. Darcy com um sorriso muito expressivo. Elizabeth, na tentativa de dizer algo que pudesse mudar o objeto dos pensamentos da mãe, perguntou-lhe se Charlotte Lucas estivera em Longbourn desde que *ela* partira.

— Sim, veio ontem nos visitar com o pai. Que homem encantador *Sir* William, não é mesmo, sr. Bingley? Que elegância! Tão gentil e simples! Tinha sempre algo a dizer para cada pessoa. *Essa* é a ideia que faço de uma boa educação. As pessoas que se imaginam muito importantes e nunca abrem a boca ainda têm muito que aprender.

— A Charlotte jantou com vocês?

— Não, pois tinha de voltar para casa. Acho que precisavam dela para os bolinhos de carne. Quanto a mim, sr. Bingley, sempre tenho criados para fazer o seu trabalho; as *minhas* filhas são educadas de um jeito bem diferente. Mas cada um é juiz de si mesmo, e as Lucas são meninas muito boazinhas, isso eu garanto. É uma pena que não sejam bonitas! Não que eu ache Charlotte *tão* feia... mas é que ela é nossa amiga particular.

— Ela parece ser muito simpática.

— Ah! Querida, é verdade; mas a senhorita tem de reconhecer que ela é muito feia. A própria *Lady* Lucas disse isso muitas vezes e tem inveja da beleza de Jane. Não gosto de me gabar da minha própria filha, mas não há dúvida de que Jane... não é todo dia que se vê alguém tão atraente. É o que todos dizem. Não me baseio no meu afeto. Quando Jane tinha só quinze anos, havia um homem na casa do meu irmão Gardiner, em Londres, que ficou tão apaixonado por ela, que a minha cunhada tinha certeza de que ele a pediria em casamento antes de partirmos. Mas não pediu. Talvez tenha achado que ela era jovem demais. Escreveu, porém, alguns versos sobre ela, e muito bonitos, por sinal.

— E assim terminou o amor que ele tinha por ela — disse Elizabeth, com impaciência. — Imagino que muitos amores foram superados assim. Gostaria de saber quem foi o primeiro a descobrir a eficácia da poesia em acabar com o amor!

— Eu costumo considerar a poesia o alimento do amor — disse Darcy.

— É até possível, se se tratar de um grande amor, forte e saudável. Tudo serve de alimento para o que já é robusto. Mas, se for só uma inclinação fraquinha e mirrada, estou convencida de que um bom soneto acaba de uma vez com ela.

Darcy limitou-se a sorrir; e a pausa geral que se seguiu fez Elizabeth estremecer à ideia de que sua mãe desse início a outro de seus números. Queria falar, mas não conseguia achar nada para dizer; e, após um breve silêncio, a sra. Bennet começou a repetir os seus agradecimentos ao sr. Bingley por sua gentileza com Jane, com um pedido de desculpas por incomodá-lo também com Lizzy. O sr. Bingley respondeu educadamente, mas sem afetação, e obrigou sua irmã mais moça a ser educada também e dizer o que a ocasião exigia. Ela desempenhou o seu papel sem muita graça, mas a sra.

Bennet ficou satisfeita, e logo em seguida mandou chamarem a carruagem. A esse sinal, a mais moça das suas filhas adiantou-se. As duas meninas vinham sussurrando uma com a outra durante toda a visita, e o resultado disso foi que a mais jovem cobrou do sr. Bingley a promessa que fizera ao chegar, de dar um baile em Netherfield.

Lydia era uma menina de quinze anos, forte e bem desenvolvida, de belo porte e expressão bem-humorada; a favorita da mãe, cujo afeto a apresentara à sociedade quando ainda era muito jovem. Tinha um humor muito exuberante e uma espécie de segurança natural, que a atenção dos oficiais, atraída pelos bons jantares de seu tio e pelo seu jeito desenvolto, só fez aumentar. Era, pois, a pessoa certa para questionar o sr. Bingley acerca do baile, e abruptamente o fez lembrar-se da promessa, acrescentando que seria a maior vergonha do mundo se não mantivesse a palavra dada. A resposta dele a esse súbito ataque foi deliciosa para os ouvidos da mãe:

— Garanto a você que estou pronto para honrar o meu compromisso; e, quando a sua irmã estiver restabelecida, peço-lhe que marque a data do baile. Mas não creio que você queira dançar enquanto ela estiver doente.

Lydia declarou-se satisfeita.

— Ah! Claro... será muito melhor esperar até Jane ficar boa, e a essa altura com certeza o capitão Carter estará de novo em Meryton. E, quando o senhor der o *seu* baile — acrescentou ela —, vou insistir para que eles também deem o deles. Vou dizer ao coronel Forster que será uma vergonha se não o derem.

Em seguida, a sra. Bennet e as filhas partiram, e Elizabeth voltou imediatamente para junto de Jane, deixando o seu próprio comportamento e o de suas parentas entregue às observações das duas damas e do sr. Darcy; este, porém, não quis juntar-se a elas em suas críticas, apesar de todas as ironias a respeito dos *lindos olhos*.

CAPÍTULO 10

O dia se passou igualzinho ao anterior. A sra. Hurst e a srta. Bingley passaram algumas horas da manhã com a enferma, que continuava a se recuperar, embora lentamente; e ao fim da tarde Elizabeth juntou-se ao grupo na sala de estar. A mesa de jogos, porém, não foi montada. O sr. Darcy escrevia e a srta. Bingley, sentada ao seu lado, observava o progresso de sua carta e repetidas vezes chamava a sua atenção com mensagens à irmã dele. O sr. Hurst e o sr. Bingley jogavam *piquet*, e a sra. Hurst assistia.

Elizabeth entregou-se a um trabalho de costura e se divertiu razoavelmente observando o que se passava entre Darcy e sua companheira. Os ininterruptos elogios da moça, tanto à letra quanto à regularidade das linhas ou ao tamanho da carta, com uma perfeita indiferença ao modo como seus louvores eram recebidos, formavam um curioso diálogo e estavam perfeitamente de acordo com a opinião que tinha de cada um deles.

— Como a srta. Darcy ficará contente ao receber essa carta!

Ele não respondeu.

— Você escreve incrivelmente rápido.

— Engano seu. Escrevo até devagar.

— Quantas cartas você deve escrever por ano! Cartas de negócios, também! Como eu as odiaria!

— É uma sorte, então, que elas caibam a mim, e não a você.

— Diga, por favor, à sua irmã que estou louca para vê-la.

— Já disse isso a ela uma vez, a seu pedido.

— Receio que você não goste da sua pluma. Deixe-me apará-la para você. Eu aparo plumas de escrever incrivelmente bem.

— Obrigado... mas eu mesmo gosto de apará-las.

— Como você consegue escrever com essa regularidade?

Ele permaneceu calado.

— Diga à sua irmã que adorei saber dos seus progressos na harpa; e por favor diga a ela que estou extasiada com o desenhinho que ela fez para uma mesa, e o acho infinitamente superior ao da srta. Grantley.

— Você me permite adiar os seus êxtases até a próxima carta? No momento, não tenho espaço para fazer-lhes justiça.

— Ah! Não tem importância. Vou vê-la em janeiro. Mas você sempre escreve a ela essas lindas e longas cartas, sr. Darcy?

— Elas costumam ser longas; mas, se são sempre encantadoras, não cabe a mim decidir.

— Para mim é uma regra: aquele que consegue escrever uma carta com facilidade não pode escrever mal.

— Isso não serve como cumprimento para o Darcy, Caroline — exclamou seu irmão —, porque ele *não* tem facilidade para escrever. Ele sai em longas buscas de palavras de quatro sílabas. Não é, Darcy?

— O meu estilo de escrever é muito diferente do seu.

— Ah! — exclamou a srta. Bingley. — Charles escreve do jeito mais descuidado que se possa imaginar. Deixa de fora metade das palavras e borra o resto.

— As minhas ideias fluem com tal rapidez que não tenho tempo para exprimi-las... Com isso as minhas cartas às vezes não transmitem nenhuma ideia aos meus correspondentes.

— A sua humildade, sr. Bingley — disse Elizabeth —, desarma qualquer crítica.

— Nada é mais enganador — disse Darcy — do que a aparência de humildade. Muitas vezes não passa de indiferença pelas opiniões ou de uma forma indireta de se gabar.

— E, segundo você, a qual das duas pertence o pequeno ato de modéstia que acabo de executar?

— À forma indireta de se gabar; pois você tem um verdadeiro orgulho dos seus defeitos de escrita; considera-os frutos da rapidez de pensamento e de descuido na execução, o que, se não é uma qualidade, você acha muitíssimo interessante. A capacidade de fazer qualquer coisa com rapidez é sempre muito prezada por quem a possui, e não raro sem qualquer atenção à imperfeição do desempenho. Quando você disse à sra. Bennet de manhã que, se alguma vez resolvesse sair de Netherfield, faria a mudança em cinco minutos, disse aquilo como uma espécie de panegírico ou cumprimento a você mesmo... E, no entanto, o que há de tão elogiável numa precipitação que deve deixar por fazer muitas coisas necessárias e não pode ser de nenhum proveito verdadeiro para você ou para qualquer pessoa?

— Não — exclamou Bingley —; já é demais lembrarmos à noite todas as coisas estúpidas que foram ditas de manhã. E mesmo assim, palavra de honra, acho que o que disse de mim mesmo é verdade e creio nisso neste momento. Pelo menos, então, não se pode dizer que assumi a minha precipitação desnecessária só para me exibir diante das damas.

— Tenho certeza de que você acreditava naquilo; mas não estou de modo algum convencido de que faria as malas com tal celeridade. Sua conduta seria totalmente dependente do acaso, com a de qualquer pessoa que eu conheça; e se, ao montar no cavalo, um amigo lhe dissesse: "Bingley, seria melhor você ficar até a semana que vem", você provavelmente aceitaria o conselho, provavelmente não partiria... e, dependendo das palavras que lhe dirigissem, poderia ficar até mais um mês.

— Com isso o senhor só provou — exclamou Elizabeth — que o sr. Bingley não faz justiça ao seu próprio temperamento. Revelou-o agora com maior nitidez do que ele próprio seria capaz.

— Sou-lhe imensamente grato — disse Bingley — por transformar o que o meu amigo diz num cumprimento acerca da brandura do meu temperamento. Mas receio que a senhorita lhe esteja dando um sentido que o cavalheiro de modo algum pretendia; pois, com certeza, ele teria melhor opinião sobre mim se em tal situação eu respondesse com uma pura e simples negação e saísse cavalgando o mais rápido que pudesse.

— Mas então será que o sr. Darcy consideraria mitigada a precipitação de suas intenções originais pela obstinação em se apegar a elas?

— Palavra de honra, isso eu não posso afirmar; Darcy vai ter de falar por si mesmo.

— Você espera que eu explique opiniões que chama de minhas, mas que eu jamais reconheci. Admitindo, porém, que as coisas se passem de acordo com a sua representação, a senhorita há de se lembrar, srta. Bennet, que o amigo que supostamente deseja a volta dele para casa e o adiamento de seu plano simplesmente desejou isso, solicitou isso sem oferecer nenhum argumento em favor de sua justeza.

— Ceder pronta e facilmente à *persuasão* de um amigo não constitui mérito para o senhor.

— Ceder sem convicção não é um cumprimento à inteligência de ninguém.

— Parece-me, sr. Darcy, que o senhor nada concede à influência da amizade e do afeto. A consideração por quem solicita muitas vezes pode fazer ceder prontamente a um pedido, sem esperar os argumentos. Não estou falando em particular de casos como o que o senhor imaginou acerca do sr. Bingley. Podemos também aguardar, talvez, até aparecer uma oportunidade e então discutirmos a razão de seu comportamento. Mas nos casos corriqueiros entre dois amigos, em que um deles deseja que o outro mude uma sua decisão de menor importância, será que o senhor teria má opinião da pessoa por ceder ao desejo sem esperar as razões para tanto?

— Não seria mais aconselhável, antes de prosseguirmos com o tema, determinarmos com maior precisão o grau de importância que se deva atribuir a tal pedido, bem como o grau de intimidade entre as partes?

— Sem nenhuma dúvida — exclamou Bingley —; ouçamos todos os pormenores, sem esquecer sua altura e tamanho relativos; pois isso terá maior peso na argumentação, srta. Bennet, do que a senhorita possa imaginar. Garanto-lhe que se Darcy não fosse um sujeito tão alto, em comparação comigo, eu não teria por ele nem metade da consideração que lhe dedico. Afirmo que não conheço objeto mais aterrorizante que Darcy em certas ocasiões e lugares; sobretudo em sua casa, domingo à tarde, quando não tem nada para fazer.

O sr. Darcy sorriu; mas Elizabeth julgou perceber que ele se ofendera e portanto reprimiu o riso. A srta. Bingley ressentiu-se profundamente com a afronta feita a ele, repreendendo o irmão por falar tais absurdos.

— Compreendo a sua intenção, Bingley — disse seu amigo. — Você não gosta de debates e quer dar um ponto-final a este.

— Talvez seja isso. Debates parecem-se demais com discussões. Se você e a srta. Bennet o adiarem para quando eu estiver fora da sala, ficarei muito agradecido; e então poderão dizer o que quiserem a meu respeito.

— O que o senhor pede — disse Elizabeth — não é um sacrifício para mim; e para o sr. Darcy seria melhor acabar a carta.

O sr. Darcy aceitou o conselho e pôs-se de novo a escrever.

Terminada a carta, pediu à srta. Bingley e a Elizabeth que lhe dessem o prazer de ouvi-las tocar. A srta. Bingley correu alegremente até o pianoforte; e, depois de pedir delicadamente a Elizabeth que fosse a primeira a tocar, o que a outra recusou com igual delicadeza e maior sinceridade, ela própria se sentou ao instrumento.

A sra. Hurst cantou com a irmã, e, estando assim entretidas, Elizabeth não pôde deixar de observar, enquanto folheava algumas partituras jogadas sobre o piano, com quanta frequência os olhos do sr. Darcy se fixavam nela. Não podia suspeitar que pudesse ser objeto da admiração de um homem tão importante;

e, no entanto, era ainda mais estranho que ele estivesse olhando para ela porque ela lhe desagradasse. Por fim, só conseguiu imaginar que chamara a atenção dele por ter em si mais coisas erradas e repreensíveis, segundo as ideias dele sobre o que é certo, do que em qualquer outra pessoa presente. Essa ideia não a afligiu. Gostava pouco demais dele para se preocupar com sua aprovação.

Depois de tocar algumas canções italianas, a srta. Bingley diversificou o repertório com uma alegre ária escocesa; e logo em seguida o sr. Darcy, aproximando-se de Elizabeth, lhe disse:

— Não gostaria, srta. Bennet, de aproveitar esta oportunidade para dançar um *reel*?

Ela sorriu, mas não respondeu. Ele repetiu a pergunta, surpreso com o silêncio dela.

— Ah! — disse Elizabeth. — Eu ouvi o que disse, mas não consegui decidir logo o que dizer em resposta. O senhor gostaria, eu sei, que eu dissesse "Sim", para ter o prazer de desprezar o meu gosto; mas eu sempre adorei desarmar esse tipo de armadilha e confundir aqueles que premeditam o desprezo. Resolvi, portanto, dizer-lhe que não quero dançar absolutamente um *reel*... E agora ouse desprezar-me!

— De fato, não ouso.

Tendo esperado humilhá-lo, Elizabeth ficou pasma com a galanteria; mas havia um misto de doçura e de malícia nos gestos dela que lhe tornava difícil humilhar quem quer que fosse; e Darcy jamais fora tão atraído por uma mulher quanto por ela. Realmente acreditou que, se não fosse a inferioridade da família dela, estaria em apuros.

A srta. Bingley viu ou desconfiou o suficiente para ter ciúme; e sua grande ansiedade pela recuperação de sua querida amiga Jane ganhou certo reforço com o desejo de se livrar de Elizabeth.

Ela sempre tentava provocar Darcy a antipatizar com a hóspede, falando do suposto casamento e projetando a felicidade dele em tal aliança.

— Espero — disse ela, enquanto caminhavam juntos pelo bosque no dia seguinte — que você dê à sua sogra algumas sugestões, quando esse desejável evento ocorrer, sobre as vantagens de manter a boca fechada; e, se tiver voz no capítulo, tente evitar que as meninas mais jovens corram atrás dos oficiais. E, se é que posso tocar em assunto tão delicado, tente refrear essa ponta de presunção e impertinência que a sua querida possui.

— Tem mais alguma coisa a propor quanto à minha felicidade doméstica?

— Tenho, sim. Faça que os retratos do titio e da titia Phillips sejam pendurados na galeria, em Pemberley. Coloque-os junto ao seu tio-avô juiz. Têm a mesma profissão, como você sabe, só que em campos diferentes. Quanto ao retrato da sua Elizabeth, seria melhor que ele não fosse feito, pois que pintor poderia fazer justiça àqueles lindos olhos?

— Não seria fácil, de fato, captar a expressão deles, mas a cor e a forma e as pestanas, tão admiravelmente finas, podem ser copiadas.

Naquele momento, eles cruzaram com outros passeantes, a sra. Hurst e a própria Elizabeth.

— Não sabia que vocês pretendiam passear — disse a srta. Bingley, um tanto confusa com a possibilidade de terem sido ouvidos.

— Vocês se portaram conosco terrivelmente mal — respondeu a sra. Hurst — ao sair correndo sem nada nos dizer.

Tomando, então, o braço livre do sr. Darcy, deixou Elizabeth caminhando sozinha. Pelo caminho só podiam passar três. O sr. Darcy logo percebeu a grosseria e se apressou em dizer:

— Esta trilha não é larga o bastante para nós quatro. Seria melhor que fôssemos até a avenida.

Mas Elizabeth, que não tinha nenhuma intenção de permanecer com eles, respondeu rindo:

— Não, não; fiquem onde estão. Vocês formam um grupo mais do que encantador. Perder-se-ia o efeito pitoresco acrescentando-se uma quarta pessoa. Adeus!

Afastou-se, então, alegremente, feliz, enquanto caminhava, ante a esperança de voltar para casa em um ou dois dias. A recuperação de Jane já estava adiantada o bastante para que fizesse planos de deixar o quarto por algumas horas à tarde.

CAPÍTULO 11

Quando as damas se levantaram da mesa após o jantar, Elizabeth subiu correndo até o quarto da irmã e, ao vê-la bem protegida contra o frio, acompanhou-a até a sala, onde ela foi recebida pelas duas amigas com alegres expressões de boas-vindas; e Elizabeth jamais as havia visto tão agradáveis como durante a hora que se passou antes da chegada dos cavalheiros. Tinham uma considerável capacidade de conversação. Podiam descrever com precisão um entretenimento, contar anedotas com graça e rir dos conhecidos com muito bom humor.

Mas, à chegada dos cavalheiros, Jane deixou de ser a figura principal; os olhos da srta. Bingley voltaram-se instantaneamente para Darcy e já tinha algo a lhe dizer antes que ele pudesse dar alguns passos. Ele saudou delicadamente a srta. Bennet; o sr. Hurst também fez diante dela uma breve reverência e disse estar "muito contente"; mas a efusividade e a cordialidade ficaram para a saudação de Bingley. Ele era só júbilo e atenção. A primeira meia hora foi passada avivando-se o fogo, para que Jane não sofresse com a mudança de ambiente; e ela passou, por vontade dele, ao outro lado da lareira, para ficar mais longe da porta. Ele, então, sentou-se ao lado dela e mal falou com mais ninguém. Elizabeth, ocupada no canto oposto, assistiu a tudo aquilo com muito prazer.

Acabado o chá, o sr. Hurst sugeriu à cunhada a mesa de carteado... mas em vão. Ela soubera que o sr. Darcy não apreciava o baralho; e o sr. Hurst logo viu até mesmo o seu pedido expresso rejeitado. A cunhada lhe garantiu que ninguém pretendia jogar, e o silêncio de todos pareceu justificá-la. Ao sr. Hurst, portanto, não restava nada a fazer senão esticar-se num dos sofás e dormir. Darcy pegou um livro; a srta. Bingley fez o mesmo; e a sra. Hurst, ocupada principalmente em brincar com seus braceletes e anéis, participava esporadicamente da conversa do irmão com a srta. Bennet.

A atenção da srta. Bingley concentrou-se tanto em observar o progresso do sr. Darcy na leitura do livro *dele* quanto em ler o seu próprio; e ela não parava de fazer perguntas ou de olhar para a página do livro que ele lia. Não conseguiu, porém, animá-lo a nenhuma conversa; ele simplesmente respondia à pergunta e continuava a ler. Por fim, cansada da tentativa de se divertir com seu próprio livro, que ela só escolhera porque era o segundo volume do dele, abriu um profundo bocejo e disse:

— Como é agradável passar a tarde assim! Garanto que não há nada mais divertido do que ler! Tudo cansa, menos um livro! Quando tiver a minha própria casa, não serei feliz até ter uma excelente biblioteca.

Ninguém respondeu. Ela bocejou de novo, deixou de lado o livro e olhou ao redor da sala em busca de alguma diversão; ao ouvir o irmão referir-se a um baile com a srta. Bennet, voltou-se bruscamente para ele e disse:

— Por falar nisso, Charles, você está pensando seriamente em dar um baile em Netherfield? Eu aconselharia você, antes de se decidir, a consultar os aqui presentes; ou estou muito enganada, ou para alguns de nós um baile seria mais um castigo do que um prazer.

— Se você se refere a Darcy — exclamou o irmão —, ele pode ir dormir, se preferir, antes de começar... Mas, quanto ao baile, já é coisa decidida; e, assim que São Nicolau tiver trazido um pouco de neve, vou enviar os convites.

— Eu gostaria infinitamente mais dos bailes — replicou ela —, se fossem organizados de um jeito diferente; mas há algo de insuportavelmente tedioso no andamento normal dessas festas. Seria muito mais racional se a ordem do dia fosse a conversação, e não a dança.

— Muito mais racional, minha querida Caroline, tenho certeza disso, mas não se pareceria nem um pouco com um baile.

A srta. Bingley não respondeu, e logo em seguida se levantou e começou a andar pela sala. Seu porte era elegante e ela caminhava com graça; mas Darcy, que era o alvo de tudo aquilo, permanecia inflexivelmente estudioso. Em desespero de causa, ela tentou mais um esforço e, voltando-se para Elizabeth, disse:

— Srta. Eliza Bennet, gostaria de convencê-la a seguir o meu exemplo e dar uma volta pela sala. Garanto a você que é muito restaurador, depois de ficarmos tanto tempo na mesma posição.

Elizabeth surpreendeu-se, mas aceitou de imediato. A srta. Bingley não teve menos sucesso no que se referia ao verdadeiro objeto de sua cortesia; o sr. Darcy tirou os olhos do livro. Estava tão admirado com a novidade daquelas atenções quanto a própria Elizabeth, e inconscientemente fechou o livro. Foi logo convidado a juntar-se a elas, mas recusou, observando que só conseguia imaginar dois motivos para que elas optassem por andar juntas para um lado e para o outro na sala, e a sua presença seria um obstáculo para ambos.

— Que será que ele quis dizer? Estou louca para saber o que ele quis dizer. — E perguntou a Elizabeth se conseguia compreendê-lo.

— De modo algum — foi a resposta —, mas estou certa de que ele teve a intenção de ser duro conosco, e a melhor forma de desapontá-lo é não perguntar nada.

A srta. Bingley, porém, era incapaz de desapontar o sr. Darcy no que quer que fosse e prosseguiu, portanto, pedindo a ele uma explicação sobre aqueles dois motivos.

— Não faço a mínima objeção a explicá-los — disse ele, assim que ela lhe permitiu falar. — Ou vocês escolheram esse modo de passar a tarde porque

têm segredos a discutir uma com a outra, ou porque têm consciência de que suas pessoas exibem o melhor de suas belezas ao caminharem; se for o primeiro, eu seria um completo estorvo, e, se o segundo, posso admirar vocês muito melhor sentado junto à lareira.

— Ah! Que horror! — exclamou a srta. Bingley. — Nunca ouvi nada mais odioso. Como poderemos puni-lo por tais palavras?

— Nada mais fácil, basta a senhorita querer — disse Elizabeth. — Todos nós podemos atormentar e punir uns aos outros. Provoque-o... ria dele. Íntimos como vocês são, já deve saber o que deve fazer para isso.

— Mas dou-lhe a minha palavra de honra de que *não* sei. Garanto-lhe que a nossa intimidade ainda não me ensinou *isso*. Provocar suas maneiras calmas e presença de espírito! Não, não... sinto que nisso ele ganha de nós. E, quanto a caçoar dele, não vamos expor-nos, por favor, a rir sem motivo. O sr. Darcy tem motivos para orgulhar-se de si mesmo.

— Não é possível rir do sr. Darcy! — exclamou Elizabeth. — Eis aí uma vantagem extraordinária, e espero que continue a ser extraordinária, pois seria uma grande desgraça para *mim* ter muitos conhecidos como ele. Eu adoro rir.

— A srta. Bingley — disse ele — deu-me mais crédito do que é de justiça. O mais sábio e o melhor dos homens... não, o mais sábio e o melhor dos seus atos... pode ser ridicularizado por alguém cujo primeiro objetivo na vida seja a pilhéria.

— Espero nunca ridicularizar o que é sábio e bom. Loucuras e bobagens, caprichos e incoerências são coisas que me divertem, *sim*, eu confesso, e rio delas sempre que posso. Mas suponho que essas sejam precisamente as coisas de que você carece.

— Talvez ninguém consiga isso. Tem sido, porém, o objetivo da minha vida evitar essas fraquezas, que muitas vezes expõem ao ridículo as mais amplas inteligências.

— Como a vaidade e o orgulho.

— Sim, a vaidade é sem dúvida uma fraqueza. Mas o orgulho... Onde houver uma autêntica superioridade mental, o orgulho sempre terá os seus direitos.

Elizabeth virou-se para esconder um sorriso.

— Acho que o seu exame do sr. Darcy já acabou — disse a srta. Bingley —, e, por favor, qual foi o resultado?

— O sr. Darcy me convenceu completamente de que não tem defeitos. Ele próprio o admite sem rodeios.

— Não — disse Darcy —; não tenho tal pretensão. Já tenho muitos defeitos, mas não, espero, de inteligência. Não ouso recomendar o meu temperamento. Creio que ele seja um pouco intransigente demais... Certamente muito pouco para a conveniência do mundo. Não posso esquecer as loucuras e defeitos dos outros com tanta rapidez como deveria, nem as ofensas contra mim. Meus sentimentos não se curvam a todas as tentativas de modificá-los. Talvez o meu temperamento devesse ser chamado de ressentido. Quando perco a boa opinião que tinha de uma pessoa, é para sempre.

— *Isso* é com certeza um defeito! — exclamou Elizabeth. — O ressentimento implacável é uma falha de caráter. Mas o senhor escolheu bem o seu defeito. Eu realmente não posso *rir* dele. Não tem nada a temer de mim.

— Creio que há em cada personalidade uma tendência a algum mal particular... Um defeito natural, que nem a melhor educação pode superar.

— E o *seu* defeito é odiar a todos.

— E o seu — replicou ele, com um sorriso — é adorar interpretar mal a todos.

— Que tal um pouco de música? — exclamou a srta. Bingley, cansada de uma conversa de que não participava. — Louisa, poderia fazer-me o favor de acordar o sr. Hurst?

Sua irmã não fez nenhuma objeção, e o pianoforte foi aberto; e Darcy, após alguns momentos de recolhimento, não o lamentou. Começava a perceber o perigo de dar muita atenção a Elizabeth.

CAPÍTULO 12

Por um acordo entre as irmãs, Elizabeth escreveu na manhã seguinte para a mãe, pedindo que a carruagem lhes fosse enviada naquele mesmo dia. Mas a sra. Bennet, que calculara que as filhas permaneceriam em Netherfield até a terça-feira seguinte, o que completaria exatamente uma semana desde que Jane adoecera, não podia sentir-se contente em recebê-las de volta antes disso. Sua resposta, portanto, não foi favorável, pelo menos não tanto quanto Elizabeth gostaria, pois estava impaciente para voltar para casa. A sra. Bennet enviou-lhes um bilhete dizendo que provavelmente não poderia mandar-lhes a carruagem antes da terça-feira; e no pós-escrito acrescentou que, se o sr. Bingley e sua irmã insistissem para que elas ficassem por mais tempo, poderia passar muito bem sem elas. Elizabeth, porém, estava decididamente contra a ideia de ficar por mais tempo — nem esperava que isso lhe fosse oferecido; e, temendo, ao contrário, ser considerada uma intrusa por permanecer ali desnecessariamente por tanto tempo, solicitou a Jane que pedisse imediatamente emprestada a carruagem do sr. Bingley, e enfim ficou decidido que deveriam mencionar, ao fazer o pedido, seus planos originais de partirem de Netherfield aquela mesma manhã.

O comunicado provocou muitas expressões de preocupação; e muito foi dito no sentido de que ficassem pelo menos até o dia seguinte, pela saúde de Jane; e a partida delas foi, então, adiada para o dia seguinte. A srta. Bingley lamentou, então, ter proposto o adiamento, pois o ciúme de uma das irmãs, unido à antipatia por ela, superava em muito o seu afeto pela outra.

O dono da casa soube com real pesar que elas iam partir mais cedo, e repetidas vezes tentou convencer a srta. Bennet de que aquilo não era seguro para ela — que ainda não estava recuperada o bastante; Jane, porém, mostrava-se firme quando sentia estar certa.

Para o sr. Darcy essa era uma notícia bem-vinda — Elizabeth já permanecera o bastante em Netherfield. A atração que exercera sobre ele fora maior do que ele gostaria que fosse — e a srta. Bingley era desaforada com *ela* e mais provocadora do que de costume com ele. Ele sabiamente decidiu usar da maior prudência para não demonstrar *agora* nenhum sinal de admiração, nada que pudesse dar a ela a esperança de influir na felicidade dele, consciente de que, se tal ideia fosse sugerida, o comportamento dele no último dia devia ter um peso importante na confirmação ou na refutação dessa ideia. Firme em seu propósito, ele mal pronunciou dez palavras com Elizabeth durante todo o sábado, e, embora ficassem sozinhos um com o outro durante meia hora, ele mergulhou na leitura de seu livro e nem sequer olhou para ela.

No domingo, depois do serviço da manhã, ocorreu a separação, tão agradável para quase todos. A gentileza da srta. Bingley com Elizabeth enfim cresceu muito rapidamente, bem como o seu afeto por Jane; e quando elas partiram, depois de garantir à segunda que sempre teria imenso prazer em vê-la em Longbourn ou em Netherfield, e abraçando-a com muito carinho, chegou até a dar a mão à primeira. Elizabeth despediu-se de todos no melhor dos humores.

Em casa, não foram muito bem recebidas pela mãe. A sra. Bennet admirou-se com a chegada delas e achou que haviam feito muito mal em causar tantos problemas, e tinha certeza de que Jane logo pegaria um novo resfriado. Mas o pai, embora muito lacônico nas expressões de prazer, ficou de fato contente em vê-las; sentira a importância delas no círculo familiar. Na conversa da noite, quando estavam todos reunidos, perdera muito da sua animação e quase todo o bom-senso com a ausência de Jane e de Elizabeth.

Encontraram Mary, como sempre, mergulhada no estudo do baixo contínuo e da natureza humana; e admiraram certos trechos e ouviram novas observações de uma moralidade caduca. Catherine e Lydia tinham para elas informações de um tipo bem diferente. Muito se fizera e muito se dissera no regimento desde a quarta-feira passada; muitos oficiais haviam jantado com o tio delas, um soldado fora chicoteado e corria o boato de que o coronel Forster ia casar-se.

CAPÍTULO 13

— Espero, querida — disse o sr. Bennet à esposa durante o café, na manhã seguinte —, que tenha organizado um bom jantar hoje, pois tenho razões para esperar um convidado adicional ao nosso grupo familiar.

— A quem se refere, meu querido? Não sei de ninguém que venha, a menos que Charlotte Lucas apareça... E espero que os *meus* jantares sejam bons o bastante para ela. Não creio que ela veja muitos iguais aos nossos em sua casa.

— A pessoa a que me refiro é um cavalheiro, e um forasteiro.

Os olhos da sra. Bennet brilharam.

— Um cavalheiro e um forasteiro! É o sr. Bingley, tenho certeza! Bem, é claro que ficarei muitíssimo contente em ver o sr. Bingley. Mas... meu Deus! Que azar! Não há nem um toco de peixe para servir hoje. Lydia, meu amor, toque a campainha... tenho de falar com a Hill agora mesmo.

— Não é o sr. Bingley — disse o seu marido —; é alguém que eu nunca vi na vida.

Isso provocou um espanto geral; e ele teve o prazer de ser questionado com impaciência pela mulher e pelas cinco filhas ao mesmo tempo.

Depois de se divertir por algum tempo com a curiosidade delas, ele se explicou:

— Cerca de um mês atrás, recebi esta carta; e, cerca de quinze dias atrás, eu a respondi, pois julguei que se tratasse de um caso um tanto delicado, que exigia pronta atenção. É do meu primo, o sr. Collins, que, quando eu morrer, poderá expulsar todas vocês desta casa, quando quiser.

— Ah! Meu querido — exclamou sua esposa —, não aguento ouvir você mencionar isso. Por favor, não fale desse homem odioso. Acho a coisa mais dura do mundo ver esta propriedade retirada de suas filhas; e tenho certeza de que, se eu fosse você, há muito teria tentado fazer alguma coisa a esse respeito.

Jane e Elizabeth tentaram explicar a ela o que era um morgadio. Já haviam tentado isso muitas vezes, mas esse era um assunto que para a sra. Bennet estava além do alcance da razão, e ela continuou a queixar-se amargamente da crueldade de se retirar uma propriedade de uma família de cinco filhas, em favor de um homem com quem ninguém se importava.

— Não resta dúvida de que se trata de um negócio muito injusto — disse o sr. Bennet —, e nada pode absolver o sr. Collins da culpa de herdar Longbourn. Mas, se vocês ouvirem a sua carta, talvez se acalmem um pouco pela maneira com que ele se exprime.

— Não, com certeza, não; e considero muita impertinência da parte dele escrever para você, e muita hipocrisia. Detesto esses falsos amigos. Por que não continuar às turras com você, como o pai dele costumava estar?

— Ah, é claro. Sobre esse ponto, parece que foi acometido de certos escrúpulos filiais. Ouçam.

Hunsford, perto de Westerham, Kent, 15 de outubro.

Prezado senhor,

Sempre me senti constrangido com o desentendimento entre o senhor e o meu falecido e honrado pai, e desde que tive a desgraça de perdê-lo tenho desejado sanar o problema; mas por algum tempo fui retido por minhas próprias dúvidas, temendo que fosse desrespeitoso à memória dele ter boas relações com alguém com quem sempre teve desavenças.

— Veja só, sra. Bennet.

Agora, porém, já tomei uma decisão sobre o assunto, pois, tendo-me ordenado na Páscoa, tive a boa sorte de ser distinguido pelo patrocínio da excelentíssima Lady Catherine de Bourgh, viúva de Sir Lewis de Bourgh, cuja generosidade e beneficência me elegeram para a digníssima reitoria desta paróquia, onde me empenharei com o máximo afinco em servir Sua Senhoria com agradecido respeito, e em estar sempre pronto para executar os ritos e as cerimônias instituídos pela Igreja da Inglaterra. Como eclesiástico, aliás, sinto ser o meu dever promover e levar a bênção da paz a todas as famílias ao alcance da minha influência; e, fundamentando-me nisso, gabo-me de que as minhas presentes ofertas de boa vontade sejam muito recomendáveis e de que a circunstância de vir eu a ser próximo herdeiro da propriedade de Longbourn será gentilmente desconsiderada pelo senhor e não o fará rejeitar o ramo de oliveira que lhe ofereço. Não posso deixar de me preocupar em ser ocasião de prejuízo para suas amáveis filhas, e peço vênia para me desculpar por isso e para lhe garantir que estou disposto a compensá-las de todas as maneiras possíveis. Tratemos disso mais tarde, porém. Se o senhor não tiver objeções em receber-me em sua morada, proponho a mim mesmo a satisfação de visitar o senhor e a sua família, segunda-feira, 18 de novembro, às quatro horas. Provavelmente abusarei da sua hospitalidade até o sábado da semana seguinte, o que posso fazer sem nenhum inconveniente, pois Lady Catherine nenhuma objeção faz a que eu me ausente por um domingo, contanto que algum outro eclesiástico se encarregue de executar os serviços do dia. Aceite, caro senhor, os respeitosos cumprimentos e votos a sua esposa e filhas, do seu amigo,

William Collins

— Às quatro horas, portanto, aguardaremos esse cavalheiro pacificador — disse o sr. Bennet, enquanto dobrava a carta. — Ele parece ser um rapaz muito consciencioso e gentil, palavra de honra, e não tenho dúvida de que será uma relação valiosa, sobretudo se *Lady* Catherine tiver a bondade de deixá-lo vir outras vezes.

— Há algum bom-senso no que ele diz sobre as meninas, porém, e, se ele estiver disposto a compensá-las de algum modo, não serei eu a desencorajá-lo.

— Embora seja difícil — disse Jane — adivinhar de que maneira ele possa compensar-nos como julga de direito, ele tem certamente o mérito da intenção.

O que mais chamou a atenção de Elizabeth foi sua extraordinária deferência perante *Lady* Catherine e sua boa intenção de batizar, casar e sepultar seus paroquianos sempre que necessário.

— Acho que ele deve ser meio esquisito — disse ela. — Não consigo imaginá-lo... Há algo de pomposo em seu estilo... E o que quer dizer com essas desculpas por ser ele o futuro herdeiro?... Não é de crer que ele mudasse isso se pudesse... É possível que ele seja um homem sensato, papai?

— Não, querida, acho que não. Tenho grandes esperanças de que seja o exato oposto disso. Há um misto de subserviência e de presunção em sua carta que é bem promissor. Estou impaciente por vê-lo.

— Em matéria de redação — disse Mary —, a carta não parece má. A ideia do ramo de oliveira talvez não seja totalmente nova, mas acho que foi bem a propósito.

Para Catherine e Lydia, nem a carta nem seu autor apresentavam o menor interesse. Era quase impossível que seu primo aparecesse em uniforme escarlate, e já havia algumas semanas que as únicas companhias masculinas que lhes causavam satisfação só vestiam essa cor. Quanto à mãe, a carta do sr. Collins acabara com boa parte de sua má vontade com ele, e ela se preparava para conhecê-lo com um grau de serenidade que muito admirou seu marido e as meninas.

Chegou o sr. Collins com pontualidade e foi recebido com grande cortesia pela família inteira. O sr. Bennet, de fato, pouco falou; mas as mulheres estavam muito dispostas a falar, e o sr. Collins não parecia nem precisar de incentivos para conversar, nem ser inclinado ao silêncio. Era um jovem alto e corpulento, de vinte e cinco anos. Tinha ares graves e solenes, e seus modos eram muito formais. Mal chegara e já cumprimentava a sra. Bennet por ter tão lindas filhas; disse que já ouvira falar muito da beleza delas, mas que nesse caso a fama não estivera à altura da verdade; e acrescentou que não duvidava de que no devido tempo as encontraria todas bem-casadas. Tal galanteria não era muito do gosto de algumas das ouvintes; mas a sra. Bennet, que não reclamava de nenhum cumprimento, respondeu prontamente:

— É muita gentileza de sua parte, e eu desejo de coração que assim seja, pois caso contrário elas estarão em apuros. Foi muito estranho o modo como as coisas foram arranjadas.

— A senhora faz referência, talvez, ao morgadio desta propriedade.

— Ah, meu senhor, a isso mesmo. O senhor há de admitir que foi um duro golpe contra as coitadas das minhas filhas. Não que eu ache que a culpa é *sua*, pois sei muito bem que essas coisas são questão de sorte. Não há como saber o que será de uma casa quando ela entra num morgadio.

— Tenho plena consciência, minha senhora, das dificuldades de minhas garbosas primas, e muito poderia dizer sobre o assunto, mas receio mostrar-me atrevido ou precipitado. Posso, porém, garantir às jovens senhoritas que vim preparado para admirá-las. No momento, nada mais direi; quem sabe, no futuro, quando nos conhecermos melhor...

Foi interrompido pelo chamado para o jantar; e as meninas sorriram umas para as outras. Não eram elas os únicos alvos da admiração do sr. Collins. O *hall*, a sala de jantar e toda a mobília foram examinados com satisfação; e seu elogio a tudo aquilo teria tocado o coração da sra. Bennet, não fosse a torturante suposição de que ele estaria vendo todas aquelas coisas como sua futura propriedade. Também o jantar, por sua vez, foi muito admirado; e quis ele saber a qual das lindas primas se devia a excelência do cardápio. Foi, porém, corrigido pela sra. Bennet, que lhe garantiu, com certa rudeza, que podia muito bem pagar um bom cozinheiro e que suas filhas nada tinham que fazer na cozinha. Ele se desculpou por tê-la desagradado. Em tom gentil, ela declarou não estar de modo algum ofendida; ele, porém, continuou a se desculpar por cerca de quinze minutos.

CAPÍTULO 14

Durante o jantar, o sr. Bennet quase não falou; mas, quando os criados se retiraram, julgou ter chegado a hora de ter uma conversa com o hóspede e, assim, introduziu um assunto em que esperava que ele brilhasse, observando que ele parecia ter tido muita sorte quanto a sua patroa. A atenção de *Lady* Catherine de Bourgh com seus desejos e a consideração dela por seu bem-estar pareciam imensos. O sr. Bennet não poderia ter escolhido assunto melhor. O sr. Collins foi eloquente em seu louvor. O assunto guindou-o a uma solenidade de modos maior do que a de costume e, com ares de grande importância, protestou que nunca na vida vira tal comportamento numa pessoa de tão alta condição... tamanha afabilidade e condescendência, como as que observara em *Lady* Catherine. Ela tivera a bondade de aprovar ambos os sermões que ele tivera a honra de pronunciar diante dela. Ela também o convidara por duas vezes a jantar em Rosings e ainda no sábado anterior o chamara para completar a quadrilha do sarau. *Lady* Catherine era tida como uma mulher orgulhosa por muita gente que ele conhecia, mas *ele* nunca havia visto nada nela além de afabilidade. Ela sempre falava com ele como o faria com qualquer outro cavalheiro; não fez a menor objeção a que ele conhecesse a sociedade da vizinhança, nem que ocasionalmente deixasse a paróquia por uma ou duas semanas, para visitar parentes. Dignou-se até a aconselhá-lo a se casar o quanto antes, desde que escolhesse com prudência; e o visitara uma vez em seu modesto presbitério, onde aprovou todas as alterações feitas por ele, e até se dignou sugerir outras... algumas prateleiras no *closet* do andar superior.

— Tudo isso é muito correto e gentil, sem dúvida — disse a sra. Bennet —, e tenho certeza de que ela é uma mulher muito agradável. É uma pena que as grandes damas em geral já não sejam assim. Ela mora perto do senhor?

— O jardim onde fica a minha humilde morada está separado só por uma viela de Rosings Park, a residência de Sua Senhoria.

— Creio que o senhor nos disse que ela é viúva, não é mesmo? Tem alguma família?

— Só uma filha, a herdeira de Rosings e de muitíssimos bens.

— Ah! — disse a sra. Bennet, balançando a cabeça. — Então ela está em melhor situação do que muitas moças. E que tipo de jovem é ela? É bonita?

— É uma jovem mais do que encantadora. A própria *Lady* Catherine diz que, em matéria de autêntica beleza, a srta. de Bourgh é muito superior às mais belas do seu sexo, pois há em suas feições algo que assinala o berço nobre. Infelizmente, sua constituição é doentia, o que a impediu de fazer grandes progressos em muitos campos. Se não fosse isso, certamente os teria realizado, como fui informado pela senhora que supervisiona a sua educação e que ainda mora com elas. Ela é, porém, simpaticíssima e muitas vezes se digna ir até a minha residência em seu pequeno faeton de pôneis.

— Já debutou na corte? Não me lembro de ter visto o nome dela entre as damas.

— Seu estado de saúde infelizmente a impede de permanecer na capital; e com isso, como eu disse a *Lady* Catherine certo dia, privou a corte britânica de seus mais brilhantes ornamentos. Sua Senhoria pareceu gostar da ideia; e a senhora imagina que me sinto muito contente toda vez que posso oferecer esses pequenos cumprimentos delicados que agradam às damas. Mais de uma vez observei a *Lady* Catherine que sua encantadora filha parecia ter nascido para ser duquesa e que a mais alta nobreza, em vez de lhe dar brilho, seria adornada por ela. Esse é o tipo de coisa que agrada a Sua Senhoria e é uma espécie de atenção que me sinto especialmente obrigado a lhe prestar.

— O senhor julga com muita propriedade — disse o sr. Bennet —, e é bom possuir o talento de lisonjear com delicadeza. Permitiria que lhe perguntasse se essas agradáveis atenções vêm do impulso do momento ou são resultado de estudo prévio?

— Vêm principalmente do que se passa na hora, e, embora às vezes me divirta sugerindo e articulando esses cumprimentos elegantes tais como podem adaptar-se às ocasiões do dia a dia, sempre procuro dar-lhes o ar mais espontâneo possível.

As expectativas do sr. Bennet foram plenamente correspondidas. Seu primo era tão extravagante quanto ele esperava e o ouviu com a mais viva satisfação, conservando ao mesmo tempo a mais perfeita compostura e, exceto algum ocasional olhar a Elizabeth, sem compartilhar com ninguém o seu prazer.

Na hora do chá, porém, já saciado, o sr. Bennet se sentiu feliz em levar o hóspede de volta à sala de estar, e, ao terminar o chá, em convidá-lo a ler em voz alta para as mulheres. O sr. Collins prontamente aceitou o convite, e recebeu um livro; mas, ao olhar para o volume (pois tudo sugeria que viesse de uma biblioteca circulante), estacou e, desculpando-se, afirmou que jamais lia romances. Kitty cravou os olhos nele e Lydia soltou um grito. Foram-lhe apresentados outros livros e depois de certa deliberação ele escolheu os *Sermões* de Fordyce. Enquanto ele abria o livro, Lydia começou a bocejar e antes que ele tivesse, com monotoníssima solenidade, lido três páginas, interrompeu--o dizendo:

— Sabe, mamãe, que o tio Phillips está falando em despedir o Richard? E, se fizer mesmo isso, o coronel Forster quer contratá-lo. Titia me contou isso no sábado. Vou até Meryton amanhã para ter mais notícias do caso e para perguntar quando o sr. Denny volta de Londres.

As duas irmãs mais velhas pediram a Lydia que se calasse; mas o sr. Collins, ofendidíssimo, pôs de lado o livro e disse:

— Observei amiúde quão pouco as jovens senhoritas se interessam por livros sérios, ainda que escritos para elas. Isso muito me espanta, confesso;

pois, decerto nada mais vantajoso pode haver para elas do que a instrução. Mas não vou mais importunar a minha jovem prima.

Voltando-se, então, para o sr. Bennet, propôs-lhe uma partida de gamão. O sr. Bennet aceitou o desafio, observando que agira com muita sabedoria deixando as meninas entregues a seus divertimentos triviais. A sra. Bennet e suas filhas pediram educadamente desculpas pela interrupção de Lydia, e prometeram que aquilo não se repetiria, se ele quisesse retomar a leitura do livro; o sr. Collins, porém, depois de garantir-lhes que não guardava ressentimentos contra a sua jovem prima e jamais tomaria o seu comportamento como uma afronta, foi sentar-se a outra mesa com o sr. Bennet e preparou-se para a partida de gamão.

CAPÍTULO 15

Não era o sr. Collins um homem sensato, e o defeito de natureza pouca ajuda recebera da educação ou da sociedade, tendo passado a maior parte da vida sob a orientação de um pai analfabeto e avaro; e, embora pertencesse a uma das universidades, limitara-se a conquistar os créditos necessários, sem adquirir ali nenhum conhecimento útil. A submissão em que o pai o criara dera-lhe inicialmente modos muito humildes; estes, porém, eram agora contrabalançados pela vaidade de uma inteligência medíocre, que vive retirada, e pelos sentimentos decorrentes de uma precoce e inesperada prosperidade. Um acaso feliz o recomendara a *Lady* Catherine de Bourgh quando o benefício eclesiástico de Hunsford estava vago; e o respeito que ele sentiu pela altíssima condição social dela, e a sua veneração por ela como sua protetora, unindo-se a uma muito boa opinião de si mesmo, de sua autoridade eclesiástica e de seus direitos como reitor fizeram dele a um só tempo uma mistura de orgulho e obsequiosidade, de empáfia e humildade.

Tendo agora uma boa casa e uma excelente renda, pretendia casar-se; e ao buscar reconciliar-se com a família de Longbourn tinha em mira uma esposa, pois pretendia escolher uma das filhas, se as achasse tão belas e tão simpáticas como ouvira dizer. Tal era o plano de compensação — de expiação — por herdar a propriedade do pai delas; e julgou que se tratasse de um projeto excelente, muito legítimo e prático, além de generosíssimo e desinteressadíssimo de sua parte.

O sr. Collins não mudou de planos ao vê-las. O lindo rostinho da srta. Bennet confirmou suas ideias e determinou todas as mais estritas noções sobre o que era devido à precedência etária; e na primeira tarde *ela* foi a escolhida. Na manhã seguinte, porém, houve uma alteração; pois em quinze minutos de *tête-à-tête* com a sra. Bennet antes do desjejum, tendo-se iniciado uma conversa sobre o presbitério que levou naturalmente a que ele admitisse as suas esperanças de encontrar uma dona de casa para ele em Longbourn, ela, entre sorrisos afáveis e em meio ao encorajamento geral, alertou-o contra a mesma Jane que fora o objeto de sua escolha. No que se referia às filhas *mais moças*, ela não podia dizer com certeza... não podia afirmar positivamente... mas não *sabia* de nenhum compromisso anterior; quanto à sua filha *mais velha*, ela tinha de mencionar... tinha o dever de informar que provavelmente ela se tornaria noiva muito em breve.

Ao sr. Collins bastou passar de Jane para Elizabeth — o que foi feito rapidamente — enquanto a sra. Bennet atiçava o fogo. Elizabeth, que vinha imediatamente depois de Jane quanto ao nascimento e à beleza, sucedeu a ela, naturalmente.

A sra. Bennet logo compreendeu a insinuação e se convenceu de que em breve poderia ter duas filhas casadas; e o homem de quem nem podia ouvir falar um dia antes gozava agora de alto prestígio junto a ela.

A intenção de Lydia de ir a Meryton não caiu no esquecimento; todas as irmãs, salvo Mary, concordaram em ir com ela; e o sr. Collins devia acompanhá-las, a pedido do sr. Bennet, que estava louco para se ver livre dele e ter a biblioteca só para si; pois o sr. Collins o seguira até lá depois do café; e ali permaneceria, aparentemente entretido com um dos maiores in--fólios da coleção, mas na verdade falando ao sr. Bennet, quase sem cessar, da casa e dos jardins de Hunsford. Tais coisas irritavam ao mais alto ponto o sr. Bennet. Na biblioteca, ele sempre encontrava lazer e tranquilidade; e, embora preparado, como disse a Elizabeth, para topar com a loucura e a presunção em qualquer outro aposento da casa, lá ele costumava achar-se livre delas; sua boa educação, portanto, apressou-se em convidar o sr. Collins a unir-se às filhas naquele passeio; e o sr. Collins, tendo na verdade muito mais de andarilho do que de leitor, sentiu-se contentíssimo em fechar aquele pesado volume e partir.

Passou-se o tempo em pomposas trivialidades da parte dele e em educados assentimentos da parte das primas, até chegarem a Meryton. A partir daí, ele não mais obteria a atenção das mais moças. Os olhos delas imediatamente passaram a varrer as ruas em busca de oficiais, e nada os poderia desviar, a não ser algum chapéu lindíssimo ou alguma musselina nova na vitrine de uma loja.

Mas a atenção de todas as moças logo foi capturada por um jovem que nunca haviam visto antes, de porte sumamente nobre, a caminhar com outro oficial do outro lado da rua. O oficial era o próprio sr. Denny, acerca de cujo retorno de Londres Lydia procurara informar-se, e ele fez uma reverência enquanto elas passavam. Todas ficaram impressionadas com a figura do forasteiro, imaginando quem poderia ser; e Kitty e Lydia, decididas a descobrir a identidade dele, atravessaram a rua, sob o pretexto de buscarem algo numa loja, e para felicidade delas, assim que subiram à calçada, os dois

cavalheiros, voltando-se, haviam chegado ao mesmo ponto. O sr. Denny dirigiu-se a elas imediatamente e pediu permissão para lhes apresentar o amigo, o sr. Wickham, que retornara de Londres com ele na véspera, e acerca do qual tinha a alegria de poder dizer que aceitara um posto no regimento. Aquilo era perfeito; pois o jovem só precisava do uniforme para completar o seu encanto. Sua aparência era toda a seu favor; era homem de grande beleza, de traços finos, bom porte e trato muito agradável. A apresentação foi seguida, da parte dele, por uma alegre disposição para a conversa — disposição essa ao mesmo tempo perfeitamente correta e natural; e o grupo inteiro ainda estava de pé a conversar quando o ruído de cavalos lhes chamou a atenção, e puderam ver Darcy e Bingley, que desciam a rua a cavalo. Ao distinguirem as moças do grupo, os dois cavalheiros logo vieram até elas e deram início às cortesias de sempre. Bingley era quem mais falava, e a srta. Bennet, de quem mais se falava. Ele disse que estava a caminho de Longbourn justamente para ter notícias dela. O sr. Darcy corroborou, curvando-se, essas palavras, e estava começando a se decidir a não voltar os olhos para Elizabeth, quando eles foram subitamente detidos pela vista do forasteiro. Tendo Elizabeth visto a expressão de ambos, que se entreolhavam, ficou muito espantada com o efeito do encontro. Ambos mudaram de cor, um ficou vermelho e o outro, branco. O sr. Wickham, depois de alguns instantes, tocou o chapéu — uma saudação que o sr. Darcy mal se dignou retribuir. Qual seria o sentido de tudo aquilo?
Era impossível imaginar; era impossível não morrer de vontade de saber.

Um minuto depois, o sr. Bingley, sem, porém, parecer ter notado o que se passara, se despediu e seguiu caminho com o amigo.

O sr. Denny e o sr. Wickham caminharam com as jovens senhoritas até a porta da casa do sr. Phillips e então fizeram as suas reverências de despedida, apesar dos insistentes convites da srta. Lydia para que entrassem, e até mesmo apesar de a sra. Phillips aparecer à janela para reforçar enfaticamente os convites.

A sra. Phillips sempre se sentia feliz em ver as sobrinhas; e as duas mais velhas, em razão da recente ausência, foram especialmente bem recebidas. Ela exprimia com vivacidade a sua surpresa pela súbita volta delas para casa, sobre a qual, como não foram levadas por sua própria carruagem, ela nada saberia, se não calhasse de encontrar o criado do sr. Jones na rua, que lhe disse que não devia mais mandar remédios para Netherfield, pois as srtas. Bennet já haviam partido, quando suas gentis atenções se voltaram para o sr. Collins, que era apresentado por Jane. Ela o recebeu com grande cortesia, o que ele retribuiu com outra ainda maior, desculpando-se pela intromissão, pois não tinha nenhum conhecimento prévio dela, mas que não podia deixar de gabar-se de poder justificá-la pelo parentesco com as jovens que o apresentaram. A sra. Phillips assustou-se com tal excesso de boa educação; mas seu espanto diante de um estranho logo chegou ao fim com exclamações e perguntas sobre o outro; sobre o qual, porém, só podia contar às sobrinhas o que já sabiam, que o sr. Denny o trouxera de Londres e que ele ocuparia o posto de tenente em ***shire. Vinha observando-o havia uma hora, disse ela, enquanto ele caminhava para cima e para baixo pela rua, e, se o sr. Wickham aparecesse naquele momento, Kitty e Lydia certamente teriam prosseguido naquela ocupação, mas infelizmente ninguém passou diante das janelas, a não ser alguns oficiais que, em comparação com o forasteiro, passaram a ser "sujeitos estúpidos e desagradáveis". Alguns deles deviam jantar com os Phillips no dia seguinte, e a tia delas lhes prometeu fazer que o marido visitasse o sr. Wickham e também o convidasse, se a família de Longbourn viesse à noite. Aquilo ficou combinado, e a sra. Phillips afirmou que elas teriam um agradável e animado jogo de bingo e uma ceia quente em seguida. A perspectiva de tais delícias era muito sedutora, e elas partiram todas muito entusiasmadas. O sr. Collins repetiu suas desculpas ao deixar a sala, e recebeu de uma incansável delicadeza todas as garantias de que eram perfeitamente desnecessárias.

Enquanto voltavam para casa, Elizabeth contou a Jane o que vira acontecer entre os dois cavalheiros; mas, embora Jane tivesse defendido a cada um deles ou a ambos, se parecessem ter cometido algo errado, como a irmã ela tampouco sabia explicar tal comportamento.

Ao voltar, o sr. Collins fez as delícias da sra. Bennet, ao exprimir sua admiração pelos modos e pela polidez da sra. Phillips. Afirmou que, com exceção de *Lady* Catherine e da filha, jamais vira mulher mais elegante; pois não só o recebera com a maior cortesia, mas até o incluíra expressamente no convite para o próximo sarau, embora fosse um completo desconhecido para ela. Algo, especulou ele, que podia ser atribuído ao parentesco dele com elas, mas mesmo assim nunca se deparara com tantas atenções em toda a sua vida.

CAPÍTULO 16

Como ninguém levantou nenhuma objeção contra o compromisso das jovens com a tia, e como os escrúpulos do sr. Collins em ter de se separar do sr. e da sra. Bennet por um único sarau durante a visita foram apaziguados, numa hora conveniente a carruagem levou o sr. Collins e as cinco primas a Meryton; e as moças tiveram o prazer de ouvir, ao entrar no salão, que o sr. Wickham aceitara o convite do tio e estava presente na casa.

Quando receberam essa informação e todas se assentaram em seus lugares, o sr. Collins pôde olhar ao redor e admirar, e tanto se impressionou com o tamanho e o mobiliário do recinto, que declarou ter quase acreditado estar na salinha de desjejum de Rosings; comparação que inicialmente não foi recebida com muita gratidão; mas, quando a sra. Phillips soube por ele o que era Rosings e quem era a sua proprietária, quando ouviu a descrição de apenas um dos salões de *Lady* Catherine e soube que só a lareira custara oitocentas libras, ela sentiu toda a força do cumprimento e nada objetaria até mesmo contra uma comparação com o quarto da governanta.

Ele se entreteve descrevendo toda a grandiosidade de *Lady* Catherine e de sua mansão, com uma e outra digressão em louvor de sua humilde morada e das melhorias que estava recebendo, até que os cavalheiros se uniram a eles; e encontrou na sra. Phillips uma ouvinte muito atenta, cuja boa opinião sobre ele aumentava com o que ouvia, e que estava decidida a esmiuçar tudo aquilo para a vizinhança assim que pudesse. Para as jovens, que não podiam ouvir o primo e nada tinham para fazer, a não ser suspirar por um pianoforte e examinar suas próprias insignificantes imitações de porcelana sobre a prateleira da lareira, o intervalo de espera pareceu interminável. Ele chegou ao fim, porém. Os cavalheiros aproximaram-se e, quando o sr. Wickham entrou no recinto, Elizabeth sentiu que nunca o vira, nem antes nem depois, sem admiração, o que nada tinha de insensato. Os oficiais de ***shire formavam em geral um grupo muito respeitável e cavalheiresco, e a elite deles estava presente ali; mas o sr. Wickham estava tão acima de todos eles quanto à pessoa, ao porte, às maneiras e ao andar, como eles estavam acima do tio Phillips, que entrou depois deles na sala com seu rosto rechonchudo e cheirando a vinho do Porto.

O sr. Wickham era o alvo feliz de quase todos os olhares femininos, e Elizabeth era a felizarda junto a quem ele finalmente se sentou; e o modo agradável com que ele logo iniciou a conversa, embora fosse apenas um comentário sobre a umidade da noite e sobre a probabilidade de uma estação chuvosa, levou-a a sentir que o assunto mais comum, insípido e mais batido pode tornar-se interessante pelo talento do interlocutor.

Com rivais como o sr. Wickham e os oficiais na busca das atenções das senhoritas, o sr. Collins pareceu cair na insignificância; para as mocinhas, ele certamente não era nada; mas de quando em quando ele ainda tinha uma boa ouvinte na sra. Phillips, e por suas atenções recebia uma farta provisão de café e de bolo. Quando se armou a mesa de jogo, ele teve a oportunidade de retribuir-lhe as gentilezas, apresentando-se para jogar uíste.

— Não conheço muito o jogo, por enquanto — disse ele —, mas adoraria aprender mais, pois em minha situação na vida...

A sra. Phillips ficou muito contente com a gentileza, mas não pôde aguardar as explicações dele.

O sr. Wickham não jogava uíste, e com prazer foi logo recebido na outra mesa, entre Elizabeth e Lydia. No começo, parecia haver o risco de que Lydia o absorvesse completamente, pois era muito falante; mas, como também adorava jogar bingo, ela logo se interessou demais pelo jogo, concentrou-se demais nas apostas e nos prêmios para dar atenção a quem quer que fosse em particular. Dentro dos limites das exigências normais do jogo, o sr. Wickham teve, então, tempo para falar com Elizabeth, e ela estava muito disposta a ouvi-lo, embora não tivesse esperança de ouvir o que mais queria: a história de suas relações com o sr. Darcy. Ela nem sequer ousou mencionar o nome dele. Sua curiosidade, porém, foi inesperadamente satisfeita. O próprio sr. Wickham tocou no assunto. Perguntou qual era a distância entre Netherfield e Meryton; e, depois de ouvir a resposta, perguntou com certa hesitação havia quanto tempo o sr. Darcy estava ali.

— Cerca de um mês — disse Elizabeth; e em seguida, não querendo deixar que morresse o assunto, acrescentou: — Soube que ele é um homem com muitas propriedades em Derbyshire.

— É verdade — respondeu o sr. Wickham —; sua propriedade é nobre. Dez mil libras líquidas por ano. Você não poderia encontrar ninguém mais capaz de lhe dar certas informações a esse respeito do que eu, pois estou de certa forma ligado à família dele desde a infância.

Elizabeth não pôde esconder a surpresa.

— Não é de admirar o seu espanto, srta. Bennet, ante tal asserção, depois de ver, como provavelmente viu, a frieza do nosso encontro de ontem. A senhorita é muito amiga do sr. Darcy?

— Tanto quanto gostaria de ser — exclamou Elizabeth, com animação. —

Passei quatro dias na mesma casa que ele e o considero muito desagradável.

— Não tenho direito de dar a minha opinião — disse Wickham — sobre se ele é ou não uma pessoa agradável. Não estou em condições de formar tal juízo. Conheço-o há tempo demais e bem demais para ser um árbitro justo. Para mim, é impossível ser imparcial. Mas creio que a sua opinião sobre ele causaria em geral certo espanto... e talvez a senhorita não a exprimisse com tanta ênfase em nenhum outro lugar. Aqui a senhorita está em família.

— Dou-lhe a minha palavra, nada mais digo *aqui* do que diria em qualquer outra casa da vizinhança, exceto Netherfield. Ninguém gosta dele em Hertfordshire. Todos criticam o seu orgulho. O senhor não ouvirá de ninguém palavras mais favoráveis a ele.

— Não vou fingir que me desagrade — disse Wickham, depois de uma breve pausa — que ele ou qualquer outro homem seja estimado conforme os seus méritos; mas não creio que com *ele* isso aconteça muitas vezes. Deslumbra-se o mundo com a riqueza e a importância dele, ou se assusta com seus modos altivos e imponentes e o vê só como ele gosta de ser visto.

— Eu diria, pelo pouco que *o* conheço, que se trata de um homem de mau caráter.

Wickham limitou-se a balançar a cabeça.

— Imagino — disse ele na oportunidade seguinte de falar — se é provável que ele permaneça muito tempo aqui.

— Isso eu não sei mesmo; mas quando estive em Netherfield não *ouvi* ninguém dizer que ele esteja para ir embora. Espero que os seus planos de se estabelecer em ***shire não sejam prejudicados pela presença dele nas vizinhanças.

— Ah! Não... Não serei *eu* a partir por causa do sr. Darcy. Se *ele* não quiser ver-*me*, ele que se retire. Nossas relações não são boas e sempre me desagrada encontrá-lo, mas não tenho razões para evitá-lo, a não ser o que proclamo aos quatro ventos, a consciência de ter sido maltratado e o mais profundo pesar por ser ele o que é. O pai dele, srta. Bennet, o falecido sr. Darcy, era um dos melhores homens que já viveram e o mais verdadeiro amigo que já tive; e jamais posso encontrar-me com este sr. Darcy sem a mais funda dor no coração por mil lembranças carinhosas. A conduta dele para comigo foi escandalosa; mas creio sinceramente que poderia desculpá-lo por tudo, exceto por decepcionar as esperanças e desgraçar a memória do pai.

Elizabeth passou a se interessar ainda mais pelo assunto, e ouvia com toda a atenção; mas a delicadeza do tema impediu que fizesse mais perguntas.

O sr. Wickham começou a falar de assuntos mais gerais, Meryton, a vizinhança, a sociedade, mostrando-se muito satisfeito com tudo que já vira e falando a esse respeito com galanteria gentil, mas bastante evidente.

— O que mais pesou na minha decisão de vir para ***shire — acrescentou ele — foi a perspectiva de poder gozar de uma boa e constante sociedade. Sabia que se tratava de um grupo respeitável e agradável, e o meu amigo Denny me atraiu ainda mais com a descrição do novo quartel e das grandes atenções e das excelentes relações que Meryton lhes proporcionara. Confesso que a vida de sociedade me é necessária. Tive muitas decepções, e não suporto a solidão. Eu preciso de ocupação e companhia. A vida militar não é o que eu pretendia, mas agora as circunstâncias a tornaram uma boa opção. Eu *deveria* ter sido um homem de igreja; fui criado para a igreja e no momento deveria ter uma excelente situação, se tal fosse a vontade do cavalheiro de que falávamos há pouco.

— É mesmo?

— Sim... o falecido sr. Darcy deixou escrito que eu devia ocupar o melhor benefício eclesiástico de seu patronato. Ele era o meu padrinho, e muito apegado a mim. Sua delicadeza era indescritível. Sua intenção era dar-me um bom meio de vida e julgava ter feito isso; mas, quando a vaga surgiu, foi dada para outra pessoa.

— Meu Deus! — exclamou Elizabeth. — Mas como *isso* foi possível? Como pôde o seu testamento ser desrespeitado? Por que o senhor não procurou o amparo da lei?

— Havia tal informalidade nos termos do legado, que estes não me permitiam nenhuma esperança de obter algo das leis. Um homem honrado não poderia duvidar da intenção, mas o sr. Darcy preferiu duvidar... ou ver naquilo só uma recomendação meramente condicional, e afirmar que eu havia perdido todos os direitos a ela com minha extravagância e imprudência... Em suma, ou tudo ou nada. O certo é que o benefício ficou vago dois anos atrás, exatamente quando completei a idade necessária para ocupá-lo, e que ele foi dado a outro homem; e não é menos certo que não posso acusar-me de ter feito algo para merecer perdê-lo. Tenho um temperamento ardente e talvez tenha expressado a minha opinião a respeito *dele* e *a ele* um pouco livremente demais. Não consigo lembrar-me de nada mais grave do que isso. Mas o fato é que somos tipos muito diferentes de homem e que ele me odeia.

— Isso é terrível! Ele merece a desgraça pública.

— Mais cedo ou mais tarde ele a *terá*... mas não por *meu* intermédio. Até eu conseguir esquecer-me de seu pai, jamais poderei desafiá-lo ou denunciá-lo.

Elizabeth elogiou-o por tais sentimentos e julgou-o mais belo do que nunca enquanto os exprimia.

— Mas quais — disse ela, depois de uma pausa — podem ser os motivos dele? Que pode tê-lo levado a comportar-se com tamanha crueldade?

— Uma profunda e violenta antipatia por mim... antipatia que só posso atribuir ao ciúme. Se o falecido sr. Darcy houvesse gostado menos de mim, talvez o filho me tivesse tratado melhor; mas o extraordinário apego de seu pai a mim irritou-o, creio, muito cedo na vida. Seu temperamento não era capaz de tolerar o tipo de competição em que estávamos... o tipo de preferência que muitas vezes me era dado.

— Nunca pensei que o sr. Darcy fosse assim tão mau... apesar de nunca ter gostado dele. Não tinha pensado tão mal dele. Julguei que ele desprezasse as outras criaturas em geral, mas não suspeitava que descesse a tão mesquinhas vinganças, a tamanha injustiça, a tal desumanidade.

Após alguns minutos de reflexão, porém, ela prosseguiu:

— Eu me lembro, *sim*, de um dia tê-lo ouvido gabar-se, em Netherfield, do caráter implacável de seus ressentimentos, de ter um temperamento incapaz de perdoar. Sua personalidade deve ser horrenda.

— Eu não confiarei em mim quanto a esse assunto — tornou Wickham. — Não posso ser muito justo com ele.

Elizabeth mergulhou de novo em seus pensamentos, e depois de certo tempo exclamou:

— Tratar assim o afilhado, o amigo, o favorito do próprio pai! — E poderia ter acrescentado: "E ainda por cima um jovem como *o senhor*, cujo simples aspecto já demonstra a boa índole". Mas contentou-se em dizer: — E ainda por cima alguém que provavelmente teria sido seu companheiro desde a infância, unido a ele, como acho que o senhor disse, da maneira mais íntima!

— Nascemos na mesma paróquia, dentro da mesma fazenda; passamos juntos a maior parte da juventude; habitando na mesma casa, compartilhamos as mesmas diversões, fomos objetos das mesmas atenções paternais. O *meu* pai começou a vida na mesma profissão a que o seu tio, o sr. Phillips, parece dar tanto crédito... mas desistiu de tudo para servir ao falecido sr. Darcy e devotou todo o seu tempo a cuidar da propriedade de Pemberley. O sr. Darcy o estimava muitíssimo e nele via um amigo muito íntimo, de toda confiança. O próprio sr. Darcy muitas vezes admitia ter uma grande dívida pela ativa superintendência de meu pai, e quando, pouco antes da morte de meu pai, o sr. Darcy fez a ele uma promessa voluntária de cuidar do meu sustento, estou convencido de que sentiu que aquilo era tanto uma dívida de gratidão por *ele* quanto de afeto por mim.

— Que esquisito! — exclamou Elizabeth. — Que abominável! É espantoso que o próprio orgulho desse sr. Darcy não o tenha feito ser justo com o senhor! Na falta de outro motivo, ele deveria ser orgulhoso demais para ser desonesto... Pois é de desonestidade que se trata.

— É assombroso *mesmo* — replicou Wickham —, pois quase todos os seus atos podem ser atribuídos ao orgulho; e o orgulho tem sido quase sempre o seu melhor amigo. Ele o ligou mais à virtude do que a qualquer outro sentimento. Mas nenhum de nós é coerente, e em seu comportamento para comigo havia impulsos até mais fortes do que o orgulho.

— É possível que um orgulho tão odioso tenha feito algum bem a ele?

— Fez, sim. Muitas vezes levou-o a ser magnânimo e generoso, a dar seu dinheiro sem contar, a ser hospitaleiro, a ajudar seus inquilinos e os pobres. Isso é fruto do orgulho de família, e do orgulho *filial*, pois ele tem muito orgulho do pai. Não desonrar a família, não perder as qualidades que a tornaram popular ou perder a influência da Casa de Pemberley são motivos poderosos. Ele também tem o orgulho *fraternal*, o que, unido a *certo* afeto fraterno, faz dele um protetor muito carinhoso e solícito da irmã, e a senhorita ouvirá muitas vezes dizerem que ele é o mais atencioso e o melhor dos irmãos.

— Que tipo de moça é a srta. Darcy?

Ele balançou a cabeça.

— Gostaria de dizer que ela é um doce. Não gosto de falar mal de um Darcy. Mas ela se parece demais com o irmão... é muito, muito orgulhosa. Quando criança, era carinhosa, simpática e gostava muito de mim; e eu dedicava horas e horas a diverti-la. Hoje, porém, ela não é nada para mim. É uma moça bonita, com quinze ou dezesseis anos e muito prendada, eu sei. Desde a morte do pai, passou a morar em Londres com uma dama que supervisiona a sua educação.

Depois de muitas pausas e de muitas tentativas de mudar de assunto, Elizabeth não conseguiu deixar de voltar ao primeiro e dizer:

— Estou admirada com a intimidade dele com o sr. Bingley! Como pode o sr. Bingley, que parece ser o bom humor em pessoa e é, como creio sinceramente, uma pessoa muito simpática, ter amizade com um homem desses? Como podem entender-se um com o outro? O senhor conhece o sr. Bingley?

— De modo algum.

— É um homem dócil, simpático, encantador. Ele não pode saber quem é realmente o sr. Darcy.

— Provavelmente, não; mas o sr. Darcy causa boa impressão onde quiser. Não lhe faltam habilidades. Pode tornar-se um companheiro interessante, se achar que vale a pena. Entre os seus pares quanto à riqueza, é muito diferente de quando está entre os menos prósperos. Seu orgulho jamais o abandona; mas com os ricos ele é um homem de mente aberta, justo, sincero, racional, honrado e talvez até agradável... levando-se também em conta sua fortuna e boa aparência.

Tendo-se desfeito logo em seguida o grupo do uíste, os jogadores reuniram-se ao redor da outra mesa e o sr. Collins posicionou-se entre a prima Elizabeth e a sra. Phillips. Esta última dirigiu a ele as perguntas de sempre sobre o jogo. Não fora para ele muito brilhante; perdera todas as mãos; mas, quando a sra. Phillips começou a expressar sua preocupação, ele lhe garantiu com a mais profunda gravidade que aquilo não tinha a menor importância, que considerava o dinheiro uma trivialidade e pediu a ela que não se preocupasse com isso.

— Sei muito bem, minha senhora — disse ele —, que quando as pessoas se sentam a uma mesa de jogo devem correr certos riscos, e felizmente estou numa situação em que cinco xelins nada significam para mim. Sem dúvida muitos há que não podem dizer o mesmo, mas, graças a *Lady* Catherine de Bourgh, estou muito além da necessidade de me preocupar com ninharias.

Isso chamou a atenção do sr. Wickham; e, após observar o sr. Collins por alguns momentos, perguntou a Elizabeth em voz baixa se o seu parente tinha ligações muito estreitas com a família De Bourgh.

— *Lady* Catherine de Bourgh — respondeu ela — deu-lhe recentemente uma pensão. Não sei como o sr. Collins a conheceu, mas com certeza não faz muito tempo.

— A senhorita sabe, é claro, que *Lady* Catherine de Bourgh e *Lady* Anne Darcy são irmãs; por conseguinte, ela é tia do atual sr. Darcy.

— Não, eu não sabia. Não sabia absolutamente nada sobre as relações de *Lady* Catherine. Não sabia sequer da existência dela até anteontem.

— A filha dela, a srta. de Bourgh, herdará uma imensa fortuna, e corre o boato de que ela e o primo unirão as duas propriedades.

A informação fez Elizabeth sorrir, ao pensar na pobre srta. Bingley. Pois vãs serão todas as suas atenções, vão e inútil, o seu carinho pela irmã dele e seu afeto por ele, se ele já estiver destinado a outra mulher.

— O sr. Collins — disse ela — fala muito bem de *Lady* Catherine e de sua filha; mas, por alguns detalhes que ele nos contou de Sua Senhoria, suspeito que a gratidão o iluda e, apesar de ser a sua protetora, seja uma mulher arrogante e presunçosa.

— Acho que ela é as duas coisas em alto grau — tornou Wickham. — Há anos não a vejo, mas me lembro muito bem de nunca ter gostado dela e de que seus modos eram ditatoriais e insolentes. Ela tem a reputação de ser muito sensata e esperta; para mim, porém, parte das suas habilidades vem de sua condição social e fortuna, parte de suas maneiras autoritárias e o resto do orgulho pelo sobrinho, que pretende que todos os que se relacionem com ele tenham uma inteligência de primeira classe.

Elizabeth admitiu que ele dera uma explicação muito racional e continuaram a conversar, com mútua satisfação, até que a ceia pôs um ponto-final no carteado e deu às demais damas sua parte nas atenções do sr. Wickham. Não se conseguia conversar em meio ao barulho da ceia da sra. Phillips, mas seus modos garantiam-lhe a aprovação de todos. Tudo que ele dizia era dito com propriedade; e tudo que fazia era feito com graça. Elizabeth partiu totalmente absorvida nele. Durante todo o caminho para casa, ela só conseguia pensar no sr. Wickham e no que ele lhe dissera; não teve, porém, tempo sequer de mencionar o nome dele, pois nem Lydia nem o sr. Collins se calavam. Lydia não parava de falar do bingo, do peixe que perdera e do outro que ganhara; e o sr. Collins, ao descrever a boa educação do sr. e da sra. Phillips, ao afirmar que não dava a menor importância à quantia que perdera no uíste, ao enumerar todos os pratos da ceia e ao dizer ter medo de incomodar as primas, tinha mais a dizer do que conseguia fazê-lo antes que a carruagem chegasse à casa de Longbourn.

CAPÍTULO 17

No dia seguinte, Elizabeth contou a Jane o que se passara entre o sr. Wickham e ela. Jane escutou com espanto e preocupação; não conseguia acreditar que o sr. Darcy fosse tão indigno da consideração do sr. Bingley; não era, porém, da sua natureza questionar a veracidade de um rapaz de aspecto tão elegante como Wickham. A possibilidade de ele ter passado por tais humilhações já era o bastante para despertar todos os seus mais ternos sentimentos; e nada mais restava a fazer, portanto, senão ter uma boa opinião dos dois, defender a conduta de cada um deles e tachar de acidente ou de engano o que não pudesse ser assim explicado.

— Aposto que ambos — disse ela — foram enganados, de um jeito ou de outro, e sobre isso não podemos ter nenhuma ideia. Pessoas mal-intencionadas talvez tenham caluniado um para o outro. Em suma, é impossível imaginarmos as causas ou as circunstâncias que os tenham separado, sem que nem um nem outro seja culpado.

— Isso mesmo; e agora, minha querida Jane, o que você tem a dizer a respeito das pessoas mal-intencionadas que provavelmente estavam envolvidas no caso? Arrume uma desculpa para *elas* também ou seremos obrigadas a pensar mal de alguém.

— Ria quanto quiser, mas não vai rir da minha opinião. Minha caríssima Lizzy, veja sob que desgraciosa luz o sr. Darcy é posto, maltratando assim o xodó de seu pai, que prometera sustentá-lo. Isso é impossível. Nenhum homem com algum coração, nenhum homem de algum valor pelo caráter seria capaz disso. É possível que os amigos mais íntimos estejam tão enganados a respeito dele? Isso, não.

— Acho muito mais fácil acreditar que o sr. Bingley tenha sido iludido do que crer que o sr. Wickham pudesse inventar uma história como a que me contou a noite passada, com nomes, fatos, tudo mencionado, sem nada esconder. Se não é assim, cabe ao sr. Darcy provar o contrário. Além disso, havia sinceridade nos olhos dele.

— Isso é duro, mesmo... e angustiante. Não sabemos o que pensar.

— Perdão, mas sabemos exatamente o que pensar.

Jane, porém, só tinha certeza de uma coisa: que o sr. Bingley, se *tivesse* sido iludido, viria a sofrer muito quando o caso se tornasse público.

As duas moças foram chamadas do jardim, onde essa conversa se desenrolava, pela chegada das próprias pessoas sobre as quais falavam; o sr. Bingley e suas irmãs vieram convidá-las pessoalmente para o muito esperado baile

de Netherfield, marcado para a próxima terça-feira. As duas damas estavam muito contentes por rever a querida amiga, disseram que havia séculos que não se viam e perguntaram várias vezes como vinha passando desde que se separaram. Ao resto da família deram pouca atenção, evitando ao máximo a sra. Bennet, pouco se dirigindo a Elizabeth e nunca às outras. Logo partiram, erguendo-se de seus assentos com uma presteza que surpreendeu o irmão e saindo correndo como se estivessem impacientes para fugir das cortesias da sra. Bennet.

A perspectiva do baile em Netherfield era extremamente agradável a todas as mulheres da família. A sra. Bennet preferiu pensar que o baile era dado em honra de sua filha mais velha, e se sentiu particularmente lisonjeada por receber o convite do sr. Bingley em pessoa, e não por meio de um cartão. Jane pôs-se a imaginar uma noite deliciosa na companhia das duas amigas e com as atenções do irmão delas; e Elizabeth pensou com prazer em dançar bastante com o sr. Wickham e em ver a confirmação de tudo no aspecto e no comportamento do sr. Darcy. A felicidade antecipada por Catherine e Lydia dependia menos de algum fato específico ou de alguma pessoa determinada, pois, embora as duas, como Elizabeth, planejassem dançar metade da noite com o sr. Wickham, ele não era de modo algum o único par que podia satisfazê-las, e, afinal, baile é baile. E até mesmo Mary garantiu à família que a perspectiva da festa não lhe era desagradável.

— Enquanto eu puder ter as manhãs só para mim — disse ela —, já é o bastante. Não será um sacrifício participar ocasionalmente de alguma festa. A sociedade exige algo de todos nós; e eu me incluo entre aqueles que julgam os intervalos de recreio e diversão desejáveis para todos.

A animação de Elizabeth era tamanha, que, embora não costumasse falar nada além do necessário com o sr. Collins, não conseguiu deixar de lhe perguntar se pretendia aceitar o convite do sr. Bingley e, em caso afirmativo, se julgaria correto participar das diversões do baile; e ficou um tanto surpresa ao descobrir que ele não tinha nenhum escrúpulo quanto a isso, e estava muito longe de temer uma admoestação do arcebispo ou de *Lady* Catherine de Bourgh por entregar-se à dança.

— Garanto-lhe que absolutamente não compartilho a opinião — disse ele — de que um baile desse tipo, oferecido por um jovem de caráter a pessoas respeitáveis, possa predispor ao mal; e estou tão longe de opor-me à dança, que espero ser honrado com a mão de todas as minhas guapas primas durante o sarau; e aproveito a ocasião para solicitar a sua, srta. Elizabeth, para as duas primeiras danças em especial, preferência que confio minha prima Jane atribua a causa justa, e não a algum desrespeito por ela.

Elizabeth sentiu-se encurralada. Pelos seus planos, aquelas eram precisamente as danças a que esperava ser convidada pelo sr. Wickham; e ter no lugar dele o sr. Collins! Sua vivacidade nunca se manifestara mais fora de hora. Não havia, porém, nenhuma saída. A alegria do sr. Wickham e a dela mesma foram obrigadas a sofrer um pequeno atraso, e a proposta do sr. Collins foi aceita com a máxima graça que ela pôde exprimir. Tampouco lhe agradou a galanteria dele, por sugerir algo mais. Ocorreu-lhe agora que *ela* fora eleita dentre as irmãs como aquela que merecia ser a dona de casa da residência paroquial de Hunsford e ajudar a formar uma mesa de jogo de *quadrille* em Rosings, na ausência de visitantes mais qualificados. A ideia logo passou a ser uma certeza, quando observou as gentilezas cada vez maiores para com ela e ouviu suas frequentes tentativas de cumprimento sobre a inteligência e vivacidade dela; e, embora mais pasma do que satisfeita com os resultados de seus próprios encantos, não demorou muito para que sua mãe lhe desse a entender que a probabilidade de tal casamento era extremamente agradável a *ela*. Elizabeth, porém, preferiu não aproveitar a deixa, sabedora de que qualquer resposta poderia dar lugar a uma discussão séria. O sr. Collins talvez nunca fizesse a proposta de casamento, e, até que a fizesse, era inútil brigar por causa disso.

Se não houvesse os preparativos e as conversas sobre o baile de Netherfield, as mais moças das srtas. Bennet estariam àquela altura em estado lastimável, pois do dia do convite até o dia do baile choveu tanto, que não puderam caminhar até Meryton nenhuma vez. Sem tia, sem oficiais, sem mexericos, até os sapatos de baile tiveram de ser comprados por intermediários. A própria Elizabeth pôs à prova sua paciência com o mau tempo, que suspendeu completamente os progressos em sua relação com o sr. Wickham; e nada, a não ser um baile na terça-feira, poderia ter feito a sexta, o sábado, o domingo e a segunda serem suportáveis para Kitty e Lydia.

CAPÍTULO 18

Até entrar no salão de Netherfield e procurar em vão pelo sr. Wickham em meio à multidão de casacas vermelhas ali reunidas, não ocorrera a Elizabeth nenhuma dúvida de que ele estaria presente. A certeza de encontrá-lo não fora desafiada por nenhuma dessas recordações que poderiam, não sem razão, tê-la alarmado. Ela se vestira com um esmero maior do que o de costume e se preparara com a máxima animação para a conquista de tudo o que ainda permanecia por subjugar no coração dele, na certeza de que não era mais do que poderia ser conquistado durante o baile. Num instante, porém, lhe ocorreu a terrível suspeita de que ele tivesse sido propositadamente omitido, para o prazer do sr. Darcy, no convite de Bingley aos oficiais; e, embora esse não fosse precisamente o caso, a confirmação absoluta da ausência foi pronunciada por seu amigo Denny, a quem Lydia solicitamente se dirigira, e que lhe disse que Wickham fora obrigado a ir a Londres na véspera, a negócios, e ainda não voltara; acrescentando, com um sorriso significativo:

— Não imagino que espécie de negócios o teria afastado daqui bem agora, se ele não tivesse querido evitar um determinado cavalheiro aqui presente.

Essa parte da fala, embora não por Lydia, foi ouvida por Elizabeth e, como lhe dava a certeza de que Darcy não era menos responsável pela ausência de Wickham do que se a sua primeira suposição estivesse correta, seus sentimentos de antipatia contra Darcy tornaram-se tão agudos pela imediata decepção, que ela mal conseguiu responder com tolerável educação às delicadas perguntas que mais tarde ele lhe dirigiu diretamente, aproximando-se. Gentileza, tolerância e paciência para com Darcy eram injúria a Wickham. Estava decidida a evitar qualquer tipo de conversa com ele e se afastou com um mau humor que mal conseguiu superar, mesmo ao falar com o sr. Bingley, cuja cega parcialidade a irritava.

Elizabeth, porém, não nascera para o mau humor; e, embora todos os seus planos para o baile tivessem sido arruinados, esse sentimento não poderia permanecer por muito tempo em seu ânimo; tendo contado todas as suas aflições a Charlotte Lucas, que não via durante uma semana, logo foi capaz de mudar voluntariamente de assunto para as esquisitices do primo e de assinalá-lo à atenção dela. As duas primeiras danças, contudo, trouxeram de volta a angústia; foram duas torturas. O sr. Collins, desajeitado e solene, desculpando-se em vez de ser atencioso e dando muitas vezes passos em falso sem perceber, proporcionou-lhe toda a vergonha e desgosto que um parceiro desagradável pode causar num par de danças. Separou-se dele com uma sensação de êxtase.

Dançou em seguida com um oficial, e teve o prazer de falar sobre Wickham e de ouvir que todos gostavam muito dele. Terminadas as danças, voltou a procurar Charlotte Lucas e estava conversando com ela, quando se viu subitamente abordada pelo sr. Darcy, que tanto a pegou de surpresa com o pedido de sua mão para a dança, que, sem saber o que fazia, ela aceitou. Ele se afastou em seguida, deixando-a a se lamentar sobre sua falta de presença de espírito; Charlotte tentou consolá-la:

— Tenho certeza de que você vai achá-lo um encanto.

— Deus me livre! *Essa* seria a maior das desgraças! Achar um encanto o homem que estamos determinadas a odiar! Não me deseje tamanho mal.

Quando a dança recomeçou, porém, e Darcy se aproximou para tomar sua mão, Charlotte não pôde evitar aconselhá-la a não ser boba e não deixar que suas fantasias com Wickham a fizessem parecer desagradável aos olhos de um homem dez vezes mais rico do que ele. Elizabeth não respondeu e tomou seu lugar na pista, admirada com a honra que lhe fora conferida de ficar diante do sr. Darcy, e lendo nos olhos dos que estavam próximos o mesmo espanto. Permaneceram por algum tempo sem dizer palavra; e ela começou a imaginar que o silêncio iria perdurar por todas as duas danças e inicialmente estava decidida a não rompê-lo; até que, imaginando que seria o maior castigo para o seu par obrigá-lo a falar, ela fez algumas rápidas observações sobre a dança. Ele respondeu, e se fez silêncio novamente. Depois de uma pausa de alguns minutos, ela se dirigiu a ele uma segunda vez, dizendo:

— É a *sua* vez agora de dizer alguma coisa, sr. Darcy. Eu falei sobre a dança, e *o senhor* deve fazer algum tipo de observação sobre o tamanho do salão ou o número de pares.

Ele sorriu e garantiu a ela que diria tudo que ela quisesse que ele dissesse.

— Muito bem. Essa resposta basta por enquanto. É possível que de vez em quando eu observe que os bailes particulares são muito mais divertidos do que os bailes públicos. Mas *agora* podemos ficar calados.

— É para você uma norma, então, conversar enquanto dança?

— Às vezes. Temos de falar um pouco, é claro. Poderia parecer estranho ficarmos juntos totalmente calados durante meia hora; mas, para proveito de *alguns*, a conversa deve ser tal, que só tenham o incômodo de falar o mínimo possível.

— Neste caso, você está consultando os seus próprios sentimentos ou acredita estar satisfazendo aos meus?

— As duas coisas — replicou Elizabeth, brejeira —, pois sempre observei haver grande semelhança em nossas mentes. Somos ambos de caráter taciturno e antissocial, não gostamos de falar, a menos que esperemos dizer algo que faça a admiração de todo o salão e passe para a posteridade com todo o *éclat* de um provérbio.

— Isso certamente não tem uma semelhança muito impressionante com a sua personalidade — tornou ele. — O quanto esteja próximo da *minha*, não sei dizer. *A senhorita*, sem dúvida, acha que seja um retrato fiel.

— Não posso julgar a minha própria obra.

Ele nada respondeu, e ficaram de novo em silêncio até terminar a dança, quando ele perguntou se ela e suas irmãs não iam com frequência a Meryton a passeio. Ela respondeu que sim e, incapaz de resistir à tentação, acrescentou:

— Quando o senhor nos encontrou outro dia, tínhamos acabado de fazer uma nova amizade.

O efeito foi imediato. Uma sombra mais profunda de *hauteur* cobriu suas feições, mas ele não disse nada e Elizabeth, embora censurando-se por sua própria fraqueza, não pôde seguir adiante. Por fim, Darcy falou, e, com um ar constrangido, disse:

— O sr. Wickham foi favorecido com maneiras tão gentis, que sempre lhe permitem *fazer* amizades... Mas não estou certo de que ele seja igualmente capaz de *conservá-las*.

— Ele teve o grande azar de perder a *sua* amizade — replicou Elizabeth, com ênfase —, e de maneira tal que é capaz de sofrer com isso a vida inteira.

Darcy nada respondeu e pareceu querer mudar de assunto. Nesse momento, *Sir* William Lucas apareceu perto deles, na intenção de passar pela pista até o outro lado do salão; mas, ao perceber o sr. Darcy, estacou com uma reverência de alta cortesia, para cumprimentá-lo pela dança e pelo par.

— Fiquei realmente encantado, meu caro senhor. É raro poder assistir a tão refinado espetáculo de dança. É evidente que o senhor pertence às altas rodas. Permita-me dizer, porém, que sua linda parceira não o desmerece e que espero ter ainda muitas vezes este prazer, sobretudo quando ocorrer certo auspicioso acontecimento, minha querida Eliza — lançando um olhar para sua irmã e Bingley. — Quantas felicitações não afluirão! O sr. Darcy que o diga... Mas não quero interrompê-lo, meu senhor. O senhor certamente não me será grato por privá-lo da encantadora conversação desta jovem dama, cujos olhos brilhantes também já me censuram.

A última parte dessa fala mal foi ouvida por Darcy; mas a alusão de *Sir* William a seu amigo pareceu tocá-lo muito, e seus olhos se voltaram com expressão muito séria para Bingley e Jane, que estavam dançando juntos. Caindo rapidamente em si, porém, ele se voltou para seu par e disse:

— A interrupção de *Sir* William fez-me esquecer sobre que conversávamos.

— Não acho que estivéssemos conversando. *Sir* William não poderia ter interrompido duas pessoas na sala com menos coisas para dizerem uma à outra. Já tentamos dois ou três assuntos, sem êxito, e, sobre o que vamos falar em seguida, não posso sequer imaginar.

— Qual é a sua opinião sobre os livros? — disse ele, com um sorriso.

— Livros... ah! Não. Tenho certeza de que nunca lemos o mesmo, ou pelo menos não com os mesmos sentimentos.

— Lamento que a senhorita pense assim; mas, se for esse o caso, pelo menos não pode haver falta de assunto. Podemos comparar as nossas diferentes opiniões.

— Não... não consigo falar de livros num salão de baile; minha cabeça está sempre em outro lugar.

— O *presente* sempre a ocupa em tais cenários, não é? — disse ele, com um olhar de dúvida.

— Sempre — respondeu ela, sem saber o que dizia, pois seus pensamentos voaram para longe do assunto, como ficou claro logo em seguida, quando exclamou de repente: — Lembro-me de ouvir o senhor dizer uma vez, sr. Darcy, que dificilmente perdoava, que, uma vez criado, seu ressentimento era implacável. Suponho, então, que tome muito cuidado para que ele não *seja criado*.

— Tomo cuidado, sim — respondeu ele com voz firme.

— E nunca se deixa cegar pelo preconceito?

— Espero que não.

— É especialmente importante para os que jamais mudam de opinião ter certeza de que seu primeiro juízo esteja correto.

— Posso saber qual é o objetivo dessas perguntas?

— Simplesmente revelar *seu* caráter — disse ela, tratando de disfarçar o tom sério. — Estou tentando decifrá-lo.

— E conseguiu?

Ela balançou a cabeça.

— De modo nenhum. Ouço coisas tão díspares a seu respeito, que fico totalmente perplexa.

— Não tenho dificuldade em acreditar — tornou ele com seriedade — que varie muito o que se diz a meu respeito; e espero, srta. Bennet, que não tente retratar o meu caráter no presente momento, pois há razões para temer que a obra não faça justiça nem a mim nem a você.

— Mas, se não captar o seu aspecto agora, talvez nunca mais apareça outra oportunidade.

— Eu jamais me oporia a qualquer prazer de sua parte — respondeu ele com frieza.

Ela nada mais disse; terminaram a dança e se separaram em silêncio, e com os dois lados insatisfeitos, embora não na mesma medida, pois no peito de Darcy ardia por ela um sentimento de certa intensidade, o que logo o fez perdoá-la e dirigir todo o seu rancor contra outra pessoa.

Pouco depois de se separarem, a srta. Bingley veio até ela e, com uma expressão de polido desdém, dirigiu-lhe a palavra:

— Então, srta. Eliza, soube que está encantada com George Wickham! Sua irmã tem-me falado a respeito dele e feito mil perguntas; e vejo que o rapaz se esqueceu completamente de lhe dizer, entre as outras informações, que era filho do velho Wickham, o intendente do falecido sr. Darcy. Aconselho-a, porém, como amiga, a não confiar cegamente em tudo que ele diz; pois, quanto a dizer que o sr. Darcy o prejudicou, trata-se de algo absolutamente falso. Ao contrário, ele sempre foi muitíssimo gentil para com George Wickham, embora este tenha tratado o sr. Darcy da maneira mais infame. Não conheço os detalhes, mas sei muito bem que o sr. Darcy não tem nenhuma culpa no caso, que ele não tolera ouvir citarem o nome de George Wickham e que, embora o meu irmão julgasse que não podia deixar de incluí-lo em seu convite aos oficiais, ficou felicíssimo em saber que ele mesmo se esquivou de aceitá-lo. A mera vinda dele para cá já é uma grande insolência, e não consigo imaginar como se atreveu a tanto. Lamento, srta. Eliza, revelar-lhe a culpa do seu favorito; mas, francamente, tendo em vista a ascendência dele, não era de se esperar algo muito melhor.

— A culpa e a ascendência dele parecem ser, por sua explicação, uma só e mesma coisa — disse Elizabeth, zangada —, pois a pior acusação que fez a ele foi a de ser filho do intendente do sr. Darcy, e sobre *isso* posso garantir-lhe que ele próprio me informou.

— Queira desculpar-me — replicou a srta. Bingley, voltando-se com um sorrisinho — pela minha intromissão... Foi com a melhor das intenções.

— Menina insolente — disse Elizabeth com seus botões. — Está muito enganada se espera influenciar-me com um ataque tão mesquinho. Nada vejo nessas críticas senão a teimosa ignorância da srta. Bingley e a malícia do sr. Darcy.

Ela, então, procurou a irmã mais velha, que se encarregara de se inteirar do mesmo assunto junto a Bingley. Jane encontrou-a com um sorriso de tão doce complacência, uma expressão de tão radiante felicidade, que ficava evidente o quanto estava satisfeita com os acontecimentos da noite. Elizabeth logo leu seus sentimentos e naquele momento o desvelo por Wickham, o ressentimento contra os inimigos dele e todos os outros problemas desapareceram ante a esperança de que Jane estivesse em plena viagem rumo à felicidade.

— Quero saber — disse ela, com uma expressão não menos sorridente do que a da irmã — o que você conseguiu saber sobre o sr. Wickham. Mas talvez você tenha estado muito agradavelmente entretida para pensar em qualquer outra pessoa; neste caso, pode ter certeza de que a perdoo.

— Não — tornou Jane —; não me esqueci dele; mas nada tenho de positivo para lhe contar. O sr. Bingley não conhece a história inteira e ignora completamente o que tanto ofendeu o sr. Darcy; mas garante a boa conduta, a probidade e a honra do amigo, e está plenamente convencido de que o sr. Wickham merecia muito menos consideração da parte do sr. Darcy do que recebeu; e lamento dizer que, segundo ele e também segundo a sua irmã, o sr. Wickham não é de modo algum um jovem de respeito. Temo que ele haja sido muito imprudente e tenha merecido perder a estima do sr. Darcy.

— O sr. Bingley não conhece o sr. Wickham?

— Não; nunca o havia visto até aquela manhã, em Meryton.

— Então tudo o que ele sabe vem do sr. Darcy. Estou satisfeita. Mas que diz ele sobre a pensão?

— Ele não se lembra bem das circunstâncias, embora tenha ouvido o sr. Darcy contá-las mais de uma vez, mas acredita que a pensão lhe tenha sido deixada apenas *condicionalmente*.

— Não duvido da sinceridade do sr. Bingley — disse Elizabeth, excitada —, mas, sinto muito, só afirmações não bastam para me convencer. A defesa que o sr. Bingley fez do amigo foi muito hábil, sem dúvida; mas, uma vez que ele não está a par de diversas partes da história e tomou conhecimento do resto por intermédio do amigo, minha opinião sobre os dois cavalheiros continuará sendo a mesma de antes.

Ela, então, mudou de assunto para outro mais agradável a todos e sobre o qual não havia diferenças de sentimento. Elizabeth ouviu com prazer as felizes, mas modestas, esperanças que Jane alimentava quanto ao amor do sr. Bingley e disse tudo o que podia para aumentar a confiança dela. Quando o próprio sr. Bingley se juntou a elas, Elizabeth retirou-se e foi conversar com a srta. Lucas; às perguntas desta sobre a elegância de seu último par, ela mal respondeu, até encontrarem o sr. Collins, que lhes contou, exultante, que acabara de ter a boa sorte de fazer uma importantíssima descoberta.

— Descobri — disse ele —, por um curioso acaso, que está presente no salão um parente próximo da minha protetora. Acidentalmente ouvi o próprio cavalheiro referir-se à jovem dama que faz as honras da casa os nomes de sua prima, a srta. de Bourgh, e da mãe dela, *Lady* Catherine. Como acontecem coisas maravilhosas! Quem diria que eu poderia encontrar, talvez, um sobrinho de *Lady* Catherine de Bourgh nesta festa! Dou graças a Deus por tal descoberta ocorrer a tempo de eu lhe apresentar meus cumprimentos, o que estou indo fazer agora, confiante de que ele me perdoará por não tê-lo feito antes. Minha total ignorância justificará as minhas desculpas.

— O senhor não vai apresentar-se ao sr. Darcy!

— Claro que vou. Vou rogar a ele que me perdoe por não tê-lo feito antes. Creio que ele seja *sobrinho* de *Lady* Catherine. Poderei garantir a ele que Sua Senhoria estava muito bem a semana passada.

Elizabeth tudo fez para dissuadi-lo, garantindo-lhe que o sr. Darcy julgaria, não um cumprimento à sua tia, mas uma impertinência, o fato de ele lhe dirigir a palavra sem ser apresentado; que não havia nenhuma necessidade disso, já que nenhuma das partes se daria conta do ocorrido; e que, se fosse realmente o caso, cabia ao sr. Darcy, a pessoa de condição social superior, iniciar o relacionamento. O sr. Collins escutou-a decidido a seguir sua própria inclinação e, quando ela parou de falar, respondeu o seguinte:

— Querida srta. Elizabeth, tenho na mais alta conta o seu excelente julgamento acerca de todas as matérias ao alcance da sua inteligência; permita-me, porém, dizer que há uma enorme diferença entre as normas de cerimônia estabelecidas entre os leigos e as que regulam o clero; pois, *data venia*, cumpre observar que considero o ofício clerical igual em matéria de dignidade à mais alta nobreza do reino (contanto que se conserve, ao mesmo tempo, a adequada modéstia de comportamento). Permita-me, pois, seguir o ditado da minha consciência nesta oportunidade, que me leva a fazer o que vejo como meu dever. Perdoe-me por negligenciar valer-me do seu conselho, o qual, sobre qualquer outro assunto, há de ser o meu guia constante, embora no caso presente me considere mais apto, por educação e hábito de estudo, do que uma jovem dama como a senhorita a decidir o que é certo.

E, curvando-se quase até o chão numa reverência, partiu em busca do sr. Darcy, cuja recepção de tais avanços ela observou com atenção e cujo pasmo em se ver tratado assim era mais do que evidente. Seu primo prefaciou suas palavras com uma solene reverência e, embora não conseguisse ouvir nem uma palavra do que disse, se sentiu como se ouvisse tudo e viu no movimento dos lábios as palavras "perdão", "Hunsford" e "*Lady* Catherine de Bourgh". Irritou-se por vê-lo expor-se a um tal homem. O sr. Darcy observava-o com infinito pasmo, e, quando enfim o sr. Collins lhe deu algum tempo para falar, respondeu com um ar de distante polidez. O sr. Collins, porém, não se desencorajou e tornou a falar, e o desdém do sr. Darcy pareceu crescer na mesma proporção da duração de sua segunda fala, e ao final dela se limitou a fazer-lhe uma breve reverência e se afastou. O sr. Collins voltou, então, para Elizabeth.

— Garanto-lhe que não vejo razão — disse ele — para ficar insatisfeito com a recepção que tive. O sr. Darcy pareceu-me muito contente com as minhas atenções. Respondeu-me com infinita polidez e até mesmo me fez o cumprimento de dizer que tinha tamanha convicção do discernimento de *Lady* Catherine, que estava certo de que ela jamais faria um favor inutilmente. Foi uma reflexão verdadeiramente profunda. Em suma, encantei-me com ele.

Como Elizabeth já não tinha nenhum interesse no caso, passou a prestar atenção quase que só na irmã e no sr. Bingley; e a série de agradáveis reflexões a que sua observação deu origem tornou-a quase tão feliz quanto Jane. Viu-a em imaginação instalada naquela mesma casa, com toda a felicidade que um casamento pode proporcionar; e se sentiu capaz, em tais circunstâncias, de tentar gostar até mesmo das duas irmãs de Bingley. Sabia perfeitamente que sua mãe tinha as mesmas ideias e se decidiu a não aventurar-se nas proximidades dela, para não escutar demais. Quando se sentaram para a ceia, portanto, considerou a mais infeliz das maldades ser posta junto a ela à mesa, com uma só pessoa a separá-las; e ficou profundamente irritada ao descobrir que sua mãe falava sem papas na língua com aquela pessoa (*Lady* Lucas), e de nada menos do que de suas expectativas de um próximo casamento entre Jane e o sr. Bingley. Era um assunto fascinante, e a sra. Bennet parecia incansável ao enumerar as vantagens da união. O fato de ser um rapaz encantador, muito rico, que morava a só três milhas delas era o primeiro ponto de satisfação; e, depois, era tão bom ver como as duas irmãs gostavam de Jane e ter a certeza de que deviam desejar aquele casamento tanto quanto ela mesma. Além disso, era algo muito promissor para suas filhas mais moças, pois o ótimo casamento de Jane deveria colocá-las no caminho de outros homens ricos; e por fim era tão bom, na sua idade, poder entregar as filhas solteiras aos cuidados da irmã delas, pois já poderia ir a eventos sociais só quando bem lhe aprouvesse. Tal situação devia ser contada entre os prazeres, pois a etiqueta obrigava a tanto; mas ninguém tinha menos probabilidade de preferir ficar em casa do que a sra. Bennet, em qualquer altura da vida. Ela concluiu com os mais vivos votos de que *Lady* Lucas também tivesse logo a mesma sorte, embora acreditasse, evidente e triunfalmente, que as probabilidades fossem mínimas.

Em vão tentou Elizabeth diminuir a velocidade das palavras da mãe ou persuadi-la a descrever sua felicidade num sussurro menos audível; pois, para seu inexprimível desgosto, percebeu que a maior parte da conversa fora ouvida pelo sr. Darcy, que estava sentado bem em frente. Sua mãe limitou-se a censurá-la por ser tão tola.

— O que o sr. Darcy é de mim, por favor, para que eu deva ter medo dele? Estou certa de que não lhe devemos nenhuma deferência especial que nos obrigue a não dizer nada que *ele* não queira ouvir.

— Pelo amor de Deus, mamãe, fale mais baixo. De que adianta ofender o sr. Darcy? Assim, o amigo dele nunca terá uma boa opinião da senhora!

Nada do que dissesse, porém, tinha qualquer influência. Sua mãe continuaria a expor suas ideias alto e bom som. Elizabeth corou e tornou a corar, de vergonha e irritação. Não conseguia evitar olhar com frequência para o sr. Darcy, embora a cada olhar se convencesse mais do que temia; pois, embora ele não estivesse olhando para sua mãe, tinha certeza de que sua atenção se dirigia invariavelmente a ela. A expressão do rosto dele foi aos poucos passando do desdém indignado à firme e serena seriedade.

Em determinado momento, porém, a sra. Bennet nada mais tinha a dizer; e *Lady* Lucas, que havia tempo vinha bocejando à repetição de alegrias que não tinha esperança de compartilhar, pôde entregar-se às delícias do presunto e do frango. Elizabeth sentiu-se ressuscitar. Mas o intervalo de tranquilidade não durou muito; pois, ao fim da ceia, falou-se em cantar, e ela teve o desprazer de ver Mary, depois de muito pouca insistência, preparar-se para obsequiar os presentes. Com muitos olhares significativos e pedidos silenciosos, ela tentou impedir tal prova de complacência, mas em vão; Mary não os compreendeu; adorou a oportunidade de se apresentar e começou a cantar. Os olhos de Elizabeth cravaram-se nela com as mais dolorosas sensações, e observava seus progressos pelas diversas *stanze* com uma impaciência muito mal recompensada ao final; pois Mary, ao receber entre os agradecimentos da mesa a sugestão de obsequiá-los novamente com uma canção, depois de uma pausa de meio minuto, começou outra. O talento de Mary não estava à altura da exibição; sua voz era fraca e seus modos, afetados. Elizabeth queria morrer. Ela olhou para Jane, para ver sua reação a tudo aquilo; mas Jane estava muito calmamente conversando com Bingley. Ela olhou para as duas irmãs dele, e as viu fazendo sinais de troça uma com a outra e para Darcy, que continuava, porém, imperturbavelmente sério. Olhou para seu pai, pedindo sua intervenção para que Mary não continuasse a cantar durante toda a noite. Ele compreendeu a sugestão e, quando Mary chegou ao fim da segunda canção, disse em voz alta:

— Muito bem, filhinha. Você já nos deliciou por bastante tempo. Agora deixe que as outras jovens se apresentem.

Embora fingisse não ouvir, Mary ficou um tanto desconcertada; e Elizabeth, com pena dela e lamentando as palavras do pai, temia que sua ansiedade tivesse piorado a situação. Já outras jovens eram solicitadas pelos presentes.

— Se eu — disse o sr. Collins — tivesse a boa sorte de saber cantar, teria grande prazer em obsequiar os presentes com uma ária; pois considero a música uma diversão muito inocente e perfeitamente compatível com o estado clerical. Não pretendo, porém, afirmar que seja justificável dedicar grande parte do nosso tempo à música, pois certamente há outras coisas que devem ter a nossa atenção. O reitor de uma paróquia tem muito que fazer. Primeiro, ele deve chegar a um acordo a respeito do dízimo, que seja benéfico para si mesmo e não prejudique o patrão. Tem de escrever seus próprios sermões; e o tempo que sobrar não será demasiado para os deveres paroquiais e para o trato e a melhoria de sua residência, que ele tem a obrigação de tornar o mais confortável possível. E não julgo de menor importância que ele seja atencioso e conciliador com todos, sobretudo com aqueles a quem deve a sua promoção. Não posso eximi-lo desse dever; tampouco posso ter boa opinião do homem que perca uma oportunidade de testemunhar o seu respeito por todos os que estão ligados à família.

E, com uma reverência ao sr. Darcy, concluiu seu discurso, pronunciado em voz tão alta, que fora ouvido por metade da sala. Muitos olharam, muitos sorriram; mas ninguém parecia divertir-se mais do que o sr. Bennet, enquanto sua esposa elogiava o sr. Collins por ter falado com tanta sensatez e observava num sussurro a *Lady* Lucas que ele era um rapaz notavelmente inteligente e bom.

Para Elizabeth, se os membros da família tivessem combinado exibir-se o máximo possível durante o baile, não conseguiriam desempenhar seus papéis com mais humor nem obter maior sucesso; e julgou ser uma sorte que a Bingley e a Jane tivessem escapado partes dessa exibição, e que os sentimentos dele fossem de um tipo que não se deixava afetar pelas asneiras presenciadas. Era terrível, porém, que as irmãs dele e o sr. Darcy tivessem tido tal oportunidade de expor ao ridículo os seus parentes, e ela não sabia determinar o que era mais intolerável, se o silencioso desdém de Darcy ou os insolentes risinhos das irmãs.

O resto da festa pouca diversão lhe trouxe. Era importunada pelo sr. Collins, que continuava teimosamente ao seu lado e, embora não conseguisse convencê-la a dançar com ele de novo, impedia-a de dançar com outros. Em vão tentou persuadi-lo a conversar com outra pessoa e ofereceu-se para apresentá-lo a qualquer outra jovem do salão. Ele lhe garantiu que era completamente indiferente à dança; que seu principal objetivo era, com suas delicadas atenções, fazer-se agradável a ela e que, portanto, fazia questão de permanecer junto dela até o fim do baile. Contra tal projeto não havia argumentos. Ela conseguiu algum alívio com sua amiga, a srta. Lucas, que com frequência vinha ter com eles e de boa vontade conversava com o sr. Collins.

Estava pelo menos ao abrigo da tortura de uma outra abordagem da parte do sr. Darcy; embora muitas vezes estivesse a pouquíssima distância dela,
e sem nada para fazer, ele nunca chegou perto o bastante para lhe falar. Ela percebeu que aquela era uma provável consequência de suas alusões ao sr. Wickham, e ficou contente com isso.

O grupo de Longbourn foi o último a partir e, por uma manobra da sra. Bennet, teve de aguardar a carruagem quinze minutos depois que todos já haviam ido embora, o que lhes deu tempo de ver com que força alguns da família desejavam vê-los pelas costas. A sra. Hurst e sua irmã mal abriram a boca, a não ser para se queixar do cansaço, e estavam obviamente impacientes para ficar sozinhas em casa. Rejeitaram todas as tentativas de conversa da sra. Bennet e com isso deixaram todos desanimados, o que era compensado pobremente pelos longos discursos do sr. Collins, que cumprimentava o sr. Bingley e suas irmãs pela elegância da festa e pela hospitalidade e polidez que marcaram seu comportamento para com os convidados. Darcy não disse absolutamente nada. O sr. Bennet, igualmente calado, divertia-se com a cena. O sr. Bingley e Jane permaneciam juntos, um pouco à parte dos demais, e só falavam entre si. Elizabeth conservou um silêncio tão inabalável quanto o da sra. Hurst ou da srta. Bingley; e até Lydia estava cansada demais para dizer algo além da exclamação ocasional "Meu Deus, como estou cansada!", acompanhada de um violento bocejo.

Quando afinal se ergueram para se despedir, a sra. Bennet foi insistentemente gentil em seus votos de ter a visita de toda a família a Longbourn, e se dirigiu em especial ao sr. Bingley, para garantir-lhe que todos ficariam muito felizes em recebê-lo a qualquer momento para um jantar de família, sem as cerimônias de um convite formal. Bingley, encantado, agradeceu, e prontamente se comprometeu a aproveitar a primeira oportunidade de visitá-la, assim que voltasse de Londres, para onde era obrigado a ir no dia seguinte, por pouco tempo.

A sra. Bennet estava satisfeitíssima e deixou a casa maravilhosamente persuadida de que, levando-se em conta os preparativos necessários quanto a arranjos, novas carruagens e trajes de casamento, deveria sem dúvida ver a filha estabelecida em Netherfield dentro de três ou quatro meses. Ter outra filha casada com o sr. Collins era igualmente certo, o que lhe causava um prazer considerável, mas não igual. Elizabeth era de todas as suas filhas a de que menos gostava; e, embora o homem e o casamento fossem bastante bons para *ela*, eram eclipsados pelo sr. Bingley e Netherfield.

CAPÍTULO 19

O dia seguinte abriu uma nova cena em Longbourn. O sr. Collins declarou-se formalmente. Tendo-se decidido a fazê-lo sem mais delongas, pois sua licença só ia até o sábado seguinte, e sem nenhum receio, mesmo naquele momento, de que aquilo pudesse acabar mal para ele, portou-se de modo muito ordeiro, com todas as formalidades que julgava fizessem parte do negócio. Ao encontrar juntas a sra. Bennet, Elizabeth e uma das filhas mais moças, logo depois do café da manhã, ele se dirigiu à mãe com as seguintes palavras:

— Pelo afeto que a senhora tem por sua linda filha Elizabeth, posso acalentar a esperança de ter a honra de solicitar uma audiência particular com ela no transcurso desta manhã?

Antes que Elizabeth tivesse tempo para qualquer coisa, além de corar de surpresa, a sra. Bennet respondeu imediatamente:

— Ah, meu querido!... Sim... É claro. Tenho certeza de que Lizzy ficará felicíssima... Tenho certeza de que ela não fará nenhuma objeção. Venha, Kitty, preciso de você lá em cima.

E, arrumando seu trabalho, apressava-se para sair quando Elizabeth a chamou:

— Querida mamãe, não vá. Por favor, não vá. O sr. Collins deve-me desculpas. Ele não pode ter nada a me dizer que nem todos possam ouvir. Eu mesma estou de saída.

— Não, não, que absurdo, Lizzy. Quero que você fique onde está. — E, como Elizabeth parecesse de fato, entre irritada e constrangida, a ponto de ir embora, acrescentou: — Lizzy, *insisto* em que você fique e ouça o sr. Collins.

Elizabeth não queria opor-se a tal ordem — e, tendo-lhe uma breve reflexão mostrado que seria mais prudente acabar com aquilo o mais rápido e o mais discretamente possível, sentou-se de novo e tentou diligentemente disfarçar os sentimentos que se dividiam entre a aflição e a diversão. A sra. Bennet e Kitty afastaram-se, e assim que elas se foram o sr. Collins começou.

— Creia-me, caríssima srta. Elizabeth: a sua modéstia, longe de lhe prestar algum desserviço, até acentua as suas demais perfeições. A senhorita seria menos sedutora aos meus olhos se *não* houvesse essa pequena má vontade; permita-me, porém, garantir-lhe que tenho a permissão de sua respeitada mamãe para este colóquio. Não pode a senhorita nutrir dúvidas a respeito do teor do meu discurso, mesmo que a sua delicadeza natural a leve a dissimulá-lo; foram minhas atenções demasiado assinaladas para levar a engano. Assim que entrei na casa, distingui a senhorita como a companheira da minha futura vida. Mas, antes de deixar-me arrastar pelos sentimentos quanto a este assunto, será porventura aconselhável declarar as minhas razões para casar-me... e, ademais, para vir a Hertfordshire com o objetivo de escolher uma esposa, como decerto o fiz.

A ideia de o sr. Collins, com toda a sua solene compostura, ser arrastado pelos sentimentos levou Elizabeth a tal proximidade da gargalhada, que não conseguiu levar adiante nenhuma tentativa de detê-lo durante a breve pausa que ele fez. Prosseguiu ele:

— Eis as minhas razões para casar: primeiro, porque creio ser bom para todos os eclesiásticos de situação abastada (como eu) dar à paróquia um exemplo de matrimônio; segundo, porque estou convencido de que esse casamento fará a minha felicidade crescer enormemente; e, terceiro (o que porventura deveria ter mencionado antes), porque se trata de um conselho e de uma recomendação particulares da nobilíssima dama que tenho a honra de chamar minha patrona. Duas vezes se dignou ela agraciar-me com a sua opinião (que eu nem sequer solicitara!) a esse respeito. Na mesma noite de sábado anterior à minha partida de Hunsford, entre duas rodadas do jogo de *quadrille*, enquanto a sra. Jenkinson arrumava o escabelo da srta. de Bourgh, ela me disse: "Sr. Collins, o senhor deve casar-se. Um clérigo como o senhor tem de se casar. Escolha certo, escolha uma dama, por *mim*; e, para *o senhor*, seja ela uma pessoa ativa e útil, não dada a altos voos, mas capaz de tirar muito de uma pequena renda. Este é o meu conselho. Encontre essa mulher o quanto antes, traga-a para Hunsford e eu hei de visitá-la". Permita-me, aliás, observar, minha linda prima, que não considero o meu conhecimento da bondosa *Lady* Catherine de Bourgh a menor das vantagens que lhe posso oferecer. A senhorita verá que os modos dela estão muito além do que eu possa descrever; e creio que o seu espírito e vivacidade hão de ser aceitos por ela, sobretudo quando moderados pelo silêncio e pelo respeito que a alta condição dela inevitavelmente imporão. Isso quanto à minha intenção geral em favor do matrimônio; resta explicar por que me voltei para Longbourn e não para a minha própria vizinhança, onde posso garantir-lhe haver muitas mocinhas adoráveis. Mas o fato é que, como hei de herdar, como de fato herdarei, esta propriedade após a morte do seu honrado papai (que, porém, talvez ainda viva muitos anos), não conseguiria consolar-me se não resolvesse escolher uma esposa dentre suas filhas, para que o prejuízo delas possa ser o menor possível, quando o melancólico evento tiver lugar — o qual, todavia, como já disse, pode demorar ainda muitos anos. Foi esse o meu motivo, querida prima, e tenho certeza de que não me diminuirá a seus olhos. E agora nada mais me resta além de garantir-lhe com as mais entusiásticas palavras a violência de minha paixão. Infinita é a minha indiferença à riqueza, e não farei nenhuma exigência nesse sentido ao seu pai, uma vez que tenho plena consciência de que ele não poderá satisfazê-la, e de que tudo que a senhorita tem de direito são mil libras a quatro por cento, que não serão suas até a morte de sua mãe. Sobre esse ponto, portanto, meu silêncio será total; e a senhorita pode ter certeza de que nenhuma repreensão pouco generosa passará por meus lábios quando estivermos casados.

Era absolutamente necessário interrompê-lo agora.

— O senhor é muito apressadinho — exclamou ela. — Esquece-se de que eu não lhe dei resposta nenhuma. Aqui vai ela, sem mais delongas. Aceite os meus agradecimentos pelos cumprimentos que me faz. Sou muito sensível à honra de suas propostas, mas é impossível para mim deixar de recusá-las.

— Não é de agora que sei — replicou o sr. Collins, com um meneio formal de mãos — que as moças costumam rejeitar os avanços do homem que secretamente pretendem aceitar, a primeira vez que ele lhes pede seu favor; e que às vezes a recusa se repete uma segunda e até uma terceira vez. O que a senhorita acaba de me dizer de modo algum me desencoraja, e tenho a firme esperança de muito em breve conduzir a senhorita ao altar.

— Palavra de honra, meu senhor — exclamou Elizabeth —, sua esperança é algo realmente extraordinário depois do que eu disse. Eu lhe garanto que não sou uma dessas moças (se é que elas existem), tão ousadas que arriscam sua felicidade na sorte de ser pedidas uma segunda vez em casamento. Estou sendo seriíssima em minha recusa. O senhor não poderia fazer-me feliz e estou convencida de que sou a última mulher no mundo que possa dar-lhe a felicidade. Não, se a sua amiga, *Lady* Catherine, me conhecesse, tenho certeza de que me acharia em todos os aspectos desqualificada para a situação.

— Se não houvesse dúvidas de que tal seria a opinião de *Lady* Catherine... — disse o sr. Collins, com extrema seriedade. — Mas não consigo imaginar que Sua Senhoria venha a desaprovar a senhorita. E a senhorita pode ter certeza de que quando eu tiver a honra de vê-la de novo lançarei mão dos mais elevados termos para falar da modéstia, da economia e de outras encantadoras qualidades da senhorita.

— Na verdade, sr. Collins, será desnecessário qualquer elogio que fizer a mim. Permita-me julgar por mim mesma e faça-me o favor de acreditar no que digo. Desejo que o senhor seja muito feliz e muito rico e, ao recusar a sua mão, faço tudo o que está em meu alcance para impedir o contrário. Ao me pedir em casamento, o senhor satisfez a delicadeza dos sentimentos que tem para com a minha família, e poderá tomar posse da propriedade de Longbourn, quando a hora chegar, sem ter motivos para se recriminar. O assunto pode ser considerado, portanto, como definitivamente encerrado.

E, erguendo-se ao dizê-lo, ela teria deixado a sala, se o sr. Collins não se tivesse dirigido a ela nestes termos:

— Quando eu tiver a honra de lhe falar de novo sobre este assunto, espero receber resposta mais favorável do que a que agora recebo, embora esteja longe de acusá-la de crueldade, pois sei que é um costume estabelecido entre as mulheres rejeitar o homem em seus primeiros avanços, e que talvez a senhorita até tenha dito tudo que o pudor do caráter feminino permita, só para me encorajar.

— Realmente, sr. Collins — gritou Elizabeth com certa veemência —, o senhor realmente me deixa pasma. Se o que eu disse até aqui lhe parece um incentivo, não sei como exprimir a minha recusa de um modo que o convença de que estou falando sério.

— A senhorita deve dar-me vênia, querida prima, para que eu possa crer que a sua recusa à minha proposta não passe de palavras ao vento. As minhas razões para crê-lo são, em suma, as seguintes: não me parece que a minha mão seja indigna de aceitação ou que o padrão de vida que possa oferecer seja nada menos do que desejabilíssimo. Minha situação na vida, minhas relações com a família De Bourgh e meu parentesco com a senhorita são circunstâncias que contam muito em meu favor; e a senhorita deve levar em consideração que, apesar de seus múltiplos e variados atrativos, não é de modo algum certo que receba algum dia outra oferta de casamento. Seu capital é tão desgraçadamente pequeno que muito provavelmente tornará vãos todos os efeitos dos seus encantos e de suas sedutoras qualificações. Como devo, portanto, concluir que a senhorita não está falando sério ao rejeitar-me, prefiro atribuir a recusa ao seu desejo de aumentar o meu amor pela incerteza, de acordo com a prática corriqueira das mulheres elegantes.

— Posso garantir-lhe, senhor, que não tenho nenhuma pretensão a esse tipo de elegância que consiste em perturbar um homem de respeito. Prefiro receber o cumprimento de ser considerada sincera. Agradeço-lhe mil vezes pela honra que me fez com a sua proposta, mas para mim é absolutamente impossível aceitá-la. Meus sentimentos me impedem de fazer isso. Posso falar mais francamente? Não pense que eu seja uma mulher elegante com intenções de atiçá-lo, mas uma criatura racional que fala do fundo do coração.

— A senhorita é um encanto! — exclamou ele, com um ar de desajeitada galanteria. — E estou convencido de que, quando sancionada pela expressa autoridade de seus excelentes pais, minha proposta não deixará de ser aceitável.

A tal teimosia em iludir-se a si mesmo Elizabeth não teve nenhuma resposta a dar e se retirou de imediato e em silêncio, determinada, se ele persistisse em interpretar suas repetidas recusas como graciosos incentivos, a recorrer a seu pai, cuja negativa poderia ser pronunciada de maneira decisiva e cujo comportamento pelo menos não poderia ser tomado como afetação e faceirice de mulher elegante.

CAPÍTULO 20

O sr. Collins não foi deixado muito tempo entregue à silenciosa contemplação de seu amor correspondido; pois a sra. Bennet, tendo ficado à espreita no corredor para assistir ao fim da entrevista, assim que viu Elizabeth abrir a porta e com passo rápido dirigir-se às escadas, entrou na copa e felicitou a ele e a si mesma pela feliz perspectiva de sua próxima união. O sr. Collins recebeu e retribuiu as felicitações com igual prazer e em seguida passou a relatar os pormenores da entrevista, com cujo resultado ele tinha certeza de poder estar satisfeito, uma vez que a recusa que a sua prima firmemente lhe apresentara teria naturalmente origem em seu tímido pudor e na genuína delicadeza de seu caráter.

Tal informação, porém, assustou a sra. Bennet; ela adoraria ficar igualmente satisfeita em saber que sua filha procurara encorajá-lo ao recusar a proposta, mas não ousava acreditar naquilo, e não pôde evitar dizer isso a ele.

— Mas tenha certeza, sr. Collins — acrescentou ela —, Lizzy cairá em si. Vou falar pessoalmente com ela sobre isso. Ela é uma menina muito cabeça-dura e tola, e não conhece seus próprios interesses, mas eu vou *fazê-la* conhecê-los.

— Peço perdão por interrompê-la, minha senhora — exclamou o sr. Collins —, mas, se ela é realmente cabeça-dura e tola, não sei se seria absolutamente uma boa esposa, desejável para um homem da minha condição, que naturalmente busca a felicidade no matrimônio. Se, pois, ela persistir na recusa de minha oferta, talvez seja melhor não forçá-la a me aceitar, pois, se tiver tais falhas de personalidade, não pode contribuir para a minha felicidade.

— Meu senhor, interpretou-me mal — disse a sra. Bennet, alarmada. — Lizzy só é teimosa em coisas como essa. Em tudo o mais ela é a melhor menina que já existiu. Vou diretamente ao sr. Bennet e logo acertaremos isso com ela, tenho certeza.

Ela não lhe deu tempo para responder, mas, correndo até o marido, exclamou ao entrar na biblioteca:

— Ah! Sr. Bennet, preciso de você imediatamente; estamos todos em alvoroço. Venha e diga a Lizzy que se case com o sr. Collins, pois ela jura que não o fará, e se você não se apressar ele vai mudar de ideia e desistir *dela*.

O sr. Bennet ergueu os olhos do livro quando ela entrou e cravou-os em seu rosto com uma calma despreocupação que não se alterou minimamente com a comunicação feita por ela.

— Não tenho o prazer de entender você — disse ele, quando ela parou de falar. — De que está falando?

— Do sr. Collins e de Lizzy. Lizzy afirma não querer o sr. Collins, e o sr. Collins está começando a dizer que não quer a Lizzy.

— E que devo fazer em tal situação? Parece um caso sem esperanças.

— Converse com Lizzy sobre isso. Diga-lhe que faz questão de que ela se case com ele.

— Chame-a aqui. Ela ouvirá a minha opinião.

A sra. Bennet tocou a sineta, e a srta. Elizabeth foi chamada à biblioteca.

— Venha cá, minha menina — exclamou o pai quando ela entrou. — Mandei chamá-la para um negócio importante. Soube que o sr. Collins fez a você uma proposta de casamento. É verdade?

Elizabeth fez que sim.

— Muito bem... E você recusou essa proposta?

— Sim, senhor.

— Muito bem. Chegamos agora ao ponto. Sua mãe insiste com você para que a aceite. Não é verdade, sra. Bennet?

— Sim, ou nunca mais olho para ela.

— Você tem à sua frente uma triste alternativa, Elizabeth. A partir de hoje, você será uma estranha a um de nós dois. Sua mãe nunca mais olhará para você se você *não* se casar com o sr. Collins, e eu nunca mais olharei para você se você *se casar* com ele.

Elizabeth não podia deixar de sorrir diante de tal conclusão depois de um tal começo, mas a sra. Bennet, que estava convencida de que o marido encarava o caso como ela gostaria que ele encarasse, estava completamente desapontada.

— Que quer dizer com isso, sr. Bennet? Você me prometeu *insistir* com ela para que se case com ele.

— Minha querida — tornou o marido —, tenho dois pequenos favores a lhe pedir. Primeiro, que você me permita o livre uso da minha inteligência na presente ocasião; e segundo, que saia de minha sala. Ficarei contente em ser deixado sozinho em minha biblioteca o quanto antes.

Apesar da decepção com o marido, a sra. Bennet ainda não entregara os pontos. Voltou a falar várias vezes com Elizabeth, alternando lisonjas e ameaças. Tratou de garantir que Jane ficasse do seu lado; Jane, porém, com toda a delicadeza possível, recusou-se a intervir; e Elizabeth, ora irritada, ora divertida, repelia os ataques. Embora seus modos variassem, sua determinação era sempre a mesma.

Enquanto isso, o sr. Collins meditava na solidão sobre o que se passara. Tinha a si mesmo em muita alta estima para entender por que motivos sua prima o recusava; e, embora seu orgulho estivesse ferido, nada mais o perturbava. Seu amor por ela era totalmente imaginário; e a possibilidade de ela merecer as censuras da mãe impediu-o de sentir qualquer pesar.

Enquanto se instalava tal rebuliço na família, Charlotte Lucas chegou para passar o dia com eles. Foi recebida no vestíbulo por Lydia, que, correndo até ela, exclamou num meio sussurro:

— Estou contente em ver você, pois está muito divertido aqui! O que você acha que aconteceu agora de manhã? O sr. Collins pediu Lizzy em casamento, e ela recusou!

Charlotte mal teve tempo para responder, antes de ser abordada por Kitty, que veio para contar as mesmas novidades; e, assim que entraram na copa, onde a sra. Bennet estava sozinha, esta também tocou no assunto, pedindo a compaixão da srta. Lucas e lhe solicitando que convencesse sua amiga Lizzy a seguir os desejos de toda a família.

— Faça isso, por favor, minha querida srta. Lucas — acrescentou ela em tom melancólico —, pois ninguém está do meu lado, ninguém me apoia. Sou muito cruelmente maltratada e ninguém tem pena dos meus pobres nervos.

Charlotte foi poupada de ter de responder pela chegada de Jane e Elizabeth.

— Aí vem ela — prosseguiu a sra. Bennet —, parecendo a pessoa mais despreocupada do mundo e sem dar a mínima para nós, como se estivéssemos em York, contanto que possa agir à sua maneira. Mas eu lhe digo, srta. Lizzy: se você puser na cabeça isso de recusar assim toda proposta de casamento, nunca vai conseguir arrumar marido; e não sei quem vai sustentar você quando seu pai morrer. Eu não vou poder continuar com você... e então já vou avisando. A partir de hoje, você não existe mais para mim. Eu disse a você na biblioteca que nunca mais falaria de novo com você, e você vai saber quanto vale a minha palavra. Não sinto prazer em falar com meninas desaforadas. Não que eu tenha prazer em falar com ninguém. Quem sofre dos nervos como eu não pode gostar muito de falar. É impossível dizer como eu sofro! Mas é sempre assim. Nunca têm pena de quem não se queixa.

As filhas ouviram em silêncio o desabafo, cientes de que qualquer tentativa de argumentar com ela ou de acalmá-la só aumentaria a sua irritação. Ela continuou falando, porém, sem ser interrompida por nenhuma delas, até a chegada do sr. Collins, que entrou na sala com um ar mais pomposo do que de costume; ao percebê-lo, ela disse às meninas:

— Agora, quero que vocês, todas vocês, fiquem de boca fechada e me deixem ter uma conversinha em particular com o sr. Collins.

Elizabeth saiu calmamente da sala, seguida de Jane e de Kitty, mas Lydia ficou imóvel, decidida a escutar o máximo que pudesse; e Charlotte, retida primeiro pela cortesia do sr. Collins, cujas perguntas sobre ela e toda a sua família eram bastante minuciosas, e depois por certa curiosidade, contentou-se em ir até a janela e fingir não ouvir. Com voz desconsolada, a sra. Bennet deu início à projetada conversa:

— Ah, sr. Collins!

— Minha querida senhora — tornou ele —, deixemos este assunto cair para sempre no silêncio. Longe de mim — prosseguiu ele, com uma voz que assinalava o seu descontentamento — sentir alguma mágoa pelo comportamento da sua filha. A resignação aos males inevitáveis é o cruel dever de todos nós; o dever particular de um jovem que teve a boa sorte de logo alcançar o sucesso na carreira; e eu lhe garanto que estou resignado. Talvez também por ter certas dúvidas sobre a minha felicidade se minha querida prima me honrasse com sua mão; pois tenho observado com frequência que a resignação jamais é tão perfeita como quando o favor recusado começa a perder algo do seu valor em nossa apreciação. Espero que a senhora não considere que eu esteja mostrando nenhum desrespeito por sua família, querida senhora, por assim retirar as minhas pretensões aos favores de sua filha, sem pedir à senhora e ao sr. Bennet que usem de sua autoridade em meu favor. Temo que a minha conduta tenha sido repreensível por ter aceitado a minha recusa dos lábios de sua filha, e não dos seus. Mas todos estamos sujeitos a erros. Minhas intenções foram decerto as melhores durante todo o desenrolar-se do caso. Minha meta era conseguir uma companheira agradável, com a devida consideração pelo proveito de toda a família, e, se meus *modos* foram de alguma forma dignos de repreensão, peço vênia para desculpar-me.

CAPÍTULO 21

A discussão sobre o pedido do sr. Collins chegara agora quase ao fim, e Elizabeth só tinha de sofrer pelos sentimentos desagradáveis que necessariamente a acompanhavam, e às vezes por alguma insinuação mal-humorada de sua mãe. Quanto ao cavalheiro, os sentimentos *dele* expressaram-se principalmente, não pelo constrangimento ou pelo abatimento, ou por tentativas de evitá-la, mas pela afetação de maneiras e pelo ressentimento silencioso. Ele mal falou com ela, e as assíduas atenções com que antes tanto se comprazia foram transferidas durante o resto do dia à srta. Lucas, cuja gentileza em escutá-lo foi um oportuno alívio para todas elas e em especial para sua amiga.

O dia seguinte não trouxe consigo nenhuma melhora no mau humor ou na má saúde da sra. Bennet. O sr. Collins também estava no mesmo estado de orgulho ferido. Elizabeth tivera esperanças de que sua mágoa o fizesse abreviar a visita, mas seu plano não pareceu ter-se alterado em nada com o que ocorreu. Sua volta continuava marcada para sábado, e até sábado ele pretendia ficar.

Depois do desjejum, as meninas caminharam até Meryton para saber se o sr. Wickham havia voltado, e para lamentar a ausência dele no baile de Netherfield. Ele se juntou a elas na entrada da cidade e as acompanhou até a casa da tia delas, onde se falou de seu pesar e de sua decepção, bem como da preocupação de todos. Para Elizabeth, porém, ele espontaneamente reconheceu que a necessidade de sua ausência *havia* sido imposta por ele mesmo.

— Percebi — disse ele — quando a hora se aproximava que era melhor não me encontrar com o sr. Darcy; que estar com ele no mesmo salão, na mesma reunião que ele durante tantas horas poderia ser mais do que eu seria capaz de suportar e que poderiam ocorrer cenas desagradáveis para outros que não eu.

Ela aprovou totalmente o seu espírito de sacrifício e tiveram tempo de se entregar a uma completa discussão do assunto e para elogiar gentilmente um ao outro, enquanto Wickham e outro oficial as levavam de volta para Longbourn. Durante todo o passeio ele esteve sempre ao lado dela. Acompanhá-las trazia consigo uma dupla vantagem: ela apreciou a homenagem que o gesto lhe prestava e aquela representava uma ocasião muito propícia para apresentá-lo a seus pais.

Logo depois de estarem de volta, a srta. Bennet recebeu uma carta; vinha de Netherfield. O envelope continha uma folha de papel acetinado, pequenina e elegante, e preenchida com uma letra feminina, fluente e regular; e Elizabeth viu as feições da irmã mudarem enquanto lia e viu-a deter-se bastante em determinados trechos. Jane logo se recompôs e, pondo de lado a carta, tentou participar com sua alegria de sempre da conversa de todos; mas Elizabeth sentiu tal ansiedade nela, que chegou a desviar sua atenção de Wickham; e, assim que ele e seu companheiro se despediram, um olhar de Jane convidou-a a segui-la até o andar de cima. Ao chegarem ao quarto, Jane, mostrando a carta, disse:

— É de Caroline Bingley; seu conteúdo surpreendeu-me bastante. Neste momento, todos eles já partiram de Netherfield e estão a caminho de Londres... e sem nenhuma intenção de voltar. Ouça só o que ela diz.

Leu então em voz alta o primeiro parágrafo, que trazia a informação de que acabavam de resolver acompanhar imediatamente o irmão em sua ida para Londres, e sua intenção de jantar na Grosvenor Street, onde o sr. Hurst possuía uma casa. O parágrafo seguinte trazia estas palavras: "Não fingirei ter saudades de nada que deixar em Hertfordshire, a não ser a sua companhia, minha querida; mas esperamos voltar a gozar, no futuro, de muitas repetições do delicioso relacionamento que tivemos, e enquanto isso mitiguemos a dor da separação com uma correspondência assídua e franca. Conto com você neste projeto". Elizabeth ouviu todas aquelas soberbas expressões com toda a indiferença da incredulidade; e, embora a súbita partida deles a surpreendesse, nada viu ali que se devesse realmente lamentar; não era de supor que a ausência delas de Netherfield impedisse o sr. Bingley de estar lá; e, quanto à perda da companhia delas, estava convencida de que Jane cessaria de se preocupar com ela, na alegria de gozar da presença dele.

— É uma pena — disse ela, depois de uma breve pausa — que você não possa ver as suas amigas antes que deixem a região. Mas não podemos ter esperanças de que o período de futura felicidade, tão ansiado pela srta. Bingley, chegue antes do que ela pensa e de que o delicioso relacionamento que tiveram como amigas seja renovado com ainda maior satisfação como cunhadas? O sr. Bingley não ficará retido em Londres por elas.

— Caroline diz claramente que nenhum deles voltará a Hertfordshire este inverno. Vou ler para você:

> Ontem, quando meu irmão nos deixou, imaginou que os negócios que o levavam a Londres pudessem ser resolvidos em três ou quatro dias; mas, como temos certeza de que não será assim e ao mesmo tempo estamos convencidas de que quando Charles chegar à capital não terá nenhuma pressa de tornar a sair de lá, decidimos segui-lo, para que ele não seja obrigado a passar suas horas de ócio num hotel desconfortável. Muitos de meus conhecidos já estão na capital, para passar o inverno; eu adoraria saber que você, minha amiga mais querida, tinha a intenção de fazer parte da multidão... mas não tenho esperança sobre isso. Sinceramente, espero que o seu Natal em Hertfordshire seja repleto das alegrias que a data normalmente traz consigo, e que os seus admiradores sejam tão numerosos que a impeçam de sentir a ausência dos três de que a estamos privando.

— Fica evidente — acrescentou Jane — que ele não vai mais voltar este inverno.

— Só é evidente que a srta. Bingley não acha que ele *deva* voltar.

— Por que você acha isso? Isso é da conta dele. Ele é dono do seu nariz. Mas você não sabe de *tudo*. Eu *vou* ler o trecho que mais me aflige. Não vou esconder nada de você.

> O sr. Darcy está impaciente para ver a irmã; e, para dizer a verdade, nós estamos quase igualmente ansiosos por vê-la de novo. Realmente não acho que Georgiana Darcy tenha rival quanto à beleza, a elegância e a educação; e o carinho que ela inspira em Louisa e em mim mesma se eleva a algo ainda mais interessante, pela esperança que ousamos ter de que venha em breve a ser nossa cunhada. Não sei se alguma vez já confiei a você os meus sentimentos a esse respeito; mas não vou deixar o interior sem confiá-los a você, e tenho certeza de que você não há de achá-los extravagantes. Meu irmão já a admira muito; agora ele terá muitas oportunidades de vê-la no mais íntimo dos ambientes; os parentes dela querem a união tanto quanto os dele; e creio que a parcialidade de irmã não me está iludindo quando julgo Charles mais do que capaz de conquistar o coração de uma mulher. Com todas essas circunstâncias a favor e nada contra, será que estou errada, querida, em nutrir a esperança de uma união que venha a proporcionar a felicidade de tantos?

— O que você acha *deste* parágrafo, querida Lizzy? — disse Jane ao terminar a leitura. — Não é bastante claro? Não diz expressamente que Caroline não espera nem deseja que eu me torne sua cunhada; que está perfeitamente convencida da indiferença do irmão; e que, se suspeita da natureza dos meus sentimentos por ele, pretende (com toda a delicadeza!) alertar-me sobre o caso? Pode haver outra opinião sobre isso?

— Sim, pode, pois a minha é completamente diferente. Quer ouvi-la?

— Com prazer, é claro.

— Aqui vai ela, em poucas palavras. A srta. Bingley sabe que seu irmão está apaixonado por você e quer que ele se case com a srta. Darcy. Ela o segue até Londres na esperança de mantê-lo lá e tenta convencê-la de que você é indiferente para ele.

Jane balançou a cabeça.

— Você tem de acreditar em mim, Jane. Ninguém que já viu vocês juntos pode duvidar do amor dele. Tenho certeza de que a srta. Bingley não tem dúvida a esse respeito. Ela não é tão simplória assim. Se tivesse visto no sr. Darcy, por ela, metade desse amor, já teria encomendado o vestido de noiva. Mas o caso é o seguinte: não somos ricas o bastante ou importantes o bastante para elas; e ela é a mais ávida por conseguir a srta. Darcy para o irmão, com a ideia de que, havendo *um* casamento, pode ter menos problemas para conseguir

um segundo; e nisso há, sem dúvida, certa esperteza, e me parece que ela seria bem-sucedida, se a srta. de Bourgh não estivesse em seu caminho. Mas, querida Jane, você não deve imaginar que, porque a srta. Bingley lhe diz que o irmão dela admira muito a srta. Darcy, ele deva estar menos sensível aos *seus* méritos do que quando se despediu de você na terça-feira, ou que ela tenha o poder de convencê-lo de que, em vez de estar apaixonado por você, esteja apaixonadíssimo pela amiga dela.

— Se tivéssemos a mesma opinião sobre a srta. Bingley — tornou Jane —, a sua explicação sobre tudo isso me deixaria muito satisfeita. Mas eu sei que isso não tem fundamento. Caroline é incapaz de iludir alguém de propósito; e tudo que posso esperar neste caso é que ela esteja iludindo a si mesma.

— Está certo. Não poderia ter tido ideia mais feliz, já que não se consola com a minha. Acredite que ela esteja enganada. Agora você já cumpriu seu dever para com ela e não deve mais se aborrecer.

— Mas, minha querida irmã, posso ser feliz, mesmo na melhor das hipóteses, se aceitar um homem cujas irmãs e amigos querem todos que ele se case com outra pessoa?

— Você tem de tomar uma decisão — disse Elizabeth —, e se, depois de refletir serenamente, achar que a tristeza de descontentar as duas irmãs é maior do que a felicidade de ser sua esposa, aconselho você a recusá-lo absolutamente.

— Como pode falar assim? — disse Jane, com um leve sorriso. — Você sabe que, embora eu ficasse muitíssimo triste com a desaprovação delas, não hesitaria nem por um minuto.

— Tenho certeza disso; e, assim sendo, não posso considerar o seu caso com muita compaixão.

— Mas, se ele não voltar mais este inverno, nunca vou poder fazer essa escolha. Podem acontecer mil coisas em seis meses!

Elizabeth recusou com desdém a ideia de que ele não mais voltasse. Pareceu-lhe nada mais ser senão a sugestão dos desejos interessados de Caroline, e nem por um momento lhe passou pela cabeça que tais desejos, expressos aberta ou habilmente, pudessem influenciar um rapaz de total independência.

Ela explicou à irmã com a máxima energia sua opinião sobre o assunto, e logo teve a alegria de ver os rápidos resultados obtidos. O temperamento de Jane não era melancólico, e ela foi aos poucos ganhando esperança, embora as dúvidas de amor às vezes levassem a melhor contra a esperança de que Bingley voltaria a Netherfield e satisfaria a cada desejo do seu coração.

Combinaram que a sra. Bennet só fosse informada da partida da família, para não ficar alarmada com o comportamento do cavalheiro; mas mesmo essa comunicação parcial lhe causou grande preocupação, e ela disse em tom de lástima que era muita má sorte que as damas fossem embora bem quando estavam todos se tornando tão íntimos. Depois de deplorá-lo, porém, por algum tempo, teve o consolo de que logo o sr. Bingley estaria de volta, jantando em Longbourn, e a conclusão de tudo foi a reconfortante declaração de que, embora ele tivesse sido convidado só para um jantar de família, ela providenciaria que fossem servidos dois serviços bem lautos.

CAPÍTULO 22

Os Bennet foram convidados para jantar com os Lucas, e novamente a srta. Lucas teve a gentileza de escutar o sr. Collins durante boa parte do dia. Elizabeth aproveitou uma oportunidade para agradecer-lhe.

— Isso o mantém de bom humor — disse ela —, e lhe sou mais grata do que posso exprimir.

Charlotte garantiu à amiga sua satisfação em poder ser útil e que isso a recompensava generosamente pelo pequeno sacrifício de tempo. O que era muito gentil. Mas a gentileza de Charlotte foi além de tudo que Elizabeth pudesse imaginar; o objetivo dela era nada menos do que protegê-la de qualquer retorno das atenções do sr. Collins, dirigindo-as para si mesma. Tal era o plano da srta. Lucas; e foi aparentemente tão bem-sucedido, que, quando se separaram à noite, ela teria tido quase a certeza do bom êxito se ele não tivesse de partir tão cedo de Hertfordshire. Mas nisso ela não fez justiça ao ardor e à independência do caráter dele, pois este o levou a se esgueirar da casa de Longbourn no dia seguinte de manhã com admirável astúcia e correr até Lucas Lodge para se jogar aos pés dela. Ele estava ansioso por evitar ser percebido pelas primas, convencido de que, se elas o vissem sair, não deixariam de perceber seu objetivo, e ele não queria que a tentativa fosse conhecida até que seu bom-sucesso pudesse ser igualmente reconhecido; porque, embora se sentisse quase seguro, e com razão, pois Charlotte fora razoavelmente encorajadora, estava comparativamente inseguro em relação à aventura da quarta-feira. Foi recebido, porém, do modo mais lisonjeiro. A srta. Lucas o percebeu de uma das janelas de cima enquanto ele caminhava em direção à casa e imediatamente saiu para encontrá-lo por acaso no caminho. Mas jamais ousara esperar que tanto amor e eloquência estivessem à sua espera.

Tão rapidamente quanto os longos discursos do sr. Collins o permitiram, tudo ficou satisfatoriamente acertado entre eles; entrarem em casa, ele impacientemente pediu a ela que marcasse o dia que iria transformá-lo no mais feliz dos homens; e, embora tal solicitação devesse por ora ser postergada, Charlotte não sentiu nenhuma propensão a fazer pouco da felicidade dele. A estupidez com que a natureza o agraciou protegia seus galanteios de qualquer encanto que pudesse fazer uma mulher desejar que continuassem; e a srta. Lucas, que o aceitara pura e simplesmente pelo desinteressado desejo de obter um meio de vida, não se importava em ver tal renda chegar mais cedo ou menos.

O consentimento de *Sir* William e *Lady* Lucas foi rapidamente solicitado e concedido com a mais entusiástica alegria. A atual situação financeira do sr. Collins tornava-o um ótimo partido para a filha, cujo dote era pequeno, e tais perspectivas de riqueza futura eram muitíssimo bem-vindas. *Lady* Lucas começou imediatamente a calcular, com mais interesse do que o assunto jamais lhe despertara antes, quantos anos mais o sr. Bennet provavelmente viveria; e *Sir* William expressou sua resoluta opinião de que, fosse qual fosse a data em que o sr. Collins devia tomar posse de Longbourn, seria muito oportuno que ele e sua esposa fossem ambos visitar St. James. Em suma, a família inteira exultou com a situação. As meninas mais jovens nutriram a esperança de *sair de casa* um ou dois anos antes do que o fariam não fosse aquilo; e os rapazes viram aliviarem-se suas apreensões de que Charlotte morresse solteirona. A própria Charlotte manteve-se razoavelmente tranquila. Alcançara o objetivo, e agora tinha tempo para pensar. Suas reflexões foram, em geral, satisfatórias. O sr. Collins, com certeza, não era nem inteligente nem agradável; sua companhia era maçante e seu amor por ela, provavelmente imaginário. Mesmo assim, ele seria o seu marido. Sem ter em alta conta nem os homens nem o matrimônio, o casamento sempre fora o seu objetivo; era o único futuro para uma moça bem-educada, de pequena fortuna, e, ainda que não fosse certo que trouxesse a felicidade, devia ser a mais agradável proteção contra a necessidade.

Ela conseguira essa proteção; e aos vinte e sete anos de idade, sem nunca ter sido bonita, percebia quanta sorte tivera. A parte menos agradável de tudo aquilo seria a surpresa que provocaria em Elizabeth Bennet, cuja amizade ela apreciava mais do que a de qualquer outra pessoa. Elizabeth se espantaria e provavelmente a criticaria; e, embora a decisão fosse inabalável, seus sentimentos ficariam magoados com tal desaprovação. Decidiu, então, dar a notícia a ela pessoalmente e, assim, pediu ao sr. Collins, quando ele voltou a Longbourn para jantar, que nada dissesse sobre o que se passara para ninguém da família. Uma promessa de segredo foi, é claro, devidamente feita, mas não pôde ser mantida sem dificuldade; pois à sua volta a curiosidade provocada por sua longa ausência se manifestou em perguntas muito diretas, que exigiram certa esperteza para serem contornadas, ao mesmo tempo que muita abnegação, pois ele estava louco para tornar público o seu próspero amor.

Como partiria na manhã seguinte cedo demais para ver alguém da família, a cerimônia de despedidas ocorreu quando as damas se retiravam para dormir; e a sra. Bennet, com grande delicadeza e cordialidade, falou-lhe da imensa alegria que uma nova visita sua a Longbourn lhe causaria, desde que seus compromissos lhe permitissem realizá-la.

— Minha querida senhora — replicou ele —, esse convite é-me especialmente gratificante, pois é o que mais esperava receber; e a senhora pode ter toda a certeza de que a minha visita acontecerá o mais cedo possível.

Todos ficaram pasmos; e o sr. Bennet, que de modo algum desejava um retorno tão veloz, disse prontamente:

— Mas não há neste caso o risco de uma desaprovação da parte de *Lady* Catherine, meu senhor? Seria melhor deixar de lado as relações que possam ofender a sua patrona.

— Meu caro senhor — replicou o sr. Collins —, fico-lhe especialmente grato por esse amável alerta, e o senhor pode ter certeza de que não darei um passo tão importante sem a aprovação de Sua Senhoria.

— O senhor não deve abrir a guarda. Pode arriscar qualquer coisa, menos desagradar a ela; e, se achar provável suscitar tal reprovação vindo visitar-nos de novo, o que acho muitíssimo provável, fique tranquilo em casa, na certeza de que *nós* não nos sentiremos ofendidos.

— Creia, meu caro senhor, que é infinito o meu reconhecimento por sua carinhosa atenção; e esteja certo de que logo receberá de mim uma carta de agradecimento por isso e por todas as outras manifestações de consideração durante a minha estada em Hertfordshire. No que se refere às minhas queridas primas, embora a minha ausência talvez não venha a ser tão longa a ponto de torná-lo necessário, tomarei agora a liberdade de desejar-lhes saúde e felicidades, sem exceção da minha prima Elizabeth.

Com as devidas cortesias as damas então se retiraram, todas elas igualmente surpresas por ele planejar um retorno para breve. A sra. Bennet quis interpretar aquilo como se ele estivesse pensando em dirigir suas atenções a uma de suas filhas mais moças, e Mary poderia ser convencida a aceitá-lo. Ela prezava as habilidades do sr. Collins muito mais do que as outras irmãs; havia uma solidez em suas reflexões que sempre a impressionava, e, embora de modo algum o considerasse tão inteligente quanto ela mesmsa, pensou que se ele fosse encorajado a ler e a progredir seguindo o exemplo dela poderia tornar-se um companheiro muito agradável. Mas, na manhã seguinte, morreu toda a esperança nesse sentido. A srta. Lucas chegou logo depois do café e, numa conversa em particular com Elizabeth, contou o que se passara na véspera.

A possibilidade de o sr. Collins imaginar-se apaixonado por sua amiga ocorrera a Elizabeth nos dois últimos dias; mas que Charlotte pudesse encorajá-lo lhe parecia tão impossível quanto ela mesma fazê-lo, e seu espanto foi tão grande que chegou, no começo, a ultrapassar os limites do decoro, e ela não pôde evitar exclamar:

— Noiva do sr. Collins! Minha querida Charlotte... é impossível!

A expressão inabalável adotada pela srta. Lucas ao contar-lhe a história deu lugar a certa confusão momentânea ao receber uma censura tão direta; no entanto, como se nada mais tivesse sido dito além do esperado, logo recuperou a compostura e respondeu calmamente:

— Por que essa surpresa, minha querida Eliza? Você acha inacreditável que o sr. Collins consiga que alguma mulher faça dele uma boa opinião, só porque não teve a felicidade de ser bem-sucedido com você?

Elizabeth, porém, logo caiu em si e, fazendo um grande esforço, foi capaz de dizer, com razoável convicção, que a perspectiva da união dos dois lhe era muito grata e que lhes desejava toda a felicidade imaginável.

— Sei o que você está sentindo — respondeu Charlotte. — Deve estar surpresa, muito surpresa... pois há muito pouco tempo o sr. Collins queria casar com você. Mas, quando tiver tido tempo de refletir sobre o caso, espero que se alegre com o que fiz. Você sabe que eu não sou romântica; nunca fui. Quero apenas um lar decente; e, considerando o caráter, as relações e a situação financeira do sr. Collins, estou certa de que as minhas possibilidades de ser feliz com ele são tão razoáveis quanto as da maioria das pessoas que chegam à condição matrimonial.

Elizabeth respondeu calmamente "Sem dúvida"; e, depois de um silêncio constrangido, elas voltaram a se reunir com o resto da família. Charlotte não ficou muito tempo ali, e Elizabeth pôs-se a refletir sobre o que ouvira. Passou-se muito tempo antes que ela se conformasse completamente com a ideia de uma união tão inadequada. O fato estranhíssimo de o sr. Collins fazer duas propostas de casamento em três dias não era nada em comparação com o de ser agora aceito. Ela sempre notara que a opinião de Charlotte acerca do casamento não era exatamente a sua, mas nunca imaginara que fosse possível que, quando solicitada, ela sacrificasse todos os melhores sentimentos em favor de vantagens mundanas. Charlotte como esposa do sr. Collins era uma cena muito humilhante! E à dor de ver uma amiga rebaixar-se e cair em sua estima somava-se a dolorosa convicção de que era impossível que a amiga fosse razoavelmente feliz com o destino que escolhera.

CAPÍTULO 23

Elizabeth estava sentada com a mãe e as irmãs, a refletir sobre o que escutara e sem saber se estava ou não autorizada a mencioná-lo, quando o próprio *Sir* William Lucas apareceu, enviado pela filha, para anunciar o noivado dela. Com muitas felicitações a eles e congratulando-se pela perspectiva da união entre as casas, ele revelou o fato... a uma audiência não só pasma, mas incrédula; pois a sra. Bennet, com mais perseverança do que polidez, protestou que ele devia estar redondamente enganado; e Lydia, sempre afoita e muitas vezes até desaforada, exclamou com ênfase:

— Meu Deus! *Sir* William, como o senhor pode contar uma história dessas? Não sabe que o sr. Collins quer casar com a Lizzy?

Só mesmo a complacência de um adulador poderia tolerar tal tratamento sem zangar-se; mas a boa educação de *Sir* William fez que suportasse tudo aquilo; e, embora pedisse licença para reafirmar a veracidade da informação, ouviu todas as impertinências com a mais indulgente cortesia.

Elizabeth, sentindo que cabia a si mesma tirá-lo de situação tão desagradável, tratou de confirmar a história, mencionando ter sido informada previamente pela própria Charlotte; e se empenhou em pôr um ponto-final nas exclamações da mãe e das irmãs pelo entusiasmo de suas felicitações a *Sir* William, no que foi prontamente secundada por Jane, e por um sem-número de observações acerca da felicidade que a união prometia, do excelente caráter do sr. Collins e da conveniente distância entre Hunsford e Londres.

A sra. Bennet estava, na realidade, acabrunhada demais para dizer muita coisa enquanto *Sir* William permaneceu lá; mas assim que ele saiu pôde desabafar seus sentimentos. Primeiro, ela continuou sem acreditar em nada daquilo; segundo, tinha certeza de que o sr. Collins havia sido vítima de uma trama; terceiro, garantiu que eles nunca seriam felizes; e, quarto, que o noivado poderia ser desmanchado. Duas inferências, porém, foram facilmente deduzidas daquilo tudo: uma, que Elizabeth fora a causa real de toda a confusão; e, a outra, que ela mesma fora barbaramente maltratada por todos; e insistiu sobre esses dois pontos o resto do dia. Nada podia consolá-la ou acalmá-la. A sua mágoa não terminaria naquele dia. Passou-se uma semana até que ela pudesse ver Elizabeth sem repreendê-la, passou-se um mês até que falasse com *Sir* William ou *Lady* Lucas sem ser grosseira e passaram-se muitos meses até que pudesse perdoar completamente a filha.

As emoções do sr. Bennet foram na ocasião muito mais tranquilas e, segundo as declarou, agradabilíssimas; pois folgava em descobrir, disse ele, que Charlotte Lucas, que costumava considerar razoavelmente sensata, era tão tola quanto a sua esposa e mais tola do que sua filha!

Jane confessou-se um pouco surpresa com a união; mas falou menos de seu espanto do que de seu vivo desejo de que fossem felizes; nem pôde Elizabeth convencê-la de que aquilo era improvável. Kitty e Lydia estavam muito longe de invejar a srta. Lucas, pois o sr. Collins não passava de um clérigo; e aquilo só as afetava enquanto tema de mexericos a espalhar por Meryton.

Lady Lucas não podia ficar insensível à glória de dar a réplica à sra. Bennet quanto à felicidade de ver uma filha bem-casada; e passou a visitar Longbourn com maior frequência do que de costume, para dizer como estava feliz, embora os olhares atravessados e as observações desaforadas da sra. Bennet bastassem para espantar qualquer felicidade.

Entre Elizabeth e Charlotte havia uma barreira que obrigava ao silêncio sobre o assunto; e Elizabeth se convenceu de que nunca mais poderia haver uma autêntica confiança entre elas de novo. Sua decepção com Charlotte fez que se voltasse com mais consideração para a irmã, de cuja retidão e delicadeza estava certa de que sua opinião jamais se abalaria, e por cuja felicidade se tornava cada dia mais apreensiva, pois Bingley já partira havia uma semana e nada mais se soube sobre seu retorno.

Jane logo enviara a Caroline uma resposta à sua carta e estava contando os dias até o momento em que podia razoavelmente esperar ter novas notícias. A prometida carta de agradecimento do sr. Collins chegou na terça-feira, dirigida ao pai delas e redigida com toda a grata solenidade que a permanência de um ano com a família exigia. Depois de descarregar a consciência quanto a isso, passou a informá-los, com muitas expressões extáticas, sobre a felicidade de ter conquistado o amor de sua adorável vizinha, a srta. Lucas, e então explicou que era só com o objetivo de gozar da companhia dela que aceitara o convite de tê-lo de novo em Longbourn, aonde esperava poder voltar dali a duas semanas, na segunda-feira; pois *Lady* Catherine, acrescentou, aprovara tão calorosamente o casamento, que desejava que ele ocorresse o quanto antes, o que ele tinha certeza seria um argumento irrespondível para que sua adorável Charlotte marcasse uma data próxima para o dia que o tornaria o mais feliz dos homens.

A volta do sr. Collins a Hertfordshire já não era motivo de satisfação para a sra. Bennet. Ao contrário, estava tão propensa a deplorá-la quanto o marido. Era muito estranho que ele viesse a Longbourn e não a Lucas Lodge; era também muito inconveniente e incômodo. Odiava receber visitas enquanto a sua saúde estava tão instável, e, de todas as pessoas, os apaixonados são as mais desagradáveis. Tais eram os gentis resmungos da sra. Bennet, e estes só desapareceram para dar lugar à aflição maior da ausência prolongada do sr. Bingley.

Nem Jane nem Elizabeth estavam despreocupadas quanto a isso. Passavam-se dias após dias sem que chegasse nenhuma notícia dele, além do boato que logo prevaleceu em Meryton de que ele já não viria a Netherfield durante todo o inverno; um boato que enfurecia a sra. Bennet e ao qual ela jamais deixava de se opor como à mais escandalosa mentira.

Até mesmo Elizabeth começou a sentir medo, não de que Bingley fosse indiferente, mas de que suas irmãs conseguissem mantê-lo longe dali. Avessa como era a admitir uma ideia tão arrasadora para a felicidade de Jane e tão desonrosa para a constância do seu namorado, não conseguia evitar que ela sempre lhe ocorresse. Os esforços combinados de suas irmãs insensíveis e de seu irresistível amigo, secundados pelos atrativos da srta. Darcy e das diversões de Londres, talvez fossem demais, temia ela, para a resistência de seu amor.

Quanto a Jane, *sua* angústia sob tal suspense era, é claro, mais dolorosa do que a de Elizabeth, mas desejava ocultar todo o seu sofrimento, e assim, entre ela e Elizabeth, nunca se tocava no assunto. Mas, como sua mãe não era inibida pela mesma delicadeza, raramente se passava uma hora sem que falasse de Bingley, exprimisse impaciência pelo regresso dele ou até exigisse que Jane confessasse que, se ele não voltasse, ela se consideraria profundamente ultrajada. Era necessária toda a inabalável doçura de Jane para suportar tais investidas com razoável tranquilidade.

O sr. Collins retornou com absoluta pontualidade na segunda-feira da segunda semana, mas sua recepção em Longbourn não foi tão cortês quanto a primeira. Ele estava feliz demais, porém, para necessitar de muitas atenções; e, para sorte dos outros, suas atividades amorosas aliviaram-nos durante um bom tempo de sua companhia. Ele passava a maior parte do dia em Lucas Lodge e às vezes voltava para Longbourn a tempo de se desculpar antes que a família fosse dormir.

A sra. Bennet estava, de fato, num estado lastimável. A mera menção de alguma coisa ligada ao casamento lançava-a numa agonia de mau humor, e onde quer que fosse tinha certeza de ouvir falarem no assunto. A mera visão da srta. Lucas era-lhe odiosa. Como sua sucessora na casa, encarava-a com ciúmes e aversão. Todas as vezes que Charlotte vinha vê-la, concluía que ela estivesse antecipando a hora da posse; e, toda vez que falava em voz baixa com o sr. Collins, estava convencida de que estavam tratando da propriedade de Longbourn e decidindo pôr a ela e às filhas para fora da casa, assim que o sr. Bennet morresse. Ela se queixava amargamente de tudo isso com o marido.

— De fato, sr. Bennet — disse ela —, é muito difícil pensar que a Charlotte Lucas será a dona desta casa, que eu serei forçada a dar lugar a *ela* e a viver para vê-la tomar posse!

— Minha querida, não dê ensejo a tão melancólicos pensamentos. Tenhamos esperança em coisas melhores. Vamos pensar que talvez seja eu o sobrevivente.

Isso não era muito consolador para a sra. Bennet e portanto, em vez de responder, ela prosseguiu como antes.

— Não posso nem pensar que eles vão ter toda esta propriedade. Se não fosse pelo morgadio, eu nem me importaria.

— Você não se importaria com quê?

— Não me importaria com absolutamente nada.

— Sejamos gratos por você se ver livre de tal estado de insensibilidade.

— Nunca serei grata a nada que tenha alguma ligação com o morgadio. Não consigo entender como é que alguém pode ter a coragem de deserdar as próprias filhas; e tudo em proveito do sr. Collins! Por que deve *ele* ter mais do que qualquer outro?

— Deixo isso para que você mesma resolva — disse o sr. Bennet.

CAPÍTULO 24

A carta da srta. Bingley chegou e pôs um ponto-final nas dúvidas. Já o

primeiro parágrafo transmitia a certeza de estarem estabelecidos em Londres por todo o inverno e concluía dizendo que o irmão lamentava não ter tido tempo de se despedir dos amigos de Hertfordshire antes de deixar a região.

Toda esperança estava perdida, completamente perdida; e, quando Jane conseguiu prosseguir na leitura da carta, pouco encontrou, salvo o proclamado afeto da autora, o que não era de muito consolo. A maior parte da carta consistia em elogios à srta. Darcy. Insistia novamente nos atrativos dela, e Caroline se gabava de sua crescente intimidade e se arriscava a prever que os desejos revelados na carta anterior se tornariam realidade. Escrevia também com muito prazer sobre o fato de o irmão estar residindo na casa do sr. Darcy, e mencionava com êxtase alguns planos deste último acerca de um novo mobiliário.

Elizabeth, a quem Jane logo comunicou o principal disso tudo, ouviu em silêncio mas indignada. Seu coração estava dividido entre a preocupação com a irmã e a mágoa com todos os outros. Não deu crédito à afirmação de Caroline de que o irmão dela estivesse apaixonado pela srta. Darcy. Continuava a não ter dúvida sobre o amor dele por Jane; e, como sempre estivera propensa a gostar dele, não podia pensar sem irritação, e até desprezo, nessa inconstância de temperamento, nessa falta de autodeterminação, que agora o tornava escravo da astúcia de seus mais próximos e o levava a sacrificar sua própria felicidade ao capricho das inclinações deles. Se sua própria felicidade, porém, fosse o único sacrifício, ele teria o direito de dispor dela da maneira que julgasse mais conveniente, mas sua irmã estava envolvida naquilo, como julgava que ele mesmo estivesse ciente. Era assunto, em suma, para se refletir longamente, embora em vão. Não conseguia pensar em mais nada; no entanto, quer o amor de Bingley tivesse acabado ou sido destruído pela intromissão dos amigos, quer tivesse ele consciência do amor de Jane ou isso tivesse escapado à sua observação, fosse qual fosse enfim o caso, embora sua opinião sobre ele fosse substancialmente afetada pela diferença, a situação da irmã continuava a mesma, sua paz igualmente ferida.

Jane só ganhou coragem para falar de seus sentimentos com Elizabeth depois de um ou dois dias; mas finalmente, quando a sra. Bennet as deixou sozinhas, depois de um acesso de raiva mais longo do que de costume acerca de Netherfield e de seu dono, não pôde deixar de dizer:

— Ah, se a querida mamãe tivesse maior domínio de si mesma! Ela não faz ideia do sofrimento que me causa com suas contínuas reflexões sobre ele. Mas não vou queixar-me. Isso não pode durar muito. Ele será esquecido, e seremos todas como antes.

Elizabeth olhou para a irmã com incrédula solicitude, mas nada disse.

— Você duvida de mim — exclamou Jane, corando um pouco —; na verdade, você não tem razão. Ele pode viver em minha memória como o homem mais encantador que conheço, mas isso é tudo. Nada mais tenho que esperar ou temer, e nada a censurar nele. Graças a Deus! Não tenho *essa* dor. Com um pouco de tempo, portanto... vou com certeza tentar dar a volta por cima.

Com voz mais forte, logo acrescentou:

— Já tenho o consolo de que tudo não passou de um engano da minha imaginação, e não causei nenhuma mágoa a ninguém, a não ser a mim mesma.

— Minha querida Jane! — exclamou Elizabeth. — Você é boa demais. A sua doçura e o seu desinteresse são mesmo angélicos; não sei o que lhe dizer. Sinto-me como se nunca lhe tivesse feito justiça ou amado você como merece.

A srta. Bennet negou com energia qualquer mérito extraordinário e rejeitou os elogios do caloroso afeto da irmã.

— Não — disse Elizabeth —; isso não é justo. *Você* quer pensar que todos são respeitáveis e fica chocada quando falo mal de alguém. Eu só quero pensar que *você* é perfeita, e você me contradiz. Não tenha medo de que eu exagere e abuse do seu privilégio da boa vontade universal. Não é preciso. Há poucas pessoas que eu amo de verdade, e menos pessoas ainda de que eu tenho boa opinião. Quanto mais conheço o mundo, mais me sinto insatisfeita com ele; e a cada dia se confirma a minha crença na incoerência de toda personalidade humana, e na pouca confiança que podemos depositar na aparência de mérito ou de razão. Topei com dois exemplos disso ultimamente. Um deles não quero comentar, o outro foi o casamento de Charlotte. É inexplicável! É inexplicável em todos os aspectos!

— Minha querida Lizzy, não se entregue a esse tipo de sentimento. Isso vai acabar com a sua felicidade. Você não leva suficientemente em conta a diferença entre situação e temperamento. Considere a respeitabilidade do sr. Collins e o caráter firme e prudente de Charlotte. Lembre-se de que ela pertence a uma família numerosa; de que, quanto ao dinheiro, é um casamento muitíssimo desejável; e esteja disposta a acreditar, para o bem de todos, que talvez ela sinta alguma consideração e estima por nosso primo.

— Para agradar a você, eu estaria disposta a acreditar em quase tudo, mas ninguém mais poderia acreditar em algo assim; pois, mesmo que eu estivesse convencida de que Charlotte sente algum amor por ele, eu teria de ter uma opinião ainda pior sobre a inteligência dela do que a que agora tenho sobre o seu coração. Jane, querida, o sr. Collins é um homem presunçoso, pomposo, obtuso e idiota; você sabe que é verdade, tanto quanto eu; e deve perceber, tanto quanto eu, que a mulher que se casar com ele não pode raciocinar corretamente. Não a defenda, mesmo que seja a Charlotte Lucas. Não mude, em proveito de um único indivíduo, o significado dos princípios e da integridade, nem tente convencer a si mesma ou a mim de que egoísmo é prudência e insensibilidade ao perigo é penhor de felicidade.

— Suas palavras são duras demais contra ambos — replicou Jane —, e espero que você venha a se convencer disso ao vê-los felizes juntos. Mas basta. Você fez alusão a outra coisa também. Mencionou *dois* casos. Eu entendo o que diz, mas lhe suplico, querida Lizzy, não me magoe pondo a culpa *naquela pessoa* e dizendo ter perdido a boa opinião que tinha dele. Não devemos ter tanta facilidade para nos considerarmos intencionalmente feridas. Não devemos esperar que um jovem ativo seja sempre tão cauteloso e circunspecto. Muitíssimas vezes, a nossa vaidade é que nos ilude. As mulheres julgam que a admiração signifique mais do que realmente significa.

— E os homens fazem tudo para que assim seja.

— Fazem de propósito, não há como perdoá-los; mas não posso crer que haja no mundo tantas coisas planejadas, como algumas pessoas imaginam.

— Estou longe de acreditar que alguma parte da conduta do sr. Bingley tenha sido planejada — disse Elizabeth —, mas, sem ter a intenção de agir mal e de magoar os outros, pode haver erro e pode haver infelicidade. Irreflexão, falta de atenção aos sentimentos dos outros e falta de determinação já são o suficiente para isso.

— E você atribui isso tudo a alguma dessas coisas?

— Claro, à última delas. Mas, se insistir, vou desagradar você dizendo o que penso das pessoas de quem você gosta. Detenha-me enquanto é tempo.

— Você continua achando, então, que as irmãs dele o influenciam?

— Continuo. Elas e o amigo.

— Não posso acreditar. Por que tentariam influenciá-lo? Só podem querer a felicidade dele; e, se ele me ama, nenhuma outra mulher pode fazê-lo feliz.

— Sua primeira premissa é falsa. Eles podem querer muitas coisas além da felicidade dele; podem querer que ele tenha mais dinheiro e influência; podem querer que ele case com uma moça que tenha dinheiro, boas relações e orgulho.

— Sem dúvida nenhuma elas *querem* que ele escolha a srta. Darcy — tornou Jane —, mas isso com melhores intenções do que as que você supõe. Conhecem-na há muito mais tempo do que a mim; não é de admirar que gostem mais dela. Mas queiram elas o que quiserem, é muito improvável que se opusessem à escolha do irmão. Que irmã se acreditaria autorizada a fazer isso, a menos que houvesse algo realmente grave? Se acredita que ele gostasse de mim, não tentariam separar-nos; se o fizessem, não teriam sucesso. Supondo que ele me ama, você faz que todos ajam de modo antinatural e errado e me deixa muito triste. Não me atormente com essa ideia. Não me envergonho de ter-me enganado... ou, pelo menos, é coisa pouca, não é nada em comparação com o que sentiria se pensasse mal dele ou das irmãs. Deixe-me ver tudo sob a melhor luz, sob a luz pela qual tudo se esclarece.

Elizabeth não podia contrapor-se a tal desejo; e desse dia em diante o nome do sr. Bingley raramente foi mencionado entre elas.

A sra. Bennet continuava a admirar-se e se lamentar do fato de ele não voltar e, embora raramente se passasse um dia sem que Elizabeth lhe desse uma clara explicação, era muito pouco provável que algum dia ela visse aquilo com menor perplexidade. Sua irmã tentou convencê-la de algo em que ela mesma não acreditava, que as atenções dele para com Jane haviam sido fruto apenas de uma atração comum e transitória, que cessou quando deixou de vê-la; mas, embora reconhecesse a probabilidade daquilo, tinha de repetir a mesma história todos os dias. O maior consolo da sra. Bennet era que o sr. Bingley devia estar de volta no verão.

O sr. Bennet encarou o problema de um ângulo diferente.

— Então, Lizzy — disse ele certo dia —, a sua irmã parece ter tido um desgosto amoroso. Dou a ela os meus parabéns. Quando se aproximam do casamento, as mocinhas gostam de ter esse tipo de problema sentimental, de vez em quando. Isso lhes dá o que pensar e lhes confere uma espécie de destaque em meio às amigas. Quando será a sua vez? Você não vai deixar que a Jane a deixe para trás por muito tempo. Agora é a sua vez. Há aqui em Meryton oficiais em número suficiente para decepcionar todas as moças da região. Que seja Wickham o *seu* homem. Ele é um sujeito agradável e iria romper o namoro em grande estilo.

— Muito obrigada, papai, mas eu me contentaria com um homem menos agradável. Nem todas podemos esperar ter a boa sorte de Jane.

— É verdade — disse o sr. Bennet —, mas é um consolo pensar que, se acontecer qualquer coisa desse tipo a você, sempre terá uma mãe carinhosa que saberá valorizar ao máximo a coisa.

A companhia do sr. Wickham foi de extrema utilidade para esconjurar a melancolia que os recentes acontecimentos haviam provocado em muitos membros da família de Longbourn. Elas o viam com frequência, e às suas outras qualidades foi agora acrescentada a da franqueza absoluta. Tudo que Elizabeth já ouvira, as queixas dele contra o sr. Darcy pelo que sofrera com ele, tudo isso era agora abertamente reconhecido e publicamente ostentado; e todos ficavam satisfeitos em ver o quanto sempre haviam antipatizado com o sr. Darcy, mesmo antes de saberem algo sobre o caso.

A srta. Bennet era a única criatura a imaginar que pudesse haver alguma circunstância atenuante no caso, desconhecida da sociedade de Hertfordshire; sua candura meiga e tranquila estava sempre disposta a concessões e insistia sobre a possibilidade de haver engano — mas, por todos os demais, o sr. Darcy era condenado como o pior dos homens.

CAPÍTULO 25

Depois de uma semana de juras de amor e planos de felicidade, o sr. Collins foi separado da sua doce Charlotte pela chegada do sábado. A dor da separação, porém, pôde ser aliviada, de sua parte, pelos preparativos para a recepção da noiva; ele esperava que logo depois de seu retorno para Hertfordshire fosse marcado o dia que o transformaria no homem mais feliz do mundo. Ele se despediu dos parentes de Longbourn com tanta solenidade quanto antes; desejou de novo às queridas primas saúde e felicidade, e prometeu enviar ao pai uma nova carta de agradecimento.

Na segunda-feira seguinte, a sra. Bennet teve o prazer de receber o irmão e a esposa dele, vindos como de costume para passar o Natal em Longbourn. Era o sr. Gardiner um homem sensato e de maneiras nobres, muito superior à irmã, tanto de natureza como de educação. As damas de Netherfield teriam dificuldade para acreditar que um homem que vivia do comércio, e à vista de seus próprios armazéns, pudesse ser tão fino e bem educado. A sra. Gardiner, que tinha muitos anos a menos que a sra. Bennet e a sra. Phillips, era uma mulher simpática, inteligente e elegante, e adorada por todas as sobrinhas de Longbourn. Especialmente entre as duas irmãs mais velhas e ela havia um carinho especial. Jane e Elizabeth com frequência passavam um tempo com ela em Londres.

A primeira coisa que a sra. Gardiner fez ao chegar foi distribuir os presentes e descrever as novas modas. Depois disso, passou a desempenhar um papel menos ativo. Foi a sua vez de escutar. A sra. Bennet tinha muitas mágoas que desabafar e muito de que se queixar. Todas elas haviam sido muito maltratadas desde a última vez que vira a irmã. Duas de suas filhas haviam estado a ponto de casar e, por fim, nada.

— Não culpo a Jane — prosseguiu ela —, pois Jane teria agarrado o sr. Bingley se pudesse. Mas a Lizzy! Ah, minha irmã! É duro pensar que ela poderia ser a esposa do sr. Collins a esta altura, se não fosse pela sua própria maldade. Ele a pediu em casamento nesta mesma sala, e ela o rejeitou. A consequência disso é que *Lady* Lucas casará uma filha antes de mim e que a propriedade de Longbourn está mais comprometida do que nunca. Os Lucas são gente muito esperta, minha irmã. Tomam tudo que podem. Lamento ter de dizer isso, mas é verdade. Sinto-me muito nervosa e muito mal de ser assim contrariada em minha própria família e de ter vizinhos que só pensam em si mesmos. Mas a sua chegada bem nesta hora é o maior dos consolos para mim, e estou muito feliz em ouvir o que você nos contou sobre as mangas compridas.

A sra. Gardiner, a quem a parte principal das histórias já havia sido contada antes, na correspondência de Jane e Elizabeth com ela, deu à irmã uma breve resposta e, com pena das sobrinhas, mudou de assunto.

Mais tarde, a sós com Elizabeth, falou mais sobre a questão.

— Acho provável que ele fosse um bom par para Jane — disse ela. — Lamento que não tenha dado certo. Mas isso é tão comum! Um rapaz como você descreve o sr. Bingley fica facilmente apaixonado por uma moça bonita durante algumas semanas, e quando o acaso os separa a esquece com a mesma facilidade. Esse tipo de inconstância é muito frequente.

— Um excelente consolo, lá à sua maneira — disse Elizabeth —, mas não funciona *conosco.* Não sofremos *por acaso*. Não acontece sempre de a interferência de amigos convencer um rapaz independente quanto à fortuna a não mais pensar numa moça por quem ele estava violentamente apaixonado alguns dias antes.

— Mas a expressão "violentamente apaixonado" é tão banal, tão duvidosa, tão indefinida, que não me sugere muita coisa. Aplica-se tanto a sentimentos que surgem de um conhecimento de meia hora, quanto a uma afeição real e intensa. Por favor, qual o grau de *violência* do amor do sr. Bingley?

— Nunca vi um afeto tão promissor; ele estava cada vez mais desatento às outras pessoas, totalmente absorvido por ela. Toda vez que eles se encontravam, isso era mais evidente e nítido. Em seu próprio baile, ele ofendeu duas ou três jovens, não as tirando para dançar; e eu mesma falei com ele duas vezes, sem receber resposta. Poderia haver melhores sintomas? Não é a descortesia geral a própria essência do amor?

— Ah, claro!... Desse tipo de amor que acho que ele sentiu, sim. Coitada da Jane! Sinto muito por ela, porque, com seu modo de ser, talvez ela não supere logo isso tudo. Seria melhor que tivesse acontecido com *você*, Lizzy; você logo estaria dando gargalhadas sobre o caso. Mas você acha que ela pode ser convencida a voltar conosco? A mudança de ares pode ser útil... e talvez certas férias de casa possam ser mais eficientes do que qualquer outra coisa.

Elizabeth adorou a proposta e sentiu que a irmã a aceitaria prontamente.

— Espero — acrescentou a sra. Gardiner — que ela não se deixe influenciar por nenhuma consideração relativa àquele rapaz. Vivemos em bairros tão distantes, nossos círculos de amizade são tão diferentes e, como você deve saber, saímos tão pouco, que é muito improvável que eles se encontrem, a menos que ele venha visitá-la.

— E *isso* é completamente impossível; pois agora ele está sob custódia do amigo, e o sr. Darcy não mais toleraria que ele visitasse Jane em tal parte de Londres! Titia querida, como poderia ter uma ideia dessas? O sr. Darcy talvez tenha *ouvido falar* de um lugar como Gracechurch Street, mas dificilmente acharia que uma ablução de um mês fosse suficiente para purificá-lo de suas impurezas, se tivesse de entrar nele; e tenha certeza de que o sr. Bingley não faz nada sem ele.

— Tanto melhor. Espero que não se encontrem, mesmo. Mas Jane não se corresponde com a irmã dele? *Ela* não poderá deixar de visitá-la.

— Ela romperá completamente a amizade.

Mas, apesar da confiança exibida por Elizabeth acerca desse ponto, bem como acerca da ideia ainda mais interessante de que Bingley seria impedido de ver Jane, ela sentia uma angústia em relação àquele assunto que a convenceu, ao refletir a respeito, que não o considerava totalmente sem esperança. Era possível, e às vezes o julgava até provável, que seu amor pudesse ser reavivado e a influência dos amigos, vitoriosamente combatida pela influência mais natural dos atrativos de Jane.

A srta. Bennet aceitou com prazer o convite da tia; e no momento os Bingley só ocupavam seu pensamento por esperar que, se Caroline não vivesse na mesma casa que o irmão, poderia ocasionalmente passar uma manhã com ela, sem correr o risco de encontrá-lo.

Os Gardiner permaneceram uma semana em Longbourn; e, ora com os Phillips, ora com os Lucas e os oficiais, não houve nenhum dia sem algum compromisso. A sra. Bennet cuidara com tanto carinho do entretenimento do irmão e de sua esposa, que eles não se reuniram nenhuma vez para um jantar de família. Quando o compromisso era em casa, alguns dos oficiais sempre eram convidados — e o sr. Wickham era com certeza um deles; e nessas ocasiões a sra. Gardiner, desconfiada com os calorosos elogios feitos por Elizabeth, observava ambos com atenção. Sem considerá-los, pelo que via, muito gravemente apaixonados, a preferência de um pelo outro era óbvia o bastante para torná-la um pouco preocupada; e resolveu falar com Elizabeth sobre o assunto antes de partir de Hertfordshire, para mostrar-lhe como era imprudente encorajar tal amor.

À sra. Gardiner, Wickham dispunha de um meio de agradar que nada tinha a ver com suas qualidades gerais. Cerca de dez ou doze anos atrás, antes de se casar, ela passara um tempo considerável naquela parte de Derbyshire onde ele nascera. Tinham os dois, portanto, muitas relações em comum; e, embora Wickham pouco aparecesse por lá desde a morte do pai de Darcy, ainda podia dar informações mais recentes sobre os velhos amigos do que as que ela conseguira obter.

A sra. Gardiner havia visto Pemberley e conhecera muito bem o falecido sr. Darcy, de fama. Esse era, portanto, um inesgotável tema de conversação. Ao comparar suas lembranças de Pemberley com a minuciosa descrição que Wickham podia dar e ao prestar um tributo de louvor ao caráter do ex-dono, ela encantava tanto a si mesma quanto a ele. Ao ser informada do mau tratamento a ele dispensado pelo atual sr. Darcy, ela tentou lembrar-se de algo do que se dizia sobre a personalidade daquele cavalheiro quando ainda muito jovem que pudesse corroborar aquilo, e, por fim, teve a certeza de se lembrar de que o sr. Fitzwilliam Darcy era tido como um menino muito orgulhoso e impertinente.

CAPÍTULO 26

O alerta da sra. Gardiner a Elizabeth foi-lhe pontual e delicadamente passado na primeira oportunidade favorável de falar com ela a sós; depois de lhe dizer sinceramente o que achava, prosseguiu assim:

— Você é uma menina inteligente demais, Lizzy, para se apaixonar simplesmente porque foi alertada contra isso; e, assim, não tenho medo de lhe falar com franqueza. Falando seriamente, eu gostaria que você abrisse os olhos. Não se envolva e não tente envolvê-lo num amor que a tornaria imprudente. Nada tenho a dizer contra *ele*; ele é um rapaz muito interessante; e, se tivesse a fortuna que devia ter, eu iria achar que não haveria ninguém melhor do que ele para você. Mas, nas atuais circunstânciass, você não deve deixar-se levar pela imaginação. Você tem bom-senso e todos esperamos que faça bom uso dele. Tenho certeza de que o seu pai confia na *sua* decisão e boa conduta. Não vá decepcioná-lo.

— Querida titia, isso é falar sério, mesmo.

— É, sim, e eu tenho esperança de que você também fale sério.

— A senhora não deve, então, alarmar-se. Eu vou tomar conta de mim mesma e também do sr. Wickham. Ele não se apaixonará por mim, se eu puder impedi-lo.

— Elizabeth, você não está falando sério agora.

— Desculpe, vou tentar de novo. No momento, não estou apaixonada pelo sr. Wickham; não, com certeza não. Mas ele é, incomparavelmente, o homem mais adorável que eu já vi... E se ele vier a gostar realmente de mim... Acho que seria melhor que isso não acontecesse. Posso ver como seria imprudente. Ah! *Aquele* abominável sr. Darcy! A opinião de meu pai a meu respeito é uma grande honra para mim, e seria uma desgraça decepcioná-lo. Meu pai, porém, simpatiza com o sr. Wickham. Em suma, querida titia, eu lamentaria muito fazer infeliz qualquer um de vocês; mas, como vemos todos os dias que, quando há amor, os jovens raramente são impedidos pela imediata falta de recursos de se comprometerem uns com os outros, como posso ser mais sábia do que tantas outras criaturas se for tentada, ou como posso saber se seria prudente resistir? Tudo que posso prometer-lhe, portanto, é não me precipitar. Não vou precipitar-me acreditando-me seu principal objetivo. Quando estiver com ele, não serei impaciente. Em resumo, vou fazer o possível.

— Talvez fosse melhor desencorajá-lo a vir aqui com tanta frequência. Pelo menos, você não deveria *lembrar* a sua mãe de convidá-lo.

— Como uns dias atrás — disse Elizabeth, com um sorriso acanhado. — É verdade, será mais prudente evitar fazer *isso*. Mas não imagine que ele venha assim com tanta frequência. É graças à senhora que ele foi convidado tantas vezes esta semana. A senhora conhece as ideias de mamãe sobre a necessidade de proporcionar companhia constante para os amigos. Mas, realmente, dou-lhe a minha palavra, vou tentar fazer o que julgo ser o mais certo; e agora espero que a senhora esteja satisfeita.

Sua tia lhe garantiu que sim e, tendo Elizabeth agradecido a ela pela gentileza das recomendações, as duas se separaram, tendo sido dado um conselho maravilhosamente exemplar sobre o assunto, sem deixar mágoa.

O sr. Collins voltou a Hertfordshire logo depois da partida dos Gardiner e de Jane; mas, como se instalou na casa dos Lucas, sua chegada não causou grandes inconvenientes para a sra. Bennet. O casamento já se aproximava rapidamente, e com o tempo ela tanto se resignara que o julgava inevitável e até dizia muitas vezes, em tom mal-humorado, que "*desejava* que eles fossem felizes". O casamento seria na quinta-feira, e na quarta a srta. Lucas fez a sua visita de despedida; e, quando ela se levantou para partir, Elizabeth, envergonhada com os chochos e relutantes votos de felicidade da mãe e sinceramente comovida, acompanhou-a ao sair da sala. Enquanto desciam juntas as escadas, Charlotte disse:

— Espero ter notícias suas muito em breve, Eliza.

— *Isso* você certamente vai ter.

— E tenho outro favor para lhe pedir. Você virá visitar-me?

— Vamos nos ver sempre, espero, em Hertfordshire.

— Não é provável que eu saia de Kent por algum tempo. Quero, então, que você me prometa que virá a Hunsford.

Elizabeth não pôde recusar, embora previsse que seria uma visita pouco prazerosa.

— Meu pai e Maria vão vir em março — acrescentou Charlotte —, e eu espero que você concorde em fazer parte do grupo. Você será tão bem-vinda quanto qualquer um deles, Eliza.

Realizou-se o casamento; das portas da igreja, a noiva e o noivo partiram para Kent, e todos tinham muito a dizer ou ouvir sobre o assunto, como sempre. Elizabeth logo teve notícias da amiga; e a correspondência entre elas foi tão regular e frequente como sempre fora; que fosse igualmente sincera seria impossível. Elizabeth nunca se dirigia a ela sem sentir que todo o prazer da intimidade chegara ao fim, e, embora decidida a não deixar espaçar-se a correspondência, fazia-o em nome do que tinha sido, e não do que era. As primeiras cartas de Charlotte foram recebidas com uma boa dose de impaciência; era inevitável que Elizabeth sentisse curiosidade sobre o que ela diria do novo lar, o que achava de *Lady* Catherine e quão feliz ousaria proclamar-se; no entanto, quando as cartas foram lidas, Elizabeth percebeu que Charlotte se exprimia sobre cada ponto exatamente como era de se prever. Escrevia com animação, parecia rodeada de conforto e nada mencionava que não pudesse agradar-lhe. A casa, a mobília, a vizinhança, tudo era do seu gosto, e *Lady* Catherine era muito simpática e atenciosa. Era o retrato que o sr. Collins pintara de Hunsford e Rosings, só que racionalmente matizado; e Elizabeth percebeu que teria de aguardar sua própria visita para conhecer o resto.

Jane já havia escrito algumas linhas à irmã para anunciar que chegara bem em Londres; e, quando tornou a escrever, Elizabeth esperava que ela tivesse podido dizer algo acerca dos Bingley.

Sua impaciência por essa segunda carta foi bem recompensada, como em geral a impaciência o é. Jane já estava na capital havia uma semana, e ainda não havia visto nem tivera notícias de Caroline. Ela explicava o fato, porém, imaginando que, por algum acidente, se perdera sua última carta de Longbourn à amiga.

"Minha tia", prosseguia ela, "vai amanhã àquela parte da cidade, e aproveitarei a oportunidade para passar pela Grosvenor Street".

Ela tornou a escrever após ter feito a visita e visto a srta. Bingley. "Caroline não me pareceu de bom humor", foram suas palavras, "mas estava muito contente em me ver e me repreendeu por não lhe ter comunicado a minha vinda a Londres. Eu estava certa, então. Minha carta nunca chegara até ela. Perguntei por seu irmão, é claro. Ele estava bem, mas com tantos compromissos junto ao sr. Darcy que mal tinham tempo de vê-lo. Descobri que a srta. Darcy era esperada para jantar. Gostaria de poder vê-la. Minha visita não demorou muito, pois Caroline e a sra. Hurst estavam de saída. Tenho certeza de que em breve vou tornar a vê-la".

Elizabeth balançou a cabeça ao ler a carta. Esta a convencera de que só por acaso o sr. Bingley descobriria que sua irmã estava na capital.

Passaram-se quatro semanas e Jane não o viu nenhuma vez. Ela tentou convencer-se de que não lamentava o fato; mas não podia mais estar cega à desatenção da srta. Bingley. Depois de deixá-la esperando em casa por duas semanas e inventando a cada tarde uma nova desculpa, a visitante finalmente apareceu; mas a brevidade de sua permanência e, mais ainda, a mudança em suas maneiras não permitiram que Jane continuasse a se iludir. A carta que escreveu à irmã naquela ocasião demonstra o que sentiu:

> Tenho certeza de que a minha querida Lizzy será incapaz de se vangloriar de ter um julgamento superior ao meu, quando eu confessar que estava completamente enganada quanto ao apreço da srta. Bingley por mim. Mas, querida irmã, embora os acontecimentos tenham provado que você estava certa, não me julgue teimosa se eu ainda afirmar que, tendo em vista o comportamento dela, a minha confiança era tão natural quanto as suas suspeitas. Não entendo que razões tinha ela para querer ser minha amiga íntima; mas, se as mesmas circunstâncias se produzissem de novo, tenho certeza de que seria enganada mais uma vez. Só ontem Caroline retribuiu a minha visita; e nesse meio-tempo não recebi sequer um bilhete, sequer uma linha. Quando chegou, era óbvio que não sentia nenhum prazer no que estava fazendo; deu uma desculpa breve e formal por não ter vindo antes, não disse nenhuma palavra de que quisesse ver-me de novo e foi em todos os aspectos uma criatura tão diferente, que quando foi embora eu estava absolutamente decidida a cortar relações. Tenho pena dela, embora não possa deixar de censurá-la. Ela estava muito errada em demonstrar preferência por mim, como o fez; posso dizer sem medo de errar que todos os avanços na direção de maior intimidade entre nós vieram da parte dela. Tenho pena dela, porém, porque deve sentir que agiu mal e porque tenho certeza de que a preocupação com o irmão é a causa de tudo isso. Não preciso dar mais explicações; e embora nós saibamos que tal preocupação era completamente desnecessária, se ela a sentiu, isso explica facilmente o comportamento dela para comigo; e, como ele é tão merecidamente querido pela irmã, toda preocupação que ela sentir por ele é natural e simpática. Não posso deixar de me admirar, porém, de ela ainda ter tais receios, pois se ele me houvesse amado de verdade já nos teríamos encontrado há muito tempo. Ele sabe que estou em Londres, tenho certeza, por algo que ela mesma me disse; e no entanto até parece, pelo seu jeito de falar, que ela quer convencer-se de que ele goste realmente da srta. Darcy. Não consigo entender. Se não receasse julgar severamente demais, estaria tentada a dizer que há uma estranha aparência de duplicidade nisso tudo. Mas vou tentar livrar-me de todo pensamento doloroso e só pensar no que me faz feliz: o seu afeto e a inabalável bondade de titio e titia. Escreva-me logo. A srta. Bingley disse alguma coisa sobre nunca mais voltar a Netherfield, sobre abrir mão da casa, mas não com muita firmeza. Seria melhor não mencionarmos isso. Estou felicíssima por você me mandar tão boas notícias dos nossos amigos de Hunsford. Peço-lhe que vá visitá-los, com Sir William e Maria. Tenho certeza de que você vai ser muito bem tratada. Da sua, etc.

Essa carta causou certa aflição em Elizabeth; mas ela recuperou o bom humor quando se deu conta de que Jane não seria mais iludida, ao menos pela irmã. Já não havia absolutamente nenhuma expectativa com relação ao irmão. Ela já não queria nem sequer reatar a amizade com ele. A ideia que tinha dele piorava cada vez mais quando refletia a seu respeito; e, como punição a ele e em possível proveito de Jane, passou a ter sérias esperanças de que ele realmente se casasse com a irmã do sr. Darcy, pois de acordo com os relatos de Wickham ela o faria lamentar amargamente o que desdenhara.

A essa altura, a sra. Gardiner lembrou Elizabeth da promessa que fizera com relação àquele cavalheiro e pediu notícias; e as que Elizabeth tinha para lhe contar eram tais, que deveriam contentar mais à tia do que a ela mesma. Seu aparente interesse havia desaparecido, assim como as atenções que dispensava a ela; ele agora cortejava outra pessoa. Elizabeth era não só observadora o bastante para perceber tudo aquilo, como também conseguia escrever sobre o assunto sem sofrer demais. Seu coração só fora tocado de leve e sua vaidade ficara satisfeita com a ideia de que *ela* seria a sua única eleita, se a situação financeira o permitisse. O fato de ter ganhado de repente dez mil libras era o atrativo mais notável da jovem a quem ele agora dispensava as suas melhores atenções; mas Elizabeth, talvez menos clarividente nesse caso do que no de Charlotte, não se zangou com ele pelo desejo de independência que ele sentia. Ao contrário, nada podia ser mais natural; e, embora pudesse supor que desistir dela custara a ele algumas batalhas, ela estava disposta a reconhecer que se tratava de uma medida sábia e desejável para ambos e podia, com toda a sinceridade, desejar-lhe felicidades.

Tudo isso foi comunicado à sra. Gardiner; e depois de relatar a situação prosseguiu assim:

> Estou agora convencida, querida titia, de que nunca estive realmente apaixonada; pois, se tivesse experimentado essa pura e exaltante paixão, agora eu detestaria até o nome dele e lhe desejaria todo tipo de desgraça. Mas os meus sentimentos não são apenas cordiais em relação a ele; são até imparciais em relação à srta. King. Não posso dizer que de alguma forma eu a odeie ou que esteja minimamente avessa a pensar que ela seja uma ótima moça. Não pode haver amor aí. Minha vigilância foi eficiente; e, embora eu certamente fosse um objeto mais interessante para todos os meus conhecidos se estivesse distraidamente apaixonada por ele, não posso dizer que lamente a minha relativa insignificância. Muitas vezes a preeminência sai cara. Kitty e Lydia tomam muito mais a peito a sua defecção do que eu. Elas são jovens nas estradas do mundo e ainda não se abriram para a torturante convicção de que os rapazes bonitos têm de ter algo para viver, tanto quanto os mais comuns deles.

CAPÍTULO 27

Passaram-se os meses de janeiro e fevereiro, sem acontecimentos maiores do que esses na família de Longbourn e caracterizados por poucas coisas além dos passeios até Meryton, ora enlameados, ora frios. Março deveria levar Elizabeth a Hunsford. No começo, ela não levou muito a sério a ideia de ir até lá; Charlotte, porém, como logo ela descobriu, contava com aquele plano e aos poucos Elizabeth passou a encará-lo com maior prazer e maior certeza. A ausência aumentara o seu desejo de rever Charlotte e diminuíra sua repulsa ao sr. Collins. O plano era novidade, e, como, com aquela mãe e com aquelas irmãs intratáveis, o lar não era exatamente ideal, uma pequena mudança não deixava de ser bem-vinda. Além disso, a viagem lhe possibilitaria dar uma escapadinha para ver Jane; em suma, enquanto a hora da partida se aproximava, ela lamentaria qualquer adiamento. Tudo, porém, se passou sem problemas e foi arranjado segundo os primeiros planos de Charlotte. Ela devia acompanhar Sir William e sua segunda filha. A boa ideia de passar uma noite em Londres foi adotada a tempo, e o plano se tornou o mais perfeito possível.

A única dor era separar-se do pai, que certamente sentiria saudades dela e, quando recebeu a comunicação, gostou tão pouco da ideia da viagem, que disse a ela para lhe escrever e quase prometeu responder à carta.

A despedida entre ela e o sr. Wickham foi perfeitamente amigável; da parte dele, algo mais do que isso. Seus novos planos não podiam levá-lo a esquecer que Elizabeth fora a primeira a provocar e merecer sua atenção, a primeira a ouvi-lo e a ter pena dele, a primeira a ser admirada; e em seu jeito de lhe dizer adeus, desejando-lhe tudo de bom, lembrando-a do que devia esperar de *Lady* Catherine de Bourgh e garantindo que suas opiniões sobre ela — e sobre todo o mundo — sempre coincidiriam, havia uma solicitude, um interesse que ela sentiu devia uni-la a ele por um afeto muito sincero; e se separou dele convencida de que, casado ou solteiro, ele sempre haveria de ser o seu modelo de pessoa simpática e agradável.

Seus companheiros de viagem no dia seguinte não eram do tipo que poderia fazê-la reconsiderar a sua apreciação do sr. Whickam. *Sir* William Lucas e sua filha Maria, uma menina bem-humorada, mas tão cabeça de vento quanto ele, nada tinham a dizer que valesse a pena escutar e eram ouvidos com tanto prazer quanto o chiado da carruagem. Elizabeth adorava asneiras, mas já conhecia *Sir* William havia muito tempo. Ele não podia contar-lhe nada de novo acerca das maravilhas de sua apresentação à Corte e de sua sagração como cavaleiro. Suas delicadezas estavam puídas, como o que tinha a dizer.

Foi um trajeto de apenas vinte e quatro milhas. Partiram tão cedo que chegaram à Gracechurch Street por volta do meio-dia. Enquanto se dirigiam para as proximidades da casa do sr. Gardiner, Jane estava a uma das janelas da sala, para observar a chegada; quando entraram no corredor, lá estava ela para dar-lhes as boas-vindas, e Elizabeth, olhando atentamente para o seu rosto, ficou satisfeita em encontrá-lo tão saudável e encantador como sempre. Nas escadas estava um bando de meninos e meninas, cuja impaciência em ver a prima não permitiria a ela aguardar na sala e cuja timidez, pois não a viam fazia um ano, os impedia de descer. Tudo era alegria e amabilidade. O dia passou do modo mais agradável; a manhã no alvoroço e nas compras, e a noite no teatro.

Elizabeth procurou sentar-se ao lado da tia. O primeiro assunto a ser abordado foi sua irmã; e ela mais se afligiu do que se admirou ao ouvir, em resposta a suas minuciosas perguntas, que, embora Jane sempre procurasse manter-se animada, passava por períodos de abatimento. Era razoável, porém, esperar que estes não se prolongassem por muito tempo. A sra. Gardiner forneceu-lhe também os pormenores da visita da srta. Bingley à Gracechurch Street e repetiu as conversas ocorridas em diversos momentos entre Jane e ela, que provavam que Jane havia, do fundo do coração, desistido do relacionamento.

A sra. Gardiner, então, passou a zombar da sobrinha sobre a deserção de Wickham, e a cumprimentou por suportá-la tão bem.

— Mas, minha querida Elizabeth — acrescentou ela —, que tipo de moça é a srta. King? Custa-me pensar que o nosso amigo seja interesseiro.

— Por favor, querida titia, qual é a diferença, no que se refere a questões matrimoniais, entre o interesse e o motivo prudente? Onde acaba a prudência e começa a avareza? No último Natal, você temia que ele se casasse comigo, porque seria imprudente; e agora, porque ele está tentando conquistar uma moça com apenas dez mil libras, você o chama de interesseiro.

— Se você me disser que tipo de moça é a srta. King, eu saberei o que pensar.

— Acho que é uma moça muito boa. Não sei nada de ruim sobre ela.

— Mas ele não deu a ela a mínima atenção, até que a morte do avô a tornasse dona dessa fortuna.

— Não... e por que deveria? Se não lhe era adequado conquistar o *meu* afeto porque eu não tinha dinheiro, que motivo haveria para que ele cortejasse uma moça que não o atraía e também era pobre?

— Mas é uma indelicadeza voltar as atenções para ela tão em seguida ao fato.

— Um homem em apuros não tem tempo para todas essas elegantes conveniências que os outros podem observar. Se *ela* não faz objeções a isso, por que *nós* faríamos?

— O fato de *ela* não fazer objeções não o justifica. Só mostra que ela própria carece de alguma coisa... bom-senso ou sentimentos.

— Muito bem — exclamou Elizabeth —; como queira. Digamos que *ele* é interesseiro e *ela* é uma boboca.

— Não, Lizzy, é justamente isso o que eu *não* quero. Não gostaria de pensar mal de um rapaz que viveu durante tanto tempo em Derbyshire.

— Ah! Quanto a isso, tenho uma péssima opinião dos rapazes que vivem em Derbyshire; e seus amigos íntimos que vivem em Hertfordshire não são muito melhores. Estou cansada de todos eles. Graças a Deus! Vou amanhã para um lugar onde encontrarei um homem que não tem nenhuma qualidade agradável, que não se destaca nem pelos modos nem pelo bom-senso. Os homens estúpidos são os únicos que vale a pena conhecer, afinal.

— Cuidado, Lizzy; essas palavras sabem muito a decepção.

Ao fim da peça, antes de se separarem, Elizabeth teve a inesperada alegria de receber um convite para acompanhar seu tio e sua tia numa excursão de lazer que planejavam fazer no verão.

— Ainda não decidimos aonde vamos — disse a sra. Gardiner —, mas talvez até os Lagos.

Nenhum plano poderia ser mais agradável a Elizabeth, que aceitou o convite com rapidez e gratidão.

— Ah, minha queridíssima titia — exclamou ela entusiasmada —, que delícia! que felicidade! A senhora me dá vida nova e disposição. Adeus decepção e depressão. O que são os rapazes em comparação com os penedos e as montanhas? Ah! Que horas de êxtase vamos passar! E, quando *voltarmos*, não seremos como os outros viajantes, sem poder dar uma ideia precisa de nada. Nós *vamos* saber onde estivemos... *vamos* recordar o que vimos. Lagos, montanhas e rios não devem confundir-se em nossa imaginação; e, quando tentarmos descrever um determinado cenário, começaremos discutindo a sua situação relativa. Façamos que as *nossas* efusões sejam menos insuportáveis que as da maioria dos viajantes.

CAPÍTULO 28

Na viagem do dia seguinte, tudo era novo e interessante para Elizabeth; seu humor estava jubiloso, pois vira a irmã com tão boa aparência, que perdera todo receio em relação à saúde dela, e a perspectiva de uma excursão pelo norte era uma fonte de delícias.

Quando passaram da estrada principal para a trilha que levava a Hunsford, todos os olhos se puseram à espreita do presbitério, e cada curva prometia descortiná-lo. As cercas de Rosings Park eram sua fronteira por um lado. Elizabeth sorriu à lembrança de tudo que ouvira acerca de seus moradores.

Enfim, puderam vislumbrar o presbitério. O jardim que descia até a estrada, a casa que nele se erguia, a paliçada verde e a sebe de loureiros, tudo declarava que haviam chegado. O sr. Collins e Charlotte surgiram à porta e a carruagem, em meio a saudações e sorrisos generalizados, parou em frente ao portãozinho que, através de uma trilhinha de cascalho, levava até a casa. Num instante já todos haviam descido da carruagem, alegrando-se à vista uns dos outros. A sra. Collins deu as mais alegres boas-vindas à amiga, e Elizabeth estava cada vez mais satisfeita por ter vindo quando viu aquela recepção tão calorosa. Logo observou que o comportamento do primo não se havia alterado com o casamento; sua gentileza formal era exatamente como sempre fora, e ele a reteve por alguns minutos junto ao portão para ouvir as respostas às suas perguntas acerca de toda a família dela. Foram, então, sem mais delongas, senão os comentários dele sobre a elegância do portão, introduzidos na casa; e assim que se viram na sala de estar ele lhes deu novamente as boas-vindas, com ostentosa formalidade, à sua humilde morada, repetindo ponto por ponto as ofertas de refresco já feitas pela esposa.

Elizabeth estava preparada para vê-lo em sua glória; e não pôde deixar de fantasiar que, ao exibir as boas proporções, o aspecto e a mobília da sala, ele se dirigiu a ela em particular, como se quisesse fazê-la perceber o que perdera ao recusá-lo. Mas, embora tudo parecesse elegante e acolhedor, ela não pôde gratificá-lo com nenhum sinal de arrependimento e até olhava com espanto para a amiga por poder mostrar-se tão alegre com tal companheiro. Quando o sr. Collins dizia algo de que a esposa poderia envergonhar-se, o que por certo não era raro, Elizabeth involuntariamente voltava os olhos para Charlotte. Uma ou duas vezes conseguiu discernir um leve rubor; mas em geral Charlotte sabiamente fazia que não escutara. Após permanecerem por tempo suficiente para admirar cada artigo do mobiliário da sala, do aparador ao guarda-fogo da lareira, para falar da viagem a Londres e de tudo o que acontecera por lá, o sr. Collins convidou-as a dar um passeio pelo jardim, que era vasto e bem traçado, e a cujo cultivo ele mesmo se dedicava. Trabalhar no jardim era um dos seus maiores prazeres; e Elizabeth admirou o domínio de si com que Charlotte falou do caráter saudável daquele exercício e admitia encorajá-lo o mais possível. Aqui, abrindo caminho pelas trilhas e vielas, e mal lhes deixando algum tempo para proferirem os elogios que ele solicitava, cada espetáculo era exibido com uma minúcia que sufocava toda a beleza. Ele podia enumerar todos os campos ao redor e dizer quantas árvores havia no mais distante arvoredo. Mas, de todas as vistas de que seu jardim ou a região ou o reino podiam gabar-se, nenhuma se comparava com a perspectiva de Rosings, vislumbrada através de uma abertura entre as árvores que margeavam o parque quase diretamente em frente à casa. Era um belo e moderno edifício, bem situado numa elevação.

Do jardim, o sr. Collins queria levá-los para dar uma volta por seus dois prados; mas as damas, não tendo calçados próprios para enfrentar os restos da geada, retornaram; e, enquanto *Sir* William o acompanhava, Charlotte levava a irmã e a amiga de volta para casa, contentíssima, provavelmente, por ter a oportunidade de mostrá-la sem o auxílio do marido. Era um tanto pequena, mas bem construída e conveniente; e tudo estava arrumado com um esmero e uma harmonia cujos méritos Elizabeth atribuiu todos a Charlotte. Quando puderam esquecer-se do sr. Collins, fez-se um ar muito acolhedor em toda parte e, pela evidente satisfação de Charlotte com aquilo, Elizabeth supôs que ele devia ser esquecido com frequência.

Ela já fora informada de que *Lady* Catherine ainda estava no campo. Falaram de novo sobre o assunto durante o jantar, quando o sr. Collins interveio na conversa para observar:

— Sim, srta. Elizabeth, a senhorita terá a honra de ver *Lady* Catherine de Bourgh no próximo domingo, na igreja, e não preciso dizer que ficará encantada com ela. Ela é só afabilidade e condescendência, e não tenho dúvida de que a senhorita será honrada com um pouco de sua atenção quando o serviço terminar. Não tenho quase nenhum motivo para hesitar em dizer que ela vai incluir a senhorita e a minha cunhada Maria em todos os convites com que nos honrará durante a sua permanência aqui. É encantador o comportamento dela para com a minha querida Charlotte. Jantamos em Rosings duas vezes por semana e nunca nos permitem voltar a pé para casa. Sua Senhoria sempre manda chamar a carruagem para nós. Eu *deveria* dizer uma das carruagens de Sua Senhoria, pois ela possui várias.

— *Lady* Catherine é uma mulher muito respeitável e inteligente, de fato — acrescentou Charlotte —, e uma vizinha muito atenciosa.

— É verdade, minha querida, é isso mesmo que eu sempre digo. Ela é o tipo de mulher perante a qual nenhuma deferência é demais.

A noite passou-se em conversas sobre as notícias de Hertfordshire e novamente sobre o que já fora escrito; e ao seu fim Elizabeth, na solidão do quarto, tratou de meditar sobre o grau de felicidade de Charlotte, para entender seu tato ao dirigir o marido e sua compostura ao suportá-lo, reconhecendo que ela fazia tudo isso muito bem. Tratou também de antecipar como se passaria a visita, o calmo teor das atividades do dia a dia, as irritantes interrupções do sr. Collins e as divertidas relações com Rosings. Uma fértil imaginação logo resolveu o problema.

No meio do dia seguinte, enquanto se preparava no quarto para um passeio, um súbito barulho embaixo pareceu deixar toda a casa em confusão; e, após pôr-se à espreita por um momento, ouviu alguém subir as escadas com violenta pressa e chamar em voz alta o seu nome. Ela abriu a porta e deu com Maria no patamar, que, esbaforida de tão agitada, gritava:

— Ah, minha querida Eliza! Por favor, venha correndo até a sala de jantar, para ver que cena está acontecendo! Não vou contar o que é. Corra e desça logo!

Elizabeth fez algumas perguntas, mas em vão; Maria não queria dizer-lhe mais nada, e correram escada abaixo até a sala de jantar, que dava para a estradinha, à procura da maravilha. Eram duas damas que estacionavam um faeton baixo em frente ao portão do jardim.

— E é só isso? — exclamou Elizabeth. — Eu esperava que pelo menos os porcos tivessem entrado no jardim, e é só *Lady* Catherine que está chegando com a filha!

— Nada disso, querida — disse Maria, muito impressionada com o erro —, essa não é *Lady* Catherine. A velha senhora é a sra. Jenkinson, que vive com elas; a outra é e srta. de Bourgh. Olhe bem para ela. É uma criatura miudinha. Quem diria que ela fosse tão frágil e pequenina?

— Ela é terrivelmente grosseira por deixar Charlotte lá fora com todo esse vento. Por que não entra?

— Ah! Charlotte diz que a srta. de Bourgh raramente entra. E, quando entra, é o maior dos favores.

— Gosto da aparência dela — disse Elizabeth, absorvida por outras ideias. — Parece doentia e mal-humorada. Vai combinar perfeitamente com ele. Vai dar uma esposa muito adequada.

O sr. Collins e Charlotte estavam ambos no portão, conversando com as damas; e *Sir* William, para grande hilaridade de Elizabeth, estava parado à soleira da porta, em atenta contemplação da majestade que se revelava à sua frente e curvando-se toda vez que a srta. de Bourgh olhava para aqueles lados.

Com o tempo, nada mais havia a dizer; as damas seguiram seu caminho e os demais voltaram para casa. Assim que o sr. Collins viu as duas mocinhas, começou a felicitá-las pela boa sorte, o que foi explicado por Charlotte, ao informar-lhes que todos haviam sido convidados para jantar em Rosings no dia seguinte.

CAPÍTULO 29

O triunfo do sr. Collins, em consequência desse convite, foi completo. Poder exibir a grandiosidade de sua protetora aos visitantes maravilhados e mostrar-lhes a cortesia dela para com ele e a esposa era tudo o que queria; e que uma oportunidade para tanto se mostrasse tão prontamente era um exemplo da condescendência de *Lady* Catherine, que superava toda a sua capacidade de admiração.

— Confesso — disse ele — que não deveria surpreender-me com um convite dominical de Sua Senhoria para tomarmos chá e passarmos a tarde em Rosings. Pelo conhecimento que tenho da afabilidade de Sua Senhoria, eu até esperava que isso fosse acontecer. Mas quem poderia prever um favor como este? Quem poderia imaginar que receberíamos um convite para jantar (convite, aliás, que abrange a todos) tão rapidamente após a sua chegada!

— Estou menos surpreso com o que aconteceu — tornou *Sir* William —, em razão do conhecimento de como são na verdade os modos dos poderosos, conhecimento que minha situação na vida me permitiu obter. Junto à Corte, tais exemplos de alta educação não são incomuns.

Mal se falou em outra coisa o dia inteiro ou na manhã seguinte, a não ser da visita a Rosings. O sr. Collins instruía-os cuidadosamente sobre o que deviam esperar, para que a visão de tais cômodos, de tantos criados e de jantar tão esplêndido não os acabrunhasse em excesso.

Quando as damas se retiraram para vestir-se, ele disse a Elizabeth:

— Não se preocupe com os seus trajes, minha querida prima. *Lady* Catherine não exige em nós a elegância no vestir que caracteriza a ela e à filha. Eu a aconselharia a vestir o traje que considere superior aos demais... nada mais é necessário. *Lady* Catherine não vai pensar mal da senhorita por estar trajada com simplicidade. Ela gosta de ver preservada a distinção de condições.

Enquanto se vestiam, veio ele duas ou três vezes a cada uma das portas, para recomendar que se apressassem, pois *Lady* Catherine detestava ter de esperar para jantar. Tais formidáveis narrativas sobre Sua Senhoria e seu modo de vida muito assustaram Maria Lucas, que tinha pouca experiência da sociedade, e ela aguardava a sua apresentação em Rosings com apreensão igual à que o pai sentira ao se apresentar no palácio de St. James.

Como o dia estava bonito, fizeram uma deliciosa caminhada de cerca de uma milha pelo parque. Cada parque tem a sua beleza e as suas vistas; e Elizabeth viu muitas coisas agradáveis, embora não estivesse num êxtase tal como o que o sr. Collins esperava que a cena lhe inspirasse, e pouco se impressionasse com a contagem feita por ele das janelas de frente do palácio e sua explicação sobre o quanto *Sir* Lewis de Bourgh gastara com os vidros.

Enquanto subiam as escadas do saguão, o nervosismo de Maria foi aumentando, e até *Sir* William não parecia totalmente calmo. A coragem de Elizabeth não a traiu. Nada ouvira sobre *Lady* Catherine que a caracterizasse como alguém de extraordinários talentos ou de milagrosa virtude, e achava que podia testemunhar sem tremer a mera pompa do dinheiro ou da nobreza.

Do saguão de entrada, cujas belas proporções e delicados ornamentos o sr. Collins ressaltou, extasiado, eles seguiram os criados através de uma antecâmara até a sala onde *Lady* Catherine, sua filha e a sra. Jenkinson estavam sentadas. Sua Senhoria, com grande condescendência, ergueu-se para recebê-los; e, como a sra. Collins combinara com o marido que as apresentações seriam por sua conta, elas foram feitas com correção, sem as desculpas ou os agradecimentos que ele teria julgado necessários.

Apesar de ter estado no palácio de St. James, *Sir* William estava tão profundamente embasbacado com a grandiosidade que o cercava, que só teve coragem para curvar-se quase até o chão e sentar-se sem dizer palavra; e sua filha, assustada quase a ponto de desmaiar, sentou-se na borda de uma cadeira, sem saber para onde olhar. Elizabeth esteve à altura da cena e pôde observar as três damas à sua frente com compostura. *Lady* Catherine era uma mulher alta e robusta, com feições bem marcadas, que talvez já tivessem sido belas. Seu ar não era conciliador, tampouco a sua maneira de recebê-los era capaz de fazer os visitantes esquecerem-se de sua condição inferior. Nada tinha de terrível quando calada; mas tudo que dizia era pronunciado num tom de tanta autoridade e empáfia, que Elizabeth de imediato se lembrou do sr. Wickham; e, pelo que observou durante todo o dia, acreditava que *Lady* Catherine fosse exatamente como ele a pintara.

Quando, depois de examinar a mãe, em cujas feições e maneiras logo reconheceu algo do sr. Darcy, voltou os olhos para a filha, quase se uniu a Maria em seu espanto por ser ela tão frágil e pequenina. Não havia nem de rosto nem de corpo nenhuma semelhança entre as damas. A srta. de Bourgh era pálida e enfermiça; suas feições, embora não feias, eram insignificantes; e falava muito pouco, exceto em voz baixa com a sra. Jenkinson, em cujo aspecto nada havia de notável e que estava inteiramente absorvida em escutar o que ela dizia e em colocar um biombo na direção correta à frente de seus olhos.

Depois de permanecerem sentados por alguns minutos, foram todos conduzidos a uma das janelas para apreciar a vista, com o sr. Collins acompanhando-os para mostrar seus esplendores e *Lady* Catherine gentilmente informando-lhes que a perspectiva era ainda bem mais bela no verão.

O jantar foi estupendo, com todos os criados e todas as baixelas que o sr. Collins prometera; e, como ele também havia previsto, assentou-se à cabeceira da mesa, conforme o desejo de Sua Senhoria, e parecia sentir que a vida não lhe podia proporcionar nada de mais excelente. Ele trinchou e comeu e elogiou com jubilosa alegria; e cada prato era elogiado, primeiro por ele e em seguida por *Sir* William, que já se recuperara o bastante para fazer eco ao que o genro dizia, de maneira tal, que Elizabeth se admirava de *Lady* Catherine tolerá-lo.

Lady Catherine, porém, parecia contente com a excessiva admiração deles e distribuiu graciosíssimos sorrisos, em especial quando algum prato sobre a mesa se mostrava uma novidade para eles. O grupo não se permitiu muita conversa. Elizabeth estava pronta para falar assim que surgisse uma oportunidade, mas estava sentada entre Charlotte e a srta. de Bourgh — a primeira estava empenhada em escutar *Lady* Catherine e a segunda não lhe dirigiu sequer uma palavra durante todo o jantar. A sra. Jenkinson estava ocupada sobretudo em observar como a pequena srta. de Bourgh comia, instando-a a experimentar algum outro prato e temendo que estivesse indisposta. Nem passava pela cabeça de Maria falar alguma coisa, e os cavalheiros nada faziam senão comer e admirar.

Quando as damas retornaram à sala de estar, havia pouco a fazer além de ouvir *Lady* Catherine falar, o que ela fez sem interrupção até ser servido o café, dando sua opinião sobre cada assunto de maneira tão incisiva, que ficava evidente que não estava habituada a ver seu julgamento contrariado. Fez perguntas minuciosas e bem informadas acerca dos problemas domésticos de Charlotte, deu-lhe muitos conselhos sobre como resolver todos eles; disse a ela como tudo devia ser regulado numa família tão pequena como a dela e a instruiu sobre o cuidado das vacas e das galinhas. Elizabeth descobriu que não era indigno da atenção daquela grande dama nada que pudesse dar-lhe a oportunidade de ditar aos outros o que fazer. Nos intervalos de seu discurso com a sra. Collins, fez várias perguntas a Maria e a Elizabeth, mas em especial à segunda, cuja família conhecia menos e que lhe parecia ser, como observou à sra. Collins, moça muito distinta e bonita. Perguntou-lhe em diversas ocasiões quantas irmãs tinha, se eram mais moças ou mais velhas do que ela, se era provável que alguma delas se casasse, se eram bonitas, onde se haviam educado, que carruagem tinha seu pai e qual era o nome de solteira da mãe. Elizabeth sentiu toda a impertinência daquelas perguntas, mas respondeu-as com muita serenidade. *Lady* Catherine, então, observou:

— Acho que a propriedade de seu pai está destinada a passar em morgadio para o sr. Collins. Por você — virando-se para Charlotte —, estou contente com isso; não vejo, porém, razão para se transmitirem em morgadio as propriedades por linha feminina. Isso não era tido como necessário na família de *Sir* Lewis de Bourgh. Sabe cantar e tocar pianoforte, srta. Bennet?

— Um pouco.

— Ah! então... uma hora ou outra ficaremos felizes em ouvir você. O nosso pianoforte é magnífico, provavelmente superior a... Você vai experimentá-lo algum dia. Suas irmãs também tocam e cantam?

— Uma delas, sim.

— Por que nem todas aprenderam? Todas vocês deviam ter aprendido. Todas as srtas. Webb tocam e o pai delas não tinha rendas tão fartas quanto as do seu pai. Vocês sabem desenhar?

— Não, nem um pouco.

— Como, nenhuma de vocês?

— Nenhuma.

— Isso é muito estranho. Mas suponho que vocês não tiveram oportunidade. Sua mãe deveria ter levado vocês a Londres a cada primavera para terem professores.

— Minha mãe nada teria a objetar, mas meu pai odeia Londres.

— Sua preceptora abandonou vocês?

— Nunca tivemos nenhuma preceptora.

— Nenhuma preceptora! Como é possível? Cinco filhas criadas em casa sem preceptora! Nunca vi coisa igual. Sua mãe deve ter sido uma escrava dedicada à educação de vocês.

Elizabeth conteve com dificuldade o riso ao garantir-lhe que não fora bem assim.

— Quem instruiu vocês, então? Quem acompanhou vocês? Sem uma preceptora, a educação de vocês deve ter sido negligenciada.

— Comparada à de certas famílias, creio que sim; mas quando alguma de nós queria aprender não faltavam os meios. Sempre éramos incentivadas a ler e tivemos todos os professores necessários. As que preferiam ficar sem fazer nada certamente o podiam.

— Ah, não duvido; mas é isso que uma preceptora impediria e, se eu tivesse conhecido a sua mãe, teria energicamente aconselhado a contratar uma. Sempre digo que, na educação, nada deve ser feito sem uma instrução regular e constante, que só uma preceptora pode dar. É maravilhoso saber a quantas famílias eu pude encaminhar uma preceptora. Fico sempre contente em ver uma jovem bem empregada. Quatro sobrinhas da sra. Jenkinson conseguiram por meu intermédio excelentes empregos; e há poucos dias recomendei outra jovem, que me havia sido mencionada apenas acidentalmente, e a família está satisfeitíssima com ela. Sra. Collins, já lhe disse que *Lady* Metcalf veio ontem me visitar para me agradecer? Ela acha a srta. Pope um tesouro. "*Lady* Catherine", disse ela, "a senhora deu-me um tesouro". Alguma de suas irmãs mais moças já foi apresentada à sociedade, srta. Bennet?

— Sim, minha senhora, todas elas.

— Todas! Como assim, as cinco de uma vez? Que esquisito! E você é só a segunda. Apresentar as mais moças antes que as mais velhas estejam casadas! Suas irmãs mais moças devem ser muito jovens.

— São, sim. A mais moça ainda não tem dezesseis. Ela talvez seja jovem demais para frequentar muito a sociedade. Mas na verdade, minha senhora, acho que seria duro demais para as minhas irmãs mais moças não terem a sua parte de vida social e diversão, pois talvez as mais velhas não tenham meios ou inclinação para casar cedo. A caçula tem tanto direito aos prazeres da juventude quanto a mais velha. E ser retida por *esse* motivo! Acho que não é muito provável que isso promova a afeição entre as irmãs ou a delicadeza de alma.

— Ora vejam — disse Sua Senhoria —; você dá a sua opinião com muita firmeza para uma pessoa tão jovem. Qual é a sua idade?

— Com três irmãs mais moças já crescidas — replicou Elizabeth, sorrindo —, Vossa Senhoria não deve esperar que eu o confesse.

Lady Catherine pareceu atônita por não receber uma resposta direta; e Elizabeth suspeitou ser a primeira pessoa que jamais ousou gracejar com tão majestosa impertinência.

— Você não pode ter mais de vinte, com certeza, portanto não precisa disfarçar a idade.

— Não tenho vinte e um.

Quando os cavalheiros se uniram a elas e o chá se acabou, foram armadas as mesas de jogo. *Lady* Catherine, *Sir* William e o sr. e a sra. Collins assentaram-se para jogar *quadrille*; e, como a srta. de Bourgh preferiu jogar *cassino*, as duas moças tiveram a honra de ajudar a sra. Jenkinson a compor a mesa. Essa mesa era superlativamente estúpida. Raramente era pronunciada uma sílaba que não se relacionasse com o jogo, salvo quando a sra. Jenkinson exprimia seu receio de que a srta. de Bourgh sentisse muito calor ou muito frio ou recebesse muita ou muito pouca luz. A outra mesa estava muito mais agitada. *Lady* Catherine não parava de falar — denunciando os erros dos três outros ou contando alguma história relacionada a si mesma. O sr. Collins estava ocupado em concordar com tudo que Sua Senhoria dizia, agradecendo-lhe toda aposta que ganhava e pedindo desculpas se achava ter vencido demais. *Sir* William pouco falava. Estava armazenando na memória as anedotas e os sobrenomes nobres.

Quando *Lady* Catherine e a filha se cansaram de jogar, o carteado foi interrompido, foi oferecida a carruagem à sra. Collins, agradecidamente aceita e imediatamente chamada. Todos então se reuniram ao redor do fogo para ouvir *Lady* Catherine determinar que tempo faria na manhã seguinte. Tais instruções foram interrompidas pela chegada da carruagem; e com muitas expressões de gratidão da parte do sr. Collins e muitas reverências da parte de *Sir* William eles partiram. Assim que se afastaram da casa, sua prima dirigiu-se a Elizabeth, pedindo-lhe sua opinião sobre tudo que vira
 em Rosings, opinião que, pensando em Charlotte, ela tornou mais favorável do que realmente era. Mas seus elogios, embora lhe custassem certo esforço, não satisfizeram de modo algum o sr. Collins, e imediatamente ele teve de se encarregar em pessoa do louvor de Sua Senhoria.

CAPÍTULO 30

Permaneceu *Sir* William só por uma semana em Hunsford, mas sua visita durou o bastante para convencê-lo de que a filha estava muito bem estabelecida e tinha um marido e uns vizinhos não muito fáceis de se achar. Enquanto *Sir* William esteve com eles, o sr. Collins dedicou as manhãs a levá-lo em seu cabriolé para conhecer a região; mas, quando partiu, toda a família voltou às suas ocupações habituais, e Elizabeth ficou feliz em descobrir que, com a alteração, não teriam de ver mais o sr. Collins, pois a maior parte do tempo entre o desjejum e o jantar ele passava ou trabalhando no jardim ou a ler e escrever, e a olhar pela janela do escritório, que dava para a estrada. A sala em que as damas se reuniam ficava na parte de trás da casa. No começo, Elizabeth até estranhou que Charlotte não preferisse a sala de jantar para o uso comum; era uma sala maior e de aspecto mais agradável; mas logo percebeu que a amiga tinha uma excelente razão para a sua escolha, pois o sr. Collins teria permanecido muito menos em seus próprios aposentos, se elas se reunissem numa sala igualmente agradável; e louvou Charlotte pelo arranjo.

Da sala de estar nada se podia distinguir na estradinha, e elas deviam ao sr. Collins o conhecimento de quais carruagens passavam por ali e sobretudo a frequência com que a srta. de Bourgh cruzava em seu faeton, a respeito do que ele nunca deixava de informá-las, embora fosse algo que acontecesse quase todos os dias. Não raro ela se detinha no presbitério e conversava por alguns minutos com Charlotte, mas raramente se deixava convencer a descer do faeton.

Passaram-se muito poucos dias sem que o sr. Collins caminhasse até Rosings e não muitos em que sua mulher não julgasse necessário fazer o mesmo; e, até ocorrer a Elizabeth que podia haver outros benefícios familiares a serem distribuídos, ela não conseguia entender o sacrifício de tantas horas. Vez por outra tinham a honra de uma visita de Sua Senhoria, e nada do que então se passava na sala escapava à sua observação. Examinava as ocupações, conferia os trabalhos e aconselhava a fazê-los de outro modo; encontrava defeitos na disposição dos móveis ou surpreendia uma falha da criada; e, quando aceitava alguma refeição, parecia que era só para observar que as postas de carne da sra. Collins eram grandes demais para a família.

Elizabeth logo percebeu que, embora aquela grande dama não fosse a encarregada da paz naquele condado, exercia uma magistratura muito ativa em sua paróquia, cujos mais ínfimos problemas eram levados a ela pelo sr. Collins; e, quando algum dos aldeãos se mostrava brigão, rebelde ou pobre demais, ela acorria à aldeia para resolver as pendências, calar as queixas e ralhar com eles até que voltassem à paz e à alegria.

Repetiu-se o convite para jantar em Rosings cerca de duas vezes por semana; e, a não ser pela ausência de *Sir* William e por só haver uma mesa de jogos, cada um desses saraus foi o equivalente do primeiro. Eram poucos os seus outros compromissos, pois o estilo de vida da vizinhança estava acima das possibilidades do sr. Collins. Isso, porém, não era problema para Elizabeth, e de um modo geral ela passou o tempo de maneira bastante agradável; havia momentos de divertida conversação com Charlotte, e o tempo estava tão bom para aquela época do ano, que muitas vezes teve grande prazer em passear ao ar livre. Sua caminhada favorita, e aonde ia com frequência enquanto os outros visitavam *Lady* Catherine, era ao longo do bosquezinho aberto que margeava aquele lado do parque, onde havia uma bela trilha escondida, a que ninguém parecia dar valor, a não ser ela, e onde se sentia além do alcance da curiosidade de *Lady* Catherine.

Nessa tranquilidade logo se passaram as primeiras duas semanas da visita. Aproximava-se a Páscoa, e a semana anterior à festa deveria acrescentar um membro à família de Rosings, o que era considerável num grupo tão pequeno. Soube Elizabeth logo depois da chegada que o sr. Darcy era esperado ali nas próximas semanas, e, embora tivesse poucos conhecidos que não preferisse a ele, a sua chegada proporcionaria algo comparativamente novo para se observar nas reuniões de Rosings, e ela poderia divertir-se vendo quão desesperados eram os planos de conquista da srta. Bingley, pelo comportamento dele para com a prima, a quem ele estava obviamente destinado por *Lady* Catherine, que falou de sua vinda com a maior satisfação, referiu-se a ele nos termos da mais alta admiração e pareceu quase irritar-se ao saber que ele já fora visto muitas vezes pela srta. Lucas e por Elizabeth.

A notícia de sua chegada logo alcançou o presbitério; pois o sr. Collins passara a manhã inteira a passear em frente à entrada da Hunsford Lane, para ser o primeiro a certificar-se da chegada, e, depois de fazer a sua reverência enquanto a carruagem virava para o parque, voltou correndo para casa com a importante informação. Na manhã seguinte ele se apressou a ir a Rosings para apresentar-lhe seus cumprimentos. Havia dois sobrinhos de *Lady* Catherine que os exigiam, pois o sr. Darcy trouxera com ele o coronel Fitzwilliam, o filho mais moço de seu tio, Lorde ***, e, para grande surpresa de todos, quando o sr. Collins voltou, os cavalheiros o acompanhavam. Charlotte observara-os da sala do marido, enquanto atravessavam a estrada e, correndo imediatamente até a outra sala, comunicou às duas moças a honra que as esperava, acrescentando:

— Agradeço a você, Eliza, por essa gentileza. O sr. Darcy jamais teria vindo tão prontamente só para me visitar.

Elizabeth mal tivera tempo de esquivar-se ao cumprimento, quando a chegada deles foi anunciada pela campainha. Logo em seguida os três cavalheiros entraram na sala. O coronel Fitzwilliam, o primeiro a entrar, tinha cerca de trinta anos, não era bonito, mas, quanto à figura e ao trato, era um verdadeiro cavalheiro. O sr. Darcy estava como costumava estar em Hertfordshire: cumprimentou a sra. Collins com o recato de sempre e, fossem quais fossem os seus sentimentos em relação à amiga dela, cumprimentou-a com toda a aparência de serenidade. Elizabeth limitou-se a lhe fazer uma breve reverência, sem nada dizer.

O coronel Fitzwilliam logo iniciou a conversação, com a presteza e o desembaraço de um homem bem-educado, e falou de modo muito agradável; o primo, porém, depois de dirigir à sra. Collins uma breve observação sobre a casa e o jardim, permaneceu sentado por algum tempo, sem dirigir a palavra a ninguém. Com o tempo, no entanto, sua cortesia despertou, ao se informar junto a Elizabeth sobre a saúde da família. Ela lhe respondeu da maneira de sempre e, depois de uma curta pausa, acrescentou:

— A minha irmã mais velha passou em Londres os últimos três meses. O senhor teve oportunidade de vê-la?

Ela estava plenamente ciente de que ele nunca a encontrara; mas queria ver se ele traía algum conhecimento do que se passara entre os Bingley e Jane.

Achou que ele se mostrou um tanto confuso ao responder que nunca tivera a boa sorte de ver a srta. Bennet na capital. O assunto morreu por aí, e logo em seguida os cavalheiros se retiraram.

CAPÍTULO 31

Os modos do coronel Fitzwilliam causaram muito boa impressão no presbitério, e todas as damas sentiram que ele avivaria em muito os encantos das visitas a Rosings. Passaram-se alguns dias, porém, antes que recebessem algum convite — pois, enquanto havia visitantes na casa, não eram necessários; e foi só no dia de Páscoa, quase uma semana depois da chegada dos cavalheiros, que foram honrados com tal gentileza, quando, à saída da igreja, lhes pediram simplesmente que viessem à noite. Na última semana, haviam visto muito pouco *Lady* Catherine ou sua filha. O coronel Fitzwilliam visitara o presbitério mais de uma vez durante esse tempo, mas o sr. Darcy elas só viram na igreja.

O convite foi, é claro, aceito, e na hora marcada eles se juntaram aos presentes no salão de *Lady* Catherine. Sua Senhoria os recebeu com cortesia, mas era óbvio que a companhia deles não era absolutamente tão aceitável como quando não havia mais ninguém; e ela se mostrou, de fato, quase totalmente absorvida pelos sobrinhos, falando com eles, sobretudo com Darcy, muito mais do que com qualquer pessoa presente na sala.

O coronel Fitzwilliam pareceu realmente feliz em vê-los; toda distração lhe era bem-vinda em Rosings; e, além disso, a linda amiga da sra. Collins excitara vivamente a sua imaginação. Ele se sentou ao lado dela e falou de modo tão agradável de Kent e de Hertfordshire, de viajar e de permanecer em casa, de novos livros e de música, que antes Elizabeth nem de longe se divertira tanto naquela sala; e conversaram com tanta verve e fluência, que chamaram a atenção da própria *Lady* Catherine, bem como do sr. Darcy. Os olhos *dele* logo se voltaram repetidas vezes para eles, com curiosidade; e o fato de Sua Senhoria compartilhar aquele sentimento foi abertamente reconhecido, pois ela não hesitou em gritar:

— O que você está falando, Fitzwilliam? Sobre o que estão conversando? O que está contando à srta. Bennet? Diga-me o que é.

— Estamos falando de música, minha senhora — disse ele, quando não pôde mais deixar de responder.

— De música! Então, por favor, falem em voz alta. De todos os assuntos, é o meu predileto. Devo participar da conversa, se estiverem falando de música. Creio que há poucas pessoas na Inglaterra que apreciem mais a música do que eu ou que tenham um bom gosto natural tão pronunciado. Se eu tivesse estudado, teria sido uma grande entendida. E o mesmo se pode dizer de Anne, se a saúde lhe tivesse permitido aplicar-se. Tenho certeza de que ela teria tocado maravilhosamente. Como vai Georgiana, Darcy?

O sr. Darcy falou com carinho e entusiasmo dos progressos da irmã.

— Fico muito feliz em ouvir tão boas novas dela — disse *Lady* Catherine —, e por favor diga a ela, da minha parte, que ela não pode esperar ser uma grande pianista se não estudar muito.

— Posso garantir-lhe, minha senhora — respondeu ele —, que ela não precisa de tal conselho. Ela estuda com muito afinco.

— Quanto mais, melhor. Nunca é demais estudar; e a próxima vez que escrever a ela vou insistir em que não negligencie de modo nenhum o estudo. Sempre digo às jovens que a excelência na música só se adquire com a prática constante. Eu disse à srta. Bennet muitas vezes que ela jamais vai tocar realmente bem se não estudar mais; e, embora a sra. Collins não tenha um pianoforte, ela será muito bem-vinda, como lhe disse tantas vezes, se vier a Rosings todos os dias para tocar pianoforte no quarto da sra. Jenkinson. Assim, naquela parte da casa, ela não atrapalhará ninguém.

O sr. Darcy pareceu um pouco envergonhado com a má educação da tia, e não respondeu.

Ao fim do café, o coronel Fitzwilliam lembrou a Elizabeth que ela lhe prometera tocar para ele; e ela foi imediatamente sentar-se ao pianoforte. Ele puxou uma cadeira para perto dela. *Lady* Catherine ouviu a metade de uma canção e então começou a falar, como antes, com seu outro sobrinho; até que este se afastasse dela e, com o passo pausado de sempre, se dirigisse até o pianoforte, colocando-se numa posição em que tinha uma visão plena das feições da querida pianista. Elizabeth viu o que ele fazia e, na primeira pausa conveniente, se voltou para ele com um sorriso malicioso e disse:

— Quer assustar-me, sr. Darcy, vindo com tanta solenidade ouvir-me tocar? Não vou intimidar-me, apesar de sua irmã tocar *tão* bem. Sou muito teimosa e não me deixo alarmar facilmente pelos outros. Minha coragem sempre se aguça ante qualquer tentativa de intimidação.

— Não vou dizer que esteja enganada — replicou ele —, pois não é possível que você creia que eu queira assustá-la; e já tenho o prazer de conhecê-la há tempo suficiente para saber que a senhorita sente grande prazer em manifestar de vez em quando opiniões que na verdade não são suas.

Elizabeth riu bastante de tal retrato de si mesma e disse ao coronel Fitzwilliam:

— O seu primo vai dar-lhe uma linda ideia de mim e ensinar-lhe a não acreditar numa palavra do que digo. Tive o triste azar de encontrar alguém com tal capacidade de expor o meu verdadeiro caráter, numa parte do mundo em que eu esperava gozar de certa credibilidade. De fato, sr. Darcy, é muito mesquinho da sua parte mencionar em Hertfordshire tudo o que sabe em meu detrimento (e, permita-me dizer, muito indelicado também), pois provoca a minha retaliação, e pode acontecer de seus parentes se chocarem ao ouvir certas coisas.

— Não tenho medo da senhorita — disse ele, sorrindo.

— Por favor, conte-me que acusações tem a fazer contra ele — exclamou o coronel Fitzwilliam. — Eu gostaria de saber como ele se comporta em meio aos estranhos.

— O senhor vai ouvir, então; mas se prepare para coisas terríveis. O senhor deve saber que a primeira vez em que o vi em Hertfordshire foi num baile; e, nesse baile, o que o senhor acha que ele fez? Dançou só quatro danças, embora houvesse poucos cavalheiros; e, pelo que sei com certeza, havia mais de uma jovem sentada à espera de um par. Sr. Darcy, não pode negar o fato.

— Naquela altura, eu não tinha a honra de conhecer nenhuma jovem na festa, a não ser as do meu próprio grupo.

— É verdade; e ninguém jamais pode ser apresentado num salão de baile. Muito bem, coronel Fitzwilliam, que vou tocar agora? Meus dedos estão à espera de suas ordens.

— Talvez — disse Darcy — devesse ter procurado uma apresentação; mas não estou qualificado para me recomendar a pessoas estranhas.

— Devemos perguntar ao seu primo a razão disso? — disse Elizabeth, ainda dirigindo-se ao coronel Fitzwilliam. — Devemos perguntar a ele por que um homem inteligente e educado, e com boa experiência do mundo, não estaria qualificado para se recomendar a pessoas estranhas?

— Posso responder à sua pergunta — disse Fitzwilliam — sem consultá-lo. É porque ele não se daria ao trabalho.

— Certamente não tenho o talento que certas pessoas têm — disse Darcy — de conversar desembaraçadamente com pessoas que nunca vi antes. Não consigo entrar no ritmo da conversa ou parecer interessado nos problemas delas, como muitas vezes vi fazerem.

— Os meus dedos — disse Elizabeth — não se movem sobre este instrumento com a maestria que vi em muitas mulheres. Não têm a mesma força ou rapidez e não são tão expressivos. Mas sempre achei que a culpa fosse minha, pois não me dou ao trabalho de estudar. Não é que eu não julgue os *meus* dedos tão capazes quanto os de qualquer outra mulher que toque melhor do que eu.

Darcy sorriu e disse:

— A senhorita tem toda a razão. Deu um emprego muito melhor ao seu tempo. Ninguém que tenha tido o privilégio de ouvi-la pode apontar algum defeito. Nenhum de nós toca para pessoas estranhas.

Nesse ponto foram interrompidos por *Lady* Catherine, que aos berros lhes perguntava sobre o que estavam falando. Elizabeth imediatamente começou a tocar outra vez. *Lady* Catherine aproximou-se e, depois de ouvir por alguns minutos, disse a Darcy:

— A srta. Bennet não tocaria mal se estudasse mais e tivesse um professor em Londres. Ela tem uma ótima noção do dedilhado, embora seu gosto não seja tão bom quanto o de Anne. Anne teria sido uma excelente pianista, se a saúde lhe tivesse permitido aprender.

Elizabeth olhou para Darcy para ver quão cordialmente ele concordava com o elogio à prima; mas nem naquele momento nem em outro qualquer ela conseguiu discernir algum sintoma de amor; e, pelo comportamento geral dele para com a srta. de Bourgh, ela deduziu, para consolo da srta. Bingley, que seria igualmente provável que ele casasse com *ela*, se fosse sua parenta.

Lady Catherine prosseguiu com as observações sobre o talento pianístico de Elizabeth, misturando com elas variadas instruções sobre a execução e o bom gosto. Elizabeth recebeu-as com toda a paciência da boa educação e, a pedido dos cavalheiros, permaneceu ao piano até que a carruagem de Sua Senhoria estivesse pronta para levá-los todos para casa.

CAPÍTULO 32

Na manhã seguinte, Elizabeth escrevia a sós uma carta para Jane enquanto a sra. Collins e Maria estavam fora para tratar de negócios na aldeia, quando foi surpreendida pelo toque da campainha, sinal inequívoco de um visitante. Como não havia escutado nenhuma carruagem, pensou que não seria improvável que fosse *Lady* Catherine, e com essa apreensão estava desfazendo-se da carta quase acabada, quando a porta se abriu e, para sua grande surpresa, o sr. Darcy, e o sr. Darcy sozinho, entrou na sala.

Ele também pareceu espantado por encontrá-la sozinha, e pediu desculpas pela intrusão, deixando claro que esperava que todas estivessem na casa.

Sentaram-se, então, e, depois de feitas as perguntas sobre Rosings, pareciam correr o risco de cair em total silêncio. Era absolutamente necessário, portanto, pensar em algo, e nessa emergência, lembrando-se de *quando* o vira pela última vez em Hertfordshire e sentindo curiosidade por saber o que ele diria sobre aquela súbita partida, ela observou:

— Com que pressa vocês todos partiram de Netherfield em novembro passado, sr. Darcy! Deve ter sido uma surpresa agradabilíssima para o sr. Bingley ver que todos o seguiam tão prontamente; pois, se bem me lembro, ele partira só um dia antes. Ele e a irmã estavam bem, espero, quando o senhor saiu de Londres.

— Perfeitamente bem, obrigado.

Ela viu que não receberia nenhuma outra resposta e, depois de breve pausa, acrescentou:

— Creio ter entendido que o sr. Bingley não tem planos de voltar a Netherfield novamente.

— Nunca o ouvi dizer isso; mas é provável que no futuro ele passe muito pouco tempo lá. Ele tem muitos amigos, e esta é uma época da vida em que os amigos e os compromissos são cada vez mais numerosos.

— Se ele tem intenção de passar pouco tempo em Netherfield, seria melhor para a vizinhança que ele abrisse mão completamente do lugar, pois então outra família poderia estabelecer-se lá. Mas talvez o sr. Bingley não tenha alugado a casa tanto para conveniência da vizinhança quanto da sua própria, e devemos esperar que ele conserve ou deixe a casa segundo o mesmo princípio.

— Não seria surpresa para mim — disse Darcy — se ele abrir mão dela assim que receber uma boa proposta de compra.

Elizabeth não deu nenhuma resposta. Temia falar mais sobre o amigo dele; e, não tendo nada mais a dizer, estava agora decidida a entregar a ele o problema de encontrar um assunto.

Ele pegou a deixa e logo começou:

— Esta parece ser uma casa muito aconchegante. Acho que *Lady* Catherine fez muitas melhorias aqui quando o sr. Collins chegou a Hunsford.

— Acredito que sim... e tenho certeza de que não poderia ter usado de sua bondade para com alguém mais grato.

— O sr. Collins parece ter tido muita sorte na escolha da esposa.

— É verdade, os amigos dele podem alegrar-se por ter ele encontrado uma das pouquíssimas mulheres sensatas que o aceitariam ou que o fariam feliz se o tivessem aceitado. A minha amiga é muito inteligente (embora eu não tenha certeza de que considere seu casamento com o sr. Collins a coisa mais sábia que ela já tenha feito). Ela, porém, parece felicíssima e, do ponto de vista da prudência, esse foi com certeza um ótimo casamento para ela.

— Deve ser muito bom para ela morar a tão pouca distância de sua própria família e amigos.

— Pouca distância? O senhor acha? São quase cinquenta milhas.

— E o que são cinquenta milhas de boas estradas? Uma jornada de pouco mais de meio dia. Sim, acho que é uma distância *muito* pequena.

— Eu jamais consideraria a distância como uma das *vantagens* do casamento — exclamou Elizabeth. — E jamais diria que a sra. Collins mora *perto* da família.

— Prova de seu apego a Hertfordshire. Acho que qualquer coisa que esteja para lá da vizinhança de Longbourn lhe pareceria longe.

Enquanto ele falava, sorriu de um jeito que Elizabeth imaginou compreender; ele devia achar que ela deveria estar falando de Jane e de Netherfield, e corou ao responder:

— Não quero dizer que uma mulher não possa estabelecer-se perto demais da família. O longe e o perto são relativos, e dependem de muitas circunstâncias variáveis. Onde há dinheiro para pagar a viagem, a distância não é problema. Mas este não é o caso *aqui*. O sr. e a sra. Collins têm uma boa renda, mas não tão boa a ponto de se permitirem viagens frequentes... e tenho certeza de que a minha amiga não se consideraria *perto* da família, a não ser que estivesse a menos da *metade* da distância a que está.

O sr. Darcy aproximou um pouco a cadeira na direção dela e disse:

— *A senhorita* não tem direito a um apego tão forte a Longbourn. Não pode ter vivido sempre em Longbourn.

Elizabeth pareceu surpresa. Houve uma mudança nos sentimentos de Darcy; ele afastou a cadeira, pegou um jornal de sobre a mesa e, lançando um olhar sobre ele, disse com voz mais fria:

— Está gostando de Kent?

Travou-se então um breve diálogo a respeito do condado, calmo e conciso de ambas as partes — que logo chegou ao fim com a entrada de Charlotte e da irmã, que acabavam de voltar do passeio. O *tête-à-tête* surpreendeu-as. O sr. Darcy explicou o engano que o levara a incomodar a srta. Bennet e, depois de permanecer por mais alguns minutos sem dizer nada a ninguém, foi embora.

— Que será que isso quer dizer? — disse Charlotte, assim que ele saiu. — Querida Eliza, ele deve estar apaixonado por você ou nunca nos teria visitado desse jeito tão familiar.

Mas quando Elizabeth falou do silêncio dele, aquilo não pareceu muito provável, mesmo para a esperançosa Charlotte; e, depois de várias conjeturas, só puderam, finalmente, imaginar que a visita se devia à dificuldade de achar alguma coisa para fazer, o que era o mais provável naquela época do ano. Não havia mais diversões ao ar livre. Dentro de casa estavam *Lady* Catherine, os livros e uma mesa de bilhar, mas os homens não conseguem ficar o tempo todo em casa; e, pela proximidade do presbitério ou pelo prazer da caminhada até lá ou de encontrar as pessoas que lá moravam, os dois primos passaram a caminhar até lá quase todos os dias. Chegavam em diferentes horas pela manhã, às vezes separados, às vezes juntos e vez ou outra acompanhados da tia. Era óbvio para todas que o coronel Fitzwilliam vinha porque sentia prazer em sua companhia, certeza que naturalmente aumentava ainda mais o seu prestígio entre elas; e a sua satisfação em estar com ele e a evidente admiração dele por ela levavam Elizabeth a sse lembrar de seu antigo favorito, George Wickham; e, embora, ao compará-los, visse que as maneiras do coronel eram menos delicadas e menos cativantes, acreditava que ele fosse mais culto.

Mas por que o sr. Darcy vinha com tanta frequência ao presbitério era algo mais difícil de entender. Não podia ser pela companhia, pois muitas vezes ele permanecia ali sentado por dez minutos sem abrir a boca; e, quando falava, parecia ser mais por necessidade do que por opção — um sacrifício às conveniências, não um prazer. Raramente parecia de fato animado. A sra. Collins não sabia o que fazer com ele. O fato de o coronel Fitzwilliam vez por outra rir da estupidez dele provava que ele em geral era diferente, o que os seus poucos conhecimentos sobre ele não lhe permitiram descobrir; e, como ela gostaria de acreditar que tal mudança se devesse ao amor e que o objeto desse amor fosse a sua amiga Eliza, ela se decidiu a trabalhar seriamente para descobrir a resposta. Observava-o toda vez que iam a Rosings e toda vez que ele vinha a Hunsford; mas sem muito êxito. Ele por certo olhava muito para a sua amiga, mas a expressão de tal olhar era enigmática. Era um olhar atento e firme, mas muitas vezes ela duvidava de que houvesse muito amor nele, e por vezes parecia ser apenas efeito da distração.

Uma ou outra vez, ela havia sugerido a Elizabeth a possibilidade de ele gostar dela, mas Elizabeth sempre ria da ideia; e a sra. Collins não julgava certo insistir no assunto, temendo alimentar expectativas que só podiam terminar em decepção; pois em sua opinião não havia dúvida de que a antipatia da amiga por ele desapareceria tão logo imaginasse que o havia conquistado.

Em seus planos de felicidade para Elizabeth, ela às vezes a via casada com o coronel Fitzwilliam, que era, sem comparação, o homem mais agradável; ele certamente gostava dela, e sua situação financeira era invejável; para contrabalançar tais vantagens, porém, o sr. Darcy tinha considerável influência na igreja, e seu primo, nenhuma.

CAPÍTULO 33

Mais de uma vez Elizabeth, em suas perambulações pelo parque, topou inesperadamente com o sr. Darcy. Ela sentiu toda a cruel má sorte que o trouxe para onde ninguém mais costumava ir e, para impedir que aquilo tornasse a acontecer, logo tratou de comunicar-lhe que aquele era seu refúgio predileto. Era muito estranho, então, que aquilo ocorresse uma segunda vez! Mas aconteceu, e até uma terceira vez. Parecia que o fazia por natural maldade ou como penitência voluntária, pois nessas ocasiões não se limitou a fazer algumas perguntas formais, seguidas de um silêncio embaraçado, para depois partir, mas realmente julgou necessário voltar atrás e caminhar com ela. Nunca falava muito, nem ela se dava ao trabalho de falar ou escutar muito; mas impressionou-a durante os terceiro encontro que ele fizesse algumas estranhas e desconexas perguntas sobre seu prazer de estar em Hunsford, seu amor pelas caminhadas solitárias e sua opinião sobre a felicidade do sr. e da sra. Collins; e que, ao falar de Rosings e do fato de ela não conhecer muito bem a casa, ele parecesse esperar que da próxima vez que ela voltasse a Kent também se hospedasse *lá*. As palavras dele pareciam implicar isso. Será que tinha o coronel Fitzwilliam em mente? Ela achou que, se ele tinha querido dizer alguma coisa, devia ser alguma indireta sobre o coronel. Aquilo a incomodou um pouco, e ela ficou muito contente ao se ver no portão da cerca em frente ao presbitério.

Certo dia, enquanto caminhava, ela estava entretida com a leitura da última carta de Jane e se concentrando em alguns trechos que demonstravam que

Jane não escrevera de bom humor, quando, em vez de ser mais uma vez surpreendida pelo sr. Darcy, deu, ao erguer os olhos, com o coronel Fitzwilliam. Pondo imediatamente de lado a carta e forçando um sorriso, ela disse:

— Eu não sabia que o senhor passeava por aqui.

— Estive dando a volta no parque — tornou ele —, como faço a cada ano, e pretendia terminá-la com uma visita ao presbitério. A senhorita vai seguir muito adiante?

— Não, já estava para voltar.

E, dizendo isso, deu meia-volta e começaram os dois a caminhar juntos na direção do presbitério.

— É certo que vocês partirão de Kent no sábado? — disse ela.

— Sim, se o Darcy não fizer um novo adiamento. Mas estou à disposição dele. Ele acerta as coisas como quiser.

— E, se não conseguir satisfazer-se com o acerto, terá pelo menos o prazer do grande poder de escolha. Não conheço ninguém que pareça gostar mais do poder de fazer o que quer do que o sr. Darcy.

— Ele gosta muito de fazer as coisas à sua maneira — replicou o coronel Fitzwilliam. — Mas todos nós somos assim. A única coisa é que ele tem melhores meios para fazer isso do que muitos outros, porque é rico e muita gente é pobre. Falo por experiência. Um filho mais moço deve acostumar-se com a renúncia e a dependência.

— Na minha opinião, o filho mais moço de um conde não pode saber muito sobre nenhuma dessas duas coisas. Falando sério, o que vocês sabem sobre renúncia e dependência? Quando foram impedidos por falta de dinheiro de ir aonde queriam ou de conseguir algo que desejavam?

— Essas são questões domésticas... e talvez eu não possa dizer que tenha passado por muitas dificuldades desse tipo. Mas, em matérias de maior gravidade, eu posso sofrer por falta de dinheiro. Os filhos mais moços não podem casar quando quiserem.

— A menos que gostem de mulheres ricas, o que parece acontecer com muita frequência.

— Os nossos hábitos dispendiosos tornam-nos muito dependentes, e não há muitos dentre os de minha condição financeira que possam permitir-se casar sem dar atenção ao dinheiro.

“Será que ele está pensando em mim?”, refletiu Elizabeth, e corou àquela ideia; mas, recuperando-se, disse num tom animado:

— Mas, por favor, qual é o preço normal de um filho mais moço de conde? A menos que o filho mais velho tenha saúde muito frágil, imagino que os senhores não pediriam mais de cinquenta mil libras.

Ele respondeu no mesmo estilo e o assunto morreu ali. Para pôr fim a um silêncio que poderia fazê-lo imaginar que ela se zangara com o que se passara, logo em seguida ela disse:

— Imagino que o seu primo o trouxe consigo principalmente para ter alguém à sua disposição. Admiro-me de que não esteja casado, para garantir permanentemente essa conveniência. Mas talvez a irmã dele já seja o bastante por enquanto e, como está entregue aos cuidados só dele, possa fazer com ela o que quer.

— Não — disse o coronel Fitzwilliam —; essa é uma vantagem que ele tem de dividir comigo. Eu compartilho com ele a guarda da srta. Darcy.

— É mesmo? E, por favor, que tipo de tutores os senhores são? Esse encargo lhes causa muita dor de cabeça? As mocinhas da idade dela às vezes são um pouco difíceis de se lidar e, se ela tiver o autêntico espírito dos Darcy, vai querer fazer as coisas a seu modo.

E, enquanto falava, ela observou que ele a encarava com seriedade; e a maneira como ele logo lhe perguntou por que imaginava que a srta. Darcy provavelmente lhes causasse preocupações convenceu-a de estar bem próxima da verdade. Respondeu sem pestanejar:

— Não precisa assustar-se. Nunca ouvi nada de mal sobre ela; e tenho certeza de que ela é uma das mais adoráveis criaturas do mundo. Duas de minhas conhecidas, a sra. Hurst e a srta. Bingley, simplesmente a adoram. Creio ter ouvido o senhor dizer que as conhece.

— Conheço-as um pouco. O irmão delas é um homem agradável, de maneiras refinadas... é um grande amigo do Darcy.

— Ah! É verdade — disse Elizabeth secamente. — O sr. Darcy é extraordinariamente bom com o sr. Bingley e o cerca de prodigiosos cuidados.

— Rodeia-o de cuidados! É verdade, realmente acho que Darcy *cuide* dele naquelas coisas em que ele mais precisa de atenções. Por algo que ele me disse em nossa viagem para cá, tenho razões para pensar que Bingley tenha uma grande dívida para com ele. Mas devo pedir perdão a ele, pois não tenho o direito de supor que Bingley seja a pessoa mencionada. Isto não passa de uma conjetura.

— Que quer dizer com isso?

— É algo que o Darcy poderia não querer que todos soubessem, pois, se a notícia chegasse até a família da dama, seria muito desagradável.

— Pode ter certeza de que não contarei nada.

— E lembre-se de que não tenho muitas razões para imaginar que se trate de Bingley. O que ele me disse foi somente isto: que se felicitava por ter recentemente salvado um amigo das inconveniências de um casamento muito imprudente, mas sem mencionar nomes ou quaisquer outros detalhes; e só suspeitei que se tratasse de Bingley por julgar que ele seja o tipo de pessoa capaz de se meter nesse tipo de encrenca e por saber que estiveram juntos durante todo o verão passado.

— Disse-lhe o sr. Darcy as razões dessa intromissão?

— Compreendi que havia seriíssimas objeções contra a dama.

— E de que artimanhas se valeu para separá-los?

— Ele não me falou sobre artimanhas — disse Fitzwilliam, com um sorriso. — Só me disse o que acabo de lhe contar.

Elizabeth nada respondeu e continuou a caminhar, com o coração batendo forte de indignação. Depois de olhar um pouco para ela, Fitzwilliam perguntou-lhe por que estava tão pensativa.

— Estou pensando no que o senhor disse — respondeu ela. — O comportamento do seu primo não corresponde aos meus sentimentos. Por que tinha ele de ser o juiz?

— Acha que a interferência dele foi despropositada?

— Não vejo que direito o sr. Darcy tinha de decidir sobre a conveniência da afeição do amigo, ou, com base apenas no seu julgamento, de determinar e acertar de que maneira o amigo deva ser feliz. Mas — prosseguiu ela, recompondo-se —, como nada sabemos dos detalhes, não é justo condená-lo. Não é de se supor que o amor desempenhasse um grande papel no caso.

— Essa desconfiança não deixa de ser natural — disse Fitzwilliam —, mas reduz em muito a honra do triunfo do meu primo.

Isso foi dito em tom irônico; mas pareceu a ela um retrato tão próximo do sr. Darcy, que não se arriscou a dar uma resposta, e, portanto, mudando abruptamente de assunto, falou de amenidades até chegarem ao presbitério.

Lá, trancando-se no quarto assim que o visitante deixou a casa, pôde pensar sem interrupção em tudo que ouvira. Não era de acreditar que aquilo tudo se referisse a outras pessoas, senão aquelas a quem estava ligada. Não podia haver no mundo *dois* homens sobre os quais o sr. Darcy tivesse tão ilimitada influência. Que ele estivesse envolvido nas medidas tomadas para separar Bingley e Jane era algo de que ela nunca duvidara; mas sempre atribuíra à srta. Bingley a parte principal no planejamento e organização delas. Se sua própria vaidade não o iludia, era *ele* a causa, seu orgulho e capricho eram a causa de tudo que Jane sofrera e continuava sofrendo. Ele destruíra por certo tempo qualquer esperança de felicidade no coração mais terno e generoso do mundo; e ninguém podia dizer quanto tempo ainda duraria o mal por ele infligido.

"Havia seriíssimas objeções contra a dama", foram as palavras do coronel Fitzwilliam; e essas seriíssimas objeções eram, provavelmente, ter um tio advogado provinciano e outro com uma loja em Londres.

— À própria Jane — exclamou ela — não podia haver nenhuma objeção; ela, que é toda ternura e bondade!... De muita inteligência, boa cultura e de maneiras cativantes. Tampouco se podia alegar alguma coisa contra o meu pai, que, embora tenha as suas esquisitices, tem capacidades que o próprio sr. Darcy não desprezaria, além de uma respeitabilidade que ele provavelmente jamais alcançará.

Quando pensava em sua mãe, perdia um pouco a confiança; mas não podia convencer-se de que objeções *daquele tipo* tivessem muito peso aos olhos do sr. Darcy, cujo orgulho, estava certa disto, sairia mais ferido com a falta de importância da família do que com a falta de bom-senso; e, por fim, ela se convenceu de que ele fora em parte movido por esse péssimo gênero de orgulho e em parte pelo desejo de reservar o sr. Bingley para a irmã.

A agitação e as lágrimas provocadas por tudo aquilo deram-lhe dor de cabeça; e esta piorou tanto ao fim da tarde, que, somada à pouca vontade de ver o sr. Darcy, levou-a a decidir não acompanhar as primas até Rosings, onde haviam sido convidadas para o chá. A sra. Collins, vendo que ela de fato não estava bem, não insistiu em que fosse e, na medida do possível, impediu que o marido a pressionasse; o sr. Collins, porém, não conseguia esconder sua apreensão de que *Lady* Catherine ficasse muito descontente com o fato de ela permanecer em casa.

CAPÍTULO 34

Depois que eles partiram, Elizabeth, como se quisesse exasperar-se o máximo possível contra o sr. Darcy, escolheu como ocupação o exame de todas as cartas escritas a ela por Jane desde que chegara a Kent. Não continham nenhuma queixa real, nem havia nenhuma revivescência de fatos passados ou qualquer menção a sofrimentos presentes. Mas, no geral e em quase todas as linhas de cada uma delas, estava ausente aquela alegria que sempre caracterizara o seu estilo e que, vinda da serenidade de uma alma de bem consigo mesma e bem disposta em relação a todos, raramente se deixava alterar. Elizabeth observou cada uma das sentenças que transmitiam a ideia de angústia com uma atenção que não lhes dera na primeira leitura. O fato de o sr. Darcy vergonhosamente se gabar do sofrimento que provocara deu-lhe uma melhor ideia da dor da irmã. Era de certo consolo pensar que a visita dele a Rosings devia terminar dali a dois dias — e, ainda mais, que em menos de duas semanas ela mesma estaria de novo com Jane e poderia ajudar na sua recuperação com tudo que o carinho pode fazer.

Ela não conseguia pensar na partida de Darcy sem recordar que o primo devia acompanhá-lo; mas o coronel Fitzwilliam deixara claro que não tinha certas intenções e, por mais simpático que fosse, ela não pretendia entristecer-se por causa dele.

Ao refletir sobre esse ponto, foi de repente surpreendida pelo som da campainha e ficou um pouco agitada à ideia de que fosse o próprio coronel Fitzwilliam, que uma vez já viera bem tarde e talvez agora viesse em especial para ter notícias dela. Mas essa ideia foi logo descartada e seu ânimo foi afetado de modo muito diferente, quando, para seu grande espanto, viu o sr.

Darcy entrar na sala. Ele se apressou em fazer-lhe perguntas sobre sua saúde, atribuindo a visita ao desejo de saber se estava melhor. Ela lhe respondeu com fria polidez. Ele se sentou por alguns momentos e depois, erguendo-se, começou a caminhar pela sala. Elizabeth ficou surpresa, mas não disse nada. Depois de um silêncio de vários minutos, ele veio até ela, nervoso, e disse:

— Tentei lutar, mas em vão. Não consigo mais. Não posso reprimir meus sentimentos. A senhorita tem de me permitir dizer com quanto ardor eu a admiro e a amo.

O espanto de Elizabeth foi inexprimível. Arregalou os olhos, enrubesceu, hesitou e não disse nada. Ele considerou aquilo um encorajamento suficiente; e se seguiu imediatamente a confissão de tudo que sentia, e havia muito tempo, por ela. Ele falou bem; mas havia sentimentos além dos do coração a serem explicados; e ele não foi mais eloquente em termos de carinho do que de orgulho. A inferioridade dela, a degradação, os obstáculos familiares que sempre se opuseram ao amor foram tratados com um ardor que parecia dever-se à sua condição social ferida, mas tinha pouca probabilidade de valer pontos para a sua causa.

Apesar da sua profunda antipatia por ele, ela não pôde permanecer completamente insensível à homenagem do amor de um tal homem, e, embora suas intenções não variassem nem por um momento, ela logo lamentou o sofrimento que iria causar-lhe; até que, levada ao ressentimento por suas palavras seguintes, toda a compaixão se transformou em raiva. Ela tentou, porém, acalmar-se para responder com paciência, quando ele terminasse. Ele concluiu descrevendo a ela a força daquela paixão que, apesar de todas as suas tentativas, lhe foi impossível domar, e exprimindo a esperança de que agora seria recompensado pela aceitação de sua mão. Enquanto ele assim falava, Elizabeth logo percebeu que ele não tinha nenhuma dúvida de receber uma resposta favorável. *Falava* de apreensão e nervosismo, mas sua calma demonstrava total segurança. Isso não podia deixar de exasperá-la ainda mais e, quando ele terminou, o rubor subiu às suas faces e ela disse:

— Em casos como este, creio que é de rigor exprimir certa gratidão pelos sentimentos confessados, por mais desigualmente que eles sejam retribuídos. É natural que se sinta gratidão, e, se eu *pudesse* senti-la, lhe agradeceria. Mas não posso... Nunca desejei a sua afeição e o senhor certamente a concedeu muito contra a vontade. Sinto muito por ter causado sofrimento a alguém. Foi completamente sem querer, porém, e espero que dure pouco. Os sentimentos que, pelo que o senhor me diz, durante muito tempo o impediram de reconhecer o seu amor não devem ter muita dificuldade em superá-lo depois dessa explicação.

O sr. Darcy, que estava apoiado no consolo da lareira com os olhos cravados no rosto dela, pareceu ouvir suas palavras com não menos indignação do que surpresa. Seu rosto empalideceu de raiva e a confusão de sua mente era visível em cada traço. Ele estava lutando para manter a compostura e não queria abrir a boca antes de tê-la alcançado. A pausa foi terrível para os sentimentos de Elizabeth. Pouco depois, com uma voz de calma forçada, ele disse:

— E é essa a resposta que devo ter a honra de esperar! Talvez eu quisesse ser informado por que sou assim recusado, sem sequer uma *tentativa* de polidez. Mas isso não tem muita importância.

— Eu também poderia perguntar — replicou ela — por que, com um desejo tão evidente de me ofender e insultar, o senhor me disse que gostava de mim contra a vontade, contra a razão e até contra o seu caráter? Não é essa uma boa desculpa para a descortesia, se é que eu *fui* descortês? Mas tenho outros motivos. O senhor sabe disso. Se meus sentimentos não se houvessem pronunciado contra o senhor... se houvessem sido indiferentes ou até mesmo favoráveis, acha que alguma coisa neste mundo poderia levar-me a aceitar o homem que arruinou, talvez para sempre, a felicidade de minha queridíssima irmã?

Enquanto ela pronunciava essas palavras, o sr. Darcy empalideceu; mas a comoção não durou muito, e ele a ouviu sem tentar interromper quando ela prosseguiu:

— Tenho todas as razões do mundo para pensar mal do senhor. Nenhum motivo pode desculpar o injusto e mesquinho papel que desempenhou *lá*. O senhor não ousa negar, não pode negar que foi o principal, senão o único obstáculo que separou um do outro... que expôs um à censura do mundo, por capricho e instabilidade, e o outro ao ridículo por suas esperanças frustradas, lançando a ambos na mais negra infelicidade.

Ela fez uma pausa e viu com não pouca indignação que ele estava ouvindo com um ar que provava estar muito longe de qualquer sentimento de remorso. Ele até olhou para ela com um sorriso de fingida incredulidade.

— Pode negar que fez isso? — repetiu ela.

Com estudada tranquilidade, então, ele respondeu:

— Não quero negar que fiz tudo que podia para separar o meu amigo de sua irmã ou que me alegro com meu sucesso. Fui mais generoso para com *ele* do que para comigo mesmo.

Elizabeth desdenhou aparentar que percebera aquela sutil reflexão, mas o significado dela não lhe escapou, nem era ele capaz de apaziguá-la.

— Mas não é apenas nesse caso — prosseguiu ela — que baseio a minha repulsa. Muito antes de isso acontecer, a minha opinião sobre o senhor já estava formada. O seu caráter foi revelado no relato que ouvi do sr. Wickham, muitos meses atrás. Sobre esse assunto, o que tem a dizer? Com que ato imaginário de amizade pode defender-se? Ou sob que disfarce pretende enganar os outros?

— A senhorita se interessa profundamente pelos problemas daquele cavalheiro — disse corando Darcy, num tom menos calmo.

— Quem é que, conhecendo a história das desventuras por que passou, pode deixar de se interessar por ele?

— Desventuras por que passou! — repetiu com desdém. — É verdade, as desventuras dele foram grandes.

— E por sua causa — exclamou Elizabeth, com energia. — O senhor o reduziu ao estado de pobreza em que se encontra... pobreza relativa. Retirou-lhe as vantagens que, o senhor sabe, tinham sido destinadas a ele. Tirou dos melhores anos da vida dele aquela independência que lhe era devida e merecida. Fez tudo isso! E ainda consegue demonstrar desdém e ironia quando falo dessas desgraças.

— É essa — exclamou Darcy, enquanto caminhava a passos rápidos pela sala — a opinião que a senhorita tem de mim! É essa a estima em que me tem! Muito obrigado pela explicação tão completa. Segundo os seus cálculos, os meus erros são mesmo graves! Mas talvez — acrescentou ele, parando de caminhar e voltando-se para ela — essas ofensas pudessem ser perdoadas, se o seu orgulho não tivesse sido ferido pela minha sincera confissão dos escrúpulos que me impediram de formar um plano sério. Essas amargas acusações poderiam ser superadas, se eu, com mais tato, tinha ocultado minhas hesitações e lisonjeado a senhorita para que acreditasse que eu tinha sido impelido por uma paixão total e sem fraquezas; pela razão, pela reflexão, por tudo.

Mas odeio todo tipo de disfarce. Nem tenho vergonha dos sentimentos que expus. Eles eram naturais e justos. Pode a senhorita querer que eu me alegre com a inferioridade dos seus familiares?... Que eu me felicite na esperança de adquirir parentes cuja condição social está tão abaixo da minha?

Elizabeth sentia a irritação crescer cada vez mais dentro dela; mas tentou falar com a máxima serenidade ao dizer:

— O senhor se engana, sr. Darcy, se imagina que o estilo da sua declaração me afete de algum outro modo, além do respeito que eu teria sentido ao recusá-lo, se se tivesse comportado com maior cavalheirismo.

Ela viu que ele ia começar a responder mas nada disse, então prosseguiu:

— Fosse qual fosse a maneira de se declarar, eu jamais aceitaria a sua oferta.

Mais uma vez, era óbvio o seu espanto; e olhou para ela com um misto de incredulidade e mortificação. Ela continuou:

— Posso dizer que desde o começo... quase desde o primeiro momento em que o vi pela primeira vez, eram tais os seus modos, que me impressionaram com a mais profunda convicção da sua arrogância, do seu desprezo e do seu desdém egoísta pelos sentimentos dos outros, que formaram a base de desaprovação sobre a qual os sucessivos acontecimentos construíram uma tão inabalável antipatia; e, um mês depois de conhecê-lo, eu já sentia que o senhor era o último homem do mundo com quem eu poderia ser convencida a me casar.

— Já falou o bastante, minha senhora. Compreendo perfeitamente os seus sentimentos, e agora só me resta a vergonha dos que tenho tido. Desculpe-me por ter tomado o seu tempo e aceite os meus melhores votos de saúde e felicidade.

E com essas palavras se apressou em deixar a sala, e Elizabeth ouviu-o logo em seguida abrir a porta da frente e sair da casa.

O tumulto em sua mente era agora dolorosamente grande. Não sabia em que apoiar-se e, sentindo-se muito fraca, sentou-se e chorou por meia hora. Seu espanto, enquanto refletia sobre o que se passara, era maior a cada exame. Receber uma proposta de casamento do sr. Darcy! Estar ele apaixonado por ela havia muitos meses! Tão apaixonado a ponto de querer casar com ela apesar de todas as objeções que o haviam levado a impedir que o amigo casasse com sua irmã, e que deviam mostrar-se pelo menos igualmente determinantes em seu próprio caso... tudo isso era incrível! Era gostoso saber que inspirara inconscientemente uma afeição tão forte. Mas o orgulho dele, aquele odioso orgulho, sua desavergonhada admissão do que fizera com Jane, sua imperdoável firmeza ao reconhecê-lo, embora não pudesse justificá-lo, e a maneira insensível com que se referira ao sr. Wickham, que não negara ter tratado com crueldade, logo triunfaram sobre a compaixão que a consideração de seu amor por um momento provocara. Ela prosseguiu em suas agitadíssimas reflexões até que o ruído da carruagem de *Lady* Catherine a fez perceber que não estava em condições de enfrentar as observações de Charlotte, e saiu correndo para o quarto.

CAPÍTULO 35

Na manhã seguinte, Elizabeth acordou com os mesmos pensamentos e com as mesmas meditações que haviam enfim fechado seus olhos. Não conseguia ainda recuperar-se da surpresa do que acontecera; era impossível pensar em qualquer outra coisa; e, totalmente indisposta para qualquer ocupação, resolveu, logo após o desjejum, tomar um pouco de ar livre e fazer algum exercício. Estava avançando em direção ao seu passeio favorito quando a deteve a lembrança de que o sr. Darcy às vezes vinha ali, e, em vez de entrar no parque, ela tomou a trilha que se afastava do pedágio. A cerca do parque ainda era o limite de um dos lados, e ela logo atravessou um dos portões que davam para a fazenda.

Após caminhar duas ou três vezes ao longo daquela parte da trilha, a deliciosa manhã fez que ela sentisse vontade de parar no portão e olhar para o parque. As cinco semanas que passara em Kent haviam provocado uma grande diferença na região, e a cada dia se tornava mais vivo o primeiro verde das árvores. Ela estava a ponto de recomeçar a caminhada, quando percebeu um homem no pequeno bosque que margeava o parque; ele estava vindo na sua direção; e, com medo de que se tratasse do sr. Darcy, imediatamente ela se afastou. Mas a pessoa que avançava agora estava perto o suficiente para vê-la e, apertando o passo, pronunciou o seu nome. Ela se havia voltado para se afastar; mas, ao ouvir que a chamavam, ainda que por uma voz que se revelou ser a do sr. Darcy, ela se dirigiu de novo para o portão. Ele também já o alcançara e, segurando uma carta, que ela instintivamente pegou, disse, com ar de altiva serenidade:

— Tenho caminhado pelo bosque há algum tempo, na esperança de encontrá-la. A senhorita me daria a honra de ler esta carta?

E em seguida, fazendo uma breve reverência, voltou-se novamente para a fazenda e logo ela o perdeu de vista.

Sem nenhuma expectativa de prazer, mas com muita curiosidade, Elizabeth abriu a carta e, para seu ainda maior espanto, percebeu um envelope que continha duas folhas de papel de carta, inteiramente preenchidas com uma letra bem apertada. O envelope estava igualmente cheio. Seguindo seu caminho ao longo da trilha, ela então começou a leitura. Era datada de Rosings, oito da manhã, e dizia o seguinte:

Não se alarme, minha senhora, ao receber esta carta, com a apreensão de que contenha alguma repetição daqueles sentimentos ou a renovação das propostas que a noite passada tanto a desgostaram. Escrevo sem nenhuma intenção de magoá-la ou de humilhar-me insistindo em votos que, para a felicidade de ambos, devem ser esquecidos o quanto antes; e o esforço que a redação e a leitura atenta desta carta há de ocasionar poderia ser poupado, se o meu caráter não exigisse que ela fosse escrita e lida. A senhorita há de perdoar, portanto, a liberdade que tomo de solicitar a sua atenção; sei que os seus sentimentos a concederão a contragosto, mas apelo para o seu senso de justiça.

A noite passada, a senhorita me fez duas acusações de natureza muito diversa e de magnitude absolutamente desigual. Segundo a primeira delas, eu, sem levar em consideração os sentimentos de ambos, teria separado o sr. Bingley de sua irmã, e, segundo a outra, eu teria, a despeito de diversas alegações de direitos, a despeito da honra e da humanidade, arruinado a imediata prosperidade e destruído as perspectivas do sr. Wickham. Repudiar de modo deliberado e cruel o companheiro de minha juventude, o favorito reconhecido de meu pai, um jovem sem outro sustento além do nosso patrocínio e que crescera na expectativa de que tal patrocínio se exercesse seria um crime incomparavelmente mais grave do que a separação de dois jovens cujo afeto não contava mais do que algumas semanas. Mas dos rigores de tal acusação que me foi lançada a noite passada com tanta generosidade, acerca de cada circunstância, eu espero estar livre no futuro, quando a seguinte explicação dos meus atos tiver sido lida. Se, na explanação deles, que me é devida, eu me vir na necessidade de citar sentimentos que possam ser ofensivos aos seus, só posso dizer que sinto muito. Deve a necessidade ser obedecida, e mais desculpas seriam absurdas.

Pouco depois de chegar a Hertfordshire, percebi, com outras pessoas, que Bingley preferia a sua irmã mais velha a todas as outras moças da região. Mas só na noite do baile, em Netherfield, senti certa apreensão em relação à seriedade dos sentimentos dele. Eu já o havia visto apaixonar-se muitas vezes. Naquele baile, enquanto tinha a honra de dançar com você, fui pela primeira vez informado, acidentalmente, por Sir William Lucas de que as atenções de Bingley para com a sua irmã haviam dado origem à expectativa geral do casamento dos dois. Ele se referiu àquilo como coisa certa, de que só a data ainda não fora decidida. Desde que passei a observar com atenção o comportamento do meu jovem amigo, pude perceber que sua paixão pela srta. Bennet ia muito além do que jamais vira nele. Observei também a sua irmã. Suas maneiras e sua aparência eram francas, alegres e atraentes como sempre, mas sem nenhum sintoma de algum sentimento especial, e eu me convenci, pela observação daquela noite, que, embora ela recebesse com prazer as atenções dele, não as solicitava com nenhuma correspondência de sentimentos. Se a senhorita não estiver enganada neste ponto, eu devo estar errado. Como a senhorita conhece a sua irmã melhor do que eu, esta última hipótese é mais provável. Se assim é, se eu tiver sido induzido por tal erro a causar algum sofrimento a ela, sua mágoa não foi absurda. Não hesitarei, porém, em afirmar que era tal a serenidade de expressão e de maneiras de sua irmã, que ela teria passado ao mais arguto observador a convicção de que, por mais carinhoso que fosse o seu temperamento, não era provável que o seu coração se deixasse tocar com facilidade. É certo que eu queria acreditar que ela lhe fosse indiferente — mas ouso dizer que a minha investigação e as minhas decisões não costumam ser influenciadas pelas esperanças e pelos receios. Não a julguei indiferente porque o desejasse; assim a julguei por imparcial convicção, tão sinceramente quanto o desejava racionalmente. As minhas objeções contra o casamento não eram apenas as que reconheci a noite passada e que, no meu caso, só poderiam ser superadas pela enorme força da paixão; a desproporção de condição social não poderia ser um mal tão grande para o meu amigo quanto para mim. Mas havia outras causas para a minha oposição; causas que, embora ainda existam, e existam em igual grau em ambos os casos, tratei de esquecer, porque não me eram imediatamente presentes. Devo citá-las, ainda que brevemente. A situação da família de sua mãe, embora sujeita a reparos, não era nada em comparação com a total inconveniência demonstrada com tanta frequência e com tanta regularidade por ela, pelas suas três irmãs mais moças e por vezes até spor seu pai. Perdão. Pesa-me ofender a senhorita. Mas, em meio ao mal-estar causado pelos defeitos de seus parentes mais próximos e o desprazer de vê-los assim mencionados, talvez lhe sirva de consolo considerar que o comportamento inatacável da senhorita e de sua irmã mais velha é motivo de elogios generalizados, que honram o bom-senso e a compostura de ambas. Só digo que o que se passou naquele baile confirmou a minha opinião sobre todos os presentes e exacerbou os motivos que eu tinha para tentar preservar meu amigo do que julgava ser um casamento muito infeliz. Ele partiu de Netherfield para Londres no dia seguinte, como a senhorita, tenho certeza, há de se lembrar, com planos de voltar em breve.

Passo agora a explicar o papel desempenhado por mim. As irmãs dele estavam tão preocupadas quanto eu; logo descobrimos essa convergência de sentimentos e, igualmente cientes de que não havia tempo a perder em afastar o irmão delas, logo decidimos juntar-nos a ele em Londres imediatamente. Partimos, pois — e ali passei a demonstrar ao meu amigo os males indubitáveis de tal escolha. Eu os descrevi e ressaltei com energia. No entanto, tal advertência pode ter abalado ou adiado a sua determinação, mas não acho que tenha em última instância impedido o casamento, se não tivesse sido acompanhada pela certeza da indiferença de sua irmã, que não hesitei em lhe comunicar. Até então, acreditava ele que ela correspondessè ao seu afeto com sincero, senão igual, amor. É grande, porém, a modéstia natural de Bingley, confiando mais no meu julgamento do que no dele mesmo. Convencê-lo, portanto, de que se enganara não foi difícil. Não demorei muito para persuadi-lo a não retornar a Hertfordshire, quando adquiriu tal convicção. Não posso acusar-me por ter feito isso. Só há uma parte de minha conduta, em todo este caso, sobre a qual não reflito com satisfação; é que aceitei usar de artimanhas para esconder dele a presença de sua irmã na capital. Estava ciente dela, tanto quanto a srta. Bingley; mas o irmão dela ainda a ignora. É talvez provável que eles pudessem encontrar-se sem maiores problemas; mas o amor dele ainda não me parecia suficientemente extinto para vê-la sem certo perigo. Talvez essa ocultação, esse disfarce não fossem dignos de mim; foi o que fiz, porém, e com a melhor das intenções. Sobre esse assunto, nada mais tenho a dizer, mais nenhuma desculpa a apresentar. Se feri os sentimentos de sua irmã, foi sem querer, e, embora os motivos que me levaram a tanto possam naturalmente parecer-lhe insuficientes, ainda não aprendi a condená-los.

A respeito da outra acusação, mais grave, de ter prejudicado o sr. Wickham, só posso refutá-la expondo toda a história da ligação dele com a minha família. Do que ele me acusou particularmente, eu não sei; mas, sobre a verdade do que vou contar, posso apontar mais de uma testemunha de indubitável veracidade.

O sr. Wickham é filho de um homem respeitabilíssimo, que por muitos anos administrou todas as propriedades de Pemberley e cuja boa conduta no desempenho de suas funções naturalmente inclinara meu pai a ser generoso com ele; e com George Wickham, que era afilhado dele, sua benevolência foi generosa. Meu pai sustentou-o na escola e, mais tarde, em Cambridge — uma assistência importantíssima, pois seu pai, sempre pobre por causa das extravagâncias da mulher, não lhe poderia dar uma educação superior. Meu pai adorava não só a companhia do rapaz, cujos modos eram sempre sedutores; tinha também a mais alta opinião sobre ele e, esperando que seguisse a carreira eclesiástica, pretendia ampará-lo. Quanto a mim, passaram-se muito e muitos anos antes que eu começasse a pensar muito diferente sobre ele. Suas más inclinações, a falta de princípios que ele ocultava cuidadosamente de seu melhor amigo não podiam escapar à observação de um jovem quase da mesma idade que ele, e que teve oportunidade de observá-lo em momentos em que estava desprevenido, o que era impossível para o sr. Darcy. Também aqui eu vou fazê-la sofrer — até que ponto, só a senhorita pode dizer. Mas sejam quais forem os sentimentos que o sr. Wickham tenha provocado, a suspeita da natureza de tais sentimentos não me impedirá de revelar o real caráter dele; esta até me dá mais um motivo para isso.

Meu saudoso pai morreu cerca de cinco anos atrás; e seu apego ao sr. Wickham foi até o fim tão forte, que em seu testamento ele o recomendou particularmente a mim, para promover seu avanço da melhor maneira que sua carreira permitisse — e, se fosse ordenado, desejava que ele recebesse um rico benefício familiar tão logo o cargo ficasse vago. Deixou-lhe também uma herança de mil libras. O pai dele não sobreviveu por muito tempo ao meu, e seis meses depois disso o sr. Wickham escreveu para informar-me que, tendo enfim se decidido a não se ordenar, esperava que eu não julgasse insensato que ele recebesse um benefício pecuniário mais imediato, em vez do avanço na carreira, do qual já não podia beneficiar-se. Acrescentou que tinha intenção de estudar Direito, e que eu devia saber que os juros de mil libras seriam completamente insuficientes para tanto. Eu mais queria acreditar do que realmente acreditei que ele estivesse sendo sincero; mas, de qualquer modo, estava perfeitamente disposto a concordar com a sua proposta.
Eu sabia que o sr. Wickham não deveria seguir a carreira eclesiástica; o negócio foi, portanto, logo fechado — ele abriu mão de todos os direitos de assistência na igreja, se algum dia estivesse em condições de recebê-la, e aceitava em troca três mil libras. Toda ligação entre nós pareceu então dissolver-se. Minha opinião sobre ele era ruim demais para convidá-lo a vir a Pemberley ou para permitir sua companhia em Londres. Creio que ele vivesse principalmente na capital, mas estudar Direito era apenas um pretexto e, estando agora livre de qualquer vínculo, passou a viver uma vida de ociosidade e dissipação. Por cerca de três anos tive poucas notícias dele; mas, ao falecimento do ocupante do cargo que para ele fora designado, ele me escreveu uma carta solicitando o benefício. Garantiu-me que sua situação era péssima, e eu não tive dificuldade para acreditar nele. Achava que o estudo das leis fosse pouco lucrativo e estava agora absolutamente decidido a se ordenar, se eu lhe concedesse o benefício eclesiástico em questão — sobre o que ele não tinha dúvidas, pois estava certo de que eu não tinha mais ninguém para ocupar o cargo e não podia ter-me esquecido das intenções de meu querido pai. A senhorita não há de me censurar por não ter aceitado a solicitação dele ou por resistir a todas as repetições dela. Sua mágoa foi proporcional à miséria de sua situação — e ele foi sem dúvida tão violento nas injúrias que fez de mim para os outros, quanto nas censuras que fez diretamente a mim. Depois disso, deixou de existir qualquer aparência de relação entre nós. Como vivia, não sei. Mas no último verão tive notícias desagradabilíssimas a seu respeito.

Devo agora mencionar uma situação que eu mesmo gostaria de esquecer, e que só mesmo uma obrigação como esta pode induzir-me a revelar a outro ser humano. Dito isso, não tenho dúvida de que posso contar com o seu silêncio. Minha irmã, que é mais de dez anos mais moça do que eu, foi entregue à guarda do sobrinho de minha mãe, o coronel Fitzwilliam, e de mim mesmo. Cerca de um ano atrás, saiu da escola e foi residir em Londres; e no verão passado foi com a governanta a Ramsgate; e para lá também se dirigiu o sr. Wickham, certamente de propósito; pois ficou provado que já havia um relacionamento entre ele e a sra. Younge, com cujo caráter tivemos uma profunda decepção; e com a conivência e a ajuda dela ele se empenhou em convencer Georgiana, cujo coração carinhoso conservara uma viva recordação das gentilezas que ele lhe fizera quando criança, a se crer apaixonada por ele e a consentir numa fuga. Ela só tinha quinze anos na época, o que lhe serve de desculpa; e, depois de descrever sua imprudência, alegro-me em acrescentar que devo o conhecimento do caso a ela mesma. Fui encontrá-los inesperadamente um ou dois dias antes da fuga planejada, e então Georgiana, incapaz de suportar a ideia de magoar e ofender um irmão que quase via como um pai, confessou tudo para mim. Você pode imaginar como me senti e como agi. A consideração pela reputação e pelos sentimentos de minha irmã impediam qualquer publicidade; mas escrevi ao sr. Wickham, que sumiu imediatamente, e a sra. Younge foi, é claro, despedida. O principal objetivo do sr. Wickham era, sem dúvida, o dinheiro de minha irmã, que monta a trinta

mil libras; mas não posso deixar de crer que a esperança de vingar-se de mim era também um forte incentivo. Sua vingança teria sido completa, sem dúvida.

Esta é a fiel narrativa dos acontecimentos em que estivemos os dois envolvidos; e, se a senhorita não rejeitá-la absolutamente como falsa, espero que de hoje em diante me absolva da acusação de crueldade para com o sr. Wickham. Não sei de que maneira e sob que forma de falsidade ele a iludiu; mas não é de admirar que ele tenha sido bem-sucedido nisso. Ignorando como ignorava tudo que dizia respeito a mim e a ele, não poderia ter percebido o engano, e a suspeita certamente não faz parte da sua natureza.

Talvez a senhorita se admire por não ter-lhe contado nada disto ontem à noite; mas não era senhor de mim o bastante para saber o que podia ou devia ser revelado. Em favor da veracidade de tudo que foi aqui relatado posso evocar o testemunho do coronel Fitzwilliam, que, em razão de nossa estreita amizade e constante intimidade e, mais ainda, como um dos executores do testamento de meu pai, teve inevitavelmente conhecimento de cada pormenor do que se passou. Se o seu ódio por mim tornar sem valor as minhas alegações, a senhotira não pode ser impedida pela mesma causa de confiar em meu primo; e, para que possa ter a possibilidade de consultá-lo, vou tentar encontrar alguma oportunidade para entregar-lhe esta carta em mãos ainda esta manhã. Quero apenas acrescentar: Deus a abençoe.

Fitzwilliam Darcy

CAPÍTULO 36

Se Elizabeth, quando o sr. Darcy lhe entregou a carta, não esperava que nela ele renovasse as suas propostas, não alimentara nenhuma expectativa sobre o teor dela. Mas, dada a natureza do conteúdo, não é difícil imaginar com que impaciência ela a leu e quantas emoções contraditórias aquela carta provocou. Enquanto lia, seus sentimentos eram indefiníveis. Com espanto, primeiro ela observou que ele acreditava poder desculpar-se; e estava firmemente convencida de que ele não podia dar nenhuma explicação que um justo sentimento de vergonha não aconselhasse a esconder. Fortemente prevenida contra tudo que ele pudesse dizer, começou a ler a explicação sobre o que acontecera em Netherfield. Tão afoita foi a sua leitura, que mal lhe deixava qualquer poder de compreensão, e, impaciente para saber o que a próxima sentença traria, era incapaz de acompanhar o sentido da que tinha diante dos olhos. Imediatamente decidiu ser falsa a crença dele na indiferença da irmã; e sua explicação de suas reais e mais graves objeções ao casamento deixaram-na zangada demais para desejar ser justa para com ele. Sobre o que fez, ele não exprimiu nenhum arrependimento que a satisfizesse; seu estilo não era penitente, mas arrogante. Era só orgulho e insolência.

Mas quando o assunto passou a ser o sr. Wickham — quando ela leu com uma atenção um pouco mais clara o relato de acontecimentos que, se verdadeiros, destruiriam toda boa opinião dos méritos dele, e que ostentavam uma afinidade tão alarmante com sua própria história com ele — os sentimentos de Elizabeth tornaram-se ainda mais dolorosos e difíceis de se definir. Foi tomada de espanto, de apreensão e até de horror. Queria rejeitar tudo aquilo como falso, exclamando repetidas vezes: “Isso tem de ser falso! Não pode ser! Isso só pode ser a mais grosseira mentira!” — e, quando acabou de ler a carta inteira, embora sem compreender quase nada das duas últimas páginas, apressou-se em guardá-la, decidida a não mais lhe dar atenção, a nunca mais olhar para ela.

Nesse estado de espírito perturbado, com pensamentos que em nada se detinham, ela seguiu seu caminho; mas não conseguiu; meio minuto depois, tornou a desdobrar a carta e, recompondo-se o melhor que podia, recomeçou a torturante leitura de tudo que se relacionava com Wickham e se controlou para examinar o significado de cada sentença. O relato da sua ligação com a família de Pemberley era exatamente o que ele mesmo fizera; e a bondade do falecido sr. Darcy, embora ela até então desconhecesse a sua extensão, também concordava com as palavras dele. Até aí, cada relato confirmava o outro; mas, quando chegou ao testamento, era grande a diferença. O que Wickham dissera sobre o benefício estava nítido em sua memória, e, enquanto recordava as próprias palavras dele, era impossível não perceber que havia uma duplicidade gritante de uma parte ou de outra; e, por alguns momentos, ela se gabou de que não se enganara em suas opiniões. Mas, quando leu e releu com a máxima atenção os pormenores que se seguiam imediatamente à desistência por parte de Wickham de toda pretensão ao benefício, ao recebimento, como compensação, de soma tão considerável como três mil libras, de novo ela foi obrigada a hesitar. Abaixou a carta, ponderou cada circunstância com o que pretendia fosse imparcialidade, calculou a probabilidade de cada afirmação, mas em vão. De ambos os lados, eram apenas afirmações. Voltou mais uma vez a ler; mas cada linha provava mais claramente que o caso, que ela acreditara não poder ser representado, mediante artifício, sob nenhuma luz que tornasse menos infame o papel nele desempenhado pelo sr. Darcy, podia sofrer uma guinada que o tornaria completamente inocente durante todo o desenrolar da história.

A extravagância e a geral devassidão de que ele não hesitou em acusar o sr. Wickham chocaram-na infinitamente; tanto mais que ela não podia provar a sua injustiça. Nunca ouvira falar dele antes que entrasse na milícia de ***shire, à qual foi admitido pela intervenção do jovem que, ao encontrá-lo por acaso em Londres, renovara então com ele uma amizade superficial. De seu modo de vida anterior nada se soubera em Hertfordshire, a não ser o que ele mesmo dissera. Quanto ao seu caráter real, mesmo que Elizabeth tivesse podido informar-se, jamais sentiria vontade de fazê-lo. A fisionomia, a voz e os modos logo lhe concederam a posse de todas as virtudes. Ela tentou lembrar-se de algum exemplo de bondade, algum ato distinto de integridade ou benevolência que pudesse resgatá-lo dos ataques do sr. Darcy; ou pelo menos, pelo predomínio da virtude, compensar aqueles erros casuais sob os quais ela trataria de classificar o que o sr. Darcy descrevera como persistência por muitos anos na ociosidade e no vício. Mas não lhe ocorreu nenhuma recordação desse tipo. Podia vê-lo imediatamente à sua frente, com todo o seu encanto no porte e no trato; mas não conseguia lembrar-se de nenhuma bondade substancial, além da aprovação geral da vizinhança e da consideração que sua grande sociabilidade conquistara. Depois de refletir sobre isso durante um tempo considerável, mais uma vez ela retomou a leitura da carta. Mas, infelizmente, a história que se seguiu, sobre os seus planos com relação à srta. Darcy, recebeu certa confirmação do que se passara entre o coronel Fitzwilliam e ela na manhã do dia anterior; e, por fim, no que se referia à veracidade de cada pormenor, ela era remetida ao próprio coronel Fitzwilliam — de quem já recebera a informação de sua íntima familiaridade com todos os negócios do primo e de cujo caráter não tinha razões para duvidar. Em certo momento, ela quase resolveu procurá-lo, mas a ideia foi abalada pela esquisitice da questão, e em seguida posta completamente de lado pela convicção de que o sr. Darcy jamais se teria arriscado a fazer essa proposta se não tivesse a certeza da corroboração do primo.

Ela se lembrava perfeitamente de tudo que se passara na conversa entre Wickham e ela, na primeira noite dos dois na casa do sr. Phillips. Muitas de suas expressões ainda estavam bem vivas em sua memória. Ficou abalada com a impropriedade de tais comunicações com um estranho e se admirou de não ter-se dado conta disso antes. Percebeu a indelicadeza que havia em assim se pôr em evidência, como ele fez, e a incoerência das declarações com o comportamento. Ela se lembrava de que ele se gabara de não ter medo de encontrar o sr. Darcy — que o sr. Darcy podia deixar a região, mas *ele* permaneceria; no entanto, evitara o baile de Netherfield logo na semana seguinte. Lembrou-se também de que, até a família de Netherfield deixar a região, ele contara a sua história apenas para ela; ou que, depois da partida deles, ela passou a ser discutida em toda parte; que a partir daí ele não hesitou nem teve escrúpulos em denegrir o caráter do sr. Darcy, embora tivesse garantido a ela que o respeito pelo pai sempre o impediria de desmascarar o filho em público.

Como tudo que estava ligado a ele agora se mostrava diferente! Suas atenções para com a srta. King eram agora a consequência de planos mera e odiosamente mercenários; e a mediocridade da fortuna dela já não provava a moderação de seus desejos, mas a avidez de se apoderar de tudo. Seu comportamento para com ela agora não podia ter nenhum motivo razoável; ou ele se havia iludido com relação à riqueza dela ou vinha satisfazendo a sua própria vaidade, incentivando o amor que ela acreditava ter temerariamente demonstrado a ele. Todos os esforços que fazia para defendê-lo iam tornando-se cada vez mais débeis; e também contavam a favor do sr. Darcy o fato de o sr. Bingley, quando interrogado por Jane, havia muito, ter afirmado a inocência dele no caso; o fato de, por mais orgulhosos e repulsivos que fossem seus modos, ela jamais, durante todo o tempo em que se conheceram — conhecimento que mais tarde os aproximou muito e deu a ela certa familiaridade com o modo de ser dele —, ter visto nada que demonstrasse que ele fosse inescrupuloso ou injusto, nada que mostrasse que tivesse hábitos irreligiosos ou imorais; o fato de entre suas relações ser estimado e apreciado — e de mesmo Wickham ter admitido seu valor como irmão —, e de muitas vezes o ter ouvido falar tão carinhosamente da irmã, prova de que podia ter *alguns* sentimentos positivos; o fato de, se as ações dele tivessem sido como o sr. Wickham as pintara, uma violação tão grosseira de tudo que é certo dificilmente poder ter sido ocultada do mundo; e o fato, enfim, de ser incompreensível a amizade entre uma pessoa capaz daquilo e um excelente homem como o sr. Bingley.

Elizabeth estava cada vez mais envergonhada de si mesma. Não conseguia pensar nem em Darcy nem em Wickham sem sentir que fora cega, parcial, preconceituosa e absurda.

— Como foi desprezível o que fiz! — exclamou ela. — Logo eu, que sempre me orgulhei do meu discernimento! Eu, que sempre me gabei de minhas habilidades! Que muitas vezes desdenhei a generosa candura de minha irmã e satisfazia a minha vaidade com uma desconfiança inútil ou culpável! Que descoberta humilhante! E, no entanto, que humilhação justa! Se estivesse apaixonada, não poderia ter sido mais miseravelmente cega! Mas a minha loucura foi a vaidade, não o amor. Lisonjeada com as atenções de um e ofendida com o desdém do outro, logo que os conheci, adotei o preconceito e a ignorância e despedi a razão, quando tive de optar. Até agora, eu não me conhecia.

Dela mesma para Jane, de Jane para Bingley, seus pensamentos seguiam uma trilha que logo a faria lembrar-se de que a explicação do sr. Darcy sobre *aquilo* se mostrara muito insuficiente, e tornou a lê-la. Muito diferente foi o efeito daquela releitura. Como poderia negar crédito às afirmações dele num caso, se fora obrigada a concedê-lo no outro? Ele se declarava completamente ignorante do amor de sua irmã; e ela não pôde evitar que lhe ocorresse à memória qual fora desde o começo a opinião de Charlotte. Nem podia negar a exatidão de sua descrição de Jane. Ela percebeu que os sentimentos de Jane, embora intensos, pouco se mostravam, e que ela assumia constantemente um ar e maneiras complacentes, nem sempre unidos a uma grande sensibilidade.

Quando chegou àquela parte da carta em que era mencionada a sua família, em termos de dura, embora merecida, censura, sentiu profunda vergonha. A justiça da acusação atingiu-a com demasiada força para poder ser negada, e as cenas a que ele aludia em particular, ocorridas durante o baile de Netherfield e que confirmaram a sua desaprovação inicial, não podiam ter causado nele uma impressão mais forte do que nela própria.

O cumprimento a ela e à irmã não fora hipócrita. Ele aliviou, mas não pôde consolá-la do desdém que o resto da família provocara contra si mesmo; e quando considerou que a decepção de Jane fora, na verdade, provocada pelos seus parentes mais próximos, e percebeu o quanto o crédito de ambas devia ter sofrido por tal comportamento impróprio, ela nunca se sentiu mais abatida.

Depois de perambular pela trilha durante duas horas, absorta em todo tipo de pensamentos — reconsiderando acontecimentos, calculando probabilidades e conformando-se o melhor que pôde com uma mudança tão súbita e tão decisiva, o cansaço e a percepção de que estivera ausente por muito tempo finalmente a fizeram voltar para casa; e entrou desejando parecer alegre como sempre e resolvida a reprimir tais reflexões, que podiam impedi-la de conversar normalmente.

Logo lhe disseram que dois cavalheiros de Rosings a haviam procurado em sua ausência; o sr. Darcy, só por alguns minutos, antes de se despedir — mas o coronel Fitzwilliam permanecera sentado por pelo menos uma hora, na espera do seu retorno e quase decidido a ir procurá-la. Elizabeth só pôde *fingir* apreensão pelo desencontro; na verdade, ela se alegrou. O coronel Fitzwilliam já não lhe importava; só conseguia pensar na carta.

CAPÍTULO 37

Os dois cavalheiros partiram de Rosings na manhã seguinte e, tendo o sr. Collins ficado à espera deles junto aos portões, para lhes dar as suas despedidas, pôde levar para casa a agradável notícia de que eles pareciam em muito boa forma e com o bom humor possível depois da cena melancólica que devia ter acontecido em Rosings. Apressou-se, então, a ir a Rosings, para reconfortar *Lady* Catherine e a filha; e trouxe à sua volta, com grande satisfação, uma mensagem de Sua Senhoria, comunicando que se sentia tão desanimada, que convidava todos eles para jantar consigo.

Elizabeth não podia ver *Lady* Catherine sem lembrar-se de que, se tivesse querido, poderia a essa altura ter sido apresentada a ela como sua futura sobrinha; nem podia pensar sem sorrir em qual teria sido a indignação de Sua Senhoria. "Que teria dito? Como se teria comportado?", eram perguntas que a divertiam.

O primeiro assunto foi a redução no número de moradores de Rosings.

— Garanto a vocês que isso me deixa consternada — disse *Lady* Catherine. — Creio que ninguém sente mais saudades dos entes queridos do que eu. Mas eu sou especialmente apegada a esses jovens e sei que são igualmente apegados a mim! Estavam infinitamente tristes por partir! Mas é sempre assim. O meu querido coronel conseguiu conter-se razoavelmente até o último momento; mas Darcy pareceu sofrer mais intensamente, mais, creio eu, do que no ano passado. O seu apego a Rosings certamente aumentou.

O sr. Collins fez aqui uma alusão elogiosa, e a mãe e a filha sorriram delicadamente.

Depois do jantar, *Lady* Catherine observou que a srta. Bennet parecia desanimada, e de imediato explicou o caso para si mesma, imaginando que também ela não quisesse voltar para casa tão cedo. E acrescentou:

— Mas, se for essa a razão, você deve escrever à sua mãe e pedir-lhe para permanecer um pouco mais. A sra. Collins ficará muito feliz com a sua companhia, tenho certeza.

— Estou muito agradecida a Vossa Senhoria pelo gentil convite — tornou Elizabeth —, mas não está em meu poder aceitá-lo. Devo estar em Londres sábado que vem.

— Mas por que diabos você vai ficar aqui só seis semanas? Eu esperava que permanecesse por dois meses. Disse isso à sra. Collins antes de você chegar. Não pode haver motivos para você partir tão cedo. A sra. Bennet com certeza pode dispensá-la por mais duas semanas.

— Mas meu pai não pode. Ele me escreveu a semana passada para que eu apressasse a volta.

— Ah! Se a sua mãe pode, é claro que o seu pai também pode dispensar você. Um pai nunca dá muita importância à filha. E, se vocês ficarem mais um *mês* inteiro, posso levar uma de vocês até Londres, pois vou passar uma semana lá, no começo de junho; e, como Dawson não se opõe a usar o banco do condutor da caleça, haverá muito espaço para uma de vocês... e de fato, se fizer frio, eu não me oporei a levar vocês duas, pois nenhuma das duas é corpulenta.

— Vossa Senhoria é muito gentil, mas temos de seguir o nosso plano original.

Lady Catherine pareceu resignada.

— Sra. Collins, você deve mandar uma criada com elas. Você sabe que não escondo o que penso e que não posso tolerar a ideia de duas mocinhas viajarem sozinhas numa diligência. É muito inconveniente. Você tem de arrumar um jeito de enviar alguém. Tenho a maior repulsa do mundo por esse tipo de coisa. As mocinhas devem sempre ser corretamente protegidas e acompanhadas, segundo a sua condição social. Quando a minha sobrinha Georgiana foi a Ramsgate no verão passado, fiz questão de que dois criados a acompanhassem. Sem isso, a srta. Darcy, filha do sr. Darcy, de Pemberley, e de *Lady* Anne, não poderia aparecer de modo conveniente. Sou infinitamente atenta a esse tipo de coisa. Você deve mandar John com as moças, sra. Collins. Estou contente por ter-me ocorrido dizer isso; pois deixá-las partir sozinhas teria sido muito desabonador para *você*.

— Meu tio vai mandar um criado para nos buscar.

— Ah! O seu tio! Ele tem um criado, não é? Fico feliz em saber que você tem alguém que se preocupe com essas coisas. Onde farão a troca de cavalos? Ah! Em Bromley, é claro. Se mencionar o meu nome no "Sino", serão bem atendidas.

Tinha *Lady* Catherine ainda muitas outras perguntas a fazer acerca da jornada, e, como não respondeu ela mesma a todas, era necessária certa atenção, o que pareceu a Elizabeth algo bom para si mesma; pois, se não fosse isso, com a mente tão ocupada, poderia até esquecer onde estava. A reflexão deve ser reservada para as horas solitárias; sempre que estava sozinha, entregava-se a ela como o maior dos alívios; e não se passou nenhum dia sem uma caminhada solitária, em que podia mergulhar em toda a delícia das lembranças desagradáveis.

Já quase sabia de cor a carta do sr. Darcy. Estudou cada sentença; e seus sentimentos para com o autor eram por vezes violentamente contrastantes. Quando se lembrava do estilo de seu trato, ainda ficava indignadíssima; mas, quando considerava como ela o condenara e repreendera injustamente, a raiva voltava-se contra ela mesma; e seu decepcionado amor tornava-se objeto de compaixão. Sua afeição provocava gratidão, seu caráter como um todo, respeito; mas não conseguia aprová-lo; nem podia por um instante sequer lamentar a sua recusa ou sentir o menor desejo de tornar a vê-lo. Em seu próprio comportamento passado ela encontrava uma fonte de vergonha e de pesar;

e, nos lamentáveis defeitos da família, um motivo de ainda maior amargor. Eram um caso perdido. O pai, contente em rir delas, nunca se imporia para refrear a irrequieta frivolidade de suas irmãs menores; e sua mãe, ela própria com maneiras tão condenáveis, era completamente insensível ao problema. Muitas vezes Elizabeth se unia a Jane na tentativa de combater a imprudência de Catherine e Lydia; mas, enquanto encontravam refúgio na indulgência da mãe, que possibilidade de progresso havia? Catherine, de caráter fraco, irritável e inteiramente sob a influência de Lydia, sempre se rebelara contra os conselhos delas; e Lydia, teimosa e desleixada, mal as escutava. Eram ignorantes, preguiçosas e fúteis. Enquanto houvesse um oficial em Meryton, elas flertariam com ele; e, enquanto Meryton estivesse à distância de uma caminhada de Longbourn, iriam eternamente até lá.

A preocupação com Jane era outro de seus pensamentos predominantes; e a explicação do sr. Darcy, ao devolver a Bingley toda a boa opinião que tinha sobre ele, acentuou a consciência do que Jane perdera. O amor dele revelou-se sincero, e seu comportamento, inocente de qualquer culpa, a menos que quisessem censurá-lo pela implícita confiança no amigo. Como era melancólico, então, o pensamento de que Jane perdera uma situação tão desejável em todos os aspectos, tão vantajosa, que prometia tanta felicidade, pela insensatez e falta de decoro de sua própria família!

Quando a essas recordações se somava o exame do caráter de Wickham, não é difícil de acreditar que o seu bom humor, que antes raramente se deixava abater, estava agora tão abalado, que se tornara quase impossível para ela mostrar-se razoavelmente alegre.

Seus compromissos em Rosings foram tão frequentes na última semana de sua permanência quanto o foram na primeira. A última noite foi passada lá; e Sua Senhoria mais uma vez as interrogou minuciosamente sobre os pormenores da viagem, deu-lhes instruções sobre o melhor método de fazer as malas, e foi tão enfática a respeito da necessidade de colocar os vestidos da única forma certa, que Maria se julgou obrigada, ao voltar para casa, a desfazer todas as malas e fazê-las de novo.

Quando partiram, *Lady* Catherine, com grande condescendência, desejou-lhes boa viagem e as convidou a virem a Hunsford de novo no ano seguinte; e a srta. de Bourgh chegou a fazer uma reverência e a estender a mão para as duas.

CAPÍTULO 38

No sábado de manhã, Elizabeth e o sr. Collins se encontraram para o café da manhã alguns minutos antes que os outros aparecessem; e ele aproveitou a oportunidade para lhe fazer as cortesias de despedida que considerava indispensavelmente necessárias.

— Não sei, srta. Elizabeth — disse ele —, se a sra. Collins já lhe expressou a percepção da sua bondade em vir visitar-nos; estou, todavia, certíssimo de que a senhorita não deixará a casa sem receber os agradecimentos dela por isso. O favor da sua companhia foi muito apreciado, garanto-lhe. Sabemos quão pouco há em nossa modesta morada que possa atrair alguém. Nossa maneira simples de viver, nossos aposentos diminutos e os poucos domésticos e as poucas pessoas que frequentamos devem fazer de Hunsford um lugar extremamente aborrecido para uma jovem dama como a senhorita; mas espero que nos creia gratos pela condescendência e que fizemos tudo que estava ao nosso alcance para impedir que passasse o tempo de modo desagradável.

Elizabeth foi efusiva em seus agradecimentos e votos de felicidade. Passara seis semanas muito agradáveis; e o prazer de estar com Charlotte e as gentis atenções que recebera faziam que *ela* se sentisse no dever de agradecer. O sr. Collins ficou satisfeito, e com a mais risonha solenidade respondeu:

— Proporciona-me imenso prazer ouvir que a senhorita passou seu tempo não desagradavelmente. Decerto demos o melhor de nós; e, tendo tido a incomensurável boa sorte de poder apresentá-la a uma companhia muito superior e, graças a nossas relações com Rosings, de ter com frequência a possibilidade de diversificar o nosso humilde cenário doméstico, creio que podemos gabar-nos de que a sua visita a Hunsford não foi completamente

maçante. A nossa situação em relação à família de *Lady* Catherine é, de fato, o tipo de vantagem e extraordinária bênção de que poucos podem vangloriar-se. A senhorita viu o grau de intimidade que existe entre nós. A senhorita viu com que frequência somos convidados a visitá-las. Na verdade, devo reconhecer que, com todas as desvantagens deste modesto presbitério, não devo julgar que ninguém que nele resida seja digno de compaixão, enquanto compartilhar a nossa familiaridade com Rosings.

Para a elevação de seus sentimentos, as palavras eram insuficientes; e foi obrigado a caminhar pela sala, enquanto Elizabeth tentava unir a boa educação e a verdade em poucas e breves sentenças.

— A senhorita poderá fazer um relato favorabilíssimo a nosso respeito em Hertfordshire, minha querida prima. Quero crer, pelo menos, que assim seja. A senhorita foi testemunha das grandes atenções de *Lady* Catherine para com a sra. Collins; e creio também que não pareça que a sua amiga esteja infeliz... Mas sobre esse ponto será melhor calar. Permita-me apenas garantir-lhe, minha querida srta. Elizabeth, que eu lhe desejo de coração igual felicidade no casamento. Minha querida Charlotte e eu temos uma só mente e uma só maneira de pensar. Existe sobre tudo uma notabilíssima semelhança de caráter e ideias entre nós. Parece que nascemos um para o outro.

Elizabeth pôde tranquilamente afirmar que era uma grande felicidade que assim fosse, e com igual sinceridade acrescentou que acreditava firmemente na sua satisfação doméstica, e se alegrava com isso. Não lamentou, porém, ver as suas palavras interrompidas pela pessoa de que falavam. Pobre Charlotte! Era triste deixá-la em tal companhia! Era, porém, a vida que ela mesma escolhera, conscientemente; e, embora obviamente lamentasse que suas visitantes fossem embora, não parecia digna de piedade. O lar e os afazeres domésticos, a paróquia e as galinhas e todos os cuidados que lhes estavam relacionados ainda não haviam perdido os seus encantos.

Chegou enfim a carruagem, os baús foram amarrados, os pacotes, levados para dentro e foi declarado que tudo estava pronto. Depois de uma afetuosa despedida entre as amigas, Elizabeth foi acompanhada até a carruagem pelo sr. Collins e, enquanto desciam o jardim, ele transmitia a ela os seus melhores votos a toda a família, sem esquecer os agradecimentos pela gentileza de que fora alvo em Longbourn no inverno, e os cumprimentos ao sr. e à sra. Gardiner, embora não os conhecesse. Deu, então, a mão a ela para que subisse, Maria a seguiu e a porta estava a ponto de se fechar quando de repente ele lembrou a elas, consternado, que se haviam esquecido de deixar uma mensagem para as damas de Rosings.

— Mas — acrescentou ele — as senhoritas vão querer, é claro, transmitir seus humildes respeitos a elas, em profundo agradecimento pela gentileza com que foram tratadas enquanto aqui estiveram.

Elizabeth não fez nenhuma objeção; a porta pôde então ser fechada e a carruagem partiu.

— Meu Deus! — exclamou Maria, depois de alguns minutos de silêncio. — Parece que chegamos aqui há um ou dois dias! Mas quantas coisas aconteceram!

— Muitas, mesmo — disse a sua companheira, com um suspiro.

— Jantamos nove vezes em Rosings, além de tomarmos chá duas vezes! Quanta coisa vou ter para contar!

Elizabeth acrescentou com seus botões: "E quantas vou ter para esconder!".

A jornada transcorreu sem muitas conversas e sem nenhum incidente; e, quatro horas depois de deixarem Hunsford, chegaram à casa do sr. Gardiner, onde deviam permanecer alguns dias.

Jane parecia bem e Elizabeth teve pouca oportunidade de examinar seu estado de espírito, em meio aos vários compromissos que a gentileza do tio lhes havia reservado. Mas Jane voltaria para casa com ela, e em Longbourn sua irmã teria tempo suficiente para observá-la.

No entanto, não foi sem esforço que ela teve de se conter até Longbourn, para relatar à irmã a proposta do sr. Darcy. Saber que tinha o poder de revelar algo que deixaria Jane completamente pasma e deveria, ao mesmo tempo, satisfazer toda a vaidade que a razão ainda não pudera retirar-lhe fazia da franqueza uma tentação que nada poderia vencer, senão o estado de indecisão em que permaneceu sobre o que deveria revelar e o que não deveria, e o temor de, se tocasse no assunto, escapar-lhe algo sobre Bingley que só poderia agravar o sofrimento da irmã.

CAPÍTULO 39

Era a segunda semana de maio, quando as três moças partiram juntas da Gracechurch Street para a cidade de ***, em Hertfordshire; e, quando se aproximavam do albergue em que a carruagem do sr. Bennet devia apanhá-las, logo perceberam Kitty e Lydia à janela de um refeitório que ficava no andar superior, como prova da pontualidade do cocheiro. As duas mocinhas estavam havia mais de uma hora ali, alegremente ocupadas em visitar uma loja de moda em frente, observar a sentinela de plantão e temperar uma salada de pepino.

Depois de darem as boas-vindas às irmãs, exibiram triunfantes uma mesa posta com uma refeição à base de carnes frias como a cozinha de qualquer albergue pode servir, exclamando:

— Não está ótimo? Não é uma surpresa agradável?

— E queremos dar de comer a todas vocês — acrescentou Lydia —, mas vocês precisam emprestar-nos dinheiro, pois acabamos de gastar o nosso naquela loja ali.

Em seguida, mostrando suas compras:

— Vejam só, comprei este chapeuzinho. Não acho que seja muito bonito; mas pensei que tanto fazia comprar ou não. Vou descosturá-lo assim que chegar em casa, para ver se consigo melhorar alguma coisa.

E, quando as irmãs disseram que era feio, ela acrescentou, com total indiferença:

— Ah! Mas havia dois ou três mais feios na loja; e, quando eu comprar cetim de cores mais vistosas para enfeitá-lo, acho que vai ficar bem aceitável. Além disso, não vai importar muito o que se vai vestir este verão, depois que o regimento de ***shire foi embora de Meryton, para voltar só daqui a duas semanas.

— É mesmo? — exclamou Elizabeth, com a maior satisfação.

— Vão acampar perto de Brighton; e quero tanto que o papai nos leve para lá durante todo o verão! É um plano delicioso; e tenho certeza de que não vai custar nada. A mamãe gostaria tanto de ir! Se não formos, imagine só que verão tenebroso vamos ter!

— Sim — pensou Elizabeth —, *esse* seria sem dúvida um projeto delicioso, exatamente aquilo de que precisamos agora. Deus do céu! Brighton e um acampamento inteiro de soldados, para nós, que já não podemos nem com um pobre regimento da milícia e os bailes mensais de Meryton!

— Agora tenho algumas notícias para vocês — disse Lydia, enquanto se sentavam à mesa. — O que acham? É uma excelente notícia... importantíssima... sobre uma pessoa de quem todas nós gostamos!

Jane e Elizabeth se entreolharam, e pediram ao garçom que se retirasse. Lydia riu e disse:

— Ah, isso é bem típico do formalismo e da discrição de vocês. Acharam que o garçom não deveria ouvir, como se ele se importasse! Aposto que ele sempre ouve coisas piores do que as que vou contar. Mas ele é muito feio! Estou feliz agora que foi embora. Nunca vi um queixo mais comprido na vida. Bom, vamos à notícia; é sobre o nosso querido Wickham; bom demais para o garçom, não é? Não há mais perigo de Wickham casar com King. Esta é para você! Ela foi morar com um tio em Liverpool: e foi para ficar. Wickham está salvo.

— E Mary King está salva! — acrescentou Elizabeth. — A salvo de uma relação imprudente para o seu bolso.

— Ela é uma grande boba de ir embora, se gostava dele.

— Acho que não há nenhuma atração forte, de nenhum dos lados — disse Jane.

— Tenho certeza de que não há da parte *dele*. Tenho certeza de que ele nunca deu a mínima importância a ela... E como poderia interessar-se por uma coisa tão asquerosa e sardenta?

Elizabeth ficou chocada ao pensar que, embora incapaz de tal grosseria de *expressão*, a grosseria de *sentimento* era quase a mesma que seu peito abrigara e julgara generosa!

Assim que acabaram de comer e as irmãs mais velhas pagaram, chamaram a carruagem; e, depois de usar de um pouco de engenhosidade, o grupo inteiro, com suas caixas, malas e pacotes e mais a pouco bem-vinda adição das compras de Kitty e Lydia, instalou-se dentro dela.

— Como estamos bem instaladas! — exclamou Lydia. — Estou contente de ter comprado o bonezinho, mesmo que seja só pelo prazer de ter outra caixa de chapéu! Bom, vamos agora tratar de ficar bem confortáveis e aconchegadas, e falar e rir até chegar em casa. E, para começar, vamos ouvir o que aconteceu com vocês todas desde que foram embora. Viram algum homem interessante? Flertaram com alguém? Eu tinha grandes esperanças de que uma das duas ia arrumar marido antes de voltar para casa. Jane logo será uma solteirona, é o que eu digo. Tem quase vinte e três anos! Meu Deus, que vergonha eu sentiria se ainda não estivesse casada aos vinte e três! Titia Phillips quer tanto que vocês arrumem marido, vocês não podem imaginar. Ela diz que Lizzy deveria ter aceitado o sr. Collins; mas *eu* acho que não seria nem um pouco engraçado. Meu Deus! Como gostaria de me casar antes de vocês duas; e então eu ia servir de *chaperon* a vocês em todos os bailes. Se vocês soubessem como nos divertimos outro dia na casa do coronel Forster! Kitty e eu íamos passar o dia lá, e a sra. Forster prometeu dar um bailinho à noite (aliás, a sra. Forster e eu somos *ótimas* amigas!), e então ela convidou as duas Harrington, mas Harriet estava doente, então Pen foi obrigada a vir sozinha; e então, que vocês acham que ele fez? Pusemos roupas de mulher no Chamberlayne para fazê-lo passar por mulher, imagine só a farra! Ninguém sabia de nada, só o coronel e a sra. Forster, e Kitty e eu, e a titia, porque fomos obrigadas a tomar emprestado um dos seus vestidos; e vocês não podem acreditar como ele ficou bem! Quando Denny e Wickham e Pratt e mais dois ou três homens chegaram, não o reconheceram de jeito nenhum. Meu Deus! Como eu ri! E a sra. Forster também. Achei que ia morrer. E *isso* fez que os homens ficassem com a pulga atrás da orelha e logo descobrissem tudo.

Com esse tipo de histórias de suas festas e brincadeiras, Lydia, auxiliada pelas sugestões e adições de Kitty, tentou divertir as companheiras no caminho até Longbourn. Elizabeth escutava o mínimo que podia, mas não podia escapar à frequente menção do nome de Wickham.

Tiveram a melhor das recepções. A sra. Bennet estava feliz em ver que a beleza de Jane continuava a mesma; e mais de uma vez durante o jantar o sr. Bennet disse espontaneamente a Elizabeth:

— Estou contente em tê-la de volta, Lizzy.

Havia muitos convidados na sala de jantar, pois vieram quase todos os Lucas para ver Maria e ouvir as novidades; e se conversou sobre muitos assuntos: *Lady* Lucas fazia perguntas a Maria acerca do bem-estar e do galinheiro da filha mais velha; a sra. Bennet estava duplamente ocupada, por um lado, ouvindo uma explicação da nova moda apresentada por Jane, que estava sentada um pouco abaixo dela e, por outro, esmiuçando tudo para as Lucas mais moças; e Lydia, em voz mais alta do que a de todas as outras pessoas, enumerava todos os prazeres da manhã a quem quisesse ouvi-la.

— Ah! Mary — disse ela —, você devia ter ido conosco, nós nos divertimos tanto! Na ida, Kitty e eu fechamos todas as cortinas, para fingir que não havia ninguém na carruagem; e iríamos assim até o fim, se a Kitty não ficasse enjoada; e, quando chegamos ao George, acho que nos comportamos maravilhosamente, pois servimos às outras três o melhor lanche frio do mundo, e se você tivesse ido também seria servida. E então, quando voltamos, foi tão divertido! Pensei que não caberíamos naquela carruagem. Quase morri de rir. E estávamos tão alegres durante todo o caminho de volta para casa! Falávamos e ríamos tão alto, que todos num raio de dez milhas devem ter-nos ouvido!

Ao que Mary respondeu muito séria:

— Longe de mim, minha querida irmã, desprezar tais diversões! Elas, sem dúvida, seriam congeniais à generalidade das mentes femininas. Mas confesso que não teriam atrativos para *mim*... Eu preferiria infinitas vezes mais um livro.

Lydia, porém, não ouviu sequer uma palavra da resposta. Raramente escutava alguém por mais de trinta segundos e nunca dava atenção a Mary.

À tarde, Lydia insistiu com as demais jovens que fossem até Meryton para saber das novidades; mas Elizabeth opôs-se firmemente à ideia. Não deveriam dar oportunidade a que dissessem que as srtas. Bennet não podiam ficar em casa durante metade do dia sem sair à caça dos oficiais. Havia também outra razão para opor-se. Apavorava-a a perspectiva de tornar a ver o sr. Wickham, e estava decidida a evitá-lo enquanto possível. Era indizível o alívio que *ela* sentia à aproximação da partida do regimento. Deviam partir em duas semanas — e, uma vez distantes, nada mais poderia atormentá-la da parte dele.

Ela não havia passado muitas horas em casa quando descobriu que o projeto de ir a Brighton, insinuado por Lydia no albergue, estava sob frequente discussão da parte dos pais. Elizabeth logo viu que seu pai não tinha a menor intenção de ceder; mas as respostas dele eram ao mesmo tempo tão vagas e ambíguas, que sua mãe, embora muitas vezes se sentisse desanimada, ainda não perdera as esperanças de ser por fim bem-sucedida.

CAPÍTULO 40

Elizabeth já não conseguia conter a impaciência de dizer a Jane o que acontecera; e por fim, decidida a suprimir todos os detalhes que se referissem à irmã e preparando-a para uma surpresa, descreveu-lhe na manhã seguinte a parte principal da cena entre o sr. Darcy e ela.

O espanto da srta. Bennet logo foi mitigado pela forte afeição que tinha pela irmã, que fazia que qualquer admiração por Elizabeth parecesse perfeitamente natural; e logo toda surpresa se perdeu em outros sentimentos. Lamentava que o sr. Darcy tivesse exprimido seus sentimentos de maneira tão pouco apta a valorizá-los; mas sentiu ainda maior pesar pela infelicidade que a recusa da irmã devia ter-lhe provocado.

— A certeza que tinha de ser bem-sucedido era equivocada — disse ela —, e certamente não devia ter transparecido; mas imagine como isso deve ter agravado a sua decepção!

— De fato — replicou Elizabeth —, lamento profundamente por ele; ele tem, contudo, outros sentimentos que, provavelmente, o farão perder o afeto por mim. Mas você não me censura por tê-lo recusado?

— Censurar você! Ah, não.

— Mas você me censura por ter falado de Whickam com tanto entusiasmo.

— Não... Eu não sabia que você estava errada ao dizer o que disse.

— Mas você *vai* saber quando eu lhe disser o que aconteceu no dia seguinte.

Falou, então, da carta, repetindo todo o seu conteúdo, no que se referia a George Wickham. Que choque para a pobre Jane, que estava pronta para passar pelo mundo sem acreditar que existisse tanta maldade em toda a raça humana somada, como a que aqui se concentrava num único indivíduo! Nem a vingança de Darcy, embora grata a seus sentimentos, foi capaz de consolá-la de tal descoberta. Tentou energicamente provar a probabilidade de erro e absolver um sem comprometer o outro.

— Isso não vai dar certo — disse Elizabeth —; você nunca poderá fazer os dois serem bons. Faça a sua escolha, mas deve contentar-se com um só dos dois. Há entre eles só essa quantidade de mérito; apenas o bastante para fazer um único homem bom; e ultimamente esse mérito tem variado bastante, de um para o outro. Eu, por meu lado, estou inclinada a acreditar totalmente no que diz Darcy; mas você deve fazer sua própria escolha.

Demorou algum tempo, no entanto, até que Jane voltasse a sorrir.

— Acho que nunca fiquei tão chocada — disse ela. — Wickham tão mau assim! É quase inacreditável. E coitado do sr. Darcy! Querida Lizzy, imagine só o que ele deve ter sofrido. Uma decepção dessas! E sabendo da má fama, também! E tendo de contar uma coisa dessas da irmã! É deprimente demais. Tenho certeza de que você concorda comigo.

— Ah, não! Perco todos os remorsos e toda a compaixão ao ver você tão cheia de ambos. Sei que você lhe fará tão ampla justiça, que a cada momento fico mais despreocupada e indiferente. Sua prodigalidade torna-me avara; e, se você o lamentar por mais algum tempo, meu coração vai tornar-se leve como uma pluma.

— Pobre Wickham! Há tal expressão de bondade em suas feições! Tal sinceridade e gentileza em seu jeito!

— Houve por certo algum problema na educação desses dois jovens. Um ficou com toda a bondade, e o outro, com toda a aparência dela.

— Nunca achei, como era o seu costume, que o sr. Darcy carecesse de tal *aparência*.

— E no entanto eu achava que estava sendo extraordinariamente esperta ao assumir uma antipatia tão profunda, sem nenhuma razão. Uma repulsa desse tipo é um tal estímulo à genialidade, uma tal oportunidade para a inteligência! Podemos falar mal de alguém sem parar e não dizer nada de justo; mas não podemos rir sempre de um homem sem de quando em quando topar com alguma coisa espirituosa.

— Lizzy, a primeira vez que você leu a carta, tenho certeza de que não conseguiu encarar o caso como agora o encara.

— Não consegui, mesmo. Estava muito constrangida, sentindo-me até infeliz. E sem ter ninguém com quem falar sobre o que sentia, nenhuma Jane para me reconfortar e dizer que eu não havia sido tão fraca e fútil e insensata como sabia que fora! Ah! Como senti falta de você!

— É uma pena que você tenha usado expressões tão fortes ao falar de Wickham ao sr. Darcy, pois agora elas parecem *mesmo* completamente imerecidas.

— É verdade. Mas a infelicidade de falar com amargura é uma consequência muito natural dos preconceitos que eu vinha nutrindo. Há um ponto sobre o qual quero a sua opinião. Quero que me diga se devo ou não revelar aos nossos conhecidos em geral o verdadeiro caráter de Wickham.

A srta. Bennet fez uma breve pausa e então respondeu:

— Certamente não há por que desmascará-lo de modo tão terrível. Qual é a sua opinião?

— Que não seja o caso de fazê-lo. O sr. Darcy não me autorizou a tornar pública a sua comunicação. Ao contrário, eu não devia revelar nenhum dos pormenores relacionados à irmã; e, se eu tentar desiludir as pessoas quanto ao resto da sua conduta, quem vai acreditar em mim? É tão violento o preconceito geral contra o sr. Darcy, que metade da boa gente de Meryton preferiria morrer a tentar mostrá-lo sob uma luz simpática. Não sirvo para isso. Wickham logo vai partir; e portanto pouca importância terá quem ele realmente é. Daqui a algum tempo, tudo será descoberto e então poderemos rir da estupidez deles por não terem percebido antes. No momento, não vou falar nada sobre o caso.

— Você está certa. Tornar públicos os erros dele pode arruiná-lo para sempre. Talvez ele lamente agora o que fez e esteja ansioso para reformar o seu caráter. Não devemos desesperá-lo.

O tumulto na mente de Elizabeth foi aliviado por essa conversa. Livrara-se de dois dos segredos que pesavam sobre ela havia duas semanas e teve a certeza de encontrar em Jane uma pessoa disposta a escutá-la toda vèz que quisesse falar de novo de qualquer dos dois. Havia ainda, porém, algo à espreita por trás, cuja revelação a prudência proibia. Não ousava contar a outra metade da carta do sr. Darcy, nem explicar à irmã com que sinceridade fora amada pelo amigo dele. Essa era uma informação que ninguém poderia compartilhar; e estava ciente de que só mesmo um perfeito entendimento entre as partes poderia justificar que se livrasse do estorvo desse último mistério.

"E então", pensou ela, "se esse muito improvável evento tiver lugar, poderei somente dizer o que o próprio Bingley poderá contar de maneira muito mais agradável. Só poderei ter liberdade de comunicação quando ela já não tiver nenhum valor!".

Agora, que voltara para casa, tinha tempo para observar o real estado de espírito da irmã. Jane não estava feliz. Ainda sentia um afeto muito profundo por Bingley. Não tendo nunca antes sequer se julgado apaixonada, sua afeição tinha todo o entusiasmo do primeiro amor e, pela idade e personalidade, maior firmeza do que os primeiros amores costumam demonstrar; e ela apreciava com tanto fervor a lembrança dele e o preferia a qualquer outro homem, que tinha de se valer de todo o seu bom-senso e de toda a sua atenção aos sentimentos dos amigos para não se entregar àquelas saudades danosas à saúde e à tranquilidade.

— Muito bem, Lizzy — disse certo dia a sra. Bennet —, qual é *agora* a sua opinião sobre esse triste caso da Jane? Eu, por meu lado, decidi nunca mais falar a esse respeito com ninguém. Disse isso à minha irmã Phillips outro dia. Mas, pelo que sei, Jane não o viu nenhuma vez em Londres. Ora, ele é um rapaz muito indigno... e não acho que agora haja a menor possibilidade de que ela volte a tê-lo. Não se fala mais que ele volte a Netherfield para o verão; e me informei com todos os que podiam saber de alguma coisa.

— Não creio que ele um dia volte a morar em Netherfield.

— Muito bem! Seja como ele quiser. Ninguém quer que ele venha. Mas vou sempre dizer que ele tratou pessimamente a minha filha; e, se eu fosse ela, não teria tolerado aquilo. Meu consolo é que com certeza Jane vai morrer de desgosto e ele se arrependerá do que fez pelo resto da vida.

Mas, como Elizabeth não sentia nenhum consolo naquela expectativa, não deu nenhuma resposta.

— Diga-me uma coisa, Lizzy — continuou a mãe, logo em seguida —; então é verdade que os Collins têm uma vida muito sossegada, não é? Muito bem. Só espero que isso dure bastante. E como é a comida na casa deles? Tenho certeza de que a Charlotte é uma excelente dona de casa. Se tiver metade da esperteza da mãe, estará economizando muito. Estou certa de que não fazem extravagâncias na casa *deles*.

— Não, de jeito nenhum.

— Muito boa administração, pode ter certeza. Claro. *Eles* vão tomar cuidado para não entrar no vermelho. *Eles* nunca perderão o sono por causa de dinheiro. Que sejam felizes assim! E, é claro, eles sempre falam de tomar posse de Longbourn quando seu pai morrer. Com certeza vão considerar a casa sua propriedade, quando acontecer.

— Esse é um assunto que eles não poderiam abordar na minha presença.

— Não; seria estranho se o fizessem; mas não tenho dúvida de que sempre falam sobre isso entre ele. Ora, se conseguem sentir-se bem com uma propriedade que legalmente não é deles, melhor para eles. Eu sentiria vergonha de ter um imóvel de que só tivesse o morgadio.

CAPÍTULO 41

Passou rápido a primeira semana depois de seu retorno. Era a última da permanência do regimento em Meryton, e todas as moças da vizinhança esmoreciam a olhos vistos. O abatimento era quase universal. Só as duas srtas. Bennet ainda conseguiam comer, beber e dormir e seguir o ritmo normal de suas ocupações. Não raro tal insensibilidade era criticada por Kitty e Lydia, cuja angústia era extrema e não conseguiam compreender tanta crueldade em alguém da família.

— Meu Deus! Que vai ser de nós? Que devemos fazer? — exclamavam muitas vezes elas no amargor da desolação. — Como você consegue sorrir assim, Lizzy?

Sua carinhosa mãe compartilhava todo o seu pesar; lembrava-se daquilo por que ela mesma passara numa situação semelhante, vinte e cinco anos atrás.

— Lembro-me muito bem — disse ela — que chorei dois dias sem parar quando o regimento do coronel Miller foi embora. Aquilo partiu o meu coração.

— Tenho certeza de que o *meu* vai partir-se também — disse Lydia.

— Se pelo menos fôssemos a Brighton! — observou a sra. Bennet.

— É mesmo!... Se fôssemos a Brighton! Mas o papai é um desmancha-prazeres.

— Um banhinho de mar levantaria o meu moral de uma vez.

— E tia Phillips garante que isso *me* faria muito bem — acrescentou Kitty.

Eram essas as lamúrias que ecoavam continuamente na casa de Longbourn. Elizabeth tentava divertir-se com elas; mas todo o prazer se transformava em vergonha. Sentiu de novo a justiça das críticas do sr. Darcy; e nunca estivera tão disposta a perdoar a sua intromissão nos planos do amigo.

Mas a melancolia das perspectivas de Lydia logo se dissipou, pois recebeu um convite da sra. Forster, a esposa do coronel do regimento, para acompanhá-la a Brighton. Essa preciosa amiga era uma mulher muito jovem, casada havia muito pouco tempo. A semelhança de humor e de boa disposição atraíram a ela e a Lydia uma à outra, e, *três* meses depois de se conhecerem, já eram amigas íntimas havia *dois*.

O entusiasmo de Lydia nessa ocasião, sua adoração pela sra. Forster, o contentamento da sra. Bennet e a prostração de Kitty mal podem ser descritos. Completamente indiferente aos sentimentos da irmã, Lydia corria pela casa em êxtase contínuo, pedindo as felicitações de todos, e rindo e falando com mais violência do que nunca; enquanto a azarada Kitty continuava na sala a queixar-se absurdamente do destino, em tom muito irritado.

— Não consigo entender por que a sra. Forster não convidou a *mim* com a Lydia — disse ela —, apesar de *não* ser sua amiga particular. Tenho tanto direito quanto ela de ser convidada, e até mais, pois sou dois anos mais velha.

Em vão tentou Elizabeth fazê-la cair em si, e Jane fazê-la resignar-se. Quanto a Elizabeth, aquele convite estava tão longe de provocar nela os mesmos sentimentos que em sua mãe e em Lydia, que o considerava o golpe de misericórdia em qualquer possibilidade de senso comum nessa última; e, por mais detestável que tal ato a tornaria se viesse a ser descoberto, não pôde deixar de aconselhar secretamente o pai a não deixá-la ir. Ela lhe falou de toda a inconveniência do comportamento geral de Lydia, o pouco proveito que poderia tirar da amizade de uma mulher como a sra. Forster, e a probabilidade de tornar-se ainda mais imprudente com tal companheira, em Brighton, onde as tentações deviam ser maiores do que em casa. Ele a ouviu com atenção e então disse:

— Lydia não vai sossegar até se comprometer publicamente num ou noutro lugar, e não podemos esperar que ela faça isso com menos desgaste ou inconveniência para a família do que na presente situação.

— Se o senhor tivesse conhecimento — disse Elizabeth — do grande prejuízo que pode causar-nos a notoriedade pública dos modos afoitos e imprudentes de Lydia... ou melhor, que já nos causou... tenho certeza de que faria outro juízo sobre o caso.

— Já causou? — repetiu o sr. Bennet. — Como assim? Ela já afugentou algum de seus admiradores? Pobrezinha da Lizzy! Mas não se deixe abater. Não valem a pena esses rapazinhos enjoados que não podem tolerar nenhuma ligação com um pouco de absurdo. Vamos, mostre-me a lista desses sujeitos desprezíveis que se afastaram por causa da loucura de Lydia.

— O senhor está enganado. Não tenho esse tipo de mágoa. Não me queixo de males particulares, mas gerais. Nossa posição, nossa respeitabilidade perante o mundo devem ser afetadas pela extrema leviandade, pela audácia e pelo desdém por toda compostura próprios do caráter de Lydia. Peço perdão, pois tenho de falar claro. Se o senhor, papai querido, não se der ao trabalho de combater seus impulsos exuberantes e de ensinar a ela que as suas ocupações atuais não devem ser o seu objetivo de vida, ela logo se tornará um caso perdido. O caráter dela estará definido e, aos dezesseis anos, será a mais completa namoradeira, levando ao ridículo a si mesma e à família; namoradeira no pior sentido da palavra; sem nenhum atrativo a não ser a juventude e uma aparência razoável; e, pela ignorância e futilidade, completamente incapaz de enfrentar o desprezo geral que a sua sede de admiração provocará. Também a Kitty corre esse perigo. Ela vai imitar Lydia em tudo. Vaidosa, ignorante, preguiçosa e completamente descontrolada! Ah! Querido papai, como pode imaginar que elas não serão criticadas e desprezadas em todos os lugares onde forem conhecidas e que as irmãs delas não vão ser prejudicadas por essa desgraça?

O sr. Bennet viu que toda a alma de Elizabeth estava empenhada naquilo e carinhosamente pegou a sua mão e lhe respondeu:

— Não se preocupe assim, meu amor. Em todos os lugares em que são conhecidas, você e Jane serão respeitadas e estimadas; e não será pequena vantagem para você ter duas... ou melhor, três... irmãs muito tolas. Não vai haver paz em Longbourn se Lydia não for a Brighton. Vamos deixá-la ir, então. O coronel Forster é um homem sensato e vai mantê-la longe de qualquer perigo real; e felizmente ela é pobre demais para ser objeto da cobiça de alguém. Em Brighton ela se destacará ainda menos do que aqui, até como namoradeira. Os oficiais vão encontrar mulheres mais dignas de atenção. Vamos esperar, então, que a sua permanência lá a faça compreender a nossa insignificância. De qualquer forma, ela não pode piorar muito, e, se o fizer, estaremos autorizados a trancá-la à chave pelo resto da vida.

Elizabeth foi obrigada a se contentar com essa resposta; mas sua opinião continuava a mesma, e ela se despediu dele decepcionada e pesarosa. Não era de sua natureza, porém, agravar suas mágoas, insistindo nelas. Estava certa de ter cumprido seu dever e não era próprio dela inquietar-se com males inevitáveis ou agravá-los com sua ansiedade.

Se Lydia e sua mãe tivessem sabido do assunto da conversa com o pai, nem a volubilidade somada das duas poderia exprimir a indignação que sentiriam. Na imaginação de Lydia, a visita a Brighton significava toda a possibilidade de felicidade neste mundo. Via, com os olhos criativos de sua fantasia, as ruas do alegre balneário repletas de oficiais. Via a si mesma como objeto das atenções de dezenas deles, todos ainda desconhecidos dela. Via todas as glórias do acampamento... suas tendas magnificamente alinhadas, com uma multidão de homens jovens e alegres, deslumbrantes em seus uniformes de cor escarlate; e, para completar a visão, via-se a si mesma sentada sob uma das barracas, flertando ternamente com pelo menos seis oficiais ao mesmo tempo.

Se soubesse que a irmã queria frustrá-la de tais projetos e realidades, quais seriam seus sentimentos? Só poderiam ser compreendidos pela mãe, que talvez já tivesse sentido quase a mesma coisa. A ida de Lydia a Brighton era seu único consolo da melancólica convicção de que o marido não pretendia jamais ir até lá.

Elas, porém, não sabiam de nada do que se passara; e seus entusiasmos se sucederam, com pequenos intervalos, até o dia da partida de Lydia.

Chegara o momento de Elizabeth ver o sr. Wickham pela última vez. Tendo estado com frequência na companhia dele desde que voltara, a agitação já se acalmara muito; e as agitações do antigo interesse haviam passado completamente. Aprendera até a detectar, na própria gentileza que antes a deliciava, uma afetação e uma mesmice que a cansavam e repeliam. Em seu atual comportamento para com ela, aliás, tinha ela uma nova fonte de desprazer, pois a inclinação, por ele logo demonstrada, de renovar aquelas intenções que haviam marcado a primeira parte de seu relacionamento só podia servir, depois do que se passara, para irritá-la. Ela perdeu qualquer respeito por ele ao se ver assim escolhida para objeto daquela galanteria ociosa e frívola; e, enquanto a rejeitava com firmeza, não podia deixar de sentir a humilhação implícita no fato de ele acreditar que, por mais tempo que se tivesse passado desde que haviam cessado as suas primeiras atenções, e, fossem quais fossem as causas dessa interrupção, a vaidade dela seria gratificada e suas preferências, concedidas de novo assim que ele as renovasse.

No último dia da permanência do regimento em Meryton, ele jantou com outros oficiais em Longbourn; e Elizabeth estava tão pouco disposta a despedir-se dele com bom humor, que, quando ele fez algumas perguntas sobre como passara o tempo em Hunsford, ela mencionou que o coronel

Fitzwilliam e o sr. Darcy haviam ambos passado três semanas em Rosings e perguntou a ele se conhecia o primeiro.

Ele pareceu surpreso, descontente, assustado; mas depois de um instante se recompôs e, com o sorriso de volta aos lábios, respondeu que antigamente o via com frequência; e, depois de observar que era um autêntico cavalheiro, perguntou-lhe o que achara dele. Sua resposta foi vivamente positiva. Com um ar indiferente, ele logo em seguida acrescentou:

— Por quanto tempo você disse que ele esteve em Rosings?

— Quase três semanas.

— E você o via com frequência?

— Quase todos os dias.

— Ele é muito diferente do primo.

— Muito diferente, sim. Mas acho que, quanto mais conhecemos o sr. Darcy, melhor o vemos.

— Claro! — exclamou o sr. Wickham, com um aspecto que não escapou a ela. — E, por favor, permita-me perguntar-lhe... — mas, refreando-se, acrescentou em tom mais alegre — será no trato que ele está melhor? Será que ele se dignou a acrescentar um pouco de cortesia ao seu estilo de sempre?... Pois não tenho esperanças — prosseguiu ele em tom mais baixo e mais sério — de que tenha melhorado no essencial.

— Ah, não! — disse Elizabeth. — No essencial, creio que está igualzinho ao que sempre foi.

Enquanto ela falava, Wickham parecia não saber se se alegrava com aquelas palavras ou não acreditava no sentido delas. Havia algo no rosto dela que o fez ouvir com uma atenção apreensiva e ansiosa, enquanto ela acrescentava:

— Quando eu disse que quanto mais o conhecemos melhor o vemos, não quis dizer que seu espírito ou suas maneiras estivessem em melhor estado, mas, sim, que, conhecendo-o melhor, podemos compreender melhor a personalidade dele.

A apreensão de Wickham agora se traía pelo rubor nas faces e pelo olhar angustiado; por alguns minutos ele permaneceu calado, até que, superando o embaraço, se voltou de novo para ela e disse no mais gentil dos tons:

— Você, que conhece tão bem os meus sentimentos em relação ao sr. Darcy, não há de ter dificuldade para compreender como devo alegrar-me por ser ele sábio o bastante para assumir até mesmo a *aparência* do que é certo. Com isso, o seu orgulho pode ser proveitoso, senão para ele, para muitas outras pessoas, pois é a única coisa que deve impedi-lo de adotar aquele comportamento ignóbil de que fui vítima. Meu medo é que ele adote esse tipo de cautela, a que, imagino, você alude, só durante as visitas à tia, de cuja opinião e julgamento tem verdadeiro pavor. Quando estavam juntos, ele sempre tinha medo dela; e boa parte desse medo se deve ao seu desejo de garantir seu casamento com a srta. de Bourgh, plano que ele acalenta com muito carinho.

Elizabeth não pôde conter um sorriso ao ouvir aquilo, mas respondeu apenas com uma leve inclinação da cabeça. Viu que ele queria introduzi-la no velho assunto de suas misérias, mas não estava disposta a consentir. O resto do sarau passou-se com a *aparência*, da parte dele, da animação de sempre, mas sem nenhuma nova tentativa de mostrar preferência por Elizabeth; e se despediram, enfim, com mútua polidez e possivelmente um mútuo desejo de nunca mais se encontrarem.

Quando o grupo se separou, Lydia voltou com a sra. Forster para Meryton, de onde deviam partir cedo na manhã seguinte. A separação entre ela e a família foi mais barulhenta do que patética. Kitty foi a única a derramar lágrimas; mas chorava de irritação e inveja. A sra. Bennet foi generosa em seus votos de felicidade para a filha e exigiu solenemente que ela não perdesse a oportunidade de se divertir o máximo que pudesse — conselho que tinha todos os motivos para crer que seria seguido à risca; e, ante a ruidosa felicidade da própria Lydia ao se despedir, o adeus mais discreto das irmãs foi pronunciado, mas não ouvido.

CAPÍTULO 42

Se a opinião de Elizabeth se baseasse apenas em sua própria família, não poderia ter feito um julgamento muito favorável da felicidade conjugal ou da paz doméstica. Seu pai, cativado pela juventude e pela beleza e por aquela aparência de bom humor que a juventude e a beleza geralmente provocam, casara-se com uma mulher cuja pouca inteligência e generosidade mental haviam, desde muito cedo no casamento, posto um ponto-final em todo real afeto por ela. Respeito, estima e confiança haviam desaparecido para sempre; e todos os seus projetos de felicidade doméstica foram arruinados. Não era da natureza do sr. Bennet, porém, procurar reconforto para a decepção que sua própria imprudência produzira em algum desses prazeres que muitas vezes consolam o infeliz por sua insensatez ou seu vício. Adorava o campo e os livros; e desses gostos vinham suas principais alegrias. Sua dívida para com a mulher era muito pequena, a não ser pela diversão que o espetáculo de sua ignorância e insensatez lhe proporcionava. Esse não é o tipo de felicidade que um homem geralmente gostaria de dever à esposa; mas, quando faltam outras fontes de entretenimento, o verdadeiro filósofo lança mão do que encontra ao seu redor.

Elizabeth, porém, nunca foi cega à impropriedade do comportamento do pai como marido. Sempre encarara as atitudes dele com pesar; mas, respeitando a capacidade dele e grata ao tratamento carinhoso que ele lhe dispensava, tentava esquecer o que não podia superar, e expulsar de seus pensamentos essa violação das obrigações e do decoro conjugais, que, ao expor a mulher ao desdém das próprias filhas, era tão repreensível. Mas nunca sentira com tanta intensidade como agora as desvantagens que devem pesar sobre os filhos de um casamento tão inadequado, nem tivera plena consciência dos males produzidos por um emprego tão inconveniente dos talentos; talentos esses que, se corretamente aplicados, poderiam pelo menos ter preservado a respeitabilidade das filhas, ainda que fossem incapazes de ampliar a mente da mulher.

Depois de se alegrar com a partida de Wickham, Elizabeth teve poucos motivos de satisfação na ausência do regimento. Suas saídas eram menos diversificadas do que antes e em casa tinha uma mãe e uma irmã cujas constantes lamúrias contra o tédio de tudo ao redor delas causavam um profundo desalento em todo o círculo doméstico; e, embora Kitty recuperasse, enfim, sua dose natural de bom-senso, uma vez partidos os que perturbavam seu cérebro, sua outra irmã, de cuja personalidade se podia temer um mal maior, provavelmente veria exacerbada sua insensatez e seu atrevimento numa situação duplamente perigosa, como um balneário e um acampamento militar. Tudo somado, portanto, ela descobriu, o que já fora descoberto algumas vezes antes, que algo intensamente desejado, ao acontecer, pode não provocar toda a satisfação esperada. Era, portanto, necessário marcar alguma outra época para o início da real felicidade — ter algum outro ponto a que seus desejos e esperanças pudessem fixar-se e, gozando mais uma vez o prazer da antecipação, consolar-se do presente e preparar-se para outra decepção. Sua excursão pelos Lagos era agora o objeto de seus mais felizes pensamentos; era o melhor consolo por todas as horas desagradáveis que o descontentamento de sua mãe e de Kitty tornavam inevitáveis; e, se pudesse incluir Jane nos planos, tudo estaria perfeito.

"É uma sorte", pensou ela, "que eu tenha algo para desejar. Se tudo estivesse pronto, a decepção seria certa. Mas aqui, trazendo comigo uma incessante fonte de pesar na ausência de minha irmã, posso razoavelmente esperar que todas as minhas expectativas de prazer se realizem. Os planos que prometem alegrias em todas as suas partes não podem ser bem-sucedidos; e a decepção geral só pode ser evitada pela presença de uma pequena contrariedade".

Quando Lydia partiu, prometeu escrever com muita frequência e muita minúcia para a mãe e para Kitty; mas suas cartas sempre se faziam esperar e eram sempre muito curtas. As cartas endereçadas à mãe continham pouco mais do que a notícia de que acabavam de voltar da biblioteca, para onde este e aquele oficiais as acompanharam e onde vira ornamentos tão lindos, que a deixaram extasiada; que comprara uma saia nova ou uma nova sombrinha, que gostaria de descrever com mais pormenores, mas era obrigada a sair com toda pressa, pois a sra. Forster a chamava para irem juntas ao acampamento; e da correspondência com a irmã se podia extrair ainda menos — pois as cartas para Kitty, embora mais longas, eram cheias demais de subentendidos para se tornarem públicas.

Depois das primeiras duas ou três semanas de sua ausência, a saúde, o bom humor e a alegria começaram a reaparecer em Longbourn. Tudo se revestiu de um aspecto mais feliz. As famílias que haviam ido passar o inverno em Londres estavam de volta, e as elegâncias e os compromissos do verão também faziam seu retorno com elas. A sra. Bennet recuperou a serenidade queixosa de sempre; e, em meados de junho, Kitty estava tão melhor, que já podia ir a Meryton sem chorar; um acontecimento tão alvissareiro, que fez Elizabeth ter esperanças de que no Natal seguinte ela estaria suficientemente razoável para não se referir aos oficiais mais do que uma vez por dia, a menos que, por alguma decisão cruel e maligna do Ministério da Guerra, outro regimento viesse estabelecer-se em Meryton.

Aproximava-se rapidamente a data marcada para o início da excursão ao norte, e só faltavam mais duas semanas, quando chegou uma carta da sra. Gardiner, que de uma vez adiava o seu começo e reduzia a sua duração. O sr. Gardiner estava impossibilitado, por motivos de negócios, de partir antes de duas semanas mais tarde, em julho, e tinha de estar de volta a Londres em um mês, e, como isso só lhes deixava um tempo muito breve para ir tão longe e ver tantas coisas como tinham planejado, ou pelo menos para vê-las com o vagar e o aconchego que esperavam, viam-se obrigados a abrir mão dos Lagos e substituí-los por uma excursão menos distante, e, segundo os novos planos, não deviam ir mais ao norte do que Derbyshire. Havia naquele condado atrações suficientes para ocupar a maior parte das três semanas; e, para a sra. Gardiner, a região tinha uma atração especialmente forte. A cidade onde passara alguns anos de vida e onde agora passaria alguns dias era provavelmente para ela um objeto de curiosidade tão grande quanto as famosas belezas de Matlock, Chatsworth, Dovedale ou do Pico.

Elizabeth ficou profundamente desapontada; queria de coração ver os Lagos e ainda achava que o tempo era suficiente. Mas tinha de se contentar — e certamente o seu temperamento era propício a isso; logo tudo estava bem outra vez.

Com a menção a Derbyshire muitas ideias se associavam. Era impossível para ela ver a palavra sem pensar em Pemberley e em seu proprietário.

— Mas com certeza — disse ela — eu posso entrar no condado impunemente e roubar-lhe alguns fósseis petrificados sem que ele me perceba.

O tempo de espera agora dobrara. Teria de esperar mais quatro semanas até a chegada dos tios. Mas o tempo passou e o sr. e a sra. Gardiner, com seus quatro filhos, finalmente apareceram em Longbourn. As crianças, duas menininhas de seis e oitos anos e dois menininhos ainda menores, deviam ser entregues aos cuidados especiais da prima Jane, que era a favorita de todos e cujo bom-senso inabalável e o temperamento doce a tornavam perfeitamente apta a tratar deles de todas as maneiras: ensinando, brincando com eles e amando-os.

Os Gardiner passaram só uma noite em Longbourn, e partiram no dia seguinte com Elizabeth em busca de novidades e diversão. Um dos prazeres era certo: o da afinidade entre os companheiros de viagem; uma afinidade que incluía a saúde e a disposição para suportar os inconvenientes, jovialidade para exaltar todo prazer, e afeição e inteligência para superar quaisquer decepções na viagem.

Não é o objetivo deste livro apresentar uma descrição de Derbyshire, nem de nenhum dos notáveis lugares por que eles passaram: Oxford, Blenheim, Warwick, Kenelworth, Birmingham, etc. são suficientemente conhecidos. Uma pequena parte de Derbyshire deve concentrar toda a nossa atenção. Para o lugarejo de Lambton, cenário da antiga residência da sra. Gardiner e onde, como soubera recentemente, ainda residiam alguns de seus conhecidos, eles dirigiram seus passos, depois de terem visto todas as principais maravilhas da região; e Elizabeth soube por meio da tia que Pemberley ficava a cinco milhas de Lambton. Não estava em seu caminho, nem a mais de uma ou duas milhas dele. Ao falar do itinerário, na noite anterior, a sra. Gardiner exprimiu sua preferência por tornar a ver o lugar. O sr. Gardiner concordou com a ideia e Elizabeth foi consultada quanto à sua aprovação.

— Minha querida, você não gostaria de ver um lugar de que tanto ouviu falar? — disse a tia. — Um lugar, também, a que estão ligados tantos dos seus conhecidos? Wickham passou toda a infância ali, você sabe.

Elizabeth estava em apuros. Percebia que nada tinha a fazer em Pemberley e era obrigada a se mostrar pouco inclinada a vê-la. Teve de admitir que estava cansada de ver grandes mansões; depois de visitar tantas delas, já não sentia prazer em tapetes finos ou cortinas de cetim.

A sra. Gardiner repreendeu-a pela tolice.

— Se fosse só uma casa bonita, luxuosamente mobiliada — disse ela —, eu mesma não me importaria com ela; mas os jardins são deliciosos. Eles têm alguns dos mais belos bosques da região.

Elizabeth não disse mais nada — mas sua mente não podia consentir naquilo. Ocorreu-lhe de imediato a possibilidade de encontrar o sr. Darcy durante a visita. Seria horrível! A mera ideia daquilo a fez corar, e ela achou que seria melhor falar abertamente com a tia do que correr um tal risco. Havia, porém, objeções contra isso; e ela finalmente resolveu que esse poderia ser o seu último recurso, se as suas perguntas particulares sobre a ausência da família recebessem uma resposta negativa.

Assim, quando se retirou para dormir, perguntou à criada de quarto se Pemberley era realmente um belo lugar, qual era o nome do proprietário e, com não pequeno alarme, se a família viera passar o verão ali. Seguiu-se à última pergunta uma negativa muitíssimo bem-vinda — e, com seus receios já dissipados, ela estava à vontade para sentir uma enorme curiosidade de ver a casa; e, quando se voltou a tocar no assunto na manhã seguinte e lhe pediram de novo a sua opinião, ela pôde responder na hora, com um ar convenientemente indiferente, que nada tinha a opor ao projeto. A Pemberley, portanto, eles iriam.

CAPÍTULO 43

Durante a viagem, Elizabeth ficou à espreita das primeiras vistas dos Bosques de Pemberley com certo nervosismo; e, quando finalmente chegaram aos portões, seu coração palpitava.

O parque era imenso, com grande variedade de jardins. Entraram por um de seus pontos mais baixos e seguiram por algum tempo através de um grande e magnífico bosque.

A cabeça de Elizabeth estava cheia demais para conversar, mas viu e admirou cada um dos locais e das vistas interessantes. Eles subiram gradualmente por meia milha e então se acharam no topo de uma considerável elevação, onde terminava o bosque, e os olhos foram imediatamente atraídos para a Casa de Pemberley, situada do lado oposto do vale, para o qual a estrada serpenteava de modo um tanto abrupto. Era um edifício de pedra, belo e amplo, que se erguia no meio de um jardim em aclive e tinha por trás uma cadeia de altas colinas cobertas de bosques; e, à frente, um riacho de dimensões naturais razoáveis era alargado, mas sem nenhuma aparência artificial. Suas margens não eram nem regulares nem falsamente ornamentadas. Elizabeth estava maravilhada. Nunca vira um lugar em que a natureza se fizesse mais presente ou onde a beleza natural tivesse sido menos contrariada por um péssimo gosto. Todos eles foram calorosos em sua admiração; e naquele momento ela sentiu o que significava ser dona de Pemberley!

Desceram a colina, atravessaram a ponte e seguiram na direção da entrada; e, enquanto examinavam de mais perto o aspecto da casa, retornaram todas as suas apreensões de topar com o proprietário. Temia que a criada de quarto se tivesse enganado. Ao solicitarem a permissão de ver a casa, foram introduzidos no saguão de entrada; e Elizabeth, enquanto aguardavam a governanta, teve tempo de se maravilhar por estar onde estava.

Veio a governanta; uma mulher já de idade, de aspecto respeitável, muito menos bonita e mais amável do que ela esperava que fosse. Eles a seguiram até o salão de jantar. Era uma sala ampla, de belas proporções, magnificamente decorada. Elizabeth, depois de examiná-la por alto, foi até uma janela para apreciar a vista. A colina coroada de bosques que eles haviam descido, parecendo mais íngreme com a distância, era soberba. Todos os arranjos do jardim eram belos; e ela considerou maravilhada o cenário inteiro, o rio, as árvores espalhadas pelas suas margens e o serpentear do vale, até se perder de vista. Ao passarem para outras salas, tudo aquilo assumia diferentes posições; mas de cada janela havia belezas para serem admiradas. As dependências eram majestosas e belas, e o mobiliário, adequado à riqueza do proprietário; mas Elizabeth percebeu, com admiração pelo seu gosto, que não era nem espalhafatoso nem inutilmente luxuoso; com menos esplendor e mais autêntica elegância do que as mobílias de Rosings.

"E é deste lugar", pensou ela, "que eu poderia ser a dona! Poderia agora estar bem familiarizada com estas salas! Em vez de vê-las como uma estranha, poderia tê-las desfrutado como minhas e dado as boas-vindas ao meu tio e à minha tia. Mas não", tornando a cair em si, "isso nunca poderia acontecer; eu teria perdido o meu tio e a minha tia; eu não teria permissão para convidá-los".

Tal pensamento veio bem a propósito — ele a salvou de sentir algo muito parecido com o remorso.

Não via a hora de perguntar à governanta se o patrão estava mesmo ausente, mas não teve coragem. Por fim, no entanto, a pergunta foi feita pelo tio; e ela se afastou alarmada, enquanto a sra. Reynolds respondia que sim, acrescentando:

— Mas deve chegar amanhã, com um grupo numeroso de amigos.

Elizabeth agradeceu aos céus por nenhum acidente ter adiado a sua chegada por um dia!

Sua tia a chamou para ver um retrato. Ela se aproximou e viu a imagem do sr. Wickham, suspensa, entre muitas outras miniaturas, sobre o consolo da lareira. A tia perguntou-lhe, sorrindo, o que achava. A governanta adiantou-se e lhes disse que era o retrato de um jovem cavalheiro, o filho do intendente de seu falecido patrão, que fora criado e sustentado por ele.

— Está agora no exército — acrescentou —, mas temo que tenha seguido o mau caminho.

A sra. Gardiner olhou para a sobrinha com um sorriso, mas Elizabeth não o retribuiu.

— E este — disse a sra. Reynolds, apontando para outra das miniaturas — é o meu patrão. É um retrato muito parecido com ele. Foi desenhado ao mesmo tempo que o outro; cerca de oito anos atrás.

— Já ouvi falar muito da excelente personalidade do seu patrão — disse a sra. Gardiner, olhando para o retrato —; é um belo rosto. Mas, Lizzy, você pode dizer-nos se está ou não parecido.

O respeito da sra. Reynolds por Elizabeth pareceu aumentar à notícia de que ela conhecia o patrão.

— A jovem senhorita conhece o sr. Darcy?

Elizabeth corou e disse:

— Um pouco.

— E a senhorita não o considera um cavalheiro muito bonito?

— Sim, muito bonito.

— Não conheço ninguém tão lindo; mas na galeria do segundo andar a senhorita verá um retrato dele maior e melhor do que este. Esta sala era a predileta do meu falecido patrão, e essas miniaturas estão exatamente onde costumavam estar. Ele as apreciava muito.

Isso explicava a Elizabeth por que a miniatura do sr. Wickham estava entre as outras.

A sra. Reynolds então chamou a atenção deles para um retrato da srta. Darcy, desenhado quando tinha só oito anos de idade.

— E a srta. Darcy é tão bonita quanto o irmão? — disse o sr. Gardiner.

— Ah! É, sim... a mais linda jovem que jamais se viu! E tão prendada!... Ela canta e toca o dia inteiro. Na próxima sala está um novo pianoforte que acaba de chegar para ela... um presente do patrão; ela chega amanhã com ele.

O sr. Gardiner, cujas maneiras eram muito desenvoltas e agradáveis, incentivava a comunicatividade dela com perguntas e observações; a sra. Reynolds, tanto por orgulho como por afeição, sentia evidente prazer em falar do patrão e de sua irmã.

— Passa o seu patrão muito tempo em Pemberley durante o ano?

— Não tanto quanto eu gostaria, meu senhor; mas é certo que ele passa metade do seu tempo aqui; e a srta. Darcy passa sempre aqui os meses de verão.

"Exceto", pensou Elizabeth, "quando vai a Ramsgate".

— Se o seu patrão se casasse, a senhora o veria mais por aqui.

— Sim, senhor; mas não sei quando *isso* vai acontecer. Não conheço nenhuma mulher que seja boa o bastante para ele.

O sr. e a sra. Gardiner sorriram. Elizabeth não pôde deixar de dizer:

— Que a senhora pense assim é muito lisonjeiro para ele.

— Nada mais digo do que a verdade, e todos os que o conhecem diriam o mesmo — replicou a outra. Elizabeth achou que aquilo estava indo longe demais; e ouviu com assombro cada vez maior quando a governanta acrescentou: — Nunca ouvi dele uma palavra dura em toda a minha vida, e eu o conheço desde os quatro anos de idade.

Esse elogio era o mais extraordinário de todos, o mais oposto às ideias que Elizabeth tinha sobre ele. Estava firmemente convencida de que ele não fosse um homem paciente. Aquilo aguçou a sua atenção; ansiava por ouvir mais e ficou grata ao tio por dizer:

— Há muito poucas pessoas de quem se possa dizer isso. A senhora tem sorte de ter um tal patrão.

— Sim, senhor, eu sei que tenho. Poderia procurar pelo mundo inteiro, mas não encontraria outro melhor. Mas sempre observei que aqueles que são de boa índole quando crianças são de boa índole quando crescem; e ele sempre foi o menino mais bonzinho, de coração mais generoso, do mundo inteiro.

Elizabeth arregalou os olhos.

"É possível que esse seja o sr. Darcy?", pensou ela.

— O pai dele era um excelente homem — disse a sra. Gardiner.

— Era mesmo, minha senhora; e o filho dele vai ser tal qual ele... tão bom para os pobres.

Elizabeth ouvia, admirava-se, duvidava e estava impaciente por saber mais. A sra. Reynolds não conseguiu interessá-la por nenhum outro assunto. Contou os temas dos quadros, as dimensões das salas e o preço da mobília, mas em vão. O sr. Gardiner, muito divertido com o preconceito de família a que atribuía aquele excessivo apreço do patrão, logo trouxe de volta o assunto; e ela insistiu com energia nos muitos méritos dele, enquanto subiam juntos a grande escadaria.

— Ele é o melhor senhorio e o melhor patrão — disse ela — que jamais existiu; não é como os jovens boas-vidas de hoje, que só pensam em si mesmos. Não há nenhum dos seus arrendatários ou criados que não goste dele. Alguns dizem que ele é orgulhoso; mas nunca vi nada disso. Para mim, isso é só porque ele não é de conversa fiada, como os outros jovens.

"Sob que luz simpática ela o põe!", pensou Elizabeth.

— Essa bela descrição dele — sussurrou sua tia enquanto caminhavam — não é muito compatível com o comportamento dele para com o coitado do amigo.

— Talvez tenhamos sido enganadas.

— Não é muito provável; nossa fonte é muito boa.

Ao chegarem ao espaçoso saguão superior, foram introduzidos numa linda sala de estar, recentemente mobiliada com maior elegância e graça do que as dependências de baixo; e foram informados de que fora decorada para proporcionar prazer à srta. Darcy, que gostava de permanecer nessa sala quando estava em Pemberley.

— Ele é certamente um bom irmão — disse Elizabeth, enquanto caminhava para uma das janelas.

A sra. Reynolds previa a satisfação da srta. Darcy quando entrasse na sala.

— E é sempre assim com ele — acrescentou ela. — Tudo que possa proporcionar algum prazer à irmã ele imediatamente faz. Não há nada que ele não faça por ela.

A galeria de quadros, e dois ou três dos quartos principais eram tudo que restava para mostrar. Na galeria havia muitas pinturas magníficas; mas Elizabeth nada entendia dessa arte; e, depois do que já vira no andar de baixo, passou com prazer a examinar alguns desenhos a lápis da srta. Darcy, cujos temas eram muitas vezes mais interessantes e também mais inteligíveis.

Na galeria havia muitos retratos de família, mas eles pouco tinham que atraísse a atenção de um estranho. Elizabeth pôs-se em busca do único rosto cujas feições lhe eram conhecidas. Por fim parou diante dele — e nele viu uma impressionante semelhança com o sr. Darcy, com um sorriso que ela lembrava ter visto algumas vezes quando ele olhava para ela. Ela se deteve alguns minutos diante do retrato, em atenta contemplação, e voltou a ele antes de saírem da galeria. A sra. Reynolds informou-lhe que ele fora pintado enquanto o pai ainda estava vivo.

Por certo havia na mente de Elizabeth, naquele momento, maior simpatia pelo original do que a que sentira por ele no auge do relacionamento. O elogio que a sra. Reynolds lhe fizera não era banal. Que louvor é mais valioso do que o de uma criada inteligente? Como irmão, como senhorio, como patrão, ela considerava quanta gente estava sob a proteção dele! Quanto prazer e quanta dor tinha o poder de provocar! Quanto bem e quanto mal podia fazer! Cada uma das ideias sugeridas pela governanta era favorável ao caráter dele, e, enquanto esteve diante da tela sobre a qual ele estava representado e cravava seus olhos nos dela, ela pensou naquele olhar com um sentimento de mais profunda gratidão do que nunca antes; lembrou-se de seu calor e lhe abrandou a impropriedade de expressão.

Depois de verem toda a parte da casa aberta à visitação, eles desceram as escadas e, despedindo-se da governanta, foram confiados ao jardineiro, que foi buscá-los na porta do *hall*.

Enquanto caminhavam pelo gramado na direção do rio, Elizabeth se voltou para olhar de novo; seus tios também pararam e, enquanto seu tio fazia conjeturas sobre a data de construção do edifício, seu proprietário em pessoa de repente surgiu vindo da estrada que levava por trás da casa às cocheiras.

Estavam a vinte jardas uns dos outros, e foi tão repentino o seu aparecimento, que foi impossível evitar que ele os visse. Seus olhares imediatamente se cruzaram, e as faces dos dois logo enrubesceram intensamente. Ele estremeceu e por um momento permaneceu paralisado pela surpresa; mas, logo se recompondo, avançou na direção dos três e falou com Elizabeth, senão com perfeita serenidade, pelo menos com perfeita cortesia.

Instintivamente ela se virara; mas, detendo-se à aproximação dele, recebeu seus cumprimentos com um embaraço impossível de superar. Se seu súbito aparecimento ou sua semelhança com o retrato que acabavam de examinar não tivessem bastado para assegurar aos outros dois de estarem diante do sr. Darcy, a expressão de surpresa do jardineiro ao ver o patrão logo deve tê-los informado do fato. Eles se mantiveram um pouco à parte enquanto ele falava com a sobrinha, que, surpresa e confusa, mal ousava erguer os olhos para seu rosto e não sabia que resposta dar a suas educadas perguntas sobre a família. Espantada com a alteração de suas maneiras desde a última vez que se despediram, cada sentença que ele pronunciava aumentava a sua confusão; e, sem conseguir tirar da cabeça a impropriedade de ser encontrada ali, os poucos minutos que ali permaneceram foram alguns dos mais constrangedores de sua vida. Ele tampouco parecia muito mais à vontade; quando falava, sua voz nada tinha da calma habitual; e repetiu suas perguntas sobre a data de sua saída de Longbourn e de sua chegada a Derbyshire tantas vezes e de modo tão apressado, que ficava evidente a distração de seus pensamentos.

Por fim, parecia não lhe ocorrer mais nenhuma ideia; e, depois de permanecer por alguns momentos sem dizer nada, ele subitamente se recompôs e se despediu.

Os outros, então, se juntaram a ela e exprimiram sua admiração pelo aspecto dele; mas Elizabeth não ouviu nenhuma palavra do que diziam e totalmente absorta em seus sentimentos seguiu-os em silêncio. Estava arrasada pela vergonha e pelo vexame. Sua vinda tinha sido a coisa mais infeliz, mais insensata do mundo! Como pareceria estranha a ele! Sob que vergonhosa luz não apareceria a um homem tão vaidoso! Poderia parecer que ela se pusera de propósito em seu caminho mais uma vez! Ah! Por que tinha vindo? Ou por que ele viera assim um dia antes do esperado? Se tivessem passado por ali dez minutos antes, ele já não os teria podido distinguir; pois era óbvio que chegara naquele momento — que apeava naquele momento do cavalo ou da carruagem. Ela corou de novo e de novo pela perversidade do encontro. E o comportamento dele, tão impressionantemente diferente — que poderia significar? Era espantoso que ele ainda falasse com ela! Mas falar com tal educação, perguntar pela família! Nunca na vida vira suas maneiras tão pouco imponentes, nunca ele lhe falara com tanta gentileza como nesse inesperado encontro. Que contraste com a última vez em que o vira em Rosings Park, quando ele lhe entregou a carta! Ela não sabia o que pensar, nem como explicar aquilo.

Tinham agora entrado em uma bela vereda que margeava as águas, e cada passo apresentava um mais nobre declive do terreno ou uma extensão mais bela dos bosques de que se aproximavam; mas demorou algum tempo para que Elizabeth estivesse em condições de perceber tudo aquilo; e, embora respondesse mecanicamente aos repetidos chamados dos tios e parecesse fitar os olhos nos detalhes que eles apontavam, ela não discernia nenhuma parte do cenário. Seu pensamento estava todo concentrado naquele único ponto da Casa de Pemberley, fosse ele qual fosse, onde o sr. Darcy estava naquele instante. Ela daria tudo para saber o que se passava na mente dele naquele momento — o que ele pensava dela e se, apesar de tudo, ainda gostava dela. Talvez ele tivesse sido gentil só porque se sentia à vontade; e no entanto havia *aquilo* em sua voz que não parecia desenvoltura. Não sabia dizer se ele sentira mais dor ou prazer ao vê-la, mas com certeza não a vira com serenidade.

Por fim, porém, as observações de seus companheiros a respeito de sua distração a tocaram e ela sentiu a necessidade de voltar a se comportar como de costume.

Entraram nos bosques e, dando adeus ao rio por algum tempo, subiram a um dos terrenos mais altos, onde, nos pontos em que a abertura das árvores dava aos olhos o poder de vagar, se descortinavam muitas encantadoras vistas do vale, das colinas em frente, com a longa extensão de bosques coroando muitas delas e, de quando em quando, de partes do riacho. O sr. Gardiner exprimiu o desejo de dar uma volta completa no parque, mas temia que fosse demais para uma só caminhada. Com um sorriso triunfante, foi-lhes dito que tinha um perímetro de dez milhas. Aquilo resolveu a questão; e eles prosseguiram no trajeto costumeiro, que os trouxe de volta, depois de algum tempo, a uma descida entre bosques suspensos até a beira do riacho, numa de suas partes mais estreitas. Eles o atravessaram por uma ponte simples, em harmonia com o aspecto geral do cenário; era um lugar menos ornamentado do que qualquer um que já tivessem visitado; e aqui o vale se contraía numa ravina, dando espaço apenas para o riacho e uma estreita trilha em meio ao mato espesso que o margeava. Elizabeth estava louca para explorar seus meandros; mas, ao atravessarem a ponte e perceberem quão distantes estavam da casa, a sra. Gardiner, que não era uma grande andarilha, não quis seguir em frente e tratou de voltar à carruagem o mais rápido possível. Sua sobrinha foi, portanto, obrigada a obedecer, e eles se dirigiram de volta para a casa, do outro lado do rio, pelo caminho mais curto; mas só avançavam devagar, pois o sr. Gardiner, embora raramente pudesse entregar-se a este prazer, adorava pescar e estava tão entretido observando o surgimento ocasional de uma truta na água e conversando com o homem a respeito delas, que só avançava muito pouco. Enquanto caminhavam assim vagarosamente, foram novamente surpreendidos — e o espanto de Elizabeth foi igual ao que sentira a primeira vez — pela visão do sr. Darcy, que deles se aproximava, já a pouca distância. Como a trilha era menos aberta do que do outro lado, foi possível vê-lo antes que se encontrassem. Elizabeth, embora surpresa, estava pelo menos mais preparada do que antes para uma conversa e resolveu comportar-se e falar com tranquilidade, se ele realmente tivesse a intenção de se encontrar com eles. Por alguns momentos, de fato, ela sentiu que ele provavelmente iria ingressar em alguma outra vereda. A ideia persistiu enquanto uma virada da trilha o ocultou de suas vistas; transposta a virada, ele apareceu bem à sua frente. Num relance, ela viu que ele não perdera nada da sua recente gentileza; e, para imitar sua polidez, ela começou, quando se encontraram, a admirar a beleza do lugar; mas não fora muito além das palavras "delicioso" e "encantador" quando lhe ocorreram certas infelizes recordações e ela imaginou que os elogios a Pemberley de sua parte poderiam ser mal interpretados. Ela enrubesceu e não disse mais nada.

A sra. Gardiner tinha ficado um pouco atrás; e, quando Elizabeth parou de falar, ele lhe perguntou se lhe daria a honra de ser apresentado aos amigos. Esse foi um gesto de gentileza para o qual ela estava completamente despreparada; e mal conseguiu impedir um sorriso por ele estar procurando a amizade de algumas daquelas mesmas pessoas contra as quais seu orgulho se revoltara em sua proposta de casamento. "Qual não vai ser a sua surpresa", pensou ela, "quando souber quem são eles? Ele julga que se trata de gente da alta sociedade".

A apresentação, porém, foi feita imediatamente; e, enquanto lhe comunicava o parentesco deles com ela, lançou-lhe um rápido olhar, para ver como ele lidaria com aquilo, na expectativa de que ele se retirasse o mais rápido possível para longe de tão desairosa companhia. Era evidente que ele se *surpreendera* com o parentesco; suportou aquilo, porém, com firmeza e, longe de se retirar, voltou-se para eles e começou a conversar com o sr. Gardiner. Elizabeth não podia deixar de se sentir contente e triunfante. Era consolador que ele soubesse que ela tinha alguns parentes de quem não precisava envergonhar-se. Ela ouviu com profunda atenção tudo que falavam e ficava radiante a cada expressão, a cada sentença do tio que evidenciasse inteligência, bom gosto e boas maneiras.

Logo passaram a conversar sobre a pesca; e ela ouviu o sr. Darcy convidá-lo, com a maior polidez, a pescar ali quantas vezes quisesse enquanto permanecesse nas proximidades, oferecendo-lhe ao mesmo tempo os apetrechos de pesca e indicando-lhe os pontos do riacho onde a pescaria costumava ser mais frutuosa. A sra. Gardiner, que caminhava de braços dados com Elizabeth, olhou-a com uma expressão de maravilha. Elizabeth nada disse, mas aquilo a deixou enormemente contente; aquela gentileza era toda para ela.

Seu espanto, porém, era extremo, e ela não cessava de repetir: "Por que está tão mudado? Qual é a razão disso? Não pode ser por *minha* causa... Não pode ser por *mim* que seus modos se tornaram tão mais delicados. Minhas reprimendas de Hunsford não poderiam produzir tamanha mudança. É impossível que ele ainda me ame".

Depois de assim caminharem por algum tempo, as duas damas à frente, os dois cavalheiros atrás, ao retomar seus lugares, depois de descer até a beira do rio para examinar melhor uma curiosa planta aquática, foi possível fazer uma pequena alteração. Ela foi provocada pela sra. Gardiner, que, cansada com o exercício da manhã, julgou o braço de Elizabeth inadequado para o seu apoio e, portanto, preferiu o do marido. O sr. Darcy tomou o seu lugar ao lado da sobrinha e passaram a caminhar lado a lado. Depois de um breve silêncio, Elizabeth falou primeiro. Queria que ele soubesse que, antes de virem até ali, tinham-lhe garantido que ele estava ausente, observando também que a chegada dele fora completamente inesperada:

— Pois a sua governanta — acrescentou ela — nos informou que o senhor certamente não chegaria até amanhã; e, de fato, antes de sairmos de Bakewell, soubemos que o senhor não estava sendo esperado na região.

Ele reconheceu a verdade de tudo aquilo e disse que negócios com o seu intendente forçaram a sua chegada algumas horas antes do restante dos convidados com quem estivera viajando.

— Vão chegar amanhã cedo — prosseguiu ele — e entre eles estarão algumas pessoas que vão alegar conhecê-la... o sr. Bingley e as irmãs dele.

Respondeu Elizabeth apenas com uma discreta reverência. Seus pensamentos imediatamente voltaram para os tempos em que o nome do sr. Bingley fora o último mencionado entre eles; e, a julgar pela expressão do rosto, na mente *dele* não se passava algo muito diferente.

— Outra pessoa também faz parte do grupo — prosseguiu ele depois de uma pausa — que deseja mais particularmente ser-lhe apresentada. A senhorita me permitirá, ou estou pedindo demais, apresentar-lhe a minha irmã durante a sua permanência em Lambton?

A surpresa de tal pedido era muito grande; grande demais para saber como responder. Logo percebeu que, fosse qual fosse o desejo que a srta. Darcy pudesse ter de conhecê-la, só podia ser obra do irmão e, sem maiores exames, aquilo a satisfez; era bom saber que a mágoa não o fizera pensar mal dela.

Seguiram caminhando em silêncio, cada qual imerso nos próprios pensamentos. Elizabeth não se sentia à vontade; isso era impossível; mas estava lisonjeada e satisfeita. O fato de ele querer apresentar-lhe a irmã era um cumprimento dos mais gentis. Eles logo se distanciaram dos outros e, quando chegaram à carruagem, o sr. e a sra. Gardiner tinham ficado um oitavo de milha para trás.

Então ele lhe pediu que entrasse na casa — mas ela disse não estar cansada e eles permaneceram juntos no gramado. Naquela altura, muito já havia sido dito, e o silêncio era muito constrangido. Ela queria falar, mas era como se sobre cada assunto pesasse a censura. Por fim ela se lembrou de que estivera em viagem, e falaram de Matlock e Dove Dale com grande perseverança. Mas o tempo e sua tia se moviam lentamente — e sua paciência e suas ideias já estavam quase esgotadas antes que o *tête-à-tête* terminasse. Ao chegarem, o sr. e a sra. Gardiner foram instados a entrar na casa para se refrescar; eles, porém, declinaram do convite e ambas as partes se despediram com a máxima polidez. O sr. Darcy deu as mãos para que as damas entrassem na carruagem; e, quando esta partiu, Elizabeth viu-o caminhando a passos lentos na direção da casa.

Começaram, então, as observações do tio e da tia; e ambos reconheceram que ele era infinitamente superior ao que esperavam.

— Ele é perfeitamente bem-educado, gentil e simples — disse o tio.

— *Há* algo um pouco imponente nele, sem dúvida — replicou a tia —, mas é só o jeito dele e não é inadequado. Concordo agora com a governanta quando diz que, embora alguns talvez o chamem de orgulhoso, não viu nada disso nele.

— Nunca tive surpresa tão grande como a maneira como ele nos tratou. Estava mais do que gentil; estava realmente atencioso; e não havia necessidade de tantas atenções. Seu relacionamento com Elizabeth foi muito superficial.

— Com certeza, Lizzy — disse a tia —, ele não é tão bonito como Wickham; ou melhor, não tem o porte de Wickham, pois seus traços são perfeitamente bons. Mas como é que você foi dizer-me que ele era tão desagradável?

Elizabeth desculpou-se o melhor que pôde; disse que gostara mais dele ao se encontrarem em Kent do que antes e que nunca o vira tão gentil como essa manhã.

— Mas talvez ele seja um pouco excêntrico em suas atenções — tornou o tio. — Nossos grandes homens muitas vezes o são; e portanto não vou tomar ao pé da letra o convite para pescar, pois ele pode mudar de ideia e me expulsar de sua propriedade.

Elizabeth percebeu que eles não haviam entendido nada do caráter de Darcy, mas não disse nada.

— Pelo que vimos dele — prosseguiu a sra. Gardiner —, eu jamais pensaria que ele pudesse ter-se comportado com tanta crueldade com ninguém, como o fez com o pobre Wickham. Ele não parece ser um mau sujeito. Ao contrário, há algo agradável em seus lábios, quando fala. E há certa dignidade em seu trato que não passa uma ideia desfavorável do seu coração. É claro, porém, que a boa senhora que nos mostrou a casa atribuiu a ele um caráter de ouro! Mal podia conter o riso algumas vezes. Mas creio que ele seja um patrão generoso, e *isso*, aos olhos de uma criada, abrange todas as virtudes.

Elizabeth sentiu-se aqui chamada a dizer alguma coisa em favor do comportamento dele para com Wickham; e assim lhes deu a entender, da maneira mais cuidadosa possível, que, pelo que soubera dos parentes dele em Kent, seus atos podiam ser interpretados de maneira completamente diferente; e que o caráter dele não era de modo algum tão culpado, nem o de Wickham tão inocente, quanto se acreditava em Hertfordshire. Como confirmação disso, contou os pormenores de todas as transações financeiras em que os dois se envolveram, sem citar a fonte, mas afirmando tratar-se de alguém muito confiável.

A sra. Gardiner ficou surpresa e preocupada; mas, como estavam agora aproximando-se do cenário de seus antigos prazeres, todos os seus pensamentos se concentraram no encanto das lembranças; e estava muito ocupada em indicar ao marido todos os lugares interessantes das cercanias para pensar em alguma outra coisa. Embora cansada com a caminhada da manhã, mal jantaram e ela já partiu em busca de suas antigas amizades, e a noite se passou no prazer dos laços reatados depois de muitos anos de ausência.

Os acontecimentos do dia haviam sido muito intensos para permitir que Elizabeth desse alguma atenção àqueles novos amigos; e não podia fazer outra coisa senão pensar, e pensar maravilhada, na gentileza do sr. Darcy e, acima de tudo, no desejo dele de que ela conhecesse a sua irmã.

CAPÍTULO 44

Elizabeth havia combinado que o sr. Darcy traria a irmã para visitá-la no dia seguinte à chegada desta a Pemberley; e portanto estava decidida a não afastar-se muito do albergue durante toda a manhã. Sua conclusão, porém, revelou-se falsa; pois os visitantes vieram na mesma manhã em que chegaram a Lambton. Vinham de um passeio pelas redondezas com alguns de seus novos amigos e acabavam de voltar ao albergue para se vestir para o jantar com a mesma família, quando o ruído de uma carruagem os atraiu para uma janela, e viram um homem e uma mulher num *curricle* que subia a rua. Reconhecendo de imediato a libré, Elizabeth adivinhou o que aquilo significava e compartilhou boa parte de sua surpresa com seus parentes, comunicando-lhes a honra que a aguardava. Seus tios eram só espanto; e o embaraço da maneira como ela falou, somado àquela mesma situação e a muitas do dia anterior, inspirou neles uma nova ideia a respeito de tudo aquilo. Nada antes sugerira isso, mas perceberam que não havia outra maneira de explicar tantas atenções da parte de tal pessoa, senão supondo um interesse pela sobrinha. Enquanto lhes ocorriam essas novas ideias, a confusão dos sentimentos de Elizabeth naquele mesmo momento só crescia. Ela estava absolutamente pasma com seu próprio nervosismo; mas, entre outras causas de angústia, temia que a afeição do irmão houvesse dito coisas demais em seu favor; e, mais ansiosa do que de costume por agradar, suspeitava naturalmente que lhe faltaria toda capacidade de agradar a ela.

Afastou-se da janela, receando ser vista; e enquanto andava para um lado e para outro na sala, tentando acalmar-se, viu tal expressão de curiosidade e surpresa em seu tio e em sua tia, que as coisas se tornaram ainda piores.

A srta. Darcy e o irmão apareceram, e a formidável apresentação teve lugar. Espantadíssima, Elizabeth viu que sua nova amiga estava pelo menos tão constrangida quanto ela. Desde que chegara a Lambton, ouvira que a srta. Darcy era sumamente orgulhosa; mas, depois de observá-la por alguns minutos, convenceu-se de que era apenas sumamente tímida. Foi difícil tirar dela uma palavra que fosse, a não ser alguns monossílabos.

A srta. Darcy era alta e em escala maior do que Elizabeth; e, embora tivesse pouco mais de dezesseis anos, seu corpo já estava formado e tinha um jeito gracioso de mulher. Era menos bonita do que o irmão; mas havia bom-senso e bom humor em seu rosto, e seus modos eram perfeitamente despretensiosos e gentis. Elizabeth, que esperara encontrar nela uma observadora tão aguda e tão severa quanto o fora o sr. Darcy, sentiu um grande alívio ao reconhecer sentimentos tão diferentes.

Estavam reunidos havia pouco quando o sr. Darcy disse a ela que também Bingley vinha visitá-la; e ela mal teve tempo de exprimir a sua satisfação e preparar-se para receber tal visitante, quando os passos rápidos de Bingley se fizeram ouvir nas escadas, e num momento ele entrou na sala. Toda a raiva de Elizabeth contra ele já passara havia muito tempo; mas, se ainda a sentisse, dificilmente poderia resistir à cordialidade sincera com que ele se exprimiu ao tornar a vê-la. Fez perguntas afetuosas, mas genéricas, sobre a família, e demonstrou ao falar a mesma desenvoltura bem-humorada que sempre tivera.

Para o sr. e a sra. Gardiner, ele não era um personagem menos interessante do que para Elizabeth. Havia muito queriam conhecê-lo. Todos os visitantes presentes lhes inspiravam uma viva atenção. As suspeitas recentemente levantadas pelo sr. Darcy e sua sobrinha levaram-nos a observar cada um dos dois com a máxima, porém discreta, atenção; e logo se convenceram de que pelo menos um deles sabia o que era amar. Sobre os sentimentos da moça restaram ainda algumas dúvidas; era, porém, mais do que evidente que o cavalheiro estava cheio de admiração por ela.

Elizabeth, por seu lado, tinha muito que fazer. Queria certificar-se dos sentimentos de cada um dos visitantes; queria acalmar-se e mostrar-se agradável a todos; e nesse segundo objetivo, que era o que mais temia não alcançar, obteve o maior sucesso, pois aqueles a quem se empenhava em agradar estavam predispostos a seu favor. Bingley estava pronto para; Georgiana, ansiosa por; e Darcy, decidido a admirá-la.

Ao ver Bingley, seus pensamentos naturalmente voaram até a irmã; e — ah! — como desejava ardentemente saber se os dele também tiveram a mesma direção. Às vezes imaginava que ele estava falando menos do que em ocasiões anteriores, e uma ou duas vezes ficou feliz à ideia de que, enquanto olhava para ela, ele estivesse tentando notar alguma semelhança. Embora talvez fosse só imaginação sua, ela não podia enganar-se a respeito do comportamento da srta. Darcy, que fora apresentada como uma rival de Jane. Nada em nenhum dos dois demonstrava alguma afeição especial. Nada ocorreu entre eles que pudesse justificar as esperanças da irmã de Bingley. Sobre esse ponto, ela logo se mostrou satisfeita; e antes de partirem ocorreram duas ou três situações que, na ansiosa interpretação de Elizabeth, denotavam uma recordação de Jane não sem marcas de ternura e um desejo de dizer mais, que poderia levar à menção do nome dela, se ele o ousasse. Ele observou a ela, num momento em que os outros estavam conversando entre si, e num tom que tinha algo da autêntica saudade, que "fazia muito tempo que tivera o prazer de vê-la"; e, antes que ela pudesse responder, ele acrescentou:

— Faz mais de oito meses. Não nos vemos desde o dia 26 de novembro, quando todos nós dançamos juntos em Netherfield.

Elizabeth gostou de ver que a sua memória era tão precisa; e em seguida ele aproveitou o ensejo para lhe perguntar, quando todos os demais estavam distraídos, se *todas* as suas irmãs estavam em Longbourn. Não havia nada de mais na pergunta, nem na observação anterior; mas vinham acompanhadas de um olhar e de um jeito que lhes conferiam significado.

Não era sempre que ela podia olhar diretamente para o próprio sr. Darcy; quando, porém, conseguia lançar-lhe brevemente um olhar, via nele uma expressão de grande cortesia, e em tudo o que ele dizia ela ouvia um tom tão distante da *hauteur* e do desdém por seus companheiros, que ficou convencida de que as melhores maneiras mostradas na véspera, por mais temporárias que fossem, tinham pelo menos sobrevivido por mais um dia. Quando viu que ele procurava a amizade e a simpatia de pessoas com quem qualquer relacionamento, alguns meses atrás, teria sido uma desgraça, quando o viu tão educado, não só com ela, mas com os próprios parentes que havia desdenhado, e se lembrou da última e agitada cena entre eles na casa paroquial de Hunsford, a diferença, a mudança era tão grande e a impressionou tanto, que ela mal conseguia esconder o assombro. Nunca, nem mesmo na companhia de seus queridos amigos de Netherfield ou de suas nobres parentas de Rosings, ela o vira tão desejoso de agradar, tão livre da empáfia e da reserva inflexível como agora, quando nada de importante podia resultar do sucesso de seus atos e quando a mera amizade das pessoas a quem dirigia suas atenções seria para ele motivo de ridículo e censura das damas tanto de Netherfield quanto de Rosings.

As visitas permaneceram com eles mais de meia hora; e, quando se ergueram para partir, o sr. Darcy chamou a irmã para que juntos expressassem o desejo de ter o sr. e a sra. Gardiner, e a srta. Bennet, para jantar em Pemberley antes que eles deixassem a região. A srta. Darcy, embora com a vergonha de quem demonstrava não estar acostumada a fazer convites, prontamente obedeceu. A sra. Gardiner olhou para a sobrinha, querendo saber se *ela*, a quem se dirigia mais especialmente o convite, se sentia disposta a aceitá-lo, mas Elizabeth havia voltado o rosto. Presumindo, porém, que o fato de deliberadamente evitá-la exprimisse mais um embaraço momentâneo do que uma recusa da proposta e vendo no marido, que adorava a vida social, uma total propensão a aceitá-la, ela aprovou o convite e marcou o jantar para dali a dois dias.

Bingley exprimiu grande prazer pela certeza de tornar a ver Elizabeth, tendo ainda muitas coisas a lhe dizer e muitas perguntas a fazer sobre todos os amigos de Hertfordshire. Elizabeth, interpretando tudo aquilo como um desejo de ouvi-la falar da irmã, ficou contente e, por essa razão e mais algumas outras, se viu, quando os visitantes partiram, capaz de considerar a última meia hora com certa satisfação, embora, durante sua passagem, seu prazer tivesse sido pequeno. Louca para ficar sozinha e temerosa das perguntas e das indiretas do tio e da tia, permaneceu com eles só o tempo suficiente para ouvir sua opinião favorável sobre Bingley e saiu correndo para se vestir.

Não tinha, porém, razão para temer a curiosidade do sr. e da sra. Gardiner; eles não queriam obrigá-la a falar. Era evidente que ela conhecia muito mais o sr. Darcy do que imaginavam antes; era óbvio que ele estava completamente apaixonado por ela. Viram aquilo com muito interesse, mas sem que se justificassem as perguntas.

Era agora obrigatório pensarem bem do sr. Darcy; e, até onde ia o conhecimento que tinham dele, não conseguiam achar nenhum defeito. Não podiam ficar insensíveis à sua cortesia; e se tivessem de retratar o caráter dele com base em seus próprios sentimentos para com ele e no relato da criada, sem nenhuma referência a nada mais, o círculo de pessoas que o conheciam em Hertfordshire não teria reconhecido o sr. Darcy em tal retrato. Agora tinham interesse em acreditar na governanta; e logo se convenceram de que não devia ser apressadamente rejeitada a autoridade de uma criada que o conhecia desde que ele tinha quatro anos de idade e cujo próprio comportamento indicava respeitabilidade. Nem constava nada das informações de seus amigos de Lambton que pudesse diminuir consideravelmente seu peso. Eles não tinham nada de que acusá-lo, a não ser de orgulho; orgulho que ele provavelmente tinha, e, se não o tinha, certamente lhe seria atribuído pelos habitantes de um lugarejo de mercado que a família não visitava. Todos reconheciam, porém, que ele era um homem generoso, que fazia muitas coisas pelos pobres.

Com relação a Wickham, os viajantes logo descobriram que não era muito popular por ali; pois, embora seu principal problema com o filho do patrão não fosse muito bem compreendido, era, porém, um fato notório que, ao partir de Derbyshire, deixara muitas dívidas, que foram em seguida pagas pelo sr. Darcy.

Quanto a Elizabeth, seus pensamentos essa noite concentravam-se mais em Pemberley do que a noite passada; e a noite, embora enquanto passava parecesse longa, não foi longa o suficiente para determinar seus sentimentos para com *alguém* daquela mansão; e ela permaneceu acordada duas horas inteiras tentando defini-los. Certamente não o odiava. Não; o ódio passara havia muito, e quase desde então tinha vergonha de ter sentido por ele uma repulsa que merecesse tal nome. O respeito criado pela convicção de suas boas qualidades, embora estas no começo fossem admitidas a contragosto, tinha por algum tempo deixado de repugnar a seus sentimentos; e fora agora elevado a uma condição mais simpática, pelo testemunho altamente favorável do dia anterior, que o apresentara sob uma luz tão propícia. Mas, acima de tudo, acima do respeito e da estima, havia dentro dela um motivo de simpatia que não podia ser desprezado. Era a gratidão; gratidão não só por tê-la amado, mas por ainda amá-la a ponto de perdoar toda a petulância e a indelicadeza de sua maneira de rejeitá-lo e todas as acusações injustas que acompanharam tal rejeição. Ela estava certa de que ele a evitaria como a sua pior inimiga. Nesse encontro acidental, porém, ele parecia ansioso por preservar a amizade e, sem nenhuma ostentação indelicada de estima e sem nenhuma excentricidade no comportamento, em algo que só dizia respeito a eles dois, buscava a simpatia dos amigos dela e se esforçava em apresentá-la à irmã. Tal mudança num homem tão orgulhoso provocou não só espanto, mas também gratidão — pois só podia ser atribuída ao amor, ao amor ardente; e como tal a impressão que nela causou era do tipo que se deve encorajar, pois não era de modo algum desagradável, embora não pudesse ser definida com precisão. Respeitava-o, estimava-o, era-lhe grata, sentia um verdadeiro interesse pelo seu bem-estar; e só queria saber até que ponto desejava que esse bem-estar dependesse dela e o quanto seria propício à felicidade de ambos que ela se valesse do poder, que imaginava ainda possuir, de induzi-lo a renovar as suas propostas.

Ficou combinado à noite entre a tia e a sobrinha que uma delicadeza tão impressionante como a da srta. Darcy, que veio vê-las no mesmo dia de sua chegada a Pemberley, pois só tivera tempo para um desjejum atrasado, devia ser imitada, embora não pudesse ser igualada, por algum gesto de polidez da parte delas; e, por conseguinte, seria muito oportuno visitá-la em Pemberley na manhã seguinte. Elas iriam, portanto. Elizabeth estava contente; se lhe perguntassem por que, no entanto, ela pouco teria a dizer em resposta.

O sr. Gardiner despediu-se delas logo depois do desjejum. O projeto de pescaria fora confirmado no dia anterior, e lhe fora feito um convite positivo para encontrar-se com alguns dos cavalheiros em Pemberley ao meio-dia.

CAPÍTULO 45

Convicta de que a antipatia da srta. Bingley por ela tinha origem no ciúme, Elizabeth não podia deixar de sentir quão pouco bem-vinda devia ser para a senhorita a sua chegada a Pemberley, e estava curiosa para saber com quanta cortesia da parte dela o relacionamento seria agora reatado.

Ao chegarem à casa, foram introduzidas através do *hall* no salão, cujo aspecto nórdico o tornava delicioso no verão. Suas janelas abertas para o jardim ofereciam uma vista agradabilíssima das altas colinas cobertas de bosques que ficavam atrás da casa e dos belos carvalhos e castanheiros *espanhóis* que se espalhavam pelo gramado intermediário.

Foram recebidas na casa pela srta. Darcy, que estava sentada com a sra. Hurst e a srta. Bingley, e também com a dama com quem vivia em Londres. Georgiana recebeu-as com muita polidez, mas também com todo o embaraço que, embora originado pela timidez e pelo medo de fazer algo errado, facilmente podia levar aqueles que se sentissem inferiores a acreditar que ela fosse orgulhosa e reservada. A sra. Gardiner e a sobrinha, porém, fizeram justiça a ela e até sentiram pena.

A sra. Hurst e a srta. Bingley limitaram-se a saudá-las com uma reverência; e, ao se sentarem, fez-se por alguns instantes um silêncio constrangido. Este foi quebrado pela sra. Annesley, uma mulher elegante e bela, cuja tentativa de iniciar algum tipo de conversação demonstrou que era mais bem-educada do que todas as outras; e entre ela e a srta. Gardiner, com o auxílio ocasional de Elizabeth, estabeleceu-se um diálogo. A srta. Darcy parecia estar à procura de coragem para entrar na conversa; e às vezes arriscava uma breve frase, quando o perigo de ser ouvida era menor.

Elizabeth logo viu que era observada com atenção pela srta. Bingley, e que não podia dizer nenhuma palavra, em especial para a srta. Darcy, sem chamar a sua atenção. Isso não a impediria de tentar conversar com a srta. Darcy, se não estivessem sentadas a uma incômoda distância uma da outra; mas não lamentava ser poupada da necessidade de falar muito. Estava absorta em seus pensamentos. A cada momento esperava que alguns dos cavalheiros entrassem na sala. Desejava, temia que o dono da casa estivesse entre eles; e não conseguia decidir se mais desejava ou mais temia. Depois de permanecer assim durante quinze minutos sem ouvir a voz da srta. Bingley, Elizabeth teve a surpresa de receber dela algumas frias perguntas sobre a saúde da família. Respondeu com igual indiferença e brevidade, e os outros não disseram mais nada.

A próxima mudança que a visita provocou foi a entrada de criados com carne fria, bolos e diversas das melhores frutas da estação; mas isso só ocorreu depois de muitos olhares e sorrisos significativos da sra. Annesley para a srta. Darcy, para lembrá-la de seus deveres. Todo o grupo tinha agora algo para fazer, pois, embora nem todos pudessem falar, todos podiam comer; e a magnífica pirâmide de uvas, nectarinas e pêssegos logo reuniu todas ao redor da mesa.

Enquanto assim se entretinha, Elizabeth teve uma boa ocasião de decidir se desejava ou temia mais o aparecimento do sr. Darcy, pelos sentimentos que predominaram, quando ele entrou na sala; e então, embora poucos instantes antes achasse que predominava o desejo, começou a lamentar que ele tivesse vindo.

Ele estivera por algum tempo com o sr. Gardiner, que, com dois ou três outros cavalheiros da casa, estava pescando no rio, e só o deixara ao saber que as damas da família pretendiam visitar Georgiana aquela manhã. Elizabeth, assim que apareceu, decidiu mostrar-se completamente à vontade e desenvolta; decisão esta que urgia tomar, mas talvez fosse difícil de levar adiante, pois viu que as suspeitas de todos os presentes estavam voltadas contra eles, e que não havia nenhum olho que não observasse o comportamento dele ao entrar na sala. Em nenhum semblante a atenta curiosidade estava mais acentuada do que no da srta. Bingley, apesar do sorriso que iluminava o seu rosto toda vez que falava com alguém; pois o ciúme ainda não a havia levado ao desespero, e seu interesse pelo sr. Darcy ainda estava longe de ter acabado. À chegada do irmão, a srta. Darcy passou a falar muito mais, e Elizabeth viu que ele estava ansioso para que ela e a irmã dele se conhecessem, e seguia o quanto podia as tentativas de conversa das duas. A srta. Bingley também viu tudo aquilo; e, na imprudência da ira, aproveitou a primeira oportunidade para dizer, com irônica polidez:

— Por favor, srta. Eliza, será que a milícia de ***shire partiu de Meryton? Esta deve ser uma enorme perda para a *sua* família.

Na presença de Darcy, ela não ousava pronunciar o nome de Wickham; mas Elizabeth logo compreendeu que ele ocupava o lugar principal em seus pensamentos; e as diversas lembranças ligadas a ele provocaram-lhe uma angústia momentânea; esforçando-se, porém, bastante para repelir o ataque maldoso, ela respondeu à pergunta num tom razoavelmente indiferente. Enquanto falava, um olhar involuntário mostrou-lhe Darcy, com a expressão alterada, olhando fixamente para ela, e a irmã dele tomada de confusão e incapaz de erguer os olhos. Se a srta. Bingley soubesse a dor que estava provocando em sua querida amiga, sem dúvida teria evitado tocar no assunto; mas quisera simplesmente descompor Elizabeth, mencionando a ideia de um homem por quem acreditava estar ela apaixonada, para fazê-la trair uma sensibilidade que pudesse prejudicar a opinião que Darcy tinha sobre ela e, talvez, fazer que ele se lembrasse de todas as maluquices e absurdos pelos quais parte da família dela estava ligada àquela milícia. Jamais ouvira sequer uma sílaba sobre a planejada fuga da srta. Darcy. A ninguém fora revelada, sempre que o segredo fosse possível, salvo a Elizabeth; e seu irmão estava ansioso por ocultá-la, sobretudo de todos os conhecidos de Bingley, em razão do desejo que havia muito Elizabeth lhe atribuíra de virem a se tornar parte da família dela. Ele certamente concebera esse plano, que, sem afetar a sua tentativa de separá-lo da srta. Bennet, provavelmente contribuiu para aguçar sua viva preocupação pelo bem-estar do amigo.

O imperturbável comportamento de Elizabeth, porém, logo apaziguou sua aflição; e, como a srta. Bingley, irritada e decepcionada, não ousava mencionar diretamente Wickham, Georgiana também se recuperou com o tempo, ainda que não o bastante para poder abrir a boca novamente. O irmão, cujo olhar ela temia encontrar, mal se lembrou de seu interesse no caso, e a própria circunstância que fora planejada para afastar de Elizabeth os pensamentos dele pareciam tê-los fixado nela com entusiasmo cada vez maior.

A visita não se prolongou muito mais depois da pergunta e da resposta acima mencionadas; e, enquanto o sr. Darcy as acompanhava até a carruagem, a srta. Bingley desabafava seus sentimentos com críticas à pessoa, ao comportamento e aos trajes de Elizabeth. Georgiana, porém, não a acompanhou nisso. A recomendação do irmão bastava para garantir a simpatia dela; o julgamento dele não podia errar. E ele falara de Elizabeth num tom tal, que Georgiana só podia julgá-la graciosa e simpaticíssima. Quando Darcy voltou à sala, a srta. Bingley não conseguiu deixar de lhe repetir parte do que vinha dizendo à irmã dele.

— Como a srta. Eliza Bennet estava mal esta manhã, sr. Darcy — exclamou ela. — Nunca na vida vi ninguém mudar tanto quanto ela desde o inverno. Está ficando cada vez mais escura e vulgar! Louisa e eu jamais a teríamos reconhecido.

Por menos que o sr. Darcy tivesse apreciado tais palavras, contentou-se em responder friamente que não percebera nenhuma alteração nela, a não ser o fato de estar um tanto bronzeada, o que não era nenhum milagre para quem viajava no verão.

— No que se refere a mim — retorquiu ela —, tenho de confessar que nunca vi nenhuma beleza nela. O rosto é estreito demais; a tez não tem brilho; e as feições não têm nada de bonito. Falta personalidade ao nariz... não há nada marcante em suas linhas. Os dentes são razoáveis, mas nada têm de extraordinário; e, quanto aos olhos, que algumas vezes foram tão elogiados, nunca vi nada de excepcional neles. O olhar é agudo e perspicaz, e não gosto nada dele; e seu modo de ser é ao mesmo tempo arrogante e deselegante, o que é insuportável.

Persuadida de que Darcy admirava Elizabeth, para a srta. Bingley esse não era o melhor método de somar pontos junto a ele. As pessoas irritadas, porém, nem sempre são prudentes; e, ao vê-lo enfim um tanto zangado, ela obteve todo o sucesso que esperava. Ele continuava calado, porém, e, determinada a fazê-lo falar, ela prosseguiu:

— Lembro-me da primeira vez que a vi, em Hertfordshire. Como ficamos todos admirados quando soubemos que ela era tida como uma beldade. Eu me lembro muito bem de ouvir você dizer certa noite, depois de a família dela jantar em Netherfield: "*Ela*, uma beldade! Então deveriam chamar a mãe dela de gênio". Mas em seguida parece que a sua opinião sobre ela melhorou, e creio que em certa altura você achou que fosse bem bonita.

— É verdade — replicou Darcy, que não conseguiu mais conter-se —, mas isso foi só quando a vi pela primeira vez. Já há muitos meses a considero uma das mais lindas mulheres que conheço.

Ele, então, se retirou, deixando a srta. Bingley entregue à satisfação de tê-lo forçado a dizer algo que não magoou a ninguém, senão a ela mesma.

Na volta, a sra. Gardiner e Elizabeth falaram de tudo que acontecera durante a visita, salvo do que interessara especialmente a ambas. Discutiram a aparência e o comportamento de todos que haviam visto, exceto da pessoa que mais prendera sua atenção. Falaram da irmã dele, dos amigos dele, da casa dele, das frutas dele — de tudo, menos dele; Elizabeth, no entanto, adoraria saber o que a sra. Gardiner achava dele, e a sra. Gardiner ficaria contentíssima se a sobrinha tocasse no assunto.

CAPÍTULO 46

Elizabeth ficara muito desapontada ao não encontrar nenhuma carta de Jane ao chegar pela primeira vez a Lambton; e esse desapontamento se renovara em duas manhãs seguidas; mas na terceira sua aflição terminou, e sua irmã pôde ser perdoada, pelo recebimento de duas cartas de uma só vez, sobre uma das quais estava assinalado que se extraviara. Ela não se surpreendeu com aquilo, pois Jane escrevera o endereço com uma letra horrível.

Eles estavam preparando-se para um passeio quando chegaram as cartas; e seu tio e sua tia, deixando-a sozinha para desfrutá-las em paz, partiram sozinhos. A carta extraviada devia ser lida primeiro; fora escrita cinco dias antes. O começo continha uma descrição de todas as suas festinhas e compromissos, com as notícias que a província permitia; mas a segunda metade, datada do dia seguinte e escrita com evidente agitação, dava informações mais importantes. Dizia o seguinte:

> Depois que escrevi o que vai acima, queridíssima Lizzy, aconteceu uma coisa muito inesperada e grave; mas tenho medo de alarmar você: fique certa de que todos nós estamos bem. O que tenho a dizer está relacionado com a Lydia, coitada. À meia-noite de ontem, quando todos estávamos preparando-nos para dormir, chegou uma mensagem urgente da parte do coronel Forster, para nos informar que ela fugira para a Escócia com um de seus oficiais; para falar a verdade, com Wickham! Imagine a nossa surpresa. Para Kitty, porém, a coisa não pareceu assim tão inesperada. Lamento muito, muito mesmo. Uma união tão imprudente de ambas as partes! Mas quero esperar o melhor e que o caráter dele tenha sido mal interpretado. Posso facilmente acreditar que ele seja cabeça-oca e indiscreto, mas isso que fez (o que deve deixar-nos contentes) não indica que tenha algo de mau no coração. Sua escolha é pelo menos desinteressada, pois deve saber que papai não pode dar-lhe nada. Mamãe está muito abatida. Papai suportou melhor o choque. Como estou agradecida por nunca termos deixado que nenhum dos dois soubesse o que se tem dito contra ele; nós mesmas temos de esquecer isso. Acredita-se que eles partiram por volta da meia-noite de sábado, mas não deram por sua falta até ontem às oito da manhã. A mensagem urgente foi enviada na hora. Minha querida Lizzy, eles devem ter passado a dez milhas daqui. O coronel Forster dá-nos razões de esperar que ele logo esteja por aqui. Lydia deixou um bilhetinho para a esposa dele, informando-a de suas intenções. Tenho de parar por aqui, pois não posso ficar muito tempo longe da mamãe, coitada. Receio que você não consiga decifrar esta carta, mas eu mal sei o que escrevi.

Sem dar a si mesma algum tempo para reflexão e sem sequer saber o que sentia, Elizabeth, ao acabar a carta, imediatamente pegou a outra e, abrindo-a com a máxima impaciência, leu o que segue, escrito um dia depois do fim da primeira.

A esta altura, querida irmã, você já recebeu a minha carta tão estabanada; espero que esta esteja mais inteligível, mas, embora não pressionada pelo tempo, a minha cabeça está tão confusa que não posso garantir que vá ser coerente. Caríssima Lizzy, não sei bem por onde começar, mas tenho más notícias para você, que não podem ser deixadas para depois. Por mais imprudente que fosse o casamento entre o sr. Wickham e a nossa pobre Lydia, estamos agora ansiosos para ter certeza de que ele ocorreu, pois há razões até demais para temermos que não foram para a Escócia. O coronel Forster veio ontem, tendo deixado Brighton na véspera, poucas horas depois da mensagem urgente. Embora a cartinha de Lydia para a sra. F. lhes desse a entender que estavam a caminho de Gretna Green, ficaram sabendo por meio de Denny que, na sua opinião, W. jamais teve a intenção de ir para lá ou de se casar com Lydia, o que foi repetido na presença do coronel F., que, alarmando-se de imediato, partiu de B. com a intenção de rastrear seu caminho. Conseguiu facilmente rastreá-los até Clapham, mas não mais além; pois, ao chegarem àquele lugar, os dois alugaram uma carruagem e mandaram de volta a chaise que os trouxera de Epsom. Tudo o que se sabe depois disso é que foram vistos na estrada que leva a Londres. Nem sei o que pensar. Depois de efetuar em Londres todas as investigações possíveis, o coronel F. veio para Hertfordshire, fazendo o mesmo em todas as barreiras e em todos os albergues de Barnet e Hatfield, mas sem sucesso: ninguém os viu passar por ali. Com a mais cordial preocupação, ele veio a Longbourn, e nos expôs as suas apreensões, de um modo que honra o seu coração. Sinceramente, sinto muito por ele e pela sra. F., mas ninguém pode responsabilizá-los por nada. Querida Lizzy, é enorme a nossa aflição. Papai e mamãe esperam o pior, mas não consigo pensar tão mal dele. Muitas circunstâncias podem ter tornado preferível para eles se casarem em caráter privado em Londres a seguirem seus primeiros planos; e, mesmo que ele pudesse conceber um tal plano contra uma moça com as relações de Lydia, o que não é provável, é possível supor que ela esteja a tal ponto perdida? Impossível! Lamento dizer, porém, que o coronel F. não está disposto a acreditar no casamento; ele balançou a cabeça quando exprimi as minhas esperanças e disse que temia que W. não fosse um homem confiável. Mamãe, coitada, está muito mal e não sai do quarto. Se pudesse fazer alguma coisa, seria melhor, mas isso não é de se esperar. Quanto a papai, nunca na vida o vi tão abalado. A pobre Kitty arrepende-se de ter escondido a ligação entre eles, mas, como se tratava de matéria confidencial, não é de se espantar. Estou realmente satisfeita, querida Lizzy, por você ter sido poupada dessas tristes cenas; mas, agora que o primeiro choque já passou, devo confessar que estou ansiosa pela sua volta? Não sou tão egoísta, porém, a ponto de pressioná-la para que volte, se isso for inconveniente para você. *Adieu*! Pego da pena mais uma vez para fazer justamente o que acabei de dizer que não faria; mas a situação é tal, que não posso deixar de pedir insistentemente que todos vocês voltem o quanto antes. Conheço tão bem o titio e a titia, que não tenho medo de pedir isso, embora tenha mais uma coisa a pedir a ele. Papai está indo agora a Londres com o coronel Forster, para tentar achar Lydia. O que pretende fazer, não sei; mas o seu profundo abatimento não lhe permitirá tomar qualquer medida de maneira segura e prudente, e o coronel Forster tem de estar de volta a Brighton amanhã à noite. Numa tal situação, os conselhos e a assistência de titio seriam o que há de melhor no mundo; ele logo vai compreender o que devo estar sentindo, e eu confio na bondade dele.

— Ah! Onde está, onde está o titio? — exclamou Elizabeth, pulando da cadeira ao acabar de ler a carta, ansiosa por ir atrás dele, sem perder um segundo de um tempo tão precioso; mas, ao chegar à porta, ela foi aberta por um criado e apareceu o sr. Darcy. O rosto pálido e a agitação de Elizabeth assustaram-no e, antes que pudesse recuperar-se para falar, ela, em cuja mente todas as ideias eram relegadas a segundo plano pela situação de Lydia, exclamou apressada:

— Sinto muito, mas tenho de sair. Tenho de encontrar o sr. Gardiner agora, sobre um assunto que não pode ser adiado. Não tenho um minuto a perder.

— Meu Deus! O que aconteceu? — exclamou ele, com mais sentimento do que polidez; em seguida, recompondo-se, prosseguiu: — Não vou detê-la nem por um minuto; mas deixe que eu vá atrás deles, ou mande um criado procurá-los. A senhorita não está bem, não pode fazer isso.

Elizabeth hesitou, mas seus joelhos tremiam e ela percebeu que seria inútil tentar ir atrás deles. Chamando o criado, então, ela pediu que trouxesse seus patrões de volta para casa imediatamente, mas em voz tão baixa, que ele quase não conseguiu entender.

Quando ele saiu do aposento, ela se sentou, incapaz de se sustentar, e com tão má aparência, que era impossível para Darcy deixá-la sozinha ou deixar de dizer, em tom de carinho e pena:

— Deixe-me chamar a sua criada. Não há nada que você possa tomar para reanimá-la? Posso trazer-lhe um copo de vinho? A senhorita não está nada bem.

— Não, obrigada — replicou ela, tratando de se recompor. — Não tenho nenhum problema. Estou bem; só fiquei nervosa com uma notícia terrível que acabei de receber de Longbourn.

Ela se derreteu em lágrimas ao mencionar aquilo, e durante alguns minutos não conseguiu articular mais nenhuma palavra. Darcy, em penosa expectativa, só conseguiu murmurar algo acerca de sua preocupação e observá-la em silenciosa compaixão. Por fim, ela tornou a falar.

— Acabo de receber uma carta de Jane, com notícias terríveis, que não podem ser escondidas de ninguém. Minha irmã mais moça abandonou todos os amigos... e fugiu; jogou-se nos braços do... do sr. Wickham. Foram embora de Brighton. Você o conhece muito bem para adivinhar o resto. Ela não tem dinheiro, não tem conhecidos, nada que possa levá-lo a... Está perdida para sempre.

O espanto paralisou Darcy.

— Quando eu penso — acrescentou ela, com uma voz mais agitada — que eu podia ter impedido isso! Eu, que sabia quem ele era. Se tivesse explicado só uma pequena parte do caso... uma parte do caso de que fui informada, para a minha própria família! Se conhecessem o caráter dele, isso podia não ter acontecido. Mas agora é tarde... tarde demais.

— Estou horrorizado — exclamou Darcy —; horrorizado e chocado. Mas isso é certo? Absolutamente certo?

— É, sim! Partiram juntos de Brighton domingo à noite, e os seus rastros foram seguidos até Londres, mas não mais além; certamente não foram para a Escócia.

— E o que foi feito, o que tentaram fazer para recuperá-la?

— Meu pai foi a Londres, e Jane escreveu para pedir a ajuda imediata do meu tio. Espero que em meia hora já estejamos de partida. Mas nada se pode fazer... sei muito bem que nada se pode fazer. Como convencer um homem desses? E como descobrir onde estão? Não tenho a menor esperança. É tudo muito horrível!

Darcy balançou a cabeça, concordando silenciosamente.

— Quando abri os meus olhos para o verdadeiro caráter dele... Ah! Se eu tivesse sabido o que devia fazer, se tivesse tido a coragem de fazer! Mas não sabia... Tive medo de exagerar na dose. Maldito, maldito erro!

Darcy não respondeu. Parecia nem ouvir, e andava de um lado para o outro do aposento em profunda meditação, com a testa franzida e de ar sombrio. Elizabeth logo o notou e compreendeu de imediato. Seu domínio sobre ele estava acabando; tudo tinha de acabar perante tamanha prova da fraqueza da família, tal certeza da mais profunda desgraça. Não podia nem admirar-se nem condená-lo, mas pensar que ele tinha um grande domínio de si mesmo não a consolou em nada, não aliviou em nada a sua angústia. Ao contrário, aquele pensamento vinha sob medida para fazê-la entender seus próprios desejos; e ela nunca sentira tão sinceramente que podia amá-lo quanto agora, quando todo amor já era em vão.

Mas seus problemas pessoais, embora a distraíssem, não podiam absorvê-la. Lydia, a humilhação, a desgraça que estava trazendo a todos logo se sobrepôs a qualquer consideração pessoal; e, cobrindo o rosto com o lenço, Elizabeth logo se desligou de tudo; e, depois de uma pausa de vários minutos, só voltou a ter alguma consciência da situação pela voz de seu companheiro, que, de um jeito que embora expressasse compaixão também exprimia moderação, disse:

— Receio que há tempo a senhorita deseja a minha ausência, nem tenho algo a alegar para desculpar a minha permanência, a não ser uma preocupação verdadeira, ainda que inútil. Quisera Deus que eu pudesse dizer ou fazer alguma coisa para consolá-la de tal angústia! Mas não vou perturbá-la com vãos desejos, que podem parecer feitos só para atrair agradecimentos. Temo que esse terrível caso venha a impedir que a minha irmã tenha hoje o prazer de vê-la em Pemberley.

— Ah, sim. Peço que tenha a gentileza de levar as nossas desculpas à srta. Darcy. Diga-lhe que problemas urgentes exigem a nossa volta imediata para casa. Esconda dela a triste verdade o mais que puder, mas sei que não será por muito tempo.

Ele prontamente lhe prometeu guardar segredo; exprimiu mais uma vez sua consternação com a angústia dela, fez votos de que o caso tivesse uma conclusão mais feliz do que no momento havia razão de se esperar e, deixando suas saudações aos parentes dela, com um olhar sério de despedida, se retirou.

Quando ele deixou a sala, Elizabeth sentiu como era improvável que se vissem de novo num clima de tal cordialidade como a que marcou os diversos encontros que tiveram em Derbyshire; e enquanto lançava um olhar retrospectivo sobre o relacionamento inteiro, tão cheio de contradições e tão diversificado, ela suspirou ante a perversidade dos sentimentos, que agora promoviam a continuidade de tal relação e antes ansiavam pelo seu fim.

Se a gratidão e a estima forem sólidos fundamentos para o amor, a mudança de sentimentos em Elizabeth não há de ser nem improvável nem culpada. Mas, se não o forem, se o afeto que nasce dessa fonte for insensato ou antinatural, em comparação com o que tantas vezes se diz surgir de um primeiro contato com seu objeto e até antes de se trocarem duas palavrinhas, nada se poderá dizer em sua defesa, exceto que ela dera uma oportunidade ao segundo método em sua queda por Wickham, e que seu fracasso talvez a autorizasse à buscar o outro método, menos interessante. Seja como for, a partida dele a deixou triste; e, nesse primeiro exemplo do que a infâmia de Lydia deveria provocar, experimentou ela uma nova angústia, ao refletir sobre aquele infeliz caso. Nunca, desde a leitura da segunda carta de Jane, tivera ela alguma esperança de que Wickham tivesse a intenção de casar com Lydia. Só mesmo Jane, pensou, podia nutrir tal expectativa. O que menos sentia em todo aquele caso era surpresa. Enquanto o conteúdo da primeira carta permaneceu em sua mente, ela estava profundamente surpresa — admiradíssima de que Wickham se casasse com uma moça sem que fosse por dinheiro; e lhe pareceu incompreensível como Lydia podia tê-lo conquistado. Mas agora tudo parecia muito natural. Para um caso como esse, ela possuía encantos suficientes; e, embora não julgasse que Lydia participasse de uma fuga sem a intenção de se casar, não tinha dificuldade em acreditar que nem a virtude nem a inteligência a impediriam de se tornar uma presa fácil.

Ela jamais percebera, enquanto o regimento estava em Hertfordshire, que Lydia tivesse qualquer queda por ele; mas estava convencida de que a irmã só precisava de um encorajamento para se relacionar com alguém. Ora um oficial, ora outro era o seu favorito, enquanto as atenções deles os elevavam na opinião dela. Seus amores flutuavam continuamente, mas nunca ficavam sem objeto. Que erro negligenciar e ter indulgência por uma menina assim... Ah! Como percebia tudo claramente agora!

Ela estava louca para chegar em casa... para ouvir, ver, estar presente para compartilhar com Jane as atenções que agora estavam todas sobre os seus ombros, numa família tão anarquizada, com um pai ausente, uma mãe incapaz de fazer qualquer coisa, que exigia cuidados constantes; e, embora estivesse quase certa de que nada podia ser feito por Lydia, a participação do tio parecia da maior importância, e até ele entrar na sala a impaciência de Elizabeth foi extrema. O sr. e a sra. Gardiner voltaram correndo, assustados, imaginando pela explicação do criado que a sobrinha tivesse adoecido repentinamente; mas, depois de tranquilizá-los quanto a esse ponto, apressou-se em lhes comunicar por que os mandara chamar, lendo em voz alta as duas cartas e dando ênfase especial ao pós-escrito da segunda, com trêmula energia. Embora nunca tivessem tido nenhuma predileção por Lydia, o sr. e a sra. Gardiner não podiam deixar de afligir-se profundamente. Aquilo envolvia não só Lydia, mas a todos; e, depois das primeiras exclamações de surpresa e horror, o sr. Gardiner prometeu fazer tudo que estivesse ao seu alcance. Elizabeth, embora esperasse aquilo, agradeceu-lhe aos prantos; e, como os três eram movidos pelo mesmo espírito, tudo que se referia à viagem foi prontamente resolvido. Deviam partir o quanto antes.

— Mas o que fazer quanto a Pemberley? — exclamou a sra. Gardiner. — John nos disse que o sr. Darcy estava aqui quando você mandou chamar-nos. É verdade?

— É, sim. E eu disse a ele que não vamos poder cumprir os nossos compromissos. Isso está resolvido.

— Isso está resolvido — repetiu a outra, enquanto entrava correndo na sala para se preparar. — E eles já são tão íntimos a ponto de Elizabeth contar toda a verdade? Ah, queria saber como foi!

Mas as suas esperanças eram vãs, ou pelo menos só serviram para diverti-la na pressa e na confusão da hora seguinte. Se Elizabeth pudesse ficar sem fazer nada, teria tido a certeza de que toda ocupação era impossível para alguém tão aflita quanto ela; mas tinha o que fazer, tanto quanto a sua tia, e entre outras coisas precisava escrever bilhetes a todos os amigos de Lambton, com falsas desculpas para a partida repentina. Em uma hora, porém, já tudo estava concluído; e, tendo o sr. Gardiner, enquanto isso, liquidado a conta do albergue, nada mais restava a fazer senão partir; e Elizabeth, depois de toda a aflição da manhã, viu-se, num espaço de tempo mais breve do que teria imaginado, sentada na carruagem, a caminho de Longbourn.

CAPÍTULO 47

— Pensei muito no assunto, Elizabeth — disse o tio, enquanto se dirigiam à capital —, e, depois de refletir seriamente, estou muito mais propenso do que antes a ter a mesma opinião que a sua irmã mais velha sobre o assunto. Parece-me tão improvável que um rapaz conceba um tal plano contra uma mocinha que não é de modo algum desprotegida ou carente de amigos e que na verdade morava na casa da família do seu coronel, que estou muito inclinado a esperar o melhor. Como poderia ele pensar que os amigos dela nada fariam? Como poderia esperar voltar a ser bem recebido pelo regimento, depois de tal afronta contra o coronel Forster? Não valeria a pena assumir tantos riscos!

— O senhor acha mesmo isso? — exclamou Elizabeth, recuperando a animação por um momento.

— Dou-lhe minha palavra — disse a sra. Gardiner —; começo a ter a mesma opinião que o seu tio. É uma violação óbvia demais da decência, da honra e de seus próprios interesses, para que ele seja culpado disso. Não consigo pensar tão mal de Wickham. Você mesma, Lizzy, pode renegá-lo a ponto de crer que ele fosse capaz de uma coisa dessas?

— Talvez não de negligenciar seus próprios interesses; mas acredito que seja capaz de todos os outros tipos de negligência. Realmente, se isso fosse verdade! Mas não ouso ter essa esperança. Por que não iriam para a Escócia, se fosse esse o caso?

— Em primeiro lugar — replicou o sr. Gsardiner —, não há nenhuma prova definitiva de que não foram para a Escócia.

— Ah! Mas que tenham passado da *chaise* para uma carruagem de aluguel é um indício tão claro! E, além disso, não encontraram nenhum rastro deles na estrada de Barnet.

— Muito bem, então... suponhamos que estejam em Londres. Podem estar lá só para se esconder, sem mais nenhum motivo excepcional. Não é muito provável que o dinheiro seja abundante de ambos os lados; e pode ter-lhes ocorrido que é mais econômico, embora menos rápido, casar em Londres do que na Escócia.

— Mas por que tanto segredo? Por que tanto medo de serem descobertos? Por que o casamento teve de ser às escondidas? Ah, não, não... não é provável. Seu amigo mais íntimo, como vemos na carta de Jane, estava convencido de que ele não pretendia casar-se com ela. Wickham jamais se casará com uma moça que não tenha dinheiro. Não pode permitir-se isso. E que méritos tem Lydia... que atrativos tem ela além da juventude, da saúde e do bom humor, que pudessem motivá-lo a, por sua causa, perder toda possibilidade de um bom casamento? Não posso julgar os obstáculos que o receio de cair em desgraça no regimento poderia opor a uma fuga desonrosa com ela; pois nada sei sobre os efeitos que tal ato pode provocar. Mas, quanto à sua outra objeção, receio que ela dificilmente se mantenha firme. Lydia não tem irmãos que a defendam; e pode imaginar, pelo comportamento de papai, por sua indolência e pela pouca atenção que sempre pareceu dar ao que se passava na família, que *ele* agiria e pensaria tão pouco neste caso quanto qualquer pai costuma fazer numa situação como esta.

— Mas você acha possível que Lydia esteja tão apaixonada por Wickham, a ponto de concordar em viver com ele sem se casar?

— Parece que sim, e é muito chocante, sem dúvida — tornou Elizabeth, com lágrimas nos olhos —, que o senso de decência e de virtude de uma irmã admita dúvidas quanto a esse ponto. Mas, na verdade, não sei o que dizer. Talvez eu não esteja sendo justa com ela. Ela é muito jovem; nunca lhe ensinaram a pensar em assuntos sérios; e, nos últimos seis meses, ou melhor, nos últimos doze meses, ela só se preocupou com diversões e com vaidade. Permitiram-lhe gastar o tempo da maneira mais ociosa e frívola possível, e adotar qualquer opinião que lhe apresentassem. Desde que o regimento de ***shire veio aquartelar-se em Meryton, o amor, os namoros e os oficiais foram as únicas coisas que passaram por sua cabeça. E, de tanto pensar e falar nessas coisas, ela fez tudo que estava ao seu alcance para dar uma maior — como diria? — suscetibilidade a seus sentimentos, que já por natureza são muito ardentes. E todos sabemos que Wickham tem todos os encantos, na aparência e nos modos, que podem conquistar uma mulher.

— Mas veja você que Jane — disse a tia — não tem de Wickham uma opinião tão má a ponto de acreditar que ele seja capaz de uma coisa dessas.

— E de quem Jane alguma vez pensou mal? E será que existe alguém que, seja qual for a sua conduta passada, ela julgue capaz de uma coisa dessas, até ter provas? Mas Jane sabe tanto quanto eu quem Wickham de fato é. Nós duas sabemos que ele tem sido um devasso, no sentido mais forte da palavra; que não tem nem integridade nem honra; que é uma pessoa tão falsa e mentirosa quanto insinuante.

— E você realmente sabe isso tudo? — exclamou a sra. Gardiner, cuja curiosidade a respeito da fonte daquela informação era muito viva.

— Sei, sim — replicou Elizabeth, corando. — Eu lhe contei outro dia o infame comportamento dele para com o sr. Darcy; e a senhora mesma, quando esteve em Longbourn, ouviu como ele falava do homem que se comportou para com ele com tanta tolerância e generosidade. E existem outras circunstâncias que não estou autorizada... de que não vale a pena falar; mas são intermináveis as suas mentiras sobre toda a família de Pemberley. Pelo que ele falava da srta. Darcy, eu estava bem preparada para ver uma moça orgulhosa, reservada e desagradável. Ele, porém, sabia que era exatamente o contrário. Sabia que ela era tão simpática e despretensiosa como a conhecemos.

— Mas Lydia não sabe de nada disso? Como pode ela ignorar o que você e Jane parecem compreender tão bem?

— É verdade! Essa é a pior parte. Até ir a Kent e me encontrar diversas vezes tanto com o sr. Darcy quanto com seu parente, o coronel Fitzwilliam, eu mesma não conhecia a verdade. E, quando voltei para casa, o regimento de ***shire estava para deixar Meryton em uma ou duas semanas. Sendo assim, nem Jane, para quem eu contei tudo, nem eu julgamos necessário tornar público o que sabíamos; pois aparentemente de que serviria que a boa opinião que toda a vizinhança tinha sobre ele fosse destruída? E, mesmo quando se decidiu que Lydia iria com a sra. Forster, nunca me ocorreu a necessidade de abrir os seus olhos quanto ao caráter dele. Nunca me passou pela cabeça que *ela* corresse o risco de ser enganada. Não é difícil compreender que eu estava longe de esperar que tudo aquilo podia ter uma consequência *dessas*.

— Quando todos partiram para Brighton, então, imagino que você não tinha nenhuma razão para acreditar que eles se amassem?

— Nenhuma. Não consigo lembrar-me de nenhum sinal de atração da parte de nenhum dos dois; e, se algo desse tipo fosse perceptível, a senhora deve saber que a nossa não é uma família em que uma coisa dessas possa passar em brancas nuvens. Quando ele ingressou na milícia, ela logo passou a admirá-lo; mas o mesmo aconteceu com todas nós. Todas as jovens de Meryton e cercanias enlouqueceram por ele nos primeiros dois meses; mas nada fazia que *ela* se destacasse por alguma atenção especial; e, portanto, depois de um período de extravagante e violenta admiração, a sua fantasia com ele se dissipou e outros do regimento, que a tratavam com mais distinção, voltaram a ser seus favoritos.

* * *

É fácil compreender que, por pouco que essa repetida discussão pudesse acrescentar a seus receios, esperanças e conjeturas acerca desse interessante assunto, nenhum outro pôde afastá-los dele durante toda a jornada. Este nunca esteve distante dos pensamentos de Elizabeth. Atormentada pela mais profunda angústia e pelo remorso, não conseguiu ter nenhum momento de tranquilidade ou esquecimento.

Viajaram com a máxima velocidade e, dormindo uma noite na estrada, chegaram a Longbourn no dia seguinte, à hora do jantar. Foi um consolo para Elizabeth ver que Jane não tivera de suportar uma espera longa demais.

Ao entraram no cercado, os pequenos Gardiner, atraídos pela visão da *chaise*, estavam nos degraus da casa; e, quando a carruagem estacionou diante da porta, a alegre surpresa que iluminou os rostos e se manifestou em todo o corpo das crianças, com saltos e pinotes, foi a primeira agradável prova de que eram bem-vindos.

De um salto, Elizabeth desceu da carruagem; e, depois de dar em cada um deles um beijo apressado, correu para o vestíbulo, onde Jane, que desceu correndo do quarto da mãe, imediatamente foi ter com ela.

Elizabeth, enquanto a abraçava carinhosamente e as lágrimas transbordavam dos olhos de ambas, imediatamente perguntou se tinham alguma notícia dos fugitivos.

— Ainda não — respondeu Jane. — Mas, agora que meu querido tio chegou, espero que tudo corra bem.

— Papai está em Londres?

— Está. Ele partiu na terça-feira, como escrevi a você.

— E tem tido notícias dele com frequência?

— Só uma vez. Escreveu um bilhete na quarta-feira, para dizer que chegara bem e para me passar instruções, o que lhe pedi encarecidamente. Ele se limitou a acrescentar que não tornaria a escrever até ter algo importante para dizer.

— E a mamãe, como está? E vocês todas, como vão?

— Mamãe está razoavelmente bem, acho, embora seu ânimo esteja muito abalado. Ela está lá em cima e ficará muito contente em ver todos vocês. Ela não sai mais do quarto. Mary e Kitty, graças a Deus, estão muito bem.

— Mas, e você? Como está? — exclamou Elizabeth. — Você está pálida. Quantas dificuldades deve ter enfrentado!

Sua irmã, porém, garantiu-lhe que estava muito bem; e a conversa, que se dera enquanto o sr. e a sra. Gardiner estavam ocupados com os filhos, chegou ao fim com a chegada do grupo inteiro. Jane correu até os tios e deu-lhes as boas-vindas, agradecendo a ambos por terem vindo, entre risos e lágrimas.

Quando se reuniram todos na sala, as perguntas que Elizabeth já fizera foram, é claro, repetidas pelos demais, e eles logo viram que Jane não tinha nenhuma informação a lhes passar. Mas as esperanças otimistas que a bondade de seu coração sugeria não a haviam abandonado; ela ainda esperava que tudo fosse acabar bem, e que mais dia, menos dia, chegaria uma carta, ou de Lydia ou do pai, que explicaria tudo e, quem sabe, anunciaria o casamento.

A sra. Bennet, em cujo quarto todos se reuniram, depois de uma conversa de alguns minutos, recebeu-os exatamente como era de se esperar; com lágrimas e lamentações de saudades, invectivas contra o comportamento vil de Wickham, e queixas sobre seus sofrimentos e pelo mau tratamento que recebia; acusando a todos, menos à pessoa a cuja irrefletida indulgência os erros da filha deviam ser principalmente imputados.

— Se eu tivesse podido — disse ela — fazer o que queria e ir a Brighton, com toda a família, *isso* não teria acontecido; mas a minha querida Lydia, coitadinha, não tinha ninguém para tomar conta dela. Por que os Forster a perderam de vista? Tenho certeza de que houve uma grande negligência da parte deles, pois ela não é o tipo de moça que faça uma coisa dessas, se estiver bem vigiada. Sempre achei que eles não estavam capacitados a tomar conta dela; mas fui voto vencido, como sempre. Pobre criança! E agora eis que o sr. Bennet se foi, e eu sei que ele vai brigar com Wickham, assim que encontrá-lo, e será assassinado, e o que será de todas nós? Os Collins vão expulsar-nos daqui antes que ele esfrie no túmulo, e se você não for gentil conosco, meu irmão, não sei o que vamos fazer.

Eles todos protestaram contra tais horrendas ideias; e o sr. Gardiner, depois de garantir que sentia um profundo afeto por ela e por toda a família, disse-lhe que pretendia estar em Londres no dia seguinte, para ajudar o sr. Bennet em todas as tentativas de recuperar Lydia.

— Não se entregue a uma agitação inútil — acrescentou ele. — Embora devamos estar preparados para o pior, não é certo que ele venha a acontecer. Não faz nem uma semana que eles saíram de Brighton. Em poucos dias, teremos mais notícias deles; e, até termos certeza de que não estão casados e não têm planos de se casar, não vamos dar o caso como perdido. Assim que chegar a Londres, vou ter com meu cunhado e o farei vir comigo para casa, na Gracechurch Street; e então conversaremos sobre o que fazer.

— Ah! Meu querido irmão — tornou a sra. Bennet —, é isso mesmo que eu mais desejo. E, quando chegar em Londres, descubra onde eles estão, onde quer que seja; e, se ainda não estiverem casados, *faça* que se casem. E não deixe que eles aguardem o vestido de casamento, mas diga a Lydia que terá o dinheiro que quiser para comprá-lo, depois que estiver casada. E, antes de mais nada, impeça o sr. Bennet de duelar. Diga-lhe a que triste estado estou reduzida, que estou fora de mim de tão assustada... e tremo tanto, estou tão agitada, sinto espasmos nos lados e dor de cabeça, e tenho tantas palpitações, que não consigo descansar nem de dia nem de noite. E diga à minha querida Lydia que não dê nenhuma instrução sobre o vestido até me ver, pois ela não sabe quais são as melhores lojas. Ah, meu irmão, como você é bom! Eu sei que vai conseguir fazer tudo isso.

O sr. Gardiner, porém, embora tornasse a lhe garantir seu sério empenho no caso, não pôde evitar recomendar que se moderasse, tanto nas esperanças, quanto nos receios; e, depois de assim lhe falar até que o jantar fosse servido, todos a deixaram desabafando seus sentimentos com a governanta, que cuidava dela na ausência das filhas.

Embora seu irmão e sua cunhada estivessem convencidos de não haver nenhuma razão real para tal separação em relação à família, não tentaram opor-se a ela, pois sabiam que ela não era prudente o bastante para manter a boca fechada diante dos criados, enquanto eles serviam a mesa, e acharam melhor que só *uma* das empregadas, aquela em quem mais podiam confiar, pudesse compreender todos os seus temores e sua preocupação com o caso.

Na sala de jantar, eles logo se reuniram com Mary e Kitty, que estavam ocupadas demais em seus respectivos quartos para aparecerem antes. Uma acabava de deixar os livros, a outra, o toucador. O rosto de ambas, porém, estava relativamente calmo; e não se notava nenhuma mudança nelas, exceto que a perda da irmã predileta ou a irritação que aquele caso lhe provocara dera a Kitty um tom de voz ainda mais colérico. Quanto a Mary, era suficientemente senhora de si para sussurrar a Elizabeth, com uma expressão de grave reflexão, assim que se sentaram à mesa:

— Este é um caso horroroso, e provavelmente vai dar muito que falar. Devemos, todavia, arrostar a maré de maldade e derramar no peito ferido de cada uma de nós o bálsamo da consolação fraternal.

Percebendo, então, que Elizabeth não estava propensa a responder, acrescentou:

— Por mais triste que o caso possa ser para a Lydia, podemos tirar dele esta útil lição: que é irrecuperável a perda da virtude na mulher; que um passo em falso provoca a sua ruína definitiva; que a reputação não é menos frágil do que a beleza; e nunca é demais precavermo-nos contra os perigos do sexo oposto.

Elizabeth, pasma, ergueu os olhos, mas estava abatida demais para responder. Mary continuou, porém, a se consolar com tais máximas morais extraídas dos males que as afligiam.

À tarde, as duas srtas. Bennet mais velhas conseguiram ficar a sós por meia hora; e Elizabeth logo se aproveitou da oportunidade para fazer muitas perguntas, a que Jane estava igualmente feliz em responder. Depois de se entregarem às lamúrias genéricas acerca das terríveis consequências do caso, que
 Elizabeth considerava certas, e a srta. Bennet não podia garantir que fossem impossíveis, a primeira deu sequência ao assunto, dizendo:

— Mas me conte tudo que ainda não ouvi sobre o caso. Quero mais detalhes. O que o coronel Forster disse? Não suspeitaram de nada antes da fuga? Devem ter visto os dois juntos com frequência.

— O coronel Forster admitiu ter muitas vezes suspeitado de alguma inclinação, sobretudo da parte de Lydia, mas nada que o tivesse alarmado. Eu sinto tanto por ele! Seu comportamento não poderia ter sido mais atencioso e gentil. Ele *veio* até nós, para demonstrar a sua preocupação, antes que lhe passasse pela cabeça que eles não tivessem ido para a Escócia: quando surgiu esse receio, ele se apressou em partir.

— E Denny estava certo de que Wickham não pretendia casar? Ele sabia do plano de fuga? O coronel Forster foi ver Denny pessoalmente?

— Foi, mas, quando interrogado por *ele*, Denny negou conhecer os planos deles e não deu sua opinião verdadeira sobre o caso. Não repetiu a sua convicção de que não haveria casamento... e por isso estou inclinada a esperar que antes talvez ele tenha sido mal interpretado.

— E, até o coronel Forster vir aqui pessoalmente, imagino que nenhum de vocês teve qualquer dúvida de que eles tivessem realmente casado?

— Como tal ideia poderia passar por nossa cabeça? Eu me senti um pouco incomodada... um pouco temerosa em relação à felicidade da minha irmã no casamento, porque sabia que a conduta dele nem sempre era das mais corretas. Papai e mamãe nada sabiam disso; só perceberam que era uma união muito imprudente. Kitty então confessou, muito contente em saber mais do que todos nós, que Lydia, em sua última carta, a avisara do que faria. Ela sabia havia muitas semanas que os dois estavam apaixonados um pelo outro.

— Mas não antes de irem para Brighton?

— Não, acho que não.

— E o coronel Forster parece ter boa opinião do Wickham? Conhece o seu verdadeiro caráter?

— Devo confessar que ele não falou tão bem de Wickham como costumava. Acreditava que ele fosse imprudente e extravagante. E, desde que ocorreu esse triste caso, dizem que ele deixou muitas dívidas em Meryton; mas espero que não seja verdade.

— Ah, Jane, se não tivéssemos feito tanto segredo, se tivéssemos contado o que sabíamos dele, isso poderia não ter acontecido!

— Talvez tivesse sido melhor — tornou sua irmã. — Mas expor os velhos erros de uma pessoa sem saber quais são seus sentimentos presentes parecia injustificável. Agimos com a melhor das intenções.

— Será que o coronel Forster foi capaz de repetir os detalhes do bilhete de Lydia à esposa dele?

— Ele o trouxe consigo, para que o víssemos.

Jane, então, o retirou de dentro da agenda e o passou a Elizabeth. Eis o que dizia:

> Querida Harriet,
>
> Você vai rir quando souber para onde eu vou, e não consigo parar de rir da sua surpresa amanhã de manhã, quando der por falta de mim. Estou indo para Gretna Green, e, se você não conseguir adivinhar com quem, vou achar você uma boboca, pois só existe um homem no mundo que eu amo, e ele é um anjo. Eu nunca seria feliz sem ele; então não pense mal de mim se vou com ele. Não precisa escrever para Longbourn sobre a minha ida, se não quiser, pois a surpresa deles será ainda maior quando eu escrever para eles e assinar como "Lydia Wickham". Vai ser muito engraçado! Mal consigo escrever, de tanto rir. Por favor mande as minhas desculpas ao Pratt por não cumprir o meu compromisso de dançar com ele esta noite. Diga a ele que espero que ele me desculpe quando souber de tudo; e diga a ele que vou dançar com ele no próximo baile em que nos encontrarmos, com muito prazer. Vou mandar buscar as minhas roupas quando estiver em Longbourn; mas gostaria que você pedisse a Sally que conserte um rasgão em meu vestido de musselina rendada antes de embrulhá-lo. Adeus. Despeça-se do coronel Forster por mim. Espero que vocês brindem por nossa viagem.
>
> Sua querida amiga,
>
> LYDIA BENNET

— Ah! Lydia, Lydia, cabecinha de vento! — exclamou Elizabeth quando acabou de ler. — Que carta é esta, para se escrever numa hora dessas! Mas pelo menos mostra que *ela* foi séria quanto ao motivo da viagem. Seja o que for que depois ele a persuadiu a fazer, da parte dela não havia um *plano* infame. Pobre papai! Como isso deve tê-lo desgostado!

— Nunca vi ninguém tão arrasado. Não conseguiu dizer uma palavra por dez minutos. Mamãe imediatamente se sentiu mal e a casa inteira virou bagunça!

— Ah! Jane! — exclamou Elizabeth. — Será que havia alguma criada na casa que ainda não sabia da história inteira antes do cair da noite?

— Não sei. Espero que sim. Mas ser reservado numa hora dessas é muito difícil. Mamãe estava histérica, e, embora eu tentasse ajudá-la o mais que podia, temo que não fiz tudo que podia ter feito! Mas o horror do que podia acontecer quase me fez perder os sentidos.

— Você a assistiu até demais. Você não está bem. Ah! Queria ter estado com você! Você suportou sozinha todos os trabalhos e toda a aflição.

— Mary e Kitty têm sido muito boas, e tenho certeza de que teriam dividido comigo todos os trabalhos; mas não achei que fosse justo com nenhuma das duas. Kitty é franzina e delicada; e Mary estuda tanto, que suas horas de descanso não devem ser perturbadas. Tia Phillips veio a Longbourn terça-feira, depois que papai partiu; e teve a bondade de ficar comigo até quinta-feira. Ela foi muito útil para todos nós. E *Lady* Lucas tem sido muito bondosa; ela veio aqui na quarta-feira de manhã para unir-se à nossa aflição, e nos ofereceu os seus serviços ou os de qualquer uma de suas filhas, se fosse útil para nós.

— Seria melhor que ela tivesse ficado em casa — exclamou Elizabeth —; talvez as suas *intenções* fossem boas, mas, numa desgraça como esta, é melhor manter os vizinhos a distância. Eles não podem ajudar-nos; e a comiseração é insuportável. Que triunfem sobre nós e sejam felizes, mas longe daqui.

Ela quis então saber que medidas o pai pretendia tomar, ao chegar em Londres, para reencontrar a filha.

— Acho que ele pretende — respondeu Jane — ir a Epsom, o lugar onde houve a última troca de cavalos, ver os postilhões e tentar saber se poderia tirar algo deles. Seu principal objetivo deve ser descobrir o número da carruagem de aluguel que tomaram em Clapham. Ela vinha de Londres com passageiros, e, como julgava que a circunstância de um casal passar de uma carruagem para outra talvez tivesse chamado a atenção, pretendia fazer investigações em Clapham. Se pudesse de algum modo descobrir em que casa o cocheiro deixara esse passageiro, faria investigações ali, na esperança de não ser impossível descobrir o tipo e o número da carruagem. Não sei de nenhum outro plano que ele tenha concebido; mas ele estava com tanta pressa de partir e tão agitado, que tive dificuldade até de descobrir esse pouco que lhe contei.

CAPÍTULO 48

Todos estavam à espera de uma carta do sr. Bennet na manhã seguinte, mas o correio chegou sem trazer nem um bilhete da parte dele. A família sabia que, em todas as ocasiões ordinárias, ele era um correspondente muito negligente e desleixado; mas, numa ocasião como essa, tinham esperança de que ele se esforçasse. Foram obrigados a concluir que não havia nenhuma boa notícia para dar; mas mesmo sobre *isso* eles gostariam de ter certeza. O sr. Gardiner só esperava pelas cartas para partir.

Quando ele se foi, tiveram pelo menos a certeza de receber com frequência informações sobre o que estava acontecendo e, ao partir, o tio prometeu convencer o sr. Bennet a voltar a Longbourn, assim que pudesse, para grande consolo da irmã, que considerava aquilo a única forma de ter certeza de que o marido não seria morto num duelo.

A sra. Gardiner e as crianças deviam permanecer em Hertfordshire mais alguns dias, pois ela achava que sua presença podia ser útil às sobrinhas. Ela lhes fez companhia nos cuidados à sra. Bennet, e foi de grande conforto para elas nas horas livres. A outra tia também as visitou com frequência, e sempre, como dizia, com a ideia de reconfortá-las e animá-las; no entanto, como jamais vinha sem relatar algum novo exemplo da extravagância ou irregularidade de Wickham, raramente ia embora sem deixá-las mais desanimadas do que quando chegara.

Parecia que toda Meryton estivesse empenhada em cobrir de infâmia o homem que, apenas três meses antes, era tido quase como um anjo de luz. Era acusado de dever dinheiro a todos os comerciantes do lugar, e suas intrigas, todas elas honradas com o título de sedução, penetraram na família de cada um desses comerciantes. Afirmavam todos que era o pior rapaz do mundo; e todos começaram a descobrir que sempre haviam desconfiado de sua aparência de bondade. Embora não desse crédito nem à metade do que diziam, Elizabeth acreditava o suficiente para ganhar maior certeza da ruína da irmã; e até mesmo Jane, que acreditava ainda menos naquilo tudo, perdeu quase toda a esperança, principalmente porque já chegara a hora de, se tivessem ido para a Escócia — algo de que ela nunca desesperara —, receberem notícias deles.

O sr. Gardiner partiu de Longbourn no domingo; na terça-feira, sua esposa recebeu uma carta dele; dizia ela que, ao chegar, logo encontrou seu cunhado e o convenceu a vir à Gracechurch Street; que o sr. Bennet estivera em Epsom e Clapham, antes de sua chegada, mas sem obter nenhuma informação satisfatória; e que estava decidido a investigar todos os principais hotéis da capital, pois o sr. Bennet achava possível que tivessem ido a um deles, ao chegar a Londres, antes de conseguir estabelecer-se em algum lugar. O próprio sr. Gardiner não esperava nenhum resultado dessa medida, mas, como o irmão insistia nela, pretendia auxiliá-lo em sua execução. Acrescentava que o sr. Bennet parecia não estar nem um pouco propenso a deixar Londres agora e prometia voltar a escrever muito em breve. Havia também um pós-escrito a esse respeito:

> Escrevi ao coronel Forster para lhe pedir que descubra, se possível, de alguns dos amigos de Wickham pertencentes ao regimento, se ele tem algum conhecido que provavelmente saiba em que lugar da cidade estaria escondido. Se houver alguém que possa fornecer tal pista, pode ser muito importante. No momento, nada temos que possa orientar-nos. Tenho certeza de que o coronel Forster fará tudo que estiver ao seu alcance para nos ajudar neste ponto. Mas, pensando bem, talvez Lizzy nos possa dizer, mais do que qualquer outra pessoa, que parentes ainda em vida ele tem.

Elizabeth não teve dificuldade em compreender de onde vinha esse respeito por sua autoridade no assunto; mas não estava ao seu alcance dar qualquer informação digna do cumprimento. Nunca ouvira falar que ele tivesse qualquer parente, salvo pai e mãe, ambos falecidos havia muitos anos. Era possível, porém, que alguns de seus companheiros no regimento de ***shire pudessem dar mais informações; e, apesar de não ser muito otimista a esse respeito, aquilo era algo que devia ser levado adiante.

Em Longbourn, eram de ansiedade todos os dias; mas a parte mais ansiosa era quando aguardavam o carteiro. A chegada das cartas era o grande objeto de impaciência de cada manhã. Por meio de cartas, seriam comunicadas de tudo de bom ou de ruim que ocorresse, e a cada dia se esperava que o dia seguinte traria notícias importantes.

Mas, antes de receberem novas notícias do sr. Gardiner, chegou uma carta para o pai, vinda de outro remetente muito diferente: o sr. Collins. Como Jane recebera instruções para abrir tudo que viesse para ele em sua ausência, ela a leu; e Elizabeth, que sabia como suas cartas eram sempre curiosas, leu-a ao seu lado. Ei-la:

> Caro senhor,
>
> O nosso parentesco e a minha situação na vida convidam-me a exprimir-lhe as minhas condolências pela dolorosa aflição que atingiu a V. Sa., da qual fomos informados ontem por uma carta enviada de Hertfordshire. Esteja certo, meu caro senhor, de que a sra. Collins e eu compartilhamos os sentimentos de V. Sa. e de toda a sua respeitável família neste doloroso momento, que deve ser cheio de amargura, pois provém de uma causa que o tempo não pode apagar. Não faltarão argumentos de minha parte que possam aliviar tão grave calamidade ou reconfortá-lo numa situação que, dentre todas, deve ser a mais aflitiva para um pai.

A morte de sua filha teria sido uma bênção em comparação com isso. E é ainda mais de se lamentar porque há razões de se supor, como a minha querida Charlotte me informa, que esse comportamento licencioso da parte de sua filha tenha origem na excessiva indulgência; embora, ao mesmo tempo, para consolo de V. Sa. e da sra. Bennet, eu esteja inclinado a pensar que o próprio caráter dela seja naturalmente mau, pois senão não poderia ter cometido tal enormidade com tão pouca idade. Seja como for, V. Sa. é digna de comiseração; opinião esta que é compartilhada pela sra. Collins, mas também por Lady Catherine e sua filha, a quem contei o caso. Elas concordam comigo no temor de que tal tropeço da parte de uma das filhas possa prejudicar a sorte de todas as demais; pois quem, como diz condescendentemente a mesma Lady Catherine, vai querer unir-se a uma tal família? E tal observação me leva a refletir com satisfação ainda maior sobre certo acontecimento de novembro passado; pois, se as coisas se tivessem passado diversamente, eu estaria envolvido em sua dor e desgraça. Permita-me, pois, aconselhar V. Sa. a consolar-se o máximo que puder, expulsando para sempre do seu coração essa filha indigna, para que ela possa colher os frutos de sua hedionda ofensa.

Queira aceitar, caro senhor, os meus protestos, etc., etc.

O sr. Gardiner não tornou a escrever até ter recebido uma resposta do coronel Forster; e não tinha, então, nada de agradável para contar. Não constava que Wickham tivesse nenhum parente com quem se relacionasse, e era certo que nenhum de seus familiares ainda estava em vida. Tempo atrás, ele tinha muitos conhecidos; mas, desde que entrara para a milícia, não parecia ter uma amizade particular com nenhum deles. Não havia ninguém, portanto, de quem se pudesse esperar ter notícias dele. E no péssimo estado de suas finanças havia um forte motivo para manter segredo, além do medo de ser descoberto pelos parentes de Lydia, pois recentemente se revelara que deixara para trás dívidas de jogo que montavam a somas consideráveis. Acreditava o coronel Forster que seriam necessárias mais de mil libras para saldar as suas contas em Brighton. Devia muito dinheiro em Londres, mas suas dívidas de honra eram ainda mais formidáveis. O sr. Gardiner não tentou esconder da família de Longbourn esses pormenores. Jane os ouviu horrorizada.

— Um jogador! — exclamou ela. — Quem diria? Isso nem me passou pela cabeça.

Acrescentou o sr. Gardiner na carta que poderiam esperar que seu pai voltasse para casa no dia seguinte, um sábado. Abatido com o insucesso de todos os seus esforços, cedera aos pedidos insistentes do cunhado para que voltasse para junto da família e deixasse a ele fazer tudo que a ocasião pudesse sugerir ser adequado para dar sequência à busca. Quando a sra. Bennet soube disso, não manifestou tanta satisfação quanto suas filhas esperavam, levando-se em conta o quanto havia temido pela vida dele.

— Como? Está de volta para casa, e sem a pobre Lydia? — exclamou ela. — Com certeza não vai sair de Londres antes de encontrá-la. Quem enfrentará Wickham e o forçará a se casar com ela, se ele voltar para cá?

Como a sra. Gardiner começou a querer voltar para casa, foi decidido que ela e as crianças iriam para Londres ao mesmo tempo que o sr. Bennet viria de lá. A carruagem, portanto, levou a família para a capital na primeira metade da jornada e depois trouxe seu dono de volta a Longbourn.

A sra. Gardiner partiu tão perplexa a respeito de Elizabeth e de seu amigo de Derbyshire quanto de lá viera. O nome dele nunca fora pronunciado espontaneamente diante deles pela sobrinha; e acabara em nada a leve esperança que a sra. Gardiner formara de que logo depois de se separarem receberiam uma carta dele. Desde sua chegada, Elizabeth não recebera nenhuma carta que viesse de Pemberley.

O triste estado presente da família tornava desnecessária qualquer desculpa ao abatimento de Elizabeth; nada, portanto, se podia razoavelmente suspeitar por causa *disso*, embora ela, que a essa altura estava em bons termos com seus próprios sentimentos, estivesse perfeitamente ciente de que, se nunca tivesse conhecido Darcy, teria suportado bem melhor o horror da infâmia de Lydia. Isso lhe teria poupado, acreditava ela, uma noite de insônia em cada duas.

Quando o sr. Bennet chegou, exibia toda a sua tranquilidade filosófica de sempre. Falou tão pouco quanto costumava falar; não mencionou o caso que exigira a sua partida e levou algum tempo até que suas filhas ganhassem coragem para levantar a questão.

Só à tarde, quando ele se juntou a elas para o chá, Elizabeth se arriscou a tocar no assunto; e então, depois que ela exprimiu brevemente sua dor por tudo que ele devia ter sofrido, ele replicou:

— Não vamos falar sobre isso. Quem mais deve sofrer, a não ser eu? Foi minha culpa e só eu devo sofrer.

— O senhor não deve ser tão severo consigo mesmo — tornou Elizabeth.

— Você faz bem em me alertar contra esse mal. A natureza humana lhe é tão propensa! Não, Lizzy, deixe que uma vez na vida eu sinta o quanto fui culpado. Não temo ser vencido por essa impressão. Ela logo passa.

— Acha que eles estão em Londres?

— Acho. Onde mais poderiam esconder-se tão bem?

— E Lydia sempre queria ir a Londres — acrescentou Kitty.

— Então ela deve estar satisfeita — disse o pai secamente —; e sua permanência na capital deve prolongar-se um pouco.

Em seguida, depois de breve pausa, prosseguiu:

— Lizzy, não guardo rancor por você estar certa no conselho que me deu em maio. Considerando-se o que aconteceu, mostra certa grandeza de espírito.

Foram interrompidos pela srta. Bennet, que veio pegar o chá da mãe.

— Essa é uma exibição — exclamou ele — que faz bem à gente. Confere tal elegância à desgraça! Algum dia farei a mesma coisa; vou ficar na biblioteca, de touca de dormir e camisola, e dar o máximo trabalho que puder; ou talvez deva adiar até o dia em que Kitty fugir.

— Não vou fugir, papai — disse Kitty, magoada. — Se eu tivesse ido a Brighton, meu comportamento teria sido melhor do que o de Lydia.

— *Você* em Brighton! Nem por cinquenta libras eu confiaria em você aqui perto mesmo, em Eastbourne! Não, Kitty, finalmente eu aprendi a ser cauteloso, e você vai sentir os efeitos disso. Nenhum oficial nunca mais vai entrar em minha casa, nem passar pelas redondezas. Os bailes serão estritamente proibidos, a menos que você dance com uma de suas irmãs. E você não vai dar um passo fora de casa até provar ter passado dez minutos do dia de maneira racional.

Kitty, que levou a sério essas ameaças, começou a chorar.

— Ora, ora — disse ele —, não fique triste. Se for uma boa menina nos próximos dez anos, eu a levarei ao teatro.

CAPÍTULO 49

Dois dias depois da volta do sr. Bennet, passeavam Jane e Elizabeth pelo pequeno bosque que fica atrás da casa, quando viram a governanta vindo em sua direção e, concluindo que viera chamá-las da parte da sra. Bennet, foram ter com ela; mas, em vez da chamada, ao se aproximarem, disse ela à srta. Bennet:

— Sinto muito interrompê-la, minha senhora, mas esperava que a senhora tivesse alguma boa notícia da capital. Tomei então a liberdade de vir perguntar.

— O que você quer dizer com isso, Hill? Não recebemos nenhuma notícia da capital.

— Minha cara senhora — exclamou a sra. Hill, muito espantada —, será que não sabe que chegou uma mensagem urgente do sr. Gardiner? O carteiro esteve aqui há meia hora e o patrão recebeu uma carta.

As moças saíram correndo, ansiosas demais para ter tempo de responder. Passaram correndo pelo vestíbulo e entraram na copa; de lá passaram à biblioteca; o pai não estava; já iam procurá-lo no andar de cima com a mãe, quando deram com o mordomo, que lhes disse:

— Se estão à procura do patrão, ele está indo para o bosquinho.

Ao receberam essa informação, logo passaram mais uma vez pelo vestíbulo e correram pelo gramado em busca do pai, que seguia seu caminho rumo a um bosquinho que ficava a um lado do cercado.

Jane, que não era tão veloz nem tinha o hábito de correr como Elizabeth, logo ficou para trás, enquanto a irmã, ofegante, o alcançava e exclamava vivamente:

— Ah, papai, quais são as notícias... quais são as notícias? Alguma novidade da parte do titio?

— Sim. Recebi uma carta urgente dele.

— E que notícias ela traz? Boas ou más?

— O que haverá de bom a se esperar? — disse ele, tirando a carta do bolso. — Mas talvez você queira lê-la.

Elizabeth pegou-a de sua mão, com impaciência. Jane a alcançou.

— Leia-a em voz alta — disse-lhe o pai —, pois eu mal sei a que se refere.

> Gracechurch Street, segunda-feira, 2 de agosto.
>
> Meu caro cunhado,
>
> Finalmente posso dar-lhe algumas notícias de minha sobrinha, as quais, tudo bem considerado, espero que o deixem satisfeito. Sábado, logo depois de sua partida, tive a sorte de descobrir em que lugar de Londres eles estavam. Deixo os pormenores para quando nos encontrarmos; basta saber que os descobrimos. Eu vi os dois...

— Então foi tudo como eu esperava — exclamou Jane —; eles se casaram!

Elizabeth prosseguiu na leitura:

> Eu vi os dois. Eles não se casaram, nem ao que parece tiveram qualquer intenção de fazê-lo; mas, se você estiver disposto a cumprir os compromissos que ousei assumir em seu nome, tenho esperança de que o casamento não vá tardar muito. Tudo o que precisa fazer é garantir à sua filha, como dote, uma parte igual das cinco mil libras que cabem a cada uma de suas filhas depois que você e minha irmã falecerem; e, além disso, comprometer-se a pagar a ela, a cada ano, a quantia de cem libras. Essas são condições que, tudo bem considerado, eu não hesitei em aceitar, pois me julguei autorizado por você. Vou enviar-lhe esta carta como correio expresso, para que a resposta chegue sem mais delongas. Você há de compreender, com base nesses pormenores, que a situação do sr. Wickham não é tão desesperada como geralmente se acredita. Todos se enganaram quanto a isso; e estou feliz em dizer que sobrará algum dinheirinho, mesmo depois de pagas todas as dívidas, para a minha sobrinha, além do dote. Se, como creio, você me conceder plenos poderes para agir em seu nome durante toda esta negociação, darei imediatamente ordens a Haggerston para que redija um acordo satisfatório. Não haverá a menor necessidade de você voltar a Londres; fique, pois, tranquilo em Longbourn e confie em meu empenho e dedicação. Mande-me a sua resposta assim que puder, tendo o cuidado de ser bastante explícito. Pareceu-nos melhor que minha sobrinha se case saindo desta casa, o que espero você aprove. Ela virá

para cá ainda hoje. Voltarei a escrever assim que mais alguma coisa for acertada. Cordialmente, etc.,

EDW. GARDINER

— Será possível? — exclamou Elizabeth, quando terminou a leitura. — Será possível que ele se case com ela?

— Wickham, então, não é tão pilantra como julgávamos — disse a irmã. — Querido papai, meus parabéns!

— E o senhor respondeu à carta? — exclamou Elizabeth.

— Não. Mas tenho de fazer isso logo.

Ela, então, insistiu vivamente que não perdesse mais tempo e escrevesse logo a resposta.

— Ah, papai querido! — exclamou ela. — Volte já e escreva imediatamente. Pense como cada minuto é importante num caso desses.

— Deixe-me escrever pelo senhor — disse Jane —, se não quiser dar-se ao trabalho.

— Não gosto nada disso — respondeu ele —, mas tem de ser feito.

E ao dizer isso deu meia-volta com elas e se dirigiu para a casa.

— Mas diga-me — disse Elizabeth —: imagino que esses termos devem ser aceitos.

— Aceitos! Estou até envergonhado de que ele tenha pedido tão pouco.

— E eles *vão* casar-se! Mesmo sendo ele um homem *desses*!

— Sim, sim, eles devem casar-se. Não há mais nada que fazer. Há, porém, duas coisas que gostaria muito de saber. Uma é quanto dinheiro o seu tio gastou para conseguir convencê-lo; a outra é: como vou poder pagar-lhe.

— Dinheiro! O titio! — exclamou Jane. — O que o senhor quer dizer com isso?

— Quero dizer que nenhum homem no uso de suas faculdades mentais se casaria com Lydia atraído por míseras cem libras por ano enquanto eu viver, e cinquenta depois que eu morrer.

— Isso é verdade — disse Elizabeth —; não tinha pensado nisso. Pagar todas as dívidas e ainda sobrar algum dinheiro! Ah! Deve ser alguma coisa que o titio fez! Que homem bom e generoso! Temo que ele se tenha arruinado. Uma pequena quantia não faria tudo isso.

— Não — disse o pai —; Wickham é um tolo se ficar com ela por menos de dez mil libras. Lamentaria ter de pensar tão mal dele, bem no começo de nosso relacionamento.

— Dez mil libras! Deus me livre! Como pagar metade dessa quantia?

O sr. Bennet não respondeu, e cada um deles, imerso em seus pensamentos, continuou a caminhar em silêncio até chegarem à casa. O pai, então, foi à biblioteca para escrever a resposta e as moças se dirigiram para a copa.

— E vão realmente se casar! — exclamou Elizabeth, assim que ficaram a sós. — Como é estranho! E temos de agradecer por *isso*! Temos de estar contentes porque eles vão casar-se, por menor que seja a possibilidade de serem felizes e por pior que seja o caráter dele. Ah, Lydia!

— Eu me consolo pensando — replicou Jane — que ele por certo não casaria com Lydia se não a amasse de verdade. Embora o nosso bom tio tenha feito algo para pagar suas dívidas, não consigo acreditar que tenham sido dez mil libras, ou algo parecido. Ele tem seus próprios filhos e talvez venha a ter outros. Como poderia poupar dez mil libras?

— Se soubéssemos quanto Wickham devia — disse Elizabeth — e quanto ele destinou à nossa irmã, saberíamos exatamente o que o sr. Gardiner fez por eles, pois Wickham não tem um tostão furado. Jamais poderemos pagar a bondade de titio e de titia. Levá-la para casa e dar-lhe sua proteção e amparo pessoal é um tal sacrifício em favor dela, que nem anos de gratidão poderão recompensar. A esta altura, ela já deve estar com eles! Se tanta bondade não a deprimir agora, ela jamais merecerá ser feliz! Que encontro não há de ser, quando ela der com a titia!

— Temos de tentar esquecer tudo o que se passou de ambas as partes — disse Jane. — Espero que venham a ser felizes. Tenho confiança nisso. O consentimento dele em casar-se com ela é uma prova, creio eu, de que voltou ao bom caminho. O amor recíproco vai fortalecê-los; e quero crer que viverão uma vida tão tranquila e racional, que com o tempo as imprudências do passado serão esquecidas.

— O que fizeram — tornou Elizabeth —, nem você, nem eu nem ninguém nunca esquecerá. É inútil falar sobre isso.

Ocorreu então às moças que sua mãe muito provavelmente ignorava por completo o que acontecera. Foram até a biblioteca, portanto, e perguntaram ao pai se não queria que elas fossem contar tudo a ela. Ele estava escrevendo e, sem erguer a cabeça, respondeu friamente:

— Como quiserem.

— Podemos levar a carta do titio para ler para ela?

— Peguem o que quiserem e sumam daqui.

Elizabeth pegou a carta da escrivaninha, e as duas subiram juntas as escadas. Mary e Kitty estavam com a sra. Bennet: bastaria uma comunicação, portanto, para todas. Depois de uma breve preparação para as boas notícias, a carta foi lida em voz alta. A sra. Bennet mal podia conter-se. Assim que Jane leu o trecho sobre a esperança do sr. Gardiner de que Lydia logo estaria casada, prorrompeu em gestos de alegria, que se foram tornando mais e mais exuberantes a cada nova sentença. O contentamento levava-a agora a um estado de violenta excitação, como antes se agitava de preocupação e irritação. Bastava saber que a filha iria casar. Nenhum temor pela felicidade da filha a perturbava, nem a humilhava nenhuma recordação do mau comportamento dela.

— Minha querida, querida Lydia! — exclamou ela. — Isso é maravilhoso! Ela vai casar-se! Posso vê-la novamente! Vai casar-se aos dezesseis anos! Meu bom irmão! Eu sabia que isso ia acontecer. Sabia que ele daria um jeito em tudo! Quanta saudade! E ver o querido Wickham também! Mas o vestido, o vestido de casamento! Vou escrever agora mesmo à minha cunhada Gardiner sobre isso. Lizzy, querida, corra até o seu pai, e lhe pergunte quanto vai dar a ela. Espere, espere, eu mesma vou. Toque a campainha, Kitty, e chame a Hill. Vou arrumar-me num minuto. Querida, querida Lydia! Que alegria quando nos virmos de novo!

Sua filha mais velha tratou de moderar a veemência de tais arroubos, lembrando-lhe o quanto todas elas deviam ao comportamento do sr. Gardiner.

— Pois temos de atribuir esse final feliz — acrescentou ela — em grande medida à bondade dele. Estamos convencidas de que ele se empenhou pessoalmente em ajudar com dinheiro o sr. Wickham.

— Muito bem — exclamou a mãe —, está tudo muito certo; quem faria isso, a não ser seu próprio tio? Se ele não tivesse sua própria família, eu e minhas filhas teríamos todo o seu dinheiro; e esta é a primeira vez que recebemos algo dele, fora alguns presentinhos. Muito bem! Estou tão feliz! Logo terei uma filha casada. A sra. Wickham! Como soa bem! E ela acabou de fazer dezesseis anos em junho. Minha querida Jane, estou tão agitada que com certeza não vou conseguir escrever; então eu dito e você escreve para mim. Vamos resolver com seu pai o problema do dinheiro mais tarde; mas as encomendas devem ser feitas agora mesmo.

Ela passou, então, a tratar dos detalhes do calicó, da musselina e da cambraia, e logo teria ditado encomendas consideráveis, se Jane, não sem certa dificuldade, não a convencesse a aguardar que o pai pudesse ser consultado. Um dia a mais, observou ela, não teria importância; e a mãe estava feliz demais para ser tão teimosa como de costume. Além disso, ocorreram-lhe outros planos.

— Vou a Meryton — disse ela —, assim que me vestir, contar as ótimas notícias à minha irmã Phillips. E ao voltar vou fazer uma visita a *Lady* Lucas e à sra. Long. Kitty, desça e mande prepararem a carruagem. Tomar um pouco de ar me fará muito bem, com certeza. Meninas, posso fazer alguma coisa por vocês em Meryton? Ah! Aí está a Hill! Minha querida Hill, já ouviu as boas-novas? A srta. Lydia vai casar-se; e todos vocês vão ganhar uma taça de ponche para se divertirem durante o casamento.

A sra. Hill começou imediatamente a exprimir seu contentamento. Elizabeth recebeu seus parabéns com as demais, e então, cansada de toda aquela loucura, foi refugiar-se no quarto, para poder pensar livremente.

A situação da pobre Lydia devia ser, no melhor dos casos, muito ruim; mas tinham de agradecer por não ter acontecido algo ainda pior. Ela percebia isso; e, embora, ao olhar para o futuro, não pudesse esperar para a irmã nem uma felicidade razoável nem a prosperidade mundana, ao olhar para trás, para o que tinham temido havia apenas duas horas, ela sentiu todas as vantagens do que haviam obtido.

CAPÍTULO 50

O sr. Bennet muitas vezes desejara que, antes desse período da vida, em vez de gastar todos os seus rendimentos, tivesse deixado de lado uma quantia anual para maior garantia das filhas e da esposa, se esta sobrevivesse a ele. Agora se arrependia disso mais do que nunca. Se tivesse cumprido o seu dever nesse ponto, Lydia não estaria em dívida com o tio pelo pouco de honra e de crédito que ainda lhe restava. A satisfação de convencer um dos jovens mais ordinários da Grã-Bretanha a tornar-se seu marido teria, então, permanecido em seu devido lugar.

Estava seriamente preocupado em ver que uma causa tão pouco vantajosa para todos fosse levada adiante à custa apenas de seu cunhado, e estava decidido, se possível, a descobrir o montante da ajuda, para desobrigar-se assim que pudesse.

Quando o sr. Bennet se casou, julgavam que a economia fosse algo completamente inútil, pois, é claro, teriam um filho. Assim que chegasse à maioridade, o filho deveria resgatar o morgadio, garantindo com isso o sustento da viúva e dos filhos mais moços. Vieram ao mundo cinco filhas, uma após a outra, mas nada do filho; e a sra. Bennet, durante muitos anos depois do nascimento de Lydia, ainda estava certa de que ele viria. Finalmente, perderam toda esperança, mas então já era tarde demais para poupar. A sra. Bennet não tinha queda para a economia, e só o amor de seu marido pela independência impediu que gastassem mais do que recebiam.

O contrato matrimonial dava cinco mil libras à sra. Bennet e aos filhos. Mas em que proporção tal quantia seria dividida entre estes era algo que dependia da vontade dos pais. Esse era um ponto, com relação a Lydia, pelo menos, que devia ser decidido agora, e o sr. Bennet não hesitou em aceitar a proposta que lhe era feita. Em termos de agradecido reconhecimento pela bondade do cunhado, embora expressos de modo um tanto conciso, ele então pôs por escrito sua total aprovação de tudo que fora feito e sua disposição de honrar os compromissos que haviam sido assumidos em seu nome. Nunca imaginara que fosse possível convencer Wickham a se casar com sua filha com tão poucos inconvenientes para si mesmo como pelos presentes acordos. Das cem libras esterlinas que lhes deviam ser pagas, gastaria pouco mais de dez por ano; pois, com as despesas de sustento do dia a dia e os contínuos presentes em dinheiro que chegavam a ela pelas mãos da mãe, os gastos de Lydia até então haviam sido só um pouco inferiores àquela soma.

Outra surpresa muito bem-vinda era ver que tudo aquilo podia ser feito com um esforço tão insignificante de sua parte; pois o que mais queria no momento era ter o mínimo possível de problemas com aquele negócio. Quando passaram os primeiros arroubos de raiva provocados pelas buscas de sua filha, ele naturalmente voltou à indolência primitiva. A carta foi logo enviada; pois, embora procrastinador em começar a agir, era rápido na execução. Solicitou maiores detalhes sobre o quanto devia ao cunhado, mas estava zangado demais com Lydia para lhe mandar uma mensagem.

As boas-novas espalharam-se rapidamente pela casa e com velocidade proporcional pela vizinhança. Foram recebidas nesta última com resignada filosofia. Para as conversas, teria sido melhor, é claro, que a srta. Lydia Bennet tivesse sido vista em Londres por acaso; ou, e esta seria a alternativa ideal, que se tivesse afastado do mundo, em alguma fazenda distante. Mas havia muito o que falar sobre o casamento dela; e os cordiais votos de felicidade formulados nos últimos dias por todas as velhas rabugentas de Meryton pouco perderam de seu espírito com a mudança das circunstâncias, pois com tal marido a desgraça de Lydia era tida como certa.

A sra. Bennet não descia havia duas semanas; mas naquele dia feliz ela tornou a ocupar o seu lugar à cabeceira da mesa, e com um bom humor opressivo. Nenhum sentimento de vergonha ofuscava seu triunfo. O casamento de uma filha, o primeiro objetivo de seus desejos desde que Jane completara dezesseis anos, estava agora a ponto de se realizar, e seus pensamentos e palavras se referiam todos aos presentes, às elegantes cerimônias, às finas musselinas, às carruagens e aos criados novos. Já estava à procura pela vizinhança de um bom lugar para a filha e, sem sequer saber qual seria a renda deles, rejeitou muitos imóveis por serem pequenos e de pouco prestígio.

— Haye Park podia servir — disse ela —, se os Goulding saíssem de lá... Ou a mansão de Stoke, se a sala de estar fosse maior; mas Ashworth é distante demais! Eu não suportaria tê-la a dez milhas de mim; e, quanto a Pulvis Lodge, os sótãos são medonhos.

Seu marido permitiu que ela falasse sem parar enquanto os criados estavam presentes. Mas, quando eles se retiraram, disse a ela:

— Sra. Bennet, antes de tomar uma ou todas essas casas para seu genro e sua filha, vamos deixar bem clara uma coisa. *Numa* das casas desta vizinhança eles nunca serão admitidos. Não encorajarei o descaramento dos dois, recebendo-os em Longbourn.

Seguiu-se a essa declaração uma longa discussão; mas o sr. Bennet se manteve firme. A contenda logo levou a outra; e a sra. Bennet descobriu, com espanto e horror, que o marido não daria um tostão para comprar o enxoval da filha. Afirmou ele que ela não receberia nenhum sinal de afeto da parte dele na ocasião. A sra. Bennet mal conseguia compreender aquilo. Que a sua cólera chegasse a um tal grau inconcebível de ressentimento, a ponto de recusar à filha um privilégio sem o qual seu casamento mal pareceria válido, era algo que superava tudo que julgava possível. Era mais receptiva à desgraça que a ausência de um vestido novo representaria para o casamento da filha do que a qualquer sentimento de vergonha por ter ela fugido e vivido com Wickham duas semanas antes das cerimônias nupciais.

Elizabeth lamentava agora profundamente ter, pela angústia de um momento, sido levada a exprimir ao sr. Darcy os seus temores em relação à irmã; pois, uma vez que o casamento logo poria um ponto-final à fuga, era de esperar que pudessem ocultar de todos os que não pertencessem à família o seu começo desfavorável.

Ela não receava que ele espalhasse mais a notícia. Pouca gente havia em que confiasse mais do que nele; mas ao mesmo tempo não havia ninguém cujo conhecimento da fraqueza da irmã a tivesse humilhado tanto... Não, porém, por algum receio das desvantagens que aquilo pudesse trazer para ela pessoalmente, pois, de qualquer maneira, parecia haver um abismo intransponível entre eles. Se o casamento de Lydia se tivesse concluído do modo mais honroso, não era de supor que o sr. Darcy se relacionasse com uma família em que, a todas as outras objeções, se somaria agora uma aliança e um relacionamento do tipo mais íntimo com um homem tão justamente desprezado.

Não era de espantar que ele passasse a evitar tal relacionamento. O desejo de obter a simpatia dela, que ela adivinhara nele em Derbyshire, não podia razoavelmente sobreviver a um tal baque. Sentia-se humilhada e amargurada; estava arrependida, ainda que não soubesse bem do quê. Começou a desejar a estima dele, quando já não podia ter esperança de conquistá-la. Queria ter notícias dele, quando eram mínimas as possibilidades de obter alguma informação. Estava convencida de que poderia ter sido feliz com ele, quando provavelmente já não se veriam nunca mais.

Que glória para ele, pensava ela muitas vezes, se soubesse que as propostas que ela orgulhosamente rejeitara havia apenas quatro meses seriam agora aceitas com a máxima alegria e gratidão! Ela não tinha dúvida de que ele era o mais generoso dos homens; mas, como era um ser humano mortal, teria cantado vitória.

Começava agora a compreender que ele era exatamente o homem que, pelo caráter e pelos talentos, mais combinaria com ela. Sua inteligência e seu temperamento, embora diferentes dos dela, teriam correspondido a todos os seus desejos. Teria sido uma união proveitosa para ambos; pela desenvoltura e vivacidade dela, o humor dele teria sido abrandado e suas maneiras, melhoradas; e, com o discernimento, a cultura e o conhecimento do mundo que ele tinha, ela se teria beneficiado ainda mais.

Mas agora um tal casamento feliz não mais poderia ensinar à multidão o que realmente significa a felicidade conjugal. Uma união de natureza diferente, que destruía a possibilidade da outra, logo se formaria no seio da família.

Como Wickham e Lydia poderiam manter-se com razoável independência era algo que ela não conseguia imaginar. Mas era fácil calcular quão breve seria a felicidade de um casal que só se unira porque a paixão era maior do que a virtude.

* * *

O sr. Gardiner logo tornou a escrever para o cunhado. Respondeu brevemente aos agradecimentos do sr. Bennet, garantindo-lhe estar sempre pronto a promover o bem-estar de todos os membros da família; e concluiu implorando-lhe que nunca mais tocasse no assunto. O objetivo principal de sua carta era informá-los de que o sr. Wickham resolvera abandonar a milícia.

> Eu queria muito que ele fizesse isso, assim que o casamento fosse marcado. E acho que você vai concordar comigo em considerar muito conveniente a sua saída de tal corporação, tanto por ele mesmo quanto por minha sobrinha. O sr. Wickham pretende alistar-se no exército regular; e entre os seus velhos amigos ainda há alguns que podem e estão dispostos a ajudá-lo nesse sentido. Foi-lhe prometido o posto de alferes no regimento do general ***, atualmente aquartelado no Norte. É bom que ele vá para bem longe desta parte do reino. Ele parece bem-intencionado; e espero que entre gente diferente, onde terão um nome a zelar, sejam ambos mais prudentes. Escrevi ao coronel Forster, para informá-lo dos nossos últimos acertos e para lhe pedir que dê aos vários credores do sr. Wickham, em Brighton e cercanias, a garantia de que serão pagos muito em breve, algo pelo qual me empenhei pessoalmente. E peço que você mesmo se encarregue de dar garantias semelhantes aos credores de Meryton, dos quais darei uma lista elaborada segundo informações fornecidas por ele mesmo. Ele nos relatou todas as suas dívidas; espero, pelo menos, que não nos tenha enganado. Haggerston recebeu as nossas instruções, e tudo será concluído numa semana. Eles vão, então, juntar-se ao regimento dele, a menos que sejam antes convidados a ir a Longbourn; e sei por meio da sra. Gardiner que a minha sobrinha deseja ardentemente ver vocês todos antes de deixar o Sul. Ela está bem, e pede que você e sua mãe não a esqueçam. Cordialmente, etc.,
>
> E. Gardiner

O sr. Bennet e as filhas compreenderam todas as vantagens da saída de Wickham do regimento de ***shire com a mesma clareza com que o sr. Gardiner as percebera. A sra. Bennet, porém, não ficou tão satisfeita com aquilo. O fato de Lydia ir morar no Norte justamente quando esperava ter mais prazer e orgulho na companhia dela, pois de modo algum desistira da ideia de residirem em Hertfordshire, era uma profunda decepção; e, além disso, era uma pena que Lydia fosse afastada de um regimento em que todos a conheciam e em que tinha tantos admiradores.

— Lydia gosta tanto da sra. Forster — disse ela —; será um horror separá-las! E há tantos rapazes, também, de que ela gosta tanto! Talvez os oficiais não sejam tão simpáticos no regimento do general ***.

O pedido da filha, pois assim ele podia ser considerado, de ser readmitida na família antes de partir para o Norte recebeu no começo uma resposta absolutamente negativa. Jane e Elizabeth, porém, que concordavam em desejar, para o bem dos sentimentos e do decoro da irmã, que seu casamento fosse reconhecido pelos pais, insistiram com tanto empenho, mas também com tanto discernimento e tanta doçura, para que ela e o marido fossem recebidos em Longbourn assim que estivessem casados, que seu pai foi convencido a pensar como as duas filhas pensavam e a agir como queriam. E sua mãe teve a satisfação de saber que poderia exibir a filha casada pela vizinhança antes que ela partisse para o exílio no Norte. Quando o sr. Bennet voltou a escrever ao cunhado, portanto, deu a eles a permissão para virem; e ficou acertado que assim que a cerimônia acabasse eles viriam a Longbourn. Elizabeth estava surpresa, porém, de Wickham ter aceitado um tal plano, e, se ela tivesse consultado apenas a sua própria inclinação, um encontro com ele seria a última coisa que teria desejado.

CAPÍTULO 51

Chegou o dia do casamento da irmã; e Jane e Elizabeth estavam mais comovidas do que ela mesma. Foi enviada a carruagem para apanhá-los em ***, e deviam estar de volta a Longbourn na hora do jantar. A chegada do casal era mais temida pelas srtas. Bennet mais velhas, e mais especialmente por Jane, que atribuía a Lydia os sentimentos que *ela* teria sentido em seu lugar, e ficava arrasada ao pensar no que a irmã teria de suportar.

Eles chegaram. A família estava reunida na sala de desjejum para recebê-los. Sorrisos iluminaram o rosto da sra. Bennet quando a carruagem estacionou diante da porta; seu marido tinha um aspecto imperturbavelmente sério; as filhas pareciam assustadas, nervosas, agitadas.

Ouviu-se a voz de Lydia no vestíbulo; a porta escancarou-se e ela entrou correndo na sala. Sua mãe foi até ela, abraçou-a e lhe deu entusiásticas boas-vindas; estendeu a mão, com um sorriso carinhoso, para Wickham, que vinha atrás da esposa; e exprimiu-lhes seus votos de felicidade com um júbilo que demonstrava não ter nenhuma dúvida sobre a felicidade deles.

A recepção que lhes foi dada pelo sr. Bennet, para quem se voltaram, não foi tão cordial. Sua expressão ficou até ainda mais séria; e ele mal abriu a boca. A desenvolta confiança do jovem casal, sem dúvida, era o bastante para irritá-lo. Elizabeth estava desgostosa com aquilo, e até a srta. Bennet estava chocada. Lydia continuava a mesma; incorrigível, rebelde, selvagem, barulhenta e temerária. Foi de irmã a irmã, pedindo os parabéns; e quando por fim todos se sentaram olhou atentamente para toda a sala, notou algumas pequenas mudanças e observou, rindo, que havia muito tempo não entrava ali.

Wickham não estava de modo algum mais constrangido do que ela, mas suas maneiras eram sempre tão agradáveis, que, se o seu caráter e o seu casamento tivessem sido exatamente o que deveriam, seus sorrisos e seu trato descontraído teriam conquistado a família ao se apresentar a ela. Elizabeth até então não acreditava que ele fosse capaz de tal desfaçatez; mas, quando se sentou à mesa, estava decidida a nunca mais estabelecer limites para o descaramento de um homem descarado. Ela e Jane coraram; mas as faces dos dois que haviam provocado toda a confusão não sofreram nenhuma alteração de cor.

Não faltaram as conversas. A noiva e sua mãe falavam com a máxima rapidez; e Wickham, que calhou de se sentar ao lado de Elizabeth, começou a fazer perguntas sobre os conhecidos da vizinhança, com uma desenvoltura bem-humorada que ela não conseguiu repetir em suas respostas. Cada um deles parecia ter as lembranças mais felizes do mundo. Nada do passado era recordado com pesar; e Lydia abordou com prazer assuntos a que as irmãs não teriam aludido por nada neste mundo.

— Imaginem só que faz três meses — exclamou ela — que fui embora; mas parece que foram só duas semanas; mesmo assim, aconteceram muitas coisas nesse tempo. Meu Deus! Quando parti, não tinha a menor ideia de que só voltaria casada! Mas achava que seria muito divertido se acontecesse.

Seu pai ergueu os olhos. Jane estava aflita. Elizabeth olhou para Lydia com um olhar expressivo; ela, porém, que nunca ouvia nem via nada que não lhe interessasse, prosseguiu alegremente:

— Ah, mamãe, será que o pessoal da vizinhança sabe que me casei hoje? Eu temia que não; e, ao cruzarmos com William Goulding em sua charrete, decidi que ele deveria ser informado a respeito, e então baixei os vidros da carruagem do lado dele, tirei a luva e deixei a minha mão repousar sobre o quadro da janela, para ele ver a aliança, e então o cumprimentei e sorri como quem não quer nada.

Elizabeth não podia mais suportar aquilo. Levantou-se e saiu da sala; e não voltou mais, até ouvir que estavam passando pelo corredor que levava à sala de jantar. Juntou-se a eles, então, a tempo de ver Lydia, ansiosa e triunfante, caminhar até o assento à direita da mãe, e de ouvi-la dizer à irmã mais velha:

— Ah! Jane, agora este lugar é meu, e você deve ir mais para o fundo, porque sou uma mulher casada.

Não era de supor que o tempo desse a Lydia a discrição que sempre lhe faltara completamente. Sua descontração e seu bom humor aumentaram. Queria ver a sra. Phillips, as Lucas e todas as outras vizinhas, para ouvir ser chamada de "sra. Wickham" por elas; e enquanto isso, depois do jantar, foi gabar-se de estar casada e mostrar a aliança à sra. Hill e às duas criadas.

— Mamãe — disse ela, quando todos voltaram à sala de desjejum —, e o que a senhora acha do meu marido? Não é um encanto de homem? Tenho certeza de que todas as minhas irmãs me invejam. Só espero que tenham a metade da minha boa sorte. Elas deviam ir todas a Brighton. É o lugar ideal para se arrumar marido. Que pena, mamãe, que não fomos todas para lá.

— É verdade; e, se a decisão fosse minha, teríamos ido. Mas, minha querida Lydia, não gosto de saber que você vai para tão longe. Tem mesmo de ser assim?

— Meu Deus, tem, sim... Não há nada de mal nisso. Vou adorar ir para lá. A senhora e o papai e as minhas irmãs devem ir visitar-nos. Vamos passar todo o inverno em Newcastle, e tenho certeza de que haverá bailes. Vou tratar de arrumar bons pares para todas elas.

— Eu adoraria! — disse a mãe.

— Então, quando a senhora partir, poderá deixar uma ou duas de minhas irmãs comigo; e tenho certeza de que arrumo marido para elas antes do fim do inverno.

— Muito obrigada pela minha parte em seus favores — disse Elizabeth —, mas não gosto muito da sua maneira de arrumar marido.

Os hóspedes não permaneceriam mais de dez dias com eles. O sr. Wickham recebera a convocação antes de deixar Londres, e devia juntar-se ao regimento ao cabo de quinze dias.

Só a sra. Bennet lamentou que ficassem tão pouco; e aproveitou ao máximo o tempo, fazendo visitas com a filha e recebendo muita gente em sua casa. Essas reuniões eram do gosto de todos; evitar a intimidade familiar era algo ainda mais desejado pelos que pensavam do que pelos que nada tinham na cabeça.

O amor de Wickham por Lydia era exatamente como o que Elizabeth esperara encontrar; menor do que o de Lydia por ele. Não precisava da observação direta para convencer-se, pela razão das coisas, de que a fuga fora provocada pela intensidade do amor dela, e não dele; e Elizabeth se teria admirado de que, sem estar apaixonado por ela, ele tivesse optado por fugir com sua irmã, se não tivesse a certeza de que a fuga se tornara necessária por força das circunstâncias; e, se fosse esse o caso, ele não era o tipo de rapaz que resistisse à oportunidade de levar uma companheira.

Lydia o amava demais. Em todas as ocasiões ele era o seu querido Wickham; ninguém podia comparar-se a ele. Ele era o melhor do mundo em tudo; e ela estava certa de que ele mataria mais passarinhos no dia 1º de setembro do que qualquer outra pessoa da região.

Certa manhã, logo depois da chegada do casal, estando sentada com as duas irmãs mais velhas, disse ela a Elizabeth:

— Lizzy, acho que nunca contei a *você* a história do meu casamento. Você não estava presente quando contei tudo à mamãe e às outras. Não está curiosa para saber como foi?

— Não mesmo — respondeu Elizabeth. — Acho que quanto menos falarmos no assunto, melhor.

— Ai! Você é tão esquisita! Mas eu tenho de lhe contar como foi. Nós nos casamos, você sabe, na igreja de St. Clement, porque Wickham morava naquela paróquia. E ficou acertado que todos deveríamos estar lá às onze horas. Titio, titia e eu devíamos ir juntos; e os outros nos encontrariam na igreja. Muito bem, chegou a manhã de segunda-feira e eu estava tão nervosa! Tinha muito medo de que acontecesse alguma coisa que estragasse tudo, e então quase enlouqueci. E lá estava a titia, que, durante todo o tempo em que me vestia, pregava e discursava como se estivesse lendo um sermão. Mas eu não ouvia nem uma palavra em cada dez, pois estava pensando, é claro, no meu querido Wickham. Estava louca para saber se ele usaria a casaca azul no casamento. Então nós tomamos o café às dez, como sempre; parecia que aquilo não ia acabar nunca; porque, aliás, vocês devem saber que o titio e a titia foram terrivelmente desagradáveis durante todo o tempo em que estive com eles. Acreditam que não pus o pé para fora de casa nenhuma vez, apesar de estar lá por quinze dias? Nenhuma festa, nenhum programa, nada. É verdade que Londres não tinha muito que oferecer, mas o Little Theatre estava aberto. E então, assim que a carruagem estacionou à porta, titio foi chamado por causa de negócios por aquele horrendo sr. Stone. E, quando eles estão juntos, aquilo não acaba nunca. Eu estava tão assustada que não sabia o que fazer, pois o titio devia acompanhar-me; e, se perdêssemos a hora, não poderíamos casar naquele dia. Por sorte, ele voltou em dez minutos, e então partimos todos. Mas depois me lembrei de que, se ele não pudesse ir, o casamento não teria de ser adiado, pois o sr. Darcy poderia substituí-lo.

— O sr. Darcy! — repetiu Elizabeth, pasmada.

— Ele mesmo! Ele deveria chegar com Wickham, você sabe. Mas que cabeça a minha! Esqueci completamente! Eu não devia dizer nada sobre isso. Eu prometi solenemente a eles! O que o Wickham vai dizer? Era para ser um grande segredo!

— Se era para ser um segredo — disse Jane —, não diga mais nada sobre o assunto. Pode contar com a minha discrição.

— Ah! É claro! — disse Elizabeth, apesar de morrer de curiosidade. — Não vamos fazer nenhuma pergunta.

— Obrigada — disse Lydia —, pois, se você perguntasse, eu certamente lhe contaria tudo e o Wickham ficaria zangado.

Com tal incentivo a perguntar, Elizabeth foi forçada a fugir para escapar à tentação.

Mas era impossível viver na ignorância sobre um assunto como esse; ou pelo menos era impossível não buscar informar-se. O sr. Darcy havia estado no casamento de sua irmã. Era aquele exatamente o lugar aonde ele aparentemente tinha menos vontade de ir, com as pessoas com quem ele tinha menos a ver. De imediato ocorreram hipóteses a Elizabeth as mais variadas e díspares sobre o significado daquilo; mas nenhuma delas a deixou satisfeita. As que mais lhe agradaram, por mostrarem o comportamento dele sob a mais nobre luz, pareciam as mais improváveis. Ela não podia suportar tal dúvida; e, tomando rapidamente uma folha de papel, escreveu uma carta à tia, pedindo-lhe uma explicação para o que Lydia deixara escapar, se tal coisa fosse compatível com o segredo prometido.

"A senhora pode compreender facilmente", acrescentou ela, "qual não deve ser a minha curiosidade ao saber que uma pessoa sem ligação com nenhum de nós e (comparativamente falando) um estranho para a nossa família, estava presente naquele momento e lugar. Peço por favor que me escreva logo, para que eu entenda... A menos que tudo deva, por razões imperativas, permanecer em segredo, como Lydia parece julgar necessário; e então terei de me contentar com a ignorância".

"Não que eu *vá* contentar-me com isso", acrescentou ela com seus botões, ao terminar a carta.

"E, querida titia, se a senhora não me contar tudo lealmente, certamente serei obrigada a me valer de truques e estratagemas para descobrir."

O delicado senso de honra de Jane não lhe permitiria falar em particular com Elizabeth sobre o que Lydia deixara escapar; Elizabeth ficou feliz com isso: até que ficasse claro que suas dúvidas receberiam uma resposta, ela preferia não ter confidentes.

CAPÍTULO 52

Elizabeth teve a satisfação de receber resposta o mais breve possível. Assim que a teve em mãos, correu para o pequeno bosque, onde era menor o risco de ser interrompida, sentou-se num dos bancos e se preparou para ser feliz; pois o tamanho da carta a convenceu de que ela não continha uma negativa.

Gracechurch Street, 6 de setembro.

Minha querida sobrinha,

Acabo de receber a sua carta e vou dedicar a manhã inteira para responder a ela, pois vejo que o que tenho de lhe dizer não caberia numa carta *pequena*. Devo confessar que o seu pedido me surpreendeu; eu não esperava isso de *você*. Mas não pense que estou zangada, pois só quero dizer que não imaginava que tais perguntas fossem necessárias da *sua* parte. Se preferir não me entender, peço que perdoe a minha impertinência. O seu tio está tão surpreso quanto eu, e só mesmo a convicção de que você fosse parte interessada lhe teria permitido agir como agiu. Mas, se você realmente não estiver a par de nada, terei de ser mais clara.

No mesmo dia em que cheguei de Longbourn, seu tio recebeu uma visita completamente inesperada. Era o sr. Darcy. Seu tio teve com ele uma conversa a portas fechadas que durou várias horas. Estava tudo acabado já antes de eu chegar; por isso a minha curiosidade não foi tão duramente posta à prova quanto a sua parece ter sido. Ele veio dizer ao sr. Gardiner que havia descoberto onde estavam Lydia e o sr. Wickham, e que havia visto os dois e com eles falado; Wickham, várias vezes; Lydia, uma só. Ao que me lembro, ele partiu de Derbyshire só um dia depois de nós, e veio a Londres decidido a encontrá-los. O motivo alegado era a convicção de ser responsável pelo fato de a indignidade de Wickham não ser notória o bastante a ponto de tornar impossível a qualquer moça de caráter amá-lo ou confiar nele. Generosamente, pôs toda a culpa em seu próprio orgulho equivocado e confessou que antes pensava ser indigno de sua condição tornar públicos para o mundo os seus problemas particulares. O seu caráter devia falar por si mesmo. Considerava, portanto, seu dever apresentar-se para tentar remediar um mal que ele mesmo provocara. Se ele tinha um outro motivo, estou certa de que não era algo desonroso. Permaneceu alguns dias na capital antes de conseguir descobrir o paradeiro dos dois; mas tinha algo para nortear sua busca, e esse algo era mais do que nós tínhamos; e a consciência disso era outra razão para resolver acompanhar-nos.

Há uma senhora — a sra. Younge, ao que parece — que foi durante algum tempo governanta da srta. Darcy e foi despedida do emprego por alguma razão negativa, que ele não quis revelar. E essa senhora, então, comprou uma casa grande na Edward Street e passou a se sustentar alugando quartos. Ele sabia que essa sra. Younge era muito amiga de Wickham; e o sr. Darcy foi procurá-la para obter informações sobre ele assim que chegou a Londres. Mas demorou dois ou três dias para conseguir dela o que pretendia. Creio que ela não faltaria com a palavra dada sem suborno e corrupção, pois realmente sabia onde o amigo se encontrava. Wickham, de fato, viera procurá-la assim que chegaram em Londres, e, se ela pudesse recebê-los em sua casa, eles se teriam instalado ali mesmo. Com o tempo, no entanto, o nosso bom amigo conseguiu o desejado endereço. Eles estavam na rua ***. Ele encontrou Wickham e em seguida fez questão de ver Lydia. Seu principal objetivo ao falar com ela fora, como ele mesmo reconheceu, convencê-la a largar a sua atual situação desastrosa e voltar para a sua família assim que esta fosse convencida a recebê-la. Ele lhe ofereceu toda a ajuda de que precisasse. Mas Lydia estava firmemente decidida a permanecer onde estava. Não lhe importava a família; não queria nenhuma ajuda dele; não queria ouvir falar em largar Wickham. Tinha certeza de que mais cedo ou mais tarde se casariam, pouco importava quando. Como eram esses os sentimentos dela, o sr. Darcy julgou que só lhe restava garantir e apressar o casamento, o qual, como compreendeu logo em sua primeira conversa com Wickham, nunca tinha estado nos planos *dele*. Wickham confessou ter sido obrigado a deixar o regimento, em razão de algumas dívidas de honra, muito urgentes; e não teve escrúpulos em atribuir todas as más consequências da fuga de Lydia à loucura dela. Pretendia demitir-se imediatamente; e, quanto à sua situação futura, não tinha a menor ideia de como seria. Tinha de ir para algum lugar, mas não sabia onde, e sabia que não teria com que viver.

O sr. Darcy perguntou a ele por que não se casara logo com Lydia. Embora fosse notório que o sr. Bennet não era muito rico, poderia fazer alguma coisa por ele, e sua situação melhoraria com o casamento. Mas descobriu, na resposta à pergunta, que Wickham ainda tinha esperança de ficar rico com o casamento em algum outro lugar do país. Dadas as circunstâncias, porém, não era provável que resistisse à tentação de uma ajuda imediata.

Encontraram-se diversas vezes, pois havia muito que discutir. Wickham, é claro, queria mais do que podia obter; mas com o tempo foi obrigado a ser razoável.

Com tudo acertado entre *eles*, o passo seguinte do sr. Darcy foi comunicar o fato ao seu tio, e sua primeira visita à Gracechurch aconteceu uma noite antes de eu voltar para casa. Mas o sr. Gardiner não podia recebê-lo, e o sr. Darcy descobriu, ao se informar, que o seu pai ainda estava com ele, mas partiria de Londres na manhã seguinte. Ele não considerava o seu pai uma pessoa a quem pudesse consultar com tanta liberdade quanto o seu tio, e assim de bom grado adiou o encontro até a partida do sr. Bennet. Não deixou o nome, e até o dia seguinte só se soube que um cavalheiro se apresentara para tratar de negócios.

No sábado, ele tornou a vir. Seu pai já havia partido, seu tio estava em casa e, como já disse, eles tinham muito que conversar.

Encontraram-se de novo no domingo, e então *eu* também o vi. Só na segunda-feira tudo ficou acertado: assim que se chegou a um acordo, foi mandada uma mensagem urgente para Longbourn. Mas o nosso visitante era muito teimoso. Creio, Lizzy, que a teimosia é o verdadeiro defeito do seu caráter, afinal. Ele já foi acusado de muitas imperfeições ao longo do tempo, mas *essa* é a verdadeira. Tudo que se devia fazer era ele quem fazia; embora eu tenha certeza (e não digo isto para que me agradeçam, portanto não diga nada a este respeito) de que seu tio teria acertado tudo com mais facilidade.

Discutiram longamente sobre o caso, mais do que mereciam o cavalheiro e a dama em questão. Mas por fim o seu tio foi obrigado a ceder, e, em vez de poder ser útil à sobrinha, foi forçado a contentar-se em receber o provável crédito por aquilo, o que fez muito a contragosto; e eu creio realmente que a sua carta de hoje de manhã causou a ele grande prazer, pois pedia uma explicação que o despojaria de suas plumagens emprestadas, atribuindo o mérito a quem de direito. Mas, Lizzy, isso não pode ir além de você ou de Jane, no máximo.

Acho que você sabe muito bem o que foi feito pelos dois jovens. Ele tinha dívidas a pagar, que ultrapassavam em muito, creio, as mil libras, mais outras mil libras a somar ao dote dela e mais a compra do título de oficial. A razão pela qual tudo isso devia ser feito só por ele era a que expliquei acima. Era culpa dele, de seu recato e de seu erro de julgamento, que o caráter de Wickham tivesse sido tão mal interpretado e, por conseguinte, que tivesse sido tão bem recebido e apreciado como foi. Talvez houvesse algo de verdade *nisso*; embora eu duvide que o recato *dele* ou *de alguém* fosse responsável pelo caso. Mas, apesar desse belo palavrório, minha querida Lizzy, você pode ter certeza de que seu tio jamais teria cedido, se não tivéssemos reconhecido nele *um outro interesse* no caso.

Quando tudo isso foi acertado, ele voltou para junto dos amigos, que ainda estavam em Pemberley; mas foi combinado que ele estaria de volta a Londres quando o casamento se realizasse, e então todas as questões de dinheiro seriam resolvidas.

Acho que agora já lhe contei tudo. Pelo que você me disse, tudo isto vai causar-lhe grande surpresa; espero, porém, que não lhe seja motivo de desgosto. Lydia instalou-se em nossa casa e Wickham era recebido com frequência. *Ele* era exatamente o que havia sido quando o conheci em Hertfordshire; mas não lhe contaria como fiquei pouco satisfeita com o comportamento *dela* enquanto esteve conosco, se não tivesse percebido, pela carta de Jane de quarta-feira, que o seu comportamento ao chegar em casa foi exatamente o mesmo e, portanto, que o que lhe vou dizer agora não pode causar-lhe nenhum novo desgosto. Conversei com ela várias vezes da maneira mais séria, mostrando a ela todo o mal que fizera e toda a angústia que provocara na família. Se ela me escutou, foi só por acaso, pois tenho certeza de que não me deu ouvidos. Fiquei algumas vezes muito irritada, mas então eu me lembrava das minhas queridas Elizabeth e Jane, e por elas tinha paciência com Lydia.

O retorno do sr. Darcy foi pontual e, como Lydia lhe contou, ele assistiu ao casamento. Jantou conosco no dia seguinte e devia partir na quarta ou quinta-feira. Você ficará muito zangada comigo, querida Lizzy, se eu aproveitar a oportunidade para lhe dizer (o que até agora nunca tive coragem) o quanto eu o aprecio. O comportamento dele para conosco foi, em todos os aspectos, tão agradável como havia sido em Derbyshire. Agradam-me sua inteligência e suas opiniões; não lhe falta nada, a não ser um pouco mais de vivacidade, e *isso*, se se casar *prudentemente*, sua esposa pode ensinar-lhe. Acho-o muito esperto; ele mal mencionou o seu nome. Mas, ao que parece, a esperteza anda na moda.

Peço-lhe que me perdoe se eu tiver sido muito atrevida, ou pelo menos não me castigue excluindo-me de Pemberley. Não ficarei contente até ter conhecido todo o parque. Uma charrete com um par de pôneis bem lindinhos seria o ideal.

Mas agora tenho de parar de escrever. As crianças estão à minha espera há meia hora.

Muito cordialmente,

M. Gardiner

O conteúdo da carta deixou Elizabeth muito agitada; era difícil saber se sentia mais prazer ou dor. Revelaram-se totalmente verdadeiras as vagas e indefinidas suspeitas provocadas pela incerteza a respeito do que o sr. Darcy poderia ter feito para patrocinar o casamento da irmã dela, suspeitas estas que temia encorajar, por revelarem uma bondade grande demais para ser provável, e ao mesmo tempo temia que fossem fundadas, para não ficar em dívida com ele! Ele os seguira voluntariamente até Londres, tomara para si todo o trabalho e os sacrifícios que esse tipo de investigação envolve, teve de pedir favores a uma mulher que ele devia odiar e desprezar, foi obrigado a se encontrar com o homem que ele sempre mais quisera evitar, cujo simples nome era já para ele um suplício pronunciar, teve de vê-lo com frequência, discutir com ele, convencê-lo e finalmente suborná-lo. Fizera tudo isso por uma moça que ele não podia nem amar nem estimar. O coração de Elizabeth sugeria-lhe que ele fizera tudo aquilo por ela. Era, porém, uma esperança que se esboroava diante de outras considerações, e ela logo sentiu que até mesmo sua própria vaidade era insuficiente para fazê-la acreditar que o amor dele por ela — por uma mulher que já o recusara — seria forte o bastante para fazê-lo superar a repulsa de ter um parentesco qualquer com Wickham. Cunhado de Wickham! Qualquer senso de orgulho se revoltaria diante disso. Sem dúvida, ele fizera muitas coisas. Ela sentia vergonha de pensar em quantas. Mas dera um motivo para a sua participação, que não exigia uma dose extraordinária de credulidade. Era razoável que sentisse ter errado; era generoso, e podia exercer essa generosidade; e, embora ela não se considerasse o principal motivo dele, podia, talvez, acreditar que um resto de afeto por ela podia ter ajudado a fazê-lo intervir numa causa em que a paz de espírito de Elizabeth estava em jogo. Era doloroso, doloroso demais, saber que eles deviam favores a uma pessoa que jamais poderia ser recompensada plenamente. Deviam a reabilitação de Lydia, de seu caráter, de tudo, a ele. Ah! Como lamentava amargamente cada sentimento negativo que tivera para com ele, cada palavra atravessada que lhe dirigira. Estava humilhada, mas orgulhosa dele. Orgulhosa por ter ele, num caso de compaixão e de honra, conseguido dar o melhor de si mesmo. Tornou a ler uma, duas, três vezes os elogios que a tia fizera a ele. Eram ainda tímidos, mas lhe agradavam. Sentia até certo prazer, embora misturado com tristeza, em ver com que firmeza seus tios estavam convencidos de que ainda havia amor e confiança entre o sr. Darcy e ela.

A chegada de alguém fez que ela se levantasse do banco e deixasse de lado as suas reflexões; e, antes de poder alcançar outra trilha, topou de frente com Wickham.

— Receio interromper seu passeio solitário, querida cunhada — disse ele, ao dar com ela.

— Certamente — replicou ela com um sorriso —, mas isso não quer dizer que a interrupção não seja bem-vinda.

— Detestaria que o fosse. Sempre fomos bons amigos; e agora, melhores ainda.

— É verdade. As outras estão saindo?

— Não sei. A sra. Bennet e Lydia vão de carruagem a Meryton. E então, querida cunhada, soube por seus tios que você esteve em Pemberley.

Ela respondeu que sim.

— Eu até invejo você, mas acho que seria demais para mim, pois senão eu incluiria Pemberley como uma etapa na minha viagem a Newcastle. E você viu a governanta? Pobre Reynolds, ela me adorava. Mas é claro que ela não mencionou o meu nome para você.

— Mencionou, sim.

— E o que disse?

— Que você se havia alistado no exército e que temia que não se tivesse dado bem. A *tamanha* distância, as coisas ficam estranhamente deformadas, não é?

— É claro — tornou ele, mordendo o lábio.

Elizabeth esperava tê-lo feito calar-se; mas logo em seguida ele prosseguiu:

— Surpreendeu-me ver Darcy em Londres o mês passado. Dei com ele várias vezes por lá. Fico pensando o que estaria fazendo na capital.

— Talvez cuidando dos preparativos do casamento com a srta. de Bourgh — disse Elizabeth. — Só mesmo algo especial poderia levá-lo até lá nesta época do ano.

— Sem dúvida. Você o viu quando estava em Lambton? Julguei que sim, pelo que me disseram os Gardiner.

— Vi, sim. Ele nos apresentou à irmã.

— E você gostou dela?

— Muito.

— Ouvi falar que ela melhorou incrivelmente nestes últimos um ou dois anos. A última vez que a vi, ela não prometia muito. Estou muito feliz por você ter gostado dela. Espero que ela tenha muito sucesso.

— Tenho certeza de que sim; já superou a idade mais ingrata.

— Passaram pela aldeia de Kympton?

— Não me lembro disso, não.

— É lá que eu deveria obter o meu benefício eclesiástico. Um lugar delicioso!... Uma casa paroquial excelente! Teria sido perfeita para mim.

— Você teria gostado de fazer sermões?

— Teria adorado. Teria considerado os sermões parte das minhas obrigações, e com um pouco de tempo já não teria nenhuma dificuldade em redigi-los. Não é bom lamuriar-se, mas teria sido ótimo para mim! A calma, a paz de uma tal vida teria correspondido a todas as minhas ideias de felicidade! Mas não era para acontecer. Alguma vez você ouviu o Darcy mencionar o caso, quando estava em Kent?

— *Ouvi* de uma fonte que considero *confiável* que o benefício lhe foi concedido apenas condicionalmente e segundo a vontade do atual patrono.

— Claro. Há certa verdade *nisso*; eu lhe disse desde o começo, como você deve lembrar.

— *Ouvi* também que houve um tempo em que fazer sermões não lhe era tão palatável como agora; que na verdade você manifestou a decisão de nunca ordenar-se e que o caso ficou comprometido por causa disso.

— Ah, você ouviu! Isso também não deixa de ter certo fundamento. Você deve lembrar-se de que eu lhe falei sobre isso, a primeira vez que conversamos sobre o assunto.

Estavam agora já quase em frente à porta da casa, pois ela andara depressa para se livrar dele; e, não querendo, pelo bem da irmã, provocá-lo, limitou-se a dizer com um sorriso bem-humorado:

— Vamos lá, sr. Wickham, somos agora cunhado e cunhada. Não vamos brigar por coisas passadas. No futuro, espero que estejamos sempre de acordo.

Ela lhe estendeu a mão; ele a beijou com afetuosa galanteria, muito sem graça, e ambos entraram na casa.

CAPÍTULO 53

O sr. Wickham ficou tão plenamente satisfeito com essa conversa, que nunca mais se deu ao trabalho de tocar novamente no assunto, provocando sua querida cunhada Elizabeth; e ela estava contente em saber que dissera o suficiente para fazê-lo calar-se.

Logo chegou o dia da partida do jovem casal, e a sra. Bennet foi obrigada a se resignar com uma separação que, como seu marido de modo algum aceitou os planos de irem todos a Newcastle, provavelmente se prolongaria por pelo menos um ano.

— Ah! Minha querida Lydia — exclamou ela —, quando vamos ver-nos de novo?

— Ah, meu Deus! Eu não sei. Não pelos próximos dois ou três anos, talvez.

— Escreva sempre, querida.

— Sempre que puder. Mas a senhora sabe que as mulheres casadas nunca têm tempo de escrever. Minhas irmãs podem escrever para *mim*. Não vão ter mais nada para fazer, mesmo.

As despedidas do sr. Wickham foram muito mais calorosas do que as de sua esposa. Abriu um lindo sorriso e disse muitas coisas bonitas.

— É o melhor sujeito — disse o sr. Bennet, assim que eles saíram da casa — que já vi. Faz caretas, dá risadinhas e corteja toda a família. Estou prodigiosamente orgulhoso dele. Desafio até mesmo Sir William Lucas a apresentar um genro de maior valor.

A separação da filha azedou o humor da sra. Bennet por vários dias.

— Muitas vezes eu acho — disse ela — que não há nada tão ruim quanto a separação dos entes queridos. Sentimo-nos sozinhos demais sem eles.

— Essa é uma consequência, mamãe, de casar uma filha — disse Elizabeth. — Isso a fará dar mais valor ao fato de ainda ter quatro filhas solteiras.

— Não é isso. Lydia não está separando-se de mim porque se casou, mas só porque calhou de o regimento do marido estar tão distante. Se estivesse mais próximo, ela não teria partido tão cedo.

Mas o estado de abatimento em que esse acontecimento a lançou logo foi aliviado, e sua mente se abriu mais uma vez à agitação da esperança, graças a uma notícia que começou a circular. A governanta de Netherfield recebera ordens para preparar as coisas para a chegada, que devia acontecer em um ou dois dias, do patrão, vindo para caçar por várias semanas. A sra. Bennet estava muito agitada. Olhava para Jane e ora sorria, ora balançava a cabeça.

— Ora, ora, não é que o sr. Bingley está chegando, irmãzinha? — pois a sra. Phillips foi quem lhe deu primeiro a notícia. — Tanto melhor. Não que eu dê importância a isso. Ele é um estranho para nós, e lhe garanto que *eu* não quero vê-lo nunca mais. Mas será muito bem-vindo a Netherfield, se quiser vir. E quem sabe o que *pode* acontecer? Mas isso pouco nos importa. Você sabe, irmãzinha, concordamos há muito tempo em não tocar mais nesse assunto. E então, é absolutamente certo que ele vem?

— Pode ter certeza disso — replicou a outra —, pois a sra. Nicholls estava em Meryton a noite passada; eu a vi passar e saí só para saber a verdade sobre o caso; ela me disse que era coisa mais do que certa. Ele chega na quinta-feira, o mais tardar, e muito provavelmente na quarta. Ela me disse que ia ao açougue para encomendar carne para a quarta-feira, e comprou três pares de patos prontinhos para serem abatidos.

A srta. Bennet não conseguiu ouvir a notícia da chegada dele sem empalidecer. Havia meses não pronunciava o nome dele para Elizabeth; mas agora, assim que ficaram a sós, disse:

— Vi você olhar para mim hoje, Lizzy, quando a titia nos contou o caso; e sei que pareci perturbada. Mas não vá imaginar que foi por alguma causa tola. Simplesmente fiquei confusa por um momento, pois senti que *olhariam* para mim. Garanto a você que a notícia não me causa nem prazer nem dor. Estou feliz por uma coisa, que ele venha sozinho; porque assim o veremos menos. Não que eu tema por *mim*, mas tenho medo do que as outras pessoas dizem.

Elizabeth não sabia o que fazer. Se não o tivesse visto em Derbyshire, poderia supor que ele fosse capaz de vir só pelo motivo declarado; mas ainda o julgava apaixonado por Jane e hesitava quanto à maior probabilidade de ele vir com permissão do amigo ou de ser valente o bastante para vir sem ela.

"É duro", pensava ela às vezes, "que o coitado não possa vir à casa que alugou legalmente sem provocar toda essa especulação! *Vou* deixá-lo em paz".

Apesar do que dizia sua irmã e que ela acreditava serem realmente os seus sentimentos na expectativa da chegada dele, Elizabeth pôde facilmente perceber que o humor de Jane fora afetado pela notícia. Estava mais agitado, mais instável do que de costume.

O assunto que fora tão apaixonadamente discutido pelos pais cerca de um ano antes agora era de novo trazido à baila.

— Assim que o sr. Bingley chegar, querido — disse a sra. Bennet —, você vai visitá-lo, é claro.

— Não, não. Você me forçou a visitá-lo o ano passado e me prometeu que se eu fosse ele se casaria com uma das minhas filhas. Mas aquilo deu em nada, e não vou fazer papel de bobo mais uma vez.

A esposa mostrou a ele como seria absolutamente necessária tal atenção da parte de todos os cavalheiros da vizinhança na volta dele a Netherfield.

— Essa é uma etiqueta que desprezo — disse ele. — Se quiser a nossa companhia, que venha procurá-la. Ele sabe onde moramos. Não vou perder meu tempo a correr atrás dos vizinhos todas as vezes que eles voltam de viagem.

— Só sei que não visitá-lo será uma enorme grosseria. Isso, porém, não vai impedir-me de convidá-lo para jantar aqui. Estou decidida a fazê-lo. Convidaremos a sra. Long e os Goulding. Conosco, seremos treze; logo, vai sobrar lugar à mesa para ele.

472 Consolada com essa decisão, ela foi capaz de suportar melhor a descortesia do marido, embora fosse muito desagradável saber que, com isso, todos os vizinhos iriam ver o sr. Bingley antes *deles*. Ao aproximar-se o dia da chegada:

— Começo a lamentar que ele venha — disse Jane à irmã. — Para mim, não é nada; posso vê-lo com a mais perfeita indiferença, mas não suporto ouvir falarem dele sem parar. Mamãe tem boas intenções; ela, porém, não sabe, ninguém sabe, como eu sofro com o que ela diz. Ficarei muito feliz quando acabar a estada dele em Netherfield!

— Gostaria de poder dizer alguma coisa para consolá-la — tornou Elizabeth —, mas tudo isso me ultrapassa, veja bem; além disso, nem mesmo o costumeiro conselho de ter paciência eu posso dar, pois você é sempre tão paciente.

O sr. Bingley chegou. A sra. Bennet, com o auxílio dos criados, tratou de obter as primeiras notícias imediatamente, para poder prolongar ao máximo a ansiedade e o mau humor. Contava os dias que se passariam até que pudesse enviar o convite, sem esperança de vê-lo antes. Mas, na terceira manhã depois da chegada dele a Hertfordshire, ela o viu, da janela do toucador, entrar montado a cavalo pelo portão e dirigir-se para a casa.

As filhas logo foram insistentemente chamadas a participar de sua alegria. Jane manteve resolutamente o seu lugar à mesa; Elizabeth, porém, para satisfazer a mãe, foi até a janela... olhou... viu o sr. Darcy com ele e voltou a sentar-se junto da irmã.

— Há um homem com ele, mamãe — disse Kitty. — Quem será?

— Algum conhecido dele, querida; tenho certeza de que não o conheço.

— Não, não! — replicou Kitty. — Parece aquele homem que estava sempre com ele antes. O sr. não-sei-o-quê. Aquele homem alto, orgulhoso.

— Meu Deus! O sr. Darcy!... É, parece ser ele mesmo. Bem, qualquer amigo do sr. Bingley sempre será bem-vindo aqui; mas devo dizer que só de vê-lo já sinto ódio.

Jane olhou para Elizabeth com surpresa e preocupação. Ela pouco sabia do encontro deles em Derbyshire e assim compreendeu o embaraço que ela devia estar sentindo, ao vê-lo quase que pela primeira vez depois de receber a sua carta de explicações. Ambas as irmãs estavam muito pouco à vontade. Cada uma sofria pela outra e, é claro, por si mesma; e sua mãe continuou a falar da antipatia que sentia pelo sr. Darcy e da decisão de ser educada com ele só por ser amigo do sr. Bingley, sem que nenhuma das duas a ouvisse. Elizabeth, porém, tinha motivos de embaraço de que Jane nem sequer suspeitava, pois ainda não tivera a coragem de mostrar-lhe as cartas da sra. Gardiner ou de lhe contar sua mudança de sentimentos em relação a ele. Para Jane, ele só podia ser um homem cujas propostas de casamento ela recusara e cujo mérito ela subestimara; mas para Elizabeth, que dispunha de mais amplas informações, era ele a pessoa a quem a família devia o maior dos favores, alguém que ela própria considerava com um interesse, senão tão terno, pelo menos tão razoável e justo quanto o que Jane sentia por Bingley. Seu espanto à chegada dele — à sua vinda a Netherfield, a Longbourn e procurando-a de novo espontaneamente — era quase igual ao que experimentara ao testemunhar a mudança de comportamento dele em Derbyshire.

A cor que desaparecera de seu rosto voltou depois de meio minuto, com um brilho especial, e um sorriso de satisfação deu esplendor aos seus olhos, quando lhe ocorreu que a afeição e o interesse dele por ela deviam estar intactos. Mas não tinha certeza disso.

— Vejamos antes como ele se comporta — disse ela. — Depois sempre haverá tempo para ter esperança.

Passou a se concentrar no trabalho, tentando demonstrar tranquilidade e sem ousar erguer os olhos, até que uma ansiosa curiosidade os voltou para o rosto da irmã, enquanto a criada se aproximava da porta. Jane parecia um pouco mais pálida que de costume, porém mais calma do que Elizabeth esperara. Ao aparecerem os cavalheiros, sua cor fez-se mais intensa; mesmo assim, ela os recebeu com razoável descontração e com uma correção de maneiras que não demonstrava nem sintomas de mágoa nem uma complacência desnecessária.

Elizabeth dirigiu-se tão pouco a cada um dos dois quanto a boa educação permitia, e voltou a se ocupar com seu trabalho, com uma seriedade que nem sempre este exige. Arriscara apenas um olhar a Darcy. Ele parecia sério, como sempre; e, pensou ela, estava mais como em Hertfordshire do que como o viu em Pemberley. Mas talvez, na presença de sua mãe, ele não pudesse ser o que era diante de seus tios. Essa era uma hipótese dolorosa, mas não improvável.

Olhou também para Bingley por um instante e nesse pouco tempo viu que ele parecia ao mesmo tempo contente e constrangido. Foi recebido pela sra. Bennet com um grau de cortesia que deixou envergonhadas as duas filhas, sobretudo quando comparada à fria e cerimoniosa polidez de sua reverência ante o amigo dele e das palavras que a ele dirigiu.

Elizabeth, em especial, sabedora de que a mãe devia a este último o fato de a filha predileta ter sido preservada da infâmia, ficou dolorosamente magoada com uma distinção tão descabida.

Darcy, depois de perguntar como iam o sr. e a sra. Gardiner, pergunta a que ela não podia responder sem embaraçar-se, mal abriu a boca. Não se sentou perto dela; talvez fosse essa a razão do silêncio; mas não fora assim em Derbyshire. Ali ele conversara com os amigos dela, quando não era possível falar com Elizabeth. Mas agora se passaram vários minutos sem que se ouvisse o som da sua voz; e, quando vez por outra, incapaz de resistir ao impulso da curiosidade, ela erguia os olhos para o seu rosto, via-o olhar com igual frequência ora para ela, ora para Jane, e muitas vezes para nada a não ser o chão. Era claro que estava mais pensativo e menos ansioso por agradar do

que quando se viram pela última vez. Ela estava decepcionada e ao mesmo tempo irritada consigo mesma por isso.

"Poderia esperar algo diferente?", pensou ela. "Mas então por que veio?"

Não estava disposta a conversar com ninguém, a não ser com ele; e com ele mal tinha coragem de falar.

Perguntou por sua irmã, mas não conseguiu ir além disso.

— Já faz muito tempo, sr. Bingley, que o senhor partiu — disse a sra. Bennet.

Ele concordou prontamente.

— Comecei a ficar aflita quando o senhor não voltava mais. As pessoas *diziam* que a sua intenção era deixar definitivamente a vizinhança no dia de São Miguel; espero, porém, que não seja verdade. Aconteceram muitas mudanças por aqui desde que o senhor foi embora. A srta. Lucas casou-se e saiu da casa dos pais. E uma de minhas filhas também. Imagino que já tenha ouvido falar disso; de fato, deve ter lido a respeito nos jornais. Sei que apareceu no *Times* e no *Courier*; mas não descrito como deveria. Só diziam que "recentemente, George Wickham se casou com a srta. Lydia Bennet", sem uma sílaba acerca do pai dela, de onde ela vivia, nada. Quem redigiu o anúncio foi meu irmão Gardiner, e me admira que tenha feito um trabalho tão porco. O senhor leu?

Bingley respondeu que sim, e deu seus parabéns. Elizabeth não ousava erguer os olhos. Não podia dizer, portanto, qual a expressão do sr. Darcy.

— É maravilhoso ter uma filha bem-casada — prosseguiu a sua mãe —, mas ao mesmo tempo, sr. Bingley, é muito duro vê-la partir para tão longe. Eles foram para Newcastle, um lugar muito ao norte, ao que parece, e vão permanecer por lá não sei quanto tempo. O regimento dele é de lá; pois imagino que o senhor soube que ele deixou a milícia de ***shire e se alistou no exército regular. Graças a Deus ele tem *alguns* amigos, mas não tantos como merece.

Elizabeth, que sabia que aquilo era uma indireta contra o sr. Darcy, estava tão consternada e envergonhada, que teve de se esforçar para permanecer sentada em seu lugar. Aquilo, porém, lhe deu forças para falar, o que nada antes conseguira fazer; e perguntou a Bingley se pretendia permanecer por aquelas paragens no momento. Por algumas semanas, acreditava ele.

— Quando tiver matado todos os seus próprios pássaros, sr. Bingley — disse a mãe —, peço-lhe que venha aqui e atire em todos os que quiser nas propriedades do sr. Bennet. Tenho certeza de que ele ficará muito contente em lhe fazer esse favor, e reservará para o senhor as melhores ninhadas.

A consternação de Elizabeth aumentava diante daquela desnecessária ostentação de polidez! Se agora se abrissem as mesmas róseas perspectivas que as entusiasmaram um ano atrás, estava convicta de que tudo caminharia para a mesma conclusão desastrosa. Nesse instante, sentiu que anos de felicidade não poderiam compensar para Jane ou para si mesma aqueles momentos de doloroso embaraço.

"O meu maior desejo", disse com seus botões, "é nunca mais estar com nenhum dos dois. A companhia deles não proporciona prazer suficiente para compensar uma desgraça destas! Nunca mais quero tornar a ver nenhum dos dois!".

Mas aquele constrangimento, para o qual anos de felicidade não eram compensação suficiente, logo em seguida foi substancialmente aliviado, ao observar como a beleza de sua irmã reacendeu a admiração de seu antigo namorado. Assim que chegou, mal falou com ela; mas a cada cinco minutos parecia crescer a atenção que lhe dava. Julgou-a tão bela como no ano anterior; tão afável e tão simples, embora não tão loquaz. Jane estava ansiosa por não demonstrar nenhuma diferença e realmente convencida de que falava tanto quanto antes. Mas sua mente estava tão ocupada, que ela nem sempre sabia quando estava em silêncio.

Quando os cavalheiros se ergueram para partir, a sra. Bennet, fazendo questão de exibir cordialidade, convidou-os para jantar em Longbourn dali a poucos dias.

— O senhor me deve uma visita, sr. Bingley — acrescentou ela —, pois quando foi para Londres no inverno passado prometeu participar de um jantar de família conosco assim que voltasse. Como vê, eu não esqueci; e lhe garanto que fiquei muito decepcionada com o senhor por não ter voltado e não ter cumprido a promessa.

Bingley pareceu um pouco desnorteado ante tal observação, e disse alguma coisa sobre os negócios que o teriam retido. Em seguida se retiraram.

A sra. Bennet estivera muito propensa a lhes pedir que ficassem e jantassem ali; mas, embora sempre oferecesse mesa farta, achava que pelo menos dois serviços seriam necessários a um homem para quem tinha planos tão ambiciosos ou para satisfazer o apetite de alguém com uma renda anual de dez mil libras.

CAPÍTULO 54

Assim que eles partiram, Elizabeth saiu para espairecer, ou melhor, para refletir sem parar sobre assuntos que deviam abatê-la ainda mais. O comportamento do sr. Darcy deixou-a pasma e irritada.

— Se era para ficar calado, sério e indiferente — disse ela —, por que é que ele veio, então?

Não conseguia achar nenhuma resposta satisfatória para o problema.

— Ele ainda era simpático e agradável com meus tios, em Londres; e por que não comigo? Se tem medo de mim, por que veio aqui? Se não gosta mais de mim, por que o silêncio? Que homem irritante! Não quero mais pensar nele.

Sua decisão foi por breve tempo involuntariamente mantida graças à chegada da irmã, que dela se aproximou com uma expressão radiante, que mostrava estar mais satisfeita com os visitantes do que Elizabeth.

— Agora — disse ela — que esse primeiro encontro acabou, sinto-me completamente à vontade. Conheço o meu poder e nunca mais ficarei constrangida com a chegada dele. Estou contente por ele jantar aqui na terça-feira. Ficará publicamente notório que nós dois nos vemos apenas como conhecidos comuns e indiferentes.

— Muito indiferentes, de fato — disse Elizabeth, rindo. — Ah, Jane, tome cuidado!

— Minha querida Lizzy, você não pode achar que eu seja tão fraca, a ponto de correr perigo agora!

— Acho que você corre um perigo muito grande de fazer que ele fique mais apaixonado do que nunca.

* * *

Não tornaram a ver os cavalheiros até terça-feira; nesse meio-tempo, a sra. Bennet retomava todos os planos felizes que o bom humor e a costumeira polidez de Bingley, em meia hora de visita, ressuscitaram.

Na terça-feira, houve uma recepção bastante concorrida em Longbourn; e ambos, que eram esperados com grande expectativa, honraram sua pontualidade de desportistas, chegando exatamente na hora marcada. Quando passaram para a sala de jantar, Elizabeth observou atentamente se Bingley ocuparia o lugar que, em todos os jantares anteriores, pertencera a ele, ao lado da irmã. Sua mãe, prudentemente, com a mesma preocupação, evitou convidá-lo a se sentar a seu lado. Ao entrar na sala, ele pareceu hesitar; mas por acaso o olhar de Jane cruzou com o dele e ela sorriu: estava decidido. Ele foi sentar-se ao lado dela.

Elizabeth, triunfante, olhou para o amigo. Este suportou a coisa com nobre indiferença, e ela imaginaria que Bingley teria recebido autorização dele para ser feliz, se não tivesse visto os olhos dele igualmente voltados para o sr. Darcy, com uma expressão entre alarmada e divertida.

O comportamento dele para com a irmã durante o jantar demonstrou uma admiração por ela que, embora mais reservada do que antes, convenceu Elizabeth de que, se dependesse só dele, a felicidade de Jane e dele próprio logo estaria garantida. Embora não ousasse confiar no resultado de tudo aquilo, ela ainda ficou satisfeita em observar o comportamento dele. Isso deu a ela toda a animação que seu estado de espírito podia admitir, pois não estava de bom humor. O sr. Darcy estava quase tão distante dela quanto a mesa podia separá-los. Estava a um dos lados de sua mãe. Ela sabia quão pouco satisfatória era para ambos tal situação. Não estava perto o bastante para ouvir o que diziam, mas podia ver que raramente falavam um com o outro e como suas maneiras eram frias e formais quando o faziam. A hostilidade da mãe tornava mais dolorosa para Elizabeth a consciência do que deviam a ele; e, em certos momentos, ela teria dado tudo para ter o privilégio de dizer a ele que nem toda a família ignorava ou desdenhava a sua bondade.

Tinha ela esperança de que o sarau oferecesse alguma oportunidade de aproximá-los; que a visita inteira não se passaria sem permitir que a conversa entre os dois fosse além dos meros cumprimentos cerimoniosos que se seguiram à chegada dele. Ansiosa e agitada como estava, o tempo que passou na sala de estar, antes da chegada dos cavalheiros, foi tão desgastante e custou tanto a passar, que quase a fez cometer desaforos. Ela esperava a entrada deles como aquilo de que dependiam todas as suas possibilidades de prazer naquela noite.

— Se ele não vier ter comigo agora — disse ela —, *então* vou desistir dele para sempre.

Os cavalheiros chegaram; e ela achou que ele parecia que viria satisfazer a todas as suas esperanças; mas, desgraçadamente, havia tal concentração de damas ao redor da mesa em que a srta. Bennet preparava o chá e Elizabeth servia o café, que não havia nenhum lugar para se colocar mais uma cadeira. E, quando os cavalheiros se aproximaram, uma das jovens aproximou-se ainda mais dela e disse, num sussurro:

— Estou decidida a não deixar que os homens nos separem. Não queremos nada com eles, não é?

Darcy dirigira-se para outra parte da sala. Ela o seguiu com os olhos, teve inveja de todos com quem ele falou, mal teve paciência para servir o café a ninguém; e ainda tinha raiva de si mesma por ser tão boba!

"Um homem que já recebeu uma recusa! Como pude ser tão tola a ponto de esperar que seu amor renascesse? Existe algum homem que não protestaria contra a fraqueza de fazer uma segunda proposta à mesma mulher? Não há nada que julguem mais indigno!"

Ela, porém, recuperou um pouco de ânimo quando ele mesmo veio trazer a sua xícara de café; e ela aproveitou a oportunidade para lhe dizer:

— Sua irmã ainda está em Pemberley?

— Está, sim; vai ficar por lá até o Natal.

— E sozinha? Todos os amigos partiram?

— A sra. Annesley está com ela. Os outros partiram para Scarborough há três semanas.

Não lhe ocorria mais nada para dizer; mas, se ele tivesse querido conversar com ela, poderia ter sido mais bem-sucedida. Ele permaneceu ao lado dela, porém, por alguns minutos, calado; e por fim, quando a moça tornou a sussurrar algo ao ouvido de Elizabeth, ele se afastou.

Quando o serviço de chá foi retirado e foram montadas as mesas de jogo, todas as damas se levantaram, e Elizabeth teve a esperança de que ele logo fosse ter com ela. Mas todos os seus planos foram frustrados ao vê-lo ser vítima da rapacidade da mãe por jogadores de uíste, e poucos minutos depois sentar-se com os demais jogadores. Estavam presos pelo resto da noite a mesas diferentes, e ela nada mais tinha a esperar, a não ser que os olhos dele se voltassem tantas vezes para o lado da sala em que ela se achava, que isso o fizesse jogar tão mal quanto ela.

A sra. Bennet tinha planos de que os dois cavalheiros de Netherfield ficassem para a ceia; mas infelizmente a carruagem deles foi chamada antes de todas as outras e ela não teve a oportunidade de retê-los.

— Muito bem, meninas — disse ela, assim que ficaram sozinhas —, que acharam do dia de hoje? Creio que tudo se passou extraordinariamente bem. O jantar foi tão bem servido como nunca vi. A carne de caça estava assada no ponto ideal... e todos disseram que nunca haviam visto um pernil tão gordo. A sopa estava mil vezes melhor do que a que tomamos na casa dos Lucas na semana passada; até o sr. Darcy reconheceu que as perdizes estavam magníficas; e imagino que ele tenha pelo menos dois ou três cozinheiros franceses. E, minha querida Jane, nunca vi você tão linda. A sra. Long disse a mesma coisa, pois eu lhe perguntei se não era verdade. E o que mais você acha que ela disse? "Ah! Sra. Bennet, finalmente vamos tê-la em Netherfield." Foi isso mesmo que ela disse. Considero a sra. Long a melhor criatura que jamais existiu igual... e suas sobrinhas são meninas muito educadinhas, mas nem um pouco bonitas: eu as adoro!

Em suma, a sra. Bennet estava no céu; pelo que vira do comportamento de Bingley para com Jane, estava convencida de que ela finalmente o agarraria; e suas expectativas de um futuro feliz para a família, quando estava de bom humor, iam tão além dos limites do razoável, que ficou muito desapontada por não vê-lo de novo em sua casa no dia seguinte, para pedi-la em casamento.

— Foi um dia muito agradável — disse a srta. Bennet a Elizabeth. — Os convidados pareciam tão bem selecionados, tão adequados uns aos outros! Espero que venham com bastante frequência.

Elizabeth sorriu.

— Lizzy, não faça isso. Não desconfie de mim. Isso me deixa triste. Garanto-lhe que agora aprendi a apreciar a conversação dele como um jovem simpático e sensato, sem nenhum desejo escondido por trás disso. Estou totalmente satisfeita com o comportamento dele agora, que demonstra nunca ter tido intenção de conquistar o meu coração. O fato é que Deus lhe deu um trato afável e um desejo de agradar mais intenso do que o de qualquer outro homem.

— Você é muito cruel — disse a irmã —; não me deixa sorrir e não para de me provocar.

— Como é difícil às vezes fazer-se acreditar!

— E como outras vezes isso é impossível!

— Mas por que você quer convencer-me de que sinto algo mais do que digo?

— Essa é uma pergunta à qual não sei responder. Todos nós gostamos de instruir, embora só sejamos capazes de ensinar o que não vale a pena saber. Desculpe; e, se você continuar indiferente, não me escolha para ouvir suas confidências.

CAPÍTULO 55

Poucos dias depois dessa visita, o sr. Bingley apareceu de novo, mas sozinho. Seu amigo partira para Londres naquela manhã, mas devia estar de volta em dez dias. Conversou com todos durante mais de uma hora e estava extraordinariamente animado. A sra. Bennet convidou-o para jantar; mas, com muitas expressões de pesar, ele confessou ter outro compromisso.

— A próxima vez que vier — disse ela —, espero ter mais sorte.

Ele ficaria muito honrado em vir a qualquer hora, etc.; e, se fosse convidado, aproveitaria a primeira oportunidade para vir encontrá-los.

— Pode vir amanhã?

Sim, ele não tinha nenhum compromisso para o dia seguinte; e o convite foi aceito com prazer.

Ele chegou tão cedo que nenhuma das damas já estava arrumada. A sra. Bennet entrou correndo no quarto da filha, de penhoar e com os cabelos ainda meio despenteados, gritando:

— Querida Jane, apresse-se e corra lá para baixo. Ele chegou... o sr. Bingley chegou. É isso mesmo. Depressa, depressa. Venha cá imediatamente, Sarah, para ajudar a srta. Bennet a se vestir. Não se preocupe com o penteado da srta. Lizzy.

— Vamos descer assim que pudermos — disse Jane —, mas tenho certeza de que Kitty é a mais arrumada de nós, pois subiu meia hora atrás.

— Ah! Ao diabo com Kitty! Que tem ela a ver com o caso? Venha logo, depressa! Onde está o seu cinto, querida?

Mas, assim que a mãe saiu, não foi possível convencer Jane a descer sem uma de suas irmãs.

À noite, ficou evidente a mesma ansiedade em deixá-los sozinhos. Após o chá, o sr. Bennet retirou-se para a biblioteca, como de costume, e Mary subiu para estudar piano. Assim removidos dois dos cinco obstáculos, a sra. Bennet permaneceu olhando e piscando para Elizabeth e Catherine durante longo tempo, sem causar nenhuma impressão nelas. Elizabeth não estava olhando para ela; e, quando por fim Kitty reparou, disse muito inocentemente:

— Qual é o problema, mamãe? Por que está piscando para mim? Que quer que eu faça?

— Nada, minha filha, nada. Eu não pisquei para você.

Ela então permaneceu sentada por mais cinco minutos; mas, incapaz de aproveitar uma ocasião tão preciosa, levantou-se de repente, e dizendo a Kitty "venha cá, meu amor, quero falar com você", levou-a para fora da sala. Jane imediatamente olhou para Elizabeth, demonstrando aflição diante daquela artimanha e como que pedindo que *ela* não participasse daquilo. Em alguns minutos, a sra. Bennet entreabriu a porta e a chamou:

— Lizzy, querida, quero falar com você.

Elizabeth foi obrigada a sair.

— Vamos deixá-los sozinhos — disse a mãe, assim que ela chegou ao corredor. — Kitty e eu vamos subir e ficar na salinha.

Elizabeth não tentou argumentar com a mãe, mas permaneceu quieta no corredor, até perder de vista a ela e a Kitty, e então voltou à sala de estar.

Não deram certo os planos da sra. Bennet para aquele dia. Bingley teve todos os encantos, menos o de namorado oficial da filha. Seu desembaraço e bom humor tornaram-no um convidado agradabilíssimo; e ele suportou as inoportunas cerimônias da mãe e ouviu todas as suas tolas observações com uma paciência e um domínio de si mesmo particularmente gratos à filha.

Ele nem precisava de um convite para ficar para a ceia; e antes de partir ficou decidido, graças ao empenho da sra. Bennet e dele próprio, que voltaria na manhã seguinte para caçar com o marido dela.

Depois desse dia, Jane nada mais disse sobre a sua indiferença. As duas irmãs não trocaram uma palavra sequer a respeito de Bingley; mas Elizabeth foi dormir acreditando alegremente que tudo devia resolver-se com rapidez, a menos que o sr. Darcy voltasse antes da data prevista. Na verdade, porém, ela estava razoavelmente convencida de que tudo aquilo devia estar acontecendo com o apoio daquele cavalheiro.

Bingley foi pontual; e ele e o sr. Bennet passaram a manhã juntos, como combinado. O segundo era muito mais agradável do que seu companheiro esperava. Não havia em Bingley nenhuma presunção ou insensatez que pudessem provocar a sua ironia ou fazê-lo calar-se em desaprovação; e era mais comunicativo e menos excêntrico do que em qualquer situação anterior. Bingley, é claro, voltou com ele para jantar; e à noite entrou novamente em ação o estratagema da sra. Bennet para afastar todos das proximidades dele e de sua filha. Elizabeth, que precisava escrever uma carta, foi à copa com esse objetivo logo após o chá; pois, como todos os demais iriam jogar cartas, não queria ser a pessoa que frustrasse os planos da mãe.

Mas ao voltar à salinha, depois de terminar a carta, ela viu com infinita surpresa que havia razões para temer que a mãe tivesse sido engenhosa demais até mesmo para ela. Ao abrir a porta, viu a irmã e Bingley em pé diante da lareira, como que absortos em animada conversação; e, se isso não bastasse para despertar suspeitas, os rostos dos dois quando apressadamente viraram as costas e se separaram um do outro não deixariam nenhuma dúvida. A situação de ambos era bastante constrangedora, mas a dela lhe parecia ainda pior. Nenhum dos dois pronunciou uma sílaba sequer; e Elizabeth estava a ponto de partir novamente, quando Bingley, como Jane se havia sentado, ergueu-se de repente e, depois de sussurrar algumas palavras à irmã, saiu apressado da sala.

Jane não podia ter segredos com Elizabeth, quando a confiança era motivo de prazer; e, abraçando-a imediatamente, confessou, com a mais viva comoção, ser a criatura mais feliz do mundo.

— Isso é demais! — acrescentou ela. — Demais mesmo! Eu não mereço isso. Ah! Por que nem todos são tão felizes assim?

Os parabéns de Elizabeth foram dados com uma sinceridade, um calor, uma alegria que as palavras não podem exprimir adequadamente. Cada palavra gentil era uma nova fonte de felicidade para Jane. Ela, porém, não podia no momento permitir-se ficar com a irmã ou dizer metade do que ficara por dizer.

— Devo ir agora mesmo falar com a mamãe — exclamou ela. — Por nada neste mundo eu zombaria de sua carinhosa solicitude ou permitiria que ela recebesse a notícia de alguma outra pessoa. Ele já foi falar com o papai. Ah! Lizzy, saber que o que tenho para contar dará tanto prazer a toda a família! Será que aguento tanta felicidade?

Ela, então, saiu, correndo em busca da mãe, que fizera questão de interromper o jogo e estava no andar de cima com Kitty.

Elizabeth, que fora deixada sozinha, agora sorria da rapidez e da facilidade com que finalmente se resolvera o caso que lhes causara nos meses anteriores tanta expectativa e frustração.

— E este — disse ela — é o fim de toda aquela nervosa circunspecção do seu amigo! De todos os artifícios hipócritas da irmã! O fim mais feliz, mais sábio e mais razoável!

Poucos minutos depois, encontrou-se com ela Bingley, cuja conversa com o pai fora breve e objetiva.

— Onde está sua irmã? — disse ele afobado, ao abrir a porta.

— Lá em cima com a mamãe. Tenho certeza de que logo ela vai descer.

Ele então fechou a porta e, vindo até ela, pediu-lhe as felicitações e o carinho de uma nova cunhada. Elizabeth exprimiu-lhe sincera e calorosamente a sua alegria pela perspectiva do futuro parentesco. Deram as mãos com grande cordialidade; e então, até que a irmã descesse, ela teve de ouvir tudo o que ele tinha a lhe dizer sobre a sua própria felicidade e as perfeições de Jane; e, apesar de ele estar apaixonado, Elizabeth realmente acreditava que todas as suas expectativas de felicidade tinham um fundamento racional, pois se baseavam na excelente inteligência e no mais do que excelente caráter de Jane

e numa afinidade geral de sentimentos e gostos entre ela e ele.

Foi para todos uma noite de extraordinária alegria; a satisfação de espírito da srta. Bennet provocou um resplendor de suave animação em seu rosto, que a fez parecer mais linda do que nunca. Kitty sorria, na esperança de que logo chegaria a sua vez. A sra. Bennet não podia dar seu consentimento nem falar ou exprimir sua aprovação em termos calorosos o bastante para corresponder a seus sentimentos, embora só falasse sobre isso com Bingley durante mais de meia hora; e, quando o sr. Bennet se juntou a eles para a ceia, sua voz e seus gestos mostravam claramente quão feliz ele estava.

Não disse palavra, porém, sobre tudo aquilo, até que o visitante se despedisse tarde da noite; mas, assim que ele saiu, voltou-se para a filha e disse:

— Jane, meus parabéns. Você será uma mulher muito feliz.

Jane foi correndo até ele, deu-lhe um beijo e lhe agradeceu pela bondade.

— Você é uma boa menina — tornou ele —, e vejo com muito prazer que terá um casamento muito feliz. Não tenho a menor dúvida de que vocês vão dar-se muito bem um com o outro. Seus temperamentos são parecidos. Ambos são tão conciliadores, que nunca resolverão nada; tão pacíficos, que todos os criados vão enganá-los; e tão generosos, que gastarão sempre mais do que ganharem.

— Espero que não. A imprudência ou irreflexão em matéria de dinheiro seriam imperdoáveis em *mim*.

— Gastar mais do que ganharem! Querido sr. Bennet — exclamou sua esposa —, de que está falando? Ora, ele tem quatro ou cinco mil libras por ano, muito provavelmente até mais.

E então, dirigindo-se à filha:

— Ah! Minha querida Jane, estou tão feliz! Tenho certeza de que não vou conseguir pregar os olhos esta noite. Mas eu sabia. Eu sempre disse que tinha de ser assim, finalmente. Tinha certeza de que você não podia ser tão linda para nada! Lembro que assim que o vi, quando ele veio pela primeira vez a Hertfordshire no ano passado, logo percebi que era provável que vocês ficassem juntos. Ah! Ele é o homem mais lindo que eu já vi!

Wickham e Lydia foram completamente esquecidos. Jane era de longe a filha predileta. Naquele momento, ela não se importava com nenhuma outra. As irmãs mais moças logo começaram a pedir os favores que no futuro Jane poderia fazer-lhes.

Mary pediu autorização para utilizar a biblioteca de Netherfield; e Kitty insistiu em que fossem dados bailes lá durante o inverno.

Bingley, é claro, passou a fazer visitas diárias a Longbourn, chegando muitas vezes antes do desjejum e permanecendo sempre até depois da ceia, a menos que algum vizinho bárbaro, absolutamente odioso, lhe tivesse feito um convite para jantar que ele julgasse obrigatório aceitar.

Elizabeth agora só dispunha de pouco tempo para conversar com a irmã, pois, enquanto ele estava lá, Jane não dava atenção a mais ninguém; mas se mostrou muito útil aos dois naquelas horas de separação que às vezes têm de acontecer. Na ausência de Jane, Bingley sempre procurava Elizabeth, pelo prazer de falar sobre ela; e, quando ele partia, Jane sempre buscava a mesma consolação.

— Ele me fez tão feliz — disse ela, uma tarde — ao me dizer que não sabia que eu estava em Londres na primavera passada! Eu não acreditava que fosse possível.

— Eu suspeitava disso — tornou Elizabeth. — Mas que explicação ele deu?

— Deve ter sido coisa das irmãs. Certamente elas não morriam de amores pelo meu relacionamento com ele, algo que não me surpreende, pois ele poderia ter escolhido alguma relação muito mais vantajosa em todos os aspectos. Mas, quando virem, como tenho certeza verão, que o irmão está feliz comigo, ficarão contentes e voltaremos a nos relacionar bem; mas nunca mais poderemos ser o que éramos umas com as outras.

— Essas são as palavras mais severas — disse Elizabeth — que já ouvi de você. Boa menina! Eu ficaria muito aborrecida de ver você ser enganada de novo pelas atenções fingidas da srta. Bingley.

— Você acreditaria, Lizzy, que quando fui para Londres em novembro ele realmente me amava, e só mesmo a certeza de que *eu* lhe era indiferente o impediu de voltar?

— Ele sem dúvida cometeu um pequeno engano; mas isso mostra que é um homem modesto.

Isso naturalmente inspirou um panegírico de Jane acerca da timidez de Bingley e da pouca conta em que tinha suas próprias boas qualidades. Elizabeth estava contente em descobrir que ele não havia revelado a intromissão do amigo; pois, embora Jane tivesse o coração mais generoso e clemente do mundo, ela sabia que aquela era uma circunstância que poderia preveni-la contra ele.

— Sou com certeza a criatura mais feliz que já existiu! — exclamou Jane. — Ah! Lizzy, por que fui escolhida dentre a família para ser a mais abençoada! Se pelo menos eu visse *você* tão feliz quanto eu! Se *existisse* outro homem como ele para você!

— Mesmo que você me desse quarenta homens como ele, eu jamais seria tão feliz como você. Até que eu tenha o seu temperamento e a sua bondade, jamais poderei ter a sua felicidade. Não, não, deixe-me tratar sozinha da minha vida; e, quem sabe, se tiver muito boa sorte, poderei encontrar a tempo outro sr. Collins.

Os acontecimentos ocorridos na casa de Longbourn já não podiam permanecer em segredo. A sra. Bennet teve o privilégio de sussurrar a história para a sra. Phillips, que passou então, sem nenhuma permissão, a fazer o mesmo com todas as vizinhas de Meryton.

Logo os Bennet passaram a ser considerados a mais afortunada família do mundo, embora poucas semanas antes, quando Lydia fugira, todos os julgassem marcados pela desgraça.

CAPÍTULO 56

Certa manhã, cerca de uma semana depois do noivado de Bingley e Jane, enquanto ele e as mulheres da família estavam sentados na sala de jantar, a atenção de todos de repente se dirigiu para a janela, atraída pelo ruído de uma carruagem; e viram uma *chaise* de quatro cavalos que atravessava o gramado diante da casa. Era cedo demais para visitas, e além disso a equipagem não correspondia à de ninguém das vizinhanças. Os cavalos eram de posta; e nem a carruagem nem a libré do criado que a precedia lhes eram familiares. Como não havia dúvida, porém, de que alguém estava chegando, Bingley imediatamente convenceu a srta. Bennet a evitar a reclusão imposta por tais intrusos e ir com ele até o bosquinho. Os dois partiram, deixando as outras três com suas conjeturas, sem muito resultado, até que a porta se escancarou e a visitante entrou. Era *Lady* Catherine de Bourgh.

Todas estavam, é claro, preparadas para uma surpresa; mas o espanto que sentiram foi maior do que esperavam; e da parte da sra. Bennet e de

Kitty, embora ela lhes fosse completamente desconhecida, inferior ao que Elizabeth sentiu.

Ela entrou na sala com um ar ainda mais antipático do que de costume, não respondeu ao cumprimento de Elizabeth senão com uma ligeira inclinação da cabeça e se sentou sem dizer palavra. Elizabeth mencionara o nome dela para a mãe quando Sua Senhoria entrou, embora não tivesse havido nenhum pedido de apresentação.

A sra. Bennet, espantadíssima, embora lisonjeada por receber a visita de alguém de tanta importância, recebeu-a com a maior cortesia. Depois de permanecer em silêncio por um momento, *Lady* Catherine disse muito friamente a Elizabeth:

— Espero que esteja bem, srta. Bennet. Imagino que esta dama seja a sua mãe.

Elizabeth respondeu muito concisamente que sim.

— E *aquela* imagino que seja uma de suas irmãs.

— Sim, senhora — disse a sra. Bennet, felicíssima por falar com *Lady* Catherine. — Ela é a minha segunda filha mais moça. A caçula casou-se há pouco, e a mais velha está pelo jardim, passeando com um rapaz que, segundo creio, logo fará parte da família.

— Vocês têm um jardim muito pequeno aqui — tornou *Lady* Catherine depois de um breve silêncio.

— Não é nada em comparação com Rosings, minha senhora, não há dúvida; mas garanto a Vossa Senhoria que é muito maior do que o de *Sir* William Lucas.

— Esta deve ser uma sala de estar muito desagradável nas noites de verão; as janelas dão para o oeste.

A sra. Bennet garantiu-lhe que jamais permaneciam ali depois do jantar e então acrescentou:

— Posso tomar a liberdade de perguntar a Vossa Senhoria se o sr. e a sra. Collins estão bem?

— Sim, muito bem. Eu os vi duas noites atrás.

Elizabeth esperava agora que ela fosse entregar-lhe uma carta da parte de Charlotte, pois aquele parecia ser o único motivo provável para a sua visita. Mas não apareceu nenhuma carta, e ela não soube mais o que pensar.

A sra. Bennet, com a máxima educação, ofereceu a Sua Senhoria um refresco; mas *Lady* Catherine recusou, com muita decisão mas pouca gentileza; e em seguida, levantando-se, disse a Elizabeth:

— Srta. Bennet, creio ter visto um bonito cantinho do parque, de aspecto um tanto selvagem. Gostaria de dar uma volta por ali, se a senhorita me fizer companhia.

— Vá, querida — exclamou a mãe —, e mostre a Sua Senhoria os diversos passeios. Acho que ela vai gostar da ermida.

Elizabeth obedeceu e, depois de ir correndo até o quarto para buscar a sombrinha, acompanhou no andar de baixo a sua nobre visitante. Quando passaram pelo saguão, *Lady* Catherine abriu as portas da sala de jantar e da sala de estar e, depois de uma rápida inspeção, sentenciando que eram cômodos decentes, seguiu em frente.

A carruagem permanecia estacionada à porta, e Elizabeth viu que a dama de companhia estava nela. Caminharam em silêncio pela vereda de cascalho que levava ao bosque; Elizabeth estava decidida a se esforçar para conversar com aquela mulher agora mais do que nunca insolente e desagradável.

"Como é que pude achar que ela se parecesse com o sobrinho?", disse ela com seus botões, ao olhar o seu rosto.

Assim que entraram no pequeno bosque, *Lady* Catherine começou a falar nos seguintes termos:

— Tenho certeza de que sabe muito bem, srta. Bennet, a razão desta minha jornada até aqui. O seu coração, a sua consciência devem ter-lhe dito por que eu vim.

Elizabeth pareceu sinceramente surpresa.

— Vossa Senhoria está enganada. Não consigo explicar a razão da honra de tê-la conosco aqui.

— Srta. Bennet — replicou Sua Senhoria, em tom de zanga —, deve saber

que não sou de brincadeiras. Mas por mais insincera que *a senhorita* tenha escolhido ser, não vai ver-*me* imitá-la. Meu caráter sempre foi prezado pela sinceridade e franqueza, e não pretendo mudar num momento de tal importância. Ouvi dois dias atrás um boato da mais alarmante natureza. Disseram-me que não só a sua irmã estava a ponto de fazer um casamento muito vantajoso, mas também que a srta. Elizabeth Bennet iria, muito provavelmente, casar-se em breve com meu sobrinho, meu próprio sobrinho, o sr. Darcy. Embora eu *saiba* que essa deve ser uma escandalosa mentira, embora eu não queira injuriá-lo a ponto de supor que isso seja possível, decidi vir sem mais demora até aqui, para poder exprimir-lhe os meus sentimentos.

— Se Vossa Senhoria acha que é impossível que seja verdade — disse Elizabeth, corando de espanto e de desprezo —, não sei por que se deu ao trabalho de vir de tão longe. Que pretende Vossa Senhoria com isso?

— Insisto em que tal história seja imediatamente desmentida do modo mais peremptório.

— Sua vinda a Longbourn, para ver a mim e à minha família — disse Elizabeth com frieza —, será tida antes como uma confirmação do tal boato; naturalmente, se é que ele tenha realmente corrido.

— Se! Com que então finge que não sabe de nada? Não foi a senhorita que, espertamente, pôs o boato em circulação? Não sabe que ele se espalhou por toda parte?

— Nunca ouvi nada a esse respeito.

— E pode também dizer que ele não tem nenhum fundamento?

— Não pretendo ter a mesma franqueza que Vossa Senhoria. Vossa Senhoria talvez faça perguntas que eu prefira não responder.

— Isso é inadmissível. Srta. Bennet, insisto em que me responda. Ele, o meu sobrinho, lhe fez uma proposta de casamento?

— Vossa Senhoria já declarou que isso é impossível.

— Deveria ser; deve ser, se é que ele ainda goza de suas faculdades mentais. Mas as suas artimanhas e seduções podem, num momento de deslumbramento, tê-lo feito esquecer o que deve a si mesmo e a toda a família. A senhorita pode tê-lo seduzido.

— Se o tivesse, seria a última pessoa a confessá-lo.

— Srta. Bennet, sabe com quem está falando? Não estou acostumada com esse tipo de linguagem. Sou quase a parenta mais próxima que ele tem no mundo, e tenho o direito de saber tudo sobre os seus problemas mais íntimos.

— Mas não tem o direito de saber os meus; nem um comportamento desses nunca me levará a falar.

— Quero ser bem clara. Essa união, a que a senhorita tem a presunção de aspirar, não poderá acontecer nunca. Não, nunca. O sr. Darcy é o noivo de minha filha. E agora, que tem a me dizer?

— Só isto: que, se assim é, Vossa Senhoria não tem motivos para imaginar que ele me haja pedido em casamento.

Lady Catherine hesitou por um momento e então replicou:

— O compromisso entre eles é de um tipo especial. Desde a infância eles foram destinados um para o outro. Este era o maior desejo da mãe *dele*, como da mãe dela. Quando ainda de berço, planejamos a união: e agora, quando os desejos das duas irmãs iriam realizar-se com o casamento, vê-los destruídos por uma mocinha de nascimento inferior, sem nenhuma importância no mundo e completamente estranha à família! Você não tem nenhuma consideração pelos sonhos dos entes queridos dele? Pelo seu tácito compromisso com a srta. de Bourgh? Perdeu todo sentimento de decoro e delicadeza? Não me ouviu dizer que desde o nascimento ele estava destinado à prima?

— Sim, e já sabia disso. Mas que importância isso pode ter para mim? Se não houver obstáculos ao meu casamento com seu sobrinho, certamente não desistirei dele porque sua mãe e sua tia queriam que ele casasse com a srta. de Bourgh. As duas fizeram o máximo que puderam ao planejar o casamento. Mas torná-lo realidade dependia de outros. Se o sr. Darcy não está preso nem pela honra nem pelos sentimentos à prima, por que não deveria escolher outra pessoa? E, se sou essa pessoa, por que não posso aceitá-lo?

— Porque a honra, o decoro, a prudência e até o interesse o proíbem. Isso mesmo, srta. Bennet, o interesse; pois não espere que a família ou os amigos dele a vejam com bons olhos se contrariar propositadamente a vontade de todos. Será criticada, humilhada e desprezada por todos os conhecidos dele.

Sua união será uma desgraça; seu nome nunca mais será pronunciado por nenhum de nós.

— São grandes desgraças — replicou Elizabeth. — Mas a esposa do sr. Darcy disporá de fontes de alegria tão extraordinárias, ligadas necessariamente à sua condição, que não deve ter, afinal de contas, motivos para se queixar.

— Menina teimosa e cabeçuda! Estou envergonhada pela senhorita! É essa a sua gratidão pelas atenções que tive com a senhorita a primavera passada? Não deve nada a mim quanto a isso? Vamos sentar. Tem de entender, srta. Bennet, que vim até aqui com a firme resolução de conseguir o que quero; não vou deixar-me dissuadir. Não estou acostumada a curvar-me ante os caprichos de ninguém. Não tenho o costume de tolerar decepções.

— *Isso* vai piorar a situação de Vossa Senhoria; mas não me afetará.

— Não quero ser interrompida. Ouça-me em silêncio. Minha filha e meu sobrinho foram feitos um para o outro. Descendem, por parte de mãe, da mesma nobre linhagem; e, por parte de pai, de famílias respeitáveis, honradas e antigas, embora sem títulos de nobreza. De ambos os lados, a fortuna é imensa. Foram destinados um ao outro pelo desejo de cada um dos membros de suas respectivas casas; e o que vai separá-los? As pretensões improvisadas de uma jovem sem família, sem ligações, sem dinheiro. É intolerável! Mas isso não deve acontecer, não vai acontecer. Se você soubesse o que é bom para si mesma, não iria querer abandonar o ambiente em que foi criada.

— Ao casar com seu sobrinho, não julgaria estar abandonando esse ambiente. Ele é um cavalheiro; sou filha de um cavalheiro; nisto estamos empatados.

— É verdade. A senhorita *é* filha de um cavalheiro. Mas quem era a sua mãe? Quem são seus tios e tias? Não pense que desconheço a condição deles.

— Sejam quais forem os meus parentes — disse Elizabeth —, se o seu sobrinho não tiver objeções contra eles, eles não são da *sua* conta.

— Diga-me de uma vez por todas: está noiva dele?

Embora Elizabeth não quisesse, simplesmente para agradar a *Lady* Catherine, responder à pergunta, não podia deixar de dizer, depois de refletir por um instante:

— Não.

Lady Catherine pareceu contente.

— E você vai prometer-me que nunca o será?

— Não vou fazer nenhuma promessa desse tipo.

— Srta. Bennet, estou pasma e escandalizada. Esperava encontrar uma moça mais ajuizada. Mas não se iluda pensando que vou ceder. Não vou embora até que me prometa o que lhe pedi.

— E eu certamente *nunca* vou fazer tal promessa. Nada tão completamente insensato pode intimidar-me. Vossa Senhoria quer que o sr. Darcy case com sua filha; mas será que se eu fizer tal promessa esse casamento vai tornar-se mais provável? Supondo que ele goste de mim, será que se eu recusar a sua mão isso o fará querer oferecê-la à sua filha? Permita-me dizer, *Lady* Catherine, que os argumentos em que baseou esse pedido incomum foram tão frívolos quanto foi insensato o próprio pedido. Vossa Senhoria desconhece amplamente o meu caráter, se pensa que eu vá ceder ante esse tipo de argumento. Não sei até que ponto o seu sobrinho aprova a sua intromissão na vida dele; mas Vossa Senhoria certamente não tem o direito de meter-se nos meus problemas. Devo pedir-lhe, portanto, que não me importune mais com esse assunto.

— Calma lá, por favor. Ainda não acabei. A todas as objeções que apresentei, tenho de acrescentar mais outra. Não ignoro os detalhes da nefasta fuga de sua irmã mais moça. Sei tudo a respeito dela; que o rapaz só se casou graças a um acerto com seu pai e seus tios. E será que uma menina dessas pode ser cunhada do meu sobrinho? Será que o marido dela, o filho do intendente do falecido pai dele, pode ser seu cunhado? Deus do céu! O que está pensando? Será que as sombras de Pemberley devem ser assim profanadas?

— Vossa Senhoria não deve ter mais nada a dizer — disse ela, ofendida. — Vossa Senhoria ofendeu-me de todas as maneiras possíveis. Devo pedir que voltemos para casa.

E se ergueu enquanto falava. *Lady* Catherine também se ergueu, e voltaram. Sua Senhoria estava furiosa.

— A senhorita não tem consideração pela honra e pelo bom nome do meu sobrinho! Menina insensível e egoísta! Não vê que uma aliança com a senhorita vai desgraçá-lo aos olhos de todos?

— *Lady* Catherine, nada mais tenho a dizer. Vossa Senhoria conhece os meus sentimentos.

— Está então decidida a casar-se com ele?

— Não disse isso. Só estou decidida a agir da maneira que mais me pareça convir à minha felicidade, sem ter de prestar contas a *Vossa Senhoria*, ou a qualquer pessoa que também tenha tão pouco a ver comigo.

— Muito bem. A senhorita se recusa a fazer o que lhe peço. Recusa-se a obedecer às exigências do dever, da honra e da gratidão. Está decidida a arruinar o sr. Darcy aos olhos de todos os amigos e a fazer dele a risada do mundo.

— Nem o dever, nem a honra nem a gratidão — replicou Elizabeth — têm qualquer direito sobre mim, no presente caso. Nenhum princípio de nenhuma dessas coisas seria violado pelo meu casamento com o sr. Darcy. E, com relação à mágoa da família dele ou à indignação do mundo, se a primeira *fosse* mesmo provocada pelo fato de ele casar-se comigo, isso não me preocuparia nem por um momento, e o mundo em geral teria juízo o bastante para não se unir a esse desprezo.

— E essa é a sua verdadeira opinião! Essa é a sua decisão final! Muito bem. Agora já sei o que fazer. Não vá imaginar, srta. Bennet, que a sua ambição será recompensada. Vim para pô-la à prova. Esperava que fosse razoável; mas pode ter certeza de que vou conseguir o que quero.

Lady Catherine continuou a falar nesse tom até chegarem à porta da carruagem, quando, voltando-se bruscamente, acrescentou:

— Não vou despedir-me, srta. Bennet. Não mando saudações à sua mãe. Vocês não merecem tal consideração. Estou profundamente descontente.

Elizabeth não respondeu; e, sem tentar convencer Sua Senhoria a entrar na casa, caminhou tranquilamente até ela. Ouviu a carruagem partindo enquanto subia as escadas. Sua mãe, impaciente, foi ter com ela à porta do vestíbulo, para lhe perguntar por que *Lady* Catherine não havia retornado e descansado um pouco.

— Não foi o que ela quis — disse a filha. — Preferiu ir embora.

— É uma mulher belíssima! E sua visita foi infinitamente gentil! Pois acho que veio apenas para nos dizer que os Collins vão bem. Devia estar a caminho de algum lugar e, ao passar por Meryton, achou que podia visitar você também. Imagino que ela não tinha nada de especial para lhe falar, não é, Lizzy?

Elizabeth foi obrigada a contar uma mentira; pois era impossível confessar o tema da conversa.

CAPÍTULO 57

A confusão mental provocada em Elizabeth por aquela visita extraordinária não foi fácil de superar; por muitas horas ela não conseguiu parar de pensar naquilo. Estava claro que *Lady* Catherine se dera ao trabalho daquela viagem com o único propósito de romper o suposto noivado dela com o sr. Darcy. Era um plano racional, com certeza! Mas Elizabeth não conseguia imaginar qual seria a origem do boato sobre o noivado, até lembrar que, sendo *ele* um amigo íntimo de Bingley e sendo *ela* a irmã de Jane, isso já era suficiente para sugerir a ideia, num momento em que a expectativa de um casamento tornava todos impacientes pelo outro. E não lhe havia escapado que o casamento da irmã devia reuni-los com mais frequência. E seus vizinhos de Lucas Lodge, portanto (pois concluiu que foi pela correspondência deles com os Collins que o boato chegara até *Lady* Catherine), haviam dado como quase certo e imediato o que *ela* considerava simplesmente possível em algum ponto do futuro.

Ao refletir sobre as palavras de *Lady* Catherine, porém, não pôde deixar de sentir-se um pouco preocupada com as possíveis consequências da persistência daquela intromissão. Pelo que ela dissera da decisão de impedir aquele casamento, ocorreu a Elizabeth que ela deveria ter planos de interpelar o sobrinho; e, como *ele* tomaria uma tal representação dos males ligados a uma união com ela, não ousava dizer. Não conhecia o grau exato de seu afeto pela tia ou de sua confiança no julgamento dela, mas era natural supor que tinha Sua Senhoria em muito mais alta conta do que *ela*; e era certo que, ao enumerar as misérias de um casamento com *alguém* cujos parentes imediatos estavam tão abaixo dos dele, sua tia o atingiria no ponto fraco. Com suas ideias sobre a dignidade, ele provavelmente iria sentir que os argumentos que para Elizabeth pareceram fracos e ridículos continham muito bom-senso e sólidas razões.

Se já antes ele hesitava sobre o que fazer, como muitas vezes parecia provável, os conselhos e o pedido de uma parenta tão próxima talvez acabassem com todas as dúvidas e imediatamente o decidissem a ser tão feliz quanto uma impoluta dignidade o poderia fazer. Nesse caso, ele não mais voltaria. *Lady* Catherine poderia encontrá-lo a caminho de Londres; e os compromissos dele com Bingley de voltar a Netherfield seriam desfeitos.

"Se, então, nos próximos dias enviar desculpas ao amigo por não cumprir a promessa", acrescentou ela, "eu vou compreender. Vou então renunciar a toda esperança, a todo desejo de sua constância. Se ele se satisfizer somente com ter saudade de mim, quando poderia ter o meu amor e a minha mão, logo deixarei completamente de sentir saudade dele".

* * *

Foi muito grande a surpresa do resto da família, ao ouvir que a visitante havia partido; mas gentilmente se contentaram com o mesmo tipo de suposição que apaziguara a curiosidade da sra. Bennet; e Elizabeth foi poupada de muitos aborrecimentos com o assunto.

Na manhã seguinte, quando descia as escadas, deu com o pai, que saía da biblioteca com uma carta nas mãos.

— Lizzy — disse ele —, eu estava à sua procura; entre no meu quarto.

Ela o acompanhou até lá; e sua curiosidade em saber o que ele tinha a lhe dizer era avivada pela ideia de que aquilo devia estar de algum modo ligado à carta que tinha na mão. De repente lhe ocorreu que a carta podia ser de *Lady* Catherine; e ela previu desanimada todas as explicações que viriam.

Ela acompanhou o pai até a lareira e ambos se sentaram. Ele, então, disse:

— Recebi esta manhã uma carta que muitíssimo me admirou. Como se refere sobretudo a você, você deve conhecer o seu conteúdo. Eu não sabia até agora que tinha duas filhas prestes a se casar. Quero felicitá-la por uma conquista tão importante.

O rosto de Elizabeth imediatamente ganhou nova cor, na convicção de que a carta era do sobrinho, e não da tia; e não sabia se estava mais contente por ter ele se explicado com o pai ou ofendida por não ter antes escrito para ela; o pai prosseguiu:

— Você parece estar ciente. As jovens têm grande conhecimento em assuntos como este; mas acho que posso desafiar até mesmo a *sua* sagacidade, para descobrir o nome do seu admirador. Esta carta é do sr. Collins.

— Do sr. Collins! E o que *ele* tem a dizer?

— Algo muito a propósito, é claro. Ele começa felicitando-me pelas núpcias de minha filha mais velha, as quais, ao que parece, chegaram ao seu conhecimento por intermédio das boas e fofoqueiras Lucas. Não quero pôr à prova a sua impaciência, lendo o que ele diz a esse respeito. O que tem a ver com você é o seguinte: "Tendo assim oferecido os sinceros parabéns da parte da sra. Collins e de mim mesmo pelo feliz acontecimento, permita-me agora acrescentar uma breve menção a respeito de outro evento, sobre o qual fomos informados pela mesma fonte. Presume-se que a sua filha Elizabeth não mais vá ostentar o nome de Bennet, depois de sua filha mais velha ter renunciado a ele, pois o companheiro que ela escolheu para toda a vida pode ser razoavelmente tido como um dos mais ilustres personagens destas terras".

— Você poderia dizer-me, Lizzy, o que ele quis dizer com isto? "Este jovem cavalheiro foi abençoado, de modo especial, com todos os dons que o coração de um mortal pode almejar: esplêndidas propriedades, nobre estirpe e amplo padroado. Apesar de todas essas tentações, permita-me alertar a minha prima Elizabeth e você mesmo sobre os males que podem afligi-los se aceitarem precipitadamente as propostas desse cavalheiro, das quais, é claro, estarão propensos a aproveitar-se sem mais demora."

— Você tem ideia, Lizzy, de quem seja esse cavalheiro? Mas aqui vai: "Meus motivos para alertá-los são os seguintes: temos razões para imaginar que a tia dele, *Lady* Catherine de Bourgh, não vê essa aliança com bons olhos".

— *O sr. Darcy*, como você pode ver, é o homem! Agora, Lizzy, acredito *ter* surpreendido você. Será que ele ou as Lucas não podiam ter escolhido algum outro homem dentre os conhecidos, cujo nome pudesse dar mais credibilidade à mentira do que o citado? O sr. Darcy, que nunca olha para nenhuma mulher, a não ser para descobrir defeitos, e que provavelmente nunca sequer olhou para você na vida! É admirável!

Elizabeth tentou rir da brincadeira do pai, mas só conseguiu esboçar um sorriso muito relutante. Nunca a ironia de seu pai lhe fora dirigira de maneira mais desagradável para ela.

— Não acha graça?

— Ah! Claro. Por favor, continue lendo.

— "Depois que mencionei a probabilidade de tal casamento a Sua Senhoria a noite passada, ela de imediato, com a condescendência de costume, exprimiu o que sentia no momento; ficou então claro que, em razão de algumas objeções de família relativas à minha prima, ela jamais daria seu consentimento ao que chamou de aliança desastrosa. Julguei ser meu dever dar com a máxima urgência esta informação à minha prima, para que ela e seu nobre admirador fiquem cientes do que os espera e não se precipitem em celebrar um casamento que não foi convenientemente sancionado." O sr. Collins também acrescenta o seguinte: "Estou sinceramente feliz por ter o triste caso da minha prima Lydia sido resolvido tão bem, e minha única preocupação é que o fato de terem coabitado antes do matrimônio seja de conhecimento geral. Não devo, todavia, negligenciar os deveres que meu estado me impõe ou deixar de declarar o meu pasmo ao ouvir que você recebeu o jovem casal em sua casa tão logo eles se casaram. Isso foi um incentivo ao vício; e, se eu fosse o reitor de Longbourn, ter-me-ia energicamente oposto a isso. Você deveria por certo perdoá-los, como cristão, mas nunca admiti-los ou permitir que seus nomes fossem pronunciados em sua presença". Essa é a ideia que ele tem do perdão cristão! O resto da carta trata apenas da situação da sua querida Charlotte e de suas expectativas de um jovem herdeiro. Mas, Lizzy, você parece não ter-se divertido com o que ouviu. Espero que não vá comportar-se como uma mocinha *afetada* e finja estar ofendida com um boato de quem não tem o que fazer. Pois de que serve a vida, senão para sermos enganados pelos vizinhos e depois rirmos deles por nossa vez?

— Ah! — exclamou Elizabeth. — Diverti-me até demais. Mas é tão estranho!

— É verdade... mas é *isso* que torna tudo tão divertido. Se tivessem escolhido qualquer outro homem, não seria nada; mas a perfeita indiferença *dele* e a *sua* evidente antipatia por ele fazem do caso um delicioso absurdo! Por mais que odeie escrever, por nada neste mundo abriria mão da correspondência com o sr. Collins. Ao contrário, quando leio as cartas dele, não posso deixar de dar a ele a preferência até mesmo sobre Wickham, por mais que aprecie a impudência e a hipocrisia do meu genro. E por favor, Lizzy, o que disse *Lady* Catherine sobre esse boato? Será que ela veio aqui para recusar-lhe o seu consentimento?

A essa pergunta sua filha respondeu apenas com uma risada; e, como havia sido feita sem a menor suspeita, ela não se aborreceu por ele a ter repetido. Elizabeth nunca achara mais constrangedor camuflar os próprios sentimentos. Tinha de rir, quando sentia vontade de chorar. Seu pai a humilhara cruelmente com o que dissera sobre a indiferença do sr. Darcy, e ela não podia deixar de se espantar com tamanha falta de discernimento ou deixar de temer que, possivelmente, em vez de ele ter visto de menos, ela estivesse fantasiando demais.

CAPÍTULO 58

Em vez de receber do amigo a tal carta de desculpas, como Elizabeth em parte esperava, o sr. Bingley trouxe Darcy a Longbourn poucos dias depois da visita de *Lady* Catherine. Chegaram cedo; e, antes que a sra. Bennet tivesse tempo de lhe dizer que haviam visto a tia, como sua filha havia por um momento temido, Bingley, que queria estar a sós com Jane, propôs que todos saíssem para passear. A proposta foi aceita. A sra. Bennet não tinha o hábito de caminhar; Mary não tinha tempo para isso; mas os cinco restantes partiram juntos. Bingley e Jane, porém, logo deixaram que os outros se distanciassem. Ficaram para trás, enquanto Elizabeth, Kitty e Darcy se entretinham uns com os outros. Muito pouco foi dito por qualquer um deles; Kitty tinha medo demais dele para falar; Elizabeth estava em segredo amadurecendo uma decisão desesperada; e talvez ele estivesse fazendo o mesmo.

Caminharam até a casa dos Lucas, pois Kitty queria visitar Maria; e, como Elizabeth não considerou oportuno que todos participassem daquilo, quando Kitty os deixou ela prosseguiu corajosamente só com Darcy. Chegara a hora de executar a decisão que tomara e, enquanto sua coragem estava alta, disse imediatamente:

— Sr. Darcy, sou uma criatura muito egoísta; e, para desabafar meus sentimentos, não me importo muito em ferir os seus. Não posso mais deixar de lhe agradecer pela extraordinária generosidade com a minha pobre irmã. Desde que soube do acontecido, tenho estado ansiosa por lhe exprimir quão agradecida eu me sinto por tudo. Se o resto da família soubesse, eu não estaria exprimindo apenas a minha gratidão.

— Lamento, lamento muitíssimo — replicou Darcy, em tom de surpresa e comoção — que a senhorita tenha sido informada do que poderia, sob uma luz enganosa, incomodá-la. Não achava que a sra. Gardiner merecesse tão pouca confiança.

— Não culpe a titia. O que me revelou que o senhor estava envolvido no caso foi a irreflexão de Lydia; e, é claro, não pude descansar até conhecer os pormenores. Quero agradecer-lhe mil vezes, em nome de toda a família, pela generosa compaixão que o levou a enfrentar tantos problemas e a suportar tantas vexações para poder descobrir onde eles estavam.

— Se quer agradecer-me — replicou ele —, faça-o só em seu próprio nome. Não nego que o desejo de fazê-la feliz deu mais força às outras considerações que me levaram a agir. Mas a sua *família* nada me deve. Por mais que os respeite, creio só ter pensado na *senhorita.*

Elizabeth estava constrangida demais para dizer qualquer coisa. Após uma breve pausa, seu companheiro acrescentou:

— A senhorita é generosa demais para zombar de mim. Se os seus sentimentos forem os mesmos de abril passado, diga-me logo. Os *meus* sentimentos e desejos não mudaram, mas diga-me uma palavra e eu os silenciarei para sempre.

Elizabeth, que sentia algo a mais do que um constrangimento e uma ansiedade comuns pela situação dele, esforçou-se por dizer alguma coisa; e de imediato, embora não com desenvoltura, deu a entender que os seus sentimentos haviam sofrido uma mudança tão considerável desde a época a que ele se referiu, que agora recebia com gratidão e prazer as suas declarações. A felicidade que tal resposta provocou foi tal como provavelmente ele nunca sentira antes; e ele se exprimiu com todo o sentimento e toda a emoção de um homem profundamente apaixonado. Se Elizabeth tivesse podido encontrar o olhar dele, teria visto como lhe caía bem a expressão de íntima alegria que tomou conta de seu rosto; mas, embora não pudesse olhar, podia ouvir, e ele lhe falou de sentimentos que, ao provar como ela era importante para ele, tornavam seu amor cada vez mais precioso.

Eles prosseguiram na caminhada, sem saber para onde iam. Havia coisas demais a pensar e sentir e dizer para que pudessem dar atenção a qualquer outr a coisa. Ela logo ficou sabendo que deviam o seu atual bom entendimento ao empenho da tia, que o *visitou* em seu retorno a Londres e lhe contou sua viagem a Longbourn, seus motivos e o conteúdo da conversa com Elizabeth, dando ênfase a cada expressão desta que, nos receios de Sua Senhoria, denotasse sua perversidade e arrogância, na crença de que tal relato seria útil a seu objetivo de obter do sobrinho a promessa que Elizabeth lhe recusara. Infelizmente, porém, para Sua Senhoria, o efeito foi exatamente o contrário.

— Aquilo me deu esperanças — disse ele — que antes eu não me permitia ter. Conheço você o bastante para saber que, se tivesse tomado um partido absolutamente irrevogável contra mim, teria dito isso a *Lady* Catherine, aberta e sinceramente.

Elizabeth corou e riu ao responder:

— É verdade, você conhece a minha franqueza e sabe que seria capaz de fazer *isso*. Depois de ter ofendido você tão abominavelmente em pessoa, não teria escrúpulos em ofendê-lo diante dos parentes.

— O que você me disse que eu não merecesse? Pois, embora as suas acusações fossem infundadas, baseadas em premissas errôneas, o meu comportamento para com você na época mereceu a mais severa reprovação. Foi imperdoável. Não consigo pensar naquilo sem me sentir horrorizado.

— Não vamos brigar sobre quem tem mais motivos de se envergonhar pelo que se passou aquela noite — disse Elizabeth. — Se examinados com atenção, o comportamento de nenhum dos dois foi inatacável; mas, desde então, espero que nós dois tenhamos feito progressos em termos de cortesia.

— Não consigo reconciliar-me comigo mesmo tão facilmente. A lembrança do que disse, do meu comportamento, das minhas maneiras, das minhas expressões durante tudo aquilo é hoje, e tem sido há muitos meses, inexprimivelmente dolorosa para mim. Sua reprovação, tão justa, eu jamais esquecerei: “Se se tivesse comportado com maior cavalheirismo...”. Essas foram as suas palavras. Você não sabe nem pode imaginar como me torturaram, embora tenha passado certo tempo, confesso, até que eu me tornasse razoável o bastante para admitir que eram justas.

— Eu certamente estava longe de imaginar que elas causassem tamanha impressão. Não tinha a menor ideia de que o feririam tão profundamente.

— Entendo perfeitamente. Tenho certeza de que você achava que eu tinha carência de qualquer sentimento decente. Nunca me esquecerei de sua expressão ao me dizer que não me haveria aceitado fosse qual fosse a maneira de lhe pedir a mão.

— Ah! Não repita o que eu disse na época. Essas lembranças não levam a nada. Garanto-lhe que há tempo sinto profunda vergonha de ter dito isso.

Darcy mencionou a carta que escreveu.

— Ela melhorou a sua opinião a meu respeito? — disse ele. — Ao lê-la, você deu algum crédito ao seu conteúdo?

Elizabeth lhe explicou qual havia sido a impressão que a carta lhe causara e como aos poucos todos os preconceitos foram desaparecendo.

— Eu sabia — disse ele — que o que escrevi deveria ser doloroso para você, mas era necessário. Espero que tenha destruído a carta. Havia uma parte dela em especial, o começo, que eu detestaria que você relesse. Eu me lembro de algumas expressões que podem com justiça fazer que você me odeie.

— Com certeza vou queimar aquela carta, se você achar que isso é importante para preservar a minha estima; porém, apesar de ambos termos razões para pensar que as minhas opiniões não sejam completamente inalteráveis, espero que não mudem tão facilmente como isso parece implicar.

— Quando escrevi aquela carta — tornou Darcy —, julgava-me completamente calmo e sereno, mas estou convencido agora de que foi escrita num estado de terrível amargura.

— Talvez o início da carta tenha sido amargo, mas o fim, não. A despedida foi pura bondade. Mas não penso mais naquela carta. Os sentimentos da pessoa que a escreveu e da pessoa que a recebeu são agora tão diferentes do que eram então, que todas as desagradáveis circunstâncias que a cercaram devem ser esquecidas. Você tem de aprender um pouco da minha filosofia. Só pense no passado quando as lembranças lhe trouxerem prazer.

— Não posso dar crédito a nenhuma filosofia desse tipo. As *suas* recordações devem ser tão completamente isentas de reprovação, que o contentamento por elas proporcionado não vem da filosofia, mas, o que é muito melhor, da inocência. Não é esse, porém, o meu caso. Surgirão recordações que não podem e não devem ser repelidas. Tenho sido egoísta por toda a vida, na prática, embora não por princípio. Quando menino, ensinaram-me o que era certo, mas não a corrigir o meu temperamento. Deram-me bons princípios, mas deixaram que os seguisse no orgulho e na presunção. Sendo infelizmente o único filho varão (durante muito tempo o único filho), fui mimado pelos pais, que, embora fossem bons (meu pai em especial era a benevolência e a gentileza em pessoa), permitiram, encorajaram, quase me ensinaram a ser egoísta e altivo; a não me preocupar com ninguém além do círculo familiar; a pensar mal de todo o resto da humanidade; a pelo menos querer pensar mal da inteligência e do valor dos outros, quando comparados com os meus.

Assim fui eu, dos oito aos vinte e oito anos; e assim continuaria a ser, se não fosse você, minha mais do que querida, mais do que amada Elizabeth! O que não devo a você! Você me deu uma lição, dura, é verdade, no começo, mas muito útil. Fui justamente humilhado por você. Procurei você sem a sombra de uma dúvida de que seria aceito. Você me mostrou como eram insuficientes todas as minhas pretensões de agradar a uma mulher digna de ser agradada.

— Você tinha certeza, então, de que eu o aceitaria?

— Absoluta. O que você vai achar da minha vaidade? Eu acreditava que você estava desejando, esperando a minha proposta.

— Minhas maneiras devem ter sido inadequadas, mas não de propósito, garanto a você. Nunca tive intenção de enganá-lo, mas o meu humor talvez me tenha desencaminhado. Como você deve ter-me odiado depois daquela noite!

— Odiar você! No começo talvez eu me tenha zangado, mas logo a zanga começou a tomar o caminho certo.

— Estou com um pouco de medo de lhe perguntar o que você pensou de mim quando nos encontramos em Pemberley. Você pensou mal de mim por ter ido?

— Não, mesmo. A única coisa que senti foi surpresa.

— A sua surpresa não pode ter sido maior do que a *minha* ao ser bem tratada por você. Minha consciência dizia-me que não merecia grandes cortesias, e confesso que não esperava receber *mais* do que me era devido.

— Meu objetivo então — replicou Darcy — era mostrar a você, por toda a gentileza ao meu alcance, que eu não era tão mesquinho a ponto de guardar mágoa do passado; e esperava obter o seu perdão, melhorar a má opinião que você tinha de mim, mostrando-lhe que a sua desaprovação servira para alguma coisa. Não posso dizer com precisão quando comecei a sentir esperanças de outro tipo, mas creio que meia hora depois de ver você.

Falou a ela então do prazer que Georgiana teve em conhecê-la e do seu desapontamento com a brusca separação; e, como naturalmente vieram a falar da causa dessa interrupção, Elizabeth logo soube que a decisão tomada por ele de deixar Derbyshire para secundá-la na busca da irmã fora tomada antes que ele saísse do albergue, e que sua aparência séria e pensativa tinha como única razão os obstáculos que tal objetivo o fariam enfrentar.

Ela tornou a lhe exprimir sua gratidão, mas aquele era um assunto doloroso demais para que ambos continuassem a abordá-lo.

Depois de caminhar muitas milhas despreocupadamente, e ocupados demais para notá-lo, descobriram por fim, ao consultar o relógio, que já era hora de voltar para casa.

— O que vai ser do sr. Bingley e de Jane? — foi a pergunta que introduziu a discussão sobre o outro casal. Darcy estava encantado com a notícia; ele fora o primeiro a ser informado a respeito pelo amigo.

— Posso saber se você ficou surpreso? — perguntou Elizabeth.

— Nem um pouco. Quando parti, percebi que aquilo não tardaria a acontecer.

— Ou seja, você lhe deu a sua permissão. Bem que adivinhei. — E, embora ele protestasse, ela ficou convencida de que era a pura verdade.

— Na noite de véspera de minha partida para Londres — disse ele —, confessei a ele o que creio devia ter feito havia muito tempo. Eu lhe contei tudo o que acontecera e que tornava a minha antiga intromissão em sua vida absurda e impertinente. Foi grande a sua surpresa. Ele nunca suspeitara de nada. Disse-lhe também que acreditava estar enganado ao imaginar, como o fizera, que a sua irmã fosse indiferente a ele; e, como era fácil perceber que ele continuava profundamente apaixonado, não tive mais dúvida de que seriam felizes juntos.

Elizabeth não podia deixar de sorrir da sem-cerimônia com que guiava o amigo.

— Você falou com base na sua própria observação — perguntou ela — quando disse a ele que a minha irmã o amava, ou simplesmente pelo que eu disse a você na primavera passada?

— Com base na minha própria observação. Eu a havia observado atentamente durante as duas últimas visitas que fizera a ela; e fiquei convencido de seu amor por ele.

— Imagino que a sua segurança logo convenceu Bingley.

— Convenceu, sim. Bingley é uma pessoa profundamente modesta. Sua insegurança impedira-o de confiar em seu próprio julgamento num caso tão delicado, mas sua confiança em mim facilitou tudo. Fui obrigado a confessar uma coisa que, por um tempo, e não sem razão, o ofendeu. Não podia permitir-me esconder dele que Jane estivera em Londres durante três meses no inverno passado, que eu soubera daquilo e lho ocultara de propósito. Ficou zangado. Tenho certeza, porém, de que a sua zanga não durou mais do que a última dúvida sobre os sentimentos de Jane. Ele já me perdoou de coração.

Elizabeth adoraria observar que o sr. Bingley fora o melhor dos amigos; sua docilidade tornava-o inestimável; mas se conteve. Ela se lembrou de que ele ainda tinha de aprender a suportar a ironia, e era cedo demais para começar. Ao prever a felicidade de Bingley, que, é claro, só devia ser menor do que a dele próprio, ele deu sequência à conversa até chegarem à casa. No *hall*, se despediram.

CAPÍTULO 59

— Minha querida Lizzy, aonde você foi? — foi a pergunta que Jane dirigiu a Elizabeth assim que entrou na sala e de todos os outros quando se sentaram à mesa. Ela só pôde responder que eles passearam para lá e para cá, sem saberem aonde iam. Corou ao falar; mas nem isso, nem outra coisa, despertou suspeitas sobre a verdade.

A noite passou tranquila, sem nada de extraordinário. Os namorados assumidos conversaram e riram, os não assumidos permaneceram calados. Darcy não estava num estado de espírito em que a felicidade transborda em alegria; e Elizabeth, agitada e confusa, mais *sabia* que estava feliz do que *sentia* isso; pois, além do constrangimento imediato, havia outras forças malignas à sua frente. Previa o que a família sentiria quando a situação se tornasse conhecida; estava ciente de que ninguém gostava dele, a não ser Jane; e chegava a temer que nem toda a sua fortuna e importância pudessem vencer a antipatia dos demais.

À noite, ela abriu o coração para Jane. Embora a suspeita estivesse muito longe dos hábitos da srta. Bennet, ela manifestou então uma completa incredulidade.

— Você está brincando, Lizzy. Não é possível!... Noiva do sr. Darcy! Não, não, você não me engana. Eu sei que isso é impossível.

— Este é um mau começo, sem dúvida! Você era a única pessoa em quem eu confiava; e tenho certeza de que ninguém mais vai acreditar em mim, se você não me der crédito. Mas lhe garanto que é sério. Eu só falo a verdade. Ele ainda me ama, e somos noivos.

Jane olhou para ela, em dúvida.

— Ah, Lizzy! Não pode ser. Eu sei o quanto você o detesta.

— Você não sabe nada sobre o caso. *Aquilo* tem de ser esquecido. Talvez nem sempre o tenha amado como agora. Mas, em casos como este, a boa memória é imperdoável. Esta vai ser a última vez que vou lembrar-me daquilo.

A srta. Bennet ainda parecia pasma. Uma vez mais Elizabeth, e com mais seriedade, garantiu-lhe que era verdade.

— Meu Deus! Será que é mesmo possível? Mas agora tenho de acreditar em você — exclamou Jane. — Minha queridíssima Lizzy, eu queria... eu lhe dou meus parabéns... mas você tem certeza? Desculpe-me perguntar... tem certeza de que pode ser feliz com ele?

— Sem nenhuma dúvida. Já está resolvido entre nós que vamos ser o casal mais feliz do mundo. Mas você está contente, Jane? Vai gostar de ter um cunhado assim?

— Muito, muito mesmo. Nada poderia dar maior satisfação a Bingley ou a mim mesma. Mas achávamos e tratávamos isso como algo impossível. E você realmente o ama bastante? Ah, Lizzy! Faça tudo, menos casar sem amor. Tem certeza de sentir o que deveria sentir?

— Ah, claro! Você vai achar que eu sinto *mais* do que deveria sentir quando eu lhe contar tudo.

— Que você quer dizer com isso?

— Tenho de confessar que o amo mais do que amo o Bingley. Tenho medo de que você se zangue.

— Querida irmã, tente ser *séria*. Quero falar muito sério. Conte-me tudo que devo saber, sem mais demora. Quer dizer-me há quanto tempo você o ama?

— Foi tudo tão gradual, que mal sei quando começou. Mas acho que deve datar do dia em que vi pela primeira vez suas belas propriedades de Pemberley.

Outro pedido de que falasse sério, porém, surtiu o efeito desejado; e ela logo contentou Jane com solenes juras de amor. Quando ficou convencida disso, a srta. Bennet nada mais tinha a desejar.

— Agora estou felicíssima — disse ela —, pois você vai ser tão feliz quanto eu. Sempre gostei dele. Mesmo que fosse só pelo amor que ele tem por você, sempre o estimei; mas agora, como amigo do Bingley e seu marido, só mesmo o Bingley e você me são mais queridos do que ele. Mas Lizzy, você foi muito fechada, muito reservada comigo. Como me falou pouco do que se passou em Pemberley e Lambton! Tudo o que sei a respeito ouvi de outras pessoas, não de você.

Elizabeth contou-lhe os motivos do segredo. Não queria mencionar Bingley; e o estado incerto de seus próprios sentimentos fez que evitasse o nome de Darcy. Mas agora não queria esconder de Jane a participação dele no casamento de Lydia. Tudo foi contado e as duas passaram metade da noite a conversar.

* * *

— Meu Deus! — exclamou a sra. Bennet, diante da janela na manhã seguinte. — Não é que aquele insuportável sr. Darcy está vindo de novo com o nosso querido Bingley! Que será que ele quer, cansando-nos com essas visitas repetidas? Não sei por que ele não vai caçar ou coisa parecida, em vez de nos vir aborrecer com a sua companhia. Que vamos fazer com ele? Lizzy, você vai ter de sair para passear com ele de novo, para que ele não perturbe o Bingley.

Elizabeth mal conteve a gargalhada a uma proposta tão conveniente; mas estava realmente contrariada por sua mãe sempre o tratar mal assim.

Logo que entraram, Bingley lançou a ela um olhar tão expressivo e lhe deu a mão com tanto carinho, que não deixou nenhuma dúvida de que estava bem informado; e logo em seguida disse em voz alta:

— Sra. Bennet, a senhora não conhece outros passeios em que Lizzy possa perder-se de novo hoje?

— Aconselho o sr. Darcy, Lizzy e Kitty — disse a sra. Bennet — a irem passear no monte Oakham esta manhã. É uma caminhada bem longa e bela, e o sr. Darcy ainda não conhece aquela vista.

— Acho que será excelente para os outros — replicou o sr. Bingley —, mas tenho certeza de que é demais para a Kitty. Não é mesmo, Kitty?

Kitty admitiu que preferia ficar em casa. Darcy demonstrou grande curiosidade em conhecer a tal vista do monte, e Elizabeth silenciosamente consentiu. Quando subiu as escadas para se vestir, a sra. Bennet seguiu-a, dizendo:

— Sinto muito, Lizzy, que você seja obrigada a ter de suportar sozinha esse homem enfadonho. Mas espero que você não se importe: é tudo para o bem de Jane, é claro; e depois não terá de conversar muito com ele, só de vez em quando. Não mais do que isso.

Durante o passeio, ficou decidido que o consentimento do sr. Bennet seria pedido naquela mesma noite. Elizabeth tomou para si mesma o encargo de conseguir a permissão da mãe. Não sabia como a sra. Bennet reagiria; às vezes duvidava de que toda a riqueza e a importância dele fossem suficientes para superar a sua antipatia pelo homem. Mas quer ela se opusesse violentamente ao casamento, quer se maravilhasse com ele, o certo é que de qualquer modo suas maneiras não demonstrariam nenhum bom-senso; e Elizabeth se consternava tanto em pensar que o sr. Darcy ouviria os primeiros arroubos da alegria da mãe quanto a veemência inicial de sua desaprovação.

* * *

À noite, logo depois que o sr. Bennet se retirou para a biblioteca, ela viu o sr. Darcy levantar-se também e segui-lo, e o seu nervosismo ao ver aquilo foi enorme. Não temia a oposição do pai, mas aquilo o tornaria infeliz; e isso por causa dela... pois *ela*, sua filha predileta, lhe causaria dissabor pela sua escolha, provocaria apreensões e remorsos por perdê-la. Essa era uma reflexão amarga, e ela permaneceu prostrada até que o sr. Darcy tornou a aparecer, e então, olhando para ele, ficou mais aliviada com seu sorriso. Em alguns minutos ele se aproximou da mesa a que ela estava sentada com Kitty; e, enquanto fingia admirar o seu trabalho, disse-lhe num sussurro:

— Vá procurar seu pai, ele quer ver você na biblioteca.

Ela foi imediatamente.

Seu pai andava de um lado para o outro da biblioteca, com expressão séria e ansiosa.

— Lizzy — disse ele —, o que está fazendo? Perdeu a cabeça, ao aceitar esse homem que você sempre odiou?

Como lamentou naquele momento que suas antigas opiniões não tivessem sido mais razoáveis, suas expressões, mais moderadas! Isso lhe teria poupado ter de dar explicações e declarações extremamente constrangedoras; eram, porém, necessárias agora, e ela lhe garantiu, um tanto confusa, estar apaixonada pelo sr. Darcy.

— Ou, em outras palavras, você está decidida a casar-se com ele. Ele é rico, com certeza, e você poderá ter mais roupas finas e carruagens luxuosas do que Jane. Mas isso a fará feliz?

— Tem o senhor mais alguma objeção — disse Elizabeth —, além de crer na minha indiferença?

— Absolutamente nenhuma. Todos sabemos que ele é um homem orgulhoso e maçante; mas isso não teria nenhuma importância se você gostasse mesmo dele.

— Gosto, sim, gosto muito dele — replicou ela, com lágrimas nos olhos. — Eu o amo. Na verdade, ele não é orgulhoso. É um amor de pessoa. O senhor não sabe quem ele realmente é; então, por favor, não me torture falando dele assim.

— Lizzy — disse-lhe o pai —, dei a ele o meu consentimento. Ele é o tipo de homem a quem eu não ousaria recusar nada que ele se dignasse a me pedir. Passo agora a decisão a *você*, se estiver decidida a casar-se com ele. Mas aconselho você a pensar bem. Conheço o seu caráter, Lizzy. Sei que não poderia ser realmente nem feliz nem respeitável, a não ser que realmente estime o marido; a menos que o considere superior. A vivacidade dos seus talentos a faria correr os maiores perigos num casamento desigual. Dificilmente você escaparia do descrédito e da infelicidade. Minha filha, não deixe que eu tenha a tristeza de ver *você* incapaz de respeitar o seu companheiro na vida. Você não sabe o que tem pela frente.

Elizabeth, ainda mais comovida, foi séria e solene em sua resposta; e por fim, pelas repetidas afirmações de que o sr. Darcy era realmente o objeto de sua escolha, pela explicação da gradual mudança por que passara o seu amor por ele, declarando a sua absoluta certeza de que o afeto que sentia não era coisa passageira, mas passara no teste de muitos meses de incerteza, e enumerando com energia todas as boas qualidades de Darcy, ela conseguiu superar a incredulidade do pai e obter o seu apoio.

— Muito bem, minha querida — disse ele, quando ela parou de falar —, nada mais tenho a dizer. Se é esse o caso, ele merece você. Eu não poderia separar-me de você, minha Lizzy, por ninguém de menor valor.

Para completar a impressão favorável, ela então lhe contou o que o sr. Darcy fizera espontaneamente por Lydia. Ele a ouviu boquiaberto.

— Esta é uma noite de muitas surpresas! E então Darcy fez tudo; acertou o casamento, deu o dinheiro, pagou as dívidas do sujeito e ainda conseguiu um posto para ele! Tanto melhor. Isso me poupará muitos problemas e dinheiro. Se tudo tivesse sido feito por seu tio, eu teria de pagar e *pagaria* a ele; mas esses jovens violentos e apaixonados arrastam tudo que encontram pela frente. Eu lhe proporei pagar amanhã; ele vai protestar furiosamente, invocando seu amor por você, e o caso estará encerrado.

Ele então se lembrou do constrangimento por que passara alguns dias antes, ao ler a carta do sr. Collins; e, depois de rir com ela por algum tempo, permitiu que ela se fosse, dizendo, quando ela saía da biblioteca:

— Se algum rapaz vier pedir a mão de Mary ou Kitty, mande-o entrar, que estou desocupado.

Aquilo tirou um grande peso da mente de Elizabeth; e, depois de refletir calmamente por meia hora em seu quarto, estava pronta para reunir-se aos outros com razoável serenidade. Tudo era recente demais para provocar alegria, mas a noite passou tranquilamente; não havia mais nada de importância que temer, e o conforto da satisfação e da familiaridade viriam com o tempo.

Quando sua mãe subiu até o vestíbulo à noite, ela a seguiu e lhe deu a importante notícia. O efeito foi mais do que extraordinário; pois, ao ouvir aquilo, a sra. Bennet sentou-se paralisada, incapaz de articular uma sílaba. Só depois de muitos e muitos minutos ela conseguiu compreender o que ouvira, embora em geral não fosse lenta em captar o que fosse proveitoso para a família ou que viesse sob a forma de um namorado para algumas delas. Aos poucos ela começou a se recuperar, a agitar-se sobre a cadeira, a levantar-se, a sentar-se de novo, a maravilhar-se e a se persignar.

— Deus do céu! Meu Deus! Imagine só! O sr. Darcy! Quem poderia imaginar! E será mesmo verdade? Ah! Minha queridíssima Lizzy! Como você será rica e importante! Quanto dinheiro, quantas joias, quantas carruagens você vai ter! O que Jane vai ter não é nada perto de você, nadinha. Estou tão contente, tão feliz. Que homem encantador! Tão bonito! Tão alto!... Ah, minha querida Lizzy! Por favor me desculpe de ter antipatizado tanto com ele antes. Espero que ele esqueça isso. Querida, querida Lizzy. Uma casa em Londres! Tudo o que há de mais chique! Três filhas casadas! Dez mil libras por ano! Ah, Jesus! Que vai ser de mim. Vou enlouquecer.

Isso foi o bastante para provar que não havia dúvida sobre a sua aprovação: e Elizabeth, contente porque tais arroubos só foram ouvidos por ela, logo se retirou. Mas não se passaram três minutos depois que chegou ao quarto quando sua mãe entrou.

— Minha filha mais querida — exclamou ela. — Não consigo pensar em mais nada! Dez mil libras por ano, muito provavelmente mais ainda! É tão bom quanto um lorde! E uma licença especial. Você deve e vai casar-se com uma licença especial. Mas, meu amor, diga-me qual é o prato predileto do sr. Darcy, para que eu possa servi-lo amanhã.

Esse era um mau presságio de qual seria o comportamento da mãe para com Darcy; e Elizabeth descobriu que, embora de posse segura de seu mais profundo amor, e certa do consentimento da família, ainda havia algo a desejar. O dia seguinte, porém, transcorreu muito melhor do que ela esperava; pois a sra. Bennet por sorte permaneceu com tal temor reverencial do futuro genro que não se arriscou a falar com ele, a não ser para lhe demonstrar atenção ou para assinalar sua deferência pela opinião dele.

Elizabeth teve a satisfação de ver o pai dar-se ao trabalho de se aproximar dele; e o sr. Bennet logo lhe garantiu que ele subia cada vez mais em seu conceito.

— Admiro muito todos os meus três genros — disse ele. — Wickham talvez seja o meu predileto; mas acho que vou gostar tanto do *seu* marido quanto do de Jane.

CAPÍTULO 60

Recuperado o bom humor, Elizabeth quis que o sr. Darcy lhe explicasse como se havia apaixonado por ela.

— Como tudo começou? — disse ela. — Posso compreender que você tenha aos poucos se encantado, uma vez nascido o sentimento; mas como ele começou?

— Não sei determinar a hora, o lugar ou o olhar, ou as palavras que lançaram os fundamentos. Faz muito tempo. Já estava no meio quando percebi que tinha começado.

— Antes você havia resistido à minha beleza e, quanto às minhas maneiras, ao meu comportamento com *você*, sempre, no mínimo, beiravam o desaforo, e nunca falei com você sem querer causar-lhe mais mal do que bem. Agora seja sincero: você me admirava pela minha impertinência?

— Pela vivacidade da sua inteligência, sim.

— Chame de impertinência mesmo. Não era muito diferente disso. O fato é que você estava farto de cortesias, deferências, atenções servis. Não podia mais ver as mulheres que estavam sempre a falar, a olhar e a pensar só para a *sua* aprovação. Eu despertei a sua atenção e o seu interesse porque era muito diferente *delas*. Se você não fosse realmente generoso, ter-me-ia odiado por isso; mas, apesar dos esforços que fez para se disfarçar, seus sentimentos sempre foram nobres e justos; e, no fundo do coração, você desprezava profundamente as pessoas que o cortejavam com tanta assiduidade. Aí está. Eu lhe poupei o trabalho de ter de se explicar; e afinal, tudo bem considerado, começo a achar tudo muito razoável. Na verdade, você não via nenhum mérito em mim... mas ninguém pensa *nisso* quando se apaixona.

— Não havia nenhum mérito no seu comportamento carinhoso para com Jane enquanto ela estava em Netherfield?

— Minha querida Jane! Quem poderia fazer menos por ela? Mas faça disso uma virtude, de qualquer modo. As minhas boas qualidades estão sob a sua proteção e você deve exagerá-las o máximo possível; e, em compensação, cabe a mim aproveitar todas as oportunidades para brigar e provocar você; e vou começar imediatamente, perguntando a você por que hesitou tanto antes de chegar finalmente ao ponto. O que o fez tornar-se tão tímido comigo, quando me visitou pela primeira vez, e depois, quando jantou aqui? E principalmente por que, durante a visita, fez que não se importava comigo?

— Porque você estava séria e calada, e não me deu nenhuma confiança.

— Mas eu estava constrangida.

— Eu também.

— Você podia ter falado mais comigo quando veio jantar.

— Um homem menos emocionado o teria feito.

— Que azar que você tenha uma resposta razoável para dar e que eu seja razoável o bastante para aceitá-la! Mas fico pensando até onde você *teria* chegado, se eu o deixasse solto. Fico pensando quando você *teria* falado, se eu não lhe tivesse perguntado! Minha decisão de lhe agradecer pela generosidade com Lydia certamente surtiu muito efeito. Receio que *até demais*; pois o que será da moral, se a nossa alegria vier do rompimento de uma promessa? Pois eu não deveria ter tocado no assunto. Assim não pode ser.

— Não se preocupe. A moral será perfeitamente preservada. As injustificáveis tentativas de *Lady* Catherine para nos separar acabaram com todas as minhas dúvidas. Não devo a minha felicidade presente ao seu profundo desejo de me exprimir a sua gratidão. Eu não estava disposto a esperar algum encorajamento de sua parte. As informações de titia deram-me esperança, e eu estava decidido a saber de tudo imediatamente.

— *Lady* Catherine foi enormemente útil, o que deve torná-la feliz, pois adora ser útil. Mas me diga, para que você veio a Netherfield? Foi só para ir até Longbourn e se constranger? Ou será que tinha intenções mais sérias?

— Meu real propósito era ver *você* e julgar, se possível, se podia ter esperança de fazer que me amasse. O objetivo confessado, ou o que confessei a mim mesmo, era ver se a sua irmã ainda gostava de Bingley, e, em caso afirmativo, para fazer a ele a confissão que depois eu fiz.

— Será que você vai ter coragem de anunciar a *Lady* Catherine o que a espera?

— Talvez precise mais de tempo do que de coragem, Elizabeth. Mas, como tem de ser feito, se você me der uma folha de papel, será para já.

— E, se eu mesma não tivesse de escrever uma carta, eu me sentaria ao seu lado para admirar a regularidade da sua letra, como outra mocinha algum tempo atrás. Mas também tenho uma tia que não deve ser deixada de lado por mais tempo.

Por não estar muito disposta a confessar o quanto a sua intimidade com o sr. Darcy fora superestimada, Elizabeth ainda não respondera à longa carta da sra. Gardiner; agora, porém, tendo *aquela notícia* para contar, que sabia seria muito bem-vinda, quase sentiu vergonha ao pensar que o tio e a tia já haviam perdido três dias de alegria, e de um jato escreveu o que segue:

> Gostaria de lhe ter agradecido antes, querida titia, o seu longo, gentil e satisfatório relato; mas, para dizer a verdade, eu estava muito agitada para escrever. A senhora imaginava mais do que existia. Mas agora pode dar asas à imaginação; solte as rédeas da fantasia, permita à imaginação todos os possíveis voos que

o assunto sugira e, a menos que me julgue já casada, não poderá errar muito. A senhora tem de escrever de novo muito em breve, e elogiá-lo muito mais do que na última carta. Mil vezes obrigada por não ter ido aos Lagos. Como pude ser tão tonta para querer ir! Sua ideia dos pôneis é deliciosa. Passearemos pelo parque todos os dias. Sou a criatura mais feliz do mundo. Talvez alguém já tenha dito isso antes, mas não com tanta justiça. Estou mais feliz até do que a Jane; ela apenas sorri, eu rio. O sr. Darcy manda-lhe todo o carinho do mundo... que consegue poupar de mim. A família toda tem de vir a Pemberley no Natal. Muito cordialmente, etc.

O estilo da carta do sr. Darcy a *Lady* Catherine era diferente; e diferente das duas era a que o sr. Bennet enviou ao sr. Collins, em resposta à última que recebera dele.

> Caro senhor,
>
> Devo perturbá-lo mais uma vez com as minhas felicitações. Logo Elizabeth se tornará esposa do sr. Darcy. Console *Lady* Catherine o máximo que puder.
>
> Se eu fosse o senhor, porém, ficaria do lado do sobrinho. Ele pode pagar mais.
>
> Cordialmente, etc.

Os parabéns da srta. Bingley ao irmão pelo iminente casamento foram tão afetuosos quanto insinceros. Chegou a escrever a Jane, para exprimir a sua alegria, e repetiu todas as suas antigas expressões de carinho. Jane não se deixou iludir, mas ficou tocada; e, embora não confiasse nela, não pôde deixar de lhe escrever uma resposta muito mais gentil do que ela merecia.

A alegria demonstrada pela srta. Darcy ao receber a mesma informação foi tão sincera quanto a do irmão ao comunicá-la. Duas páginas de papel foram insuficientes para conter todo o seu contentamento e todo o seu profundo desejo de ser amada pela cunhada.

Antes que chegasse qualquer resposta da parte do sr. Collins, ou quaisquer felicitações a Elizabeth da parte da esposa dele, a família de Longbourn soube que os Collins haviam vindo em pessoa à mansão dos Lucas. A razão dessa brusca retirada logo se fez evidente. *Lady* Catherine irritara-se tão profundamente com o conteúdo da carta do sobrinho, que Charlotte, realmente feliz com a união, ficou ansiosa por partir até que a tempestade amainasse. Nesse momento, a chegada da amiga foi um sincero prazer para Elizabeth, embora durante o encontro deva ter algumas vezes achado que o preço de tal prazer fosse caro, ao ver o sr. Darcy sujeito a todas as ostentatórias e obsequiosas reverências do marido. Ele suportou tudo aquilo, porém, com admirável serenidade. Conseguiu até mesmo ouvir *Sir* William Lucas quando este o cumprimentou por ter-se apossado da mais cintilante joia da região e exprimiu seus votos de que todos se reunissem com frequência em St. James, com a mais decente compostura. Se deu de ombros, foi só depois que *Sir* William já não estava à vista.

A vulgaridade da sra. Phillips foi outro, e talvez maior, peso para a sua paciência; e, embora a sra. Phillips, assim como a irmã, se sentisse aterrorizada demais à frente dele para poder falar-lhe com a familiaridade a que o bom humor de Bingley convidava, toda vez que *conseguia* falar, era vulgar. Tampouco era provável que o seu respeito por ele, embora a fizesse falar menos, a tornasse mais elegante. Elizabeth fez tudo que pôde para protegê-lo das assíduas atenções de ambas, e estava sempre ansiosa por tê-lo só para si e para os membros da família com quem ele podia conversar sem se aborrecer; e, embora os sentimentos de fastio provocados por tudo aquilo diminuíssem em muito o prazer da fase de namoro, aumentaram as esperanças no futuro; e ela aguardava ansiosa o momento em que se separariam de uma companhia tão pouco agradável para ambos, a fim de gozarem todo o conforto e a elegância da vida familiar em Pemberley.

CAPÍTULO 61

Foi uma felicidade para os sentimentos maternos da sra. Bennet o dia em que viu partirem as duas filhas de maior mérito. É fácil adivinhar com que orgulho e satisfação ela depois visitou a sra. Bingley e falou da sra. Darcy. Eu gostaria de poder dizer, em favor da família, que a realização de seus sonhos mais profundos, com o casamento de tantas de suas filhas, tivesse produzido o feliz efeito de torná-la mais sensata, amável e bem-educada pelo resto da vida; embora talvez fosse uma sorte para o marido, que provavelmente não suportaria uma felicidade tão extraordinária, que ela continuasse esporadicamente nervosa e sempre tola.

O sr. Bennet sentia muita falta da segunda filha; seu amor por ela tirava-o de casa com mais frequência do que qualquer outra coisa. Ele adorava ir a Pemberley, sobretudo quando era menos esperado.

O sr. Bingley e Jane permaneceram em Netherfield só por um ano. Uma vizinhança tão próxima da mãe e dos parentes de Meryton não era desejável nem para o caráter alegre *dele* nem para o afetuoso coração *dela*. O mais ardente desejo de suas irmãs tornou-se então realidade; ele adquiriu uma propriedade num condado vizinho de Derbyshire, e Jane e Elizabeth, além de todas as outras fontes de alegria, passaram a estar a trinta milhas uma da outra.

Para grande proveito seu, Kitty passava a maior parte do tempo com as duas irmãs mais velhas. Em companhia tão superior à que antes conhecera, grande foi o seu progresso. Não tinha um temperamento tão indomável como Lydia; e, sem a influência do exemplo dela, tornou-se, com muita atenção e orientação, menos irritadiça, menos ignorante e menos insípida. Ela era, é claro, mantida afastada da nociva companhia de Lydia, e, embora a sra. Wickham frequentemente a convidasse para vir e ficar com ela, com a promessa de bailes e rapazes, seu pai jamais permitiria que fosse.

Mary era a única filha que permanecera em casa; e foi forçosamente atrapalhada na sua busca da perfeição pelo fato de a sra. Bennet não conseguir permanecer só. Mary foi obrigada a frequentar mais o mundo, mas ainda podia dar lições de moral sobre cada visita matutina; e, como já não era humilhada pelas comparações entre a beleza das irmãs e a sua, seu pai suspeitava que ela se submetera à mudança sem muita relutância.

Quanto a Wickham e Lydia, o caráter de ambos não sofreu nenhuma revolução com o casamento das irmãs. Ele aceitou com filosofia a convicção de que Elizabeth devia agora estar ciente de toda a parte de sua ingratidão e falsidade que antes lhe era desconhecida; e, apesar de tudo, ainda tinha esperança de poder convencer Darcy a ajudá-lo a enriquecer. A carta de parabéns que Elizabeth recebeu de Lydia pelo casamento demonstrou-lhe que, pelo menos para a esposa dele, tal esperança continuava viva. Eis a carta:

> Minha querida Lizzy,
>
> Desejo-lhe muita alegria. Se você tiver pelo sr. Darcy metade do amor que tenho pelo meu querido Wickham, será muito feliz. É muito bom saber que você está tão rica e, quando não tiver nada para fazer, espero que pense em nós. Tenho certeza de que Wickham adoraria ter um cargo na Corte, e não acho que, sem alguma ajuda, tenhamos dinheiro suficiente para viver de renda. Serviria qualquer posto de trezentas ou quatrocentas libras por ano; mas não fale sobre isso com o sr. Darcy, se preferir.
>
> Cordialmente, etc.

Como Elizabeth justamente preferia *muito* não falar a esse respeito, tratou em sua resposta de pôr um ponto-final em qualquer tentativa ou expectativa do gênero. No entanto, ela com frequência lhes enviava aquilo que podia poupar em suas despesas pessoais, pela prática do que poderia ser chamado de economia. Sempre lhe fora evidente que uma renda como a deles, sob a direção de duas pessoas tão extravagantes nos seus caprichos quanto despreocupadas com o futuro, devia ser amplamente insuficiente para o sustento deles; e, toda vez que os dois se mudavam, Jane ou ela com certeza recebia um pedido de uma pequena ajuda para pagar as contas. Sua maneira de viver, mesmo quando a restauração da paz os trouxe de volta para casa, era extremamente irregular. Estavam sempre mudando-se de um lugar para outro na busca de uma casa barata e sempre gastavam mais do que deveriam. A afeição dele por ela logo se transformou em indiferença; a dela durou um pouco mais; e, apesar da sua juventude e das suas maneiras, ela conservou todo o direito à respeitabilidade que o casamento lhe garantira.

Embora Darcy nunca *o* recebesse em Pemberley, por Elizabeth ele continuava a ajudá-lo em sua profissão. De quando em quando Lydia lhes fazia uma visita, quando o marido ia divertir-se em Londres ou em Bath; e com os Bingley os dois muitas vezes permaneciam por tanto tempo, que conseguiam até mesmo acabar com o bom humor de Bingley, que chegava ao ponto de lhes sugerir que partissem.

A srta. Bingley ficou profundamente aborrecida com o casamento de Darcy; mas, como julgou aconselhável conservar o direito de visitar Pemberley, deixou de lado toda a mágoa; mostrou-se mais do que nunca carinhosa com Georgiana, quase tão atenta a Darcy quanto antes e observou com Elizabeth todas as normas da boa educação.

Pemberley passou a ser o lar de Georgiana; e a sua ligação com Elizabeth transformou-se exatamente no que Darcy esperara. Elas eram capazes de amar uma à outra, como aliás desejavam. Georgiana tinha Elizabeth na mais alta conta, embora no começo sempre ouvisse com um espanto que beirava o alarme sua maneira viva, esportiva de falar com o seu irmão. Agora via ser alvo de brincadeiras aquele que sempre lhe inspirara um respeito que quase superava o afeto. Sua mente recebia conhecimentos com que nunca antes se deparara. Pelos ensinamentos de Elizabeth, começou a compreender que uma mulher pode permitir-se com o marido certas liberdades que nem sempre um irmão permitirá numa irmã mais de dez anos mais jovem do que ele.

Lady Catherine estava extremamente indignada com o casamento do sobrinho; e, como deu azo a toda a sua genuína franqueza de caráter na sua resposta à carta que anunciava a aliança, ela lhe escreveu palavras tão duras, sobretudo acerca de Elizabeth, que durante algum tempo toda a relação entre eles foi cortada. Mas por fim, graças à insistência de Elizabeth, ele foi convencido a esquecer a ofensa e buscar a reconciliação; e, depois de uma breve resistência da parte da tia, sua mágoa cedeu, ou pelo carinho que tinha por ele, ou pela curiosidade em ver como a esposa dele se comportava; e ela se dignou a ir encontrá-los em Pemberley, apesar da profanação que seus bosques haviam sofrido não só pela presença de uma tal patroa, mas também pelas visitas de seus tios da capital.

Com os Gardiner, eles sempre tiveram relações estreitas. Darcy e Elizabeth realmente os amavam; e ambos nutriam a mais sentida gratidão pelas pessoas que, ao trazerem-na a Derbyshire, foram os intermediários da união entre eles.

Persuasão

1818

CAPÍTULO 1

Sir Walter Elliot, de Kellynch Hall, no condado de Somerset, era um homem que, para diversão, nunca abria nenhum livro, a não ser o *Baronetage*; nele encontrava ocupação para as horas de ócio e consolo nas horas amargas; nele se exaltavam suas faculdades de admiração e respeito, pela contemplação dos poucos remanescentes da antiga nobreza; nele quaisquer sensações desagradáveis provocadas pelos negócios domésticos se transformavam naturalmente em comiseração e desdém, enquanto folheava a lista quase infinita de nobres criados no último século; e nele, se qualquer outra página fosse incapaz de tanto, lia sua própria história, com um interesse jamais esmorecido. Eis a página em que seu livro predileto estava sempre aberto:

ELLIOT DE KELLYNCH HALL

Walter Elliot, nascido em 1º de março de 1760, casou-se em 15 de julho de 1784 com Elizabeth, filha de James Stevenson, fidalgo de South Park, no condado de Gloucester, e com a dita senhora (falecida em 1800) teve os seguintes filhos: Elizabeth, nascida em 1º de junho de 1785; Anne, nascida em 9 de agosto de 1787; um filho natimorto em 5 de novembro de 1789; Mary, nascida em 20 de novembro de 1791.

Originalmente, o parágrafo saiu exatamente assim das mãos do impressor; mas *Sir* Walter o aperfeiçoou, acrescentando, para sua própria informação e da sua família, estas palavras após a data do nascimento de Mary: "Casada em 16 de dezembro de 1810 com Charles, filho e herdeiro de Charles Musgrove, fidalgo de Uppercross, no condado de Somerset", e inserindo com maior precisão o dia e o mês em que perdera a esposa.

Seguia-se, então, a gesta da antiga e respeitável família, nos termos de costume; como se estabelecera inicialmente em Cheshire; como foi mencionada em Dugdale, por seus membros ocuparem o cargo de *high sheriff*, representando um burgo em três parlamentos consecutivos, por provas de lealdade e pela dignidade de baronete, no primeiro ano do reinado de Carlos II, com todas as Marys e Elizabeths com quem se casaram; formando no todo duas belas páginas in-12 e concluindo com as armas e a divisa: "Sede principal, Kellynch Hall, no condado de Somerset", e de novo a caligrafia de *Sir* Walter neste *finale*:

Herdeiro presuntivo, William Walter Elliot, fidalgo,
bisneto do segundo *Sir* Walter.

A vaidade era o começo e o fim da personalidade de *Sir* Walter Elliot; vaidade de pessoa e de condição social. Fora notavelmente bem-apessoado na juventude; e, aos cinquenta e quatro anos de idade, ainda era um homem muito atraente. Poucas mulheres se ocupavam mais da aparência pessoal do que ele, nem o valete de algum fidalgo recém-criado estaria mais deslumbrado com a posição que ocupava na sociedade. Considerava o dom da beleza inferior apenas ao dom do título de baronete; e *Sir* Walter Elliot, que reunia ambos os dons, era o objeto constante do mais caloroso respeito e devoção.

Sua boa aparência e sua fidalguia tinham direitos razoáveis à sua afeição; pois devia a estas se ter casado com uma mulher muito superior ao que ele próprio merecia. *Lady* Elliot fora uma excelente mulher, sensata e carinhosa, cujo julgamento e conduta, se lhes forem perdoadas as paixões de juventude que fizeram dela *Lady* Elliot, nunca mais tiveram de ser tratados com indulgência. Passou por cima, não deu atenção ou escondeu durante dezessete anos os defeitos do marido, e promoveu sua real respeitabilidade; e, embora não fosse a pessoa mais feliz do mundo, era gratificada suficientemente pelos afazeres, pelos amigos e pelos filhos para ter apego à vida e não sentir indiferença quando se viu obrigada a deixá-los. Três meninas, as duas mais velhas de dezesseis e catorze anos, eram uma terrível herança a ser deixada por uma mãe, e um terrível ônus a confiar à autoridade e à orientação de um pai presunçoso e tolo. Tinha ela, porém, uma amiga muito íntima, mulher sensata e de méritos, que fora atraída por seu forte apego a ela a se estabelecer nas proximidades, no vilarejo de Kellynch; e *Lady* Elliot confiava sobretudo no auxílio de sua bondade e discernimento para salvaguardar os bons princípios e levar adiante a educação das filhas, em que tanto se empenhara.

Essa amiga e *Sir* Walter *não* se casaram, ao contrário do que a ligação entre eles pudesse ter sugerido. Passaram-se treze anos desde a morte de *Lady* Elliot, e ainda eram vizinhos próximos e amigos íntimos, e um permanecia viúvo e a outra, viúva.

Que *Lady* Russell, de idade e personalidade maduras, e de muitas posses, não cogitasse um segundo casamento era algo que não precisava de justificativa ante o público, que tende insensatamente a mostrar mais descontentamento quando a mulher *torna a se casar* do que quando *não* se casa novamente; mas o fato de *Sir* Walter permanecer solteiro é algo que exige explicação. Saiba-se, pois, que *Sir* Walter, como bom pai (tendo tido uma ou duas decepções particulares com pretendentes muito pouco razoáveis), se orgulhava de permanecer solteiro para o bem de suas queridas filhas. Por uma delas, a mais velha, ele realmente abriria mão de qualquer coisa, mesmo se poucas ocasiões se tivessem apresentado para tanto. Elizabeth herdara, aos dezesseis anos, em tudo que era possível, os direitos e dignidades da mãe; e, sendo muito bela e muito parecida com ele, sua influência sempre fora grande, e assim eles conviviam bastante felizes. Suas duas outras filhas eram inferiores em valor. Mary conquistara certa importância artificial, ao tornar-se a sra. Charles Musgrove; Anne, porém, com uma elegância espiritual e uma doçura de caráter que lhe teriam merecido a admiração de pessoas de real inteligência, não era ninguém aos olhos do pai ou da irmã; sua palavra não tinha nenhum peso, tinha sempre de ceder; era só a Anne.

Para *Lady* Russell, porém, era ela a afilhada favorita e amiga, muito querida e apreciada. *Lady* Russell amava todas elas; mas só em Anne conseguia imaginar que sua mãe revivesse.

Alguns anos antes, Anne Elliot fora uma menina muito bonitinha, mas seu encanto logo desaparecera; e, como, mesmo no seu auge, seu pai nela encontrasse poucos motivos de admiração (por serem completamente diferentes dos dele seus traços delicados e seus doces olhos escuros), nada havia nela, agora que estava murcha e mirrada, que atraísse a estima dele. Nunca tivera muitas esperanças e agora não tinha nenhuma de algum dia ler o nome dela em alguma outra página de seu livro predileto. Toda expectativa de uma aliança digna da casa recaía agora sobre Elizabeth, pois Mary simplesmente se unira a uma velha família rural, muito respeitável e rica, e dera, portanto, toda a honra e não recebera nenhuma: Elizabeth, mais dia, menos dia, faria um casamento adequado.

Às vezes acontece de uma mulher tornar-se mais bela aos vinte e nove anos do que dez anos antes; e geralmente, não havendo problemas de saúde ou de nervos, essa é uma fase da vida em que poucos encantos se perderam. Esse era o caso de Elizabeth, ainda a mesma linda srta. Elliot que começara a ser treze anos atrás, e é portanto compreensível que *Sir* Walter se tivesse esquecido da idade dela ou pelo menos considerá-lo apenas meio tolo por julgar-se a si mesmo e a Elizabeth tão radiantes como sempre, em meio ao naufrágio da boa aparência de todos os demais; pois ele podia ver claramente o envelhecimento de todo o resto da família e de seus conhecidos. O abatimento de Anne, a grosseria de Mary, a decadência de todos os rostos da vizinhança e a rápida proliferação de pés de galinha na região das têmporas de *Lady* Russell havia muito vinham sendo motivo de angústia para ele.

Elizabeth não tinha a mesma satisfação pessoal consigo mesma que o pai. Treze anos passaram-se desde que se tornara senhora de Kellynch Hall, presidindo e dirigindo com um domínio de si mesma e uma determinação que jamais dava a ideia de que fosse mais jovem do que era. Por treze anos fizera as honras da casa, aplicara a lei doméstica e fora a primeira a subir na carruagem da família, perdendo só para *Lady* Russell a precedência para entrar em e sair de todas as salas de estar e de jantar da região. As geadas de treze invernos viram-na abrir todos os bailes de alguma importância dados por uma vizinhança diminuta, e treze primaveras exibiram suas floradas, enquanto ela viajava para Londres com o pai, para gozar durante algumas semanas dos prazeres da alta sociedade. Carregava ela a lembrança de tudo isso, tinha a consciência de ter vinte e nove anos de idade, o que lhe dava certos remorsos e certas apreensões; estava plenamente satisfeita por ser tão bela como antes, mas percebia estar aproximando-se dos anos perigosos, e ficaria muito aliviada se tivesse a certeza de ser adequadamente solicitada por alguém com sangue e linhagem de baronete, dentro de um ou dois anos. Então poderia tomar de novo o livro dos livros com o mesmo prazer que no início da juventude, mas no momento não o apreciava. Ser sempre confrontada com a data de seu próprio nascimento e ver que nenhum casamento aparecia em seguida, a não ser o da irmã mais moça, constituía uma experiência penosa; e mais de uma vez, quando o pai o deixava aberto sobre a mesa nas proximidades, ela o fechava, desviando os olhos, e o afastava de si.

Além disso, tivera ela uma decepção, cuja memória aquele livro, e em especial a história de sua própria família, deveriam sempre reavivar. O herdeiro presuntivo, o próprio William Walter Elliot, Esq., cujos direitos haviam sido apoiados pelo pai com tanta generosidade, a desapontara.

Quando ainda muito jovem, tão logo soubera que ele seria, no caso de não ter ela um irmão, o futuro baronete, traçara planos para casar-se com ele, e seu pai sempre a apoiou nesses projetos. Não o haviam conhecido quando ainda menino; mas, logo depois do falecimento de *Lady* Elliot, *Sir* Walter procurou aproximar-se dele, e, embora seus avanços não tivessem encontrado

nenhum entusiasmo, ele insistira naquilo, atribuindo o insucesso à timidez da juventude; e, numa de suas excursões primaveris a Londres, quando Elizabeth estava em seu primeiro desabrochar, o sr. Elliot fora forçado a apresentar-se.

Ele era na época um rapaz muito jovem, que iniciara havia pouco o estudo do Direito; e Elizabeth o achou extremamente agradável, e todos os seus projetos em seu favor se confirmaram. Ele foi convidado a Kellynch Hall; falou-se sobre ele pelo resto do ano, enquanto era esperado; mas ele nunca apareceu. Na primavera seguinte foi visto de novo na capital, foi considerado igualmente simpático, de novo encorajado, convidado e aguardado, e mais uma vez não veio; e em seguida receberam a notícia de que ele se havia casado. Em vez de seguir seu destino na linha traçada para o herdeiro da Casa de Elliot, conquistara a independência casando-se com uma mulher rica, mas de berço inferior.

Ofendeu-se *Sir* Walter com aquilo. Como chefe da casa, achou que devia ter sido consultado, sobretudo depois de o ter apoiado tão abertamente; "pois eles devem ter sido vistos juntos", observou ele, "uma vez em Tattersall e duas vezes no saguão da Câmara dos Comuns". Exprimiu sua desaprovação, a que aparentemente foi dada muito pouca importância. O sr. Elliot não se desculpou e se mostrou tão pouco interessado em se relacionar com a família quanto *Sir* Walter o considerou indigno de tal frequentação: foram cortadas todas as relações entre ambos.

Passados muitos anos, essa constrangedora história do sr. Elliot ainda causava muita mágoa em Elizabeth, que gostara dele por ele mesmo, e ainda mais por ser o herdeiro de seu pai, cujo forte orgulho familiar só *nele* encontrava o cônjuge adequado para a filha mais velha de *Sir* Walter Elliot. De A a Z, não havia mais nenhum baronete que os sentimentos dela reconhecessem de bom grado como um igual. Ele, porém, a tratara tão miseravelmente, que, embora ela usasse no presente momento (verão de 1814) uma fita negra de luto pela esposa dele, não admitia que ele fosse digno de ser o objeto de seus pensamentos novamente. Era talvez possível superar a vergonha do primeiro casamento dele, pois não havia razões para supor que fosse perpetuado pelo nascimento de filhos, se ele não tivesse feito pior; mas ele fez pior, como haviam sido informados pela costumeira solicitude de bons amigos, falando deles todos nos termos mais desrespeitosos, com desdém e desprezo pelo próprio sangue que corria em suas veias e pelas honras que mais tarde deveriam ser as suas. Isso era imperdoável.

Eram esses os sentimentos e as sensações de Elizabeth Elliot; essas as preocupações a aliviar, as emoções a variar, a monotonia e a elegância, a prosperidade e a nulidade do cenário de sua vida; esses os sentimentos que conferiam interesse a uma longa e tediosa residência num ambiente interiorano, que preenchiam os vazios deixados pela ausência de hábitos úteis fora de casa, e de talentos ou realizações em casa.

Agora, porém, novas ocupações e preocupações começavam a se somar às outras. Seu pai tinha problemas financeiros cada vez mais sérios. Ela sabia que, quando ele abria o *Baronetage*, era para tirar da cabeça as pesadas contas dos fornecedores e as desagradáveis notícias do sr. Shepherd, seu intendente. A propriedade de Kellynch era boa, mas não estava à altura das ideias de *Sir* Walter sobre o padrão de vida exigido de seu possuidor. Quando *Lady* Elliot estava viva, havia método, moderação e economia, o que o manteve dentro dos limites de suas rendas; mas com ela morrera toda essa sensatez, e a partir de então ele passou a estourar regularmente o orçamento. Fora-lhe impossível gastar menos; nada mais fizera do que aquilo a que *Sir* Walter Elliot era imperativamente obrigado; mas, por mais inocente que fosse, não só estava endividando-se terrivelmente, mas falavam-lhe com tanta frequência sobre o assunto, que se tornou inútil tentar ocultar da filha o problema, mesmo que só em parte. Ouvira ela alguma coisa a respeito na sua última viagem a Londres; ele chegara a ponto de dizer a ela: "Em que podemos economizar? Você sabe de alguma coisa que possamos cortar?" e, para sermos justos, Elizabeth, no primeiro ardor do alarme feminino, pôs-se a pensar seriamente no que se podia fazer e finalmente propusera dois tipos de economia: cortar alguns desnecessários projetos de caridade e deixar de renovar o mobiliário da sala de estar; a esses expedientes ela mais tarde acrescentou a feliz ideia de não dar mais nenhum presente a Anne, como sempre havia sido o costume anual. Tais medidas, porém, por melhores que fossem em si mesmas, se mostraram insuficientes ante a real dimensão do mal, que logo em seguida *Sir* Walter se viu obrigado a lhe confessar. Elizabeth nada tinha a propor de maior eficiência. Sentiu-se maltratada e infeliz, como o pai; e nenhum dos dois era capaz de descobrir algum meio de diminuir as despesas sem comprometer a própria dignidade ou de reduzir o próprio conforto a um mínimo tolerável.

Havia apenas uma pequena parte da propriedade de que *Sir* Walter podia desfazer-se; mas, mesmo que cada acre de terra fosse alienável, isso teria pouca importância. Ele teria concordado em hipotecar tudo que pudesse, mas nunca em vender. Não; jamais envergonharia o seu nome a esse ponto. A propriedade de Kellynch seria transmitida inteira e intacta, tal como a recebera.

Seus dois amigos de confiança, o sr. Shepherd, que vivia na cidade comercial mais importante da região, e *Lady* Russell, foram convidados a dar-lhes seus conselhos; e tanto o pai quanto a filha pareciam esperar que pudesse vir de um ou de outro uma solução que desse um fim aos problemas e reduzisse as despesas, sem implicar a perda de nenhum capricho de bom gosto ou orgulho.

CAPÍTULO 2

O sr. Shepherd, um advogado educado e prudente, que, fossem quais fossem suas opiniões ou sua influência sobre *Sir* Walter, preferiria que as palavras *desagradáveis* fossem pronunciadas por outra pessoa, absteve-se de dar a menor sugestão e se limitou a pedir vênia para recomendar implicitamente o excelente discernimento de *Lady* Russell, de cujo notório bom-senso esperava plenamente ouvir as medidas decisivas que pretendia ver finalmente adotadas.

Lady Russell foi muito solícita em relação ao assunto e deu grande atenção a ele. Era mulher de talentos mais sólidos do que ágeis, cujas dificuldades em chegar a uma decisão nesse caso foram grandes, pela oposição de dois princípios capitais. Era ela própria de estrita integridade, com um delicado senso de honra; mas desejava tanto preservar os sentimentos de *Sir* Walter quanto se preocupava com o crédito da família, e era tão aristocrática em suas ideias sobre o que lhes era devido quanto qualquer pessoa de bom-senso e honestidade podia ser. Era uma mulher bondosa, caridosa e boa, capaz de fortes afeições; de conduta corretíssima, rigorosa em suas ideias sobre o decoro e com maneiras tidas como padrão de boa educação. Era culta e, em geral, racional e coerente; mas tinha preconceitos no que se refere aos antepassados; prezava tanto a condição social e a influência das pessoas, que isso a cegava um pouco para os defeitos daqueles que as possuíssem. Ela própria viúva de um simples cavaleiro, dava ao título de baronete o devido apreço; e *Sir* Walter, independentemente de seus direitos como velho amigo, vizinho atencioso, amável senhorio, marido de sua querida amiga, pai de Anne e suas irmãs, só por ser *Sir* Walter, a seu ver, já era merecedor de toda a sua compaixão e consideração por suas atuais dificuldades.

Precisavam fazer economias; não havia dúvida a esse respeito. Ela, porém, estava ansiosa por resolver o problema com o mínimo de sofrimento para ele e para Elizabeth. Fez planos de economia, cálculos precisos e o que ninguém mais pensou em fazer: consultou Anne, que parecia nunca ter sido considerada pelos outros como parte interessada no caso. Fez a consulta e até certo ponto foi influenciada por ela ao traçar o projeto de economias que foi enfim apresentado a *Sir* Walter. Cada uma das correções feitas por Anne tomava o partido da honestidade, contra a ostentação. Queria medidas mais vigorosas, uma reforma mais completa, uma quitação mais rápida da dívida, uma maior indiferença por tudo que não fosse a justiça e a equidade.

— Se pudermos convencer o seu pai a fazer tudo isto — disse *Lady* Russell, tornando a examinar o papel —, muito se pode conseguir. Se ele adotar estas regras, em sete anos estará quite; e espero que possamos persuadi-lo, e também Elizabeth, de que Kellynch Hall tem sua própria respeitabilidade, que não pode ser afetada por esses cortes; e que a autêntica dignidade de *Sir* Walter Elliot estará longe de diminuir aos olhos das pessoas sensatas, por agir como um homem de princípios. Que estará ele fazendo, na verdade, senão o que muitas de nossas principais famílias fizeram ou deveriam fazer? O caso não terá nada de especial; e é a sua singularidade que muitas vezes constitui a pior parte de nosso sofrimento, como sempre acontece com nosso comportamento. Tenho muitas esperanças de ser bem-sucedida. Temos de ser sérias e decididas; pois, afinal, quem contrai dívidas deve pagá-las; e, embora muita consideração se deva aos sentimentos do cavalheiro e chefe da casa, como seu pai, mais consideração ainda se deve ao caráter de um homem honesto.

Esse era o princípio pelo qual Anne queria que seu pai se pautasse, o princípio que os amigos insistiam que ele adotasse. Considerou ela seu estrito dever pagar as dívidas dos credores no espaço de tempo mais breve que uma estrita economia pudesse permitir, e julgava indigno qualquer procedimento que deixasse isso de lado. Queria que aquilo fosse prescrito e visto como um dever. Ela muito apreciava a influência de *Lady* Russell; e, pelo alto grau de abnegação que a sua própria consciência lhe impunha, acreditava que teria pouca dificuldade em persuadi-los a uma reforma completa, e não pela metade. Seu conhecimento do pai e de Elizabeth inclinava-a a pensar que o sacrifício de um par de cavalos seria quase tão duro quanto o de dois pares, e assim por diante com cada um dos itens da lista de suaves cortes estabelecida por *Lady* Russell.

Pouco importa como as exigências mais severas de Anne teriam sido recebidas. *Lady* Russell não obteve nenhum sucesso: elas eram inaceitáveis, insuportáveis. "Como! Abrir mão de todos os confortos da vida! Viagens, Londres, criados, cavalos, mesa farta... cortes e reduções por toda parte!

Deixar de viver com todas as comodidades necessárias até mesmo a um simples cavalheiro! Não, preferia deixar Kellynch Hall de uma vez, a permanecer em condições tão lamentáveis."

"Deixar Kellynch Hall." A sugestão foi de imediato aprovada pelo sr. Shepherd, que tinha interesse em que *Sir* Walter adotasse realmente medidas de economia, e estava perfeitamente convencido de que nada adiantaria sem a mudança de residência. Já que a ideia fora proposta por aqueles mesmos que deveriam tomar as decisões, não tinha escrúpulos — dizia ele — de confessar que seu parecer era completamente favorável a ela. Não lhe parecia que *Sir* Walter pudesse alterar significativamente o estilo de vida numa casa que devia ostentar tantas características de hospitalidade e de venerável dignidade. Em qualquer outro lugar, *Sir* Walter poderia ser juiz de si mesmo; e seria considerado um padrão de bem viver fosse qual fosse o modo que escolhesse para dirigir a casa.

Sir Walter ia sair de Kellynch Hall; e, depois de pouquíssimos dias de dúvida e de indecisão, a importante questão de para onde ir foi resolvida, e foram traçados os primeiros planos dessa importante mudança.

Havia três opções, Londres, Bath ou outra casa no campo. As preferências de Anne iam todas para esta última. Uma casinha em seu próprio vilarejo, onde ainda podiam ter a companhia de *Lady* Russell, estar próximos de Mary e ter o prazer de vez por outra verem os gramados e os bosques de Kellynch, era o objeto de sua ambição. Mas o costumeiro destino de Anne estava à sua espreita, ao ver ser tomada uma decisão diametralmente oposta às suas intenções. Detestava Bath e não achava que a cidade lhe fizesse bem; e Bath seria o seu novo lar.

A princípio, *Sir* Walter pareceu dar preferência a Londres; mas o sr. Shepherd percebeu que ele não teria crédito em Londres, e teve habilidade suficiente para dissuadi-lo da capital e fazê-lo eleger Bath. Era um lugar muito mais seguro para um cavalheiro da sua condição: poderia ser importante a um custo relativamente baixo. Duas consideráveis vantagens de Bath sobre Londres tiveram um peso decisivo na escolha: a distância mais conveniente de Kellynch, apenas cinquenta milhas, e o fato de *Lady* Russell a cada ano passar lá parte do inverno; e para imensa satisfação de *Lady* Russell, cujos primeiros planos de mudança se voltaram para Bath, *Sir* Walter e Elizabeth foram levados a crer que não perderiam nem importância nem conforto mudando-se para lá.

Lady Russell sentiu-se obrigada a se opor ao que sabia serem os planos de sua querida Anne. Seria demais esperar que *Sir* Walter se resignasse a uma casinha em seu próprio vilarejo. A própria Anne julgaria que as mortificações provocadas por aquilo seriam maiores do que previsto, e para os sentimentos de *Sir* Walter tais mortificações seriam terríveis. E, no que se referia à repulsa que Anne tinha por Bath, considerava-a um preconceito e um equívoco provocados, primeiro, pela circunstância de ter durante três anos frequentado uma escola daquela cidade, depois da morte da mãe; e, segundo, por ter calhado de não estar de bom humor durante o único inverno que ali passara desde então.

Lady Russell adorava Bath, em suma, e se inclinava a achar que a cidade faria bem a todos; e, quanto à saúde de sua jovem amiga, se passasse todos os meses de calor com ela em Kellynch Lodge, todos os perigos seriam evitados; e aquela era de fato uma mudança que deveria fazer bem tanto à saúde quanto ao espírito. Anne saíra muito pouco de casa, vira muito pouca coisa. Andava bastante desanimada. A sociedade seria um estímulo para ela. Queria que ela fosse mais conhecida.

O fato de não ser desejável que *Sir* Walter se mudasse para nenhuma outra casa da vizinhança foi sem dúvida ressaltado por uma parte muito considerável do esquema, felizmente acrescentada à sua primeira formulação. Ele devia não só deixar a casa, mas passá-la para outros; uma prova de fortaleza, que mentes mais sólidas do que a de *Sir* Walter teriam julgado excessiva. Kellynch Hall seria alugada. Isso, porém, era um profundo segredo, que não devia ir além de seu círculo mais íntimo.

Sir Walter não suportaria o vexame de saberem que planejava alugar a casa. O sr. Shepherd uma vez havia mencionado a palavra "anúncio", mas não ousara tornar a pronunciá-la. *Sir* Walter rejeitou a ideia de oferecer a casa de qualquer jeito; proibiu que se fizesse a mais leve menção de que tivesse tal intenção; e só alugaria a propriedade na hipótese de ser espontaneamente solicitado por um candidato totalmente irrepreensível, sob suas próprias condições e como um grande favor.

Como rapidamente chovem razões para aprovarmos o que queremos! *Lady* Russell tinha outra excelente razão à mão para estar extremamente contente com a mudança de *Sir* Walter e família para longe da região. Nos últimos tempos, Elizabeth vinha desenvolvendo certa amizade que *Lady* Russell gostaria de ver interrompida. Era com a filha do sr. Shepherd, que retornara, após um casamento infeliz, à casa do pai, com o ônus adicional de dois filhos. Era uma jovem esperta, que conhecia a arte de agradar — pelo menos a arte de agradar em Kellynch Hall; e que conquistara a tal ponto a simpatia da srta. Elliot, que já se hospedara na casa mais de uma vez, malgrado tudo o que *Lady* Russell, que a julgava uma amizade totalmente inadequada, tivesse sugerido em termos de prudência e reserva.

Lady Russell, de fato, tinha muito pouca influência sobre Elizabeth, e parecia gostar dela, mais porque queria, do que porque Elizabeth o merecesse. Nunca recebera dela mais do que uma atenção superficial, nada além de demonstrações de complacência; jamais conseguira demovê-la de algo a que ela estivesse propensa. Várias vezes se empenhara na tentativa de fazer que Anne fosse incluída na viagem a Londres, sensivelmente ciente de toda a injustiça e de todo o descrédito dos arranjos egoístas que a deixavam de fora, e em muitas ocasiões de menor importância tentara expressar a Elizabeth o que seu melhor discernimento e a experiência lhe ditavam, mas sempre em vão: Elizabeth fazia o que lhe dava na telha; e jamais se opusera tão frontalmente a *Lady* Russell quanto na relação com a sra. Clay, afastando-se da companhia de uma irmã de tantos méritos, para dedicar seu afeto e sua confiança a alguém que devia ser para ela apenas o objeto de uma distante polidez.

Quanto à posição social, a da sra. Clay era, ao ver de *Lady* Russell, muito instável, e quanto ao caráter a julgava uma companhia perigosíssima; e uma mudança que deixasse a sra. Clay para trás e permitisse novas amizades mais adequadas à srta. Elliot era, portanto, um objeto de primeira importância.

CAPÍTULO 3

— Peço vênia para observar, *Sir* Walter — disse o sr. Shepherd certa manhã em Kellynch Hall, enquanto dobrava o jornal —, que a presente situação nos é muito favorável. A paz trará de volta todos os nossos ricos oficiais navais. Todos estarão à procura de uma casa. Não poderia haver época melhor, *Sir* Walter, para ter uma ampla gama de inquilinos para escolher, todos muito responsáveis. Muitas nobres fortunas foram amealhadas durante a guerra. Se um rico almirante cruzar o nosso caminho, *Sir* Walter...

— Ele será um homem de muito boa sorte, Shepherd — tornou *Sir* Walter

—, isto é tudo o que tenho a dizer. Para ele, Kellynch Hall seria um prêmio; e até o maior de todos eles, por mais premiado que tenha sido na vida. Está ouvindo, Shepherd?

O sr. Shepherd riu do gracejo, como sabia ser seu dever, e em seguida acrescentou:

— Ouso observar, *Sir* Walter, que é muito bom fazer negócio com os cavalheiros da Marinha. Já tenho certo conhecimento de como fazem negócios; e posso confessar que têm ideias muito generosas e provavelmente dariam os melhores inquilinos do mundo. Portanto, *Sir* Walter, o que peço vênia para sugerir é que, se em consequência de algum boato que se espalhe sem o seu conhecimento... o que pode ser considerado possível, pois sabemos como é difícil manter as ações e os planos de um lado do mundo, e a observação e a curiosidade de outro; o prestígio tem o seu preço; eu, John Shepherd, posso esconder todos os meus problemas de família que quiser, pois ninguém se daria ao trabalho de me observar; mas *Sir* Walter Elliot é observado por olhos que só com dificuldade se podem evitar; e portanto me atrevo a dizer que não me surpreenderia muito se, com todas as nossas precauções, se espalhar algum boato sobre a verdade; nessa hipótese, como ia observar, uma vez que sem dúvida se apresentarão vários candidatos, creio que os nossos ricos comandantes navais devem merecer uma atenção especial; e peço vênia para acrescentar que, a qualquer momento, posso estar aqui em duas horas, para poupar ao senhor o incômodo de ter de responder.

Sir Walter apenas balançou a cabeça. Mas logo em seguida, levantando-se e caminhando pela sala, observou com ironia:

— Imagino que poucos entre os cavalheiros da Marinha não se surpreenderiam em se encontrar numa casa desta qualidade.

— Vão olhar ao redor e sem dúvida dar graças a Deus pela boa sorte — disse a sra. Clay, que estava presente: seu pai a trouxera consigo, não havendo nada melhor para a saúde da sra. Clay do que um passeio até Kellynch —, mas concordo com meu pai que um marinheiro pode dar um excelente inquilino. Conheço um bocado dessa profissão; e, além da generosidade, eles também são tão elegantes e arrumados em tudo! Estas suas valiosas pinturas, *Sir* Walter, se preferir deixá-las com eles, estariam em perfeita segurança. Tudo que se refere à casa seria tratado com o máximo carinho! Os jardins e os bosques seriam conservados quase em tão boa ordem quanto agora. Não precisa ter medo, srta. Elliot, de que seus magníficos jardins de flores sejam maltratados.

— Sobre tudo isso — tornou *Sir* Walter, com frieza —, supondo que eu fosse levado a alugar a casa, de modo algum me decidi quanto aos privilégios que lhe devem ser anexados. Não estou especialmente disposto a favorecer um inquilino. O parque permaneceria aberto para ele, é claro, e poucos oficiais da Marinha ou homens de qualquer categoria terão tido tanto espaço a seu dispor; mas que restrições eu possa impor ao livre uso dos jardins são outros quinhentos. Não gosto da ideia de que meus bosques estejam sempre à disposição; e recomendo à srta. Elliot que esteja alerta quanto aos seus jardins de flores. Garanto-lhes que estou muito pouco disposto a conceder favores extraordinários ao inquilino de Kellynch Hall, seja ele marinheiro ou soldado.

Após uma breve pausa, o sr. Shepherd atreveu-se a dizer:

— Em todos estes casos, há costumes estabelecidos que simplificam e facilitam a relação entre senhorio e inquilino. Seus interesses, *Sir* Walter, estão em mãos mais do que responsáveis. Confie em mim e eu tratarei de que nenhum inquilino tenha mais do que o que lhe for de direito. Tenho certeza de que *Sir* Walter Elliot não terá tanto zelo pelos seus próprios bens quanto John Shepherd.

Nesse momento, disse Anne:

— Acho que a Marinha, que tanto fez por nós, tem pelo menos os mesmos direitos que qualquer outro grupo de homens a todas as comodidades e a todos os privilégios que uma casa pode proporcionar. Todos temos de admitir que os marinheiros dão muito duro para ter esses confortos.

"É verdade, é verdade. O que a srta. Anne diz é verdade", foi a observação do sr. Shepherd, e "Ah! Com certeza", foi a de sua filha; a de *Sir* Walter, porém, veio logo em seguida:

— A profissão tem lá a sua utilidade, mas eu detestaria ver algum amigo meu dedicando-se a ela.

— É mesmo? — foi a resposta, com um olhar de surpresa.

— É, sim; há dois pontos que nela me desagradam; tenho duas fortes razões para me opor a essa profissão. Em primeiro lugar, por ser um meio de dar uma indevida distinção a pessoas de origem obscura, e de elevar os homens a honrarias com que seus pais e avós jamais haviam sonhado; e, em segundo lugar, porque prejudica terrivelmente a juventude e o vigor dos homens; os marinheiros envelhecem mais cedo do que todos os outros homens. Observei isso muitas vezes na vida. Na Marinha corremos mais o risco de ser insultados pela promoção de alguém a cujo pai, nosso pai nem sequer dirigiria a palavra, e de nos tornar muito cedo objeto de repulsa, do que em qualquer outra carreira. Certo dia, na última primavera, em Londres, eu estava na companhia de dois homens, exemplos impressionantes do que acabo de falar; Lorde St. Ives, cujo pai todos sabemos ter sido um cura de província, que mal tinha o que comer; eu tive de ceder o lugar a Lorde St. Ives e a um tal de almirante Baldwin, o personagem de aparência mais lastimável que se possa imaginar; seu rosto tinha a cor do mogno, áspero e ressequido, só rugas e sulcos, com nove cabelos grisalhos de um lado e nada a não ser um punhado de pó em cima. "Pelo amor de Deus, quem é esse velhote?", disse eu a um amigo que estava por perto (*Sir* Basil Morley). "Esse velhote!", exclamou *Sir* Basil. "Mas é o almirante Baldwin. Quantos anos você dá a ele?" "Sessenta", disse eu, "ou talvez sessenta e dois". "Quarenta", replicou *Sir* Basil, "não mais do que quarenta". Imaginem vocês o meu espanto; não vai ser fácil esquecer o almirante Baldwin. Nunca vi um exemplo mais pavoroso do que uma vida no mar pode fazer; mas sei que isso vale para todos eles, até certo ponto: são jogados de um lado para o outro e expostos a todos os climas, a todas as intempéries, até se tornarem impróprios à visão. É uma pena que não recebam logo um golpe na cabeça de uma vez, antes de chegar à idade do almirante Baldwin.

— Ah, *Sir* Walter — exclamou a sra. Clay —, o senhor está sendo severo demais. Tenha um pouco de pena dos pobres coitados. Nem todos nascemos para ser bonitos. O mar não embeleza, sem dúvida; os marinheiros envelhecem cedo; já observei isso; logo perdem a aparência juvenil. Mas será que não ocorre o mesmo com muitas outras profissões, talvez a maioria delas? Os soldados da ativa não estão em melhor situação: e mesmo nas profissões mais tranquilas há um esforço e um trabalho da mente, senão do corpo, que raramente permite que a aparência do homem demonstre só o efeito natural do tempo. O advogado dá duro, sempre cheio de preocupações; o médico tem de estar disponível a qualquer hora e viajar sob qualquer tempo; e até mesmo o clero... — ela parou por um momento para pensar no que dizer sobre o clero — ... e mesmo o clero é obrigado a entrar em salas infectadas e expor a saúde e a aparência aos efeitos nefastos de uma atmosfera fétida. Na verdade, como estou convencida há tempo, embora todas as profissões sejam necessárias e honrosas, só mesmo aqueles que não são obrigados a praticar nenhuma delas podem viver de maneira regular, no campo, dispondo de seu próprio horário, tratando de seus próprios interesses e vivendo de seus próprios rendimentos, sem o tormento de tentar obter sempre mais; só mesmo *eles* conservam as bênçãos da saúde e da boa aparência o máximo de tempo possível: não conheço nenhum outro grupo de homens que não percam parte de seus atrativos ao deixarem de ser jovens.

Parecia que o sr. Shepherd, ansioso por obter a aprovação de *Sir* Walter para alugar a propriedade a um oficial da Marinha, fora agraciado com o dom da previsão; pois o primeiro interessado a aparecer foi certo almirante Croft, com que logo em seguida se encontrou durante uma sessão do Tribunal de Taunton; e na verdade o almirante lhe fora indicado por um seu correspondente de Londres. Segundo o relatório que se apressou a mandar a Kellynch, o almirante Croft era originário de Somersetshire e, tendo ganhado muito dinheiro, desejava estabelecer-se em sua terra de origem e viera a Taunton para ver alguns lugares anunciados pelas redondezas, os quais, contudo, não lhe agradaram; e, tendo acidentalmente ouvido falar... (exatamente como previra, observou o sr. Shepherd, os problemas de *Sir* Walter não podiam permanecer muito tempo em segredo) ... acidentalmente ouvido falar da possibilidade de Kellynch Hall vir a ser alugada e conhecendo a ligação do sr. Shepherd com o proprietário, apresentara-se a ele para obter algumas informações específicas, e durante uma conversa bastante longa exprimira uma forte predileção pelo lugar, como um homem que só o conhecia pela descrição podia tê-la, dando ainda ao sr. Shepherd, na minuciosa descrição de sua própria pessoa, muitas provas de poder ser um inquilino muito responsável e confiável.

— E quem é o almirante Croft? — perguntou *Sir* Walter com frieza e desconfiança.

Respondeu o sr. Shepherd que se tratava de um cavalheiro de nobre família, e mencionou um lugar; e Anne, depois de uma breve pausa, acrescentou:

— É um contra-almirante dos "brancos". Participou da batalha de Trafalgar, e desde então esteve nas Índias Orientais; creio que serviu ali por muitos anos.

— Então eu aposto — observou *Sir* Walter — que o rosto dele deve ser tão alaranjado como os punhos e as capas da libré dos meus criados.

Apressou-se o sr. Shepherd em lhe garantir que o almirante Croft era homem robusto, vigoroso, de boa aparência, um pouco desgastado pelas intempéries, é certo, mas não muito, e um perfeito cavalheiro pelas ideias e pelo comportamento; provavelmente não criaria nenhuma dificuldade quanto aos termos do negócio, só queria uma casa confortável, para onde pudesse mudar-se o quanto antes; sabia que tinha de pagar pelas comodidades; sabia que o aluguel de uma casa mobiliada de tal luxo podia ser altíssimo; não se surpreenderia se *Sir* Walter tivesse pedido mais; fizera perguntas sobre o solar; gostaria muito de poder gozar da reserva de caça, sem dúvida, mas não fazia muita questão disso; falou que às vezes empunhava uma arma, mas nunca matava; o perfeito cavalheiro.

O sr. Shepherd foi eloquente ao tratar do assunto, apontando todas as circunstâncias da família do almirante que o tornavam um inquilino particularmente recomendável. Era casado e sem filhos; o melhor dos estados. Uma casa jamais recebe os cuidados necessários, observou o sr. Shepherd, sem a presença feminina: não sabia se a mobília correria maior perigo se não houvesse uma mulher ou se houvesse crianças demais. A mulher sem filhos é a melhor protetora de mobílias do mundo. Ele também vira a sra. Croft; estava em Taunton com o almirante, e estivera presente durante quase toda a conversa.

— E pareceu ser uma senhora de linguagem refinada, distinta e inteligente — prosseguiu ele —; fez mais perguntas sobre a casa, as condições de pagamento e os impostos do que o próprio almirante, e pareceu mais competente em matéria de negócios; e além disso, *Sir* Walter, descobri que não lhe faltam relações nesta região, como ao marido; ou seja, ela é irmã de um cavalheiro que tempo atrás vivia entre nós; disse-me ela mesma: irmã de um cavalheiro que alguns anos atrás viveu em Monkford. Santo Deus! Qual era o nome dele? Não consigo neste momento lembrar-me do nome, embora o tenha ouvido recentemente. Penelope, querida, pode ajudar-me a me lembrar do nome do cavalheiro que vivia em Monkford: o irmão da sra. Croft?

A sra. Clay, porém, estava tão entretida na conversa com a srta. Elliot,

que não ouviu o chamado.

— Não tenho ideia de quem seja, Shepherd; não me lembro de nenhum cavalheiro residente em Monkford desde a época do velho governador Trent.

— Meu Deus! Que coisa estranha! Logo, logo, vou esquecer meu próprio nome. Um nome que me é tão familiar; conheço o cavalheiro tão bem, de vista; já o vi centenas de vezes; lembro-me de que veio consultar-me uma vez, sobre um dos seus vizinhos que penetrara em suas terras; um camponês que invadiu o seu pomar; derrubou a cerca; roubou maçãs; foi pego em flagrante; e em seguida, contra o meu parecer, lhe foi oferecido um acordo amigável. Muito estranho mesmo!

Depois de esperar mais um momento:

— Você se refere ao sr. Wentworth, não é? — disse Anne.

O sr. Shepherd era todo gratidão.

— Wentworth era o nome! O sr. Wentworth era o homem. Teve o curato de Monkford, o sr. sabe, *Sir* Walter, algum tempo atrás, durante dois ou três anos. Chegou aqui lá pelo ano ***5, acho. O senhor se lembra dele, com certeza.

— Wentworth? Ah! Sim... o sr. Wentworth, o cura de Monkford. Você me desorientou com a palavra *cavalheiro*. Achei que você estava falando de um homem de posses: o sr. Wentworth não era ninguém, eu me lembro; sem nenhum parentesco importante; nada a ver com a família Strafford. É de admirar como os nomes de tantos de nossos nobres se tornam tão comuns.

Como o sr. Shepherd percebeu que essa relação dos Croft não lhes era de valia no que se referia a *Sir* Walter, não mais a mencionou, voltando, com todo o zelo, a se concentrar nas circunstâncias mais inquestionavelmente favoráveis a eles: a idade, o número e a riqueza, a alta opinião que tinham de Kellynch Hall e a extrema solicitude quanto às vantagens de alugá-lo; como se a maior felicidade do mundo para eles fosse ser inquilinos de *Sir* Walter Elliot: uma estranha predileção, sem dúvida, se conhecessem os segredos do que *Sir* Walter considerava serem os deveres de um inquilino.

Ele foi bem-sucedido, porém; e, embora *Sir* Walter sempre visse com maus olhos qualquer pessoa que pretendesse morar naquela casa e achasse que fossem infinitamente ricos por poderem alugá-lo nas mais exorbitantes condições, deixou-se convencer pelo sr. Shepherd a ir em frente com as negociações e a autorizá-lo a encontrar-se com o almirante Croft, que ainda estava em Taunton, e a marcar um dia para que visse a casa.

Sir Walter não era muito sábio; tinha, contudo, bastante experiência do mundo para perceber que dificilmente se apresentaria um inquilino mais irrepreensível, em todos os aspectos essenciais, do que o almirante Croft prometia ser. Até aí ia a sua inteligência; e à sua vaidade se oferecia um pequeno consolo adicional, na situação financeira do almirante, que era boa o suficiente, mas não boa demais. "Aluguei a minha casa para o almirante Croft" era algo que soava maravilhosamente; muito melhor do que para um mero *sr.* ***; um *sr.* (salvo, talvez, meia dúzia de pessoas no país) sempre exige algum tipo de explicação. Um almirante logo demonstra a sua própria importância e, ao mesmo tempo, não pode jamais diminuir a dignidade de um baronete. Em todo o comércio e diálogo entre eles, *Sir* Walter Elliot deve ter sempre a precedência.

Nada podia ser feito sem uma referência a Elizabeth: mas estava tornando-se tão forte a sua propensão à mudança, que muito se alegrou em vê-la marcada e apressada por um inquilino disponível; e não pronunciou sequer uma palavra para suspender a decisão.

O sr. Shepherd foi formalmente autorizado a agir; e, tão logo chegaram a essa conclusão, Anne, que escutara atentamente toda a conversa, deixou a sala, para buscar consolo e ar fresco para suas faces que ardiam; e, enquanto caminhava por um de seus bosques favoritos, dizia, entre suspiros: "Mais alguns meses e talvez *ele* esteja caminhando por aqui".

CAPÍTULO 4

Ele não era o sr. Wentworth, o ex-cura de Monkford, por mais suspeitas que as aparências possam ser, mas, sim, o capitão Frederick Wentworth, irmão dele, que, tendo ganhado a patente de comandante em consequência da batalha nas proximidades de Santo Domingo e não tendo sido chamado à ativa de imediato, viera a Somersetshire, no verão de 1806; e, não tendo parentes vivos, durante meio ano encontrou um lar em Monkford. Na época, era um jovem excepcionalmente atraente, de muita inteligência, espírito e brilho; e Anne, uma mocinha extremamente bonita, gentil, modesta, de bom gosto e sentimento. Metade da soma de atrativos, em qualquer um dos lados, já seria suficiente, pois ele nada tinha para fazer e ela não tinha ninguém para amar; o encontro, porém, de tão generosas qualidades não podia falhar. Conheceram-se aos poucos, e quando se conheceram se apaixonaram profundamente. Seria difícil dizer qual viu maior perfeição no outro ou qual foi mais feliz: ela, ao receber sua declaração e seu pedido, ou ele, por vê-los aceitos.

Seguiu-se um breve espaço de intensa felicidade, mas apenas breve. Logo surgiram problemas. *Sir* Walter, ao ser solicitado, sem realmente negar o seu consentimento ou dizer que jamais o daria, mostrou toda a sua desaprovação pelo grande espanto, grande frieza, grande silêncio e uma declarada decisão de nada fazer pela filha. Julgou-a uma aliança muito desonrosa; e *Lady* Russell, embora com orgulho mais moderado e perdoável, considerou-a uma união das mais infelizes.

Anne Elliot, com todas as suas qualidades de berço, beleza e inteligência, desperdiçar sua própria vida aos dezenove anos; envolver-se aos dezenove anos num noivado com um rapaz que nada tinha além de si mesmo para

recomendar-se, e sem esperanças de obter nenhum dinheiro, senão nos acasos de uma profissão mais do que incerta, e sem relações até para garantir seu avanço profissional, seria, de fato, um desperdício, em que lhe era doloroso pensar! Anne Elliot, tão jovem; conhecida de tão pouca gente, deixar-se agarrar por um estranho sem alianças ou riqueza; ou, antes, deixar-se afundar por ele num estado de dependência desgastante e angustiante, fatal à sua juventude! Isso não ia acontecer, se, por uma justa interferência de amizade, pelas admoestações de alguém imbuído de amor e com direitos quase de mãe, pudesse ser evitado.

O capitão Wentworth não tinha posses. Fora feliz na profissão; mas, gastando em abundância o que ganhara em abundância, nada poupara. Estava confiante, porém, de que logo se tornaria rico: cheio de vida e de entusiasmo, sabia que logo teria um navio e logo estaria em condições de obter tudo que queria. Sempre tivera boa sorte; sabia que esta ainda o acompanharia. Tal confiança, poderosa em seu ardor e feiticeira pelo espírito como era expressa, fora o bastante para Anne; *Lady* Russell, porém, via as coisas de um modo completamente diferente. O temperamento sanguíneo e a mente destemida do capitão tiveram nela um efeito muito diverso. Viu naquilo só um agravante do mal. Aquilo só acrescentava a ele mais uma qualidade perigosa. Ele era brilhante, era obstinado. *Lady* Russell tinha pouco apreço pelo espírito e horror por tudo que chegava perto da imprudência. Reprovava completamente aquela relação.

A oposição que tais sentimentos produziram ia além das forças combativas de Anne. Jovem e meiga como era, ainda teria sido possível arrostar a má vontade do pai, mesmo que não viesse mitigá-la nenhuma palavra ou olhar de simpatia da parte da irmã; mas *Lady* Russell, que ela sempre amara e em quem sempre confiara, não podia, com tal firmeza de opinião e tal ternura de maneiras, estar continuamente a admoestá-la em vão. Foi persuadida de que aquela relação era má: indiscreta, imprópria, fadada ao insucesso e indigna. Mas não agira apenas por precaução egoísta ao pôr um fim nela. Se não imaginasse que agia pelo bem dele, mais do que por seu próprio, dificilmente abriria mão dele. O fato de acreditar estar sendo prudente e abnegada, sobretudo para o bem dele, era sua maior consolação diante da desgraça de uma ruptura, de uma ruptura final; e precisava de todo tipo de consolo, pois tinha de enfrentar todos os demais sofrimentos derivados da reação dele, totalmente inconformado e inflexível, e do sentimento de ter sido humilhado com uma renúncia tão forçada. Em consequência disso, ele deixara a região.

Passaram-se poucos meses entre o começo e o fim daquele relacionamento; mas alguns meses não foram suficientes para pôr um fim nos sofrimentos que ele provocara em Anne. Durante muito tempo, o amor e a saudade empanaram todas as alegrias da juventude, e uma perda precoce do viço e do entusiasmo foram seu persistente efeito.

Mais de sete anos se haviam passado desde que essa pequena e triste história chegara ao fim; e o tempo muito abrandara, talvez, todo o singular afeto por ele; mas ela confiara demais só no tempo; não recebera nenhuma ajuda sob a forma de mudanças de lugar (salvo uma visita a Bath logo após a ruptura) ou de qualquer renovação ou ampliação de seu círculo de amizades. Jamais adentrou o círculo de Kellynch alguém que se pudesse comparar com Frederick Wentworth, tal como ele estava gravado em sua memória. Nenhum segundo amor, a única cura totalmente natural, feliz e suficiente na sua idade, fora possível para a sua alma delicada e seu gosto refinado, nos estreitos limites da sociedade que a rodeava. Quando tinha cerca de vinte e dois anos, pediu-a em casamento um rapaz que pouco depois encontrou uma alma mais próxima em sua irmã mais moça; e *Lady* Russell lamentara aquela recusa; pois Charles Musgrove era o filho mais velho de um homem cujas propriedades fundiárias e a importância geral na região só perdiam para a de *Sir* Walter, e tinha bom caráter e boa aparência; e, embora *Lady* Russell tivesse desejado algo um pouco melhor quando Anne tinha dezenove anos, ter-lhe-ia agradado vê-la aos vinte e dois tão respeitavelmente afastada das prevenções e das injustiças da casa paterna e estabelecida tão solidamente nas proximidades. Mas nesse caso Anne não dera ouvidos aos conselhos; e, embora *Lady* Russell, mais satisfeita do que nunca com sua própria discrição, jamais se arrependesse do que fizera, começava agora a sentir uma ansiedade que beirava o desespero ante a ideia de que Anne se sentisse atraída por um homem talentoso e independente, para entrar numa condição para a qual a considerava especialmente apta por seus ardentes afetos e seus hábitos domésticos.

Elas não conheciam a opinião uma da outra, se permanecia a mesma ou se mudara, sobre o ponto mais importante do comportamento de Anne, pois nunca haviam aludido ao assunto; Anne, porém, aos vinte e sete anos, tinha ideias muito diferentes das que fora levada a ter aos dezenove. Não culpava *Lady* Russell, não se culpava a si mesma por ter-se deixado guiar por ela; mas sentia que se alguma jovem, em circunstâncias parecidas, a procurasse para se aconselhar, jamais receberia dela um conselho que implicasse tal infelicidade imediata, tal incerteza quanto ao futuro. Estava persuadida de que, por maiores que fossem as desvantagens da desaprovação familiar e por pior que fosse a incerteza acerca da profissão dele e todos aqueles prováveis medos, atrasos e decepções, ela teria sido uma mulher mais feliz se mantivesse o noivado do que era tendo-o sacrificado; e acreditava plenamente que seria assim, mesmo que lhes coubesse a parte habitual, ou mesmo mais do que a parte habitual de preocupações e incertezas, e isso independentemente dos resultados reais da sua situação, os quais, como depois de fato ocorreu, teriam podido revelar-se financeiramente mais vantajosos do que razoavelmente se calculara. Todas as expectativas otimistas, toda a confiança do capitão se mostraram justificadas. Seu gênio e entusiasmo pareciam prever e comandar o caminho para a prosperidade. Logo depois de romper o noivado obtivera um posto, e tudo que dissera a ela que aconteceria aconteceu. Ele se destacara e logo recebera uma promoção, e devia agora, com sucessivas capturas, ter juntado uma grande fortuna. Sua fonte eram apenas os registros da Marinha e os jornais, mas não tinha dúvida de que ele devia estar rico; e, graças à constância dele, não tinha razões para acreditar que ele tivesse casado.

Como Anne Elliot poderia ter sido eloquente! Quão eloquente, pelo menos, teria sido se os seus desejos se tivessem voltado para aquele primeiro amor e para uma alegre confiança no futuro, em vez de terem voltado para aquela ansiosíssima cautela que parecia insultar as possibilidades do esforço e desacreditar da Providência! Fora obrigada a ser prudente na juventude, aprendera o romantismo à medida que envelhecia: a sequela natural de um começo antinatural.

Com todas essas circunstâncias, recordações e sentimentos, não pôde deixar de tornar a sentir a antiga dor ao saber que a irmã do capitão Wentworth provavelmente viria morar em Kellynch; e foram precisos muitos passeios, muitos suspiros para acalmar a agitação ante aquela ideia. Disse e redisse muitas vezes a si mesma que aquilo era loucura, antes de conseguir domar suficientemente os nervos para suportar a contínua discussão sobre os Croft e seus negócios. Ela era auxiliada, porém, pela perfeita indiferença e pela aparente inconsciência das três únicas pessoas do círculo familiar a par do segredo do passado, que pareciam quase negar qualquer lembrança do que ocorrera. Ela podia fazer justiça à superioridade dos motivos de *Lady* Russell, a esse respeito, sobre os do pai e de Elizabeth; podia apreciar todos os melhores sentimentos de sua serenidade; mas o ar geral de esquecimento entre eles era muito significativo, fosse qual fosse a sua origem; e, se o almirante Croft viesse realmente a alugar Kellynch Hall, ela tornou a se alegrar com a convicção, que sempre lhe fora muito grata, de que o passado só fosse sabido por aqueles três de seus conhecidos, os quais, acreditava ela, jamais pronunciariam uma sílaba sequer a respeito, e na confiança de que, dentre os conhecidos dele, só o irmão com quem ele morara tinha alguma informação a respeito daquele breve noivado. Esse irmão havia tempos se mudara da região e, sendo um homem sensato e, além disso, solteiro na época, ela acreditava firmemente que nenhum ser humano soubera de algo àquele respeito por meio dele.

A irmã, sra. Croft, estivera fora da Inglaterra, acompanhando o marido no exterior, e sua própria irmã, Mary, estivera na escola quando tudo se passara; e nunca tivera, pelo orgulho de uns e pela delicadeza de outros, nenhuma notícia do caso mais tarde.

Com tais apoios, esperava que transcorresse sem nenhum constrangimento especial o relacionamento entre ela e os Croft, que, com *Lady* Russell ainda residente em Kellynch, e Mary domiciliada a apenas três milhas dali, devia necessariamente travar-se.

CAPÍTULO 5

Na manhã marcada para a visita do almirante e da sra. Croft a Kellynch Hall, Anne achou muito natural fazer a caminhada quase que diária até a casa de *Lady* Russell e manter-se à parte até que tudo estivesse terminado; mais tarde, achou muito natural lamentar ter perdido a oportunidade de vê-los.

O encontro das duas partes foi amplamente satisfatório e concluiu todo o negócio de uma só vez. Cada uma das damas estava previamente bem disposta a um acordo e, portanto, só tinha olhos para as boas maneiras da outra; e, no que se refere aos cavalheiros, reinou entre eles um bom humor tão cordial, uma generosidade tão aberta e confiante da parte do almirante, que não poderia deixar de influenciar *Sir* Walter, o qual, aliás, induzido pelas lisonjeiras afirmações do sr. Shepherd, segundo o qual o almirante o conhecia de fama como um modelo insuperável de boa educação, se comportou com grande distinção e polidez.

A casa, os terrenos e a mobília foram aprovados, os Croft foram aprovados, as condições, os prazos, tudo estava correto; e os escrivães do sr. Shepherd foram postos para trabalhar, sem ter havido sequer uma diferença preliminar a modificar em toda a escritura.

Sir Walter, sem hesitar, declarou o almirante o marinheiro mais bem-apessoado que jamais vira, e chegou a dizer que, se o seu próprio criado pessoal tivesse penteado o cabelo dele, não se envergonharia de ser visto com ele em nenhum lugar; e o almirante, com complacente cordialidade, observou à esposa no caminho de volta através do parque: "Estava certo de que logo chegaríamos a um acordo, minha querida, apesar do que nos disseram em Taunton. O baronete não é um gênio, mas parece ser boa pessoa" — cumprimentos recíprocos, que mais ou menos se equivaliam.

Os Croft deviam tomar posse da casa no dia de São Miguel; e, como *Sir* Walter propôs mudar-se para Bath no mês anterior, não havia tempo a perder para levar adiante os preparativos necessários.

Lady Russell, certa de que não permitiriam que Anne participasse de modo algum da escolha da casa em que iam habitar, era muito contrária à ideia de vê-la mandada para fora dali tão rapidamente, e queria tornar possível que ficasse para trás até que ela mesma a levasse a Bath depois do Natal; mas, tendo compromissos que deviam afastá-la de Kellynch por várias semanas, não pôde fazer um convite bem amplo, como queria, e Anne, embora temesse o possível calor de setembro no branco esplendor de Bath e lamentasse perder toda a doce e melancólica influência dos meses de outono no campo, não achava que, tudo bem considerado, quisesse permanecer. Ir com os outros seria mais correto, mais prudente e, portanto, deveria provocar menos sofrimentos.

Ocorreu algo, porém, que lhe impôs outro dever. Mary, muitas vezes um pouco abatida e sempre muito preocupada com suas próprias lamúrias, e sempre habituada a exigir a presença de Anne quando algo não ia bem, estava indisposta; e, prevendo que não teria um único dia de saúde em todo o outono, suplicou, ou, antes, exigiu, pois aquilo não era um pedido, que ela viesse a Uppercross Cottage e lhe fizesse companhia, em vez de ir a Bath.

"Não posso ficar sem a Anne": assim raciocinava Mary; e a resposta de Elizabeth era: "Então, tenho certeza de que é melhor a Anne ficar, pois ninguém vai precisar dela em Bath".

Ser requisitada por ser útil, embora num estilo inadequado, pelo menos é melhor do que ser rejeitada como completamente inútil; e Anne, feliz por verem nela alguma serventia, feliz por lhe atribuírem um dever preciso, e sem dúvida longe de lamentar que o cenário de tudo aquilo fosse o campo e sua própria terrinha, aceitou ficar, com prazer.

O convite de Mary resolveu todos os problemas de *Lady* Russell e, assim, logo foi resolvido que Anne não iria a Bath até *Lady* Russell levá-la, e nesse ínterim viveria ora em Uppercross Cottage, ora em Kellynch Lodge.

Até aí, tudo ia perfeitamente bem; mas *Lady* Russell ficou quase chocada quando de repente veio a saber que algo havia dado errado numa parte do plano de Kellynch Hall, a saber, que a sra. Clay fora convidada a ir a Bath com *Sir* Walter e Elizabeth, como uma importante e valiosa auxiliar desta em tudo que teria de enfrentar. *Lady* Russell lamentava profundamente que tal medida tivesse sido tomada, algo que a deixava atônita, magoada e amedrontada; e a afronta que aquilo representava para Anne, por ser a sra. Clay considerada tão útil, enquanto Anne era tida como absolutamente imprestável, agravava ainda mais a situação.

Anne, por seu lado, já se acostumara àquelas afrontas; mas percebia a imprudência daquele arranjo tão nitidamente quanto *Lady* Russell. Com uma boa dose de silenciosa observação e um conhecimento, que muitas vezes desejava fosse menor, do caráter do pai, estava ciente de que era mais do que possível que aquela intimidade tivesse as mais sérias consequências para a família. Não imaginava que o pai tivesse no momento ideias desse tipo. A sra. Clay tinha sardas, um dente saliente e um punho deformado, sobre o que ele fazia continuamente comentários severos, na ausência dela; ela era jovem, porém, e certamente tinha uma boa aparência geral e, com uma mente aguda e maneiras sempre agradáveis, possuía atrativos infinitamente mais perigosos do que os meramente físicos. Anne estava tão impressionada com a gravidade do perigo, que não podia deixar de tentar torná-lo perceptível à irmã. Tinha poucas esperanças de ser bem-sucedida; mas Elizabeth, que no caso de tal revés ficaria em situação muito mais lastimável do que ela própria, jamais teria motivos de repreendê-la por não ter sido avisada de nada.

Falou e pareceu apenas ofender. Elizabeth não podia imaginar como uma suspeita tão absurda pudesse passar pela sua cabeça e, indignada, respondeu que cada uma das partes interessadas conhecia perfeitamente sua situação.

— A sra. Clay — disse ela, enfática — jamais se esquece de quem é; e, como conheço melhor os sentimentos dela do que você, posso garantir que sobre o assunto casamento eles são especialmente delicados e que ela reprova toda desigualdade de condição e de berço mais veementemente do que a maioria das pessoas. E, quanto ao papai, não me parece que ele, que por nossa causa se manteve solteiro durante tanto tempo, devesse ser objeto de suspeitas agora. Concordo que, se a sra. Clay fosse uma mulher bonita, poderia ser errado mantê-la tão próxima de mim; não que alguma coisa neste mundo, tenho certeza, pudesse induzir papai a fazer um casamento desigual, mas isso poderia fazê-lo infeliz. Mas a coitada da sra. Clay, que, com todos os seus méritos, nunca pôde ser considerada mediocremente bonita, eu realmente acho que a pobre sra. Clay pode permanecer aqui em perfeita segurança. É de imaginar que você nunca tenha ouvido o papai falar das desgraças do aspecto físico dela, embora eu saiba que você ouviu isso cinquenta vezes. Aquele dente e aquelas sardas. As sardas não me repugnam tanto quanto a ele. Eu sei de um rosto que não estava materialmente desfigurado por elas, mas ele as abominava. Você deve tê-lo ouvido falar das sardas da sra. Clay.

— Não há defeito físico — replicou Anne — que modos agradáveis não possam aos poucos fazer aceitar.

— Tenho uma opinião bem diferente a esse respeito — retorquiu Elizabeth, brevemente —; maneiras agradáveis podem valorizar um rostinho bonito, mas não podem modificar um rosto insignificante. Seja como for, como estou muito mais envolvida no caso do que qualquer outra pessoa, considero completamente desnecessários os seus conselhos sobre esse assunto.

Anne nada tinha a acrescentar, feliz porque o caso estava encerrado e não completamente desesperançada de ter feito algum bem. Elizabeth, embora magoada com a suspeita, podia tornar-se mais alerta depois da conversa.

A última tarefa da carruagem de quatro cavalos foi levar *Sir* Walter, a srta. Elliot e a sra. Clay até Bath. O grsupo estava muito animado; *Sir* Walter condescendeu em cumprimentar com reverências todos os constrangidos rendeiros e camponeses aos quais fora indiretamente sugerido que deviam apresentar-se para as despedidas, e ao mesmo tempo Anne se dirigiu, com uma espécie de desolada tranquilidade, para Kellynch Lodge, onde devia passar a primeira semana.

Sua amiga não estava mais animada do que ela. *Lady* Russell sentiu demais essa ruptura da família. A respeitabilidade deles era-lhe tão cara quanto a sua própria, e a convivência diária com eles se tornara preciosa como um hábito. Era doloroso ver seus jardins desertos, e ainda pior prever as novas mãos em que cairiam; e, para fugir da solidão e da melancolia de um vilarejo tão alterado e não estar presente quando o almirante e a sra. Croft chegassem, decidira fazer que a sua própria ausência de casa começasse quando se separasse de Anne. Assim, as duas mudanças se fariam ao mesmo tempo, e Anne desceu em Uppercross Cottage, na primeira parada da viagem de *Lady* Russell.

Uppercross era um vilarejo de dimensões medianas, que alguns anos antes era todo de velho estilo inglês, com apenas duas casas de aspecto superior ao das casas dos camponeses e lavradores: a mansão do fidalgo, com seus muros altos, grandes portões e velhas árvores, sólida e antiquada, e a casa paroquial, compacta e estreita, fechada em seu jardim bem cuidado, com as suas janelas de dois batentes adornadas por uma videira e uma pereira. Mas, por ocasião do casamento do jovem fidalgo, o vilarejo sofrera melhorias, com uma das casas de colonos sendo elevada à condição de chalé, para servir de residência a ele, e Uppercross Cottage, com sua varanda, janelas à francesa e outros ornamentos, tinha iguais probabilidades de atrair os olhares do viajante que o aspecto mais sólido e imponente da Casa Grande, cerca de um quarto de milha mais adiante.

Ali Anne se hospedara com frequência. Conhecia os costumes de Uppercross tão bem quanto os de Kellynch. As duas famílias encontravam-se tantas vezes, estavam tão acostumadas a, a todo momento, entrar na e sair da casa uns dos outros, que era até uma surpresa para ela encontrar Mary sozinha; mas, estando sozinha, era mais do que normal que também estivesse indisposta ou deprimida. Embora mais prendada do que a irmã mais velha, Mary não tinha a inteligência ou o equilíbrio de Anne. Quando estava bem e alegre e recebia a devida atenção, era animadíssima e tinha um excelente humor; mas qualquer indisposição a abatia completamente. Não suportava a solidão; e, tendo herdado boa parte da presunção dos Elliot, estava sempre inclinada a somar aos outros problemas o de se imaginar desdenhada e maltratada. Fisicamente, era inferior a ambas as irmãs, e mesmo na flor da juventude só alcançara a condição de "ótima menina". Estava agora deitada num sofá desbotado da bela salinha de estar, cuja outrora elegante mobília fora aos poucos se desgastando, sob a influência de quatro verões e duas crianças; e, à chegada de Anne, saudou-a assim:

— Então, finalmente você chegou! Estava começando a achar que nunca mais ia vê-la de novo. Estou tão mal que nem consigo falar. Não vi ninguém a manhã inteira!

— Sinto muito por encontrá-la indisposta — tornou Anne. — Você me mandou tão boas notícias na quinta-feira!

— É verdade, eu fiz o que podia; sempre faço: mas estava longe de me sentir bem aquele dia; e acho que nunca passei tão mal em minha vida como hoje de manhã: indisposta demais para ser deixada sozinha, com certeza. Suponha que eu sofresse algum ataque terrível e não conseguisse tocar a campainha! E então, *Lady* Russell nem mesmo desceu da carruagem. Acho que ela não entrou nesta casa nem três vezes durante todo o verão.

Anne deu uma resposta conveniente e perguntou pelo marido dela.

— Ah! Charles saiu para caçar. Não o vejo desde as sete da manhã. Ele quis ir, apesar de eu ter-lhe dito como me sentia mal. Ele disse que não demoraria muito; mas ainda não voltou e já é quase uma hora. Garanto a você que não vi vivalma esta manhã inteira.

— Os seus filhinhos não estiveram com você?

— Estiveram, enquanto eu pude suportar o barulho; mas eles são tão travessos que me fazem mais mal do que bem. O pequeno Charles não se importa com nada do que digo, e Walter está ficando igual a ele.

— Você logo vai melhorar, agora — tornou Anne, alegremente. — Você sabe que eu sempre a curo quando chego. Como vão os seus vizinhos da Casa Grande?

— Não tenho notícias deles. Não vi nenhum deles hoje, a não ser o sr. Musgrove, que parou e falou através da janela, mas sem descer do cavalo; e, embora eu lhe contasse como estou adoentada, nenhum deles veio visitar-me. Acho que tal visita não estivesse nos planos das srtas. Musgrove, e elas só fazem o que lhes convém.

— Talvez elas venham ainda esta manhã. Ainda é cedo.

— Garanto que nunca sinto falto delas. Elas falam e riem demais para o meu gosto. Ah! Anne, sinto-me tão mal! Foi muita desconsideração sua não vir na quinta.

— Minha querida Mary, lembre-se de como me mandou ótimas notícias de você! Escreveu um bilhete muito animado e disse estar perfeitamente bem, sem precisar de mim; e, sendo esse o caso, você deve saber que era meu desejo permanecer com *Lady* Russell até o último momento; e, além do que sentia por ela, eu estava realmente tão atarefada, tinha tanta coisa para fazer, que não podia sair de Kellynch mais cedo, sem problemas.

— Pobre de mim! O que *você* poderia ter para fazer?

— Muitíssimas coisas, eu lhe garanto. Mais do que posso lembrar num só momento; mas posso enumerar algumas delas. Tenho trabalhado numa cópia do catálogo dos livros e das pinturas do papai. Fui diversas vezes ao jardim com Mackenzie, tentando entender e fazê-lo entender quais das plantas de Elizabeth são para *Lady* Russell. Tive também de resolver todos os meus probleminhas pessoais, de dividir os livros e as partituras e de refazer todas as minhas malas, por não ter entendido a tempo o que fora decidido sobre os carros; e houve algo mais difícil que tive de fazer, Mary: ir a quase todas as casas da paróquia, para uma espécie de despedida. Disseram-me que eles queriam isso. Mas tudo isso exige muito tempo.

— Ah! Muito bem! — e depois de uma breve pausa: — Mas você não me perguntou nada sobre o nosso jantar de ontem com os Poole.

— E você foi? Não perguntei nada porque concluí que você devia ter sido obrigada a cancelar o jantar.

— Ah, sim, eu fui. Eu estava muito bem, ontem; não tinha problema nenhum até hoje de manhã. Teria sido estranho não ir.

— Estou feliz em saber que você estava bem, e espero que se tenha divertido.

— Nada de mais. A gente sempre já sabe como será o jantar e quem vai estar presente; e é tão incômodo não ter sua própria carruagem! O sr. e a sra. Musgrove me levaram, e estava tão cheia! Os dois são tão gordos e ocupam tanto espaço; e o sr. Musgrove sempre vai na frente. E lá fui eu, esmagada no banco de trás com Henrietta e Louisa; e acho bem provável que a minha doença de hoje se deva a isso.

Um pouco mais de perseverança na paciência e de alegria forçada da parte de Anne produziram quase a cura de Mary. Ela logo conseguiu sentar-se no sofá e começou a ter esperança de levantar-se até a hora de jantar. Em seguida, esquecendo-se de pensar naquele problema, já estava do outro lado da sala, a arrumar um vaso de flores; comeu, então, um prato de carne fria; e em seguida se sentiu bem o bastante para propor um passeio a pé.

— Aonde vamos? — disse ela, quando estavam prontas. — Acho que você não vai querer ir à Casa Grande antes que eles venham ver você.

— Não tenho absolutamente nada contra isso — retorquiu Anne. — Nunca me passaria pela cabeça ter tanta cerimônia com gente que conheço tão bem como a sra. e o sr. Musgrove.

— Ah! Mas deveriam vir visitar você o mais rápido possível. Deveriam perceber o que lhe é devido como minha irmã. Podemos, porém, ir e ficar com eles por um tempinho, e, quando acabarmos, podemos apreciar o passeio.

Anne sempre considerara muito imprudente esse estilo de relacionamento; mas desistira de combatê-lo, por crer que, embora houvesse de ambas as partes contínuos motivos de atrito, nenhuma das famílias podia agora passar sem isso. Assim, à Casa Grande elas foram, para permanecerem por meia hora sentadas na salinha quadrada e antiquada, com um tapetinho e um assoalho reluzente, à qual as atuais filhas da casa vinham aos poucos dando certo elegante ar de confusão com um grande pianoforte e uma harpa, floreiras e mesinhas em todos os cantos. Ah! Se os modelos dos retratos pendurados na parede revestida de madeira, se os cavalheiros em veludo azul e as damas em cetim azul vissem o que se passava, soubessem daquela derrocada de toda ordem e elegância! Os retratos pareciam observar tudo aquilo, pasmos.

Os Musgrove, como suas casas, estavam em fase de transformação, talvez de progresso. O pai e a mãe tinham o velho estilo inglês, e os jovens, o novo. O sr. e a sra. Musgrove eram gente muito boa; cordiais e hospitaleiros, não muito educados e de modo algum elegantes. Seus filhos tinham mente e maneiras mais modernas. Eram uma família numerosa; mas os dois únicos adultos, salvo Charles, eram Henrietta e Louisa, mocinhas de dezenove e vinte anos, que haviam trazido da escola, em Exeter, toda costumeira bagagem de prendas, e eram agora iguais a milhares de outras moças, que vivem para ser elegantes, felizes e alegres. Suas roupas eram requintadas, seu rosto, bonitinho, seu humor, excelente, suas maneiras, descontraídas e agradáveis; em casa gozavam de certa autoridade e fora, da simpatia geral. Anne sempre as considerara algumas das criaturas mais felizes que conhecia; mesmo assim, poupada, como todos nós somos, por certo cômodo sentimento de superioridade, do desejo de mudar de lugar com elas, ela não abriria mão de sua mente mais refinada e culta por toda a alegria delas; e nelas só invejava aquele aparentemente perfeito bom entendimento recíproco, aquele bem-humorado afeto mútuo, que conhecera tão pouco em suas próprias relações com as irmãs.

Foram recebidas com grande cordialidade. Nada parecia ir mal na família da Casa Grande, que era, como Anne muito bem sabia, a última a dever ser condenada. A meia hora passou-se agradavelmente em conversas; e não se surpreendeu nem um pouco ao ver ambas as srtas. Musgrove se juntarem a elas para o passeio, a um convite especial de Mary.

CAPÍTULO 6

Anne não precisava daquela visita a Uppercross para saber que a passagem de um determinado círculo de pessoas para outro, ainda que a apenas três milhas de distância, não raro implica uma mudança total na conversação, nas opiniões e nas ideias. Ela nunca permanecera ali antes sem se impressionar com a maneira como eram ignorados ou desdenhados os assuntos que em Kellynch Hall eram tratados como de interesse público e geral; Anne gostaria que os outros Elliot pudessem ver aquilo; no entanto, com toda essa experiência, acreditava ela ter de reconhecer que precisava tomar outra lição da arte de conhecer nossa própria nulidade fora de nosso círculo; pois certamente, tendo vindo com o coração absorto no assunto que ocupara completamente as duas casas de Kellynch por muitas semanas, esperara mais curiosidade e simpatia do que a que encontrou nas observações independentes, mas muito semelhantes, feitas pelo sr. e pela sra. Musgrove: "Então, srta. Anne, Sir Walter e sua irmã partiram; e em que parte de Bath você acha que eles vão morar?", e isso sem esperarem muito por uma resposta. Ou no que as jovens acrescentaram àquilo: "Espero que estejamos em Bath no inverno; mas lembre-se, papai, se formos mesmo, temos de ficar num bom lugar: nada daquelas suas Queen Squares para nós!". Ou no ansioso comentário de Mary: "Palavra de honra, vou estar muito bem quando todos vocês tiverem ido divertir-se em Bath!".

Só lhe restava tratar de evitar iludir-se assim no futuro, e de pensar com a maior gratidão na extraordinária bênção de ter uma amiga tão verdadeiramente compreensiva como *Lady* Russell.

Os srs. Musgrove, pai e filho, tinham sua própria caça para preservar e destroçar, seus próprios cavalos, cães e jornais com que se entreterem, e as mulheres estavam muito ocupadas em todos os outros afazeres comuns do cuidado da casa, dos vizinhos, das roupas, das danças e da música. Reconheceu Anne que era muito bom que cada comunidade social ditasse seus temas de conversação; e esperava, dentro de não muito tempo, tornar-se um membro não indigno do grupo para o qual agora se transplantara. Com a perspectiva de passar pelo menos dois meses em Uppercross, era urgente para ela adotar na imaginação, na memória e em todas as suas ideias o máximo possível do estilo de Uppercross.

Não a apavoravam aqueles dois meses. Mary não era tão hostil e tão má irmã quanto Elizabeth, nem tão inacessível a toda influência de sua parte; nem havia nada contrário ao conforto entre as outras partes constituintes do chalé. Sempre tivera boas relações com o cunhado; e nas crianças, que a amavam quase tanto quanto à mãe e a respeitavam muito mais, tinha ela um objeto de interesse, diversão e salutar atividade.

Charles Musgrove era delicado e agradável; em bom-senso e temperamento era, sem dúvida, superior à esposa, mas não tinha capacidades ou dons de conversação ou graça para fazer do passado uma contemplação perigosa, agora que estavam unidos por laços de parentesco; embora, ao mesmo tempo, Anne pudesse crer, com *Lady* Russell, que um casamento mais equilibrado pudesse ter sido de grande proveito para ele; e embora uma mulher de real inteligência pudesse ter dado maior dignidade ao seu caráter e mais utilidade, racionalidade e elegância aos seus hábitos e interesses. Tal como estava, nada fazia com muito zelo, a não ser a caça; fora isso, seu tempo era gasto sem tirar nenhum proveito dos livros ou de qualquer outra coisa. Estava sempre bem disposto e nunca parecia muito afetado pelas ocasionais depressões da mulher; suportava por vezes a insensatez dela tão bem, que causava a admiração de Anne, e, tudo bem considerado, embora fossem frequentes os pequenos desentendimentos (dos quais ela participava mais do que desejava, sendo solicitada por ambas as partes), podiam passar por um casal feliz. Estavam sempre de perfeito acordo sobre a necessidade de mais dinheiro e pela forte inclinação a uma generosa doação da parte do pai dele; mas, nesse como na maioria dos assuntos, ele tinha uma posição superior, pois, enquanto Mary considerava uma grande vergonha que essa doação não fosse feita, ele sempre respondia que seu pai tinha muitas outras aplicações para aquele dinheiro e o direito de gastá-lo como bem quisesse.

Quanto à educação dos filhos, a teoria dele era muito melhor do que a da esposa, e sua prática, não tão ruim. "Eu poderia criá-los muito bem, se não fosse a intromissão de Mary", é o que Anne sempre o ouvia dizer e não deixava de concordar com ele; mas, ao ouvir, por outro lado, a queixa de Mary de que "Charles mima demais as crianças, e por isso não consigo fazê-las entrar na linha", ela nunca sentiu a menor tentação de dizer: "É verdade".

Um dos aspectos menos agradáveis de sua estada lá era o fato de ser tratada com confiança demais por todas as partes e de estar a par dos segredos das duas famílias. Sabendo-se que ela exercia certa influência sobre a irmã, era sempre solicitada a exercê-la, ou pelo menos isso lhe era sugerido, para além do que estava em seu poder. "Quem dera você pudesse persuadir Mary a parar de sempre se imaginar doente", era o que dizia Charles; e, em tom infeliz, assim falava Mary: "Acho que, se Charles me visse morrendo, ele acharia que não havia nada de mal comigo. Tenho certeza, Anne, de que, se você quiser, pode persuadi-lo de que estou realmente muito adoentada... muito mais do que jamais confessei".

Mary declarava: "Detesto mandar as crianças para a Casa Grande, embora a avó delas sempre queira vê-las, pois ela as mima tanto e lhes dá tantos doces e tanta porcaria, que com certeza elas voltam doentes e de mau humor pelo resto do dia". E a sra. Musgrove aproveitou a primeira oportunidade de estar sozinha com Anne para dizer: "Ah! Srta. Anne, não posso deixar de desejar que a sra. Charles tivesse um pouco do seu método com aquelas crianças. Elas são criaturas completamente diferentes quando estão com você! Mas normalmente são tão mimadas! É uma pena que você não consiga ensinar à sua irmã um jeito de lidar com elas. São as crianças mais lindas e saudáveis que existem, os meus pobres queridinhos! Sem ser parcial! Mas a sra. Charles não sabe mais como devem ser tratadas...! Deus do céu! Como eles são travessos de vez em quando. Eu lhe garanto, srta. Anne, isso me impede de querer tê-los em minha casa tantas vezes quantas deveria. Creio que a sra. Charles não está muito satisfeita por não convidá-los mais vezes; mas você sabe que é muito ruim ter crianças que somos obrigados a repreender a toda hora ('não faça isso' e 'não faça aquilo'); ou que só podem ser mantidas em relativa ordem dando-lhes mais bolos do que é bom para elas".

E, além disso, Mary também lhe disse: "A sra. Musgrove acha que todos os criados são tão irrepreensíveis, que seria crime de alta traição questionar isso; mas tenho certeza absoluta, sem nenhum exagero, que a primeira camareira e a lavadeira, em vez de fazerem seu serviço, passeiam pelo vilarejo o dia inteiro. Encontro-as em toda parte; e eu lhe digo que nunca vou duas vezes à sala de brinquedos sem vê-las. Se Jemima não fosse a pessoa mais confiável e irrepreensível do mundo, isso seria o bastante para estragá-la; pois ela me disse que elas estão sempre convidando-a para passear com elas". E da parte da sra. Musgrove era isto: "Por princípio, eu nunca interfiro em nenhum problema de minha nora, pois sei que não daria certo; mas vou contar a você, srta. Anne, porque você é capaz de endireitar as coisas: não tenho boa opinião da babá da sra. Charles; ouvi histórias estranhas a respeito dela; está sempre passeando; e, pelo que sei, posso afirmar que ela se veste tão bem, que é capaz de arruinar quaisquer criados que dela se aproximem. A sra. Charles gosta muito dela, eu sei; mas só lhe faço esta insinuação para que você fique atenta;

pois, se vir que algo está errado, não deve ter medo de mencionar o caso".

Mais uma vez, Mary se queixava de que a sra. Musgrove não lhe dava a precedência que lhe era devida, quando jantavam na Casa Grande com outras famílias; e não entendia por que o fato de ser considerada "da casa" a levasse a perder as suas prerrogativas. E certo dia, quando Anne estava passeando só com as irmãs Musgrove, uma delas, depois de falar de condição social, de gente da alta sociedade e da inveja causada por uma alta situação, disse: "Não tenho escrúpulos de observar a você como certas pessoas são insensatas no que se refere a seu lugar, porque todo o mundo sabe como você é indulgente e indiferente em relação a essas coisas; mas eu adoraria que alguém sugerisse a Mary que seria muito melhor se ela não fosse tão teimosa, sobretudo se não se adiantasse para tomar o lugar de mamãe. Ninguém duvida de seu direito de ter precedência sobre a mamãe, mas seria mais simpático da parte dela se não insistisse tanto nisso. Não que a mamãe dê a menor importância a isso, mas sei que muitas pessoas reparam".

Como haveria Anne de resolver todas essas reivindicações? Pouco mais poderia fazer além de escutar com paciência, tratar das mágoas e procurar que uns desculpassem os outros; aconselhar-lhes a necessária tolerância entre vizinhos tão próximos e dar a tais conselhos, que se destinavam apenas a Mary, um escopo mais amplo.

Em todos os outros aspectos, sua visita começou e continuou indo muito bem. Seu próprio humor melhorou pela mudança de lugar e de assuntos, ao afastar-se três milhas de Kellynch; as indisposições de Mary diminuíram, por ter uma companheira constante, e seu relacionamento diário com a outra família era até uma vantagem, uma vez que não havia afetos, confiança ou ocupações melhores no chalé que fossem interrompidos por ele. É verdade que tal relacionamento era levado até próximo do limite do possível, pois se encontravam todas as manhãs e raramente não passavam as tardes juntas; ela, porém, achava que tudo não iria tão bem se não vissem as respeitáveis figuras do sr. e da sra. Musgrove nos seus lugares de sempre ou se não conversassem, rissem e cantassem com as filhas deles.

Ela tocava pianoforte muito melhor do que qualquer uma das srtas. Musgrove, mas, como não tinha voz, nem conhecimento da harpa, nem pais amorosos que se sentassem ao seu lado e se deliciassem em fantasias, suas interpretações não recebiam muita atenção, a não ser por mera boa educação ou para dar algum descanso às outras, e disso Anne tinha plena consciência. Sabia que quando tocava estava proporcionando prazer só a si mesma; mas isso não era novidade para ela. Salvo num breve período da vida, ela jamais, desde quando tinha catorze anos, desde a morte da mãe, sentira a felicidade de ser ouvida ou encorajada por alguma apreciação justa ou por alguém de real bom gosto. Em matéria de música, estava acostumada a se sentir sozinha no mundo; e a amorosa preferência do sr. e da sra. Musgrove pelas interpretações de suas filhas e sua total indiferença pela de qualquer outra pessoa, proporcionava-lhe mais prazer por eles do que vexação por si mesma.

O grupo que se reunia na Casa Grande às vezes crescia com a chegada de mais gente. O vilarejo não era grande, mas todos visitavam os Musgrove e eles ofereciam mais jantares e recebiam mais visitas por convite ou por acaso do que qualquer outra família. Eram enormemente populares.

As meninas adoravam dançar; e os saraus às vezes acabavam num pequeno baile improvisado. Havia uma família de primos à distância de uma caminhada de Uppercross, em condições financeiras menos afortunadas, que dependia dos Musgrove em todas as suas diversões: vinham a qualquer momento, ajudavam a tocar qualquer instrumento ou dançavam em qualquer lugar; e Anne, que preferia muito o ofício de musicista a qualquer cargo mais ativo, tocava danças provincianas para eles por uma hora inteira; delicadeza esta que recomendava seus talentos musicais ao sr. e à sra. Musgrove mais do que qualquer outra coisa, e muitas vezes lhe valia este cumprimento: "Muito bem, srta. Anne! Muito bom mesmo! Meu Deus do céu! Como esses seus dedinhos voam para lá e para cá!!".

Assim se passaram as primeiras três semanas. Chegou o dia de São Miguel; e agora o coração de Anne foi obrigado a voltar a Kellynch. Um lar querido era cedido a outras pessoas; todas as preciosas salas e mobílias, bosques e belvederes começariam a reconhecer outros olhos e outros passos! Não conseguiu pensar em outra coisa no dia 29 de setembro; e à noite notou um eco de seus próprios sentimentos nas palavras de Mary, que, ao anotar o dia do mês, exclamou: "Meu Deus, não é hoje que os Croft virão para Kellynch? Estou feliz de não ter pensado nisso antes. Como isso me deprime!".

Os Croft tomaram posse com uma prontidão autenticamente naval, e era preciso ir visitá-los. Mary, de sua parte, deplorou aquela necessidade. Ninguém tinha ideia do quanto ela ia sofrer. Por ela, adiaria aquela visita o máximo possível; mas não descansou até convencer Charles a levá-la até lá poucos dias depois, e estava muito animada, num alegre estado de imaginária agitação, quando retornou. Anne se alegrou muito sinceramente por não ter podido acompanhá-la. Queria, porém, ver os Croft, e ficou feliz por estar presente quando a visita foi retribuída. Eles vieram: o chefe da família não estava em casa, mas as duas irmãs estavam juntas; e, como aconteceu de a sra. Croft ficar perto de Anne, enquanto o almirante se sentava ao lado de Mary e se mostrava muito simpático, dando toda a sua bem-humorada atenção aos filhinhos dela, Anne pôde procurar nela alguma semelhança com o irmão, e, se não a achou nas feições, encontrou-a na voz ou no modo de sentir e de se exprimir.

A sra. Croft, embora não fosse alta nem gorda, tinha um aspecto tão robusto, tão ereto e vigoroso, que dava imponência à sua pessoa. Tinha olhos escuros e brilhantes, bons dentes e um rosto agradável no todo, apesar de a pele bronzeada e desgastada pelas intempéries, em consequência de ter estado no mar quase tanto tempo quanto o marido, fazê-la parecer ter vivido mais alguns anos no mundo do que os seus reais trinta e oito. Seus modos eram espontâneos, simples e determinados, como os de alguém que confia em si mesmo e não hesita sobre o que fazer; sem nada de rudes, porém, nem nada que demonstrasse falta de bom humor. Anne deu-lhe crédito, de fato, pelos sentimentos de grande consideração para consigo mesma, em tudo que estivesse relacionado como Kellynch, e gostou dela: sobretudo quando teve certeza, nos primeiros trinta segundos, no instante mesmo da apresentação, de que não havia o menor sintoma de qualquer conhecimento ou suspeita da parte da sra. Croft que lhe desse algum tipo de predisposição. Sobre aquilo se sentia perfeitamente tranquila e, portanto, cheia de energia e de coragem, até receber, num momento, o choque destas repentinas palavras da sra. Croft:

— Acho que foi com você, e não com a sua irmã, que o meu irmão teve o prazer de se relacionar, quando esteve na região.

Anne esperava já ter passado da idade de corar; mas certamente não superara a idade de se comover.

— Talvez não saiba que ele se casou — acrescentou a sra. Croft.

Não conseguiu responder como devia; e ficou contente em perceber, quando a sra. Croft lhe explicou em seguida estar-se referindo ao sr. Wentworth, que nada dissera que não pudesse referir-se a qualquer um dos dois irmãos. Logo percebeu como era razoável que a sra. Croft estivesse falando de Edward, e não de Frederick; e, envergonhada do próprio esquecimento, informou-se com o devido interesse sobre o estado presente do ex-vizinho.

O resto foi muito tranquilo; até que, quando já se preparavam para sair, ouviu o almirante dizer a Mary:

— Estamos esperando a vinda de um irmão da sra. Croft para breve; tenho certeza de que você o conhece de nome.

Foi interrompido pelo assalto implacável das crianças, que se agarraram a ele como a um velho amigo e disseram que ele não devia ir; e, estando ocupado demais propondo levá-los no bolso do casaco, etc., para ter tempo de concluir e se lembrar do que iniciara, Anne teve de persuadir-se a si mesma, o melhor que pôde, de que devia tratar-se do mesmo irmão. Não pôde, porém, alcançar um grau de certeza suficiente para não ansiar por saber se algo fora dito a esse respeito na outra casa, visitada anteriormente pelos Croft.

Aquele dia, a família da Casa Grande ia passar a tarde no Chalé; e, estando o ano já muito avançado para que tais visitas fossem feitas a pé, a carruagem estava começando a se fazer ouvir, quando a mais jovem das srtas. Musgrove entrou. A primeira triste ideia foi de que ela vinha para se desculpar e para dizer que eles teriam de passar a tarde sozinhos; e Mary já estava pronta para ofender-se, quando Louisa esclareceu tudo, dizendo que só viera a pé para dar mais espaço à harpa que estava trazendo na carruagem.

— E eu vou contar o porquê — acrescentou ela — e dizer tudo sobre o assunto. Eu vim para contar a vocês que o papai e a mamãe estão muito abatidos esta tarde, principalmente a mamãe; não consegue parar de pensar no coitado do Richard! E decidimos que seria melhor trazer a harpa, pois parece que ela gosta mais dela do que do pianoforte. Vou dizer-lhes por que ela está abatida. Quando os Croft vieram visitar-nos esta manhã (depois disso eles vieram aqui, não é?), eles disseram que o irmão dela, o capitão Wentworth, acabou de voltar à Inglaterra, por ter sido despedido ou algo parecido, e está vindo encontrar com eles quase que para já, mesmo; e, infelizmente, passou pela cabeça da mamãe que Wentworth, ou um nome muito parecido com esse, era como se chamava o capitão do pobre Richard em certa época, não sei bem quando ou onde, mas bem antes de ele morrer, o coitado! E ao pesquisar suas cartas e pertences descobriu que era isso mesmo e tem plena certeza de que se trata do mesmo homem, e não consegue parar de pensar nisso e no pobre Richard! Então vamos ter de estar o mais alegres possível, para distraí-la de pensamentos tão deprimentes.

A realidade desse patético trecho de história familiar era que os Musgrove haviam tido a má sorte de ter um filho muito problemático, um caso sem esperança, e a boa sorte de tê-lo perdido antes que completasse vinte anos; que ele fora enviado ao mar porque era estúpido e intratável em terra; que a família sempre cuidara muito pouco dele, embora não mais do que merecesse; que pouco se ouvia falar dele e muito raramente era lembrado com saudade, quando a notícia de sua morte no estrangeiro chegou a Uppercross, dois anos atrás.

Na verdade, embora as irmãs agora estivessem fazendo tudo que podiam por ele, chamando-o de "pobre Richard", ele nada mais fora do que um Dick Musgrove qualquer, tapado, insensível e inútil, que nunca realizara nada que o fizesse merecer algo mais do que a abreviação de seu nome, vivo ou morto.

Passou muitos anos no mar e, durante essas mudanças a que todos os aspirantes da Marinha estão sujeitos, sobretudo aqueles de quem o capitão quer livrar-se, passara seis meses a bordo da fragata do capitão Frederick Wentworth, o *Laconia*; e do *Laconia* escrevera, sob a influência do capitão, as únicas duas cartas que seus pais receberam dele durante toda a sua ausência; ou, melhor dizendo, as únicas duas cartas desinteressadas; todas as demais foram meros pedidos de dinheiro.

Em ambas as cartas, ele falara bem do capitão; mas, mesmo assim, estavam tão pouco acostumados a se importar com tais assuntos, tão desatentos e pouco curiosos em relação aos nomes dos homens e dos navios, que aquilo não provocara nenhuma impressão na época; e o fato de a sra. Musgrove ter subitamente, naquele mesmo dia, se lembrado que o nome de Wentworth estava ligado ao filho parecia uma daquelas extraordinárias façanhas intelectuais que às vezes acontecem.

Fora ela procurar as cartas e descobrira que tudo acontecera como supunha; e a releitura daquelas cartas, depois de um intervalo tão longo, tendo seu pobre filho partido para sempre e todos os seus defeitos sido esquecidos, afetara demais o seu ânimo e a lançara numa prostração maior do que a que sentira ao ser informada de sua morte. Em menor grau, o sr. Musgrove também foi afetado; e quando chegaram ao chalé estavam evidentemente precisando, primeiro, ser ouvidos mais uma vez sobre o assunto e, segundo, de todo o reconforto que uma alegre companhia podia proporcionar-lhes.

Ouvi-los falar tanto do capitão Wentworth, repetindo tantas vezes o nome dele, escrutando os anos passados e, enfim, afirmando que *poderia* ser, que provavelmente era o mesmíssimo capitão Wentworth que se lembravam de ter encontrado uma ou duas vezes depois de voltarem de Clifton — um rapaz finíssimo —, mas não sabiam dizer se isso fora sete ou oito anos atrás, tudo isso era uma espécie de teste para os nervos de Anne. Ela refletiu, porém, que aquela era uma prova a que teria de se habituar. Uma vez que ele estava realmente sendo esperado no lugar, tinha de aprender a ser insensível sobre tais assuntos. E não só se revelou que ele era aguardado, e para breve, mas também que os Musgrove, em sua calorosa gratidão pela bondade que demonstrara pelo pobre Dick e em seu altíssimo respeito pelo seu caráter, atestado pelo fato de o pobre Dick ter passado seis meses sob seus cuidados e ter mencionado seu nome em termos muito elogiosos, embora não perfeitamente ortografados, como "um sujeito muito '*descente*', só que muito durão com o diretor", tinham a intenção de se apresentar a ele e travar relações com ele, tão logo tivessem notícia de sua chegada.

Tal decisão ajudou a tornar mais consoladora aquela noite.

CAPÍTULO 7

Passados pouquíssimos dias, soube-se que o capitão Wentworth estava em Kellynch, e o sr. Musgrove foi visitá-lo, e voltou encantado com ele, e prometeu aos Croft jantar em Uppercross ao fim de mais uma semana. Fora uma grande decepção para o sr. Musgrove saber que não podia marcar o jantar para antes, tão impaciente estava para mostrar a sua gratidão vendo o capitão Wentworth sob o seu teto e dando-lhe as boas-vindas com o que tinha de melhor na adega. Mas uma semana ainda devia passar-se; apenas uma semana, no cálculo de Anne, e então, imaginava ela, deviam encontrar-se; e logo ela começou a desejar poder sentir-se segura durante aquela semana.

O capitão Wentworth logo retribuiu a gentileza do sr. Musgrove, e por pouco não aconteceu de ela estar ali presente naquela mesma meia hora. Na verdade, ela e Mary estavam dirigindo-se à Casa Grande, onde, como mais tarde veio a saber, o teriam inevitavelmente encontrado, quando foram detidas pelo fato de o filho mais velho de sua irmã estar sendo naquele momento levado para casa depois de um tombo feio. O estado da criança fez que a visita fosse deixada completamente de lado; mas não conseguiu acolher com indiferença a notícia do perigo de que escapara, mesmo em meio às sérias preocupações provocadas pela situação do menino.

Descobriram que ele havia deslocado a clavícula e que se ferira tão seriamente nas costas, que as mais alarmantes ideias foram sugeridas. Foi aquela uma tarde de muitas preocupações, e Anne teve mil coisas a fazer ao mesmo tempo; chamar o farmacêutico, procurar e informar o pai, apoiar a mãe e evitar que se entregasse à histeria, supervisionar os criados, manter afastadas as crianças menores e cuidar do pobre menino e reconfortá-lo; além de enviar, assim que se lembrou de fazê-lo, as devidas informações à outra família, o que trouxe para junto dela si um grupo de companheiras assustadas e inquiridoras, mais do que de auxiliares úteis.

A volta do cunhado foi seu primeiro reconforto; ele pôde cuidar melhor da mulher; a segunda bênção foi a chegada do farmacêutico. Até ele chegar e examinar a criança, a apreensão de todos era a pior, por ser vaga; imaginavam uma grande contusão, mas não sabiam onde; mas agora a clavícula foi logo posta de volta em seu lugar, e, embora o sr. Robinson apalpasse e mais apalpasse e esfregasse e fizesse cara séria e falasse em voz baixa com o pai e a tia, estavam agora todos esperançosos, e puderam sair para jantar com razoável tranquilidade; e, logo antes de partirem, as duas jovens tias puderam deixar um pouco de lado o estado do sobrinho e falar sobre a visita do capitão Wentworth, ficando cinco minutos para trás de seu pai e de sua mãe, para tentar exprimir quão encantadas estavam com ele, como o julgavam mais bonito e infinitamente mais simpático do que qualquer outro de seus conhecidos do sexo masculino que tivesse de algum modo recebido suas predileções antes. Com que alegria haviam ouvido o pai convidá-lo a ficar para jantar, como lamentaram que ele tivesse respondido que aquilo estava fora de suas possibilidades, e como ficaram contentes de novo quando ele prometeu, em resposta à insistência do pai e da mãe, vir jantar com eles no dia seguinte — justo no dia seguinte; e ele fizera essa promessa de maneira tão simpática, como se intuísse o motivo de todas aquelas atenções. Em suma, ele se comportara e dissera tudo com uma graça tão fina, que elas podiam garantir a todos que as duas haviam perdido a cabeça por ele; e saíram correndo, cheias de alegria e de amor, e aparentemente mais preocupadas com o capitão Wentworth do que com o pequeno Charles.

A mesma história e o mesmo entusiasmo repetiram-se quando as duas moças vieram com o pai, nas trevas da noite, informar-se sobre o menino; e o sr. Musgrove, superada a preocupação inicial com a sorte do herdeiro, pôde confirmar os elogios e exprimir sua esperança de que não houvesse mais nenhum motivo para adiar a visita do capitão Wentworth, e só lamentou que os

moradores do chalé provavelmente não iam querer abandonar o menininho para ir vê-lo. "Ah, não! Deixar o menino sozinho!" Tanto o pai quanto a mãe estavam sob o impacto de uma preocupação muito forte para suportar tal ideia; e Anne, na alegria de poder escapar do perigo, não pôde deixar de acrescentar seus veementes protestos aos deles.

Na verdade, mais tarde Charles Musgrove se mostrou mais propenso a aceitar o convite; o menino estava passando tão bem e ele desejava tanto ser apresentado ao capitão Wentworth, que, talvez, fosse visitá-los à noite; não jantaria na Casa Grande, mas poderia permanecer por lá uma meia horinha. Mas quanto a isso encontrou séria oposição da parte da mulher, com um "Ah, não! Realmente, Charles, não posso deixar você ir. Já pensou se acontecer alguma coisa?".

O menino passou bem a noite e continuou bem no dia seguinte. Só o tempo poderia dizer se não houvera lesão da coluna; mas o sr. Robinson não descobriu nenhuma nova causa de alarme, e com isso Charles Musgrove deixou de sentir a necessidade de um mais longo confinamento. O menino devia permanecer na cama e divertir-se da maneira mais calma possível; mas não havia nada que o pai pudesse fazer ali. Aquilo era um caso para as mulheres, e seria completamente absurdo que ele, sem nenhum préstimo em casa, tivesse de permanecer trancado ali. O pai de Charles queria muito que ele conhecesse o capitão Wentworth, e, não tendo nenhuma boa razão a opor a isso, devia ir; e pôs um fim na questão com uma firme declaração pública, ao chegar da caçada, de que pretendia vestir-se imediatamente para ir jantar na outra casa.

— O menino não poderia estar melhor — disse ele —, então acabo de dizer ao papai que vou, e ele achou que estou certo. Com a sua irmã aqui, meu amor, não tenho nenhum escrúpulo. Você não gostaria de deixá-lo, mas pode ver que a minha permanência não tem nenhuma utilidade. Anne mandará chamar-me se acontecer alguma coisa.

Os maridos e as mulheres normalmente sabem quando a oposição será vã. Mary sabia, pela maneira de falar de Charles, que ele estava decidido a ir e que insistir seria inútil. Por isso, ela nada disse até que ele saísse da sala, mas assim que Anne passou a ser a única pessoa a poder ouvir:

— Então você e eu que nos viremos com esse pobre menino doente; e ninguém vai vir ajudar-nos durante toda a noite! Sabia que isso ia acontecer. Esse é o meu destino. Se estiver acontecendo alguma coisa desagradável, com certeza os homens vão sumir, e Charles é tão mau quanto qualquer outro deles. Quanta insensibilidade! É mesmo muita insensibilidade da parte dele sumir da vista do seu pobre filhinho. Dizer que ele está passando muito bem! Como sabe ele que o filho está passando bem ou que não vai acontecer uma recaída daqui a meia hora? Não acreditava que o Charles seria tão insensível. Então, lá vai ele sair e se divertir e, como sou a pobre mãe, sou obrigada a ficar; mas garanto que sou a que tem menos condições de cuidar do menino. Por ser mãe, meus sentimentos não deveriam ser postos à prova. Não sou capaz de lidar com isso. Você viu como eu estava histérica ontem.

— Mas aquilo foi só o efeito do susto, do choque brusco. Você não vai voltar a ficar histérica. Tenho certeza de que não haverá nenhum problema. Entendi perfeitamente as prescrições do sr. Robinson e não tenho nenhum medo; e na verdade, Mary, o comportamento do seu marido me parece muito natural. Não cabe aos homens cuidar das crianças; esse não é o campo deles. A criança doente é sempre propriedade da mãe: geralmente, são os próprios sentimentos dela a fazer que assim seja.

— Espero amar tanto o meu filho quanto qualquer outra mãe, mas não acho que seja mais útil do que Charles à cabeceira dele, pois não consigo contrariar e atormentar o coitadinho quando está doente; e você viu esta manhã que, quando eu dizia a ele para ficar bonzinho, aí é que ele não parava quieto. Não tenho nervos para esse tipo de coisa.

— Mas você conseguiria sentir-se bem se passasse a noite longe do seu coitadinho?

— Sim; se o pai dele pode, por que eu não poderia? Jemima é tão cuidadosa; e ela poderia mandar avisar-nos a cada hora como ele estaria passando. Acho mesmo que Charles poderia ter dito ao pai dele que todos nós iríamos. Não estou mais preocupada com o pequeno Charles do que ele, agora. Estava terrivelmente assustada ontem, mas hoje o caso é muito diferente.

— Se você não acha que seja tarde demais para avisar que você também vai, façamos o seguinte: vá com seu marido e deixe o pequeno Charles comigo. O sr. e a sra. Musgrove não podem desaprovar se eu permanecer com ele.

— Você está falando sério? — exclamou Mary, com um brilho nos olhos. — Meu Deus! Essa é uma ótima ideia, mas ótima mesmo. Com certeza, posso ir ou ficar, pois não sou de nenhuma utilidade em casa, não é? Isso só me aborrece. Você, que não tem os sentimentos de uma mãe, é a pessoa ideal. Consegue que o pequeno Charles faça o que você quer; ele sempre obedece a você. Vai ser muito melhor do que deixá-lo sozinho com a Jemima. Ah! Eu vou, com certeza; estou certa de que devo ir, se puder, tanto quanto o Charles, pois eles querem demais que eu conheça o capitão Wentworth, e sei que você não se importa de ficar aqui sozinha. Excelente ideia, Anne. Vou contar ao Charles e me arrumar imediatamente. Você sabe que pode chamar-nos num minuto, se acontecer alguma coisa; mas tenho certeza de que você não terá nenhum problema. Pode estar certa de que eu não iria se não estivesse muito tranquila quanto ao estado do meu querido filho.

Um instante depois, ela estava batendo à porta do quarto de vestir do marido, e, como Anne a seguira escada acima, pôde acompanhar toda a conversa, que começou com Mary dizendo, num tom de grande júbilo:

— Quero ir com você, Charles, pois não sou mais útil ficando em casa do que você. Se tivesse de me trancar para sempre com o menino, jamais

conseguiria persuadi-lo a fazer qualquer coisa de que ele não goste. Anne vai ficar; Anne se ofereceu para ficar em casa e tomar conta dele. Foi ela mesma que se ofereceu, e então eu vou com você, o que vai ser muito melhor, pois não janto na outra casa desde terça-feira.

— É muita gentileza da Anne — foi a resposta do marido —, e eu ficaria muito feliz se você fosse; mas parece duro demais deixá-la sozinha em casa para cuidar do nosso filho doente.

Anne estava próxima o bastante para defender sua própria causa, e sendo a sua sinceridade suficiente para convencê-lo, quando a convicção era pelo menos muito agradável, ele não teve mais escrúpulos em deixá-la jantar sozinha, embora ainda quisesse que ela fosse juntar-se a eles na Casa Grande, quando o menino já estivesse dormindo, e gentilmente lhe pediu que o deixasse vir para pegá-la; ela, porém, não se deixou convencer; e, sendo assim, pouco depois teve o prazer de vê-los partirem juntos, animadíssimos. Esperava que tivessem ido para serem felizes, por mais estranha que fosse essa felicidade; quanto a ela, permaneceu ali saboreando tantas sensações de comodidade quantas talvez jamais voltaria a experimentar. Sabia que era de primeira necessidade para o menino; e o que lhe importava se Frederick Wentworth estava a apenas meia milha de distância, mostrando-se tão simpático para os outros?

Ela gostaria de saber como ele teria encarado um encontro. Talvez com indiferença, se pudesse haver indiferença em tal situação. Ele devia estar ou indiferente ou relutante. Se quisesse vê-la de novo, não precisava ter esperado até agora; tinha certeza de que ele teria feito o que ela, se estivesse no lugar dele, teria feito há muito tempo, quando os acontecimentos lhe haviam logo dado a independência, que era a única coisa que lhe faltava.

Sua irmã e seu cunhado voltaram maravilhados com o novo conhecido e com a visita em geral. Tinha havido muita música, muito canto, muita conversa, muitas risadas, e tudo muito agradável; o capitão Wentworth tinha maneiras encantadoras, sem nenhuma timidez ou reserva; todos pareciam conhecer-se perfeitamente, e ele viria já na manhã seguinte para caçar com Charles. Viria para o desjejum, mas não ao Chalé, embora isso tivesse sido aventado inicialmente; mas em seguida insistiram com ele para que em vez disso viesse à Casa Grande, e ele pareceu temer incomodar a sra. Charles Musgrove por causa do menino, e assim, de algum modo, eles não sabiam bem como, acabou combinado que Charles devia encontrá-lo para o café da manhã na casa de seu pai.

Anne entendeu aquilo. Ele queria evitá-la. Soube que ele perguntara por ela, superficialmente, como cabia perguntar sobre alguém que se conheceu superficialmente havia tempo, parecendo admitir o mesmo que ela admitira, levado, talvez, pela mesma ideia de evitar uma apresentação quando se encontrassem.

O horário matinal do Chalé estava sempre atrasado em relação ao da outra casa, e no dia seguinte a diferença foi tão grande, que Mary e Anne mal haviam começado o desjejum quando Charles entrou para dizer que já estavam de partida, que viera buscar os cães, que suas irmãs estavam vindo com o capitão Wentworth; suas irmãs com a intenção de visitarem Mary e o menino, e o capitão Wentworth também com o propósito de fazer-lhe uma visita de alguns minutos, se não fosse incomodar; e, embora Charles tivesse garantido que o menino não estava num estado em que uma visita fosse inconveniente, o capitão Wentworth não ficaria satisfeito se ele não fosse na frente para anunciar a sua chegada.

Mary, muitíssimo lisonjeada com essa atenção dele, ficou encantada em recebê-lo, enquanto mil sentimentos assaltavam Anne, dos quais o mais consolador era que logo tudo estaria acabado. E realmente logo estava tudo acabado. Dois minutos depois do anúncio de Charles, os outros apareceram; estavam na sala de estar. Seu olhar cruzou rapidamente com o do capitão Wentworth, houve uma inclinação, uma reverência; ela ouviu a voz dele; ele falou com Mary, com as palavras certas no tom certo, disse algo às srtas. Musgrove, o bastante para revelar a cordialidade de sua relação com elas; a sala parecia cheia, cheia de pessoas e vozes, mas em alguns minutos estava tudo acabado. Charles apareceu na janela, estava tudo pronto, o visitante inclinou-se e partiu, as srtas. Musgrove partiram também, repentinamente decididas a caminhar até o fim do vilarejo com os caçadores: a sala voltou a ficar vazia, e Anne terminou o desjejum como pôde.

— Acabou! Acabou! — repetiu ela para si mesma mil vezes, em nervosa gratidão. — O pior já passou!

Mary falou, mas Anne não conseguiu prestar atenção. Ela o vira. Eles se encontraram. Estiveram mais uma vez na mesma sala.

Logo, porém, ela começou a raciocinar consigo mesma e a tentar sentir menos. Haviam-se passado oito anos, quase oito anos, desde que tudo fora desfeito. Que absurdo retomar a agitação que esse intervalo relegara à distância a à indeterminação! O que oito anos não podiam fazer? Acontecimentos de todos os tipos, mudanças, alienações, transferências — tudo, tudo estava incluído, mais o olvido do passado, e como isso era natural e certo também! Eles abrangiam um terço de toda a sua vida.

Desgraçadamente, com todos esses raciocínios, ela descobriu que para os sentimentos tenazes oito anos pouco mais são do que nada.

E agora, como devia interpretar os sentimentos dele? Como se quisesse evitá-la? E no momento seguinte ela se odiava pela insensatez de ter feito a pergunta.

Sobre outra pergunta que sua extrema sabedoria talvez não a tivesse impedido de fazer, logo se dissipou toda incerteza; porque, depois que as srtas. Musgrove retornaram e terminaram sua visita ao Chalé, ela recebeu da parte de Mary esta espontânea informação:

— O capitão Wentworth não foi muito galante com você, Anne, embora tenha sido tão atencioso comigo. Ao saírem, Henrietta perguntou a ele o que achava de você, e ele disse que você estava tão mudada que quase não a reconheceu.

Mesmo nas situações mais comuns, os sentimentos de Mary não eram capazes de fazê-la respeitar os da irmã, mas não suspeitava a estar magoando profundamente.

"Quase irreconhecível de tão mudada." Anne aceitou em silêncio a profunda mortificação. Sem dúvida ele estava certo, e ela não podia vingar-se, pois ele não estava mudado, pelo menos não para pior. Ela já reconhecera aquilo para si mesma e não podia ter outra opinião sobre o assunto, pensasse ele o que fosse a seu respeito. Não: os anos que haviam destruído sua juventude e esplendor só haviam dado a ele uma aparência mais brilhante, máscula e espontânea, sem diminuir em nada o seu fascínio pessoal. Ela vira o mesmo Frederick Wentworth.

"Tão mudada que quase não a reconheceu!" Aquelas eram palavras que não podiam deixar de gravar-se em sua mente. No entanto, ela logo começou a alegrar-se por tê-las ouvido. Eram palavras sedativas; acalmaram a agitação; trouxeram-na à realidade e, portanto, a fizeram mais feliz.

Frederick Wentworth valera-se de tais palavras ou de outras parecidas, mas sem imaginar que fossem contadas a ela. Ele a achara terrivelmente mudada, e no primeiro momento em que foi questionado dissera o que sentia. Ele não havia perdoado Anne Elliot. Ela o maltratara, o abandonara e o decepcionara; e, o que era pior, havia demonstrado certa fraqueza de caráter ao fazer aquilo, algo que seu temperamento determinado e confiante não podia tolerar. Ela o abandonara para agradar a outras pessoas. Aquilo fora o efeito de ela deixar-se persuadir excessivamente. Tinha sido fraca e pusilânime.

Ele a amara ardentemente e nunca amara outra mulher tanto quanto a ela; mas, a não ser por um natural sentimento de curiosidade, não tinha nenhum desejo de tornar a encontrá-la. O poder dela sobre ele acabara para sempre.

Agora o objetivo dele era casar-se. Estava rico e, tendo voltado para terra firme, queria muito estabelecer-se, assim que se sentisse atraído por alguém; estava à espreita, pronto para se apaixonar com a rapidez que uma mente lúcida e o bom gosto lhe permitissem. Seu coração estava à disposição de cada uma das duas srtas. Musgrove, se elas conseguissem conquistá-lo; um coração, em suma, disponível a qualquer jovem atraente que lhe cruzasse o caminho, salvo Anne Elliot. Essa era a sua única e secreta exceção, quando disse à sua irmã, em resposta a suas suposições:

— É verdade, Sophia, aqui estou eu, pronto para fazer uma união insensata. Qualquer uma entre quinze e trinta anos pode conquistar-me, se pedir. Um pouco de beleza e alguns sorrisos e elogios à Marinha e serei um homem perdido. Não seria isso o bastante para um marinheiro que não teve a companhia das mulheres para torná-lo simpático?

Ela sabia que ele tinha dito isso para ser contestado. Seus olhos brilhantes e orgulhosos traíam a certeza de ser simpático; e Anne Elliot não estava ausente de seus pensamentos, quando descreveu com a maior seriedade a mulher que gostaria de encontrar. "Espírito forte e maneiras meigas": esta foi toda a sua descrição.

— Eis a mulher que quero — disse ele. — Posso tolerar algo um pouco inferior, mas não muito. Se eu for um tolo, devo sê-lo mesmo, pois pensei no assunto mais do que a maioria dos homens.

CAPÍTULO 8

Daí em diante, o capitão Wentworth e Anne Elliot estiveram repetidas vezes no mesmo círculo de pessoas. Logo estavam jantando juntos na casa do sr. Musgrove, pois o estado do menininho já não proporcionava à tia um pretexto para se ausentar; e esse era só o começo de mais jantares e mais encontros.

Se os sentimentos passados seriam ou não revividos era algo que ainda restava por provar; os velhos tempos deviam, sem dúvida, ser relembrados por ambos; era impossível não fazer referência a *eles*; o ano do noivado não podia deixar de ser mencionado por ele, nas pequenas narrativas ou descrições exigidas pela conversação. Sua profissão qualificava-o e sua disposição o levava a falar; e "*Isso* foi em 1806", "*Isso* aconteceu antes de embarcar, em 1806" foram frases que ocorreram durante o primeiro sarau que passaram juntos; e, embora a voz dele não vacilasse e ela não tivesse nenhuma razão para supor que o olhar dele se voltasse para ela ao falar, Anne percebeu a total impossibilidade, pelo que conhecia dele, de ele estar, mais do que ela, imune às recordações. Devia haver a mesma imediata associação de pensamentos, ainda que ela estivesse longe de achar que aquilo provocasse nele a mesma dor.

Eles não conversavam entre si, não tinham nenhum contato senão o que a mais comum polidez exigia. Antes, eram tudo um para o outro! Agora, nada! Tempo *houve* em que, estando um grupo numeroso reunido na sala de estar de Uppercross, eles achariam muito difícil parar de falar um com o outro. Com exceção, talvez, do almirante e da sra. Croft, que pareciam especialmente afeiçoados e felizes (Anne não via nenhuma outra exceção, mesmo entre os casados), não podia haver dois corações tão abertos, gostos tão parecidos, sentimentos tão uníssonos, rostos tão bem-amados. Agora eram como dois estranhos; pior do que estranhos, pois jamais poderiam relacionar-se. Seriam perpetuamente dois estranhos.

Quando ele falava, ela ouvia a mesma voz e distinguia o mesmo espírito. Havia uma ignorância generalizada de todas as questões navais em todo o grupo; e dirigiam a ele muitas perguntas, sobretudo as duas srtas. Musgrove, que pareciam só ter olhos para ele, sobre o modo de vida a bordo, as atividades diárias, o horário das refeições, etc., e a surpresa delas ante as explicações dele, ao serem informadas do grau de comodidade e de ordem que se podia alcançar, provocava nele divertidas zombarias, que lembravam a Anne os primeiros dias, quando também ela era ignorante e também ela fora acusada de imaginar que os marinheiros vivessem a bordo sem que houvesse nada para comer ou, se houvesse, nenhum cozinheiro para preparar a comida, nenhum criado para servi-la, nem garfo e faca para usar.

Desse ouvir e meditar ela foi despertada por um sussurro da sra. Musgrove, que, assolada por ternas saudades, não podia deixar de dizer:

— Ah! Srta. Anne, se a Deus prouvera poupar o meu pobre filho, tenho certeza de que ele seria hoje um homem assim.

Anne reteve um sorriso e ouviu com atenção, enquanto a sra. Musgrove desabafava um pouco mais o seu coração; e por alguns minutos, portanto, não pôde acompanhar a conversa dos outros.

Quando pôde deixar a sua atenção tomar o curso natural novamente, viu que as srtas. Musgrove haviam acabado de pegar o Registro da Marinha (seu próprio Registro da Marinha, o primeiro que apareceu em Uppercross) e, sentadas uma ao lado da outra, consultavam o texto, com o propósito declarado de encontrar os navios que o capitão Wentworth havia comandado.

— O primeiro foi o *Asp*, eu me lembro; vamos procurar o *Asp*.

— Vocês não vão encontrá-lo aí. Completamente corroído e inutilizado. Fui o último a comandá-lo. Era um navio que mal estava apto para o serviço na época. Foi declarado apto para o serviço doméstico por um ou dois anos, e então fui enviado às Índias Ocidentais.

As moças pareciam espantadíssimas.

— O Almirantado — prosseguiu ele — de vez em quando se diverte enviando algumas centenas de homens num navio não apto a ser utilizado. Mas têm eles muita gente de que se ocupar; e, entre os milhares que podem afundar ou não, é-lhes impossível distinguir os que deixarão menos saudades.

— Ora, ora! — exclamou o almirante. — Como esses rapazinhos falam bobagens! Nunca houve uma corveta melhor do que o *Asp* nos bons tempos. Para uma corveta de velha fabricação, não havia outra igual. Que sorte a do sujeito que a comandasse! Ele sabe que deve haver vinte homens melhores do que ele solicitando-a ao mesmo tempo. Sorte de quem consegue algo tão rápido, sem o apoio de ninguém.

— Eu percebi a minha boa sorte, almirante, eu lho garanto — replicou o capitão Wentworth, sério. — Estava muitíssimo satisfeito com a minha indicação. Para mim, na época, era um importante objetivo estar no mar; um objetivo importantíssimo; eu queria fazer alguma coisa.

— Tenho certeza disso. O que um rapaz como você faria no mar por seis meses seguidos? Quando um homem não tem mulher, quer logo estar navegando de novo.

— Mas, capitão Wentworth — exclamou Louisa —, como o senhor deve ter-se irritado ao chegar ao Asp e ver que velharia lhe tinham dado!

— Eu sabia muito bem o que aquele navio havia sido antes — disse ele, com um sorriso. — Não tinha mais nada a descobrir, não mais do que a senhorita, quanto à elegância e à força de qualquer velha peliça, que desde tempos imemoriais vinha sendo emprestada para metade de seus conhecidos e que por fim, num dia de muita chuva, é confiada à senhorita. Ah! Para mim, aquele era o meu *Asp* querido. Fez tudo que eu quis. Eu sabia que isso aconteceria. Sabia que ou íamos a pique juntos ou aquele navio faria a minha fortuna; e não tive jamais dois dias seguidos de tempestade durante todo o tempo em que estive no mar com ele; e, depois de capturar um número suficiente de navios corsários para tomar gosto pela coisa, tive a boa sorte, no meu retorno para casa no outono seguinte, de me deparar justamente com a fragata francesa que eu mais queria. Levei-a a Plymouth; e aqui houve outro lance de boa sorte. Estávamos havia menos de seis horas no Sound quando caiu uma tempestade que durou quatro dias e quatro noites, e que viria a acabar com o coitado do *Asp* em metade desse tempo, não tendo sido de muito proveito o nosso contato com a Grande Nação para melhorar a nossa situação. Mais vinte e quatro horas e eu teria sido o galante capitão Wentworth, num pequeno parágrafo num canto dos jornais; e, como me perdera numa simples corveta, ninguém me daria importância.

Anne estremeceu, mas ninguém além dela mesma o notou; as srtas. Musgrove, porém, podiam ser tão espontâneas como sinceras, em suas exclamações de piedade e horror.

— E, então, imagino que ele foi para o *Laconia* — disse a sra. Musgrove, em voz baixa, como se pensasse em voz alta —, e lá ele encontrou o nosso pobre rapaz. Charles, querido — fazendo um sinal para que ele se aproximasse —, pergunte ao capitão Wentworth onde foi que ele viu pela primeira vez o seu pobre irmão. Eu sempre me esqueço.

— Foi em Gibraltar, mamãe, eu sei. Dick estava doente em Gibraltar, com uma recomendação do seu ex-capitão para o capitão Wentworth.

— Ah! Mas, Charles, diga ao capitão Wentworth que ele não precisa ter medo de mencionar o pobre Dick na minha presença, pois seria até um prazer ouvir seu bom amigo falar dele.

Sendo Charles bem mais cauteloso quanto às probabilidades do caso, apenas acenou com a cabeça e se afastou.

As meninas agora estavam à caça do *Laconia*; e o capitão Wentworth não pôde recusar o prazer de tomar nas mãos o precioso volume, para lhes poupar o trabalho, e uma vez mais leu em voz alta a pequena declaração do nome e categoria do navio e da sua atual condição de desmobilizado, observando que também aquele fora um dos melhores amigos que um homem pode ter.

— Ah! Bons tempos aqueles em que eu tinha o *Laconia*! Como ganhei dinheiro rápido com ele. Um amigo e eu fizemos um maravilhoso cruzeiro pelas Ilhas Ocidentais. Pobre Harville, minha irmã! Você sabe como ele queria ganhar dinheiro: era pior do que eu. Ele tinha uma esposa. Excelente sujeito. Jamais me esquecerei de sua felicidade. E ele a sentia principalmente por ela. Quisera que ele ainda estivesse comigo no verão seguinte, quando tive de novo a mesma boa sorte no Mediterrâneo.

— E tenho certeza, capitão — disse a sra. Musgrove —, que o senhor foi nomeado capitão daquela embarcação. Jamais nos esqueceremos do que o senhor fez.

A comoção a fez falar baixo; e o capitão Wentworth, ouvindo só parte do que ela dissera e provavelmente não tendo Dick Musgrove entre os seus pensamentos mais próximos, pareceu incerto, como se esperasse mais alguma coisa.

— Meu irmão — sussurrou uma das moças. — Mamãe está falando do pobre Richard.

— Meu pobre e querido rapaz! — prosseguiu a sra. Musgrove. — Tornara-se muito sério e um excelente correspondente enquanto esteve sob o seu comando! Ah! Teria sido uma felicidade se ele não tivesse jamais se afastado do senhor. Garanto-lhe, capitão Wentworth, lamentamos muito que ele se tenha afastado do senhor.

Houve uma momentânea expressão no rosto do capitão Wentworth ao ouvir aquelas palavras, certo olhar nos seus olhos vivos e certa encrespação em sua bela boca, que convenceram Anne de que, em vez de compartilhar os bons votos da sra. Musgrove quanto ao filho, ele provavelmente tivera certa dificuldade em se livrar dele; mas foi só um momento fugaz demais, em que se permitiu certa diversão consigo mesmo, para ser detectado por qualquer outra pessoa que o conhecesse menos do que ela; no momento seguinte ele estava perfeitamente recomposto e sério, e quase imediatamente depois, aproximando-se do sofá onde estavam Anne e a sra. Musgrove, sentou-se ao lado desta e começou a conversar com ela, em voz baixa, sobre o filho, fazendo aquilo com uma simpatia e uma graça naturais, que mostravam a alta consideração em que tinha tudo o que havia de real e não absurdo nos sentimentos de uma mãe.

Estavam, de fato, no mesmo sofá, pois a sra. Musgrove logo abrira um espaço para ele; estavam separados apenas pela sra. Musgrove. Não era uma barreira insignificante, porém. A sra. Musgrove era de porte confortável, substancial, infinitamente mais adequada pela natureza para exprimir alegria e bom humor do que ternura e sentimentos; e, enquanto a agitação do corpo esguio e do rosto pensativo podia ser considerada completamente escondida do capitão Wentworth, ele merecia certo crédito pelo equilíbrio com que deu ouvidos aos gordos suspiros da sra. Musgrove quanto ao destino do filho, a quem quando vivo ninguém dava importância.

O tamanho físico e a dor espiritual decerto não são necessariamente proporcionais. Uma pessoa corpulenta tem o mesmo direito de estar profundamente aflita que o mais gracioso par de pernas do mundo. Justo ou injusto, porém, há certas conjunções inconvenientes que a razão procura em vão defender, o bom gosto não pode tolerar e se tornam presas do ridículo.

O almirante, depois de dar duas ou três revigorantes voltas ao redor da sala com as mãos nas costas, sendo chamado à ordem pela esposa, aproximou-se do capitão Wentworth e, sem nenhuma consideração pelo que podia estar interrompendo, imerso apenas em seus próprios pensamentos, começou dizendo:

— Se tivesse ficado mais uma semana em Lisboa, na primavera passada, Frederick, receberia o pedido de levar em seu navio *Lady* Mary Grierson e suas filhas.

— É mesmo? Estou contente, então, de não ter permanecido por lá mais uma semana.

O almirante censurou-o pela falta de cavalheirismo. Defendeu-se ele, afirmando que jamais admitiria de bom grado mulheres a bordo de um barco sob seu comando, exceto para um baile ou uma visita de algumas horas.

— Mas, se bem me conheço — disse ele —, isso não se deve à falta de cavalheirismo para com elas. Deve-se antes ao sentimento de como é impossível, por mais que nos esforcemos e por mais sacrifícios que façamos, tornar as acomodações a bordo dignas das mulheres. Não há falta de cavalheirismo, almirante, em ter na mais alta conta os direitos das mulheres ao conforto pessoal, e é isso que eu faço. Odeio ouvir ou ver uma mulher a bordo; e nenhum navio sob meu comando jamais transportará uma família em que haja mulheres para nenhum lugar, se eu puder evitá-lo.

Isso provocou a reação da irmã.

— Ah! Frederick! Não posso acreditar que você tenha dito isso! Tudo isso são refinamentos ociosos! As mulheres podem sentir-se tão confortáveis a bordo como nas melhores casas da Inglaterra. Creio ter vivido tanto a bordo quanto a maioria das mulheres e não conheço nada melhor do que as acomodações de um navio de guerra. Afirmo que não disponho de nenhuma comodidade ou facilidades ao meu redor, mesmo em Kellynch Hall — com uma espécie de reverência a Anne —, além das que sempre tive na maioria dos navios em que vivi; e foram cinco no total.

— Isso não tem nada a ver — retorquiu seu irmão. — Você estava vivendo com seu marido e era a única mulher a bordo.

— Mas você, você mesmo, trouxe a sra. Harville, a irmã dela, o primo dela e três crianças, de Portsmouth para Plymouth. Onde estava na época esse seu sofisticadíssimo e extraordinário cavalheirismo?

— Misturado com a amizade, Sophia. Podendo, eu ajudaria a mulher de qualquer colega oficial, e transportaria o que Harville quisesse desde o fim do mundo. Mas não vá imaginar que eu não achasse aquilo mau, em si.

— Pode ter certeza de que todos se sentiram perfeitamente confortáveis.

— Talvez isso não me faça gostar mais deles. Tantas mulheres e crianças não têm o *direito* de se sentir confortáveis a bordo.

— Frederick, meu querido, o que você está dizendo são bobagens. Por favor, o que seria de nós, pobres esposas de marinheiros, que sempre precisamos ser levadas a um porto ou outro, atrás dos maridos, se todos compartilhassem os seus sentimentos?

— Como você vê, os meus sentimentos não me impediram de levar comigo a sra. Harville e toda a sua família para Plymouth.

— Mas odeio ouvi-lo falar como um cavalheiro delicado e como se todas as mulheres fossem delicadas, e não seres racionais. Nenhuma de nós espera navegar por águas calmas a vida inteira.

— Ah! Minha querida — disse o almirante —, quando ele tiver uma mulher, vai cantar outra canção. Quando se casar, se tivermos a boa sorte de viver outra guerra, vamos vê-lo agir como você e eu, e muitíssimos outros, agimos. Vê-lo-emos muito agradecido a todo aquele que trouxer até ele a sua esposa.

— Ah, isso vamos, sim.

— Para mim, chega! — exclamou o capitão Wentworth. — Quando os casados começam a me atacar dizendo “Ah! Você vai pensar muito diferente quando estiver casado”, só posso responder “Não, não vou”; e então eles tornam a dizer “Vai, sim”, e é um não acabar mais.

Ele se levantou e se afastou.

— Que grande viajante a senhora deve ter sido, minha senhora! — disse a sra. Musgrove para a sra. Croft.

— Viajei muito, sim, minha senhora, nos meus quinze anos de casada; embora muitas mulheres tenham viajado mais do que eu. Atravessei o Atlântico quatro vezes e estive nas Índias Orientais, ida e volta, só uma vez; além de visitar diversos lugares próximos à Inglaterra: Cork, Lisboa e Gibraltar. Mas nunca ultrapassei os Estreitos e nunca estive nas Índias Ocidentais. Você sabe, nós não chamamos as Bermudas ou as Bahamas de Índias Ocidentais.

A sra. Musgrove não tinha nada a dizer contra aquilo; não podia acusar-se de tê-las chamado de nada durante toda a vida.

— E eu lhe garanto, minha senhora — prosseguiu a sra. Croft —, que não há melhores acomodações do que as de um navio de guerra; refiro-me, é claro, às das altas patentes. Quando entramos numa fragata, naturalmente, estaremos mais apertadas; ainda que qualquer mulher sensata possa estar muito contente numa delas; e posso afirmar que a parte mais feliz da minha vida foi passada a bordo de um navio. Enquanto estamos juntos, não há nada que temer. Graças a Deus! Sempre fui abençoada com uma saúde excelente e nenhum clima me faz mal. Fico um pouco indisposta nas primeiras vinte e quatro horas no mar, mas depois disso nunca soube o que era uma doença. A única vez em que realmente sofri de corpo e de alma, a única vez em que me imaginei passando mal ou tive ideias de perigo foi o inverno que passei em Deal, quando o almirante (*capitão* Croft, na época) estava no Mar do Norte. Eu vivia em perpétuo terror aquela época e tive todo tipo de queixas imaginárias por não saber o que fazer comigo mesma ou quando teria notícias dele; mas, enquanto podíamos estar juntos, nunca me senti indisposta e nunca me deparei com o menor inconveniente.

— Sim, é claro. Sem dúvida! Concordo em absoluto, sra. Croft — foi a entusiástica resposta da sra. Musgrove. — Não há nada pior do que uma separação. Sou exatamente da sua opinião. Eu sei o que é isso, pois o sr. Musgrove sempre vai assistir às sessões do tribunal de contas e eu fico tão feliz quando elas acabam e ele volta para casa, são e salvo.

A noite terminou com uma dança. Quando foi proposta a ideia, Anne ofereceu os seus serviços, como sempre; e, embora seus olhos por vezes se enchessem de lágrimas ao sentar-se ao pianoforte, sentia-se extremamente feliz por recorrerem a ela e não desejava nada em troca, senão permanecer inobservada.

Era uma reunião alegre e feliz, e ninguém parecia mais animado do que o capitão Wentworth. Ela percebeu que ele tinha tudo que podia contribuir para exaltá-lo, como a atenção e a deferência gerais, e sobretudo a atenção de todas as moças. As srtas. Hayter, a parte feminina da família de primos já mencionada, aparentemente haviam sido admitidas ao seleto grupo das apaixonadas por ele; e, quanto a Henrietta e Louisa, ambas pareciam tão completamente absortas nele, que só a contínua manifestação da mais perfeita boa vontade entre elas podia fazer crer que não eram rivais declaradas. Que surpresa se ele se mostrava um pouco mimado com essa admiração universal e entusiástica!

Esses eram alguns dos pensamentos que absorviam Anne, enquanto dedilhava mecanicamente durante meia hora em seguida, sem erros e sem consciência. *Uma vez* ela viu que ele estava olhando para ela, observando suas feições mudadas, talvez tentando encontrar nelas as ruínas do rosto que antigamente tanto o encantara; e *uma vez* percebeu que ele devia ter falado dela; só se deu conta disso quando ouviu a resposta; mas então teve a certeza de que ele perguntara à sua parceira se a srta. Elliot nunca dançava. A resposta foi: "Ah, não; nunca; ela já desistiu de dançar. Prefere tocar. Ela nunca se cansa de tocar". *Uma vez*, também, ele falou com ela. Ela deixara o pianoforte ao se encerrar a dança e ele se sentara junto ao teclado para tentar dedilhar uma ária de que queria dar uma ideia às srtas. Musgrove. Sem querer, ela voltou para aquela parte da sala; ele a viu e, levantando-se de imediato, disse, com estudada polidez:

— Peço-lhe desculpas, minha senhora, este é o seu assento — e, embora ela se afastasse *incontinenti* com uma decidida negativa, ele se recusou a se sentar outra vez.

Anne não desejava mais aqueles olhares e palavras. A fria polidez e a cerimoniosa graça demonstradas por ele eram piores do que tudo.

CAPÍTULO 9

O capitão Wentworth instalara-se em Kellynch como em sua própria casa, para permanecer o tempo que quisesse, sendo o objeto integral do carinho fraterno do almirante e de sua esposa. Ao chegar, planejara partir em breve para Shropshire e visitar o irmão que se estabelecera por lá, mas os atrativos de Uppercross levaram-no a deixar esses planos de lado. Sua recepção fora só simpatia, lisonja e tudo que havia de mais encantador; os mais velhos eram tão hospitaleiros, os mais jovens tão agradáveis, que só podia decidir permanecer onde estava e esperar mais algum tempo para conhecer os encantos e as perfeições da esposa de Edward.

Logo passou a ser visto em Uppercross quase todos os dias. A disposição dos Musgrove para convidá-lo não era maior do que a dele para aceitar o convite, sobretudo pela manhã, quando ele não tinha companhia em casa, pois o almirante e a sra. Croft normalmente saíam juntos, explorando suas novas possessões, seus gramados e seu gado, vadiando para lá e para cá de maneira pouco tolerável para uma terceira pessoa ou dirigindo um cabriolé, recentemente adicionado à propriedade.

Até então havia uma só opinião sobre o capitão Wentworth entre os Musgrove e os que com eles privavam. Era em toda parte a mesma calorosa admiração; mas essa relação íntima mal acabara de se estabelecer quando um tal de Charles Hayter voltou para junto deles, aborrecendo-se muito com aquilo tudo e julgando o capitão Wentworth um estorvo.

Charles Hayter era o mais velho de todos os primos e um rapaz muito simpático e agradável; estava claro que entre ele e Henrietta houvera certa afeição, antes do aparecimento do capitão Wentworth. Era sacerdote; e, tendo um curato nas vizinhanças, onde a residência não era obrigatória, vivia na casa do pai, a apenas duas milhas de Uppercross. Uma breve ausência de casa deixara sua bem-amada desprotegida de suas atenções naquele momento crítico, e quando voltou teve o desprazer de encontrar as maneiras muito mudadas e de ver o capitão Wentworth.

A sra. Musgrove e a sra. Hayter eram irmãs. Ambas tinham tido dinheiro, mas os casamentos provocaram uma importante diferença entre elas quanto à condição social. O sr. Hayter tinha algumas propriedades, mas estas eram insignificantes quando comparadas às do sr. Musgrove; e, ao passo que os Musgrove pertenciam à mais alta classe da região, os jovens Hayter, pelo modo de vida inferior, discreto e pouco refinado e pela educação defeituosa que receberam, não teriam pertencido a nenhuma classe, se não fosse o parentesco com Uppercross, com exceção, é claro, do filho mais velho, que optara por ser um cavalheiro e um erudito e era muito superior a todos os demais quanto à cultura e às maneiras.

As duas famílias sempre tiveram um excelente relacionamento, não havendo nem orgulho de um lado, nem inveja do outro, apenas certa consciência da superioridade da parte das srtas. Musgrove, que as fazia buscarem o progresso dos primos. As atenções de Charles com Henrietta haviam sido observadas pelo pai e pela mãe sem nenhuma desaprovação. "Não seria um grande casamento para ela; mas se Henrietta gostar dele..." — e Henrietta *parecia* gostar dele.

A própria Henrietta não tinha dúvida sobre isso, antes da chegada do capitão Wentworth; mas, a partir de então, o primo Charles caíra em total esquecimento.

Era bastante duvidoso qual das duas irmãs seria a preferida do capitão Wentworth, até onde Anne podia observar. Henrietta talvez fosse a mais bonita, Louisa era a mais animada; e por *ora* ela não sabia qual temperamento mais o atrairia, o mais delicado ou o mais vivo.

O sr. e a sra. Musgrove, ou por falta de visão ou por uma plena confiança na discrição das duas filhas e de todos os rapazes que se aproximavam delas, pareciam deixar as coisas correrem livremente. Não havia o menor sinal de preocupação ou de atenção com elas na Casa Grande; mas era diferente no Chalé: o jovem casal estava mais propenso a especular e interrogar; e o capitão Wentworth ainda não estivera mais de quatro ou cinco vezes na companhia das srtas. Musgrove, e Charles Hayter acabara de voltar, quando Anne teve de ouvir as opiniões da irmã e do cunhado sobre *qual* das duas era a preferida dele. Charles achou que era Louisa; Mary, Henrietta; mas ambos concordavam plenamente que seria maravilhoso se ele se casasse com qualquer uma das duas.

Charles jamais vira um homem tão simpático na vida; e, pelo que ouvira o próprio capitão Wentworth dizer certa vez, tinha certeza de que ele não amealhara menos do que vinte mil libras com a guerra. Isso já era uma fortuna; além disso, havia a perspectiva do que se poderia juntar em alguma guerra futura; e ele estava certo de que o capitão Wentworth era exatamente o tipo de oficial da Marinha que podia distinguir-se. Ah! Seria uma excelente aliança para qualquer uma das irmãs.

— Garanto que sim — tornou Mary. — Meus Deus! Se ele se elevasse às maiores honras! Se ele fosse criado baronete! "*Lady* Wentworth" soa muito bem. Seria excelente para a Henrietta! Ela teria precedência sobre mim, e isso não desagradaria à Henrietta. *Sir* Frederick e *Lady* Wentworth! Seria uma nobreza recente, porém, e eu não dou muita importância a esse tipo de nobreza.

Mary preferia acreditar que Henrietta seria a escolhida justamente por causa de Charles Hayter, cujas pretensões queria ver derrotadas. Desprezava profundamente os Hayter, e julgava que seria uma desgraça ver renovados os laços já existentes entre as famílias — algo muito triste para ela mesma e para os filhos.

— Não posso — disse ela — considerá-lo um bom partido para Henrietta; e, considerando as alianças que os Musgrove fizeram, ela não tem o direito de jogar fora a própria vida. Acho que nenhuma mocinha tem o direito de fazer uma escolha que possa ser desagradável e inconveniente à parte principal da família e de dar más parentelas aos que não se habituaram a elas. E, por favor, quem é Charles Hayter? Nada mais que um pároco de aldeia. Um péssimo partido para a srta. Musgrove de Uppercross.

Seu marido, porém, não concordava com ela nesse ponto; pois, além de ter apreço pelo primo, Charles Hayter era um primogênito, e ele próprio também encarava as coisas como um primogênito.

— Agora estamos falando bobagens, Mary — foi, portanto, a resposta dele. — Não seria um *grande* partido para Henrietta, mas Charles tem uma ótima probabilidade, por meio dos Spicer, de conseguir algo do bispo em um ou dois anos; e você há de se lembrar que ele é o primogênito; quando meu tio morrer, ele herda uma bela propriedade. As terras de Winthrop não têm menos de duzentos e cinquenta acres, além da fazenda perto de Taunton, que é um dos melhores terrenos da região. Concordo com você que qualquer outro deles, exceto Charles, seria um partido lastimável para Henrietta, algo realmente a se evitar; ele é o único plausível; ele é, porém, um ótimo sujeito, de excelente índole; e assim que Winthrop cair em suas mãos, ele vai transformar aquilo num lugar muito diferente e viver ali de outro modo; e, com tais propriedades, ele jamais será um homem desprezível... trata-se de propriedades boas, desimpedidas. Não, não; Henrietta poderia ter pior sorte do que se casar com Charles Hayter; e, se ela ficar com ele e Louisa com o capitão Wentworth, estarei extremamente satisfeito.

— O Charles pode dizer o que quiser — exclamou Mary para Anne, assim que ele saiu da sala —, mas seria deprimente ver Henrietta casar-se com Charles Hayter; seria péssimo para *ela* e pior ainda para *mim*; e portanto é muito desejável que o capitão Wentworth logo a faça esquecer-se dele, e não tenho dúvida de que já o tenha feito. Ela mal deu atenção a Charles Hayter ontem. Gostaria que você tivesse estado lá para ver o comportamento dela. E isso de dizer que o capitão Wentworth gosta tanto da Louisa quanto da Henrietta é um absurdo; pois certamente ele gosta muito mais da Henrietta. Mas o Charles é tão teimoso! Queria que você tivesse estado conosco ontem, pois então você poderia decidir entre nós; e tenho certeza de que você pensaria como eu, a menos que fizesse questão de me contrariar.

Um jantar na casa do sr. Musgrove teria dado a Anne a oportunidade de ver tudo aquilo; ela, porém, permanecera em casa, com o duplo pretexto de uma dor de cabeça e de uma piora no estado do pequeno Charles. Sua única intenção fora evitar o capitão Wentworth; mas o fato de ter escapado do perigo de ter de servir de árbitro agora se somava às vantagens de uma noite tranquila.

Quanto aos planos do capitão Wentworth, julgava ser mais importante que ele se decidisse o quanto antes, para não pôr em perigo a felicidade de nenhuma das duas irmãs ou comprometer a sua própria honra, do que saber se ele preferiria Henrietta a Louisa, ou Louisa a Henrietta. Qualquer uma das duas daria, com certeza, uma esposa amorosa e bem-humorada. No que se referia a Charles Hayter, era ela delicada o bastante para ressentir-se de qualquer conduta ligeira da parte de uma moça de boas intenções, e cordial o bastante para compadecer-se de todo sofrimento que aquilo pudesse provocar; mas, se Henrietta estivesse enganada quanto à natureza de seus próprios sentimentos, a mudança deveria ser esclarecida o quanto antes.

Charles Hayter vira no comportamento da prima o suficiente para inquietar-se e vexar-se. Tinha ela uma afeição antiga demais por ele para se mostrar tão completamente indiferente a ponto de em dois encontros extinguir toda esperança passada e não lhe deixar senão o recurso de se distanciar de Uppercross: mas tal mudança se tornaria muito perigosa, quando um homem como o capitão Wentworth fosse considerado a causa provável. Estivera ausente só por dois domingos, e quando se despediram deixara-a muito interessada, mais do que ele mesmo esperava, na perspectiva de ele deixar sua atual paróquia e obter em seu lugar a de Uppercross. Pareceu, então, que o objetivo mais caro ao coração de Henrietta fosse que o dr. Shirley, o reitor, que por mais de quarenta anos cumprira com zelo todos os deveres de seu ofício, mas agora se tornara enfermo demais para muitos deles, se decidisse a contratar um cura, tornasse tal curato o melhor que pudesse e o prometesse a Charles Hayter. A vantagem de ele só ter de vir a Uppercross, em vez de percorrer seis milhas na direção oposta; de obter, em todos os aspectos, um curato melhor; de depender só de seu bom e caro dr. Shirley, e de o bom dr. Shirley ser aliviado dos deveres que já não podia cumprir sem a mais tremenda fadiga, significara muito, mesmo para Louisa, mas para Henrietta significara quase tudo. Quando ele voltou, infelizmente, o interesse pelo assunto havia desaparecido. Louisa não conseguia de modo algum escutar a narrativa da conversa que ele acabara de ter com o dr. Shirley: ela estava à janela, à espera do capitão Wentworth; e até Henrietta lhe deu no máximo uma atenção parcial e pareceu ter-se esquecido de toda as antigas dúvidas e preocupações com aquela negociação.

— Muito bem, fico muito feliz: mas sempre achei que você conseguiria; sempre achei que você tinha certeza de conseguir. Não me parece que... Em suma, você sabe, o dr. Shirley *deve* ter um cura e você tivera a promessa dele. Ele está chegando, Louisa?

Certa manhã, poucos dias depois do jantar na casa dos Musgrove a que Anne não estivera presente, o capitão Wentworth adentrou a sala de estar do Chalé, onde só estavam ela e o pequeno Charles, doente, que estava deitado no sofá.

A surpresa de ver-se quase sozinho com Anne Elliot despojou suas maneiras da compostura de costume: estremeceu e só conseguiu dizer: "Achei que as srtas. Musgrove estivessem aqui: a sra. Musgrove me disse que as encontraria aqui", antes de ir à janela para se recompor e decidir como devia comportar-se.

— Elas estão lá em cima com a minha irmã: devem descer em alguns minutos, tenho certeza — foi a resposta de Anne, com toda a natural confusão do momento; e, se o menino não a tivesse chamado para que fizesse algo para ele, teria saído da sala no instante seguinte, para alívio tanto do capitão Wentworth quanto dela mesma.

Ele continuou à janela; e, depois de dizer com calma e polidez "Espero que o menininho esteja melhor", se calou.

Ela foi obrigada a se ajoelhar junto ao sofá e permanecer ali para cuidar do paciente; e assim ficaram por alguns minutos, quando, para a sua enorme satisfação, ouviu que outra pessoa atravessava o vestíbulo. Ao voltar o rosto, esperava ver o chefe da casa; mas calhou de ser alguém muito menos apto a facilitar as coisas: Charles Hayter, provavelmente nem um pouco mais satisfeito em ver o capitão Wentworth do que o capitão Wentworth em ver Anne minutos antes.

Ela tentou dizer alguma coisa:

— Como vai? Não quer sentar-se? Os outros logo vão estar aqui.

O capitão Wentworth, porém, afastou-se da janela, aparentemente disposto a conversar; mas Charles Hayter logo pôs um ponto-final em seus planos, sentando-se junto à mesa e pegando o jornal; e o capitão Wentworth voltou para a sua janela.

No minuto seguinte, chegou outro personagem. O caçulinha da família, um menininho de dois anos, muito forte e travesso, tendo encontrado a porta aberta por alguém de fora, fez sua triunfal entrada na sala e foi direto ao sofá para ver o que estava havendo e fazer valer os seus direitos a qualquer delícia que estivesse sendo distribuída.

Não havendo nada para comer, ele só podia tentar brincar; e, como a titia não o deixaria perturbar seu irmãozinho doente, ele começou a se agarrar a ela, que estava ajoelhada, de modo que, ocupada como estava com Charles, não conseguia desvencilhar-se. Falou com ele, ordenou, ameaçou e insistiu, tudo em vão. A certa altura, conseguiu livrar-se dele, mas o menininho teve o prazer ainda maior de agarrá-la de novo logo em seguida.

— Walter — disse ela —, desça já daí. Você é muito desobediente. Estou muito zangada com você.

— Walter — exclamou Charles Hayter —, por que não faz o que estão pedindo? Não ouviu a sua tia falar? Venha cá, Walter, venha com o primo Charles.

Mas Walter nem se mexeu.

No momento seguinte, porém, ela se viu livre dele; alguém o estava soltando dela, apesar de ele ter empurrado a cabeça tão para baixo, que suas fortes mãozinhas foram desagarradas do pescoço dela e ele foi energicamente tirado dali, antes que ela soubesse que fora o capitão Wentworth quem fizera aquilo.

Suas sensações ao descobrir que fora ele deixaram-na completamente sem fala. Não conseguiu sequer agradecer-lhe. Limitou-se a se inclinar sobre o pequeno Charles, com os sentimentos mais desencontrados. A gentileza dele ao vir em sua ajuda, a maneira, o silêncio em que tudo se passou, os pequenos pormenores da situação, com a convicção que logo se lhe impôs pelo barulho que propositalmente ele estava fazendo com a criança, de que ele evitasse ouvir os agradecimentos dela e procurasse demonstrar que conversar com ela era o que menos queria, produziram nela um estado de irregular mas dolorosa confusão e agitação, de que não pôde recuperar-se até que, pela chegada de Mary e das srtas. Musgrove, pôde passar a elas o cuidado de seu pequeno paciente e deixar a sala. Não conseguia permanecer ali. Poderia ter sido uma boa oportunidade de observar os amores e os ciúmes dos quatro — eles estavam agora todos reunidos; mas não podia ficar de modo nenhum. Era evidente que Charles Hayter não nutria muitas simpatias pelo capitão Wentworth. Tinha ela a forte impressão de ele ter dito, num tom de voz irritado, após a ação do capitão Wentworth: “Você devia ter ouvido a *mim*, Walter; eu lhe disse para não perturbar sua tia"; e compreendia que ele lamentasse que o capitão Wentworth tivesse feito o que ele mesmo devia ter feito. Mas nem os sentimentos de Charles Hayter nem os sentimentos de ninguém podiam ser de interesse para ela, até que ela tivesse posto um pouco de ordem nos seus próprios. Estava envergonhada de si mesma, muito envergonhada de estar tão nervosa, tão agitada por uma ninharia; mas era assim, e Anne precisou de um longo período de solidão e reflexão para se recuperar.

CAPÍTULO 10

Não lhe faltariam novas oportunidades de fazer as suas observações. Anne logo passou a estar na companhia dos quatro com frequência suficiente para formar uma opinião, embora fosse prudente o bastante para não mencionar o assunto em casa, onde sabia que não agradaria nem ao marido nem à esposa; pois, embora considerasse Louisa a provável favorita, não podia deixar de pensar, julgando pela memória e pela experiência, que o capitão Wentworth não estava apaixonado por nenhuma delas. Elas é que estavam mais apaixonadas por ele; mas não havia amor. Era um pequeno surto de admiração; mas podia, ou provavelmente deveria acabar transformando-se em amor por alguém. Charles Hayter parecia saber ter sido desdenhado, e no entanto Henrietta parecia às vezes estar dividida entre os dois. Anne adoraria ter o poder de mostrar a todos eles a situação em que se haviam metido e de apontar alguns dos males a que estavam expondo-se. Não acusava ninguém de duplicidade. Era para ela a máxima satisfação acreditar que o capitão Wentworth não tinha a menor ideia da dor que estava provocando. Não havia nada de triunfal, de desprezivelmente triunfal em seus gestos. Provavelmente ele nunca soubera, nunca pensara em quaisquer direitos de Charles Hayter. Seu único erro fora ter aceitado as atenções (pois aceitar era a palavra) de duas jovens ao mesmo tempo.

Depois de um breve combate, porém, Charles Hayter parecia abandonar a arena. Três dias se passaram sem que ele viesse a Uppercross; uma mudança bastante evidente. Recusou até um convite formal para jantar; e, tendo sido encontrado pelo sr. Musgrove com pesados in-quartos à sua frente, o sr. e a sra. Musgrove estavam certos de que alguma coisa estava errada, e falaram, com expressão grave, que tal excesso de estudos podia levá-lo à morte. A esperança e o palpite de Mary eram que ele tivesse recebido uma negativa definitiva da parte de Henrietta, e seu marido vivia na constante confiança de que tornaria a vê-lo no dia seguinte. Anne limitava-se a achar que Charles Hayter era sábio.

Certa manhã, mais ou menos na hora em que Charles Musgrove e o capitão Wentworth tinham partido para caçar juntos, enquanto as irmãs do

Chalé estavam sentadas sossegadamente trabalhando, foram visitadas à janela pelas irmãs da Casa Grande.

Era um belíssimo dia de novembro, e as srtas. Musgrove atravessaram o jardinzinho e entraram só para dizer que iam dar um *longo* passeio, e então concluíram que Mary provavelmente não gostaria de ir com elas; e quando Mary respondeu prontamente, com certo ciúme por não acharem que ela fosse uma boa andarilha, "Ah, claro, eu gostaria muito de ir com vocês, adoro longas caminhadas", Anne sentiu-se convencida, pela expressão das duas moças, de que aquilo era exatamente o que elas não desejavam, e admirou mais uma vez aquela espécie de necessidade que os hábitos familiares pareciam produzir de tudo ter de ser comunicado e tudo ter de ser feito juntos, por mais indesejado e inconveniente que fosse. Ela tentou dissuadir Mary de ir, mas em vão; e, sendo assim, achou melhor aceitar o convite muito mais cordial das srtas. Musgrove para que fosse também, pois poderia ser útil, voltando para casa com a irmã e diminuindo a intromissão nos planos das duas.

— Não consigo imaginar por que eu não apreciaria uma longa caminhada — disse Mary, ao subir as escadas. — Todos sempre imaginam que não sou uma boa andarilha; mas não ficariam nada satisfeitas se eu tivesse recusado ir com elas. Quando as pessoas vêm só para nos convidar, como dizer não?

Charles e o capitão voltaram justamente quando elas estavam saindo. Haviam levado um cãozinho, que estragara a caçada e os trouxera de volta antes do esperado. Tinham, pois, o tempo disponível, a energia e a disposição para aquela caminhada, e se juntaram a elas com prazer. Se Anne tivesse previsto tal reunião, teria ficado em casa; mas, por interesse e curiosidade, imaginou que era tarde demais para desistir, e o grupo completo de seis pessoas partiu na direção escolhida pelas srtas. Musgrove, que evidentemente consideravam-se as guias do passeio.

O objetivo de Anne era não causar incômodo a ninguém e, ali onde as trilhas estreitas pelos campos tornavam necessárias muitas separações, ficar com a irmã e o cunhado. Seu *prazer* com a caminhada devia ser provocado pelo exercício e pela beleza do dia, pela visão dos últimos sorrisos do ano sobre as folhas acastanhadas e das cercas vivas emurchecidas, e por repetir para si mesma algumas das milhares de descrições poéticas do outono, essa estação de especial e inesgotável influência de bom gosto e ternura sobre o espírito, essa estação que extraiu de cada poeta digno de ser lido alguma tentativa de descrição ou algumas linhas de sentimento. Ocupava a mente o máximo possível com reflexões e citações; mas não lhe era possível, quando estava ao alcance da conversa do capitão Wentworth com alguma das srtas. Musgrove, não tentar ouvi-la; captou, porém, muito pouca coisa de algum interesse. Era só um bate-papo animado, como os praticados por todos os jovens com certo grau de intimidade. Ele falava mais com Louisa do que com Henrietta. Louisa certamente se punha mais em evidência do que a irmã. Essa distinção parecia aumentar, e Louisa disse uma coisa que a impressionou. Depois de um dos muitos elogios à beleza do dia a que se entregavam, o capitão Wentworth acrescentou:

— Que dia glorioso para o almirante e minha irmã! Eles planejaram dar um longo passeio de carruagem esta manhã; talvez possamos vê-los do alto de uma dessas colinas. Eles falaram em vir para estes lados. Fico imaginando onde a carruagem vai capotar hoje. Ah! Acontece com muita frequência, eu lhe garanto; mas minha irmã não se importa; ser jogada para fora ou não, dá no mesmo para ela.

— Ah! Você está exagerando, tenho certeza — exclamou Louisa —, mas, se fosse verdade, eu faria a mesma coisa no lugar dela. Se eu amasse alguém como sua irmã ama o almirante, estaria sempre com ele, nada nunca nos separaria, e preferiria capotar com ele a ser conduzida em segurança por outra pessoa.

Disse aquilo com entusiasmo.

— É mesmo? — exclamou ele, no mesmo tom. — Receba as minhas homenagens!

E se fez silêncio entre eles por alguns instantes.

Anne não conseguiu achar de imediato uma nova citação. As doces paisagens do outono foram por um momento deixadas de lado, a menos que abençoasse a sua memória algum terno soneto, cheio de precisas analogias entre o ano em seu declínio e o declínio da felicidade e as imagens de juventude e esperança e primavera, tudo chegando ao fim ao mesmo tempo. Ela se animou a dizer, quando entravam em fila numa outra trilha: "Não é este um dos caminhos para Winthrop?". Mas ninguém ouviu ou, pelo menos, ninguém lhe respondeu.

Winthrop, porém, ou os seus arredores — pois às vezes se pode topar com os rapazes a vaguear perto de casa — era o destino da excursão; e depois de mais meia milha de gradual ascensão através de grandes campos cercados, onde o trabalho dos arados e o sulco recém-aberto indicavam o agricultor a se contrapor às doçuras da melancolia poética e a anunciar a volta da primavera, alcançaram o cume da mais alta colina, que separava Uppercross de Winthrop, e logo tiveram uma visão total desta, ao pé da colina em frente.

Winthrop, sem beleza e sem dignidade, encontrava-se diante deles, uma casa indiferente, situada num vale, e rodeada de celeiros e dos edifícios do terreiro.

Mary exclamou:

— Meu Deus! Aqui está Winthrop. Garanto que não tinha a menor ideia! Bem, acho melhor voltarmos; estou exausta.

Henrietta, ciente do que se passava e envergonhada, ao não ver nenhum primo Charles a caminhar por nenhuma trilha ou apoiado a nenhuma porteira, prontificou-se a fazer o que Mary queria; mas "Não!", disse Charles Musgrove, e "Não, não!", exclamou Louisa mais energicamente, e, chamando a irmã à parte, pareceu discutir animadamente a questão.

Charles, enquanto isso, declarava resolutamente a sua decisão de visitar a tia, agora que estava tão perto; e muito evidentemente, embora de modo mais timorato, tentava convencer a esposa a ir também. Mas esse foi um dos pontos em que Mary demonstrou toda a sua força; e quando ele mencionou a vantagem de ela descansar por quinze minutos em Winthrop, já que se sentia tão cansada, respondeu com decisão: "Ah! Não, mesmo! Subir toda aquela colina me faria mais mal do que o bem que me faria sentar-me por algum tempo em Winthrop"; em suma, seu aspecto e suas maneiras declaravam que ela não iria.

Depois de uma breve sequência de tais debates e consultas, ficou acertado entre Charles e as duas irmãs que ele e Henrietta iriam até lá para ver a tia e os primos e voltariam correndo em alguns minutos, enquanto os demais aguardariam no topo da colina. Louisa parecia ser o cérebro do plano; e, enquanto caminhava com eles por um breve trecho colina abaixo, ainda falando com Henrietta, Mary aproveitou a oportunidade para olhar ao redor com desdém e dizer ao capitão Wentworth:

— É muito desagradável ter parentes assim! Mas eu lhe garanto que não estive nessa casa mais de duas vezes na vida.

Não teve como resposta senão um sorriso artificial de assentimento, seguido de um olhar de desprezo, enquanto se afastava, cujo significado Anne compreendeu perfeitamente.

O topo da colina onde estavam era um lugar deslumbrante: Louisa voltou; e Mary, encontrando um assento confortável para si mesma num murinho, continuou muito satisfeita enquanto todos permaneceram ao seu lado; mas, quando Louisa levou o capitão Wentworth para longe, para tentar catar nozes numa sebe das proximidades, e eles aos poucos deixaram de estar ao alcance de sua vista e audição, Mary deixou de sentir-se feliz; queixou-se de seu assento, tinha certeza de que Louisa conseguira um muito melhor em algum lugar e nada podia impedi-la de também procurar outro melhor. Passou pela mesma porteira, mas não conseguiu vê-los. Anne encontrou um ótimo assento sobre uma encosta ensolarada e seca, sob a sebe, na qual não tinha dúvida de que eles ainda estavam, num ou noutro lugar. Mary sentou-se por um instante, mas não ficou satisfeita; tinha certeza de que Louisa encontrara um lugar melhor para sentar-se e seguiria em frente até alcançá-la.

Anne, cansadíssima, estava contente por poder sentar-se; e logo ouviu o capitão Wentworth e Louisa na sebe, atrás dela, como se estivessem voltando pela trilha, uma espécie de canal selvagem que se abria no centro. Estavam falando ao se aproximar. A voz de Louisa foi a primeira a poder ser distinguida. Parecia estar no meio de uma fala animada. A primeira coisa que Anne ouviu foi:

— E então eu fiz que ela fosse. Eu não podia suportar que ela se deixasse intimidar quanto à visita por uma besteira dessas. Como! Fazer-me desistir de algo a que eu estava decidida e que sabia ser certo, por causa dos modos e da interferência de determinada pessoa ou de qualquer pessoa que fosse? Não, não posso nem imaginar que alguém se deixe persuadir com tal facilidade. Quando tomo uma decisão, está tomada; e Henrietta parecia muito ter tomado a decisão de visitar Winthrop hoje; e mesmo assim ela estava quase desistindo, por causa de uma complacência absurda!

— Ela teria voltado, se não fosse você?

— Teria, sim. Tenho quase vergonha de dizer isso.

— Feliz dela, que tem uma mente como a sua a que pode sempre recorrer! Depois das indicações que você acabava de passar, que só confirmaram as minhas próprias observações, da última vez que estive na companhia dele, eu não preciso fingir não compreender o que está acontecendo. Vejo que estava em questão mais do que uma mera visita matinal à sua tia; e ai dele e dela também, quando se trata de coisas importantes, quando se deparam com situações que exigem energia e firmeza de espírito, se não tiverem determinação suficiente para resistir a ociosas intromissões em coisas triviais como esta. Sua irmã é uma boa pessoa; mas vejo que *você* é quem tem um caráter resoluto e firme. Se você se importa com a conduta ou com a felicidade dela, tente infundir nela o máximo de seu espírito que puder. Mas não há dúvida de que é isto que você vem sempre fazendo. O mais grave mal de uma personalidade passiva e indecisa é que não se pode contar com nenhuma influência sobre ela. Nunca temos certeza de que uma boa impressão seja duradoura; todos podem modificá-la. Seja firme quem quiser ser feliz. Eis uma avelã — disse ele, colhendo uma de um ramo alto — que pode servir de exemplo: uma bela e reluzente avelã que, dotada de uma força original, sobreviveu a todas as intempéries do outono. Nenhum furo, nenhum sulco. Esta avelã — prosseguiu ele, com jocosa solenidade —, enquanto tantas de suas irmãs caíram e foram pisadas, ainda está de posse de toda a felicidade de que é capaz uma avelã.

Voltando, então, ao tom sério de antes:

— O que mais quero para todos aqueles de que gosto é que sejam firmes. Se Louisa Musgrove quiser ser linda e feliz no novembro de sua vida, deverá conservar toda a sua presente força de espírito.

Ele parou de falar e não recebeu resposta. Teria sido uma surpresa para Anne se Louisa respondesse prontamente a uma tal fala: palavras tão interessantes, ditas com tanto entusiasmo! Podia imaginar o que Louisa estava sentindo. De sua parte, temia mover-se, para não ser vista. Enquanto permanecia ali, estava protegida por um arbusto de azevinho, e eles prosseguiam a caminhada. Antes que estivessem fora de seu campo auditivo, porém, Louisa tornou a falar.

— Mary é boa pessoa, em muitos aspectos — disse ela —, mas às vezes ela me provoca demais, com sua insensatez e seu orgulho; o orgulho dos

Elliot. Ela tem uma dose enorme do orgulho dos Elliot. Como gostaríamos que Charles tivesse casado com a Anne em vez dela! Imagino que você saiba que ele queria casar-se com a Anne...

Depois de uma breve pausa, o capitão Wentworth disse:

— Você quer dizer que ela o recusou?

— Ah! Sim, é claro.

— Quando foi isso?

— Não sei exatamente quando, pois eu e a Henrietta estávamos na escola naquela época; mas acho que foi mais ou menos um ano antes de ele se casar com Mary. Eu queria que ela o tivesse aceitado. Todos nós gostaríamos muito mais dela; e o papai e a mamãe sempre dizem que ela não o aceitou por causa de *Lady* Russell, grande amiga dela. Acham que Charles não era culto e pedante o bastante para agradar a *Lady* Russell, e que por isso ela persuadiu Anne a recusá-lo.

As vozes distanciavam-se, e Anne já não podia distingui-las. Suas emoções mantinham-na ali, imóvel. Tinha muito de que se recuperar, antes de poder mover-se. O proverbial destino do ouvinte não era absolutamente o seu; não ouvira nada de ruim sobre ela mesma, mas muito ouvira de significado muito doloroso. Via agora como o seu caráter era julgado pelo capitão Wentworth, e a maneira de ele falar tivera exatamente aquele grau de sentimento e curiosidade em relação a ela que lhe deveria causar tanto nervosismo.

Assim que conseguiu, partiu à procura de Mary, e, tendo-a encontrado e retornado com ela ao lugar de antes, junto ao murinho, sentiu certo reconforto pelo fato de o grupo inteiro ter-se reunido novamente logo em seguida, pondo-se mais uma vez em marcha. Seu estado de espírito precisava da solidão e do silêncio que só a multidão pode dar.

Charles e Henrietta voltaram, trazendo, como se podia esperar, Charles Hayter com eles. Anne não podia tentar compreender os pormenores do caso; até mesmo o capitão Wentworth parecia não ter recebido as informações mais confidenciais nesse caso; mas não havia dúvida de que ocorrera uma rendição da parte do cavalheiro e clemência da parte da dama, e agora eles estavam muito contentes por estarem juntos de novo. Henrietta parecia um pouco envergonhada, mas muito contente; Charles Hayter, extremamente feliz: e se dedicaram um ao outro quase desde o primeiro instante depois de retomarem o caminho de Uppercross.

Tudo agora restringia a escolha do capitão Wentworth apenas a Louisa; nada podia ser mais óbvio; e ali, onde se fazia necessário dividir o grupo, ou mesmo em outras oportunidades, eles caminhavam lado a lado quase tanto quanto os outros dois. Numa longa faixa de pradaria, onde havia amplo espaço para todos, eles se dividiram em três grupos distintos; e Anne pertencia necessariamente ao grupo que, dos três, mostrava menos animação e menos afabilidade. Ela se reuniu com Charles e Mary, e estava cansada o bastante para ficar muito contente em se apoiar no outro braço de Charles; mas Charles, embora com muito boa disposição para com ela, estava irritadíssimo com a mulher. Mary fora desaforada com ele, e agora devia arcar com as consequências, que consistiam no fato de ele soltar o braço dela a quase toda hora para cortar as cabeças de certas urtigas da sebe com o chicote; e, quando Mary começou a se queixar de estar sendo maltratada, como sempre, por estar do lado da sebe, enquanto Anne não era nunca incomodada do outro lado, ele soltou os braços de ambas para sair à caça de uma doninha que vira de relance, e foi difícil fazê-lo seguir adiante.

Esse longo prado margeava uma estradinha, com a qual a trilha que seguiam ia cruzar em seu final, e quando todo o grupo chegou à porteira de saída a carruagem que avançava na mesma direção e que eles já vinham escutando havia algum tempo estava justamente chegando: era o cabriolé do almirante Croft. Ele e a mulher haviam dado seu planejado passeio e estavam de volta para casa. Ao ouvirem em que longa caminhada os jovens se haviam empenhado, gentilmente ofereceram um lugar para alguma mulher que pudesse estar especialmente cansada; isso lhe pouparia uma milha inteira, e eles iam passar por Uppercross. O convite foi genérico, e genericamente recusado. As srtas. Musgrove não estavam nem um pouco cansadas, e Mary estava ou ofendida por não ter sido convidada antes das outras, ou o que Louisa chamava de orgulho dos Elliot não podia tolerar ocupar o terceiro lugar numa carruagem puxada por um só cavalo.

Os caminhantes haviam atravessado a estradinha e estavam subindo um degrau do outro lado, e o almirante estava pondo em marcha de novo o seu cavalo, quando o capitão Wentworth abriu num instante um espaço na sebe para dizer algo à irmã. O que fosse esse algo podia ser inferido pelos efeitos que provocava.

— Srta. Elliot, tenho certeza de que está cansada — exclamou a sra. Croft. — Dê-nos o prazer de levá-la para casa. Temos aqui muito espaço para três, eu garanto. Se todos fossem como a senhorita, creio que haveria lugar para quatro. Venha! Venha!

Anne ainda estava na estradinha; e, embora instintivamente começasse a recusar, não lhe permitiram prosseguir. O almirante veio gentilmente insistir com ela para reforçar o pedido da esposa; não aceitariam uma negativa; eles se apertaram o mais que puderam para lhe deixar um canto, e o capitão Wentworth, sem dizer palavra, voltou-se para ela e a obrigou a ser ajudada a entrar na carruagem.

Sim; ele fizera aquilo. Ela estava na carruagem e sentia que ele a pusera ali, que sua vontade e suas mãos haviam feito aquilo, que ela devia aquilo à percepção que ele teve de seu cansaço e à decisão de proporcionar-lhe algum repouso. Estava muito impressionada com a visão de sua boa disposição para com ela, que todas aquelas coisas haviam revelado. Aquela pequena circunstância parecia completar tudo o que acontecera antes. Ela o compreendeu. Ele não podia perdoá-la, mas não podia ser insensível. Embora a condenasse pelo passado e o julgasse com profunda e injusta mágoa, embora sem nenhum interesse por ela e embora começasse a gostar de outra, ele não conseguia vê-la sofrer sem desejar reconfortá-la. Era o que restava de um velho sentimento; era um impulso de puro, embora não reconhecido, bem-querer; era uma prova de seu coração ardente e terno, que ela não podia contemplar sem sentimentos em que se misturavam tanta dor e tanto prazer, que não sabia qual deles predominava.

Sua resposta à gentileza e às observações dos companheiros foi dada primeiro inconscientemente. Eles já haviam percorrido metade do caminho pela estradinha rústica, antes que ela se desse perfeitamente conta do que diziam. Percebeu, então, que eles falavam de "Frederick".

— Ele certamente tem planos de conquistar uma ou outra das duas mocinhas, Sophy — disse o almirante —; mas não há como saber qual. Ele as tem cortejado, ao que parece, por tempo suficiente para tomar uma decisão. Tudo isso é causado pela paz. Se estivéssemos em guerra agora, ele já teria resolvido o problema há muito tempo. Nós, marinheiros, srta. Elliot, não nos podemos dar ao luxo de fazer longas cortes em tempo de guerra. Quantos dias se passaram, querida, entre a primeira vez que eu vi você e a primeira vez que nos sentamos juntos em nosso apartamento em North Yarmouth?

— Seria melhor nem falarmos sobre isso, meu querido — replicou a sra. Croft, divertida —; pois, se a srta. Elliot soubesse como chegamos rápido a um entendimento, nunca se convenceria de que poderíamos ser felizes juntos. Já havia muito, porém, eu conhecia você de fama.

— E eu ouvira falar de você como uma linda menina; e por que esperarmos mais? Não gosto de demorar muito com esse tipo de coisas. Gostaria que Frederick içasse mais algumas velas e trouxesse para Kellynch uma dessas mocinhas. Então, sempre haveria companhia para eles. E ambas são muito bonitas; tenho dificuldade em distinguir uma da outra.

— São meninas muito animadas e simples, é verdade — disse a sra. Croft, num tom de mais moderado elogio, o que fez Anne suspeitar que seu discernimento mais agudo não considerasse nenhuma delas inteiramente digna do irmão —; e uma família muito respeitável. Não pode haver gente melhor com que estabelecer laços de parentesco. Querido almirante, o poste! Assim vamos bater naquele poste!

Mas após dar ela, calmamente, às rédeas uma melhor direção, superaram o perigo sem maiores problemas; e daí em diante, esticando judiciosamente a mão, ela evitou que caíssem numa vala e batessem numa carroça cheia de estrume; e Anne, divertida com aquele estilo de dirigir, que imaginava não ser uma representação infiel de como dirigiam seus negócios, se viu finalmente entregue por eles em segurança no Chalé.

CAPÍTULO 11

Estava chegando o dia do retorno de *Lady* Russell: a data já estava marcada; e Anne, devendo juntar-se a ela tão logo ela estivesse instalada, se preparava para logo mudar-se para Kellynch e começava a calcular como o seu conforto seria afetado com aquilo.

A mudança a deixaria no mesmo vilarejo do capitão Wentworth, a meia milha dele; teriam de frequentar a mesma igreja e as duas famílias passariam inevitavelmente a se visitar. Isso não era bom para ela; mas, por outro lado, ele passava tanto tempo em Uppercross, que quando ela voltasse para lá poderia considerar que estaria distanciando-se dele, mais do que se aproximando; e, tudo bem considerado, achava que sairia ganhando nessa interessante questão, quase tanto quanto ao mudar de companhia doméstica, deixando a pobre Mary por *Lady* Russell.

Ela queria que fosse possível evitar ver o capitão em Kellynch Hall: aquelas salas haviam testemunhado velhos encontros que seria doloroso demais rememorar; mas estava ainda mais angustiada com a possibilidade de *Lady* Russell e o capitão Wentworth nunca se encontrarem, em nenhum lugar. Eles não gostavam um do outro, e reatar as relações agora não melhoraria a situação; e, se *Lady* Russell os visse juntos, poderia pensar que ele era senhor de si até demais, e ela, pouco demais.

Essas eram as suas principais preocupações ao prever a mudança de Uppercross, onde sentia já ter passado tempo demais. O proveito de seus cuidados com o pequeno Charles sempre daria certa doçura às lembranças daquela visita de dois meses, mas ele estava recuperando-se rapidamente e ela não tinha mais nada que a retivesse ali.

O término da visita, porém, foi bem diferente do que ela havia imaginado. O capitão Wentworth, depois de dois dias sem ser visto nem ouvido em Uppercross, tornou a aparecer na casa para justificar-se com um relato do que o afastara de lá.

Tendo enfim recebido uma carta de um amigo, o capitão Harville, soube que ele se estabelecera com a família em Lyme, para lá passar o inverno; e que estavam, portanto, sem saber, a só vinte milhas um do outro. O capitão Harville jamais tornara a gozar de boa saúde desde um grave ferimento que sofrera dois anos antes, e a ansiedade do capitão Wentworth em vê-lo o determinara a ir imediatamente a Lyme. Lá estivera por vinte e quatro horas. Foi plenamente perdoado, sua amizade foi calorosamente apreciada, interessou a todos vivamente pelo amigo, e sua descrição da bela região que rodeava Lyme entusiasmou tanto os presentes, que provocou um ardente desejo de verem Lyme e um projeto de ir até lá.

Os jovens estavam loucos para ver Lyme. O capitão Wentworth falou de voltar lá, eram só dezessete milhas de Uppercross; embora fosse novembro, o tempo não estava nem um pouco ruim; em suma, Louisa, que era a mais ansiosa das ansiosas, tendo tomado a resolução de ir e, além do prazer de fazer o que queria, estando agora armada com a ideia do mérito que consistiria manter-se em seu próprio rumo, conseguiu fazer prevalecer seus planos contra os de seus pais, que queriam adiar a ida até o verão; e a Lyme haviam de ir — Charles, Mary, Anne, Henrietta, Louisa e o capitão Wentworth.

O primeiro plano, mal concebido, era ir de manhã e voltar à noite; mas isso o sr. Musgrove, para o bem de seus cavalos, não aceitaria; e, quando o projeto veio a ser racionalmente considerado, viu-se que um dia de meados de novembro não proporcionaria muito tempo para se conhecer um lugar novo, depois de deduzidas sete horas, como exigia a natureza da região, para ir e voltar. Deviam, portanto, passar a noite lá e não ser esperados de volta antes do jantar do dia seguinte. Essa foi considerada uma melhora considerável; e, embora todos se tivessem reunido cedo na Casa Grande para o desjejum e partido muito pontualmente, a tarde já ia tão avançada quando as duas carruagens, o coche do sr. Musgrove, com as quatro damas, e o cabriolé de Charles, em que levou o capitão Wentworth, começaram a descer a longa colina que levava a Lyme e entraram na ainda mais escarpada rua da cidade, que ficou muito evidente que não teriam muito tempo para observar as cercanias antes que a luz do dia se apagasse e o calor arrefecesse.

Depois de reservarem os apartamentos e encomendarem um jantar num dos albergues, a próxima coisa a fazer era sem dúvida caminhar direto para o mar. O ano já ia avançado demais para qualquer diversão ou entretenimento que Lyme, como um lugar público, podia oferecer. As casas estavam fechadas, quase todos os hóspedes haviam partido, pouquíssimas famílias, além dos próprios moradores, ainda permaneciam; e, como nada havia que admirar nos edifícios, a notável localização da cidade, a rua principal que como que se precipita nas águas, o passeio que vai até o Cobb, bordejando a agradável enseada que, durante a estação, era animada por cabines de banho dotadas de rodas e pela multidão, e o próprio Cobb, suas velhas maravilhas e novas melhorias, com a esplêndida linha de penhascos que se estende para leste da cidade, são o que atrai os olhares do forasteiro; só mesmo um estrangeiro muito estranho não percebe os encantos das cercanias imediatas de Lyme e não deseja conhecê-las melhor. As paisagens de Charmouth, um lugarejo nos arredores, com suas alturas e suas amplas extensões de terra cultivada e, mais ainda, sua doce e tranquila baía, apoiada em negros penhascos, onde fragmentos de rocha em meio à areia fazem dele o melhor lugar para se observar o fluxo da maré e para permanecer em solitária contemplação; os bosques variegados do delicioso vilarejo de Up Lyme; e, acima de tudo, Pinny, com seus verdes báratros entre românticos rochedos, onde as árvores esparramadas e pomares luxuriantes revelam que muitas gerações já se passaram desde que o primeiro esboroamento parcial do penhasco preparou o terreno para o seu estado atual, onde se exibe um cenário tão maravilhoso e tão agradável, que pode igualar e até superar as paisagens parecidas da célebre ilha de Wight: tais lugares têm de ser visitados muitas vezes, para bem se apreciar o valor de Lyme.

A comitiva vinda de Uppercross, ao passar pelas casas abandonadas e melancólicas e continuar descendo, logo se viu na praia; e apenas contemplando, como devem logo fazer todos os que tornam a ver o mar e que alguma vez mereceram vê-lo, avançaram em direção ao Cobb, objetivo deles tanto em si mesmo quanto por causa do capitão Wentworth: pois numa casa pequena, ao pé de um velho píer de idade desconhecida, moravam os Harville. O capitão Wentworth entrou para saudar o amigo; os demais seguiram caminho, e ele ficou de encontrá-los no Cobb.

Eles não se cansavam de surpreender-se e admirar-se; e nem mesmo Louisa parecia perceber que muito tempo se passara desde que se haviam despedido do capitão Wentworth, quando o viram vindo em sua direção, com três companheiros, que todos, pela descrição, já sabiam ser o capitão e a sra. Harville, mais um certo capitão Benwick, que estava passando um tempo com eles.

Algum tempo antes, o capitão Benwick fora o primeiro-tenente do *Laconia*; e a descrição que o capitão Wentworth dele fizera ao voltar de Lyme, seu entusiástico elogio do excelente rapaz e oficial que ele sempre apreciara, o qual devia tê-lo elevado na estima de todo ouvinte, foram seguidos de uma breve história de sua vida particular, que o tornaram interessantíssimo aos olhos das moças. Ele fora noivo da irmã do capitão Harville, e agora pranteava sua morte. Eles haviam durante um ou dois anos aguardado a fortuna e a promoção. A fortuna veio, sendo grande a quantia obtida com as presas marítimas; *por fim*, veio também a promoção; mas Fanny Harville não viveu para saber. Ela falecera no verão passado, enquanto ele ainda estava no mar. O capitão Wentworth achava impossível que um homem tivesse maior amor por uma mulher do que o pobre Benwick tivera por Fanny Harville, ou que se afligisse mais profundamente com o terrível trespasse. Considerava a sua índole como do tipo mais propenso a sofrer muito, unindo sentimentos muito fortes com maneiras calmas, sérias e discretas, e um gosto pronunciado pela leitura e pela vida sedentária. Para dar ainda maior interesse à história, a amizade entre ele e os Harville parecia, se possível, ter-se fortalecido com o acontecimento que encerrara todos os seus planos de aliança, e o capitão Benwick estava agora morando com eles. O capitão Harville alugara a casa por seis meses; seu bom gosto, sua saúde e sua fortuna, tudo o levava a uma residência barata e próxima ao mar; e a grandiosidade da região e a situação retirada de Lyme no inverno pareceram perfeitamente adequadas ao estado de espírito do capitão Benwick. Eram grandes a simpatia e a boa vontade de todos com o capitão Benwick.

— E, no entanto — disse Anne com seus botões, enquanto iam ao encontro do grupo —, talvez ele não tenha um coração mais triste do que o meu. Não posso acreditar que suas perspectivas sejam frustradas para sempre. É mais jovem do que eu; mais jovem de sentimentos, senão de fato; mais jovem como homem. Ele vai recuperar-se e ser feliz com outra mulher.

Eles se encontraram e foram apresentados uns aos outros. O capitão Harville era um homem alto e moreno, com uma expressão gentil e benévola; mancava um pouco; e pelos traços marcados e pela má saúde parecia muito mais velho do que o capitão Wentworth. O capitão Benwick parecia e era o mais jovem dos três e, comparado a qualquer um deles, parecia baixo. Tinha um rosto agradável e um ar melancólico, como ele esperava que ela tivesse, e se esquivou da conversa.

O capitão Harville, embora não tivesse as maneiras do capitão Wentworth, era um perfeito cavalheiro, simples, cordial e gentil. A sra. Harville, um pouco menos polida do que o marido, parecia, porém, ter os mesmos bons sentimentos; e nada podia ser mais agradável do que o desejo deles de tratar o grupo inteiro como seus próprios amigos, por serem amigos do capitão Wentworth, ou mais hospitaleiro e cortês do que a insistência com que conseguiram que todos prometessem jantar com eles. O jantar, já encomendado no albergue, foi enfim, embora com relutância, aceito como desculpa; mas pareciam até magoados por ter o capitão Wentworth trazido todos eles a Lyme, sem considerar óbvio que deviam jantar na casa deles.

Havia em tudo aquilo tanta afeição pelo capitão Wentworth e tal encanto naquela hospitalidade tão extraordinariamente calorosa, tão diferente do habitual estilo toma-lá-dá-cá de convidar, e dos jantares formais e de ostentação, que Anne sentiu que seu estado de espírito provavelmente não melhoraria com um mais estreito relacionamento com os colegas oficiais do capitão Wentworth. "Eles todos teriam sido meus amigos", era o que lhe passava pela cabeça; e teve de lutar contra uma forte tendência ao abatimento.

Ao deixarem o Cobb, entraram todos em casa com seus novos amigos, e deram com aposentos tão pequenos, que só aqueles que convidam de coração acreditariam que pudessem acomodar tanta gente. A própria Anne ficou por um momento pasma com aquilo; mas o espanto logo se dissolveu nos sentimentos mais agradáveis provocados pela vista de todas as engenhosas soluções e os simpáticos arranjos do capitão Harville, para aproveitar ao máximo o espaço disponível e suprir as deficiências dos móveis de aluguel e proteger as janelas e as portas das previsíveis tempestades de inverno. Era mais que apenas curiosa, para Anne, a diversidade na decoração dos cômodos, onde o mais básico e simples mobiliário fornecido pelo proprietário, com a costumeira indiferença, contrastava com alguns artigos de uma rara espécie de madeira, magnificamente trabalhada, e com objetos exóticos e valiosos trazidos dos países distantes que o capitão Harville visitara; como tudo aquilo estava ligado à sua profissão, ao fruto de seus trabalhos, ao efeito de sua influência sobre os hábitos, à imagem de repouso e felicidade doméstica que apresentava, representava para ela algo mais, ou menos, do que uma visão gratificante.

O capitão Harville não era um leitor; mas tinha reservado excelentes acomodações e fabricado belíssimas estantes para uma razoável coleção de livros bem encadernados, de propriedade do capitão Benwick. A sua claudicação impedia-o de fazer muito exercício; mas uma inteligência prática e engenhosa parecia proporcionar-lhe constante emprego dentro de casa. Desenhava, envernizava, praticava a carpintaria, colava; fazia brinquedos para as crianças; fabricava novos tipos melhores de anzóis e ferros para redes; e, se nada mais lhe restava para fazer, remendava a sua grande rede de pesca num dos cantos da sala.

Anne julgou que se separava de uma grande felicidade quando deixaram a casa; e Louisa, ao lado de quem ela caminhava, se entregou a arroubos de admiração e contentamento sobre a natureza da Marinha, a cordialidade, a fraternidade, a sinceridade, a integridade de seus membros, afirmando que estava convencida de que os marinheiros tinham mais valor e sentimentos mais calorosos do que qualquer outro grupo de homens na Inglaterra; que só eles sabiam viver e só eles mereciam ser respeitados e amados.

Voltaram para trocar de roupa e jantar; e os planos funcionaram tão bem até ali, que nada acharam que devesse ser mudado, ainda que os donos do albergue se desculpassem pela "baixa estação" e por "Lyme estar tão fora de mão", sem oferecer "expectativas de companhia".

Anne sentiu que já conseguia ficar muito mais à vontade na companhia do capitão Wentworth do que antes podia imaginar, que agora estar à mesma mesa com ele e trocar as saudações de costume (nunca iam além disso) já não era nada para ela.

As noites eram escuras demais para que as mulheres se reunissem de novo antes do amanhecer, mas o capitão Harville lhes prometera uma visita à noite; e ele veio, trazendo consigo o amigo, o que era mais do que se esperava, tendo todos concordado que o capitão Benwick parecia sentir-se constrangido com a presença de tantos estranhos. Ele os enfrentou de novo, porém, embora o seu estado de espírito certamente não parecesse adequar-se à alegria do grupo como um todo.

Enquanto os capitães Wentworth e Harville conduziam a conversa num dos lados da sala e, lembrando os tempos passados, contavam muitas anedotas para ocupar e entreter os demais, calhou de Anne ficar um tanto à parte, com o capitão Benwick; e um generoso impulso de sua natureza obrigou-a a começar a se relacionar com ele. Ele era tímido e com queda para a abstração; mas a cativante doçura do rosto de Anne e a gentileza de suas maneiras logo surtiram seu efeito; e ela foi bem recompensada pelos esforços. Era ele evidentemente um jovem de considerável bom gosto nas leituras, embora sobretudo no que se refere à poesia; e, além de estar persuadida de ter proporcionado a ele pelo menos uma noite para a discussão de assuntos a que seus companheiros habituais provavelmente não davam importância, tinha a esperança de poder ser útil a ele dando-lhe algumas sugestões quanto ao dever e às vantagens de combater a angústia, assunto que irrompera naturalmente durante a conversa. Pois, embora tímido, ele não parecia reservado; parecia, antes, que tinha sentimentos prontos para romper seu silêncio habitual; e, tendo falado de poesia, da riqueza da época atual e feito uma breve comparação entre o valor dos principais poetas, tentando determinar qual era melhor, "Marmion"[1] ou "The lady of the lake",[2] e como classificar "Giaour"[3] e "The bride of Abydos",[4] e também como se devia pronunciar "Giaour", mostrou-se tão intimamente familiarizado com todas as mais ternas canções do primeiro poeta, quanto com todas as apaixonadas descrições de desesperada agonia do segundo; repetiu, com trêmulo sentimento, os vários versos que pintavam um coração partido ou um espírito desolado pela desgraça, e demonstrava em tudo tamanho desejo de ser compreendido, que ela se arriscou a esperar que ele nem sempre se limitasse a ler poesia, dizendo que considerava a maior desgraça da poesia o fato de raramente ser apreciada sem perigo por aqueles que mais completamente a apreciam; e que os sentimentos intensos, os únicos a poderem apreciá-la de verdade, eram os mesmos sentimentos que deveriam fruí-la apenas ocasionalmente.

Como seu olhar mostrava que ele não se afligira, e antes se alegrara com essa alusão à sua situação, ela tomou coragem e seguiu em frente; e, sentindo em si mesma os direitos de uma inteligência mais experiente, permitiu-se recomendar uma parte maior de prosa em seus estudos diários; e, ao ser solicitado que fosse mais específica, mencionou as obras que lhe ocorreram no momento, de autoria de nossos melhores moralistas, as melhores coletâneas de cartas, as memórias de personagens de mérito que haviam muito sofrido, como propícias a elevar e a fortalecer o espírito com os mais altos preceitos e os mais intensos exemplos de firmeza moral e religiosa.

O capitão Benwick ouviu com atenção e pareceu grato pelo interesse demonstrado; e, embora com um balançar da cabeça e suspiros que indicavam sua pouca fé na eficiência de quaisquer livros sobre uma dor como a sua, anotou os nomes dos autores recomendados e prometeu comprar os livros e lê-los.

Quando a reunião terminou, Anne não podia deixar de se divertir com a ideia de vir a Lyme para pregar a paciência e a resignação a um jovem que jamais vira antes; nem podia deixar de temer, ao refletir com maior seriedade, que, como muitos outros moralistas e pregadores, ela fora eloquente sobre um ponto em que sua própria conduta dificilmente resistiria ao exame.

---

[1] Poema de Walter Scott (1808). (N. T.)
[2] Poema de Walter Scott (1810). (N. T.)
[3] Poema de Byron (1813). (N. T.)
[4] Poema de Byron (1813). (N. T.)

CAPÍTULO 12

Anne e Henrietta, as primeiras a se encontrar na manhã seguinte, combinaram dar um breve passeio à beira-mar antes do café. Desceram até a areia para observar o fluxo da maré, que uma fina brisa de sudeste trazia com toda a grandiosidade permitida por uma praia tão plana. Admiraram a manhã; deram glória ao mar; compartilharam a delícia da brisa refrescante — e permaneceram caladas; até que de repente Henrietta disse:

— Ah! Sim... Estou convencida de que, com pouquíssimas exceções, o ar marinho sempre faz bem. Não há dúvida de que foi muito útil ao dr. Shirley, depois da sua doença, na primavera do ano passado. Ele próprio afirma que passar um mês em Lyme lhe fez mais bem do que todos os remédios que tomou; e que quando está perto do mar sempre se sente jovem outra vez. Ora, não posso deixar de pensar que é uma pena que ele não viva sempre à beira-mar. Acho que seria melhor para ele sair de Uppercross e estabelecer-se em Lyme. Não acha, Anne? Não concorda comigo que é o melhor que ele poderia fazer, tanto para si mesmo como para a sra. Shirley? Ela tem primos e muitos conhecidos aqui, o que tornaria o lugar agradável para ela, e tenho certeza de que ela adoraria vir para um lugar onde pudesse ter assistência médica disponível, caso ele venha a sofrer outro ataque. Acho profundamente melancólico ver pessoas excelentes como o sr. e a sra. Shirley, que fizeram o bem durante toda a vida, gastando seus últimos dias num lugar como Uppercross, onde, com exceção da nossa família, eles parecem apartados de todo o mundo. Gostaria que os amigos dele lhe fizessem essa sugestão. Acho mesmo que deveriam fazer isso. E, quanto a obter uma dispensa, não haveria dificuldades para ele nesta altura da vida e com o caráter que ele tem. Minha única dúvida é se algo poderia persuadi-lo a deixar a paróquia. Ele é tão rigoroso e escrupuloso em suas coisas, eu diria até que exageradamente. Você não acha, Anne, que ele é exageradamente escrupuloso? Não acha que seja um falso escrúpulo o eclesiástico sacrificar a saúde por suas tarefas, que podem ser igualmente bem executas por outra pessoa? E em Lyme, também, que fica a apenas dezessete milhas, ele estaria perto o bastante para saber, se as pessoas achassem haver algum motivo de queixa.

Anne sorriu mais de uma vez consigo mesma ao ouvir aquilo, e entrou na conversa, pronta para fazer algum bem participando dos sentimentos de uma jovem como participara dos de um jovem, embora nesse caso pouco pudesse fazer, pois o que podia oferecer além de um completo assentimento? Disse tudo que era adequado e razoável sobre o assunto; discerniu os direitos do dr. Shirley ao repouso, como devia; viu como era desejável que ele tivesse um jovem ativo e respeitável como pároco residente, e até levou a cortesia a ponto de sugerir que seria vantajoso que esse pároco residente fosse casado.

— Eu gostaria — disse Henrietta, muito contente com a companheira —, eu gostaria que *Lady* Russell vivesse em Uppercross e tivesse intimidade com o dr. Shirley. Sempre ouvi falar de *Lady* Russell como uma mulher capaz de exercer enorme influência sobre as pessoas! Eu sempre a considerei capaz de persuadir uma pessoa a fazer qualquer coisa! Tenho medo dela, como já disse a você, muito medo, porque ela é muito esperta; mas a respeito demais, e gostaria de tê-la como vizinha em Uppercross.

Anne achou engraçada a maneira de Henrietta mostrar gratidão e também que o curso dos acontecimentos e os novos interesses e planos de Henrietta tivessem acabado por fazer que sua amiga fosse aceita por um membro da família Musgrove; só teve tempo, no entanto, de dar uma resposta genérica e exprimir o desejo de que houvesse outra mulher assim em Uppercross, quando todos os assuntos morreram de repente, ao verem Louisa e o capitão Wentworth caminhando na direção delas. Vieram também dar um passeio até que o desjejum estivesse pronto; mas, como Louisa logo se lembrasse que tinha algo a comprar numa loja, convidou todos para que fossem com ela até o centro. Estavam todos à sua disposição.

Quando chegaram aos degraus que subiam da praia, um cavalheiro que naquele mesmo instante se preparava para descer educadamente retrocedeu e parou para lhes dar passagem. Eles subiram e passaram por ele; e ao passarem o rosto de Anne captou seu olhar, e ele olhou para ela com tamanha admiração, que não podia deixá-la insensível. Ela estava muito atraente; seu rosto, muito regular e muito bonito, com o frescor da juventude restaurado pela brisa que soprava sobre a pele e pelo brilho nos olhos que isso também produzira. Era evidente que o cavalheiro (de maneiras totalmente dignas de um cavalheiro) a admirou demais. O capitão Wentworth olhou para ela imediatamente, mostrando que notara aquilo. Lançou a ela um breve olhar, um olhar brilhante, que parecia dizer: "Aquele homem se impressionou com você, e até eu, neste momento, torno a ver em você algo de Anne Elliot".

Depois de acompanhar Louisa em suas compras e flanar por mais algum tempo, voltaram para o albergue; e Anne, mais tarde, ao passar rapidamente do quarto para a sala de jantar, quase se chocara contra o mesmíssimo cavalheiro, que estava de saída de um dos quartos vizinhos. Antes, ela imaginara que ele fosse um forasteiro como eles e que o cavalariço de boa aparência que passeava pelas proximidades dos dois albergues quando voltaram devia ser o seu criado. O fato de tanto o cavalheiro quanto o criado estarem de luto reforçou a ideia. Estava agora provado que ele esteve no mesmo albergue que eles; e esse segundo encontro, por mais breve que fosse, também revelou mais uma vez, pelo olhar do cavalheiro, que ele a achava adorável, e, pela rapidez e educação das desculpas, que era um homem de excelentes maneiras. Parecia ter seus trinta anos, e embora não fosse bonito tinha um aspecto agradável. Anne sentiu que gostaria de saber quem era ele.

Tinham quase terminado o desjejum, quando o ruído de uma carruagem (uma das primeiras que ouviam desde que chegaram a Lyme) atraiu metade dos presentes para a janela. Era uma carruagem de fidalgo, um cabriolé, que vinha apenas dos estábulos até a porta da frente; alguém devia estar de saída. Era dirigido por um criado de luto.

A palavra cabriolé fez Charles Musgrove saltar para poder compará-lo com o seu; o criado de luto despertou a curiosidade de Anne, e todos os seis se reuniram para olhar, no momento em que o dono do cabriolé atravessava a porta em meio às reverências e atenções dos empregados e, ocupando o seu lugar, partia.

— Ah! — exclamou o capitão Wentworth, de imediato, e com um olhar de relance para Anne. — É aquele homem que passou por nós.

As srtas. Musgrove concordaram; e, tendo-o todos seguido com os olhos até o mais alto da colina que puderam, voltaram à mesa de desjejum. O garçom logo em seguida entrou na sala.

— Por obséquio — disse logo o capitão Wentworth —, pode dizer-nos o nome do cavalheiro que acaba de partir?

— Posso, *Sir.* É o sr. Elliot, um cavalheiro riquíssimo, que chegou a noite passada vindo de Sidmouth. Acho que o senhor ouviu a carruagem, *Sir*, enquanto jantava; ele partiu agora para Crewkherne, a caminho de Bath e Londres.

— Elliot! — Muitos se entreolharam e muitos repetiram o nome antes que todas aquelas informações fossem passadas, mesmo com a rapidez de um garçom.

— Meu Deus! — exclamou Mary. — Deve ser o nosso primo; deve ser o nosso sr. Elliot, deve ser, claro! Charles, Anne, não deve ser ele? De luto, exatamente como o nosso sr. Elliot deve estar. Que incrível! No mesmíssimo albergue que nós! Anne, não deve ser o nosso sr. Elliot? O herdeiro mais próximo do papai? Por favor — voltando-se para o garçom —, você não ouviu, o criado dele não disse que ele pertencia à família Kellynch?

— Não, senhora, ele não mencionou nenhuma família em especial; mas disse que seu amo era um homem riquíssimo e um dia seria criado baronete.

— Aí está! Vocês veem? — exclamou Mary, em êxtase. — Exatamente como eu disse! O herdeiro de *Sir* Walter Elliot! Tinha certeza de que acabaria sabendo, se fosse verdade. Garanto que esse é um detalhe que seus criados se apressam em revelar em todos os lugares aonde ele vai. Mas, Anne, veja só que coisa incrível! Queria ter olhado mais para ele. Queria ter sabido a tempo quem ele era, para podermos apresentar-nos uns aos outros! Você acha que ele tem o jeito dos Elliot? Mal olhei para ele, estava olhando para os cavalos dele; mas acho que ele tinha algo do jeito dos Elliot, é surpreendente que o brasão não tenha chamado a minha atenção! Ah! O capote tinha sido pendurado sobre o painel da carruagem, cobrindo o brasão; se não fosse por isso, tenho certeza de que o teria observado e a libré também; se o criado não estivesse de luto, nós o teríamos reconhecido pela libré.

— Considerando todas essas extraordinárias circunstâncias juntas — disse o capitão Wentworth —, devemos ver nisso a mão da Providência, que não quis que vocês fossem apresentadas ao primo.

Quando conseguiu reter a atenção de Mary, Anne tentou calmamente convencê-la de que o pai delas e o sr. Elliot não vinham, há muitos anos, mantendo relações suficientemente boas para que uma tentativa de apresentação fosse desejável.

Ao mesmo tempo, todavia, era um secreto prazer para ela ter visto o primo e saber que o futuro proprietário de Kellynch era, sem dúvida, um cavalheiro e tinha um ar de grande bom-senso. Não pretendia, de modo algum, mencionar o segundo encontro com ele; por sorte, Mary não esteve presente quando cruzaram com ele durante o passeio matinal, mas se teria sentido injuriada pelo fato de Anne ter-se quase chocado com ele no corredor, enquanto ela nem perto dele chegara; não, aquele pequeno encontro entre primos devia permanecer absolutamente secreto.

— É claro — disse Mary — que você há de mencionar que vimos o sr. Elliot, da próxima vez que escrever para Bath. Acho que o papai certamente devia saber disso; conte tudo sobre ele.

Anne evitou dar uma resposta direta, mas considerava que aquela circunstância não só não merecia ser comunicada, como também devia ser ignorada. Ela conhecia a ofensa feita muitos anos antes a seu pai; suspeitava da parte importante que Elizabeth tinha no caso; e não havia dúvida de que a mera menção de Elliot sempre provocava irritação nos dois. Mary nunca havia escrito para Bath; coube a Anne todo o aborrecimento de manter uma vagarosa e maçante correspondência com Elizabeth.

Pouco depois do café, vieram encontrá-los o capitão e a sra. Harville e o capitão Benwick, com quem haviam combinado dar um último passeio por Lyme. Deviam partir para Uppercross à uma, e até lá queriam permanecer todos juntos ao ar livre o máximo que pudessem.

Anne viu que o capitão Benwick se aproximava dela, assim que todos saíram para a rua. A conversa que haviam tido a noite anterior não o impedia de buscar de novo a companhia dela; e caminharam juntos por algum tempo, falando como antes do sr. Scott e de Lord Byron, e incapazes como antes, e tão incapazes quanto quaisquer outros dois leitores, de pensar exatamente igual sobre os méritos de ambos os poetas, até que algo provocou uma mudança quase total na disposição do grupo, e em vez do capitão Benwick ela passou a ter o capitão Harville ao seu lado.

— Srta. Elliot — disse ele, falando em voz baixa —, foi uma boa ação fazer meu pobre amigo falar bastante. Gostaria que ele tivesse a sua companhia com mais frequência. É ruim para ele, eu sei, ficar trancado como agora; mas o que podemos fazer? Não podemos separar-nos.

— Não — disse Anne —, é fácil ver que isso é impossível; mas com o tempo, talvez... sabemos o que o tempo faz em todas as situações de dor, e você deve lembrar-se, capitão Harville, de que o luto do seu amigo ainda pode ser considerado recente... data só do verão passado, pelo que sei.

— É verdade — com um profundo suspiro —; é só de junho.

— E talvez a notícia lhe tenha chegado até mais tarde.

— Só na primeira semana de agosto, quando ele chegou do Cabo com o *Grappler.* Eu estava em Plymouth, com medo de ter notícias dele; ele enviara cartas, mas o *Grappler*, estando a serviço, devia prosseguir até Portsmouth. Era ali que ele deveria receber a notícia, mas quem a contaria? Não eu. Eu preferiria ser içado no lais da verga. Ninguém podia fazer aquilo, a não ser o nosso bom amigo — apontando o capitão Wentworth. — O *Laconia* chegara a Plymouth uma semana antes; não havia perigo de receber ordens para zarpar de novo. Quanto ao resto, fez tudo por conta própria; escreveu um pedido de licença, mas sem esperar a resposta viajou noite e dia até chegar a Portsmouth, remou até o *Grappler* imediatamente, e não abandonou o pobre sujeito nem por um instante durante uma semana. Foi isso o que ele fez, e ninguém mais poderia ter salvado o pobre James. Pense, então, srta. Elliot, como ele é querido por nós!

Anne pensou intensamente sobre a questão, e disse em resposta o que seus próprios sentimentos lhe permitiam dizer ou o que os dele podiam suportar, pois ele estava comovido demais para voltar a tocar no assunto e, quando tornou a falar, escolheu um tema completamente diferente.

A opinião da sra. Harville de que o marido já teria andado o bastante quando voltasse para casa determinou o percurso que toda a comitiva faria em sua última caminhada: iam acompanhá-los até a porta de casa, e então voltariam e partiriam. Pelos cálculos que fizeram, só havia tempo para isso; mas, quando chegaram às cercanias do Cobb, manifestou-se um desejo geral de dar uma volta por ele mais uma vez; todos gostaram tanto da ideia e Louisa logo se tornou tão decidida, que acharam que quinze minutos a mais não fariam nenhuma diferença; assim, com toda espécie de amáveis saudações de despedida e todo amável intercâmbio de convites e promessas imagináveis, separaram-se do capitão e da sra. Harville diante da porta de sua casa e, ainda acompanhados pelo capitão Benwick, que parecia não querer desgrudar deles antes do último instante, seguiram em frente para o adequado adeus ao Cobb.

Anne viu-se novamente na companhia do capitão Benwick. O "mar azul escuro" de Lord Byron não podia deixar de ser lembrado ante a vista que se lhes oferecia, e ela deu alegremente a ele toda a atenção possível. Porém, logo foi forçada a voltar-se para outra direção.

Ventava demais na parte alta do novo Cobb para que se mostrasse agradável às mulheres, e eles concordaram em descer as escadas até o mais baixo, e todos se contentaram em atravessar devagar e com cautela a íngreme rampa, exceto Louisa; ela tinha de saltar os degraus com a ajuda do capitão Wentworth. Em todos os passeios que fizeram, ele tivera de ajudá-la a saltar todos os murinhos; ela achava deliciosa aquela sensação. O chão muito duro para os pés dela fez que o capitão se mostrasse menos disposto a fazer aquilo naquele momento; ele o fez, porém. Ela desceu sã e salva, e imediatamente, para mostrar sua alegria, correu escada acima para saltar de novo. Ele a aconselhou a não fazer isso, achou que o impacto seria grande demais; mas não, ele argumentou e falou em vão, ela sorriu e disse: "Já decidi que vou saltar"; ele estendeu as mãos; ela saltou meio segundo antes do que devia e caiu no chão de pedra do Cobb de baixo; quando a levantaram, estava sem vida! Não havia ferimentos, nem sangue, nem contusões visíveis; mas seus olhos estavam fechados, ela não respirava, seu rosto estava como morto. Quão medonho foi aquele momento para todos os que estavam ao seu redor!

O capitão Wentworth, que era quem a havia erguido, ajoelhou-se com ela nos braços, olhando para ela com o rosto tão lívido quanto o dela, em silenciosa agonia. "Ela morreu! Ela morreu!", gritou Mary, agarrando-se ao marido e contribuindo com seu próprio horror para petrificá-lo; e no momento seguinte Henrietta, cedendo à certeza de que a irmã estava morta, também perdeu os sentidos, e teria caído nos degraus, se não fossem o capitão Benwick e Anne, que a seguraram e a ampararam.

— Alguém pode ajudar-me? — foram as primeiras palavras do capitão Wentworth, em tom de desespero, como se todas as suas forças se tivessem esvaído.

— Ajude-o, ajude-o — gritou Anne —, pelo amor de Deus, ajude-o. Eu posso segurá-la sozinha. Deixe-me e vá ajudá-lo. Esfregue as mãos dela, esfregue as têmporas; aqui estão os sais; pegue-os, pegue-os.

O capitão Benwick obedeceu e, como Charles na mesma hora se separou da mulher, ambos foram acudi-lo; e Louisa foi erguida e amparada mais firmemente entre eles, e tudo o que Anne ordenara foi feito, mas em vão, enquanto o capitão Wentworth, que se encostara à parede para se sustentar, exclamava com a mais amarga agonia:

— Ah! Meu Deus! O pai e a mãe dela!

— Um cirurgião! — disse Anne.

Ele compreendeu imediatamente; aquilo até pareceu revigorá-lo de imediato e, dizendo apenas: "É verdade, é verdade, um cirurgião imediatamente", começou a sair em disparada, quando Anne se apressou em lhe sugerir:

— O capitão Benwick, não seria melhor o capitão Benwick? Ele sabe onde encontrar um cirurgião.

Todos os que estavam em condições de pensar perceberam os méritos da ideia, e num instante (tudo se passou numa questão de instantes) o capitão Benwick entregou o pobre corpo sem vida inteiramente aos cuidados do irmão e partiu para a cidade com a máxima velocidade.

Quanto ao aflito grupo que deixou para trás, era difícil dizer qual dos três ainda no gozo de suas faculdades sofria mais: o capitão Wentworth, Anne ou Charles, que, sendo um irmão realmente muito carinhoso, se debruçou sobre Louisa soluçando angustiado, e só podia tirar os olhos de uma irmã para ver a outra igualmente inconsciente ou para testemunhar a histérica agitação da esposa, que lhe pedia um socorro que ele não podia oferecer-lhe.

Anne, cuidando de Henrietta com toda a atenção e zelo e seriedade que o instinto lhe oferecia, ainda tentava, de quando em quando, proporcionar conforto aos demais, tentava acalmar Mary, animar Charles, amenizar os sentimentos do capitão Wentworth. Ambos pareciam olhar para ela em busca de orientação.

— Anne, Anne — exclamou Charles —, que fazer agora? Pelo amor de Deus, que devemos fazer agora?

Os olhos do capitão Wentworth também estavam voltados para ela.

— Não seria melhor carregá-la até o albergue? É claro: carreguem-na com todo o cuidado até o albergue.

— Para o albergue, é claro — repetiu o capitão Wentworth, comparativamente calmo, e impaciente para fazer alguma coisa. — Eu mesmo vou carregá-la. Musgrove, cuide das outras.

A essa altura a notícia do acidente já se espalhara pelos trabalhadores e barqueiros do Cobb, e muitos se reuniram ao redor deles, para fazerem alguma coisa se fosse preciso e, de qualquer modo, para gozar da vista de uma jovem morta, ou melhor, de duas jovens mortas, pois a realidade se revelara duas vezes melhor do que a primeira notícia. Henrietta foi confiada a alguns dos de melhor aparência daquela boa gente, pois, embora tivesse parcialmente voltado a si, estava completamente prostrada; e dessa maneira, com Anne caminhando ao seu lado e Charles amparando a mulher, eles se puseram a caminho, percorrendo em sentido contrário, com sentimentos inexprimíveis, o caminho que haviam percorrido tão pouco antes, tão pouquíssimo tempo antes e com o coração tão despreocupado.

Não haviam ainda saído do Cobb, quando deram com os Harville. O capitão Benwick fora visto quando passava correndo em frente à casa deles, com uma expressão que mostrava que algo não ia bem; e eles partiram imediatamente, sendo informados e orientados pelo caminho, até o lugar do acidente. Por mais chocado que estivesse, o capitão Harville trouxe consigo bom-senso e nervos que podiam ser de utilidade imediata; e um olhar entre ele e a mulher decidiu o que devia ser feito. Ela devia ser levada à casa deles; todos deviam ir à casa deles; e lá aguardar a chegada do cirurgião. Eles não vacilaram: ele foi obedecido; foram todos abrigar-se sob o seu teto; e enquanto Louisa, sob a direção da sra. Harville, era carregada escada acima e colocada em sua própria cama, o marido oferecia assistência, licores e bebidas tônicas a todos que precisassem.

Louisa abrira uma vez os olhos, mas logo os fechou de novo, aparentemente inconsciente. Aquilo era uma prova de que estava viva, porém, o que animou a irmã; e aquela agitação de esperanças e receios evitou que Henrietta, embora completamente incapaz de ficar no mesmo quarto com Louisa, voltasse ao seu estado de inconsciência. Também Mary estava acalmando-se.

O cirurgião chegou antes do que parecera possível. Estavam todos apavorados, enquanto a examinava; mas ele se mostrou esperançoso. A cabeça sofrera uma grave contusão, mas já vira casos mais graves em que houve recuperação: não estava de modo algum pessimista; mostrava animação ao falar.

Que ele não considerasse o caso desesperado, não dissesse que tudo acabaria em poucas horas foi, a princípio, sentido como algo que ia além das esperanças da maioria deles; e pode-se imaginar o entusiasmo de um tal indulto, o júbilo profundo e silencioso depois que algumas fervorosas jaculatórias de gratidão foram oferecidas aos Céus.

Anne tinha certeza de que jamais esqueceria o tom, a expressão com que o capitão Wentworth dissera "Graças a Deus!"; nem a visão dele em seguida, quando se sentou a uma mesa, debruçando-se sobre ela com os braços cruzados e o rosto encoberto, como se exausto pelos múltiplos sentimentos de sua alma, e tentando acalmá-los pela oração e pela reflexão.

Louisa nada sofrera. Só a cabeça estava machucada.

Agora os presentes precisavam resolver o que deviam fazer quanto à sua situação geral. Agora já podiam falar e consultar-se uns com os outros. Não havia dúvida de que Louisa devia ficar onde estava, por mais que seus entes queridos lamentassem o incômodo que estariam causando aos Harville. Era impossível removê-la. Os Harville trataram de calar todos os escrúpulos; e, na medida do possível, todas as expressões de gratidão. Eles haviam previsto e arranjado tudo antes que os outros começassem a refletir. O capitão Benwick cederia seu quarto a eles e ia dormir em algum outro lugar; e tudo ficou acertado. Só estavam preocupados com o fato de a casa não poder abrigar mais ninguém; e mesmo assim, talvez, "pondo as crianças no quarto da empregada ou se armassem uma cama em algum lugar", não perdiam a esperança de abrir lugar para mais duas ou três pessoas, supondo que elas quisessem ficar ali; mesmo se, com relação à assistência à srta. Musgrove, não tivessem nenhuma apreensão em deixá-la inteiramente aos cuidados da sra. Harville. A sra. Harville era uma enfermeira muito experiente, e o mesmo se podia dizer da babá de seus filhos, que vivia com ela havia muito tempo e a acompanhara em todas as suas viagens. Com aquelas duas, não faltaria assistência nem de dia nem de noite. E tudo isso era dito com uma irresistível autenticidade e sinceridade de sentimentos.

Charles, Henrietta e o capitão Wentworth estavam os três reunidos em consulta, e por alguns momentos foi só um intercâmbio de perplexidade e terror. Uppercross, a necessidade de alguém ir a Uppercross; a notícia a ser dada; como podia ser comunicada ao sr. e à sra. Musgrove; o adiantado da manhã; já uma hora passada depois do horário em que deviam ter partido; a impossibilidade de chegar num tempo razoável. A princípio, não eram capazes de mais nada além de tais exclamações; mas, pouco depois, o capitão Wentworth, recompondo-se, disse:

— Temos de decidir logo, não temos mais nenhum minuto a perder. Cada minuto é precioso. Alguém deve ir a Uppercross imediatamente. Musgrove, ou você ou eu.

Charles concordou, mas disse estar decidido a não ir. Causaria o menor incômodo possível ao capitão e à sra. Harville; mas abandonar a irmã num tal estado, ele nem devia nem queria. Isso estava decidido; e Henrietta inicialmente disse a mesma coisa. Ela, porém, logo foi persuadida a mudar de ideia. Qual a utilidade de permanecer ali! Ela, que não fora capaz de permanecer no mesmo quarto que Louisa, ou de olhar para ela sem sofrer de um modo que a deixava completamente prostrada! Foi forçada a reconhecer que não seria útil ali, mas ainda não estava disposta a partir, até que, comovida à lembrança do pai e da mãe, desistiu; concordou em ir, estava ansiosa para chegar em casa.

O plano fora traçado até esse ponto, quando Anne, descendo silenciosamente do quarto de Louisa, não pôde evitar ouvir o que segue, pois a porta da sala estava aberta.

— Então, está tudo certo, Musgrove — exclamou o capitão Wentworth —;

você fica e eu cuido da casa de sua irmã. Mas quanto ao resto, quanto aos demais, se alguém ficar para ajudar a sra. Harville, acho que deve ser uma só pessoa. A sra. Charles Musgrove vai, é claro, querer voltar para junto dos filhos; mas, se Anne ficar, não há ninguém tão indicado, tão capaz como Anne.

Ela estacou por um momento para recuperar-se da comoção de ouvir falarem assim dela. Os outros dois concordaram calorosamente com o que ele disse, e ela então apareceu.

— Você vai ficar, tenho certeza; você vai ficar e cuidar dela — exclamou ele, voltando-se para ela e falando com um ardor, mas também com uma gentileza, que pareceram quase trazer de volta o passado. Ela corou profundamente, e ele se recompôs e se afastou. Ela se disse totalmente disposta e pronta a ficar e feliz com isso. Era nisso que ela estava pensando e desejava que lho permitissem. Um leito no chão do quarto de Louisa seria o bastante para ela, se a sra. Harville não tivesse nada contra.

Mais uma coisa, e tudo parecia acertado. Embora fosse desejável que o sr. e a sra. Musgrove já estivessem alarmados com o atraso, o tempo necessário para que os cavalos de Uppercross os trouxessem de volta aumentaria terrivelmente a angústia da espera; e o capitão Wentworth propôs, e Charles Musgrove concordou, que seria muito melhor para ele alugar uma *chaise* no albergue e deixar que a carruagem e os cavalos do sr. Musgrove fossem mandados para casa na manhã seguinte bem cedo, quando seria muito bom enviar notícias sobre como Louisa teria passado a noite.

O capitão Wentworth agora saiu correndo para preparar tudo que lhe cabia, e as duas damas logo o seguiriam. Quando contaram o plano a Mary, porém, toda aquela paz acabou. Ela estava tão indignada e fora de si, queixou-se tanto da injustiça de dever ir embora em vez de Anne; Anne, que não era nada para Louisa, ao passo que ela era sua cunhada e tinha mais direito de ficar no lugar de Henrietta! Por que não podia ser tão útil quanto Anne? E ir para casa sem Charles, ainda por cima, sem o marido! Não, aquilo era um desaforo. Em resumo, ela falou mais do que o marido podia suportar por muito tempo, e, como nenhum dos demais podia opor-se enquanto ele cedia, o resultado só podia ser um; a troca de Mary por Anne passou a ser inevitável.

Anne nunca se submetera com maior relutância às injustas e insensatas exigências de Mary; mas tinha de ser assim, e eles partiram para a cidade, com Charles tomando conta da irmã e o capitão Benwick acompanhando-a. Por um momento, enquanto corriam, Anne se entregou à recordação das pequenas circunstâncias que aqueles mesmos lugares haviam testemunhado naquela mesma manhã. Ali ela ouvira os planos de Henrietta para que o dr. Shirley partisse de Uppercross; mais tarde, vira pela primeira vez o sr. Elliot; agora, um momento parecia ser tudo o que podia conceder a alguém, a não ser a Louisa ou àqueles empenhados no bem-estar dela.

O capitão Benwick demonstrou para com ela a mais atenciosa consideração; e, unidos como todos pareciam estar pelas angústias do dia, ela sentiu uma simpatia cada vez maior por ele e um prazer em pensar que aquela poderia talvez ser uma boa ocasião para aprofundar o relacionamento.

O capitão Wentworth estava à espera deles, e uma *chaise* puxada por quatro cavalos estava pronta para partir, estacionada para conveniência deles na parte mais baixa da rua; mas sua evidente surpresa e irritação ante a substituição de uma irmã pela outra, a mudança em sua expressão, o espanto, as frases iniciadas e logo interrompidas com que ouvia Charles constituíram uma mortificante recepção para Anne; ou pelo menos a convenceram de que só era apreciada à medida que podia ser útil a Louisa.

Ela tentou não perder a calma e ser justa. Sem emular os sentimentos de uma Emma pelo seu Henry,[1] ela teria cuidado de Louisa com um zelo acima do exigido pela afeição comum, por causa dele; e esperava que ele não fosse tão injusto a ponto de imaginar que ela se tivesse furtado sem necessidade aos deveres de amiga.

Nesse ínterim, ela entrara na carruagem. Ele ajudara as duas a subir e se instalara entre elas; e assim, nessa situação cheia de espanto e emoção para Anne, ela deixou Lyme. Como seria superada aquela etapa, como afetaria as maneiras de ambos, qual seria o relacionamento que teriam era algo que ela

---

[1] Dois personagens do poema "Henry and Emma", do poeta inglês Matthew Prior (1664–1721). (N. T.)

não conseguia prever. Era tudo muito natural, porém. Ele era atencioso com Henrietta; sempre se voltava para ela; e sempre que falava era para fortalecer as esperanças dela e para animá-la. Em geral, a voz e as maneiras dele eram deliberadamente calmas. Poupar Henrietta de toda agitação parecia ser o objetivo principal. Só uma vez, quando ela deplorava aquele último passeio ao Cobb, tão insensato e fatal, lamentando-se amargamente de que tivesse sido planejado, ele explodiu, como se não pudesse conter-se:

— Não me fale daquilo, não me fale daquilo — gritou ele. — Ah! Meu Deus! Se eu não tivesse cedido no momento fatal! Se tivesse feito o que devia! Mas tão animada e decidida! Minha querida e doce Louisa!

Anne pensou com seus botões se agora ocorrera a ele questionar sua opinião anterior sobre a universal felicidade e proveito da firmeza de caráter; e se ele não acabara por perceber que, como todas as qualidades do espírito, essa devia ter as suas medidas e os seus limites. Achou que agora dificilmente escaparia a ele que um temperamento capaz de ser persuadido pode, às vezes, ser tão favorecido pela felicidade quanto o caráter mais resoluto.

Avançavam velozmente. Anne espantou-se em ver as mesmas colinas e as mesmas paisagens tão rápido. Sua velocidade real, aumentada por certo medo quanto à conclusão da viagem, fez que a estrada parecesse ter a metade da extensão que tinha na véspera. Estava cada vez mais escuro, porém, quando chegaram ao vilarejo de Uppercross, e durante algum tempo se fez um com-

pleto silêncio, e Henrietta, acocorada num canto, com um xale sobre o rosto, dava a esperança de que, de tanto chorar, adormecera; quando atravessavam a última colina, Anne se viu de repente interpelada pelo capitão Wentworth. Com voz baixa e cautelosa, ele disse:

— Venho pensando no que é melhor fazermos. Inicialmente, ela não deve apresentar-se. Ela pode não suportar. Tenho pensado se não é melhor você ficar com ela na carruagem, enquanto eu vou e conto tudo ao sr. e à sra. Musgrove. Que você acha?

Ela concordou: ele ficou satisfeito e não disse mais nada. Mas a lembrança de ter sido consultada por ele continuou sendo um prazer para ela, como prova de amizade e de respeito pelo seu discernimento, um grande prazer, o qual não diminuiu, mesmo tudo isso significando uma espécie de despedida.

Quando terminou a penosa comunicação da notícia em Uppercross e viu o pai e a mãe tão calmos como ele podia esperar e a filha bem melhor por estar com eles, o capitão Wentworth anunciou sua intenção de voltar a Lyme na mesma carruagem; e, assim que os cavalos terminaram sua ração, ele partiu.

CAPÍTULO 13

O resto da estada de Anne em Uppercross, de apenas dois dias, foi passado todo na Casa Grande; e ela teve a satisfação de saber que estava sendo muito útil, tanto pela companhia, como por ajudar em todos os preparativos para o futuro, o que, no deprimido estado de espírito do sr. e da sra. Musgrove, era para eles uma tarefa muito dura.

Na manhã seguinte, receberam bem cedo notícias de Lyme. Louisa estava no mesmo estado. Não surgira nenhum sintoma pior. Charles veio algumas horas depois, para fazer um relato mais atualizado e minucioso. Estava razoavelmente otimista. Não era de esperar uma cura rápida, mas tudo estava indo bem, na medida do possível para um caso daqueles. Ao falar dos Harville, pareceu incapaz de expressar sua própria ideia de bondade, sobretudo no que se referia às atividades da sra. Harville como enfermeira. Ela realmente não deixava nada para Mary fazer. Ele e Mary foram persuadidos a irem cedo para o albergue na noite anterior. Mary tivera outro ataque histérico nessa manhã. Quando ele partiu, ela tinha ido dar um passeio com o capitão Benwick, o que, esperava ele, lhe faria bem. Ele quase desejava que ela tivesse sido convencida a vir para casa no dia anterior; mas a verdade era que a sra. Harville não deixava nada para ninguém fazer.

Charles devia voltar a Lyme aquela mesma tarde, e seu pai chegou a pensar em ir com ele, mas as mulheres não consentiram. Isso só agravaria os problemas dos outros e aumentaria sua própria angústia; e um plano muito melhor foi concebido e posto em ação. Uma *chaise* foi enviada de Crewkherne, e Charles levou consigo uma pessoa muito mais útil: a velha babá da família — aquela que criara todas as crianças e tinha visto a última delas, Harry, durante tanto tempo mimada, ser mandada para a escola depois dos irmãos —, que agora vivia na sua sala das crianças deserta, a remendar meias e a tratar de todas as pústulas e machucados de que podia aproximar-se, e que, portanto, estava felicíssima por lhe permitirem ir ajudar a cuidar da sua querida srta. Louisa. Vagos planos de levar Sarah até lá haviam ocorrido antes à sra. Musgrove e a Henrietta; mas, sem Anne, dificilmente teriam tomado tão cedo a decisão de pô-los em prática.

No dia seguinte, ficaram em dívida com Charles Hayter, por todas as minuciosas informações sobre Louisa que era tão essencial obter a cada vinte e quatro horas. Ele tomou para si a responsabilidade de ir a Lyme, e seus relatos foram ainda encorajadores. Acreditava-se que os intervalos de lucidez e consciência estavam mais nítidos. Todos os relatos concordavam em que o capitão Wentworth parecia ter-se estabelecido em Lyme.

Anne deveria despedir-se deles no dia seguinte, um acontecimento que todos temiam. Que fariam sem ela? Eram de muito pouco consolo uns para os outros. E tanto se disse nesse sentido, que Anne achou que nada melhor podia fazer do que torná-los cientes do que sabia ser a inclinação geral e persuadir todos eles a irem juntos a Lyme. Encontrou pouca dificuldade nisso; logo ficou decidido que iriam; ir no dia seguinte, estabelecer-se no albergue ou em apartamentos alugados, como fosse melhor, e ali permanecer até que a querida Louisa pudesse ser levada para casa. Deviam ajudar aquela boa gente com quem ela estava; poderiam pelo menos aliviar a sra. Harville do cuidado de seus próprios filhos; em suma, ficaram tão felizes com a decisão, que Anne estava orgulhosa com o que fizera e sentiu que não poderia passar a sua última manhã em Uppercross melhor do que ajudando-os com os preparativos e fazendo-os partir bem cedo, embora isso tivesse como consequência ser abandonada à solidão daquela imensa casa.

Era ela a última, salvo as crianças do Chalé, a última mesmo, a única remanescente de tudo que enchera e animara ambas as casas, de tudo que dera a Uppercross seu caráter tão alegre. Alguns poucos dias tinham feito uma enorme diferença!

Se Louisa se recuperasse, tudo voltaria a estar bem. Voltaria a reinar a felicidade, até mais do que antes. Não havia dúvida para ela do que se passaria depois da recuperação. Mais alguns meses e a sala, agora tão deserta, ocupada apenas pela sua silenciosa e pensativa pessoa, estaria de novo repleta de toda aquela alegria e felicidade, de tudo que é animado e brilhante no amor feliz, de tudo que menos se parecia com Anne Elliot!

Uma hora de completo lazer para reflexões como essa, num escuro dia de novembro, com uma chuva forte e de pingos finos que quase apagava os pouquíssimos detalhes que se podiam distinguir das janelas, era o bastante para fazer o ruído da carruagem de *Lady* Russell mais do que bem-vindo; e no entanto, embora desejosa de partir, não conseguia deixar a Casa Grande ou lançar um olhar de despedida ao Chalé, com sua varanda negra, gotejante e desconfortável, ou mesmo discernir entre os vidros empanados os últimos humildes casarios da aldeia, sem ficar com o coração pesado. Haviam-se passado cenas em Uppercross que a tornavam preciosa. Ela guardava a lembrança de muitas sensações de sofrimento, antes profundas, mas agora mais brandas; e de alguns exemplos de ternos sentimentos, alguns suspiros de bem-querer e de reconciliação, que não mais voltariam e que jamais deixariam de ser benquistos. Ela deixava tudo aquilo para trás, tudo menos a memória de que tais coisas haviam acontecido.

Anne jamais entrara em Kellynch desde que deixara a casa de *Lady* Russell em setembro. Não fora necessário, e nas poucas ocasiões em que lhe fora possível ir a Kellynch Hall, conseguira furtar-se. Voltava agora pela primeira vez, para retomar o seu lugar nos modernos e elegantes apartamentos de Kellynch Lodge e para alegrar a vista de sua proprietária.

Havia alguma ansiedade misturada à alegria de *Lady* Russell em vê-la. Ela sabia quem vinha frequentando Uppercross. Mas felizmente, ou Anne tinha um aspecto melhor, mais cheinha e bonita, ou *Lady* Russell imaginou que assim era; e Anne, ao receber os seus cumprimentos, divertiu-se relacionando-os com a silenciosa admiração do seu primo e na esperança de ser abençoada com uma segunda primavera de juventude e beleza.

Quando começaram a conversar, ela logo notou certa mudança de espírito. Os assuntos que mais lhe tocavam o coração ao deixar Kellynch, e que vira os outros desdenharem e fora obrigada a ocultar quando estava com os Musgrove, haviam-se tornado de interesse secundário. Perdera de vista até o pai e a irmã e Bath. A preocupação com eles desaparecera ante as angústias com Uppercross; e quando *Lady* Russell trouxe de volta as velhas esperanças e receios, e expressou a sua satisfação com a casa de Camden Place, que fora alugada, e seu pesar pelo fato de a sra. Clay ainda estar com eles, Anne ter-se-ia envergonhado se ela soubesse como a preocupavam muito mais Lyme e Louisa Musgrove e todos os seus conhecidos de lá; como eram mais interessantes para ela a casa e a amizade dos Harville e do capitão Benwick, do que a casa do pai em Camden Place ou a intimidade de sua irmã com a sra. Clay. Teve realmente de se esforçar para mostrar a *Lady* Russell pelo menos a aparência de uma igual solicitude por assuntos que, por natureza, lhe eram mais próximos.

Houve também certo constrangimento inicial em suas palavras sobre outro assunto. Tiveram de falar sobre o acidente de Lyme. Ainda não havia cinco minutos que *Lady* Russell chegara na véspera e já um relatório completo sobre o caso lhe foi oferecido; mas mesmo assim ainda era preciso falar dele, ela teve de fazer perguntas, lamentar a imprudência e o resultado dela, e o nome do capitão Wentworth teve de ser mencionado por ambas. Anne sabia que não se estava saindo tão bem quanto *Lady* Russell. Não conseguiu pronunciar o nome dele e olhar direto para os olhos de *Lady* Russell, até adotar o expediente de lhe contar brevemente o que achava da relação entre ele e Louisa. Dito isso, o nome dele já não causou embaraços.

Limitou-se *Lady* Russell a ouvir calmamente e desejar-lhes felicidade, mas dentro dela o coração exultou em colérico prazer e em prazeroso desprezo, pois o homem que aos vinte e três anos parecera compreender algo do valor de uma Anne Elliot haveria de, oito anos depois, encantar-se com uma Louisa Musgrove.

Os primeiros três ou quatro dias passaram-se bastante tranquilos, sem nenhuma situação que os assinalasse, salvo o recebimento de um ou outro bilhete de Lyme que alcançaram Anne, ela não sabia bem como, e trouxeram notícias um tanto melhores acerca de Louisa. Ao fim daquele período, a polidez de *Lady* Russell não pôde suportar mais e o tom mais tímido do passado se tornou mais decidido:

— Tenho de ir ter com a sra. Croft; preciso *realmente* ir ter com ela logo. Anne, você tem coragem de ir comigo e fazer uma visita àquela casa? Será uma dura prova para nós duas.

Anne não se furtou; ao contrário, foi sincera ao observar:

— Acho que das duas a que mais vai sofrer será a senhora; seus sentimentos são menos abertos à mudança dos que os meus. Permanecendo na vizinhança, habituei-me a isso.

Poderia falar mais sobre o assunto; pois tinha, na verdade, uma tão boa opinião dos Croft e considerava o pai tão felizardo por tê-los como inquilinos, julgava que a paróquia podia contar com um tão bom exemplo, e os pobres, com tanta atenção e ajuda, que, embora aborrecida e envergonhada com a necessidade de se mudar, não podia em sã consciência deixar de pensar que haviam partido os que não mereciam ficar e que Kellynch Hall estava agora em melhores mãos do que as de seus proprietários. Tais convicções deviam, sem dúvida, provocar certa dor, e uma dor profunda; estas, porém, impediam aquela dor que *Lady* Russell sofreria se entrasse na casa de novo e tornasse a percorrer aqueles tão conhecidos aposentos.

Em tais momentos, Anne não conseguia dizer consigo mesma: "Estes aposentos deviam pertencer somente a nós. Ah, como decaíram! Como são indignos os seus ocupantes! Uma família tão antiga ser posta para fora! Estranhos ocuparem o seu lugar!". Não, salvo quando pensava na mãe e se lembrava do lugar onde ela costumava sentar-se e presidir a reunião, não arrancava do peito tais suspiros.

A sra. Croft sempre a tratava com uma delicadeza que lhe sugeria o prazer de ser a sua favorita e, na presente ocasião, recebendo-a em sua casa, dedicou-lhe uma atenção especial.

O triste acidente de Lyme logo se tornou o assunto dominante e, ao compararem as últimas notícias que haviam recebido sobre a inválida, ficou claro que as duas datavam as suas informações da mesma hora da manhã do dia anterior; que o capitão Wentworth estivera em Kellynch na véspera (pela primeira vez desde o acidente) e trouxera a Anne o último bilhete, aquele cujo percurso até ela não conseguira rastrear; permanecera por algumas horas e em seguida voltara novamente a Lyme, sem nenhuma intenção de tornar a sair de lá no momento. Descobriu que ele fizera perguntas sobre ela, em particular; exprimira a esperança de que a srta. Elliot não estivesse sentindo-se mal pelos esforços despendidos, e se referira a tais esforços como grandes. Isso era belo, e deu a ela um prazer maior do que quase tudo o mais poderia dar-lhe.

Quanto à triste catástrofe em si, só podia ser discutida de um único modo por um par de mulheres equilibradas e sensatas, cujos julgamentos deviam fundamentar-se em acontecimentos reconhecidos; e ficou plenamente decidido que fora a consequência de muita irreflexão e de muita imprudência; que seus efeitos eram mais do que alarmantes e que era apavorante pensar por quanto tempo a recuperação da srta. Musgrove ainda poderia permanecer duvidosa, e como era provável que mais tarde ela continuasse a sentir as sequelas da pancada! O almirante resumiu tudo com esta exclamação:

— Ah! Um caso muito triste, realmente. Deve ser um jeito novo de os rapazes cortejarem suas bem-amadas, quebrando-lhes a cabeça, não é, srta. Elliot? Quebrar a cabeça e depois engessá-la, na verdade!

As maneiras do almirante Croft não tinham exatamente o tom mais adequado para agradar a *Lady* Russell, mas deliciavam a Anne. Sua bondade de coração e a simplicidade de caráter eram irresistíveis.

— Ora, deve ter sido muito doloroso para você — disse ele, despertando de repente de um breve devaneio — vir e nos encontrar aqui. Não havia pensado nisso antes, garanto, mas deve ser muito ruim. Mas, agora, não faça cerimônia. Levante-se e vá a todos os quartos da casa que quiser.

— Uma outra ocasião, *Sir*, muito obrigada, mas não agora.

— Quando quiser. Pode entrar quando quiser pelo bosquinho; e lá vai descobrir que penduramos nossos guarda-chuvas perto da porta. Um bom lugar, não é? Mas — controlando-se — não vai achar que seja um bom lugar, pois os de vocês ficavam sempre no quarto do mordomo. Ah, é sempre assim, eu acho. Os costumes de um homem podem ser tão bons quanto os de outro, mas sempre preferimos os nossos. E então você poderá julgar por si mesma se acha melhor passear pela casa ou não.

Anne, julgando que poderia recusar o convite, assim o fez, muito agradecida.

— Fizemos muito poucas modificações — prosseguiu o almirante, depois de refletir por um momento. — Muito poucas. Falamos-lhe sobre a porta da lavanderia, em Uppercross. Essa foi uma grande melhoria. O espantoso é que alguma família neste mundo tenha podido tolerar por tanto tempo o inconveniente de ela se abrir como se abria! Você vai dizer a *Sir* Walter o que fizemos e que o sr. Shepherd acha que esse foi o maior melhoramento que a casa já teve. Na verdade, eu devo fazer justiça a nós mesmos dizendo que as poucas alterações que fizemos foram todas para bem melhor. A minha esposa deve levar o crédito por elas, porém. Eu fiz muito pouca coisa, além de mandar tirar alguns dos grandes espelhos do meu quarto de vestir, que era do seu pai. Um excelente homem e um perfeito cavalheiro, sem dúvida: mas eu diria, srta. Elliot — lançando-lhe um olhar sério e pensativo —, eu diria que ele deve ser um tanto vaidoso para a sua idade. Tal quantidade de espelhos! Meu Deus! Não havia como fugir de si mesmo. Então pedi a Sophy que me ajudasse e logo os tiramos dali; e agora estou bem à vontade, com meu espelhinho de barbear num canto e um outro, enorme, de que nunca chego perto.

Anne, divertida mesmo a contragosto, teve alguma dificuldade para encontrar uma resposta, e o almirante, temendo não ter sido muito educado, voltou ao assunto, dizendo:

— A próxima vez que você escrever para o seu bom pai, srta. Elliot, por favor apresente-lhe os meus cumprimentos e os da sra. Croft e diga que estamos morando aqui de modo muito satisfatório e que não temos nada a reclamar da casa. A chaminé da sala de desjejum solta um pouco de fumaça, é verdade, mas só quando sopra com força o vento do norte, o que talvez só aconteça três vezes por inverno. E tudo somado, agora que já conhecemos a maioria das casas dos arredores e podemos julgar, não há nenhuma que prefiramos a esta. Diga-lhe isso, por favor, com os meus cumprimentos. Ele vai gostar de ouvir.

Lady Russell e a sra. Croft haviam gostado muito uma da outra: mas o relacionamento que essa visita começava não estava destinado a aprofundar-se, por enquanto; pois, quando foi retribuída, os Croft anunciaram que ficariam fora por algumas semanas, em visita aos parentes do norte do condado, e provavelmente não estariam em casa antes de *Lady* Russell partir de novo para Bath.

Desaparecia, assim, qualquer perigo de Anne encontrar o capitão Wentworth em Kellynch Hall ou de vê-lo na companhia de sua amiga. Tudo estava bastante seguro, e ela sorriu dos muitos sentimentos ansiosos que o problema lhe provocara.

CAPÍTULO 14

Ainda que Charles e Mary tenham permanecido em Lyme por muito mais tempo, depois da chegada do sr. e da sra. Musgrove, do que Anne julgava terem podido ser de alguma utilidade, foram os primeiros da família a voltar para casa; e assim que puderam, depois da volta a Uppercross, foram visitar Kellynch Lodge. Quando deixaram Louisa, ela começava a poder sentar-se; mas sua cabeça, embora lúcida, estava fraca demais, e seus nervos, suscetíveis e extremamente sensíveis; e, embora se pudesse dizer que, de um modo geral, ela estava indo muito bem, ainda era impossível dizer quando poderia suportar o transporte até sua casa; e seus pais, que deviam voltar a tempo para receber as crianças menores para os feriados de Natal, tinham poucas esperanças de poder levá-la consigo.

Todos se haviam instalado em apartamentos alugados. A sra. Musgrove saía o máximo que podia com os filhos da sra. Harville, todos os suprimentos possíveis haviam sido mandados de Uppercross, para aliviar os inconvenientes causados aos Harville, ao passo que os Harville os haviam convidado para jantar todos os dias; em breve, parecia uma luta para saber qual dos lados se mostraria mais desinteressado e hospitaleiro.

Mary tivera os seus achaques; mas de um modo geral, como era óbvio pelo fato de ter permanecido por tanto tempo, ela se divertira mais do que sofrera. Charles Hayter estivera em Lyme tempo demais para seu gosto; e quando jantaram com os Harville só uma criada os servira, e no começo a sra. Harville dera sempre a precedência à sra. Musgrove; mas, em seguida, recebeu dela um pedido de desculpas tão gentil quando descobriu de quem ela era filha, e tinham ocorrido tantas coisas todos os dias, tantas caminhadas entre os seus apartamentos e os dos Harville, e pegara livros da biblioteca e os trocara tantas vezes, que a balança decerto pendera em favor de Lyme. Também a levaram a Charmouth e lá ela se banhara e fora à igreja e havia muito mais gente para se olhar na igreja em Lyme do que em Uppercross; tudo isso, mais a sensação de ser tão útil, compusera, enfim, duas semanas agradabilíssimas.

Anne perguntou pelo capitão Benwick, e o rosto de Mary logo se fechou. Charles riu.

— Ah! O capitão Benwick vai muito bem, eu acho, mas é um rapaz muito esquisito. Não sei o que ele quer. Pedimos a ele que viesse para casa conosco por um ou dois dias: Charles lhe prometeu levá-lo para caçar e ele pareceu muito contente e, por meu lado, achei que estava tudo acertado; e eis que na terça-feira à noite ele deu uma desculpa muito estranha; ele nunca havia caçado e tinha sido "mal interpretado" e tinha prometido isto e aquilo, e o fim da história é que, segundo apurei, ele não queria vir. Imagino que temia aborrecer-se; mas, palavra de honra, eu diria que éramos animados o bastante no Chalé para um homem de coração partido como o capitão Benwick.

Charles riu mais uma vez e disse:

— Ora, Mary, você sabe muito bem o que aconteceu. Foi tudo culpa sua — voltando-se para Anne. — Ele imaginou que, se viesse conosco, poderia ter você por perto: imaginava que todos morassem em Uppercross; e quando descobriu que *Lady* Russell vivia a três milhas dali desanimou-se e perdeu a coragem de vir. Estes são os fatos, palavra de honra, e Mary sabe disso.

Mas Mary não estava disposta a conceder aquilo muito facilmente; se por não considerar o capitão Benwick autorizado por nascimento e condição financeira a se apaixonar por uma Elliot, ou se por não querer acreditar que Anne fosse uma atração maior para Uppercross do que ela mesma, é algo que cada qual pode adivinhar. A simpatia de Anne, porém, não diminuiu com o que ouviu. Reconheceu altivamente estar lisonjeada e continuou a informar-se.

— Ah! Ele fala de você — exclamou Charles — com tal admiração...

Mary interrompeu-o.

— Eu garanto, Charles, que nunca o ouvi mencionar Anne duas vezes durante todo o tempo em que estive lá. Eu lhe garanto, Anne, ele nunca fala de você.

— Não — admitiu Charles —, não sei se ele fala de você, de um modo geral; mas é óbvio que ele a admira demais. A cabeça dele está cheia de livros que está lendo por sua indicação, e quer falar com você sobre eles; descobriu algo num deles que ele acha... Ah! Não vou fingir que me lembro, mas é algo muito belo... Ouvi-o contar tudo a esse respeito a Henrietta; e então a "srta. Elliot" foi citada com os mais altos elogios! Agora, Mary, eu garanto que é verdade, eu mesmo ouvi e você estava na outra sala. "Elegância, doçura, beleza." Ah! Não tinham fim os encantos da srta. Elliot.

— E tenho certeza — exclamou Mary, animada — de que, se isso é verdade, não conta muitos pontos a favor dele. A srta. Harville morreu em junho passado. Não vale a pena conquistar um coração desses. Não é, *Lady* Russell? Tenho certeza de que a senhora há de concordar comigo.

— Preciso ver o capitão Benwick antes de me decidir — disse *Lady* Russell, sorrindo.

— E isso provavelmente vai acontecer logo, logo, eu lhe garanto, minha senhora — disse Charles. — Embora ele não tenha tido a coragem de vir conosco e depois partir de novo para lhe fazer uma visita formal aqui, ele mais dia, menos dia vai aparecer sozinho em Kellynch, pode ter certeza. Eu disse a ele qual era a distância e o caminho, e lhe falei que valia muito a pena ver a igreja; pois, como ele aprecia esse tipo de coisa, achei que essa seria uma boa desculpa e ele me ouviu com toda a atenção e carinho; e, pelo jeito dele, tenho certeza de que virá visitá-la muito em breve. Assim, *Lady* Russell, já está avisada.

— Qualquer conhecido de Anne sempre será bem recebido aqui — foi a delicada resposta de *Lady* Russell.

— Ah! Quanto a ser um conhecido de Anne — disse Mary —, acho que ele é mais conhecido meu, pois o vi todos os dias nas duas últimas semanas.

— Como um conhecido de vocês duas, então, será uma grande satisfação conhecer o capitão Benwick.

— Não vai encontrar nada de muito agradável nele, eu lhe garanto, minha senhora. É um dos homens mais insulsos que já vi. Ele caminhou comigo algumas vezes de uma ponta da praia à outra, sem dizer palavra. Não é um rapaz bem-educado, de jeito nenhum. Tenho certeza de que não vai gostar dele.

— Quanto a isso, Mary, somos muito diferentes — disse Anne. — Acho que *Lady* Russell vai gostar dele. Acho que ela vai apreciar a sua inteligência e não vai encontrar defeitos no jeito dele.

— Eu também, Anne — disse Charles. — Tenho certeza de que *Lady* Russell gostaria dele. Ele é bem o tipo de *Lady* Russell. Dê-lhe um livro e ele passará o dia a lê-lo.

— Ah, isso ele fará! — exclamou Mary, irônica. — Vai sentar-se para ler atentamente o seu livro, sem notar quando alguém fala com ele ou quando alguém derruba uma tesoura ou qualquer coisa acontecer. Você acha que *Lady* Russell gostaria disso?

Lady Russell não conseguiu conter o riso.

— Palavra de honra — disse ela —, não imaginava que o meu parecer sobre alguém pudesse dar margem a tal diferença de opiniões, sendo eu uma pessoa equilibrada e objetiva. Estou mesmo curiosa de ver a pessoa que pode suscitar reações tão diametralmente opostas. Tomara que ele se decida a nos fazer uma visita. E quando vier, Mary, pode ter certeza de que terá a minha opinião; mas estou decidida a não julgá-lo antecipadamente.

— Você não vai gostar dele, eu lhe garanto.

Lady Russell começou a falar de outra coisa. Mary falou com animação de seu tão extraordinário encontro — ou, antes, desencontro — com o sr. Elliot.

— Esse é um homem — disse *Lady* Russell — que não tenho vontade de ver. Sua recusa em estabelecer um relacionamento cordial com o chefe de sua própria família deixou em mim uma forte impressão negativa.

Essa decisão arrefeceu o entusiasmo de Mary e interrompeu a sua referência às feições de Elliot.

Com relação ao capitão Wentworth, embora Anne não arriscasse fazer nenhuma pergunta, houve suficiente comunicação espontânea. Vinha recuperando-se bem do abatimento nos últimos dias, como era de se esperar. Quando Louisa melhorou, ele melhorou, e era agora uma criatura bem diferente do que fora na primeira semana. Não havia visto Louisa; e estava tão extremamente temeroso de qualquer má consequência de um encontro para ela, que não insistiu nisso de modo algum; e, ao contrário, parecia ter planos de se afastar por uma semana ou dez dias, até que a cabeça dela estivesse mais forte. Falara em ir a Plymouth por uma semana, e queria persuadir o capitão Benwick a ir com ele; mas, como Charles sustentou até o fim, o capitão Benwick parecia muito mais disposto a uma cavalgada até Kellynch.

Não há dúvida de que *Lady* Russell e Anne pensavam ambas no capitão Benwick, a partir daí. *Lady* Russell não podia ouvir a campainha sem pensar que podia ser ele; nem podia Anne voltar de algum passeio solitário pelas terras do pai ou de alguma visita de caridade no vilarejo sem cogitar se o veria ou teria notícias dele. O capitão Benwick não veio, porém. Ou estava menos disposto a isso do que Charles imaginara, ou era tímido demais; e, depois de lhe dar um prazo de uma semana, *Lady* Russell determinou que ele era indigno do interesse que começara a despertar.

Os Musgrove voltaram para receber da escola seus alegres meninos e meninas, trazendo consigo os filhinhos da sra. Harville, para aumentar o barulho em Uppercross e diminuí-lo em Lyme. Henrietta permaneceu com Louisa; mas todo o resto da família voltou ao lugar de costume.

Lady Russell e Anne foram uma vez visitá-los, e Anne não pôde deixar de sentir que Uppercross já estava bastante animada outra vez. Embora nem Henrietta, nem Louisa, nem Charles Hayter nem o capitão Wentworth estivessem presentes, a sala exibia o maior contraste possível com o estado em que a vira pela última vez.

Ao redor da sra. Musgrove estavam os pequenos Harville, que ela defendia assiduamente da tirania das duas crianças do Chalé, enviadas expressamente para diverti-los. De um lado estava uma mesa ocupada por umas meninas tagarelas, que recortavam seda e papel dourado; e, do outro, mesinhas e bandejas, curvadas ao peso de empadas e empanados, em que meninos agitadíssimos faziam uma bagunça dos diabos; tudo isso era completado por uma crepitante fogueira de Natal na lareira, que parecia decidida a fazer-se ouvir, apesar de todo o barulho dos outros. Charles e Mary também chegaram, é claro, durante a visita, e o sr. Musgrove fez questão de saudar *Lady* Russell, e se sentou ao lado dela por dez minutos, falando em voz bem alta, mas, em razão da algazarra das crianças em seu colo, quase sempre em vão. Era um belo quadro de família.

Anne, julgando por seu próprio temperamento, teria considerado um tal furacão doméstico um mau tônico para os nervos, que a enfermidade de Louisa havia tanto abalado. A sra. Musgrove, porém, que se manteve perto de Anne expressamente para lhe agradecer muito cordialmente, repetidas vezes, por todas as atenções que tivera com eles, lançando um olhar feliz ao redor da sala, concluiu uma breve recapitulação de tudo que sofrera com a observação de que, afinal, depois de tudo por que passara, nada poderia fazer-lhe tão bem quanto um pouco de calma e alegria em casa.

Louisa agora se recuperava rapidamente. Sua mãe chegava a pensar que ela poderia juntar-se a eles em casa antes que seus irmãos e irmãs voltassem para a escola. Os Harville haviam prometido vir com ela e permanecer em Uppercross, assim que ela voltasse. O capitão Wentworth fora visitar o irmão, em Shropshire.

— Espero lembrar-me no futuro — disse *Lady* Russell, assim que se assentaram na carruagem — de não visitar Uppercross durante os feriados de Natal.

Cada um tem seu gosto em matéria de barulho ou de outras coisas; e os sons são completamente inócuos ou insuportáveis, mais pelo tipo do que pela quantidade. Quando *Lady* Russell, não muito mais tarde, chegou a Bath numa tarde chuvosa e, indo de carruagem pela longa fila de ruas, desde Old Bridge até Camden Place, em meio ao fragor das outras carruagens, ao pesado estrondo das carretas e das carroças, ao vozerio dos jornaleiros, dos doceiros e dos leiteiros e ao incessante matraquear dos solados de madeira, ela não se queixou. Não, esses eram ruídos ligados aos prazeres do inverno; seu ânimo elevou-se sob a influência deles; e como a sra. Musgrove ela sentia, embora não dissesse, que depois de passar muito tempo no interior nada podia ser tão bom para ela quanto um pouco de calma e alegria.

Não compartilhava Anne tais sentimentos. Teimava numa muito resoluta, embora silenciosíssima, repulsa por Bath; teve a primeira pálida visão dos grandes edifícios a fumegar na chuva sem nenhum desejo de poder vê-los melhor; sentiu que seu avanço pelas ruas, embora desagradável, era ainda assim veloz demais; pois quem ficaria feliz em vê-la quando chegasse? E teve saudades da algazarra de Uppercross e da solidão de Kellynch.

A última carta de Elizabeth comunicara uma notícia de certo interesse. O sr. Elliot estava em Bath. Fizera uma visita a Camden Place; depois, uma segunda e uma terceira; havia sido extremamente atencioso. Se Elizabeth e seu pai não estavam enganados, ele se havia empenhado ao máximo para estabelecer o relacionamento e proclamar o valor do parentesco, como antes se esforçara em mostrar desdém por ele. Isso seria maravilhoso, se fosse verdade; e *Lady* Russell estava num estado de agradabilíssima curiosidade e perplexidade acerca do sr. Elliot, já reconsiderando o sentimento que exprimira tão recentemente a Mary, de ser ele "um homem que não desejava ver". Desejava muito vê-lo. Se ele realmente procurara reconciliar-se, como um ramo responsável, devia ser perdoado por ter-se destacado da árvore paterna.

Anne não estava tão animada com a situação, mas sentiu que preferia tornar a ver o sr. Elliot a não o ver, o que era mais do que podia dizer de muitas outras pessoas de Bath.

Ela desembarcou em Camden Place; e *Lady* Russell, então, seguiu caminho para seus próprios apartamentos na Rivers Street.

CAPÍTULO 15

Sir Walter alugara uma belíssima casa em Camden Place, num bairro alto e nobre, como convém a um homem de importância; e tanto ele como Elizabeth se instalaram ali, para grande satisfação de ambos.

Anne entrou abatidíssima, prevendo um cativeiro de muitos meses e dizendo ansiosamente com seus botões: "Ah! Quando vou tornar a deixar-te?".
Animou-a, porém, certo grau de cordialidade nas boas-vindas que recebeu. Seu pai e sua irmã estavam contentes em vê-la, para poderem mostrar-lhe a casa e a mobília e recebê-la gentilmente. O fato de ser a quarta pessoa à mesa quando se sentaram para jantar foi tido como uma vantagem.

A sra. Clay mostrou-se muito amável e muito sorridente, mas suas cortesias e sorrisos eram favas contadas. Anne sempre soubera que ela fingiria o que fosse adequado à sua chegada, mas a simpatia dos outros foi imprevista. Estavam obviamente muito animados, e ela logo saberia por quê. Eles não estavam nem um pouco inclinados a dar ouvidos a ela. Depois de terem aguardado a nova de terem deixado muitas saudades no coração dos ex-vizinhos, algo que Anne não lhes pôde oferecer, fizeram a ela apenas algumas vagas perguntas, antes de monopolizar a conversa. Uppercross não despertava interesse; Kellynch, muito pouco: Bath era tudo.

Eles tiveram o prazer de garantir a ela que Bath mais do que correspondera às suas expectativas, em todos os aspectos. A casa era, sem dúvida, a melhor de Camden Place; as salas tinham muitas decisivas vantagens sobre todas as outras que haviam visto ou de que haviam ouvido falar, e a superioridade não era menor no estilo da decoração ou no bom gosto da mobília. Eram extremamente requisitados por todos. Todos queriam visitá-los. Haviam evitado muitas apresentações e mesmo assim não paravam de receber cartões de visita deixados por pessoas de quem nada sabiam.

Oh, tesouros de júbilo! Podia Anne maravilhar-se de que o pai e a irmã estivessem felizes? Talvez não se maravilhasse, mas devia suspirar pelo fato de o pai não ter sentido nenhuma humilhação com a mudança, nenhuma saudade dos deveres e da dignidade de proprietário fundiário residente, e encontrar tantos motivos de vanglória nas trivialidades da cidade; e teve de suspirar e sorrir e também se maravilhar quando Elizabeth escancarou as portas de dois batentes e passou exultante de uma sala a outra, gabando-se de tanto espaço; e maravilhou-se ainda com a possibilidade de aquela mulher, que fora dona de Kellynch Hall, achar motivo para se orgulhar do espaço entre duas paredes que só distavam trinta pés uma da outra.

Mas não era só isso que os fazia felizes. Havia também o sr. Elliot. Anne teve de ouvir muitas coisas acerca do sr. Elliot. Havia sido não só perdoado, mas estavam encantados com ele. Estivera em Bath por cerca de duas semanas (ele passara por Bath em novembro, a caminho de Londres, quando a informação de que *Sir* Walter se havia estabelecido ali naturalmente chegou aos seus ouvidos, embora tivesse passado só vinte e quatro horas no local, mas não pudera tirar proveito de tal informação); agora, porém, passara duas semanas em Bath, e sua primeira preocupação ao chegar fora deixar o seu cartão em Camden Place, acompanhando esse gesto com tão assíduas tentativas de encontrá-los e, quando se encontraram, com tanta espontaneidade de conduta, com tal disposição a se desculpar pelo passado, com tal solicitude em ser de novo aceito como parente, que o velho bom relacionamento foi completamente restabelecido.

Não viam defeito nele. Ele explicara toda a aparência de desdém de sua parte. Ela se originara num mal-entendido. Jamais tivera a ideia de se manter afastado; receara, ao contrário, estar sendo mantido afastado, mas não sabia por que, e a delicadeza o mantivera calado. Ao lhe sugerirem que havia falado de maneira desrespeitosa ou desdenhosa da família e da dignidade dela, ficou profundamente indignado. Ele, que sempre se gabara de ser um Elliot e cujos sentimentos, quanto a parentescos, eram estritos demais para aceitar o tom antifeudal da atualidade. Estava pasmo, de fato, mas seu caráter e modo de ser certamente refutariam a acusação. Podia dar a *Sir* Walter referências de todos os que o conheciam; e com certeza todo o trabalho a que se dera nessa ocasião, a primeira oportunidade de reconciliação, para ser aceito como parente e herdeiro presuntivo, era uma forte prova de suas opiniões sobre o assunto.

Também se descobriu que as circunstâncias de seu casamento admitiam muitas atenuantes. Esse não foi um ponto tratado por ele mesmo; mas um seu amigo muito íntimo, um certo coronel Wallis, homem respeitabilíssimo, um perfeito cavalheiro (e não um homem de má aparência, acrescentou *Sir* Walter), que vivia em alto estilo em Marlborough Buildings e que, a pedido dele mesmo, fora apresentado a eles pelo sr. Elliot, mencionara uma ou duas coisas relativas ao casamento que provocaram uma substancial diferença no descrédito de que gozava aquela união.

O coronel Wallis conhecia o sr. Elliot havia muito tempo, conhecera bem a esposa dele e compreendera perfeitamente toda a história. Ela certamente não era uma mulher de boa família, mas era bem-educada, prendada, rica e apaixonadíssima por seu amigo. Esse fora o seu encanto. Ela o procurara. Sem tal atração, nem todo o seu dinheiro teria atraído Elliot, e além disso *Sir* Walter soubera que ela era uma mulher lindíssima. Isso amenizava em muito a gravidade do caso. Uma mulher lindíssima, dona de uma grande fortuna, apaixonada por ele! *Sir* Walter pareceu aceitar aquilo como uma desculpa perfeita; e, embora Elizabeth não visse a situação por um ângulo tão favorável, admitiu que se tratava de uma grande atenuante.

O sr. Elliot fizera repetidas visitas a eles, jantara lá uma vez, evidentemente maravilhado com a honra de ser convidado, pois em geral eles não ofereciam jantares; maravilhado, em suma, com todas as provas de afeto de primo para primo que recebera e disposto a fazer que toda a sua felicidade consistisse em ter ótimas relações com os moradores de Camden Place.

Anne ouviu sem entender muito bem. Era preciso levar em conta, muito em conta, as ideias de quem falava. Tudo que ouvira fora embelezado. Tudo que soava extravagante ou irracional no andamento da reconciliação podia ter origem apenas na linguagem dos narradores. Mesmo assim, tinha a sensação de haver ali algo mais do que o imediatamente evidente no desejo do sr. Elliot de, após um intervalo de tantos anos, ser bem recebido por eles. De um ponto de vista mundano, ele nada tinha a ganhar por estar em bons termos com *Sir* Walter; e nada a arriscar se as relações fossem más. Muito provavelmente, ele já era o mais rico dos dois, e a propriedade de Kellynch certamente seria sua, tanto quanto o título. Se era um homem sensato, e ele parecera ser um homem *muito* sensato, por que teria tal objetivo? Ela só conseguia ver uma solução; era, talvez, por causa de Elizabeth. Podia ter realmente havido bastante tempo antes uma atração, embora a conveniência e os acasos o tivessem guiado por um caminho diferente; e, agora que estava livre para agir como bem quisesse, talvez planejasse cortejá-la. Elizabeth era decerto muito bonita, com maneiras finas e elegantes, e seu caráter talvez nunca tivesse sido compreendido pelo sr. Elliot, que só a conheceu em público e quando era ele próprio muito jovem. Como a personalidade e a inteligência dela passariam pela investigação da atual e mais arguta fase da vida do sr. Elliot era outro problema, um tanto espinhoso. Com toda a sinceridade, ela desejava que ele não fosse tão exigente, nem tão rigoroso, se seu objetivo fosse realmente Elizabeth; e que Elizabeth estava disposta a acreditar nisso e que sua amiga, a sra. Clay, estava encorajando a ideia parecia claro pelos olhares que trocavam, quando falavam das frequentes visitas do sr. Elliot.

Anne mencionou tê-lo visto de relance em Lyme, mas sem lhe darem muita atenção. "Ah! Sim, talvez tenha sido o sr. Elliot." Não sabiam. "Pode ter sido ele, quem sabe." Não ouviram a descrição que ela fez. Eles mesmos o estavam descrevendo; sobretudo *Sir* Walter. Ele fez justiça à mui bizarra aparência do sr. Elliot, ao ar elegante e refinado, ao rosto bem formado, aos olhos expressivos; mas, ao mesmo tempo, tinha de lamentar o queixo tão proeminente, defeito esse que parecia agravar-se com o tempo; nem podia mentir dizendo que dez anos não haviam alterado para pior quase todos os traços. O sr. Elliot parecia convicto de que ele (*Sir* Walter) tinha exatamente a mesma aparência de quando se haviam visto pela última vez; mas *Sir* Walter não pudera retribuir inteiramente o cumprimento, o que o constrangera. Não queria queixar-se, porém. O sr. Elliot tinha melhor aspecto do que a maioria dos homens, e *Sir* Walter não tinha nada contra ser visto ao lado dele em qualquer lugar.

Falaram do sr. Elliot e de seus amigos de Marlborough Buildings durante toda a noite. "O coronel Wallis insistiu tanto em ser recebido por eles! E o sr. Elliot estava tão ansioso para que isso acontecesse!", e havia uma sra. Wallis, atualmente conhecida deles só por descrição, pois estava na expectativa diária de dar à luz; mas o sr. Elliot falou dela como "uma mulher encantadora, muito digna de ser conhecida em Camden Place", e, assim que se recuperasse, ela seria apresentada. *Sir* Walter mostrou muito interesse pela sra. Wallis; diziam que ela era uma mulher extraordinariamente linda, belíssima. Estava louco

para vê-la. Esperava que ela o compensasse dos muitos rostos horríveis com que se deparava continuamente nas ruas. O pior de Bath era a quantidade de mulheres feias. Não queria dizer que não houvesse mulheres bonitas, mas o número de feias era completamente desproporcional. Havia com frequência observado, ao caminhar, que cada rosto bonito era seguido de trinta ou trinta e cinco horrores; e uma vez, numa loja da Bond Street, contara oitenta e sete mulheres que passaram, uma após a outra, sem que houvesse um único rosto suportável entre elas. Aquela fora uma manhã gelada, com certeza, de um frio cortante, que constituía uma prova pela qual dificilmente uma mulher em cada mil passaria. Mas mesmo assim havia uma horrenda multidão de mulheres feias em Bath; e os homens, então! Eram infinitamente piores. Uns espantalhos que lotavam as ruas! Era evidente quão pouco acostumadas estavam as mulheres com a vista de alguma coisa tolerável, pelo efeito produzido por um homem de aparência decente. Jamais caminhara lado a lado com o coronel Wallis (que era uma esplêndida figura de militar, apesar dos cabelos ruivos) sem observar que todos os olhares femininos eram atraídos por ele; com certeza os olhos de todas as mulheres estavam voltados para o coronel Wallis. Quanta modéstia de *Sir* Walter! Ele não conseguiu escapar, porém. Sua filha e a sra. Clay uniram-se para sugerir que o companheiro do coronel Wallis tinha uma figura tão bela quanto a do próprio coronel, e certamente não era ruivo.

— Como vai a Mary? — disse Walter, do alto do seu bom humor. — A última vez que a vi, estava com o nariz vermelho, mas espero que isso não aconteça todos os dias.

— Ah! Não, deve ter sido completamente acidental. Em geral ela tem tido muito boa saúde e um ótimo aspecto desde o dia de São Miguel.

— Se eu achasse que isso não a estimularia a sair em dias de muito vento, o que lhe estragaria a pele, eu enviaria a ela um chapéu novo e uma peliça.

Anne estava refletindo se devia arriscar-se a sugerir que um vestido ou uma touca não estariam sujeitos ao mesmo mau uso, quando uma batida à porta interrompeu tudo. "Alguém bate à porta! E tão tarde!" Eram dez horas. Seria o sr. Elliot? Sabiam que ele devia jantar em Lansdown Crescent. Era possível que parasse no caminho para casa para saber como estavam passando. Não conseguiam pensar em mais ninguém. A sra. Clay decididamente julgou que aquela era a batida do sr. Elliot. A sra. Clay estava certa. Com toda a dignidade que um mordomo e um valete podiam conferir, o sr. Elliot foi introduzido na sala.

Era o mesmo, o mesmíssimo homem, sem nenhuma diferença, a não ser no vestuário. Anne recuou um pouco, enquanto os outros recebiam os seus cumprimentos e sua irmã, as desculpas por visitá-las numa hora tão incomum, mas "não podia estar tão próximo sem querer saber se ela ou a amiga se haviam resfriado na véspera", etc.; o que foi dito e ouvido da maneira mais polida possível. Mas agora era a vez dela. *Sir* Walter falou de sua filha caçula: "O sr. Elliot há de me permitir apresentar-lhe a minha filha mais moça" (não havia motivo para mencionar Mary); e Anne, sorrindo e corando, muito apropriadamente mostrou ao sr. Elliot os lindos traços que ele de modo algum esquecera, e imediatamente reparou, divertida, pelo seu leve sobressalto de surpresa, que ele não havia imaginado quem ela fosse. Ele parecia completamente pasmo, mas não mais pasmo do que feliz; seus olhos brilhavam! E, com a mais completa alacridade, ele deu as boas-vindas à parenta, mencionou o passado e se esforçou por ser recebido como alguém já conhecido. Tinha tão bom aspecto quanto em Lyme, seu rosto melhorava ao falar, e suas maneiras eram tão exatamente o que deviam ser, tão polidas, tão espontâneas, tão particularmente amáveis, que ela só conseguia compará-las, quanto à excelência, às de uma única pessoa. Não eram as mesmas, mas talvez fossem igualmente boas.

Sentou-se com eles e elevou em muito o nível da conversa. Não podia haver dúvida de que era um homem sensato. Dez minutos foram suficientes para tornar isso evidente. O tom, as expressões, a escolha do assunto, a capacidade de saber quando parar; tudo isso levava a marca de uma inteligência sensata e aguda. Assim que pôde, começou a falar com ela sobre Lyme, querendo comparar opiniões acerca do lugar, mas sobretudo falar da circunstância de serem hóspedes no mesmo albergue ao mesmo tempo; dar a ela o seu itinerário e entender algo do dela, e lamentar ter perdido uma tal oportunidade de dar-lhe seus respeitos. Ela lhe fez um breve relato de seus companheiros e do que fizera em Lyme. À medida que ouvia, ia-se lamentando cada vez mais. Passara toda a sua solitária noite no quarto vizinho ao deles; ouvira vozes e risos sem fim; achou que devia ser um grupo animadíssimo e muito desejou juntar-se a ele, mas certamente sem a menor suspeita de contar com a sombra de um direito de se apresentar. Se pelo menos tivesse perguntado quem eram aquelas pessoas! O nome de Musgrove já teria sido o suficiente. Aquilo serviria para curá-lo do absurdo costume de nunca fazer perguntas num albergue, adotado por ele quando muito jovem, sob a alegação de que era muito grosseiro ser curioso.

— Acho que as ideias de um rapaz de vinte e um ou vinte e dois — disse ele — quanto às maneiras necessárias para ser o tal são mais absurdas do que as de qualquer outra categoria de pessoas no mundo. A insensatez dos métodos que usam só é igualada pela insensatez do que têm em vista.

Mas ele não devia dirigir as suas reflexões apenas a Anne: ele sabia disso; logo se misturou aos outros, e só de quando em quando pôde voltar a Lyme.

Suas perguntas, porém, produziram por fim uma explicação da cena em que ela esteve envolvida, logo depois de ele deixar o lugar. Tendo ela aludido a "um acidente", ele teve de ouvir a história toda. Quando fez perguntas, *Sir* Walter e Elizabeth começaram a perguntar também, mas a diferença na maneira de formulá-las não podia passar despercebida. Ela só podia comparar o sr. Elliot a *Lady* Russell, no desejo de compreender realmente o que se passara e no grau de preocupação com o que ela devia ter sofrido ao testemunhar a cena.

Ele passou uma hora com eles. O elegante reloginho do consolo da lareira dera as "onze com seus sons de prata", e já se ouvia o guarda noturno ao longe a contar a sua mesma história de todas as noites, antes que o sr. Elliot ou qualquer um deles parecesse perceber que ele estava ali havia tanto tempo.

Anne não imaginava possível que sua primeira noite em Camden Place se passasse tão agradavelmente!

CAPÍTULO 16

Havia uma questão que interessava mais a Anne, ao retornar à família, do que saber se o sr. Elliot estava apaixonado por Elizabeth: se seu pai *não* estava apaixonado pela sra. Clay; e, depois de passar algumas poucas horas em casa, estava longe de se sentir tranquila quanto a isso. Ao descer para o café na manhã seguinte, descobriu que aquela senhora manifestara, com muito decoro e muita insinceridade, a intenção de deixá-los. Podia imaginar a sra. Clay dizendo que "agora que a srta. Anne chegou, não posso absolutamente considerar-me bem-vinda", pois Elizabeth estava respondendo numa espécie de sussurro que "isso não é razão nenhuma, na verdade. Eu lhe garanto que não sinto isso. Ela não é nada para mim, comparada a você"; e chegou bem a tempo de ouvir o pai dizer: "Minha querida senhora, isso não pode ser. Até agora, a senhora não viu nada de Bath. Esteve aqui só para ser útil. Não deve fugir de nós agora. Deve ficar para ser apresentada à sra. Wallis, a linda sra. Wallis. Para um espírito fino como o seu, sei muito bem que a visão da beleza é um real prazer".

Sua voz e sua expressão demonstravam tamanha sinceridade, que Anne não se surpreendeu em ver a sra. Clay lançar um rápido olhar a Elizabeth e a ela. O rosto dela talvez exprimisse certa circunspecção; mas o elogio do espírito fino não pareceu causar nenhuma impressão em sua irmã. E a sra. Clay teve de ceder àquela dupla insistência e prometeu ficar.

Na mesma manhã, calhou de Anne e seu pai ficarem a sós; ele começou a cumprimentá-la pelo bom aspecto; achou-a "menos magra de corpo e de rosto; com a pele, a tez muito melhor; mais clara, mais fresca. Está usando algum produto em especial?" "Não, nada." "Só Gowland", imaginou ele. "Não, nada mesmo." "Ah!" Ele ficou surpreso com aquilo; e acrescentou: "Certamente você não tem nada melhor a fazer do que continuar a ser como é; você está bem, e isso basta; ou então eu recomendaria Gowland, o uso constante de Gowland, durante a primavera. A sra. Clay tem usado Gowland a meu conselho, e você pode notar o que ele fez por ela. Pode ver que ele acabou com as sardas".

Se Elizabeth tivesse ouvido aquilo! Tal elogio pessoal talvez a tivesse impressionado, sobretudo por não parecer a Anne que as sardas tivessem diminuído. Mas tudo deveria ser entregue ao acaso. O mal de um casamento teria sido muito menor se Elizabeth também se casasse. Quanto a ela mesma, sempre poderia governar uma casa juntamente com *Lady* Russell.

A mente calma e as maneiras polidas de *Lady* Russell foram postas à prova quanto a isso, em suas visitas a Camden Place. Ver a sra. Clay gozar de tantos favores e Anne tão desdenhada era para ela uma perpétua provocação; e a vexava igualmente quando não estava lá, tanto quanto alguém em Bath, que bebe a água, compra todas as novas publicações e tem um número enorme de conhecidos, possa ter tempo para vexar-se.

À medida que conhecia mais o sr. Elliot, ela ia tornando-se mais caridosa ou mais indiferente com os outros. Suas maneiras eram uma recomendação imediata; e ao conversar com ele descobriu uma solidez que fundamentava tão fortemente o superficial, que a princípio esteve a ponto de exclamar, como contou a Anne: "É possível que este seja o sr. Elliot?", e não podia honestamente imaginar um homem mais amável ou estimável. Tudo se unia nele; boa inteligência, opiniões corretas, conhecimento do mundo e um coração afetuoso. Tinha profundos sentimentos de apego e de honra familiares, sem orgulho ou fraqueza; vivia com a generosidade de um homem muito rico, sem ostentação; seguia o seu próprio juízo nas questões essenciais, sem desafiar a opinião pública em nenhum ponto de decoro público. Era equilibrado, respeitoso, moderado, sincero; nunca se deixava dominar pelo humor ou pelo egoísmo, que se imagina um sentimento forte; e tinha a sensibilidade para o que é amável e agradável, e o apreço por todas as felicidades da vida doméstica, o que as naturezas de entusiasmo fantasioso e agitação violenta raramente possuem de fato. Ela estava certa de que ele não fora feliz no casamento. O coronel Wallis disse isso, e *Lady* Russell o viu; mas não fora tão infeliz a ponto de amargurar seu espírito nem (ela logo começou a suspeitar) de impedir que pensasse num segundo casamento. Sua satisfação com o sr. Elliot superou toda a sua aversão pela sra. Clay.

Já fazia alguns anos que Anne começara a aprender que ela e sua excelente amiga por vezes pensavam diferente; e não a surpreendeu, portanto, que *Lady* Russell não visse nada de suspeito ou incoerente, nada que exigisse outros motivos além do alegado grande desejo de uma reconciliação por parte do sr. Elliot. Na opinião de *Lady* Russell, era perfeitamente natural que o sr. Elliot, em plena maturidade, visse naquilo um objetivo muito desejável e, de um modo geral, algo que lhe daria a aprovação de todas as pessoas sensatas: manter boas relações com o chefe da família; a coisa mais simples do mundo, a ação do tempo sobre uma mente naturalmente lúcida, que cometera um erro quando muito jovem. Anne, porém, ousou rir daquilo e por fim mencionou a palavra

"Elizabeth". *Lady* Russell ouviu e olhou e deu somente esta prudente resposta: "Elizabeth! Muito bem! O tempo dirá".

Era uma referência ao futuro, a que Anne, depois de refletir um pouco, percebeu dever submeter-se. Não podia asseverar nada no momento. Naquela casa, Elizabeth tinha de ser a primeira; e estava tão acostumada a ser objeto do obséquio geral enquanto "srta. Elliot", que qualquer atenção particular a outra pessoa parecia quase impossível. Cumpre lembrar, também, que o sr. Elliot enviuvara havia menos de sete meses. Uma pequena procrastinação de sua parte era muito perdoável. Na verdade, Anne não podia ver a fita de crepe ao redor de seu chapéu sem temer que fosse ela a pessoa indesculpável, ao atribuir a ele tais imaginações; pois, embora o casamento dele não houvesse sido muito feliz, se prolongara por tanto anos, que ela não conseguia compreender um esquecimento muito rápido da terrível impressão deixada por sua dissolução.

Fosse qual fosse o fim da história, ele era, sem nenhuma dúvida, o mais agradável dos conhecidos da família em Bath: não via ela ninguém que pudesse rivalizar com ele; e era um grande prazer conversar vez por outra com o sr. Elliot acerca de Lyme, que ele parecia, tanto quanto ela, desejar vivamente tornar a ver, e ver com mais vagar. Falaram muitas vezes dos pormenores do primeiro encontro. Ele deu a entender que olhara para ela com certa intensidade. Ela bem sabia que era verdade; e se lembrava também do olhar de outra pessoa.

Eles nem sempre concordavam. Ela via que o apreço dele pela condição social e pelo parentesco era maior que o dela. Não foi por mera complacência, mas por amor à causa, que ele participou profundamente das preocupações do pai e da irmã com um assunto que ela acreditava indigno delas. Certa manhã, o jornal de Bath anunciou a chegada da viúva viscondessa Dalrymple e de sua filha, a Exma. Srta. Carteret; e toda a tranquilidade do nº *** de Camden Place desapareceu por muitos dias; pois os Dalrymple (o que, na opinião de Anne, era uma desgraça) eram primos dos Elliot; e a agonia era saber como se apresentarem adequadamente.

Anne jamais vira antes o pai e a irmã em contato com a nobreza, e tinha de admitir que estava decepcionada. Esperava mais da alta ideia que eles faziam de sua situação na vida e se viu obrigada a desejar algo que jamais previra: que eles demonstrassem mais orgulho; pois "nossas primas *Lady* Dalrymple e srta. Carteret", "nossas primas, as Dalrymple" eram expressões que soavam em seus ouvidos o dia inteiro.

Sir Walter estivera uma vez na presença do falecido visconde, mas nunca havia visto ninguém do resto da família; e as dificuldades do caso vinham de ter havido uma interrupção de toda troca de correspondência por meio de cartas de cerimônia desde a morte do dito visconde, quando, em consequência de uma grave doença contraída por *Sir* Walter na mesma época, Kellynch cometera uma infeliz omissão. Não enviaram nenhuma carta de condolências à Irlanda. E o pecador provou de sua própria negligência; pois, quando a pobre *Lady* Elliot faleceu, não foi recebida nenhuma carta de condolências em Kellynch e, por conseguinte, havia razões até demais para temer que os Dalrymple consideravam rompidas as relações. A questão era como resolver o espinhoso caso e serem de novo admitidos como primos: era uma questão que, de um modo mais racional, nem *Lady* Russell nem o sr. Elliot julgavam irrelevante. "Sempre vale a pena preservar os laços de família, sempre vale a pena buscar a boa companhia"; *Lady* Dalrymple alugara uma casa por três meses em Laura Place e ali passaria a viver em alto estilo. Estivera em Bath no ano anterior, e *Lady* Russell ouvira falar que se tratava de uma mulher encantadora. Era muito desejável que os laços fossem reatados, se isso fosse possível sem comprometimento da dignidade por parte dos Elliot.

Sir Walter, porém, preferiu agir a seu modo e por fim escreveu à excelentíssima prima uma belíssima carta, com amplas explicações, muitos remorsos e súplicas. Nem *Lady* Russell nem o sr. Elliot puderam admirar a carta; esta, porém, atingiu todos os seus objetivos, obtendo como resposta três linhas rabiscadas pela viscondessa viúva. Estava muito honrada e ficaria muito contente em conhecê-los. A parte espinhosa do caso estava encerrada, começavam as delícias. Foram visitar Laura Place, receberam os cartões da viscondessa viúva e da Exma. Srta. Carteret, para serem ostentados no lugar de maior visibilidade: e falavam a todos de "nossas primas de Laura Place", "nossas primas, *Lady* Dalrymple e srta. Carteret".

Anne estava envergonhada. Se *Lady* Dalrymple e sua filha se tivessem mostrado muito amáveis, ainda assim ela se envergonharia da agitação provocada por elas, mas não foi o caso. Não havia nenhuma superioridade de maneiras, de educação ou de inteligência. *Lady* Dalrymple conseguira a fama de "mulher encantadora" porque tinha um sorriso e uma resposta educada para todos. A srta. Carteret, que tinha ainda menos a dizer, era tão feia e esquisita, que jamais seria tolerada em Camden Place, a não ser pelo berço.

Lady Russell confessou que esperava mais; mas, mesmo assim, "era uma relação que valia a pena ter"; e, quando Anne ousou dar a sua opinião sobre elas ao sr. Elliot, ele concordou que elas nada eram por si mesmas, mas insistiu em que, como relações de família, como boa companhia, como pessoas que podiam atrair mais boa companhia, tinham o seu valor. Anne sorriu e disse:

— Minha ideia de boa companhia, sr. Elliot, é a companhia de gente inteligente e bem informada, que sabe conversar; é isso que eu chamo de boa companhia.

— Você se engana — disse ele delicadamente —; essa não é a boa companhia, essa é a melhor companhia. A boa companhia exige apenas berço, educação e boas maneiras, e, com relação à educação, não é muito exigente. Berço e boas maneiras são o essencial; mas um pouco de cultura não é de modo algum perigoso para a boa companhia; ao contrário, cairá muito bem. Minha prima Anne balançou a cabeça. Ela não está satisfeita. É difícil de contentar. Minha querida prima — sentando-se ao lado dela —, você tem mais direito a ser difícil do que quase todas as outras mulheres que conheço; mas será que isso é aconselhável? Vai fazer você feliz? Não seria mais sábio aceitar a companhia das boas senhoras de Laura Place e apreciar ao máximo todas as vantagens do relacionamento? Pode ter certeza de que elas terão trânsito na mais alta sociedade de Bath neste inverno, e, como nobreza é nobreza, ser parente delas será bastante útil para estabelecer a sua família (nossa família, permita-me dizer) naquele nível de consideração que todos almejamos.

— É verdade — suspirou Anne —; todos saberão que elas são nossas parentas! — e então, recompondo-se e não querendo receber uma resposta, acrescentou: — Eu acho que com certeza se empenharam demais para conseguir esse relacionamento. Imagino — sorrindo — que eu tenha mais orgulho do que todos vocês; mas confesso que me sinto humilhada ao ver que nos esforçamos tanto para obter o reconhecimento do parentesco, que é, sem dúvida, completamente indiferente para elas.

— Perdão, querida prima, você está sendo injusta com seus próprios direitos. Em Londres, em seu atual modo de vida tranquilo, talvez seja como você diz: mas em Bath *Sir* Walter Elliot e sua família serão sempre dignos de ser apresentados: sempre aceitáveis como conhecidos.

— Muito bem — disse Anne —, sou com certeza orgulhosa, orgulhosa demais para apreciar uma boa acolhida que depende tão completamente do lugar.

— Adoro a sua indignação — disse o sr. Elliot —; é muito natural. Mas você está em Bath, e o objetivo é estabelecer-se aqui com todo o crédito e toda a dignidade que *Sir* Walter Elliot merece. Você diz que é orgulhosa; dizem que eu sou orgulhoso, eu sei, e não gostaria de achar que não o sou; pois o nosso orgulho, se investigado, teria o mesmo objeto, sem dúvida, embora o tipo possa parecer um pouco diferente. De uma coisa, minha querida prima, tenho certeza — prosseguiu ele, em voz mais baixa, embora não houvesse mais ninguém na sala —, de uma coisa tenho certeza: devemos ter os mesmos sentimentos. Devemos sentir que todo aquele que, sendo igual ou superior a seu pai, se somar à companhia dele pode ser útil para afastar de seus pensamentos os que lhe são inferiores.

Enquanto falava, ele olhava para a cadeira que a sra. Clay tinha ocupado pouco antes: explicação suficiente do que queria dizer; e, embora Anne não acreditasse que tivessem o mesmo tipo de orgulho, estava satisfeita com o fato de ele não gostar da sra. Clay; e sua consciência admitia que, com vistas a derrotá-la, o desejo dele de ajudar o pai a ampliar seu círculo de amizades era mais do que desculpável.

CAPÍTULO 17

Enquanto *Sir* Walter e Elizabeth tentavam explorar ao máximo a sua boa sorte em Laura Place, Anne estava reatando uma relação de qualidade muito diferente.

Fora visitar sua ex-preceptora e por meio dela soubera que estava em Bath uma velha colega de escola, que tinha dois motivos para merecer a sua atenção, a passada bondade e o presente sofrimento. A srta. Hamilton, agora sra. Smith, demonstrara bondade por ela numa daquelas fases da vida em que esta lhe fora mais preciosa. Anne chegara infeliz à escola, chorando a perda da mãe que ela tanto amara, ressentindo-se da separação de casa e sofrendo como uma mocinha de catorze anos, de muita sensibilidade e ânimo triste deve sofrer nessa idade; e a srta. Hamilton, três anos mais velha do que ela, mas, pela falta de parentes próximos e de casa própria, tendo de permanecer ainda mais um ano na escola, fora útil e boa com ela, abrandando consideravelmente a sua infelicidade, o que nunca poderia ser lembrado com indiferença.

A srta. Hamilton deixara a escola, casara-se não muito depois com um homem riquíssimo, segundo diziam, e isso era tudo o que Anne soubera dela, até agora, quando o relato da preceptora apresentou a situação dela com mais minúcia, mas também de um ângulo muito diferente.

Estava viúva e pobre. Seu marido fora extravagante; e ao morrer, cerca de dois anos antes, deixara os negócios terrivelmente comprometidos. Ela tivera de enfrentar dificuldades de todo tipo e, além desses desgostos, contraíra uma grave febre reumática, que, atacando finalmente as pernas, a deixara paralítica. Viera a Bath por isso, e agora estava num quarto alugado perto dos banhos quentes, vivendo muito humildemente, incapaz até de se dar o conforto de uma criada e, é claro, quase à margem da sociedade.

A amiga em comum garantiu que a sra. Smith ficaria muito satisfeita com a visita da srta. Elliot, e Anne, então, não perdeu mais tempo. Nada mencionou em casa do que soubera ou do que planejava. Aquilo despertaria pouco interesse. Consultou apenas *Lady* Russell, que compartilhou plenamente seus sentimentos e ficou felicíssima em poder levá-la em sua carruagem até um ponto escolhido por ela nas proximidades do apartamento da sra. Smith, em Westgate Buildings.

A visita foi feita, a amizade foi restabelecida, o interesse recíproco foi mais do que reavivado. Houve certo constrangimento e certa comoção nos primeiros dez minutos. Haviam-se passado doze anos desde que se separaram, e cada qual tinha um aspecto bem diferente do que a outra imaginara. Doze anos haviam transformado Anne, da adolescente em flor, silenciosa e imatura, de quinze anos, na elegante jovem mulher de vinte e sete, com todas as belezas, salvo o frescor da juventude, e com maneiras tão conscientemente corretas quanto invariavelmente gentis; e doze anos haviam transformado a linda e

bem-educada srta. Hamilton, em todo o esplendor da saúde e da confiança na própria superioridade, numa pobre, enferma e desamparada viúva, que recebia a visita de sua ex-protegida como um favor; mas logo passou tudo que era desagradável no encontro e só ficou o interessante encanto das lembranças das antigas amizades e das conversas sobre os velhos tempos.

Anne encontrou na sra. Smith o bom-senso e as maneiras amáveis que esperara encontrar, e uma disposição para a conversa e para a alegria que superaram suas expectativas. Nem os esbanjamentos do passado — e ela vivera muito tempo na alta sociedade — nem a modéstia do presente, nem a doença nem o sofrimento pareciam ter fechado seu coração ou arruinado seu humor.

Durante uma segunda visita, falou com grande franqueza, e o espanto de Anne aumentou. Mal podia imaginar uma situação mais deprimente em si mesma do que a da sra. Smith. Ela adorara o marido: ela o sepultara. Acostumara-se à riqueza, que se fora. Não tinha filhos que a ligassem novamente à vida e à felicidade, não tinha parentes que a ajudassem a resolver as dificuldades de seus negócios, não tinha saúde para tornar suportável todo o resto. Seu alojamento limitava-se a uma sala barulhenta e um quarto escuro nos fundos, sem possibilidade de passar de um para o outro sem auxílio, que só podia ser prestado por uma única criada, e nunca deixava a casa a não ser para ser levada aos banhos quentes. Mesmo assim, apesar de tudo isso, Anne tinha razões para acreditar que ela só tinha alguns momentos de languidez e depressão, contra horas de ocupação e alegria. Como era possível?

Ela olhou, observou, refletiu e finalmente concluiu que não se tratava apenas de firmeza ou resignação. Um espírito submisso poderia ser paciente, uma inteligência forte proporcionaria firmeza, mas havia aqui algo mais; havia essa elasticidade do espírito, essa disposição a ser reconfortada, essa capacidade de passar com facilidade do mal para o bem e de descobrir ocupações que a impedissem de fechar-se em si mesma, coisas que só a natureza pode dar. Era o maior dos dons do Céu; e Anne via sua amiga como um daqueles casos em que, por um misericordioso decreto, tal dom parece feito para contrabalançar quase todas as outras carências.

Houve um tempo, disse-lhe a sra. Smith, em que quase se entregara ao desespero. Não podia considerar-se uma inválida agora, em comparação com seu estado quando chegara a Bath. Estava, então, numa condição lastimável; pois se resfriara durante a viagem e mal se instalara em seu apartamento e já se via novamente presa à cama, sofrendo dores agudas e constantes; e tudo isso entre estranhos, com a absoluta necessidade de uma enfermeira fixa e com as finanças naquele momento especialmente incapazes de arcar com despesas extraordinárias. Havia suportado aquilo, porém, e podia sinceramente dizer que tudo havia sido para o seu bem. Reconfortara-se ao sentir-se em boas mãos. Conhecia bem demais o mundo para esperar despertar uma simpatia súbita e desinteressada em algum lugar, mas sua enfermidade provara-lhe que a proprietária do apartamento era uma mulher de bom caráter, que não a trataria mal; e tivera muito boa sorte quanto à enfermeira: uma irmã da proprietária, enfermeira profissional e que sempre se hospedava naquela casa quando estava desempregada, calhou de estar disponível exatamente quando a sra. Smith precisou dela.

— E ela — disse a sra. Smith —, além de me tratar admiravelmente bem, revelou-se uma amiga preciosa. Assim que pude usar as mãos, ela me ensinou a tricotar, o que tem sido uma grande diversão; e comecei a fazer esses porta-agulhas, alfineteiras e porta-cartões com que você me vê sempre tão ocupada, e que me dão com que fazer algum bem a uma ou duas famílias muito pobres da vizinhança. Graças à profissão, é claro, ela conhecia muita gente que podia comprar o que eu fazia, e passou a vender a minha mercadoria. Sempre sabe qual o melhor momento para oferecê-la. Todos têm o coração aberto depois de se restabelecerem de uma dor muito forte ou ao recuperarem a bênção da boa saúde, e a enfermeira Rooke sabia perfeitamente quando falar. É uma mulher arguta, inteligente e sensata. Sua profissão permite-lhe conhecer a natureza humana; e tem um fundo de bom-senso e de observação que faz dela uma companheira infinitamente superior a milhares de mulheres que só receberam "a melhor educação do mundo" e nada sabem que valha a pena mencionar. Pode chamar de fofoca, se quiser, mas, quando a enfermeira Rooke tem meia horinha para conversar, sempre tem coisas divertidas e úteis para contar: coisas que nos fazem conhecer melhor a nossa espécie. Todos gostam de saber o que está acontecendo, estar a par das novas maneiras de ser frívolo e idiota. Para mim, que vivo tão sozinha, poder conversar com ela é uma festa.

Anne, longe de querer opor-se ao prazer da amiga, respondeu:

— Acredito. Mulheres desse tipo têm grandes oportunidades e, se forem inteligentes, podem muito bem ser dignas de ser ouvidas. Que variedades da natureza humana não costumam elas observar! E não são só as suas loucuras que elas conhecem bem; pois de quando em quando a veem de ângulos dignos de interesse e afeto. Quantos casos devem presenciar de apego ardente, desinteressado e abnegado, de heroísmo, constância, paciência, resignação: de todas as lutas e sacrifícios que mais nos enobrecem. Um quarto de enfermo pode dar assunto para muitos livros.

— Claro — disse a sra. Smith, mais hesitante —; às vezes isso é possível, mas temo que as lições raramente tenham o estilo elevado a que você se refere. Aqui e ali, a natureza humana pode ser grandiosa em tempos de provação; mas em geral é a sua fraqueza, e não a sua força, que se revela nos quartos dos doentes: é de egoísmo e impaciência, mais do que de generosidade e constância, que mais se ouve falar. Há tão pouca amizade verdadeira no mundo! E infelizmente — em voz baixa e trêmula — há muita gente que se esquece de pensar sério até que seja quase tarde demais.

Anne viu todo o sofrimento daqueles sentimentos. O marido não fora o que devia, e a esposa fora forçada a conviver com a parte da humanidade que a fez ter uma ideia do mundo pior do que antes esperava que ele merecesse. Para a sra. Smith, porém, aquilo era só uma comoção passageira; ela se recompôs e logo acrescentou, num tom diferente:

— Imagino que a atual situação da minha amiga, a sra. Rooke, não vá proporcionar-me algo que me interesse ou edifique. Está só cuidando da sra. Wallis de Marlborough Buildings; uma mulher simplesmente bonita, tola, perdulária e sempre na moda, acho eu; e é claro que não vai ter nada para me contar, a não ser sobre rendas e roupas caras. Espero conseguir algum lucro com a sra. Wallis, porém. Ela é riquíssima e planejo vender a ela todas as coisas caras que estou fazendo agora.

Anne já visitara a amiga várias vezes, quando a existência dela foi conhecida em Camden Place. Por fim, tornou-se necessário falar dela. Certa manhã, *Sir* Walter, Elizabeth e a sra. Clay voltaram de Laura Place com um inesperado convite de *Lady* Dalrymple para aquela mesma noite, e Anne já tinha um compromisso: ia jantar em Westgate Buildings. Não lamentou não poder ir. Tinha certeza de que só haviam sido convidados porque *Lady* Dalrymple, muito gripada, não podia sair de casa e estava feliz em poder servir-se do parentesco que lhe fora imposto com tanta insistência; e declinou a parte que lhe cabia do convite com grande alegria: "Já tinha prometido jantar com uma velha colega de escola". Eles não estavam muito interessados em nada que se relacionasse a Anne; mas mesmo assim fizeram muitas perguntas para saber quem era a tal velha colega; e Elizabeth mostrou desdém, e *Sir* Walter, severidade.

— Westgate Buildings! — disse ele. — E quem a srta. Anne Elliot vai visitar em Westgate Buildings? Uma tal de sra. Smith. A sra. Smith, viúva; e quem era o marido dela? Um dos cinco mil srs. Smith, um nome que pode ser encontrado em qualquer lugar. E quais são os atrativos dela? Ser velha e doente. Palavra de honra, srta. Anne Elliot, você tem um gosto muito esquisito! Para você, é convidativo tudo que repele as outras pessoas: gente baixa, quartos miseráveis, ar fétido, sensações repugnantes. Mas certamente você pode adiar para amanhã essa visita à velha senhora: suponho que ela não esteja tão próxima do fim, mas tenha esperança de viver mais um dia. Qual é a idade dela? Quarenta anos?

— Não, senhor, não tem nem trinta e um anos; mas acho que não posso adiar o meu compromisso, pois esta é a única noite em que nós duas vamos estar livres ao mesmo tempo durante um bom período. Ela vai aos banhos quentes amanhã, e nós temos compromissos para o resto da semana, como o senhor sabe.

— Mas o que acha *Lady* Russell dessa amizade? — perguntou Elizabeth.

— Não vê nada de errado nela — tornou Anne —; ao contrário, ela a aprova e em geral é ela que me traz quando acaba a visita à sra. Smith.

— O pessoal de Westgate Buildings deve ter ficado muito surpreso quando apareceu uma carruagem e estacionou perto da calçada — observou *Sir* Walter. — A viúva de *Sir* Henry Russell, na verdade, não tem títulos que distingam o seu brasão, mas mesmo assim é uma bela equipagem, e sem dúvida é notório que transporta uma srta. Elliot. Uma sra. Smith, viúva, que mora em Westgate Buildings! Uma coitada de uma viúva que mal tem com que viver, entre os trinta e os quarenta anos; uma reles sra. Smith, uma sra. Smith qualquer, uma pessoa qualquer com um nome qualquer, ser a amiga predileta da srta. Anne Elliot, ser por ela preferida aos membros de sua própria família, pertencentes à nobreza da Inglaterra e da Irlanda! Sra. Smith! Que nome!

A sra. Clay, que estivera presente quando tudo isso se passara, agora achou melhor sair da sala, e Anne podia ter dito muitas coisas, e adoraria ter dito algumas delas, em defesa dos direitos da *sua* amiga, que não eram muito diferentes dos da amiga *deles*, mas seu senso de respeito pessoal pelo pai a reteve. Não deu nenhuma resposta. Deixou a ele perceber que a sra. Smith não era a única viúva em Bath entre os trinta e os quarenta anos, com poucos recursos e sem sobrenome famoso.

Anne confirmou o seu compromisso; os outros, o deles, e, é claro, no dia seguinte ela soube que eles haviam tido uma noite maravilhosa. Ela fora a única ausente do grupo, pois *Sir* Walter e Elizabeth não só se haviam colocado à disposição de Sua Senhoria, como também ficaram contentes em ser usados por ela para reunir mais gente, e se haviam dado o trabalho de convidar tanto *Lady* Russell como o sr. Elliot; e o sr. Elliot fizera questão de deixar o coronel Wallis mais cedo, e *Lady* Russell cancelara todos os seus compromissos daquela noite para poder visitá-la. Anne ouviu de *Lady* Russell um relatório de tudo que aconteceu aquela noite. Para ela, o mais interessante foi que sua amiga e o sr. Elliot conversaram muito sobre ela: o fato de terem sentido falta dela e ao mesmo tempo de ter sido elogiada por estar ausente por uma boa causa. Suas visitas bondosas e piedosas à velha colega doente e inválida pareciam ter sido muito apreciadas pelo sr. Elliot. Ele a julgou uma jovem excepcional; pelo caráter, pelas maneiras, pela inteligência, um modelo de excelência feminina. Podia até enfrentar *Lady* Russell numa discussão sobre os méritos dela; e Anne não podia ouvir tantas coisas de sua amiga, não podia saber que era tão altamente prezada por um homem tão sensato, sem muitas daquelas sensações agradáveis que sua amiga queria nela provocar.

Lady Russell tinha agora uma opinião definitiva sobre o sr. Elliot. Estava tão convencida de sua intenção de, com o tempo, conquistar Anne quanto de que ele a merecia, e já começava a calcular o número de semanas que o livrariam de todas as limitações ainda impostas pela viuvez e lhe dariam a liberdade de exercer todo o seu poder de sedução. Não confessaria a Anne metade da certeza que sentia quanto a isso, só arriscaria algumas insinuações sobre o que poderia acontecer no futuro, sobre um possível amor da parte dele, sobre quão desejável seria tal aliança, supondo-se que tal amor fosse real e correspondido. Anne a ouviu e não fez nenhuma reclamação mais enfática; limitou-se a sorrir, a corar e a balançar gentilmente a cabeça.

— Não sou casamenteira, como você bem sabe — disse *Lady* Russell —, pois tenho plena consciência da incerteza de todos os acontecimentos e cálculos humanos. Só quis dizer que se o sr. Elliot algum dia pedir a sua mão em casamento e se você estiver disposta a aceitá-lo, acho que haveria uma ótima possibilidade de vocês serem felizes. Todos haveriam de convir que seria uma união muito conveniente, mas eu acho que seria um casamento muito feliz.

— O sr. Elliot é um homem extremamente amável e em muitos aspectos eu o admiro muito — disse Anne —; mas não nos daríamos bem.

Lady Russell não fez comentários e se limitou a acrescentar:

— Confesso que a possibilidade de ter você como a futura dona de Kellynch, a futura *Lady* Elliot, a perspectiva de ver você ocupando o lugar de sua querida mãe, herdando todos os seus direitos e toda a sua popularidade e todas as suas virtudes seria para mim a maior das gratificações. Você é o retrato de sua mãe, de rosto e de temperamento; e, se me fosse permitido imaginar você como ela era, quanto à situação e ao nome e ao lar, presidindo e abençoando as reuniões no mesmo lugar, e só superior a ela por ser mais estimada, minha caríssima Anne, eu ficaria mais feliz do que é de hábito na minha idade!

Anne foi obrigada a voltar o rosto, erguer-se e caminhar até uma mesa distante, e, inclinando-se ali como se trabalhasse, tentou controlar os sentimentos que aquela pintura provocara. Por alguns momentos, sua imaginação e seu coração sofreram o encanto daquela visão. A ideia de se tornar o que sua mãe tinha sido; de fazer o precioso nome de "*Lady* Elliot" reviver pela primeira vez em sua própria pessoa; de voltar a ocupar Kellynch, de tornar a chamá-la seu lar, seu lar para sempre, era um encanto a que não podia resistir de imediato. *Lady* Russell não disse mais nada, querendo deixar que as coisas caminhassem por si mesmas; e crendo que, se o sr. Elliot, naquele momento, defendesse com propriedade a sua própria causa!... Acreditava, em suma, naquilo em que Anne não acreditava. A mesma imagem do sr. Elliot a defender a sua própria causa fez que Anne recuperasse a calma. Esvaiu-se todo o encanto de Kellynch e de "*Lady* Elliot". Ela jamais poderia aceitá-lo. Não era só que seus sentimentos continuassem avessos a qualquer homem, salvo um; seu juízo, após séria consideração das possibilidades do caso, era contrário ao sr. Elliot.

Embora já se frequentassem havia um mês, Anne não podia dizer que conhecia bem o caráter dele. Que era um homem sensato, amável, que falava bem, tinha boas opiniões, parecia julgar corretamente e como homem de princípios, tudo isso estava muito claro. Ele certamente sabia o que era certo, nem podia ela apontar alguma norma moral que ele tivesse transgredido; mas, mesmo assim, ela temia pôr a mão no fogo pela conduta dele. Desconfiava do passado, senão do presente. Os nomes de antigos amigos que vez por outra ele revelava, as alusões a antigas práticas e objetivos sugeriam suspeitas negativas sobre o que ele fora. Ela via que tinha havido maus hábitos; que viajar aos domingos tinha sido coisa comum; que houve uma fase da vida dele (e provavelmente não uma fase breve) em que ele havia sido no mínimo desdenhoso com todas as questões sérias; e, embora agora ele pensasse de um jeito muito diferente, quem poderia confiar nos verdadeiros sentimentos de um homem esperto, prudente e maduro o bastante para apreciar a retidão de caráter? Como se poderia ter certeza de que sua alma estava realmente limpa?

O sr. Elliot era razoável, discreto, polido, mas não era uma pessoa franca. Nunca demonstrava nenhuma forte reação emotiva, nenhum ímpeto de indignação ou de júbilo, ante o que acontecia de bom ou de mau para os outros. Para Anne, essa era uma grave imperfeição. Suas primeiras impressões a esse respeito ficaram indeléveis. Um caráter franco, espontâneo e impetuoso era algo que ela prezava mais do que qualquer outra coisa. O que ainda agora a cativava eram os sentimentos calorosos e o entusiasmo. Sentia que podia confiar muito mais na sinceridade daqueles que às vezes faziam ou diziam algo de maneira impensada e abrupta do que daqueles cuja mente fosse impassível, que jamais pronunciavam uma palavra fora do lugar.

O sr. Elliot era excessivamente amável. Por mais diferentes que fossem os temperamentos na casa de *Sir* Walter, ele agradava a todos. Suportava tudo muito bem, dava-se bem com todos. Falara com ela com certo grau de franqueza a respeito da sra. Clay; mostrara compreender perfeitamente as intenções da sra. Clay e desprezá-la por isso; e no entanto a sra. Clay o considerava amabilíssimo, como todos os demais.

Lady Russell percebeu algo a mais ou algo a menos do que sua jovem amiga, pois nada viu que provocasse a sua desconfiança. Não conseguia imaginar um homem mais perfeito que o sr. Elliot; e nunca sentira nada mais doce do que a esperança de vê-lo receber a mão de sua querida Anne na igreja de Kellynch, no próximo outono.

CAPÍTULO 18

Era começo de fevereiro; e Anne, depois de passar um mês em Bath, estava cada vez mais impaciente por notícias de Uppercross e Lyme. Queria saber muito mais do que Mary comunicara. Havia três semanas não recebia nenhuma notícia. Só sabia que Henrietta voltara para casa; e que Louisa, embora considerassem que ela estava recuperando-se rápido, continuava em Lyme; e, certa noite, Anne estava pensando muito neles, quando lhe foi entregue uma carta de Mary, com o envelope mais recheado que de costume; e, para seu maior prazer e surpresa, com os cumprimentos do almirante e da sra. Croft.

Os Croft deviam estar em Bath! Isso não podia deixar de despertar o seu interesse. Eram pessoas muito queridas ao seu coração.

— Que é isso? — exclamou *Sir* Walter. — Os Croft chegaram em Bath? Os Croft que alugaram Kellynch? O que eles lhe trouxeram?

— Uma carta de Uppercross Cottage.

— Ah! Essas cartas são passaportes muito úteis. Garantem uma apresentação. De qualquer forma, eu deveria ter visitado o almirante Croft. Conheço meus deveres para com os meus inquilinos.

Anne não conseguiu ouvir mais nada; nem sequer conseguiu dizer alguma coisa sobre o pobre almirante; a carta absorveu-a completamente. Começara a ser escrita vários dias antes.

1º de fevereiro

Minha querida Anne, não peço desculpas pelo meu silêncio, pois sei como as pessoas se preocupam pouco com cartas num lugar como Bath. Você deve estar feliz demais para se preocupar com Uppercross, um lugar de que, como você bem sabe, pouco há de que falar. Tivemos um Natal muito aborrecido; o sr. e a sra. Musgrove não ofereceram nenhum jantar durante todos os feriados. Para mim, os Hayter não contam. Mas os feriados finalmente acabaram: acho que nunca nenhuma criança teve outros tão longos quanto estes. Eu, pelo menos, nunca tive. A casa foi desocupada ontem, com exceção dos pequenos Harville; mas você ficará surpresa em saber que eles nunca voltaram para casa. A sra. Harville deve ser uma mãe muito esquisita para se separar deles por tanto tempo. Não consigo entender isso. Na minha opinião, são crianças nem um pouco boazinhas; a sra. Musgrove, porém, parece gostar tanto delas quanto de seus próprios netos, senão mais. Que tempo horrível fez aqui! Talvez isso não se perceba em Bath, com a boa pavimentação das ruas; mas, aqui no interior, isso é importante. Ninguém veio visitar-me até a segunda semana de janeiro, a não ser Charles Hayter, que apareceu por aqui muito mais vezes do que deveria. Cá entre nós, acho uma pena que a Henrietta não tenha ficado em Lyme tanto quanto a Louisa; isso a teria afastado um pouco dele. Hoje, a carruagem partiu, para trazer Louisa e os Harville amanhã. Não fomos, porém, convidados para jantar lá até depois de amanhã, pois a sra. Musgrove tem muito medo de que Louisa se canse demais com a viagem, o que não é muito provável, levando-se em conta os cuidados que lhe serão dispensados; e para mim seria muito melhor jantar lá amanhã. Fico feliz em saber que você achou o sr. Elliot tão simpático, e gostaria de conhecê-lo também; mas esta é a minha má sorte de sempre: estou sempre longe quando acontece alguma coisa de bom; sou sempre a última da família a ser levada em consideração. Que tempo enorme a sra. Clay tem permanecido com a Elizabeth! Será que ela nunca vai embora? Mas, mesmo que ela deixasse vazio o quarto, talvez não fôssemos convidados. Gostaria de saber a sua opinião a esse respeito. Não espero que os meus filhos sejam convidados, você sabe. Posso deixá-los muito bem na Casa Grande, por um mês ou um mês e meio. Acabo de saber que os Croft estão de partida para Bath agorinha mesmo; eles acham que o almirante sofre de gota. Charles ouviu isso por acaso; eles não tiveram a delicadeza de me comunicar nada, nem de se oferecer para levar alguma coisa. Não me parece que, como vizinhos, eles valham muita coisa. Nunca os vemos, e este foi realmente um caso de grosseira descortesia. Charles e eu lhe desejamos carinhosamente tudo de bom. Cordialmente,

Mary M***.

Lamento dizer que estou muito longe de me sentir bem; e Jemima acaba de me contar que o açougueiro disse que está havendo uma epidemia de dor de garganta por aqui. Tenho certeza de que vou pegar a doença; e as minhas dores de garganta são as piores que existem.

Assim terminava a primeira parte, que mais tarde fora posta dentro de um envelope com outra mais ou menos do mesmo tamanho.

Deixei a minha carta aberta, para lhe contar como a Louisa passou durante a viagem, e agora estou contentíssima por ter feito isso, já que tenho muitas coisas a acrescentar. Primeiro, recebi um bilhete da sra. Croft ontem, oferecendo-se para levar qualquer coisa para você; um bilhete muito gentil e amável, endereçado a mim, como devido; vou poder, então, alongar à vontade esta carta. O almirante não parece muito doente e sinceramente espero que Bath lhe faça todo o bem de que ele precisa. Vou ficar muito contente em vê-los de volta. Nosso vilarejo não pode passar sem uma família tão agradável. Vamos, agora, falar da Louisa. Tenho algo a lhe comunicar que vai causar-lhe uma surpresa não pequena. Ela e os Harville chegaram sãos e salvos na terça-feira, e à noite fomos saber como ela estava passando, quando ficamos muito surpresos por não encontrarmos o capitão Benwick entre eles, pois ele fora convidado com os Harville; e qual você acha que foi a razão? Nem mais nem menos porque está apaixonado por Louisa e preferiu não se arriscar a ir a Uppercross até receber uma resposta do sr. Musgrove; pois estava tudo acertado entre ele e ela antes de ela vir, e ele havia escrito ao pai dela por intermédio do capitão Harville. Garanto a você que é verdade! Você não está pasma? Eu ficaria no mínimo surpresa se você tivesse desconfiado, pois eu nunca. A sra. Musgrove garante solenemente que não sabia de nada a esse respeito. Estamos todos muito contentes, porém, pois, embora não seja a mesma coisa que se casar com o capitão Wentworth, é infinitamente melhor do que o Charles Hayter; e o sr. Musgrove pôs por escrito o seu consentimento, e o capitão é esperado ainda hoje. A sra. Harville diz que o marido sofre muito por causa de sua pobre irmã; no entanto, Louisa é muito amada pelos dois. Na verdade, a sra. Harville e eu concordamos que a amamos ainda mais por ter tratado dela. O Charles fica pensando o que dirá o capitão Wentworth; mas você há de se lembrar que nunca achei que ele gostasse da Louisa; nunca vi nada disso. E isso acaba com aquela história de imaginar que o capitão Benwick estivesse apaixonado por você. Nunca vou poder entender como o Charles pôs uma coisa dessas na cabeça. Espero que agora ele se torne mais simpático. Certamente não é um grande partido para Louisa Musgrove, mas é um milhão de vezes melhor do que se casar com um dos Hayter.

Mary não precisava ter tido receio de encontrar a irmã de algum modo preparada para a notícia. Nada na vida a deixara tão espantada. O capitão Benwick com Louisa Musgrove! Era maravilhoso demais para acreditar, e foi só com grande esforço que conseguiu permanecer na sala, conservar um ar calmo e responder às perguntas comuns do momento. Felizmente para ela, não foram muitas. *Sir* Walter queria saber se os Croft haviam viajado numa carruagem de quatro cavalos e se eles se estabeleceriam numa parte de Bath que permitisse que a srta. Elliot e ele próprio os fossem visitar; mas mostrou pouca curiosidade além disso.

— Como vai a Mary? — disse Elizabeth; e, sem aguardar a resposta: — E, por favor, o que traz os Croft a Bath?

— Vieram por causa do almirante. Acham que ele sofre de gota.

— Gota e decrepitude! — disse *Sir* Walter. — Pobre velho!

— Têm amigos aqui? — perguntou Elizabeth.

— Não sei; mas é difícil imaginar que, na idade do almirante Croft e na sua profissão, ele não tenha muitos conhecidos num lugar como este.

— Imagino — disse *Sir* Walter, friamente — que o almirante Croft será mais conhecido em Bath como o inquilino de Kellynch Hall. Elizabeth, podemos arriscar apresentá-lo e a esposa em Laura Place?

— Ah, não! Acho que não. Em nossa situação junto a *Lady* Dalrymple, como seus primos, devemos usar de muita cautela para não constrangê-la com relacionamentos que ela pode não aprovar. Se não fôssemos parentes, isso não teria importância; mas, como primos, ela passaria escrupulosamente ao crivo todas as nossas propostas. Seria melhor deixarmos os Croft frequentarem um ambiente de seu nível. Há muitos homens de aparência esquisita a andar por aí, que, segundo me disseram, são marinheiros. Os Croft hão de se juntar a eles.

Esse foi o quinhão de interesse que a carta despertou em *Sir* Walter e Elizabeth; quando a sra. Clay pagou seu tributo mais correto de atenção, ao lhe perguntar sobre a sra. Charles Musgrove e seus lindos filhinhos, Anne se viu finalmente em liberdade.

Em seu quarto, tentou compreender aquilo. Não era de espantar que Charles se perguntasse como o capitão Wentworth se sentiria! Talvez ele tivesse abandonado a batalha, tivesse desistido de Louisa, tivesse deixado de amá-la, tivesse descoberto que não a amava. Não podia suportar a ideia de trapaça ou de leviandade ou de qualquer coisa parecida entre os dois amigos. Não podia suportar a ideia de que uma tal amizade fosse rompida por motivos censuráveis.

Capitão Benwick e Louisa Musgrove! A animadíssima e falante Louisa Musgrove, e o melancólico, pensativo, sensível amigo dos livros, o capitão Benwick, pareciam ser cada qual uma síntese de tudo o que não convinha ao outro. Haveria mentes mais diferentes? Onde estaria a atração? A resposta logo veio à tona. Havia sido a situação. Haviam compartilhado a mesma situação por muitas semanas; haviam convivido dentro do mesmo reduzido círculo familiar: desde que Henrietta voltara para casa, fizeram companhia um ao outro, Louisa, a recém-recuperada da doença, o que a tornava mais interessante, e o capitão Benwick, que não era inconsolável. Este era um ponto que Anne não pudera deixar de notar antes; e, em vez de chegar à mesma conclusão que Mary a partir do presente curso dos acontecimentos, estes só lhe serviram para confirmar a ideia de ter ele sentido um começo de ternura por ela. Não queria tirar daí, porém, mais motivos de gratificação para a sua própria vaidade do que Mary teria permitido. Estava persuadida de que qualquer jovem razoavelmente atraente que o tivesse ouvido e parecido compartilhar seu sofrimento teria recebido a mesma homenagem. Ele tinha um coração afetuoso. Precisava amar alguém.

Não via nenhuma razão para que fossem infelizes. Para começar, Louisa tinha uma grande admiração pela Marinha, e logo as afinidades entre eles se tornariam maiores. Ele se tornaria mais alegre e ela aprenderia a se entusiasmar com Walter Scott e Lord Byron; isso, aliás, já devia ter acontecido; obviamente, eles se haviam apaixonado enquanto liam poesia. Era divertida a ideia de que Louisa Musgrove se houvesse transformado numa pessoa de gostos literários refinados e propensa às reflexões sentimentais, mas Anne não tinha dúvida disso. O dia em Lyme, a queda do Cobb podiam ter influenciado a sua saúde, os seus nervos, a sua coragem, o seu modo de ser para toda a vida, tão completamente como pareciam ter mudado o seu destino.

A conclusão de tudo isso era que, se a mulher que fora sensível aos méritos do capitão Wentworth podia preferir outro homem, nada havia em tal noivado que justificasse mais que um estranhamento inicial, e, se o capitão Wentworth não perdeu nenhum amigo com isso, certamente nada havia que lamentar. Não, não foi nenhuma lamúria que fez o coração de Anne bater mais forte contra a sua vontade e a fez corar ante a ideia de que o capitão Wentworth estava livre e desimpedido. Sentira algo que tinha vergonha de investigar. Era algo muito parecido com a alegria, uma alegria absurda!

Estava louca para ver os Croft; mas quando os encontrou era evidente que a notícia ainda não tinha chegado até eles. A visita de cerimônia foi feita e retribuída; e Louisa Musgrove foi mencionada, e o capitão Benwick também, sem sequer um esboço de sorriso.

Os Croft haviam-se instalado num apartamento da Gay Street, perfeitamente satisfatório para *Sir* Walter. Não se envergonhava de modo algum de seus conhecidos e, na verdade, pensava e falava muito mais sobre o almirante, do que o almirante jamais pensou ou falou sobre ele.

Os Croft tinham amigos à vontade em Bath e consideravam seu relacionamento com os Elliot uma mera formalidade, com pouquíssimas possibilidades de lhes proporcionar algum prazer. Trouxeram consigo do campo o hábito de estar quase sempre juntos. Ele tinha a recomendação de caminhar para manter afastada a gota, e a sra. Croft, que parecia decidida a compartilhar tudo com ele, caminhava valentemente ao seu lado, pelo bem dele. Anne os via em toda parte aonde ia. *Lady* Russell levava-a para passear de carruagem quase todas as manhãs, e ela quase nunca deixava de pensar neles e nunca deixava de encontrá-los. Conhecendo os sentimentos recíprocos que os uniam, aquele era para ela um delicioso retrato da felicidade. Sempre os observava durante longo tempo, feliz em imaginar que sabia do que eles estavam falando enquanto caminhavam sozinhos e felizes, ou igualmente feliz em ver o cordial aperto de mão do almirante ao encontrar um velho amigo e em observar as animadas conversas que, vez por outra, se formavam em pequenos grupos de marinheiros, parecendo a sra. Croft tão inteligente e arguta quanto qualquer um dos oficiais ao seu redor.

Anne estava sempre com *Lady* Russell e por isso raramente passeava sozinha; mas aconteceu de, certa manhã, cerca de uma semana ou dez dias depois da chegada dos Croft, achar melhor separar-se da amiga, ou melhor, da carruagem da amiga, na parte baixa da cidade, e voltar sozinha a Camden Place, e ao caminhar pela Milsom Street teve a boa sorte de topar com o almirante. Estava sozinho junto à vitrina de uma loja de gravuras, com as mãos para trás, em atenta contemplação de alguma gravura, e ela não só poderia ter passado despercebida dele, como foi obrigada a tocar nele e falar com ele até que ele a percebesse. Quando, porém, a percebeu e reconheceu, fez isso com toda a espontaneidade e todo o bom humor de sempre.

— Ah! É a senhorita? Obrigado, obrigado. Esse é um tratamento de amiga. Cá estou eu contemplando um quadro. Não consigo passar por esta loja sem parar um pouco. Mas veja só que barco é este! Olhe só. Já viu uma coisa dessas? Que sujeitos estranhos devem ser esses seus pintores, para pensar que alguém arriscaria a vida numa velha concha disforme como essa! E no entanto aí estão dois cavalheiros de pé dentro dela, muito à vontade, a contemplar os penedos e montanhas ao seu redor, como se o barco não pudesse virar de um momento para o outro, o que certamente era o caso. Gostaria de saber onde esse barco foi construído! — morrendo de rir. — Não me arriscaria nele nem que fosse para atravessar só um bebedouro. Muito bem — afastando-se da vitrina —, aonde a senhorita vai? Posso ir a algum lugar para a senhorita ou com a senhorita? Posso ser útil em alguma coisa?

— Nada, muito obrigada, a não ser que me dê o prazer da sua companhia no trecho em que nossos caminhos se unem. Estou indo para casa.

— Com todo o prazer, e até mais adiante também. É, sim, faremos um belo passeio juntos, e eu tenho algo a lhe dizer enquanto caminhamos. Vamos, dê-me o seu braço; assim mesmo; não me sinto à vontade se não tiver uma mulher apoiada em meu braço. Meu Deus! Que barco é esse! — lançando um último olhar ao quadro, quando começavam a caminhar.

— O senhor disse que tinha algo a me dizer?

— Tenho, sim. Mas aí vem um amigo, o capitão Brigden; mas vou só dizer "Como vai?" e seguimos em frente. Não vou parar. Como vai? Brigden arregala os olhos por ver alguém comigo que não é a minha esposa. Ela, coitada, não pode sair de casa por causa da perna. Tem uma bolha num dos calcanhares do tamanho de uma moeda de três xelins. Se você olhar para o outro lado da rua, vai ver o almirante Brand que desce com o irmão. Sujeitos mesquinhos, os dois! Estou contente por não estarem deste lado da rua. Sophy não os suporta. Eles me aplicaram um golpe miserável certa vez: tiraram-me alguns de meus melhores homens. Algum dia eu lhe conto a história. Lá vai o velho *Sir* Archibald Drew com o neto. Olhe, ele nos viu; manda-lhe um beijo com a mão; confundiu você com a minha mulher. Ah! A paz chegou cedo demais para aquele menino. O velho *Sir* Archibald, coitado! Tem gostado de Bath, srta. Elliot? Tem sido muito bom para nós estarmos aqui. Estamos sempre encontrando um ou outro velho amigo; as ruas estão cheias deles toda manhã; oportunidade de conversar é o que não falta; e então nos despedimos deles todos e nos fechamos em nosso apartamento e arrumamos as cadeiras e nos sentimos tão bem como se estivéssemos em Kellynch ou como costumávamos estar até mesmo em North Yarmouth e Deal. Eu lhe digo que gostamos mais de nosso apartamento aqui por nos fazer lembrar do primeiro que tivemos em North Yarmouth. O vento sopra do mesmo jeito através de um dos armários.

Depois de mais um trecho do caminho, Anne arriscou-se a insistir mais uma vez em lhe perguntar o que ele tinha para lhe comunicar. Esperava que quando saíssem da Milsom Street sua curiosidade já estivesse satisfeita; mas foi obrigada a esperar mais um pouco, pois o almirante decidira não começar até ter chegado aos amplos espaços e à calma de Belmont; e, como na verdade ela *não* era a sra. Croft, ela teve de deixá-lo agir como queria. Assim que chegaram ao ligeiro aclive de Belmont, disse ele:

— Muito bem, agora a senhorita vai ouvir algo que muito a surpreenderá. Mas primeiro você vai dizer-me o nome da jovem a que vou referir-me. A senhorita sabe, aquela jovem com quem tanto nos preocupamos. A srta. Musgrove, com quem aconteceu tudo aquilo. Qual é o primeiro nome dela? Sempre me esqueço.

Anne envergonhara-se em mostrar que imediatamente compreendera de quem se tratava; mas agora já podia sugerir em segurança o nome de "Louisa".

— Isso mesmo, srta. Louisa Musgrove, é esse o nome. Seria bom que as mocinhas não tivessem tantos belos nomes de batismo. Eu nunca me enganaria se todas elas fossem Sophys ou algo parecido. Muito bem, todos achávamos que essa srta. Louisa ia casar-se com Frederick, como a senhorita sabe. Ele a estava cortejando, semana após semana. A única dúvida era o que eles estariam esperando, até que aconteceu o acidente em Lyme; então, ficou bastante claro que eles deviam aguardar até que o cérebro dela se recuperasse. Mas mesmo então havia algo de estranho na maneira como eles se comportavam. Em vez de ficar em Lyme, ele partiu para Plymouth, e então nós fomos visitar Edward. Quando voltamos de Minehead, ele partira para visitar Edward, e por lá está até agora. Não o vemos desde novembro. Nem a Sophy conseguia entender aquilo. Agora, porém, o caso se tornou realmente estranho; pois essa moça, essa *mesma* srta. Musgrove, em vez de se casar com Frederick, vai casar-se com James Benwick. A senhorita conhece James Benwick.

— Um pouco. Conheço um pouco o capitão Benwick.

— Então, ela vai casar-se com ele. É até muito provável que já estejam casados, pois não sei o que estariam esperando.

— Eu achei o capitão Benwick um rapaz muito simpático — disse Anne —, e sei que ele tem um ótimo caráter.

— Ah! Sim, claro, não há nada a criticar em James Benwick. É bem verdade que ele é apenas um comandante promovido no verão passado, e estes não são bons tempos para fazer carreira, mas ele não tem mais nenhum defeito, que eu saiba. É um excelente sujeito, de bom coração, eu lhe garanto; um oficial muito ativo e muito zeloso também, o que é mais do que se poderia imaginar, talvez, pois aquelas maneiras delicadas não lhe fazem justiça.

— O senhor está enganado quanto a isso, *Sir*; eu jamais deduziria das maneiras do capitão Benwick alguma falta de coragem. Eu as julgo especialmente agradáveis e lhe garanto que agradariam a todos.

— Muito bem, as mulheres são as melhores juízas; mas James Benwick é um pouco lento demais para mim; e, embora muito provavelmente isso se deva à nossa parcialidade, Sophy e eu achamos que as maneiras de Frederick são melhores do que as dele. Há algo em Frederick que nos agrada mais.

Anne sentiu-se encurralada. Sua intenção fora apenas se opor à ideia, comum até demais, de que coragem e gentileza são coisas incompatíveis, mas de modo algum quisera descrever as maneiras do capitão Benwick como as melhores possíveis; e, depois de hesitar um pouco, estava começando a dizer: "Não estava fazendo nenhuma comparação entre os dois amigos", quando o almirante a interrompeu dizendo:

— E isto é certamente verdade. Não é mera fofoca. O próprio Frederick nos contou. Sophy recebeu uma carta dele ontem, na qual ele nos conta o caso; ele havia acabado de receber uma carta de Harville, escrita *in loco*, em Uppercross. Imagino que estejam todos em Uppercross.

Essa era uma oportunidade à qual Anne não podia resistir; disse ela, então:

— Espero, almirante, que não haja nada no estilo da carta do capitão Wentworth que preocupe muito o senhor e a sra. Croft. No outono passado, parecia haver uma atração entre ele e Louisa Musgrove; mas espero que se possa deduzir que essa atração tenha cessado de ambas as partes igualmente, e sem violência. Espero que a carta não leve a marca de um homem magoado.

— De modo algum, de modo algum; não há em toda ela nenhuma imprecação ou crítica.

Anne abaixou os olhos para esconder o sorriso.

— Não, não; Frederick não é homem de choramingar e lamentar-se; tem brios demais para isso. Se a jovem prefere outro homem, é mais do que justo que o tenha.

— Sem dúvida. Mas o que quero dizer é que espero que não haja nada na maneira de escrever do capitão Wentworth que levante a suspeita de que ele se sinta traído pelo amigo, o que pode transparecer, como o senhor sabe, sem que nada seja dito. Eu lamentaria muito que uma amizade como a que existia entre ele e o capitão Benwick fosse destruída, ou mesmo arranhada, por uma situação desse tipo.

— Claro, claro, eu entendo. Mas não há nada disso na carta. Ele não diz uma palavra negativa acerca de Benwick; não diz sequer: "Eu me pergunto por que, tenho as minhas razões para me perguntar por quê". Não, não seria possível adivinhar, pelo estilo dele, que ele um dia tivesse pensado em tomar essa senhorita (qual o nome dela?) para si. Muito elegantemente, ele faz votos de que eles sejam felizes juntos; e acho que nisso não há nada de vingativo.

Anne não compartilhava a absoluta convicção que o almirante desejava transmitir, mas seria inútil levar adiante as perguntas. Assim, ela se contentou em proferir algumas observações de senso comum ou em escutar em silêncio, e o almirante prosseguiu à sua maneira.

— Pobre Frederick! — disse ele, enfim. — Agora vai ter de começar tudo de novo com outra pessoa. Acho que devíamos trazê-lo a Bath. Sophy tem de escrever a ele e insistir para que venha a Bath. Aqui há muitas moças bonitas, tenho certeza. De nada serviria ir a Uppercross de novo, pois sei que a outra srta. Musgrove já está noiva do primo, o jovem pároco. Não acha, srta. Elliot, que deveríamos tentar trazê-lo a Bath?

CAPÍTULO 19

Enquanto o almirante Croft passeava com Anne e exprimia o desejo de trazer o capitão Wentworth a Bath, o capitão já estava a caminho de lá. Chegara antes que a sra. Croft lhe escrevesse, e, na vez seguinte em que Anne saiu, ela o viu.

O sr. Elliot estava acompanhando as duas primas e a sra. Clay. Estavam na Milsom Street. Começou a chover, não muito, mas o bastante para as mulheres buscarem abrigo, e mais do que o bastante para que a srta. Elliot buscasse ser levada para casa na carruagem de *Lady* Dalrymple, que fora vista esperando a pouca distância dali; ela, Anne e a sra. Clay, portanto, entraram na confeitaria Molland, enquanto o sr. Elliot foi até *Lady* Dalrymple, para pedir ajuda. Ele logo estava de volta, bem-sucedido, é claro; *Lady* Dalrymple ficaria felicíssima em levá-los para casa e viria buscá-los em alguns minutos.

A carruagem de Sua Senhoria era uma *barouche*, e não levava mais do que quatro pessoas com algum conforto. A srta. Carteret estava com a mãe; por conseguinte, não era razoável esperar lugar para todas as três damas de Camden Place. Não havia dúvida quanto à srta. Elliot. Se alguém devia arcar com os incômodos, esse alguém certamente não era ela, mas levou algum tempo para se chegar a uma solução para o probleminha de etiqueta entre as duas outras. A chuva era uma coisa de nada, e Anne estava sendo muito sincera ao preferir caminhar com o sr. Elliot. Mas a chuva era uma coisa de nada também para a sra. Clay; algumas gotinhas aqui e ali, e suas botinas eram tão grossas! Muito mais grossas do que as da srta. Anne; em suma, sua gentileza tornava-a tão ansiosa por poder caminhar com o sr. Elliot quanto Anne, e o caso foi discutido entre as duas com tão polida generosidade e determinação, que os outros foram obrigados a resolver o caso para elas; a srta. Elliot afirmou que a sra. Clay já estava um pouco resfriada, e o sr. Elliot, decidindo como árbitro, que as botinas de sua prima Anne eram, de fato, as mais grossas.

Ficou, portanto, decidido que a sra. Clay devia unir-se às outras na carruagem; e mal haviam acertado esse ponto quando Anne, ao sentar-se junto à janela da confeitaria, vislumbrou, com toda a clareza e distinção, o capitão Wentworth, que descia a rua.

Só ela mesma se deu conta do seu susto; mas logo percebeu que era a pessoa mais simplória do mundo, a mais irresponsável e absurda! Por alguns minutos não viu mais nada à sua frente; tudo se fez confuso. Estava perdida, e quando voltou a si viu as outras ainda aguardando a carruagem e o sr. Elliot (sempre delicado) partindo para a Union Street, para fazer um favor à sra. Clay.

Sentiu então um intenso desejo de ir até a porta de entrada; queria saber se ainda estava chovendo. Por que imaginar que teria algum outro motivo? O capitão Wentworth não devia estar à vista. Ela deixou o seu lugar, queria partir; metade dela queria não ser tão prudente quanto a outra metade ou não estar sempre a suspeitar que a outra fosse pior do que era. Queria ver se estava chovendo. Logo teve de recuar, porém, com a entrada do próprio capitão Wentworth, em meio a um grupo de cavalheiros e damas, obviamente seus conhecidos, e aos quais devia ter-se juntado bem no fim da Milsom Street. Ele estava obviamente mais constrangido e confuso ao vê-la do que ela jamais observara; ficou todo vermelho. Pela primeira vez desde que reataram a amizade, ela sentiu que, dos dois, era ela que estava demonstrando menos emoção. Tinha sobre ele a vantagem de ter-se preparado para aquilo nos últimos minutos. Todos os esmagadores, ofuscantes, atordoantes primeiros efeitos da forte surpresa haviam passado, para ela. Mesmo assim, ainda tinha muito o que sentir! Era agitação, dor, prazer, algo entre a delícia e a miséria.

Ele falou com ela e em seguida se afastou. Suas maneiras demonstravam constrangimento. Não podia chamá-las de frias nem de amáveis nem de mais nada com tanta certeza quanto de constrangidas.

Após um breve intervalo, porém, ele se aproximou e conversou com ela de novo. Foram perguntas recíprocas sobre assuntos comuns: e provavelmente, depois de escutadas as respostas, nenhum deles sabia algo a mais do que antes, e Anne continuava plenamente ciente de que ele estava menos à vontade do que antes. De tanto estar sempre juntos, eles passaram a se falar com uma considerável dose de aparente indiferença e calma; mas agora não era assim.

O tempo havia-o mudado ou Louisa o havia mudado. Havia consciência, de um modo ou de outro. Ele parecia muito bem, e não como se tivesse tido problemas de saúde ou de desânimo, e falou de Uppercross, dos Musgrove e até de Louisa, e chegou mesmo a lançar um daqueles seus rápidos olhares de maliciosos subentendidos ao pronunciar o nome dela; mas, mesmo assim, o capitão Wentworth não estava à vontade, nem tranquilo nem capaz de fingir que estivesse.

Não a surpreendeu, mas feriu Anne observar que Elizabeth não quis reconhecê-lo. Viu que ele viu Elizabeth, que Elizabeth o viu, que houve completo reconhecimento íntimo de ambas as partes; tinha certeza de que ele estava convencido de que seria saudado como um amigo e que esperava isso, mas teve ela o desgosto de ver a irmã se afastar com imperturbável frieza.

A carruagem de *Lady* Dalrymple, pela qual a srta. Elliot estava cada vez mais impaciente, estacionou naquele momento; o criado entrou para anunciá-la. Estava começando a chover de novo, e ao mesmo tempo houve um atraso e um alvoroço e muitas palavras, o que levaria toda a pequena multidão reunida na confeitaria a compreender que *Lady* Dalrymple estava chamando a srta. Elliot para levá-la em sua carruagem. Por fim, a srta. Elliot e sua amiga, acompanhadas apenas pelo criado (pois o primo ainda não havia voltado), saíram; e o capitão Wentworth, observando-as, voltou-se de novo para Anne, e mais com gestos do que com palavras lhe ofereceu os seus serviços.

— Eu lhe agradeço muito — foi a resposta dela —, mas não vou com elas. Não cabe tanta gente na carruagem. Vou a pé: até prefiro.

— Mas está chovendo.

— Ah! Muito pouco. Nada que me assuste.

Depois de uma breve pausa, ele disse:

— Embora tenha chegado só ontem, eu já me equipei adequadamente para Bath, como pode ver — mostrando um guarda-chuva novo —; eu gostaria que você fizesse uso dele, se estiver decidida a caminhar; ainda que me pareça mais prudente que eu vá buscar uma charrete para você.

Ela lhe agradeceu muito, mas recusou tudo, repetindo a sua convicção de que a chuva logo ia parar e acrescentando:

— Só estou à espera do sr. Elliot. Ele vai chegar num minuto, tenho certeza.

Mal acabara de falar e o sr. Elliot entrou. O capitão Wentworth lembrava-se perfeitamente dele. Não havia nenhuma diferença entre ele e o homem que parou na escadaria em Lyme, admirando Anne enquanto ela passava, salvo o jeito, o aspecto e as maneiras de parente próximo e de amigo. Ele entrou com decisão, pareceu só ver a ela e só pensar nela, pediu desculpas pelo atraso, sentia muito tê-la deixado esperando e estava ansioso por levá-la dali sem mais delongas e antes que a chuva aumentasse; e imediatamente eles saíram juntos, de braços dados, e ao passar ela só teve tempo de lhe lançar um olhar gentil e constrangido e um “Bom dia para você!”.

Assim que os perderam de vista, as damas do grupo do capitão Wentworth começaram a falar deles.

— Imagino que o sr. Elliot tenha uma quedinha pela prima, não tem?

— Ah! Não, isso é mais do que evidente. Não é difícil adivinhar o que vai acontecer por lá. Ele está sempre lá; acho que passa metade do tempo com a família. Que homem mais atraente!

— É mesmo, e a srta. Atkinson, que uma vez jantou com ele na casa dos Wallis, diz que ele é o homem mais amável com quem jamais esteve.

— Acho que ela é bonita; Anne Elliot; muito bonita, quando olhamos para ela. Não está na moda dizer isto, mas confesso que a admiro mais do que à irmã.

— Ah! Eu também.

— E eu também. Não há comparação. Mas os homens estão loucos atrás da srta. Elliot. Anne é delicada demais para eles.

Anne ficaria especialmente grata ao primo se ele tivesse caminhado ao seu lado durante todo o percurso até Camden Place sem dizer nenhuma palavra. Jamais achara tão difícil escutá-lo, embora nada pudesse superar as atenções e a solicitude dele e embora os assuntos fossem exatamente aqueles que nunca deixavam de interessar-lhe: o elogio caloroso, justo e sensato de *Lady* Russell, e insinuações muito razoáveis contra a sra. Clay. Mas naquele momento ela só conseguia pensar no capitão Wentworth. Não conseguia entender seus atuais sentimentos, se estava ou não sofrendo muito com uma desilusão; e até resolver essa questão não conseguiria acalmar-se.

Ela esperava, com o tempo, vir a ser sábia e razoável; mas infelizmente tinha de confessar a si mesma que ainda não era sábia.

Outra coisa essencial para ela era saber por quanto tempo ele pretendia permanecer em Bath; ele não havia mencionado isso, ou ela não conseguia lembrar-se. Podia ser que estivesse só de passagem. Era, porém, mais provável que tivesse vindo para ficar. Nesse caso, como todos se encontram com todos em Bath, *Lady* Russell muito provavelmente o encontraria em algum lugar. Lembrar-se-ia dele? Que aconteceria?

Ela já fora obrigada a contar a *Lady* Russell que Louisa Musgrove ia casar-se com o capitão Benwick. Já lhe custara certo esforço enfrentar a surpresa de *Lady* Russell; e agora, se fosse vista com o capitão Wentworth, o desconhecimento do caso poderia agravar o preconceito dela contra ele.

Na manhã seguinte, Anne havia saído de carruagem com a amiga e, durante toda a primeira hora, estivera numa incessante e temerosa espreita do capitão Wentworth, em vão; mas por fim, ao tornarem a percorrer a Pulteney Street, ela o avistou na calçada da direita, a uma distância tal que podia observá-lo pela maior parte da rua. Havia muitos outros homens com ele, muitos grupos caminhando no mesmo sentido, mas não havia como confundi-lo. Instintivamente, ela olhou para *Lady* Russell; mas não por alguma ideia louca de que esta pudesse tê-lo reconhecido tão prontamente quanto ela. Não, não era de supor que *Lady* Russell o percebesse até que estivessem quase frente a frente. Olhava para ela, porém, de quando em quando, nervosamente; e quando se aproximou o momento em que ela devia reconhecê-lo, ainda que não ousasse olhar de novo (pois sabia que era melhor não mostrar o rosto), estava perfeitamente consciente de que os olhos de *Lady* Russell estavam voltados exatamente na direção dele; de que, em suma, ela o estava observando atentamente. Ela compreendia muito bem a espécie de fascínio que ele devia exercer sobre a mente de *Lady* Russell, como devia ser difícil para ela desviar os olhos, o espanto que devia estar sentindo pelo fato de a passagem de oito ou nove anos desde que o vira, tanto em climas distantes quanto no serviço ativo também, não lhe terem roubado a graça pessoal!

Lady Russell, por fim, reaprumou a cabeça. "O que será que ela vai dizer dele agora?"

— Você deve estar curiosa para saber — disse ela — onde fitei meus olhos por tanto tempo; mas eu estava procurando certas cortinas de janela, de que *Lady* Alicia e a sra. Frankland me falaram ontem à noite. Elas descreveram as cortinas da sala de uma das casas deste lado da rua, e nesta parte dela, como as mais belas e mais decorativas de toda Bath, mas não conseguiram lembrar-se do número exato, e eu estava tentando descobrir qual poderia ser; mas confesso que não consegui achar nenhuma cortina por aqui que correspondesse à descrição.

Anne suspirou, corou e sorriu, de pena e desprezo ou pela amiga ou por ela. A parte que mais a irritou foi que, com todo aquele excesso de precaução e cautela, ela tivesse perdido o momento certo de ver se ele as vira.

Passaram-se um ou dois dias sem que nada acontecesse. O teatro ou os salões em que era mais provável que ele estivesse não eram finos o bastante para os Elliot, cujas diversões noturnas se limitavam à elegante estupidez das reuniões privadas, em que eles se faziam cada vez mais assíduos; e Anne, exasperada com toda aquela estagnação, cansada de não saber nada e imaginando-se mais forte, porque sua força não fora posta à prova, estava mais do que impaciente pela noite do concerto. Era um concerto em prol de uma protegida de *Lady* Dalrymple. Naturalmente eles estariam presentes. Esperava-se realmente que fosse muito bom, e o capitão Wentworth adorava música. Se ela pudesse ter pelo menos alguns minutos de conversa com ele de novo, imaginava que ficaria satisfeita; e, quanto à capacidade de se dirigir a ele, sentia-se cheia de coragem se a ocasião se apresentasse. Elizabeth afastara-se dele, *Lady* Russell fingira não vê-lo; seus nervos ganhavam força com essa situação; sentia que devia dar-lhe atenção.

Havia mais ou menos prometido à sra. Smith jantar com ela; mas numa rápida visita pediu desculpas e adiou o jantar, com a mais resoluta promessa de uma visita mais longa no dia seguinte. A sra. Smith, muito bem-humorada, concordou com tudo.

— Mas é claro — disse ela —; só quero que me conte tudo quando vier. Com quem você vai?

Anne nomeou todos eles. A sra. Smith não respondeu; mas durante a despedida disse, com uma expressão meio séria, meio marota:

— Muito bem, desejo de coração que o concerto corresponda às expectativas; e não vá faltar amanhã, se puder vir; pois começo a ter o pressentimento de que não vou receber mais muitas visitas suas.

Anne ficou espantada e confusa; mas, depois de um momento de indecisão, viu-se obrigada a sair correndo, o que não lamentou.

CAPÍTULO 20

Sir Walter, as duas filhas e a sra. Clay foram os primeiros da comitiva a chegar aos salões, à noite; e, como deviam esperar por *Lady* Dalrymple, instalaram-se junto a uma das lareiras da sala octogonal. Mas mal se haviam assentado e já a porta se abria novamente, e o capitão Wentworth entrava, sozinho. Anne era a que estava mais perto dele, e aproximando-se um pouco imediatamente lhe falou. Ele se preparava para fazer apenas uma reverência e seguir em frente, mas o gentil "Como vai?" dito por ela o fez afastar-se da linha reta e aproximar-se, fazendo em troca algumas perguntas, apesar das ameaçadoras figuras do pai e da mãe no segundo plano. O fato de estarem no segundo plano serviu de apoio a Anne; ela nada sabia do aspecto deles e se sentiu à altura de tudo que acreditava dever fazer.

Enquanto conversavam, chegou aos seus ouvidos um sussurro entre seu pai e Elizabeth. Não conseguiu discernir bem, mas adivinhou o assunto; e, quando o capitão Wentworth fez uma reverência distante, ela compreendeu que seu pai decidira muito justamente fazer a ele um simples sinal de reconhecimento, e pôde ainda com um olhar de relance ver a própria Elizabeth fazer a ele uma breve reverência. Tal gesto, embora atrasado e relutante e desajeitado, era melhor do que nada, e isso ajudou a elevar o ânimo de Anne.

Depois de falarem, porém, do tempo e de Bath e do concerto, a conversa começou a esmorecer, até que passaram a falar tão pouco, que a cada momento ela esperava que ele se afastasse, o que ele não fez, porém; não parecia ter pressa de separar-se dela; e então, mais animado, com um leve sorriso e um leve rubor, ele disse:

— Mal vi você desde o nosso dia, em Lyme. Receio que você tenha sofrido com o choque, e ainda mais porque, na hora, você não se deixou vencer por ele.

Ela lhe garantiu que não.

— Foi uma hora terrível — disse ele —; um dia terrível!

E ele passou a mão sobre os olhos, como se a lembrança ainda fosse dolorosa demais, mas logo em seguida, de novo com um meio sorriso, acrescentou:

— Mas aquele dia produziu os seus frutos; teve algumas consequências, que devem ser consideradas o exato oposto do terrível. Quando você teve a presença de espírito de sugerir que Benwick seria a pessoa mais certa para ir buscar um cirurgião, mal podia ter a ideia de que mais tarde ele seria uma das pessoas mais importantes na recuperação dela.

— Não podia ter nenhuma ideia, é claro. Mas parece... eu espero que seja uma união muito feliz. De ambas as partes, há bons princípios e bom caráter.

— Sim — disse ele, olhando não exatamente para a frente —; mas acho que a semelhança acaba por aqui. Desejo de coração que sejam felizes e me alegro com cada circunstância que lhes seja propícia. Não terão dificuldades com que lutar em casa, nenhuma oposição, nenhum capricho, nenhum adiamento. Os Musgrove estão tendo um comportamento digno, muito respeitável e gentil, só que estão nervosos, como pais realmente preocupados com o conforto da filha. Tudo isso conta muito, muito mesmo, em favor da felicidade deles; talvez mais do que...

Ele estacou. Pareceu ocorrer-lhe de repente uma recordação, que lhe deu um vislumbre daquela emoção que estava enrubescendo as faces de Anne e cravando os olhos dela no chão. Depois de pigarrear um pouco, porém, ele prosseguiu assim:

— Confesso que julgo existir uma disparidade, uma disparidade grande demais, e num ponto muito essencial, que é a alma. Considero Louisa Musgrove uma mocinha muito amável e doce, que não deixa de ser inteligente, mas Benwick é algo mais do que isso. É um homem brilhante, de vastas leituras; e confesso que vejo o amor dele por ela com certa surpresa. Se fosse o efeito da gratidão, se ele tivesse aprendido a amá-la porque acreditasse que ela o preferisse, seria outra coisa. Mas não tenho razões para acreditar nisso. Parece, ao contrário, ter sido um sentimento completamente espontâneo e natural da parte dele, e isso me surpreende. Um homem como ele, na sua situação! Com um coração machucado, ferido, quase partido! Fanny Harville era uma criatura superior, e o amor dele por ela era amor de verdade. Um homem não se recupera de uma tal devoção a uma tal mulher. Não deveria; não pode.

Porém, quer por saber que seu amigo se recuperara, quer por saber alguma outra coisa, não foi adiante; e Anne, que, não obstante a voz nervosa com que a última parte fora dita e não obstante todo o barulho da sala, o bater quase contínuo da porta e o bulício incessante das pessoas que chegavam, distinguira cada palavra, ficou impressionada, lisonjeada, confusa e começou a acelerar a respiração e a sentir cem coisas ao mesmo tempo. Era impossível para ela entrar naquele assunto; e no entanto, depois de uma pausa, sentindo a necessidade de falar e desejando não menos uma mudança total, desviou-se apenas o bastante para dizer:

— Você ficou bastante tempo em Lyme, não é?

— Mais ou menos duas semanas. Não pude partir até que a melhora no estado de Louisa fosse clara. Eu estivera envolvido demais no acidente para poder encontrar a paz muito depressa. Fora culpa minha, só minha. Ela não teria sido teimosa se eu não tivesse sido fraco. A região ao redor de Lyme é magnífica. Vaguei muito por ali, a pé e a cavalo; e quanto mais eu via mais motivos de admiração encontrava.

— Eu adoraria tornar a ver Lyme — disse Anne.

— É mesmo? Não imaginava que você tivesse encontrado algo em Lyme que inspirasse um tal sentimento. O horror e a angústia em que você se envolveu, a tensão e o desgaste emocionais! Eu achava que as suas últimas impressões de Lyme haviam sido de extrema repugnância.

— As últimas horas foram sem dúvida muito dolorosas — tornou Anne —; mas, passada a dor, as recordações são muitas vezes um prazer. Não amamos menos um lugar porque nele sofremos, a menos que tenha sido só sofrimento, nada além de sofrimento, o que não foi de modo algum o caso de Lyme. Houve muita ansiedade e angústia nas duas últimas horas, mas antes houvera muita alegria. Tantas novidades e belezas! Eu viajei tão pouco, que qualquer lugar novo seria interessante para mim; mas há uma beleza real em Lyme; em suma — com um leve rubor ante algumas lembranças —, em geral as minhas impressões do lugar são muito agradáveis.

Quando acabou de falar, a porta abriu-se mais uma vez para dar entrada às pessoas que estavam aguardando. "*Lady* Dalrymple, *Lady* Dalrymple", foram as entusiasmadas exclamações; e, com toda a impaciência compatível com sua ansiosa elegância, *Sir* Walter e suas duas companheiras avançaram para saudá-la. *Lady* Dalrymple e a srta. Carteret, escoltadas pelo sr. Elliot e pelo coronel Wallis, que também acabara de chegar quase naquele mesmo instante, adentraram a sala. Os outros se juntaram a elas, e se formou um grupo em que Anne se viu forçosamente incluída. Foi separada do capitão Wentworth. Sua interessante conversação, talvez interessante até demais, teve de ser interrompida por algum tempo, mas era leve a penitência se comparada à felicidade que proporcionara! Ela aprendera nos últimos dez minutos mais sobre os sentimentos dele para com Louisa, mais sobre todos os sentimentos dele do que ousava imaginar; e se dedicou às exigências do grupo, às obrigatórias cortesias do momento, com sensações intensas, mas agitadas. Estava de bom humor com todos. Recebera ideias que a predispuseram a ser delicada e gentil com todos e a ter pena de todos por serem menos felizes do que ela.

Tais deliciosas emoções foram um pouco atenuadas, quando, ao se afastar do grupo para juntar-se de novo ao capitão Wentworth, ela percebeu que ele se fora. Teve tempo só para vê-lo entrando na sala de concertos. Ele se fora; havia desaparecido, ela por um momento se sentiu triste. Mas voltariam a se encontrar. Ele a procuraria, ele a encontraria antes do fim da noite, e agora, talvez, fosse melhor que estivessem separados. Ela precisava de uma pausa para se recompor.

Com a chegada de *Lady* Russell logo em seguida, todo o grupo estava reunido e tudo que faltava era que se enfileirassem e adentrassem a sala de concertos; e que fossem o mais imponentes possível, chamassem o máximo de atenção, provocassem o máximo de suspiros e perturbassem o maior número de pessoas que pudessem.

Muito, muito felizes estavam tanto Elizabeth quanto Anne Elliot ao entrarem. Elizabeth, de braços dados com a srta. Carteret e a olhar as largas costas da viscondessa viúva Dalrymple à sua frente, nada desejava que não parecesse estar ao seu alcance; e Anne... mas seria um insulto à natureza da felicidade de Anne qualquer comparação entre a dela e a da irmã; a origem de uma era a pura vaidade egoísta; a da outra, o puro afeto generoso.

Anne nada viu, nada pensou do esplendor da sala. Sua felicidade era interior. Os olhos brilhavam e o rosto resplandecia; ela, porém, nada sabia sobre isso. Só pensava na última meia hora e, enquanto se dirigiam aos seus lugares, sua mente passou-a rapidamente em revista. A escolha dos assuntos, as expressões e, mais ainda, as maneiras e o aspecto do capitão Wentworth haviam sido tais, que só podia vê-las sob uma única luz. Sua opinião sobre a inferioridade de Louisa Musgrove, uma opinião que ele parecera ansioso por exprimir, seu espanto com o capitão Benwick, seus sentimentos quanto a um primeiro e profundo amor; sentenças iniciadas que não conseguira concluir, os olhares que ora pareciam fugir, ora pareciam cravar-se nela com tanta expressão, tudo, tudo declarava no mínimo que o coração dele estava voltando a ser dela; que a raiva, a mágoa, a repulsa não mais existiam; e que haviam sido substituídas não simplesmente pela amizade e pela consideração, mas pela mesma ternura do passado. Sim, um pouco da ternura do passado. Não conseguia interpretar a mudança de outro modo. Ele a amava, com certeza.

Esses eram pensamentos, com suas imaginações concomitantes, que a ocupavam e agitavam tanto, que não lhe deixavam nenhum poder de observação; e ela atravessou a sala sem sequer vislumbrá-lo, sem sequer tentar avistá-lo. Quando se determinou o lugar de cada um e todos se instalaram corretamente, ela olhou ao redor para ver se por acaso ele não estaria na mesma parte da sala, mas não estava; seus olhos não conseguiram alcançá-lo; e, como o concerto já começava, teve de consentir por algum tempo em ser feliz de um modo mais modesto.

A comitiva dividiu-se e se dispôs em duas filas contíguas: Anne estava na da frente, e o sr. Elliot manobrara tão bem, com a ajuda do amigo, o coronel Wallis, que conseguiu um lugar ao lado dela. A srta. Elliot, rodeada pelas primas e o principal alvo dos galanteios do coronel Wallis, estava contentíssima.

Anne estava num estado de espírito mais do que favorável para o entretenimento da noite; tinha ali ocupação suficiente: tinha sentimentos para a ternura, disposição para a alegria, atenção para a ciência e paciência com o tédio; e jamais gostara tanto de um concerto, pelo menos durante o primeiro ato. Ao fim deste, no intervalo que se seguiu a uma canção italiana, ela explicou a letra da música para o sr. Elliot. Os dois tinham um só programa do concerto, que compartilhavam.

— Esse — disse ela — é mais ou menos o sentido, ou melhor, o significado das palavras, pois certamente não se deve contar o sentido de uma canção de amor italiana, mas esse é o significado mais próximo que lhe posso dar, pois não tenho pretensões de entender a língua. O meu italiano é muito ruim.

— Ah, claro. Estou vendo que é. Estou vendo que não conhece nada da matéria. Só tem conhecimento suficiente da língua para traduzir de imediato esses invertidos, transpostos e abreviados versos italianos num inglês claro, compreensível e elegante. Não precisa dizer mais nada da sua ignorância. Esta é uma prova definitiva.

— Não vou opor-me a uma polidez tão delicada; mas não gostaria de ser examinada por algum especialista na matéria.

— Não tive o prazer de visitar tantas vezes Camden Place — tornou ele — sem conhecer algo da srta. Anne Elliot; e a considero modesta demais para que as pessoas em geral se deem conta de metade de seus talentos e talentosa demais para que a modéstia pareça natural em qualquer outra mulher.

— Que vergonha! Que vergonha! Isso é lisonjeiro demais. Esqueci o que vem a seguir — voltando-se para o programa.

— Talvez — disse o sr. Elliot, em voz baixa — eu conheça a sua personalidade há mais tempo do que você saiba.

— É mesmo? E como foi isso? Você só pode conhecer-me desde que cheguei a Bath, exceto pelo que pode ter ouvido de mim dito por minha própria família.

— Conhecia você de ouvir falar muito antes de você chegar a Bath. Ouvira a sua descrição feita por gente que a conhecia intimamente. Eu a conheço de fama há muitos anos. A sua pessoa, o seu temperamento, os seus talentos, o seu jeito; eu os tinha presentes na mente.

O sr. Elliot não se decepcionou com o interesse que esperava despertar. Ninguém pode resistir ao encanto de um tal mistério. Ter sido descrita havia muito tempo a uma pessoa que conhecia havia pouco, por gente anônima, era algo irresistível; e Anne estava curiosíssima. Ela se surpreendeu e o interrogou com impaciência; mas em vão. Ele adorou ouvir as perguntas, mas não respondeu nenhuma.

— Não, não, algum outro dia, talvez, mas agora não.

Ele não queria mencionar nomes agora; mas garantia que era tudo verdade. Havia muitos anos ele ouvira uma tal descrição da srta. Anne Elliot, que ela lhe inspirou a mais alta opinião sobre os seus méritos e despertou a mais calorosa curiosidade em conhecê-la.

Anne não conseguia pensar em ninguém com maior probabilidade de falar tão bem dela muitos anos atrás do que o sr. Wentworth de Monkford, o irmão do capitão Wentworth. Ele podia ter frequentado o sr. Elliot, mas ela não teve coragem de perguntar.

— O nome de Anne Elliot — disse ele — há muito tempo soa de maneira muito sedutora para mim. Por muito tempo ele encantou a minha fantasia; e, se eu ousasse, aventaria meus votos de que tal nome nunca mude.

Tais, acreditava ela, foram as palavras dele; mas mal o som delas chegara até Anne, e a sua atenção era atraída por outros sons logo atrás dela, que tornavam tudo o mais sem importância. Seu pai conversava com *Lady* Dalrymple.

— Um homem muito atraente — disse *Sir* Walter —, um homem muito atraente.

— Um jovem muito bonito, sem dúvida! — disse *Lady* Dalrymple. — Com um porte que não se vê muito aqui em Bath. Irlandês, com certeza.

— Não, acabo de saber o nome dele. Conheço-o por ter trocado saudações com ele. Wentworth; capitão Wentworth, da Marinha. Sua irmã é casada com o meu inquilino de Somersetshire, Croft, que aluga Kellynch.

Antes que *Sir* Walter dissesse isso, já os olhos de Anne haviam tomado a direção certa e avistado o capitão Wentworth de pé em meio a um grupo de homens, a pouca distância dali. Quando os olhos dela pousaram sobre ele, os dele pareceram retirar-se dela. Era o que parecia. Parecia que ela chegara um segundo tarde demais; e, enquanto ela ousou observar, ele não tornou a olhar: mas a música estava recomeçando, e ela foi forçada a voltar sua atenção para a orquestra e a olhar para a frente.

Quando pôde lançar-lhe um outro olhar, ele já não estava ali. Ele não teria podido aproximar-se mais dela, se quisesse; havia muita gente ao redor dela, barrando o caminho; mas gostaria de ter encontrado o seu olhar.

As palavras do sr. Elliot também a angustiaram. Já não tinha nenhuma vontade de falar com ele. Queria que ele não estivesse tão perto.

O primeiro ato acabara. Agora ela esperava alguma mudança para melhor; e, depois de um período de conversas anódinas entre os membros do grupo, alguns deles decidiram sair em busca de chá. Anne foi uma das poucas que preferiram ficar. Permaneceu em seu lugar, e o mesmo fez *Lady* Russell; mas teve o prazer de se livrar do sr. Elliot; e, por mais que gostasse de *Lady* Russell, não pretendia furtar-se a uma conversa com o capitão Wentworth, se ele lhe desse a oportunidade. Pela expressão de *Lady* Russell, estava persuadida de que ela o vira.

Ele não veio, porém. Anne às vezes imaginava tê-lo avistado ao longe, mas ele não veio. Passou-se inutilmente o ansiado intervalo. Os outros voltaram, a sala encheu-se novamente, os lugares foram novamente ocupados e ia começar outra hora de prazer ou de sofrimento, outra hora de música ia provocar delícia ou bocejos, conforme predominasse o bom gosto autêntico ou fingido. Para Anne, ela prometia principalmente uma hora de nervosismo. Não poderia deixar a sala em paz sem ver mais uma vez o capitão Wentworth, sem trocar com ele mais um olhar afetuoso.

Ao voltarem aos seus lugares, houve muitas mudanças, cujo resultado foi favorável a ela. O coronel Wallis negou-se a sentar novamente, e o sr. Elliot recebeu de Elizabeth e da srta. Carteret um convite irrecusável para sentar-se entre elas; e com algumas outras mudanças e certa astúcia de sua parte, Anne conseguiu ficar muito mais perto do fim da fila do que antes, muito mais ao alcance de um passante. Ela não podia fazer isso sem se comparar com a srta. Larolles, a inimitável srta. Larolles;[1] mesmo assim ela fez, e não com um resultado muito melhor; mesmo se, pelo que parecia um lance de sorte, sob a forma de uma prematura retirada dos que estavam sentados ao seu lado, se viu bem no fim da fila antes que o concerto acabasse.

Era essa a situação, com um lugar vazio disponível, quando avistou novamente o capitão Wentworth. Viu-o não longe de onde ela estava. Ele também a viu; mesmo assim, parecia sério e indeciso, e só muito devagar chegou enfim perto dela o bastante para lhe falar. Ela percebeu que devia haver algum problema. A mudança era indubitável. A diferença entre o seu jeito de agora e o de quando estava na sala octogonal era enorme. Mas por quê? Ela pensou em seu pai, em *Lady* Russell. Poderia ter havido algum olhar mais torto? Ele começou falando do concerto, seriíssimo, muito parecido com o capitão Wentworth de Uppercross; confessou-se decepcionado, pois esperava mais dos cantores; em suma, teve de confessar que não lamentaria o fim do concerto. Anne respondeu e falou tão bem em defesa dos cantores, mostrando, porém, com muita simpatia a sua compreensão dos sentimentos dele, que a expressão dele se desanuviou e ele tornou a replicar quase com um sorriso. Conversaram por mais alguns minutos; ele continuou bem disposto; até olhou para as cadeiras, como se tivesse visto ali um bom lugar para ocupar; naquele momento, porém, um toque no ombro obrigou Anne a se voltar. Era o sr. Elliot. Ele lhe pedia desculpas, mas precisava da sua ajuda para explicar outros versos italianos. A srta. Carteret estava louca para ter uma ideia geral da próxima canção. Anne não podia recusar; mas nunca se sacrificara à polidez com tanta amargura.

Alguns minutos inevitavelmente se passaram, embora o mínimo possível; e, depois de cumprir sua obrigação, quando pôde voltar-se e olhar como fizera antes, se viu diante do capitão Wentworth, numa comedida mas apressada espécie de despedida. Ele queria dar-lhe as boas-noites; estava de partida; tinha de chegar em casa o mais rápido possível.

[1] Personagem do romance *Cecilia* (1782), da romancista inglesa Frances Burney. (N. T.)

— Será que não vale a pena ficar para ouvir esta canção? — disse Anne, quando subitamente lhe ocorreu uma ideia que a tornou ainda mais desejosa de parecer encorajadora.

— Não! — replicou ele, enfático. — Não há nada por que valha a pena ficar — e partiu em seguida.

Ciúmes do sr. Elliot! Era esse o único motivo compreensível. O capitão Wentworth com ciúme do seu amor! Poderia ela imaginar uma coisa dessas uma semana atrás, três horas atrás? Por um momento, o seu prazer foi intenso. Mas, desgraçadamente, a esses se seguiram outros pensamentos muito diferentes. Como aplacar aquele ciúme? Como fazê-lo conhecer a verdade? Como, levando-se em conta todas as dificuldades próprias de suas respectivas situações, ia ele conhecer os verdadeiros sentimentos dela? Era uma tortura pensar nas atenções do sr. Elliot. O mal que haviam causado era incalculável.

CAPÍTULO 21

Na manhã seguinte, Anne lembrou-se com prazer da promessa de visitar a sra. Smith, o que significava que estaria fora de casa na hora em que mais provavelmente o sr. Elliot chegaria; pois evitar o sr. Elliot passara a ser quase o seu principal objetivo.

Ela sentia muita boa vontade para com ele. Apesar do mal causado por suas atenções, ela lhe devia gratidão e estima, talvez compaixão. Não conseguia deixar de pensar muito nas extraordinárias circunstâncias relativas ao modo como se conheceram, no direito que ele parecia ter de interessá-la, por sua situação como um todo, pelos seus sentimentos, por seu precoce interesse por ela. Tudo era realmente extraordinário; lisonjeiro, mas doloroso. Havia muito que lamentar. Como poderia ela ter-se sentido se não houvesse um capitão Wentworth no caso era algo que não valia a pena investigar; pois *havia* um capitão Wentworth; e, fosse boa ou má a conclusão da atual incerteza, seu afeto seria dele para sempre. Acreditava ela que a união entre eles não podia afastá-la mais dos outros homens do que sua separação definitiva do capitão.

Jamais haviam passado pelas ruas de Bath sonhos mais belos de delicados amores e eterna fidelidade que os de Anne, ao ir de Camden Place a Westgate Buildings. Era como se pelo caminho ela espargisse pureza e perfumes.

Estava certa de que teria uma recepção agradável; e sua amiga essa manhã parecia especialmente grata a ela por vir visitá-la, parecia não esperar que ela viesse, embora a visita estivesse marcada.

Ela logo pediu que Anne lhe contasse como fora o concerto; e as lembranças de Anne foram felizes o bastante para animar suas feições e fazê-la sentir satisfação em falar delas. Tudo que conseguiu dizer ela o disse com prazer, mas esse tudo era pouco para quem estivera lá, e insatisfatório para uma inquiridora como a sra. Smith, que já ouvira, pelo atalho de uma lavadeira e de um garçom, bem mais sobre o que se passara aquela noite do que Anne conseguiu contar, e que agora fazia em vão perguntas sobre diversos pormenores relativos aos presentes. A sra. Smith conhecia muito bem de nome todas as pessoas de certa importância ou notoriedade em Bath.

— Deduzo que as pequenas Durand estavam lá — disse ela —, de boca aberta para agarrar a música, como passarinhos ainda implumes prontos para serem alimentados. Elas nunca perdem um concerto.

— É verdade; eu não as vi, mas ouvi o sr. Elliot dizer que elas estavam na sala.

— E as Ibbotson, estavam lá? E as duas novas beldades, com o oficial irlandês grandalhão, que segundo dizem faz a corte a uma delas?

— Não sei. Não creio que estivessem lá.

— A velha *Lady* Mary Maclean? Nem preciso perguntar por ela. Ela não perde um concerto, eu sei; e você deve tê-la visto. Ela devia estar sentada perto de você; pois, como você foi com *Lady* Dalrymple, ficou num dos lugares de honra, ao redor da orquestra, é claro.

— Não, era justamente isso que eu temia. Para mim, teria sido muito desagradável, em todos os aspectos. Mas felizmente *Lady* Dalrymple prefere sempre ocupar assentos mais afastados; nossos lugares eram excelentes para ouvir a música; não diria o mesmo sobre a visão, pois eu via muito pouco.

— Ah! Você viu o suficiente para se divertir. Eu entendo. Há uma espécie de prazer doméstico que se pode sentir até no meio da multidão. Foi isso que você sentiu. Vocês formavam por si sós um grupo numeroso, e não queriam nada além disso.

— Mas eu devia ter olhado melhor ao meu redor — disse Anne, consciente enquanto falava de que na verdade não deixara de olhar ao seu redor e de que só o objeto desse olhar é que fora deficiente.

— Não, não; você tinha coisa melhor que fazer. Nem precisava dizer-me que teve uma noite agradável. Eu vejo isso nos seus olhos. Vejo perfeitamente como as horas se passaram: que você tinha sempre algo agradável para ouvir. Nos intervalos do concerto havia as conversas.

Anne abriu um leve sorriso e disse:

— Você vê isso em meus olhos?

— Vejo, sim. O seu rosto comunica-me perfeitamente que a noite passada você esteve na companhia da pessoa que você considera a mais agradável do mundo, a pessoa que atualmente lhe interessa mais do que todo o resto do mundo somado.

O rubor espalhou-se pelas faces de Anne. Não conseguiu dizer nada.

— E, já que assim é — prosseguiu a sra. Smith, depois de uma breve pausa —, espero que acredite que lhe sou muito grata pela bondade de vir visitar-me esta manhã. É mesmo muita bondade sua vir conversar comigo, quando deve ter tantas maneiras mais agradáveis de passar o tempo.

Anne não ouviu nada disso. Ainda estava espantada e confusa com a argúcia da amiga, incapaz de imaginar como tivera alguma notícia do capitão Wentworth. Após outro breve silêncio:

— Por favor — disse a sra. Smith —, o sr. Elliot está ciente do nosso relacionamento? Será que ele sabe que estou em Bath?

— O sr. Elliot! — repetiu Anne, erguendo os olhos, surpresa. Uma rápida reflexão mostrou-lhe o engano em que caíra. Entendeu tudo instantaneamente; e, recuperando a coragem juntamente com a sensação de segurança, logo acrescentou, mais calma:

— Você conhece o sr. Elliot?

— Eu o conheci muito bem, tempo atrás — respondeu a sra. Smith, séria —, mas nossa amizade parece ter esfriado. Faz muito tempo que não nos vemos.

— Não tinha nenhuma ideia disso. Você nunca mencionou nada antes. Se eu soubesse, teria tido o prazer de falar com ele a seu respeito.

— Para ser sincera — disse a sra. Smith, assumindo seu jeito alegre de costume —, esse é exatamente o prazer que eu quero que você tenha. Quero que fale de mim ao sr. Elliot. Quero que o interesse por mim. Os serviços dele podem ser essenciais para mim; e, se você tiver a bondade, minha querida srta. Elliot, de se empenhar nisso, é claro que tudo dará certo.

— Eu ficaria extremamente contente; espero que você não tenha dúvidas sobre a minha disposição de lhe ser útil em tudo — tornou Anne —; mas suspeito que você está achando que eu tenha algum poder mais alto sobre o sr. Elliot, algum direito mais forte a influenciá-lo, do que é realmente o caso. Tenho certeza de que você, de um jeito ou de outro, acalentou essa ideia. Você deve considerar-me apenas uma parenta do sr. Elliot. Se, desse ângulo, você acredita que haja algo que uma prima possa razoavelmente pedir a ele, peço-lhe que não hesite em se valer de meus serviços.

A sra. Smith lançou a ela um olhar penetrante e então, com um sorriso, disse:

— Vejo que fui um pouco precipitada; perdão. Devia ter aguardado um comunicado oficial. Mas agora, minha querida srta. Elliot, como uma velha amiga, sugira-me uma data em que eu possa falar. A semana que vem? Com certeza na semana que vem estarei autorizada a achar que tudo terá sido resolvido e a fundamentar meus planos egoístas na boa fortuna do sr. Elliot.

— Não — tornou Anne —, nem na semana que vem, nem na outra, nem na outra. Eu lhe garanto que nada do tipo que você tem em mente será resolvido em nenhuma semana. Não vou casar-me com o sr. Elliot. Gostaria de saber por que você imagina que eu vá.

A sra. Smith olhou de novo para ela, olhou séria, sorriu, balançou a cabeça e exclamou:

— Ora, como eu gostaria de entender você! Como gostaria de saber o que você quer! Estou convencida de que não pretende ser cruel, quando o momento certo chegar. Até lá, você sabe, nós, mulheres, nunca queremos ter ninguém.

É natural entre nós que todo homem seja recusado, até que ele se ofereça. Mas por que você seria cruel? Permita-me defender a causa do meu... atualmente não posso chamá-lo de meu amigo.. do meu ex-amigo, então. Onde você vai achar um partido melhor? Onde poderia encontrar um homem mais cavalheiro e amável? Permita-me recomendar-lhe o sr. Elliot. Tenho certeza de que você só ouviu coisas boas sobre ele do coronel Wallis; e quem pode conhecê-lo melhor do que o coronel Wallis?

— Minha querida sra. Smith, não faz muito mais de seis meses que a esposa do sr. Elliot faleceu. É de se imaginar que ele não esteja cortejando ninguém.

— Ah! Se essas são todas as suas objeções — exclamou a sra. Smith, maliciosa —, o sr. Elliot está seguro, e não vou mais preocupar-me com ele. Não se esqueça de mim depois de se casar, mais nada. Diga a ele que sou sua amiga e então ele pouco vai importar-se com o trabalho que vou dar, pois é muito natural para ele agora, com tantos problemas e compromissos a resolver, evitar e tentar livrar-se ao máximo de todos as complicações que puder; muito natural, talvez. Noventa e nove por cento dos homens fariam o mesmo. Ele não tem ideia, é claro, de como isso é importante para mim. Muito bem, minha querida srta. Elliot, espero que você seja muito feliz; confio nisso. O sr. Elliot tem discernimento bastante para entender o valor de uma mulher como você. Sua paz não vai naufragar como a minha. Você está em segurança quanto a todos os problemas mundanos e em segurança quanto ao caráter dele. Ele não se deixará arruinar; não vai deixar que outros o conduzam à ruína.

— Não — disse Anne —; para mim é fácil acreditar em tudo que você diz a respeito do meu primo. Ele parece ter um temperamento calmo e decidido, nem um pouco aberto a impressões perigosas. Tenho muito respeito por ele. Por tudo que pude observar, não tenho nenhuma razão para não respeitá-lo. Mas não o conheço há muito tempo; e acho que ele não é um homem que se possa conhecer intimamente em pouco tempo. Será que a maneira como falo dele, sra. Smith, vai convencê-la de que ele não é nada para mim? Sem dúvida, estou muito calma. E dou-lhe a minha palavra de honra de que ele não é nada para mim. Se ele um dia me pedir em casamento (o que tenho pouquíssimas razões para imaginar que faça), não vou aceitar. Garanto-lhe que não. Garanto-lhe que o sr. Elliot não teve a parte que você lhe atribui em nenhum dos prazeres que o concerto de ontem à noite proporcionou: não o sr. Elliot; não foi o sr. Elliot que...

Ela parou, lamentando com um profundo rubor ter sugerido coisas demais; porém, menos que isso dificilmente seria o suficiente. A sra. Smith dificilmente teria acreditado com tanta rapidez no fracasso do sr. Elliot, a não ser percebendo a existência de outro homem. Assim, porém, aceitou de imediato a explicação, e com toda a aparência de não ver nada por trás dela; e Anne, desejosa de não provocar a curiosidade dela, estava louca para saber por que a sra. Smith teria imaginado que ela se casaria com o sr. Elliot; de onde havia tirado aquela ideia ou de quem a teria ouvido.

— Diga-me como lhe ocorreu pela primeira vez essa ideia.

— Ocorreu-me pela primeira vez a ideia — replicou a sra. Smith — ao descobrir como vocês passam tanto tempo juntos, e ao sentir que seria a coisa mais provável do mundo que tal união fosse desejada por todos os amigos de ambas as partes; e você pode ter certeza de que todos os seus conhecidos viam a situação exatamente assim. Mas nunca tinha ouvido falar disso até dois dias atrás.

— E falaram realmente sobre isso?

— Você reparou na mulher que abriu a porta quando você chegou ontem?

— Não. Não era a sra. Speed, como sempre, ou a criada? Não notei nada de especial.

— Era a minha enfermeira, a sra. Rooke; a enfermeira Rooke; que, aliás, estava muito curiosa para ver você e ficou felicíssima por fazê-la entrar. Voltou de Marlborough Buildings só no domingo; e foi ela quem me falou que você ia casar-se com o sr. Elliot. Deu-lhe a notícia a própria sra. Wallis, a quem não parece faltar autoridade. Ela conversou comigo durante uma hora na segunda-feira à noite e me contou toda a história.

— Toda a história — repetiu Anne, rindo. — Acho que ela não podia contar uma história muito longa com base numa única notícia, aliás infundada.

A sra. Smith não disse nada.

— Mas — prosseguiu Anne —, embora não haja nenhuma verdade na notícia de que eu tenha alguma pretensão quanto ao sr. Elliot, seria um grande prazer para mim poder ser-lhe útil no que for possível. Devo mencionar a ele que você está em Bath? Devo levar alguma mensagem?

— Não, obrigada: não, certamente não. No calor da hora e sob uma impressão equivocada, eu posso talvez ter tentado envolver você em certo caso; mas agora não. Não, obrigada, não quero atrapalhar você.

— Acho que você disse conhecer o sr. Elliot há muitos anos?

— Disse, sim.

— Não antes de ele se casar, não é?

— Sim; ele não era casado quando o conheci.

— E... eram muito amigos?

— Íntimos.

— É mesmo? Então me diga como ele era nessa altura da vida. Tenho grande curiosidade em saber como era o sr. Elliot quando muito jovem. Era parecido com o que é agora?

— Faz três anos que não vejo o sr. Elliot — foi a resposta da sra. Smith, dada em tom tão sério, que era impossível insistir no assunto; e Anne sentiu que não tinha ganhado nada, a não ser uma curiosidade ainda maior.

Ambas permaneceram em silêncio: a sra. Smith, muito pensativa. Por fim, disse:

— Peço que me desculpe, minha querida srta. Elliot — exclamou ela, com seu tom natural de cordialidade —, peço que me desculpe pelas respostas curtas que lhe tenho dado, mas estava incerta sobre o que fazer. Tive dúvidas quanto ao que devia contar a você. Havia muitas coisas que levar em consideração. Detesto ser intrigante, passar má impressão de alguém, prejudicar. Mesmo a lisa superfície da união familiar parece valer a pena preservar, embora talvez não haja nada por baixo dela. Tomei uma decisão, porém; acredito estar certa; acho que você deve estar a par do verdadeiro caráter do sr. Elliot. Embora eu creia piamente que, neste momento, você não tenha a menor intenção de aceitá-lo, não há como saber o que pode acontecer. Você poderia, mais cedo ou mais tarde, ter uma disposição diferente em relação a ele. Ouça, portanto, a verdade agora, enquanto ainda é imparcial. O sr. Elliot é um homem sem coração e sem consciência; um ser astuto, desconfiado e frio, que só pensa em si mesmo; que por seu próprio interesse e comodidade cometeria qualquer crueldade ou qualquer falcatrua que pudesse ser perpetrada sem risco para o bom nome de que goza. Não tem nenhum sentimento pelos outros. Desdenha e abandona sem dó aqueles de cuja ruína ele foi a principal causa. Está completamente fora do alcance de qualquer sentimento de justiça ou compaixão. Ah! Ele é negro de coração, oco e negro!

O ar espantado e a exclamação de surpresa de Anne fizeram-na parar e, mais calma, acrescentou:

— Minhas palavras assustaram você. Deve levar em conta que sou uma mulher ofendida, colérica. Mas vou tentar controlar-me. Não vou insultá-lo. Vou só contar a você que tipo de homem descobri que ele é. Os fatos falarão por si mesmos. Ele era um amigo íntimo de meu querido marido, que confiava nele e o amava e julgava que ele fosse tão bom quanto ele mesmo era. Formara-se a intimidade antes do nosso casamento. Conheci-os, portanto, já amigos muito íntimos; e eu também passei a gostar até demais do sr. Elliot e o tinha na mais alta conta. Aos dezenove anos, é claro, não se pensa muito seriamente; mas o sr. Elliot parecia-me tão bom quanto os outros, e muito mais simpático do que a maioria deles, e estávamos quase sempre juntos. Passávamos a maior parte do tempo em Londres, vivendo em alto estilo. Na época, ele era o inferior em termos financeiros; era o pobretão; alugava quartos no Temple, e isso era tudo que podia fazer para sustentar a aparência de um cavalheiro. Podia hospedar-se em nossa casa sempre que quisesse; era sempre bem-vindo; era como um irmão. Meu pobre Charles, que tinha o espírito mais fino, mais generoso do mundo, teria dividido com ele seu último centavo; e sei que a sua bolsa estava aberta para ele; sei que sempre o ajudava.

— Isso deve ter acontecido no exato período da vida do sr. Elliot — disse Anne — que sempre mais despertou a minha curiosidade. Deve ser mais ou menos na mesma época em que conheceu o meu pai e a minha irmã. Eu nunca o conheci; só ouvia falar dele; mas havia algo na conduta dele na época, em relação ao meu pai e à minha irmã, e mais tarde nas circunstâncias do seu casamento, que nunca pude reconciliar direito com o que se passa agora. Era algo que parecia indicar um tipo diferente de homem.

— Sei disso tudo, sei disso tudo — exclamou a sra. Smith. — Ele fora apresentado a *Sir* Walter e à sua irmã antes que eu o conhecesse, mas eu sempre o ouvia falar deles. Soube que haviam insistido em convidá-lo, e sei que preferiu não ir. Talvez eu possa esclarecer alguns pontos que a surpreenderão bastante; e, quanto ao casamento dele, eu sabia tudo a esse respeito na época. Conhecia todos os prós e contras; eu era a amiga a quem ele confiava suas esperanças e planos; e, embora não conhecesse a sua esposa antes — a situação social inferior dela, na verdade, tornava isso impossível —, eu conheci toda a vida dele depois do casamento, ou pelo menos até os dois últimos anos de vida dela, e posso responder a qualquer pergunta que você me queira fazer.

— Não — disse Anne —, não tenho nenhuma pergunta especial para fazer sobre ela. Sempre soube que eles não formavam um casal feliz. Mas gostaria de saber por que, naquela altura da vida, ele desdenhou a amizade de meu pai daquela maneira. Meu pai estava certamente disposto a lhe dedicar as mais gentis e corretas atenções. Por que o sr. Elliot as repeliu?

— O sr. Elliot — respondeu a sra. Smith —, naquela altura da vida, só tinha um objetivo em vista: ganhar dinheiro, e isso por um processo mais rápido do que o permitido pelo estudo do Direito. Estava decidido a tornar-se rico pelo casamento. Estava decidido, pelo menos, a não comprometer tal projeto com um matrimônio imprudente; e eu sei que ele acreditava (se com ou sem justiça não posso, é claro, decidir) que o seu pai e a sua irmã, com suas cortesias e convites, estavam planejando um casamento entre o herdeiro e a jovem, e era impossível que tal união satisfizesse as suas ideias de riqueza e de independência. Era esse o motivo pelo qual ele se furtava a um relacionamento, garanto-lhe. Ele me contou a história toda. Não escondia nada de mim. Foi algo muito curioso que, logo após separar-me de você em Bath, meu primeiro e principal amigo ao me casar tenha sido o seu primo; e que, por intermédio dele, continuasse a ouvir falar sempre de seu pai e de sua irmã. Ele descrevia uma certa srta. Elliot, e eu pensava com muito afeto na outra.

— Será — exclamou Anne, ao lhe ocorrer uma súbita ideia — que você falou de mim alguma vez com o sr. Elliot?

— É claro que sim; muitas vezes. Costumava elogiar a minha Anne Elliot e garantia a ele que você era uma criatura muito diferente de...

Refreou-se bem a tempo.

— Isso explica uma coisa que o sr. Elliot disse a noite passada — exclamou Anne. — Explica, sim. Descobri que ele costumava ouvir falar de mim. Não consegui entender como. Que estapafúrdias imaginações não formamos quando nossa querida pessoa está em questão! Enganamo-nos na certa! Mas, perdão; eu interrompi você. Então, o sr. Elliot se casou só pelo dinheiro? Provavelmente, foi isso que fez que você abrisse os olhos pela primeira vez quanto ao caráter dele.

A sra. Smith hesitou um pouquinho aqui.

— Ah! Essas coisas são muito comuns. Quando se vive no mundo, que um homem ou uma mulher se case por dinheiro é algo comum demais para nos surpreender, como devia. Eu era muito moça e me dava só com gente moça, e formávamos uma turma despreocupada e alegre, sem regras estritas de conduta. Vivíamos para o prazer. Hoje eu penso diferente; o tempo, a doença e a angústia deram-me outras ideias; mas àquela altura devo confessar que não via nada de repreensível no que o sr. Elliot estava fazendo. "Fazer o que é melhor para si mesmo" passava por um dever.

— Não era ela uma mulher de origem muito baixa?

— Era; e eu fiz essa objeção a ele, mas ele não se importava. Dinheiro, dinheiro era tudo o que ele queria. O pai dela era um pecuarista, o avô tinha sido açougueiro, mas tudo isso não era nada. Era uma bela mulher, com uma educação decente, fora apresentada à sociedade por uns primos, por acaso conheceu o sr. Elliot e se apaixonou por ele; e não havia dificuldades ou escrúpulos da parte dele, no que se refere ao berço. Toda a sua cautela estava voltada para se certificar do verdadeiro montante de sua fortuna, antes de se comprometer. De uma coisa você pode ter certeza: seja qual for o valor que o sr. Elliot possa dar hoje à sua própria posição social, quando jovem ele não dava nenhuma importância a isso. A possibilidade de herdar a propriedade de Kellynch era importante, mas toda a honra da família não significava nada para ele. Ouvi-o muitas vezes afirmar que, se o título de baronete pudesse ser vendido, qualquer um poderia adquiri-lo por cinquenta libras, incluindo o brasão e o lema, o nome e a libré; mas não pretendo repetir metade do que eu costumava ouvir dele a esse respeito. Não seria justo; e no entanto você deve ter uma prova, pois tudo isto não passa de palavras, e você terá essa prova.

— Na verdade, minha cara sra. Smith, não quero prova nenhuma — exclamou Anne. — Você não afirmou nada que contradiga o que o sr. Elliot mostrava ser alguns anos atrás. Ao contrário, tudo o que diz confirma o que costumávamos ouvir e pensar. Estou mais curiosa em saber por que está tão diferente agora.

— Mas, para minha satisfação, se tiver a bondade de tocar a campainha para chamar a Mary... Fique. Tenho certeza de que você terá a bondade ainda maior de ir você mesma ao meu quarto e trazer-me a caixa marchetada que está na prateleira de cima do armário.

Anne, vendo que a amiga estava muito decidida àquilo, fez o que ela lhe pedira. A caixa foi trazida e colocada à frente dela, e a sra. Smith, suspirando enquanto a abria, disse:

— Está cheia de papéis pertencentes a ele, ao meu marido; só uma pequena parte do que tive de examinar quando o perdi. A carta que estou procurando foi escrita a ele pelo sr. Elliot antes do nosso casamento, e por acaso se salvou; por que, é difícil imaginar. Mas ele era negligente e pouco metódico, como muitos homens, com esse tipo de coisa; e, quando vim a examinar estes papéis, encontrei-os com outros ainda mais triviais, de diferentes pessoas, espalhados por aqui e por ali, enquanto muitas cartas e memorandos de grande importância haviam sido destruídos. Aqui está ela; não quis queimá-la, porque, mesmo estando muito pouco satisfeita com o sr. Elliot, estava decidida a preservar todos os documentos que demonstrassem a velha amizade. Agora tenho outro motivo para estar contente em poder apresentá-la.

Eis a carta, endereçada a "Charles Smith, Esq., Tunbridge Wells", com a distante data de Londres, julho de 1803:

> Caro sr. Smith, recebi sua carta. Sua bondade quase me confunde. Oxalá a natureza tivesse tornado mais comuns os corações como o seu, mas já vivi vinte e três anos neste mundo e nunca encontrei nenhum como ele. Creia-me, neste momento não preciso de seus serviços, pois tenho dinheiro outra vez. Dê-me os parabéns: consegui livrar-me de *Sir* Walter e da senhorita. Eles voltaram para Kellynch, e quase me fizeram jurar que os visitarei no próximo verão; mas a minha
> 644 primeira visita a Kellynch será feita com um perito, para saber qual o melhor meio de vendê-la em leilão. Não é improvável, porém, que o baronete se case de novo; é idiota o bastante para fazer isso. Mas, se o fizer, vão deixar-me em paz, o que pode ser um equivalente razoável da reversão. Ele está pior do que no ano passado.
>
> Gostaria de ter qualquer nome, menos Elliot. Estou cansado dele. O nome de Walter eu posso dispensar, graças a Deus! E peço-lhe que nunca mais me insulte com o meu segundo W., na esperança de ser pelo resto da vida seu dedicado, William Elliot.

Tal carta não podia ser lida sem fazer Anne corar; e a sra. Smith, observando o rubor no rosto dela, disse:

— Sei que a linguagem é muito desrespeitosa. Embora tenha esquecido as palavras exatas, conservo uma perfeita impressão do seu significado geral. Ela lhe mostra o homem, porém. Note a profissão de estima pelo meu pobre marido. Pode haver algo mais forte?

Anne não conseguiu superar rapidamente o choque e a mortificação de ver tais palavras aplicadas ao pai. Foi obrigada a se lembrar de que o fato de ver a carta era uma violação do código de honra, que ninguém devia ser julgado ou conhecido por tais testemunhos, que nenhuma correspondência particular deve ser exposta aos olhares de outros, antes de recuperar a calma, poder devolver a carta sobre a qual estava meditando e dizer:

— Obrigada. É uma prova e tanto, sem dúvida; prova de tudo o que você disse. Mas por que ele se aproximou de nós agora?

— Posso explicar isso também — exclamou a sra. Smith, sorrindo.

— Pode mesmo?

— Posso. Mostrei-lhe como era o sr. Elliot cerca de doze anos atrás, e agora vou mostrar-lhe como ele é hoje. Não posso apresentar provas escritas desta vez, mas posso dar-lhe um testemunho verbal, tão autêntico quanto você possa desejar, do que ele está querendo e fazendo agora. Agora, ele não está sendo hipócrita. Quer mesmo se casar com você. Suas atuais atenções com a sua família são muito sinceras: vêm direto do coração. Vou dizer-lhe quem é a minha fonte: o amigo dele, o coronel Wallis.

— O coronel Wallis! Você o conhece?

— Não. A notícia não chegou até mim numa linha tão reta; fez uma ou duas curvas, mas nada de mais. A torrente é tão boa quanto a primeira; esse pouco de lixo que ela junta nos meandros do caminho pode ser facilmente removido. O sr. Elliot fala francamente sobre os seus planos sobre você com o dito coronel Wallis, que imagino seja um homem de caráter sensato, prudente e perspicaz; mas o coronel Wallis tem uma mulher muito bonitinha e muito bobinha, com quem fala de coisas que seria preferível não falar, e repete tudo o que ouve para ela. Ela, por sua vez, com a exuberância de quem se recupera de uma doença, repete tudo para a enfermeira; e a enfermeira, que sabe que conheço você, muito naturalmente conta tudo para mim. Segunda-feira à noite, a minha boa amiga, a sra. Rooke, me introduziu assim nos segredos de Marlborough Buildings. Quando lhe falei de toda uma história, portanto, pode ver que não estava romanceando tanto como você imaginava.

— Minha querida sra. Smith, sua fonte não tem autoridade. Isso não pode ser. O fato de o sr. Elliot ter planos sobre mim não explica de modo nenhum os esforços que ele fez para se reconciliar com meu pai. Tudo isso aconteceu antes de eu vir a Bath. Encontrei-os já mais do que reconciliados quando cheguei.

— Sei disso; sei disso perfeitamente, mas...

— De fato, sra. Smith, não devemos esperar obter informações reais por esse intermédio. Fatos ou opiniões que têm de passar pelas mãos de tanta gente, de estar sujeitos à insensatez de uma e à ignorância de outra, não podem conservar muita veracidade.

— Peço que me ouça só mais um pouco. Você logo vai poder julgar o crédito que a história toda merece, ao ouvir alguns pormenores que você pode refutar ou confirmar de imediato. Ninguém imagina que você tenha sido o seu primeiro motivo. Ele a vira, de fato, antes de vir a Bath, e a admirara, mas sem saber que era você. É o que diz a minha fonte, pelo menos. É verdade? Ele viu você no verão ou no outono passado, "em algum lugar do oeste", para usar suas próprias palavras, sem saber que era você?

— Certamente. Até aí, é verdade. Em Lyme. Aconteceu de eu estar em Lyme.

— Muito bem — prosseguiu a sra. Smith, triunfante —; conceda à minha amiga o devido crédito pela confirmação da primeira asserção. Ele viu você, então, em Lyme, e gostou tanto que se entusiasmou ao tornar a vê-la em Camden Place, como a srta. Anne Elliot, e a partir desse momento, não tenho dúvida, ele passou a ter duas motivações para visitar a família. Mas havia outra, e mais antiga, que passo agora a explicar. Se houver algo em minha história que você saiba ser falso ou improvável, interrompa-me. Segundo me consta, a amiga de sua irmã, a senhora que agora é hóspede de vocês e que ouvi você mencionar, veio a Bath com a srta. Elliot e com *Sir* Walter já em setembro (em suma, quando eles mesmos chegaram à cidade) e tem morado com eles desde então; consta que ela é uma mulher esperta, insinuante e bela, pobre e bem-falante, em suma, de condição e maneiras tais, que sugeriam a todos os conhecidos de *Sir* Walter que ela pretendia tornar-se *Lady* Elliot, o que também causou surpresa, pelo fato de a srta. Elliot estar cega ao perigo.

Nesse ponto, a sra. Smith fez uma breve pausa; Anne, porém, não tinha nada a dizer, e ela prosseguiu:

— Era sob essa luz que as coisas eram vistas por aqueles que conheciam a família, muito antes de você voltar; e o coronel Wallis mantinha-se vigilante o bastante em relação a seu pai para perceber tudo, embora na época não tivesse visitado Camden Place; mas seu respeito pelo sr. Elliot fez que se interessasse por tudo que se passava lá, e quando o sr. Elliot veio a Bath por um ou dois dias, como costumava fazer um pouco antes do Natal, o coronel Wallis falou a ele sobre a aparência do caso e os boatos que começavam a circular. Agora você há de compreender que o tempo causou uma enorme mudança nas opiniões do sr. Elliot quanto ao valor do título de baronete. Sobre todas as questões de sangue e parentesco ele é outro homem. Tendo há muito ganhado tanto dinheiro quanto podia gastar, tendo tudo o que a avareza e a dissipação podem oferecer, ele foi aos poucos aprendendo a basear a própria felicidade na respeitabilidade de que era herdeiro. Eu previ isso antes que a nossa amizade acabasse, mas agora meu sentimento se confirmou. Ele não suporta a ideia de não ser *Sir* William. Não é difícil adivinhar, portanto, que as notícias que ouviu do amigo não podiam ser muito agradáveis, e o que aconteceu então: a decisão de voltar a Bath o mais rápido possível e de estabelecer-se aqui por certo tempo, com a ideia de reatar o antigo relacionamento e recuperar a intimidade da família para poder avaliar o grau do perigo e neutralizar as manobras daquela senhora, se julgasse conveniente. Isso foi acertado entre os dois amigos como a única coisa certa a fazer; e o coronel Wallis devia auxiliá-lo em tudo que fosse possível. Ele devia ser apresentado, e a sra. Wallis devia ser apresentada e todos deviam ser apresentados. O sr. Elliot voltou a Bath, como estabelecido; pediu perdão e foi perdoado, como você sabe, e readmitido na família; e nisso tudo seu objetivo constante, seu único objetivo (até que a sua chegada somasse ao primeiro um segundo), era vigiar *Sir* Walter e a sra. Clay. Não perdeu nenhuma oportunidade de estar com eles, pôs-se no caminho deles, visitou-os a todas as horas; mas não preciso entrar em pormenores quanto a isso. Você pode imaginar o que um homem astuto faria; e, a partir dessa base, talvez possa recordar o que o viu fazer.

— Sim — disse Anne —, você nada me disse que não corresponda ao que eu sei ou ao que posso imaginar. Há sempre algo ofensivo nos pormenores da esperteza. As manobras do egoísmo e da duplicidade são sempre revoltantes, mas nada ouvi que realmente me surpreendesse. Conheço pessoas que se chocariam com esse retrato do sr. Elliot, que teriam dificuldade em acreditar nele; mas a mim ele nunca convenceu. Sempre tentei descobrir algum outro motivo para o que fazia, além do aparente. Gostaria agora de saber a opinião dele sobre a probabilidade de acontecer o que ele teme; se ele acha que o perigo está menor ou não.

— Para mim, está diminuindo — respondeu a sra. Smith. — Ele acha que a sra. Clay tem medo dele, ciente que está de que ele conhece as suas verdadeiras intenções, e por isso não ousa comportar-se como poderia em sua ausência. Mas, como ele tem de se ausentar de vez em quando, não vejo como possa sentir-se seguro enquanto ela conservar a influência que hoje exerce. A sra. Wallis teve uma ideia divertida, que a enfermeira me contou: que deve constar do contrato de casamento, quando você e o sr. Elliot se casarem, que seu pai não pode casar-se com a sra. Clay. Um plano digno da inteligência da sra. Wallis, em todos os aspectos; mas a enfermeira Rooke, com toda a sua sensatez, logo viu o absurdo da ideia. "Mas, senhora", disse ela, "isso não impediria que ele se casasse com alguma outra". E, para falar a verdade, não acho que a enfermeira, no fundo do coração, se oponha a um segundo casamento de *Sir* Walter. Ela é uma casamenteira; e (a vaidade tem sempre a sua parte) quem sabe se ela não acalenta fugitivas ideias de tratar da futura *Lady* Elliot, por recomendação da sra. Wallis?

— Estou contente em saber disso tudo — disse Anne, depois de uma breve reflexão. — Em certo aspecto, será mais doloroso para mim estar na companhia dele, mas saberei melhor o que fazer. Minha linha de conduta será mais direta. O sr. Elliot é obviamente um homem insincero, dissimulado e mundano, que nunca teve nenhum princípio melhor para se orientar do que o egoísmo.

Mas o assunto sr. Elliot ainda não se havia esgotado. A sra. Smith desviara-se de sua intenção original, e Anne se esquecera, no interesse de sua própria família, das graves acusações que lhe foram dirigidas; mas agora a sua atenção se concentrou na explicação daquelas insinuações, e ouviu uma história que, se não justificava completamente a enorme amargura da sra. Smith, provava que ele fora muito insensível em seu comportamento com ela, muito deficiente quanto à justiça e à compaixão.

Soube que (como a intimidade entre eles não fora prejudicada pelo casamento do sr. Elliot) continuaram como antes a estar sempre juntos, e o sr. Elliot levara o amigo a ter despesas muito além de suas posses. A sra. Smith não quis responsabilizar-se pelo caso, e evitou pôr a culpa no marido; Anne, porém, pôde compreender que eles sempre levaram um estilo de vida acima de suas rendas, e que desde o começo tinha havido uma boa dose de esbanjamento geral e conjunto. Pela explicação da esposa a respeito dele, pôde perceber que o sr. Smith fora um homem de sentimentos calorosos, de temperamento aberto, de hábitos descuidados e não muito inteligente, muito mais amável do que o amigo e muito diferente dele, guiado por ele e provavelmente desprezado por ele. O sr. Elliot, elevado pelo matrimônio a uma grande fortuna e disposto a toda gratificação de prazer e vaidade que pudesse obter sem comprometer-se (pois, embora *bon vivant*, se tornara um homem prudente), e começando a ser rico, ao mesmo tempo que o amigo se via reduzido à pobreza, pareceu não se preocupar de modo algum com as finanças prováveis do amigo, mas, ao contrário, exigiu e incentivou despesas que só poderiam levá-lo à ruína; e assim os Smith se viram arruinados.

O marido morrera bem a tempo de ser poupado do pleno conhecimento da própria ruína. Já haviam tido antes problemas suficientes para pôr à prova o grau de amizade dos amigos e para demonstrar que seria melhor não submeter o sr. Elliot a tal prova; mas só depois da morte do sr. Smith ficou claro o estado lamentável de seus negócios. Confiante na boa disposição do sr. Elliot, o que honrava mais os seus sentimentos do que o seu discernimento, o sr. Smith o nomeara seu executor testamentário; mas o sr. Elliot não quis assumir aquela responsabilidade, e as dificuldades e as preocupações que aquela recusa acumulou sobre ela, além dos inevitáveis sofrimentos de sua situação, haviam sido tais, que não podiam ser descritas sem angústia nem ouvidas sem indignação.

Foram mostradas a Anne algumas cartas dele na época, respostas a pedidos urgentes da sra. Smith, que todas demonstravam a mesma inflexível decisão de não se comprometer em problemas inúteis e, sob uma fria cortesia, a mesma dura indiferença pelos males que isso poderia causar a ela. Era um terrível retrato de ingratidão e de desumanidade; e em alguns momentos Anne sentiu que nenhum crime manifesto e flagrante poderia ter sido pior. Teve de ouvir muita coisa; todos os pormenores de velhas e tristes cenas, todas as minúcias da sequência de desgraças a que nas conversas anteriores só se aludira foram examinados agora com vagar e com natural indulgência. Anne compreendia perfeitamente aquele grande desabafo, e este só aumentou a sua inclinação a admirar-se com a calma costumeira demonstrada pela amiga.

Havia um detalhe particularmente irritante na história de seus agravos. Tinha ela boas razões para crer que certa propriedade do marido nas Índias Ocidentais, que havia estado durante muitos anos sob uma espécie de sequestro para pagamento de suas próprias dívidas, poderia, com as medidas adequadas, ser recuperada; e essa propriedade, embora não grande, seria o bastante para torná-la relativamente rica. Mas não havia ninguém que pudesse cuidar daquilo. O sr. Elliot não queria fazer nada, e ela mesma nada podia fazer, igualmente incapaz de se empenhar pessoalmente pela fraqueza física e de se valer de terceiros, pela falta de dinheiro. Não tinha parentes próximos que a ajudassem com seus conselhos, e não podia permitir-se contratar a assistência de advogados. Isso tornava cruelmente mais pesada a sua situação financeira, já realmente comprometida. Sentir que devia estar em melhor situação, que um pouco de esforço no lugar certo podia resolver o problema e temer que o atraso pudesse prejudicar suas reivindicações era algo difícil de suportar.

Era sobre essa questão que ela esperara valer-se dos bons serviços de Anne junto ao sr. Elliot. Inicialmente, prevendo o casamento entre eles, ficara muito apreensiva com a possibilidade de perder a amiga; mas ao certificar-se de que ele não poderia ter feito nenhuma tentativa daquela natureza, pois nem sequer sabia que ela estava em Bath, imediatamente lhe ocorreu que algo poderia ser feito em seu favor por intermédio da influência da mulher que ele amava, e ela se preparava para conquistar o interesse dos sentimentos de Anne pela questão tanto quanto a consideração devida ao caráter do sr. Elliot o permitisse, quando a negação por parte de Anne do suposto noivado mudou toda a situação; e, embora acabasse com a recém-concebida esperança de ter êxito quanto ao objeto de sua primeira preocupação, pelo menos deu a ela o consolo de contar toda a história à sua maneira.

Depois de ouvir a descrição completa do sr. Elliot, Anne não podia deixar de exprimir a sua surpresa ante o fato de a sra. Smith ter falado tão favoravelmente sobre ele no começo da conversa. "Ela pareceu recomendá-lo e elogiá-lo!"

— Minha querida — foi a resposta da sra. Smith —, não havia mais nada a fazer. Eu considerava certo o seu casamento, embora ele não tivesse ainda pedido a sua mão, e não podia falar a verdade sobre ele, como não o poderia se já fosse o seu marido. Meu coração estava apertado por sua causa, quando falei de felicidade; e no entanto ele é sensato, é simpático e, com uma mulher como você, o caso não era absolutamente desesperado. Ele foi muito rude com a primeira mulher. Foram muito infelizes juntos. Ela, porém, era ignorante e frívola demais para se fazer respeitar e ele nunca a amara. Eu estava propensa a esperar que você se desse melhor.

Anne só podia reconhecer intimamente tal possibilidade de ser induzida a desposá-lo, o que a fez arrepiar-se à ideia da infelicidade que poderia ter-se seguido. Era muito possível que ela fosse persuadida por *Lady* Russell! E, sob tal suposição, qual das duas ficaria mais arrasada quando o tempo tivesse revelado tudo, porém tarde demais?

Era muito de se desejar que *Lady* Russell deixasse de ser iludida; e um dos acordos finais dessa importante conferência, que as ocupou durante a maior parte da manhã, foi que Anne teria total liberdade de comunicar à amiga tudo o que estivesse relacionado à sra. Smith e em que a conduta dele estivesse implicada.

CAPÍTULO 22

Anne foi para casa pensar em tudo que ouvira. Num único ponto sentiu-se aliviada com as informações que recebera sobre o sr. Elliot. Não lhe devia mais nenhuma consideração. Com toda a sua inconveniente intromissão, era o oposto do capitão Wentworth; e o mal provocado por suas gentilezas da noite passada, os problemas irremediáveis que podiam ter causado foram sentidos de maneira precisa e inequívoca. Não tinha mais nenhuma pena dele. Mas esse era o único alívio. Em todos os outros aspectos, ao olhar ao redor ou em frente, via ainda mais coisas de que desconfiar e ter medo. Estava preocupada com a desilusão e a dor que *Lady* Russell sentiria, com as mortificações que pendiam sobre a cabeça do pai e da irmã, e sentia toda a angústia de prever muitos males, sem saber como impedir nenhum deles. Sentia muita gratidão à amiga por ter revelado quem ele era. Nunca se julgara merecedora de alguma recompensa por não ter desdenhado uma velha amiga como a sra. Smith, mas essa era sem dúvida uma recompensa! A sra. Smith pôde dizer-lhe o que ninguém mais poderia ter dito. Poderia aquele conhecimento ser passado para toda a família? Essa, porém, era uma ideia vã. Precisava falar com *Lady* Russell, contar a ela, consultá-la e, depois de ter dado o máximo de si, aguardar os fatos com a maior serenidade possível; e afinal sua maior falta de tranquilidade estaria naquele canto da alma que não podia ser aberto a *Lady* Russell; naquela corrente de angústias e medos que tinha de ser só dela.

Descobriu, ao chegar em casa, que havia, como pretendia, conseguido evitar o sr. Elliot; que ele viera e lhes fizera uma longa visita matinal; mas mal acabara de se felicitar e sentir-se aliviada, e já lhe disseram que ele voltaria à noite.

— Não tinha a menor intenção de convidá-lo — disse Elizabeth, com falsa indiferença —, mas ele me fez tantas alusões... Pelo menos é o que diz a sra. Clay.

— Realmente. Nunca na vida vi ninguém pedir tanto um convite. Coitado! Tive pena dele; pois a sua irmã cabeçuda, srta. Anne, parece ter uma quedinha para a crueldade.

— Ah! — exclamou Elizabeth. — Conheço o jogo bem demais para ceder às sugestões de um cavalheiro. Todavia, quando descobri quão profundamente lamentava não ter podido ver papai esta manhã, logo aceitei, pois realmente jamais perderei uma oportunidade de reunir os dois, ele e *Sir* Walter. Eles parecem sempre tão bem quando juntos! Ambos tão amáveis. O sr. Elliot tão respeitoso.

— Delicioso! — exclamou a sra. Clay, sem ousar, porém, voltar os olhos para Anne. — Exatamente como pai e filho! Querida srta. Elliot, porventura não posso dizer pai e filho?

— Ah! Não posso proibir as palavras de ninguém. Se você quer ter essas ideias! Mas lhe dou a minha palavra de que, ao que me consta, as atenções dele não são muito maiores do que as de outros homens.

— Querida srta. Elliot! — exclamou a sra. Clay, erguendo as mãos e os olhos, e caindo durante todo o resto de seu estupor num silêncio conveniente.

— Muito bem, minha querida Penelope, não precisa alarmar-se tanto com ele. Eu o convidei, sim, você sabe. Eu o despedi com sorrisos. Quando descobri que ele realmente vai passar amanhã o dia inteiro com os amigos em Thornberry Park, tive dó dele.

Anne admirou o modo como a amiga desempenhava o seu papel, conseguindo mostrar tal prazer na expectativa e na chegada da pessoa cuja presença realmente obstava a busca do seu principal objetivo. Era impossível que a sra. Clay não sentisse ódio ao ver o sr. Elliot; e, no entanto, ela conseguia assumir uma postura cortês e plácida, e parecer satisfeitíssima com a sua reduzida liberdade de ação, que só lhe permitia dedicar a *Sir* Walter a metade das atenções que lhe daria sem a presença do sr. Elliot.

Para a própria Anne foi muito irritante ver o sr. Elliot entrar na sala; e muito doloroso vê-lo aproximar-se dela para lhe falar. Antes, ela já se acostumara a sentir que talvez ele nem sempre fosse muito sincero, mas agora via insinceridade em tudo. Sua deferência atenciosa com o pai, comparada com o que havia dito sobre ele antes, era odiosa; e, quando pensava em seu criminoso comportamento para com a sra. Smith, mal conseguia tolerar a visão dos seus sorrisos e de suas delicadezas ou o som de seus bons sentimentos artificiais.

Procurou evitar qualquer alteração de comportamento que pudesse provocar queixas da parte dele. Era importantíssimo para ela evitar todo questionamento ou escândalo; mas tinha a intenção de ser tão fria com ele como o parentesco entre eles o permitisse; e recuar, o mais silenciosamente possível, o breve espaço de desnecessária intimidade que gradualmente percorrera. Assim, ela se mostrou mais reservada e mais fria do que na véspera à noite.

Ele quis reanimar a curiosidade dela sobre como e onde ele teria ouvido elogios sobre ela; queria muitíssimo ter o prazer de receber outras perguntas; mas o encanto fora quebrado: ele descobriu que era preciso o calor e a animação de um salão público para despertar a vaidade de sua modesta prima; descobriu, pelo menos, que aquele não era o momento para nenhuma das tentativas que poderia arriscar em meio às prementes exigências dos demais. Nem desconfiou que aquele era um assunto prejudicial a seus próprios interesses, sugerindo imediatamente a ela todas aquelas partes menos perdoáveis de sua conduta.

Teve ela alguma satisfação em ver que ele realmente partiria de Bath no dia seguinte de manhã, bem cedo, e que ficaria fora por quase dois dias. Foi convidado a vir a Camden Place na mesma noite de sua volta; mas de quinta-feira até sábado à noite era certa a sua ausência. Já era ruim ter sempre a sra. Clay à sua frente; mas que um hipócrita ainda maior se somasse ao grupo parecia a ruína de toda a paz e de todo o conforto. Era tão humilhante refletir sobre a constante falsidade de que ele usava com seu pai e Elizabeth; considerar as diversas fontes de mortificação que os aguardavam! O egoísmo da sra. Clay não era tão complicado nem tão revoltante quanto o dele; e Anne preferiria aceitar logo o casamento, com todos os seus males, para se ver livre das sutis tentativas de impedi-lo por parte do sr. Elliot.

Na sexta-feira de manhã, resolveu ir bem cedo à casa de *Lady* Russell e fazer a necessária comunicação; e teria ido logo depois do café, se não fosse o fato de a sra. Clay também estar de saída, para alguma gentil missão que pouparia trabalho à sua irmã, o que fez que aguardasse até ver-se livre dessa companhia. Esperou, então, que a sra. Clay já estivesse longe, para começar a falar em passar a manhã na Rivers Street.

— Muito bem — disse Elizabeth —; não tenho nada a mandar para lá, só beijos. Ah! Você também pode devolver aquele livro enfadonho que ela quis emprestar-me e fingir que eu o li. Não posso ficar eternamente me entediando com todos os novos poemas e anuários que são publicados. *Lady* Russell é muito enfadonha com essas novas publicações. Não vá dizer isso a ela, mas achei medonho o seu vestido aquela noite. Eu costumava pensar que ela tivesse certo bom gosto no vestir-se, mas tive vergonha dela no concerto. Tudo tão formal, tão certinho! E ela se senta tão ereta! Mande a ela muitos beijos, é claro.

— Eu também — acrescentou *Sir* Walter — mando a ela as minhas mais calorosas saudações. E diga a ela que pretendo visitá-la em breve. Comunique isso a ela oficialmente; mas só vou deixar o meu cartão. As visitas matinais nunca são justas com as mulheres da idade dela, que se maquiam tão pouco. Se pelo menos usasse *ruge*, não teria receio de ser vista; mas a última vez que a visitei observei que as persianas foram baixadas imediatamente.

Enquanto seu pai falava, bateram à porta. Quem podia ser? Anne, lembrando-se das bem planejadas visitas do sr. Elliot, feitas a qualquer hora do dia, esperaria que fosse ele, se não fosse o seu conhecido compromisso a sete milhas dali. Depois do costumeiro espaço de incerteza, ouviram-se os costumeiros sons de alguém que se aproxima e "o sr. e a sra. Charles Musgrove" foram introduzidos na sala.

A surpresa foi a mais forte emoção provocada por aquela chegada; Anne, porém, estava contentíssima em vê-los; e os outros não se aborreceram tanto a ponto de não poderem ostentar uma razoável expressão de boas-vindas; e, tão logo ficou claro que eles, seus parentes mais próximos, não haviam chegado com nenhuma ideia de se acomodar na casa, *Sir* Walter e Elizabeth puderam mostrar-se mais cordiais e fazer muito bem as honras da casa. Eles vieram a Bath para passar alguns dias com a sra. Musgrove e estavam hospedados no White Hart. Isso logo ficou muito claro; mas, enquanto *Sir* Walter e Elizabeth acompanhavam Mary até a outra sala e se regalavam com a admiração dela, Anne não conseguia tirar do cérebro de Charles nenhuma explicação da razão da viagem ou das sorridentes menções a negócios particulares feitas com alarde por Mary, bem como de certas evidentes confusões quanto à identidade de quem tinha vindo com eles.

Ela, então, descobriu que o grupo era formado pela sra. Musgrove, Henrietta e o capitão Harville, além de Mary e do sr. Musgrove. Ele lhe deu uma explicação muito clara e inteligível de toda a história; uma narrativa em que ela notou muitos traços de um comportamento bem conhecido. O esquema recebera o seu primeiro impulso do fato de o capitão Harville precisar vir a Bath a negócios. Ele começara a falar sobre isso uma semana antes; e para fazer alguma coisa, já que a temporada de caça terminara, Charles propusera vir com ele, e a sra. Harville pareceu gostar muito da ideia, pois isso seria bom para o marido; mas Mary não podia tolerar ser deixada para trás e se descabelara tanto por aquilo, que por um ou dois dias tudo parecia suspenso ou encerrado. Mas então os pais dele intervieram. Sua mãe tinha alguns velhos amigos em Bath que ela queria ver; aquela pareceu uma boa oportunidade para Henrietta vir e comprar vestidos de noiva para ela e para a irmã; em breve, a mãe assumira o comando do grupo, para que tudo corresse bem com o capitão Harville; e ele e Mary foram incluídos na comitiva para satisfação geral. Tinham chegado tarde da noite. A sra. Harville, os filhos e o capitão Benwick permaneceram com o sr. Musgrove e Louisa em Uppercross.

A única surpresa de Anne foi que o caso de Henrietta estivesse avançado o suficiente para se falar em vestido de noiva. Imaginara que dificuldades financeiras estivessem impedindo a realização imediata do casamento; mas soube por Charles que, havia muito pouco tempo (depois da última carta que recebeu de Mary), um amigo oferecera temporariamente a Charles Hayter um cargo reservado a um jovem que provavelmente só poderia vir a ocupá-lo dali a muitos anos; e que, considerando a sua renda atual, com a quase certeza de algo mais permanente muito antes do fim do prazo em questão, as duas famílias consentiram nos desejos dos jovens, e que o casamento provavelmente aconteceria dentro de poucos meses, quase tão prontamente quanto o de Louisa.

— E era um cargo muito bom — acrescentou Charles —, a apenas vinte e cinco milhas de Uppercross, e numa região magnífica: a melhor parte de Dorsetshire. No centro de algumas das melhores reservas do reino, rodeado de três grandes proprietários, cada um mais atencioso e solícito que o outro; e Charles Hayter poderia obter uma licença especial de pelo menos dois dos três. Não que ele apreciasse aquilo como devia — observou ele —; Charles não dá importância à caça. É seu pior defeito.

— Estou felicíssima, mesmo — exclamou Anne —, especialmente feliz com isso; e com o fato de que das duas irmãs, que sempre tiveram méritos iguais e sempre foram ótimas amigas, as boas perspectivas de uma não ofusquem as da outra, que tenham ambas a mesma prosperidade e o mesmo conforto. Espero que seu pai e sua mãe estejam felicíssimos com ambas.

— Ah! Claro! Meu pai ficaria muito satisfeito se o cavalheiro fosse mais rico, mas não vê nele mais nenhum defeito. Você sabe, pôr dinheiro sobre dinheiro (duas filhas de uma só vez) não pode ser uma operação muito agradável, e cria para ele muitas dificuldades. Não quero dizer com isto, porém, que elas não tenham esse direito. É mais do que justo que tenham a parte que cabe às filhas; e tenho certeza de que ele sempre será para mim um pai muito bondoso e generoso. Mary não aprova o casamento de Henrietta. Nunca aprovou, como você sabe. Mas não faz justiça a ele, nem dá o devido valor a Winthrop. Não consigo fazê-la compreender o valor das conveniências. Nos tempos atuais, é um casamento bastante razoável; e durante toda a vida sempre gostei de Charles Hayter e não é agora que vou deixar de gostar.

— Pais excelentes como o sr. e a sra. Musgrove — exclamou Anne — deveriam estar muito contentes com o casamento das filhas. Tenho certeza de que fazem tudo para torná-las felizes. Que bênção para os jovens estar em tais mãos! Seus pais parecem tão completamente livres de todos aqueles sentimentos ambiciosos que levaram a tantos comportamentos errados e a tanta miséria, para jovens e para velhos. Espero que, segundo você, Louisa já esteja completamente recuperada.

Ele respondeu com certa hesitação:

— Creio que sim; está muito melhor; mas está diferente; não corre e pula por aí, não ri nem dança; está muito mudada. Basta alguém bater a porta com certa força, e ela estremece e se contorce como um mergulhão na água; e Benwick se senta ao seu lado, lendo poesias ou sussurrando ao seu ouvido, o dia inteiro.

Anne não pôde conter o riso.

— Sei que isso não pode ser muito do seu gosto — disse ela —; mas creio sinceramente que ele é um excelente rapaz.

— Com certeza. Ninguém tem dúvidas quanto a isso; e espero que você não ache que eu seja tão pouco liberal a ponto de querer que todos tenham os mesmos objetivos e prazeres que eu. Aprecio muito o Benwick; e, quando conseguimos fazê-lo falar, tem muita coisa a dizer. Suas leituras não o prejudicaram, pois também esteve em combate. É um sujeito corajoso. Conheci mais sobre ele na segunda-feira passada do que jamais havia conhecido. Fizemos juntos uma grandiosa caça ao rato no celeiro grande do papai; e ele fez tão bem a sua parte, que passei a gostar mais dele desde então.

Aqui eles foram interrompidos, porque Charles precisava obrigatoriamente acompanhar os outros para admirar os espelhos e a porcelana; Anne, porém, ouvira o suficiente para entender o que se passava em Uppercross e se alegrar com a feliz situação reinante; e, embora suspirasse ao mesmo tempo que se alegrava, seus suspiros nada tinham da má vontade da inveja. Por certo gostaria de se elevar até a felicidade delas, se pudesse, mas não queria diminuí-la.

Toda a visita transcorreu em clima de muito bom humor. Mary estava animadíssima, entusiasmada com a alegria e a mudança, e tão satisfeita com a viagem na carruagem da sogra, puxada por quatro cavalos, e com sua própria total independência de Camden Place, que estava justamente em condições de admirar tudo como devia e de se interessar sem problemas por todas as superioridades da casa, enquanto estas lhe eram exibidas. Não tinha favores a pedir ao pai ou à irmã, e seu prestígio pessoal só aumentava com aqueles belíssimos salões.

Elizabeth esteve, por algum tempo, sob intenso sofrimento. Sentia que a sra. Musgrove e toda a comitiva deviam ser convidadas para jantar com eles; mas não podia suportar a diferença de estilo e a redução no número de criados que um jantar evidenciaria, presenciada por aqueles que sempre haviam sido tão inferiores aos Elliot de Kellynch. Foi uma luta entre a decência e a vaidade; mas a vaidade levou a melhor, e Elizabeth, então, voltou a se sentir feliz. Estes foram os seus argumentos íntimos: "Ideias antiquadas; hospitalidade interiorana; não recebemos para jantar; pouca gente em Bath faz isso; *Lady* Alicia nunca oferece jantares; nem sequer convidou a família da própria irmã, embora eles estivessem aqui um mês inteiro; e tenho certeza de que seria muito inconveniente para a sra. Musgrove; faria que se sentisse desambientada. Não tenho dúvida de que ela preferiria não vir; ela não se sente à vontade conosco. Vou convidar todos eles para um sarau; vai ser muito melhor; será uma novidade e uma diversão. Jamais tinham visto duas salas como estas. Vão adorar vir amanhã à noite. Será uma recepção correta, pequena, mas elegantíssima". E isso satisfez Elizabeth; quando o convite foi feito aos dois presentes e prometido aos ausentes, Mary ficou igualmente muito satisfeita. Foi convidada especialmente para conhecer o sr. Elliot e ser apresentada a *Lady* Dalrymple e à srta. Carteret, que por sorte já tinham prometido vir; e não podia ter recebido uma gentileza mais gratificante. A srta. Elliot teria a honra de visitar a sra. Musgrove pela manhã; e Anne saiu com Charles e Mary, para ver a sra. Musgrove e Henrietta sem mais demora.

Por enquanto, Anne tinha de abrir mão do plano de ir à casa de *Lady* Russell para conversar. Os três foram até a Rivers Street e lá permaneceram só por alguns minutos; mas Anne convenceu-se de que adiar por um só dia a planejada conversa não teria importância, e se apressou em chegar ao White Hart, para rever os amigos e companheiros do último outono, com um entusiasmo que muitas associações contribuíam para formar.

Encontraram a sra. Musgrove e a filha sozinhas no hotel, e Anne foi recebida calorosamente pelas duas. Henrietta estava justamente naquele estado de esperança e de felicidade recentes que a enchia de atenções e de interesse por todos aqueles por quem alguma vez já tivera alguma simpatia; e o real afeto da sra. Musgrove fora conquistado com os serviços prestados nas horas difíceis. Era uma cordialidade, um calor e uma sinceridade que agradaram ainda mais a Anne por lhe faltarem em casa. Pediram-lhe que dedicasse a elas o máximo tempo possível, foi convidada a ficar todos os dias, o dia inteiro, ou melhor, foi considerada parte da família; em troca, dedicou a eles todas as suas atenções, e, quando Charles as deixou sozinhas, estava ouvindo a sra. Musgrove contar a história de Louisa, e Henrietta, a sua própria, dando opiniões sobre negócios e conselhos de compra; isso tudo nos intervalos da ajuda que prestava a Mary para trocar uma fita ou examinar as suas contas, para achar suas chaves e pôr em ordem as suas bugigangas, e para tentar convencê-la de que não estava sendo maltratada por ninguém; o que Mary, embora divertindo-se bastante à janela, observando a entrada da Pump Room, não podia deixar de imaginar, de vez em quando.

Era de se esperar uma manhã muito confusa. Um grupo numeroso num hotel era garantia de um cenário instável e incerto. Chegava um bilhete e cinco minutos depois, um pacote; não havia passado meia hora desde que Anne chegara, e já a sala de jantar, embora espaçosa, parecia quase lotada: um grupo de velhos e fiéis amigos estava sentado ao redor da sra. Musgrove, e Charles voltou com os capitães Harville e Wentworth. A chegada deste não podia ser mais do que uma surpresa momentânea para Anne. Era-lhe impossível não ter percebido que aquela chegada de seus amigos comuns logo devia reunir todos outra vez. Seu último encontro fora importantíssimo para revelar os sentimentos dele; Anne havia tirado disso uma deliciosa certeza; mas temia, pelo jeito dele, que a mesma infeliz convicção que o levara a deixar rapidamente a sala de concertos ainda o governasse. Ele parecia não querer aproximar-se o bastante para poderem conversar.

Ela tentou permanecer calma e deixar as coisas acontecerem, e procurou concentrar-se muito neste argumento de natureza racional: "Com certeza, se houver uma afeição constante, nossos corações não tardarão a se compreender. Não somos crianças para nos irritarmos caprichosamente ou sermos iludidos pelos equívocos do momento, brincando levianamente com a nossa própria felicidade". E no entanto, poucos minutos depois, ela sentiu que talvez o fato de estarem na companhia um do outro, nas atuais circunstâncias, só pudesse expô-los a equívocos e más interpretações da pior espécie.

— Anne — exclamou Mary, ainda à janela —, tenho certeza de que a sra. Clay está ali de pé junto à colunata, com um cavalheiro ao seu lado. Acabo de vê-los numa esquina da Bath Street. Pareciam conversar muito animadamente. Quem é ele? Venha ver e me dizer quem é. Meu Deus! Eu me lembro. É o próprio sr. Elliot.

— Não — exclamou Anne, rapidamente —; garanto-lhe que não pode ser o sr. Elliot. Ele devia partir de Bath às nove da manhã e só voltar amanhã.

Enquanto falava, ela percebeu que o capitão Wentworth olhava para ela, e a consciência disso a envergonhou e embaraçou, e ela lamentou ter falado demais, por mais simples que fosse o que tinha dito.

Mary, irritada porque podiam imaginar que ela não conhecia o próprio primo, começou a falar com muita energia acerca dos traços de família e a declarar de maneira ainda mais peremptória que aquele era o sr. Elliot, tornando a chamar Anne para que viesse ver, mas Anne não pretendia sair de onde estava e tentou permanecer calma e despreocupada. Seu mal-estar retornou, porém, ao perceber que duas ou três das senhoras presentes trocavam sorrisos e olhares de entendimento, como se acreditassem estar a par do segredo. Era evidente que o boato a seu respeito se espalhara, e se seguiu uma breve pausa, que parecia garantir que a partir de agora se espalharia ainda mais.

— Venha, Anne — exclamou Mary —; venha ver. Logo vai ser tarde demais se você não se apressar. Eles estão despedindo-se; estão trocando um aperto de mãos. Ele está afastando-se. Não conheço o sr. Elliot, francamente! Você parece ter-se esquecido completamente do que aconteceu em Lyme.

Para apaziguar Mary e talvez ocultar seu próprio constrangimento, Anne foi até a janela. Chegou justo a tempo de verificar que se tratava de fato do sr. Elliot — o que jamais havia acreditado —, antes que ele desaparecesse por um lado, enquanto a sra. Clay caminhava rapidamente para o outro; e, dissimulando a surpresa que não podia deixar de sentir ante tal aparência de amabilidade entre duas pessoas de interesses diametralmente opostos, disse calmamente:

— Sim, é o sr. Elliot, sem dúvida. Imagino que tenha adiado a hora da partida, é isso, ou talvez eu esteja enganada, posso ter-me distraído — e caminhou de volta para a sua cadeira, já recomposta e com a confortável esperança de ter-se saído bem.

Despediram-se as visitas; e Charles, depois de gentilmente acompanhá-las até a porta, fez-lhes uma careta e zombou delas por terem vindo. Em seguida disse:

— Muito bem, mamãe, fiz uma coisa para a senhora de que acho que vai gostar. Fui ao teatro e reservei um camarote para amanhã à noite. Não sou um bom menino? Sei que a senhora adora teatro; e haverá lugar para todos nós. Cabem nove pessoas. Eu convidei o capitão Wentworth. Tenho certeza de que Anne não vai queixar-se de ir conosco. Todos nós gostamos de teatro. Não fiz bem, mamãe?

A sra. Musgrove começava a exprimir com muito bom humor sua perfeita disponibilidade para a peça, se Henrietta e todos os demais não se opusessem, quando Mary a interrompeu energicamente, exclamando:

— Santo Deus, Charles! Como pôde imaginar uma coisa dessas? Reservar um camarote para amanhã à noite! Esqueceu-se de que temos um compromisso em Camden Place amanhã à noite? E que fomos especialmente convidados para ser apresentados a *Lady* Dalrymple e à sua filha e ao sr. Elliot e a todos os principais parentes da família? Como pode ser tão esquecido?

— Ora, ora! — replicou Charles. — O que é um sarau? Algo que nem vale a pena recordar. Acho que o seu pai podia ter-nos convidado para jantar, se quisesse ver-nos. Você pode fazer o que quiser, mas eu vou ao teatro.

— Ah! Charles, se fizer isso depois de ter prometido ir, eu declaro você o mais abominável dos homens.

— Não, não prometi nada. Dei uma risadinha e fiz uma reverência e disse a palavra "grato". Não houve nenhuma promessa.

— Mas você tem de ir, Charles. Será imperdoável deixar de ir. Fomos convidados expressamente para sermos apresentados. Sempre tivemos tão boas relações com os Dalrymple. Nada aconteceu de qualquer um dos lados que não fosse de imediato comunicado ao outro. Somos parentes muito próximos, você sabe; e também o sr. Elliot, que você tem motivos muito particulares para querer conhecer! Devemos toda a atenção ao sr. Elliot. Pense bem, o herdeiro de papai: o futuro representante da família.

— Nem me fale em herdeiros e representantes — gritou Charles. — Não sou daqueles que desdenham o poder reinante para curvar-se ante o sol nascente. Se eu não queria ir por seu pai, julgo escandaloso ir pelo herdeiro dele. Que é o sr. Elliot para mim?

Ouvir aquela expressão desdenhosa foi como ganhar nova vida para Anne, que viu que o capitão Wentworth estava muito atento, observando e escutando com toda a alma; e que as últimas palavras levaram seus olhos inquisitivos de Charles para ela.

Charles e Mary continuaram a falar naquele mesmo tom; ele, meio sério e meio irônico, mantendo os planos de ir ao teatro, e ela, invariavelmente séria, opondo-se ardentemente e sem deixar de dar a entender que, embora decidida a ir a Camden Place, se sentiria muito maltratada se fossem ao teatro sem ela. A sra. Musgrove interveio.

— Seria melhor adiar. Charles, seria muito melhor que voltasse lá e trocasse a reserva do camarote para terça-feira. Seria uma pena dividir-nos, e perderíamos a srta. Anne, além disso, havendo uma reunião na casa do pai dela; e tenho certeza de que nem Henrietta nem eu daríamos importância à peça se a srta. Anne não pudesse ir conosco.

Anne sentiu-se muito grata a ela por tanta delicadeza; e ainda mais por ter-lhe dado a oportunidade de dizer em tom decidido:

— Se dependesse só de mim, minha senhora, o sarau em minha casa (exceto no que se refere a Mary) não constituiria o menor impedimento. Não aprecio esse tipo de reunião e adoraria poder trocá-la por uma peça, e ainda mais com vocês. Mas talvez seja melhor não tentar.

Ela falou; mas tremia quando acabou de falar, consciente de que suas palavras foram ouvidas e sem coragem até para observar o efeito que tiveram.

Logo ficou resolvido que terça-feira seria o melhor dia, reservando-se Charles só o prazer de continuar atiçando a mulher, dizendo que iria ao teatro no dia seguinte mesmo que ninguém mais fosse.

O capitão Wentworth saiu de seu lugar e caminhou até a lareira; provavelmente com a ideia de afastar-se de lá logo em seguida e aproximar-se de Anne de um modo não tão ostensivo.

— Você não está em Bath por tempo suficiente — disse ele — para poder apreciar os saraus da cidade.

— Ah, não! A forma habitual deles não tem nada a ver comigo. Não jogo baralho.

— Sei que antigamente você não jogava. Não costumava gostar de cartas; mas o tempo traz muitas mudanças.

— Ainda não estou tão mudada — exclamou Anne e parou, temendo ser de algum modo mal interpretada.

Depois de aguardar alguns momentos, ele disse, como se cedesse a um impulso súbito:

— É bastante tempo, sem dúvida! Oito anos e meio são bastante tempo.

Se ele teria ido mais longe é um problema que foi deixado à imaginação de Anne resolver numa hora de mais calma; pois, enquanto ainda ouvia o som das palavras dele, Henrietta obrigou-a a passar a outros assuntos, pois, impaciente por aproveitar o tempo disponível para sair, começou a insistir em que os companheiros não perdessem mais tempo antes que chegassem novas visitas.

Foram obrigados a sair. Anne disse estar perfeitamente pronta e tentou dar essa impressão; mas sentiu que se Henrietta soubesse o quanto seu coração lamentava e relutava em sair daquela cadeira, em preparar-se para deixar a sala, teria encontrado, em todos os seus sentimentos pela prima, na própria firmeza de sua afeição, motivos para ter pena dela.

Aqueles preparativos, porém, logo foram interrompidos. Ouviram-se sons alarmantes; aproximavam-se outros visitantes e a porta se escancarou para dar passagem a *Sir* Walter e à srta. Elliot, cuja chegada pareceu provocar um arrepio nos presentes. Anne teve uma imediata sensação de opressão e, para toda parte onde olhava, via os mesmos sintomas. Acabaram-se a cordialidade, a liberdade e a alegria da sala, transformando-se em fria compostura, silêncio resoluto ou conversas insípidas, para ajustar-se à insensível elegância do pai e da filha. Como era mortificante ver que isso era verdade!

Com um detalhe os seus olhos vigilantes ficaram satisfeitos. O capitão Wentworth foi novamente reconhecido por ambos, por Elizabeth mais gentilmente do que antes. Chegou até a lhe dirigir a palavra, e olhou para ele mais de uma vez. Elizabeth estava, na verdade, bastante pensativa. O que se passou em seguida esclareceu tudo. Depois de gastar alguns minutos dizendo as coisas de sempre, começou a fazer o convite que devia incluir todos os deveres restantes dos Musgrove. "Amanhã à noite, para conhecer alguns amigos: sem formalidades." Tudo foi dito muito delicadamente, e os cartões que trouxera consigo, o "srta. Elliot recebe", foram esparramados sobre a mesa, com um sorriso cortês dirigido a todos, e um sorriso e um cartão oferecidos de modo mais decidido ao capitão Wentworth. A verdade é que Elizabeth já estava em Bath tempo bastante para compreender a importância de um homem de porte e aspecto como os dele. O passado não era nada. O presente era que o capitão Wentworth faria bela figura em seu salão. O cartão foi dado com ostentação, e *Sir* Walter e Elizabeth se ergueram e desapareceram.

A interrupção fora breve, mas grave, e a descontração e a animação voltaram à maioria dos presentes tão logo a porta se fechou atrás deles, mas não para Anne. Ela só conseguia pensar no convite que com tanta surpresa testemunhara, e na maneira como fora recebido; algo de significado dúbio, mais de surpresa do que de satisfação, mais de polido obséquio do que de aceitação. Ela o conhecia; viu desdém nos olhos dele, e não podia acreditar que tivesse decidido aceitar tal proposta como uma expiação pela insolência do passado. Ficou arrasada. Ele segurou o cartão nas mãos depois que eles se foram, como se o examinasse profundamente.

— Veja só! Elizabeth convidou mesmo todos! — sussurrou Mary, em voz bem alta. — Não me espanta que o capitão Wentworth esteja maravilhado! Veja só, ele mal consegue tirar o cartão das mãos.

O olhar de Anne cruzou o olhar dele, viu suas faces corarem e sua boca adquirir momentaneamente uma expressão de desprezo, e se afastou, para não ver nem ouvir mais nada que a vexasse.

O grupo dissolveu-se. Os cavalheiros tinham seus próprios afazeres, as damas cuidaram de seus próprios negócios e eles não mais se encontraram enquanto Anne esteve ali. Insistiram em que ela voltasse e jantasse e passasse com eles todo o resto do dia, mas seu ânimo havia estado sujeito a pressão por tanto tempo que agora ela se sentia incapaz de mais nada e só queria voltar para casa, onde estava certa de que ficaria tão calada quanto queria.

Assim, prometendo estar com eles a manhã inteira do dia seguinte, ela encerrou as fadigas do dia com uma extenuante caminhada até Camden Place, para lá passar a noite quase que só a ouvir os atarefados arranjos de Elizabeth e da sra. Clay para o sarau do dia seguinte, a frequente enumeração dos convidados e os detalhes cada vez mais sofisticados de todo os melhoramentos que fariam daquele sarau o mais perfeitamente elegante do gênero em Bath, enquanto se torturava com a pergunta sem fim a respeito de o capitão Wentworth vir ou não. Ele era contado como uma presença certa, mas para ela aquilo era uma ânsia torturante que não se apaziguava nem por cinco minutos. Ela geralmente achava que ele viria, porque geralmente achava que ele devia; mas aquele era um caso que ela não conseguia classificar como algum tipo de ato positivo de dever ou de prudência, que inevitavelmente resistisse às insinuações dos sentimentos contrários.

Anne só despertou das cismas sobre aquela incansável agitação para comunicar à sra. Clay que ela fora vista com o sr. Elliot três horas depois de ele supostamente ter partido de Bath, pois, tendo aguardado em vão alguma alusão ao encontro por parte dela, decidiu-se a mencioná-lo, e pareceu a ela que havia culpa no rosto da sra. Clay enquanto ouvia. Foi coisa passageira, que se dissipou num instante; Anne, porém, pôde imaginar ter visto naquilo a consciência de ter, por alguma complicação de truques mútuos, ou pela imposição autoritária do sr. Elliot, sido obrigada a escutar (talvez por meia hora) suas admoestações e restrições aos planos dela referentes a *Sir* Walter. A sra. Clay exclamou, porém, com uma imitação de naturalidade bastante razoável:

— Ah! Querida! É verdade. Imagine só, srta. Elliot, que para minha grande surpresa topei com o sr. Elliot na Bath Street. Nunca levei tamanho susto. Ele se voltou e caminhou comigo até Pump Yard. Não pudera partir para Thornberry, não me lembro bem por que razão, pois eu estava com muita pressa e não podia aguardar muito, e só posso garantir que ele estava decidido a não adiar a sua volta. Quis saber a partir de que hora poderia ser recebido amanhã. Não parava de falar em "amanhã", e é mais do que evidente que eu também só pensava nisso, desde que entrei em casa e soube da dimensão de seus planos e de tudo que acontecera, pois se não fosse por isso jamais teria esquecido tão completamente aquele encontro.

CAPÍTULO 23

Só se passara um dia desde a conversa de Anne com a sra. Smith; mas se seguira àquilo algo de interesse mais vivo, e agora ela estava tão pouco preocupada com o comportamento do sr. Elliot, salvo pelos seus efeitos sobre outra pessoa, que julgou muito natural, na manhã seguinte, adiar mais uma vez a visita explanatória à Rivers Street. Prometera estar com os Musgrove desde o café da manhã até o jantar. Dera sua palavra, e o caráter do sr. Elliot, como a cabeça da sultana Xerazade, poderia viver mais um dia.

Não conseguiu, porém, chegar pontualmente ao compromisso; o tempo estava ruim e, antes de poder tentar pôr-se a caminho, lamentou a chuva, por causa dos amigos e de si mesma. Quando chegou ao White Hart e se dirigiu ao apartamento dos Musgrove, descobriu que estava atrasada e que não fora a primeira a chegar. Os presentes eram a sra. Musgrove, que conversava com a sra. Croft, e o capitão Harville com o capitão Wentworth; e logo soube que Mary e Henrietta, impacientes demais para esperar, haviam saído assim que o tempo melhorou, mas logo estariam de volta, e que as mais estritas ordens haviam sido dadas à sra. Musgrove para que a segurasse lá até que voltassem. Teve apenas de concordar, sentar-se, permanecer aparentemente calma e sentir-se imediatamente mergulhada em todas as agitações que esperara experimentar só no fim da manhã. Não houve adiamento, nem perda de tempo. Viu-se de imediato imersa na felicidade daquela miséria ou na miséria daquela felicidade. Dois minutos depois de entrar na sala, o capitão Wentworth disse:

— Vamos escrever agora a carta de que estávamos falando, Harville, se vocês me derem com que fazê-lo.

Papel e pena estavam à mão numa mesa à parte; ele foi até lá e, quase voltando as costas para todos os demais, se concentrou na redação da carta.

A sra. Musgrove contava à sra. Croft a história do noivado de sua filha mais velha, e justamente naquele tom de voz inconveniente, perfeitamente audível, embora com pretensões de suspiro. Anne sentiu que não participava da conversa, e no entanto, como o capitão Harville parecia pensativo e pouco disposto a conversar, ela não pôde deixar de ouvir muitos pormenores indesejáveis; como, por exemplo, "como o sr. Musgrove e meu cunhado Hayter se encontraram várias vezes para tratar do assunto", "o que o meu cunhado Hayter disse certo dia e o que o sr. Musgrove propôs no dia seguinte", e "o que aconteceu à minha irmã Hayter, e o que os jovens desejaram, e que eu disse no começo que eu nunca consentiria, mas fui mais tarde persuadida a achar que tudo daria certo", e uma boa dose de franca comunicação nesse mesmo estilo: minúcias que, mesmo quando apresentadas com todo o requinte de bom gosto e de delicadeza que a boa sra. Musgrove não podia oferecer, só podiam ser de interesse para as suas interlocutoras. A sra. Croft escutava com muito bom humor, e as poucas vezes em que falava, era com muita sensatez. Anne esperava que os cavalheiros estivessem muito ocupados para ouvir.

— E então, minha senhora, afinal de contas — disse a sra. Musgrove, em seu potente sussurro —, embora pudéssemos ter desejado que as coisas tivessem tomado um outro curso, afinal julgamos que não era justo continuar adiando, pois o Charles Hayter estava louco com aquilo e a Henrietta quase tanto quanto ele; e então achamos que era melhor que se casassem de uma vez e se virassem, como tanta gente antes deles. De qualquer jeito, eu disse, isso é melhor do que um noivado muito comprido.

— É exatamente isso que eu ia observar — exclamou a sra. Croft. — Acho que é melhor que os jovens se estabeleçam logo com uma pequena renda e tenham de lutar juntos contra umas poucas dificuldades, do que se envolver num noivado longo. Sempre achei que nenhum recíproco...

— Ah! Minha querida sra. Croft — exclamou a sra. Musgrove, sem conseguir esperar que ela terminasse de falar —, não existe nada pior para os jovens do que um noivado comprido. Sempre fui contra isso no caso dos meus filhos. Eu costumava dizer que está tudo bem que os jovens fiquem noivos, se se puder ter certeza de que vão poder casar-se em seis meses ou até em um ano; mas um noivado longo...

— Claro, minha cara senhora — disse a sra. Croft —, ou um noivado incerto, um noivado que possa durar muito. Considero muito incerto e imprudente começar um noivado sem saber se em determinado tempo será possível se casar; é uma coisa que todos os pais devem esforçar-se ao máximo para impedir.

Inesperadamente, Anne passou a se interessar pelo que ouvia. Percebeu que aquilo se aplicava a ela mesma, sentiu um arrepio nervoso percorrer-lhe o corpo; e, ao mesmo tempo que seus olhos instintivamente se voltaram para a mesa afastada, a pena do capitão Wentworth parou de correr, ele ergueu a cabeça, imóvel, a ouvir, e se voltou no instante seguinte para lançar a ela um olhar breve mas penetrante.

As duas senhoras continuaram falando, para reafirmarem as mesmas verdades conhecidas e confirmá-las com muitos exemplos de seus maus efeitos que tinham tido a oportunidade de presenciar, mas Anne não ouvia nada distintamente; era só um zumbido de palavras no ar, sua mente estava confusa.

O capitão Harville, que na verdade não escutara nada do que fora dito, deixou então o seu assento e foi até a janela, e Anne, que parecia estar a observá-lo, embora estivesse completamente distraída, aos poucos se deu conta de que ele a estava convidando a unir-se a ele ali onde ele estava. Olhou para ela com um sorriso e um leve aceno da cabeça, que exprimira: "Venha cá, tenho algo a lhe dizer"; e o seu jeito simples e a sua espontânea delicadeza, que denotavam os sentimentos de uma amizade mais antiga do que realmente era, reforçaram bastante o convite. Ela se ergueu e foi até ele. A janela junto à qual ele estava ficava no outro canto da sala, oposto àquele em que as duas senhoras estavam sentadas e, embora a janela estivesse mais próxima da mesa do capitão Wentworth, não ficava muito perto. Quando ela se juntou a ele, o semblante do capitão Harville reassumiu a expressão séria e pensativa que parecia ser sua disposição natural.

— Veja — disse ele, desembrulhando um pacote em suas mãos e mostrando um pequeno retrato em miniatura. — Sabe quem é?

— Claro: o capitão Benwick.

— Sim, e não é difícil adivinhar para quem seja. Mas — num tom mais grave — não foi feito para ela. Srta. Elliot, você se lembra de quando caminhamos juntos em Lyme, muito aflitos com ele? Eu estava, então, longe de imaginar... mas não importa. O retrato foi pintado no Cabo da Boa Esperança. Ele conheceu lá um jovem pintor alemão de talento e, para pagar uma promessa feita à minha pobre irmã, posou para o retrato e o estava trazendo para ela; e fui agora encarregado de entregá-lo a outra pessoa! Cabe a mim fazer isso! Mas quem mais havia que pudesse cuidar disso? Espero dar conta do recado. Não lamento, na verdade, passá-lo a outro — lançando um olhar para o capitão Wentworth —; ele está escrevendo sobre isto agora — e com os lábios a tremer concluiu, dizendo: — Pobre Fanny! Ela não o teria esquecido tão rápido!

— Não — tornou Anne, em voz baixa e comovida. — Acredito que não, mesmo.

— Não era da natureza dela. Ela o adorava.

— Não seria da natureza de nenhuma mulher que realmente amasse.

O capitão Harville sorriu, como se dissesse: "E você acha que isso se aplique a todas as mulheres?", e ela respondeu à pergunta, também sorrindo:

— Acho, sim. Certamente não os esquecemos tão rapidamente como vocês nos esquecem. Talvez seja mais nosso destino do que nosso mérito. Não podemos evitá-lo. Vivemos em casa, caladas, trancadas, vítimas de nossos próprios sentimentos. Vocês são forçados à ação. Sempre têm uma profissão, objetivos, afazeres de um tipo ou de outro que os trazem imediatamente de volta ao mundo, e a ocupação e a mudança contínuas logo desbotam as impressões.

— Mesmo admitindo a sua afirmação de que o mundo logo faz tudo isso com os homens (o que, porém, não acho que devesse admitir), isso não se aplica a Benwick. Ele não foi forçado a nenhuma ação. A paz trouxe-o de volta imediatamente, e desde então ele tem vivido conosco, em nosso círculo familiar.

— É verdade — disse Anne —, é verdade, mesmo; não me lembrei disso;

mas que diremos agora, capitão Harville? Se a mudança não vem de fatores externos, deve vir de dentro; deve ser a natureza, a natureza do homem, a responsável pelo que aconteceu com o capitão Benwick.

— Não, não, não é a natureza do homem. Não admito que seja mais da natureza do homem do que da mulher ser inconstante e esquecer aqueles que amam ou amaram. Creio que é o contrário. Creio numa autêntica analogia entre as nossas estruturas corpóreas e mentais; e, que quanto mais forte for nosso corpo, mais fortes serão também os nossos sentimentos; capazes de suportar os golpes mais duros e arrostar as piores intempéries.

— Os sentimentos dos homens podem ser os mais fortes — retorquiu Anne —, mas o mesmo espírito de analogia me autoriza a afirmar que os nossos são os mais ternos. O homem é mais robusto do que a mulher, mas não vive mais do que ela; o que explica com exatidão a minha ideia da natureza de suas afeições. Ao contrário, seria duro demais para vocês se não fosse assim. Vocês já têm dificuldades, privações e perigos com que lutar. Estão sempre na labuta e na tribulação, expostos a todos os riscos e adversidades. Têm de abandonar tudo: o lar, o país, os amigos. Não têm nada que lhes pertença; nem o tempo, nem a saúde nem a vida. Seria duro, de fato — com voz trêmula —, ter de somar os sentimentos das mulheres a tudo isso.

"Jamais chegaremos a um acordo quanto a isso", era o que o capitão Harville estava começando a dizer, quando um leve ruído chamou a atenção deles para o canto da sala ocupado pelo capitão Wentworth, até então perfeitamente silencioso. Era só a sua pena que havia caído; mas Anne se espantou em ver que ele estava mais próximo do que ela imaginava, e se sentiu um tanto inclinada a suspeitar que a pena só havia caído porque ele estivera atento ao que eles diziam, tentando distinguir as palavras, que ela achava, todavia, que ele não conseguira captar.

— Acabou a carta? — disse o capitão Harville.

— Ainda não, só faltam algumas linhas. Devo acabar em cinco minutos.

— Não tenho nenhuma pressa. Estarei pronto quando você estiver. Encontrei um ótimo ancoradouro aqui — sorrindo para Anne —, bem abastecido, sem precisar de nada. Não há pressa para zarpar. Muito bem, srta. Elliot — baixando a voz —, como eu ia dizendo, imagino que jamais chegaremos a um acordo quanto a este problema. Provavelmente, nenhuma mulher e nenhum homem chegaria. Permita-me, porém, observar que todas as histórias estão contra vocês... todas as narrativas, em prosa e em verso. Se eu tivesse a memória do Benwick, poderia dar-lhe rapidamente cinquenta citações a meu favor, e acho que jamais abri um livro na vida que não tivesse algo a dizer sobre a inconstância das mulheres. Canções e provérbios falam todos da volubilidade feminina. Mas talvez você vá dizer que todos eles foram escritos por homens.

— Talvez eu dissesse. Sim, sim, por favor, nada de referências a livros. Os homens tiveram todas as vantagens contra nós, ao contarem sua própria história. Tiveram sempre uma educação muito superior; a pena estava em suas mãos. Não admito que os livros provem coisa nenhuma.

— Mas como provaremos alguma coisa?

— Jamais provaremos nada. Não é de se esperar que se possa provar alguma coisa numa questão como esta. É uma diferença de opinião que não admite prova. Todos nós, provavelmente, começamos com certa parcialidade a favor de nosso próprio sexo; e nessa parcialidade fundamos todas as circunstâncias favoráveis a ela que aconteceram em nossa própria esfera; muitas dessas circunstâncias (talvez justamente aquelas que mais nos impressionam) podem ser exatamente aquelas que não podem ser reveladas sem trair um segredo ou de alguma forma dizer o que não se deveria dizer.

— Ah! — exclamou o capitão Harville, num tom muito comovido. — Se eu pudesse fazer você compreender o que um homem sofre quando olha pela última vez para a esposa e os filhos, e vê distanciar-se o bote em que os embarcou, enquanto ainda estão à vista, e então se volta e diz: "Só Deus sabe se vou tornar a vê-los!". E se eu pudesse, então, transmitir-lhe com que calor a sua alma se acende ao tornar a vê-los; quando, ao voltar após uma ausência de um ano, talvez, e obrigado a ancorar em outro porto, calcula como poderá fazer que cheguem ali o mais rápido possível, pretendendo iludir-se a si mesmo e dizendo: "Eles não vão poder chegar aqui antes de tal dia", mas esperando durante todo o tempo que cheguem doze horas antes, e vendo-os finalmente chegar, como se o Céu lhes tivesse dado asas, muitas horas mais cedo! Se eu pudesse explicar a você tudo isto e tudo que um homem pode suportar e fazer, e se gloria de fazer por aqueles tesouros da sua existência! Falo, é claro, só dos homens que têm coração! — levando a mão ao peito, muito comovido.

— Ah! — exclamou Anne, com ardor. — Espero fazer justiça a tudo que é sentido por você e por todos os que se assemelham a você. Deus não permita que eu menospreze os sentimentos cordiais e fiéis de qualquer um dos meus semelhantes! Eu mereceria um profundo desprezo se ousasse imaginar que só as mulheres conhecem o verdadeiro amor e a constância. Não, creio que vocês sejam capazes de praticar tudo o que há de grande e de bom em sua vida de casados. Creio que vocês estão à altura de todos os grandes atos e de todos os sacrifícios domésticos, enquanto (se me permitir a expressão), enquanto tiverem um objetivo. Ou seja, enquanto a mulher que vocês amam está viva, e vive para vocês. Todo o privilégio que reivindico para o meu próprio sexo (e não é um privilégio muito invejável; não é preciso cobiçá-lo) é que continuemos a amar por mais tempo, quando a existência e a esperança já se foram.

Não seria possível a ela proferir de imediato qualquer outra frase; seu coração estava pleno demais; sua respiração, oprimida demais.

— Você é uma boa alma — exclamou o capitão Harville, pondo a mão sobre o braço dela, muito carinhosamente. — Não há como brigar com você. E quando penso em Benwick vejo-me obrigado a calar.

A atenção dele foi despertada pelos outros. A sra. Croft estava despedindo-se.

— Aqui, Frederick, creio que você e eu nos separamos — disse ela. — Vou voltar para casa e você tem um compromisso com sua amiga. Hoje à noite talvez tenhamos o prazer de nos reunir todos no seu sarau — voltando-se para Anne. — Recebemos o cartão de convite de sua irmã ontem e soube que Frederick também o recebeu, embora não o tenha visto... E você vai estar livre para ir, não é, Frederick, como nós?

O capitão Wentworth estava dobrando com muita pressa uma carta, e ou não pôde ou não quis dar uma resposta completa.

— Sim — disse ele —, é verdade; aqui nos separamos, mas Harville e eu logo a alcançaremos; isto é, Harville, se você está pronto, em meio minuto eu também estarei. Sei que não lhe desagrada ir embora. Vou estar a seu dispor em meio minuto.

A sra. Croft saiu, e o capitão Wentworth, tendo selado a carta com grande rapidez, já estava pronto, e tinha até um ar apressado, agitado, que demonstrava impaciência em sair dali. Anne não sabia como interpretar aquilo. Recebeu um gentilíssimo "Bom-dia, Deus abençoe você!" do capitão Harville, mas dele nem uma palavra, nem um olhar! Ele saiu da sala sem sequer olhar para ela!

Ela só teve tempo, no entanto, para chegar mais perto da mesa onde ele estivera escrevendo, quando foram ouvidos passos de alguém que retornava; abriu-se a porta, era ele. Pediu perdão, mas esquecera as luvas e, cruzando imediatamente a sala na direção da escrivaninha e voltando as costas para a sra. Musgrove, tirou uma carta de sob os papéis esparramados, e a pôs diante de Anne, fitando nela por algum tempo os olhos brilhantes e suplicantes; pegando, então, apressadamente as luvas, já estava fora da sala quase que antes de a sra. Musgrove perceber que ele estivera ali: tudo num instante!

A revolução que aquele instante produziu em Anne era quase indizível. A carta, com um sobrescrito quase ilegível, para a "srta. E...", era obviamente aquela que ele dobrara com tanta pressa. Enquanto aparentemente escrevia só para o capitão Benwick, também escrevera a ela! Do conteúdo daquela carta dependia tudo que este mundo podia oferecer-lhe. Tudo era possível, podia ser enfrentado, menos aquela incerteza. A sra. Musgrove tinha algumas coisas a arrumar em sua própria mesinha; ela teve de contar com a proteção delas e, afundando na cadeira que ele havia ocupado, tomando aquele mesmo lugar em que ele se debruçara e escrevera, os olhos dela devoraram as seguintes palavras:

> Não consigo mais ouvir em silêncio. Tenho de falar com você com os meios que estão ao meu alcance. Você trespassa a minha alma. Sou agonia e esperança. Não me diga que é tarde demais, que tais preciosos sentimentos se foram para sempre. Eu volto a me oferecer a você, com um coração ainda mais seu do que quando você quase o partiu, oito anos e meio atrás. Não ouse dizer que os homens se esquecem mais rápido que as mulheres, que o amor deles morre mais cedo. Só a você tenho amado. Posso ter sido injusto, fui fraco e ressentido, mas nunca inconstante. Só por você vim a Bath. Só por você eu penso e faço planos. Será que você não viu? Será que você não conseguiu entender meus desejos? Não teria esperado nem estes dez dias, se tivesse podido ler os seus sentimentos, como acho que você entendeu os meus. Mal consigo escrever. Estou a cada instante ouvindo coisas que me esmagam. Você abaixa a voz, mas posso distinguir tons nessa voz que aos outros passariam despercebidos. Criatura excessivamente boa, excessivamente excelente! Você nos faz justiça, sem dúvida. Acredita que o verdadeiro afeto e constância existam entre os homens. Creia que tal afeto é mais do que fervoroso e mais do que constante em
>
> F. W.
>
> Tenho de ir, incerto de meu futuro; mas vou voltar para cá ou acompanhar o seu grupo, assim que possível. Uma palavra, um olhar serão o bastante para decidir se entrarei na casa de seu pai esta noite ou nunca mais.

Era impossível recuperar-se rapidamente de tal carta. Meia hora de solidão e reflexão poderiam tê-la serenado; mas os dez minutos que se passaram até que fosse interrompida, com todos os obstáculos da situação, não podiam trazer-lhe nenhuma tranquilidade. Ao contrário, cada momento trazia consigo mais agitação. Era uma felicidade esmagadora. E, antes que ela superasse a primeira fase de todas aquelas sensações, já Charles, Mary e Henrietta entravam na sala.

A absoluta necessidade de parecer normal produziu então um imediato conflito; mas logo em seguida ela não pôde mais. Começou a não entender nenhuma palavra do que eles diziam e foi obrigada a alegar uma indisposição e pedir desculpas. Eles, então, puderam ver que ela parecia estar passando muito mal, ficaram impressionados e preocupados, e por nada neste mundo sairiam dali sem ela. Isso era péssimo. Se pelo menos tivessem ido embora, deixando-a na calma posse daquela sala, ela estaria curada; mas vê-los todos de pé a esperar à sua volta a enlouquecia e, em desespero, ela disse que queria ir para casa.

— É claro, minha querida — exclamou a sra. Musgrove —, vá imediatamente para casa e se cuide, para estar bem disposta à noite. Gostaria que Sarah estivesse aqui para tratar de você, mas eu não sou médica. Charles, toque a campainha e chame uma carruagem. Ela não deve ir a pé.

Mas a carruagem não resolveria o problema. Era pior do que tudo! Perder a possibilidade de falar duas palavrinhas com o capitão Wentworth ao longo de sua silenciosa e solitária caminhada até a cidade (e ela tinha quase certeza de topar com ele) era algo insuportável. Ela protestou energicamente contra a carruagem, e a sra. Musgrove, que conhecia só um tipo de enfermidade, tendo-se certificado, com alguma ansiedade, de que não havia acontecido nenhuma queda, de que Anne em nenhum momento escorregara e caíra e batera com a cabeça, de que tinha certeza absoluta de que não houvera nenhum tombo, pôde despedir-se dela alegremente, na certeza de vê-la bem melhor à noite.

Ansiosa por não omitir nenhuma possível precaução, Anne fez um esforço e disse:

— Receio, minha senhora, que possa ter havido algum mal-entendido. Peço-lhe que tenha a gentileza de mencionar aos outros cavalheiros que esperamos ver *todos* vocês esta noite. Receio que tenha havido algum engano; e desejo que a senhora assegure ao capitão Harville e ao capitão Wentworth que esperamos ver a ambos.

— Ah, minha querida! Eu entendi tudo muito bem, eu lhe garanto. O capitão Harville está louco para ir.

— A senhora acha? Mas tenho medo; e lamentaria tanto! A senhora me promete que vai dizer isso, quando tornar a vê-los? A senhora verá os dois esta manhã, tenho certeza. Por favor, prometa-me isso.

— Claro que prometo, se é isso que você quer. Charles, se você vir o capitão Harville em algum lugar, lembre-se de passar-lhe a mensagem da srta. Anne. Mas, querida, não precisa preocupar-se. Garanto a você que o capitão Harville tem a firme intenção de ir; e tenho certeza de que o mesmo acontece com o capitão Wentworth.

Aquilo era tudo o que Anne podia fazer; seu coração, porém, profetizava alguma catástrofe que empanasse a perfeição de sua felicidade. Não podia durar muito, porém. Mesmo que ele não viesse a Camden Place, ela poderia enviar-lhe uma mensagem de fácil compreensão por intermédio do capitão Harville. Sobreveio outro contratempo. Charles, com toda a sua preocupação e bondade, ia voltar para casa com ela; não havia como impedi-lo. Aquilo era quase uma crueldade. Ela, porém, não podia ser ingrata; ele estava abrindo mão de um compromisso junto a um armeiro para ser útil a ela; e ela partiu com ele, sem demonstrar nenhum sentimento, a não ser gratidão.

Passavam pela Union Street, quando um passo mais rápido às suas costas, um som mais familiar lhe permitiu uma breve preparação para a visão do capitão Wentworth. Ele os alcançou; mas, como se estivesse indeciso quanto a juntar-se a eles ou seguir em frente, não disse nada, só olhou. Anne teve equilíbrio suficiente para receber aquele olhar, sem recusá-lo. As faces que haviam estado pálidas agora coravam, e os movimentos que antes hesitavam eram agora decididos. Ele se pôs a caminhar ao lado dela. Agora, tendo-lhe ocorrido subitamente uma ideia, Charles disse:

— Capitão Wentworth, aonde você vai? Só até a Gay Street, ou mais adiante, até o centro?

— Nem eu mesmo sei — replicou o capitão Wentworth, surpreso.

— Vai passar por Belmont? Vai passar perto de Camden Place? Pois, se for, não terei escrúpulos em lhe pedir que tome o meu lugar e dê o braço a Anne até a porta da casa do pai dela. Ela está muito cansada esta manhã, e não deve ir tão longe sem ajuda, e eu tenho de estar na casa daquele sujeito em Market Place. Ele me prometeu mostrar um fuzil fantástico que está a ponto de enviar; disse que só ia embrulhá-lo na última hora, para que eu possa vê-lo; e se eu não voltar agora será tarde demais. Pela descrição que ele me fez, é muito parecido com o meu fuzil de dois canos, com o qual você caçou certo dia perto de Winthrop.

Não podia haver nenhuma objeção. Só podia haver a maior alegria e, aos olhos do público, a mais grata aquiescência; e sorrisos contidos e a alma a dançar num êxtase interior. Em meio minuto, Charles estava de novo no começo da Union Street, e os outros dois seguiam em frente juntos: e logo já haviam trocado palavras suficientes para decidirem rumar para o comparativamente silencioso e retirado caminho de cascalho, onde o poder das palavras faria daquela hora uma bênção, sem dúvida, e a prepararia para toda a imortalidade que as mais felizes recordações de suas futuras vidas poderiam oferecer. Lá eles trocaram de novo aqueles sentimentos e aquelas promessas que uma vez, no passado, pareceram tudo assegurar, mas haviam sido seguidos de tantos e tantos anos de separação e distância. Lá eles voltaram mais uma vez ao passado, mais intensamente felizes, talvez, em sua reunião, do que quando esta fora projetada pela primeira vez; mais ternos, mais comprovados, mais firmes no conhecimento recíproco do caráter, da sinceridade e do afeto de cada um; mais afins na ação, mais justificados no agir. E lá, enquanto subiam lentamente o gradual aclive, despreocupados com todas as pessoas ao seu redor, sem ver nem os políticos a passear ao léu, nem as donas de casa atarefadas, nem as mocinhas a flertar nem as babás com as crianças, puderam deliciar-se com aquelas recordações e constatações, e sobretudo com aquelas explicações do que antecedera imediatamente o momento presente, todas tão dolorosas e de interesse infinito. Foram examinadas todas as pequenas variações da semana passada; e as de ontem e de hoje, que dificilmente poderiam ter um fim.

Ela não o tinha interpretado mal. O ciúme do sr. Elliot tinha sido o peso retardador, a dúvida, o tormento. Isso começara a ocorrer na hora em que se viram pela primeira vez em Bath; retornara, depois de breve pausa, para estragar o concerto; e o havia influenciado em tudo que dissera e fizera, ou deixara de dizer e fazer, nas últimas vinte e quatro horas. Aos poucos eles

foram cedendo ante a esperança que os olhares ou as ações ou as palavras de Anne por vezes despertavam; foram finalmente subjugados por aqueles sentimentos e por aquele tom de voz que chegaram até ele enquanto ela conversava com o capitão Harville; e sob seu irresistível império ele pegara uma folha de papel e nela derramara todos os seus sentimentos.

De tudo que então escrevera, nada devia ser retratado ou matizado. Repetiu insistentemente que só amara a ela. Ela nunca fora suplantada. Não acreditava sequer que um dia veria outra mulher igual a ela. Mas isto ele foi obrigado a reconhecer: que fora fiel inconscientemente, ou mesmo involuntariamente; que quisera esquecê-la, e acreditava ter conseguido. Imaginara-se indiferente, quando estava apenas zangado; e fora injusto com os méritos dela, porque sofrera com eles. O caráter dela gravara-se em sua mente como a perfeição em si, conservando-se no mais adorável meio-termo entre a firmeza e a delicadeza; mas foi obrigado a reconhecer que só em Uppercross aprendera a lhe fazer justiça, e só em Lyme começara a se compreender. Em Lyme, tivera aulas de mais de um tipo. A passageira admiração do sr. Elliot tinha-o pelo menos despertado, e as cenas no Cobb e na casa do capitão Harville definiram a superioridade dela.

Em suas tentativas anteriores de se afeiçoar a Louisa Musgrove (tentativas de um orgulho ferido), afirmou que sempre as sentira fadadas ao fracasso; que não amara, não podia amar Louisa; embora até aquele dia, até ter tempo livre suficiente para refletir, ele não compreendera a perfeita excelência de um espírito com o qual o de Louisa não podia comparar-se, ou o completo e inconteste império que ele exercia sobre a sua própria mente. Ali ele aprendera a distinguir entre a constância dos princípios e a obstinação do capricho, entre as audácias da irreflexão e a resolução de um espírito equilibrado. Ali vira tudo que exaltava em seu afeto a mulher que perdera; e ali começou a deplorar o orgulho, a insensatez, a loucura da mágoa, que o impedira de tentar reconquistá-la quando tornou a cruzar o seu caminho.

A partir daí, seu arrependimento se agravara. Assim que se livrou do horror e dos remorsos que marcaram os primeiros dias do acidente de Louisa, assim que começou a se sentir vivo novamente, passou a se sentir também, embora vivo, um homem sem liberdade.

— Descobri — disse ele — que Harville achava que eu estava noivo! Que nem Harville nem sua esposa tinham a menor dúvida sobre o nosso afeto recíproco. Fiquei pasmo e chocado. Até certo ponto, podia desmentir aquilo imediatamente; mas quando comecei a refletir que os outros poderiam achar a mesma coisa (a própria família dela, ou talvez até ela mesma) vi que já não era dono de mim mesmo. Eu pertencia a ela pela honra, se ela assim o desejasse. Havia sido imprudente. Não havia pensado seriamente no assunto até então. Não havia percebido que a minha excessiva intimidade trazia consigo o perigo de produzir consequências desagradáveis, em muitos aspectos; e que eu não tinha o direito de ver se conseguia afeiçoar-me a uma das mocinhas, com o risco de provocar, no mínimo, boatos detestáveis. Errara grosseiramente, e tinha de arcar com as consequências.

Em breve, descobrira tarde demais que se metera em apuros; e que justamente quando se convencera de não estar absolutamente apaixonado por Louisa, tinha de se considerar preso a ela, se os sentimentos dela por ele fossem o que os Harville imaginavam. Isso o convenceu a partir de Lyme e aguardar a completa recuperação de Louisa em outro lugar. Com prazer atenuaria, por qualquer meio, desde que correto, todos os sentimentos ou especulações acerca dele que podiam existir; e assim partiu para a casa do irmão, com a intenção de voltar em breve a Kellynch e agir como a situação exigisse.

— Passei seis semanas com Edward — disse ele — e o vi feliz. Não podia sentir nenhum outro prazer. Não os merecia. Ele fez muitas perguntas sobre você, especialmente; perguntou até se você tinha mudado fisicamente, sem suspeitar que aos meus olhos você jamais poderia mudar.

Anne sorriu, sem dizer nada. Era aquela uma gafe lisonjeira demais para merecer uma repreensão. É importante para a mulher de vinte e oito anos ouvir que não perdeu o encanto da primeira juventude; mas o valor de tal homenagem aumentava indizivelmente para Anne, ao compará-la com as palavras antes pronunciadas e perceber que haviam sido o resultado, e não a causa, do redespertar do ardente amor de Wentworth.

Ele permanecera em Shropshire, a lamentar a cegueira de seu próprio orgulho e os equívocos de seus cálculos, até se ver libertado de Louisa pela surpreendente e feliz informação de seu noivado com Benwick.

— Naquele momento — disse ele —, acabaram os meus piores tormentos; pois agora eu podia pelo menos partir em busca da felicidade; podia esforçar-me; podia fazer alguma coisa. Mas aguardar durante tanto tempo na inação, e aguardar só o pior, fora medonho. Nos primeiros cinco minutos eu disse: "Estarei em Bath já na quarta-feira", e foi o que aconteceu. Terá sido imperdoável pensar que valia a pena vir? E chegar aqui com certo grau de esperança? Você era solteira. Era possível que tivesse conservado os sentimentos do passado, como eu; e havia algo que me encorajava. Nunca tive dúvida de que você seria amada e procurada por outros, mas tinha certeza de que você recusara pelo menos um homem com melhores pretensões do que as minhas; e não podia impedir-me de pensar sempre com meus botões: "Terá sido por minha causa?".

Havia muito que dizer sobre o primeiro encontro na Milsom Street, e mais ainda sobre o concerto. Aquela noite parecia composta por momentos intensos. O momento em que ela se aproximou dele para lhe falar, na sala octogonal, o momento em que o sr. Elliot apareceu e a levou dali, e um ou dois momentos posteriores, assinalados pelo reavivar-se das esperanças ou pela prostração crescente, de tudo isso falaram com entusiasmo e minúcia.

— Ver você — exclamou ele — em meio àqueles que só podiam estar contra mim; ver seu primo junto de você, conversando e sorrindo, e sentir todas as horrorosas vantagens e conveniências de tal aliança! Considerar que aquilo certamente correspondia aos desejos de todos os que podiam ter esperança de influenciar você! Mesmo se os seus sentimentos fossem relutantes ou indiferentes, imaginar como aqueles apoios seriam importantes! Isso não era suficiente para me fazer comportar-me como o tolo que eu parecia ser? Como podia continuar vendo aquilo sem me agoniar? Ver a sua amiga que se sentava atrás de você, recordar o que havia acontecido, conhecer a influência dela, a indelével, imutável impressão do que a persuasão fizera uma vez — não estava tudo isso contra mim?

— Você deveria ter feito algumas distinções — replicou Anne. — Não devia ter suspeitado de mim agora; o caso é tão diferente, a minha idade é tão diferente. Se havia errado ao ceder à persuasão uma vez, lembre-se de que era uma persuasão exercida em nome da segurança, não do risco. Quando cedi, achava que cedia ao dever, mas nenhum dever podia ser invocado neste caso. Ao casar-me com um homem indiferente a mim, correria todos os riscos e violaria todos os deveres.

— Talvez eu devesse ter raciocinado assim — respondeu ele —, mas não conseguia. Não conseguia valer-me do conhecimento tardio que tinha adquirido de seu caráter. Não conseguia servir-me dele; estava esmagado, enterrado, perdido em meio àqueles velhos sentimentos que vinham atormentando-me havia anos. Só conseguia pensar em você como alguém que havia cedido, que me havia dispensado, que se deixara influenciar por todos, menos por mim. Vi você com a mesma pessoa que a orientara naquele ano trágico. Não tinha razões para acreditar que ela tivesse menos autoridade agora. A isso ainda se somava a força do hábito.

— Eu devia ter visto — disse Anne — que o meu comportamento com você poderia ter-lhe poupado muitas dessas coisas, senão todas.

— Não, não! O seu comportamento só podia ser a desenvoltura que o noivado com outro homem produziria. Separei-me de você com essa convicção; e no entanto estava decidido a tornar a ver você. A manhã seguinte deu-me novo ânimo, e percebi que ainda tinha um motivo para permanecer aqui.

Finalmente Anne estava em casa de novo, e mais feliz do que qualquer morador da casa pudesse imaginar. Dissipadas com a conversa toda a surpresa e a incerteza e todas as outras partes dolorosas da manhã, ela chegou em casa tão feliz, que foi obrigada a moderar seu contentamento com algumas apreensões momentâneas de que era impossível que aquilo durasse. Uma pausa para meditação, séria e grata, era o melhor corretivo para tudo que havia de perigoso em tão exaltada felicidade; e foi para o quarto, recuperando o equilíbrio e a coragem na gratidão de sua alegria.

Caiu a noite, acenderam-se as luzes dos salões, reuniu-se o grupo. Era só uma reunião para jogar cartas, só uma mistura de pessoas que nunca se haviam visto antes e de outras que se viam até demais; uma reunião banal, numerosa demais para ser íntima, pequena demais para ser variada; Anne, porém, nunca vira um sarau passar tão rápido. Radiante e encantadora pela sensibilidade e felicidade, e mais unanimemente admirada do que pensava ou se importava, tinha sentimentos de simpatia ou de indulgência para cada criatura ao seu redor. O sr. Elliot estava presente; ela o evitou, mas teve pena dele. Os Wallis, ela se divertia ao pensar neles. *Lady* Dalrymple e a srta. Carteret logo seriam para ela apenas duas primas inócuas. Não dava importância à sra. Clay, e não tinha por que corar dos modos do pai e da irmã em público. Com os Musgrove, houve conversas totalmente descontraídas; com o capitão Harville, a troca cordial de ideias, de irmão para irmã; com *Lady* Russell, tentativas de conversação, logo interrompidas por um delicioso constrangimento; com o almirante e a sra. Croft, toda a especial cordialidade e todo o interesse que a mesma sensação de embaraço procurava esconder; e, com o capitão Wentworth, contínuos momentos de comunicação, sempre na esperança de mais, e sempre a consciência de que ele estava lá.

Foi num desses breves encontros, em que cada qual parecia ocupado em admirar uma bela mostra de plantas de estufa, que ela disse:

— Estive pensando no passado e tentando julgar com imparcialidade o certo e o errado, no que se refere a mim mesma; e devo crer que estava certa, por mais que tenha sofrido por isso, que estava totalmente certa em deixar-me orientar pela minha amiga, de quem você vai aprender a gostar mais quando conhecê-la melhor. Para mim, ela ocupava o lugar de uma mãe. Não me entenda mal, porém. Não estou dizendo que ela não estava enganada em seus conselhos. Era, talvez, um desses casos em que só os fatos podem dizer se o conselho foi bom ou mau; e, no que me diz respeito, certamente jamais daria, em nenhuma circunstância razoavelmente parecida, um tal conselho. Mas quero dizer que eu estava certa em obedecer a ela, e que se tivesse agido de outra maneira teria sofrido mais por continuar o noivado do que sofri abrindo mão dele, porque teria sofrido na minha consciência. Como tal sentimento é permitido à natureza humana, não tenho nada de que me censurar; e, se não estou enganada, um forte sentimento do dever não é uma parte má do caráter feminino.

Ele olhou para ela, olhou para *Lady* Russell e, olhando de novo para ela, replicou, como se deliberasse friamente:

— Ainda não. Mas ainda há esperanças de que ela venha a ser perdoada. Confio em que logo possamos relacionar-nos bem. Mas eu também tenho pensado no passado, e me ocorreu uma pergunta: porventura não havia uma pessoa ainda mais minha inimiga do que aquela senhora? Eu mesmo. Diga-me se, quando voltei à Inglaterra depois de oito anos, com alguns milhares de libras no bolso, e recebi o comando do *Laconia*, se eu tivesse escrito a você, você teria respondido à minha carta? Teria em breve, então, reatado o noivado?

— Teria! — foi tudo o que ela respondeu, num tom bastante resoluto, porém.

— Santo Deus! — exclamou ele. — Teria! Não que eu não pensasse nisso ou desejasse isso, como a única coisa que poderia coroar todos os meus outros sucessos; mas eu era orgulhoso, orgulhoso demais para pedir de novo. Eu não entendi você. Fechei os olhos e não queria entender você ou lhe fazer justiça. Esta é uma recordação que deveria levar-me a perdoar a todos, antes que a mim mesmo. Teria poupado seis anos de separação e sofrimento. Este é um novo tipo de dor para mim, também. Estou acostumado à satisfação de crer que havia conquistado com meus méritos tudo de que gozo. Avaliei a mim mesmo com base em honrosos esforços e justas recompensas. Como outros grandes homens em desgraça — acrescentou ele, a sorrir —, devo submeter o meu espírito à minha fortuna. Tenho de aprender a suportar a ideia de ser mais feliz do que mereço.

CAPÍTULO 24

Quem pode ter alguma dúvida sobre o que aconteceu depois? Quando dois jovens põem na cabeça que vão casar-se, têm certeza de que, pela perseverança, vão conseguir o que querem, mesmo que sejam muito pobres ou muito imprudentes ou ainda que seja muito improvável ser cada qual necessário à completa felicidade do outro. Talvez esta não seja uma boa moral para ser tirada como conclusão, mas acho que é verdade; e se casais desse tipo são bem-sucedidos, como um capitão Wentworth e uma Anne Elliot, com a vantagem da maturidade de espírito, da consciência do que é certo e donos de uma fortuna independente, não conseguiriam vencer toda oposição? Na verdade, poderiam vencer obstáculos muito mais temíveis do que aqueles com que se depararam, pois tiveram poucos motivos de preocupação, além da falta de simpatia e de cordialidade. Sir Walter não fez nenhuma objeção, e Elizabeth não foi além de mostrar-se fria e indiferente. O capitão Wentworth, com vinte e cinco mil libras, e tão bem-sucedido na profissão quanto o mérito e o trabalho podiam garantir-lhe, já não era um joão-ninguém. Agora todos o julgavam digno de pedir em casamento a filha de um baronete ridículo e perdulário, que não tivera princípios ou bom-senso para se manter na situação em que a Providência o colocara e que agora podia dar à filha apenas uma pequena parte do dote de dez mil libras que mais tarde deveria ser seu.

Sir Walter, de fato, ainda que não tivesse nenhuma afeição por Anne, nem visse naquilo nenhuma gratificação para a sua vaidade que o tornasse realmente feliz com a ocasião, estava muito longe de achar que se tratava de um mau partido para ela. Ao contrário, quando conheceu melhor o capitão Wentworth e depois de vê-lo várias vezes à luz do dia e de examiná-lo bem, ficou muito impressionado com seu fascínio pessoal e sentiu que sua aparência superior talvez pudesse compensar com certa justiça a superioridade de condição social de Anne; e tudo isso, somado ao seu nome altissonante, permitiu enfim que *Sir* Walter preparasse a pena, com muita satisfação, para inscrever o casamento no livro de honra.

A única de todos eles cuja hostilidade podia provocar sérias angústias era *Lady* Russell. Anne sabia que *Lady* Russell devia estar sofrendo bastante por saber a verdade sobre o sr. Elliot e ter de abrir mão dele, além de se esforçar para conhecer realmente o capitão Wentworth e fazer-lhe justiça. Isso, porém, era o que *Lady* Russell tinha de fazer agora. Devia aprender a perceber que se enganara quanto aos dois; que fora injustamente influenciada pelas aparências em ambos os casos; que, porque os modos do capitão Wentworth não se adequavam às suas próprias ideias, precipitara-se em suspeitar que tais modos indicassem um caráter de perigosa impetuosidade; e que, porque as maneiras do sr. Elliot lhe haviam agradado pela propriedade e pela correção, pela polidez e pela delicadeza, precipitara-se em considerá-las como o resultado certo das mais corretas opiniões e do espírito mais equilibrado. *Lady* Russell não podia fazer menos do que admitir que estivera completa e totalmente errada, e abraçar um novo conjunto de opiniões e de esperanças.

Há pessoas que têm uma rapidez de percepção, uma clareza de discernimento dos caracteres e uma natural perspicácia, em suma, que nos outros nenhuma experiência pode igualar, e *Lady* Russell fora menos dotada quanto a essa parte da inteligência do que sua jovem amiga. Era, porém, uma mulher muito boa, e, se seu segundo objetivo era ser sensata e perspicaz, o primeiro era ver Anne feliz. Amava mais Anne do que suas próprias qualidades; e quando passou o embaraço inicial não teve dificuldades para se apegar como uma mãe ao homem que constituía a felicidade de sua outra filha.

De toda a família, Mary era provavelmente a mais imediatamente satisfeita com a situação. Ter uma irmã casada aumentava o seu prestígio, e podia gabar-se de ter sido importantíssima para aquele casamento, ao receber Anne em sua casa durante o outono; e, como a sua própria irmã devia estar acima das irmãs do marido, era muito agradável ver que o capitão Wentworth era um homem mais rico do que o capitão Benwick ou Charles Hayter. Algo, talvez, a tenha feito sofrer, quando retomaram o contato, ao ver que Anne recuperara os direitos de irmã mais velha e tomara posse de uma linda *landaulette*; mas tinha pela frente um futuro promissor, de muita consolação. Anne não herdaria Uppercross Hall, nem propriedades fundiárias nem a chefia da família; e, se pudessem impedir que o capitão Wentworth fosse criado baronete, Mary não gostaria de trocar de lugar com Anne.

Seria bom para a irmã mais velha se ela também estivesse satisfeita com sua situação, pois não era provável que esta sofresse alguma modificação.

Logo teve o desprazer de ver o sr. Elliot retirar-se de cena, e desde então não se apresentara ninguém de situação adequada para despertar sequer as esperanças infundadas que com ele naufragaram.

A notícia do noivado de sua prima Anne pegou o sr. Elliot completamente de surpresa. Fez ruir seu melhor plano de felicidade doméstica, suas mais caras esperanças de conservar *Sir* Walter solteiro pela vigilância que a condição de genro lhe permitiria exercer. Embora derrotado e decepcionado, ainda podia fazer algo para o seu próprio interesse e prazer. Logo partiu de Bath; e, pelo fato de a sra. Clay também ter deixado a cidade em seguida e de logo ter corrido a notícia de que se estabelecera em Londres sob sua proteção, ficou evidente que ele jogara um jogo duplo e que estava muito determinado a não ser passado para trás por pelo menos uma mulher esperta.

Os sentimentos da sra. Clay levaram a melhor sobre os seus interesses, e ela sacrificou, por amor do jovem, a possibilidade de dar sequência aos planos de conquistar *Sir* Walter. Tinha ela qualidades, contudo, assim como sentimentos; e hoje é duvidoso quem finalmente levará a melhor, se a esperteza dela ou a dele; se, depois de impedi-la de ser a esposa de *Sir* Walter, ele por fim não será induzido, pela lisonja e pelo carinho, a fazer dela a esposa de *Sir* William.

Não há dúvida de que *Sir* Walter e Elizabeth ficaram chocados e aborrecidos com a perda da companheira e com a descoberta de terem sido enganados por ela. Tinham, é claro, suas ilustres primas como consolo; mas durante muito tempo tiveram de conviver com o sentimento de que bajular e seguir alguém sem ser bajulado e seguido por sua vez é um estado de medíocre satisfação.

Anne, satisfeita desde logo com a intenção mostrada por *Lady* Russell de se aproximar do capitão Wentworth, como devia, não teve outros obstáculos à felicidade de suas perspectivas, além das que se originaram na consciência de não ter parentes a apresentar ao marido que pudessem ser apreciados por um homem de bom-senso. Nisso ela sentiu agudamente a própria inferioridade. A desproporção financeira entre eles não era nada; não lhe provocou sequer um momento de amargor; mas não ter família para recebê-lo e estimá-lo devidamente, nenhuma respeitabilidade, harmonia, boa vontade a oferecer em troca da estima e das prontas boas-vindas que recebeu dos cunhados e das cunhadas era uma fonte de viva dor, na medida da sensibilidade de sua mente sob circunstâncias, fora isso, de extrema felicidade. Só tinha duas amigas no mundo a adicionar à lista dele, *Lady* Russell e a sra. Smith. Com estas, porém, ele se mostrou muito disposto a ter um bom relacionamento. Por *Lady* Russell, apesar de todos os seus antigos pecados, sentia ele agora uma afeição sincera. Embora não fosse obrigado a dizer que julgava que ela tivera razão em separá-los na época, ele estava disposto a dizer quase tudo o mais em seu favor, e, quanto à sra. Smith, ela dispunha de variados direitos que lhe permitiram conquistar rápida e permanentemente a estima do capitão.

Os bons serviços recentemente prestados a Anne já eram suficientes por si sós, e o casamento, em vez de tirar-lhe uma amiga, garantiu-lhe dois amigos. Foi a primeira visita que eles receberam depois de se estabelecerem; e o capitão Wentworth, ao encaminhá-la para a recuperação das propriedades do marido nas Índias Ocidentais, ao escrever por ela, agir por ela e auxiliá-la em todas as pequenas dificuldades do caso com a atividade e o zelo de um homem destemido e de um amigo dedicado, quitou completamente a dívida pelos serviços que ela prestara, ou até tivera a intenção de prestar, à sua esposa.

A alegria de viver da sra. Smith não foi prejudicada por esse aumento de rendas, por certa melhora na saúde e pelo fato de ganhar tais amigos com quem podia estar frequentemente, pois a boa disposição e a alegria espiritual jamais lhe faltaram; e, enquanto dispunha desses bens essenciais, ela poderia ter desafiado até mesmo a chegada de uma prosperidade mundana ainda maior. Podia ser riquíssima e perfeitamente saudável, e ainda ser feliz. O motor da sua felicidade estava na sua exuberância espiritual, como o da amiga estava no calor do coração. Anne era a ternura encarnada, e encontrou a plena compensação por ela no amor do capitão Wentworth. A profissão dele era a única coisa que poderia fazer que seus amigos desejassem que tal ternura fosse menor; o temor de uma futura guerra era tudo que podia embaçar a radiosa felicidade de Anne. Tinha orgulho de ser a esposa de um marinheiro, mas teve de pagar com súbitos alarmes o preço de pertencer à profissão que, se possível, se distingue mais pelas virtudes domésticas do que por sua importância nacional.

O CAPÍTULO EXCLUÍDO

Quando Jane Austen, em julho de 1816, acabou de escrever Persuasão, *o romance tinha um final diferente. O último capítulo, porém, não satisfez à autora e foi mais tarde substituído por outros dois, os capítulos 23 e 24 da presente tradução.*

Oferecemos aqui esta primeira variante do romance, inédita para o público brasileiro.

De posse de todo esse conhecimento sobre o sr. Elliot e de toda a autoridade para passá-lo adiante, Anne deixou Westgate Buildings, com a mente profundamente absorta em revolver o que ouvira, sentindo, pensando, relembrando e prevendo tudo, chocada com o sr. Elliot, soluçando pelo futuro de Kellynch e aflita com *Lady* Russell, cuja confiança nele fora total. Como se sentiria constrangida dali em diante na presença dele! Como comportar-se com ele? Como se livrar dele? Que fazer com todos os outros em casa? Quando se fingir cega? Quando agir? Era tudo uma confusão de imagens e dúvidas — uma perplexidade, uma agitação cujo fim ela não conseguia enxergar. E estava na Gay Street e tão absorta que se assustou ao ser abordada pelo almirante Croft, como se encontrá-lo ali fosse algo improvável. Estavam a alguns passos da porta da casa dele.

— A senhorita vai entrar para ver a minha mulher — disse ele. — Ela ficará muito contente em vê-la.

Anne recusou o convite.

Não! Estava sem tempo, estava indo para casa. Mas, enquanto falava, o almirante recuou alguns passos e bateu à porta, chamando em voz alta:

— Sim, sim; entre; ela está sozinha; entre e descanse um pouco.

Anne sentia-se tão pouco disposta naquele momento a estar em qualquer tipo de companhia, que se irritou em ver-se assim forçada, mas foi obrigada a parar.

— Já que o senhor é tão gentil — disse ela —, vou só cumprimentar a sra. Croft, mas não posso mesmo ficar nem cinco minutos. Tem certeza de que ela está sozinha?

Ocorrera-lhe a possibilidade de que o capitão Wentworth estivesse lá; e estava tremendamente ansiosa por saber a resposta — se ele estava ou não —, pois isso seria, sim, um problema.

— Está, sim, completamente sozinha, com ninguém a não ser a costureira, e elas já estão juntas há meia hora; então, logo deve estar tudo terminado.

— A costureira! Então tenho certeza de que a minha visita será muito inconveniente. O senhor deve, então, permitir-me deixar o meu cartão de visita e ter a bondade de explicar depois à sra. Croft o que aconteceu.

— Não, não, de jeito nenhum; de jeito nenhum; ela vai ficar muito feliz em ver a senhorita. Veja bem, não vou jurar que ela não tenha algo especial para lhe dizer, mas *isso* ficará evidente no momento certo. Não estou insinuando nada. Porque, srta. Elliot, estamos começando a ouvir coisas estranhas a seu respeito — sorrindo para ela. — Mas a senhorita não parece demonstrar nada, com esse ar sério de uma juizinha!

Anne corou.

— Ei, ei, vamos parar por aqui, está tudo bem. Achei que não estávamos enganados.

Só lhe restava adivinhar a que se referiam tais suspeitas; a primeira ideia, meio absurda, foi de alguma revelação do cunhado, mas logo em seguida se envergonhou de tal ideia, e percebeu que era muito mais provável que ele estivesse referindo-se ao sr. Elliot. Abriu-se a porta, e o criado estava pronto para negar que a patroa estava em casa, quando a vista do patrão o deteve. O almirante adorou a brincadeira. Anne achou que o seu triunfo sobre Stephen se prolongou um pouco além da conta. Mas, enfim, ele pôde convidá-la a subir as escadas e, indo à sua frente, disse: "Vou subir com você só para acompanhá-la. Não posso ficar, pois tenho de ir ao correio, mas, se você tiver a gentileza de sentar-se aqui por cinco minutos, tenho certeza de que Sophy virá vê-la e vocês não terão ninguém para incomodá-las — não há ninguém em casa, a não ser o Frederick", abrindo a porta enquanto falava. Fazer tal pessoa passar por ninguém *para ela*! Depois de a deixar segura, indiferente, à vontade, foi um choque saber que em um instante estaria na mesma sala que ele! Sem nenhum tempo para se recompor, para planejar o que fazer ou como se comportar! Só teve tempo para empalidecer ao atravessar a porta e cruzar o olhar atônito do capitão Wentworth, sentado junto à lareira, fingindo ler e despreparado para qualquer surpresa maior do que o rápido retorno do almirante.

O encontro foi igualmente inesperado para ambos. Nada havia que fazer, porém, a não ser abafar os sentimentos e ser silenciosamente gentil, e o almirante estava alerta demais para permitir qualquer pausa inconveniente. Repetiu mais uma vez o que dissera antes acerca da mulher e de todos, insistiu em que Anne se sentasse e ficasse à vontade... lamentava ter de sair, mas tinha certeza de que a sra. Croft logo desceria e ele mesmo subiria as escadas para lhe comunicar a visita imediatamente. Anne *estava* sentada, mas então se levantou, pedindo-lhe mais uma vez que não interrompesse a sra. Croft, e tornou a expressar o desejo de ir embora e voltar uma outra hora. O almirante, porém, não lhe daria ouvidos; e, se ela não voltou à carga com indomável perseverança ou não saiu calmamente da sala com uma determinação mais passiva (como certamente poderia ter feito), não podemos perdoá-la? Se ela não *tinha* horror de um *tête-à-tête* de alguns minutos com o capitão Wentworth, não podemos perdoá-la por não querer passar tal ideia a ele? Anne tornou a se sentar e o almirante se despediu, mas ao chegar à porta disse:

— Frederick, quero trocar duas palavras com você, por gentileza.

O capitão Wentworth foi até ele e imediatamente, antes que ambos estivessem fora da sala, o almirante prosseguiu:

— Como vou deixá-los sozinhos, é justo que eu lhe dê algum assunto de que possa falar; e assim, com licença...

Neste momento, a porta foi fechada com firmeza — ela logo entendeu por qual dos dois — e o que se seguiu de imediato escapou completamente a ela, mas foi-lhe impossível não distinguir partes do resto, pois o almirante, pelo fato de a porta estar fechada, falava despreocupadamente em voz bem alta, embora ela pudesse ouvir seu companheiro, que tentava moderá-lo. Ela não teve dúvida de que falavam sobre ela. Ouviu seu próprio nome e o de Kellynch repetidas vezes. Estava perturbadíssima. Não sabia o que fazer ou o que esperar e, entre outras aflições, sentiu a possibilidade de que o capitão Wentworth não voltasse à sala, o que, depois que ela concordou em ficar, teria sido... não havia palavras para descrevê-lo. Pareciam estar falando do aluguel de Kellynch por parte do almirante. Ela o ouviu dizer alguma coisa sobre o contrato de aluguel ter sido assinado — ou não —, *o que* provavelmente não

era um assunto muito emocionante, mas então ouviu o seguinte:

— Detesto esta incerteza. Preciso saber agora mesmo. Sophy concorda comigo.

E então, num tom de voz mais baixo, o capitão Wentworth pareceu protestar, pedir desculpas ou que alguma coisa fosse adiada.

— Ora, ora — replicou o almirante —, tem de ser agora; se você não falar, fico aqui e falo eu mesmo.

— Muito bem, *Sir*, muito bem, *Sir* — e o seu interlocutor abriu a porta com certa impaciência, enquanto ele dizia:

— Você me promete, então? — com toda a potência natural da sua voz, que uma frágil porta não podia abafar.

— Prometo, *Sir.*

E o almirante foi apressadamente abandonado, a porta foi fechada e chegou o momento em que Anne se viu a sós com o capitão Wentworth.

Ela não conseguiu sequer tentar ver qual era o aspecto dele, mas ele caminhou direto para uma janela, como se estivesse indeciso e constrangido, e durante cerca de cinco segundos ela se arrependeu do que havia feito... censurou a sua própria imprudência, corou de sua própria indelicadeza. Estava louca para poder falar do tempo ou do concerto, mas pôde apenas obter o alívio de pegar um jornal. O aflitivo silêncio tinha acabado, porém; meio minuto depois, ele se voltou e, aproximando-se da mesa junto à qual ela estava sentada, disse com uma voz que traía o esforço e o constrangimento:

— Você deve ter ouvido demais para ter qualquer dúvida sobre a promessa que fiz ao almirante Croft de falar com você sobre determinado assunto, e tal convicção me impele a tomar esta liberdade, por mais repugnante que isto seja para a minha... para o meu senso de decoro! Espero que você me perdoe a impertinência, ao considerar que estou falando só em nome de outro, e por necessidade; e o almirante é um homem que não pode jamais ser considerado impertinente por alguém que o conhece tão bem como você. As intenções dele são sempre as melhores e mais gentis, e você verá que só elas o levam a fazer-lhe o pedido que eu agora, com... com sentimentos muito particulares... sou obrigado a lhe fazer — ele estacou, mas só para recuperar o fôlego, não esperando nenhuma resposta.

Anne ouvia como se sua vida dependesse do que ele ia dizer-lhe. Ele prosseguiu com alegria forçada:

— O almirante foi confidencialmente informado esta manhã de que você... palavra de honra, não sei o que fazer, estou envergonhado... — respirando e falando rapidamente — o embaraço de *dar* este tipo de informação a uma das partes... não há de ser difícil entender-me. O almirante foi muito confidencialmente informado de que o sr. Elliot... de que tudo estava acertado na família a respeito de uma aliança entre o sr. Elliot e você. Acrescentaram que você viveria em Kellynch... que teriam de abrir mão de Kellynch. Isso, segundo o almirante, não é correto. Mas ocorreu a ele que talvez esse fosse o *desejo* das partes. E o encargo que dele recebi é o de dizer que, se tal é o desejo da família, o aluguel de Kellynch será anulado, e ele e a minha irmã vão alugar outra casa, sem imaginarem estar com isso fazendo algo que sob circunstâncias semelhantes não *lhes* seria feito. Isto é tudo. Umas poucas palavras de sua parte já serão suficientes. É incrível que *eu* tenha sido encarregado deste assunto! E, pode acreditar, não menos doloroso. Umas poucas palavras, porém, colocarão um ponto-final no constrangimento que talvez *ambos* estejamos sentindo.

Anne balbuciou uma ou duas palavras, mas de modo ininteligível; e, antes de conseguir recompor-se, ele acrescentou:

— Se você me disser que o almirante pode mandar um bilhete a *Sir* Walter, já será o bastante. Diga apenas as palavras *ele pode*, e vou imediatamente passar a ele a sua mensagem.

— Não — disse Anne —; não há nenhuma mensagem. Você está mal... o almirante foi mal informado. Reconheço a delicadeza de suas intenções, mas ele está completamente enganado. Não há nenhuma verdade nesse boato.

Ele permaneceu por um momento calado. Ela voltou os olhos para ele pela primeira vez desde que ele tornara a entrar na sala. Sua cor variava e estava olhando para ela com toda a energia e toda a intensidade que, segundo ela, nenhum outro olhar possuía.

— Nenhuma verdade no boato? — repetiu ele. — Nenhuma verdade, em nenhuma *parte* dele?

— Nenhuma.

Ele permanecera em pé junto a uma cadeira, apreciando o conforto de nela se apoiar ou de brincar com ela. Nesse momento se sentou, arrastou a cadeira para mais perto de Anne e olhou para ela com uma expressão algo mais do que penetrante: doce. A expressão no rosto dela não o desencorajou. Foi um diálogo silencioso, mas de muita força; nele, súplica; nela, aceitação. Um pouco mais perto e uma mão foi segura e apertada; e "Anne, minha querida Anne!" irrompeu em toda a plenitude daquele sentimento profundo... e toda a incerteza e toda a indecisão chegaram ao fim. Estavam juntos novamente. Haviam recuperado tudo que fora perdido. Foram arrastados de volta para o passado, só que com um amor e uma confiança ainda maiores e com tal excitação do prazer presente, que os tornava despreparados para a interrupção da sra. Croft, quando ela foi ter com eles logo em seguida. *Ela*, provavelmente, nas observações dos dez minutos seguintes, viu algo suspeito; e, embora fosse quase impossível para uma mulher da sua categoria querer que a costureira a aprisionasse por mais tempo, muito provavelmente ela ansiava por alguma desculpa para ir a algum outro lugar da casa, por alguma tempestade que partisse as janelas do andar de cima ou por um chamado do sapateiro do almirante no andar de baixo. A Fortuna favoreceu a todos eles, porém, de outra maneira, com uma chuva fina e persistente, que felizmente começou a cair quando o almirante voltou e Anne se levantou para partir. Ela foi instada a ficar para o jantar. Mandaram uma mensagem a Camden Place, e ela permaneceu... permaneceu até as dez da noite; e durante todo esse tempo, o marido e a mulher, quer pelas manobras da mulher, quer por se comportarem da maneira habitual, saíam frequentemente juntos da sala... subiam as escadas por causa de um ruído ou desciam para pagar uma conta, ou iam ao patamar da escada para regular a lâmpada. E esses preciosos momentos foram tão bem aproveitados, que todos os mais ansiosos sentimentos do passado desapareceram. Antes de se separarem à noite, Anne teve a felicidade de ouvir que, antes de mais nada, muito longe de ter mudado para pior, o seu encanto pessoal havia inexprimivelmente aumentado; e que, quanto à personalidade, a dela estava marcada na mente dele como a *perfeição* em si, conservando o justo equilíbrio entre a firmeza e a delicadeza... que ele nunca deixara de amá-la e de preferi-la a todas as outras, ainda que só em Uppercross tivesse aprendido a lhe fazer justiça e só em Lyme tivesse começado a compreender seus próprios sentimentos; que em Lyme recebera lições de mais de um tipo — o olhar de admiração do sr. Elliot o havia pelo menos *despertado*, e as cenas do Cobb e na casa do capitão Harville estabeleceram definitivamente a superioridade dela. Em suas tentativas anteriores de se afeiçoar a Louisa Musgrove (tentativas provocadas pela raiva e pelo ressentimento), afirmou que sempre sentira a impossibilidade de amar realmente Louisa, embora até *aquele* dia, até ter tempo livre para refletir, não tivesse compreendido a perfeita excelência da alma com a qual a de Louisa não podia comparar-se;

ou o perfeito, o inconteste império que essa alma exercia sobre a dele. Ali ele aprendera a distinguir entre a firmeza de princípios e a teimosia do capricho, entre as audácias da irreflexão e a resolução de um espírito equilibrado; ali vira tudo o que exaltava em seu afeto a mulher que perdera, e ali começara a deplorar o orgulho, a insensatez, a loucura da mágoa, que o impedira de tentar reconquistá-la quando ela tornou a aparecer em seu caminho. A partir daí, até o presente, o seu arrependimento se agravara. Assim que se livrou do horror e dos remorsos que marcaram os primeiros dias do acidente de Louisa, assim que começou a se sentir vivo novamente, começou a se sentir também, embora vivo, um homem sem liberdade.

Descobriu que seu amigo Harville achava que estava noivo. Os Harville não tinham a menor dúvida sobre a existência de uma afeição recíproca entre ele e Louisa; e, embora até certo ponto aquilo pudesse ser desmentido de imediato, fez que percebesse que talvez a mesma ideia tivesse ocorrido à família *dela*, a todos, até mesmo a *ela*, e que não estava livre quanto à *honra*, ainda que, se tal devesse ser a conclusão, estivesse livre até demais, infelizmente, no coração. Jamais refletira seriamente sobre esse assunto antes, e não percebera que a sua intimidade excessiva em Uppercross devia comportar o perigo de consequências ruins, de diversas maneiras; e que, enquanto tentava conquistar uma ou outra mocinha, poderia estar provocando boatos desagradáveis, além de afetos não correspondidos.

Descobriu tarde demais que se metera em apuros; e que, justamente quando se convencera de não estar absolutamente *apaixonado* por Louisa, tinha de se considerar preso a ela, se os sentimentos dela por ele fossem o que os Harville imaginavam. Isso o levou a partir de Lyme e aguardar a completa recuperação de Louisa em outro lugar. Com prazer atenuaria, por qualquer meio, desde que *correto*, todos os sentimentos ou especulações acerca dele que pudessem existir; e assim partiu para Shropshire, com a intenção de voltar em breve à casa dos Croft, em Kellynch, e de agir como a situação o exigisse.

Permanecera em Shropshire, a lamentar a cegueira de seu próprio orgulho e os equívocos de seus próprios cálculos, até se ver livre de Louisa pela surpreendente felicidade de seu noivado com Benwick.

Bath... Bath se seguira imediatamente no *pensamento*, e não muito depois *de fato*. E a Bath... chegou com esperança, sentiu ciúme ao ver pela primeira vez o sr. Elliot; experimentou todos os matizes dos dois, esperança e ciúme, durante o concerto; sofreu como um miserável ante o boato circunstancial da manhã; era agora mais feliz do que as palavras podem exprimir ou do que qualquer coração seria capaz, exceto o seu próprio.

Foi com muito entusiasmo e com muito prazer que ele descreveu o que sentira durante o concerto; a noite parecia ter sido composta de momentos intensos. O momento em que ela se aproximou dele para lhe falar, na sala octogonal, o momento em que o sr. Elliot apareceu e a levou dali, e um ou dois momentos posteriores, assinalados pelo reavivar-se das esperanças ou pela prostração crescente, de tudo isso falaram com entusiasmo e minúcia.

— Ver você — exclamou ele — em meio àqueles que só podiam estar contra mim; ver seu primo junto de você, conversando e sorrindo, e sentir todas as horrorosas vantagens e conveniências de tal aliança! Considerar que aquilo certamente correspondia aos desejos de todos os que podiam ter esperança de influenciar você! Mesmo se os seus sentimentos fossem relutantes ou indiferentes, imaginar como aqueles apoios seriam importantes! Não seria isso o suficiente para que me comportasse como o tolo que eu parecia ser? Como podia continuar vendo aquilo sem me agoniar? Ver a sua amiga, que se sentava atrás de você, recordar o que havia acontecido, conhecer a influência dela, a indelével, imutável impressão do que a persuasão fizera uma vez... não estava tudo isso contra mim?

— Você deveria ter feito algumas distinções — replicou Anne. — Não devia ter suspeitado de mim agora; o caso é tão diferente, a minha idade é tão diferente. Se naquele tempo eu havia errado ao ceder à persuasão, lembre-se de que era uma persuasão exercida em nome da segurança, não do risco. Quando cedi, achava que cedia ao dever, mas nenhum dever podia ser invocado nesse caso. Ao casar-me com um homem indiferente a mim, correria todos os riscos e violaria todos os deveres.

— Talvez eu devesse ter raciocinado assim — respondeu ele —, mas não conseguia. Não conseguia valer-me do conhecimento tardio que tinha adquirido de seu caráter. Não conseguia servir-me dele; estava esmagado, enterrado, perdido em meio àqueles velhos sentimentos que me vinham atormentando havia anos. Só conseguia pensar em você como alguém que havia cedido, que me havia dispensado, que se deixara influenciar por todos, menos por mim. Via você com a mesma pessoa que a orientara naquele ano trágico. Não tinha razões para acreditar que ela tivesse menos autoridade agora. A isso se somava ainda a força do hábito.

— Eu devia ter visto — disse Anne — que o meu comportamento com você poderia ter-lhe poupado muitas dessas coisas, senão todas.

— Não, não! O seu comportamento podia ser só a desenvoltura que o noivado com outro homem produziria. Separei-me de você com essa convicção; e no entanto estava decidido a tornar a ver você. A manhã seguinte deu-me novo ânimo, e percebi que ainda tinha um motivo para permanecer aqui. A notícia transmitida pelo almirante, de fato, foi uma reviravolta; a partir daquele momento fiquei dividido quanto ao que fazer, e, se tal notícia tivesse sido confirmada, este teria sido o meu último dia em Bath.

Havia tempo para que tudo isso passasse, com interrupções que só acentua-vam o encanto da comunicação, e dificilmente poderia haver em Bath outros dois seres ao mesmo tempo tão racional e tão jubilosamente felizes como os que naquela noite ocuparam o sofá da sala de estar da sra. Croft, na Gay Street.

O capitão Wentworth se apressara em ir ter com o almirante assim que ele voltou, para falar-lhe sobre o sr. Elliot e Kellynch; e a delicadeza do temperamento do almirante o impediu de tornar a falar com Anne sobre o assunto. Estava muito preocupado em poder ter-lhe causado algum sofrimento, tocando em algum ponto fraco... Quem sabe? Ela podia gostar mais do primo do que ele dela; e, pensando bem, se fossem mesmo se casar, por que teriam esperado tanto tempo? Ao encerrar-se o sarau, é provável que sua esposa tenha sugerido algumas novas ideias ao almirante, pelas maneiras particularmente simpáticas com que ela se despediu de Anne, o que deu a esta a grata certeza de que ela compreendera e aprovara tudo. Aquele fora um dia e tanto para Anne; as horas que se passaram desde que deixara Camden Place foram tão plenas! Estava quase tonta... Quase feliz demais ao pensar no que acontecera. Precisou passar de pé a metade da noite e a outra, deitada mas acordada, para compreender com calma a sua atual condição e pagar aquele excesso de felicidade com muita dor de cabeça e cansaço.

Títulos originais em inglês: *Sense and Sensibility (1811); Pride and Prejudice (1813); Persuasion (1818).*

Direção
MARTIN CLARET

Produção editorial
CAROLINA MARANI LIMA / MAYARA ZUCHELI

Diagramação
GIOVANA QUADROTTI

Projeto gráfico e capa
JOSÉ DUARTE T. DE CASTRO

Tradução e notas
ROBERTO LEAL FERREIRA

Revisão
WALDIR MORAES

Impressão e acabamento
GEOGRÁFICA EDITORA

A ortografia deste livro segue o novo Acordo Ortográfico da Língua Portuguesa.

Dados Internacionais de Catalogação na Publicação (CIP)
(Câmara Brasileira do Livro, SP, Brasil)

Austen, Jane, 1775-1817.
Razão e sensibilidade: Orgulho e preconceito: Persuasão / Jane Austen; tradução e notas Roberto Leal Ferreira. — São Paulo: Martin Claret, 2019.

Título original: Sense and sensibility: Pride and prejudice: Persuasion.
ISBN 978-85-440-0215-5

1. Ficção inglesa I. Ferreira, Roberto Leal II. Título.

19-24159 CDD-823

Índices para catálogo sistemático:

1. Ficção: Literatura inglesa 823

EDITORA MARTIN CLARET LTDA.
Rua Alegrete, 62 — Bairro Sumaré — CEP: 01254-010 — São Paulo — SP
Tel.: (11) 3672-8144 — www.martinclaret.com.br

2ª reimpressão - 2021